Mondi di Distanza

GABRIELE GOVERNATORI

Il Tempio dello Zodiaco – Prima Osservazione

MONDI DI DISTANZA

Questo romanzo è un'opera di fantasia. Tutti i personaggi, tutte le vicende e i dialoghi sono il frutto dell'immaginazione dell'Autore e non vanno considerati come reali. I riferimenti a fatti e persone, vive o defunte, sono puramente casuali.

Mappa realizzata da: Foreign Worlds Cartography

Titolo: Il Tempio dello Zodiaco – Prima Osservazione Mondi di Distanza
Autore: Gabriele Governatori
Immagine di copertina: © Gabriele Governatori
ISBN | 9798374997460
Copyright © 2023 Gabriele Governatori
Tutti i diritti riservati all'Autore.

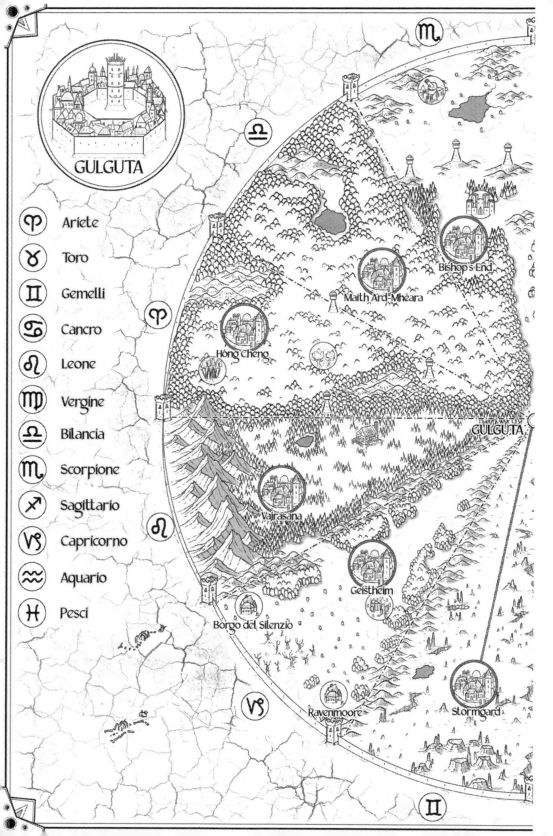

ATTO PRIMO
DISPOSIZIONE

912° Rito dell'Osservazione
Ultimo Arrivo

Emily emerse dall'acqua della Fonte e prese fiato.

Tossì in maniera convulsa per espellere dai polmoni quello strano liquido dal sapore amarognolo che aveva ingerito, quindi d'istinto si mise ad annaspare nel tentativo di rimanere a galla. Non appena ne fu in grado si pulì il viso con il palmo di una mano, cercando di far scivolar via l'acqua che le era entrata negli occhi. Pur con qualche difficoltà, riuscì ad aprirli tanto quanto bastò per darsi una fugace occhiata attorno.

Si rese conto di essere a mollo in quella che le parve di primo acchito una piscina, costituita da una grande vasca quadrata di marmo chiaro venato di rosso. A occhio stimò che fosse larga almeno una decina di metri, ma la profondità era impossibile da calcolare: l'acqua sotto le sue gambe si faceva via via sempre più scura fino a piombare in un abisso privo di luce.

Le abilità natatorie di Emily erano piuttosto limitate e l'ansia generata da quella situazione la stava paralizzando più del normale. Fortunatamente proprio in quel momento una voce femminile la chiamò da uno dei bordi della piscina, suggerendole in tono incoraggiante: «Da questa parte! Afferra la mia mano!»

«Dove...?» farfugliò Emily tossendo altra acqua, ma poi iniziò a nuotare come poteva in direzione di quella voce melodiosa.

Giunta con fatica alla sponda della vasca, scorse sopra di lei una mano protesa. Provò ad afferrarla, ma senza la dovuta convinzione. Il marmo della piscina era liscio e untuoso; non avendo appigli stabili, se non quella mano misteriosa, per un attimo Emily affondò di nuovo, ma la sconosciuta la agguantò per un polso e la sollevò di peso oltre la sponda con assurda facilità, aiutandola poi a sedersi.

Per qualche istante la nuova arrivata lasciò vagare lo sguardo. Tutto attorno alla piscina si stendeva un immenso prato dall'erba di un colore smeraldino, rasato in maniera perfettamente uniforme. Non si scorgevano alture, poggi, colline o variazioni di alcun tipo nel terreno. Quel luogo aveva l'aspetto di un vasto e piatto giardino, punteggiato qua e là di rigogliosi cespugli e bellissime aiuole fiorite che sembravano disposte secondo un disegno inintelligibile. In lontananza le parve di scorgere un'alta muraglia di marmo. Pareva una calda mattinata di primavera. Il sole splendeva dorato nel cielo azzurro.

In piedi, ai quattro lati della piscina, v'era una folta schiera di persone, tutte quante vestite in maniera stravagante, ma Emily non osò alzare lo sguardo per studiarle. Non se la sentiva nemmeno di alzarsi in piedi.

Diede gli ultimi colpi di tosse. I polmoni espulsero altre gocce. Quel liquido era davvero particolare: troppo amaro per essere semplice acqua, per quanto la consistenza fosse grosso modo quella giusta, seppur leggermente troppo viscosa. Emily si accorse con sommo stupore che la sua pelle e i vestiti si erano già quasi asciugati del tutto. Il fatto era davvero singolare, perché doveva essere uscita dall'acqua non più di mezzo minuto prima.

«Ma che cazzo?» biascicò, scostando delle ciocche di capelli biondi che le erano rimaste appiccicate al viso.

«Fantastico, direi che dopo questa *pregnante* esternazione della nuova arrivata possiamo passare alle presentazioni ufficiali» proclamò una voce maschile dall'altro lato della piscina.

Molti scoppiarono a ridere.

«Per una volta concordo» convenne un secondo uomo, in tono divertito ma solenne al tempo stesso. Alzò l'indice e disse: «Che venga messo agli atti il terzo arrivo di oggi per il segno della Vergine. Rimaniamo in osservazione. Madre Reverenda, la nuova arrivata è tutta sua.»

«Bene, bene» cinguettò la ragazza con la voce armoniosa che aveva aiutato Emily a uscire dalla vasca, quindi le posò una mano sulla spalla per confortarla.

Avvertendo il suo tocco, Emily trasalì.

Un bell'uomo dai capelli neri fece qualche passo avanti, costringendo l'attenzione della folla a convergere su di sé.

«Sì, ecco, scusate solo un momento» esordì, il viso contratto in una smorfia d'incredulità. «Sapete, ci sarebbe quella cosa. Quella cosa del tipo...» Fece un altro passo verso il centro del gruppo e alzò la voce. «La Fonte non si è espressa sullo Zenith della ragazza! Stavate schiacciando un pisolino? Va bene che è il trentaquattresimo arrivo di oggi e magari alcuni di voi ne hanno già le palle piene, ma...»

«Ce ne siamo accorti, Neal. Quanto la fai lunga. Secondo te possiamo non essercene accorti? È già accaduto in passato, non è nulla di nuovo» contestò una donna in tono acido. «E in ogni caso vedi di limitare le volgarità, fintanto che ci troviamo al Giardino.»

L'uomo coi capelli neri, che ora Emily sapeva chiamarsi Neal, pareva alquanto scettico sulla questione. «No che non è mai successo! Sei seria, Olivia? È paradossale che proprio tu sminuisca un avvenimento del genere.»

«Non so che dirti» replicò in tono asciutto quella donna di nome Olivia. «Non è apparso e basta.»

«"Non è apparso e basta"» le fece eco lui, basito. «Ah be', nessun problema, allora. Se non è apparso, non è apparso.» Si guardò attorno, studiando alcuni dei presenti con i suoi taglienti occhi blu. «Signori, un po' di supporto? Davvero sono l'unico a preoccuparmi per un fatto del genere? Roba da non credere, questo posto è arrivato davvero alla fine. La biondina nuova non ha lo Zenith e tutti i leader se ne sbattono i coglioni.»

«Cosa proporresti di fare? Rispedirla giù?» rispose Olivia con la voce carica di sarcasmo. «È mai possibile che tu debba sempre sollevare delle questioni per tutto?»

Qualcun'altro si fece avanti per parlare. Emily, ancora seduta a terra, sollevò solo per un attimo gli occhi. Una donna sulla trentina dai capelli dorati strinse la scollatura della raffinata veste che indossava – quasi sentisse freddo – e squadrò Emily per un breve istante con occhi diffidenti. Il suo etereo abito di seta color acquamarina era lungo fino a terra, con leggeri veli di lino bianco che le coprivano le braccia e la schiena fino a formare uno strascico.

E questa chi cazzo sarebbe, la Galadriel dei poveri?, pensò Emily. *Sembra uscita da un romanzo fantasy.*

La donna bionda iniziò a parlare. Sembrava irrequieta. «Se posso dirlo, il Presidente del Toro ha ragione. Tutto questo è irregolare. *Altamente* irregolare. Inaudito, oserei dire.» Si voltò e cercò qualcuno con gli occhi. «Madre Reverenda, ha niente da dire? È una delle sue, in fondo.»

La ragazza che aveva accolto Emily rispose con estrema educazione: «L'unica cosa che so, Sublime Sacerdotessa, è che la nuova arrivata è stata assegnata alla Vergine, pertanto verrà con me. Lo Zenith non è apparso, ma per me non è un problema. Non credo sia necessario farne una questione: come diceva Olivia – scusate, l'Eliaste Massima –, è già successo, e in ogni caso gestirla sarà un problema mio, non vostro. Se tu o il Presidente del Toro avete delle rimostranze da fare potete parlarne al Comandante Supremo o al Generale Saad. Per quanto mi riguarda la questione finisce qui.»

«Ah!» sbottò Neal. «"Finisce qui", dice lei.» Fece qualche passo avanti e indietro scuotendo la testa con aria cogitabonda, infine si fermò davanti a un altro uomo. «Milton, almeno tu...»

Emily vide un signore distinto, sulla cinquantina, stringersi nelle spalle con un sogghigno. «Eh, che vuoi che ti dica, Neal. Si sono viste cose più strane di questa, qui al Tempio. La biondina è carina, peccato non sia una delle mie. Ma che ci vuoi fare? *C'est la vie.*» Il signore strizzò l'occhio a Emily con una certa consumata malizia e lei distolse in fretta lo sguardo, sentendosi in profondo imbarazzo e anche vagamente disgustata.

Neal alzò le braccia al cielo e, allontanandosi dal centro della scena, scoppiò a ridere di gusto. Quando riprese a parlare, era già più sereno di prima. «Ci rinuncio. Se non altro quella ragazza non sarà problema mio. La bionda dallo Zenith ignoto se la becca Sua Beatitudine.» Si girò poi da una parte per rivolgersi a un gruppetto di persone vestite in maniera analoga alla sua. «Forse abbiamo schivato un proiettile, ragazzi. Quella là darà problemi, fidatevi di me.»

Emily non voleva rimanere un secondo di più al centro dell'attenzione, soprattutto perché tutte quelle strane persone la mettevano a disagio. Quell'uomo di nome Neal, ad esempio, era vestito in maniera trendy e alla moda del ventunesimo secolo, ma questo cozzava con gli abiti bizzarri o anacronistici delle persone attorno a lui. Emily riusciva quasi a distinguere il logo del marchio impresso sulla sua polo rosa attillata, ed era certissima di conoscerlo bene – forse era Versace, o Gucci –, ma ogni volta che provava a focalizzare lo sguardo su di esso, la vista si offuscava. Abbassò gli occhi, fissando la soffice erba sulla quale era seduta. Non ci stava capendo granché di tutta quella situazione. Di solito adorava essere la protagonista, ma non quando questo era carico di connotazioni negative.

«Forse il suo Zenith è nullo?» azzardò qualcuno.

Un uomo sulla quarantina, avvolto in una spessa ma raffinata roba di lana color porpora che lo faceva sembrare uno stregone, obiettò: «Non è possibile che il suo Zenith sia "nullo", vorrei ricordarvi che questo è il Rito dell'Osservazione.» Aggiustò con un dito i grandi occhiali che portava sul naso. «Di certo è molto curioso. Penso che svolgerò qualche ricerca in proposito, una volta tornato ad Abbot's Folly.»

Cristo santissimo, qui c'è Galadriel ma anche Gandalf senza barba. Questo posto è ridicolo. Si può sapere dove cazzo sono finita?

La ragazza che poco prima aveva accolto Emily e l'aveva difesa dalle accuse la aiutò ad alzarsi in piedi con squisita delicatezza. Quando la osservò, la nuova arrivata rimase di stucco.

«Piacere di conoscerti!» esclamò la ragazza in tono festoso. «Io sono la Madre Reverenda, Regina della Temperanza, Protettrice di Coteau-de-Genêt, Badessa Superiora dell'Oliveto, eccetera eccetera, ma ti prego, anzi ti scongiuro di chiamarmi semplicemente Chae-yeon[I].»

«Chae... yeon?» sillabò Emily socchiudendo gli occhi con evidente perplessità.

«Esatto, Kwon Chae-yeon[II]. È il mio nome» spiegò l'altra con un sorriso. «Tu invece come ti chiami?»

«Emily» rispose lei con un filo di voce dopo essersi guardata attorno in maniera circospetta, col terrore che qualcuno potesse riconoscerla. «*Emily Lancaster.*»

Chae-yeon la abbracciò e annunciò, con tutto il calore che è possibile infondere in una voce: «Allora ti do il benvenuto ufficiale nella Congregazione della Vergine, Emily!»

«Il benvenuto nella *COSA*?!» scattò lei con gli occhi sgranati, divincolandosi subito dall'abbraccio.

«Da adesso fai parte della Casa zodiacale della Vergine» ribadì Chae-yeon in tono carezzevole, come se per lei fosse la cosa più normale del mondo.

«Va bene, ma... io sono del segno del Leone!» protestò l'altra fingendosi oltraggiata, non sapendo cos'altro rispondere.

La Madre Reverenda alzò le spalle e abbozzò un sorrisetto rassicurante. «Prima, certo. Ora non più.»

Emily non fu in grado di formulare una argomentazione sufficientemente valida con la quale ribattere a una dichiarazione così assurda. Quello scambio

---

[I] La pronuncia corretta è: "Cé-Ión".

[II] Nota di Veronica Fuentes, Prima Bibliotecaria: la Madre Reverenda si presentò enunciando prima il cognome e poi il nome, come avrebbe fatto nel suo paese d'origine.

di battute le parve surreale, come la gag di un siparietto comico di cui non aveva ricevuto in anticipo la sceneggiatura. Rimase per un po' attonita a fissare Chae-yeon, cercando di studiarla.

La ragazza che le stava davanti non aveva proprio per nulla l'aspetto di una "Madre Reverenda".

Chae-yeon possedeva dei lineamenti asiatici e una pelle candida come la galaverna, e dimostrava al massimo venticinque anni. Era alta quanto Emily, ovvero non molto, e non aveva un filo di grasso. Il viso asciutto, dalle linee sinuose e simmetriche, era abbellito dal vistoso trucco. Le labbra erano rosso fuoco, gli occhi a mandorla blu cobalto erano circondati da una nuvoletta di fumo rosato; infine le gote erano messe in risalto da un leggerissimo tocco di rosso. I capelli, neri come il vuoto cosmico, le arrivavano al seno – che risultava appariscente anche sotto la camicetta portata larga – e anche quelli mettevano in mostra diverse ciocche blu cobalto. Le unghie erano lunghe, elaboratissime e coloratissime. In generale, sembrava una ragazza orientale appena uscita da un salone di bellezza o da un centro estetico dopo aver pagato per un servizio completo. Tuttavia, c'era un sapore antico negli indumenti che indossava, sebbene paressero anch'essi appena usciti dalla fabbrica e non presentassero pieghe o sgualciture di alcun tipo. Vestiva un paio di stivali di pelle nera, sopra i quali ricadeva una lunga gonna di lino marrone dalla foggia semplice, tenuta ferma in vita da una larga cintura di pelle scura quanto gli stivali. Una camicetta di lino bianco con le maniche a sbuffo, che le lasciava scoperto il collo e quasi tutte le spalle, era infilata dentro la gonna. Al collo indossava una collana d'argento impreziosita da un vistoso zaffiro che brillava di un blu profondissimo e faceva pendant con i suoi occhi.

Emily la giudicò piuttosto attraente, ma c'era qualcosa in quella ragazza che la infastidiva a priori in maniera viscerale.

"Madre Reverenda"? Cos'è, uno scherzo? Questa la suora al massimo potrebbe interpretarla in un film erotico soft-core e girato da un regista con ben poche pretese. Da dove cazzo è uscita? Sembra una contadinella sexy che di notte nelle risaie si fa sbattere da tutti gli scemi del villaggio.

La sua mente venne distolta dall'analisi di Chae-yeon quando un uomo dai corti capelli castani si lamentò dall'altro lato della piscina.

«Potremmo darci una mossa? Mi si stanno ammuffendo le palle» confidò a tutti mentre si sgranchiva le gambe. «Mi sembra chiaro che il Rito di oggi è terminato e non arriverà più nessuno. La bionda era l'ultima. È ora di tornarcene a casa. Magro bottino per noi del Sagittario, ma sempre meglio che un calcio nel culo.»

«Non c'è stato il Finale» puntualizzò Olivia.

Emily notò che, a differenza degli altri, ella indossava una tunica bianchissima, o forse era una toga, dal sapore romano. Le sue nozioni di storia antica erano in generale alquanto scarse, pertanto l'analisi del vestito terminò lì.

«Ho deciso di chiudere un occhio sull'anomalia di prima, ma che addirittura il Rito non termini con il Finale... quello sarebbe troppo. Non essere impaziente, Commodoro» concluse la donna, calcando con la voce su quell'ultima parola in maniera ironica.

Nell'udire quel termine, Emily realizzò che l'uomo dai capelli castani indossava, sempre per motivi all'apparenza inspiegabili, un'uniforme da alto ufficiale della Marina, ma di certo non appartenente agli Stati Uniti dell'era contemporanea, ossia da dove lei proveniva.

Il Commodoro riprese a parlare con fare beffardo: «Forse l'arrivo della bionda... di *Emily*, ha mandato in tilt l'Aditus Dei?»

«Lo escluderei in maniera categorica» sentenziò l'uomo che indossava i grandi occhiali e la roba porpora che lo faceva sembrare un mago. Si lasciò scappare una risatina supponente. «L'Aditus Dei che va in tilt! Che idea balzana, degna del signor de la Rocha, senza dubbio. Non mi guardi in quel modo, ho capito perfettamente la battuta. State parlando di cose di computer.»

«Concordo con te, Alford» interloquì l'uomo dai toni solenni che Emily aveva già sentito parlare in precedenza. Aveva i capelli biondissimi e gli occhi azzurri. «Non ce ne andremo finché il Rito non sarà ufficialmente terminato, come da consuetudine.» Alzò subito una mano per smorzare sul nascere qualsiasi ulteriore contestazione del Commodoro. «Diego, riservami il solito tavolo all'*Alabastro*; ne discuteremo stasera, se ti va, ma ora ti prego di collaborare. È stata una cerimonia già oltremodo sfinente.»

Il Commodoro, Diego, gli sorrise e annuì.

Resasi conto di non essere più il centro dell'attenzione, Emily ebbe modo di riprendersi, ma percepì una fitta d'ansia allo stomaco. «È per colpa mia che litigate? Ho fatto qualcosa di male?» domandò a Chae-yeon, che continuava a fissarla con occhi calorosi.

«No, non preoccuparti, non hai fatto nulla di male. Sono tutti un po' nervosi oggi, ma vedrai che presto il Rito finirà e torneremo a casa» rispose la Madre Reverenda con imperturbabile serenità.

«Adesso dov'è che siamo?» indagò Emily, animata da un genuino interesse.

«Tutto ciò che vedi attorno a noi è il Giardino degli Dei» spiegò Chae-yeon, facendo spaziare lo sguardo su quella vasta prateria. «La vasca nella quale sei comparsa è invece chiamata Pozzo dei Santi e dentro ci scorre l'acqua della Fonte.»

Giardino degli Dei? Pozzo dei Santi? Merda, non mi suona bene per niente. Sono arrivata in una specie di limbo, in attesa del giudizio divino? Ma perché da piccola non sono stata più attenta in chiesa?

"Torneremo a casa", dice questa finta suora. No, non mi sembra proprio plausibile, anche perché...

Emily trasalì, ricordandosi di un fatto importantissimo. Ebbe un tremito mentre domandava a Chae-yeon con voce incrinata: «Il mio vestito... *sono sporca di sangue?*»

Alcune delle persone accanto a loro si scambiarono un'occhiata circospetta, ma poi per gentilezza fecero finta di non aver sentito.

Emily studiò il proprio abito con attenzione, guardandolo sia davanti che dietro. «Aspetta, ma cosa cazzo ho addosso? Questo vestito non è mio!» esclamò coprendosi la bocca con una mano, quasi orripilata.

«Su, su, non è niente. Ti assicuro che non c'è nulla di strano in questo» la rincuorò Chae-yeon dandole dei bonari colpetti sulle spalle.

Di fatto, Emily era vestita in maniera analoga alla Madre Reverenda, seppur con qualche lieve differenza (la fattura del vestito di Chae-yeon sembrava molto più pregiata). A Emily quel fatto puzzò, e nemmeno poco, anche se in quel momento non fu in grado di stabilire perché.

«No, non è affatto "niente"! Io non mi vestirei mai in questa maniera orrenda! Dov'è finito il mio Prada nero?» si lamentò con voce aspra mentre tastava i nuovi indumenti, come se toccandoli potesse trasformarli in ciò che erano.

Si udì qualche risatina sommessa, poi, all'improvviso...

Un boato rimbombò per il Giardino degli Dei, simile a una potentissima cannonata sparata a non grande distanza da loro. Emily d'istinto si coprì le orecchie con le mani e si girò da ogni lato cercando la fonte del rumore, ma non realizzò da dov'era provenuto finché non notò gli altri che sollevavano lo sguardo. A quel punto li imitò, seguendo la direzione dei loro occhi.

A qualche centinaio di metri da loro, una torre nera di colossale grandezza giganteggiava sul Giardino, protetta da una cinta muraria che ne copriva a malapena la base. Dalla sommità della torre, altissima nel cielo, fuoriusciva una nuvola di fumo bianco incredibilmente denso, saturo di energia cosmica. All'interno della nube guizzavano nervosi dei lampi di luce gialla carichi di elettricità. Dopo pochi secondi la nuvola si dissipò e il cielo tornò sereno.

«Che cazzo succede?» balbettò Emily con il labbro inferiore che ancora tremava per lo spavento.

«Succede che torniamo a casa, come ti avevo promesso» annunciò Chae-yeon sfoggiando un sorriso radioso. «In effetti eri proprio l'ultima.»

Per un attimo la mente di Emily volò al suo appartamento megagalattico a Beverly Hills: trecento metri quadrati spalmati su due piani, con l'intero mobilio in stile naïf. Poi all'appartamento al decimo piano nell'Upper East Side, con un'incantevole vista su Central Park. Infine ripensò con malinconia alla sua nuova villa negli Hamptons, quella con l'uscita diretta sulla spiaggia. Eppure no, non aveva alcun senso. Quella strana Madre Reverenda non l'avrebbe di certo condotta a casa, poteva metterci una pietra sopra. Sapeva bene che per lei era finita.

«Perché ti dovrei seguire? Non ho nemmeno idea di chi cazzo tu sia!» sbottò, rivolgendosi di nuovo a Chae-yeon. «Non sono mica scema. Dove cavolo volete portarmi?»

«Preferisci rimanere qui? Purtroppo non c'è molto da fare al Giardino degli Dei, anche se è davvero un posto delizioso e tranquillo. Sarebbe noiosissimo rimanere qui fino al prossimo Rito; potrebbe essere tra un mese così come tra degli anni, chi lo sa? Seguimi, su» esortò Chae-yeon con voce delicata, girando con le mani Emily verso una stradina di ghiaia. La bionda non oppose ulteriore resistenza, ma era evidente che la Madre Reverenda aveva eluso la domanda.

La folla si divise ordinatamente in piccoli gruppi, dopodiché si avviarono tutti verso l'uscita del Giardino degli Dei. In realtà, Emily notò che v'erano due possibili strade da prendere, che si diramavano in direzioni opposte rispetto alla piscina, eppure tutti i gruppi si diressero dalla stessa parte. Il gruppetto di Emily era composto da lei, quella Chae-yeon detta la Madre Reverenda e altri due giovani dall'aspetto poco appariscente che Emily ritenne inutile voler conoscere, ma anche loro indossavano abiti dallo stile simile al suo.

Una stradina di ghiaia bianca li condusse fino al limitare del Giardino degli Dei, che era cinto da una muraglia alta non meno di una quindicina di metri, costruita in marmo chiaro e dallo stile rinascimentale, nella quale si apriva un'enorme ed elaborata porta ad arco. La strada li avrebbe portati a passarci attraverso.

Durante il tragitto, Emily notò che qua e là, sparsi per il Giardino senza un evidente senso logico, v'erano degli antichi ruderi; eppure, non sembravano costruzioni abbandonate da lungo tempo o distrutte da una guerra, e nemmeno erano state deteriorate dagli agenti atmosferici. Una colonna in stile dorico era appoggiata in un punto; un arco rampante era abbandonato più in là; rampe di scale si ergevano dal suolo e finivano nel vuoto senza condurre a nulla; porte e portoni appartenenti a stili architettonici differenti erano piantati sbilenchi nel terreno, aprendosi sul niente. Nessuna pianta infestante aveva aviluppato quelle costruzioni, nessun muschio vi era cresciuto sopra e non v'era la minima traccia di ruggine. Tutto era in perfetto stato di conservazione, ma mancavano delle parti fondamentali affinché quel luogo acquisisse un senso.

Una volta giunta nelle vicinanze dell'immensa porta monumentale, Emily constatò che si trattava di un vero e proprio arco di trionfo di dimensioni imponenti, simile ad alcuni che aveva visto in vacanza in Europa. Era istoriato con una serie di bassorilievi che non ebbe tempo né voglia di esaminare con attenzione. E poi, in ogni caso, storia dell'arte era una materia che a scuola aveva studiato con la stessa passione delle altre, vale a dire nessuna.

Adesso che aveva modo di osservare i dintorni con più calma, Emily si avvide che le mura che cingevano il Giardino degli Dei erano leggermente curve, come se disegnassero un'enorme circonferenza, ma non fu in grado di azzardare ipotesi più dettagliate. Sollevò lo sguardo e notò che sulla sommità dell'arco di trionfo erano scolpite a caratteri cubitali le parole: *... et pulchram, post mortem, adhuc vivere*. Emily il latino non lo aveva proprio studiato, ma era decisa a non domandare a Chae-yeon il significato di quella frase. La conosceva da appena un'ora o poco più, ma quella Madre Reverenda la irritava in maniera indicibile, anche se capiva che quel sentimento d'odio era irrazionale. Nella zona più profonda della sua psiche, però, Emily stava lentamente prendendo coscienza della propria condizione, e a ogni passo la consapevolezza del suo destino aumentava di limpidezza.

Porca puttana, sto per essere giudicata per i miei peccati di fronte a San Pietro o un altro tizio del genere, pensò. *Forse ci saranno pure il padreterno, Gesù Cristo e la Madonna. E io ci sto andando vestita così, da contadina un po' modaiola. Ce ne rendiamo conto? Per me è davvero giunta la fine, in tutti i sensi.*

Magari mi sbaglio. Magari sto immaginando tutto e questa è una specie di esperienza trascendentale che il mio corpo sta facendo in questo preciso momento sulla Terra e...

«Emily Lancaster?» mormorò una voce maschile alle sue spalle. Qualcuno le si era avvicinato con grande cautela.

Lo spirito di Emily ritrovò almeno una parte della sua antica grinta. Si voltò di scatto con un movimento studiatissimo, facendo ondeggiare i capelli biondi affinché disegnassero un perfetto arco dorato nell'aria. «Sì?» disse con un fremito nella voce, senza nemmeno aver finito di girarsi.

C'era un ragazzo in piedi di fronte a lei, un ragazzo che purtroppo Emily conosceva bene. La salutò con gli occhi velati d'amarezza, aprendo una mano senza tanto entusiasmo. Non proferì altra parola.

Tutto l'impeto di Emily si spense in un istante. Le braccia le caddero a lato dei fianchi. La consapevolezza era stata raggiunta.

«Merda, sei qui anche tu» gracchiò, coprendosi il viso con le mani per la vergogna.

Emily I

Stati Uniti d'America
New York, Manhattan

Nello studio privato di Arnold Schwarzkopf, seduta su una grande poltrona di pelle marrone di fronte all'immensa scrivania disseminata di scartoffie, una Emily Lancaster annoiata a morte si sta rimirando ormai da dieci minuti nello specchio portatile ornato di diamanti e perline. Ammira il suo bel viso osservandolo da ogni angolazione e mettendo in particolar mostra le labbra – l'elemento della faccia di cui va più orgogliosa – che quel giorno sono abbellite da un rossetto rosa opaco.

Fin da quando era bambina tutti le hanno assicurato che ha il viso perfetto per diventare una conduttrice televisiva, magari in un canale d'informazione serio come Fox News, ma lei alla fine ha optato per una carriera da cantante, e in quei primi venticinque anni di vita è andata alla grande. Modesta di statura ma dal fisico longilineo, occhi celesti, capelli biondi come il sole d'estate, il tutto incorniciato da una finta espressione innocente da perfetta fidanzatina d'America o da ragazza della porta accanto. La ragazza della porta accanto di qualcuno talmente fortunato da vincere la lotteria tredici volte di fila, forse, ma pur sempre una ragazza della porta accanto. La bella Emily, infatti, avrebbe potuto proclamarsi ricca sfondata già nel momento in cui era uscita dalla pancia di sua madre Evelyn, attrice hollywoodiana di lungo corso, ma questa è una storia per un altro Volume.

Sono in tre, quel giorno, nell'austero ma spazioso studio: Emily, Arnold e un ometto alto e dal viso smunto, vestito di grigio, che rimane in piedi in un angolo della stanza con in mano una borsa di cuoio, in attesa di ordini. Arnold, che è l'agente di Emily ma anche il suo produttore discografico, è un uomo sulla sessantina, calvo e con una discreta pancia, messa su dopo decenni di stravizi. Sta fumando un grosso sigaro cubano.

Emily continua a specchiarsi, tastando ripetutamente i capelli tagliati da poco e cercando di sistemarseli in una maniera che la soddisfi almeno un pochino. Arrivano appena a sfiorarle le spalle. Scontenta, piega le labbra in una smorfia di disgusto e annuncia: «Sai, ho intenzione di lasciarmi ricrescere i capelli. Stavo molto meglio prima. No, davvero, è un fatto oggettivo.»

«Non se ne parla» risponde brusco Arnold, immerso in una nuvola di fumo.

Non è seduto alla sua scrivania, ma su un'altra poltrona di pelle accanto a Emily.

«E si può sapere perché?» gracchia lei infastidita mentre getta lo specchio nella sua borsa nera di Gucci in pelle spazzolata.

«Sei diventata stupida o solo smemorata? Ne avremo discusso almeno venti volte.» Arnold scuote la testa e dà un altro tiro al suo sigaro. «Coi capelli lunghi sei troppo bella; le fan più giovani vogliono vederti meno attraente, o non riescono a identificarsi con te. Le fai sentire inferiori, insicure, a disagio. Inoltre, coi capelli corti piaci di più alle ragazze dell'orientamento sessuale che stiamo cercando di ingraziarci, anche se tu continui imperterrita a rovinare tutto il mio duro lavoro facendo delle gaffe una settimana sì e l'altra pure.»

Emily sfodera un'espressione compiaciuta e sorride tra sé e sé, come se stesse ricordando qualcosa di divertente, quindi puntualizza: «Da quel punto di vista direi che stiamo migliorando: questo mese sui social media mi hanno accusato di essere omofoba solo sei volte, se non sbaglio. O era sette? Sai, a volte fatico a tenere il conto.»

«Sette è comunque meno di duecento, per cui lo ritengo un passo avanti. Certo, se ogni tanto riuscissi a tenere la bocca chiusa e le dita ferme, sarebbe un sogno.»

«Ma cosa posso farci se quelli sono fuori di testa? Io non ho proprio nessuna colpa» starnazza Emily stritolando il manico della borsa.

«Non dichiarare pubblicamente che le lesbiche ti stanno sulle palle, ad esempio. Sarebbe un ottimo inizio. Ci sono voluti sei mesi di prudenti *press relations* per rimediare a quella puttanata.»

«Ma è vero!» si giustifica lei in tono sprezzante. «Non mi piace guardare ragazze che fanno sesso con altre ragazze. E invece tutte le volte che cerco di, ehm... *rilassarmi un po'*, me le ritrovo di continuo davanti agli occhi!»

Arnold picchietta sul sigaro e lascia cadere la cenere dentro il posacenere sul tavolino tra le due poltrone. «Guarda che nessuno ti ha obbligata a guardare film porno con le lesbiche dopo averti legata di fronte al computer con degli aghi piantati tra le palpebre. Se l'hai fatto è stato di tua spontanea iniziativa. Clicca da un'altra parte, la prossima volta. Ti sto semplicemente suggerendo di non denigrarle sui social media. Puoi farcela persino tu.»

«Volete obbligarmi a fare anche questo? Adesso decidete voi cosa posso dire, quando e dove posso dirlo?» lo accusa lei in tono di sfida.

Arnold la osserva impassibile. «Non fare la tosta con me. Certo che lo decidiamo noi. In privato puoi dire quel cazzo che ti pare; in pubblico no. E anche quando sei in privato assicurati prima che quelle imbecilli che chiami amiche non ti stiano registrando di nascosto, o potrebbero ricattarti.»

Emily, esasperata, alza gli occhi al cielo e scuote la borsa. «Dio, che palle! Ma come si fa a vivere così?»

«Li vuoi vendere i dischi?»

«Sì, però...» Emily lascia la frase a metà e abbassa lo sguardo verso il tappeto persiano. Dopo un po' aggiunge, immusonita: «Non mi piacciono per nulla i miei attuali fan, sono dei rompipalle assurdi. Una volta non era così.»

«Vedremo cosa possiamo fare al riguardo» concede Arnold in tono vago, felice di vedere che la sua artista è scesa a più miti consigli. Il produttore giocherella a lungo con l'anello d'oro che indossa al dito medio. Al centro vi è incastonato un enorme rubino, con sopra inciso, in nero, il simbolo di una spirale che viene tagliata a metà da una linea diagonale.

Emily rivolge lo sguardo verso l'esterno, oltre la finestra dietro la scrivania, alta quasi quanto il soffitto di quattro metri. Quel giorno sta piovendo, e i palazzi del centro di Manhattan sono sovrastati da un tetro grigiore. «Quest'anno voglio vincere qualche Grammy» si lamenta con stizza. «L'anno scorso abbiamo fatto cilecca in maniera patetica, anche se mi avevi promesso ben altro. Mi sono coperta di ridicolo davanti a tutti.»

«Su questo non hai di che preoccuparti. Ho già predisposto tutto» spiega Arnold, tormentando il suo anello con il pollice. «L'anno scorso c'erano troppi pezzi sulla scacchiera. Abbiamo dovuto lasciar vincere qualcun altro, o sarebbe stato socialmente insensibile. Stavolta ci lasceranno vincere tutti i premi che non ci hanno consegnato l'anno scorso e con aggiunti gli interessi.»

«Spero proprio che sia vero. Ho il serissimo bisogno di comprarmi una casa nuova.»

«Ne hai già sei» la liquida Arnold con aria imperturbabile.

«Ma nemmeno una in Europa» puntualizza lei. «Che cazzo di figura faccio senza una bella villa in qualche appartato e delizioso paesino europeo? Tutti i miei amici ce l'hanno, e intendo proprio *tutti*, anche i morti di fame. Così sembro una stracciona.»

«Da' tempo al tempo, e vedrai che...» promette vago il produttore dopo un lungo sospiro fumoso.

Insoddisfatta da quella risposta elusiva, Emily storce la bocca e inizia a smaniare sulla poltrona. «Non possiamo tirar fuori qualche altro milioncino mettendo il copyright su delle parole a caso, come facemmo due anni fa?» Si lambicca per un po' il cervello e propone: «Mettiamo il copyright sul mio nome, così nessuno d'ora in poi potrà chiamarsi Emily senza sborsare un po' di grana! A me sembra giusto, visto quel che ho fatto per il mondo della musica. Dopo tutto, quante ragazze vuoi che si chiamino "Emily"? Non sarà poi una gran tragedia» conclude, soddisfatta della sua idea geniale.

Arnold contrae il viso in un'espressione di disorientata incredulità. «Ma su che pianeta vivi? Credo sia un nome piuttosto comune in America e anche altrove.»

Emily scrolla le spalle e sorride radiosa. «Cazzi loro! Potranno contestare qualcosa quando avranno venduto cento milioni di dischi come me. Siamo arrivati a cento, vero?»

«Cerchiamo di non esagerare. Ci è andata bene un paio di volte col copyright, ma non tiriamo troppo la corda. Potrebbe ritorcercisi contro» la avvisa Arnold, smorzando di colpo il suo entusiasmo.

Emily estrae il cellulare dalla borsa e comincia a controllare le notifiche, ma nessuno le ha inviato messaggi privati. Passa quindi al setaccio le ultime notizie sui social media ma dopo pochi secondi sbarra gli occhi, assalita da un improvviso e indescrivibile terrore.

«Merda, oggi è la giornata internazionale della donna, ma qui a New York c'è anche il gay pride! Perché non mi hai avvisata prima? Eppure lo sai che 'sta roba mi uccide. Cosa dovrei twittare secondo te?» gracida mangiucchiandosi un'unghia, mentre con l'altra mano fa scorrere febbrilmente il pollice sullo schermo del cellulare dal basso verso l'alto.

«Non ti ho avvisata perché sapevo che saresti venuta qui. In teoria ci serve il supporto di entrambi i gruppi» osserva meditabondo Arnold.

«Allora scrivo un tweet per entrambi gli eventi?»

«Meglio di no. Diminuirebbe la potenza del tuo messaggio. Ti farebbe apparire incerta e alla disperata ricerca dell'approvazione di tutti. Dobbiamo massimizzare correndo il minor rischio possibile.» Arnold si gira verso l'ometto in piedi in un angolo della stanza, che nell'ultima mezz'ora non ha aperto bocca. «Algoritmo, quanti follower guadagnerebbe la nostra Emily twittando sul gay pride?»

«Un attimo, prego» risponde lui con voce nasale. Estrae un tablet dalla borsa, lo accende e tocca lo schermo con le dita qualche dozzina di volte. «I nostri calcoli dicono: almeno centocinquantamila nel giro di due settimane.»

«Mi sembra un buon numero» dichiara Arnold infilandosi in bocca il sigaro. «Passami il cellulare, ci penso io.»

«No, aspetta. Voglio sapere in anticipo cosa scriverai» lo avverte Emily nascondendo il telefono. «L'altra volta è successo un casino.»

«Passami il cellulare» intima lui.

Emily glielo porge, anche se controvoglia, e fissa il soffitto con aria indispettita.

Qualche minuto più tardi il telefono le viene riconsegnato e lei si precipita ipso facto a leggere i primi commenti sotto il tweet, rimanendone nauseata. Si appoggia una mano sul viso, coprendosi gli occhi per la vergogna. «Mio Dio, le risposte sono una collezione di bandiere arcobaleno. Ma i miei fan maschi dove sono? Quelli etero, intendo.»

«Quelli non li hai più, Emily cara. Ne avevamo già parlato. Abbiamo dovuto fare delle scelte» spiega Arnold, stanco di ripetere sempre le stesse cose.

«Sì, lo so, ma ne avrò ancora almeno *qualcuno*. O no?»

Arnold sogghigna tra sé e sé, mettendo in mostra i denti di porcellana. «Be', qualche irriducibile suppongo sia rimasto, insieme a uno sparuto gruppo di maschi beta che gode nel farsi umiliare dalle donne. Sai, da quando hai dichiarato che tutti i maschi eterosessuali andrebbero messi ai lavori forzati, non puoi più pretendere granché in quel settore.»

«Ma me l'hai ordinato *TU* di dirlo! Ti sembra una frase che io direi mai in qualsiasi cazzo di circostanza?» strilla Emily. «I ragazzi brutti, magari, perché tanto quelli non servono a un cavolo, ma i ragazzi belli li voglio nel mio letto!»

«Era la cosa più conveniente per noi da dire, in quel momento. Avevamo le femministe alle calcagna, dopo quelle cazzate che hai scritto da ubriaca su Facebook su quanto ti piaccia... be', sì, sai cosa. In che altro modo potevamo uscirne? Abbiamo fatto la scelta giusta, fidati. Il ritorno d'immagine è stato positivo.»

«È stata una cazzata!»

«Però di fatto ti ci sei pagata la villa nuova al mare, con la "cazzata".»

«Quello è vero» si rallegra lei soffocando una risatina. La sua mente vola alla villa di due piani negli Hamptons, col giardino su quattro lati e il vialetto privato che conduce diretto in spiaggia. Il suo viso si rabbuia però altrettanto velocemente. «Solo che a letto con me non ci vorrà venire più nessuno.»

«Le ragazze sì.»

«Ma vacci a letto *tu*, con le ragazze!» lo aggredisce Emily alzandosi in piedi di scatto. «Anzi, purtroppo quello lo fai già; il problema è che sono tutte un tantino troppo giovani, per usare un eufemismo. Fai vomitare!»

«Calmati e rimettiti a sedere, da brava» le intima lapidario Arnold, senza scomporsi di una virgola di fronte alle sue scenate.

Lei rotea gli occhi e piazza di nuovo il sedere sulla poltrona. Ormai è pronta a scendere a patti. «E se mi facessi invitare da Timmy Callon e dichiarassi che sono stata fraintesa e che mi piacciono ancora gli uomini?»

Gli occhi di Arnold fiammeggiano. «Gli uomini trans? Una mossa leggendaria! Vedi che quando vuoi riesci ancora a essere geniale? Finalmente riconosco la vecchia Emily Lancaster!»

«Ma quali trans, intendo gli uomini dalla nascita, testa di cazzo!»

«Se intendi suicidarti pubblicamente almeno intestami prima il tuo patrimonio. E vedi anche di moderare i termini, signorinella, o ti relego a cantare dischi folk finché non hai compiuto quarant'anni» la ammonisce il produttore con voce minacciosa.

Emily sussulta e aspira l'aria in un fischio. «*Dischi folk*? Ti prego, tutto ma non quello!»

«Sì, invece. Un bel album solo voce e chitarra.»

«Non oseresti!»

«Mettimi alla prova.»

Emily gesticola infervorata e dichiara in maniera teatrale: «Dio, che vita di merda. Ogni giorno è più schifoso del precedente. Spesso la mattina non trovo più nemmeno la forza di alzarmi dal letto. Ogni momento passato da sobria è un calvario. Dove andrò a finire di questo passo? Come posso andare avanti così?»

«Piantala di fare la melodrammatica. Dove andrai a finire, hai anche il coraggio di chiedere? Andrai a finire come sempre nel tuo bellissimo appartamento nell'Upper East Side, col barboncino idiota che abbaia di continuo, le quattro domestiche latine che tratti in maniera discutibilissima e il tuo letto d'oro massiccio ornato di diamanti che sfamerebbe quattro o cinque Paesi del terzo mondo se glielo donassi. Ah, e a proposito di letti: il tuo vicino del piano di sopra ha chiamato di nuovo, qualche giorno fa. Ha chiesto se per favore puoi smettere di urlare in quella maniera esagerata quando sei a letto col tuo fidanzato; un po' perché ha bisogno di dormire, ma soprattutto perché si capisce da un piano di distanza che stai fingendo l'orgasmo.»

Emily balza in piedi e getta la borsa a terra. «Quello stronzetto spione di un *nouveau riche*! Te l'ho sempre detto: mai fidarsi di chi aveva i genitori che lavoravano alle poste e ora finge di girare in Lamborghini, probabilmente comprata di seconda mano su Ebay. Spero davvero che tu non gli abbia dato ascolto, perché io non fingo *mai*, dato che non ne ho bisogno. I miei fidanzati sono dotatissimi dove conta.»

«Guarda che a me non interessa; discutine con qualche tabloid, piuttosto. E ora ridammi il cellulare, avanti. Te lo scrivo io, un bel post su Facebook contro la violenza verso le persone transgender. Sarà meglio scrivere qualcosa di grande effetto, un po' strappalacrime, su un bello sfondo nero. Hai un'amica trans mi pare, quella che ci teniamo buona per queste occasioni. Non si è ancora ammazzata, giusto? Perfetto, perfetto. Dopotutto questo mese non abbiamo ancora battuto cassa da loro.»

Emily sbuffa e gli passa ancora una volta il cellulare, fissando poi per qualche minuto con aria rassegnata il lampadario d'ottone sopra la sua testa.

«Ecco fatto» annuncia soddisfatto Arnold, poi si volta per chiedere conferma del suo operato. «Algoritmo, quante copie del nuovo album venderemo in più con questo post?»

«Un attimo, prego.» L'ometto esegue delle complicate operazioni sul suo tablet, toccando lo schermo decine di volte in pochi secondi. «I nostri calcoli dicono: almeno diecimila copie.»

Arnold si gira verso Emily e le lancia un'occhiata penetrante, sollevando un sopracciglio. «Visto? Non ci vuole poi molto.»

«Sai che roba. Diecimila in più, diecimila in meno» commenta lei annoiata, appoggiando il mento sul palmo della mano.

«Se vuoi di più e in fretta possiamo fabbricare uno scandalo fatto su misura per te. Qualcosa di succulento, magari per titillare la fantasia delle tue frange di fan più estremiste. Quelle le abbiamo caricate ben bene nei mesi scorsi, potremmo istigarle un altro pochino e lasciare che ci pensino loro a pagarti la casa in Europa, quando tra due mesi pubblicheremo il nuovo disco.»

Emily non sembra granché interessata. Giochicchia con una delle penne stilografiche appoggiate sul tavolino di fianco alla poltrona, facendola ruotare in senso orario. «Hai un'idea?»

Arnold la sbircia di sottecchi. «Sai, ci sarebbe un fan un po' ossessionato, un vero maniaco di Emily Lancaster. Ed è un maschio, proprio come piace a te. Di solito il reparto di sicurezza non mi passa nemmeno più queste stronzate, perché avere gli stalker è una cosa così *passé*, ma questo è proprio un tizio patetico, valeva la pena di farsi due risate a sue spese. È innamorato di te, vuole sposarti, solite puttanate. Dovrei leggere meglio le lettere che ti ha scritto, ma–»

«Mi ha scritto delle lettere? Vuoi dire a mano, con carta e penna?» Lo spirito di Emily per un attimo si riaccende.

«Esatto. E allora?»

Lei riappoggia il viso sul pugno con aria malinconica. «I miei attuali fan non fanno mai niente del genere. Passano le giornate a dichiararsi guerra tra di loro e ad analizzare se quello che scrivo sui social media è problematico o no.»

«I tuoi attuali fan comprano i dischi quando noi gli ordiniamo di comprarli,

Emily cara. E se gli diciamo che gli asini volano, tempo cinque minuti e si sono già tutti affacciati alle finestre a controllare, e poi raccontano ai loro amici di quanto erano belli tutti quegli asini volanti che hanno visto. Questa è l'unica cosa che conta.»

«Quello stalker... è carino?» chiede Emily con una punta di timidezza.

«E chissenefrega? Non credo abbia spedito delle foto, e comunque non è che tu debba uscirci insieme sul serio. È una cosa finta, lo capisci, vero? Useremo quel tizio per i nostri scopi, sempre che Emily Lancaster, la nuova paladina dei maschi eterosessuali, non si faccia delle remore.»

«Se è brutto non c'è alcun problema.»

«Ottimo, adesso riconosco la mia Emily. Credo proprio che sia brutto. Anzi, lo è di sicuro; altrimenti non sarebbe uno sfigato innamorato di una celebrità, non credi?»

«Quindi come agiamo di preciso?»

Arnold alza le spalle e sospira. «Creeremo una situazione in cui tu e lui possiate essere nello stesso posto allo stesso momento. Un luogo privato, senza testimoni. Dopodiché lo accuseremo di averti assalita sessualmente. Ne faremo un caso nazionale e cercheremo di portare tutti dalla nostra parte. L'importante è farti diventare una vittima agli occhi dell'opinione pubblica. Niente di nuovo, ma fatto con cura, con tanti dettagli.»

«Ma...» Emily esita per un istante. «Non succederà per davvero, giusto?»

«Cosa?»

«Che quello mi assale.»

«No, ovvio che no.» Arnold aspira un'ultima boccata di fumo e la soffia fuori con calma. «Certo, se ti andasse di lasciarti violentare sarebbe più convincente, anche se a recitare non sei male. Credo che con uno sfigato come quello sia sufficiente sventolargliela davanti un attimo per farlo partire in quarta. Dopo vedrai che farà tutto lui.»

Emily tace e si umetta le labbra con la lingua, mantenendo gli occhi fissi sulla scrivania di fronte a lei.

Arnold spegne il sigaro ormai finito nel posacenere di vetro e fissa la sua cantante con un barlume di speranza. «Ti va?»

Lei ci riflette più a lungo di quanto sia disposta ad ammettere a se stessa. «No» risponde alla fine con un leggero tremolio negli occhi.

Arnold emette un sospiro carico di delusione e subito si accende un altro sigaro. «Va bene, non è un problema. Possiamo pagare qualche finto testimone, ma se scegliamo qualcuno di alto profilo pretenderà parecchio. Lo decurterò dal tuo compenso per il prossimo album.»

«Questo è...» Per un istante, un brevissimo istante, Emily prova vergogna. «... *più sbagliato di quello che facciamo di solito.*»

Lui sbuffa, infastidito da quel ridicolo sfoggio di moralità. «E secondo la tua bella testolina gli altri artisti com'è che farebbero ad accaparrarsi i fan? Ci hai mai pensato? Tanto quello stalker non è nessuno. È spazzatura. Possiamo rigirarcelo come vogliamo. Non preoccuparti per lui.»

«Però non è proprio uno "stalker", giusto? Se tutto quello che ha fatto finora è stato mandarmi delle let–»

«Cazzo fai, prendi già le sue difese?» sibila Arnold. «Guarda che alla fine dovrai puntargli il dito contro in tribunale e accusarlo. Siamo messi male se cominci con questo spirito. Non fossilizziamoci sulle definizioni, cazzo. Chi se ne fotte se risponde o no a tutti i canoni dello "stalker", quello è il classico pervertito di merda. Te lo vuoi anche scopare consensualmente, già che ci sei?»

«N-no, certo che no» Emily abbassa lo sguardo e fissa il tappeto persiano sotto le sue scarpette di Versace. Sa sempre quando è arrivato il momento di tacere.

«In definitiva, hai intenzione di approvare la realizzazione del mio piano, o no?»

Lei ci riflette per un'ultima volta. «Sì, ci sto» risponde alla fine, stavolta con più convinzione.

Arnold le stringe la mano e le sorride come se le stesse consegnando un Grammy. «Congratulazioni: sei una sopravvissuta! Algoritmo, vieni anche tu a congratularti con la nostra Emily. È sopravvissuta a una straziante esperienza di violenza sessuale.»

«Sono una sopravvissuta» ripete lei, sorridendo per un pubblico invisibile.

912° Rito dell'Osservazione
Arrivi Precedenti

Adelmo emerse dall'acqua della Fonte e prese fiato.

Con una mano si spazzò via il liquido viscoso dalla faccia e spostò i capelli bagnati dalla fronte, dandogli una leggera piega all'indietro. Si accorse all'istante che qualcosa non tornava: per qualche motivo gli sembravano più lunghi di quanto se li ricordava. Data la precarietà della situazione, però, decise di accantonare la questione in attesa di successive verifiche.

Scandagliò i dintorni, esaminando con attenzione quel luogo che ancora non sapeva chiamarsi Pozzo dei Santi. C'era una moltitudine di gente ai bordi della piscina di marmo, e lo squadravano lanciandogli intense occhiate colme d'interesse. Se erano nemici sarebbe stato opportuno uscire dall'acqua il prima possibile; rimanere a mollo era una posizione a lui troppo sfavorevole. Senza alcuna esitazione si mise a nuotare verso uno dei bordi, quello che giudicò più sicuro.

Aveva quasi raggiunto il suo obiettivo, quando una voce femminile lo chiamò dal lato opposto del Pozzo. «Da questa parte! No, non di là! *Di qua!*» gridò quasi indispettita.

Lui si voltò lesto per capire chi avesse parlato. Una ragazza dai lunghi capelli vermigli gli stava tendendo la mano con aria tutto sommato amichevole. Non aveva per niente l'aspetto di un "nemico" e, a dirla tutta, nemmeno le persone in piedi di fianco a lei parevano animate da intenzioni ostili.

Adelmo tornò con la mente ai suoi ultimi attimi di vita.

I veri nemici li aveva lasciati là. Era impensabile che potessero averlo inseguito fino all'altro mondo. Perché quello era di certo l'aldilà, su questo non aveva il minimo dubbio. Dunque che diavolo gli passava per la testa? Quella ragazza aveva l'aspetto di un angelo, più che di un diavolo, e lui non aveva di certo intenzione di indispettire da subito gli spiriti celesti con la sua maleducazione, in caso fosse davvero volato in Paradiso.

Fece dietrofront e nuotò con ancor più decisione verso di lei.

Adelmo era un nuotatore eccellente; con poche bracciate raggiunse il lato della piscina dal quale la ragazza lo aveva chiamato. Dato che si era comportato da cafone, nuotando dapprima nella direzione sbagliata, gli sembrò scortese farsi anche aiutare da quella graziosa fanciulla, sebbene lei gli stesse nobilmente porgendo la mano. Si issò dunque da solo sul bordo della piscina e si catapultò sul prato che circondava il Pozzo dei Santi facendo sfoggio del suo notevole atletismo.

«Ah, certo, fai tutto da solo allora, non mi offendo» scherzò la ragazza grondando sarcasmo.

Nell'udire di nuovo la sua voce, Adelmo si voltò di scatto per osservarla meglio. Aveva i capelli rossi come il sole al tramonto e gli occhi verdi. Il suo viso era di una bellezza stordente, ma era agghindata in maniera alquanto stravagante. Il cupo abito vittoriano che indossava era andato fuori moda già da qualche tempo – almeno dal punto di vista di Adelmo – e la collana che portava attorno al collo era macabra ed eccessivamente elaborata; per non parlare dei troppi orecchini che le pendevano dalle orecchie.

«Gran Maestra, può avvicinarsi se vuole. Da come mi guarda, direi che il nuovo arrivato ha già riacquistato tutte le sue facoltà mentali» disse la rossa con un velo d'ironia. Lo sguardo di Adelmo si era soffermato per qualche istante sul suo seno florido.

«Non ce ne sarà bisogno. Conducilo qui da noi» rispose una ragazza mora che si teneva in disparte, dietro diverse file di persone. Anch'ella indossava un abito vittoriano, ma oltre a quella stranezza si riparava sotto un ombrello di pizzo nero, sebbene la giornata fosse tiepida e serena. Di fianco a lei c'era una ragazza dalla pelle scura, vestita in maniera analoga, anche se pareva più vispa della giovane con l'ombrello, la quale non muoveva nemmeno un muscolo.

«Figurarsi, c'era da immaginarselo» si lamentò Neal, il Presidente del Toro. «Qualcuno per caso ne è sorpreso? Sembrava quasi che là sotto fosse scesa l'aurora boreale!»

«Come al solito è una vera ingiustizia, uno scandalo. Un'indecenza. Quelli del Capricorno hanno trovato il modo di manipolare la Fonte in loro favore, ormai è palese» confermò Diego del Sagittario con le braccia conserte, ma sembrava più che altro che stesse recitando.

«È davvero *troppo* palese» concordò Majid, lo Jarl del Leone, con aria assorta. Era un omone tutto muscoli sui trentacinque anni, dalla pelle levantina, con lunghi capelli scuri raccolti in una coda e una barba quasi altrettanto lunga.

«Non fatemi ridere. Ogni volta mi tocca sentirvi recitare questa sceneggiata insopportabile» interloquì la ragazza con l'ombrello, la voce colma di frustrazione. «La Fonte non può essere in alcun modo "manipolata". E se anche così fosse, vorrei ricordarvi che siamo tutti dalla stessa parte. Non è una competizione.» Pronunciando quelle ultime parole si voltò di proposito verso il gruppo dell'Ariete – i quali indossavano tutti vestiti orientali dalle tinte rossastre –, anche se non avevano proprio aperto bocca. Tra gli appartenenti a quel gruppo, Adelmo notò una ragazza occidentale vestita da samurai. Aveva lunghi capelli neri e gli occhi di ghiaccio, e da come si atteggiava doveva essere il capo della fazione. Nell'udire la critica, la samurai scoccò alla ragazza con l'ombrello un'occhiata truce che avrebbe raggelato non meno di metà dei gironi infernali.

«Guarda che stavamo solo scherzando» disse Diego accennando un sorriso.

«Lo humour con te è una roba proprio sprecata.»

«Forse perché i bersagli preferiti del vostro "humour" siamo sempre noi» dichiarò algida la ragazza con l'ombrello, tenendo gli occhi fissi sull'acqua della piscina.

Un caotico coro di lamentele, fischi, sbuffi di disapprovazione e secche smentite si levò nel Giardino degli Dei, smorzandosi solo dopo l'intervento di colui che, in quel momento, ricopriva la carica più alta.

«Signori, per cortesia! *Per cortesia!* Credevo che questo tempo magnifico vi avrebbe messi di buonumore, e invece... Guardate che vi metto in punizione, stavolta non scherzo. Diego, considerati sotto osservazione da questo momento in poi» lo avvisò bonariamente un uomo biondo con gli occhi chiari, vestito di verde. Si chiamava Axel, era del segno della Bilancia ed era il Ministro del Culto.

«Tsk!» sibilò la ragazza con l'ombrello. Accompagnata dalla sua amica africana, si avvicinò a Adelmo con signorile compostezza e lo studiò a lungo.

Egli non dimostrava più di trent'anni e aveva l'aspetto di un uomo deciso e vigoroso: alto, fisico asciutto, corti capelli castani ben pettinati con un piccolo ciuffo sopra la fronte. Sotto il naso aquilino c'erano un paio di baffi castani quanto i capelli. Aveva un portamento distinto, ma una vena impetuosa scorreva silenziosa sotto i suoi occhi e il volto dall'espressione volitiva sembrava pronto ad annunciare al mondo di volersi lanciare nell'ennesima impresa eroica.

Sentendosi osservato da quelle strane ragazze, Adelmo guardò verso il basso e notò con enorme sorpresa che stava indossando una lunga giacca a coda di spesso velluto color mogano, che si serrava sul davanti grazie a dei bottoni d'argento. In quel momento era però aperta, sotto si intravedeva una camicia nera col collo alto, un lungo volant e le maniche a tromba. Infine indossava dei calzoni neri quanto la camicia, ricamati finemente con un motivo damascato. Adelmo era certo di non essersi mai vestito in vita sua in quella maniera così pomposa, tenebrosa e fuori moda; tuttavia, si rese anche conto che quell'abito non stonava affatto se messo accanto a quelli delle tre signorine, e qualcosa dentro la sua testa cominciò a ronzare.

«Qual è il tuo nome?» domandò la ragazza mora, nascosta sotto l'ombrello.

Lui si irrigidì e si mise sull'attenti, accennando un saluto militare. Aveva riconosciuto in lei una certa autorità, anche se non avrebbe saputo spiegarne il motivo. «Adelmo Emanuele Vittorio Maria della Rovere, mia signora» dichiarò con voce ferma.

«E la peppa» commentò la ragazza dai capelli vermigli. «È il caso che ci inchiniamo?»

Adelmo ponderò la risposta solo per un attimo. «Non sarà necessario» replicò senza avvedersi che lei lo stava motteggiando, quindi riprese a declamare con fare solenne: «Cavaliere dell'Ordine Civile, Medaglia d'Oro al Valor Militare, Croce al merito di guerra, Cavaliere dell'Ordine dell'Aquila Nera, Commendatore dell'Ordine Virtuti Militari, Cavaliere dell'Ordine Supremo della Santissima Annunziata–»

«Perdonami, ma basta così» lo interruppe la mora con l'ombrello, non senza il necessario garbo. «Sono certa che si tratta di onorificenze prestigiose, ma purtroppo qui non servono a nulla.»

«Oh, io... ma sì, naturalmente, immagino che lei abbia ragione» convenne Adelmo, un po' avvilito. «Che luogo è dunque questo, se posso domandarglielo?»

«Ne parleremo più tardi» tagliò corto lei, quindi annunciò ad alta voce: «Benvenuto nell'Antica Scuola del Capricorno, Adelmo!»

«Come ha detto, prego?» domandò lui, gli occhi che quasi gli uscivano dalle orbite.

La mora gesticolò con estrema finezza, suggerendogli di accantonare la questione. «Per favore, conserva le domande per dopo. Avremo tutto il tempo per chiacchierare durante il viaggio. Ora seguimi e torniamo dietro, non sopporto che tutti ci guardino.»

Adelmo seguì la mora, la rossa e la ragazza africana (che aveva degli splendenti capelli color magenta) qualche metro oltre la fila di gente, mettendosi così in disparte.

«Sentito che onorificenze? Com'è che dice sempre il buon vecchio Comandante Supremo? "La Fonte non mente"!» esclamò Neal del Toro in tono sornione dall'altro lato della piscina.

«La Fonte non mente» ripeté gigioneggiando Diego de la Rocha.

«Non far caso a quei cretini» suggerì a Adelmo la ragazza con l'ombrello. «Permettimi di presentarmi. Io sono la Gran Maestra, Michelle de Molay, ma Michelle è più che sufficiente. Queste invece sono la Venerabile Maestra Seline Simons e la Venerabile Maestra Naija Okafor.»

Entrambe le Venerabili Maestre abbozzarono un timido inchino, mentre Michelle si inchinò in maniera deliziosamente regale. Seline era la rossa, mentre la ragazza scura di pelle era Naija.

«Mi venga un colpo» proruppe Adelmo. «"Gran Maestra", "Venerabile Maestra"... Fate parte di una loggia massonica?»

Seline e Naija si guardarono corrucciate.

«No, non è così» rispose con educazione Michelle. «L'Antica Scuola del Capricorno è un'istituzione dedicata al miglioramento personale e alla ricerca interiore attraverso l'espressione artistica, volti al raggiungimento e al perfezionamento della più alta tecnica di combattimento. Ti prego però di non parlare di certi argomenti qui in pubblico. Avremo modo di discuterne più tardi.»

«Giuda sacripante!» bestemmiò lui. «"Tecnica di combattimento", ha detto? Dunque la guerra mi ha davvero seguito anche all'altro mondo.»

«Non è il caso di avvilirsi» rispose lei con un sorriso. «Ti assicuro che la nostra guerra non è di certo quella che conosci tu.»

Adelmo analizzò con occhio critico le eleganti *mise* di tutte e tre le Maestre, concludendo – in maniera errata – che morendo doveva aver viaggiato a ritroso nel tempo, ma era soprattutto il trucco e i gioielli che indossavano a lasciarlo basito, in particolar modo quelli della leader.

La visione della Gran Maestra si sarebbe potuta definire celestiale e al contempo diabolica. Al riparo sotto l'ombrello nero c'era una ventenne dai lineamenti dolci e morbidi; si poteva quasi dire che aveva un aspetto incantevole, ma il volto era sepolto dal trucco. La pelle era candida come neve, ma le labbra erano ricoperte di un potente rossetto color indaco e gli occhi, che mostravano iridi scarlatte e scintillanti come un lago di sangue, erano incorniciati da pareti di tenebra. I lunghi capelli acconciati a boccoli, nerissimi, le strisciavano sul petto come serpi messe ad arrostire su una pira soprannaturale, poiché le estremità inferiori mostravano dei vistosi colpi di sole ancora una volta color indaco. Vestiva anch'ella un abito vittoriano, con un corsetto di velluto stretto attorno al busto, ma a differenza di quelli soltanto tenebrosi di Seline e Naija – che erano rispettivamente di color blu mezzanotte e amaranto – il vestito della Gran Maestra era nero e la faceva sembrare una vedova vestita a lutto. Perfino le unghie erano smaltate di quel colore. Indossava gioielli argentati ovunque: una miriade di raffinati anelli le adornava le mani, due lunghi orecchini pendevano dalle orecchie. Attorno al collo portava un'elaboratissima collana di pizzo nero arzigogolata come la tela di un ragno, con al centro una grande ossidiana tonda.

Ma c'era dell'altro. Il vestito la copriva soltanto dal seno in giù, lasciando quindi scoperta la parte superiore del busto, e Adelmo rimase sconvolto nell'osservare i numerosi tatuaggi: un orrendo scheletro che sbucava da sotto una lapide, una farfalla con un'ala bruciata, un corvo con un occhio spettrale, rose nere che perdevano petali, un uomo dal viso sfregiato con addosso un maglione a righe e delle lame al posto delle dita, e tante altre creature orrifiche d'ogni fatta. Adelmo ebbe la sensazione che, se si fosse spogliata, avrebbe mostrato tatuaggi quasi ovunque, anche se si interrompevano una volta arrivati al collo. Se fosse stata sua figlia l'avrebbe rimproverata con durezza, schiaffeggiata e forse persino diseredata per aver deturpato il suo corpo con tutti quei tatuaggi e rovinato il viso con il trucco eccessivo. Pareva una servitrice di Satana, o una vedova fantasma. Adelmo sentì vibrare dentro di sé il desiderio di andare a cantarne quattro ai suoi genitori per non averla educata a dovere; eppure subito dopo sperimentò un'ondata d'affetto ancestrale, scaturita senza motivazione apparente da una regione profondissima del suo animo, e le critiche nei confronti della Gran Maestra si spensero di colpo.

In ogni caso, rifletté, quelle tre ragazze erano vestite e truccate in maniera troppo peculiare per essere membri della massoneria, dunque dovevano far parte di una società segreta ben più arcana. Si voltò verso la grande piscina piena d'acqua amarognola e iniziò a studiarne i particolari. Sapeva bene di essere emerso da lì, anche se non ricordava più come ci era arrivato.

«Ah, vedo che ti stai ponendo le domande giuste. Sta per succedere di nuovo, se ti interessa. Guarda!» gli disse Michelle indicando la superficie dell'acqua con una delle sue esili dita appesantite dagli anelli.

Adelmo fece qualche passo in avanti per vedere meglio.

Il liquido contenuto nel Pozzo dei Santi, ovvero la Fonte, iniziò a ribollire e poi a spumeggiare, ma durò solo qualche decina di secondi. Quando le acque si calmarono, le profondità del Pozzo ridiventarono visibili. Si scorsero con chiarezza delle strisce di colore viola, quasi dei filamenti, che per qualche istante fluttuarono rapide nella stessa direzione, allargandosi e restringendosi varie volte per poi scomparire chissà dove. Poco dopo, l'acqua divenne nera e impenetrabile come lo spazio interstellare, ma ben presto al suo interno si accesero, qua e là, delle minuscole luci che sembravano in tutto e per tutto delle stelle che scintillavano nel buio del cosmo. Questa seconda immagine scomparve a sua volta per lasciare spazio a un simbolo bianco su sfondo dorato, composto da una singola linea che disegnava un cerchio per poi fuoriuscirne e descrivere altre due curve. Adelmo in quel momento non comprese il significato di tale simbolo, ma in seguito seppe che rappresentava il segno zodiacale del Leone.

L'acqua della Fonte tornò infine limpida e trasparente. In profondità s'intravide una figura umana salire rapida verso la superficie.

Era una ragazzina. Una volta emersa, la poverella si guardò attorno con occhi confusi e l'aria spaurita, mentre cercava di ammansire i lunghi e scarmigliati capelli corvini che le si appiccicavano ovunque. Era giovanissima ma molto graziosa, con gli occhi a mandorla. Essendo magra e di corporatura minuta, non sarà pesata più di quarantacinque chili.

Adelmo, stupefatto, si voltò verso Michelle sperando di ricevere una spiegazione, ma lei si limitò ad abbozzare un sorriso all'ombra del suo ombrello di pizzo.

Il rituale si ripeté in maniera del tutto analoga a come l'aveva vissuto Adelmo poco prima, tuttavia la ragazzina era emersa dal Pozzo dei Santi vestita in maniera diversissima da lui e dalle sue nuove Maestre, per questo intuì che non sarebbe stata dei loro, e difatti un omone si fece avanti ad accoglierla, assieme a un'altra ragazza dagli occhi a mandorla ma dalla pelle più scura rispetto alla fanciulla appena comparsa. L'uomo si chiamava Majid ed era lo Jarl, mentre la ragazza si chiamava Meljean ed era una delle sue Valchirie, ma questo Adelmo lo imparò soltanto tempo dopo.

I membri del gruppo del Leone erano vestiti in maniera in qualche modo analoga ai vichinghi, sui quali Adelmo aveva letto libri e dei quali parecchie volte aveva ammirato le illustrazioni; tuttavia, l'uomo era di origine mediorientale e le due ragazze sembravano provenire dall'Asia più remota, anche se su questo argomento l'italiano se ne intendeva fino a un certo punto. A ogni modo, quelli non erano vichinghi più di quanto le tre Maestre del Capricorno fossero delle nobildonne inglesi del diciannovesimo secolo, questo era evidente.

La ragazzetta appena emersa dal Pozzo indossava una sgargiante tunica di lino giallo oro che le arrivava fino alle ginocchia, con sopra una cappa di lana arancione lasciata aperta davanti e decorata con ricami dorati raffiguranti delle teste di leone. Entrambi i capi erano tenuti fermi in vita da una larga fascia di lana rossa tempestata di diamanti, che fungeva da cintura. Calzava un paio di stivali di cuoio marrone, abbastanza robusti da essere usati per inerpicarsi su sentieri impervi. Gli interminabili capelli neri le scendevano sul petto svolazzando come le piume di un corvo, arrivandole alla vita.

«Come ti chiami?» le domandò Majid accarezzandosi la lunga barba scura.

La ragazzina chinò ossequiosamente il capo. «Mi chiamo Han Jingfei[I], signore.» Continuava a guardarsi attorno intimorita mentre si strizzava i vestiti

---

[I] Nota di Veronica Fuentes, Prima Bibliotecaria: la giovane si presentò enunciando prima il cognome e poi il nome, come avrebbe fatto nel suo paese d'origine.

e i capelli, anche se si sarebbero asciugati da soli nel giro di pochi secondi. L'acqua della Fonte, infatti, non è in grado di mantenere la propria consistenza a lungo una volta fuori dal Pozzo dei Santi.

«Han Jingfei» ripeté pensoso Majid. «Molto bene. Hai qualche soprannome? Come ti chiamano gli amici?»

«Gli amici? Oh, ehm, mi chiamano Jihan[I]» spiegò lei con un filo di voce. «Vede, è tipo una fusione fra l'inizio del mio nome e–»

«Il tuo cognome, certo. Benvenuta nel Regno del Leone, Han Jingfei detta Jihan!» annunciò Majid, e con quelle parole le appioppò una calorosa manata sulla spalla che la fece volare di lato per un paio di metri e finire gambe all'aria. Meljean, la Valchiria che quel giorno accompagnava lo Jarl, andò a sincerarsi delle sue condizioni con l'aria di una che ci è abituata ma che ne farebbe anche volentieri a meno.

Jihan era piena di stupore per esser volata via come un fuscello e altrettanto colma di meraviglia per l'inaudita forza dello Jarl. Una volta ripresasi dallo shock, si lasciò scappare un sorrisetto – che mise in mostra due deliziose fossette sulle guance – e si rialzò in piedi col fare di una che si è appena presa un bello spavento su un'attrazione di un parco divertimenti, ma che sarebbe già pronta a salirci di nuovo.

«Tutto a posto?» le domandò Meljean, più per educazione che con genuino interesse.

«Sì, non mi ha fatto per niente male» assicurò Jihan, divertita e sbalordita al tempo stesso.

Meljean annuì e le appoggiò una mano sulla schiena. «E brava Jihan. Vieni, uniamoci agli altri.»

«Tutto pare perfettamente in ordine, dunque che venga messo agli atti il terzo arrivo di oggi per il segno del Leone!» annunciò con la solita solennità Axel, il Ministro del Culto. «Rimaniamo in osservazione.»

L'attenzione della folla si rivolse di nuovo sul Pozzo dei Santi, mentre Meljean spiegava a Jihan in cosa consisteva il Regno del Leone senza dilungarsi troppo in dettagli. Dopo aver ricevuto quelle prime informazioni, però, il viso di Jihan si rabbuiò. Majid se ne accorse all'istante.

«Embè, che hai?» le domandò con aria gioviale. «Mi sembri inquieta.»

Jihan, colta da un profondo imbarazzo, continuava torcersi le dita. Alla fine trovò il coraggio di avvicinarsi allo Jarl e di sussurrargli: «Ecco, veramente io sarei del segno del Serpente.»

«Ah, certo, lo zodiaco cinese!» esclamò lui, accarezzandosi di nuovo la folta barba. «Adesso invece sei del Bufalo. Che te ne pare?»

«Ma, ma... del Bufalo?» Jihan eseguì un rapido calcolo mentale e alla fine sbarrò gli occhi. «Quindi ora ho quattro anni in più?»

Lo Jarl proruppe in una fragorosa risata e indicò la nuova arrivata agli altri leader. «Questa qui mi piace già!» dichiarò con soddisfazione, ignorando del

---

[I] La pronuncia corretta è: "Gì-hàn".

tutto le preoccupazioni della poverina.

«No, le cose non stanno così, Jihan. Non hai quattro anni in più, ma forse è meglio che te lo spieghi più tardi» le disse Meljean prendendola da parte.

«Ah, peccato.» Jihan abbassò lo sguardo, delusa. «Cavolo, però, a guardarci bene sono proprio vestita strana.»

«Alford, occhio che è un altro dei tuoi!» avvertì Diego dall'altro lato del Pozzo.

«Perdiana!» esclamò il Magnifico Rettore, che stava ancora conversando con il ragazzo dello Scorpione arrivato mezz'ora prima, tenendosi una decina di metri a lato della piscina. Sollevò un lembo della lunga roba porpora che indossava, per esser sicuro di non incespicare, e si avviò di gran carriera verso il Pozzo dei Santi tenendo fermi gli occhiali sul naso con l'altra mano. «Se avessi saputo che si sarebbe rivelata una giornata così movimentata, avrei portato con me anche Veronica.»

Un paio d'ore più tardi, Emily Lancaster lo avrebbe definito "Gandalf senza barba", ma lui non avrebbe troppo gradito una simile descrizione. Il suo nome era Alford Nightingale, era a capo della Casa dello Scorpione e per questo motivo era chiamato Magnifico Rettore. Non aveva granché in comune con Gandalf e soprattutto non indossava nessun cappello a punta. Dimostrava una quarantina d'anni, il viso squadrato dal sapore aristocratico era interrotto da grandi occhiali dalla montatura sottilissima.

Una ragazza dalla pelle chiara e folti capelli ramati era appena emersa dalla Fonte con addosso un mantello viola dai ricami porpora. Sfortunatamente per lei, il mantello si slacciò quasi subito, aprendosi sul davanti. Adelmo – che continuava a osservare il rituale con grande attenzione – sperò che i membri dello Scorpione indossassero almeno gli indumenti intimi sotto i loro bei mantelli e le robe, ma per educazione si voltò comunque dall'altra parte.

La ragazza però non si fece particolari problemi e in men che non si dica nuotò fino al bordo del Pozzo, si issò su senza bisogno d'aiuto e si riannodò il mantello sotto il collo.

«Brava, anzi bravissima. È venuta anche dalla parte giusta» commentò Nightingale aggiustandosi gli occhiali, che dopo la corsetta gli erano scesi sulla punta del naso. «Non si preoccupi dell'acqua che ha addosso, si asciugherà nel giro di un minuto. Qual è il suo nome, mia cara ragazza?»

Lei si guardò attorno. Non sembrava troppo entusiasta di trovarsi tutti quegli occhi puntati addosso. «Ehm, Geneviève?» bisbigliò. Sul suo viso delicato c'era un accenno di lentiggini.

«È una domanda o un'affermazione? Non ricorda più il suo nome? Cielo, amnesia temporanea!» diagnosticò lui con apprensione. «A volte uscire troppo rapidamente dal Pozzo dei Santi può dare questo problema, difatti sostengo sempre che dovremmo lasciare i nuovi arriv–»

«No, mi perdoni. La mia era un'affermazione. Mi chiamo Geneviève Levesque.»

Alford si rasserenò. «Benissimo, signorina Levesque, allora le do il benvenuto ufficiale nell'Alma Mater dello Scorpione!»

«"L'Alma Mater dello Scorpione"? Mi scusi, ma sta dicendo sul serio?» domandò lei sbigottita, esaminando i dintorni con lo sguardo per cercare di dare un senso alla frase.

Alford sollevò una mano per scusarsi. «Solo un attimo, se non le dispiace. Mi conceda un paio di minuti per conferire col mio assistente, dopodiché prometto che le spiegherò tutto, e con dovizia di particolari.»

«Oh... va bene, faccia pure» rispose lei interdetta.

«Sono arrivato tardi» ammise Alford al ragazzo pakistano che quel giorno partecipava al Rito in qualità di aiutante del Magnifico Rettore. «Signor Usman, confido che lei abbia osservato lo Zenith con suprema attenzione in mia vece.»

«L'ho fatto, l'ho fatto eccome» rispose trafelato quel ragazzo, che di nome faceva Fareed. «Ma, ecco...»

«Non sa interpretarne i segni. C'era da immaginarselo. E dire che in Biblioteca abbiamo un intero Volume dedicato alla interpretazione dello Zenith scritto da Neeraja Raman nel quale vengono elencate centoventidue...» Alford fece una smorfia e si tolse gli occhiali per pulirseli. «Mi racconti ciò che ha visto, prima che se lo dimentichi. E non tralasci il benché minimo dettaglio.»

Il Rito proseguì a lungo, alternando le emersioni a delle brevi ma spesso divertenti conversazioni, finché per ultima arrivò Emily Lancaster, del segno della Vergine. Adelmo fu l'unico a venire assegnato al Capricorno.

Janel era una giovane scura di pelle quasi quanto Naija ed era dei Gemelli. Il suo leader non si dimostrò molto accogliente con lei; anzi, fece diverse battute salaci sul suo conto e la prese in giro quando lei scoppiò a piangere di fronte a tutti, dopo aver raggiunto la piena consapevolezza di quanto le era accaduto nei suoi ultimi momenti di vita.

Milton Cooper, il Direttore dei Gemelli, era il signore di mezz'età che avrebbe fatto l'occhiolino a Emily, pertanto Janel lo etichettò subito come poco di buono. Il suo aspetto era da considerarsi piacente: dimostrava una cinquantina d'anni, aveva i capelli color paglia e gli occhi chiari di una tonalità indefinita. Era vestito in maniera elegante all'inglese, indossava un completo color fumo di Londra costituito da una giacca di tweed con sotto un gilet e una camicia bianca, e dei pantaloni di velluto a coste. In testa portava una coppola, anch'essa di velluto a coste grigio, e aveva sempre con sé un ombrello dall'impugnatura di topazio.

A Janel l'abito del Direttore non piaceva, ma a dirla tutta non è che andasse matta nemmeno per i propri vestiti: un maglioncino da cricket grigio scuro sotto il quale spuntavano gli orli di una camicetta bianca, una minigonna in stile scozzese a quadri grigio-bianchi e un paio di lunghi stivali scuri che le arrivavano alle ginocchia. Sembrava una giovane rampante in procinto di essere ammessa in un country club inglese per gente privilegiata, e la cosa non la sconfinferava proprio. Da viva non si sarebbe mai sognata di indossare indumenti simili, né di frequentare gente di tal genere. Inoltre, la minigonna le lasciava scoperta gran parte delle gambe e la faceva sentire un oggetto sotto gli sguardi degli uomini. Quello era senza dubbio l'aspetto che la innervosiva di più.

«I Gemelli sono caos» le confidò enigmaticamente il Direttore Cooper dopo averla accolta. «Che hai da guardarmi con quella faccia lunga? I tuoi vestiti non ti garbano? Tempo tre giorni e non ti ricorderai nemmeno di come ti vestivi da viva. Vuoi dirmi che non ti piace che i maschietti ti guardino? Racconta panzane a qualcun altro, marmocchia, con me non attacca.»
Janel decise che l'aldilà era un discreto schifo.

Audrey venne assegnata al Coro dei Pesci. Era una delicata ventenne dal viso longilineo, lucenti capelli castani chiari le piovevano sul petto come una cascata, arrivando quasi a bagnarle i fianchi e dipingendo onde nocciola ogniqualvolta li muoveva. Gli occhi parevano stagni alpini nei quali splendeva acqua limpidissima.
«I tuoi occhi sono del colore simbolo della nostra Casa, l'acquamarina» le confidò Apollonia, la Sublime Sacerdotessa del Coro, nell'accoglierla. «Non può essere una semplice coincidenza: sei destinata a fare grandi cose e il tuo Zenith me lo conferma.»
Audrey sembrava timidissima. Non disse una sola parola a parte il suo nome. Adelmo rimase perplesso quando s'accorse che era stata assegnata ai Pesci, poiché era emersa dalla Fonte indossando soltanto un caldo e comodo pigiama di flanella azzurro che proprio nulla aveva in comune con l'elegante e onirica veste della sua leader, né tantomeno con i vestiti dell'aiutante, una ragazza dai capelli arcobaleno e gli occhi viola che se ne andava in giro con un paio di jeans corti stracciati (che Adelmo giudicò indecentissimi, poiché lasciavano intravedere parte del sedere) e una maglietta con sopra stampate delle strane figure e la scritta "Soundgarden". Il pigiama stava largo ad Audrey e le maniche erano troppo lunghe, come se fosse di una taglia troppo grande. Sopra erano disegnati degli animaletti.
L'occhio attento di Adelmo notò anche che, in disparte, in mezzo al gruppo del Sagittario, uno dei loro nuovi arrivati indossava – in maniera piuttosto atipica – un berretto rosso sopra la divisa turchese. Osservava di continuo quella Audrey con aria angustiata, evidentemente indeciso se farsi avanti o meno. Adelmo decise però che la questione non era affar suo e diresse la sua attenzione altrove.

Mark Colby era arrivato per primo al 912° Rito dell'Osservazione, pertanto Adelmo non lo aveva visto emergere, ma era stato assegnato al Sacro Ordine del Cancro. Era un ragazzo bianco dall'aspetto piuttosto comune: faccia da bravo ragazzo, barbetta tagliata corta, occhi marrone, magro e non eccessivamente alto. In vita era ormai quasi calvo, ma al Tempio metteva in mostra uno spavaldo ciuffo castano alla James Dean.
«Io sono Seydou Sekongo, Cavaliere di Gran Croce, Scudo di Castrum Coeli, Paladino del Tempio, e questa è una delle mie Grandi Ufficiali, Sujira Thongchai» aveva comunicato con voce profonda il leader del Sacro Ordine al nuovo arrivato. Seydou era un uomo della Costa d'Avorio che sembrava aver passato da qualche tempo la trentina. Era ben piantato, pelato e con una lunga e ispida

barba nera. La stazza e la muscolatura robusta incutevano un certo timore, ma i suoi modi parevano gentili. Sujira, invece, era un'avvenente trentenne dalla pelle ambrata che Adelmo ipotizzò essere indiana. In realtà si sbagliava, ma di questo si discuterà nei capitoli successivi.

Al di là del nome altisonante, il Sacro Ordine del Cancro catturò l'attenzione di Adelmo perché i suoi membri erano gli unici tra quelli di tutte le Case a indossare componenti di armatura a piastre in stile medievale insieme a delle cotte di maglia, coperte sul davanti da una tunica di stoffa color avorio sulla quale erano raffigurati diversi simboli e il motto dell'Ordine. Tuttavia Adelmo notò anche che, a differenza degli ufficiali, Mark e gli altri nuovi arrivati non indossavano armature di alcun tipo e non possedevano nemmeno la tunica, bensì portavano lunghe e anonime vesti marroncine che li facevano sembrare dei frati francescani, anche se ovviamente non lo erano.

In realtà *c'era* qualcosa di anomalo in Mark, rispetto agli altri appena arrivati, ma Adelmo questo non lo poteva sapere. Mark aveva riconosciuto una persona tra la folla, ovvero la ragazza bionda che era emersa dalla Fonte per ultima. Tenne gli occhi incollati su di lei durante tutto il tragitto verso l'uscita del Giardino degli Dei e non la perse di vista nemmeno per un secondo, cercando il momento più opportuno per farsi avanti.

«Emily Lancaster?» bisbigliò dopo aver racimolato tutto il suo coraggio, ma sapeva benissimo che era lei. L'avrebbe riconosciuta da qualsiasi angolazione e con qualsiasi vestito addosso.

Emily si voltò verso di lui carica di aspettativa, ma quando capì chi aveva davanti tutta la sua eccitazione si consumò come un cero sciolto da una fiamma ossidrica.

«Merda, sei qui anche tu» gracchiò, coprendosi il viso con le mani per la vergogna.

«Già» confermò Mark con tetra rassegnazione. «Credo che in questo caso si dovrebbe dire: "Chi muore si rivede".»

«Non fare lo spiritosetto del cazzo. Dov'è che siamo? Tu sai qualcosa, ammettilo. Anzi, sarei pronta a scommettere che dietro questa storia ci sei tu!»

«Secondo te posso "essere dietro" una cosa simile? Chi sono, Dio?»

Emily iniziò a mangiucchiarsi l'unghia del pollice. «Ma è ovvio. Hai architettato questa cosa per... per startene con me in eterno.»

«Non essere assurda. A me pare chiaro cos'è successo.»

«Ah, sì? Ti pare davvero così tanto, tanto *chiaro*? Bastardo che non sei altro, guarda in che merda di situazione ci siamo infilati per colpa tua!»

«Per colpa mia? Adesso sarebbe colpa mia?»

«E di chi, sennò? Non oserai insinuare che sia *mia*?»

Quella conversazione non stava procedendo esattamente come Mark si era immaginato. Sapeva più o meno cosa aspettarsi da Emily Lancaster, perché sapeva fin troppo bene com'era fatta, ma sperava che quanto le era accaduto le avesse impartito almeno una piccola lezione d'umiltà. Lei era lì, nell'aldilà, dunque gli parve logico che dovesse per forza esserglisi successo qualcosa di brutto, e Mark nutriva più di qualche sospetto su chi fossero i responsabili.

«Emily, ascoltami. Non sei sola. Non importa dove mi porteranno: verrò a trovarti e cercheremo insieme di dare un senso a questa storia. Magari mi racconterai cosa è successo dopo che...» Lasciò la frase a metà. Forse non era il caso di continuare.

Emily si mordicchiò un labbro. Non tollerava l'idea di fraternizzare con uno sfigato come Mark, anche se era conscia di essere stata in qualche modo responsabile della sua morte. La sua mente per un attimo vacillò. Decise che i sentimenti che provava per lui erano troppo complicati e ingombranti da gestire in quel momento, per questo li rigettò in toto.

«Madre Reverenda, mi protegga da questo brutto ceffo, la prego! Non voglio più parlarci!» gridò, fingendosi terrorizzata.

Chae-yeon si avvicinò a lei e la condusse via, ma parve credere ben poco alle sue parole.

Gulguta
Separazioni

Appena oltre l'arco di trionfo si apriva un'intera città. Una marea di gente attendeva con trepidazione l'arrivo dei gruppi. Tutti vennero accolti con entusiasmo, seppur in modi molto differenti a seconda del segno zodiacale. Alcuni applaudivano con educazione, altri schiamazzavano con fare festoso, altri si avvicinavano per appioppare affettuose manate sulle spalle dei nuovi arrivati, altri ancora li abbracciavano. In men che non si dica, i novizi si ritrovarono accerchiati e persero di vista i drappelli degli altri segni, rimanendo in compagnia solo dei propri nuovi compagni di Casa.

Ad accogliere il gruppo della Vergine c'era, fra gli altri, Sam, un uomo di chiara discendenza nativo-americana. Si affrettò a salutare Chae-yeon con affetto per poi dardeggiare un'occhiata da falco ai tre nuovi arrivati, tra cui Emily. Quando Sam e la Madre Reverenda si misero a parlottare, commentando il Rito appena conclusosi, la popstar perse in fretta la pazienza. Da quel punto di vista Mark aveva ragione: era venuto il momento di iniziare a capirci di più. Nessuno le aveva ancora spiegato un accidente.

Emily esaminò in modo sommario i dintorni e comprese che, oltrepassando le mura che cingevano il Giardino degli Dei, erano entrati in una vasta città; tuttavia, essa sembrava costruita con uno stile architettonico sorpassato e del tutto anacronistico se si prendeva in considerazione il ventunesimo secolo dal quale lei proveniva.

Sbuffando, la nuova arrivata picchierellò un dito sulla spalla di Chae-yeon. Lei si girò a guardarla con i suoi occhietti vispi color cobalto.

«Senti tu, dove cazzo siamo? Cos'è 'sto posto? Spiegami qualcosa, cristo santo. Sei il mio nuovo capo o ho capito male?» la assalì Emily.

Gli altri due nuovi arrivati della Vergine – un ragazzo latino-americano e una ragazza russa – si avvicinarono con prudenza per ascoltare la conversazione, ma erano troppo timidi per porre a loro volta delle domande.

«Ci troviamo al Tempio» chiarì Chae-yeon con voce soave, accogliendo tutti i presenti con lo sguardo. «E questa è la città centrale, Gulguta.»

«E il "Tempio" cosa accidenti sarebbe?»

«Il Tempio è la grande regione nella quale viviamo. Comprende questa città, che sorge al centro di tutto, ma anche i territori appartenenti ai segni zodiacali. Quando entreremo nel nostro settore capirai subito la differenza.»

«Perché tutta questa gente ci aspettava qui, anziché entrare nel parco?» indagò Emily indicando il resto della comitiva. «Sì, cioè, volevo dire il Giardino degli Dei.»

«Soltanto i leader delle varie Case zodiacali e gli aiutanti da loro scelti per assisterli durante quel Rito dell'Osservazione possono entrare nel Giardino degli Dei. A me piace andarci da sola. Mi sembra pretenzioso farmi accompagnare da un seguito come fossi una regina. Gli altri leader la vedono in maniera diversa, come avrai notato. Ne parliamo meglio per strada, che ne dici?»

Emily tacque, e la piccola comitiva si incamminò con celerità verso la zona est della città, dopo che Chae-yeon li ebbe informati che il tragitto da percorrere per arrivare alla capitale della Vergine non era breve. Durante il viaggio attraverso la città, la Madre Reverenda controllò da brava mamma i nuovi arrivati, assicurandosi che tutti la stessero seguendo e non si smarrissero.

Non tutti i gruppi si diressero però dalla stessa parte. Una volta entrati a Gulguta, metà dei segni zodiacali si avviò verso est, l'altra metà andò a ovest. Emily notò infatti che la città non si espandeva in linea retta, bensì disegnava una curva per rimanere all'interno di una seconda cinta muraria, più alta di quella che proteggeva il Giardino degli Dei. Non se ne intendeva granché di architettura, ma gironzolando per le larghe vie di Gulguta si sentì in qualche modo trasportata nell'Europa di qualche secolo addietro, per questo giudicò quella città un luogo invero affascinante. Le strade erano lastricate e pulitissime, i palazzi – mai più alti di qualche piano – erano sinuosi ed eleganti, e quel poco che si intravedeva degli ambienti interni era eccezionalmente sfarzoso, quasi opulento.

Ciò nondimeno la città pareva scarsamente popolata e per le sue stupende strade giravano molte meno persone di quante era ragionevole attendersi. I cittadini di Gulguta non appartenevano a un'unica Casa bensì a tutte, creando un melting pot di segni zodiacali. Sebbene fossero intenti negli affari di tutti i giorni, quasi tutti rivolsero ai gruppi di passaggio almeno un saluto di cortesia. Emily, però, era ancora attanagliata dai dubbi. Tutta quella gente stramba proveniva dal suo stesso periodo storico, oppure dal passato, come la città? Inoltre, la sua leader le sorrideva di continuo. Lo faceva perché l'aveva riconosciuta ed era una fan?

Allungò il passo fino a raggiungerla e le tirò con forza un braccio per costringerla a prestarle attenzione.

«Sì?» fece Chae-yeon, sistemandosi un ciuffo di capelli che le era scivolato sul viso e ignorando ancora una volta con magnanimità le maniere brusche della nuova arrivata.

«Senti, ehm, Chae... yeon...» iniziò Emily, sforzandosi di ricordare e pronunciare nella maniera corretta quel nome che per lei aveva un suono davvero esotico. «Tu mi conosci?»

L'altra rimase per un attimo interdetta. Studiò il viso di Emily con grande attenzione e rifletté appoggiandosi l'indice sul labbro inferiore. «Hmm. No, non credo di conoscerti. Dovrei? Eri una famosa?» chiese incuriosita.

Emily non le rispose nemmeno. Decretò che il suo odio ingiustificato verso quella ragazza era sempre meno ingiustificato e si sentì paradossalmente sollevata.

A che gioco sta giocando? È impossibile che non mi conosca. Sta di sicuro mentendo. Il mio intuito si è rivelato infallibile ancora una volta: questa è una stronzetta che parla in maniera gentile e lancia occhiate focose per ottenere qualche tornaconto. Ma con Emily Lancaster non attacca, bella mia. Non ho venduto cento milioni di dischi per poi non essere nemmeno riconosciuta da una sciacquetta asiatica qualunque.

Ripresero a camminare tra i quartieri di quella assurda città e passarono accanto a diversi edifici massicci di cui Emily comprese subito la funzione, principalmente perché delle enormi insegne erano affisse ai muri esterni, e in alcuni casi il nome era scolpito a caratteri cubitali sopra il portone.

Una prigione, un ospedale, dei campi sportivi... Ma a che cavolo servono se siamo davvero nell'aldilà?, rifletté. *Volete dirmi che potrei ferirmi anche in forma di spirito? E che senso ha volarsene in Paradiso per poi venire rinchiusi in una prigione?*

Questa roba non ha un cazzo di senso.

Ormai in preda all'ansia, Emily si tormentò il labbro inferiore con i denti. Dopo un po' si presentò di nuovo al cospetto della Madre Reverenda, con l'intenzione di domandarglielo una volta per tutte. Doveva esserne certa. Stavolta si avvicinò a lei senza strattonarla e le chiese: «Ascolta, dimmelo e basta. Sono morta, non è così?»

Chae-yeon si strinse nelle spalle e le regalò l'ennesimo sorriso. «Ho paura di sì» replicò, con il tono di voce più rincuorante che riuscì a emettere in quella triste circostanza.

«"Hai paura di sì"? Ne sei certa o che cazzo?»

«Ne sono certa» ribadì Chae-yeon appoggiandole una mano sulla spalla. «Avrei preferito parlartene stasera, ma visto che me l'hai chiesto...»

«Ed è una cosa definitiva? Sono proprio morta e sepolta?» la martellò Emily con ancora un filo di speranza, cercando di ignorare il fatto che l'altra la stava toccando senza permesso.

«Mi spiace davvero, ma purtroppo se sei arrivata qui da noi ormai non c'è più nulla da fare. Non vedo l'ora di tornare a Coteau-de-Genêt, così potremo discuterne con calma.»

Nella mente di Emily si riattizzò un antico diverbio mai davvero estinto, e le braci solo momentaneamente soffocate si ravvivarono fino a trasformarsi di nuovo in fiamme ardenti.

Una seconda voce iniziò a cinguettare dentro la sua testa.

"Che amore questa Chae-yeon. Mi sembra proprio una brava persona. Continua a essere gentile con te anche quando la tratti in modo orrendo."

Mamma, tappati quella fogna.

«Figurarsi se voglio parlarne con te!» scattò Emily, staccandosi la mano di

Chae-yeon dalla spalla e riprendendo a camminare più veloce che mai, mettendosi in testa al gruppo. Ben presto, però, si rese conto che non sapeva quale direzione dovesse tenere.

"Sei davvero arrabbiata con lei perché non ti conosce? Quanto sei infantile. Quella ragazza è orientale, amore della mamma, e il tuo successo in Asia è stato abbastanza limitato."

Ho sempre avuto dei fan in Giappone. Arnold me lo diceva sempre.

"Ma certo, tesoro. Almeno due o tre di sicuro."

Mamma, davvero, non è il momento per i tuoi commenti sarcastici del cazzo.

Emily rallentò con nonchalance e attese che Chae-yeon la raggiungesse. «Di che città sei? Tokyo?» azzardò di punto in bianco.

«No, non sono giapponese, sono sudcoreana» rivelò l'altra con ardore. «Sono nata a Busan, ma nei miei ultimi dieci anni di vita ho vissuto sempre a Seoul.»

"Visto? Esiste un intero mondo al di fuori degli Stati Uniti, tesoro."

Giappone, Corea... stessa faccia, stessa razza.

* * *

A Geneviève la pianta della città di Gulguta appariva già abbastanza chiara anche dopo una prima superficiale analisi.

In primo luogo, determinò che l'enorme torre che con il suo boato aveva segnalato la fine del Rito doveva ergersi, con buona probabilità, al centro esatto della regione che chiamavano il Tempio.

Attorno a quella torre centrale, disegnando cerchi concentrici via via più ampi, si trovava in un primo momento l'anello che includeva il Giardino degli Dei, con i suoi prati e il Pozzo dei Santi. Il perimetro di questo anello era protetto dalla cinta muraria che avevano attraversato oltrepassando l'arco di trionfo, varcata la quale si accedeva al secondo cerchio, quello che comprendeva la città vera e propria.

Gulguta si sviluppava dunque in senso circolare attorno alla zona interna e il suo anello doveva avere una larghezza di almeno tre chilometri. Inoltre la città era cinta, sul lato esterno, da altre mura, persino più imponenti di quelle interne. Di tanto in tanto, in quelle mura esterne si aprivano enormi portali ad arco, i quali mettevano in comunicazione la città coi territori dei segni zodiacali, ognuno contrassegnato da un numero romano. Logicamente, Geneviève ipotizzò che in totale ce ne fossero dodici e che conducessero a dodici territori diversi, ma le sue speculazioni terminarono lì.

Passò quindi all'analisi della torre centrale che nereggiava sullo sfondo, oltre le mura, provando a calcolarne le dimensioni. Dal punto di vista artistico e architettonico non fu in grado di stabilire nulla, e gli elaborati bassorilievi che la adornavano dalla base fino alla sommità non stimolarono quasi per niente il suo interesse. L'arte in generale la attirava pochissimo, anche se non la disdegnava.

Comprendendo le sue perplessità, Alford Nightingale, il Magnifico Rettore, si allontanò per qualche momento dal gruppo dello Scorpione e si avvicinò a lei per dissipare i suoi dubbi. «La torre che vede si chiama Aditus Dei ed è la dimora eterna dei Tessitori. Al penultimo piano vivono il Generale Saad e il Comandante Supremo Connery, mentre all'ultimo si trova il nostro quartier generale, dove si tiene il Sovrano Consiglio» spiegò in tono affabile.

«Ma sarà alta più di duecento metri, se non ho preso un abbaglio» osservò Geneviève incredula, mentre il suo sguardo guizzava di nuovo verso la torre.

«Non sbaglia, infatti. È alta duecentoventi metri. Ottima stima, signorina... come ha detto di chiamarsi, di cognome?»

«Levesque. E salite in cima sempre a piedi? Quanti scalini ci sono?»

«Alla base è installato un rudimentale ascensore per salire più in fretta. Volendo, però, la si può scalare anche a piedi. Sugli enormi gradini dei piani più alti sono seduti i Tessitori stessi, immersi nel loro sonno eterno.»

«Capisco» rispose Geneviève in tono piatto, cercando di dare un senso a quella frase così misteriosa.

«No, ragazza mia, questo ancora non è in grado di comprenderlo» le confidò lui abbozzando un sorriso amaro, mentre si levava gli occhiali per pulire le lenti sul mantello.

Geneviève lasciò perdere per il momento i Tessitori e si concentrò su quello che le veniva più naturale. «Se ho intuìto correttamente la pianta di questa città, alcuni gruppi avrebbero fatto meglio a prendere la stradina opposta dentro il Giardino degli Dei, quella che portava verso nord, o sbaglio? Così sarebbero arrivati nella zona nord di Gulguta e non avrebbero dovuto attraversarne metà per raggiungere i loro settori.»

«Ragionamento dalla logica mirabile; tuttavia, una volta terminato il Rito dell'Osservazione, già da qualche tempo si è stabilito di fare così, in modo da concedere ai nuovi arrivati la possibilità di dare fin da subito un'occhiata approfondita alla città centrale. Riteniamo che sia importante per farli ambientare al meglio. In ogni caso non è una gran faticata, perché Gulguta è relativamente piccola.»

«Certo. Lo trovo giusto. Me lo dica, se le sembro petulante. Temo di avere quel difetto.»

«Non si preoccupi. Non la ritengo affatto petulante.»

«Devo ammettere che nel mio caso questo giro turistico introduttivo ha funzionato. Mi sono già fatta un'idea piuttosto chiara di Gulguta.»

«Ma davvero?» Alford inarcò un sopracciglio. «Be', se davvero è così, mi fa piacere sentirlo. Questa idea venne proposta proprio dal sottoscritto, ormai un'eternità di Riti fa.»

Geneviève annuì e si sfregò la punta del naso. «Dunque suppongo che ora dovremo imboccare l'uscita che porta al territorio dello Scorpione, ma non capisco in che ordine siano organizzati i segni zodiacali in questo immaginario quadrante di orologio. L'astrologia non mi è mai interessata granché. Certo, se avessi saputo che sarebbe andata a finire così...» Chinò il capo e contrasse la mascella. «So che esiste un ordine predefinito nella astrologia, diciamo, *terrestre*.»

«Vero, ma le nostre contrade non sono disposte secondo quell'ordine.»

«Allora sono raggruppate per elemento? So che ci sono i segni di fuoco, quelli d'acqua, quelli d'aria...»

«Nemmeno.» Alford scosse la testa. «Mi spiace interrompere le sue supposizioni, ma purtroppo l'ordine sfugge ancora oggi alla nostra comprensione. Forse non c'è mai stata una logica. In ogni caso, la nostra porta è la numero dodici. Dunque, come senz'altro intuirà...»

«Cavolo, quindi dobbiamo uscire dalla città quasi del tutto a nord, tra le ore undici e mezzanotte. Ecco perché non abbiamo ancora incontrato la porta giusta: siamo entrati a Gulguta a sud, diciamo più o meno a ore sei, e la stiamo attraversando in senso orario.»

«Tutto esatto. Brava, ragazza!»

Geneviève annuì e si rallegrò per aver dedotto da sola tutte quelle cose. Eppure un pensiero continuava ad affliggerla, anche se non riusciva ad articolarlo adeguatamente. «Signor Nightingale, come mai non piango?» domandò, ritenendo inutile girare attorno al problema.

Alford si accigliò. «Intende per aver realizzato di essere deceduta?»

«Esatto.»

Lui sospirò e la osservò con uno sguardo benevolo e paterno. «C'è stato un tempo di transizione, un limbo, tra il momento della sua morte e oggi, quando è arrivata qui. Non siamo sicuri se sia un intervallo di tempo soltanto percepito, o se le anime vengano effettivamente mantenute in stasi per un certo periodo. In ogni caso, è utile a quietare lo spirito. Avrà di certo notato che quasi nessuno oggi ha pianto o si è lasciato cogliere dalla disperazione. Dunque non si preoccupi, non c'è nulla di anormale nel suo comportamento.»

«Eppure quella ragazza di colore vestita con quel maglioncino grigio... Janel, si chiamava. Lei ha pianto. E sembrava davvero disperata.»

«Questo è vero» concesse Alford con aria divertita. «Ma quella ragazza è della Comune dei Gemelli. Si aspetti sempre di tutto da loro, ragazza mia, e anche l'esatto contrario.»

**

Audrey era immersa già da diversi minuti nella contemplazione dei colossali bassorilievi che avvolgevano l'Aditus Dei, studiandone i tratti stilistici per poi analizzarli usando le conoscenze che aveva di storia dell'arte, e lei era una vera esperta della materia. Le forme rimanevano visibili anche a quella grande distanza, ma purtroppo i dettagli si erano fatti troppo minuti per essere esaminati con cura.

Le sculture – le quali rappresentavano scene di guerra con eroi che fronteggiavano mostri – salivano a spirale verso la cima, sormontate da file di aperture simili a finestre ad arco, disposte vicinissime le une alle altre. Questo particolare tipo di architettura le ricordava alcune raffigurazioni che aveva visto della Torre di Babele, anche se l'Aditus Dei non si restringeva verso la cima ma manteneva la stessa ampiezza dalla base fino alla sommità.

I membri del Coro dei Pesci non avevano un cammino troppo lungo da percorrere prima di incontrare la loro porta. Fu meglio così, perché Audrey stava marciando attraverso i quartieri di Gulguta senza capirci nulla delle strade e della direzione che stavano tenendo, anche se era già in grado di spiegare tutto dello stile architettonico.

La città era costruita interamente in stile barocco. Molti dei palazzi presentavano la tipica struttura frontale con un risalto centrale, delle grandi lesene e una balaustra sulla cima, oppure avevano degli avancorpi decorati con grandi colonne. Una profusione di finestre quasi sempre rettangolari si presentavano nelle facciate rivolte sulla strada. I muri esterni erano puliti e tinteggiati con toni chiari, donando agli edifici uno stile severo ma ordinato, e spesso nel viale principale erano presenti dei portici sotto i quali si poteva passeggiare. I giardini pubblici erano curatissimi, gli alberi parevano potati di recente.

Audrey venne assalita dal desiderio di afferrare un pennello, immergerlo nella pittura e affrescare qualcosa dal sapore classico su uno di quei bellissimi muri, o magari sui soffitti interni di uno degli edifici, ma per una volta riuscì a reprimere quel desiderio senza difficoltà. Proprio per questo motivo non riusciva a darsi pace. I pensieri non rimbalzavano più nella sua testa come tante palline da ping-pong impazzite e questo ironicamente la faceva sentire più a disagio di prima. Com'era possibile? Da viva, quando ragionava, era abituata a dover scavalcare degli ostacoli, a saltarli come un'atleta alle olimpiadi. A volte ci riusciva, altre volte li urtava, capitombolava a terra e doveva ricominciare da capo. Ora però era tutto diverso. Avrebbe voluto parlarne con qualcuno, ma chi avrebbe potuto capirla? Nessuno. A parte Jim, ovviamente.

Anche lui era arrivato al 912° Rito dell'Osservazione. Audrey non aveva trovato il coraggio di parlargli, ma aveva notato che lui la osservava da lontano insieme ai suoi nuovi compatrioti del Sagittario, tutti vestiti da marinai. Ma cosa avrebbe pensato di lei, ora che era diversa? Ora che era "normale"? Non lo avrebbe più fatto ridere, probabilmente, e Audrey sapeva che quello era l'unico aspetto di lei che in vita lo aveva attratto. Non sarebbe più stata lo zimbello della città, la ragazza della quale ridere insieme agli amici su internet, e quella era una prospettiva del tutto nuova ed eccitante, ma anche spaventosa, e Audrey si era sempre considerata una vera fifona.

* * *

Alcuni punti fermi sulla sua situazione, Adelmo li aveva eccome. Gli sarebbe bastato attenersi ai fatti e analizzare tutto in maniera logica e razionale, anche se di razionale quel mondo sembrava avere ben poco.

Punto primo: era deceduto. Con la mente ritornò all'ultimo ordine che aveva impartito al sottotenente di vascello Orsini poco prima che la loro corazzata venisse... In ogni caso era stato tutto inutile. Sì, era defunto, su quello c'erano pochi dubbi.

Punto secondo: dopo essere caduto in battaglia era piombato in una completa oscurità per un periodo di tempo impossibile da misurare; potevano essere stati attimi, così come secoli. Alla fine si era risvegliato nelle profondità di quello che chiamavano il Pozzo dei Santi ed era stato accolto da gente vestita con abiti bizzarri.

Punto terzo, assai importante: sulla Terra era del segno dell'Ariete, ma per motivi imponderabili ora faceva parte della Antica Scuola del Capricorno. Esistevano altri ordini, o istituzioni, simili a quello, uno per ogni segno zodiacale.

Punto quarto: la sua nuova comandante in capo si fregiava del titolo di "Gran Maestra" ed era una ventenne tutta tatuata e truccata come una strega. Le sue dirette sottoposte erano due ragazze altrettanto giovani, e questa era la parte per lui più difficile da accettare. L'altro fatto che trovava sconcertante era che non solo la Gran Maestra e le sue compari erano vestite in maniera gotica, macabra e decadente, ma lui stesso sembrava uscito da una rivisitazione quanto mai tenebrosa della Londra dell'Ottocento.

Punto quinto: numerose persone erano arrivate in quel misterioso mondo nello stesso giorno e con le stesse modalità, ma erano state assegnate alle altre undici Case zodiacali.

Adelmo non trovò un motivo valido per mettere in discussione alcuno di quei fatti, o per contestare a priori l'autorità della leader del Capricorno prima di sapere di cosa si occupassero di preciso lei e la sua Antica Scuola. Avrebbe potuto lasciarsi prendere dal panico, perdere la testa, fare una scenata o piangere, ma mantenere i nervi saldi e la mente lucida gli parve la strategia migliore. D'altronde, era stato il suo lavoro per anni.

Forse il "Tempio" era un altro nome con cui chiamavano il Paradiso, rifletté. Considerando l'alto rigore morale e la rettitudine con i quali aveva condotto gran parte della sua vita, non sarebbe stato da escludere, ma vista la piega violenta che avevano preso gli ultimi anni, così pieni di morte e devastazione, non c'era da sperarci troppo. Quel luogo non aveva per nulla l'aspetto dell'Inferno dantesco, anche se le tre Maestre non avrebbero stonato in un girone infernale a torturare i peccatori, con l'aspetto così lugubre e seducente che possedevano.

Al di là di queste frivole considerazioni, ora Adelmo sapeva che c'era vita dopo la morte, e questo gli bastò. Era una rivelazione dalla portata troppo immane per mettersi a contestarne i particolari.

Ma chi aveva vinto la guerra? E la sua promessa sposa che fine aveva fatto?

«Non darti pensiero, noi del Capricorno abbiamo pochissima strada da percorrere per arrivare nella nostra contrada. Alcuni dei nostri compatrioti ci attendono all'entrata» garantì la Gran Maestra distogliendolo da quelle elucubrazioni.

«Ottimamente» si compiacque lui, contento che la sua nuova leader si dimostrasse più affabile del previsto. «Devo ammettere che voi Maestre parlate un italiano davvero eccellente.»

Per la prima volta Michelle sorrise schiudendo le labbra color indaco. «Mi spiace deluderti, ma in vita conoscevo solo poche parole d'italiano, anche se sono francese e praticamente siamo i vostri vicini della porta accanto. Naija è nigeriana, quindi parlava solo lo yoruba e un po' d'inglese. Seline è olandese, per cui quella lasciala proprio stare. Qui al Tempio comunichiamo utilizzando una lingua universale, per questo siamo in grado di comprenderci così bene. Al tempo stesso conosciamo tutte le lingue del pianeta Terra, anche quelle morte.»

Adelmo si sfregò un dito sui baffi. «Già, avrei dovuto immaginare che funzionasse in maniera simile. Mi pare un fatto oltremodo conveniente.»

«Accidenti a questo orrendo sole» commentò con voce aspra Seline, riparandosi all'ombra di un albero del viale. «La prossima volta me ne rimango a Saint-Yves. Puoi farti accompagnare da Ludwig, se vuoi.»

«Hai proprio ragione. Torniamocene a casa in fretta!» concordò Naija con voce lamentosa. «Oggi il sole è proprio micidiale.»

«Portatevi dietro un ombrello, al prossimo Rito. Non è mica una mia esclusiva» scherzò Michelle facendo ottimo uso della sua ombra portatile personale per avanzare senza problemi.

A Adelmo quei commenti parvero del tutto surreali. Il sole risplendeva alto nel cielo, ma sembrava un pomeriggio di inizio primavera e niente di più.

Michelle si accorse che Adelmo scrutava il sole con aria perplessa e gli scoccò un'occhiata difficile da interpretare. «Tutto bene?»

«Sì, direi di sì. Perché me lo chiede?»

«Così...» rispose lei con fare enigmatico.

Adelmo si domandò che genere di problema potessero avere le tre Maestre con i raggi del sole. Due di loro erano assai chiare di pelle, ma la terza era nigeriana. Di certo non si sarebbe scottata con un timido sole di primavera.

Eppure, più Adelmo seguitava a rifletterci e più si rendeva conto che avrebbe gradito anche lui starsene all'ombra. Tuttavia gli parvero pensieri assurdi, alieni, finiti dentro la sua testa in chissà quale modo, e per questo li scacciò. Forse la Gran Maestra stava usando su di lui un condizionamento mentale, o qualche altro tipo di arte oscura.

La ragazza mora vestita con un kimono da samurai, ossia la leader dell'Ariete investita del titolo di Shogun, passò di fianco a Michelle mentre conduceva il suo gruppo verso la zona ovest, silenziosa come un serpente. La Gran Maestra fece un impercettibile movimento del capo nella sua direzione, ma la Shogun le scoccò un'occhiataccia gelida che era tutto un programma e riportò lo sguardo davanti a sé. Se ne andò senza degnarla nemmeno di un saluto.

Tra quelle due c'è qualcosa, ragionò Adelmo, che aveva udito il nome di quella ragazza dagli occhi di ghiaccio durante il Rito, ma purtroppo se l'era già dimenticato.

***

Uno dei ragazzi del Sagittario appena arrivati – quello che indossava il berretto rosso notato da Adelmo – si avvicinò con circospezione al gruppo dei Pesci cercando Audrey con gli occhi, ma la Sublime Sacerdotessa e la sua aiutante, la ragazza dai capelli arcobaleno, gli si pararono davanti.

«Salve, *vostra sublimità*» mugugnò lui un po' incerto. Di solito non era timido, anzi tutto il contrario, ma in quella circostanza non sapeva proprio come impostare il discorso o quale appellativo onorifico dovesse utilizzare.

«Sì?» fece la Sublime Sacerdotessa inarcando un sopracciglio e standosene impettita di fronte a lui, guardandolo – solo figurativamente – dall'alto in basso. Con un moto d'irritazione afferrò gli orli della scollatura del vestito e li serrò sul petto, forse col timore che lui le sbirciasse il decolleté.

Jim, in effetti, trovava che la leader dei Pesci fosse una donna davvero avvenente, con quei morbidi boccoli biondi e gli occhi nocciola, ma purtroppo sembrava anche una persona alquanto scontrosa, dunque decise di approcciare la questione prendendola molto alla lontana. «Senta, non so ancora con certezza dove ci porterete e quale sarà il nostro destino, ma forse dovrei mettervi al corrente di una cosa.»

Nell'udire quelle parole, Audrey si nascose dietro l'aiutante della leader.

«Come hai detto di chiamarti?» chiese la Sacerdotessa con voce atona. «Perdonami, quando sei emerso dalla Fonte mi ero allontanata per qualche istante.»

«Mi chiamo Jim. James.»

«Parla pure con schiettezza, James della Casa del Sagittario. Ma vedi di non canzonarmi più con quel "vostra sublimità". Non lo trovo divertente. Puoi rivolgerti a me chiamandomi Apollonia o Sublime Sacerdotessa.»

Jim si grattò la nuca coperta dai riccioli bruni. Ci aveva riflettuto a lungo, ma faticava ancora a trovare le parole giuste. Audrey era un argomento troppo straziante per lui e ciò che le era successo lo tormentava ancora. Alla fine si limitò a dire: «Signora, o forse *signorina* Apollonia, la vostra nuova ragazza, Audrey... la tratterete bene, vero? Dovete accudirla come meglio potete.»

«Ovviamente lo faremo. Ma perché me lo chiedi? La conosci?»

«Diciamo di sì.»

Audrey si voltò dall'altra parte, continuando a rimanere nascosta dietro le spalle dell'aiutante.

«Lei è una ragazza un po' speciale, capite?» insistette Jim.

La Sacerdotessa e la ragazza dai capelli arcobaleno si scoccarono un'occhiata perplessa.

«Speciale in che senso?» s'interessò Apollonia.

Audrey tirò timidamente la maglietta dell'aiutante da dietro, suggerendole che voleva andarsene. Ella la accontentò, seppur controvoglia, poiché chiunque avrebbe notato che i suoi occhi viola sfavillano pieni di curiosità. Le due si allontanarono di qualche metro, lasciando Jim e Apollonia da soli.

«Lei, ecco...» riprese Jim, poi si avvicinò alla Sacerdotessa e sussurrò, per essere certo che nessun'altro udisse le sue parole: «La sua mente non è normale, capisce cosa intendo?»

«"Non è normale"? Che cosa sgradevole da dire» sbottò Apollonia. «È un giro di parole per suggerirmi che ha qualche tipo di turba psichica, o siete amici e la stai solo prendendo in giro, facendomi perdere tempo? Chiarisci le tue parole, e in fretta, se non ti dispiace.»

«C'è qualche problema?» chiese Diego, il Commodoro del Sagittario, avvicinandosi a loro di lato. «Jim, non importunare la Sacerdotessa. Ti assicuro che è tanto Sublime quanto facilmente irritabile.»

Lei ignorò la provocazione, ma rispose con voce tagliente: «Per ora non mi sta importunando, ma potrei cambiare idea tra poco.»

Jim proseguì a bisbigliare: «No, senta, deve ascoltarmi. Audrey è proprio fuori di testa, mi creda, ma non è cattiva. Dovrete prestare molta attenzione a ciò che fa. Secondo me dovreste seguirla e assisterla tutto il giorno. Mi offrirei di farlo io stesso, ma mi pare di capire che verrò portato da tutt'altra parte, o sbaglio?»

«Non sbagli, infatti. A ogni modo credo di aver inteso il problema, anche se non sei stato eccessivamente chiaro.» Apollonia contrasse le labbra in una smorfia. «Ti ringrazio dell'interessamento, ma ti assicuro che quanto mi hai riferito non rappresenta per noi un problema. Arrivederci, James del Sagittario. Saluti anche a lei, Commodoro.» La Sublime Sacerdotessa abbassò lo sguardo tradendo una lieve incertezza, dopodiché si voltò verso le altre due e si riunì a loro.

«Alla prossima, Apollonia! Jim, saluta le brave ragazze dei Pesci, avanti» ordinò Diego.

Jim rimase fermo e salutò Audrey da lontano con la mano. «Allora ciao! Verrò spesso a trovarti, d'accordo? Posso venire a trovarla, o è proibito?»

«Ma certo, vieni pure quando vuoi» rispose la ragazza dai capelli arcobaleno, strizzandogli l'occhio. «E non preoccuparti, mi occuperò io di Audrey. Quando discenderete il fiume fino al nostro settore, chiedi di Stardust. Sono io.»

«Perfetto! Grazie mille, ehm, *Stardust*. Davvero, Audrey starà bene?» insistette Jim.

«Sicuro!» promise Stardust con un sorriso.

Audrey osò incrociare il suo sguardo solo per un attimo, dopodiché si girò dall'altra parte stringendosi il braccio per l'agitazione. Quando Jim fece per chiamarla ancora una volta, le tre si erano già allontanate. Le guardò imboccare una strada diretta verso una località chiamata "Sympatheia" insieme al resto dei Pesci.

Diego gli rifilò una pesante pacca sulla spalla, facendolo trasalire. «Sei del Sagittario come me, quindi so che è una battaglia persa, ma per onestà devo consigliarti di tenertelo nei pantaloni, almeno per i primi periodi. Fidati, è meglio così. Ne so qualcosa.»

«No, guardi che non è affatto come crede. Quella ragazza si chiama Audrey Davis e io la conoscevo anche da vivo, ecco tutto» precisò Jim.

«Appunto. Scommetto che la conoscevi in maniera *approfondita*» replicò il

Commodoro con un sorrisetto complice.

«E invece le ripeto che è fuori strada. La conoscevo e basta. O almeno, credo di averla conosciuta. Mi è parsa così tranquilla, qui. Quasi non sembrava la stessa persona.»

«Non è affatto strano. I membri del Coro sono persone tranquille e pacifiche. Anche la Sublime Sacerdotessa sotto sotto lo è, solo che lei a volte... Ah, ma te lo racconto ad Astoria Nuova, siamo in vergognoso ritardo. *Ándale, vámonos!*»

Jim seguì il suo nuovo leader e il gruppo di Sagittari verso la zona est di Gulguta, ma qualche dubbio gli rimaneva ancora. Uno fra tutti: che accidenti di nome era "Stardust"?

* * *

Mark Colby sapeva di essere stato ammazzato. Ricordava ogni singolo dettaglio dei suoi ultimi istanti di vita e conosceva anche con amara certezza l'identità dei suoi assassini, un fatto che nella vita reale sarebbe stato di fondamentale importanza, ma che lì gli pareva del tutto irrilevante. In vita, con tutta probabilità, non ci sarebbe mai più ritornato. Tanto valeva farsene una ragione.

In tutta onestà, non era più di tanto scontento di essere approdato in quello strano luogo chiamato il Tempio. Da un certo punto di vista le sue prospettive apparivano quasi allettanti, sebbene fosse deceduto. Ora era un novizio del Sacro Ordine del Cancro. Aveva un bel suono, ma in ogni caso, anche se avesse suonato di merda, far parte di un ordine di qualche tipo era comunque meglio che aver tirato le cuoia e basta, ritrovandosi a dover ascoltare i vermi divorare il tuo cadavere. Inoltre, quella tunica color avorio con sopra disegnati i loro simboli aveva un aspetto davvero gagliardo. Mark sperò che un giorno l'avrebbero donata anche a lui, perché la tunica da frate che indossava al momento non lo faceva esattamente impazzire. In fin dei conti, quale straordinaria impresa poteva attestare di aver compiuto da vivo? Proprio nessuna. Inoltre il capo dell'Ordine, quel tale Seydou, gli ispirava fiducia, e la sua bella aiutante persino di più.

[Nota di Veronica Fuentes.][I]
[Nota di Alberto Piovani.][II]

[I] La sottoscritta Prima Bibliotecaria intende dissociarsi dai seguenti commenti sessisti del relatore Mark Colby, pur mantenendoli inalterati per completezza di cronaca, e invita le lettrici o i lettori più sensibili a passare al capitolo successivo.

[II] Il sottoscritto Bibliotecario intende dissociarsi dalla precedente nota della Prima Bibliotecaria, giudicandola poco professionale e influenzata unicamente dalle sue opinioni personali – peraltro ben poco sincere, come i lettori più attenti avranno modo di scoprire più avanti.

Sujira, Sujira... Da dove proverrà una ragazza con un nome simile?, rifletté Mark. *India, Bangladesh, magari Tailandia?*

Ora che si era calmato e aveva avuto modo di osservarla con attenzione, giudicò quella ragazza un pezzo di fica di notevolissimo livello, tanto che decise di abbracciare quasi con gioia la sua nuova condizione di non-morto.

Sujira dimostrava poco meno di trent'anni ed era slanciata e atletica. Aveva la pelle bronzea, gli occhi bruni e dei rigogliosi capelli scuri che lasciava cadere su una sola spalla. Le labbra erano piene e carnose, ma non portava rossetto, mentre sinuose linee disegnate con dell'eyeliner nero le circondavano gli occhi. Mark dovette però anche ammettere, non senza un velo di amarezza, che la sopracitata bellezza orientale non gli stava rivolgendo molte attenzioni. Al contrario, Sujira si era dimostrata piuttosto fredda nei suoi confronti fin dal suo arrivo, e dopo essersi presentata non l'aveva più degnato di uno sguardo.

Mark Colby, in qualità di Pervertito Certificato di Massimo Grado – vale a dire un normalissimo maschio terrestre –, fece quello che qualsiasi suo coetaneo avrebbe fatto in quella circostanza: esaminò e valutò con suprema attenzione ogni singola parte del corpo di Sujira. Alla fine si sentì lieto di poterle dare, nel complesso, un solido nove su dieci, ovvero un voto che nella vita reale non aveva mai avuto occasione di assegnare, perlomeno alle ragazze che aveva conosciuto di persona. Giudicava Emily Lancaster un dieci su dieci, anche se sapeva che non meritava quel voto in maniera oggettiva, ma semplicemente incarnava alla perfezione i canoni estetici che lui ricercava in una donna. Da vivo l'aveva incontrata una sola volta.

Il fatto che si stesse preoccupando di esaminare e valutare il sedere delle ragazze che lo circondavano anche dopo essere andato all'altro mondo iniziò a preoccuparlo.

Va bene, qui sarà anche pieno di belle figliole, ma io sono comunque morto, porca puttana. E se tutto questo mondo non fosse nient'altro che una trappola e mi trovassi in realtà all'inferno?

Mark era cosciente di aver speso la maggior parte della sua vita terrena a idolatrare bellezze femminili; magari c'era un girone infernale adibito a punire specificatamente i degenerati come lui. Forse quella Sujira era in realtà una serva di Satana ed era lì per indurlo in tentazione, sedurlo e alla fine divorarlo. Forse l'avrebbe inghiottito nelle sue parti intime, come Mark aveva letto una volta in *American Gods*. Solo che nel libro gli era suonato fico, dal vivo sarebbe stato molto più terrificante.

* * *

Il folto gruppo del Leone si accingeva a imboccare in maniera ben poco disciplinata la grande porta ad arco numero IX, quella che li avrebbe condotti nel loro territorio. Schiamazzavano con un fragore d'inferno, tale da far riverberare le loro grida tra i muri di tutto il quartiere ovest di Gulguta.

La ragazzina nuova, Jihan, saltellava gioiosa da una parte all'altra di quella comitiva di finti vichinghi, cercando di intavolare una conversazione con chiunque le prestasse attenzione, ma non erano in molti a farlo, sebbene sembrassero comunque entusiasti del suo arrivo. Toccò quindi a Meljean, la Valchiria che l'aveva accolta, tenerle compagnia fino alla capitale.

Una ventina di metri più avanti, Olivia, l'Eliaste Massima dell'Acquario, si avvicinò con cautela al suo vecchio maestro Saad che, da sotto uno dei portici, stava osservando i Guerrieri del Leone in partenza. Sebbene formalmente Saad fosse del segno dell'Acquario, da lungo tempo ormai aveva assunto il ruolo di Generale agli ordini diretti del Comandante Supremo, il signor Connery, e dunque non viveva più con i suoi compatrioti.

I due si studiarono scambiandosi un'occhiata guardinga, ma sapevano benissimo quale sarebbe stato l'oggetto della loro conversazione.

Saltando i convenevoli, Olivia indagò: «Sospetti che la Forma dell'Anima di quella ragazzina sia influenzata da uno degli antichi princìpi? Nessuno qui al Tempio può immaginarsi più adulto di quanto lo fosse in vita al momento della sua morte. Finora ha sempre funzionato così, giusto? C'è mai stata qualche eccezione?»

Saad iniziò a sfregarsi il mento barbuto e inclinò la testa su un lato. I lunghi capelli brizzolati gli sfiorarono le spalle. «A memoria d'uomo direi di no, e non credo che le regole principali siano cambiate» sostenne con la voce velata di compassione. «Pertanto, se al Tempio qualcuno si presenta agli altri con un aspetto eccessivamente giovanile, ci sono solo due possibilità. La prima è che il soggetto abbia convertito la propria Forma dell'Anima a tale età, di solito per motivi affettivi o sentimentali. Di solito, però, tutti si immaginano almeno diciottenni. La seconda possibilità...»

«Povera Jingfei» concluse per lui Olivia.

«Già.»

«Pur sforzandomi, non riesco a ricordare nessuno di così giovane, da quando sono arrivata qui. C'è stato quel ragazzo del Pakistan, te lo ricordi, quello dell'Ariete? Ma nemmeno lui appariva giovane a tal punto.»

Saad esaminò ancora una volta Jihan. I lunghi capelli corvini le arrivavano alla vita, lisci quanto la seta e lucidi come vetro lavorato. Era graziosa oltremisura, senza dubbio, ma quanti anni dimostrava? Quindici, sedici al massimo, e doveva essere deceduta proprio a quell'età. La sua mente di grande pensatore si mise in moto, immaginando ogni possibile scenario, anche il più sordido. Ciò che lo lasciava in particolar modo perplesso era la spensieratezza della quale Jihan sembrava traboccare. Questo lo indusse a supporre che non fosse stata vittima di un crimine violento; tuttavia, era possibile che avesse rimosso l'accaduto o che stesse reprimendo quel fatto traumatico e i suoi orrendi ricordi.

Magari no. Magari quella ragazzina era morta in circostanze del tutto banali. Le vie della Fonte a volte erano imponderabili. O perlomeno questo era ciò che Saad soleva ripetere a tutti, anche se sapeva bene che non era propriamente così.

«Per caso hai osservato le immagini disegnate nell'acqua, quando è emersa?» chiese, anche se era una domanda retorica.

«Le ho osservate, certo. Era una configurazione davvero particolare ma molto promettente. Purtroppo, quella ragazzina è del Leone...» Olivia lasciò la frase in sospeso, scuotendo la testa e lanciandogli un'occhiata che sottintendeva molte cose.

«La terrò d'occhio, per quel che posso» promise Saad. «Spero che non la mandino allo sbaraglio senza prima addestrarla a dovere.»

Ciò che Saad non disse, era che lui e il Comandante Supremo avrebbero dovuto discutere a lungo della ragazzina, e sarebbe stata una conversazione ben meno piacevole di quella.

Capricorno
Un Consesso di Spettri

Adelmo varcò l'immensa porta ad arco nelle mura di Gulguta al seguito di quello stravagante trio di Maestre. Sopra vi era scolpito "8" in numeri romani. Ciò significava che, osservando la tonda Gulguta dal cielo e dividendo le sue mura esterne in dodici archi di circonferenza equivalenti, come fosse un orologio, stavano uscendo dalla città tra le ore sette e le otto, o genericamente parlando a sud-ovest.

Appena oltrepassate le mura, su un lato della strada v'era un pilastro di granito con sopra incisa una serie di indicazioni, ma Adelmo fece in tempo a leggere soltanto il nome della presunta capitale del Capricorno e la direzione da tenere per raggiungerla, poiché un paio di membri della Antica Scuola attendevano il loro arrivo proprio all'ombra del pilastro e si unirono al gruppo salutando le Maestre con fare cortese. Erano entrambi uomini: il primo era biondo e d'aspetto europeo, mentre il secondo era moro e dai tratti asiatici. I due scoccarono a Adelmo solo una fuggevole occhiata, seppur alimentata da una curiosità quasi inquisitiva, dopodiché ripresero a conversare con le Maestre senza nemmeno presentarsi. Di questo, però, Adelmo non si meravigliò. Aveva già intuito che i membri della Antica Scuola si sarebbero rivelate persone poco espansive; in fondo, anche lui non era di certo estroverso.

L'affascinante paesaggio naturale che Adelmo si trovò davanti appena imboccata la strada in direzione "Geistheim" lo rasserenò, poiché pareva un luogo assai tranquillo, ma allo stesso tempo lo gettò nella confusione più totale, alimentando ancor di più i suoi dubbi. Lo scenario era mutato in maniera radicale e non sembrava una semplice estensione di Gulguta o la sua periferia più esterna, bensì una regione dal carattere del tutto differente, anche se la città centrale era appena dietro le loro spalle.

La contrada del Capricorno era per lo più pianeggiante, salvo alcune solitarie colline erbose e poco scoscese che si trovavano però assai distanti dalla strada principale, la quale proseguiva sempre diritta, senza curve. La pavimentazione era realizzata a ciottolato e rendeva agevole l'incedere. Di fatto era paragonabile a un interminabile viale fiancheggiato da torreggianti cipressi su entrambi i lati. I prati attorno alla strada si estendevano per chilometri ed erano punteggiati di larghi olmi che divenivano via via sempre più fitti e numerosi fino a formare, in lontananza, dei piccoli boschetti.

Il drappello di Capricorni si era addentrato nel loro territorio solo da qualche minuto, quando Adelmo vide il giorno declinare con una rapidità insensata. Il caldo sole del pomeriggio, che li aveva accompagnati fintantoché erano rimasti all'interno delle mura di Gulguta o nelle sue immediate vicinanze, svanì dal cielo con la celerità di un battito d'ali, cedendo il posto a una fitta oscurità che non poteva rappresentare nient'altro che una cupissima sera. Adelmo si guardò attorno, sbalordito e atterrito, domandandosi se il misterioso fenomeno di cui era appena stato testimone fosse anch'esso un ingranaggio degli incomprensibili meccanismi che regolavano quel mondo.

Due file di lampioni in stile gotico si accesero ai lati della strada, illuminandola fino all'orizzonte col loro bagliore chiaro e soffuso.

«Uff... finalmente.» Michelle emise un sospiro e richiuse l'ombrello. Era chiaro che non aveva più bisogno della sua ombra, eppure anche affermare che ne avesse avuto bisogno *prima* sarebbe stata comunque un'esagerazione quasi farsesca. Il sole e la calura della città centrale erano perfettamente sopportabili. Undici Case su dodici li avrebbero definiti *piacevoli*.

La Gran Maestra gratificò lo sguardo incuriosito di Adelmo con un sorriso. Sembrava diventata all'improvviso di buon umore, come se le tenebre l'avessero rinfrancata, e altrettanto lo erano Naija e Seline.

Proseguirono il cammino per un altro minuto o due, poi la luna piena salì in alto nel cielo, circondata da gruppi di stelle di cui Adelmo riconobbe la disposizione. Non era certo un grande esperto di astronomia, ma trovò con sicurezza le costellazioni del Leone e dell'Acquario, e forse anche quella del Cancro; tuttavia, alcuni famosi asterismi non erano presenti, come ad esempio il Grande Carro o la Croce del Nord. Adelmo non ne era sicuro al cento per cento, ma ipotizzò che le uniche stelle visibili nel cielo notturno fossero quelle che componevano le costellazioni dei dodici segni zodiacali.

Si era attardato qualche momento ad ammirare la volta celeste, quando udì l'appressarsi di passi leggeri. Non fece in tempo a voltarsi che la Gran Maestra era già comparsa al suo fianco.

«Non dannarti l'anima a cercare di comprendere subito tutto quello che stai vedendo o provando» gli disse in tono cordiale. «Col tempo capirai meglio, te lo garantisco.»

Adelmo scosse la testa, pieno di confusione. «Questo mondo è davvero bizzarro. Ho letto svariate volte la *Divina Commedia*, ma fatico a comprendere se siamo in Purgatorio, all'Inferno o in un'inedita via di mezzo.»

«Non siamo in nessuno di quei luoghi, temo, se non in senso strettamente filosofico» rispose la Gran Maestra in tono vago.

«Dunque è normale che da queste parti la sera sopraggiunga con sì assurda rapidità?» indagò Adelmo, tenendosi sul concreto.

«Sì... e no» mormorò lei malinconica. «Vieni, proseguiamo insieme.»

La leader del Capricorno lo prese a braccetto con garbo e continuò insieme a lui il cammino a passo lento, seguiti a ruota dalle due aiutanti, che parvero in qualche modo sorprese dal comportamento affabile della Gran Maestra. Adelmo le udì bisbigliare qualcosa alle sue spalle, ma non sembrava stessero spettegolando con cattive intenzioni. I due uomini passeggiavano invece in disparte, con aria assorta, tenendo le mani congiunte dietro la schiena.

«Perdonami se cambio argomento, ma è necessario che ti illustri un fatto di enorme importanza, prima di passare al resto» esordì Michelle. «Di certo non ti sarà sfuggito che Gulguta è rotonda e che si espande attorno all'Aditus Dei, dico bene? Ora immagina di ingrandire quel cerchio e prolungarne il raggio di altri quarantacinque chilometri. Quello è il Tempio: una regione perfettamente circolare del diametro di cento chilometri, divisa in dodici settori d'identica grandezza chiamati contrade.»

I baffi di Adelmo ebbero un fremito. «Sangue di Giuda! Dunque *l'intero Tempio* è paragonabile al quadrante di un orologio, non solo le mura esterne di Gulguta. Tuttavia, se tutti i territori sono settori circolari, in che maniera si sostanzia il loro arco di circonferenza?»

Un'ombra passò per un attimo sul dolce viso di Michelle. «Lo scoprirai più tardi. Ora, devi sapere che ogni settore circolare del Tempio è un microcosmo unico e differente da tutti gli altri, di conseguenza ogni ambiente segue regole proprie. In un settore soffiano spesso venti gelidi; in un altro è eternamente autunno e il terreno è ricoperto di foglie ingiallite; in un altro ancora fa sempre caldo, e così via. Qui da noi, be'...» Sollevò lo sguardo e sorrise. «... è quasi sempre buio.»

«Al Capricorno è sempre notte?» domandò Adelmo, sbigottito.

«Come ho detto: *quasi*. L'alba e il mattino sono sostituiti da un tardo pomeriggio che si trasforma in un lunghissimo tramonto della durata di una manciata d'ore, dopodiché cala la notte e ci accompagna fino al giorno successivo. Il sole intenso del mezzogiorno è qualcosa che non vediamo mai; a parte quando usciamo dal nostro territorio, ovviamente.»

«Diamine, che faccenda bizzarra» commentò Adelmo, grattandosi i baffi. «Eppure poco fa il crepuscolo s'è intravisto solo per un secondo, mi pare.»

«Esatto, perché a quest'ora è già notte, qui al Capricorno. Passando dalla città centrale, dov'è ancora primo pomeriggio, al nostro settore, la luce del sole viene mascherata in quel modo da Jules, il Tessitore che si occupa di regolare alcuni degli elementi naturali. Se tornassimo sui nostri passi osserveremmo di nuovo lo stesso fenomeno, ma al contrario: la notte sparirebbe di colpo e una volta entrati a Gulguta risalirebbe il sole pomeridiano. Capisci?»

«Credo di sì, anche se nessuno mi ha ancora spiegato chi o cosa siano esattamente questi Tessitori.»

«Non preoccuparti di loro. Dimmi, piuttosto: il fatto che qui regnino quasi sempre le tenebre ti indispone, o piuttosto ti compiace?» chiese Michelle, alzando di nuovo gli occhi per osservarlo. «E rifletticci bene, prima di rispondere.»

Adelmo ci ragionò per qualche istante, non potendo fare a meno di notare che anche Naija e Seline parevano interessate alla sua risposta; ciò nonostante, lui stentava a cogliere le motivazioni recondite della domanda.

«Orbene, non mi indispone affatto» rispose alla fine, sorprendendosi delle sue stesse parole. «Non è curioso? Non ci avevo mai riflettuto prima, eppure forse è vero: mi sento più a mio agio di notte, nell'oscurità.»

Michelle si voltò e sorrise con aria sbarazzina alle due Venerabili Maestre. Loro fecero altrettanto, ma distolsero in fretta lo sguardo non appena notarono che Adelmo le stava fissando.

«Mi domando però perché le cose stiano in questo modo» continuò questi, temendo che quelle tre lo stessero sbeffeggiando. «Anche a voi piace l'oscurità?»

La Gran Maestra esalò un lieve sospiro. «Certo, è così. Ma ne parleremo con calma nei prossimi giorni.»

Nel momento in cui Michelle si separò da lui per riunirsi alle due Venerabili Maestre, Adelmo provò una sensazione misteriosa e improvvisa, nonché fortemente intima, come se qualcuno stesse esplorando il suo animo fin nel profondo. Immaginò il suo corpo come una caverna in cui era stata gettata una sonda per scandagliarne ogni singolo anfratto. La sonda impattò contro il fondale ed emise una nota musicale che si propagò e si riverberò sulle pareti interne della sua anima. Per un attimo, i suoi occhi vennero investiti da un lampo bianco e credette di percepire la presenza di una lastra di vetro avvolta attorno al proprio corpo, posta a protezione. La sensazione terminò però con altrettanta rapidità e, quando si guardò attorno con aria turbata, i suoi compatrioti non diedero segno d'aver notato alcunché.

Viaggiarono per diverse ore, eppure Adelmo non si stancò quasi per nulla; da questo dedusse che la fatica fisica in quel mondo ultraterreno venisse attenuata di molto. In vita sua non aveva mai veduto dei boschi formati da soli salici piangenti, eppure, dopo alcune ore di cammino, gli olmi lasciarono il posto a grossi salici dagli scheletrici rami che grondavano nugoli di foglie. Nati così vicini gli uni agli altri e imbiancati dalla luce della luna piena, parevano un consesso di spettri riuniti a conciliabolo nella notte immobile.

Durante quel lungo viaggio, Adelmo ebbe modo di studiare con maggior attenzione il gruppetto di Maestre e Maestri. Alla fine si sentì di poter decretare, senza timore di smentita, che tutte e tre le Maestre erano bellissime e seducenti, ma trovava comunque doveroso stendere un velo pietoso sul loro abbigliamento, il trucco e i gioielli che indossavano.

Seline, ad esempio, era alta e aggraziata. Gli occhi verdi contornati dai capelli vermigli erano di certo stupendi, ma nei suoi gioielli il bello e il macabro si fondevano con troppa disinvoltura. Dalle orecchie penzolava un intero filare di delicate catene con agganciati simboli esoterici in argento, tra i quali diversi pentacoli, mentre al collo portava un'inquietante collana con un grande centrotavola che presentava una testa di uccello su una rosa d'ossidiana.

Naija non era altrettanto alta, ma metteva in mostra forme piene e sensuali, lasciando che una collanina con attaccata una croce cristiana le cascasse in mezzo al seno prosperoso. Tuttavia le iridi erano quasi bianche e i capelli magenta erano talmente scintillanti da abbagliare chi aveva di fronte. Come se non bastasse, sfoggiava due orecchini argentati a lato della narice sinistra e uno sul labbro inferiore.

Adelmo aveva ormai rinunciato a vagheggiare di diseredarle o di metterle in punizione proibendo loro di uscire di casa conciate in quel modo. Quelle tre ragazze gli incutevano un certo timore e in ogni caso dimostravano tutte almeno vent'anni, dunque erano abbastanza adulte da decidere come vestirsi e come truccarsi, sebbene lui non approvasse.

Durante il tragitto, l'uomo europeo, forse trentacinquenne, colse l'occasione per presentarsi come il "Custode". Si poteva senz'altro dire che fosse un tipo benfatto: lunghi ricci biondi che gli arrivavano alle spalle e un viso severo ma nobile, da aristocratico. Indossava abiti paragonabili a quelli di Adelmo, ma la sua giacca di velluto era completamente nera e abbottonata sul davanti. Anche parlando la lingua universale, la sua cadenza ricordava il tedesco.

Il Maestro asiatico si chiamava invece Hideki, ma in quella occasione si tenne sulle sue.

Dopo molto che camminavano, la Gran Maestra tornò ad avvicinarsi a Adelmo e con un gesto della mano lo invitò a guardare davanti a sé. La strada sembrava dirigersi verso un vasto centro abitato. Nell'oscurità, in lontananza, decine e decine di luci illuminavano quelle che sembravano strade e case, sebbene fossero costruite con uno stile architettonico che poco aveva in comune col barocco di Gulguta.

«Una città?» mormorò Adelmo.

«Già. Pensavi vivessimo sugli alberi, come quelli della Bilancia?» Michelle soffocò una risatina maliziosa e aggiunse, sempre con l'indice teso: «Vedi quel grande edificio sullo sfondo? È là che starai.»

Adelmo strizzò gli occhi. In effetti, una colossale sagoma scura torreggiava sopra il sottobosco di case, in fondo alla città. «Parrebbe quasi una chiesa, o meglio una cattedrale. Ma è mastodontica!»

Michelle annuì.

«Cosa ci fa una cattedrale qui?» la incalzò lui. «Siamo tutti cristiani?»

«Oh no, non necessariamente» rispose Michelle, lasciando cadere il discorso nel vuoto.

«Non posso far a meno di notare che le sue risposte si fanno sempre più vaghe, Gran Maestra. Mi permetta allora di domandarle: lei dov'è che vive, se non sono troppo indiscreto?»

«Vivo anch'io nella cattedrale di Saint-Yves. Spero che la cosa *la aggradi.*» Michelle, per la prima volta, aveva dato del lei a Adelmo, calcando sulle ultime parole in tono ostentatamente graffiante, quasi beffardo. Naija e Seline erano divertite, ma cercavano in ogni modo di non darlo a vedere.

Adelmo stentava a comprendere quale fosse il problema. Per lui era normale dare del lei a una signora, o una signorina, con la quale non si aveva grande confidenza, soprattutto se di rango superiore al proprio. Perché la Gran Maestra avrebbe dovuto prendersela a male?

«Mi perdoni, ma per quale motivo mi dileggiate? La cortesia non è vista di buon grado da queste parti?» domandò con il necessario tatto.

«Certo che lo è. Le buone maniere sono anzi una delle caratteristiche che contraddistinguono i membri della nostra Casa; cerca però di capire che il modo in cui ti esprimi è ancora legato al contesto storico in cui hai vissuto. Mi stai dando del lei e io comprendo questa forma di cortesia perché al Tempio siamo in grado di capire tutte le lingue parlate sulla Terra e le loro sfumature, ma questo tipo di formalità non è necessario.

«Esistono due distinte categorie di persone, qui al Tempio. Tutti i Maestri e gli Allievi fanno parte della stessa casta, dunque anche tu ed io. Già, anche se sei appena arrivato e non sai ancora in cosa consiste la nostra Scuola, rientri già nel novero degli Allievi. Nel corso dei secoli abbiamo gradualmente adottato un modo di parlare meno formale quando siamo tra noi e non è in corso una cerimonia o un'assemblea ufficiale, pertanto non stupirti se d'ora in poi continuerò a darti del tu quando conversiamo in privato, e gradirei che tu facessi altrettanto con me. L'altra classe di gente, invece, deve trattarci con il massimo rispetto, e loro sì che dovranno darti del lei in ogni occasione.»

«Una seconda "categoria" di persone? Vale a dire?»

«Oh, non ti curare di loro. Sono inetti, inabili alle armi. Tu diresti che è gente *dappoco*.»

Vergine
Il Frinire delle Cicale

Il settore della Vergine era il primo, pertanto occupava lo spazio tra la mezzanotte e l'una nell'immaginario quadrante d'orologio del Tempio. Vi si accedeva, com'è logico, imboccando una delle uscite nella zona nord di Gulguta, quella che seguiva la numero dodici in senso orario. Il gruppo di Discepoli della Congregazione attraversò insieme alla Madre Reverenda la grande porta ad arco numero I. Passandoci dentro, i novizi ebbero modo di constatare che le mura di pietra della cinta erano spesse più di cinque metri e sembravano solidissime.

Una volta sbucata dall'altra parte, Emily si sentì morire dentro.

Una verdeggiante campagna si stendeva di fronte a lei a perdita d'occhio. Pioppi alti e dritti come fusi, pini marittimi e basse querce da sughero sonnecchiavano a guardia di strette stradine sterrate che serpeggiavano pacifiche tra campi incolti, prati fioriti e boschetti dormienti, salendo e ridiscendendo dolci pendii senza alcuna pretesa. Cespugli di ginestre in fiore decoravano il paesaggio macchiettandolo di note dorate, insieme a gruppi di oleandri dai fiori rosati, piante di rosmarino ed erica arborea, che inondava i campi con i suoi fiorellini bianchi; tutto era punteggiato di folti cespugli di alloro, ginepro e pungitopo. Nell'aria, i profumi erano talmente intensi che Emily si sentì stomacata.

Rustici steccati di legno e siepi curatissime scandivano il susseguirsi dei prati più per diletto che per reale necessità, poiché tutti i campi in quella prima parte di territorio erano lasciati incolti, la vegetazione libera di crescere. Il sole del pomeriggio ardeva con maggiore intensità rispetto a Gulguta e la temperatura si era già alzata di qualche grado. Una calda brezza faceva stormire appena le fronde e fletteva i morbidi steli d'erba.

Alla loro destra, ranghi di alte e brulle colline dalle pendici scoscese separavano il loro settore da quello del Cancro, che aveva l'aspetto di un territorio assai roccioso, con un'alta catena montuosa sullo sfondo. A sinistra, invece, nel territorio dello Scorpione, si riuscivano a scorgere solo foreste, e non sembrava particolarmente interessante.

La bella strada lastricata di Gulguta si trasformò ben presto in un largo sentiero sterrato. Avevano percorso appena un centinaio di metri, quando Chaeyeon si arrestò e inspirò a fondo. «Ahhh! Sentito? Profumo di casa!» dichiarò con voce gaia, inebriata ed esaltata dai profumi primaverili che pervadevano l'aria.

I due nuovi arrivati che di cognome non facevano Lancaster sembrarono gradire subito quel pacifico scenario campestre e concordarono con la loro leader mostrando di gradire sia il paesaggio che i suoi aromi.

«Cristo santo, che posto di merda» sentenziò invece Emily con sdegno.

Nell'udire quelle parole, la Madre Reverenda si accigliò. «Questo panorama incantevole non ti attrae?»

«Ma no, *ovvio* che no! Perché la città centrale è così affascinante e noi invece ci becchiamo questa schifezza? Non che Gulguta sia proprio il mio stile, intendiamoci, preferirei di gran lunga starmene in un bel grattacielo ultramoderno, ma almeno quella uno stile ce l'ha. Questa è *campagna*» arguì, quasi nauseata. «Temevo che mi avreste portata in un convento di suore, e invece... ossignore, siamo dei campagnoli buzzurri, ecco cosa siamo! Forse è persino peggio!»

Chae-yeon incassò signorilmente le offese e si tormentò una ciocca di capelli cobalto. «In che genere di posto avresti preferito andare?» domandò poi con serietà. «Qui al Tempio non ci sono grattacieli ultramoderni.»

«Be', ad esempio quelli del Toro vivono in un posto tipo resort sul lago, gliel'ho sentito dire prima. Non che stessi origliando di proposito.»

«I membri del Toro...» Chae-yeon esitò. «... sono persone un pochino superficiali. Ma noi gli vogliamo bene lo stesso» si affrettò ad aggiungere con un sorriso materno.

«E va bene, ma qui quasi non si respira con tutti 'sti profumi, mi sembra di soffocare! Soffro d'allergia e non ho nemmeno con me i medicinali. Non posso *assolutamente* proseguire, mi dispiace» tentò di giustificarsi Emily, provando in tutti i modi a svignarsela.

«Non ti sta scoppiando nessuna allergia, tranquilla. Non esistono le allergie, qui. Mi sembri una persona un po' melodrammatica. Su, vieni, dobbiamo avviarci. Ci sono molte ore di cammino da qui a Coteau-de-Genêt.» Chae-yeon si avvicinò a lei e la spinse con gentilezza in avanti.

«No, scusa, per caso hai detto "ore" di cammino?» starnazzò Emily, per metà incredula e per metà adirata.

«Esatto. Sai, non ci sono mezzi di trasporto qui alla Vergine, e solo quelli della Bilancia possono usare le scorciatoie negli alberi, per cui...»

«Ma ho visto delle cose alate volare nel cielo, prima, quand'eravamo a Gulguta.»

«I Cavalieri del Sacro Ordine del Cancro hanno i Pegasi, ma solo loro possono cavalcarli. Cioè, possono darti uno strappo se vogliono, però–»

«E perché queste "scorciatoie" possono usarle solo quelli della Bilancia?» Emily era esasperata. Odiava camminare quasi quanto odiava fare jogging per mantenersi in forma.

«È un privilegio che gli è stato concesso per il fatto di essere al di sopra delle parti, ma le usano soprattutto per portarci il Nettare e la loro legna speciale. Senti, non preoccuparti di dover camminare. La fatica si sente molto poco qui, e non ti faranno male i piedi, promesso.» Chae-yeon le regalò un sorriso così radioso da convincerla a desistere.

Il sentiero si rivelò in effetti piacevole da percorrere e offriva spesso ai viaggiatori delle splendide vedute sui campi circostanti. Non si addentrarono mai in alcuno dei boschetti laterali, ma li scansarono sempre grazie a delle dolci curve.

Sulla strada incrociarono numerosi viandanti appartenenti ad altri segni zodiacali che andavano e venivano, tra i quali c'era proprio un membro della Bilancia. Chae-yeon lo salutò con un amabile gesto della mano. Sembrava che la leader conoscesse tutti gli uomini del Tempio, o almeno si comportava come se fosse in confidenza con loro. Emily non resistette alla tentazione di domandarsi con quanti fosse andata a letto.

«Fai una passeggiatina pomeridiana?» domandò la Madre Reverenda a quel ragazzo. Era vestito come un taglialegna, con una camicia di flanella a quadrettoni verdi e un paio di pantaloni un po' trasandati.

«Vi abbiamo portato il Nettare, prima, ma il ritorno me lo faccio a piedi. Sa, con una giornata del genere» rispose lui indicando il cielo azzurro, poi si voltò verso Emily e ammiccò, come se si aspettasse che la nuova arrivata fosse d'accordo e comprendesse quel sentimento, ma non fu così.

Quando il ragazzo si fu allontanato, Emily si affiancò a Sam – che reputava più tollerabile di Chae-yeon – e gli chiese: «"Con una giornata del genere", ha detto quel tizio. Quindi nell'aldilà può anche piovere? C'è il rischio che ci becchiamo della pioggia sulla testa?»

Lui annuì e sorrise, forse felice di notare che Emily gli stava finalmente ponendo una domanda tutto sommato calzante. «Sì, è così. Può piovere di più o di meno, a seconda della zona e del settore. In alcune contrade non piove mai, in altre nevica spesso. Ma non farti illusioni, è un elemento soltanto decorativo. È un Tessitore a controllare il tempo atmosferico. La pioggia non serve a nulla, se non a suscitare in noi un'emozione diversa, così come il gelo, la nebbia, i lampi, e così via. Le piante non necessitano di acqua per crescere e vivono in eterno.»

Sam non era affatto un brutto uomo, anzi, aveva di certo il suo fascino, ma su Emily faceva ben poca presa. La carnagione era olivastra e non era troppo alto, ma il fisico era asciutto e metteva in mostra dei discreti muscoli sotto il gilet smanicato. Il viso senza barba e dal mento volitivo era contornato da lisci capelli scuri che scendevano a lato delle guance fin quasi alle spalle. In ogni caso, anche Emily Lancaster fu costretta ad ammettere che aveva davvero una bella voce. Calda e tonante, sembrava vibrare dal cuore di una montagna.

«E allora a che serve davvero la pioggia?» bofonchiò. «"Suscitare un'emozione diversa". Vuoi dire tanto per rovinare la giornata a noi poveri stronzi?»

Sam sospirò e attese a lungo prima di risponderle. Alla fine disse: «Questa è una materia complessa e delicata, e necessita di una discussione approfondita che preferirei lasciare alla nostra Madre Reverenda, se non ti dispiace. Magari la riprenderemo in seguito.»

«E va bene, tanto non me ne frega granché. Può piovere, buono a sapersi, ma spero proprio che oggi non si scateni un temporale. Già prima sono uscita da quella piscina tutta bagnata e chissà che capigliatura mi ritrovo, ci manca anche che mi prenda dell'altra acqua sulla testa. Ma dove sono le cicale? Non sento il loro stupido verso.»

«Il frinire» precisò Sam.

«Sì, quello. Credo che ci starebbe bene per completare l'atmosfera, con il caldo che fa. E poi dove cavolo sono finiti tutti gli uccelli? Non si vede volare niente, a parte quegli stupidi cavalli alati del Cancro.»

La placida voce di Sam si riempì d'amarezza. «Qui al Tempio, purtroppo, non esistono animali.»

«Neanche uno? Non c'è proprio alcun animale?»

«No, nessuno.»

«Che pena» commentò Emily, guardando altrove. «A me gli insetti fanno schifo, ma che senso hanno tutti questi prati fioriti senza delle farfalle a svolazzarci sopra?»

Sam rispose con un sospiro malinconico.

Emily scrutò l'orizzonte svariate volte, ma non riuscì a scorgere nulla che potesse demarcare il confine tra il territorio della Vergine e quelli adiacenti. «Cosa c'è al confine del nostro settore? Un posto di blocco, del filo spinato o roba simile?»

«Non c'è nulla; lo scenario vicino ai confini muta pian piano da un ambiente naturale all'altro. Se di qua ci sono dei boschi e di là il deserto, la foresta si diraderà sempre di più, quindi s'inizierà a intravedere un po' di sabbia, gli alberi spariranno del tutto e infine ci saranno solo dune. Capisci cosa intendo?»

«Credo di sì» rispose Emily. Quel mondo non era poi così complicato, a ben pensarci. «Quindi posso andare negli altri settori ogni volta che mi pare?»

«Certamente. Nessuno te lo vieta. Nemmeno la nostra Madre Reverenda.»

Avere Emily Lancaster accanto durante il viaggio verso Coteau-de-Genêt fu come tenere la radio perennemente sintonizzata su un interminabile talk show con un'ospite instancabile e dalla parlantina inesauribile. Già a metà strada, Chae-yeon, Sam e gli altri del gruppo avevano imparato vita morte e miracoli su di lei, anche se il loro interesse era abbastanza limitato.

Emily aveva ventisei anni e sosteneva di essere una cantante americana famosissima che aveva esordito col country per poi passare al pop, acquisendo così sempre più celebrità. Asseriva di aver venduto più di cento milioni di dischi, e i presenti non avevano prove per smentirla. Dichiarava anche di aver avuto dozzine di fidanzati, tutti celeberrimi quanto lei, ma per un motivo o per l'altro li aveva mollati; vuoi perché non li considerava più alla sua altezza, o perché li aveva scoperti a sbirciare le foto di un'altra su Instagram, o ancora perché le dimensioni del loro membro virile non erano sufficienti a soddisfarla tra le lenzuola. Ma la circostanza più tragica era senz'altro quando non erano in grado di mostrare abbastanza cifre sul conto corrente.

Nessuno dei presenti era vissuto nel periodo di massimo successo di Emily, pertanto non l'avevano riconosciuta e non avevano nemmeno sentito parlare di lei. Emily era però sicura che la situazione sarebbe cambiata radicalmente una volta giunta in città. Dovevano pur esserci suoi fan, da qualche parte.

«... e comunque non c'è nulla di più irritante di una boutique che non chiude subito le porte al pubblico appena entro io. È insultante. E anche poco pratico, se vogliamo dirla tutta. Sai, ho milioni di fan adoranti, pronti a seguirmi ovunque, ogni giorno. Come posso scegliere un completo nuovo con degli sfigati che scattano le loro foto da pervertiti appena me lo provo? No, è indecente. Ah, ma questi sono problemi che tu, mia cara, non puoi comprendere. Senza offesa, naturalmente» sproloquiò rivolgendosi a Chae-yeon.

«Oh no, certo.» La Madre Reverenda si morse la lingua e fece guizzare lo sguardo verso Sam, il quale si girò di colpo e finse di ammirare la boscaglia alla loro destra per nascondere un sorriso.

«Tu che facevi per sbarcare il lunario?» domandò Emily in un finto tono compassionevole, traboccante in realtà di tracotanza.

Chae-yeon e Sam si scoccarono un'ulteriore occhiata dalle mille sfaccettature, ma la Madre Reverenda si limitò a farfugliare: «Facevo, ehm, un lavoro abbastanza particolare. Sì, ecco, diciamo che mi cambiavo spesso i vestiti e–»

«Sai, in quanto a fisico non sei messa troppo male» continuò la popstar, usando l'eufemismo del secolo. «Facevi la modella, o roba del genere? Anche se sei un po' bassina, per quello. A proposito: devo davvero indossare tutta questa roba marrone? Io il marrone proprio non lo sopporto. Mi sta malissimo. È un colore orrendo. E l'accostamento col blu, poi, a chi cazzo è venuto in mente?»

Il vestito che indossava Emily era una variazione sul tema di quello di Chae-yeon, ma la sua maglietta, pur essendo sempre di lino bianco e di fattura semplice, era meno provocante di quella della Madre Reverenda, poiché aveva le maniche lunghe fino ai polsi e non le lasciava scoperte le spalle. Per giunta, sopra la maglietta Emily indossava anche un gilet smanicato marrone, aperto sul davanti e legato da cordini blu, abbastanza simile a quello di Sam. Non portava la cintura nera e la gonna marrone toccava quasi terra, nascondendo del tutto gli stivali. Altri laccetti blu, nelle maniche e nella cintura, completavano l'abbigliamento.

«Il marrone è il colore ufficiale della Congregazione della Vergine e lo zaffiro è la nostra pietra simbolo, da qui le note di blu che vedi nei nostri abiti» spiegò Chae-yeon in tono affabile.

«Posso mettermi qualcosa di più blu e meno marrone?»

«Hmm, direi di sì. Tutto sta a te. Quando arriviamo ti spiego come funziona.»

«Come funziona che cosa?»

«Modificare il proprio aspetto fisico e i vestiti.»

«Ah, modifica–» Emily realizzò la portata di quella frase ed ebbe un singulto. «*Modificare il proprio aspetto fisico*? No, scusa, come ti sei permessa di tralasciare un fatto del genere fino a ora?»

«Stasera ti insegno come si fa, ma ti prego di non contarci troppo, almeno per ora. Non credo che tu possegga abbastanza Tempra Mentale, dato che sei appena arrivata.»

Emily sollevò un sopracciglio. «"Tempra" che?»

«È un concetto un po' complicato, ma prometto che più tardi ti spiegherò anche quello.»

«Cavolo, quanto sei paternalistica, cara Madre Reverenda. "Non puoi capire questo, ti spiego dopo quell'altro." Cristo, ma quando cazzo si arriva? Ho caldo, eppure non sudo. Mi pizzica il naso per il profumo dei fiori, eppure non starnutisco. Non c'è nulla che abbia un senso» si lamentò Emily. «E quando prima mi hai sollevata con una mano sola per tirarmi fuori dalla piscina, ecco... quella non è stata proprio una cosa normale.»

«Ah, l'hai notato.» Chae-yeon la osservò sorridendo. «Come credi che abbia fatto?»

«Non ne ho idea» rispose candidamente la bionda. «Sei una supereroina?»

«Dici tipo Wonder Woman? No, non proprio.»

«Allora è una magia?»

Chae-yeon esplose in una risata cristallina. «Neanche. Sei fuori strada.»

«Che vuoi che ne sappia io, questo posto è del tutto ridicolo. Per esempio, vogliamo parlare del fatto che tutti i membri del Capricorno sono degli stupidi goth? Ah ah! Dio mio, che pagliacci. Le ragazze, in particolare, vestite in quella maniera gotica e con quel trucco da morte viventi! Oh, signore, che imbarazzo. Pensavo che quegli sfigati si fossero tutti estinti nei primi anni duemila. Se non altro non sono capitata in quella Casa, dovrei considerarmi fortunata.»

Chae-yeon non si scompose e spiegò con calma: «Non puoi "capitare" in una Casa zodiacale a caso. La Fonte lo stabilisce in base alla tua indole, al genere di persona che sei e all'affinità che la tua personalità presenta con determinate caratteristiche fondamentali di quel segno.»

«Quindi in pratica la Fonte funziona come il Cappello Parlante?»

«Magia, Cappello Parlante... deduco che sei una fan di Harry Potter» disse Chae-yeon con un sorriso.

«Conosci Harry Potter? Considerami ufficialmente sorpresa.»

«Non ho mica vissuto sulla luna, sai. Guardiamo i film occidentali anche in Corea. Comunque puoi metterla in quella maniera, se ti aiuta a capire. La Fonte è il Cappello Parlante del Tempio, anche se nel nostro caso non credo si tratti di un essere senziente.»

Questa sgualdrinella spocchiosa dev'essere una Grifondoro. Anzi no, è talmente pallosa da poter essere una Tassorosso. Dio mi aiuti! Come ne esco da questa situazione?, si preoccupò Emily.

Quelli del Toro sembravano molto più fichi, e in più il loro leader era proprio un bell'uomo. Il Cappello Parlante dell'aldilà dev'essere davvero fulminato per avermi assegnato alla Vergine. Forse è tutto un imbroglio. "Affinità" un cazzo, non sono fatta per una vita da suora!

Ora glielo chiedo una volta per tutte e la facciamo finita.

«Ascolta, Santità, siamo chiamati la Congregazione della Vergine perché dobbiamo fare voto di castità? Confessalo senza addolcire la pillola, per favore.»

Chae-yeon si accigliò. «Ma no, certo che no. Come ti vengono in mente certe idee?»

«Mah, insomma, il nome. E poi tu ti fai chiamare Madre Reverenda. Cosa

cavolo dovrei pensare, secondo te?»
«Niente voto di castità. L'equivoco è chiarito. Ti senti meglio adesso?»
«Fino a un certo punto.»

* * *

Arrivarono quasi al tramonto.
La cittadina di Coteau-de-Genêt era adagiata sulla sommità pianeggiante di un vasto poggio che di fatto costituiva anche l'altura più elevata di tutto il territorio della Vergine. Da quella posizione si dominavano i campi circostanti ed era il punto d'osservazione perfetto per tenere d'occhio i dintorni per molti chilometri, fino ai settori dello Scorpione e del Cancro. Una placida mulattiera si avvinghiava al versante est della collina, salendo verso la cima con una serie di dolci curve che sarebbero risultate gradevoli anche a un ultranovantenne, ma Emily trovò comunque modo di lamentarsi della loro ripidità.
Perché fosse chiamata Coteau-de-Genêt non era certo un mistero irrisolvibile. La cittadina era impreziosita da cespugli di ginestre che tinteggiavano le strade di giallo oro e la profumavano con l'aroma dei loro fiori.
Il centro abitato si sviluppava attorno a una piazza centrale, dalla quale si diramava una moltitudine di strette stradine che proseguivano fino ai margini della collina. Le case erano basse e rustiche, ma non per questo trascurate o fatiscenti; al contrario, erano amorevolmente mantenute. La maggior parte degli edifici erano costruiti in pietra, ma sulla piazza centrale si affacciavano anche alcuni cottage di mattoni, mentre i tetti erano sempre di tegole rosse. Su alcuni dei muri era stata lasciata crescere l'edera come abbellimento. Ogni finestra era dotata di scuri di legno, e dai numerosissimi balconi e terrazzini penzolavano fiori di ogni tipo, soprattutto gerani blu. Al centro della piazza principale si ergeva una statua di bronzo rappresentante un maiale. Emily la trovò di pessimo gusto, ignorandone il significato recondito.
La Madre Reverenda salutò con ardore tutti coloro che si presentarono ad accogliere i nuovi arrivati come se non li vedesse da chissà quanto, in alcuni casi abbracciandoli, giocando con loro o incoraggiandoli come una cheerleader. Emily rimase a osservarla esterrefatta per diversi minuti, sentendosi nauseata e provando in qualche modo imbarazzo al suo posto.
La piazza riecheggiava del mormorio della folla, dello scricchiolio dei carretti di legno colmi di anfore di terracotta che venivano spinti verso un grande edificio sullo sfondo, dello scalpiccio di una miriade di passi frettolosi sulla ghiaia e di tanto altro. L'atmosfera era del tutto diversa rispetto a quella di Gulguta: Coteau-de-Genêt era calorosa, vivace e vibrante. In molti vennero a porgere i loro saluti ai nuovi arrivati, ma Emily si sentì profondamente a disagio di fronte a quella massa di contadini infervorati per il suo arrivo. Ancora una volta nessuno diede segno di conoscerla. Nell'incontrare quella selva di persone, si ritrovò a pensare di continuo: *Come sarà morto questo? E quest'altra? Cause*

naturali, suicidio, omicidio? Vivere al Tempio portava tutti a ragionare in quella maniera, o veniva spontaneo solo a lei?

«Ci sono molte più persone di quante immaginassi» ammise rivolgendosi a Sam, quando infine si ritrovarono da soli. «Gulguta a confronto era deserta.»

«Siamo più di seimila, qui a Coteau-de-Genêt» confermò lui compiaciuto. «Ma nel nostro settore ci sono anche altre borgate.»

«Quindi tutte queste persone sono emerse dal Pozzo dei Santi come me?»

I lineamenti di Sam per un attimo si indurirono. «Non esattamente. Tu sei arrivata al Rito dell'Osservazione; la stragrande maggioranza delle persone che vedi qui è arrivata all'altro Rito, quello della Genuflessione.»

«Ed è meglio o peggio? Essere arrivata oggi, intendo.»

Sam strusciò il pollice sull'indice della mano destra con aria assorta. «Non mi piace descrivere i Riti in questa maniera, tuttavia è senz'altro meglio. Anche se il tuo Zenith è sconosciuto, sei comunque una Guerriera del Tempio, come me, la Madre Reverenda e altre poche centinaia di noi. Tutti gli altri sono Intoccabili. Siamo due gruppi sociali ben diversi, anche se viviamo insieme.»

«Cazzo, quindi noi siamo di rango più alto, ho capito bene?» lo martellò Emily con rinverdito interesse.

Sam sospirò, rispondendole poi a malincuore: «Sì. Immagino che saperlo ti riempirà di gioia, se ho compreso anche solo una minima parte del tuo carattere, in queste prime ore trascorse insieme.»

Emily iniziò a lisciarsi i capelli biondi con un sorrisetto canzonatorio dipinto sulle labbra. Quasi tutti quei bifolchi erano inferiori a lei ed era una cosa ufficiale, risaputa. D'ora in poi avrebbe potuto vantarsi almeno di quello, e non era un fatto di poco conto. Vivere su un piano più elevato rispetto alla gente comune era la sua *raison d'être*.

In mezzo al muro frontale di uno degli edifici più massicci che si affacciavano sulla piazza era stata affissa una grande ruota di legno dotata di dieci raggi. Sotto era stato magistralmente dipinto lo stemma della Vergine, ovverosia un angelo che protendeva la mano destra per cogliere una fiamma da un albero e riporla in un'urna che reggeva nell'altra mano. Sotto lo stemma erano dipinte in bianco le parole: "In medio stat virtus".

Emily inarcò un sopracciglio. «Questa roba è il motivo per cui Chae-yeon è soprannominata anche la Regina della Temperanza? Ma poi, "Regina della Temperanza"... Ah ah! Sul serio pronunciate titoli simili senza mettervi a ridere? E comunque cosa cazzo sarebbe la Temperanza?»

«La Temperanza è il solenne giuramento per intraprendere una vita più equilibrata» spiegò Sam con pazienza. «È la virtù morale che modera l'attrattiva dei piaceri corporei per osservarne la giusta misura.»

«Le mie più sentite condoglianze» mugugnò Emily. «In fondo, sotto sotto me lo sentivo che quella Chae-yeon era una squilibrata.»

Sam si passò un dito sulle labbra. «Allora ti informo che non è solo la Madre Reverenda a possedere quel tipo di carattere. Tutti noi della Vergine siamo compassionevoli, meditativi e dediti al duro lavoro. Adottiamo uno stile di vita frugale, semplice, senza esagerazioni.»

Emily scoppiò a ridere. «Ma certo, è proprio adatto a me! No, ragazzi, dico sul serio: io levo le tende, e anche in fretta. C'è stato di sicuro uno sbaglio. La strada per tornare indietro la conosco, non c'è bisogno che mi accompagniate. Torno al Pozzo dei Santi e mi ci butto di nuovo dentro.»

Sam negò con fermezza. «Non ci può essere stato alcuno sbaglio, eri da sempre destinata a essere una Discepola della Congregazione. Certo, devo ammettere che sei piuttosto atipica come Vergine, ma–»

«Per forza! Ti garantisco che in me non c'è proprio *nulla* di Vergine, nemmeno una singola parte» proclamò Emily con grande orgoglio, buttandosi i capelli di lato.

«Oh, sì, capisco» borbottò Sam, in evidente imbarazzo di fronte a quel doppio senso. «Eppure ti garantisco che la Fonte non commette mai errori.»

«Okay, anche ammettendo che tu abbia ragione, in che modo Chae-yeon incarnerebbe la virtù morale che modera l'attrattiva dei piaceri corporei? Ha addosso dei vestitelli all'apparenza sobri ma si comporta da sgualdrina, e uso questo termine solo perché i miei fan mi hanno insegnato che "troietta" è un termine politicamente scorretto.»

«"Si comporta da sgualdrina"? Non credo di seguirti.»

«Ma sei rimbambito? Parlo di tutte quelle moine che fa. È da non crederci, a quanto pare serviva che arrivassi io per dare una scossa a questo buco infernale.»

«Moine, certo.» Sam annuì pensoso. «Per curiosità: quali supponi sarebbero i suoi secondi fini?»

Emily batté le mani due volte di fronte alla sua faccia. «Sveglia! Ho notato che ci sono un sacco di uomini, qui alla Vergine. Quei suoi modini di fare tutti amorevoli e sdolcinati sono studiati ad arte per manipolarvi e farvi lavorare al posto suo. Guardala, è da due ore che incita quello sfigato, manco fosse sua mamma. E le donne... boh, saranno tutte lesbiche, non so.»

«Guarda che Chae-yeon non si sottrae certo al duro lavoro. Anzi, quando i suoi impegni glielo consentono, è la prima ad andare nei campi di mattina e l'ultima a lasciarli di sera.»

«"Quando i suoi impegni glielo consentono"... Ah ah! Ora le ho davvero sentite tutte! Oh, poverina! Cos'è, ha l'agenda piena di appuntamenti, su questo pianeta idiota in cui non c'è un cazzo da fare se non guardarsi negli occhi a vicenda, e... non ci sono nemmeno animali, o... altre cose vive a parte noi?»

«Con tutto il rispetto, Emily Lancaster, tu non sai ancora cosa ci sia o non ci sia, qui al Tempio. Sei arrivata *stamattina*» la smontò Sam con la sua voce bassa e tonante.

Emily roteò gli occhi, fece una smorfia e girò sui tacchi. Sapeva sempre quando era arrivato il momento perfetto per abbandonare un dibattito, ovvero appena prima di perderlo.

Uno degli edifici più imponenti che davano sulla piazza era dipinto di blu, ed era chiamato il *Refettorio*. Dalle ampie finestre pendevano gonfaloni con sopra disegnata la costellazione e lo stemma della Vergine. Nel cortiletto antistante la porta d'entrata c'erano molti tavolini di legno attorno ai quali gli abitanti di Coteau-de-Genêt potevano sedersi a bere qualcosa.

Emily, incuriosita, seguì Chae-yeon all'interno del locale, mentre Sam rimase nella piazza.

Il *Refettorio* era in realtà un'osteria e disponeva di un ampio salone caldo e accogliente, zeppo di tavoli sui quali giocare a carte, seggiole e panche di legno. Una fila di sgabelli si trovava di fronte al bancone, mentre alle spalle dell'oste erano ammassate immense botti di legno. Molti si accomodavano ai tavoli unicamente per chiacchierare, commentando le notizie del giorno mentre fumavano a ripetizione potenti sigarette, ma altrettanti giocavano a briscola o a tresette sorseggiando bevande contenute in grandi boccali.

Emily aveva immaginato Coteau-de-Genêt come una sorta di convento misto di preti e suore, ma si trovò costretta ad ammettere che era molto diversa. Sembrava più che altro una vecchia cittadina di campagna dall'atmosfera briosa, immersa in un paesaggio malinconico. Le donne erano vestite da contadinelle alla moda, gli uomini da agricoltori un po' dandy; non si vedeva in giro nessuno vestito da sacerdote e, a giudicare dalle numerose imprecazioni e bestemmie che risuonavano per l'osteria, non sembrava nemmeno un luogo particolarmente pio.

Senza alcun preavviso, Chae-yeon cinse le spalle di Emily da dietro e le piazzò davanti alla faccia un robusto boccale di legno colmo di liquido azzurrissimo.

Emily ebbe un sussulto e si divincolò. «Tesoro, tu tocchi un tantino troppo per i miei gusti. Tieni le zampe a posto quando sei con me, ci siamo capite?» la ammonì. «Non siamo amiche e non credo che lo diventeremo mai.»

La Madre Reverenda ignorò le sue lagnanze e si limitò a scuoterle di nuovo il boccale davanti agli occhi, invitandola con un sorriso a prenderlo.

«Che cavolo sarebbe, acqua? È così che vi sballate, qui a contadinolandia?» sbottò Emily. Con l'impetuoso vociare che si riverberava per il *Refettorio*, doveva quasi gridare per farsi sentire.

Chae-yeon ancora una volta sorvolò sulle offese e spiegò con voce armoniosa: «Non è semplice acqua. È Nettare della Sorgente. Tutti devono berlo, perché è ciò che ci mantiene in forze su questo mondo. Sgorga nel territorio della Bilancia ed è tanto, tanto buono. Abbiamo camminato molto, quindi è meglio se ne bevi un po'. Su, avanti, un sorsetto alla volta.» Le avvicinò il boccale alle labbra.

Emily lo spinse via. «Guarda che non ho due anni, non c'è bisogno che mi imbocchi.» Agguantò il boccale e bevve da sola. Il liquido era rinfrescante e molto dolce, come acqua zuccherata. «Hai ragione, in effetti ha un buon sapore. Di cibo non ce n'è?»

«No, mangiare non serve a nulla. Il Nettare è la nostra unica fonte d'energia.»

«Cazzo, adesso capisco perché qui siete tutti magri, questa è la dieta definitiva!»

«No, non è per quello. Abbiamo questo aspetto per via della Forma dell'An–»

«A proposito di aspetto... oh, cristo santo!» esclamò Emily con gli occhi puntati su un oggetto all'altro lato del salone.

Agganciato a una delle pareti laterali del *Refettorio* c'era un ampio specchio abbellito da una cornice d'ottone dal sapore semplice e antico. Emily si precipitò di corsa verso di esso, non facendosi problemi a urtare con le spalle e a scaraventare di lato i malcapitati che si trovarono sulla sua strada.

Si appropinquò allo specchio avvicinandosi di lato, a piccoli passi, assalita dall'ansia. Era sicura che avrebbe trovato la visione di questa nuova versione di se stessa in qualche modo deprimente.

Ciò che vide superò di molto le sue aspettative.

«Oh, mio Dio! Temevo di essere uno schifo e invece non sono affatto male!» annunciò trionfante a tutto il *Refettorio* (diversi avventori si voltarono per osservarla e commentarono tra loro). «Il trucco è proprio ben fatto, anche se è molto sobrio per una come me. Comunque il rossetto rosa pastello è carino, e... guardate qui che taglio! Ho di nuovo i capelli lunghi e sono perfettamente in piega. No, fermi tutti, sono anche un pochino più magra, come se mi fossi messa a dieta per una settimana. Ma che cazzo significa?»

«Stavo cercando di spiegartelo, se solo ogni tanto mi lasciassi finire» protestò Chae-yeon dopo averla raggiunta.

Emily continuava ad arricciarsi i capelli e a lisciarsi le sopracciglia, ammirando la sua immagine nello specchio. Se fosse stata da sola, avrebbe baciato il proprio riflesso. «Avanti, parla pure.»

Chae-yeon sospirò. «Questa volta mi ascolterai sul serio, vero? Guarda che è importante.»

«Ti concedo la mia attenzione per qualche minuto» promise la bionda mentre con l'indice piegava le ciglia lievemente verso l'alto.

«Bene, allora. L'aspetto esteriore degli abitanti del Tempio non è determinato da com'erano al momento della morte. Quella che vedi è la Forma dell'Anima delle altre persone, ovvero l'immagine con cui loro hanno intimamente deciso di presentarsi agli altri. Potrebbero essere più giovani di quanto lo fossero in vita, e quasi sempre è così, o potrebbero avere qualche dettaglio differente. I capelli, gli occhi, la forma delle labbra, qualsiasi cosa. Ma solo alcuni piccoli elementi, non tutto il corpo. Quello non succede mai.»

«Pazzesco. E perché funziona così?»

Chae-yeon si strinse nelle spalle. «Perché la Forma dell'Anima è l'aspetto migliore che quella persona riesce a immaginare per se stessa. Se ti piacevi di più a vent'anni, quando avevi i capelli lunghi, al Tempio sarai così. Ti piacevi a quarant'anni, con qualche ruga in più? Sarai così. E se in vita odiavi qualche elemento del tuo corpo, qui puoi aggiustarlo. È fatto per permetterti di sentirti più a tuo agio di fronte agli altri, capisci?»

«Credo di sì» rispose Emily, ancora distratta dal proprio riflesso. Si esaminò con maggior attenzione e aggiunse: «Ma io non noto nulla di diverso in me, a parte il taglio di capelli.»

«Ottimo, significa che ti piaci così. Dovevi andare molto fiera del tuo aspetto anche in vita.»

«Puoi dirlo, tesoro, sono sempre stata meravigliosa» ammise l'altra senza vergogna. «E quella cosa che mi avevi accennato prima per "cambiare me stessa"? La Tempra...»

Chae-yeon annuì. «La Tempra Mentale. Se la tua mente è robusta e le sue fondamenta sono solide puoi modificare a piacimento la tua Forma dell'Anima e crearti nuovi vestiti. Maggiore è il rinnovamento, però, e più pesante sarà lo sforzo psichico necessario per compierlo.»

«Voglio cambiarmi il vestito» dichiarò Emily senza esitazione, tastando con disgusto tangibile il suo gilet marroncino.

«Ora non puoi. Tutte le modifiche alla Forma dell'Anima vengono compiute di notte, mentre stai dormendo» la informò Chae-yeon in tono comprensivo.

Emily curvò le spalle, lasciando ricadere le braccia lungo i fianchi. «Che palle. Sei sicura che non mi stai prendendo per il culo?»

«No, affatto. Comunque puoi toglierti il gilet, se non ti piace. Mica è incollato al tuo corpo. Stasera passerò a svelarti un altro fatto importantissimo, ma adesso devo uscire un attimo a controllare una cosuccia.»

Emily lasciò perdere lo specchio (tanto aveva già deliberato di essere bellissima) e pedinò la sua nuova leader fuori dal *Refettorio*. C'era una nota d'apprensione nella voce di Chae-yeon, e moriva dalla voglia di scoprire da cosa fosse causata.

Non avendo niente di meglio da fare, alcuni ragazzi le seguirono. Emily si era resa conto quasi subito che molti degli abitanti di Coteau-de-Genêt sembravano oppressi da un insormontabile tedio ed erano alla continua ricerca di qualcosa di intrigante che li intrattenesse. Chae-yeon ovviamente prosperava in un ambiente del genere, con tutte le smancerie e gli spettacolini che metteva in piedi per gli altri, nonché per via della sua innegabile bellezza.

La ragazza coreana imboccò una stradina laterale che conduceva verso la periferia della zona nord di Coteau-de-Genêt, in direzione di una collinetta sassosa costellata di arbusti. La cittadina sorgeva già in cima a un alto poggio, ma da lassù sarebbe stato possibile osservare davvero a grande distanza. Chae-yeon si fermò ai piedi della collinetta, spiccò un balzo verso l'alto e in un istante atterrò sulla sommità, dieci metri più in alto.

Emily trasalì e si voltò di scatto verso gli altri come per domandare "L'avete visto anche voi?", ma quelli non fecero una piega. Per evitare che Chae-yeon si accorgesse che era rimasta impressionata, Emily tenne lo sguardo fisso di fronte a sé e iniziò a mangiarsi un'unghia.

Porca vacca, è stato come in Matrix... anzi, più veloce! Ha saltato e in un secondo era già in cima!

Sulla sommità della collinetta v'era una struttura simile a una balaustra di legno che si protendeva per un metro oltre il dirupo, sulla quale era fissato un voluminoso cannocchiale puntato verso nord. Chae-yeon si era fatta seria e scrutava l'orizzonte attraverso il cannocchiale, riparandosi gli occhi con una mano per proteggerli dal sole che tramontava. «Non è acceso. Dunque anche oggi tutto tranquillo» mormorò tra sé e sé.

«Cazzo hai detto?» urlò Emily da sotto.

«Un mio amico abita in un piccolo borgo a nord, per essere più comodo a uscire. Per fortuna non ci sono problemi» rispose Chae-yeon infilandosi una ciocca di capelli cobalto fra le labbra.

Di cosa cazzo sta parlando?, si domandò Emily. *Però sembrava davvero preoccupata. Magari quel tizio è il suo uomo. Cioè, se la fa con tutti, è ovvio, ma magari lui è il suo bamboccio preferito.*

«Essere più comodo a uscire per andare dove? A funghi?» strillò.

Chae-yeon emise un sospiro e fece un gesto con la mano. «Raggiungimi quassù. Visto che sei qui tanto vale che te lo spieghi adesso.»

«Piantala di compatirmi con quel tono da maestrina solo perché non so le cose» ribatté Emily, muovendosi comunque per raggiungerla. Non era una gran atleta, ma la collinetta non era troppo scoscesa, per cui con un po' di sforzo l'avrebbe scalata facilmente.

«Non ti sto affatto compatendo, sto solo cercando di illustrarti dei concetti che per te sono nuovi. Soffri di manie di persecuzione, oltre che di grandezza.»

Emily per una volta ignorò la provocazione e iniziò a salire poggiando i piedi dove riusciva, tra i sassi e gli arbusti. Non tentò neanche di saltare come aveva fatto Chae-yeon; con lei non avrebbe mai funzionato e si sarebbe messa in ridicolo di fronte a quei ragazzi, che la osservavano da sotto.

«Non tutte sono qui da secoli come te» bofonchiò aggrappandosi a un cespuglietto di ginepro per darsi la spinta. «Altre hanno una vita nel mondo reale. E che vita, modestia a parte.»

«Oh certo, lo immagino» rispose Chae-yeon, forse con un velo di sarcasmo. «Ma io non sono qui da "secoli", se vuoi saperlo. Occhio che scivoli se metti il piede lì, potresti cadere.»

Emily corresse i suoi movimenti, infilando il piede in un'altra incavatura. «Certo ci metterei di meno se la grande leader della Vergine mi desse una mano. I miei stivaletti non sono adatti per le arrampicate» protestò, ormai arrivata quasi in cima.

«Mi spiace, ancora non ci arrivo» si scusò Chae-yeon mordicchiandosi le labbra rosso fuoco.

«Figurarsi se quella stronzetta mi aiutava» borbottò la bionda cercando inutilmente di raggiungere con la mano un'ultima roccia alla quale appigliarsi. All'improvviso si sentì sollevata con forza verso l'alto e non poté far altro che osservare Chae-yeon che la issava e la posava delicatamente sulla cima della collinetta con la stessa facilità che Superman avrebbe incontrato nel maneggiare una piuma d'oca.

Emily strabuzzò gli occhi celesti. Era la seconda volta che quella ragazza la sollevava senza fare il minimo sforzo. «Senti un po', come fai a essere così forte con quei muscoletti? Sei magrissima. Sembri una che al massimo fa pilates, e nemmeno in maniera seria.»

Chae-yeon appoggiò le mani sui fianchi e sorrise. «Be', per una volta ci hai preso. Facevo davvero pilates, nei ritagli di tempo. Ma riguardo a ciò che hai detto prima temo di doverti correggere: non esiste più una "vita nel mondo reale". Ora la tua vita è qui con noi. Speravo che almeno questo primo concetto l'avessi assimilato.»

«Ma sì, ovvio, non sono mica stupida!» s'inalberò Emily. «È chiaro che non ce ne andremo mai più da questa merda di...»

La sua collera evaporò tanto rapidamente quanto era sopraggiunta. Lasciò vagare lo sguardo il più lontano possibile, verso Gulguta e l'Aditus Dei, ma a occhio nudo non si vedevano più. Stava iniziando ad accettare quella situazione per lei penosa, anche se non era ancora pronta a riconoscere tutto ciò che ne sarebbe conseguito. Rimase per qualche minuto impalata con gli occhi bloccati sulla campagna davanti a lei, divagando con la mente. Ripensò alla sua villa a Miami vicino al lido, di fianco a quella di Ryan Gosling, con il quale sarebbe uscita ben più che volentieri se solo lui l'avesse degnata di uno sguardo. Purtroppo però i suoi fan lo avevano avvertito che lei era una da evitare, una ragazza poco seria, e così...

Chae-yeon attese a lungo che Emily si scuotesse da quell'inerzia. Alla fine le posò una mano sulla schiena e le disse: «Guarda nel cannocchiale. Laggiù, alla fine della nostra contrada. Oltre i campi coltivati, i prati cosparsi di fiori e i boschi. Proprio in fondo al nostro settore. Lo vedi?»

Il tocco della Madre Reverenda fece tornare Emily in sé. Avvicinò l'occhio alla lente e studiò il paesaggio con fare incerto, finché non scorse quello che Chae-yeon stava cercando di mostrarle. Dovette guardare lontanissimo, quasi all'orizzonte. «È... *un muro*?»

«Esatto. Muro, muraglia, barriera, chiamalo come vuoi. Ma ufficialmente si chiama Muro del Calvario.»

Emily sbarrò gli occhi. «È un enorme, orrendo muro grigio! Ci hanno rinchiusi qui dentro?»

Chae-yeon ridacchiò con la sua voce cristallina. «No, nessuno ci ha rinchiusi dentro il Tempio. Ci siamo chiusi da soli. Il Muro del Calvario demarca il confine esterno di ogni settore.»

«Oh, cristo, non sarà mica come in *Game of Thrones*?»

Chae-yeon parve confusa. «Hmm, perdona quella vecchietta della tua Madre Reverenda; credo di averne guardata qualche stagione, ma è passato talmente tanto tempo. Ti va di rinfrescarmi la memoria?»

«Sì, insomma, ci sono dei mostri tipo zombi al di là della barriera e la muraglia serve a tenerli lontani!»

Chae-yeon fissò il cielo fattosi ormai purpureo e si tamburellò un dito sulla guancia mentre ponderava la risposta. «Hmm, più o meno. Sì, se vogliamo farla facile possiamo metterla così. Ma non sono "zombi", sono–»

«AHHH!» Emily lanciò uno strillo talmente acuto da sorprendere perfino Chae-yeon e si prese la testa tra le mani. «Ma io dicevo per scherzare! È terribile! Di fatto siamo davvero rinchiusi qui dentro!»

«Per fortuna» scherzò Chae-yeon. «Sarebbero guai seri se il Muro sparisse.»

«Come sarebbe a dire "per fortuna"? Chi è che vuole rimanere per l'eternità a coltivare i campi con voi contadini dementi? Io no di sicuro. E chissà poi cosa coltivate, visto che il tuo amico nativo-americano mi ha detto che la vegetazione cresce da sola. Speravo che almeno da qualche parte ci fosse, non so, qualcosa di carino da vedere.»

«Non ti basto io?» Chae-yeon sorrise in maniera seducente, passò una mano tra i lunghi capelli neri e blu e li spinse di lato per farli ricadere dietro la schiena con un gesto troppo perfetto per non essere stato eseguito migliaia di volte.

Dabbasso, alcuni dei ragazzi emisero dei gridolini di giubilo.

«No, eh no! Non ti azzardare neanche a guardarmi in quel modo!» la ammonì Emily con il dito puntato verso di lei, facendo un paio di passi indietro. «Sarai anche bella, ma ti ho già spiegato che mi piacciono i maschi e soltanto i maschi, va bene? È ovvio che hai soggiogato tutti, qui alla Vergine, ma con me non attacca!» Si voltò verso i ragazzi e aggiunse a voce ancora più alta: «Immagino che quelli là sotto siano Vergini di nome e di fatto, per comportarsi in quel modo patetico solo per averti vista metterti a posto i capelli! Che pena!»

«Basta così. Non ti consento di prendere in giro gli altri» la redarguì Chae-yeon a braccia conserte. «Prenditela con me, se devi. Stavolta ammetto di averti stuzzicata. A ogni modo puoi stare tranquilla: nemmeno a me piacciono le ragazze. Volevo solo alleggerire l'atmosfera. Hai preso troppo male questa cosa del Muro. È stato messo lì per proteggerci.»

«Bah, sarà come dici» grugnì Emily senza molta convinzione. Per un attimo i suoi occhi incrociarono quelli color cobalto di Chae-yeon. Là dentro, nell'antro più profondo delle sue pupille, le parve che qualcosa scintillasse, come due astri che rifulgessero da soli nel vuoto del cosmo. Distolse in fretta lo sguardo, terrorizzata che la leader stesse usando su di lei qualche tecnica di seduzione magica.

«Torniamo a noi» riprese Chae-yeon. «Cosa intendevi prima? Cosa speravi ci fosse qua attorno?»

«Mah, non lo so» mugugnò Emily. «Un mondo da esplorare, magari. Qualcosa del genere.»

«Ah, quello c'è!» esclamò pimpante Chae-yeon battendo le mani.

«E come lo si oltrepassa quel muro? Il Muro del Calvario.»

«Come si oltrepassano di solito tutte le mura: ci sono dei cancelli. O dei portoni. O dei ponti levatoi. Qui da noi ci sono dei grossi cancelli di ferro che si sollevano da dentro e da fuori.»

«E quando vengono aperti?»

«Quando ci pare. Ti ripeto che nessuno ci ha imprigionati qui, possiamo uscire ogni volta che vogliamo.»

Emily si riprese la testa tra le mani. «Ma prima hai detto che ci sono davvero dei mostri, là fuori! Come hai potuto lanciarmi addosso una notizia del genere con una tale nonchalance?»

«Tranquilla, sei appena arrivata» la rincuorò la Madre Reverenda. «Tu i mostri non li vedrai per un bel pezzo. E con il tuo Zenith sconosciuto, chissà, forse ti lascerò per sempre qui in città.»

«Ma cosa sono? Che aspetto hanno?»

Chae-yeon si fece di nuovo seria. Abbassò lo sguardo e si girò di spalle.

«Non li immagineresti mai.»

Capricorno
Ad Perpetranda Miracula Rei Unius

Vista dall'interno, la cittadina di Geistheim si sarebbe potuta definire deliziosamente spettrale.

Le case erano costruite vicinissime le une alle altre, con un connubio di stili che includeva il gotico germanico, quello del nord Italia e qualcosa appartenente all'Europa orientale che Adelmo aveva avuto modo di ammirare solo in fotografia. I muri in pietra a vista erano fatti di mattoni scurissimi, tanto che Adelmo si domandò se non fossero d'onice nero o d'ossidiana, ma non conosceva abbastanza quelle rocce per azzardare delle ipotesi. Le pareti esterne erano sormontate da tetti spioventi formati da grosse travi di mogano ed ebano che sporgevano di diversi metri, conferendo alle stradine un aspetto particolarmente opprimente.

Le strade erano pavimentate con pietrini di porfido e su ambo i lati v'erano dei lampioni accesi con delle zampe di drago scolpite alla base. Ciò che però sbalordì di più Adelmo furono le statue: dragoni, gargoyle, basilischi, fenrir, cerberi, chimere, arpie, echidne, idre di Lerna, manticore, licaoni e tante altre creature mostruose che lui nemmeno conosceva erano raffigurate nelle enormi sculture di marmo grigio che adornavano le vie di Geistheim come opere esposte in un museo.

A Adelmo venne da chiedersi se dei forestieri di altre Case passassero mai da quelle parti, se non per assoluta necessità, e cosa ne pensassero di quel terrificante spettacolo. Il buio quasi perenne, squarciato a malapena dalle fioche luci dei lampioni sbilenchi; austere case che sembravano piegarsi sulle strade; colossali mostri di pietra che ti scrutavano immobili a ogni angolo... Di certo Geistheim non doveva essere una delle mete turistiche preferite del Tempio, ma Adelmo ci si sentì da subito a proprio agio. Infilò le mani nelle tasche della giacca e iniziò a passeggiare per i vicoli seguendo il gruppo come se avesse vissuto in quella città da sempre.

Al loro passaggio, molti cittadini uscirono dalle abitazioni e salutarono le Maestre, il Custode e Maestro Hideki in maniera di certo cortese ma anche altrettanto riservata, gettando occhiate cariche di dubbi a Adelmo per poi girarsi a confabulare qualcosa tra loro.

Gli uomini erano vestiti in maniera comparabile al nuovo arrivato, ossia elegantissimi e alla moda dell'Ottocento inglese, anche se alcuni di loro non indossavano la giacca ma solamente una camicia scura damascata coi volant. I più vanitosi portavano cappelli a cilindro e, a volte, avevano una nota di trucco attorno agli occhi. Le donne erano invece un turbine di stretti corsetti carichi di pizzi, vaporose gonne lunghe fino a terra, guanti di velluto e linee sartoriali raffinatissime. Il nero era ovunque: in ogni vestito, nelle pietre dei monili, nel trucco sul viso. A volte era solo una pennellata di colore, ma spesso era il protagonista assoluto.

«Penso che andrò a controllare che tutto sia in ordine» annunciò a un certo punto il Custode – che nel frattempo Adelmo aveva appreso chiamarsi Ludwig von Kleist – avviandosi verso una stradina laterale comunque ben illuminata.

«Preferirei di no» lo richiamò la Gran Maestra. «Stasera vorrei che ti unissi a noi. Indirò la consueta assemblea tra Allievi e Maestri; nulla di straordinario, ma per favore sii presente. La Certosa può aspettare. Sono sicura che è ancora perfetta come l'hai lasciata.»

«Come desideri.» Ludwig si fermò all'istante e tornò sui suoi passi, riunendosi al resto del gruppo. Posò poi gli occhi su Adelmo con aria assorta.

Come se gli avesse letto nel pensiero, Michelle aggiunse senza voltarsi: «Anche il nuovo arrivato sarà dei nostri, ovviamente.»

Lungo la via principale, poco prima della piazza antistante la cattedrale, sorgeva una costruzione più massiccia delle altre che aveva un'insegna di legno appesa sopra l'entrata. *Les Ténèbres du Jour*[1] recitava la scritta a caratteri talmente arzigogolati da diventare quasi illeggibili. Adelmo immaginò che fosse una taverna o una locanda di qualche genere, perché di certo ne aveva tutto l'aspetto. Dalla porta principale uscì un uomo grassoccio e dall'aspetto gioviale, con addosso un buffo cappello da oste. Infilò le mani in tasca dopo essersele pulite nel grembiale e guardò passare il gruppo con aria serafica. Il locale era ben illuminato, ma non poteva essere opera di normali lampadine o di un focolare, perché la luce era bordeaux, il che contribuiva ad avvolgere l'intero edificio in un'atmosfera da incubo.

Giunsero infine in una maestosa piazza tondeggiante, con l'immane mole della cattedrale che giganteggiava di fronte a loro nel buio della notte. Dalle enormi vetrate della facciata erompevano intense lame di luce che andavano a proiettarsi sul piazzale antistante, allagandolo di tutti i colori dell'iride. Appesi alle finestre degli altri edifici v'erano maestosi stendardi recanti lo stemma del Capricorno: un drago nero su campo cremisi. Ma gli stendardi non erano l'unico oggetto sul quale era raffigurata quella creatura leggendaria...

Al centro esatto della piazza v'era una massiccia scultura sotto la quale sorgeva una fontana alimentata dall'acqua che sgorgava dalla statua stessa. Con sorpresa Adelmo constatò che la statua non rappresentava – come ci si poteva aspettare – un capricorno, bensì un drago: accovacciato sulle zampe posteriori

---

[1] Trad. "Le tenebre del giorno", in francese.

e con la coda acciambellata a protezione del corpo, la creatura aveva le fauci spalancate, ma anziché sputare fuoco spruzzava un getto d'acqua.

«Casa dolce casa» annunciò la Gran Maestra, poi fece qualcosa di davvero misterioso. Si accostò all'ampia vasca rotonda che conteneva l'acqua della fontana, vi immerse le mani fino ai polsi e se le lavò. Chiuse quindi gli occhi, alzò la mano destra di fronte al viso e, usando l'indice, si disegnò un triangolo in mezzo alla fronte con l'acqua rimastale sul dito. Adelmo non aveva compreso il significato di quel rituale, ma la osservò comunque con genuino interesse.

Michelle si voltò infine verso il resto del gruppo e ingiunse: «Chiamate a raccolta tutti i Maestri e gli Allievi. Vi voglio tutti dentro Saint-Yves entro mezz'ora, *s'il vous plaît*[I]. Abbiamo diverse questioni da discutere.»

Vista da sotto, la cattedrale incombeva come una montagna che sovrasta la sua vallata, tanto che Adelmo non riusciva più a scorgere i vertici delle torri laterali, da quanto s'innalzavano nel cielo. La struttura esterna era un'interminabile sinfonia di pinnacoli e contrafforti in stile gotico fiammeggiante che sembravano esplodere attorno alla chiesa, più che contenerne l'impeto.

I mosaici del rosone, in un vortice di giallo, blu e rosso – i colori primari – ma anche viola, verde, ocra e magenta, mostravano nella parte centrale quattro riquadri principali rappresentanti gli elementi naturali (aria, acqua, terra e fuoco), ma al centro di questi, come cardine assoluto e imprescindibile, vi era un quinto elemento, evidentemente più importante degli altri, che costituiva la quintessenza, l'etere, da sommarsi agli altri quattro, e Adelmo notò che era un triangolo equilatero nero illuminato da un sole splendente sullo sfondo. Quest'ultimo simbolo era incorniciato all'interno di un pentagono, ovvero la base del dodecaedro: solido regolare e forma perfetta composta da dodici facce e possedente centoventi simmetrie.

Attorno a quei cinque mosaici principali si trovavano altri dodici mosaici rotondi, contenenti le raffigurazioni degli altri segni zodiacali, ed erano disposti in modo tale che i tre segni d'acqua fossero vicini al simbolo dell'acqua nella sezione più interna, quelli della terra vicini al rispettivo simbolo, e così via.

Più all'esterno, attorno ai dodici segni zodiacali, si trovavano ventiquattro mosaici più piccoli che raffiguravano i ventidue arcani maggiori dei tarocchi, ai quali si aggiungevano l'asso di spade e quello di bastoni. Adelmo comprese che quella progressione di numeri – uno, quattro, dodici, ventiquattro – era davvero ineccepibile, poiché componeva il numero di simmetrie totali del tetraedro, il poliedro regolare formato da quattro triangoli equilateri: uno il solido, quattro i suoi vertici, dodici le simmetrie rotatorie, ventiquattro quelle finali, contenenti le altre dodici che invertono l'orientazione dello spazio.

Il portale d'entrata, palesemente troppo grande per dei semplici esseri umani, era sormontato da un'interminabile serie di bassorilievi tra i quali spiccava, in mezzo, Ermete Trismegisto intento a compiere l'unione mistica del Sole e della Luna. Il barbuto sapiente teneva una mano alzata e con le dita esprimeva il numero tre, che infatti ritornava spesse volte nella numerologia e nella

---

[I] Trad. "Per favore", in francese.

simbologia del Capricorno. L'Ermete aveva alle spalle diverse file di uomini e donne intenti a osservarlo come spettatori, e dalle loro sembianze Adelmo intuì che erano indubitabilmente membri della Antica Scuola.

Sotto i bassorilievi erano scolpite a caratteri cubitali le parole: «*Quod est inferius est sicut quod est superius. Et quod est superius est sicut quod est inferius, ad perpetranda miracula rei unius*[I].» Adelmo non se ne meravigliò, poiché in passato aveva già avuto modo di leggere la Tavola di Smeraldo, o *Tabula Smaragdina,* nella sua versione tradotta dall'arabo al latino sul *De Alchimia* di Chrysogonus Polydorus, e il significato di tale frase calzava a pennello in quel contesto di illuminazione mistica.

La visione, una volta entrato a Saint-Yves, divenne sublime e terrificante, estasiante e opprimente, divina e demoniaca, tanto che Adelmo si ritrovò in un primo momento a vagare avanti e indietro senza una direzione precisa, ammirando una volta i pilastri a fascio composti da quattro colonnine, un'altra il pavimento di marmo antichissimo ma sul quale ci si poteva specchiare, un'altra ancora l'alto soffitto a volte d'ogiva quadripartite da cui pendevano dei possenti candelabri contorti, ognuno dei quali reggeva dodici fonti di luce. Adelmo prese atto che in quel luogo doveva essere all'opera della vera e propria stregoneria, poiché nessuno verosimilmente sarebbe mai potuto salire così in alto per riaccendere i candelabri una volta che si fossero spenti, dato che non c'erano impalcature o strutture predisposte a raggiungerli. La luce che si sprigionava da essi era così chiara e fulgida da illuminare l'immenso ambiente quasi a giorno.

La pianta della chiesa era a croce latina, con un lunghissimo piedicroce costituito da ben dodici campate divise non in tre navate, come nella maggior parte delle chiese gotiche, bensì in cinque, le più laterali delle quali contenevano anche delle cappelle in cui erano collocati enormi dipinti. Questi erano conservati all'interno di nicchie ornamentali finemente decorate che andavano ad amplificare i complicati giochi architettonici con le colonne circostanti. Alcuni dei quadri erano ritratti, altri raffiguravano scene di guerra dal sapore apocalittico che vedevano le forze del Tempio combattere mostri dalle forme grottesche e abominevoli. In mezzo al caos della battaglia sembravano spiccare spesso, per audacia ed eroismo, i membri del Capricorno.

Lo spazio interno della chiesa, espandendosi per ben cinque larghe navate, era un ambiente talmente vasto da diventare una minuscola città all'interno della città: ogni campata formava così un diverso rione, in cui i "fedeli" avrebbero potuto svolgere un gran numero di attività diverse nello stesso momento.

Ma non era finita lì: sopra le navate più esterne Adelmo scorse un ampio matroneo camminabile che andava quindi quasi a raddoppiare lo spazio utile della chiesa; e infatti, al momento del suo arrivo, aveva notato diverse persone affacciarsi con sguardo curioso dal secondo piano, segno che anche quegli ambienti soprelevati venivano utilizzati abitualmente.

[I] Trad. "Ciò che è in basso è come ciò che è in alto. E ciò che è in alto è come ciò che è in basso, per fare i miracoli della cosa una" dal latino.

Nel marmo sotto i suoi piedi, per tutta la lunghezza del piedicroce della navata centrale, delle venature di ossidiana su sfondo chiaro tracciavano mastodontiche lettere che insieme formavano il detto esoterico *As above, so below*[1]. Era scritto in inglese, ma Adelmo non avrebbe avuto difficoltà a comprenderlo anche da vivo, dal momento che parlava fluentemente tale lingua.

Dopo quel lungo momento di smarrimento, il novizio trovò il coraggio di inginocchiarsi e di farsi il segno della croce rivolto verso il fondo della chiesa, dove avrebbe dovuto esserci il presbiterio contenente un altare, un Cristo, o di certo qualche altra immagine sacra.

Nel vederlo inginocchiato, la Gran Maestra si appressò lesta e gli diede un leggero colpetto con la mano. «Ma che fai? Rialzati, su.»

«Che stolto che sono. Ora capisco» si scusò Adelmo. Si voltò verso Michelle e ripeté il gesto di fronte a lei tenendo anche il capo chino, come fosse in presenza di una divinità o di un'alta carica ecclesiastica. «È a lei che devo prostrarmi.»

«Non essere puerile. Ci mancherebbe anche questa» rispose Michelle aiutandolo a rialzarsi, purtuttavia velando un sorriso dietro i folti capelli neri. «Qui nessuno è santo, men che meno io, te lo assicuro. Sono soltanto la Gran Maestra. Mi auguro che questo ti basti.»

Più tardi, Adelmo scoprì con sgomento che non v'era alcun altare in fondo alla chiesa, né simboli cristiani; invece, al posto dell'abside, una grandiosa scalinata saliva verso i quartieri alti, dacché pareva esserci un secondo massiccio edificio attaccato al retro della chiesa, a cui si accedeva da lì. Nel presbiterio, prima della scalinata, v'era però un pulpito di marmo scuro a forma circolare decorato con inquietanti bassorilievi sul quale la Gran Maestra salì, in attesa che i suoi adepti si radunassero.

Adelmo approfittò della pausa per visitare il matroneo camminabile che aveva notato in precedenza, accompagnato dalla Venerabile Maestra Naija. Larghe finestre traforate ad arco a sesto acuto spalancavano la vista verso l'esterno, così Adelmo colse l'occasione per scrutare l'orizzonte prima in direzione nord-ovest e poi dall'altro lato, a sud-est, in cerca di qualche ulteriore informazione sui territori limitrofi. Durante il tragitto da Gulguta a Geistheim non c'era stato modo di osservare i settori confinanti con il loro, poiché la contrada del Capricorno era racchiusa tra due ranghi di alte colline, come fosse all'interno di una culla.

A sud-est Adelmo non intravide quasi nulla nel buio della notte, ma dalla parte opposta, sullo sfondo, degli alti picchi rocciosi si ergevano minacciosi avvolti da dense nubi argentate.

«Perbacco, sono montagne quelle che scorgo in lontananza?» domandò socchiudendo gli occhi.

«Esatto, è il territorio del Leone» confermò Naija in tono amichevole.

«Si direbbe ci sia un tempo d'inferno.»

«Quello c'è sempre.»

---

[1] Trad. "Come è sopra, tale è sotto."

Leone
La Canzone del Bardo

Qualche ora prima...

La porta ad arco nelle mura di Gulguta che andava varcata per entrare nel territorio del Leone era contrassegnata con il numero "IX", a indicare che la contrada era contigua a quella del Capricorno e si trovava tra le ore otto e le nove nell'immaginario quadrante d'orologio del Tempio.

Majid si espresse con un eloquente gesto del capo in direzione di Jihan e Meljean intuì facilmente cosa pretendesse da lei. Voleva che accompagnasse la ragazzina nel suo primo viaggio verso la capitale e che le facesse da guida. Quella prospettiva non la elettrizzava, ma sottrarsi a quello che era un suo preciso compito avrebbe adirato Majid più di quanto Meljean poteva permettersi, e lo Jarl aveva già più di un valido motivo per lamentarsi della sua condotta e del suo stile di vita.

«Io vi precedo alla Storhall» annunciò Majid sfregandosi le mani con un'espressione estatica, quindi si lanciò per il sentiero marciando ad ampie falcate, senza preoccuparsi d'aver lasciato indietro il folto gruppo di Leoni. Un cupo bosco di conifere nereggiava sullo sfondo, a poche centinaia di metri dalle mura di Gulguta.

«Vaj-ra-sa-na» sillabò Jihan, concentrata nella lettura delle indicazioni scolpite sul pilastro di marmo appena fuori la città. «Vajrasana. La nostra capitale ha proprio un bel nome.»

Notando che la ragazzina continuava a rimanere impalata davanti all'iscrizione ripetendo in silenzio il nome della città, Meljean le si affiancò e suggerì in cinese: «Jīngāng zuò.»

«Ahhh, "Trono di diamante"!» fece Jihan. Il suo grazioso viso si illuminò. «Ora che lo capisco è ancora più bello.»

Meljean sfoggiò un sorrisetto sghembo ma non disse altro.

«Parli il cinese anche tu?» chiese la novizia fremente d'entusiasmo. La sua vocetta squillante ricordava a Meljean qualche eroina dei cartoni animati giapponesi che spesso da viva guardava in televisione.

La Valchiria annuì. «Già, così come tu parli il sanscrito.»

«Ma io non parlo il sanscrito. Non so nemmeno cosa sia, il sanscrito» confessò Jihan con grande candore. Un refolo di vento freddo fece svolazzare i suoi ribelli capelli corvini. Lei se li ravviò dietro l'orecchio con allenata precisione.

«Sì che lo parli, solo che ancora non te ne sei resa conto» rispose Meljean con più pazienza di quanta ne esercitasse di solito. «Pensaci di nuovo, ma stavolta senza ragionarci troppo. Pensalo e basta. *Vajrasana*.»

Una lucina si accese negli abissi della mente di Jihan e lei apprese il significato e la traduzione di quel nome in tutte le lingue esistenti sulla Terra, anche quelle morte. «*Tài bàng le*[I]!» esclamò allargando gli occhi. «So dirlo anche in tibetano!»

Durante le prime ore di cammino, Jihan si mantenne tenacemente al fianco di Meljean, ponendole continue domande riguardo alle questioni che la turbavano. Avrebbe però fatto meglio a indirizzare il proprio fervore altrove, perché la spavalda Valchiria non sembrava troppo interessata a farle da balia, e le sue spiegazioni furono sempre piuttosto spicce e sbrigative.

La Forma dell'Anima di Meljean dimostrava una ventina d'anni, aveva un intrigante viso da furbetta e la carnagione era nettamente più scura di quella di Jihan, pur essendo entrambe asiatiche. La sua cappa di lana – dorata e non arancione come quella della nuova arrivata – era dotata di un cappuccio che per vezzo lei teneva quasi sempre sollevato sopra la testa, lasciando sgorgare fuori gli ondulati capelli castani che le arrivavano poco sotto le spalle. Jihan notò anche che Meljean era l'unica Valchiria a indossare un nastro rosso legato attorno al braccio.

La strada che da Gulguta conduceva alla capitale del Leone non era niente più di un largo sentiero che si inoltrava da subito nel fitto della foresta per non uscirne fin quasi a destinazione. Avendo vissuto sempre e solo in città, nella Cina meridionale, Jihan non aveva mai visto un pino o un abete dal vivo, né tantomeno una foresta fatta di sole conifere, ma anche se ne avesse vista una questo non l'avrebbe comunque preparata a ciò che aveva attorno a sé in quel momento.

La selva era vasta e immortale, formata da colossali abeti alti in alcuni casi il doppio del normale; oltre a quelli si scorgevano, immersi nel folto, qualche pino silvestre e diversi larici. Ai piedi di quegli enormi abeti l'erba cresceva solo qua e là, poiché il terreno era ricoperto di uno spesso tappeto di aghi secchi ed era disseminato di pigne. Spesso, però, si avvistavano gruppi di felci alte più di un metro, dalle piumate foglie verde scuro. Sul sentiero si percepiva il fortissimo odore dei muschi e dei licheni che ricoprivano i massi, nonché della corteccia e della resina di quegli alberi enormi. Jihan percepiva del pizzicore nelle narici, ma era una sensazione piacevole e si sentì sempre più rinvigorita man mano che avanzava. Riuscire a intravedere il cielo diventò sempre più difficile, poiché le fronde degli abeti oscuravano quasi del tutto la visuale. I viandanti dovevano anche preoccuparsi di evitare con cautela le nodose e contorte radici che spesso invadevano il sentiero creando ostacoli naturali.

Dopo un paio d'ore di cammino, la boscaglia si diradò lievemente e sulla

---

[I] Trad. "Troppo fico!", in mandarino.

destra Jihan vide una grande baita in legno chiaro, a cui si accedeva salendo una larga scalinata. Parecchia gente andava e veniva con aria baldanzosa dall'entrata principale, e tra di loro c'erano anche molti membri di altre Case.

Un uomo del Leone, sulla quarantina, che indossava una pittoresca benda nera sull'occhio destro come fosse un pirata, uscì dal doppio portone della baita con una sigaretta tra le labbra e fece dei gesti piuttosto espliciti a Meljean. La Valchiria ricambiò il saluto con uno dei suoi sorrisetti sfacciati, ma subito dopo lanciò a Jihan un'occhiata obliqua, come se in quel momento avesse preferito non averla tra i piedi.

All'interno di quella curiosa baita diverse persone si misero a berciare insulti osceni, la maggior parte dei quali sembrava bersagliare proprio l'uomo bendato.

«Figlio di una cagna maledetta! Riporta il tuo culo peloso qui, Mike! Così sono capaci tutti!» si sentì strepitare da dentro.

«Tutti a parte te, Juan» lo canzonò con fare da spaccone quel Mike mentre scendeva la scalinata di legno in tutta tranquillità. Jihan notò che aveva un taglio sul labbro da cui era da poco sgorgato del liquido azzurro, e l'occhio non bendato era tumefatto.

«Te ne vai senza concedere rivincita? Sei un pagliaccio! Niente più che un guitto da osteria!» lo martellò l'altro da dentro.

Mike gettò il mozzicone di sigaretta a terra e lo pestò col piede. «Juan, ti hanno mai detto cos'hanno in comune gli orsi e tua madre?» chiese in tono sardonico. Jihan però si coprì le orecchie come faceva sempre quando prevedeva che avrebbe sentito qualcosa di osceno, dunque non seppe mai cosa accomunasse gli orsi con la mamma di quel Juan.

«Torna subito indietro e dimmelo in faccia, pezzo di merda!» imprecò l'uomo dentro la baita, ma il finto pirata lo ignorò e si avvicinò con aria compiaciuta alle due ragazze.

«Mike, così mi spaventi la nuova arrivata» lo avvertì Meljean in tono di prammatica.

«Ah ah! E questa bella bimbetta dove l'hai raccattata? Si era smarrita tornando a casa da scuola? Guarda che l'orfanotrofio degli Intoccabili è a Gulguta, dall'altra parte» la schernì lui studiandola con l'occhio buono, mentre si accendeva un'altra sigaretta estratta da un pacchetto che conservava in una manica della maglietta.

Mike era muscoloso e d'aspetto gagliardo: viso squadrato, barba non rasata da una settimana e scarmigliati capelli castani chiari che gli incorniciavano la testa ondeggiando al vento come la criniera di un leone. Apparentemente incurante del freddo barbino, indossava soltanto una tunica a maniche corte di lino giallo-oro bordata di diamanti e fermata in vita da una cintura di cuoio piena di borchie. I pantaloni di lana marrone erano infilati dentro gli stivali di pelle.

«Non è una Intoccabile. È arrivata oggi» lo informò Meljean senza troppo entusiasmo.

«Mi pigli per il culo? Ti avviso che sono di buon umore, ma non *così tanto* di buon umore da ascoltare battute di infimo livello» la rimbeccò Mike aspirando una lunga boccata di fumo.

Meljean si schiarì la voce, a disagio. «No, non sto scherzando. È arrivata al Rito dell'Osservazione e Majid l'ha affidata a me.»

«Il mio nome è Han Jingfei, ma tutti mi chiamano Jihan. Piacere di conoscerla» si presentò l'interessata chinando il capo, poi, non sapendo cos'altro aggiungere, raggranellò tutto il coraggio che aveva e sorrise mettendo in mostra le due fossette sulle guance.

«Vi siete fottuti il cervello» fu la brutale replica di Mike, che non si era lasciato intenerire. La sua voce era roca e virile. «Portala via da qui. Questo non è posto per lei.»

Senza proferire altra parola, Mike s'incamminò per il sentiero verso Vajrasana e Meljean gli andò dietro spingendo di lato Jihan. La giovane non se la prese e li tallonò a sua volta. Ci era rimasta male, ma sotto sotto se lo aspettava.

«Mike, falla finita. Così non mi aiuti. Dove cazzo dovrei portarla, secondo te?» lo attaccò la Valchiria.

«Lontana dal Kampklub, tanto per cominciare.»

«Sono d'accordo, infatti ce ne stavamo proprio andando» assicurò Meljean controllando con lo sguardo che Jihan la stesse seguendo.

«Con quella Forma dell'Anima dev'essere...» Mike terminò la frase con un grugnito e scosse la testa. «Bella porcata che ha combinato la Fonte. Mi fa venire da vomitare. Majid cosa ne pensa?»

«A me Majid è parso carico. È schizzato a Vajrasana in preda a una delle sue ispirazioni mistiche, secondo me proprio perché vuole forgiare qualcosa per Jihan già stasera.»

«Ridicolo» sentenziò Mike dando un tiro alla sigaretta. «E perché sarebbe carico? La Fonte cos'ha rivelato sullo Zenith della bambina?»

Meljean simulò indifferenza, ma a Jihan parve ovvio che stava cercando di accendere l'interesse di Mike. «Mah, sai, quando Jihan è arrivata la Fonte ha mostrato delle venature violacee che sono fluttuate via veloci come fulmini. Ed erano proprio di un colore bello acceso. Roba mica male.»

«Ma va'? E poi che ha fatto?» la incalzò lui.

«Be', dopo l'acqua è diventata tutta scura ma con tanti puntini bianchi, come se fosse un cielo stellato» raccontò Meljean in tono neutro, fingendo di dare poca importanza alla cosa.

Mike scosse di nuovo la testa. «Assurdo. Uno Zenith che rimarrà inespresso, sicuro come l'oro. A quella lì non dovremmo nemmeno mettere in mano uno Shintai, se vuoi sapere come la vedo io.»

A quel punto Meljean e Mike si misero a confabulare tra loro. Jihan li seguì da dietro senza mai intromettersi.

Il sole iniziava a tramontare. Sotto la volta della foresta scese lesto il buio, al punto che i viandanti dovettero accendere delle lucernette per vedere dove mettevano i piedi. Se fosse stata da sola, Jihan avrebbe avuto una discreta fifa, ma il gruppo di Leoni che accompagnavano i novizi era decisamente garrulo e i ragazzi intonavano canzoni che le riaccendevano il buonumore e le infondevano coraggio, anche se non ne coglieva appieno il significato.

Un vento gelato li aveva accolti nel momento esatto in cui avevano imboccato la strada per Vajrasana e non li aveva abbandonati nemmeno per un attimo, ma a Jihan non venne mai la pelle d'oca, pur essendo vestita in maniera tutto sommato manchevole a combattere il freddo estremo. Le folate sferzavano le cime degli abeti, che oscillavano e si arcuavano all'unisono verso est, in direzione di Gulguta, mentre i loro tronchi intrattenevano i viaggiatori con una sinfonia di scricchiolii sinistri. Il sentiero non era mai del tutto diritto, ma spesso disegnava delle ampie curve per evitare, per quanto possibile, le zone più fitte del bosco, che nel frattempo sembrava farsi sempre più intricato.

L'uomo con la benda da pirata, Mike, monopolizzava del tutto l'attenzione di Meljean. Discutevano di cose che Jihan non comprendeva, e quel poco che coglieva erano brutti discorsi che non le piacevano. Inoltre, Mike si esprimeva di continuo in maniera volgare (anche se Meljean non era certo da meno) e le rivolse certe occhiate malevole, a metà tra lo scherno e il disprezzo, che la intimorirono non poco.

Dopo alcune ore, Jihan notò che davanti a loro, sullo sfondo, cominciavano a profilarsi grandi sagome di montagne rischiarate dalla luna. Stimò che i loro picchi dovevano essere davvero altissimi per risultare visibili attraverso i pochi varchi tra i rami di quegli abeti colossali. La vasta catena montuosa sembrava estendersi per tutta la larghezza dell'arco di circonferenza del settore ed era composta da roccia scurissima nei massicci laterali, ma chiara nella zona centrale. Le vette più alte erano innevate. Jihan credette anche di intravedere dei ghiacciai, i quali spiccavano in maniera eccezionale tra le pareti di roccia scura.

Il sentiero era sì lungo, ma non duro da percorrere, dacché seppur avessero camminato sempre in salita per tutto il viaggio, ascendendo a poco a poco verso i piedi delle montagne, la pendenza era talmente esigua da risultare piacevole.

In prossimità di Vajrasana faceva un freddo boia. Jihan avvertiva sulla pelle il tocco mortifero dell'aria gelida che sembrava ghermirla come la mano di un fantasma, eppure la cosa non la turbava più tanto; anzi, si sentiva ancor di più rafforzata.

Sul terreno e sulle cime degli alberi s'iniziarono a scorgere pennellate bianche via via sempre più estese e numerose, finché, a ridosso della capitale, il suolo si ricoprì del tutto di neve. Jihan l'aveva già vista, ma *quella* neve sembrava avere qualcosa di unico. Brillava in maniera esagerata, come se fosse composta di una miriade di minuscoli diamanti, più che di ghiaccio vero e proprio.

Una volta giunta alle porte di Vajrasana, Jihan venne soverchiata dalla meraviglia. Abbandonò Meljean e Mike, che proseguirono senza nemmeno notare la sua assenza, e rimase impalata a bocca aperta all'entrata della città. Si era comportata da ragazzina ben educata, aveva affrontato quella difficile situazione nella maniera più compita possibile, ma ora la sua imperturbabilità cominciava a scricchiolare di fronte all'indescrivibile incanto di quella città sommersa dalla neve sotto il cielo cosparso di stelle.

La capitale del Regno del Leone poteva assomigliare vagamente a una città vichinga, ma Jihan non aveva studiato i vichinghi a scuola, dunque per lei era un mondo quasi del tutto nuovo, anche se ogni tanto li aveva visti in qualche film o serie televisiva occidentale.

Vajrasana era cinta da una robusta palizzata alta diversi metri fatta di tronchi appuntiti sulla cima. Una volta oltrepassata l'entrata – che era sorvegliata da numerose guardie – un fiume di casette costruite con legname chiaro si spandeva fino ad arrivare alle pendici della montagna. La neve si ammonticchiava gentilmente sotto i tetti spioventi e attorno alle costruzioni, mentre nuvolette di soffice fumo bianco vorticavano via dai buchi nei soffitti. Dalle piccole finestre quadrate fuoriuscivano lame di luce dorata. Gli ambienti interni sembravano caldi – grazie alle potenti stufe di cui disponevano – e accoglienti, poiché ogni oggetto e utensile era stato costruito o intessuto a mano, con grande cura e perizia. In generale pareva di essere approdati in un paese scandinavo ai piedi di una montagna la notte di Natale, ma Jihan uno scenario del genere lo aveva visto solo in televisione, così come aveva visto solo in televisione una tale diversità di individui.

Uomini e donne di ogni razza ed etnia gironzolavano per le strade di Vajrasana con aria esuberante; uomini e donne che avevano qualcosa in comune, qualcosa di intangibile e inafferrabile ma nel contempo incontestabile: facevano tutti parte del Regno del Leone. Ovunque vi erano tuniche e magliette di lino di varie gradazioni di giallo, insieme a cappe di lana, gilet di cuoio e giacche di pelle ornate da pellicce. Molti dei Leoni maschi avevano barba, baffi e capelli lunghi, mentre buona parte delle ragazze annodavano le loro chiome in larghe trecce.

Se il papà di Jihan fosse stato lì con lei, l'avrebbe confinata in una di quelle case e l'avrebbe protetta da tutti quei diavoli stranieri che andavano in Cina per distruggere la loro nazione e approfittarsi delle brave e oneste ragazze cinesi. Il padre di Jihan però al Tempio non c'era venuto, dunque lei avrebbe dovuto cavarsela da sola. Jingfei Han, che aveva trascorso i suoi ultimi mesi di vita chiusa in camera a macinarsi di nascosto film e serie televisive occidentali, contava di cavarsela più che egregiamente.

Dopo diversi minuti, Meljean si accorse che Jihan era rimasta indietro e tornò sui suoi passi per chiamarla. Non appena la adocchiò, tuttavia, una rivelazione profetica la investì come rapendola in visione, e per un po' rimase attonita a contemplarla. Jihan aveva i capelli così lucidi e neri che le stelle della notte si riflettevano su di essi come su di uno specchio e allo stesso tempo si mischiavano a lei, così che non era possibile dire dove fosse ancora cielo e dove iniziasse Jihan. In quel preciso momento, Meljean seppe che la ragazzina avrebbe ricevuto un Dono. Non era in grado di stabilire quando, né in che modo, ma era certa che lo avrebbe ricevuto, e nel suo animo cominciò a covare un acre sentimento d'invidia.

La neve stava scendendo anche a valle. Jihan dischiuse una mano e attese che qualche fiocco le si depositasse sul palmo. Come già aveva intuito, quelli non erano fiocchi normali. Aspettò e aspettò, ma si sciolsero solo in parte. Toccò qualcuno dei cristalli rimasti, tastandoli con le dita.

«Sembrano diamanti» disse a Meljean, che nel frattempo l'aveva raggiunta.

«Difatti lo sono» confermò la Valchiria scuotendosi di dosso la visione di prima.

«Qui nevicano diamanti?» chiese Jihan sbalordita.

«Più o meno. È neve frammista a diamanti.»

Jihan scosse la testa e socchiuse gli occhi. «Non... io non...»

«Vengono da lassù» rivelò Meljean, facendo girare la novizia verso il fondo del loro settore e indicando la cima della catena montuosa avvolta da nubi minacciose. «In quota nevica di continuo e spesso il vento soffia verso valle questo miscuglio di ghiaccio e diamanti. I diamanti che otteniamo in questo modo, però, non sono abbastanza puri per forgiarci le armi. Dalle miniere che si spingono nel cuore della montagna preleviamo i migliori, mentre quelli che rimangono sul terreno li raccogliamo e li portiamo via ogni settimana.»

«Wow, *tài bàng le*» commentò Jihan, che pendeva dalle labbra di Meljean come se stesse ascoltando Confucio in persona.

La strada principale della città pullulava di gente briosa. Molti si fermarono a salutare le due ragazze in maniera fin troppo energica, appioppando vigorose manate sulle spalle alla nuova arrivata. Jihan salutò tutti con estrema educazione e riverenza, ma si sentì presto sopraffatta dalla situazione.

«Vieni, è tempo di entrare alla *Storhall*» le disse Meljean per salvarla dalla frotta di curiosi. Le appoggiò quindi una mano dietro la schiena e la indirizzò verso quello che sembrava il centro della cittadina, in fondo al quale torreggiava un edificio molto più ampio e alto degli altri.

La *Storhall* constava di ben quattro piani e, contrariamente al resto degli edifici, era costruita con del legno scuro. I suoi tetti scendevano a cascata l'uno sopra l'altro, poiché il piano più elevato era meno esteso di quello sottostante, il quale a sua volta era più piccolo di quello inferiore, e così via. Le scandole di legno scurissimo che ricoprivano i tetti disegnavano un motivo a rombi.

Mentre si avvicinavano, Jihan decise di azzardare una domanda all'apparenza sciocca, ma solo per confermare ciò che in cuor suo aveva già intuito. «Se rimango qui fuori mi prenderò la polmonite?»

La Valchiria la fissò perplessa, inclinando appena la testa da un lato. «No.»

«Prenderò il raffreddore?»

«Nemmeno.» Meljean emise un sospiro. C'era amarezza nella sua voce, ma anche un velo di compassione. «Jihan, non ti ammalerai mai più. Voglio che tu venga con me alla *Storhall* dello Jarl perché il calore del fuoco e la compagnia delle altre persone, uniti a una bella pinta di Nettare della Sorgente, sono cose piacevoli, anche se per noi del Leone non è male persino rimanere qua fuori all'aria gelata, non è vero? So che l'hai già percepito. Provi questa sensazione così come la provo io, ma starsene al caldo del focolare è ancora meglio. In una serata gelida come questa, poi, è davvero il massimo. Te ne accorgerai da sola.»

Nell'udire quelle parole Jihan si sentì risollevata e seguì la Valchiria con entusiasmo.

Non poteva morire due volte di malattia.

Meljean si era già stufata di fare da babysitter a Jihan, anche se per questo si sentiva profondamente meschina. Quella poverella era deceduta in chissà quali tremende circostanze e adesso si ritrovava sola in un mondo a lei sconosciuto. Era logico che si stesse affezionando alla prima persona che aveva incontrato, invece lei stava già pensando a come sbarazzarsene. Certo, il fatto che la ragazzina sembrava già considerarla la sua maestra di certo non facilitava la situazione. Meljean faceva parte di una squadra di Bandane Rosse, dunque non avrebbe avuto tempo per assistere Jihan nemmeno se lo avesse voluto.

Ma a chi avrebbe potuto affidarla, dopo tutto?

Proporsi per partecipare al Rito dell'Osservazione era stata una mossa ben congegnata: per i membri della sua squadra ottenere informazioni di prima mano sui nuovi arrivi era di fondamentale importanza, ma le tradizioni imponevano anche che fosse lei a prendere sotto la sua ala uno dei novizi e questo non le era per nulla conveniente. Lo Zenith di Jihan era rimarchevole, ma sarebbe stato irresponsabile reclutarla nella squadra. *Troppo* irresponsabile.

A Majid la ragazzina stava simpatica. Magari lavorandoselo per bene avrebbe potuto consegnarla a lui, ma lo Jarl in quel periodo aveva molti affari di cui occuparsi, e dargli in custodia una teenager non era una gran pensata, in un momento così delicato per il Tempio. Non c'era stata Alta Marea da troppo, troppo tempo.

La nuova arrivata era adorabile, ma Meljean non aveva proprio voglia di illustrarle dei concetti che per lei erano elementari. Non era adatta a fare da maestra a nessuno. Jihan, però, delle sue mancanze morali non aveva colpa, per cui Meljean decise di fare del proprio meglio almeno per quella sera.

Quando entrarono alla *Storhall* dello Jarl, Jihan si sentì quasi asfissiare dal calore degli immensi bracieri che ardevano in mezzo al salone. La sala era vasta, il soffitto alto. Una moltitudine di colonne supportava i piani superiori, mentre dai soffitti pendevano gloriosi stendardi con sopra raffigurato un leone di diamanti su sfondo dorato. Quella combinazione di elementi appariva spesso e in molti luoghi diversi, poiché v'erano ovunque ornamenti dorati con dentro incastonati diamanti, perfino attorno alle colonne e nel pavimento. Non mancavano però anche altre gemme preziose, come zaffiri, rubini e smeraldi, soprattutto nelle else delle spade e delle altre armi appese alle pareti. Sembrava la sala del trono di un re guerriero, e difatti, in fondo, degli scalini conducevano a una piattaforma con un grande seggio di legno intarsiato con grande ricchezza di dettagli, anche se in quel momento era vuoto. Jihan vide una cinquantina di persone solo al piano terra, ma altre entravano e uscivano di continuo, a volte raggiungendo i piani superiori tramite una possente scalinata di legno. Accostate alle pareti laterali c'erano delle comode panche accanto a dei lunghi tavoloni di legno. Le due ragazze andarono a sedersi lì.

Guardandosi attorno Jihan vide, nella parete di fondo, sopra il trono, l'enorme testa di un bufalo appesa a qualche metro d'altezza, così si ricordò di quello che le aveva detto Majid. Forse allora tutti i Leoni erano del segno del Bufalo, non solo lei.

Meljean parlò con una splendida ragazza dalle trecce bionde e si fece portare due pinte di Nettare della Sorgente "lisce". Quando arrivarono, lei e Jihan iniziarono a sorseggiarle con gusto.

«Signorina Meljean, che cos'è lo Zenith?» domandò a bruciapelo Jihan. «E perché il mio ha le venature violacee, e... un cielo stellato, e poi...» Non seppe concludere la frase, non avendo origliato a sufficienza la conversazione con Mike.

La Valchiria per un attimo distolse lo sguardo, poi spiegò: «Durante il Rito dell'Osservazione, poco prima che qualcuno emerga dal Pozzo dei Santi, la Fonte visualizza in maniera astratta lo Zenith di quella persona e il segno di appartenenza, ma solo chi è qui da molto tempo è in grado di interpretare correttamente il significato dei simboli e dei colori usati. In profondità, l'acqua si tinge di varie sfumature, disegna forme, dipinge scenari, ma è tutto molto criptico. Lo Zenith è il potenziale che quella persona ha come Guerriero del Tempio, ma non è detto che si esprimerà del tutto, così come lo aveva profetizzato la Fonte. Qualcosa di spiacevole potrebbe accadergli, l'addestramento ricevuto potrebbe non essere adeguato, la sua mente potrebbe venire sopraffatta dai dubbi, e la persona rimarrebbe un Guerriero mediocre. Non c'è proprio un cavolo di certo.»

«Ahh» mormorò Jihan mentre cercava di mettere in relazione quel discorso con ciò che aveva sentito in precedenza.

«Il tuo Zenith è di ottimo livello» rivelò Meljean, forse con una punta d'invidia.

Le gote di Jihan si tinsero d'azzurro. «Davvero?»

«Davvero» ribadì la Valchiria nascondendo lo sguardo dietro il boccale di Nettare.

«Ma, ma... cosa dobbiamo combattere?» si affrettò a domandare la nuova arrivata per ovviare a quel momento di imbarazzo. «Non ho visto alcun nemico. Non dovremo... non dovremo mica fare la guerra a quelli degli altri segni?»

«Ah ah, no! Anche se a volte mi ritrovo a pensare che non sarebbe una brutta idea, vista la gentaglia che c'è in giro» confessò Meljean con un sorriso sagace.

Jihan emise un sospiro di sollievo. «E allora?»

«Mettiti seduta comoda. È una cosa un po' complicata, ma cercherò di essere il più concisa possibile, senza dilungarmi in seminari pallosi come farebbero a Geistheim.» Meljean intrecciò le mani. «Tutti i territori dei segni zodiacali sono cinti da una muraglia difensiva, il Muro del Calvario, anche se da qui non si vede perché ci sono davanti le montagne. Al di là del Muro si estende in ogni direzione una landa desolata, buia e morta.

«Dall'oscurità di quelle terre, che chiamiamo Terre Esterne, marciano verso di noi dei mostri dalle forme più assurde e disparate: i Vuoti. Non importa quanti ne uccidiamo, loro continueranno ad attaccarci all'infinito. Il nostro compito è di respingerli. Questa è chiamata la Guerra Eterna. L'obiettivo dei nostri nemici è invece quello di raggiungere l'Aditus Dei. Te la ricordi? È quella torre in mezzo al Tempio, al centro di Gulguta. Se questo succedesse, sarebbe la fine del nostro mondo, o perlomeno è ciò che assicura il Comandante Supremo, ma anche molti altri anziani concordano.

«Le persone che arrivano durante il Rito dell'Osservazione e che quindi sono Guerrieri del Tempio, come me e te, hanno l'incarico di difendere il Muro. Per sempre. Quelli che non sono Guerrieri, non hanno uno Zenith e sono arrivati durante il Rito della Genuflessione, rimangono al sicuro tra le mura delle città. Si chiamano Intoccabili, e il nostro compito è di proteggere anche loro.»

«Ahh» mugolò Jihan tenendo gli occhi fissi davanti a lei, strozzata dalle implicazioni di quelle rivelazioni. Non si aspettava certo che l'aldilà fosse una costante e disperata battaglia per la sopravvivenza.

«Purtroppo c'è dell'altro» continuò Meljean con voce grave. «Gli Intoccabili non sono in grado di combattere, perché non possono evocare le armi forgiate dal nostro Jarl, e così, come noi abbiamo uno Zenith, loro possiedono un Nadir. Lo Zenith esprime quanto un Guerriero del Tempio potrebbe diventare forte, mentre il Nadir prevede l'intensità dell'energia negativa di un Intoccabile, ovvero quanto sarà un peso morto; vuoi perché consumerà più risorse senza ricambiare gli sforzi, o magari perché la sua fibra morale è... be', non è una brava persona, ecco. Sta a noi proteggere tutti, comunque, senza fare distinzioni.»

«Accidenti» mormorò Jihan, sempre più mogia. Abbassò gli occhi e iniziò a pizzicarsi il collo con aria assorta, riflettendo sul vero significato di quelle parole.

Meljean proseguì con durezza: «I Vuoti non ci attaccano sempre con la stessa frequenza. Ci sono periodi di calma piatta, che chiamiamo Bassa Marea, e momenti in cui veniamo sommersi e tutti i settori vengono attaccati nello stesso momento, l'Alta Marea. Di solito gli assalti si mantengono su una via di mezzo, ma per fortuna ora siamo in periodo di Bassa Marea già da un bel po' ed è sufficiente un esiguo numero di Guerrieri a difendere il Muro. Ma non c'è da illudersi, perché tanto è solo questione di tempo prima che ritorni l'Alta Marea. È un ciclo che si ripete all'infinito. Se ti interessa sapere qual è l'attuale stato delle cose ti basta dare uno sguardo alla luna, che è sempre piena ed è visibile anche di giorno. Se è bianca significa che tutto è tranquillo, mentre quando sono in arrivo orde di Vuoti si tinge gradualmente di rosso sangue.»

«Porca miseria» bisbigliò Jihan, ormai del tutto demoralizzata.

In quel preciso momento Majid scese di gran carriera la scalinata della *Storhall* che portava ai piani superiori e si mise a cercare qualcuno tra la folla, strizzando gli occhi per vederci meglio attraverso il fumo che saturava il salone.

«Jihan, Jihan... Ah, eccoti qua! Sapessi cos'ho appena...» Lo Jarl si avvicinò a lei più euforico che mai, ma si interruppe di colpo quando notò che la ragazzina aveva il viso spento. «Cosa le hai fatto?» ringhiò con voce di pietra a Meljean. «Non le avrai dato da bere alcolici?» Controllò poi il boccale di Jihan e si accertò che fosse semplice Nettare della Sorgente.

«Che razza di persona credi che io sia?» ribatté la Valchiria.

«Da te mi aspetto questo e altro.»

«Le ho soltanto spiegato che l'aldilà non è tutto rose e fiori come magari poteva pensare» si difese lei. «E non ho indorato troppo la pillola, altrimenti altri dopo di me avrebbero potuto sminuire la situazione, mettendo Jihan potenzialmente in pericolo se non avesse preso le cose con la sufficiente serietà. Tu non glielo avresti rivelato, forse?»

«Non dovevi "spiegarle" proprio un bel niente stasera. È appena arrivata e sarà frastornata. Ti pare il momento adatto?»

«Forse no, ma Jihan è una tipa a posto e non si è traumatizzata troppo. Non è vero, Jihan?» Meljean le lanciò un'occhiata complice che suggeriva già la risposta.

La ragazzina riprese di colpo un pochino della sua vitalità. «Sì, sì! Non litigate per colpa mia, vi prego. Giuro che sto bene.»

Fortunatamente per Meljean, diversi Guerrieri del Leone attorniarono lo Jarl e lo tempestarono di domande sul Rito di quel giorno, costringendolo a trascinarsi controvoglia sul trono in fondo alla sala per ascoltare le loro polemiche, anche se non si trattenne dal lanciare alla sua Valchiria meno preferita un'ultima occhiata di fuoco.

«Grazie di avermi spalleggiata» disse Meljean a Jihan con un sorriso birichino. «Ti garantisco che per stasera le brutte notizie sono finite.»

«Meno male.»

«Ti va di parlare di qualcosa di più piacevole? Quanti anni hai? Io ne ho ventidue. Be', ventidue *più quindici*.»

«Ne ho sedici» rispose con sincerità Jihan, poi si affrettò ad aggiungere, come per volersi scusare: «Quasi diciassette però!»

Jihan era la più giovane Guerriera mai emersa dalla Fonte, e nelle poche ore che aveva trascorso al Tempio aveva già fatto parlare di sé. Ne avevano discusso Meljean e Mike. Ne avevano parlato Meljean e Majid a Gulguta. Ne avevano parlato persino gli altri ragazzi del Leone che li avevano accompagnati sul sentiero. Ora che sapeva come stavano le cose, Jihan temeva che non sapessero cosa farne di una ragazzina, e lei non voleva diventare un peso morto come gli Intoccabili.

«Ce l'hai il ragazzo?» le domandò Meljean in tono schietto, distogliendola da quelle considerazioni.

Jihan sgranò gli occhi. «Il ragazzo? No, non sono abbastanza grande per quello.»

Meljean curvò le labbra in una smorfia di indignato scetticismo. «Ma dai. Hai quasi diciassette anni, mica cinque.»

«No, dico sul serio, non ce l'ho!» Jihan scosse le mani in segno di negazione, preoccupatissima che lei non le credesse, come spesso non le credeva sua madre.

«Non c'è bisogno di mentire, siamo tra ragazze. Con quel bel faccino che ti ritrovi sarai stata la più carina della scuola. E hai quel tipico carattere adorabile che piace a certi maschi. Dal modo in cui ti esprimi deduco che provieni da un'epoca moderna, quindi di sicuro frequentavi una scuola mista anche in Cina. Scommetto che tutti i ragazzi ti correvano dietro.»

Jihan arrossì d'azzurro e il suo viso si schiuse in un tenero sorriso che mise in mostra le due fossette sulle guance. Fece gesti confusi per implorare Meljean di smetterla coi complimenti.

«Ecco, appunto» commentò soddisfatta la Valchiria. «Non venirmi a raccontare che non eri popolare.»

«Be', un po' popolare lo sono, a scuola. Cioè, *lo ero*. Ma non ho mentito sul non avere il ragazzo.»

«Avevi la ragazza, allora?»

Jihan si alzò di scatto coprendosi la bocca con una mano. «Assolutamente no! Signorina Meljean, ma che dice?!» I suoi occhietti agitati serpeggiarono in giro per il salone col timore che qualcuno potesse aver udito.

«Avanti su, rimettiti a sedere. Vedi? Non mi ha sentito nessuno. E comunque chiamami solo Meljean, non "signorina Meljean". Signorina Meljean fa ridere.»

Jihan si ravviò i capelli dietro l'orecchio e si sedette di nuovo sulla panca. «Scusa se te lo chiedo, ma tu da dove vieni, Meljean?»

«Sono filippina.»

«Ahhh, allora ci avevo preso» commentò Jihan, che di geografia del sud-est asiatico se ne intendeva abbastanza. «Su quale isola abitavi?»

«Vengo da Manila. Sono nata e vissuta lì.»

«Ah, una ragazza di città.» Qualcosa di tremendamente elusivo si era insinuato nella voce di Meljean. Jihan intuì che era meglio pilotare la conversazione su altri binari. «Sai, all'inizio mi sono chiesta come mai non fossi stata assegnata all'Ariete, quando li ho visti tutti vestiti in quella maniera.»

Meljean sollevò un sopracciglio per stuzzicarla. «Avresti voluto andartene in giro con un cheongsam o un hanfu, eh?»

«Be', io pensavo che...» Jihan iniziò a torcersi le dita, non sapendo in che modo descriverle i propri sentimenti.

«Non funziona così. Non è che le persone asiatiche vengono assegnate all'Ariete solo perché il loro settore ha un'ambientazione orientale, altrimenti dovrei esserci dentro anch'io.»

«Già, l'ho notato. Infatti anche la loro leader è una ragazza occidentale.»

«Tutto qui al Tempio è uno stato mentale. Questo posto può sembrarti strano adesso, ma vedrai che ti ci troverai bene. E presto smetterai di pensare agli hanfu, ai kimono e agli hanbok. Jihan, ora ascoltami. Tu sei una delle ragazze più giovani che abbiamo mai avuto tra noi, forse la più giovane.»

«Già, già, l'ho sentito.»

«Non metterti in testa strane idee riguardo ai ragazzi, okay?»

«Ma, ma... io ai ragazzi non ci stavo nemmeno pensando» garantì Jihan facendo altri eloquenti gesti con le mani.

La voce di Meljean era tagliente. «Non ancora, certo, perché sei appena arrivata. Ma so come la vita al Tempio possa indurre chiunque in tentazione, anche quando non lo si vorrebbe. Qui quasi tutti hanno un aspetto attraente, giovane e forte; prima o poi combatterai al fianco di altri Guerrieri e vivrai insieme a loro avventure che ora non puoi nemmeno immaginare. So bene a cosa porti tutto questo, sono una ragazza anch'io. Ricorda, però, che tra il possibile ringiovanimento dettato dalla Forma dell'Anima e il tempo che hanno vissuto qui al Tempio, alcuni degli uomini che incontri potrebbero sembrare dei ventenni, ma avere in realtà più di cent'anni.»

Jihan sgranò piano piano gli occhi. «Oh. Oooh! Certo, hai ragione. Cavolo, non ci avevo proprio pensato.»

«Stai sempre in guardia e tieniti lontana da tutti, se puoi.»

«Proprio da tutti?» domandò allarmata Jihan. «Ma come faccio?»

«Okay, allora diciamo da chi ti insospettisce anche solo un pochino. Se le loro intenzioni non ti sembrano genuine al cento per cento, mandali al diavolo. Fidati, il mio consiglio non è casuale. Lo dico per il tuo bene: sei troppo carina.»

«Quindi ci sono tante brutte persone anche nell'aldilà?»

Meljean sorrise e lasciò spaziare lo sguardo sul grande salone. «Non così tante, in verità. Ma è meglio non metterle troppo alla prova, non credi?»

Capricorno
Intervista con le Vampire

«Uno? Abbiamo *un* solo nuovo Allievo?» chiese una voce tra la folla, in un misto di sconcerto e rassegnazione.

«Esatto, ma il suo Zenith è discreto» tagliò corto la Gran Maestra sporgendosi dal pulpito.

Adelmo, nell'udire quelle parole, si rammaricò. Era ovvio che si stavano riferendo a lui, eppure la leader non sembrava considerare importante il suo arrivo, né tantomeno pareva interessata al suo potenziale. Mentre attendevano che i Maestri e gli Allievi si riunissero e iniziasse l'assemblea, Naija gli aveva spiegato quel che c'era da sapere sui Vuoti, il Muro e lo Zenith.

La Venerabile Maestra Seline – che era anch'ella sul pulpito, a fianco di Michelle – incrociò lo sguardo sconfortato di Adelmo e si affrettò a precisare: «La Gran Maestra si è espressa in maniera succinta. Intendeva dire *discretamente pregevole.*»

L'uomo che aveva posto la domanda rispose con un «Ah!» non troppo convinto. Seguì un momento di tetro silenzio.

Il Custode Ludwig, in piedi alla base del pulpito con le mani congiunte dietro la schiena, tossicchiò e trattenne un sorriso mantenendo gli occhi fissi sul lucido pavimento di marmo. La Venerabile Maestra Naija, d'altro canto, continuava a lanciare a Adelmo intense occhiate cariche d'eccitazione e colme di speranza. Ammiccò per incoraggiarlo e gli sorrise, ma lui non si sentì troppo rinfrancato.

«Dunque che c'è di nuovo?» chiese alla fine un altro Maestro. Aveva i capelli lunghi come quelli di una ragazza e l'aria da studioso. Adelmo si diede uno sguardo attorno e notò che tra gli uomini del Capricorno il numero di quelli che tenevano i capelli lunghi era davvero elevato, tanto che iniziò a chiedersi se quello eccentrico non fosse in realtà lui, in mezzo a quella schiera di capelloni.

Michelle indicò il nuovo arrivato con un impercettibile cenno del capo e annunciò: «Lui si chiama Adelmo. Inizierà l'addestramento dopo aver ricevuto uno Shintai, come è consuetudine. Questo però è un fatto marginale; non è di lui che volevo parlarvi.» La Signora di Geistheim appoggiò le mani sul parapetto del pulpito e riprese a parlare con voce turbata. «È arrivata una ragazza strana oggi, alla Vergine. Prima dell'emersione il suo Zenith non è apparso.»

Un concerto di voci sbigottite si levò dentro Saint-Yves, serpeggiando attraverso l'enorme cattedrale tra bisbigli ed esclamazioni confuse.

«Come sarebbe? Intende dire che era di valore troppo insignificante per essere visualizzato?» domandò il Maestro asiatico che aveva accompagnato Adelmo e gli altri a Geistheim, Hideki. Sembrava aver passato da qualche anno la trentina, era truccatissimo e i lisci capelli neri gli coprivano metà del viso.

«No, non era insignificante. Non è proprio apparso. Le due cose sono sottilmente diverse» ribadì Michelle.

«Sì, infatti, dunque ciò che ci sta riferendo è assurdo.» Hideki parve confuso tanto quanto lo erano stati alcuni dei leader al Giardino degli Dei. «Perché non me ne ha parlato durante il viaggio? Lo Zenith di un Guerriero al Rito dell'Osservazione non può non apparire.»

«Non è possibile, lo so. Si fidi quando le dico che ne sono ben conscia, Maestro Hideki.»

«Ritiene forse che fosse destinata al precedente Rito della Genuflessione, ma è arrivata oggi per errore? Sarebbe comunque una situazione anomala. Non ricordo nulla del genere in passato» sostenne Hideki.

«Olivia, l'Eliaste Massima, ha minimizzato il fatto assicurandoci che è già accaduto. Può essere che abbia mentito, ma non saprei proprio determinare il perché. Lei è una delle poche persone di cui mi fido.» Michelle rimase per un po' in silenzio, immersa nei suoi pensieri, infine aggiunse: «Ma non è solo questo ad avermi lasciata perplessa. La ragazza mi è apparsa... *inadatta al ruolo*. Possiede un carattere per nulla affine a quello delle Vergini. In verità vi confido che mi ha fatto davvero una pessima impressione.»

Naija e Seline annuirono e concordarono con la Gran Maestra.

«L'abbiamo osservata con attenzione. Era volgare, vanesia e anche un po' svampita» confermò Naija. «Tutto il contrario delle coscienziose e amorevoli Discepole della Congregazione. È davvero strano. La Madre Reverenda ci è rimasta male, si vedeva, anche se quella povera ragazza vorrebbe bene a chiunque.»

Una Allieva asiatica giovanissima d'aspetto, dal viso angelico e i capelli raccolti in due lunghissimi codini metà neri e metà viola, si fece avanti, ma non s'arrischiò ad aprir bocca.

«Le accordo il permesso di parlare, Allieva Yoon» disse Michelle.

La ragazza continuò a tenere gli occhi bassi. «Ma, Gran Maestra, se hai detto che–»

«"Ha" detto, per cortesia. Ti rammento che manteniamo le formalità durante gli incontri ufficiali.»

Dopo essere arrossita d'azzurro, Yoon ricominciò: «Ha detto che quella nuova arrivata è della Vergine, perché dovrebbe rappresentare un problema per noi? Sono sicura che la Madre Reverenda le vorrà bene, ma la metterà comunque in riga come si deve. Violet è... scusate, volevo dire Chae-yeon, è tanto buona e cara, ma anche la sua pazienza ha un limite. E se quella pazienza dovesse terminare... ve lo immaginate? Pensate a quello che ha fatto a Ji-soo, da viva.» Sollevò il viso e distese le labbra violette quanto i capelli in un sorriso cercando l'approvazione dei Maestri, che infatti fecero altrettanto.

Seline e Naija ridacchiarono coprendosi signorilmente la bocca con una mano, mentre Ludwig si trattenne facendo finta di esaminare i complicati bassorilievi attorno al pulpito che di sicuro aveva avuto occasione di ammirare già centinaia di volte.

«Allievi, Maestri, Venerabili Maestri, vi prego» li richiamò Michelle con poca convinzione. Anche lei pareva divertita e per un attimo si lasciò sfuggire un sorriso. «Non dovremmo ridere delle disgrazie altrui.»

Adelmo non capiva cosa ci fosse di tanto divertente, ma si convinse che le battute sul Tempio non lo facevano ridere perché non conosceva ancora bene le caratteristiche delle varie Case e dei leader. Il titolo di "Madre Reverenda" gli incuteva un certo timore reverenziale, ma quando ripensò a quel che aveva visto al Giardino degli Dei, provando a fare mente locale su quella Chae-yeon, rimembrò soltanto un'avvenente ragazza orientale vestita da campagnola.

Michelle smise di sorridere e si schiarì la voce. «Yoon, la nuova arrivata rappresenta un problema per noi perché tutto ciò che indebolisce o genera disordine al Tempio influisce anche sulle nostre vite. Sono sicura che la Madre Reverenda si occuperà di quella Emily nel migliore dei modi, ma io desidero comunque vederci più chiaro.

«Da questo momento in poi limitate per quanto potete i contatti con i Discepoli della Congregazione della Vergine, senza guastare troppo le vostre relazioni affettive, s'intende. Non dobbiamo considerarli degli appestati solo perché gli è capitato questo misterioso incidente, sempre che ci sia sotto in effetti qualcosa di ambiguo. A ogni modo ritengo saggio evitare incontri superflui finché non chiariremo meglio questa faccenda. Se ne avete occasione ponete domande, informatevi, fatevi un'opinione. Nel frattempo manderò uno di noi a indagare. Non proprio una spia, per quello ci sono quei farabutti dell'Ariete, ma un informatore che ci tenga aggiornati sugli eventuali sviluppi.

«Per il resto, il lavoro del Capricorno proseguirà come sempre, anzi, con più rigore di prima; mai come ora c'è stato bisogno di noi. Sapete benissimo perché, così come conoscete l'attuale situazione del Tempio. Di certo questo Rito dell'Osservazione non ci ha aiutati a invertire la rotta, pertanto risparmiatevi le lamentele e i reclami. Siamo superiori agli altri, dunque è un nostro dovere, anzi un *onore*, dare il massimo in un momento come questo. Quando gli altri vacillano, noi perseveriamo.

«Non voglio venire a sapere che avete lasciato avvicinare un singolo Vuoto a meno di un chilometro dal Muro del Calvario. Non davanti al nostro settore, e nemmeno davanti a quelli dei Gemelli e del Toro. I Guerrieri del Leone per fortuna se la cavano egregiamente da soli.»

Seline e Naija si scambiarono un'occhiata piena d'agitazione. L'africana continuava a giochicchiare con la collanina che portava al collo, facendo scorrere l'indice avanti e indietro sulla croce.

Un Allievo non molto alto e dai corti capelli castani si fece avanti. «Gran Maestra, sta scherzando? *Tre* settori? La supplico, sia clemente! Il mio turno di guardia inizia tra pochi giorni e non vedrò mia moglie per un mese!»

«Le avevo per caso accordato la facoltà di parlare, Allievo? Mi sembra di essere già stata *estremamente* clemente; siamo in periodo di calma piatta e si avvista un Vuoto a ogni morte di papa.» La Gran Maestra scrutò il ragazzo col veleno che grondava dai suoi occhi scarlatti. «Permettimi di parlarti con schiettezza: sei qui già da diversi anni e non ricordo nemmeno il tuo nome, dunque non sei nella posizione di pretendere alcunché, né di chiedermi favori. Le suppliche fammele quando sei certo d'aver dimostrato che vali qualcosa. Per i piagnistei c'è il confessionale qui a fianco.»

L'uomo si rifece indietro, mortificato, non arrischiandosi ad alzare gli occhi per guardarla.

Seline interloquì cercando di addolcire il messaggio: «Ciò che la Gran Maestra intendeva dire è che–»

«La Gran Maestra sa benissimo cosa intendeva dire, Venerabile Maestra Seline» sibilò Michelle folgorandola con lo sguardo.

L'altra non ebbe l'ardire di ribattere.

Adelmo si domandò se il garbo con cui la Gran Maestra lo aveva trattato nel pomeriggio non fosse stata nient'altro che una recita, dato che ora si comportava in maniera diametralmente opposta, riprendendo con estrema durezza persino coloro che erano lì da tempo. Inoltre poco prima, nel presentarlo ai membri della Antica Scuola, Michelle non lo aveva degnato nemmeno di uno sguardo e sembrava del tutto disinteressata al suo Zenith, posto che lui non aveva idea di come questo potenziale fosse solito manifestarsi.

«Gran Maestra, perdoni la nostra insolenza. Eseguiremo gli ordini che ci ha impartito già a partire da domani» promise Maestro Hideki in tono conciliante.

Michelle emise un sospiro e replicò con la voce velata di rammarico: «No, siete voi che dovete scusarmi. Mi sono già pentita di avervi parlato in quella maniera. Sono agitata perché avverto che gli altri leader non danno il giusto peso a certi avvenimenti. Non prendono le cose con la dovuta serietà, ecco.» Lasciò scorrere una mano tra i lunghi boccoli, nascondendo una certa inquietudine. «Quei maledetti incapaci, quegli infingardi... A volte penso che se molliamo noi...»

Vi fu un lungo momento di silenzio generale, in cui tutti i presenti parvero assorbiti nei loro pensieri.

«Ma noi non molliamo, giusto?» azzardò infine Ludwig con la sua voce compassata.

«No, mai» confermò Michelle ridestandosi dai suoi tormenti. «Ma io sono solo la Gran Maestra. Per difendere il Tempio ho bisogno dell'aiuto di tutti voi. Vi prego di concedermelo.»

Quando l'assemblea venne sciolta, molti dei Maestri e degli Allievi uscirono da Saint-Yves, ma altri si fermarono a conversare tra le ombre delle colonne, vicino al portale d'entrata. Le voci erano tese, cariche di sospetti e perplessità. Adelmo li ascoltò distrattamente mentre vagava ancora una volta senza meta per la cattedrale, non avendo ricevuto ulteriori istruzioni.

Si diresse infine alla maestosa scalinata che saliva verso il misterioso edificio collegato al retro di Saint-Yves. Scorse Michelle e Ludwig bisbigliare qualcosa in un angolo, sotto una vetrata decorata a mosaico che rappresentava un uomo dello Scorpione in cima a una torre medievale. L'uomo barbuto osservava il cielo stellato usando un antico telescopio.

«Adelmo, fermati qui. Salirò con te per mostrarti i tuoi alloggi» gli disse la Gran Maestra quando lo vide arrivare.

«Come desidera, *mia signora*.» Adelmo si morse la lingua non appena la vide alzare gli occhi al cielo, ma non sapeva come rivolgersi a lei senza sembrare scortese. In fin dei conti, Michelle era chiamata anche la "Signora di Geistheim".

«Ti ho spiegato che in privato Michelle è più che sufficiente; oppure Gran Maestra, se ti senti davvero in vena di formalità. E poi ti ho anche chiesto di darmi del tu» gli ricordò lei, quindi si rivolse al Custode: «Tuo fratello? Come mai non era qui?»

«È rimasto a Ravenmoore, *mia signora*» rispose Ludwig tramutando il proprio viso in pietra.

«Fatela finita entrambi» scherzò Michelle passandosi la lingua sui denti e socchiudendo gli occhi scarlatti con una buffa espressione di sfida. «Quando ha intenzione di farsi vedere, il discutibilmente Venerabile Maestro Klaus?»

«Suppongo dopo la Cerimonia delle Armi, al prossimo cambio della guardia. Non ha una gran smania di ritornare, da quel che ho capito.»

«Capisco. Ci vediamo domani, allora. Adelmo, *suis-moi*[1].»

Ludwig augurò a entrambi la buonanotte e se ne andò. Adelmo seguì la Gran Maestra verso la scalinata.

«Dunque, che hai da dire?» esordì lei. «Ti hanno fornito le nozioni principali riguardo ai Vuoti, il Muro, le maree, eccetera?»

«Sì, ha provveduto la Venerabile Maestra Naija a farlo, ed è stata assai precisa. Posso però parlarle con franchezza?» rispose Adelmo, continuando imperterrito a darle del lei.

Michelle gli lanciò un'occhiata obliqua. «Ti invito a farlo.»

«L'ho ascoltata bene, prima, durante l'assemblea. Mi è parsa nervosa e si è riferita a questo come a un momento difficile per il Tempio, ma non sono sicuro di averne colto il motivo.»

Michelle sospirò, i lineamenti del viso si distesero. «È vero, sono nervosa, ma lascia che ti illustri la motivazione e vedrai che converrai con me.

«In questi ultimi anni ci sono stati pochissimi arrivi ai Riti dell'Osservazione e la nostra Casa sta soffrendo in maniera particolare per via di questa... *siccità*. Stando agli archivi storici dello Scorpione, in passato era molto diverso. Ovviamente la cosa ci preoccupa. Capirai da solo che, continuando così, prima o poi arriverà il momento in cui non avremo più le forze necessarie per difenderci. Non ci sarebbero sufficienti Guerrieri a proteggere il Muro perché nessuna nuova leva rimpiazzerebbe coloro che purtroppo cadono in battaglia. E, come

---

[1] Trad. "Seguimi", in francese.

se non bastasse, siamo in attesa della prossima Alta Marea, che potrebbe sopraggiungere da un momento all'altro.»

Adelmo si grattò i baffi. «Ma se le cose stanno così, ed è vero che i membri dell'Antica Scuola del Capricorno sono così abili in combattimento come sostenete, le altre Case dovrebbero tenerci in grande considerazione. Perché allora tutta quella ostilità e quello scherno nei nostri confronti, al Giardino degli Dei?»

La voce di Michelle si riempì d'amarezza. «Ah, dunque l'hai notato.» Si affiancò a lui e lo prese sottobraccio come aveva fatto nel pomeriggio. «Vieni, saliamo i gradini assieme.»

Mentre percorrevano con calma la scalinata, Adelmo non poté far a meno di domandarsi quanto forte potesse essere davvero la Gran Maestra. La sua stretta pareva incredibilmente debole, e la camminata morbida e aggraziata, per quanto elegante, la faceva sembrare fragile come vetro sottilissimo. Vero era anche che se disponeva di qualche genere di potere divino o arte magica, non aveva motivo di mostrarli in quelle circostanze.

Eppure...

Difficilmente le meccaniche del Tempio potranno essere così semplici da comprendere per un novizio come me, ragionò Adelmo. *Forse è da imbecilli pensare che la forza fisica abbia qualche importanza, in un mondo nel quale si arriva materializzandosi nell'acqua di un pozzo senza fondo. E poi, a pensarci bene, nemmeno i leader delle altre Case mi sono parsi in particolar modo possenti quando li ho osservati al Giardino degli Dei, salvo forse quelli del Leone e quelli del Cancro.*

Dunque cosa rende la Gran Maestra una Gran Maestra? Che i titoli siano conferiti in maniera particolare qui al Capricorno, magari per posizione sociale, o trasmessi per linea di sangue?

No, ma quale linea di sangue. Mi par di capire che qui ci si venga solo ed esclusivamente da morti, e dubito che su questo mondo si possano generare figli.

«Mio buon Adelmo» riprese Michelle, distogliendolo dalle sue elucubrazioni, «ci tengo ad avvisarti che udrai spesso voci spiacevoli e incresciose sul nostro conto da parte di membri delle altre Case, ma sono solo malignità e miserabili menzogne generate dal livore nei nostri confronti, nient'altro. Invidiano la nostra superiorità intellettuale e in battaglia, dettate unicamente dall'essenza della nostra anima. Penso che avrai già intuito come è regolato questo aspetto del Tempio: un vero Capricorno non potrebbe mai venire assegnato a un'altra Casa. Il temperamento e il carattere che possedeva prima del suo arrivo inducono la Fonte ad assegnarlo a noi. Per questo motivo l'Antica Scuola di fatto non decadrà mai, né degraderà il livello dei suoi membri, o non verrebbero assegnati al Capricorno. *T'as compris*[1]? Siamo superiori agli altri, e loro vogliono farcene una colpa.»

«Dunque siamo una sorta di casta privilegiata? La nobiltà del Tempio?»

«Oh, no. Ma molti ci vedono in quella maniera. Non abbiamo nessun diritto

---

[1] Trad. "Capito?", in francese.

in più di loro, né godiamo di privilegi speciali. Lascia che diano fiato alle loro abiette bocche. Noi rimarremo nel nostro settore a fare ciò che sappiamo fare meglio, ovvero tramandare gli insegnamenti dell'Antica Scuola mentre manteniamo al sicuro tutta l'area meridionale del Tempio. Nessun Vuoto ha mai nemmeno *toccato* il Muro del nostro settore da quando io sono la Gran Maestra, e in passato non è stato di certo diverso.»

Giunsero al secondo piano della cattedrale ed entrarono in una hall che faceva già parte dell'edificio agganciato al retro di Saint-Yves. I muri erano tappezzati di una raffinata carta da parati scura damascata, mentre il pavimento di marmo nero era disseminato di tappeti, ma non c'erano finestre. Da quella sala d'ingresso si diramavano tuttavia diversi corridoi, e un'altra rampa di scale, più piccola, saliva verso l'alto.

La Gran Maestra si stava dimostrando piuttosto loquace quella sera, per cui Adelmo decise di azzardare un'ulteriore domanda. «Quella ragazza, la Shogun dell'Ariete... Di certo lei, Gran Maestra, sarà in confidenza con tutti i leader delle altre Case, eppure mi è parso ci fosse dell'ostilità tra voi due, da come vi siete guardate.»

Michelle abbassò appena le palpebre e non proferì parola.

«Aveva un nome singolare, ma non sono certo di averlo colto pienamente» la incalzò Adelmo. «Era qualcosa come Ke–»

«Ksenia. È mia sorella» sibilò Michelle, mentre aumentava la stretta al braccio di Adelmo fino a fargli male, dissuadendolo dal proseguire.

Giuda canaglia! La sua presa non è poi così debole!

Per un attimo Adelmo credette che gli avrebbe spezzato il braccio, ma poi la leader tornò a cingerlo con delicatezza.

«Perdonami, devo averti fatto male» si scusò. «Preferirei che evitassi l'argomento, d'ora in poi. Non mi è gradito.»

«Certamente» rispose Adelmo, che trovò subito modo di deviare la conversazione su un altro tema. «Condividerò la stanza con qualcuno?»

«No. Qui al Capricorno consideriamo l'individualità e la riservatezza gli elementi più importanti della nostra esistenza. Disporrai di una stanza personale, come tutti gli altri Allievi e i Maestri. Il dormitorio dietro Saint-Yves è molto capiente e possiede un gran numero di camere, anche perché, come ti ho spiegato prima, una volta eravamo più numerosi. Vedilo come un grande albergo posto sul retro della cattedrale.»

Dentro questo secondo edificio – "l'albergo" – si avvertiva ovunque un lieve profumo di bacche di cipresso. Adelmo istintivamente lo gradì, anche se non avrebbe saputo spiegare con esattezza il perché. Forse faceva tutto parte del grande disegno di colui che aveva concepito e creato quel settore del Tempio.

La Gran Maestra indicò uno dei tanti corridoi. «La tua stanza è la numero undici. Per arrivarci devi percorrere fino in fondo questo corridoio, ma te la mostrerà qualcuno più tardi, consegnandoti anche la chiave. Ora preferirei andare a bere qualcosa e rilassarmi almeno un'oretta in uno dei salottini. Sei cordialmente invitato a seguirmi, e vedrai che anche le due Venerabili Maestre si uniranno a noi.»

Adelmo non osò declinare l'invito. Imboccarono un corridoio laterale illuminato da tante lanterne gotiche appese alle pareti tappezzate di carta blu scuro. C'erano innumerevoli porte. Ben presto Adelmo comprese che quell'ala dell'edificio era di fatto una vasta area comune costituita da una moltitudine di salottini in cui passare il tempo, leggere e riposare, anche se quella sera non si vedeva in giro quasi nessuno.

La Gran Maestra entrò in quello che pareva essere il suo salotto preferito.

Il perfetto mobilio gotico avrebbe destato invidia alla stessa regina Vittoria. Grandi poltrone e divanetti rivestiti di pelle rosso borgogna erano adagiati su tappeti dai decori floreali, accanto a un imponente camino acceso. Colonne a fascio di legno scurissimo, con i capitelli decorati da teste di drago, supportavano l'alto soffitto a volta da cui pendevano tenebrosi candelabri tanto arzigogolati da sembrare un groviglio di giganteschi ragni dalle lunghe zampe ricurve. Austeri specchi riflettevano l'ambiente accentuandone le ombre, mentre il resto dei muri era abbellito da quadri di pregevole fattura, ritraenti soggetti tragici. Sui tavolini erano appoggiati servizi da tè e lucerne con dentro candele accese. Scaffali pieni di libri erano sistemati all'interno delle nicchie nel muro, e c'era persino un pianoforte. Tutto era grandioso e opulento, ma anche tremendamente lugubre. Adelmo si domandò chi mantenesse accesi tutti quei focolari e se ci fosse davvero bisogno di farlo, o se fossero governati dalla magia come i candelabri di Saint-Yves.

Naija e Seline entrarono a loro volta e andarono a sedersi con disinvoltura su uno dei divanetti accanto al camino, lasciando posto per Adelmo in mezzo a loro.

Dopo essersi accomodato tra le due Venerabili Maestre, egli si rese conto di sentirsi in qualche modo a disagio in quella situazione. «Perdonatemi, ma è opportuno che tre giovani ragazze come voi rimangano da sole con un uomo? Gli altri Maestri non spettegoleranno? Non vorrei mettessero in giro voci sgradevoli.»

Michelle si sedette su un sofà da sola e fece un gesto come per scacciare il pensiero. «Che assurdità. Sei il nuovo arrivato e stasera non abbiamo di meglio da fare, per cui è logico volersi conoscere meglio. Non siamo persone così infantili qui al Cap–»

«Pfff... Ah ah!» Naija cercò di trattenersi, ma quando alla fine scoppiò a ridere si coprì in fretta la bocca con una mano.

«Venerabile Maestra Naija, per cortesia» la riprese la Gran Maestra, anche se sembrava più sorpresa che arrabbiata.

«Scusami, Mich. Quello che mi ha fatto ridere è che ci ha chiamate "giovani ragazze", mentre lui si è definito "uomo". Oh, sarà meglio non rivelargli quanti anni abbiamo in realtà!» Distolse lo sguardo da Michelle e si rivolse a Adelmo. «Guarda che anche tu hai un aspetto piuttosto giovanile, bello mio.»

«Lei trova?» rispose lui, lusingato ma soprattutto confuso.

«Eh, già. Trovo.»

In effetti, Adelmo ricordò di aver avvertito qualcosa di diverso nel toccarsi i capelli quando era arrivato al Tempio, ma non aveva ancora avuto occasione di guardarsi allo specchio. A dir la verità, non si era nemmeno posto il problema di che aspetto avesse, dando per scontato di essere uguale a com'era al momento della morte. Gettò l'occhio verso il grande specchio a lato del camino, ma esso si rifiutò di riflettere la sua immagine.

«Ritieni sia "sconveniente" che delle ragazze rimangano da sole in compagnia di un uomo? Da che anno vieni? Mi sembri un tipo un pochino all'antica» disse Seline studiandolo a fondo coi suoi occhi verdi. La Venerabile Maestra giocherellò con le lunghe catenelle attaccate agli orecchini, attorcigliandole tra le dita in una maniera che Adelmo giudicò troppo sensuale, per questo distolse in fretta lo sguardo.

«Ragazze, vi prego, non siate scortesi» le ammonì Michelle.

«Sono deceduto nel...» Adelmo ebbe un attimo di incertezza, ma decise di esprimersi seguendo l'indicazione di Seline. «Vengo dal 1917.»

«Capisco» rispose con prudenza la rossa, scambiando un'occhiata costernata con Michelle. Entrambe abbassarono lo sguardo e rimasero in silenzio.

Naija sembrava invece incuriosita. «Perché quelle facce lunghe? Cos'è successo nel 1917?» domandò con eccitazione, scrutando alternativamente le altre due in attesa che qualcuno le rispondesse.

«Fu un periodo molto infelice per l'Europa» rispose la Gran Maestra in tono vago. «Ma non sappiamo se Adelmo sia stato coinvolto o meno in certi fatti, e sarebbe inopportuno martellarlo di domande su questo argomento mettendolo ancor di più a disagio.»

Adelmo colse la palla al balzo, approfittandone per glissare sulla questione. «A questo proposito dovrete forse perdonare la mia dabbenaggine, ma i membri del Sagittario mi hanno ricordato molto i soldati della Regia Marina italiana.»

«Non c'è nessuna "dabbenaggine" da perdonare» intervenne Seline, distendendo le labbra blu mezzanotte in un sorriso. «Diciamo che da un certo punto di vista hai ragione, eppure non del tutto. Questa non sarà l'ultima volta che avvertirai un certo senso di déjà-vu al Tempio, quindi è meglio se ci fai l'abitudine.»

«Capisco. Dunque il mio destino è quello di rimanere qui al servizio vostro» mormorò lui con aria afflitta.

«Come hai detto, scusa?» fece Seline.

«È contrariato perché siamo tre "giovani ragazze" a impartirgli ordini, glielo leggo negli occhi» intervenne risentita Michelle. «Probabilmente in vita era abituato a essere lui al comando. Non è così?» Si scompigliò uno dei boccoli e si mise seduta in maniera più composta, lisciandosi le pieghe del vestito.

«Ah, be', le cose stanno come stanno» disse Seline. «Mi spiace davvero, mio caro, ma dovrai fartene una ragione.»

Michelle le scoccò un'occhiataccia e si alzò in piedi, iniziando a vagare per il salotto. «Mi rincresce che tu ne faccia una questione di genere. Ti assicuro che è un fatto del tutto casuale che le presenti Venerabili Maestre ed io siamo tutte donne» disse, quindi si avvicinò al tavolino e iniziò a prepararsi da bere dando le spalle agli altri tre. Lasciò cadere alcune bacche di cipresso dentro una teiera colma di Nettare della Sorgente.

«Mich, non hai bisogno di giustificarti. L'avevo detto che è un tipo all'antica» ribadì Seline.

Naija tentò di rassicurare il nuovo arrivato. «Non odiamo gli uomini, se è questo che ti preoccupa. L'Antica Scuola del Capricorno non è certo un matriarcato.»

«Oh, affatto. Gli uomini ci piacciono, piuttosto e anzichenò» convenne Seline con un sorrisetto procace. «I Venerabili Maestri maschi sono attualmente in servizio al Muro, ma prima o poi li incontrerai. In realtà anche Ludwig è un Venerabile, sebbene preferisca il titolo di Custode.»

«Se non sei convinto delle nostre qualifiche, sentiti libero di farti avanti e sfidarci a duello» sibilò Michelle, impettita, appoggiando la teiera di porcellana sul tavolino con un po' troppa veemenza. «Quando possiederai uno Shintai, s'intende.»

Naija inarcò un sopracciglio. «In effetti, con lo Zenith che ha... A tempo debito sfida me, se proprio devi. Sono la più debole delle tre, mi sembra corretto rivelartelo.» Gli fece l'occhiolino.

«Non intendo fare proprio nulla del genere» dichiarò invece Adelmo con enorme serietà.

«Fammi indovinare: non combatti contro le donne per principio» arguì Michelle sempre dandogli le spalle.

«Ecco, insomma» proseguì lui in evidente imbarazzo. «Capisco che qui ci siano usanze e costumi diversi, ma non è una cosa che desidererei fare in alcuna circostanza. Nemmeno per difendermi.»

Seline roteò gli occhi. «Oh, signore benedetto.»

Michelle afferrò la sua tazza di Nettare aromatizzata al cipresso e iniziò a sorseggiarla. «In realtà ti capisco» disse in tono meno ruvido. «E ti capiscono pure queste due, anche se adesso fanno finta di sentirsi oltraggiate. Siamo del Capricorno anche noi, per cui condividiamo molte più opinioni di quante tu creda. "Uomini forzuti e coraggiosi bravano il pericolo per salvare fanciulle indifese e bellissime". Una fantasia romantica di questo genere di certo solletica l'immaginazione di tutti noi Capricorni, me compresa, ma purtroppo qui al Tempio vi è la necessità di utilizzare tutte le forze di cui disponiamo, per combattere i Vuoti. Dunque supererai questo scoglio, di questo ne ho piena certezza, e scoprirai che lasciarti guidare da noi non è poi così tragico.»

Adelmo decise che era giunta l'ora di spezzare la tensione. L'atmosfera in quella stanza era già abbastanza tetra per via del mobilio e, a dirla tutta, in cuor suo aveva già deciso di accettare gli ordini di quelle tre signorine senza sollevare ulteriori polemiche. L'Antica Scuola sarà anche stata un'accademia d'addestramento, ma era soprattutto un'istituzione militare in continua lotta contro dei nemici ultraterreni. Alimentare del dissenso o dei giochi di potere al suo interno si sarebbe di certo rivelato gravemente dannoso.

«Vi confesso che in realtà avevo un diverso timore» mormorò fingendosi angustiato.

Michelle si riaccomodò sul sofà e attese che proseguisse, lasciando strisciare gli occhi scarlatti fino al suo viso.

Adelmo esaminò a lungo tutte e tre le Maestre, come se cercasse qualche misterioso segno. «I vostri abiti, il trucco, questa città così lugubre. Sembrate più forti di semplici esseri umani e, accidenti, odiate il sole. Siete per caso... *delle vampire*? Se lo siete, vi prego di rivelarmelo seduta stante. È questo il motivo per cui nemmeno gli specchi qui sembrano funzionare come dovrebbero? Mi sono accorto che non riflettono le persone. Vedete, io l'ho letto in un romanzo intitolato *Dracula*. Fu scritto alla fine del secolo scorso da un irlandese, un tale chiamato Bram Stoker. Secondo quanto si legge nel libro–»

«Sì, è così. Dunque ci hai smascherate» ammise Seline facendo sfavillare gli occhi verdi. «Ma per questo pagherai con la vita. A me il collo!»

Adelmo si fece il segno della croce e arretrò sul divano fino a sbattere contro Naija. «Nel nome del Padre, del Figlio e dello Spirito Santo!» iniziò a recitare, ma smise non appena vide le tre ragazze che scoppiavano a ridere.

«Quanto sei citrullo. È ovvio che non siamo vampire, i vampiri non esistono. Anche se a me non dispiacerebbe affatto diventarlo» confidò Seline. «E anche Mich lo vorrebbe. Lei *adora* i film sui vampiri. Li ha visti tutti, non è vero?»

«Solo quelli belli» confessò la Gran Maestra mascherando un sorriso.

«Ahimè, io non ne ho mai visto nemmeno uno, di film» si lamentò Naija con aria avvilita.

«State dicendo che nel futuro vennero realizzati lungometraggi cinematografici sui vampiri?» Adelmo era sbalordito. «Ma è scandaloso! È osceno!»

«Esatto, ma non erano proprio film... erano *documentari*» ringhiò Seline avvicinandosi al collo di Adelmo e mettendo i canini in bella mostra.

Quella volta risero tutti e quattro. Quando si furono ricomposti, bevvero insieme una tazza di Nettare della Sorgente al gusto di cipresso. Per qualche motivo il liquido era bollente, sebbene non fosse stato scaldato sul fuoco, e aveva un sapore migliore del più pregiato tè nero che Adelmo avesse mai assaggiato, ma dopo aver finito la prima tazza constatò che possedeva anche delle lievi proprietà alcoliche.

«Per quale motivo il Tempio è stato costruito in questa maniera?» decise di chiedere alla fine, in qualche modo inebriato dal finto tè. «Un cerchio perfetto.»

Michelle inclinò la testa e alzò le spalle. «Non si sa di preciso. Ci sono delle teorie, ma se desideri avere informazioni dettagliate sulle dimensioni e le distanze ti consiglio di parlare con quelli dell'Alma Mater dello Scorpione, che custodiscono tutto negli Archivi della Biblioteca. Io non mi muovo spesso e non mi interesso molto di geografia. Non ho mai nemmeno camminato fino all'estremità del settore opposto al nostro, pensa un po'.»

«Percorrere quasi cento chilometri a piedi sarebbe un bel viaggio, è vero, eppure mi è parso che la fatica fisica si avverta molto meno su questo mondo, pertanto girarci attorno non dovrebbe richiedere uno sforzo immane.»

«Hai ragione, ma io so essere estremamente pigra quando non mi sento stimolata, il che significa quasi sempre. Persino dover andare al Giardino degli Dei per i riti ufficiali la considero una scocciatura che eviterei volentieri, se potessi.» Michelle si stese languidamente sul divanetto in una posizione comoda.

Il vestito le lasciò scoperta parte delle gambe. Non erano tatuate come il resto del corpo, ma nivee e lisce come la seta.

Adelmo reputò un gesto da screanzati lasciar scivolare ancor di più lo sguardo sulle gambe nude della Gran Maestra, dunque si mise a fissare con attenzione il camino. Il fuoco danzava per conto suo, lento e costante. «Chiedo venia per la sfacciataggine, ma se lei trascorre la maggior parte del tempo qui, a cosa serve di preciso?»

«Mancare di rispetto a Michelle in questo modo... che villano!» lo rimprovererò Seline scuotendo la testa. «Ogni tanto alcuni dei Vuoti che ci attaccano sono più potenti degli altri. È lì che servono i leader. Per limitare le perdite.»

Michelle ignorò il nocciolo della questione e lasciò trasparire un certo risentimento. «Adelmo, se non la smetti di darmi del lei finirai davvero con l'arrecarmi un dispiacere. Per troppo tempo gli Allievi mi hanno vista in maniera impersonale e distante. Mi sono promessa di cambiare il modo in cui mi relaziono agli altri e gradirei che almeno il nuovo arrivato, ovvero tu, facesse almeno finta di collaborare.» Tacque per qualche istante e poi concluse, guardando fuori dalla finestra: «La Gran Maestra non è una divinità.»

«Sa, lei...» Adelmo venne trafitto da un'occhiata truce di Naija e si corresse subito. «*Tu* mi sembri un po' incostante, su questo. Prima, durante l'assemblea, hai trattato tutti con durezza, persino umiliando alcuni dei presenti, anche se poi ti sei scusata. Adesso dichiari di voler essere più vicina agli altri.»

«Sto facendo del mio meglio» disse lei. «Sono qui da così tanto tempo, ormai, che inizio a dimenticarmi di quando sono arrivata; a volte faccio fatica persino a ricordare il momento in cui mi sono svegliata nelle profondità del Pozzo dei Santi, sebbene sia un evento che lascia il segno. Ma non per questo mi sento già l'animo di una vecchietta; anzi, ogni tanto credo ancora di essere una ragazza degli anni Novanta. In quei momenti mi sento felice. Farmi dare del lei dai miei amici ed essere venerata come una dea è qualcosa che alla lunga mi sta portando alla depressione.

«Per questo invidio molto una leader come Chae-yeon, la Madre Reverenda della Vergine. Lei non ha perduto una virgola della vitalità che possedeva sulla Terra. Se non la conoscessi da tempo, penserei che sia emersa dalla Fonte l'altro ieri. Tutti i Discepoli della Congregazione, siano essi Guerrieri o Intoccabili, la trattano come un'amica, e lei tratta loro allo stesso modo. C'è anche da dire, però, che il suo carattere è l'esatto opposto del mio, e col mestiere che faceva in vita non c'è da stupirsene più di tanto.»

«Perché, che lavoro svolgeva?» domandò Adelmo con interesse.

La Gran Maestra tossicchiò e, anziché rispondere, giocherellò con un merletto nero del suo vestito.

Seline sbuffò quasi con disgusto, quindi lasciò vagare gli occhi fino a fissare uno dei dipinti appesi alle pareti. «Potremmo definirla... *una intrattenitrice?*»

«Potremmo farlo, certo» concordò Michelle. «Ma significherebbe forse gratificarla di un eccessivo complimento.»

«Di che tipo di intrattenimento stiamo parlando?» indagò Adelmo a disagio, con la speranza che la conversazione non precipitasse in qualcosa di osceno.

«Nulla che un gentiluomo come te riterrebbe stimolante, suppongo» concluse Michelle. «Di più non domandare. In certi casi, credimi, l'ignoranza può essere una benedizione.»

Gemelli
Prime Superficiali Considerazioni

Janel Williams odiava già quasi tutto ciò che riguardava la Comune dei Gemelli.

Aprì le doppie finestre della sua nuova camera da letto e sporse la testa fuori per dare l'ennesima occhiata dall'alto a Stormgard, la loro capitale, aspirando una bella boccata di fumi tossici prodotti dalle macchine che gestivano la città. Era tarda sera, ma le strade e gli edifici continuavano a essere bombardati da luci d'ogni genere. L'intera cittadina era moderna e tecnologica, eppure anche piena di anacronismi. Gli edifici in stile modernista russo erano caratterizzati da scintillanti cupole a cipolla arancioni e tetti aguzzi, sulla cui sommità erano installate aste metalliche che fungevano da parafulmini. Dense nubi si formavano ciclicamente nel cielo sopra la città, e quando il temporale si scatenava l'elettricità delle folgori veniva catturata e convertita in energia dalle macchine futuristiche e semi-senzienti che accompagnavano quasi ogni aspetto della vita quotidiana dei Gemelli. Tubi sovraccarichi di vapore e disseminati di valvole d'ogni genere correvano lungo le pareti dei palazzi e ai lati delle strade. Da essi si diffondeva di continuo un lieve borbottio, come una pentola in cui bolle l'acqua. Per arrivare a Stormgard, una volta usciti da Gulguta, si saliva su un comodo treno a vapore che viaggiava in entrambe le direzioni, permettendo di raggiungere la capitale in mezz'ora.

Janel detestava che la loro città fosse molto più moderna rispetto a come le avevano descritto il resto del Tempio. Detestava essere una privilegiata immersa nelle comodità e assistita dalla tecnologia, mentre gli altri dovevano andarsene nei campi ad arare o nei boschi a tagliar legna da mattina a sera.

Ma in linea di massima quegli aspetti si sarebbero anche potuti considerare *tollerabili*.

Ciò che in quel momento la innervosiva di più era la sua compagna di stanza: una stronzetta di ragazza bianca che si faceva chiamare solo con l'iniziale del suo nome – o del suo cognome? –, ovvero "L". Era problematica fino al midollo e a Janel era venuta una mezza idea di scaraventarla fuori dalla finestra di fronte alla terza teoria complottista che quella le aveva propinato nel giro di mezz'ora, anche se poi ci aveva ripensato, perché L sarà pure stata un'odiosa rompipalle (secondo il parere della nuova arrivata), ma sembrava sapere il fatto suo quando c'era da menar le mani, e la sua arma era un'enorme spada alta quasi quanto lei. Janel aveva concluso che farsi segare in due il giorno stesso del suo arrivo non avrebbe aiutato a migliorare il sistema, pertanto avrebbe contestato le asserzioni di L in modo soltanto verbale.

L era magrina e piuttosto alta; aveva dei capelli mossi biondo platino che diventavano rosso fuoco verso le punte e gli occhi color della pioggia. Si truccava parecchio, soprattutto attorno agli occhi, dove applicava intere nuvole di ombretto nero. Janel era convinta che, se uno avesse voluto cercare L da viva, l'avrebbe facilmente scovata in qualche campo caravan disperso nella campagna di un anonimo stato del Midwest americano a sparare ai coyote dal tetto della sua roulotte per ammazzare il tempo tra una dose di eroina e l'altra. Janel reputò piuttosto razziste e classiste queste considerazioni, ma i suoi dottissimi e onestissimi professori universitari le avevano insegnato che non era possibile essere razzisti contro quei bastardi dei bianchi, perciò non lo ritenne un problema. In ogni caso, quella L aveva nel complesso un aspetto fisico abbastanza attraente e per questo aveva da ringraziare la Forma dell'Anima, della quale quasi certamente abusava gli effetti per rendersi presentabile[I]. Il maglioncino che indossava era grigio ardesia e la gonnellina era a fantasia scozzese bianca e nera. Ai piedi portava degli anfibi neri.

L affermava cose ben poco plausibili. Sosteneva di essere deceduta in un periodo storico successivo a quello dal quale proveniva Janel e che nel suo presente il mondo come lo conosceva lei non esisteva più. Dopo che le femministe radicali avevano assunto il potere in occidente (o, per meglio dire, dopo che gli uomini glielo avevano conferito in un atto di supremo masochismo), la Terra era ben presto diventata invivibile, dominata dalle corporazioni, governata da istituzioni che censuravano ogni scambio di idee per assicurarsi che nessuno ferisse i fragili sentimenti delle minoranze; allo stesso tempo era lacerata da scontri senza quartiere fra opposte ideologie politiche estremiste e prossima, a quanto sosteneva L, al collasso totale e definitivo. "È meglio stare al Tempio che sulla Terra. Fidati, non ti sei persa nulla" le aveva confidato la bionda con sincerità. Janel le aveva giudicate tutte quante fandonie da fascistella di infimo livello, perché era risaputo che il mondo era avviato verso un'era migliore e più equa, in cui tutti sarebbero andati d'amore e d'accordo. C'era solo da lavorarci sopra ancora un pochino.

L si era anche offerta, con grande nobiltà d'animo, di rivelare a Janel i segreti del Tempio e i suoi meccanismi più occulti, nonché di svelarle cosa venisse custodito davvero nelle profondità dell'Aditus Dei e la vera ragione per cui i Vuoti li attaccavano di continuo, ma Janel si era rifiutata categoricamente di ascoltarla, perché di certo anche quelle erano teorie complottiste non supportate da fatti verificati da fonti attendibili. L sosteneva persino di essere una

---

[I] Nota di Veronica Fuentes, Prima Bibliotecaria: si sottolinea che queste sono solo le considerazioni personali di Janel Williams, non necessariamente condivise dall'autrice del presente Volume.

sorta di agente segreto e di avere una missione da compiere per conto di qualcuno. Figuriamoci se poteva essere vero.

Richiusa la finestra, Janel osservò ancora una volta la sua immagine riflessa nello specchio appeso alla parete con la vana speranza di essere mutata negli ultimi dieci minuti, ma purtroppo non era così.

La sua vecchia pettinatura afro, ispida per natura, si era lievemente addolcita, trasformandosi in una serie di lunghi riccioli scuri piuttosto graziosi dai riflessi castani, e la cosa la stomacava. Inoltre, portava un rossetto marrone opaco e del trucco ocra attorno agli occhi. Quest'ultimo fatto le faceva montare davvero il nervoso, perché in questo modo era diventata troppo appariscente e i dannatissimi uomini si giravano a guardarla, mentre in vita non si truccava mai proprio per evitarlo.

Ma soprattutto detestava che la Forma dell'Anima si fosse permessa di farle perdere qualche chilo. Non aveva alcun senso. Tutti sapevano che le ragazze un po' in carne erano più attraenti delle magre. Lei gradiva essere così, dunque perché era stata rimodellata ancor prima di emergere dal Pozzo dei Santi?

L sosteneva che la Fonte non inventava nulla e che la Forma dell'Anima veniva creata unicamente seguendo i desideri inconsci della persona. Janel decise pertanto che la Fonte era da considerarsi una stronza tanto quanto L. Adesso era magretta quasi quanto quegli stecchini di ragazze asiatiche che vedeva in giro a New York (da sottolineare il "quasi", perché Janel aveva ancora tutte le curve nei posti giusti). Questo le fece venire voglia di tirare un destro allo specchio, ma poi ci ripensò e si limitò a far esplodere la propria frustrazione per via orale.

«La Fonte è classista, razzista e ha un *evidente* problema di grassofobia» sbottò, fingendo di parlare da sola.

L, distesa sul suo letto e intenta a leggere il volume più recente di un manga romantico, sollevò lo sguardo e puntualizzò con quella voce roca e sexy che tanto faceva imbestialire Janel: «La Fonte non può essere alcuna di quelle cose, perché non è un'entità senziente.»

«Ah, no? E allora come fa a stabilire a quale Casa uno deve essere assegnato e qual è il suo Zenith? E comunque chissenefrega, anche gli oggetti possono essere razzisti. Un libro può essere razzista, o sessista, ad esempio.»

«Al massimo potrebbe esserlo l'autore» ribatté L con educazione. «In che modo un oggetto inanimato osserverebbe una prassi o esprimerebbe una volontà discriminatoria? "Quel libro è sessista." Sostituisci il sostantivo e l'aggettivo con altri che sottintendono un intento e ti renderai conto che diventa ridicolo. "Il sasso è galante", "La nuvola è machiavellica", "Le chiavi sono petulanti". Sono frasi surreali, non trovi?»

«Sì, okay, vai a cagare tu e le tue disquisizioni, fascista. E non iniziamo nemmeno a parlare di questa cosa del potenziale, perché davvero, guarda...» Janel si scompigliò i capelli e, innervosita, si tirò un ricciolo.

L si mise a sedere sulla sponda del letto e appoggiò il fumetto sul comodino. «Parliamone, invece. Sono certa di poter confutare tutte e tre le tue affermazioni.»

Janel ebbe un tremito mentre le passavano davanti agli occhi i flash delle sue ultime esperienze universitarie. Dibattere con le stronzette dalla scarsa melanina iniziava e finiva sempre con la logica, e la logica non era nient'altro che uno dei tanti strumenti del suprematismo bianco, o almeno questo le assicurava la sua professoressa preferita.

«Non ci tengo troppo» comunicò a L incrociando le braccia sul petto e girando la testa di lato.

«Ah, ti sei resa conto da sola di aver detto una cazzata. Meglio così» scherzò L, poi riprese in mano il fumetto e si ridistese sul letto.

Janel le strappò il giornaletto dalle mani e lo gettò sul comodino. «La Fonte predice il potenziale di una persona già al suo arrivo, determinando quindi come verrà trattata da quel momento in poi. Di fatto il duro lavoro non conta nulla. Posso allenarmi fino allo stremo, ma non infrangerò mai il tetto di cristallo stabilito dal mio Zenith.»

«Al Tempio vige la forma più pura di meritocrazia» rispose pacata L, mettendosi a sedere. «I più abili sono al comando, e se non mi credi ti invito a sfidare uno qualsiasi dei leader in combattimento, o uno dei loro ufficiali migliori.»

«La meritocrazia è soltanto uno dei tanti ingranaggi del sistema d'oppressione costruito dai bianchi» recitò a memoria Janel.

L emise un lungo sospiro, roteò gli occhi e si ammosciò sul materasso. «Temo che il tuo sarà un noviziato molto, molto lungo.»

«Va bene, allora ti vengo incontro. Sarà anche "meritocrazia", ma ti pare umano? Il valore di una persona viene definito alla nascita, ovvero l'arrivo al Tempio, in base a qualità intrinseche nella loro stessa natura? A me sembra più che altro un ritorno alla razza ariana. Se possiedi uno Zenith di poco conto sarai un abitante del Tempio di livello inferiore; al contrario diventerai un Guerriero d'alto rango, e magari persino uno dei leader. È una concezione elitistica della società basata sul talento innato di una persona, nient'altro. Per non parlare poi di quei poveretti che non sono Guerrieri come noi, ma hanno un Nadir. È angosciante, allucinante. Noi siamo l'aristocrazia, mentre loro sono plebei, da trattare come cani perché ci "rubano risorse", ovvero il Nettare della Sorgente, senza offrirci molto in cambio. E chissenefrega, se anche fosse così? Sono persone come noi. E poi che cazzo ne sa quella stronza della Fonte di chi diventerà forte e chi no?» Janel sollevò il mento in un gesto di sfida.

L si sfregò il naso affilato con fare pensoso. «Non sei pronta per questa conversazione; in più noto anche che utilizzi termini come "aristocrazia" interpretandoli in modo errato. In origine serviva a indicare il governo dei più meritevoli, ovvero i più intelligenti e valorosi, per cui non aveva alcuna connotazione negativa.» Janel spalancò la bocca per replicare ma L la interruppe con un gesto della mano, suggerendole di aspettare. «Passiamo al secondo punto: perché il Tempio sarebbe "razzista"? Purtroppo temo che la tua argomentazione si dimostrerà carente anche in questo caso.»

Janel si spazientì. «Mi pare ovvio, no? Prima di tutto c'è appropriazione culturale ovunque!»

«Oh, Gesù» mugugnò L nascondendo il viso tra le mani.

«I più problematici sono quelli dell'Ariete, senza alcun dubbio» continuò Janel. «Tutti vestiti col kimono, eppure non ne ho visto nemmeno *uno* che fosse davvero asiatico, né tantomeno giapponese. La loro leader è la tipica ragazza bianca con gli occhi di ghiaccio, quindi con che faccia si fa chiamare Shogun? È davvero inaccettabile. Quella va sostituita il prima possibile con una persona asiatica al cento per cento. Poi ci sono i membri dell'Acquario, che mi sembrano dei finti greci o romani. E quelli del Leone! Una delle loro nuove arrivate è cinese e lo Jarl è palesemente un uomo arabo, eppure sono vestiti da vichinghi. Sì, insomma, è *offensivo*. Anche se in quest'ultimo caso non posso prendermela troppo, perché asiatici e arabi sono comunque minoranze, per cui gli va concessa un po' d'indulgenza. Sarebbe stato *tragico* se ci fosse stata una Casa che ricalcava la cultura nativo-americana e fosse stata piena di bianchi.»

L annuì, ormai annoiata. «Tragico, davvero. Comunque in che modo gli arabi e gli asiatici sarebbero "minoranze"? Non siamo mica negli Stati Uniti d'Ameri–»

«E poi vogliamo parlare del fatto che la maggior parte dei leader sono bianchi? Guarda che non mi è sfuggito. Eh, no. Scacco matto, cara fascista!» si affrettò a concludere Janel con aria trionfante.

L per un attimo fissò il soffitto e contò mentalmente. «È vero, hai ragione» ammise alla fine. Scrollò le spalle e si sdraiò di nuovo sul letto.

«Ah-ha! Quindi su questo punto concedi la sconfitta?»

«No.»

«Come no?»

«Ho due contro-argomentazioni.»

Janel, sempre più innervosita, batté otto volte le palpebre in attesa che continuasse.

«Primo punto» iniziò L con la sua voce roca e seducente. «Come hai riconosciuto tu stessa poco fa, tutto è incentrato sul valore di una certa persona come Guerriero. O Guerriera. Non guardarmi in quel modo, ho parlato al maschile tanto per fare un esempio. Non è il razzismo sistematico a impedirti di diventare una leader. Se ritieni di essere più forte di lui sfida Milton, e inizierò a chiamarti Direttore, anzi Direttrice Williams. Che te ne pare?»

Janel alzò un sopracciglio senza fiatare.

«Secondo punto: che la maggioranza dei leader in questo preciso momento storico sia di uno specifico colore della pelle è una semplice casualità. In passato è stato diverso. Se non mi credi ti invito a fare un salto alla Biblioteca dello Scorpione a leggere i resoconti dei secoli precedenti.»

«Oh, be'» commentò Janel, già scesa a più miti consigli. «Se non altro c'è quasi, e sottolineo *quasi*, una parità di genere, se escludiamo dal conto il Generale e il Comandante Supremo. O sbaglio? Sai, non vorrei dare per scontato il genere di qualcuno.»

«Non sbagli: sette uomini, cinque donne. Ma ti stai focalizzando troppo sui leader, il resto dei Guerrieri è diviso a metà. O almeno credo, non ho mai letto con attenzione le statistiche in questo senso, ma mi stupirei se non fosse così.»

Janel ripensò al Rito dell'Osservazione di quel giorno. In effetti erano arrivate tante ragazze quanti ragazzi, forse persino di più.

L riprese la parola. «Per quel che riguarda la "grassofobia", lol...»

Janel inorridì. «Hai detto... hai detto per caso "lol" ad alta voce?»

«A volte mi scappa» confessò L con un sorrisetto stirato. «Vecchie abitudini.»

«Mio Dio, ma da dov'è uscita questa?» bisbigliò Janel sfregandosi il viso con una mano.

«Comunque, stai andando alla ricerca di problemi terrestri e stai applicando al Tempio un modo di pensare terrestre, e questo è sbagliato. Ma se anche intendessi darti corda, ti risponderei che la "grassofoba" sei tu, non la Fonte.»

«Ah, ma certo. "Specchio riflesso", ovvero la tecnica di dibattito preferita da voi fascisti del ventiduesimo secolo. O forse dovrei dire ventitreesimo?»

«Sbagliato, il nostro vecchio pianeta è collassato molto prima di quanto tu creda. In ogni caso la Fonte non inventa nulla, è uno specchio che si limita a riflettere i desideri inconsci di chi arriva su questo mondo e li concretizza attraverso la Forma dell'Anima. Se qui sei più magra è perché sotto sotto desideravi essere così.»

«Questo sarebbe *problematico*. *Altamente* problematico» ammise Janel, preoccupatissima ma soprattutto infuriata con se stessa.

L scrollò per l'ennesima volta le spalle. «Per quel che vale, personalmente concordo con l'operato della Fonte. Con questa Forma dell'Anima sei carina e hai davvero un bel fisico» concluse, quindi riprese in mano *La storia di me e lei*, il manga scritto e disegnato da una certa Haruka Uzumaki dei Pesci.

Janel arrossì d'azzurro.

Questa stronzetta non oserà mica giocarsi la carta del "posso dire tutto quel che mi passa per la testa perché sono lesbica"?

Sbirciò con nonchalance il fumetto e constatò che le protagoniste erano proprio due ragazze. A quel punto tacque e si sedette sul letto a riflettere su quella delicata situazione. Si trovava in una terribile impasse.

Al termine di uno spinoso e interminabile dibattito interiore, decise di interrompere ogni ostilità nei confronti di L finché non avesse accertato il suo esatto orientamento sessuale, onde evitare sgradevoli accuse di discriminazione.

«Uff, che noia» sbuffò L dopo un po'. «Ormai ti sei ambientata, no? Andiamo a farci un giro. Ti porto al mio pub preferito.»

Janel non aveva troppa voglia di andare a bere qualcosa con una sospetta fascista, ma rifiutare avrebbe costituito una micro-aggressione e forse anche un violento atto di omofobia, per cui si vide costretta ad accettare. Per alleviare il disagio si convinse che le lesbiche di destra non potevano esistere davvero, erano solo un mito, come d'altronde soleva ripetere spesso la sua professoressa di *gender studies*, per cui almeno uno dei due fatti si sarebbe di certo rivelato errato.

Stormgard non era grande quanto una metropoli, ma essendo l'unica città in tutto il territorio dei Gemelli era comunque più vasta e popolosa di Geistheim o Coteau-de-Genêt, per questo disponeva di un sistema di trasporto pubblico completamente automatizzato. Non c'erano conducenti in carne e ossa, bensì i tram a vapore venivano guidati dalle macchine, anche se non avevano una vera intelligenza artificiale alle spalle. Era un Tessitore a gestire la tecnologia della città.

I palazzi modernisti erano spesso caratterizzati da mirabolanti ma ordinate geometrie disegnate sulle facciate esterne, fatte di linee orizzontali alternate in gradazioni di grigio o arancione, mentre altre volte erano divisi in due parti uguali: dipinta di grigio la metà inferiore e d'arancione quella superiore. Questo assurdo abbinamento di colori rappresentava, si diceva, la dualità dei Gemelli, che veniva sottolineata anche da un altro aspetto importante: mentre i Guerrieri erano abbigliati nei modi descritti in precedenza, ossia con eleganza, all'inglese, gli Intoccabili erano sempre vestiti da pezzenti, con abiti sdruciti e trasandati, creando così un netto contrasto tra le due classi sociali.

Le due ragazze arrivarono a destinazione in appena cinque minuti. Anche se era quasi notte, Janel notò un incredibile viavai di gente. Questo non era affatto inusuale. Ai membri della Comune dei Gemelli piaceva bighellonare fino a notte fonda anziché starsene rintanati nei loro dormitori, trascorrendo così gran parte delle giornate a cazzeggiare. In pochi si allenavano a combattere e lo facevano in specifici edifici alla periferia della città.

Entrarono in un pub chiamato *Abacab*, nel quartiere est di Stormgard. Ad accoglierle appena oltre la porta d'ingresso trovarono un gruppo di Guerrieri ubriachi che cantavano canzoni oscene, tra le quali una scelta appositamente per ingiuriare i marinai del Sagittario che iniziava più o meno così:

Era meglio morire da piccoli,
con i peli del culo a batuffoli,
che morire da grandi soldati,
con i peli del culo bruciati!

Il Nettare della Sorgente non era di certo alcolico, ma lasciandoci cadere dentro delle bacche, delle polveri o altre sostanze particolari era possibile modificarne il sapore e alterarne le proprietà, creando degli effetti paragonabili a quelli dell'alcol. Nei pub di Stormgard si bevevano quasi esclusivamente bevande inebrianti.

«Perfetto, davvero. Che atmosfera accogliente. Ti ringrazio tanto di avermi portata qui» commentò Janel sprizzando sarcasmo.

L non si prese nemmeno la briga di risponderle.

Alcuni degli ubriachi si tiravano delle sberle giocando allo schiaffo del soldato con l'intento di prendere per i fondelli un ragazzo del Sagittario che era lì in visita. «Fate così, eh? Fate così per passare il tempo sulle vostre navi?» lo derise uno di loro, dando uno scappellotto a un suo compare.

«Macché!» esclamò un altro. «Lo sanno tutti che quelli del Sagittario si divertono in ben altro modo, quando sono in mare!» e compié degli espliciti gesti con le mani per insinuare che quelli del Sagittario praticavano la sodomia.

I ragazzi dei Gemelli scoppiarono a ridere, ma il marinaio era visibilmente adirato.

«Noto che qui da noi il bullismo è dilagante. Siamo davvero la vergogna del

Tempio» prese atto Janel, inferocita quasi quanto il marinaio.

«Smettila di brontolare per ogni cavolata» fece L. «Ti bullizzano? E tu bullizzali a tua volta.»

«Ma che modo di ragionare è?» Janel scosse la testa. «Non è così che dovrebbero funzionare le cose. Che cavolo di mondo sarebbe se ci bullizzassimo tutti a vicenda?»

«È vero, magari tu non lo faresti. Non ti conosco ancora abbastanza bene. A me invece piace un sacco ripagare i bulletti con la loro stessa moneta. Così, tanto per farsi due risate. Dopo saremo tutti amici come prima. Sta' a guardare.»

L si avvicinò con disinvoltura al gruppo di ragazzi e disse con voce suadente: «Ciao, bei maschietti. Vi va di fare a gara a chi ce l'ha più lungo?» Dopodiché protese il braccio destro di lato. Dal nulla si materializzarono centinaia di piccoli frammenti simili ai pezzi di un puzzle, che andarono a incastrarsi perfettamente tra loro nel giro di un secondo finché prese forma un'enorme spada a due mani. L agguantò l'impugnatura, ma lasciò apposta che la ponderosa lama cascasse su uno dei tavolini del locale, ribaltandolo su un lato.

Ai ragazzi passò subito la sbornia. Un tipetto con l'aspetto da diciottenne vestito con un completo color ardesia si tolse la coppola per rispetto, quindi si avvicinò a L con aria angustiata, torcendo il berretto tra le mani. «Ci scusi tanto, signorina L... sa, noi siamo un po' dei bischeri... noi si fa così per passare il tempo, via... ma non vogliamo male a nessuno, sa... si fa merenda, si beve, ci si trastulla un pochino... si passa un po' il tempo fra noi... suvvia, signorina L, lei mi intende! Noialtri siamo tutti Guerrieri a riposo... Che vorrebbe che facessimo in un periodo del genere?»

L sorrise e accettò le scuse facendo scomparire la gigantesca spada, ma purtroppo per lui non bastò, perché proprio in quel momento il Direttore Milton entrò nel locale spalancando le doppie porte di vetro. Senza pretendere da quei ragazzi alcuna scusa iniziò a bastonarli, tirandogli dei colpi sulle mani col suo ombrello e rimproverandoli: «Che avete fatto? Avete allungato le mani su L, mascalzoni? Avete toccato la nuova? E ora toccate *questo*! *Tiè*!»

«*Ahia*! Direttore Milton, quelle due non le abbiamo toccate affatto!» piagnucolarono loro scappando fuori dal locale a gambe levate.

Le ragazze osservarono la scena con aria divertita e si sedettero a uno dei tavolini del locale. L'*Abacab* aveva l'intero mobilio in stile minimalista e per questo era piuttosto scomodo. L ordinò un piatto di "Canterbury in gelatina" e Janel un bicchiere di Nettare della Sorgente al gusto di menta. Il barista glieli portò al volo.

«Non stupirti se dentro di te si accendono idee contrastanti, Janel. Noi dei Gemelli siamo fatti così» le assicurò L in tono comprensivo.

«Che cavolo vorrebbe dire?» rispose l'altra sorseggiando il suo Nettare alla menta.

«Noi mettiamo in discussione tutto. Sosteniamo un punto di vista e anche il suo contrario, ma non in maniera accademica, come fanno quei pallosi dell'Acquario o del Capricorno. Noi siamo caos, anche se non è proprio caos puro. È più un caos... *controllato*, diciamo.»

«Un punto di vista e il suo contrario...» Con aria concentrata, Janel lasciò vagare gli occhi in giro per il locale. «Merda, temo di capire cosa stai cercando di dirmi. Nella vostra visione distorta delle cose io sarei il tuo contrario. È per questo che ci hanno messe in camera assieme?»

«Eh, forse» fu la risposta enigmatica di L. Si infilò in bocca un cubetto di gelatina.

Janel piegò le labbra in una smorfia di disgusto. «Cosa sarebbe quella roba?»

«Nettare della Sorgente allo stato gelatinoso e al gusto di frutta, così ti sembra di mangiare qualcosa. Questa non ce l'ha nessuno a parte noi. Nemmeno il Toro, e quelli vivono nel lusso più sfrenato. Il Nettare viene convertito in gelatina dalle macchine nelle nostre fabbriche, ma non ha alcuna proprietà stupefacente.»

Janel alzò un sopracciglio e domandò incuriosita: «A proposito di stupefacenti, cos'è questo odore di fumo che sento ovunque? È strano, non sembra tabacco, ma nemmeno marijuana o hashish, anche se in un certo senso me lo ricorda.»

«Sono sigarette fatte con un miscuglio di funghi allucinogeni che crescono nelle caverne attorno alla nostra capitale. Prima o poi ti capiterà di vedere i crepacci dentro i quali gli speleologi si calano per andare a prelevarli. Sono funghi giganteschi, dal cappello arancione. Qui ai Gemelli la droga scorre a fiumi, ma io non mi faccio. Farsi è roba da fricchettoni» dichiarò con orgoglio L.

«A me non dispiace dare un tiro ogni tanto, ma spero che i nostri Guerrieri non vadano a proteggere il Muro quando sono strafatti» scherzò Janel. L la fissò con un cipiglio che testimoniava tutt'altro.

Janel non aveva espresso eccessiva gioia quando aveva sentito che il signor Milton Cooper la voleva assumere all'*Almanacco di Mercurio*, il settimanale dei Gemelli che veniva pubblicato e distribuito in tutto il Tempio ogni mercoledì. Gli altri Guerrieri sarebbero stati costretti a uscire all'esterno del Muro e a rischiare la vita, mentre lei se ne sarebbe stata al riparo tra quattro solide mura a scrivere gossip per un rotocalco di dubbia serietà. Era vergognoso. Sarebbe diventata la più privilegiata tra i privilegiati e la cosa le rivoltava lo stomaco. Per giunta anche L faceva parte della redazione, col ruolo di capo-redattrice. Al contempo, l'idea di andare a combattere delle creature terrificanti la solleticava solo fino a un certo punto.

«Prima o poi toccherà anche a te far fuori qualche Vuoto» la avvertì L con voce tetra. «Quando arriva l'Alta Marea nessuno può esentarsi dal combattere.»

«Hmm, credo che farò l'obiettore di coscienza. Cioè l'*obiettrice*. Che bello poter parlare la lingua universale: ogni parola ha un genere!»

«Non ti è permesso fare obiezione di coscienza. Non è tra le nostre possibilità. Se sei una Guerriera devi presentarti al Muro almeno durante le situazioni d'emergenza, o verrai considerata un disertore. Oh, scusa, una *disertrice*.»

«Direi che questa è una delle prime cose da cambiare.»

L roteò gli occhi e appoggiò il meno sul pugno. «Guarda che non stiamo dichiarando guerra a uno stato del Medioriente a caso tanto per arraffarci un po' di petrolio. Delle creature demoniache ci assaltano e noi ci difendiamo. Se non lo facessimo creperemmo tutti quanti, compresi gli Intoccabili. Quindi, quando verrà il momento, tu evocherai la tua arma, qualunque essa sarà, e difenderai quella cazzo di muraglia come farò io.»

Janel alzò un sopracciglio. «Tu fai la spaccona di continuo, ma riesci davvero a maneggiare quella ridicola spada?»

«Puoi scommetterci il tuo bel culetto.»

Vergine
Il Piano Astrale

Emily Lancaster si era lagnata così a lungo e con una tale insistenza da costringere Chae-yeon a fare uno strappo alla regola, concedendo alla popstar una camera tutta per lei, anche se disponeva di due letti ed era molto ampia. La stanza si trovava all'interno dell'edificio in cui dimoravano anche la Madre Reverenda e i suoi ufficiali di rango più alto, un privilegio che di norma non era affatto concesso a una novizia appena arrivata.

Prima di ritirarsi in camera, Emily era rimasta per un po' al *Refettorio* a osservare alcuni gruppi di Discepoli che giocavano a carte. Lei però conosceva poco la briscola, e quelli giocavano pervasi da un tale entusiasmo da sembrare animati dal sacro fuoco. Organizzavano a ogni piè sospinto dei tornei a cui sembrava partecipare almeno mezza Coteau-de-Genêt, mentre fumavano e si scolavano boccali di Nettare della Sorgente corretto con bacche di ginepro (che diventava fortemente alcolico). L'atmosfera era fin troppo spumeggiante per i gusti di Emily, così alle dieci decise di andarsene a letto. Chae-yeon se ne andò a sua volta, adducendo di avere qualcosa d'importante da fare, ma non prima d'averle augurato la buonanotte e consigliato di dormire a lungo. Sam era rimasto invece al *Refettorio*. Non partecipava in prima persona alle partite, ma osservava gli altri giocare con aria compassata mentre fumava la pipa, fornendo di tanto in tanto consigli ai suoi amici più stretti.

Quasi tutto il mobilio della nuova stanza di Emily era costruito con del caldo legno di rovere, così come lo era il parquet. Davanti a una delle finestre si trovava una scrivania con sopra un quaderno, una penna e un calamaio, coi quali una Discepola più diligente di lei avrebbe tenuto un diario. Le finestre davano su una delle strade principali della cittadina, ma a quell'ora della sera non c'era quasi nessuno in giro e regnava un profondo silenzio. Emily se ne compiacque, perché udire ancora gli schiamazzi di quelli che lei considerava bifolchi era l'ultima cosa che avrebbe desiderato.

Accostato a una delle pareti, oltre a un voluminoso armadio (anch'esso di legno), c'era un bello specchio. La novizia andò avanti ad ammirarsi per almeno mezz'ora, mentre rimuginava sulla giornata assurda che aveva appena vissuto.
Certo che quella Chae-yeon dev'essere proprio un'egocentrica nata, per

pensare subito a se stessa quando oggi pomeriggio ho detto "qualcosa di carino". Chi si crede di essere, l'unica ragazza bella? Ma si è vista?

Cioè... okay, in effetti ammetto che è carina, però...

Però quando io faccio quel tipo di battute nessuno mi considera. Anzi, guardano dall'altra parte con aria indignata.

Sono tutti ciechi, questi? Avranno mica il fetish delle ragazze asiatiche? Lei sarà anche bella, ma io non sono da meno. Giusto...?

Questo mondo fa pena, ma la Forma dell'Anima è una cosa proprio conveniente. Magari avercela anche sulla Terra. Svegliarsi già truccate e senza il viso gonfio, ma soprattutto con i capelli perfettamente in piega! Prima o poi gli uomini noteranno anche me, è solo questione di tempo...

Emily abbandonò lo specchio e si lanciò sul letto, finendo distesa come una balena spiaggiata. Era davvero comodissimo, considerate le circostanze: il materasso era morbido e le lenzuola avvolte da una soffice coperta di lino marrone. Quella Coteau-de-Genêt era una cittadina di campagna dall'aspetto rustico solo in apparenza; dietro le quinte scorrevano torrenti di magia segreti che rendevano l'ambiente molto più moderno e pieno di comodità di quanto ci si potesse aspettare. La sua stanza era illuminata da belle plafoniere, ad esempio, ma era ovvio che la corrente non poteva essere prodotta da centrali elettriche come sulla Terra, per cui da dove proveniva?

Visto come Chae-yeon si è premurata di difendere i suoi seguaci, oggi pomeriggio? "Non ti consento di prendere in giro gli altri." Ma fammi il piacere! Li tiene tutti in pugno.

Almeno non è una tipa austera, ogni tanto sa scherzare. Meglio che niente, se devo rimanere davvero qui in eterno a farmi comandare da lei almeno che ci facciamo qualche risata.

Emily socchiuse gli occhi, domandandosi perché la Madre Reverenda si fosse tanto raccomandata che dormisse a lungo ogni notte.

Dev'essere una trappola.

Quella mi assicura che le piacciono solo i ragazzi, ma chi ci crede? È una pervertita, si capisce. Non tiene mai le mani a posto e tocca tutti come se fossero amici intimi. E con la forza che ha, se venisse da me di notte... non voglio neanche pensarci.

Merda, che noia. Come fa qui la gente a passare il tempo senza cellulare?

Non mi addormenterò mai, è fuori discussione. Sarebbe troppo pericoloso. Va bene, fuori è davvero silenzioso, ma senza il mio bel letto a tre piazze fatto d'oro massiccio–

Buio.

Lo spirito di Emily Lancaster acquista una iniziale, approssimativa cognizione della sua forma e si manifesta nel nulla del suo Piano Astrale accendendosi come un fiammifero.

Le scintille si congiungono, formando una fiammella.

Emily prova a guardarsi attorno, ma non vede niente. Per qualche motivo è convinta di stare fluttuando nello spazio, ma tutto è dannatamente troppo buio. Pensa allora di stare sognando, eppure si sente ancora in grado di decidere da che parte muoversi, anche se è arduo distinguere un sopra e un sotto.

Guarda verso quello che ipotizza essere il basso.

Non possiede braccia, né gambe. È solo una fiammella di colore verdino e sta galleggiando nell'oscurità.

Passa del tempo, finché qualcosa si materializza di fronte a lei, a una certa distanza. Sembra un fuocherello marrone. Emily ha un inquietante presentimento.

Anche quel fuocherello fluttua. Le sta venendo incontro.

La fiammella marrone inizia a parlare. «*Annyeonghaseyo*[I]!» dice in tono vivace.

È la voce argentina di Chae-yeon.

«Porca puttana, lo sapevo» sbotta la fiammella Emily. «Prima mi hai drogata costringendomi a bere quello strano Nettare e io ci sono caduta come un'imbecille! Cristo, è peggio che stare in un campus universitario.»

«No» risponde con voce vellutata la fiammella Chae-yeon. «No, credo proprio che tu ti sia addormentata dalla stanchezza, come è normale che sia, dopo una giornata come questa.»

«Stammi lontana! Non ti azzardare ad avvicinarti di un centimetro!» le ringhia contro Emily.

«Va bene, allora rimango qui.»

«Dove cazzo siamo?»

«Questo è il Piano Astrale. Il *tuo* Piano Astrale. Ognuno di noi ne ha uno, e ci entriamo quando dormiamo.»

«Wow. Fantastico. Come ne esco?»

«Svegliandoti, ma ti consiglio di non farlo subito.»

«E perché?»

«Perché rimanere qui almeno per un po' è importante. Guardati attorno.»

«Sì, ho già guardato. Credo di essere nello spazio, eppure è tutto buio. Dove sono le stelle?»

«Una c'è. Là in alto. La vedi?»

Con l'aiuto di Chae-yeon, Emily comprende finalmente dove sia il "sopra". Vede in effetti una stella, anche se la luce che emette è fioca.

«Che cazzo...? Sì, la vedo.»

«Quella stella sono io.»

La fiammella Emily tremola per la confusione. «Cosa cristo vorresti dire?»

Chae-yeon si schiarisce la voce. «Sviluppando relazioni affettive con le persone che vivono al Tempio aggiungerai altre stelle alla tua costellazione personale. Maggiore sarà il tuo grado di intimità con quelle persone, e più le stelle che vedrai qui brilleranno intensamente. Dormire ti permette di incontrare nel Piano Astrale i tuoi amici, a patto che stiano anch'essi dormendo in quel momento. Per ora ci sono solo io. È un po' triste, in effetti. Pensavo che almeno Sam...»

[I] Trad. "Salve!", in coreano formale.

«Gran bella storiella, Santità, ma a me sembra più che altro un pretesto per startene qui da sola con me.»

«Non sono interessata alle ragazze, te l'ho già spiegato. Sei proprio fissata con questa storia. Non è che magari sei tu a...?»

«Ti piacerebbe! Perché sei qui, allora?»

«Trascorrere del tempo nel Piano Astrale arricchisce il rapporto con i tuoi amici. Quando il nostro diventerà più intimo saremo in grado di vederci in forma normale, mentre adesso siamo solo due fiammelle colorate. E tu sei verdina. Non ho mai visto un colore simile, prima d'ora. Forse è una gradazione di marrone al limite con il verde. Comunque è davvero carino.»

«Fammi indovinare: dopo potremo anche... *toccarci*? Di' la verità, il Piano Astrale è dove venite a fare porcherie.»

«Temo che voi ragazze americane guardiate troppi film pornografici. Pensate al sesso di continuo.»

La fiammella Emily si infervora. «Ah be', perché *voi*? I film porno giapponesi sono i più pervertiti, lo sanno tutti. Non che io li abbia mai guardati di proposito, sia chiaro. A volte sbaglio a cliccare, ecco.»

«Ti ho detto che non sono giapponese. Sono coreana. La Corea è una penisola tra la Cina e il Giappone.»

«E che cambia? Voi non li guardate i film porno?»

«La pornografia è del tutto illegale in Corea del Sud. O almeno lo era quando me ne sono... andata.»

«AH AH! Starai scherzando, spero.»

«No.»

«AH AH AH! Oddio, che posto triste dev'essere! Ma anche se è illegale li guarderete comunque, no? Chi se ne frega di una legge del genere.»

«I membri del...» Chae-yeon si corregge. «Le mie amiche, a volte loro li guardavano di nascosto usando dei programmi speciali nel computer, ma... Be', a me non interessano. E poi sarebbe moralmente sbagliato guardarli.»

«"Moralmente sbagliato"? Ragazzi, ma l'avete sentita questa? Mio Dio, a letto sarai una totale principiante.»

«Ah, certo, perché l'esperienza coi ragazzi la si fa guardando pornografia» dice la fiammella Chae-yeon grondando sarcasmo.

«Mi pare ovvio, no? In che modo vorresti imparare a fare certe cose? Probabilmente non sei neanche in grado di...»

Emily Lancaster, pur essendo solo una fiammella, e quindi ben lontana dall'avere un aspetto antropomorfo, mima al meglio un atto di sesso orale praticato su un soggetto maschile.

Il fuocherello marrone si allontana un pochino. «Se hai intenzione di essere così volgare me ne vado. Sopporto quasi tutto, ma non le volgarità sul sesso.»

«Ma se l'argomento l'hai introdotto *tu*! E comunque sono ben contenta che tu te ne vada dai miei sogni!»

«Come preferisci. Non intendevo disturbarti, ma in quanto leader della Vergine sono connessa al Piano Astrale di tutti i membri della Congregazione. Non posso farci niente. Mi è parso giusto spiegarti come stanno le cose, almeno la prima notte.»

«Se vuoi saperlo trovo tutto questo terrificante. Assolutamente terrificante.»

«Mi spiace che tu la veda in questo modo. Il tuo Piano Astrale può diventare un posto stupendo. Col dovuto impegno potrai aggiungerci tanti elementi e plasmarlo fino a creare il tuo mondo perfetto. Ed è qui che puoi modificare la tua Forma dell'Anima. Guarda lassù!»

Nell'oscurità del Piano Astrale qualcosa brilla.

Emily dirige di nuovo lo sguardo verso l'alto. La stella che rappresenta Chaeyeon è un pochino più lucente di prima.

«Ecco fatto, anche se sei un'ingrata ho migliorato comunque la tua costellazione, per quel che posso, ma ti consiglio di cominciare a instaurare dei rapporti e a farti degli amici. Ci vediamo domattina. E... ecco...»

La fiammella marrone ha un leggero fremito d'eccitazione.

«Che cazzo c'è ancora?» chiede Emily.

L'altra riprende a parlare velocissima, senza concederle la possibilità di intervenire: «Hai voluto abitare nel mio stesso dormitorio e la mia camera si trova solo a un piano di distanza quindi ti avviso che verrò a svegliarti presto perché mi piace un sacco svegliare le persone e caricarle per la giornata non farci caso se sarò iperattiva e *high-tension* da subito io sono sempre così non hai speranze di sfuggirmi quindi non opporre resistenza domani ti insegno tutto vedrai che ci divertiremo buonanotte *unnie hwaiting*[I]!» E con un "puf" il fuocherello marrone svanisce nel nulla.

«Merda» mormora la fiammella verdina nella solitudine del suo Piano Astrale.

[I] Trad. "Forza, sorellona!", in coreano.

Vergine
L'Oliveto

Qualcuno si mise a tamburellare sulla porta della camera con un ritmo quasi inumano.

Emily balzò di scatto a sedere sul letto, stropicciandosi gli occhi ancora insonnoliti. «Chi è...?» farfugliò senza ragionare, anche se in cuor suo conosceva amaramente bene la risposta.

La voce cristallina di Chae-yeon detonò dall'altro lato della porta come botti di Capodanno. «*Emilyyy*! *Emily Lancaster*! È tardissimo, il sole è già alto! Tutti ci prenderanno per delle pigrone se non scendiamo subito! Vestiti e vieni con me, da brava! È una così bella giornata, sarebbe un delitto rimanere chiuse qui dentro a poltrire! *Svegliatiii*! Sve-glia-ti! Emily Lancaster, lo so che mi senti! *Il-eonaaa*[I]! Non vuoi vedere la tua Madre Reverenda, oggi? Guarda che parto senza di te! *Unnie il-eonaaa*!»

Chae-yeon continuò a picchiettare con le mani sulla porta ancora per qualche momento, ma alla fine il dormitorio si quietò. Si udiva soltanto la voce sommessa di due uomini che parlottavano in strada.

«Se Dio vuole si è levata dalle palle» commentò Emily, ingrugnita. Scostò le tendine per gettare un fugace sguardo fuori dalla finestra. «"È tardissimo", ha detto. Cos'è, ubriaca? Saranno al massimo le otto.»

«*Emilyyy*! Ti ho sentita! Credevi me ne fossi andata, eh? Avanti, non farti pregareee! Fallo per la tua Madre Reverenda, vestiti e vieni fuori! Vuoi che entri e ti carichi a molla per la giornata? Guarda che lo faccio, e anche volentieri!»

A Emily si accapponò la pelle. «Non ti azzardare a entrare, sono in *déshabillé*! E comunque come vedi sono sveglia. Dammi cinque minuti per vestirmi, accidenti!»

Prima di andarsene, Chae-yeon ticchettò ritmicamente con le sue lunghissime unghie sul legno dell'uscio, producendo un effetto sonoro che Emily giudicò raccapricciante, ma che qualcun altro[II] avrebbe potuto trovare in qualche modo seducente.

[I] Trad. "Alzatiii!", in coreano informale.

[II] Un qualunque Discepolo maschio eterosessuale, ad esempio.

«Ti aspetto giù!» gridò infine la Madre Reverenda, allontanandosi.

Emily emise un sospiro di sollievo e si sfregò una mano sul viso. «Che rottura di palle. Sarà meglio mettere un paio di cose in chiaro con quella psicopatica, o non mi lascerà dormire in pace un singolo giorno. Io prima di mezzogiorno non mi alzo, punto e basta.»

Dopo aver verificato davanti allo specchio di essere perfetta quanto lo era il giorno precedente, Emily benedisse la Forma dell'Anima, si tolse la vestaglia da notte a fiori (gentilmente offerta a tutte le Discepole), indossò gli unici vestiti di cui disponeva e scese le scale fino al piano terra del dormitorio.

Fuori il sole splendeva luminosissimo e faceva già un discreto caldo. Una piccola frotta di Discepoli si era radunata nella piazzetta antistante l'edificio, ma fu nel vedere la Madre Reverenda che Emily trasalì. L'aspetto della leader era mutato, così come lo erano i vestiti che indossava. Con un misto di disgusto e supponenza la analizzò da capo a piedi, studiandola con lo stesso entusiasmo di un sommelier costretto a scrivere una relazione di cinquanta pagine su un vino che ha già giudicato imbevibile ancor prima di assaggiarlo.

I capelli di Chae-yeon quel giorno erano color amaranto e il suo nuovo taglio scalato non aveva quasi niente in comune con quello del giorno prima. L'elaboratissimo trucco attorno agli occhi era diventato giallo canarino striato di verde smeraldo, il rossetto era color pesca. Come se non bastasse, l'iride aveva cambiato tonalità, passando da blu cobalto a verde pastello. Le labbra parevano anche più piene, o forse era un effetto del nuovo rossetto a dare quell'impressione. La camicetta si era trasformata in una blusa in garza di cotone color zaffiro piuttosto scollata, mentre la gonna era diventata un paio di pantaloni attillati color nocciola che la facevano sembrare una avventuriera, o una cowgirl, più che una contadina. Era evidente che si stesse presentando agli altri in modo più sexy del giorno precedente, e negli occhi di Emily balenarono fulmini e saette.

Alcuni ragazzi corsero verso Chae-yeon per salutarla e si assieparono attorno a lei. Le portavano in dono mazzi di fiori appena raccolti e nel porgerglieli si sperticarono in elogi, paragonando la sua beltà a quella di un'alba che sorge a baciare un prato cosparso di rugiada. In alcuni casi fecero finta di venir meno, ritenendosi indegni di ammirare la sua bellezza così da vicino. Chae-yeon accettò i complimenti e i fiori con amabile cordialità, ricambiandoli con incoraggiamenti e abbracci affettuosi, ma senza sfociare mai in qualcosa di ambiguo.

Uno dei nuovi arrivati si chiamava Vicente e veniva dal Cile (questo era tutto ciò che Emily aveva avuto voglia di imparare su di lui). Chae-yeon gli consegnò i mazzi di fiori donati dai ragazzi, quindi appoggiò entrambe le mani sulle sue spalle per parlargli da vicino, viso a viso. Lui si ringalluzzì e poco dopo schizzò via come un missile, forse per riporre i fiori dentro un vaso, da qualche parte.

Una volta congedati tutti gli uomini, Chae-yeon adocchiò Emily e si avvicinò a lei col solito sorriso radioso e l'aria di una che è di ottimo umore. Emily incrociò le braccia, determinatissima a non lasciarsi manipolare. Il fascino della leader su di lei non avrebbe mai fatto alcuna presa.

«*Annyeong*, ben trovata. Vedo che la mia sveglia mattutina ha fatto effetto» esordì Chae-yeon protendendo le braccia in avanti per abbracciarla.

Emily la scacciò via, rispedendola indietro. «Okay, giustificati subito. Perché sei tutta diversa da ieri?»

«Eppure te l'ho spiegato» ribatté Chae-yeon lasciando cadere le braccia lungo i fianchi. «Puoi modificare il tuo aspetto durante la notte.»

«Sì, ma hai detto che alterare anche solo un elemento del proprio aspetto fisico comporta una gran spesa di quella roba, la cosa Mentale.»

«La Tempra Mentale, esatto.»

«E allora come cazzo è possibile che tu ti sia cambiata quasi tutto in una sola notte? Hai la mente d'acciaio? Il viso e il corpo sono uguali, ma il trucco e i capelli...»

«Hai ragione, in effetti questo particolare non te l'ho rivelato» si scusò la Madre Reverenda. «È il mio Dono. Cambiare il mio aspetto e crearmi vestiti nuovi non comporta alcuno sforzo mentale, quindi posso farlo ogni notte. Anche se devo comunque seguire le regole della Forma dell'Anima come tutti, dunque non posso diventare una persona del tutto diversa. Piuttosto inutile, non trovi? Gli altri leader hanno dei Doni fichissimi che li aiutano in combattimento, e invece io...»

«Stai scherzando? È un sogno! Vorrei averlo anch'io!» replicò Emily a occhi sgranati. «Come fai a lamentartene?»

«Vedi, ho sempre pensato che fosse una beffa architettata dalla Fonte e studiata ad arte per irridere il lavoro che facevo da viva e sminuirmi.» Chae-yeon scrollò le spalle e sorrise. «Oh be', comunque io non ne faccio una gran tragedia. Modificare spesso la mia Forma è divertente.»

Le labbra di Emily si contorsero in una smorfia di disgusto mentre lanciava un'occhiataccia al resto dei Discepoli. «Ci credo. Tutto per far sbavare quei bifolchi.»

Chae-yeon la fissò con aria severa. «Cosa ti ho detto ieri sull'offendere gli altri?»

«Mi perdoni, Sua Beatissima Santità, ma al di là di Doni e Tempra Mentale non posso fare a meno di notare che per tutti noi vige una sorta di *dress code* piuttosto casto, mentre lei si veste un po' come cazzo le pare. Le sembra corretto, questo?»

«Non c'è nessun "dress code", qui tutti si vestono come preferiscono, te l'ho già spiegato. Io sono perfettamente alla moda della Vergine. Magari un po'... *rielaborata*, ecco.»

«Certo, quindi quella blusa da troietta sbottonata davanti fa parte del vestiario tipico di una onorevole Madre Reverenda?»

«*Omona*[I]!» esclamò Chae-yeon mettendosi una mano davanti alla bocca per l'imbarazzo e la sorpresa. «Hai ragione. Si dev'essere sbottonata prima, quando mi sono piegata in avanti per...»

«Ma sì, tesoro, non preoccuparti. Sappiamo benissimo entrambe per quale motivo fossi piegata in avanti» insinuò Emily con un sorriso che sprizzava fin troppa malizia. «Magari eri anche in ginocchio e con la bocca aperta?»

[I] Trad. "Oh cielo!" in coreano.

«Potresti limitare le parolacce e le battute a sfondo erotico quando chiacchieri con me? Te lo chiedo per favore. Mi mettono a disagio» confidò la Madre Reverenda mentre si riabbottonava la blusa sopra il seno prosperoso.

«Ti scandalizzi per così poco? In Corea oltre a non guardare film porno non potete nemmeno imprecare?»

«Non ci esprimiamo di solito in maniera volgare. Le parolacce non fanno parte del nostro vocabolario quotidiano» dichiarò Chae-yeon con una punta d'orgoglio.

«Ma pensa un po'.» Emily roteò gli occhi e si avviò verso la piazza principale.

Quando videro Chae-yeon allontanarsi, alcuni dei ragazzi si portarono le mani sul cuore ed emisero dei sospiri colmi di malinconia. «Come mi guardava!» balbettò qualcuno. «A me ha sorriso di più!» sostenne un altro. «A me ha accarezzato la mano!» giurò un terzo.

Erano le nove di mattina ed Emily Lancaster era già al limite della sopportazione.

Ma che razza di sfigati ci sono, qui alla Vergine? Dei ragazzi normali non si comporterebbero mai così, non farebbero certe scene patetiche nemmeno in presenza di una ragazza stupenda, e non sto ammettendo che Chae-yeon lo sia.

"Emily, tesoro, a volte sei proprio ingenua."

Mamma, tappati quella cazzo di bocca. Sei solo una vocina nella mia testa. Credi di aver già capito tutto, vero?

* * *

Emily, Chae-yeon e un folto gruppo di altri Discepoli e Discepole – tra cui Vicente e Angelina, gli altri due nuovi arrivati – si incamminarono sulla strada principale e ridiscesero la collina sulla quale sorgeva Coteau-de-Genêt. Una volta a valle seguirono però un sentiero diverso, andando a nord in direzione del Muro, anziché verso Gulguta.

Immensi campi stavano venendo preparati per la semina; tuttavia, non essendoci animali o trattori a motore da utilizzare, venivano arati e vangati a mano, usando strumenti antichi eppure perfettamente mantenuti. Centinaia di persone erano al lavoro. Trascinavano o spingevano i loro aratri sotto il sole come tante formichine operaie.

«Oh. Mio. Dio» gracchiò Emily scandendo bene le parole. «Ma allora siamo *davvero* dei contadini! No, mi spiace, io mi rifiuto. Non ho tirato le cuoia solo per finire a coltivare i campi dell'aldilà come una campagnola del Kentucky!»

«Come vedi, qui alla Vergine anche gli Intoccabili possono dare un contributo. Tu però sei una Guerriera, quindi non sei obbligata a lavorare nei campi. Preferisci andare a proteggere il Muro dai Vuoti?» le chiese Chae-yeon sfoderando un sorriso incoraggiante.

«Ma no, neanche per idea!» gracidò la bionda con la voce rotta dall'agitazione. Si infilò il pollice tra le labbra e si mangiucchiò l'unghia.

«Capisco. Però se ti rifiuti di contribuire in qualsiasi modo diventerai un peso morto, eppure sei arrivata al Rito dell'Osservazione e non hai un Nadir, per cui la cosa non torna» osservò Chae-yeon con una certa perplessità.

«Chi se ne frega se torna o no! E poi cosa cazzo coltivate se il cibo non serve a nulla?» protestò Emily ormai al limite dell'esasperazione.

«Vieni, proseguiamo verso l'Oliveto, così finalmente capirai. Magari vederlo di persona ti stimolerà» la spronò giuliva la Madre Reverenda, che pareva aver già accantonato tutte le sue incertezze.

Proseguirono il viaggio su una mulattiera che costeggiava altri due campi ancora da seminare. Al loro passaggio, gran parte dei lavoratori salutarono la Madre Reverenda con dei gesti delle mani, ma senza dilungarsi in smancerie o sviolinate. In mezzo a uno di quei campi c'era Sam, che quando vide passare la piccola comitiva si unì a essa. Dunque persino lui era andato ad arare, anche se era il braccio destro della leader.

A lato di uno dei campi, un drappello di uomini stava lavorando alla costruzione di un capanno per gli attrezzi fatto con il legname proveniente dal territorio della Bilancia, che era molto più resistente di quello comune. Si scambiavano continui pareri su quale avrebbe dovuto essere la posizione definitiva e difendevano le loro argomentazioni con discreta veemenza, in alcuni casi gettando le assi a terra e minacciando di tornarsene in città, roteando i pugni in aria e apostrofandosi l'un l'altro con termini mordaci. Certuni giuravano di conoscere il mestiere, avendolo praticato anche in vita, ma altri li accusavano di essere solo dei contaballe che potevano dedicarsi al massimo al gioco della briscola, e con modesti risultati.

«Noto che il vizio degli anziani di osservare i lavori pubblici è rimasto anche all'aldilà» commentò Emily. «Solo che qui, non essendo fisicamente anziani, prendono in mano la questione in maniera diretta, anziché criticare da dietro le transenne. Dev'essere un incubo.»

Chae-yeon le lanciò uno sguardo ambiguo, ma unito a un sorrisetto che illustrava fin troppo esplicitamente la sua opinione.

Uno dei partecipanti alla discussione non era nemmeno della Vergine, bensì dello Scorpione, anche se non indossava una roba o un mantello bensì un farsetto e dei pantaloni di calzamaglia.

Emily trattenne a stento una risata. «Perché quegli scemi dello Scorpione sono vestiti in maniera così diversa tra loro? Il loro leader sembrava uno stregone, e invece quel tipo laggiù...»

«La Casa dello Scorpione è abbastanza variegata» spiegò Chae-yeon divertita. «Nell'Europa del medioevo la gente si vestiva così, giusto? Io in Europa non ci sono mai stata, anche se lo avrei tanto voluto. I ragazzi là sono, ehm... Comunque agli Scorpioni piace così. La loro anima riceve il massimo conforto nel vestirsi in quella maniera. Capisci cosa voglio dire? Erano persone affascinate dal medioevo anche sulla Terra, ma forse hanno vissuto in un periodo storico del tutto diverso e non avevano occasione di vestirsi in quel modo. Chissà, magari si divertivano a mettersi costumi simili durante le feste, come hobby, oppure facevano cosplay.»

«E questo discorso vale anche per noi?»

«Certo. A me piace vestire in maniera semplice, anche se devo ammettere che in vita, ecco, a volte ero costretta a essere un tantino appariscente» rivelò la Madre Reverenda con un certo imbarazzo.

«Perché, che facevi? L'indossatrice?»

I nuovi occhi verdini di Chae-yeon ebbero un tremito. «Ecco, sì, diciamo qualcosa del genere.»

Questa sfigata ha introdotto l'argomento perché credeva di impressionarmi? Come se le sfilate di moda in Corea contassero qualcosa!

E poi cos'era quella storia sui ragazzi europei? Chae-yeon sarà mica una di quelle asiatiche con la febbre bianca?

«Che assurdità» concluse seccata la popstar americana. «Io odio essere vestita così. Forse prima avevi ragione: questa cosa non quadra proprio per un cazzo.»

Camminavano già da un'ora, ma l'Oliveto ancora non si vedeva. Il gruppo passò in mezzo a un prato coperto di fiori di camomilla, poi ne costeggiò un altro disseminato d'erba medica che da lontano lo faceva apparire verde scuro, infine ne oltrepassarono un terzo cosparso di nontiscordardimé. A un certo punto, Emily scorse a lato del sentiero una vecchia megera coi capelli grigi e le labbra raggrinzite. Se ne stava in piedi all'ombra di un cedro solitario e fumava una sigaretta con aria burbera.

Perché quella scema si immagina vecchia e brutta quando potrebbe essere una bella ventenne?, si domandò Emily, ma poi si rispose da sola. Se glielo avesse chiesto, Chae-yeon le avrebbe pazientemente spiegato che quella signora si sentiva a proprio agio con quelle determinate sembianze.

Colta da un inaffrontabile tedio, Emily concluse che chiacchierare con la sua leader per rendere meno noioso il viaggio sarebbe stato comunque meglio che continuare a marciare sotto il sole senza spiccicare parola con nessuno. Considerava Sam più tollerabile della Madre Reverenda, ma in quel momento stava già conversando con gli altri due novizi.

Si affiancò a Chae-yeon e le chiese: «Tu vuoi bene a tutti indistintamente?»

«Hmm, no. Quella sarebbe un'esagerazione» ammise l'altra con schiettezza.

«E allora per quale motivo ti hanno dato i titoli di Madre Reverenda, Regina della Temperanza e tutte quelle altre stronzate?»

Chae-yeon le lanciò un'occhiata confusa. «Far parte della Congregazione della Vergine non implica che dobbiamo voler bene a tutti. Alcuni se lo meritano, altri meno, quindi è necessario un po' di moderazione. Conosci il Nobile Ottuplice Sentiero?»

Emily si acciglò. «Il Nobile che?»

Chae-yeon sospirò e fissò la strada sterrata che proseguiva con un lieve saliscendi, costeggiando i prati. «Il Nobile Ottuplice Sentiero è il percorso spirituale che il Buddha suggerisce di intraprendere per raggiungere il nirvana, e io vivo la mia vita cercando di seguire i suoi insegnamenti. Magari un giorno te ne parlerò.»

Ahi, ahi. Questa storia non mi suona bene per niente, pensò Emily. *Stai a vedere che siamo davvero votate a una vita di castità, anche se all'inizio l'ha negato.*

«Tu ce l'hai il ragazzo?» domandò, fingendosi curiosa.

«No.»

«Come mai? Con tutti i pretendenti che hai ci sarebbe l'imbarazzo della scelta.»

Per un attimo Chae-yeon ebbe qualche difficoltà nel formulare una risposta. «Non lo so. Non ho ancora incontrato qualcuno che mi piaccia sul serio, suppongo.»

«Che vaccata, qui ci sono uomini di ogni genere, forma e dimensione. Noi donne della Vergine siamo suore di clausura, ammettilo una volta per tutte e facciamola finita.»

«Cosa sono le "suore di clausura"? Mi sa che non esistono, in Corea.»

«Cristo, quanto sei ignorante. Sono donne religiose che vivono sempre in convento e non possono mai incontrare uomini.»

«Se questo fosse vero, tutti gli uomini che hai incontrato finora come te li spieghi?»

«Te l'ho detto, sono Vergini di nome e di fatto. Probabilmente c'è una regola che vieta loro di avere rapporti sessuali con noi donne, o roba simile.»

«Non è vero, non c'è nessuna regola del genere» smentì Chae-yeon con fermezza. «Tu salti troppo spesso alle conclusioni, *unnie*[I].»

«Quindi qui alla Congregazione si può fare sesso?» domandò Emily in tono neutro. Alla fine era riuscita a pilotare la conversazione verso l'argomento che le interessava davvero.

La Madre Reverenda era in visibile imbarazzo, continuava a guardarsi attorno per essere certa che nessuno stesse origliando. «Be', sì. Ma funziona in maniera un po' particolare.»

«Cioè? Smettila di tergiversare e dammi tutti i dettagli.»

«Guarda che noi donne della Congregazione abbiamo cose più importanti di cui occuparci che pensare a fare l'amore con gli uomini.»

«Ah ah, ma non farmi ridere! Ho visto con che occhi ti ammirano i tuoi accoliti. Alcuni ti sbavano letteralmente davanti. Figurati se non pensi anche tu al sesso di continuo. Avanti, parla. Sei la mia leader o no? È un tuo dovere spiegarmi le cose.»

Chae-yeon si schiarì la voce e si guardò attorno con aria cauta. «Qui al Tempio non è possibile fare sesso nel Piano Materiale, come lo si praticherebbe sulla Terra. Gli uomini hanno, ecco... *qualche problemino di disfunzione erettile*.»

«Ah ah, che ridicoli!» Emily scoppiò a ridere, ma si bloccò subito. «No, aspetta,

---

[I] Per facilitare la lettura mentale di un termine che da qui in poi si presenterà innumerevoli volte, si vuole precisare che la pronuncia di "unnie" (sorella maggiore) è "ònni" in italiano.

ma è una *tragedia*! A nessun maschio qui tira l'uccello?»

La Madre Reverenda avvampò d'azzurro sul collo e sulla punta delle orecchie. Per un attimo il suo accento di Busan riaffiorì anche usando la lingua universale. «*Yah, unnie*! Dobbiamo proprio parlare di certi argomenti in pubblico? E poi ti ho chiesto di moderare il linguaggio, accidenti!» Si sventagliò il collo con le mani, cercando di alleviare l'imbarazzo.

«Ah, già. Dimentico sempre che sei un'onesta fanciulla casta e morigerata. Fai uno sforzo, avanti.»

«Allora, devi sapere che nel Piano Astrale–»

«Visto? Lo sapevo! *Lo sapevo*!» esclamò trionfante la bionda, gli occhi scintillanti. Perfino Sam si voltò a guardarla. «Il Piano Astrale è dove andate a fare zozzerie! Ecco dunque l'ennesima cosa sulla quale avevo ragione.»

«Ci hai preso per puro caso» obiettò Chae-yeon spostando con un calcio una frasca di quercia caduta sul sentiero.

«E va bene, allora nel Piano Astrale cosa succede di preciso? Una fiammella entra dentro l'altra fiammella...?»

«Non sei troppo lontana dalla verità» ammise divertita l'altra. «Ma a proposito di fiammelle, eccoci arrivati.»

Emily guardò avanti.

Per una volta il nome della località non era portatore di un criptico significato simbolico: l'Oliveto era un vero oliveto, e sembrava anche piuttosto vasto. Gli alberi erano enormi, alti in alcuni casi quasi venti metri, ma anziché essere disposti in file ordinate e alla stessa distanza gli uni dagli altri, come in una coltivazione, lì erano nati e cresciuti secondo natura, formando una foresta di soli olivi. Delle scale di legno erano appoggiate ai tronchi per permettere ai braccianti di salire fino alle prime fronde per poi arrampicarsi e raggiungere i rami più alti, ma alzando gli occhi Emily notò che c'era qualcosa di profondamente sbagliato in quegli alberi. Avranno anche avuto l'aspetto di semplici olivi, ma sui loro rami non crescevano i tipici e saporiti frutti. Ardevano fiamme.

Rossi, dorati, neri, turchesi, porpora, verdi... Fuocherelli di tutti i colori delle Case del Tempio fiammeggiavano e risplendevano sugli olivi, senza però incendiarne le fronde e senza produrre alcun suono. Ma c'era dell'altro: alcune di quelle fiammelle mantenevano stabile la loro colorazione, mentre altre cangiavano, mostrandone una seconda a intervalli regolari.

Emily provò una sensazione nuova, una sensazione a lei quasi del tutto sconosciuta. Si sentì schiacciata e annichilita dalla visione di quel luogo, soffocata dalla soggezione e sopraffatta dalla riverenza nei confronti di quegli antichi alberi. Rimase a fissarli per qualche minuto, stupefatta e intontita, finché non avvertì Chae-yeon avvicinarsi a lei.

«Tutto bene?» le domandò la Madre Reverenda col suo solito tono carezzevole.

«Ma sì... certo...»

Emily lasciò scivolare gli occhi verso il basso e notò solo in quel momento che alla base degli alberi erano state collocate dozzine di anfore di terracotta.

Dei lavoranti ne stavano portando altre, trasportandole sui loro carretti di legno. Li aveva notati durante il tragitto, ma non si era posta la questione di dove si stessero dirigendo e cosa avrebbero fatto di tutte quelle anfore.

Chae-yeon si addentrò trotterellando nell'Oliveto per impartire ordini a un gruppo di Discepole, pertanto fu Sam ad avvicinarsi a Emily per farle da cicerone.

«Cosa significa tutto questo? Cosa sono quelle fiamme?» domandò lei, ma nella sua mente era già affiorata una minima consapevolezza. Quelle fiammelle avevano un aspetto simile a quello che assumevano le anime all'interno del Piano Astrale, o almeno la loro forma più grezza, come le aveva spiegato Chae-yeon.

La voce profonda di Sam rispose: «Quelle fiamme sono chiamate Drupe e racchiudono al loro interno i noccioli delle relazioni affettive tra le persone. Amicizie appena nate, amori sbocciati, conoscenze rinverdite... Ogniqualvolta tra due abitanti del Tempio fiorisce un nuovo tipo di rapporto, una Drupa del colore delle loro Case sboccia su uno di questi alberi e rimane attaccata al ramo finché qualcuno di noi non viene a coglierla.

«Dopo averle raccolte le infiliamo dentro le anfore e le trasportiamo fino ai campi che hai visto poco fa, dove vengono interrate, annaffiate e assorbite dalla terra durante la notte. A quel punto la relazione sarà maturata anche nel Piano Astrale, concedendo ai due interessati nuovi privilegi.

«Il giorno successivo tutto verrà ripetuto da capo e poi ancora, per sempre. Non possiamo concederci una singola giornata di riposo, come puoi capire, perché siamo noi ad allacciare le relazioni affettive del Tempio. Le costellazioni nel Piano Astrale sono importantissime, come ti verrà spiegato alla Ceremonia delle Armi. Forse adesso comprenderai perché considero il nostro un lavoro divino.»

Emily per una volta assentì. «Sì, capisco. Il colore di alcune di quelle fiamme cambia perché le due persone appartengono a Case differenti, immagino.»

«Esatto. Comprendi l'importanza dell'Oliveto, dunque?»

«Senza di noi nessuno si vorrebbe bene...?» azzardò lei mordicchiandosi un labbro.

«Non proprio. Si vorrebbero comunque bene, ma non migliorerebbero il loro rapporto sul Piano Astrale, di conseguenza le loro costellazioni non si espanderebbero e non brillerebbero più intensamente.»

«E il Piano Astrale è dove andate a...» Emily si trattenne dal dire qualcosa di volgare. Sam riusciva a mitigare quella sua abitudine. «Sì, ho capito.»

«Credo che una di queste Drupe sia la nostra» le rivelò Sam con un sorriso, indicando col capo le fronde.

«C-cosa?! Vuoi dire che... che io ti... che tu mi...» farfugliò Emily, soverchiata dalla sorpresa.

Lui scoppiò a ridere e la tranquillizzò: «No, intendo dire che il nostro rapporto d'amicizia dovrebbe essere sbocciato, dunque se pianteremo la nostra Drupa nel terreno apparirà la mia stella nel tuo Piano Astrale, e la tua nel mio.»

Emily si rabbuiò. «E quindi potrai entrarci quando vorrai» concluse, non provando nemmeno a mascherare il fatto che quel pensiero la terrorizzava.

Sam annuì e abbassò il capo. I lunghi capelli lisci e neri gli scivolarono sul viso mentre infilava le mani nelle tasche dei pantaloni. «Vero. Ma non temere, non verrò a trovarti di notte, se questo ti dà dispiacere.»

«S-sì, mi darebbe dispiacere, un *grande* dispiacere» si affrettò a precisare la bionda senza avere la minima considerazione per i suoi sentimenti.

Sam stava per spiegarle che era possibile impedire a qualcuno di entrare nel proprio Piano Astrale, quando un fiume in piena travolse la novizia con la sua voce argentina e armoniosa.

«*Emily unnie*! Che te ne pare allora del nostro Oliveto? Avanti, su, sali a cogliere una Drupa!» la incitò Chae-yeon sbucata da chissà dove.

«M-ma, ma io... non so se...» Emily ebbe la mezza idea di svignarsela, poi però diede uno sguardo attorno e notò che le Discepole della Vergine erano quasi tutte lì, a cogliere le Drupe dagli olivi. Ecco perché ad arare i campi si vedevano quasi soltanto uomini.

«Servono mani delicate per fare questo lavoro, o le Drupe potrebbero rompersi» chiarì Chae-yeon con una vocetta da maestrina dell'asilo, agitando l'indice in aria.

Emily schiuse i palmi e osservò le proprie mani. Molti dei suoi precedenti fidanzati si erano lamentati della sua scarsa "manualità", anche se si riferivano a gesti ben meno divini che cogliere fiamme in un Oliveto spirituale. «Non sono sicura che... a volte sono un po' maldestra.»

«Daiii, non farti pregare. Sono sicura che ci riuscirai senza alcuna difficoltà» la incoraggiò la Madre Reverenda con voce zuccherosa, indirizzandola verso la scala più vicina. «E poi non corri alcun pericolo, te lo assicuro. Anche se cadi non ti farai alcun male, perché sei una Guerriera.»

Emily guardò verso l'alto. Su quell'olivo era nata una fiammella color acquamarina.

«Due membri del Coro dei Pesci» precisò Chae-yeon, poi congiunse le mani davanti al cuore e parlò con voce ancora più sdolcinata: «Avanti, quei due si sono innamorati. Non vorrai mica ignorarli? Poverini, ci rimarrebbero così male!»

«Che cavolo ne sai tu di cosa provano due sconosciuti?»

«In quanto Badessa Superiora dell'Oliveto sono in grado di percepire quali sentimenti sono contenuti nelle Drupe e a chi appartengono» dichiarò Chae-yeon sfoggiando un sorriso a trentadue denti.

«E va bene, salgo. Cristo, che situazione ridicola. Questo posto è sempre più demenziale.»

Emily si arrampicò pian piano su per la scala fino a quasi dieci metri d'altezza, poi appoggiò con estrema cautela il piede su un ramo robusto e quando fu sicura che avrebbe retto il peso ci appoggiò anche l'altro. Avanzò di qualche passo verso la fiamma tenendosi aggrappata a un ramo laterale.

«E ora che cazzo faccio?!»

«Avvicinati più che puoi e coglila!» gridò Chae-yeon da sotto. «Ma ricorda che ha l'aspetto di un fuocherello solo all'esterno; dentro è più simile a un palloncino pieno d'acqua, ed è delicato. Non stringere troppo il palloncino, Emily *unnie*, o ti esploderà tra le mani.»

«Cristo santo. Ma brucia?»

«Non brucia.»

"Potrebbe 'esploderti tra le mani'? Non corri alcun rischio, tesoro. Coi tuoi ex di solito ci volevano ore."

Mamma, giuro che troverò il modo di resuscitare solo per venire a soffocarti nel sonno.

Emily saggiò la robustezza del ramo e ci fece strisciare gli stivali sopra senza sollevare i piedi finché non giunse abbastanza vicino alla Drupa, quindi protese lentamente le mani. In effetti la fiamma non emetteva alcun calore, e il frutto globoso celato all'interno aveva le dimensioni di un pallone da calcio.

Con grande delicatezza appoggiò le dita sulla superficie ruvida e tirò appena. La Drupa si staccò dalla frasca che la legava all'albero con un lieve fruscio e ballonzolò nelle sue mani come fosse davvero un palloncino pieno d'acqua, anche se era leggero come una piuma. Emily chiuse gli occhi e pregò il Signore che non le cadesse. La fiamma si agitò e alcune lingue di fuoco le lambirono le mani, ma non produssero alcuna sensazione di calore sulla pelle.

Chae-yeon la raggiunse con due rapidi balzi, portando con sé una delle anfore. «*Unnie jalhanda*[I]!» si congratulò. «Ora lasciala scivolare piano piano dentro l'anfora.»

Emily ebbe un momento d'esitazione mentre cercava di mantenersi in equilibrio sul ramo con le mani occupate. «Senti, ehm... non che me ne freghi più di tanto, sia chiaro, ma se per caso mi cadesse cosa succederebbe?»

«Il palloncino si infrangerebbe, l'acqua contenuta all'interno inquinerebbe la terra e vi si infiltrerebbe, ma soprattutto il nocciolo appassirebbe in pochi istanti. In ogni caso, la Drupa sarebbe perduta. Le due persone coinvolte proverebbero a cercarsi nel Piano Astrale e si domanderebbero come mai non ci riescono. Dato che questa Drupa segna l'inizio di una nuova storia d'amore sarebbe una cosa taaanto triste» disse Chae-yeon con una vocetta da bambina. «Comunque non sarebbe la fine di quel rapporto, potrebbero sempre riprovarci un altro giorno.»

Emily, concentrata a tal punto da far spuntare la lingua tra le labbra, mirò in direzione dell'imboccatura dell'anfora e lasciò che la Drupa ci scivolasse dentro. Digrignò i denti quando la sentì colpire il fondo con un tonfo sordo, ma per fortuna non esplose.

«Ecco fatto. Ottimo lavoro!» si complimentò la Madre Reverenda. Scese dall'albero semplicemente lasciandosi cadere e atterrò con la stessa leggiadria con la quale aveva spiccato il balzo sulla collina il giorno prima, tenendo l'anfora lontana dal suolo.

«Ora capisco perché ci sono così tante persone che lavorano» ammise Emily dopo essere tornata a terra ridiscendendo la scaletta. «Ogni giorno dovete arare il terreno, raccogliere le fiamme, infilarle nei vasi, portarle nei campi, piantarle e richiudere la terra.»

[I] Trad. "Ben fatto, sorellona!", in coreano informale.

«Non solo: le Drupe piantate devono anche essere annaffiate con il Nettare della Sorgente che ci portano ogni giorno dalla Bilancia» aggiunse la Madre Reverenda. «Per fortuna non ne serve moltissima.»

«Merda, ma è assurdo. Chi cavolo ha voglia di fare tutto questo lavoro ogni giorno?»

Chae-yeon parve scioccata. «Ma *unnie*... *noi*, è ovvio.»

Tornarono ai campi che attorniavano Coteau-de-Genêt quando il sole iniziava già a tramontare. Gli uomini le accolsero con grande entusiasmo e iniziarono a scaricare insieme a loro le anfore dai carri, preparandosi a interrare le Drupe. La Madre Reverenda sembrava assai soddisfatta del lavoro svolto quel giorno.

«Chae-yeon?» fece Emily in tono più pacato del solito.

«Sì, *unnie*?»

«Come potevi essere nel mio Piano Astrale già ieri notte, se è necessaria tutta questa procedura perché nasca un rapporto?»

Chae-yeon si appoggiò le mani sui fianchi, sorrise e raccontò con voce pimpante: «Ieri sera dopo che ci siamo lasciate al *Refettorio* ho fatto una corsetta fino all'Oliveto. A mezzanotte sono sbocciate le Drupe di voi nuovi arrivati, inclusa la nostra, così le ho colte e sono venuta a piantarle da sola. Semplice, no?»

Scorpione
La Biblioteca di Prima Mattina

Veronica Fuentes si allacciò il mantello color ametista sotto il collo, afferrò la sua borsa di pelle preferita, chiuse la porta della sua stanza nel dormitorio per Bibliotecari di Murrey Castle e come ogni mattina si avviò a passo svelto verso Abbot's Folly e il suo adorato Scriptorium.

La capitale dello Scorpione era divisa in due parti ben distinte: la collina sulla quale sorgeva Murrey Castle, nel quale alloggiavano i Guerrieri e i Bibliotecari, e la città vera e propria, destinata ai soli Intoccabili, chiamata Bishop's End, che si sviluppava ai piedi della sopracitata collina.

Murrey Castle aveva l'aspetto di un imponente castello medievale dotato di un'ampia cinta muraria di forma irregolare, con otto torri fortificate a pianta quadrata e un ponte levatoio che scavalcava un largo fossato asciutto. All'interno del castello vi erano diversi edifici minori che contenevano i quartieri abitativi dei Guerrieri e dei Bibliotecari, un grande spiazzo in cui esercitarsi al tiro con l'arco e il massiccio complesso chiamato Abbot's Folly. Quest'ultimo era simile a una piccola abbazia, o a un monastero: delle mura quadrate circoscrivevano un chiostro interno, sul quale si affacciava una possente struttura a pianta ottagonale che conteneva il quartier generale dei Guerrieri dello Scorpione al piano terra, lo Scriptorium al primo piano, la Biblioteca al secondo e gli Archivi al piano più alto. I tetti degli edifici interni di Murrey Castle erano a capanna, mentre quelli delle torri erano conici; tuttavia, tutti quanti erano colorati con la particolare tonalità di viola da cui il castello prendeva il nome, ovvero il morato, una via di mezzo tra il rosso e il porpora.

Uscendo da Murrey Castle attraverso il cancello principale si poteva invece scendere a Bishop's End: un vasto ammasso di modeste case di pietra (sempre di stampo medievale) contornate da fattorie, con in mezzo una sfilza di vivaci ma anche malfamati locali, tra i quali *La Rotonda del Mago*, una taverna felicemente nota in tutto il Tempio per l'avvenenza (e la giovane età) delle cameriere che ci lavoravano, ma altrettanto tristemente ricordata per il continuo scompiglio prodotto dalla discutibilissima clientela che la frequentava.

Pur essendo alta e dal fisico asciutto, da viva la giovanissima Veronica non si era mai considerata bella, e anche se aveva spesso provato con ardore il desiderio di diventare più attraente, non si era trasformata in una bellezza da mozzare il fiato nemmeno una volta emersa dal Pozzo dei Santi. Grazie alla Forma dell'Anima, però, si era comunque concessa qualche piccola rivincita. Il viso fine e triangolare era circondato da riccioli castani che le scendevano fin sotto le spalle, gli occhi nocciola erano nascosti dietro un paio di occhiali neri da secchiona. Veronica aveva utilizzato la Tempra Mentale per rifinire l'elemento che le piaceva di più, e così le labbra erano diventate di porcellana: piene, solide come marmo e prive di screpolature, quasi riflettevano l'ambiente circostante anche senza bisogno di lucidalabbra. Veronica, tuttavia, ormai convintasi di non poter attrarre gli uomini che le interessavano (e non erano pochi), non si truccava mai. Quel giorno non fu affatto diverso, anche perché era di pessimo umore.

Una dei quattro novizi, una certa Geneviève, si era permessa di arrivare all'unico Rito dell'Osservazione a cui Veronica non era stata invitata a presenziare; in più, come se non bastasse, il signor Alford Nightingale, il Magnifico Rettore, si era sperticato a tesserne le lodi già la sera del suo arrivo. Oh, com'era sveglia quella ragazza nuova! Oh, il grande potenziale che aveva! Sarebbe potuta davvero diventare la nuova Prima Bibliotecaria. Peccato che ci fosse *già* una Prima Bibliotecaria, ed era qualcuno adeguatamente qualificato a ricoprire quel ruolo: Veronica stessa.

Gli Scorpioni del Tempio adoravano l'atto fisico dello scrivere, ricopiare, riprodurre e raccontare, pertanto a molti di loro veniva spontaneo accumulare conoscenza, intervistando testimoni e facendosi riferire all'infinito, senza soluzione di continuità, tutto ciò che accadeva al Tempio e le vicende dei suoi protagonisti, per poi inserire tutte quelle informazioni all'interno delle migliaia di Tomi e Volumi conservati nella Biblioteca.

Veronica non aveva mostrato uno Zenith particolarmente promettente al momento del suo arrivo, di conseguenza era stata subito assegnata alla Biblioteca in via definitiva, ma a lei non era dispiaciuto. Le librerie e gli scaffali pieni di libri non erano mai stati così in ordine, i resoconti così precisi, le trascrizioni così accurate, prima che iniziasse a lavorarci lei. Veronica non aveva mai messo piede oltre il Muro del Calvario, non aveva mai nemmeno *visto* un Vuoto di persona, ma sapeva tutto ciò che era possibile imparare su di loro rivivendo le avventure degli eroi del Tempio in maniera vicaria, attraverso i loro racconti.

La sera precedente, Geneviève era entrata a visitare lo Scriptorium come se le appartenesse già, fingendo di capire esattamente come funzionassero le cose, il che era poco plausibile, e Veronica lo aveva trovato quasi insultante. Per fortuna gli altri tre nuovi arrivati non sembravano interessati a diventare Bibliotecari, e in più il loro Zenith era di livello decente, per cui con tutta probabilità sarebbero stati inviati all'Accademia dell'Ariete per addestrarsi a diventare Guerrieri e si sarebbero occupati di difendere il Muro.

Era ancora prestissimo, il sole si era appena levato. I praticelli interni di Murrey Castle e il giardino nel chiostro di Abbot's Folly erano ancora madidi di rugiada. Veronica salutò i due assonnati Guerrieri che montavano la guardia all'entrata dell'edificio principale e salì le scale verso il primo piano, convinta che sarebbe rimasta da sola allo Scriptorium almeno per un po'. Questo le avrebbe concesso il tempo necessario per preparare con tranquillità il lavoro della giornata, e non era certo una bazzecola.

Alford Nightingale le aveva ordinato di redigere un nuovo Volume dell'Enciclopedia del Tempio, un Volume di Storia che avrebbe aperto un nuovo ciclo, iniziando a raccontare i fatti proprio dal Rito dell'Osservazione del giorno precedente, che secondo Alford si sarebbe rivelato un momento particolarmente significativo, anche se Veronica faticava a comprenderne il perché. Se era per via dell'arrivo di quella Geneviève, il Magnifico Rettore stava prendendo un grosso abbaglio, e questo spinse Veronica a domandarsi se la vecchiaia a un certo punto non si facesse sentire anche al Tempio. In ogni caso, iniziare un nuovo ciclo di Storia era il lavoro più importante ed eccitante che una Bibliotecaria come lei potesse desiderare, per cui decise che avrebbe narrato le gesta eroiche di quella brava ragazza dai capelli ramati in maniera del tutto imparziale. Sempre che le suddette gesta eroiche si fossero concretizzate.

Ancor prima di entrare nello Scriptorium, Veronica udì delle voci sommesse provenire dall'interno. Inconsciamente si domandò se fosse di nuovo quella rompiscatole dei Gemelli: una tale chiamata L che spesso si aggirava con fare sospetto per la Biblioteca, in cerca di non si sa bene cosa.

Veronica spinse le grandi porte di legno ed entrò. L'ambiente era vasto, con dozzine di scrittoi disposti in file ordinate sotto il soffitto a volta sorretto da eleganti colonne. Durante il giorno, la luce penetrava nella sala fendendo le numerose finestre ad arco. Essendo la Prima Bibliotecaria, il suo tavolo da lavoro era in una posizione privilegiata, ovverosia proprio accanto alla finestra più ampia di tutto lo Scriptorium, rivolta a sud-est, con la luce del sole che le illuminava i libri fino al calar della sera[I].

Geneviève era già lì, seduta a una delle numerose altre postazioni e immersa nella lettura come se lo facesse da sempre. Sul tavolo di fronte a lei aveva depositato una serie di Tomi e Volumi quasi sicuramente presi in prestito senza aver chiesto il permesso ufficiale a nessuno. In un altro angolo dello Scriptorium c'era invece Fareed, un Bibliotecario amico di Veronica, che faceva finta di leggere un Tomo noiosissimo seduto al suo tavolo personale mentre lanciava occhiate ben poco innocenti alle lunghe gambe di Geneviève, lasciate scoperte dal mantello viola.

Veronica si schiarì la voce e si avviò spedita verso il suo tavolo tenendo lo sguardo basso, ma pestando sul pavimento di pietra col tacco degli stivali con più forza del solito. Era determinata a non degnare Geneviève nemmeno di uno sguardo, ma tutte le sue buone intenzioni ebbero vita breve, perché la canadese le rivolse la parola non appena le passò accanto.

[I] Nota di Alberto Piovani, Bibliotecario: l'orientamento non è riportato in maniera errata. Si consiglia di proseguire la lettura del capitolo per comprenderne la motivazione.

«Dunque l'origine di tutto è l'acqua. Il buon vecchio Talete ne sarebbe orgoglioso» esordì Geneviève con un sorriso stentato, sollevando gli occhi dal libro. Stava leggendo un Tomo riguardante l'acqua della Fonte e il Nettare della Sorgente, le loro similitudini e le loro differenze.

Che accidenti sta dicendo? È davvero così stupida?, pensò Veronica. *Spero per lei che fosse solo una battuta.*

«Parli del Tempio e della nostra esistenza? Non si possono semplificare così tanto le cose» disse, lanciando un'occhiata obliqua alla novizia.

«Eppure tutti noi proveniamo dall'acqua della Fonte e dobbiamo bere il Nettare della Sorgente per sopravvivere» osservò con pacatezza Geneviève, come se stesse discutendo un quesito da prima elementare.

«Forse è meglio se continui a leggere.»

«Quindi l'acqua non c'entra nulla?»

Mi sta provocando di proposito?

Veronica, mantieni la calma. Inspira dal naso ed espira dalla bocca.

Forse notando che la Prima Bibliotecaria faticava ad articolare una risposta, Geneviève la incalzò: «Mi hai detto di continuare a leggere, ma questo libro l'ho già finito e la tesi rimane invariata. Proviamo a discuterla verificando le mie ipotesi?»

Veronica lasciò cadere la borsa sul pavimento di pietra. «No, non ce n'è bisogno, t-tutto ruota int-torno all'acqua. Grazie mille, Geneviève. Noi poveri sttolti Bibliotecari studiamo il Tempio da s-secoli, ma per f-f-fortuna ora sei arrivata tu, con le tue intuizioni geniali, a illustrarci i principi fondamentali. L'enigma è r-r-risolto.»

Purtroppo, quando Veronica si agitava, soffriva spesso di balbuzie, disturbo che mal sopportava e che in vita aveva odiato. Di solito le disfunzioni, i disordini e i disturbi della mente venivano quasi sempre curati una volta giunti al Tempio, ma nel suo caso non era successo. Un vero e proprio scherzo tiratole dalla Fonte, con la quale Veronica aveva sempre avuto un rapporto di amore e odio piuttosto travagliato.

Geneviève si alzò di scatto. In piedi l'una di fronte all'altra, le due ragazze sembravano alte uguali. «Guarda che non è colpa mia se il mio Zenith è alto. Avevo già intuito ieri sera che mi avresti trattata di merda, ma ti garantisco che non ho alcuna intenzione di fregarti il ruolo di Prima Bibliotecaria, se la cosa può farti sentire meglio.»

«Come se ne fossi in grado» sbuffò Veronica, tuttavia fu la prima a distogliere lo sguardo, ritrovandosi a incrociare per caso quello di Fareed. Ancora seduto in disparte, il ragazzo pakistano sollevò di più il librone che reggeva in mano e ci si nascose del tutto dietro.

Per ricucire lo strappo, Geneviève ignorò il commento pungente di Veronica e risolse il litigio con grande savoir-faire. «Come mai non sono state esplorate di più le Terre Esterne?» domandò, cambiando argomento. «Magari avreste trovato qualche risposta in più. Ho letto che sono stati fatti pochissimi progressi in quel senso, nel corso dei decenni» aggiunse mentre carezzava la copertina di uno dei Tomi.

Veronica sospirò, lasciando che la tensione si stemperasse, quindi si appoggiò il dorso della mano sulla fronte, come per controllare di non avere la febbre. «Devi scusarmi, sono irritabile per natura e oggi ho i nervi particolarmente a fior di pelle.»

«No, scusami tu. Sono un po' agitata anch'io» rispose Geneviève. «Il fatto è che sono un'astrofisica e l'astrologia mi è sempre sembrata una gran cavolata, con tutto il rispetto parlando. Tutte le persone nate sotto lo stesso segno zodiacale avrebbero lo stesso tipo di carattere? Mi pare del tutto ridicolo, mi rifiuto di accettarlo. Per questo mi sono messa a studiare gli elementi principali del Tempio, nella speranza di individuare una chiave di volta differente.»

«Ma non è proprio c-così che f-funziona. Non te ne sei accorta?»

«Che intendi dire?»

Alford ha una cotta così forte per lei che si è scordato di spiegarle le basi?

Veronica afferrò una lente degli occhiali con il pollice e il medio e ne aggiustò la posizione sul naso. «Essere nati sulla Terra sotto un p-pa-articolare segno zodiacale non ha alcuna correlazione con quello a cui vieni assegnato qui al Tempio. Non te l'hanno sp-piegato?»

«Dici sul serio?» Geneviève strinse gli occhi e li fece guizzare in giro per lo Scriptorium. «Cavolo, credo di aver capito il problema. Io ero dello Scorpione anche in vita, per cui ho pensato che funzionasse così per tutti. Non sono stata molto attenta durante il Rito, forse se avessi osservato meglio gli altri arrivi...»

«Un semplice equivoco, dunque.»

«Ma allora come funziona?» La canadese sembrava genuinamente confusa.

«A questo proposito ti consiglio di leggere un Volume della vecchia Enciclopedia scritto da Apollonia Koteas, quando non era ancora diventata la Sublime Sacerdotessa del Coro dei Pesci. L'ho sempre trovato parecchio interessante.»

«Lo farò, ma per il momento accetto volentieri un riassuntino» scherzò Geneviève, rimettendosi poi a sedere e accavallando lentamente le gambe, con grande gioia di Fareed.

Visto? Questa non sa un cavolo. Non ho nulla da temere da lei. La istruirò da brava Prima Bibliotecaria e inizierò il mio nuovo lavoro in men che non si dica.

Veronica si sedette sulla seggiola di legno dello scrittoio a fianco. «Apollonia si interessava di astrologia anche da viva. Stando a quanto afferma, qui al Tempio le caratteristiche che contraddistinguono la personalità degli appartenenti a un particolare segno si allineano con quelle che gli appassionati di astrologia terrestri avevano stabilito, seppur solo a grandi linee e spesso in senso figurato. Il problema nasce dall'aver creduto che le persone appartengano a un preciso segno in base al mese e al giorno della loro nascita.»

«Ma quella è l'astrologia, no? Tutto si basa su quando si nasce.»

«Leggi il Volume e capirai meglio cosa intendo. Apollonia definisce l'astrologia terrestre una "aberrazione", una degenerazione del vero sistema zodiacale architettata da farabutti e falsi studiosi che per millenni hanno occultato la verità per trarne un oscuro profitto, mentre qui al Tempio è stato ristabilito l'ordine naturale delle cose. O per meglio dire, l'ordine astrologico delle cose» scherzò Veronica.

Geneviève iniziò a tamburellare con le dita su uno dei libri. «Quindi, fammi capire. Tu di che segno eri sulla Terra?»

«Volendo essere pedanti: dell'Ariete secondo l'astrologia tropicale, dei Pesci secondo quella siderale.»

«E invece sei sempre stata dello Scorpione, anche se non lo sapevi. Questa è la teoria di Apollonia?»

Veronica si strinse nelle spalle. «Secondo lei, le cose stanno così. Non mi è mai interessato troppo questo aspetto, ma per quanto può contare la mia opinione, credo abbia ragione.»

Geneviève rimase per un po' in silenzio a osservare lo Scriptorium mentre assimilava quelle informazioni. «Farabutti e falsi studiosi... Da chi fu concepita l'astrologia terrestre? Non ne so molto.»

Veronica fece appena in tempo ad aprire la bocca per rispondere, che vide Fareed percorrere metà dello Scriptorium di gran carriera tenendo la sua roba color melanzana sollevata da terra. Probabilmente aveva intuito che la tempesta era passata ed era arrivato il momento buono per farsi avanti. Veronica sapeva bene che il suo amico e collega aveva un debole per le rosse in generale, e la canadese era anche alta; una combinazione invero letale, per gli uomini con determinati gusti.

Fareed si sedette infatti proprio di fronte a Geneviève e disse: «Perdonami, ma ho sentito la tua domanda da laggiù, e così... Non è semplice stabilire con esattezza da chi venne ideata l'astrologia, perché quasi tutte le civiltà antiche svilupparono la propria versione almeno fino a un certo livello.»

Veronica andò ad accomodarsi al suo tavolo da lavoro personale. Conosceva Fareed fin troppo bene e sapeva quali impudichi pensieri gli ronzavano per la testa in quel momento. Se aveva intenzione di mettersi a venerare Geneviève come una dea, l'avrebbe fatto senza la sua compartecipazione.

«I Maya, ad esempio, studiavano già con diligenza i pianeti e la loro posizione nel cielo» continuò Fareed. «Ma se intendi sapere chi ha gettato le basi per la nascita dell'astrologia occidentale, allora devo segnalarti i Babilonesi e, in seguito, gli Egizi, i Persiani e gli Arabi; mentre l'astrologia cinese si è sempre sviluppata a parte, anche se fu molto importante ed era collegata alla loro filosofia, così come quella indiana. C'è però da dire che per un lungo periodo l'astrologia è stata strettamente legata all'astronomia, tanto che persino Galileo Galilei la praticava. Poi arrivò la rivoluzione scientifica e...»

«L'astrologia venne catalogata come pseudoscienza» concluse per lui Geneviève.

«Esatto» confermò Fareed. «Credenze, superstizioni, niente di più.»

«Gli scienziati terrestri non sanno dell'esistenza del Tempio, quindi come gli si può dar torto?»

«Oh, certo, hai ragione. Non intendevo affatto insinuare che...» Fareed lasciò la frase a metà.

Geneviève emise un sospiro di rassegnazione. «Dunque in che modo posso rendermi utile? Non mi pare che la fisica qui abbia molta rilevanza.»

«Ben detto. Qui ci sono i Tessitori, per cui non si possono applicare i principi fisici tradizionali al Tempio.»

«I Tessitori» mormorò Geneviève stringendo le palpebre. Accavallò di nuovo le gambe e per un momento gli occhi di Fareed guizzarono dove non avrebbero dovuto. «È già la seconda volta che li sento nominare. Cosa sono di preciso?»

Veronica iniziò a prendere appunti su come strutturare la prima parte del nuovo Volume di Storia, ma con un leggero colpo di tosse segnalò a Fareed che stava ascoltando la conversazione e che si aspettava una spiegazione degna di un Bibliotecario.

«Be', allora, ehm...» farfugliò lui, sollevando lo sguardo verso il soffitto. «I Tessitori sono persone come noi, o per meglio dire lo erano, anche se ci sono dibattiti al riguardo, non si sa se considerarli davvero "vivi", alcuni dicono che è più uno stato trascendentale dell'esistenza e–»

«Fareed?» lo interruppe Geneviève.

«Sì?»

«Con un po' più di calma, per favore.»

Il suono del pennino di Veronica che grattava la carta riempì per qualche secondo lo Scriptorium.

Fareed si schiarì la voce. «Dunque. I Tessitori sono coloro che costruiscono e mantengono unito il tessuto della realtà, e intendo dire in senso letterale. Senza di loro, qui al Tempio non funzionerebbe nulla. Non ci sarebbe la luce, non crescerebbero gli alberi, non pioverebbe mai né soffierebbe il vento, le strutture distrutte non verrebbero ricostruite, eccetera. Quasi ogni cosa che esiste al Tempio è stata creata da un Tessitore, e tutti gli elementi che sembrano funzionare per "magia" sono in realtà regolati da loro.»

«Capisco. Quindi anche la fisica è solo un'imitazione prodotta da loro. L'illusione della gravità, i principi della termodinamica...» dedusse Geneviève tormentando il labbro inferiore con le dita.

«Esatto.»

«Perché prima hai detto che sono persone? Non sono entità divine o esseri di quel genere?»

«No. Ognuno dei Tessitori è arrivato al Tempio attraverso uno dei due Riti, come tutti noi, e quando termina la propria energia vitale deve essere sostituito al più presto da qualcun altro, il quale prenderà il suo posto sui gradini dell'Aditus Dei.»

«Ah, già. L'Aditus Dei» mormorò con diffidenza Geneviève. «Perché proprio lì?»

«Quella è la loro dimora.» Fareed si strinse nelle spalle. «Si suppone che la torre sia in grado di rendere materiali i loro pensieri o di amplificare a dismisura le loro onde cerebrali, come una gigantesca antenna, ma sono solo ipotesi.»

«Quando prima hai detto che i Tessitori "terminano la propria energia vitale", intendevi dire che continuano a tessere la realtà del Tempio finché non muoiono per gli sforzi?»

Fareed si fece di colpo più serio. «Purtroppo sì. A seconda della loro funzione, questo può accadere con maggiore o minore rapidità. Il Tessitore che si occupa di ricostruire il Muro del Calvario, ad esempio, va rimpiazzato più spesso degli altri. In quel caso ci sentiamo davvero in colpa, perché se nel Muro viene aperto un grande varco, per il Tessitore è praticamente una sentenza di morte.»

Geneviève abbassò lo sguardo e sfiorò col dito la costa di cuoio del grosso Tomo che aveva davanti a sé, le cui caselle erano divise da nervi di bronzo. La penna di Veronica per un attimo interruppe il suo scribacchiare.

«Intuisco a cosa stai pensando» disse Fareed. «Diventare un Tessitore è il sacrificio estremo che alcuni di noi devono compiere per dare a tutti gli altri la possibilità di continuare a combattere. Nel momento in cui sali i gradini dell'Aditus Dei e indossi il saio da Tessitore, di fatto muori una seconda volta, perché i Tessitori non sono più in grado di parlare o comunicare con noi una volta iniziato il loro nuovo lavoro.»

Geneviève sollevò gli occhi per guardare Fareed in viso. «E come si decide chi diventa Tessitore?»

«Di solito ci sono dei volontari. È considerato il più sublime e divino dei compiti, e per fortuna non accade così di frequente di doverne sostituire uno.»

La voce di Geneviève si fece tagliente. «E se nessuno si offre?»

Fareed rispose con lentezza, soppesando le parole: «L'Acquario discute i principi fondanti della nostra società, ne stabilisce le regole e promulga le leggi. In passato decretarono che non si poteva più obbligare qualcuno a diventare un Tessitore contro la propria volontà, per cui adesso se nessuno si offrisse...»

«Cosa succederebbe?»

«Diciamo che sarebbe un bel casino. Ma non devi temere di essere scelta, perché solo noi maschi possiamo diventare Tessitori.»

«Oh?» Geneviève parve sorpresa. «Ora capisco perché ti riferisci a loro sempre al maschile. È davvero conveniente che la lingua universale sia più precisa nei generi, rispetto all'inglese. Perdonami, immagino che per voi uomini quello dei Tessitori sia un argomento piuttosto spiacevole.»

Tacquero per un po'. Lo Scriptorium rimase immerso nel silenzio finché Veronica decise di dare qualche colpetto di tosse in maniera del tutto deliberata, nella speranza che Fareed intuisse che era ora di rallegrare l'atmosfera introducendo un tema meno deprimente.

Fareed dovette aver afferrato il suggerimento, perché subito dopo disse con fervore: «Sei un'astrofisica, giusto? Beccati questa, allora: il sole qui sorge a ovest e tramonta a est!»

«Dici sul serio?» Geneviève alzò entrambe le sopracciglia. «E come lo sapete? Avete delle bussole?»

«Le bussole qui non funzionano, neanche quelle più rudimentali. Il magnete gira su se stesso come una trottola.»

«Allora avete controllato i muschi che crescono sui tronchi degli alberi?»

«Nemmeno. Crescono tutto attorno.»

«Avete studiato la posizione delle costellazioni nel cielo notturno? Anche se intravedo già un problema di fondo. Le uniche costellazioni osservabili qui al Tempio sono quelle legate ai segni zodiacali, mi pare, e non sono sufficienti.»

«Dici giusto.»

«E allora come potete esserne sicuri?» Geneviève accavallò di nuovo le gambe e incrociò le braccia con aria scettica. «Magari quello che crede essere il nord è in realtà il sud.»

Fareed parve al settimo cielo. «Proprio qui viene il bello. Questa informazione proviene direttamente da una delle fonti più autorevoli e attendibili del Tempio, anche se non è più verificabile. Il precedente Magnifico Rettore, Rudolf von Mackensen, aveva la possibilità di studiare il cosmo in maniera approfondita a Caen Huin, e appena prima di venire ucciso da un Vuoto ci lasciò in eredità questa rivelazione.»

«Aspetta, ma se ciò che mi hai raccontato prima è corretto, non potrebbe semplicemente significare che il Tessitore che controlla la luce del sole lo sta facendo di proposito al contrario?»

Fareed si strinse nelle spalle. «È possibile, ma perché dovrebbe?»

«Veronica, tu cosa ne pensi?» la interpellò Geneviève, forse insoddisfatta dalla precedente risposta.

Veronica smise di scrivere e sollevò la testa. Gli occhiali le scesero verso la punta del naso, ma non se li sistemò. «Penso che Caen Huin è andato distrutto e i segreti che custodiva sono morti con esso. È inutile scervellarsi, non comprenderemo mai cosa intendesse davvero comunicarci l'ex Magnifico Rettore. E comunque vorrei sottolineare che von Mackensen è sempre stato un po' tocco.»

«Tu non l'hai mai conosciuto, Veronica. Non puoi basarti solo su quanto viene narrato su di lui nei nostri libri» sostenne Fareed in tono di biasimo.

«Cos'è Caen Huin?» domandò Geneviève.

«Un osservatorio» spiegò Fareed, di nuovo accalorato. «O almeno lo *era*. Si dice che fosse costruito in una posizione speciale del Tempio, tale da permettere agli studiosi di scorgere nel cielo ciò che di norma rimane celato. Un bel giorno von Mackensen dichiarò d'essere in grado di prevedere in anticipo l'arrivo dell'Alta Marea e ne diede prova più e più volte, ma non fece in tempo a tramandare il segreto a qualcuno, perché venne fatto a pezzi da un Vuoto durante una durissima incursione nel nostro settore, nel corso della quale anche l'osservatorio venne distrutto.»

«Va bene, ho capito.» Qualcosa negli occhi di Geneviève si accese. Una luce nuova baluginò nel profondo del suo animo. «Partirò con la statistica allora. Sono un'astrofisica, ma dal punto di vista della fisica questo posto non ha alcun senso: c'è della specie di magia all'opera, chiamiamole arti occulte, anche se governate da esseri semi-umani, e gli astri sono incompleti, per cui tanto vale passare ad altro.»

«Intendi spiegare questo mondo usando i numeri?» chiese Veronica senza sollevare la testa dal quaderno.

«Intendo provarci. Con che ordine arrivano i nuovi?»

Fareed si accigliò. «Che vuoi dire?»

«Maschi e femmine arrivano con la stessa frequenza? Le loro date di morte sono comparabili? Quelli che arrivano durante lo stesso Rito hanno qualcosa in comune tra loro? L'intervallo di tempo che trascorre tra un Rito e l'altro è calcolabile usando una formula precisa?»

«A noi pare tutto casuale. Finora siamo riusciti a stabilire ben poche connessioni in questo senso, ma ci sono Tomi di sole statistiche se ti interessa.»

«Ottimo, con i numeri me la cavo. Vado a cercare i Tomi che mi servono. Non scomodatevi, ho già capito come sono organizzati i libri nella Biblioteca.»

«Oh, bene, fai pure» balbettò Fareed. Si alzò in piedi e si sporse oltre il tavolo per osservare meglio Genevieve che si allontanava verso la scala che portava al secondo piano, quello in cui si sviluppava la Biblioteca vera e propria.

Veronica estrasse un fazzoletto di stoffa dalla borsa e lo porse al suo amico. «Fareed, tieni.»

Lui si avvicinò e lo afferrò con perplessità. «Cosa dovrei farci?»

«Asciugarti la bava.»

«Ma dai, Veronica!» Fareed arrossì d'azzurro e non ebbe la sfacciataggine di negare. Rimase impalato a fissare il fazzoletto porpora prestatogli dalla collega con sguardo colpevole.

Quel divertente siparietto, seppur frivolo, fece esplodere un'idea pazza nel cervello della Prima Bibliotecaria.

Al diavolo quei vecchi e noiosi Volumi, la nuova Storia del Tempio la scriverò sotto forma di romanzo, e metterò al centro i rapporti tra le persone, anziché limitarmi agli sterili resoconti delle battaglie e degli eventi principali. Finalmente potrò scrivere narrativa senza doverla nascondere tra le scansie del secondo piano! Il signor Nightingale non se la prenderà troppo, spero...

Dovrò farmi aiutare da qualcuno, però. Sarebbe troppo di parte se scrivessi i capitoli che riguardano me stessa.

Dopo una ventina di minuti, Geneviève ridiscese e appoggiò una serie di libri sul suo tavolo.

Veronica sbirciò senza dare troppo nell'occhio e notò che aveva effettivamente prelevato i Tomi corretti. Con genuina amarezza le confidò: «Goditi la Biblioteca e i suoi libri, finché puoi. Con lo Zenith che hai verrai spedita ad addestrarti all'Accademia dell'Ariete, nel settore qui a fianco, a meno che tu non scelga un'arma da tiro, perché con quelle puoi esercitarti anche dentro Murrey Castle. Ma non intendo influenzarti, sarebbe davvero scorretto da parte mia. Non ti sto certo consigliando di scegliere un arco, ad esempio, in modo da risparmiarti di essere maltrattata e picchiata da Ksenia de Molay ventiquattr'ore al giorno. Sai, è risaputo che a volte spezza la schiena ai suoi allievi più indisciplinati e... oh, ma sarebbe davvero disdicevole da parte mia parlar male delle altre Case.»

Veronica sperò che Geneviève avesse inteso correttamente il suo consiglio, perché proprio in quel momento la porta principale dello Scriptorium si spalancò e un folto gruppo di Bibliotecari entrò nel salone facendo un gran baccano. In testa c'era Alford Nightingale. Stava discutendo con il Bibliotecario al suo fianco, un uomo dai capelli chiari a caschetto che aveva da poco passato la trentina.

«Signor Piovani, devo averglielo già ribadito almeno dieci volte» stava dicendo Alford in tono paternalistico, mantenendo però inalterato il suo perfetto aplomb inglese. «Non c'è *alcun* motivo valido per voler entrare negli Archivi di persona. Quei libri sono troppo delicati. Se le serve qualcosa che è custodito lassù, lo può richiedere a me o alla signorina Fuentes, e li andremo a recuperare senza causare danni.»

«Be', a me non pare affatto giusto» rispose piccato Alberto Piovani. Parlava con la erre moscia. «Perché alla signorina Fuentes viene permesso di fare qualsiasi cosa e a noi viene vietato tutto? Questi sono palesi atti di favoritismo. Consideri questa come la mia rimostranza ufficiale. Porterò la questione fino al Sovrano Consiglio, se devo.»

«Si lamenti finché le pare, ma il Sovrano Consiglio riderà delle sue insinuazioni. Questo è quanto, e non ne discuteremo più. Le dispiacerebbe ora occuparsi del primo ospite di oggi?» suggerì il signor Nightingale, che possedeva l'innata capacità di parlare con l'accento del Galles anche usando la lingua universale.

«Ma certo, senz'altro.» Alberto ubbidì, anche se controvoglia, e si accomodò al suo tavolo insieme a un uomo dalla pelle levantina. Il Guerriero del Toro iniziò a raccontargli un tragico evento accaduto pochi giorni prima, durante il quale un amico aveva perso la vita al di là del Muro, ucciso da un Vuoto chiamato Coscritto. Si rivelò una storia dai toni oltremodo sinistri.

Una volta congedate le due dozzine di Bibliotecari che erano arrivate con lui, gli occhi di Alford si posarono sui bei capelli ramati dell'astrofisica canadese, e gli occhi gli si illuminarono. «Signorina Levesque, noto con piacere che è venuta in Biblioteca presto stamattina. Dunque, come avevo auspicato, si potrebbe dire che questo luogo la attrae?»

Oh, non sono sicura di cosa attragga la "signorina Levesque", ma so per certo cosa attrae lei, caro Nightingale, pensò Veronica, emettendo un sospiro lamentoso. *Non mi ha mai guardata una sola volta come guarda Geneviève. Sono davvero così brutta? Immagino di sì.*

Geneviève lanciò un'occhiata agitata a Veronica, forse memore di ciò che le aveva suggerito pochi minuti prima. «Sì, la Biblioteca mi piace. Di solito mi trovo bene tra i libri, e i Bibliotecari che ho conosciuto finora mi sono sembrate tutte persone perbene» dichiarò, glissando sulle iniziali tensioni con Veronica. La Prima Bibliotecaria gliene fu enormemente grata, perché di sicuro Alford non avrebbe esitato a prendere le difese della nuova arrivata e delle sue graziose lentiggini.

«Come le avranno forse già spiegato, potrà rimanere qui ad ambientarsi almeno fino alla Ceremonia delle Armi. Una volta scelto lo Shintai, le verrà concessa la possibilità di essere addestrata all'Accademia, nella contrada dell'Ariete, se lo desidera. A meno che lei non preferisca diventare una Bibliotecaria a tempo pieno» propose Alford con un sorrisetto sghembo. Dimostrava più di quarant'anni anche con la Forma dell'Anima, ma non si poteva certo dire che sembrasse attempato, anche se la sua anima era centenaria.

Le sta sul serio proponendo di diventare una Bibliotecaria a tempo pieno con lo Zenith che ha?, pensò Veronica incredula. *Addio ruolo di Prima Bibliotecaria, addio saga di romanzi fantasy. Dovrò lavorare per lei, un giorno.*

Geneviève tossicchiò. «Credo sia un po' presto per decidere. Devo saperne di più per poter effettuare una scelta ragionata. Comunque non escludo a priori di rimanere qui, certo. Non sono sicura di poter diventare un'abile Guerriera, e da quel che ho sentito gli insegnanti della Accademia sono molto esigenti.»

«In verità il suo Zenith è promettente, signorina Levesque. A voler esser precisi bisognerebbe dire "estremamente promettente"» ammise Alford. «Sarebbe un peccato sprecarlo, anche se non nego che mi piacerebbe averla qui con noi in Biblioteca.»

Veronica era in grado di stabilire quanto il Magnifico Rettore fosse su di giri contando le volte che si toccava gli occhiali durante una conversazione. Parlando con Geneviève era arrivato a quattordici nel giro di due minuti.

«Uhm, capisco» fece Geneviève, a metà tra l'imbarazzo e la preoccupazione. Era evidente che combattere i Vuoti non rappresentava per lei una prospettiva allettante e Veronica non si sentiva di giudicarla in modo negativo per questo.

Alford colse al volo la sua indecisione. «Avremo tempo e modo di parlarne più avanti. Non c'è motivo di affrettare i tempi. Venga più spesso che può in Biblioteca e osservi con attenzione il nostro lavoro. Sono certo che in breve tempo si farà un'idea assai precisa di cosa consiste.»

Dopo che Alford se ne fu andato, Veronica chiuse il quaderno degli appunti, si alzò e percorse lo Scriptorium ignorando il resto dei Bibliotecari già affaccendati. «Geneviève» la chiamò, sedendosi accanto a lei.

«Sì?» fece la rossa, alzando la testa.

«Prima mi hai domandato perché non esploriamo di più le Terre Esterne, oltre il Muro, e io di fatto non ti ho risposto.»

Geneviève annuì. «Già.»

La Prima Bibliotecaria giochicchiò con la punta della sua penna stilografica preferita. «Credo sia meglio che tu ti metta comoda.»

Pesci
Per un Amico

Nel buio della sera, il mare sembrava immobile. Dalle finestre aperte nella nuova camera da letto di Audrey penetrava una brezza fresca dall'odore salmastro che le ricordava la sua vecchia casa, quasi sulla riva dell'oceano Pacifico.

La nuova arrivata indossava un pigiama – anche se lei indossava *sempre* il pigiama – ed era seduta sul letto insieme a Stardust, che invece aveva addosso una maglietta dei Nirvana (la quale riproduceva con incredibile fedeltà la copertina dell'album *In Utero*) e il suo fedele paio di pantaloncini di jeans stracciati. Sulle coperte del nuovo letto di Audrey c'erano disegni a tema acquatico, con branchi di pesciolini, granchi e stelle marine. Le due ragazze condividevano un bellissimo appartamento in un condominio vicino al porto della città, del quale si parlerà in seguito.

«Audrey, Audrey... quanto sei carina. Guarda che bei capelli lunghi che hai» confessò Stardust con aria sognante mentre glieli spazzolava. Le scoccò un'occhiata furtiva. «Quello di ieri era il tuo ragazzo, immagino.»

Audrey mosse gli occhi in modo impercettibile. «Chi?»

«Dai, quel tizio col berretto rosso. Jim, si chiamava» la incalzò Stardust con un sorriso. «Non fare la timidina, sai benissimo a chi mi riferisco.»

«Non è il mio ragazzo» replicò l'altra in tono piatto.

«Urca, ma davvero? Eppure a me pareva proprio di sì. Sai, da come si comportava sembrava che ci tenesse davvero a te.»

Audrey girò la testa di lato per guardare meglio fuori dalla finestra. «Non è il mio ragazzo.»

Stardust si rallegrò, poi il tono di voce mutò di colpo, divenendo perfido. «Oh be', meglio così. Quello secondo me è proprio uno stronzo, sai? Prima che ce ne andassimo da Gulguta ha detto una cosa davvero schifosa su di te.» Lasciò il discorso a metà, aspettando che Audrey abboccasse all'amo.

Lei, però, non aveva affatto intenzione di darle corda. Sapeva benissimo cosa le aveva detto Jim. Le tremolarono di nuovo le pupille, ma decise di tacere.

Stardust appoggiò la spazzola su una gamba e aggiunse: «Sai, in pratica ha detto che sei una pazza schizzata. Ma ti sembra? Sono proprio contenta che non sia il tuo ragazzo, un bastardo del genere. Scusami se parlo in questo modo, ma uno che se ne va in giro a raccontare cose così crudeli è meglio perderlo che trovarlo.» Ricominciò quindi a spazzolarle i capelli, ma continuava a fissare il suo viso, studiando la reazione. «A me non sembri proprio una pazza. Non sei pazza, vero, Audrey?»

Lei si strinse un braccio con la mano. «Puoi lasciarmi in pace, per favore?»

Stardust s'interruppe di colpo e la guardò con tanto d'occhi. «*Ullallà*! Ho toccato un nervetto scoperto? Stai a vedere che quello era davvero il tuo ragazzo. Sono proprio una stronza. Magari vi siete anche uccisi insieme. Sai, noi due adesso siamo coinquiline ed è previsto che ti faccia da guida. È meglio che non ci siano segreti o fraintendimenti fra noi, non trovi?»

«Scusami, ti ho risposto in modo scortese.» Audrey abbassò la testa. Ora capiva sempre quando si esprimeva in maniera rude con qualcuno. Non si sarebbe mai più messa in ridicolo davanti a tutti. «Solo che, vedi, ciò che vi ha detto Jim non è poi una gran bugia.»

«Senti, senti. Non sono certa di capire, ma prima o poi mi racconterai tutto, vero, tesoro?» commentò Stardust con finta aria distaccata. «Oh, non voglio che litighiamo per una cavolata del genere» si scusò, e le schioccò un bacetto sulla guancia.

Audrey si sfregò subito con una mano per rimuovere il segno del rossetto e le lanciò un'occhiata accusatoria.

«Amore, scusami. Sono fatta così. Niente baci? Niente più baci allora, promesso. Magari solo qualcuno ogni tanto» garantì Stardust scompigliandole i capelli che tanto si era impegnata a spazzolare. «Sai, è giusto che ti confidi una cosa per farmi perdonare d'aver offeso il tuo Jim. Il mio vero nome è Jade. Ma tu non dirlo a nessuno, okay? Solo in pochissimi qui al Tempio lo sanno.»

C'era sempre qualcosa di finto nella voce di Stardust. Una tonalità leggermente troppo acuta, un accento posto sulla parola sbagliata, una cadenza quanto mai oscillante, ma Audrey non riusciva ancora a decifrare cosa si celasse davvero dietro i suoi discorsi, né quali fossero le sue reali intenzioni.

Stardust aveva l'aspetto di una ragazza sui venticinque anni, di etnia talmente mista da risultare inclassificabile. La pelle era abbronzata, ma non si poteva dire che fosse di origine latina o mediorientale. Gli occhi viola erano a mandorla, eppure i lineamenti erano caucasici. Aveva le labbra troppo carnose, il seno troppo sodo e la mascella scolpita con eccessiva minuziosità, ma non era chiaro se fosse un effetto residuale della chirurgia plastica a cui aveva fatto ricorso sulla Terra o solo opera della Forma dell'Anima. Quei dubbi erano però destinati a rimanere, a meno che dalla Fonte non fosse emerso qualcuno che la conosceva *pre-mortem*. Portava sempre del trucco molto acceso sulle labbra, sulle guance e attorno agli occhi, trovandosi così costantemente al limite tra l'essere pacchiana e una bomba sexy, anche se in qualche modo riusciva a rientrare sempre nella seconda categoria. All'interno della loro contrada l'aspetto di Stardust spiccava in maniera particolare, perché in generale le ragazze dei Pesci erano sempre truccate in maniera sobria e naturale. Flirtava platealmente con tutti i ragazzi del proprio segno e in modo ancor più ostentato con quelli che gli capitavano a tiro delle altre Case, dato che rispecchiavano di più i suoi gusti. In assenza di uomini rivolgeva lo stesso tipo di attenzioni alle donne, quasi sempre non corrisposte. Audrey la giudicava nel complesso abbastanza carina, ma c'era qualcosa di oscuro e segreto in lei, come se quell'aspetto così appariscente fosse soltanto una maschera, tolta la quale si sarebbe scoperchiato un crogiolo di perversità.

«Ora che io ti ho rivelato un mio segreto, tu puoi dirmi chi è per te quel Jim» propose Jade dimostrando una certa duplicità.

«Io... al massimo posso dire che è un amico.» Audrey capì di essere stata manipolata per l'ennesima volta, ma era ancora troppo scombussolata e debole per potersi opporre. Emergere dalla Fonte l'aveva cambiata in modo radicale e doveva ancora trovare il feeling con la nuova versione di se stessa.

«Un tuo amico. Capisco» fece Stardust in tono ambiguo mentre finiva di spazzolarle i capelli.

«Se la Sublime Sacerdotessa volesse sapere di più, ecco...»

«Ti proteggo io da Apollonia, okay?» Stardust le fece l'occhiolino. «Comunque ti assicuro che non è cattiva. È tutta apparenza. Quando esce dal nostro settore le sale l'ansia e diventa scontrosa, ma sotto sotto ha un cuore d'oro. Come darle torto, dopo tutto? Guarda che visione! Chi vorrebbe mai andarsene da qui? Vieni, usciamo, così ti racconto qualcos'altro.»

Stardust e Audrey si alzarono dal letto e attraversarono la porta-finestra della camera per accedere all'ampio terrazzo di marmo bianco. L'enorme luna splendeva luminosissima, riflettendo sull'acqua scura una tremolante lancia di quarzo. Respirarono un po' della salubre brezza salmastra e ascoltarono il lento sciabordio delle onde sotto di loro.

«Guarda che luna bianca!» esclamò Stardust sorridendo. «Più Bassa Marea di così...»

Sympatheia, l'unica città presente nella contrada dei Pesci, era sospesa per magia sul mare. In realtà quel "mare" era esteso solo quanto un lago di grandi dimensioni, ma per qualche inesplicabile motivo le sue acque erano salate, pertanto era chiamato Mare di Karabu.

Mentre al Capricorno le mattine venivano rischiarate almeno da un sole declinante, ai Pesci regnava perennemente la sera, e la luminosissima luna piena, insieme agli altri astri, era l'unica fonte di luce naturale. Stardust aveva spiegato ad Audrey che i Pesci erano persone sentimentali e sognatrici, ricche di empatia, che si trovavano dunque a loro agio in un'atmosfera magica e onirica come quella, piuttosto che altrove. E difatti l'atmosfera che si respirava nel settore dei Pesci era *decisamente* magica e onirica.

Una volta oltrepassata la porta di Gulguta tra le ore quattro e le ore cinque, il terreno si faceva subito sabbioso e una lunga spiaggia di arena chiara e finissima costellata di dolci dune conduceva fino alle rive del mare. Da quel momento in poi lo scenario iniziava a farsi via via sempre più sorprendente.

Un ponte di marmo grigio lungo svariati chilometri, chiamato Ponte dei Sospiri, si stagliava contro la luce della luna piena nel blu della sera, connettendo la spiaggia alla città di Sympatheia. Il ponte si innalzava gradualmente fino a venti metri sopra il livello del mare ed era sorretto da un'infinita serie di possenti colonne che in alto terminavano formando delle arcate, mentre in basso s'immergevano nell'acqua fino a conficcarsi nel fondale a chissà quale profondità. La struttura non era dritta, bensì disegnava costantemente – e forse di proposito – una lieve curva verso destra per creare dei prodigiosi giochi prospettici tra le colonne e l'acqua del mare, che visti dalla spiaggia davano l'impressione di creare un oggetto unico e privo di spazi proiettato verso l'infinito.

Non si percorreva il Ponte dei Sospiri a piedi, bensì montando su dei mezzi di trasporto a pedali fissati su rotaie che scorrevano su entrambi i lati del ponte in direzioni opposte, in modo da non scontrarsi. Su ogni "carrozza" si poteva salire in sei e il tragitto durava poco più di un'ora. Non si faceva alcuna fatica, perché i sedili erano comodi e i pedali quasi ruotavano da soli, dunque veniva naturale voltarsi ad ammirare il paesaggio. Pur essendo sempre sera, si riuscivano a scorgere le bianche scogliere dell'Acquario da una parte – sovrastate da campi di lavanda – e i canyon del Toro dall'altra.

Sympatheia era lo spettacolo nello spettacolo. Costruita in marmo, granito o mattoni a seconda del rione, la città era un'elegante collezione di edifici alti e affusolati, aggraziati e leggiadri, austeri e viziosi al tempo stesso, coi tetti dalla forma lievemente convessa coperti di tegole color acquamarina. Gli ambienti interni erano tempestati di finestre strette e slanciate, spesso prive di vetri, che aprivano la vista verso il Mare di Karabu, il quale circondava la città e si espandeva per svariati chilometri in ogni direzione, poiché Sympatheia era sospesa proprio al suo centro.

Corridoi interminabili, vasti saloni, logge coperte, terrazze, terrazzini e balconi davano l'impressione di allungarsi all'infinito, anche se era solo un'allucinazione: tutto a Sympatheia era un gioco prospettico, un'illusione ottica, un viaggio all'interno del sogno. Le nuvolette spruzzate di bianco nel cielo parevano prendere corpo, assumendo forme solide per poi entrare dalle finestre, divenendo oggetti, animali, persone: tetre ma gentili signore con in mano delle lanterne pronte a illuminarti la via; misteriosi uomini incappucciati che complottavano qualcosa nascosti nelle rientranze delle pareti; bambini che giocavano a rimpiattino tra le pieghe della luce. Le ombre gettate dalla luna contro le colonne univano le forze, disegnando improbabili arabeschi sul pavimento che sembravano tramutarsi in esseri viventi fatti di buio acquattati a spiarti, o in piedi a osservarti in rispettoso silenzio. I soffitti ad arcate acutissime spesso parevano alzarsi quando si sentivano osservati, e se li fissavi troppo a lungo si dissolvevano e spalancavano la vista sul cielo stellato, come se fosse terminato l'effetto di un incantesimo. Le stanze erano piene di mobili raffinati ma appartenenti a una civiltà e a un'epoca immaginarie, partorite soltanto dalla fantasia del loro sconosciuto creatore. I cuscini erano troppo soffici, i materassi troppo morbidi, le coperte troppo lisce.

Riuscire a orientarsi in quel labirinto di viuzze, strade e vialetti sembrava razionalmente impossibile, eppure si finiva sempre per arrivare dove si desiderava. Ci si incamminava, si imboccavano contorti corridoi, si scendeva qualche scalinata... alla fine ci si guardava attorno e si era giunti a destinazione. Durante il giorno, ovvero quando il sole era alto nel resto del Tempio, l'unica fonte di luce erano la luna e le stelle, ma di sera i viali più importanti della città si infiammavano di luci di mille colori, e per strada c'erano giochi e musiche.

Il balcone sul quale si apriva la camera di Audrey dava verso il Muro del Calvario. Da quella posizione si distingueva con chiarezza il punto in cui era stata creata un'apertura. Già, perché il territorio dei Pesci includeva un altro elemento eccezionale: il Mare di Karabu aveva un immissario che nasceva sulle Alpi Nivee del Sagittario e passava tra le scarpate dell'Acquario per arrivare fino ai Pesci, mentre a sud un piccolo emissario proseguiva fino al settore del Toro; tuttavia, il più importante era il secondo emissario, il Sanzu, che fuoriusciva dal Tempio attraverso un varco nel Muro del Calvario creato appositamente dai Tessitori, in modo da rendere navigabile il fiume verso l'esterno.

Audrey si era fatta spiegare a cosa serviva il Muro e quella apertura continuava a sembrarle un inconfutabile punto debole.

«Non è pericoloso essere così vicini a un punto del Muro che ha una breccia?» chiese a Stardust fissando l'orizzonte con inquietudine.

«Non preoccuparti, è un rischio calcolato. I Vuoti non attaccano mai attraverso quel varco, perché il fiume è sacro. Finora nessuno di loro ha mai osato toccare l'acqua.»

«Dove porta di preciso quel fiume?»

«Oh, quello lo navigano quei bravi marinai del Sagittario» rivelò Stardust con occhi sognanti. «Ci passerà anche il tuo amico Jim, prima o poi. Ecco perché gli ho detto che può venire a salutarci, anche se preferirei che non lo facesse.»

«Non mi hai risposto, però. Ti ho chiesto: dove porta? Per quale motivo i Guerrieri del Sagittario escono all'esterno da qui e non a piedi dal loro settore? Sarebbe di sicuro più comodo.»

Stardust si fece di colpo più seria. «Il Sanzu è molto, molto lungo. In realtà non sappiamo nemmeno dove finisca.» Camminò fino alla balaustra di marmo decorata con eleganti colonnine panciute e ci si sedette sopra. Il balcone era a dieci metri dalla piattaforma sottostante. Audrey, nel guardare in basso, provò un leggero senso di vertigine, per cui decise di non imitare la sua amica e rimase a parlarle in piedi.

Stardust continuò il suo discorso supportando le parole con enfatici gesti delle mani, come se stesse raccontando una fiaba a una bambina dell'asilo. «Quel fiume esce verso l'esterno del Muro e prosegue, prosegue... passa in mezzo a lande desolate, scorrendo infine accanto alle rovine di una grande città di cui non conosciamo il nome. Di questi tempi non ci spingiamo mai oltre, perché le spedizioni che osarono farlo non tornarono più indietro.» Spalancò i suoi grandi occhi viola e proseguì il racconto con ancor più passione. «Devi sapere, Audrey, che una volta c'era un osservatorio nel territorio dello Scorpione, un antico luogo di studio chiamato Caen Huin, dal quale l'allora Magnifico Rettore e i suoi allievi si dice fossero in grado di studiare i segreti del cosmo e prevedere l'arrivo dell'Alta Marea ben prima che la luna si tingesse di rosso. Perché quando questo avviene è ormai troppo tardi, capisci vero, tesoro?

Quando la luna sanguina, l'orda di Vuoti è ormai troppo vicina al Muro per poterci organizzare al meglio. Possiamo solo sperare di contenere il tifone di morte chiamando tutti i Guerrieri a raccolta e barricandoci a ridosso della muraglia, lasciando che i più valorosi di loro vadano a sfoltire i mostri prima che diventino troppi. Avere ancora Caen Huin sarebbe un grande vantaggio per noi, lo capisci, vero, Audrey? Se potessimo prevedere l'arrivo della Marea, potremmo inviare al fronte tutti i nostri Guerrieri e distribuirli al meglio lungo il Muro, e invece...» Stardust lasciò il discorso inconcluso, di certo con la speranza che Audrey la implorasse di continuare.

«Invece?» domandò lei con voce pacata, cercando di moderare il proprio interesse per non incoraggiare i comportamenti subdoli della sua amica dai capelli arcobaleno.

«Invece Caen Huin venne distrutto dai Vuoti dopo che ebbero aperto un varco nel Muro di quel settore, seminando morte ovunque. Purtroppo l'osservatorio era proprio sulla strada per Bishop's End e Gulguta, e così... Il Magnifico Rettore morì, lasciando il posto ad Alford Nightingale. Il suo unico lascito fu la rivelazione che il sole sorge e tramonta al contrario. Ci pensi? È una cosa inutile. Nessuno ne ha mai capito il significato e secondo me non esiste. Così adesso quei bei ragazzoni del Sagittario sono costretti a uscire di continuo con le loro navi, andando in avanscoperta lungo il fiume. Quando vedono delle orde di Vuoti avvicinarsi a grande distanza fanno subito dietrofront e tornano a vele spiegate per avvertire il resto del Tempio. Solo che è pericoloso, perché è tutto buio là fuori e per controllare meglio a volte devono scendere dalle navi. Mi spiace dirtelo, perché il tuo amico è uno di loro, ma a volte vengono attaccati.» Stardust si mordicchiò il labbro inferiore, ancora una volta in modo ben poco sincero.

«Accidentaccio» fece Audrey distogliendo lo sguardo. «Essere del Sagittario mi sembra una cosa un po' sfigata.»

Stardust scoppiò a ridere e sfoderò una voce più spensierata. «È un Tessitore a controllare il vento sui fiumi, sai? Quando hanno bisogno che la brezza tiri verso est, il Tessitore li aiuta, e quando hanno bisogno di tornare, lui fa soffiare il vento dalla parte opposta. Capisci, no? Altrimenti sarebbe complicatissimo. Anche se dopo un po' sono comunque costretti a remare, perché escono dal campo d'influenza dei Tessitori.»

«Perché prima hai detto che là fuori è tutto buio? Non c'è il sole come dentro? Be', qui da noi non c'è mai, però...»

Stardust sospirò e ruotò la testa per lanciare un'occhiataccia al Muro. «Questo è un altro grosso problema. Vedi, per qualche motivo la luce del sole non si spinge molto oltre il Muro. Passato qualche chilometro si affievolisce e dopo poco si fa buio pesto. Nel cielo si scorgono ancora le nostre costellazioni, ma gli astri brillano troppo poco per illuminarci la strada. Forse il Tessitore non è in grado di estendere la luce molto oltre i confini del Tempio, o magari farlo richiede troppa energia. Combattere i Vuoti al buio è impossibile, sai, Audrey? Ci hanno provato. Hanno provato a esplorare le Terre Esterne per disegnare delle mappe, ma sono morti tutti. Solo i marinai del Sagittario sono in grado di spingersi avanti navigando sul Sanzu e illuminando con dei fari magici le sponde per vedere se c'è del movimento.»

«Cavolini, anche questa mi sembra una discreta sfiga. Allora è per quello che la città misteriosa è rimasta senza nome, immagino.»

«Esatto. Noi vorremmo esplorare, ma è difficilissimo, e il numero di Guerrieri sta lentamente calando. Meglio non rischiare e rimanere tutti a difesa del Muro, fidati.»

Un ragazzo sui vent'anni che indossava un pesante maglione di lana con sopra disegnate renne, alberi e palline di Natale uscì sul balcone accanto al loro e le salutò con eccessiva timidezza. Alcuni degli abitanti di Sympatheia indossavano il pigiama come Audrey, altri maglietta e pantaloncini come Stardust, altri ancora tute larghe e comode o vestiti casual di vario genere, e poi c'era la Sublime Sacerdotessa, con la sua veste troppo eterea ed elegante per qualsiasi landa che non si chiamasse Terra di Mezzo.

«Quel tipo non è un po' troppo vestito?» domandò Audrey divertita. Nella contrada dei Pesci, pur essendo sempre sera, faceva tutto sommato abbastanza caldo, anche se veniva mitigato dalla fresca brezza marina.

«Lui si veste sempre così» rispose Stardust con un sorriso. «Quello è Andreas. È tanto buono, ma con le ragazze non ci sa proprio fare, come d'altronde quasi tutti i maschi dei Pesci. Sai, bisogna incoraggiarli un po'.»

Audrey si acciglò e strinse il lobo dell'orecchio sinistro tra le dita, pizzicandolo con aria assorta. «Come mai qui siamo vestiti tutti in maniera diversa? È strano. È... *confusivo*.»

«Noi dei Pesci siamo persone molto emotive. I nostri sentimenti sono delicati e fragili. Apollonia dice che ci è permesso di indossare vestiti diversi per calmare il nostro spirito. "Ognuno di noi indossa gli abiti che avrebbe indossato nell'intimità della propria camera da letto". Questo dice, e secondo me ha ragione.»

Audrey si domandò che genere di persona fosse la loro leader, visto che se ne andava in giro con addosso una veste che pareva uscita da un romanzo fantasy. Spesso aveva disegnato e colorato per commissione abiti simili, in particolar modo per delle *visual novel* dagli inserti piccanti, per cui se ne intendeva parecchio.

«Io non so se me la sento di andare a combattere i Vuoti» ammise alla fine con grande vergogna, continuando a tormentarsi l'orecchio.

«Oh no, tesoro, noi non dobbiamo andarci» la rassicurò Stardust, poi scese in fretta dalla balaustra e la abbracciò, dandole un furtivo bacio sulla guancia. Audrey si pulì subito. «I membri del Coro dei Pesci non escono mai a combattere. Non siamo veri Guerrieri del Tempio come gli altri, siamo Cherubini.»

«E allora che facciamo?» domandò Audrey con un sussurro.

«Apollonia te lo spiegherà dopo che sarà tornata dalla Ceremonia delle Armi» garantì Stardust accarezzandole i capelli. «Il nostro compito è di vitale importanza, ma possiamo svolgerlo da qui. Possiamo rimanere per sempre tra le mura di Sympatheia, se vogliamo. Non hai ancora visitato la zona dei Balnea? È là che si nasconde il nostro segreto.»

«No, non ci sono ancora stata» ammise Audrey. «In realtà ne ho sentito spesso parlare e ho provato a seguire le indicazioni, ma le strade mi hanno sempre condotta altrove, verso altri quartieri. Secondo me sono strade stregate, strade con un cervello. Anziché farmi arrivare ai Balnea mi spingevano sempre verso il quartiere nord, e così ne ho approfittato per studiare meglio quello. Ho notato che abbiamo un sacco di turisti, ma sembra che vengano qui per attaccare apposta bottone con noi, più che per visitare la città.»

Stardust le ammiccò. «È vero, e presto capirai il perché. Noi siamo merce preziosa, Audrey cara, e tutti vogliono essere nostri amici. Tu avevi tanti amici... *prima*?»

«Amici...» Sul dolce viso di Audrey calò un'ombra dolorosa. «Io... io non credo che si potessero definire davvero *amici*, no.»

«Solo quel Jim? Ma allora è davvero una persona speciale» osservò Stardust in tono subdolo.

«In realtà, a pensarci bene non mi sento di poter dire che fosse mio amico neanche lui» ammise Audrey con malcelata amarezza. «Non ne sono proprio certa, ecco.»

«Urcaaa, e allora vedi che è un bastardo proprio come ti avevo detto? Come si fa a non voler essere tuoi amici? Sei così dolce. Di che segno eri sulla Terra? No, aspetta, lasciami indovinare: eri della Vergine!» esclamò Stardust. I suoi occhi viola scintillarono.

«Sbagliato.»

«Ehhh? Dici sul serio? Allora, vediamo... eri dell'Acquario! Già, tu sei *decisamente* un Acquario.»

«Esatto, ero del segno del Acquario» fu costretta ad ammettere Audrey, senza capire dove l'altra volesse andare a parare.

«Visto? Ci ho beccato al primo colpo. Io di queste cose me ne intendo, sai? L'ho pensato appena ti ho vista. "Quella Audrey è di sicuro un Acquario", mi sono detta. E infatti...»

Audrey si sentiva confusa. «Ma perché dici così? Non è questo il mio vero segno? Sono dei Pesci come te, no?»

Il fuoco negli occhi di Stardust si estinse e il tono diventò evasivo. «Oh, certo, certo. I Pesci.»

Audrey la studiò per qualche secondo, convinta che qualcosa nel suo atteggiamento non quadrasse.

«Io invece sono dei Gemelli» aggiunse infatti Stardust con fierezza. «Secondo l'astrologia siderale, ovviamente, che è quella corretta, non la tropicale. Vieni, guarda.» Si sfilò con disinvoltura la maglietta dei Nirvana e le mostrò i tatuaggi, indicandoli a uno a uno e spiegandone il significato.

Audrey si rese presto conto che tutti erano collegati in qualche modo all'astrologia: c'erano diverse lune crescenti e calanti, un simbolo zodiacale, varie raffigurazioni dei Gemelli e una costellazione tracciata su un bellissimo sfondo di pulviscolo stellare.

«Capito perché mi faccio chiamare "Stardust"?» disse la sua amica sorridendo. «Te l'ho detto, io me ne intendo. A proposito: il mio ascendente è il Sagittario.»

Audrey era sempre più perplessa. Perché Stardust continuava ad affermare di appartenere a un segno differente? Eppure Apollonia le aveva spiegato ben altro. I Pesci erano il segno corretto, mentre era quello della loro vita precedente a essere del tutto errato. Forse non aveva compreso bene? In effetti ora la sua mente reagiva in maniera differente e assimilava le informazioni in modo più ordinato, ma non le sembrava plausibile di aver frainteso fino a quel punto.

Stardust rientrò saltellando nell'appartamento, si diresse in camera sua (che era accanto a quella di Audrey) e si lanciò sul letto dopo essersi sfilata senza alcun imbarazzo anche i jeans. Non che facesse poi molta differenza, perché i pantaloncini erano talmente corti e lacerati che lasciavano intravedere buona parte dei glutei.

«Ora me ne vado un po' nel mio Piano Astrale» annunciò per stuzzicarla. «Verranno tanti miei amici a farmi visita e ci sarà da divertirsi. Parlo di divertimenti tra adulti. Capisci cosa intendo, vero, Audrey? Entra pure anche tu, se vuoi. Non cercare quel Jim, okay? Quel bastardo non ti merita proprio. Darti della pazza schizzata alle tue spalle... Che razza di stronzo. Vieni da me, piuttosto. I ragazzi sono tutti belli e disponibili, e anche le ragazze.»

Audrey andò in camera sua, si infilò nel proprio letto senza far rumore e tirò le liscissime coperte di cotone fin sopra il naso, ma nel Piano Astrale di Jade quella notte non ci entrò.

Audrey I

Stati Uniti d'America
California, Los Angeles, North of Montana

Audrey Davis indossa la giacchetta di jeans, afferra il manico del carrellino porta spesa – dal quale sbucano grossi tubi di colore per la pittura a olio – e percorre il vialetto pavimentato che dalla sua villetta conduce alla strada, finché non raggiunge il marciapiede. È una giornata soleggiata, ma non fa troppo caldo: l'occasione perfetta per cercare delle aperture segrete nel tessuto dello spazio-tempo.

«Audie, dove stai andando? Lo sai che devi sempre dirmelo quando esci di casa!» le urla sua madre dalla finestra della cucina. Si precipita poi alla porta principale e attraversa in fretta il curatissimo giardino per cercare di raggiungerla.

«L'airone è mio amico» commenta raggiante Audrey mentre si allontana in fretta per sfuggirle, avviandosi in direzione di Santa Monica. Sa fin troppo bene che sua madre non avrà voglia di rincorrerla per la millesima volta. Ormai ci ha rinunciato. Non ne può più delle sue fughe pomeridiane.

La signora Margaret Davis raggiunge il marciapiede con colpevole ritardo e si guarda attorno, scorgendo la figlia che svolta l'angolo in fondo alla strada. Sospira, alza gli occhi al cielo e rassegnata torna verso casa. Quando arriva nei pressi del garage, urla a suo marito: «Tom!? Tooom! Audie è uscita di nuovo e ha portato con sé i colori!»

Una furiosa sequela di bestemmie rimbomba dentro l'ampio garage, seguita dal fracasso metallico della cassetta degli attrezzi piena di cacciaviti, chiavi inglesi, martelli e pinze che viene scagliata contro il muro.

Ad Audrey non occorre molto per scovare i passaggi segreti che conducono ad altri mondi. Le bastano il bianco titanio, il verde ftalo, il blu di Prussia, la terra d'ombra, il rosso di cadmio, il giallo limone e un po' di nero fumo, naturalmente uniti ai suoi fedeli pennelli d'ogni dimensione e alla tavolozza.

Si è allontanata da casa solo di qualche isolato, ma si sente già annoiata. Estrae dalla tasca il cellulare, lo fissa al supporto del bastone da selfie e si collega al suo servizio di streaming preferito, iniziando a trasmettere se stessa che passeggia sorridente per le strade di Santa Monica. Dopo un paio di minuti ha già radunato cinquecento spettatori, i suoi fedelissimi, ma altri mille si connettono dopo poco. Non si può dire che Audrey sia famosa, ma gode di una certa popolarità tra i giovani facenti parte di una particolare sottocultura, malgrado questo sia estremamente crudele.

La chat inizia a scorrere più veloce. Audrey si diverte a leggere i saluti degli utenti che ormai conosce a memoria. Jim84, uno dei moderatori del canale, è già connesso.

"Cazzo, c'è Audrey. E ha con sé il carrello!" scrive allarmato qualcuno. "Se Dio vuole oggi ci si diverte!"

"Allertate il vicinato!" commenta un altro, facendo seguire il messaggio da file di faccine preoccupate.

"Grazie, Audrey, avevo davvero bisogno di farmi una risata questo pomeriggio. Qui al lavoro è una merda" scrive un terzo. Molti altri concordano con frasi analoghe.

«Ciao, ragazzi! Fanculo, quanti siete! Ah ah, wow... davvero, ciao a tutti!» Audrey ridacchia. «Per voi sfigatoni la scelta di questo pomeriggio era tra me e un film porno, eh?»

Molti osano negare, ma alcuni concordano, supplicandola di denudarsi. Lei li ignora, soprattutto perché non saprebbe come proseguire la conversazione. Al di là delle battute sul sesso che imita per abitudine senza comprenderle, Audrey non è mai stata in grado di auscultare e articolare i propri sentimenti ogniqualvolta un ragazzo l'ha adulata in maniera diretta, e in quella situazione non capisce se dovrebbe sentirsi lusingata oppure offesa.

"Audrey, che si fa oggi?" domanda un utente, e a lei cade l'occhio proprio su quel messaggio.

«Oggi cerchiamo il passaggio per la quinta dimensione, la quarta è stata ormai sigillata dagli agenti dell'FBI. Questo è un vero caso "rosa blu"» risponde con determinazione. «Io lo so, cazzo, lo so. So dov'è. Finalmente posso vederlo usando le particelle subatomiche dentro i miei occhi. È nascosto qui vicino, lo tengono... va be', lo sapete. Comunque... merda, l'avete vista quella là? Comunque, il passaggio... quella donna là, l'avete vista? Cazzo, io l'ho vista che sussurrava parlando da sola e mi guardava. Oggi mi stanno già alle costole, sarà durissima. Quando è bel tempo per loro è più facile entrare nei corpi delle persone. Quella era una mangusta umana, le si riconoscono dagli occhi. Meglio fare attenzione, potrebbero essercene in giro altre.»

Dozzine di messaggi zeppi di faccine che ridono riempiono la chat nel giro di pochi secondi.

"Oh, Gesù, ricomincia con la storia delle manguste umane. Ma che trauma infantile avrà avuto su quei poveri animali?" scrive ARock.

"Davis, non ci hai mai spiegato come si distinguono di preciso i mutaforma dagli esseri umani normali" commenta Jim84, divertendosi a darle crudelmente corda. Il messaggio risalta più degli altri per via del suo ruolo di moderatore.

Audrey strabuzza più volte gli occhi in preda a un tic motorio passeggero. «Tu! Jim84! Tu sei un negro, non è così? A te non possono entrarti dentro, perché i vostri corpi sono diversi dai nostri. Solo i bianchi possono diventare un loro vascello, perché...» Esita a lungo. «Perché così è stato stipulato con la rettifica dei Patti Lateranensi del 1929. Quei Patti sono le basi di tutto.»

"Ma certo, ovvio! Come potevamo ignorare un fatto così importante? Non sono un 'negro', ma grazie comunque per la breve lezione di genetica, professoressa Davis" commenta sarcastico Jim.

Intere pagine di utenti che schiattano dalle risate fanno scorrere la chat più veloce della luce.

"Verrà arrestata anche stavolta? Accetto scommesse in privato" commenta qualcuno. Decine di spettatori gli rispondono facendo finta di puntare tutti i loro soldi sul "sì".

"Verrà arrestata di sicuro se la istigate a dire certe cose, pezzi di merda!" risponde una utente con un nickname femminile.

Molti nella chat insorgono, intimandole di fare silenzio e di non rovinare il loro unico divertimento pomeridiano, suggerendo inoltre che i canali dedicati alle ragazze dove si parla delle Barbie, del trucco e di cazzate del genere sono da tutt'altra parte. Una profusione di emoticon rappresentanti dei sandwich inonda la chat, suggerendo allusivamente alla utente di tornarsene in cucina, il luogo della casa che più compete alle donne.

Uno degli spettatori più perfidi e crudeli, sapendo benissimo quale reazione susciterà in Audrey quel tipo di domanda, scrive: "Audrey, come sei messa oggi in quanto a purezza?"

«Oggi, uhm...» Lei boccheggia, lo sguardo assorto, consultando le voci che discutono ininterrottamente nella sua testa. «Oggi no, io... ho guardato le previsioni della purezza e c'è poca purezza in giro. Mi spiace segnalarvelo, ma è così. Ho poca purezza. Anzi, ormai sono quasi senza purezza. Sono soltanto una lurida succhiacazzi senza purezza!»

Un paio di passanti si voltano a guardarla sciocccati, mentre gli utenti della chat si rotolano dalle risate. Si aspettavano quella risposta. Avrebbero potuto prevedere quella triste successione di frasi degradanti con assoluta precisione, parola per parola.

"Con quanti ragazzi te la sei spassata nell'ultima settimana, Audrey?" domanda qualcuno per stimolarla a proseguire su quell'argomento.

Lei ci riflette a lungo. Alla fine risponde, con profonda solennità: «Decine. Un centinaio. Centododici.»

"Hai fatto pompini a centododici ragazzi solo nella scorsa settimana?" scrive sbalordito qualcuno.

«No, non è esatto. Ho avuto con loro un rapporto sessuale completo» precisa Audrey annuendo con convinzione.

La chat scorre frenetica per interi minuti. Lo schermo del cellulare di Audrey viene sommerso da file di facce che piangono dal ridere e gif di persone che si sbellicano dalle risate. Nessuno le crede, ovviamente, sanno fin troppo bene che quasi tutto ciò che dice Audrey è un parto della sua mente schizofrenica.

"Accidenti, devi esserti scordata di me. Non è che potresti passare da casa mia più tardi?" implora uno dei ragazzi, e molti altri si uniscono a lui con richieste analoghe. Audrey sarà anche schizofrenica, ma è di gran lunga la ragazza più carina con la quale hanno occasione di interagire con regolarità, seppur in maniera solo virtuale.

«No, non se ne parla. Potresti essere un infiltrato, un mutaforma, o persino un alieno: io faccio sesso solo con gli esseri umani genuini e soltanto se me lo ha confermato prima il Gom Jabbar» risponde lei, che nel profondo, sotto strati e strati di deliri paranoici, sa benissimo di essere ancora vergine.

La chat viene inondata da commenti di ragazzi che dichiarano di essere senza dubbio alcuno degli esseri umani e che possono dimostrarlo e certificarlo con documenti ufficialissimi. Purtroppo per loro, l'attenzione di Audrey viene catturata da qualcosa che lei ritiene ben più importante. È finalmente giunta a destinazione.

«Eccoci, ci siamo! È là! Lo vedete anche voi? Il passaggio, è il passaggio!» strilla mentre si nasconde tra i cespugli di una siepe, in un bel viale di Santa Monica. I passanti la osservano a metà tra lo snobismo e lo sconcerto.

Audrey gira il cellulare, puntando la telecamera verso l'obiettivo per permettere anche agli spettatori di vederlo. I ragazzi della chat paiono notevolmente perplessi, ma sanno che da lei ci si può e soprattutto ci si *deve* aspettare qualsiasi cosa.

"Audrey, quella si chiama 'farmacia'" commenta laconico un tale BelaJi.

«Lo so come si chiama, brutto coglione! Credi che sia una di quelle imbecilli di Harvard?» gli grida contro Audrey. «Ho un quoziente intellettivo pari a 148 e sono la più grande pittrice della storia. Lo so che quella è una farmacia! Non c'è bisogno che me lo spieghi *tu*, mister BelaJi. E comunque hai proprio un gran nickname da coglione.»

Jim, in qualità di moderatore e amministratore del canale (ruoli che Audrey gli ha affidato senza interessarsi a come funzionano) silenzia BelaJi e attiva la chat vocale in vece della proprietaria. Uno sparuto gruppo di selezionati fedelissimi si unisce a lui con i loro microfoni.

«Davis, lascia perdere quell'idiota. Non c'è bisogno che ti arrabbi. Spiegacelo con termini semplici, come fossimo bimbi di quinta elementare. Lo sai che non siamo alla tua altezza» cerca di calmarla. Ormai ha imparato come rabbonirla, anche se solo per brevi periodi.

«Sì, Audrey, spiegaci tutto!» urla in chat un ragazzino con una vocetta stridula. Potrebbe non avere più di dodici, tredici anni.

«Non intendevo la farmacia, ma il *muro esterno* della farmacia, quello laterale. Voi non avete il dono di vedere le aperture, ma io sì, e vi dico che è là.» Audrey punta la telecamera verso il grande muro grigio sul lato della farmacia che dà su un ampio parcheggio.

«Dici quel muro laggiù? Okay, allora come hai intenzione di procedere?» le domanda ARock nella chat vocale.

«Aprirò un passaggio dipingendo la porta, è ovvio, no? Dove cazzo studi, a Yale, per essere così stupido? A Yale sono tutti dei coglioni, anche se quelli di Harvard sono peggio. Non sanno un cazzo dei passaggi per la quinta dimensione. Stanno tutto il giorno a studiare stronzate sui loro finti libri, tipo, uhm... come, uhm... come andare su Marte e stronzate simili. L'airone è mio amico.»

Jim scoppia a ridere, ma cerca di ricomporsi il più in fretta possibile. «Sì, Davis, l'airone sarà anche tuo amico, ma quell'edificio è proprietà privata. Te l'abbiamo già spiegato, non puoi dipingerci sopra come se fosse tuo. Verranno di nuovo quei signori in divisa a farti la multa e tuo padre dovrà sborsare altri soldi. La scorsa volta ti è andata di lusso, ma se non capiscono subito che sei schizofrenica potrebbero arrestarti per oltraggio a pubblico ufficiale.»

«No, non succederà, perché una volta aperto il passaggio per la quinta dimensione ci passerò attraverso e gli sbirri se lo prenderanno nel didietro» spiega Audrey con estrema convinzione.

«Ossignore, non sono in grado di controbattere a una logica così ferrea. Mi sa che stavolta non c'è proprio speranza» si rammarica Jim. «Gente, parte la colletta per la cauzione. Avanti, cacciate fuori i soldi, non fate i tirchi.»

Audrey esce di soppiatto dal cespuglio e trascina il suo carrellino verso il muro prescelto passando proprio in mezzo al parcheggio, incurante delle auto che le sfrecciano accanto. Alcuni guidatori le lanciano occhiate furenti, ma se non altro la schivano senza inveirle contro.

Dopo aver a lungo analizzato il muro di cemento armato usando le "particelle subatomiche dentro i suoi occhi", Audrey determina la posizione perfetta dalla quale iniziare il dipinto ed estrae i pennelli e i colori dal sacco del carrello. Si lega il cellulare attorno al collo con un nastro, rivolgendo la telecamera verso il muro. Afferra poi la grande tavolozza e ci deposita sopra grosse palle di colore, distanziandole con precisione.

«Bene, bene. Iniziamo mischiando un po' di terra d'ombra al rosso di cadmio» spiega, mentre con un coltello da pittore preleva un po' di pittura da entrambe le palle e la spalma sulla tavolozza, amalgamandola con cura.

«Audrey, cosa c'è di preciso dentro la quinta dimensione?» domanda incuriosito uno dei ragazzi della chat vocale.

«C'è un intero mondo dall'altra parte. Quello in cui viviamo ora è farlocco ed è controllato dai servizi segreti degli Stati Uniti d'America congiuntamente a quelli cinesi» risponde lei scandendo bene le parole, come se stesse testimoniando un fatto di grande importanza in tribunale. Appoggia le setole sul muro e inizia a dipingere un grande rettangolo marroncino che a tutti gli spettatori del canale fa pensare subito a una porta, e difatti lo è.

Volendo essere del tutto onesti, si dovrebbe concedere che Audrey Davis è un'ottima pittrice e sarebbe di sicuro in grado di guadagnarsi da vivere dipingendo quadri per dei veri clienti a tempo pieno, se solo la sua mente non si impantanasse di continuo a immaginare tutte quelle storie bislacche. I soggetti preferiti di Audrey sono gli animali, soprattutto leoni, tigri, aironi (ovviamente), elefanti, fenicotteri e ippopotami. Purtroppo, però, non sono molti coloro che riescono ad apprezzare le opere in stile impressionista con le quali da tempo ravviva i muri del quartiere; in primo luogo perché nessuno l'hai mai incaricata di farlo, e trovare il gigantesco muso di un leone dipinto sulla facciata della propria abitazione, magari ritornando a casa dopo una dura giornata di lavoro, è un'esperienza che in pochi riescono a vivere con serenità.

"Audrey, ti sei scordata di prendere i medicinali anche oggi, eh?" scrive preoccupato qualcuno nella chat.

"Non si è 'scordata' di prenderli. Non li prende di proposito, anche se sua madre glielo ricorda ogni giorno" risponde un altro utente.

"Audrey è più divertente così. Quando è sotto l'effetto dei medicinali sembra catatonica" obietta qualcun altro.

"Eh, ma va'? Gli antipsicotici fanno quell'effetto, ma è sempre meglio che andarsene in giro senza distinguere cos'è reale da cos'è solo frutto della sua immaginazione" risponde l'utente di prima.

Audrey, nel frattempo, ha completato la pittura di una bellissima porta di legno dotata di un pomello dorato e ha iniziato a tratteggiare il corpo di un grande airone dalle penne grigiastre, combinando una piccola parte di nero fumo al bianco titanio. Lo ha posizionato accanto alla porta, con le ali spiegate, come se fosse pronto a volarci attraverso, anche se la porta è chiusa.

Uno degli spettatori più infami regala ad Audrey venti dollari attraverso il sistema di donazioni integrato nel servizio di streaming e unisce ai soldi un messaggio, in modo da assicurarsi che lei lo legga. "Dietro di te, Audrey! Quella signora col carrello della spesa! Ti ha guardata e ha bisbigliato qualcosa in una lingua sconosciuta!"

Audrey lascia andare il cellulare e si gira di scatto, puntando il pennello gocciolante di vernice grigia contro la passante. «Maledetti mutaforma! Vi ho già detto che non mi avrete, non mi avrete mai! Non potete prendermi perché io non sono io e voi non siete voi!»

La signora in questione è un donnone sui cinquant'anni, con addosso una vestaglia a fiori. Sgrana gli occhi e spinge con maggior decisione il carrello per allontanarsi da quella strana ragazza, dirigendosi in fretta verso il centro commerciale all'altro lato del parcheggio. Per fortuna si è resa subito conto che la giovane non è in pieno possesso delle proprie facoltà mentali. La chat, in ogni caso, si sbellica ancora una volta dalle risate.

Audrey continua a osservare la donna allontanarsi come farebbe una gattina particolarmente prudente, fissandola senza spostare gli occhi di un millimetro. La signora si gira indietro un paio di volte con un'espressione sconcertata, poi con un ultimo slancio varca le porte scorrevoli del centro commerciale e sparisce al suo interno.

Nel parcheggio comincia a esserci un discreto viavai. Un coscienzioso padre di famiglia ha osservato con sincera preoccupazione la scena, in compagnia dei due figli. Avvicina a sé i pargoli e decide di entrare in farmacia a chiedere spiegazioni.

Essendosene andata la "mutaforma", Audrey si rimette a dipingere col sorriso sulle labbra, ultimando lo splendido airone per poi dedicarsi allo scenario che comporrà lo sfondo. Preleva un grosso globo di verde ftalo e ne produce diverse sfumature mischiandolo al rosso cadmio e al giallo limone, insieme a una punta di terra d'ombra.

Dopo qualche minuto, una donna bionda sui trent'anni, con addosso il tipico camice bianco da dottoressa, esce dalla farmacia in compagnia del signore di prima. Una volta girato l'angolo, osserva sbigottita Audrey che dipinge delle verdeggianti palme sul muro. Bisbiglia a lungo col padre di famiglia, finché lui riprende per mano i suoi bambini e si allontana in direzione del centro commerciale.

Gli spettatori di Audrey riescono a vedere il pericolo avvicinarsi nei rari momenti in cui lei si gira e punta la telecamera lontano dal muro. Nella chat, quasi tutti gli utenti cercano di metterla in guardia, ma lei è troppo presa dal suo dipinto per accorgersene. In molti dichiarano di aver già messo in forno i popcorn in attesa di quel momento.

«Ahi, ahi. Mi sa che ci siamo» commenta Jim nella chat vocale, in modo che lei lo senta. «Davis, hai compagnia. È meglio se ti giri.»

La farmacista si avvicina ad Audrey in modo circospetto, scrutando con sconcerto il grande dipinto. «Signorina, cosa sta facendo? Non abbiamo affatto commissionato la realizzazione di questo, ehm... *affresco*.»

«Zitta, tu. Sono la più grande pittrice mai esistita!» le sbraita contro Audrey, già in preda all'agitazione. «L'airone è mio amico.»

«Come ha detto, prego?» domanda la farmacista con aria interdetta, socchiudendo le palpebre.

«L'airone è mio amico. Per chi lavori? Per il governo? Sono una portatrice della Fiamma Segreta e conosco i miei diritti. Sono la più grande esperta di diritti. Non puoi impedirmi di... di... Comunque sì, ritorno al mittente!»

Non riuscendo a interpretare sensatamente quei discorsi sconclusionati, la farmacista ribadisce: «Signorina, non può dipingere su questo muro. Se non la smette subito sarò costretta a chiamare la polizia. Anzi, dovrò informare subito il mio datore di lavoro, e credo che lui la chiamerà in ogni caso.»

Audrey la schernisce, anche se le sue parole cominciano ad avere sempre meno senso: «Hai studiato anche tu ad Harvard? Carta da zucchero, blu alice, acquamarina, ciano, blu polvere, blu pervinca, celeste, azzurro, blu fiordaliso... Ritorno al mittente!»

La donna, ora preoccupata, estrae il cellulare dalla tasca e rientra in fretta nella farmacia. Molte altre persone si sono fermate a osservare, ma si tengono a debita distanza, convinte che Audrey sia una pericolosa schizzata.

"Merda, quella farmacista è proprio ritardata. Manco ha capito che Audrey non c'è con la testa. Ecco cosa succede quando le donne si guadagnano la laurea a suon di pompini" commenta uno spettatore nella chat.

"Anche se lo capisce mica può lasciarla dipingere il muro come se niente fosse" gli risponde un altro.

Dopo qualche minuto, la farmacista esce di nuovo dalle porte scorrevoli in compagnia di un signore alto e dai capelli brizzolati, con l'aspetto del brav'uomo. Indossa anch'egli un camice. Il dottore osserva Audrey a lungo e infine le dice con gentilezza: «Signorina? Signorina, la prego di smettere subito di dipingere sul nostro muro. La informo che la polizia sarà qui a momenti. Signorina, capisce quello che le sto dicendo?»

La signorina Audrey Davis se ne infischia delle minacce del dottore e continua imperterrita a dipingere, cercando di ultimare l'opera prima dell'arrivo delle forze dell'ordine. I ragazzi nella chat vocale ingiuriano il farmacista in tutti i modi possibili, descrivendo con dovizia di particolari in che maniera sua moglie si sta intrattenendo con svariati uomini di colore mentre lui è al lavoro, ma il dottore è troppo lontano per udire le loro voci nello speaker del telefono. Alle sue spalle, una folla di curiosi si è riunita per godersi la scena. Alcuni filmano Audrey con i cellulari.

Una decina di minuti più tardi, una volante della polizia con i lampeggianti accesi si avvicina svogliatamente alla "scena del crimine", come se sapesse già a quale rogna sta andando incontro. Dai portelloni anteriori escono due poliziotti, un afroamericano sbarbato e dalla pelle molto scura e un ometto bianco grassottello, con due baffetti scuri e il volto pingue.

"Oh, cazzo, ci siamo. Ragazzi, tirate fuori i popcorn dal forno!" gongola uno dei fan più sadici di Audrey.

«Merda, qui si mette male» si dispera ARock nella chat vocale. La sua voce è roca e profonda. «Sappiamo bene come va a finire a volte quando gli schizofrenici interagiscono con i poliziotti. Che si fa? Proviamo ad aiutarla?»

«Davis, alza il volume del vivavoce al massimo. Ci parliamo noi con gli sbirri» assicura Jim in tono calmo ma deciso.

Audrey è ossessionata (ma anche terrorizzata) dai poliziotti, dagli agenti federali e più in generale da tutti gli appartenenti alle forze dell'ordine; di conseguenza, in quel momento la sua ansia sale alle stelle. Avverte che sta per perdere quasi del tutto il controllo sulla sua mente, ma riesce comunque ad alzare il volume dello speaker del cellulare come le ha suggerito Jim.

Dopo aver parlottato a lungo con i farmacisti e gli altri testimoni, i due poliziotti si avvicinano ad Audrey procedendo con estrema prudenza, tenendo le mani vicine alla cintura. Si fermano a qualche metro di distanza da lei, squadrandola con la massima attenzione. Audrey lascia cadere la tavolozza e inizia a stringersi ossessivamente il gomito con una mano.

«Signorina, abbiamo risposto a una chiamata del farmacista, quel signore che vede laggiù. Ha dipinto lei questo, ehm... affresco?» chiede il poliziotto nero.

«Sì, esatto. Ma questo non è un affresco. L'affresco è realizzato su intonaco fresco. Sono la più grande pittrice della storia, anche se in questo momento sono senza purezza» risponde Audrey scandendo bene le parole.

I due poliziotti si lanciano un'occhiata perplessa. L'afroamericano aggiunge: «Va bene, ma lo sa che è comunque un atto di vandalismo? Devo chiederle di appoggiare il pennello a terra, se non le dispiace. Appoggi lentamente il pennello sul marciapiede davanti a lei senza fare movimenti bruschi e si giri verso il muro.»

Jim non riesce a trattenersi e scoppia a ridere. «Avete paura che vi dipinga a morte?» La risata si trasforma in una tosse catarrosa e violenta. I suoi polmoni sono devastati dalle troppe sigarette.

Il poliziotto coi baffetti si guarda attorno allarmato. «Chi ha parlato? Signorina, c'è qualcuno con lei?»

«Merda, ma allora siete *davvero* dei ritardati. Siamo nel telefono, nel telefono! Davis, mostra lo schermo del cellulare ai signori in divisa» suggerisce Jim tra un colpo di tosse e l'altro.

Audrey comincia a tremare. Getta a terra il pennello e fa per afferrare il telefono, ma i due poliziotti si agitano ed estraggono i manganelli.

«No, no! Calma! Signorina, allontani le mani da quel telefono, poi si giri, congiunga le mani dietro la schiena e ci aspetti lì ferma immobile!» le ordina il poliziotto di colore.

Audrey pare non recepire il messaggio, perché non fa nulla di quanto le è stato richiesto. I due agenti le si avvicinano cautamente brandendo gli sfollagente, mentre i ragazzi nella chat vocale urlano qualcosa per farsi sentire, anche se più che altro stanno ricoprendo i poliziotti di insulti scurrili.

«Lasciate in pace Audrey, luride merde!» grida nel suo microfono il ragazzino con la voce stridula.

«È schizofrenica! La ragazza che avete davanti è una schizofrenica paranoide! Stiamo vedendo e registrando tutta la scena, per cui non fate cazzate o vi troverete contro quasi duemila testimoni oculari» li avvisa ARock con la sua voce roca.

«Ma cosa cazzo...?» Il poliziotto nero osserva con aria interrogativa il cellulare e controlla le immagini sullo schermo. «Signorina, sta facendo una videochiamata? La prego di interromperla seduta stante!»

«No, io sto... io sto... il passaggio è quasi aperto. L'airone è mio amico!»

I due poliziotti rivolgono istintivamente lo sguardo verso l'airone dipinto sul muro, convinti che ci sia un collegamento con gli strani discorsi della ragazza.

«L'avete capito che è schizofrenica, sì o no?» li martella Jim dall'altoparlante del cellulare. «Quella ragazza si chiama Audrey Davis e sta facendo streaming su internet, per cui vi conviene sorridere, perché avete un discreto pubblico!»

Questa volta i due poliziotti comprendono alla perfezione le sue parole.

«Porca puttana! Fred, interrompi subito quella merda!» ordina l'uomo coi baffetti.

L'altro esamina per qualche secondo lo schermo e impreca. «Non ho idea di come cazzo si faccia! Ci penseremo più tardi. Signorina, ha con sé armi di qualche tipo? La avviso che intendo perquisirla.»

«Non può toccarmi, sono già senza purezza. Sono una succhiacazzi senza purezza. Ritorno al mittente!» strepita Audrey senza alcuna logica.

«Come ha detto?»

«Ritorno al mittente infinito!» ribadisce Audrey, rincarando la dose di un messaggio che solo lei e le voci nella sua testa possono comprendere.

«Signorina, non capisco cosa significhi quella frase» ammette con sorprendente sincerità l'agente coi baffetti.

Il poliziotto afroamericano cerca di venirle incontro. «Se non ci permette di perquisirla, si allontani dal muro e si sieda qui sul marciapiede mentre controlliamo il suo carrello porta spesa.»

Audrey disubbidisce agli ordini in toto e corre come una disperata verso la porta nel muro dipinta da lei stessa, cercando di aprirla girando il pomello dorato. «L'airone è mio amico! L'airone è mio amico!» ripete più volte, provando ad afferrare la maniglia con la mano. «Perché non si apre?! L'hanno sigillata, hanno sigillato il passaggio!»

I poliziotti sono allibiti ma rimangono comunque in allerta, sollevando i manganelli per essere pronti a difendersi nel caso quella strana ragazza decidesse di fare qualcosa di avventato. «Signorina, non corra! Nessuno intende farle del male. Dato che è lì, mantenga il viso rivolto verso il muro e congiunga le mani dietro la schiena. Non faccia altri scherzi del genere, ci siamo intesi?»

"Merda, da fan di Audrey questa scena è dura da guardare. Sta andando peggio dell'altra volta" commenta costernato uno dei ragazzi in chat, unendo al messaggio una fila di faccine che piangono.

"Direi che è arrivato il momento perfetto per urlare insulti razzisti" suggerisce divertito uno degli spettatori più malvagi. "Se proprio devono arrestarla, almeno che se ne vada in bellezza, con l'aggravante del crimine d'odio."

"Se lo fate siete davvero dei pezzi di merda!" scrive la coscienziosa spettatrice femminile, ma purtroppo non ha accesso alla chat vocale per consigliare ad Audrey di spegnere il telefono.

«Ritorno al mittente! Ritorno al mittente!» grida furibonda Audrey, rifiutandosi di eseguire ogni ordine dei poliziotti. Ormai è sprofondata in una crisi psicotica. «*Ritorno al mittente infinito!*»

I due poliziotti si scambiano un'occhiata d'intesa e le si avvicinano estraendo minacciosamente i taser dal giubbotto.

«Non pensateci nemmeno per scherzo, figli di puttana!» grida Jim nel microfono. «Se le sparate con quelli per una stronzata simile, vi giuro che entro stanotte avremo scoperto come vi chiamate e dove abitate!»

«Non possiamo correre rischi, la ragazza si rifiuta di collaborare» dichiara meccanicamente il poliziotto coi baffetti. Non è chiaro se stia rispondendo a quella strana voce nel telefono o se stia cercando di convincere se stesso.

«Non può leggermi i diritti perché non sa leggere!» urla Audrey divincolandosi con violenza non appena il poliziotto nero prova a toccarla. «Le sporche manguste non sanno leggere!»

"Ah ah, le battute di Audrey rimangono brutali anche mentre viene arrestata!" commenta divertito JJ_23, ma il suo buon umore si guasta quanto quello di tutti gli altri spettatori non appena è costretto ad assistere – molto più nolente che volente – all'atto finale del dramma quotidiano, nel quale la sua adorata pittrice tenta di rifilare dei timidi pugnetti ai due agenti, viene colpita dai dardi di entrambe le pistole elettriche e infine stramazza a terra con i muscoli che le si contraggono violentemente per gli spasmi.

Non fu quella la fine di Audrey Davis, ma a posteriori si potrebbe avanzare l'opinione che sarebbe stato meglio così.

Cancro
Il Rifugio del Guerriero

Il giorno del 912° Rito dell'Osservazione, dopo aver attraversato a piedi quasi tutta Gulguta, Mark e il gruppo di Cavalieri del Cancro avevano imboccato la strada per la loro contrada varcando la porta nelle mura numero II, che dunque seguiva quella della Vergine in senso orario.

Appena entrato nel settore, il nuovo arrivato si era reso subito conto che raggiungere la loro capitale non sarebbe stata affatto una passeggiata. Il percorso era infatti impervio, lungo e tortuoso, e lo si affrontava procedendo su uno stretto sentiero di montagna. Questo si lanciava quasi subito nel folto di un bosco di sequoie talmente alte da lambire il cielo, che giganteggiavano nell'azzurro come torri di legno e foglie. Il terreno si faceva ben presto rossiccio, caldo e quasi pastoso sotto il notevole strato di muschi, felci e steli d'erba verdina che cresceva dove poteva, evitando le zone a ridosso dei colossali tronchi.

A nord-ovest, dunque in senso antiorario, una fila di brulli e scoscesi colli rosseggianti separava il Cancro dalla contrada della Vergine, mentre sul lato opposto una vera catena montuosa si dipanava da nord a sud per tutto il raggio destro del settore circolare, demarcando il confine con il Sagittario. Quelle imponenti montagne divenivano enormemente alte nelle vicinanze del Muro del Calvario e su una delle loro cime era stata costruita la capitale, Castrum Coeli. Mark aveva scorto numerosi Pegasi volare in direzione della città. Dopo aver chiesto spiegazioni, Sujira gli aveva spiegato in maniera succinta che ogni cavallo alato era personale e poteva essere cavalcato solo dal proprio padrone, che era anche il suo creatore (anche se quest'ultimo concetto parve a Mark piuttosto bizzarro). Com'è logico i nuovi arrivati, essendo sprovvisti di Pegasi, compievano il primo viaggio sempre a piedi, insieme agli Ufficiali presenti al Rito.

Il territorio del Cancro era faticoso da attraversare, seppur spettacolare, e raggiungere Castrum Coeli a piedi si era rivelata una feroce scarpinata tra i monti. Le escursioni in montagna erano però sempre piaciute a Mark, dunque quel giorno non si era fatto particolari problemi. Si era allacciati stretti gli scarponi e si era incamminato, tenendosi sempre in testa al gruppo, appena dietro il Cavaliere di Gran Croce. Quella era stata la prima e unica volta in cui Sujira era apparsa positivamente sorpresa da lui, quando l'aveva visto inerpicarsi di buona lena su per il sentiero.

Durante il viaggio, i nuovi arrivati avevano conversato a lungo con il leader, Seydou, il quale gli aveva raccontato, tra le altre cose, che quella sera nell'edificio principale del Sacro Ordine si sarebbe tenuto il Capitolo Generale, un'assemblea a cui partecipavano tutti i Cavalieri del Cancro di rango più alto appartenenti ai tre reparti: l'Ordine Ospedaliero, il Gran Priorato e la Cancelleria del Magistero, ma di questo si parlerà approfonditamente più avanti.

Dopo qualche ora di cammino avevano raggiunto la sommità di un crinale e dall'altro lato della cresta si era allargata una vasta vallata pianeggiante. Le sequoie si erano diradate, lasciando gradualmente il posto ad alberi più bassi; tuttavia, questi erano rinsecchiti e in molti casi già morti, di conseguenza l'altura si era fatta via via sempre più spoglia e sassosa fino ad arrivare ai piedi delle montagne, che erano irti di arbusti secchi.

L'ultimo tratto si era rivelato il più spossante. In quei momenti Mark aveva davvero compreso la comodità di poter cavalcare uno di quei destrieri alati. Tuttavia, aveva anche appreso che solo i Guerrieri ne possedevano uno. Gli Intoccabili del Cancro erano costretti a salire e a scendere da Castrum Coeli ogni volta a piedi, pertanto aveva concluso che lamentarsi sarebbe stato irrispettoso nei confronti di quelli ancor meno fortunati di lui e aveva preso a scalare la montagna, chiamata Picchi Gemelli, con rinnovato fervore.

Una serie di serpeggianti scale di indicibile lunghezza era stata scavata nel versante sud-occidentale della montagna per permettere di salire. Fortunatamente il percorso si sviluppava rimanendo spesso all'interno, senza sporgersi troppo sul burrone, per non esporre i viaggiatori alle intemperie; inoltre, delle corde erano state assicurate alla roccia con dei ganci lungo tutta la strada per aiutare i viandanti a salire. Era una vera fortuna che i Guerrieri del Tempio avvertissero poco la fatica fisica, altrimenti affrontare un viaggio del genere in un solo giorno sarebbe stato improponibile. In ogni caso, erano arrivati a destinazione quando era già sera.

La città di Castrum Coeli era incavata nella parte più alta di uno dei due Picchi Gemelli, ma non era affatto sciatta o decadente, come si potrebbe supporre essendo costruita in un luogo sì isolato. Una volta raggiunta la parte conclusiva del sentiero, si rivelava alla vista un imponente dedalo di fitte strade che si snodavano tra bassi edifici costruiti con la roccia rossa estratta dalla montagna stessa, in un saliscendi di ripide scalinate che passavano in mezzo a intimi cortili cinti da muretti. Le case erano sempre abbellite da tendaggi color avorio o perla per ripararsi dal sole, mentre grandi cespugli di oleandri e piante grasse d'ogni genere – soprattutto agavi e aloe vera – donavano note verdeggianti ai giardinetti interni. Magnifici stendardi garrivano al vento a ogni angolo di strada. Raffiguravano un granchio d'argento su sfondo crema, circondato da tre altri simboli: una mazza ferrata, una ampolla piena d'acqua sorretta da due mani e un foglio di pergamena con sopra un paio di grandi ali spiegate. Verso la cima della montagna tirava spesso un vento sgarbato ma mai freddo; al contrario, si respirava aria calda, il che era sorprendente.

Mark uscì dal dormitorio e si appoggiò alla balaustra di pietra per osservare ancora una volta il paesaggio. Erano passati ormai diversi giorni dal suo arrivo, ma l'impressionante visione di cui si godeva da quella notevole altezza non l'aveva ancora stancato.

Come si è detto in precedenza, Castrum Coeli era stata appositamente costruita sulla cima della montagna più vicina al Muro del Calvario, e da lì era possibile far volare lo sguardo al di là; ciò nondimeno, si godeva anche di un'ottima vista sul territorio pianeggiante della Vergine e su quello più lontano dello Scorpione. Sul lato opposto, purtroppo, la vista sulla contrada del Sagittario veniva oscurata da una seconda catena montuosa, le Alpi Nivee, le cui montagne si innalzavano parallele a quelle del Cancro. Le cime del settore del Sagittario erano però innevate ed era evidente che su quei picchi facesse un discreto freddo.

Mark condivideva il dormitorio comune con i novizi e quei pochi Cavalieri indecisi che ancora non avevano fatto richiesta di essere ufficialmente assegnati a uno dei tre reparti. Questo non andava troppo a genio al nuovo arrivato, giacché esistevano due dormitori separati divisi per generi e lui si era così ritrovato circondato da soli maschi, limitando le opportunità d'incontrare e conoscere ragazze nuove. A tal proposito c'è anche da aggiungere che, come stava scritto nelle cervellotiche regole del Sacro Ordine, Sujira era destinata a fargli da maestra finché egli non fosse diventato un vero Cavaliere Professo, dacché era stata lei ad accoglierlo al suo arrivo al Pozzo dei Santi, e in più Mark aveva scelto di far parte del suo stesso reparto, il Gran Priorato. Non era però sicuro che questo rappresentasse effettivamente un vantaggio per lui. La sua mente, quando c'era in giro Sujira, tendeva a elaborare pensieri sconci e scenari erotici ben poco proficui sotto il profilo professionale.

Sujira, d'altro canto, non si era dimostrata per nulla collaborativa con Mark, e sì che il cardine della filosofia del Cancro era imperniato sull'aiutare il prossimo. Continuava a trattarlo con estrema freddezza e a gettargli occhiate accusatorie ogniqualvolta lui si soffermava ad ammirare la sua bellezza (spesso, va detto, da angolazioni sconvenienti). In difesa di Mark è doveroso sottolineare che Sujira, una volta giunta a Castrum Coeli, aveva abbandonato in fretta l'armatura e da quel momento in poi se n'era sempre andata in giro indossando soltanto la tunica d'arme di stoffa con sopra disegnato il simbolo e il motto del Cancro. Tale tunica la copriva perfettamente davanti e dietro, ma di lato lasciava intravedere gran parte dei fianchi e delle gambe. Questo fatto tendeva a distrarre l'attenzione del novizio americano, per usare un lieve eufemismo.

Sì, Sujira, calpestami! gridò Mark dentro di sé nel vederla percorrere la scalinata che conduceva al bar per soli Cavalieri, il *Requiem Deorum*. *Calpestami con quegli stivaloni che indossi, ti supplico! Rinchiudimi nelle segrete del quartier generale del Gran Priorato e fa' del mio corpo ciò che vuoi!*

Per l'ennesima volta Sujira sembrò intuire i suoi pensieri osceni e gli scagliò un'occhiataccia piena di sdegno che lo avrebbe trafitto anche con addosso un'armatura a piastre completa. «Guardato bene? Già che ci sei vuoi anche una foto?» lo motteggiò da lontano, non facendo però nulla per domare la sua tunica che si agitava al vento.

Mark, che conosceva quel tipo di atteggiamento alla perfezione, non si sorprese. Quasi tutte le celebrità femminili con le quali in vita aveva avuto familiarità si comportavano alla stessa maniera e gli uomini si erano dovuti adeguare. Ormai sapevano bene che con le ragazze attraenti e popolari non c'era alcuna reale possibilità, se non si era ricchi sfondati, pertanto lasciarsi umiliare da loro rappresentava una patetica forma di pseudo-rapporto sentimentale che era comunque preferibile all'essere totalmente ignorati. Mark alla fine gliel'aveva domandato e adesso almeno sapeva che la ragazza era tailandese, non indiana come aveva ipotizzato.

Tuttavia, Sujira non era certo il suo obiettivo primario. Un giorno o l'altro sarebbe andato a trovare la sua amata Emily Lancaster. A quel punto lei avrebbe ammesso che Mark aveva davvero provato ad aiutarla, lui avrebbe accettato di buon grado le sue scuse e sarebbero diventati amici per l'eternità. Magari anche qualcosa di più che semplici amici. Prima di tutto, però, Mark avrebbe dovuto modellare un Pegaso e diventare così un Cavaliere Professo. Quello era un passo fondamentale, ma il solo pensiero di plasmare un animale d'argilla che avrebbe dovuto prendere vita gli suonava del tutto ridicolo e surreale, nonché impossibile.

Sujira entrò nel locale a cui i novizi non potevano accedere, per cui Mark cominciò a discendere la cima della montagna percorrendo le vie di pietra scavate nel ventre del Dente, su cui si affacciavano le abitazioni degli Intoccabili. Ogni tanto le strade uscivano per brevi tratti all'esterno, esponendosi così alla furia del vento, ma erano protette da parapetti di legno sul lato che dava sullo strapiombo.

Gli abitanti di Castrum Coeli erano persone serie, responsabili e consacrate alla loro opera di assistenza – in particolar modo i Cavalieri –, ma ciò non precludeva che diventassero affabili e socievoli nel tempo libero. La capitale si era rivelata dunque un luogo movimentato, dall'atmosfera intensa, e le correnti di aria calda alimentavano quelle passioni.

Mark incrociò un gruppo di volenterosi Intoccabili che, dopo aver cotto l'argilla nei forni degli edifici interni, trasportavano su delle carriole alcune anfore di terracotta destinate alla Vergine. Questo lo spinse a riflettere sulla geomorfologia del loro settore. Il Dente era infatti solamente la prima delle vette, poiché la montagna era costituita da due cime separate, da cui il nome Picchi Gemelli. All'interno del Dente, che era il picco più massiccio, era costruita la città di Castrum Coeli vera e propria, mentre l'altra sommità era stata distrutta, spianata, e vi era stata poi scavata la Cava. Dalla Cava si traeva l'argilla con la quale si producevano molti oggetti utili al Tempio, ma soprattutto era necessaria a plasmare i Pegasi.

In uno dei quartieri più bassi della città era stato eretto – o per meglio dire scolpito – l'ospedale, chiamato Refugium Bellatoris. Da quelle parti c'era sempre un gran viavai di Cavalieri Professi e Guerrieri di ogni segno zodiacale. Durante la sua vita precedente Mark aveva studiato medicina; eppure, quando Seydou gli aveva chiesto se desiderasse entrare a far parte dell'Ordine Ospedaliero, lui aveva rifiutato, anche se non avrebbe saputo dire con precisione perché, e aveva invece scelto di diventare un soldato del Gran Priorato, assumendo un ruolo da paladino.

Entrò al piano terra dell'ospedale che era interamente – nondimeno raffinatamente – costruito nella roccia e riconobbe subito un gruppo di novizi che aveva conosciuto in quei giorni. Stavano ascoltando la lezione di uno degli Ufficiali dell'Ordine Ospedaliero, studiando per diventare medici e infermieri. Mark gli passò accanto senza fiatare e si diresse verso le corsie.

Il primo salone, quello al piano terra, disponeva di non più d'una ventina di letti. Erano accostati alle pareti e separati tra loro da dei pannelli di legno con sopra dipinti degli scenari di vita del Tempio. Lame di luce fendevano le grandi finestre sulla parete che dava verso l'esterno della montagna, illuminando la stanza con discreto chiarore. La maggior parte dei letti in quel momento era vuota, ma un Cavaliere Professo occupava uno di quelli accostati alla parete interna. Era stato gravemente ferito a un braccio – che gli avevano salvato per miracolo – e si lamentava di continuo per il dolore causato dai punti di sutura. La sua tunica da Cavaliere era stata ripiegata e appoggiata su uno scranno accanto a lui. Mark la osservò, rileggendo per l'ennesima volta il motto impresso sul davanti: *Mors est quies viatoris, finis est omnis laboris*[1].

Una giovane infermiera dai capelli neri e la pelle olivastra, vestita con una morbida tunica color perla, passò a rimboccare le coperte al Cavaliere e gli domandò con allenata cortesia se si sentisse meglio. Lui giurò d'essere perseguitato dalla sfortuna più nera e le raccontò per filo e per segno le circostanze in cui era rimasto ferito. Qualche minuto più tardi, l'infermiera fece per andarsene, poi notò Mark che osservava la tunica del Guerriero con aria perplessa.

«Lo conosci?» domandò lei.

Mark sollevò lo sguardo e mise meglio a fuoco la sua interlocutrice. Era abbastanza carina e la cosa lo colse alla sprovvista. «Chi, quello là?» biascicò con voce impastata.

La ragazza strinse al petto la cartellina di legno a cui erano appuntati i fogli con le informazioni sui pazienti. «E chi, sennò? C'è solo lui.»

«Oh, no. Perdonami, mi ero fermato a riflettere su ciò che è scritto su ogni tunica, il motto del Sacro Ordine del Cancro.»

Lei sollevò un sopracciglio e studiò Mark da capo a piedi. «Oh? E che avrebbe che non va? Tu comunque la tunica non ce l'hai ancora.»

Mark osservò con amarezza la propria veste marroncina da finto frate. «No, purtroppo no, non sono ancora diventato Cavaliere. Il motto recita: "Mors est quies viatoris, finis est omnis laboris". Io ora il latino lo capisco bene, e quella frase mi pare fuori luogo, oppure una presa in giro. Se i feriti dobbiamo salvarli, non mi pare appropriato accoglierli parlando in maniera positiva della morte, come se dovessero abbracciarla. Se invece il motto si riferisce più generalmente al Tempio, allora è ancora più sbagliato. A quanto pare la morte non è proprio

---

[1] Trad. dal latino: "La morte è il riposo del viandante, è la fine di tutte le fatiche."

la fine di nulla, altrimenti non saremmo qui a combattere.»

«Sei proprio un tipo perspicace, eh?» lo punzecchiò lei con ironia, sfoderando però un bel sorriso. «Certo, hai ragione. È una frase sarcastica, per farti meditare sulla nostra condizione esistenziale. O almeno credo. Non sono una gran filosofa, però direi che con te ha funzionato. Io mi chiamo Suha, piacere di conoscerti.»

Perché la tunica le sta così attillata? Quando prima si è piegata verso il letto... mio Dio, il suo sedere è da otto abbondante, valutò Mark. *No, basta, faccio schifo. Sto fantasticando di scoparmi la prima infermiera che mi è capitata davanti.*

Deglutì e le strinse la mano. «Piacere, Mark. Tu lavori fissa qui?»

Lei fece spaziare lo sguardo sul grande salone. «Sì, ormai rimango praticamente sempre in ospedale. Una volta andavo anche all'esterno del Muro ad aiutare i Guerrieri feriti sul campo, ma i Vuoti mi spaventavano troppo, e così... Sono più utile tra queste mura, credo. Non c'è motivo di incaponirsi nel voler combattere quando non si è tagliati per farlo.»

«Sbaglio o c'è un ospedale anche a Gulguta? Sono quasi certo d'averlo visto il giorno che sono arrivato, anche se di sfuggita. O perlomeno aveva l'aspetto di un ospedale, anche se il nome impresso sopra il portone era un po' ambiguo.»

Suha annuì. «No, non sbagli, ma diciamo che quello è più una casa di cura per le lunghe degenze, dove i Guerrieri possono recuperare non solo fisicamente ma anche mentalmente. Il nostro è più simile a un ospedale da campo, o un pronto soccorso, nel quale possiamo soccorrere in fretta i feriti gravi, anche se ha l'aspetto di un ospedale vero e proprio. Non è male, vero? Considerato che siamo dentro una montagna.»

«No, infatti. Quando ho saputo che Castrum Coeli era costruita sul picco di una montagna mi sono preoccupato, ma una volta arrivato ho cambiato subito idea. È piuttosto sfarzosa, sempre che a uno piaccia questo strano stile a metà tra Machu Picchu e le miniere di Moria, ovviamente senza invasioni d'orchetti.»

Suha capì la battuta e ridacchiò. Mark per tutta risposta arrossì d'azzurro. L'infermiera portava un bel rossetto viola che creava un ottimo contrasto con la pelle levantina.

Non è corretto venire al lavoro truccate in quella maniera. Sembra una cospirazione per farmi arrapare. Come cazzo fanno qui gli uomini a lavorare con la mente lucida se tutte le donne sono giovani e carine?

«Allora, che tipo di Cavaliere hai intenzione di diventare?» domandò Suha dimostrando un certo interesse. «Vedo che non stai studiando per far parte dell'Ordine Ospedaliero, quindi cosa sei? Del Gran Priorato o della Cancelleria?»

«Sono del Priorato. O perlomeno quello è il mio obiettivo.»

«I soldati del Priorato sono fichi, ma bisogna essere tagliati per andare così spesso al fronte. Tu la stoffa ce l'hai?»

«A dire il vero non ne sono troppo sicuro» balbettò Mark con candore. «Lo spero.»

Suha parve volerlo incoraggiare. «Oh, peccato. Se non diventerai mai Cavaliere non ci incontreremo mai al *Requiem Deorum*. Quando non sono in ospedale ci vado spesso.»

Merda. Quel cavolo di bar dev'essere pieno di belle Guerriere che si scolano Nettare alcolico per rilassarsi dopo una dura giornata di lavoro!

Dei passi pesanti risuonarono sul pavimento a piastrelle dietro di loro, accompagnati da un leggero sferragliare.

Suha trasalì. «Cavaliere di Gran Croce!» esclamò sgranando gli occhi. Si allontanò in fretta da Mark, forse per non dare adito a fraintendimenti.

Seydou Sekongo, vestito con tre quarti della sua armatura di bronzo macchiata d'azzurro e di rosso in più punti, si avvicinò al letto del Guerriero ferito sorridendo a Suha e lanciando a Mark un'occhiata sorpresa. «Signorina Haddad. Signor Colby. Dunque devo intendere che hai cambiato idea sul diventare medico?»

Mark scosse appena la testa. «No, non è così. Ammetto che l'idea per un attimo mi ha stuzzicato e l'ospedale è un ambiente che mi è familiare, ma non voglio illuderla: qualcosa mi suggerisce che questa non sia la strada giusta per me.»

«Capisco. Coloro che erano dottori sulla Terra spesso scelgono di continuare a esercitare quella professione anche qui, ma nessuno intende forzarti» rispose il leader del Cancro con una leggera scrollata di spalle. La sua voce aveva sempre un tono accomodante. Fissò il Cavaliere sdraiato sul letto e chiarì: «Questo signore è uno dei miei uomini. È stato ferito mentre era con me in ricognizione e questa cosa non mi va affatto giù. Come stai, Ludo?»

L'uomo si sospinse verso l'alto facendo leva sui gomiti. «Eh, che vuole che le dica. Vivrò, e questo è l'importante. Comunque quel Molesley è davvero un barbaro a dare i punti, li stringe davvero troppo. La prossima volta preferirei che lo facesse Suha. Mi hanno detto che è molto più delicata.»

Suha distolse lo sguardo e azzurrì sulle guance. Dopo poco lanciò un'occhiata furtiva a Mark, che in quel momento stava immancabilmente fantasticando su cosa fossero in grado fare quelle mani così delicate quando applicate a parti del corpo più erogene.

«Non avevamo abbastanza tempo per trasportarti fin qui, Ludo, stavi per perdere il braccio» gli ricordò Seydou. «È una fortuna che ci fosse Molesley in giro. Ma ho comunque un consiglio di inestimabile valore da offrirti: non farti azzannare di nuovo da un Chimo, o dovrò risolvere il problema tagliando la testa al toro. In senso figurato, ovviamente. Ti sistemerò per un po' nelle retrovie, di pattuglia sulla cima del Muro. Sei troppo impetuoso per far parte della mia squadra.»

«È davvero un consiglio eccellente, Cavaliere di Gran Croce, ma avevo già raggiunto una conclusione simile per conto mio» commentò Ludo con un certo sarcasmo. «Piuttosto che tagliare la testa al toro, non sarebbe meglio tagliare la testa al *Toro*? Se non fosse stato per *lei-sa-chi*, non avrei avuto un incontro così ravvicinato con le zanne di quella bestia immonda. Visto cosa si guadagna a correre dietro alle sottane delle ragazze?»

Seydou scoppiò a ridere, ma poi mimò il gesto di sigillarsi le labbra e non osò rispondere, forse per correttezza politica nei confronti degli appartenenti a quel segno. Mark aveva notato che il leader era sempre rispettoso nei confronti di tutte le altre Case, nessuna esclusa.

Quando si girò per andarsene, Ludo esclamò: «Che fa? Torna già a lavorare?»

«Eh, sai che ho ancora quel vizio?» scherzò Seydou, avviandosi poi di gran carriera verso la saletta attigua, che era una stanza riservata al personale dell'ospedale.

Mark salutò Suha e seguì il Cavaliere di Gran Croce. Quella stanza, simile a un ambulatorio, conteneva scrivanie e scaffali pieni di libri. Alle pareti erano affissi svariati disegni che raffiguravano parti anatomiche del corpo umano e complessi diagrammi, incomprensibili per i non iniziati.

«Posso porle qualche domanda?» esordì il novizio.

«Cosa ti turba?» rispose Seydou, esaminando un registro appoggiato su una delle scrivanie. «Se riguarda il tuo Shintai, ti ricordo che la Ceremonia delle Armi si terrà tra poco.»

«No, non si tratta di quello» disse Mark spingendo verso l'alto il suo nuovo ciuffo di capelli regalatogli dalla Forma dell'Anima. «Non credo di capire quale sia la funzione della città centrale, dato che comunque tutti i servizi fondamentali sono sparsi per i settori delle varie Case zodiacali, come ad esempio l'ospedale. Quello che abbiamo qui mi pare del tutto adeguato.»

Seydou sospirò e alzò gli occhi dal registro per guardarlo in viso. «Gulguta è una città per soli Intoccabili, adatta a coloro che desiderano vivere insieme ai membri di tutte le Case, senza distinzioni e separazioni, in un ambiente neutrale. Ci sono comunque diverse strutture importanti che non si trovano in nessun altro settore, come la prigione, gli stadi e i luoghi di culto, ad esempio.»

«Ah, già, i luoghi di culto. Anche quella mi è sembrata una cosa davvero strana. In effetti l'ho visto: un intero quartiere pieno di chiese, moschee, templi buddhisti, sinagoghe. Ma la gente ci va davvero? Voglio dire: questo luogo, il Tempio, non è esso stesso la conferma che esiste qualcosa di diverso dagli dèi che conoscevamo?»

A Seydou sfuggì un sorriso mentre si lisciava la lunga barba nera. «Sei un furbetto. In pratica mi stai suggerendo di rivelarti quale Dio regni davvero sul Tempio, non è così? Be', non lo so. Credo che nessuno di noi lo sappia davvero, ma se vuoi la mia personale opinione: tutti gli dèi e nessuno allo stesso tempo. Detto questo, io vado comunque a pregare in moschea ogni volta che posso. E molti altri vanno in chiesa, o in sinagoga. Tu sei cristiano? Qui sono presenti tutte le religioni, ma l'influenza cristiana pare impregnare il Tempio con più potenza delle altre, anche se nessuno credo sappia spiegare perché.»

Mark fissò il soffitto, cercando dentro di sé la risposta. «Sulla Terra ero cristiano protestante, ma non credo proprio che qui andrò a pregare in chiesa, almeno non prima d'aver capito di più su questo mondo. Mi perdoni se glielo chiedo, ma cosa rappresenta esattamente quel disegno laggiù? Le confesso che mi sta turbando. Sembra una raffigurazione dell'anatomia del corpo umano, ma è parecchio strana. Dove sono gli organi? E i vasi sanguigni sono... hmm, non saprei definire cosa sono.»

Seydou rise e si avvicinò alla grande pergamena appesa al muro. Il disegno mostrava la sagoma di un uomo del Tempio e ciò che conteneva all'interno del corpo. «Anche se non intendi diventare un medico è giusto che tu lo sappia, potrebbe sempre tornarti utile. Osserva bene questo schema. I nostri corpi qui sono composti diversamente da come lo erano sulla Terra. Sotto la pelle scorrono torrentelli di Nettare racchiusi all'interno di grossi ma fragili vasi sanguigni, simili a sottilissimo vetro lavorato. Le ossa sono invece paragonabili ai rami di un albero e la colonna vertebrale ne costituisce il tronco. Vedi? Questi "rami" possono riaggiustarsi da soli, come fanno le ossa sulla Terra, e possono anche in certa misura ricrescere, ma se un arto viene reciso di netto è perduto per sempre. In caso di lacerazioni, la cosa più importante da fare è bloccare la fuoriuscita del Nettare dal corpo riparando il vaso sanguigno infranto e ripristinare il liquido perduto il prima possibile. Senza Nettare siamo perduti, e la nostra fiamma interna si spegne come una candela. A quel punto...»

Mark si accigliò. «A quel punto?»

«L'uovo.»

Capricorno
Astra Inclinant, Non Necessitant

Al Tempio era ancora mattina, ma nel settore del Capricorno il sole stava già tramontando.

Quel giorno Adelmo aveva deciso di far visita alla Certosa, il cimitero che si trovava appena fuori Geistheim. Per raggiungerlo andava percorsa una lunga via porticata dall'aspetto antichissimo, che partiva da un lato della cattedrale e finiva con l'inerpicarsi – un chilometro più a sud – sul versante di un poggio chiamato Colle della Guardia. Il cimitero si sviluppava sulla sua sommità. Era un vero e proprio labirinto di marmo e mattoni costellato di cipressi che inondavano i campi di lapidi con le loro bacche legnose.

In prossimità dell'entrata principale, Adelmo avvistò da lontano Ludwig von Kleist. Stava rastrellando le foglie degli olmi portate fin lì dal vento, ma non appena sollevò gli occhi e incrociò quelli del novizio, il Custode interruppe il lavoro e lo salutò con inaspettata cordialità.

«Dunque sei finalmente venuto a esplorare la buona vecchia Perpetua» commentò Ludwig. «Non vedo perché no, dopo tutto. L'importante è entrarci sempre sulle proprie gambe, senza avere al seguito un corteo funebre.»

«La "buona vecchia Perpetua"?» domandò Adelmo accigliandosi.

«I membri più anziani dell'Antica Scuola chiamano in tal modo la Certosa, come fosse una anziana signora» spiegò Ludwig. «Alcuni sostengono che il cimitero sia persino più vecchio di Geistheim.»

Fortunatamente il Custode decise di accompagnare Adelmo nella visita, perché da solo non sarebbe mai riuscito a orientarsi in quel complesso e vasto groviglio di corridoi, logge, cortili e vasti campi di lapidi che si diramavano in ogni direzione, richiamando la pianta di una città vera e propria, quasi fosse un'antica necropoli. All'interno del cimitero regnava un silenzio irreale, interrotto soltanto dal rumore dei loro passi che echeggiavano sotto i portici di marmo. Quel giorno c'erano pochissimi visitatori e quelli che incrociarono si tennero a debita distanza, chiusi nel loro dolore. L'atmosfera sepolcrale creata dalla luce declinante del crepuscolo si fece sempre più lugubre a mano a mano che calava il sole e si accendevano i lampioncini.

L'ordine in cui erano state disposte le tombe non andava in base al segno zodiacale, bensì alla data di morte; ovviamente la *seconda* morte, quella al Tempio. Ogni campo di lapidi era sempre circondato dal porticato su tutti e quattro i lati e vi erano conservati i defunti di un determinato decennio. Il più recente era pieno solo a metà.

Dopo aver percorso grossomodo metà del cimitero, Adelmo e Ludwig lasciarono il portico e si misero a passeggiare con rispetto fra le tombe, camminando sui sentierini di ghiaia creati apposta per raggiungerle. Sulle lapidi di granito erano incisi epitaffi a volte poetici, a volte scherzosi, a volte più oscuri, mentre rose di vari colori erano appoggiate alle stele. Ludwig spiegò a Adelmo che quei fiori provenivano dalla contrada della Bilancia e crescevano nei prati attorno alla Sorgente; Adelmo di più non domandò, anche perché in quel momento era incuriosito da ciò che stava *di fronte* alle lapidi.

Ogni tomba includeva due ulteriori elementi: i vestiti che la persona deceduta indossava al momento della morte – piegati e deposti sulla nuda terra – e un oggetto del tutto simile a un grosso uovo, grande quanto un pallone da calcio, che fluttuava a qualche decina di centimetri da terra, galleggiando sopra i vestiti. Ognuna di quelle uova era fatta del materiale o della pietra simbolo della Casa d'appartenenza del defunto. Le uova del Capricorno erano dunque di ossidiana, quelle del Leone d'oro, quelle dell'Ariete erano di rubino, e così via[1]. Ludwig asserì con estrema convinzione che contenevano l'essenza stessa delle anime dei defunti.

Stando a quanto raccontava il Custode, al momento della morte il corpo di un Guerriero del Tempio si disfaceva quasi all'istante, o per meglio dire si liquefaceva, afflosciandosi e perdendo la solidità e la consistenza materiale come se in un palloncino pieno d'acqua s'aprisse un fatale squarcio. Il liquido azzurro di cui erano colmi sgorgava fuori, mentre il resto del corpo si rinsecchiva fino a generare quelle uova colorate. I vestiti volavano a terra, vacui come quelli di un fantasma. Le tombe erano di fatto sepolture meramente simboliche, dal momento che le spoglie mortali vere e proprie andavano perdute.

«Come si fa a sapere di preciso a chi appartiene la tomba? Identificando i vestiti? Sulle lapidi non ci sono nomi, solo epitaffi, e tutte le uova della stessa Casa hanno grossomodo lo stesso aspetto» osservò Adelmo.

«Avvicinandoti a una delle uova percepirai a chi apparteneva. Provaci e lo constaterai da solo» propose Ludwig, indicando la tomba più vicina.

Adelmo si appropinquò con grande discrezione, poiché lo trovava poco rispettoso nei confronti del defunto. La tomba che aveva davanti metteva in mostra un uovo di quarzo, bianco nel nucleo e quasi trasparente all'esterno. Un peplo chiaro era stato posato sotto di esso. All'inizio Adelmo non percepì alcunché, dunque decise di avvicinare una mano all'uovo che galleggiava nell'aria. Nella sua mente comparve una ragazza dai capelli a caschetto girata

---

[1] Il resto dell'elenco comprende: opale rosa per il Toro, ametista per lo Scorpione, agata arancione per i Gemelli, perla per il Cancro, zaffiro per la Vergine, malachite per la Bilancia, turchese per il Sagittario, acquamarina per i Pesci e quarzo per l'Acquario.

di spalle, di fronte a una grande fontana di marmo chiaro sotto il sole bollente del mezzogiorno. La ragazza si voltò e sorrise, e la visione terminò. Nessuno glielo aveva rivelato, eppure Adelmo seppe che la giovane si chiamava Anja ed era dell'Acquario.

«Capisci, ora?» domandò Ludwig con le braccia congiunte dietro la schiena.

«È un bel trucco, lo ammetto.»

«Non è un "trucco".»

«Una stregoneria, allora. Immagino tu intenda raccontarmi che è opera dei Tessitori, ma per me sempre una stregoneria rimane, solo con un nome diverso.»

Le uova dei defunti leader delle Case zodiacali erano tutte custodite all'interno di un cortile porticato chiamato il Chiostro, un luogo tanto austero quanto affascinante. Sculture gotiche d'ogni genere adornavano le mura, rendendo l'atmosfera tetra e opprimente, quasi spaventosa. Le tombe in quel caso non erano collocate sul terreno, bensì si trovavano sotto il portico stesso, all'interno di piccole cappelle. Le uova erano conservate all'interno di teche di vetro, mentre statue o bassorilievi rappresentavano il morto. Spesso sotto di esse erano scolpite citazioni o frasi significative, similmente a quanto avveniva nei cimiteri terrestri. "Non temete coloro che uccidono il corpo, ma non possono uccidere l'anima. San Matteo", si leggeva sotto una di esse. "Per la morte non c'è spazio, ma le vite volano e si aggiungono alle stelle nell'alto cielo. Publio Virgilio Marone", era stato inciso nella cappella di una precedente Sublime Sacerdotessa del Coro dei Pesci.

«Questa citazione appartiene a qualcuno che non ho mai sentito nominare» osservò Adelmo studiando il sepolcro di un antico Padre Reverendo della Vergine. "È necessaria l'infelicità per capire la gioia, il dubbio per capire la verità... la morte per comprendere la vita. Madre Teresa di Calcutta", recitava la scritta nel marmo.

Ludwig annuì. «Nemmeno io la conosco. Suppongo sia vissuta in un periodo successivo alla nostra dipartita.»

Adelmo si toccò i baffi e assunse un'espressione pensosa. «In effetti non ci avevo ancora riflettuto con la dovuta attenzione, ma in via generale al Tempio non dovrebbero esserci tante persone provenienti da un'epoca futura alla mia quante quelle provenienti dal mio passato?»

Il volto di norma impassibile di Ludwig si lasciò sfuggire un sorrisetto. «È curioso che tu mi ponga questa domanda, perché è una questione sulla quale ho congetturato a lungo. Le tombe della Perpetua sono disposte secondo l'anno della morte al Tempio, non quello terreno, per cui tutto diventa alquanto confuso. Eppure, io mi interesso grandemente alle passate vite dei defunti, e conversando con i loro conoscenti ho potuto constatare che non sono molte le persone arrivate dal ventunesimo secolo, ovvero solo un centinaio d'anni dopo la tua morte. E dal ventiduesimo secolo... be', non ho ancora incontrato nessuno venuto da un futuro così remoto.»

«E non lo giudichi strano?»

Ludwig assentì facendo ondeggiare i lunghi riccioli biondi. «Lo trovo strano eccome, ma sono ancora innumerevoli gli enigmi del Tempio dei quali dobbiamo venire a capo. E se non ci riescono i Bibliotecari dello Scorpione, che hanno accesso a tutti gli archivi storici, cosa potrà mai fare un semplice custode di cimitero come me?»

Stava calando la sera, anche se era solo mezzogiorno. Sotto i portici della Certosa si accesero file di lumini simili a lucciole che indicavano la via. Le lanterne agganciate alle pareti si incendiarono l'una dopo l'altra.

Adelmo ringraziò Ludwig per il giro turistico e imboccò di nuovo la strada per tornare a Saint-Yves. Nell'uscire dalla Certosa osservò la nebbia scendere dal cielo per poi arricciolarsi in volute fino ad avviluppare le cime dei cipressi, quasi affogandone le sommità dentro i suoi densi banchi. L'atmosfera divenne ancora una volta spettrale, come ogni giorno.

Nei giardini retrostanti la cattedrale era stato realizzato un labirinto di siepi alte diversi metri costellato di carnose rose rosse, al cui centro – una volta individuato il giusto percorso – si trovava un grande prato con un gazebo e delle panchine sulle quali sedersi a bere un tè. Quel giorno però Adelmo non vi entrò e si limitò a osservare dall'esterno le pareti di rose strangolate dalla nebbia.

«Giornata meravigliosa, non trovi?» domandò alle sue spalle una morbida voce a lui ormai ben nota. Quando Adelmo si voltò, vide la Gran Maestra in compagnia di Seline. Probabilmente erano di ritorno dalla loro passeggiata mattutina.

«Immagino si possa dire che questa atmosfera ha un suo fascino» si trovò costretto ad ammettere Adelmo, anche se quasi nessun membro di un altro segno zodiacale avrebbe concordato.

Seline si congedò da Michelle e proseguì in direzione della Certosa, salutando Adelmo solo con un fulmineo guizzo dei suoi occhi verdi. Forse quel giorno era di malumore, giudicò il novizio, ma spesso era complicato interpretare i sentimenti della fascinosa Venerabile Maestra dai capelli rossi. Il vestito vittoriano color blu mezzanotte si stemperò nelle tenebre della sera, sparendo dopo pochi passi.

«Ti stavi dirigendo a Saint-Yves o intendevi entrare nel labirinto?» chiese la Gran Maestra, distogliendo l'attenzione di Adelmo da Seline.

«Sono di ritorno dalla Certosa e mi sto dirigendo al quartier generale, se così lo si può chiamare.»

«Ti concedo di chiamarlo quartier generale, se quel termine ti compiace. Facciamo la strada insieme, allora?» propose Michelle con squisito garbo, e lui accettò. La Gran Maestra lo prese a braccetto e si avviarono insieme verso il centro di Geistheim.

Adelmo considerava Michelle una ragazza piuttosto riservata, che spesso si teneva sulle sue, come d'altra parte molti membri del Capricorno, ma non per questo l'avrebbe definita austera. Non trattava mai nessuno con sussiego o supponenza, e pur non cedendo mai a un singolo moto d'affetto, si capiva che gradiva conversare con gli altri (anche se ci teneva a non darlo troppo a vedere) e non disdegnava nemmeno far conoscenza con i nuovi arrivati, seppur prendendosi il suo tempo.

«Questa nebbia è talmente fitta che quasi potresti farci il bagno dentro. Per fortuna i miei boccoli rimangono in piega» confidò Michelle con un sorriso. «Allora, cosa ne pensi della nostra Certosa?»

Adelmo sospirò con aria greve quanto la nebbia che li circondava. «Ammetto che la gran quantità di campi disseminati di lapidi mi ha turbato. Non immaginavo fossero caduti in battaglia così tanti Guerrieri. I Vuoti devono essere nemici davvero temibili. Se non ci fosse stato Ludwig con me, là dentro mi sarei perso.»

La voce di Michelle si riempì d'amarezza. «È vero. All'inizio ci furono pesanti perdite tra i Guerrieri del Tempio, ecco perché il cimitero è così pieno e noi non siamo più tantissimi. Immagina l'angoscia, lo sconcerto e il terrore di quei primi uomini e donne che si risvegliarono al Pozzo dei Santi senza conoscere nulla di questo mondo. Probabilmente non sapevano niente dei Vuoti, dei Rosari, delle maree e di tutto il resto. Erano disorganizzati e disuniti. In seguito però vennero stabilite delle regole e fu trovato un equilibrio, e tutto iniziò a funzionare in modo migliore. Certo, se fossimo più numerosi sarebbe più semplice, ma, come ti ho già spiegato, gli arrivi sono sempre meno cospicui. In più ci siamo anche impoltroniti, limitandoci a fare il minimo indispensabile per non essere invasi mentre rimaniamo a trastullarci dentro il Tempio. Ma anche se siamo in grado di respingere i Vuoti con minime perdite, il nostro numero scende inesorabilmente e prima o poi pagheremo le conseguenze di questo atteggiamento superficiale.»

«Capisco» mugugnò Adelmo. «Ti ringrazio della spiegazione.»

Michelle lo fissò con aria scettica. «Tutto qui? C'è qualcosa che ti turba, te lo leggo negli occhi. Forse avrei dovuto spiegarti che tra membri della stessa Casa zodiacale ci si intende straordinariamente bene e in maniera inconscia, per cui sarà difficile tenermi nascosti del tutto i tuoi pensieri.»

«Chiedo venia, Gran Maestra, ma conversando con Ludwig ho appreso che non sono molte le persone arrivate al Tempio dal ventunesimo secolo, e a quanto pare quasi nessuna da periodi susseguenti. Tu sai dirmi come mai?»

Michelle abbassò lo sguardo. «Purtroppo no. Nella Biblioteca dello Scorpione puoi leggere ciò che è stato raccontato e trascritto. Ci sono interi Volumi dedicati alle nostre vite precedenti; nei casi in cui abbiamo desiderato raccontarle, ovviamente. Perdonami se non so dirti di più, ma questo argomento mi ha sempre appassionata poco. Mi interessa di più ciò che le persone fanno una volta giunte qui.»

«Non ti importa avere una visione d'insieme, dunque.»

«Dipende. Di quale "visione d'insieme" stai parlando?»

«Mi ribadisci con assoluta certezza che questo non è il Purgatorio né l'Inferno?»

«Ah, quello.» Michelle rimase zitta per diverso tempo. «Non mi sento di affermare con "assoluta certezza" proprio nulla. Ci sono solo teorie, interpretazioni. Abbiamo vari filosofi e pensatori anche qui al Tempio, ma le loro conclusioni variano. Secondo me la filosofia lascia il tempo che trova, con tutto il rispetto parlando. Trovo che interpretare l'esistenza di questo mondo nel modo che preferiamo sia la soluzione migliore, senza impantanarci troppo sulle definizioni e soprattutto senza usare termini specifici come "Inferno" e "Purgatorio".»

«Capisco» borbottò Adelmo, lievemente contrariato.

«Ti sto annoiando con le mie risposte vaghe?» Michelle si produsse in un timido sorriso. Le sue iridi scarlatte quasi brillavano nella penombra.

«Immagino che di risposte certe qui se ne trovino ben poche. Sai dirmi almeno perché i nostri nemici si chiamano "Vuoti"?»

Michelle replicò solo dopo aver ponderato a lungo. «Forse con grande presunzione abbiamo dato per scontato che quelle creature siano prive di anima, al contrario di noi. Li consideriamo involucri primitivi fatti di carne, mentre noi possediamo per certo uno spirito ed è il nostro corpo a essere fasullo, o forse addirittura un'illusione. Ecco perché con qualche sforzo possiamo modificarlo a piacimento. Senza colorare troppo fuori dai contorni, naturalmente.»

«Perché dice–»

«*Dici*, ti prego.»

Adelmo si schiarì la gola. «Perché dici "con grande presunzione"? Ci sono dubbi al riguardo?»

La voce di Michelle si fece più incerta. «I Vuoti ci attaccano in maniera brutale e immotivata, senza alcuna pietà, come animati da un odio ancestrale, e di solito non comunicano con noi in alcun modo, a parte quando tentano di umiliarci o indurci in tentazione per poi ucciderci. Le loro forme sono grottesche e spesso inumane, eppure alcuni di loro possiedono dei Rosari e dalle loro ferite sgorga sangue, mentre nelle nostre vene scorre solo Nettare della Sorgente. Dunque ti sentiresti in grado di affermare con esattezza cosa siamo noi e cosa sono loro? Ci dichiariamo fieri di possedere un'anima, ma cos'è l'anima dopo tutto? I saggi di questo mondo hanno parlato dell'arrivo al Tempio come di un "rimpatrio dell'anima", che troverebbe la sua dimora definitiva all'interno della corretta Casa zodiacale, avvalorando quella tesi. Eppure...»

«Perdonami, credevo avessi appena detto che qui la filosofia lascia il tempo che trova.»

«Touché» rispose lei con un sorriso sincero.

Lo sguardo di Adelmo scivolò sull'esile braccio nudo della Gran Maestra, osservando con malcelata insofferenza l'orrorifico tatuaggio che raffigurava un grande mostro alato e dotato di tentacoli. «Se, come hai affermato poco fa, il corpo che vediamo è solo un'illusione, come mai possiamo toccarci? Quando mi prendi sottobraccio, ad esempio, io lo avverto come fosse reale e percepisco tutta la tua gentilezza. E quando l'altra sera mi hai quasi stritolato...»

«Non rinvanghiamo di nuovo quel fatto, ti prego, mi sono lasciata sopraffare dall'irritazione» si scusò Michelle in evidente imbarazzo. «Forse questi corpi servono soltanto a contenere le nostre anime come dei recipienti, utili a indicare che la mia anima finisce qui e la tua inizia lì, per stabilire un confine, un limite, ovvero per assicurarci che non siamo una cosa unica.»

«A me pare che tu sappia parecchio su questo mondo. Molto di più di quanto ammetti.»

«Non so proprio nulla, sto solo teorizzando» disse Michelle. «Magari siamo solo delle anime ed è uno dei Tessitori a ingannarci, facendoci credere di possedere un corpo. Chissà.»

A forza di passeggiare erano arrivati a Geistheim, ma prima di entrare decisero di fermarsi qualche minuto nella piazza antistante la cattedrale. La città era già immersa nelle tenebre, ma il piazzale veniva illuminato dai lampioni e dalle luci colorate che fendevano i mosaici del rosone di Saint-Yves. C'era più gente del solito in giro. Molti dei cittadini a passeggio erano diretti al *Ténèbres du Jour*. Adelmo salutò Maestro Liang e il suo Allievo Kaspars con un gesto della mano. Loro ricambiarono.

Michelle si avvicinò alla fontana e rivolse lo sguardo verso la statua del drago. «Nel futuro molte cose diventarono incorporee» disse con aria malinconica. «Seline racconta spesso che persino i libri diventarono digitali. Quando ero in vita io erano ancora di carta, grazie a Dio.»

«Digitali?» fece Adelmo, cercando di individuare il giusto significato della parola tra i diversi possibili.

«Intendo immateriali. Le pagine non erano più fatte di carta, ma a quanto pare li si leggeva su uno schermo.»

«Uno "schermo"? Come al cinematografo?»

«Più o meno. Il punto è che la gente pagava lo stesso per comprarli e, anche se non avevano una consistenza fisica, se ne sentivano comunque in possesso.»

«Ma questo è ridicolo» sbottò Adelmo. I suoi baffi vibrarono. «Che scempiaggine. Se davvero i libri diventarono immateriali, che senso aveva pagare per comprarli?»

«A quanto pare su questo punto ci troviamo d'accordo» assicurò Michelle con un sorriso mentre lo riprendeva a braccetto.

Entrarono infine a Saint-Yves. Quel giorno la cattedrale pullulava di Allievi e Maestri impegnati ad allenarsi, eppure Adelmo si fermò ancora una volta a contemplare l'architettura della cattedrale, soppesando i discorsi appena affrontati con la Gran Maestra.

«*Astra inclinant, non necessitant*» citò con fare sibillino.

«*Gli astri influenzano, non costringono*» ripeté Michelle. «Cosa intendi suggerire con questo?»

«Continuo a ritenere l'esistenza di questo mondo assolutamente sconvolgente. Pensare che tutto ruoti attorno all'astrologia, poi, è davvero assurdo.»

Michelle allentò la presa sul suo braccio e si diresse verso una delle navate laterali, fermandosi a osservare uno dei dipinti con aria distante. «Qualche giorno fa mi hai chiesto perché il Tempio è fatto in questa maniera e io non ti ho fornito una risposta esaustiva. In realtà, riconosco di essere stata piuttosto evasiva sull'argomento.»

«Lo rammento.»

Michelle si spostò di lato, verso una fila di ceri accesi. Avvicinò la mano a uno di essi e sfiorò la fiamma coi polpastrelli. «Ecco, io credo che ognuno degli elementi che contraddistinguono i settori del Tempio esista per un motivo ben preciso: offrire conforto agli abitanti di quella Casa.» Adelmo non riusciva a vederla in viso, poiché parlava rivolta verso il muro, continuando a fissare il cero. «Quando dico conforto, intendo conforto emozionale. Ogni ambiente rappresenta in forma visibile e tangibile un sentimento dell'anima, e questi sentimenti si accordano perfettamente alle preferenze delle persone che lì vivono, così da divenire per loro la dimora perfetta, in cui la serenità e la gioia dell'interno fanno da contraltare all'orrore al di là del Muro. Se il Tempio non fosse costruito in questa maniera, le nostre anime si sentirebbero troppo afflitte per trovare la forza di combattere in eterno. Fuori da queste mura c'è solo buio, rovina e devastazione. Non devi interpretare ciò che vedi nelle contrade in senso letterale o storico, sarebbe superficiale. Probabilmente non stiamo nemmeno scalfendo la superficie di ciò che il Tempio rappresenta davvero.»

«Tutti questi stili e culture mischiati assieme in maniera così illogica e decadente...» Adelmo scosse la testa, rabbuiandosi. «Le confesso che a me sembra più che altro l'avvicinarsi della fine del mondo.»

«Io temo che il mondo sia *già* finito» rivelò Michelle con un filo di voce. «E forse è proprio per questo motivo che nessuno arriva da dopo il ventunesimo secolo, come hai scoperto tu stesso. Ma non ho fatti da presentare a supporto di questa ipotesi. Lo avverto nel cuore e basta.»

I due si diressero al secondo piano della cattedrale per non intralciare le attività degli altri. Incontrarono Maestro Hideki e la sua Allieva Yoon che si esercitavano nella calligrafia. Seduti a terra, immergevano pennelli da scrittura nell'inchiostro nero e disegnavano ampi caratteri su delle ruvide pergamene bianche per comporre degli haiku.

Yoon parve elettrizzarsi alla presenza della Gran Maestra, ma cercò di contenere l'eccitazione facendo saettare gli occhi da una parte all'altra della navata senza proferire verbo. Quel giorno i suoi capelli non erano divisi in due codini neri e viola, ma le ricadevano dietro la schiena con un'acconciatura semiraccolta trattenuta da un fermaglio d'argento raffigurante tre piccole serpi. Il suo vestito vittoriano, nero con dei ricami indaco, era più moderno del normale, quasi futuristico. L'haiku che aveva composto era scritto in kanji giapponesi, eppure Adelmo riuscì a leggerlo senza difficoltà.

Una falce di luna
piange,
la morte del sole

«Molto bello, Yuna» si complimentò la Gran Maestra. «Hai una bellissima calligrafia.»

La giovane arrossì d'azzurro e negò con fermezza di essere brava. Piantò poi lo sguardo sulla sua poesia e attese che Michelle e Adelmo si fossero allontanati prima di risollevare la testa. Hideki parve orgoglioso di lei e di quel comportamento così ossequioso, dal momento che la giovane era piuttosto indisciplinata rispetto al membro medio del Capricorno.

«Credevo che quella giovinetta si chiamasse "Yoon[I]", ma a quanto pare avevo

---

[I] La pronuncia corretta è: "Iùn".

inteso male, perché ora l'hai chiamata Yuna. Sai, per me i nomi asiatici a volte sono difficili da comprendere» si amareggiò Adelmo una volta giunto a debita distanza dalla giovane e dal suo Maestro.

«Il suo vero nome è Yuna Miyawaki, detto alla occidentale, ma lei si fa chiamare Yoon perché era una fan delle... sì, insomma, a quanto pare nella Corea del sud nel futuro ci furono... Oh, guarda, lasciamo perdere. Ti assicuro che quando si parla di certi argomenti sono ignorante quanto te.» Michelle esibì un sorrisetto complice. Le labbra parevano soffici mezzelune d'ossidiana, mentre la pelle del viso era pallida quanto quella di un cadavere.

Quel giorno la Gran Maestra indossava lunghi guanti di velluto nero. Adelmo percepì il morbido tessuto peloso accarezzargli la pelle nuda del polso e avvicinarsi pericolosamente alla sua mano. Forse era una circostanza accidentale, ciò nondimeno la reputò molto più che sconveniente. Innanzitutto perché c'erano diverse persone attorno a loro, secondariamente perché la Gran Maestra era la sua comandante in capo, infine perché la credeva abbastanza giovane da poter essere sua figlia. Se gli uomini del suo vecchio reggimento lo avessero scoperto a intendersela con quella giovane aspirante vampira tutta tatuata, per prima cosa si sarebbero ammutinati, dopodiché lo avrebbero gettato senza esitazione fuori bordo con una palla di cannone agganciata ai piedi. Decise di intavolare subito un nuovo discorso per ovviare a quel momento di difficoltà, sperando che la Gran Maestra rinsavisse e smettesse di toccarlo in maniera indecente.

«Mi pare ci siano molti Guerrieri che si riposano, qui in città» osservò dopo essersi schiarito la gola. «È sicuro organizzarsi in questa maniera? Quanto ci si mette ad accorrere al Muro nei momenti del bisogno?»

Michelle allontanò la mano dal suo polso. «La nostra capitale è stata costruita non troppo lontana dal Muro del Calvario, in modo da raggiungerlo in tempi abbastanza rapidi, quando è necessario. Se fosse più vicina sarebbe ancora più comodo, ma allo stesso tempo se i Vuoti riuscissero a penetrare nel settore la raderebbero al suolo subito, e Dio sa quanti Tessitori dovremmo sacrificare per ricostruirla. Altre contrade hanno fatto scelte diverse, ma spero non arrivi mai il momento di scoprire chi avesse ragione. In ogni caso ci sono due borgate a ridosso delle nostre uscite sul Muro. Si chiamano Campo del Silenzio e Ravenmoore. I Guerrieri attualmente in servizio vivono lì.

«È vero, a Geistheim ci sono molti Guerrieri che si riposano o che si allenano, tuttavia ragionaci: quando è periodo di Bassa Marea è necessario concedere a turno un periodo di riposo a chi lo desidera, in modo che il Muro non rimanga mai indifeso e nel contempo i Guerrieri possano recuperare le forze mentali, altrimenti impazzirebbero. Molti membri delle altre Case vanno a rilassarsi nella contrada del Toro, a Playa Paraíso o a Bahia Rosa, ma ai membri del Capricorno quel genere di *divertimenti* non entusiasma, così la maggior parte di noi preferisce rimanere qui. Dobbiamo combattere per sempre, te lo ricordo, e purtroppo in passato si sono verificati numerosi suicidi. Tra qualche giorno, dopo la Ceremonia delle Armi, ci sarà il prossimo cambio della guardia.»

Adelmo comprese quelle argomentazioni e concordò con lei, tuttavia c'era una questione che lo preoccupava già da qualche tempo. «Gran Maestra, cosa accade ai disertori? Poniamo che io mi rifiuti di combattere anche se sono un Guerriero del Tempio e che fugga dal dovere.»

Michelle distolse lo sguardo. Si capiva che non gradiva discorrere dell'argomento. «Le conseguenze di un atto del genere variano da Casa a Casa, ma all'Acquario, ormai molto tempo fa, hanno sancito che non si possono punire in maniera eccessiva i disertori. Personalmente, però, li giustizierei.»

«Gran Maestra!» esclamò Adelmo sgranando gli occhi, sorpreso e turbato da quella dichiarazione. «Da lei dei discorsi del genere non me li sarei aspettati. Solo un attimo fa ha parlato di concedere periodi di riposo ai Guerrieri, e ora vuole giustiziare tutti i disertori?»

«Ti prego ancora una volta di darmi del tu. Stavo volutamente usando un'iperbole» assicurò Michelle senza scomporsi, ma gli occhi scarlatti non sprizzavano eccessiva sincerità. «Abbandonare il Muro significa abbandonare al loro destino i propri compatrioti che non possono difendersi. Non è soltanto un atto di codardia, ma anche di imbecillità, perché se i Vuoti penetrassero al Tempio distruggerebbero tutto ciò che incontrano sul loro cammino, e se raggiungessero l'Aditus Dei il nostro mondo scomparirebbe. Dunque dimmi: perché dovrei perdonarli?»

Entrambi rimasero in silenzio per un po', finché la tensione venne rotta dall'arrivo della Venerabile Maestra nigeriana, con i suoi capelli color magenta e il vestito amaranto ornato di pizzi neri. Naija si avvicinò con fare brioso e rivolse a Adelmo un saluto militare, cercando di imitare quello che lui aveva usato per presentarsi al Pozzo dei Santi.

«Venerabile Maestra Naija, sono io a dover rivolgere a te quel saluto» la informò Adelmo, trattenendo per educazione una risata. «Comunque sei stata molto simpatica.»

«Oh, perdonami» rispose imbarazzata lei, forse non comprendendo cosa avesse sbagliato.

«Venerabile Maestra, dal momento che sei qui, perché non illustri al nostro novizio in cosa consiste la Ceremonia delle Armi?» suggerì Michelle.

«Volentieri. Di sicuro non ti sarà sfuggito che ti manca un'arma per combattere i Vuoti, caro novellino» lo interpellò Naija con una finta aria di sfida.

«Non mi è sfuggito, no» confermò Adelmo con la sua consueta serietà. «Così come non mi è sfuggito il fatto che i Guerrieri, durante gli allenamenti, fanno apparire e scomparire le loro armi con un semplice gesto delle mani. O forse è un incantesimo scagliato per via mentale, non saprei dirlo. In ogni caso c'è dietro un inghippo di qualche fatta, questo è certo.»

«Un "inghippo". Sì, mettiamola così. Mi piace questa nuova parola italiana» scherzò Naija. Protese poi il braccio di lato e nella sua mano si materializzò una lunga lancia dotata di due ali taglienti sotto la punta.

«È sbalorditivo, lo ammetto. La tua arma parrebbe quasi una partigiana. Si tratta di un trucco?» domandò Adelmo, ma quando provò a toccare la punta della lancia si accorse che era fatta di solido e freddo acciaio.

«Nessun trucco, come vedi. Queste armi si chiamano Shintai» rivelò Naija.

«Ne vorresti uno anche tu? Ecco in cosa consiste la Ceremonia delle Armi. Tra qualche giorno, tutti i novizi arrivati al 912° Rito dell'Osservazione si recheranno all'Arena di Gulguta. I fabbri del Leone porteranno carrettate di nuove armi appena forgiate, e tante altre saranno già lì ad aspettarvi, poiché nessuno le ha scelte alle precedenti Cerimonie. Quello che dovrai fare, Adelmo, è sceglierne una seguendo le indicazioni e i suggerimenti che ti verranno offerti. Non posso fornirti consigli particolari o svelarti la procedura, perché potrei influenzarti. Scegliere lo Shintai sbagliato di solito porta al fallimento di quel Guerriero ed è abbastanza tragico. Una volta scelta, quell'arma apparterrà per sempre a te e potrai materializzarla a piacimento, come ho fatto io poco fa. Solo le armi evocate in questa maniera possono ferire i Vuoti e infrangere i loro Nuclei. Se qualcuno provasse ad affrontarli con una spada o con una lancia costruita usando dei materiali normali, essa non sortirebbe quasi alcun effetto, e i mostri lo farebbero a polpette.»

«"Lo farebbero a polpette". Sei stata particolarmente *precisa*, Venerabile Maestra» osservò Michelle lanciando un'occhiata preoccupata a Adelmo.

«Pensi che il nostro novizio si sia spaventato, Mich? Io non credo affatto» si difese Naija. «Meglio essere sempre chiari e precisi su questi argomenti.»

«Ottimamente» replicò Adelmo impettito. «E mentre attendo di partecipare a questa Ceremonia, cosa mi consigliate di fare per passare il tempo, dato che non posso addestrarmi?»

Le labbra cineree di Naija si allargarono in un sorriso malizioso mentre la lingua giocherellava con l'orecchino attaccato al labbro inferiore. «In altre contrade ci sono *case d'incontri*, diciamo, anche se tutto poi si sviluppa nel Piano Astrale. Ma qui al Capricorno non ce ne sono, pertanto ti consiglio di prendere in prestito dei libri dalla nostra biblioteca privata, impegnarti in attività artistiche o andare a fare due chiacchiere al *Ténèbres*.»

Adelmo si accigliò. «Case d'incontri?»

«Per conoscere donne o uomini. Non è ovvio?» Naija era sempre più divertita.

«Naija, per l'amor del cielo» la redarguì Michelle. «Non credo che un gentiluomo come Adelmo sia interessato a quei luoghi schifosi.»

Lui si schiarì la gola, sentendosi ancora una volta in forte imbarazzo. «Non definirei conoscere donne di altri segni una cosa necessariamente "schifosa", ma se state parlando di bordelli, quelli no, non mi aggradano, e non li frequenterei mai.»

«Allora sei già più tollerante di me» concluse la Gran Maestra. «Anche solo *avvicinarmi* a un membro di un'altra Casa mi suscita disgusto.»

Gulguta
Ceremonia delle Armi – Parte Prima

Quando le delegazioni delle varie Case raggiunsero l'Arena di Gulguta, la consueta variopinta folla di Intoccabili si era già ammassata lungo il viale e davanti al trionfale portale d'entrata. Osservavano l'arrivo dei nuovi eroi che avrebbero difeso il Tempio con occhi pieni di curiosità e ammirazione; tuttavia, agli Intoccabili non era permesso assistere alla Ceremonia, dunque erano costretti ad ascoltare sempre da fuori.

L'Arena assomigliava, come tipo di struttura, al Colosseo romano e con esso condivideva anche lo stile architettonico, che si distaccava dal barocco del resto di Gulguta. Costruita in travertino e articolata in tre ordini, con le arcate della facciata esterna rette da pilastri, l'Arena svettava tra gli edifici della zona est della città dall'alto dei suoi quaranta metri di altezza.

I Guerrieri del Regno del Leone arrivarono per primi, accompagnati dal loro consueto baccano infernale. Circondati dalla folla schiamazzante, alcuni di loro spingevano carri colmi di armi di ogni genere, forma e dimensione: spade, asce, mazze, martelli da guerra, lance, daghe, archi, scudi e molte altre. In via generale si potevano trovare armi da punta, armi da taglio, armi contundenti, armi da tiro e da lancio. C'era anche qualche arma da fuoco, ma solamente antiche, come archibugi e pistole.

Jihan rimase ai margini della comitiva saltellando avanti e indietro per cercare in ogni modo di non far vedere che era tesissima, quasi più di quando suo padre la trascinava controvoglia dal dentista. Quel giorno si sentiva più sola del solito. Meljean l'aveva abbandonata appena entrata a Gulguta e si era unita a un gruppo di strane persone che indossavano, come lei, un nastro rosso attorno al braccio. Lo Jarl, d'altro canto, sembrava quasi ignorare gli altri nuovi arrivati e riservava alla sola Jihan occhiate cariche di grande aspettativa, appioppandole delle manate d'incoraggiamento che l'avevano fatta volare diverse volte a lato della strada. Dopo un po' Jihan si era allontanata da lui, perché temeva che al momento della verità lo avrebbe deluso.

Adelmo si trattenne qualche minuto sotto uno dei portici all'altro lato del viale a osservare la fiumana di Guerrieri che attraversavano più o meno ordinatamente l'arcata principale dell'Arena, per poi salire sulle gradinate destinate agli spettatori. In via del tutto eccezionale, non solo la Gran Maestra, ma anche Naija e Seline lo avevano accompagnato a Gulguta per la Ceremonia, e Adelmo ben sapeva quanto detestassero oltrepassare i confini della loro contrada, esponendo così la pelle al sole. Il quartetto aveva deciso di fare una breve sosta all'ombra, prima di entrare.

«Forza e coraggio. Abbiamo i nostri ombrelli e oggi non fa nemmeno troppo caldo» segnalò Naija sistemandosi i capelli color magenta.

«Non farà caldo, ma prima il sole mi ha sfiorato una spalla e mi sono sentita bruciare. Cielo, quasi mi sento venir meno!» si lamentò Seline sventolandosi il viso con un ventaglio di pizzo blu mezzanotte, perfettamente intonato al vestito.

«Prima entriamo e meglio è. Dobbiamo assicurarci i pochi posti all'ombra che ci sono» dichiarò la Gran Maestra con aria determinata. «Adelmo, non sarai teso, voglio sperare?»

«Affatto» assicurò lui. «È che non so di preciso cosa debba aspettarmi. Non gradisco affrontare l'ignoto senza avere la situazione completamente sotto controllo. Avreste potuto rivelarmi di più su questa cerimonia.»

«Quanto la fai lunga» interloquì Seline roteando gli occhi verdi. «Scegli un'arma che ti attira e ascolta con attenzione ciò che ti verrà illustrato. Non devi fare altro. Se la Fonte non ha mentito sul tuo Zenith, questo compito sarà di una semplicità davvero ridicola per uno del tuo calibro.»

Michelle fece serpeggiare gli occhi scarlatti su Adelmo, quindi attorcigliò più volte uno dei boccoli neri attorno al dito. Era evidente che qualcosa quel giorno la rendeva più nervosa del solito, e non erano solo le due dozzine di Intoccabili che si erano fermati a spiarla seminascosti tra le colonne del portico.

Pochi minuti dopo videro arrivare il gruppo dell'Alma Mater dello Scorpione, con Alford Nightingale in testa. Stando ai resoconti ufficiali, il Magnifico Rettore aveva spiegato come si sarebbe svolta la Ceremonia alla sua novizia dai capelli ramati per quindici volte consecutive, senza tralasciare mai il minimo particolare.

Appostato insieme agli amici appena fuori l'entrata dell'Arena, Jim ebbe presto modo di constatare – con cocente delusione – che i novizi dei Pesci non erano venuti, ma in fondo se l'era aspettato. Com'era logico, non avrebbero preso parte alla Ceremonia perché i Cherubini non scendevano in prima persona sul campo di battaglia e di conseguenza non necessitavano di un'arma. Tuttavia la loro leader, la Sublime Sacerdotessa Apollonia, era comunque presente per questioni di formalità. Era accompagnata dai più alti esponenti dei Serafini e dei Troni, ma Audrey non era ovviamente tra loro.

Da quel poco che Jim aveva colto ascoltando i racconti dei suoi compatrioti, la Ceremonia delle Armi era da sempre considerato un evento piuttosto succulento per chi era alla ricerca di pettegolezzi e scene divertenti da riferire agli amici. Per tale motivo un gran numero di Guerrieri di tutti i segni vi partecipava, anche se erano solo i novizi appena arrivati ad avere bisogno di un'arma.

Per tutta la mattinata i suoi nuovi compagni d'arme lo avevano stuzzicato e pungolato con battute mordaci, profetizzando che non avrebbe avuto affinità con nessuno Shintai e che quindi se ne sarebbe tornato a casa con le pive nel sacco; o forse un'arma l'avrebbe trovata, ma sarebbe stata corta, molle e flaccida come qualcos'altro con cui aveva notevole familiarità.

«Forse lo Shintai perfetto per il nostro Jim potrebbe essere la frusta» asserì Boone, uno dei sottufficiali del Sagittario dai capelli color carota. «Lunga, certo, ma sottile e floscia. Non certo come la mia mazza da baseball: grande, grossa, di solido legno. Osservala, Jim. Ammira la sua potenza. Puoi toccarla, se vuoi.»

«Oh, sono certo che *adori* quando un uomo ti tocca la mazza» replicò Jim. Tutti scoppiarono a ridere, compreso lo stesso Boone, che però fece prontamente scomparire il suo Shintai.

Un ragazzo biondiccio, di nome Alexei, si fece avanti. «Peccato che i vibratori non siano considerati delle armi, o sarebbero stati una scelta semplicissima per il nostro Jimmy, anche se a volte viene fatta un'eccezione per i casi speciali come lui. D'altra parte, se a Boone è concesso d'usare una mazza da baseball...»

«Un vibratore sarebbe comunque meglio di quei due coltellini svizzeri che ti porti dietro» replicò Jim tra le risate generali. Lo Shintai di Alexei erano due daghe. «Fa' un po' vedere. Hanno anche gli utensili integrati? Magari dopo aver fatto fuori i Vuoti puoi anche smontarli.»

I marinai si rifilarono scappellotti più o meno forti e poi rivolsero l'attenzione ai passanti, commentandone l'aspetto fisico mentre gli scorrevano davanti per entrare all'Arena. Erano in particolar modo interessati alle ragazze, com'è ovvio, ma non si esimevano dal criticare con ferocia anche gli uomini meno mascolini.

Una ragazza asiatica dai capelli castano scuro passò davanti al gruppo. Portava i tacchi e indossava un lungo abito da sera rosa alla moda del ventunesimo secolo e dall'aspetto costosissimo.

«Ji-soo! Ma quanto sei bona!» urlò sguaiatamente uno dei Sagittari.

«Ah, *kamsahamnida*[1]!» rispose lei con un sorriso raggiante, chinando poi il capo. Fece un cuore con le dita al marinaio e continuò a camminare come se fosse abituata a ricevere quel genere di apprezzamenti non richiesti.

Janel Williams, nascosta qualche arcata più in là, stava studiando con suprema attenzione il gruppo di Sagittari tormentandosi i riccioli.

«Luridi porci... maiali schifosi» commentò imbestialita. «Ecco perché quelli del Sagittario si muovono sempre in gran numero anche quando non serve: devono far gruppo per darsi manforte! Andrei a dirgliene quattro, se non fosse che quei bastardi misogini sarebbero capaci di suonarmele e qui nessuno mi aiuterebbe. Se gli passassi davanti con questi dannati vestiti sessualizzanti chissà cosa mi urlerebbero.»

Una volta passata la ragazza, i marinai proseguirono la discussione con rinnovato entusiasmo, tirandosi giocosi pugni sulle spalle e manrovesci quando si trovavano in disaccordo tra loro.

---

[1] Trad. "Grazie!" in coreano formale.

«Porca troia, quella Ji-soo mi fa impazzire!» dichiarò il ragazzo di prima scuotendo malinconicamente la testa. «Ah, ma un giorno o l'altro le chiedo di uscire. Giuro che lo faccio.»

«Che coglione, figurarsi se uscirebbe mai con uno sfigato come te» lo canzonò un altro marinaio. «E comunque tra le due io preferisco Chae-yeon. Anche se è un po' bassa ha due tette incredibili, e in più ha anche un bellissimo viso. Essere così belle dovrebbe costituire un reato.»

«Voi non capite un cazzo in fatto di donne. A volte nutro seri, seri dubbi su di voi» li riprese Boone con una finta aria da uomo vissuto. La sua Forma dell'Anima dimostrava al massimo venticinque anni. «L'unica vera dea qui è Olivia, con quegli occhi da cerbiatta e l'arco tenuto sempre in spalla. Ah, il nostro Commodoro è stato proprio un uomo fortunato. Non capirò mai perché l'ha mollata in tronco in quella maniera.»

«Se si parla di leader, io preferisco la Gran Maestra» ammise Alexei con una certa timidezza. «Ho sempre avuto un debole per le goth anche da vivo. E poi, quelle del Capricorno sono le donne più sexy del Tempio. Scommetto che se la de Molay ti agguanta nel suo Piano Astrale non ti lascia uscire finché non ha spremuto ogni singola goccia di Ambrosia dal tuo cazzo.»

«Ehh?! Ma smettila!» urlarono gli altri, prendendolo poi amichevolmente a calci.

«Ma sì, non avete visto i tatuaggi? Le ragazze tatuate sono delle gran porche, si sa» tentò di giustificarsi Alexei.

«Occhio che se quella ti sente ti sforacchia come un colabrodo col suo stocco senza manco pensarci» lo avvisò Boone ridacchiando.

Jim, che era arrivato da poco e non conosceva ancora bene quelle ragazze, non ebbe modo di partecipare alla conversazione, ma registrò tutte le informazioni nella sua mente con sottile minuziosità.

Nascosto dietro un'arcata dell'Arena, un novizio del Sacro Ordine del Cancro si era fermato a sua volta ad ascoltare i Sagittari e pareva enormemente interessato ai loro discorsi. Dopo qualche minuto, però, la Grande Ufficiale Sujira Thongchai lo spintonò in avanti facendolo quasi capitombolare a terra e lo avvertì che quella non era il genere di conversazione a cui avrebbe dovuto partecipare. Lui le domandò con sarcasmo se fosse possibile inoltrare una domanda di immigrazione nella contrada del Sagittario, perché di sicuro si sarebbe trovato più a suo agio in mezzo a loro. Sujira replicò prendendolo a pedate, al che lui le confessò che lasciarsi prendere a calci da lei avrebbe potuto eccitarlo sessualmente. Lei smise di farlo, ma non mancò di rimproverarlo con ancor più asprezza, promettendogli che avrebbero fatto i conti una volta tornati a Castrum Coeli.

Janel, nel frattempo, stava annotando nel suo nuovo taccuino tutto ciò che vedeva e sentiva, prendendo appunti sulle caratteristiche delle varie Case. "Il Sagittario ha un *evidente* problema di eccessiva mascolinità" scarabocchiò sull'ultima pagina, con la mano che tremava dall'irritazione. Fortunatamente per lei, L era rimasta a Stormgard, o avrebbe dovuto sorbirsi anche i suoi commenti sagaci sul fatto che i ragazzi sono ragazzi e bisogna lasciarli fare. Janel proprio non la sopportava.

Il Direttore Milton Cooper apparve come uno spettro alle sue spalle, facendola trasalire. «Che fai, prendi appunti come una scolaretta?» la schernì. «Che hai scoperto di bello? Fa' un po' vedere!»

Janel ritrasse il taccuino e lo nascose dietro la schiena. «Quelli del Sagittario mi sembrano tutti dei montati, e in più sono anche dei porci maschilisti» rispose tenendo il mento alto, come per sfidarlo.

Milton sghignazzò e fece un paio di passi in avanti, battendo la punta dell'ombrello sul selciato. «Lo spirito dei Gemelli scorre sul serio dentro di te, marmocchietta. E tu che ne dubitavi.»

«Che accidenti vorrebbe dire con questo? E non mi chiami più "marmocchietta", se non le dispiace.»

«Il nostro compito è di mettere in discussione tutto, esercitando pressione sul sistema per individuarne le possibili falle. E quando dico tutto, intendo proprio tutto. Nessun argomento è tabù» spiegò Milton, lisciandosi la giacca di tweed color ardesia.

«E in che modo concreto dovrei farlo, a parte prendendo appunti su un taccuino?»

«Te ne darò immediatamente una dimostrazione pratica» rispose lui con un sorriso beffardo. Senza aggiungere altro, ma con un'espressione da birbante dipinta sul volto, il Direttore si avviò con decisione verso la Madre Reverenda della Vergine e la sua nuova Discepola Emily, le quali stavano a loro volta osservando il gruppo di Sagittari da lontano.

«Dove sta andando? No, si fermi! Torni subito indietro!» lo implorò Janel, ma ormai era troppo tardi.

Emily si era gustata con piacere l'arrivo dei marinai. Le sembravano tutti dei ragazzoni ben piantati e dall'aspetto virile, o forse era l'uniforme a farli sembrare più attraenti. In ogni caso, la bionda popstar se li stava mangiando con gli occhi, analizzando con consumata esperienza le aree in cui la loro divisa si ingrossava di più, in particolar modo tra le gambe.

Si girò per scambiare qualche commento piccante con Chae-yeon, ma dopo essersi voltata si ricordò che considerava la Madre Reverenda una verginella fin troppo pudica e alle prime armi in fatto di uomini, dunque evitò di chiederle pareri su chi ritenesse essere il marinaio più sessualmente dotato. Avrebbe di sicuro glissato o si sarebbe sventolata il collo in preda alle scalmane in quella maniera che lei giudicava ridicola.

All'improvviso udì alla sua sinistra una voce roca e pastosa, come di uno che in vita aveva fumato fino ad ammazzarsi. «Eh, quei ragazzacci del Sagittario...»

Dopo essersi voltata, Emily si trovò davanti il Direttore dei Gemelli, quel Milton Cooper che al Giardino degli Dei le aveva fatto l'occhiolino e che per questo lei giudicava un vecchio depravato, anche se dimostrava al massimo cinquant'anni. Non osò replicare, specialmente perché Milton aveva parlato di proposito ad alta voce in modo da farsi udire da tutti. Questo difatti attirò l'attenzione dei marinai, che si girarono verso di loro e li notarono entrambi: Emily che ammirava i loro muscoli e il signor Cooper che li fissava con le mani in tasca.

«Vedo come li guarda, sa?» disse Milton a Emily in maniera cortese. «Ma le sue attenzioni nei loro confronti sono sprecate, cara signorina della Vergine.»

«Che vuole dire?» domandò lei in tono distaccato. Non gradiva affatto conversare con quell'uomo.

Milton si strinse nelle spalle e parlò a voce ancor più alta: «I marinai del Sagittario veleggiano tutto il giorno su quelle loro grandi navi. Quando non ci sono in giro Vuoti non hanno poi molto da fare, e quindi... Spesso se lo menano a vicenda, capisce cosa voglio dire? Che ci vuole fare, signorina, sono tutti maschi e in qualche modo devono pur sfogarsi. È inevitabile. Nella marina succede sempre così.»

Emily si coprì la bocca con una mano nel tentativo del tutto vano di non far vedere che se la stava ridendo. Le battute omofobe la divertivano moltissimo.

Dal gruppo di Sagittari si levò un energico coro di proteste alquanto accese, che sfociò poi in una serie di fischi, ingiurie e un più o meno amichevole lancio di oggetti verso il signor Cooper, il quale li schivò con abilissime mosse difensive, tenendo una mano nella tasca dei pantaloni di velluto a coste e l'altra attorno all'impugnatura dell'ombrello. Emily si mise al riparo dietro una colonna senza riuscire a smettere di ridere. Le battute omofobe erano le sue preferite.

I marinai contestarono con irremovibile fermezza le asserzioni del Direttore, giurando che non era vero nulla e invitando Emily a recarsi nella contrada del Sagittario a controllare di persona, in caso non ci credesse. Diversi di loro, a supporto di quelle argomentazioni, lodarono Emily con commenti sessualmente espliciti sul suo aspetto fisico. Lei li gradì, anche se fece finta di sentirsi a disagio.

Alcune ragazze del Sagittario sbucarono poi da non si sa dove e si fecero avanti per provare la loro esistenza, dichiarando che nella loro Casa c'erano in realtà numerose donne – anche se in numero minore rispetto agli uomini –, ma essendo molto dedite al loro lavoro si facevano notare meno di altre che passavano il tempo "a vestirsi e a truccarsi". Emily all'inizio credette si riferissero a Chae-yeon, ma poi scoprì che parlavano invece delle donne del Toro, le quali, a quanto sostenevano le Sagittarie, erano tutte delle pigre sgualdrine degenerate.

La ragazza che capitanava il gruppo femminile del Sagittario si chiamava Sabra. Aveva la pelle abbronzatissima e i capelli neri pettinati in modo tale da ricaderle tutti su un solo lato della testa. La divisa da marinaia le accentuava le forme più che smorzarle e perfino Emily si trovò costretta ad ammettere che era piuttosto avvenente. Come se le avesse letto nel pensiero, Sabra aggiunse però che i maschi del Sagittario erano abituati a tenere le mani a posto quando erano in mare, anche perché, se sgarravano, le donne si occupavano di sistemare la questione in maniera diretta e brutale. Alcuni dei ragazzi confermarono con aria mesta.

Il Direttore Cooper colse la prima occasione buona per defilarsi, ma non prima d'aver scoccato a Emily un'ultima occhiata d'intesa che significava: "Visto che alla fine non mi sbagliavo poi del tutto?"

Una volta conclusasi quella sciocca diatriba, Emily tornò da Chae-yeon e cercò per la prima volta attivamente la sua protezione. Si era resa conto che, se fosse scoppiata una rissa, lei non sarebbe stata affatto in grado di difendersi da sola, debole com'era.

La Madre Reverenda non la rimproverò, ma la accolse dicendo: «Sei contenta ora che hai portato scompiglio anche qui?»

«Guarda che io non ne ho proprio colpa» gracchiò Emily. «È tutta di quello là, il vecchietto depravato. Come fa un tizio del genere a essere leader di una Casa? Non avete il minimo standard su questo pianeta, dico davvero. Comunque, hai visto? Ai ragazzi del Sagittario piaccio, com'è normale che sia. Mica saranno davvero tutti gay come dice il signor Cooper?»

«No, ovvio che no» rispose Chae-yeon dopo un sospiro. «Non ascoltare mai quel che dice il Direttore. Bisogna leggere tra le righe quando parla e non mi fido troppo delle tue abilità in questo senso. Adesso entriamo, prima di combinare un altro guaio. Non potresti comportarti in maniera più disciplinata, come Vicente e Angelina? Loro sono già dentro ad aspettarci.»

«Potrebbe almeno *provare* a darsi un contegno quando è in giro con me?» sbraitò Janel non appena Milton tornò da lei. «Non voglio assolutamente che lei semini zizzania tra le Case per colpa mia.»

«Ma come? Eppure l'hai suggerito tu di mettere in discussione la mascolinità dei Sagittari» sostenne il signor Cooper in tono beffardo.

«Può anche darsi, ma di certo senza fare battute omofobe nei loro confronti. Si vergogni!»

«Feh.»

Janel era sciocсata. «Come sarebbe a dire "feh"? Non minimizzi la gravità del suo comportamento deplorevole.»

«Essere del segno dei Gemelli significa camminare costantemente su una linea sottilissima, sapendo sempre cosa dire, a chi dirlo e quando fermarsi. E io sono il Direttore, mentre tu sei una marmocchietta appena arrivata. Permettimi di dirti che ne so più di te, vivendo al Tempio da quasi un secolo.»

Janel sbuffò e alzò gli occhi al cielo. «Quindi cosa avremmo risolto prendendo in giro gli uomini del Sagittario?»

«Nulla. O magari abbiamo sgrovigliato un ginepraio. Chi può dirlo?»

* * *

Una volta trasportate all'interno dell'Arena, le armi erano state accuratamente appese a enormi rastrelliere, come fossero in esposizione all'interno di un museo o in mostra per dei potenziali acquirenti. I nuovi arrivati e i leader delle varie Case si fermarono al centro dell'arena, mentre tutti gli altri andarono a sedersi sulle gradinate, partecipando all'evento come semplici spettatori. Michelle de Molay fu l'unica leader ad accomodarsi all'ombra sugli spalti insieme alle sue compagne. Protessero i loro regali fondoschiena con dei cuscini prestatogli da degli Intoccabili del Capricorno. *Noblesse oblige*, avrebbe detto qualcuno.

Axel Åkerfeldt della Bilancia, il Ministro del Culto, officiò anche questa cerimonia, come consuetudine. Analogamente ai suoi compatrioti era vestito da boscaiolo: una camicia di flanella a quadrettoni verdi con sotto dei pantaloni trasandati. Avendo la possibilità di osservarlo da vicino, Emily cambiò opinione per l'ennesima volta e decretò che era lui l'uomo più bello del Tempio, non Neal del Toro. La sua Forma dell'Anima dimostrava circa trentacinque anni ed era muscoloso quanto basta. Lisci capelli biondi che gli arrivavano alle spalle, barba bionda lunga qualche centimetro e occhi azzurri quanto il cielo sopra le loro teste. In più, Axel aveva l'aria da bravo ragazzo e il fare di una persona eccezionalmente affabile. Emily immaginò che se avesse avuto dei figli da lui sarebbero stati bellissimi e simpaticissimi.

Axel scambiò qualche breve parola con i tre novizi della Bilancia arrivati al 912° Rito dell'Osservazione per incoraggiarli, dopodiché si rivolse al resto dell'Arena: «Tutto mi sembra in perfetto ordine, dunque credo si possa cominciare. Che la Cerimonia delle Armi abbia inizio! E questa volta prometto che saremo tutti a casa per l'ora di cena!» Si voltò verso il leader del Sagittario e domandò: «Diego, saremo a casa per cena, vero?»

Il Commodoro annuì con aria divertita.

Neal Bonham, il Presidente del Toro, si impadronì del centro dell'arena e intervenne parlando ad alta voce per farsi udire con chiarezza dagli spettatori seduti sulle gradinate. «Dice così tutte le volte, ma oggi gli conviene non mentire. Sapete, c'è un festival in corso nella nostra contrada, a Playa Paraíso. Si balla, si beve, si canta, si fornica... sarebbe davvero un peccato arrivare tardi. Ovviamente siete tutti invitati!»

Dagli spalti si levarono molte grida di approvazione e anche diversi leader sogghignarono. Emily si voltò verso la Madre Reverenda con una mezza idea di chiederle il permesso di andarci, ma quella la fulminò con lo sguardo non appena la vide girarsi. Le tre Maestre del Capricorno, sedute all'ombra e lontane da tutti, parvero nauseate al solo pensiero.

Mentre tornava al suo posto, Neal si avvicinò alle leader dell'Ariete e dell'Acquario e disse con voce melliflua: «Olivia, Ksenia, naturalmente il mio invito si estende anche a voi due. Siete sempre le benvenute nel territorio del Toro. Così di rado alliettate la nostra contrada con la vostra bellezza... Se non vi incontrassi a queste cerimonie ufficiali quasi mi scorderei di quanto siete splendide.»

Olivia produsse a malapena un sorrisetto stentato e accarezzò minacciosamente il lungo arco intarsiato di quarzo. Ksenia socchiuse gli occhi chiarissimi e con il pollice spinse verso l'alto il collare della katana che aveva al fianco, sollevando di qualche centimetro l'elsa dal fodero. Neal parve capire l'antifona e le lasciò perdere.

«Sono certo che stasera nella capitale del Toro ci sarà il pienone, ma per il momento abbiamo questioni più importanti da affrontare» ricordò Axel, riportando tutti con i piedi per terra. «Per prima cosa verranno scelti gli Shintai, dopodiché passeremo a illustrare ai novizi il funzionamento dei Rosari. Chi di voi leader vuole introdurre qualche nozione propedeutica? No, Diego, non tu. Avremo occasione di sentirti parlare a lungo più tardi.»

Majid del Leone scalpitava, ma Axel lo bloccò con un gesto che dimostrava un'abitudine ormai perfettamente radicata.

«Lo farò io» annunciò con solennità Seydou, il Cavaliere di Gran Croce del Sacro Ordine del Cancro. Accarezzò la folta barba nera e disse: «Due sono le cose che dovete tenere bene a mente quando sceglierete l'arma che adopererete per il resto della vostra permanenza al Tempio, e speriamo sia la più lunga possibile. Come forse già saprete, una volta scelto uno Shintai questo può essere materializzato e fatto sparire a piacimento; per essere precisi lo si sta facendo passare da un Piano a un altro, ma è complesso da spiegare e anche inutile. Ciò che dovete ricordarvi è invece questo: lo Shintai che appartiene a un Guerriero non può essere utilizzato da nessun altro. Non potete regalarlo, né riceverlo in prestito nemmeno per qualche istante. Brandire lo Shintai di un altro Guerriero del Tempio ne comporta la smaterializzazione istantanea, pertanto cercate di scegliere un'arma che davvero vi aggradi, perché cambiarla è una faccenda piuttosto complicata.

«Secondo punto: come potete vedere, su quelle rastrelliere ci sono armi di ogni genere e ognuna di esse ha dei pro e dei contro. I Vuoti possono essere sconfitti soltanto infrangendo il loro Nucleo. Questo assomiglia grossomodo a una spessa boccia di vetro piena di sangue che si trova in una diversa posizione del corpo a seconda del tipo di Vuoto. Un'arma contundente vi permetterà di distruggere il Nucleo con più facilità, mentre un'arma da taglio sarà più utile a squarciare la carne in modo da esporre il Nucleo ai vostri compagni di squadra. Le armi a distanza vi tengono lontani dal pericolo mentre assistete i vostri amici che si avvicinano, ma infrangere un Nucleo con una freccia o un dardo è quasi impossibile, anche se la nostra Olivia ci riesce. Dunque non abbiate timore a scegliere lo Shintai che più vi aggrada. Ricordate che tutte le armi sono egualmente valide e hanno una loro indubbia utilità.»

«Davvero un'introduzione eccellente» riconobbe con gioia Axel. «Chi di voi novizi vuole essere il primo? Vi assicuro che trovare il giusto Shintai è molto più facile a farsi che a dirsi.»

Lo Jarl diede una spintarella a Jihan e la scaraventò al centro della scena, sotto lo sguardo incuriosito di tutti i presenti.

«Ah, pare che abbiamo una volontaria» constatò senza sorprendersi il Ministro del Culto. «Una novizia del Leone, come spesso accade.»

«Ma, ma... veramente io...» mormorò Jihan ravviandosi i lunghi capelli corvini dietro le orecchie.

«Fatti avanti, su.» Majid la spinse ancor di più verso le rastrelliere. «Ora basta con le timidezze.»

«Molto bene. In questo momento parlo a Jihan, ma ciò che dico vale per tutti voi nuovi arrivati» annunciò Axel. «Jihan, mentre cerchi il tuo Shintai, prova a percepirne l'affinità con la tua anima e in definitiva sceglilo usando l'intuizione, non gli occhi.»

«Ahhh» fece lei, annuendo senza capire. «Mi perdoni, signor Axel, ma in che senso?»

«Usa l'intuizione, non gli occhi» ripeté il biondo Ministro del Culto. «Quando sarai di fronte all'arma giusta lo capirai.»

«Lascia perdere quel che dice questo qua» interloquì brusco Majid. «Vai là e scegli, non puoi sbagliare!»

Jihan, perplessa oltre l'inverosimile, si voltò verso le rastrelliere e vi si avvicinò un passo alla volta, lanciando occhiatine ansiose alle centinaia di persone sedute sugli spalti. Un lieve mormorio divertito si propagò all'interno dell'Arena. Diversi ragazzi commentarono l'aspetto della giovane novizia, spesso concordando sul fatto che fosse carina; nondimeno, alcuni gemettero di dolore quando Meljean comparve alle loro spalle e gli torse con violenza le braccia dietro la schiena, minacciando di spezzargliele se si fossero permessi di toccare una minorenne. Loro tentarono di discolparsi adducendo che credevano fosse la Forma dell'Anima a farla apparire così giovane; a quel punto Meljean li lasciò perdere, poiché di fatto quel genere di considerazioni erano giustificabili.

Mentre Jihan esaminava le centinaia di armi disponibili, lo Jarl si mise a trotterellare avanti e indietro, bisbigliando nelle orecchie a ognuno dei leader: «Vedrai che sceglierà l'ascia, vedrai... l'ho fatta apposta per lei... non posso sbagliarmi... Ecco, vedi? Ci si è avvicinata. Ha fatto un passo nella sua direzione. Ormai è sicuro, sceglierà quella.»

Majid si riferiva a una gigantesca ascia bipenne che sarebbe stata l'arma perfetta per essere maneggiata da Conan il barbaro al culmine della sua possanza. Le due lame arcuate erano enormi e tra di esse era istoriato in oro il muso di un leone ruggente. Majid l'aveva forgiata la sera stessa dell'arrivo di Jihan, colto da un'ispirazione travolgente.

«Per me stavolta hai fatto un buco nell'acqua» commentò Neal. «Quell'ascia è più grande di lei. Dovrebbe esserci un limite alla ridicolaggine di un Guerriero del Tempio quando combatte. Un minimo standard di decenza visiva, diciamo. Olivia, che ne dici di decretare qualcosa in proposito durante la prossima seduta legislativa in quel di Aletheia?»

Le palpebre dell'Eliaste Massima per un attimo tremolarono, ma subito dopo sbuffò e riportò i grandi occhi castani sulla giovane Jihan senza proferire verbo.

«Vi dico che sceglierà quella» ribadì Majid, più sicuro che mai.

Ksenia dell'Ariete, infastidita dalle troppe chiacchiere, tamburellò le dita sul fodero di legno della sua katana. Dentro l'Arena calò il silenzio.

Devo sceglierla con l'intuizione, non con gli occhi, pensò Jihan. *Ma che vorrà dire? Quella spada là in alto mi piace, però magari sarebbe più giusto un pugnale. Sono così deboluccia, di sicuro lo maneggerei meglio.*

La novizia posò per puro caso lo sguardo su quella ridicola ascia bipenne e, incuriosita, vi si avvicinò di qualche passo.

Di punto in bianco il sole smise di risplendere e si oscurò come al culmine di un'eclissi. Tutte le altre armi vennero inghiottite dal buio e sparirono, lasciando visibile soltanto l'ascia, dietro la quale baluginava una luce glaciale che sembrava attirare Jihan. La ragazzina avvicinò timidamente una mano al manico di legno, rendendosi conto che non sarebbe nemmeno riuscita ad avvolgerci del tutto le dita attorno per impugnarlo.

Sollevò lo sguardo verso il leone scolpito tra le due lame e quello le ruggì contro.

L'Arena scompare. In mezzo all'oscurità rimangono solo Jihan e l'ascia, finché a un certo punto essa muta la propria forma e diviene un grosso serpente dorato che subito si libra in volo e rimane sospeso a mezz'aria davanti a lei.

La giovane, terrorizzata, rimane ferma senza sapere bene cosa fare.

«Tu, che rispondi al nome di Jingfei, eppure anche a quello di Jihan» esordisce il serpente. La sua voce sembra oro fuso che cola nelle viscere dell'universo.

«S-sì? Sono io!» squittisce Jihan. «È un piacere conoscerla, signor serpente, ma non intendevo disturbarla.»

«Eppure a me sei venuta. E hai interrotto il mio sonno.»

«Ma, ma... le giuro che non l'ho fatto apposta!»

«Sì, invece.» Gli occhi del serpente sfavillano come due diamanti. «Io sono il guardiano della soglia. Io sono la Porta. Attraverso me devi passare se vuoi attingere ai segreti del cosmo. Stavolta ti lascerò varcare l'ingresso, ma ascolta con attenzione le mie parole: stai rifuggendo dal tuo Io. Prima della fine dell'universo ci incontreremo di nuovo e quel giorno, se vorrai vivere, dovrai compiere la rubedo.» Il serpente si attorciglia su se stesso e morde la punta della propria coda, formando un cerchio perfetto. «Tutte le cose sono Uno. Tutto è ovunque, e Tutto è Uno, e Uno è Tutto, e se non contiene il Tutto, il Tutto è Nulla. Comprendi?»

«Veramente credo di no» risponde mortificata Jihan.

«Allora perirai nella tua nigredo. Ma non sta a me affrettare i tempi, sebbene quanto ti sto dicendo sia già accaduto, sebbene io l'abbia già visto, anche se tu lo intendi come il "futuro". Ma ora puoi passare, ti dico. Mi appisolerò nel tuo Shintai e dormirò fino al giorno della sublimazione del tuo Spirito.»

Il serpente modifica ancora una volta la propria forma materiale e si trasmuta nell'ascia a cui Jihan si era avvicinata, lasciando la ragazzina sconvolta da quelle rivelazioni. La luce del sole torna a risplendere. L'Arena riappare.

Senza pensare più a niente, Jihan afferrò l'ascia con entrambe le mani e la estrasse dalla rastrelliera. Il peso dell'arma la fece ondeggiare all'indietro finché una delle lame batté sul pavimento e si incastrò tra due lastroni di travertino.

Quando udì gli spettatori sulle gradinate che scoppiavano a ridere, Jihan credette di essersi coperta di ridicolo, eppure lo Jarl era al settimo cielo e la applaudiva con convinzione, gridando: «Che vi avevo detto! Che vi avevo detto!»

Jihan non riusciva nemmeno più a estrarre l'ascia dal pavimento. Per fortuna fu in grado di smaterializzarla semplicemente pensandolo, dopodiché se la fece riapparire di nuovo in mano, ma stavolta riuscì almeno a reggerla a mezz'altezza.

«Bravissima, Jihan! Una dimostrazione quanto mai perfetta!» esclamò Axel gratificandola con un bel sorriso.

«Davvero?» bisbigliò lei, incredula.

«Ma certo. Hai visto com'è riapparsa? Ora quell'ascia appartiene esclusivamente a te» le assicurò il leader della Bilancia. «Prendete tutti esempio da Jihan e scegliete i vostri Shintai!»

Gli altri novizi si misero a cercare a loro volta un'arma sotto gli occhi inclementi e impietosi degli spettatori, che analizzavano e criticavano ogni scelta facendo piovere sull'arena un fiume di commenti spesso più pungenti che costruttivi.

Adelmo, dopo una lunga e matura riflessione, scelse una spada snella, elegante e finemente lavorata, ma dalla foggia antica e misteriosa. Era l'unico Shintai ad avere un aspetto usurato, consumato, come se fosse già stato usato in battaglia in antiche ere obliate dal tempo. Era quasi del colore del bronzo e sull'elsa era istoriato un sole splendente.

Majid in quel caso non disse una parola, ma osservò l'Allievo del Capricorno con aria perplessa. Era inusuale per un Capricorno scegliere un'arma che simboleggiava o celebrava il sole. Michelle, invece, si alzò elegantemente in piedi insieme alle due Venerabili Maestre e applaudì per qualche istante, regalando a Adelmo un fugace sorriso prima di rimettersi a sedere all'ombra del suo ombrello.

Geneviève Levesque scelse un lungo arco ricurvo di legno, con delle foglie di rododendro intagliate sul corpo centrale. Da questa scelta si evinse che aveva deciso di rimanere in pianta stabile a Murrey Castle. Il Magnifico Rettore se ne compiacque e la applaudì con enfasi.

Janel Williams prelevò invece una semplice spranga di ferro ricurva e con un'estremità acuminata, simile a un piede di porco. Era un oggetto con cui aveva già una discreta familiarità, avendolo usato svariate volte per fare irruzione e razziare interi negozi. Chiaramente in maniera etica. Non si parlava mai di "saccheggiare" i negozi dei maledetti bianchi, solo di ridistribuire risorse.

Jim optò per un grosso martello da guerra composto da un robusto manico di legno rinforzato alla cui sommità era installata una testa di metallo con un lato a becco di corvo (per arpionare) e l'altro piatto (per schiacciare). Quest'ultimo era anche dotato di piccole punte per maciullare più efficacemente il bersaglio.

Mark Colby, sovvertendo ogni previsione, scelse una spada dritta di foggia medievale e un grande scudo scapezzato, quasi si credesse un cavaliere templare. In quella occasione un forte vocio calò su di lui dalle gradinate e numerose furono le risatine di scherno. Mark si voltò verso i suoi ufficiali domandandosi se avesse sbagliato qualcosa, ma Seydou annuì con orgoglio e persino la fredda Sujira parve sorpresa e intrigata dalla sua scelta. Nel momento in cui aveva estratto lo scudo dalla rastrelliera, esso era apparso disadorno e incolore, di semplice ferro grigio, ma quando in seguito lo fece riapparire, il simbolo del Gran Priorato era stato disegnato sul davanti su campo color perla, e un grande granchio inciso d'argento era apparso in rilievo al centro. Mark fu l'unico a scegliere un'arma difensiva.

Jihan stava osservando con attenzione la cerimonia, ma non riusciva a capire se anche gli altri novizi avessero vissuto la sua stessa esperienza mistica. Avevano incontrato anche loro il serpente? O magari avevano assistito a una visione diversa, con un diverso animale? Non trovò tuttavia il coraggio di chiederglielo, per paura di essere etichettata come una ragazza strana.

Emily Lancaster cercò a lungo, ma non riusciva a trovare un'arma adatta a lei. Non avvertiva nessuna affinità. Non provava alcuna sensazione particolare. Continuò a gironzolare per quasi un'ora avanti e indietro, osservando con moderato interesse le armi, ma dentro di lei non scaturiva l'agognata scintilla.

Usare l'intuito, non gli occhi... Ma mi stanno prendendo per il culo?
Eppure tutti gli altri ci sono riusciti. Perché io no?
Forse dovrei sceglierne una a caso e farla finita con questa pagliacciata.
Non nutriva alcun reale desiderio di andare a combattere dei mostri terrificanti, quindi valutò che, forse, se non avesse scelto uno Shintai i leader l'avrebbero risparmiata. D'altra parte era vero: nessuna di quelle armi aveva evocato in lei un effetto prodigioso di alcun tipo.

«Oh be', io ci rinuncio!» esclamò alla fine appoggiandosi le mani sui fianchi. «Non percepisco nulla, mi spiace. Che vogliamo fare?»

Chae-yeon si fece subito avanti per confortarla e difenderla dai commenti crudeli, le taglienti battute di spirito e le risate sguaiate che la bersagliavano da tutte le direzioni, ma anche lei sembrava confusa. «Sei proprio sicura, *unnie*? Sai, è un po' strano non trovare uno Shintai» bisbigliò con dolcezza e una punta d'imbarazzo.

«Prenderà i Vuoti a pugni!» la canzonò Neal, e metà della tribuna scoppiò a ridere. «Occhio alla manicure appena fatta, tesoruccio, a volte all'esterno sono un po' coriacei.»

«Per schiaffeggiare te le mani bastano e avanzano, *ahjussi*[1]» lo zittì Chae-yeon, e per la seconda volta Emily fu contenta di averla al suo fianco. Quel Neal la stava prendendo per i fondelli di fronte a mezzo Tempio. Decise che Axel era *decisamente* il suo preferito, ora.

«La Fonte non mente!» urlarono alcuni sulle gradinate, alludendo al fatto che Emily non aveva mostrato alcuno Zenith al suo arrivo. «Declassatela a Intoccabile!» gridarono altri. Persino Alford Nightingale sembrava divertito. Continuava ad aggiustarsi gli occhiali nascondendo un sorrisetto, mentre ammirava il bellissimo arco scelto dalla sua novellina dai capelli ramati. Milton Cooper sciorinò una serie di battute di spirito particolarmente mordaci a cui i ragazzi del Sagittario non mancarono di ridere di gusto, dimenticando gli screzi avuti con lui solo poco prima. Diego li redarguì tutti. Axel cercò invano di riportare la calma. Ksenia de Molay osservò Emily nello stesso tediato modo in

---

[1] Trad. "zio" in coreano, ma spesso usato per indicare un uomo adulto con cui una ragazza giovane ha poca confidenza.

cui avrebbe osservato un miserabile bacherozzo, mentre Apollonia dei Pesci definì l'intera Ceremonia "altamente irregolare", sostenendo che andava svolta da capo in data da destinarsi.

Soltanto Olivia dell'Acquario provò a difendere Emily. «Non vedo quale sia il problema» esclamò a gran voce, «in passato altri Guerrieri hanno avuto difficoltà a trovare un'arma adatta, almeno all'inizio.»

«"Non è nulla di nuovo", "ci sono stati altri in passato che"... Come mai quando si parla della biondina della Vergine queste giustificazioni vengono ripetute di continuo?» domandò Neal socchiudendo gli occhi.

Olivia parve a disagio. Distolse in fretta lo sguardo e non aggiunse altro.

Emily non ne poteva più di essere l'epicentro negativo dell'attenzione, per cui tornò verso le rastrelliere e afferrò il primo Shintai che le capitò a tiro. Era uno spadino dalla forma snella ed elegante, con delle foglie intarsiate sull'elsa. Nel momento in cui lo impugnò, la lama emise un lieve bagliore verdognolo, ma dopo un paio di secondi scomparve e lei non fu più in grado di farla ricomparire. E il pubblico ancora giù a ridere. Disperata, la popstar si gettò verso una daga d'acciaio appesa a mezza altezza e prelevò anche quella, ma il risultato fu identico e lei si ritrovò a fissare il proprio palmo vuoto.

«Piano, piano! Se continui così mi disfi tutte le armi!» fece Majid. Un coro di risate sguaiate si riversò sulla novizia da ogni direzione.

«Chae-yeon ti prego, torniamo a casa» implorò Emily. «Non voglio più stare in questo posto schifoso.»

La Madre Reverenda le rispose nel tono di voce più rincuorante che Emily avesse mai udito. Per la prima volta nella vita, la popstar si sentì consolata da una ragazza. «Purtroppo ora non possiamo andarcene, *unnie*, manca ancora la seconda parte della Ceremonia. Fatti coraggio e va' comunque a sederti in mezzo agli altri novizi. Anche se per ora non hai uno Shintai, le spiegazioni sui Rosari sono molto importanti. Magari ci riproveremo alla prossima Ceremonia, che ne dici? Non hai fatto nulla di male e col tempo dimostrerai a tutti che avevano torto.»

Gulguta
Ceremonia delle Armi - Parte Seconda

[Nota di Alberto Piovani[1].]

Pur non essendo alto, Diego de la Rocha torreggiava al centro dell'arena dando l'impressione di essere imponente. Mascella volitiva, labbra piene, capelli castani tagliati corti, pelle abbronzata, il leader del Sagittario pareva un ghepardo sempre in procinto di balzare addosso alla sua preda, e in questo senso si intendono sia i Vuoti più temibili che molte esponenti del sesso femminile, chiaramente previo loro esplicito consenso.

Il Commodoro arrotolò le lunghe maniche della divisa fino a scoprire gli avambracci e si tolse il berretto, che era metà bianco e metà turchese, con il simbolo del Sagittario in rilievo sul davanti, inciso in oro. I muscoli straripavano come fiumi in piena dentro l'uniforme attillata. L'elegante giacca veniva chiusa a stento dai sette bottoni; un numero dispari, che li costringeva a essere disposti in maniera asimmetrica. Il sette era però un numero che ricorreva di frequente nella Casa del Sagittario.

Mentre attendevano che iniziasse la seconda parte della Ceremonia, i novizi si erano accomodati davanti a lui, sedendosi sul pavimento a lastroni dell'arena. Adelmo detestò quella situazione, poiché gli ricordava un gruppo di bambini dell'asilo pronti ad ascoltare la storiella del maestro prima del pisolino pomeridiano, convinzione che andò rafforzandosi quando Jihan si accomodò al suo fianco e gli fece un sorriso. Per Janel Williams, invece, la preoccupazione principale era quella di sedersi in una posizione che non lasciasse intravedere nulla sotto la minigonna a quadri. Maschi pervertiti potevano essere ovunque. Proprio come quel novizio del Cancro alla sua destra, che non smetteva di studiarle il sedere. Geneviève si sedette in prima fila, al centro, mentre Jim fece l'opposto

---

[1] Il sottoscritto Bibliotecario Alberto Piovani, incaricato di rileggere e revisionare il presente Volume, segnala di aver rilevato alcune esagerazioni poco professionali nella descrizione dell'aspetto fisico di Diego Fernando de la Rocha dettate unicamente dalle preferenze personali della Prima Bibliotecaria Veronica Fuentes. La versione che state leggendo è stata riveduta e corretta, pur incontrando la resistenza della suddetta signorina Fuentes.

e si sistemò in fondo, defilato, in una posizione che avrebbe prediletto anche da vivo. Quando Emily gli si sedette accanto, lui la scacciò con una sagace battuta sulla sua situazione sentimentale, chiedendole quanti uomini si fosse già scopata dal suo arrivo al Tempio. Lei roteò gli occhi e se ne andò al lato opposto.

«Molto bene, vi prego ora di osservare con attenzione» iniziò infine Diego. «Olivia, se volessi essere così gentile da assistermi nella dimostrazione...»

La leader dell'Acquario, in piedi a una quindicina di metri di distanza da lui, impugnò con incredibile leggiadria l'arco che portava a tracolla, materializzò nella mano destra una freccia dorata e la scoccò in direzione del Commodoro. Alcuni novizi emisero grida d'allarme, ma lui non accennò a difendersi, né tantomeno tentò di schivarla.

Giunta pressappoco a mezzo metro dal bersaglio, la freccia impattò contro una superficie che fino a un attimo prima non esisteva, o risultava invisibile. Ai novizi parve una sfera di vetro dorato, abbastanza grande da racchiudere interamente Diego al suo interno. Il vetro che formava la sfera venne perforato nel punto in cui era stato colpito e l'intera struttura andò in frantumi, crollando a terra sotto forma di una miriade di esagoni che sparì dopo un istante. La freccia però non si arrestò e proseguì il tragitto verso il Commodoro per qualche altro centimetro, infrangendo una seconda sfera di vetro, questa volta color porpora. E poi ne distrusse una terza, marrone. A quel punto si disintegrò e non accadde più nulla. L'intero evento era durato non più di un secondo o due.

Diego, che per un attimo era apparso sorpreso, scoppiò a ridere e si sistemò l'uniforme da Commodoro turchese, tirandone uno degli orli per pareggiare inesistenti pieghe. «Sul serio, Olivia? Una freccia normale non bastava?»

«Mi andava così. Mi hai chiesto tu di assistermi, no?» Olivia sorrise con sarcasmo e gli fece l'occhiolino, riponendo di nuovo l'arco dietro le spalle.

«Cosa cazzo abbiamo appena visto?» bofonchiò esterrefatto Jim, seduto nella seconda fila del gruppo di novizi.

Molti scoppiarono a ridere, ma uno dei nuovi arrivati del Toro disse invece con aria da smargiasso: «Sei nato stupido? È ovvio che il Commodoro è protetto da degli scudi magici di qualche tipo.»

«Ma no, non mi dire! Chiamate il Mensa, abbiamo tra noi un cazzo di genio» esclamò caustico Jim. «Fin lì c'ero arrivato anch'io, segaiolo impenitente.»

«A chi hai detto "segaiolo"?»

«A te. Anche qui al Tempio si vede che hai il braccio destro grosso il doppio del sinistro.»

«Io le seghe non me le faccio, me le faccio fare, bello mio.»

«Parli di tua mamma, o prediligi le mani forti di tuo padre?»

Il ragazzo del Toro balzò in piedi e si avvicinò a Jim con intenzioni bellicose, ma Neal sfrecciò accanto a lui con aria seccata e lo risistemò a sedere con violenza, quasi sbriciolandogli una spalla tra le dita. Lo spaccone gemette per il dolore e tacque per il resto della giornata.

«Testine, ora vedete di piantarla! Ascoltatemi e basta!» li redarguì Diego, richiamando tutti all'attenzione. Quando il Commodoro cominciò infine a illustrare il funzionamento di quelle strane barriere, Adelmo rimase favorevolmente sorpreso dalla sua chiarezza ed eloquenza, segno che tutti i leader nascondevano una notevole serietà anche sotto un apparente gigioneggiarsi, benché la Gran Maestra sostenesse il contrario.

«Quelli che avete visto non sono semplici "scudi". Si chiamano Grani e ognuno di noi ne possiede un numero differente. L'insieme di tutti i Grani è invece chiamato Rosario» spiegò Diego. «La Fonte vi ha giudicati Guerrieri del Tempio, per questo motivo ne avete almeno uno, il primo, quel Grano più interno che chiamiamo la Soglia. Avete visto ciò che è accaduto poco fa? Ogni volta che non parate o schivate un attacco, esso infrangerà uno dei Grani, partendo dal più esterno che possedete. Le frecce dorate della nostra Eliaste Massima sono più potenti di quelle normali e, come avrete notato, sono in grado di perforare tre Grani. Per fortuna Olivia è una brava ragazza e non è di lei che dovete preoccuparvi.

«Se uno dei Vuoti riesce a distruggere la Soglia, la prossima volta che vi colpirà impatterà direttamente contro il vostro corpo. Ciò significa che, squarciando la Gabbia nella quale è racchiusa la vostra anima, grossomodo nella zona dove pensate di avere il cuore, vi ucciderà e lascerete il Tempio in via definitiva. Se venite invece colpiti in una zona non vitale, ad esempio subendo la mutilazione di un arto, riporterete un danno permanente ma non morirete. Detto questo, ogni minima lacerazione provoca in qualche misura la fuoriuscita del Nettare e, come forse già saprete, anche perdere troppo Nettare porta più o meno rapidamente alla morte.

«Dopo la Soglia, che è l'unico Grano posseduto per certo da ogni Guerriero del Tempio, la capacità del Rosario varia; alcuni di noi hanno due Grani, altri tre, quattro, cinque, e così via fino a dodici. Nessuno, che io sappia, ha mai posseduto un Rosario da più di dodici Grani e soltanto i leader arrivano a quel numero. Il dodicesimo Grano prende la forma di una barriera dorata, come avete visto poco fa. Non starò a elencare tutta la successione di colori in questa occasione, ma se vi interessa potete chiederla a qualche vostro ufficiale[1]. Non potete ampliare la capacità del vostro Rosario in alcun modo, perché viene determinata nel momento stesso in cui giungete al Tempio.

«Ora immagino che starete pensando: "Il numero di Grani del mio Rosario stabilisce quindi il mio valore come Guerriero del Tempio", e non avreste tutti i torti. Se i Vuoti hanno bisogno di colpirvi cinque volte prima di uccidervi, avrete un margine di manovra molto più ampio di qualcuno che possiede solo due Grani. Tuttavia, non disperatevi se disponete di un Rosario misero: alcuni di noi sono più orientati alla difesa e hanno più Grani, mentre coloro che possiedono un Rosario modesto tendono a diventare valenti assaltatori.

«Infine, c'è un ultimo fatto importante del quale devo informarvi riguardo ai Grani: una volta distrutti non vengono rigenerati.»

«Che cazzo, ma allora è un suicidio!» sbottò Jim. Molti novizi sembrarono

---

[1] L'ordine completo dei colori dal primo Grano al dodicesimo è riportato al termine del presente Volume.

concordare con lui. «Mettiamo che io abbia solo tre Grani. Se mi faccio beccare tre volte dovrò combattere sempre senza protezione? A quel punto tanto vale ritirarsi e andare a coltivare i campi insieme a quelli della Vergine.»

In molti ridacchiarono, ma da lontano Chae-yeon rispose in tono allegro: «Vieni pure, se ti va! Da noi ultimamente arriva gente un po' pigra» e con quelle parole scoccò uno sguardo malizioso a Emily, la quale la stava già guardando a sua volta in cagnesco.

«Calma, calma» ricominciò Diego. «Mi sono espresso male. Intendevo dire che non si rigenerano *sul campo di battaglia*. Facciamo un po' di chiarezza.» Si schiarì la voce e congiunse le mani dietro la schiena. «I Cherubini, sia quelli dei Pesci che quelli di altre Case, sono in grado di assorbire il colpo di un Vuoto nel preciso momento in cui avrebbe disintegrato uno dei vostri Grani. Ciò significa che se commettete un errore e un Vuoto vi colpisce, il Cherubino che vi sta difendendo ne annullerà l'effetto e il vostro Grano rimarrà intatto. Purtroppo, però, nemmeno i Cherubini hanno risorse infinite. E non sono di certo immortali.» Diego fece un sorriso ad Apollonia e lei ricambiò. «Ogni volta che assorbono un colpo per assistervi, le loro forze fisiche e mentali calano, e alla lunga non saranno più in grado di difendervi nemmeno loro. Prima o poi potreste quindi venire colpiti sul serio. A quel punto perderete un Grano. Quel Grano non si rigenererà sul campo di battaglia, ma lo farà nel tempo, a seconda di quanti *desmoí* possedete.»

«E che cazzo sarebbero i *desmoí*?» mugugnò ancora una volta Jim con aria sconcertata.

«Te l'ho già spiegato. Solo che quella volta non li ho chiamati col loro termine ufficiale. I *desmoí* sono i legami affettivi che avete instaurato su questo mondo. Avete presente la vostra costellazione personale, quella che vedete quando vi addormentate e andate nel vostro Piano Astrale? Ecco, quelle stelle sono i *desmoí*. Più ne possedete, meglio è. Se ne avete pochi e brillano fievoli, i Grani si rigenereranno con estrema lentezza e sarete costretti ad affrontare i Vuoti senza la loro protezione.»

Di fronte a tutte quelle spiegazioni, i novizi ebbero reazioni assai diverse.

«Cristo santo, che roba complicata» sbuffò Emily roteando gli occhi. Aveva ormai dato fondo alla quantità d'attenzione che poteva concedere a qualcuno in una singola giornata. E poi lei a combattere i Vuoti non ci sarebbe mai andata, quindi non v'era motivo di continuare ad ascoltare. In ogni caso, ci aveva capito il giusto.

Mark ripensò allo scudo che aveva scelto come Shintai, domandandosi se avesse fatto la cosa giusta. Ora che aveva imparato quale compito svolgevano i Cherubini, valutò che le armi difensive, a conti fatti, potevano essere ridondanti. Ormai però la scelta era stata compiuta e il suo leader aveva spiegato che cambiare lo Shintai era un'operazione complicata, dunque era inutile piangersi addosso. In fondo, avere una protezione in più poteva sempre fare comodo.

Jihan aveva prestato grande attenzione al discorso del Commodoro, non perdendosi una singola sillaba e rimanendo in silenzio come la ragazzina ben educata che era. Coltivava la speranza di possedere almeno quattro o cinque

Grani, ma se anche si fosse rivelato un numero inferiore non si sarebbe comunque persa d'animo; soprattutto perché poi chi glielo avrebbe raccontato a quel serpente che aveva fallito come Guerriera?

Adelmo era invece pensieroso e nutriva pesanti dubbi su diverse questioni. Alla fine si decise a domandare: «E se subissimo dei danni diciamo non provenienti dagli attacchi diretti di un Vuoto? Poniamo di precipitare da una grande altezza, ad esempio.»

«Ah, il nuovo cocco di Michelle finalmente si decide a parlare» scherzò Diego, voltandosi con nonchalance verso di lei. La Gran Maestra, seppur seduta a grande distanza e al riparo sotto l'ombrello, lo carbonizzò con un guizzo degli occhi scarlatti.

«È un domanda giusta, in effetti» approvò Diego, affrettandosi a distogliere lo sguardo. «I Grani non si attivano per proteggervi dalle cadute o da altri danni accidentali. Ma non ce n'è bisogno. In quel caso la vostra anima verrebbe scossa e sareste messi momentaneamente fuori gioco, ma non subireste danni permanenti. Noi Guerrieri siamo più resistenti delle persone normali. Dopo qualche minuto potreste essere di nuovo in piedi a seconda dell'entità della botta subita.»

«Capisco» replicò Adelmo. «E i Discepoli della Congregazione della Vergine si premurano ogni giorno di far sbocciare quei *desmoí,* in modo che tutti possano beneficiarne, corretto?»

«*Majayo*[I]!» cinguettò una vocetta melodiosa. Quando diversi novizi si girarono verso la delegazione della Vergine, Chae-yeon fece un segno di vittoria con le dita e sorrise a tutti in modo grazioso, piegando la testa da un lato e appoggiandosi l'altra mano sulla guancia.

Emily contrasse le labbra in una smorfia e alzò gli occhi al cielo. «Quella cretina patentata ha frequentato una scuola speciale per imparare a eseguire tutte le sue pose zuccherose?» bisbigliò con disgusto. «Ha un repertorio da far invidia a quelle pervertite delle idol giapponesi.»

«Quando poco fa la leader dell'Acquario l'ha colpita, distruggendo tre dei suoi Grani, nessuno l'ha prevenuto» evidenziò Mark, socchiudendo gli occhi mentre rifletteva.

«No, infatti» confermò Diego. «Ho lasciato che fosse così per mostrarvi cosa accade quando i Grani vengono infranti. Se un Cherubino mi avesse difeso dalla freccia di Olivia, l'effetto visivo sarebbe stato del tutto diverso. Aver perduto tre Grani non è per me un grosso problema. Ho tantissimi *desmoí,* per cui li ripristinerò in un battibaleno. Nel caso non ve ne foste ancora resi conto, i Cherubini del Coro dei Pesci oggi non sono tra noi, a parte la Sublime Sacerdotessa e qualcuno dei suoi ufficiali, ma sugli spalti ce ne sono alcuni di altre Case.»

Il Commodoro rivolse lo sguardo a una persona seduta sulle gradinate. Janel riconobbe la giovane asiatica vestita elegante che entrando all'Arena era stata oggetto dei commenti sconci dei Sagittari. La ragazza salutò con fare disinvolto i novizi che si erano girati a guardarla, come se fosse abituata a stare al centro dell'attenzione.

[I] Trad. "Esatto!", in coreano formale.

Jihan, seduta accanto a Adelmo, trasalì di colpo, aspirando tutta l'aria che poté nei suoi finti polmoni e sgranando gli occhi. Si coprì con le mani la bocca spalancata e turbinò più volte avanti e indietro, elettrizzata come non mai. Dopo essersi ravviata i capelli dietro le orecchie una dozzina di volte, parve calmarsi. Durante il resto del pomeriggio continuò però a occhieggiare alternativamente la ragazza asiatica sugli spalti e Chae-yeon, sorridendo e arrossendo d'azzurro. Adelmo non riuscì mai a capire che razza di problema avesse.

«Perdonate l'intrusione» intervenne Geneviève. «Ma se le cose stanno effettivamente così, a me pare abbastanza difficile venire uccisi da uno di questi Vuoti.»

Un brusio si diffuse dalle gradinate, ma stavolta pareva più che altro una collezione di voci adirate. Diverse persone imprecarono ad alta voce e scagliarono improperi verso la novizia dell'Alma Mater.

Diego rivolse uno sguardo perplesso al Magnifico Rettore.

Alford Nightingale gli rispose con un gesto della mano come per dire: "Da qui in poi ci penso io". Aggiustò la posizione degli occhiali e nascose le mani nelle tasche della roba di lana color porpora col fare del professore in procinto di iniziare una lezione all'università, ma dal tono di voce si intuiva che era in evidente imbarazzo a causa del commento infelice della sua protetta. «Signorina Levesque, mia cara ragazza, eppure mi è parso di averla vista in Biblioteca numerose volte. Li stava leggendo i libri, o soltanto sfogliando?»

La voce sottomessa di Geneviève suggerì che si era già pentita d'aver fatto quel commento, perché era ovvio che in molti lo avevano giudicato insensibile. Si alzò in piedi e disse: «Mi scusi davvero, Magnifico Rettore. Per ora mi sono concentrata sulla geografia e sulle dimensioni del Tempio. Non ho ancora letto i resoconti delle battaglie.»

«Capisco, sì» borbottò Alford socchiudendo le palpebre. «Cosa intendeva dire, esattamente? Si spieghi meglio.»

Lei si schiarì la gola. «Da quel che ho capito, prima di essere uccisi è necessario venire colpiti davvero tante volte: i Cherubini dovrebbero smettere di difenderci, il Vuoto dovrebbe abbattere tutti i nostri Grani e infine distruggere la nostra Gabbia. Mi pare piuttosto laborioso. E anche se commettessimo una serie di errori in fila, il nostro intero Rosario potrebbe ripristinarsi attraverso i *desmoí* in tempo per la battaglia seguente.»

Il viso di Alford si distese. «Comprendo i suoi dubbi, ma le assicuro che la questione è molto più complessa di quanto le possa sembrare. I Vuoti hanno a volte delle forme insensate, assurde, e sferrano attacchi del tutto imprevedibili. Anche i Guerrieri con decenni d'esperienza alle spalle spesso vengono sorpresi e abbattuti senza pietà. I Cherubini sono in pochi, rispetto ai Guerrieri, e non possono ripararli da tutti i colpi, dunque si trovano spesso costretti a compiere delle scelte penose e tremende.»

Geneviève non seppe come replicare a quelle parole e si limitò a chinare il capo.

Adelmo Emanuele Vittorio Maria della Rovere, che per principio non gradiva si mortificassero le ragazze davanti a un folto pubblico, decise di andare al salvataggio di quella fanciulla dai capelli ramati con un gesto di grande galanteria.

«La signorina dello Scorpione non ha tutti i torti» interloquì con decisione dopo essersi alzato in piedi a sua volta. «Per noi novizi non è semplice comprendere certi meccanismi. Inoltre, nessuno ci ha comunicato quanti Grani possiedono i nostri Rosari. In che modo dovremmo verificarlo?»

«Quello possiamo controllarlo in un secondo» sibilò un'insidiosa voce maschile sugli spalti.

Adelmo percepì qualcosa muoversi alle sue spalle, ma ebbe soltanto il tempo di voltarsi e scorgere Boone, quel sottoufficiale del Sagittario dai capelli color carota, che gli si lanciava contro dalle gradinate, volando attraverso l'Arena con in mano la sua mazza da baseball bianca. Per avendolo visto da lontano, il novizio del Capricorno non ebbe la presenza di spirito di fare granché, poiché l'attacco venne scagliato con una tale rapidità da lasciarlo allibito. Nessun essere umano avrebbe potuto muoversi a una simile velocità, attraversando lo spazio di decine di metri con un semplice balzo.

Una volta giunto di fronte a Adelmo, Boone fece girare la mazza come se volesse battere un fuoricampo sulla sua faccia, ma qualcosa di sorprendente accadde nel microsecondo che il novizio impiegò a serrare le palpebre e a sollevare le braccia davanti a sé per cercare di attutire la botta.

Il colpo di Boone non raggiunse mai il bersaglio. Un tremendo rumore metallico e stridente riecheggiò per l'Arena, simile a una lama d'acciaio che cozzava contro una spessa lastra di vetro.

Adelmo credette di essere stato protetto all'ultimo secondo da un Cherubino magnanimo, ma quando riaprì gli occhi vide invece Boone che veniva scagliato di lato con una violenza immane. Il povero ragazzo si schiantò al suolo e rotolò per molti metri con una tale forza da sconquassare i lastroni che componevano il pavimento dell'arena, finché non impattò contro i gradoni più bassi degli spalti, scheggiando con la testa un grosso blocco di travertino.

La Gran Maestra della Antica Scuola del Capricorno non era più seduta nella quinta fila delle gradinate a osservare la cerimonia con aria annoiata, ma si trovava a un metro da Adelmo e reggeva nella mano destra uno stocco d'argento. Concluse con mirabile grazia il suo movimento, scivolando appena sul pavimento come se ci galleggiasse sopra, finché non si arrestò del tutto. I boccoli, ancora sollevati in aria, le ricaddero sulle spalle.

Poco più in là, c'era Apollonia dei Pesci. Teneva un braccio proteso in direzione di Boone e la mano aperta. Adelmo notò che una sfera composta di esagoni rossi si era materializzata attorno al ragazzo; tuttavia questa non si era infranta, come in precedenza era successo nella dimostrazione di Diego, ma era ancora perfettamente integra. Dopo qualche secondo la barriera di finto vetro scomparve.

La Sublime Sacerdotessa era agitata e adirata come mai Adelmo l'aveva vista. «Gran Maestra, si dia un contegno, per l'amor del cielo! L'ho protetto per un soffio!» inveì, dopodiché afferrò un lembo della sua veste di seta acquamarina e corse verso Boone per valutare le sue condizioni. Numerosi uomini del

Sagittario si lanciarono giù dalle gradinate per difenderlo, ma la maggior parte di loro lo stava più che altro canzonando per il gesto sconsiderato appena compiuto, apostrofandolo con aggettivi pungenti.

Gli altri novizi, spaventatissimi, erano fuggiti verso i rispettivi leader. Sugli spalti, alcuni membri delle Bandane Rosse, tra cui Meljean del Leone e una donna che indossava un abito simile a quello degli shinobi giapponesi ma di colore rosso, osservavano invece la situazione con fervido interesse.

Michelle non aprì bocca. Abbassò appena lo stocco e lanciò a Diego un'occhiata glaciale.

Il Commodoro sollevò le mani in segno di resa. «Non ho intenzione di accendere una polemica, quel coglione se l'è meritato. Lo punirò come si deve, stanne certa, ma gradirei che non alzassi mai più lo Shintai sui miei uomini. La prossima volta potrei non rimanere a guardare.» Si avviò verso il suo sottufficiale con ampie falcate. «Boone! Cos'hai, della ghiaia al posto del cervello?»

«Ohi ohi» si lamentò lui sdraiato a terra. Dalla nuca colava un rigagnolo di liquido azzurro, i suoi occhi ondeggiavano in mille direzioni diverse come una persona affetta da nistagmo.

Adelmo e gli altri novizi, pur non avendolo richiesto, avevano ricevuto una dimostrazione pratica di ciò che avevano discusso solo pochi minuti prima. Apollonia aveva protetto Boone dalla stoccata di Michelle, mantenendo quindi intatti tutti i suoi Grani, ma il fatto di essersi piantato nel terreno rotolando via aveva comunque scosso il ragazzo, che adesso faticava a riprendersi.

«Non gli sarebbe successo nulla, sa?» disse Boone con un fil di voce, rivolto ad Apollonia che gli si era chinata accanto. «Gli avrei solo infranto il Grano più esterno. Guardando di che colore era avremmo saputo il totale del suo Rosario.»

«Sei stato uno scellerato, un cretino! Se appartenessi alla mia Casa ti darei una punizione esemplare, tuttavia qualcun altro si è comportato in maniera ancor più scriteriata di te» dichiarò Apollonia in tono accusatorio, riferendosi chiaramente alla Gran Maestra.

La voce di Michelle fu appena un sussurro. «Ne ha solo uno.»

«Eh?» fece Diego alzando un sopracciglio.

«Adelmo ha solo la Soglia.»

Apollonia scattò in piedi. «E lei come fa a saperlo?»

«Lo so e basta» rispose Michelle senza nemmeno guardare in viso i suoi interlocutori.

«Ma certo. Lo ha sondato usando il suo Dono, ecco come fa a saperlo» arguì con freddezza la Sublime Sacerdotessa, che pareva scandalizzata dalla sua stessa rivelazione.

Tutti i presenti rimasero in silenzio, compresa la Gran Maestra. Adelmo non capì di quale "Dono" stessero parlando.

A Emily Lancaster sfuggì una risatina, ma Chae-yeon le tappò subito la bocca con una mano. Possedere un solo Grano nel Rosario era considerato un fatto umiliante per qualsiasi Guerriero del Tempio, a prescindere dalla Casa di appartenenza.

La collera che fino a quel momento aveva pervaso Michelle solo nell'animo sgorgò fuori tutta d'un colpo. «Alla Ceremonia delle Armi ora si attaccano i novizi alle spalle?» chiese in tono durissimo, assalendo con lo sguardo tutti i presenti forse per allontanare l'attenzione dalla pietosa condizione di Adelmo.

Majid prese Jihan da parte. I marinai del Sagittario sembravano nervosi, ma a Adelmo parve evidente che non avrebbero mai osato aprire bocca contro la Gran Maestra, perché ne avevano grande timore. Neal e i novizi del Toro si godevano la scena comodamente seduti sulle gradinate, pronti a condividere tra loro una ciotola di popcorn, se solo li avessero avuti. Gli altri leader rimasero in rispettoso silenzio. Meljean, la ragazza vestita da ninja e il resto del loro gruppo di Bandane Rosse continuavano invece a osservare con estremo interesse quell'inaspettata svolta degli eventi.

Michelle puntò lo stocco contro Boone. «Pezzo d'idiota. Durante i Riti dell'Osservazione abbiamo meno arrivi di tutte le altre Case, e tu, inutile mentecatto, intendevi azzopparmi l'Allievo più promettente che abbiamo dopo anni per divertimento?»

«Gran Maestra, ora basta! Non le pare ancora abbastanza?» le gracchiò contro Apollonia.

Boone biascicò qualche parola. «Be', ecco, io... lui aveva chiesto...»

«Fa' silenzio» lo zittì Michelle. «Adelmo non sarebbe stato in grado di rigenerare l'unico Grano che ha in tempi brevi, perché è appena arrivato e non ha molti *desmoí*, quindi non avrei potuto addestrarlo e mandarlo al Muro per chissà quanto tempo.»

«Naturalmente l'avrei protetto io» intervenne Apollonia, indignata. «Non mi ha vista, Gran Maestra? Ero già al suo fianco.»

«È stata troppo lenta.»

«Non mi pare. Ho comunque fatto in tempo a proteggere il signor Boone dal suo colpo di stocco, o sbaglio? E guardi che ho avvertito bene la forza che gli aveva impresso. Che comportamento irresponsabile da parte di una leader! Intendeva ucciderlo, per caso?»

«Non sarebbe stata una grave perdita» conclude Michelle con aria indifferente.

«Basta così» s'intromise una tagliente voce femminile che Adelmo non aveva mai udito prima. Sembrava irritata e annoiata allo stesso tempo.

Era Ksenia, la Shogun dell'Ariete. Camminò lentamente verso il centro dell'arena in direzione di sua sorella, tenendo una mano appoggiata all'elsa della katana. Olivia dell'Acquario tentò di bloccarla tirando una manica del suo kimono, ma ci rinunciò quando capì che l'altra non intendeva passare sopra la questione.

«Ah, sì? Ora decidi *tu* quando basta?» s'inviperì Michelle, socchiudendo gli occhi scarlatti. «Mi spiace informarti che non sono ai tuoi ordini. Non sei il Generale, né il Comandante Supremo.»

«Dacci un taglio. Ti stai mettendo in imbarazzo davanti a tutti» la ammonì Ksenia con voce fin troppo calma, mantenendo gli occhi di ghiaccio fissi su sua sorella.

Michelle indicò Boone con la punta dello stocco. «Ah, *io* mi sto mettendo in imbarazzo? E allora quel beota laggiù?»

«Signorine, vi prego» cercò di intervenire Axel senza però sortire alcun effetto.

«Rivolgere la propria arma contro un Guerriero, soprattutto se di rango inferiore al proprio, è un gesto riprovevole» continuò Ksenia quasi bisbigliando. «E poi, dovevi proprio attaccarlo con così tanta veemenza? Anche se Apollonia ha assorbito il colpo, l'hai scaraventato contro i gradoni. Ora dovremo pregare perché i Tessitori rifacciano il pavimento dell'arena. Sei la Gran Maestra, per la miseria. Datti una regolata.»

«Ma *lui* ha attaccato uno dei miei uomini, io l'ho solo difeso. Devo chiedere il permesso a te per difendere i miei Allievi, adesso?» tuonò Michelle.

«Oh, buon Dio» sbuffò Alford Nightingale. Teneva Geneviève dietro di sé, facendole scudo col proprio corpo come se temesse che un balordo di passaggio potesse fare del male alla sua nuova bambina prodigio. «Ministro, ponga fine a questa ridicolaggine. Non ho intenzione di rimanere qui ad ascoltare due ragazzine che bisticciano per il resto del pomeriggio.»

«Alford, mi hai tolto le parole di bocca» concordò con pacatezza il biondo leader della Bilancia. Si avvicinò a Michelle e le abbassò con gentilezza lo stocco. «Signorine, voi due negli ultimi tempi siete troppo su di giri. Appianate le vostre divergenze in privato, se non vi dispiace. La Ceremonia oggi finisce in anticipo.» Si girò verso il pubblico e alzò la voce. «Propongo di calmare i bollenti spiriti con una bevuta al *Sodoma e Gomorra*. Fanno un Nettare caldo allo zenzero che... ahh! È proprio da leccarsi i baffi. Se non lo conoscete, il locale è proprio qui vicino all'Arena, all'altro lato della strada. Vi aspetto numerosi!»

Diversi leader si erano mantenuti neutrali durante il diverbio, evitando di prendere le parti di qualcuno, ma ora che il litigio era terminato sembrava avessero molto da dire e si misero a parlottare tra loro e con i novizi.

Ksenia e Michelle rimasero per un po' al centro dell'arena a squadrarsi con aria bieca. I capelli della Shogun erano dello stesso nero abissale di quelli di Michelle, tuttavia quelli di Ksenia erano lisci e una folta frangia le copriva interamente la fronte. Adelmo rimase colpito dai suoi occhi cristallini, tanto da arrivare a stimare la sua bellezza tra le più ammalianti del Tempio. Era un vero peccato che ce l'avesse tanto con sua sorella, perché, pur sembrando severa e decisa, Ksenia non aveva l'aria di una persona malvagia. Il motivo impresso sul suo raffinato kimono rosso alternava fiori di crisantemo dorati a uccelli trampolieri bianchi.

La Shogun ricambiò senza alcuna timidezza le occhiate curiose di Adelmo e lo studiò con attenzione da capo a piedi. Un sorrisetto malizioso si dipinse alla fine sulle labbra rosate e, dopo aver dardeggiato un'ultima – sibillina – occhiata alla sorella, voltò le spalle a entrambi e si avviò verso l'uscita dell'Arena insieme ai suoi compatrioti.

Gulguta
Ceremonia delle Armi - Parte Terza

Prima di lasciare l'Arena, il Cavaliere di Gran Croce fece un cenno ai propri uomini per suggerir loro di attenderlo fuori e si avvicinò alla Gran Maestra squadrandola con cipiglio severo. In quella occasione, il tono delle sue parole fu particolarmente grave.

«Michelle, come di certo avrai notato, poco fa ho lasciato correre senza dire nulla. Tuttavia, essendo il Cavaliere di Gran Croce sono a capo anche della Cancelleria del Magistero, e attaccare un Guerriero è di norma considerato un reato punibile con la reclusione. Chiaramente, in questo caso l'ho considerata legittima difesa nei confronti del tuo Allievo, ma una condotta del genere non si confà alla leader di una Casa, qualunque essa sia.»

La Gran Maestra fissò i lastroni del pavimento spaccati, inspirò a fondo e infine domandò aspra: «Dunque condoni il comportamento del Sagittario?»

Seydou parve oltraggiato dalla domanda. «No, naturalmente no. Ma colpire in quel modo un sottoufficiale di un'altra Casa, anche se veterano, durante una cerimonia ufficiale... Avanti, sai meglio di me che non si fa.» Il Cavaliere di Gran Croce sospirò, passandosi una mano sul cranio pelato. «Non sono certo di comprendere davvero perché sei così inquieta, ma credo che qualcosa stia bollendo in pentola, perché il comportamento di oggi proprio non ti si attaglia. Credo che tu non ci abbia riferito qualcosa sul conto del tuo nuovo Allievo. Ricordati che, se vuoi parlarne, io sono sempre disponibile.»

«Non ce ne sarà bisogno, grazie» tagliò corto lei con la voce ancora velata di frustrazione.

«Di solito mi fido del tuo giudizio, lo sai, ma piazzate del genere non sono accettabili, soprattutto se fatte di fronte ai novizi. Non possiamo permetterci di dar loro il cattivo esempio.»

Michelle contrasse le dita nascoste tra le ampie pieghe della gonna. «Sì, lo so. Hai perfettamente ragione.»

«Ottimo. Mi rasserena constatare che ti sei resa conto dell'errore. Non ti tratterrò oltre, sono certo che muori dalla voglia di tornare a Geistheim. *Au revoir*[I], allora. Alla prossima!» concluse Seydou, e con un altro gesto segnalò ai suoi compatrioti del Cancro che era pronto a tornare a Castrum Coeli.

Venne il momento di andarsene anche per i membri del Sagittario, sebbene tendessero sempre a rimanere all'Arena fino all'ultimo momento per rimettere in ordine le armi. Mentre conduceva i suoi uomini oltre il grande arco all'entrata, Diego intravide Axel, il Primo Ministro del Culto, che se ne stava in disparte a fissare il vuoto con aria assorta.

Si avvicinò a lui con l'intenzione di parlargli ma, prima ancora che potesse aprire bocca, l'altro sollevò una mano per suggerirgli di attendere. «Diego Fernando de la Rocha, cosa faresti se–»

«Te lo ricordi, vero, che non sopporto quando mi chiami col mio nome completo? È troppo pomposo. È imbarazzante, cazzo. E la cerimonia ufficiale ormai è finita.»

«Cosa faresti se venissi a scoprire che una persona molto cara a uno dei tuoi compatrioti è arrivata di recente al Tempio, eppure comunicarglielo le porterebbe immensa gioia ma forse anche altrettanto dolore?»

La giornata era stata fin troppo sfibrante. Diego non se la sentiva di dibattere su questioni filosofiche, perlomeno non prima di essersi scolato diversi bicchieri di Nettare alla menta sul terrazzo dell'*Alabastro*, il suo bar preferito di Astoria Nuova. «Forse non glielo direi» tagliò corto facendo spallucce. «Il Tempio è piccolo. Prima o poi si imbatteranno per caso l'uno nell'altro, da qualche parte.»

«L'uno nell'*altra*» lo corresse Axel con amarezza. «E lei oggi, per puro caso, non ci ha accompagnati alla Cerimonia delle Armi, cosa che di solito fa sempre. Che incredibile scherzo del destino.»

«Hmm, allora credo d'aver capito a chi ti riferisci» affermò Diego inarcando un sopracciglio. Un sorrisetto malandrino gli balenò sul volto. «E in tutto questo chi sarebbe il "lui"? Ormai devi spifferarmi anche il resto.»

* * *

Prima che i gruppi si separassero per rientrare nelle proprie contrade, Mark decise di armarsi di tutto il coraggio che aveva e salutare Emily. In fin dei conti, non sapeva quando avrebbe potuto rivederla, anche se il territorio della Vergine era accanto a quello del Cancro. Chiese il permesso a Seydou con l'opportuna educazione e lui glielo concesse volentieri. Sujira non parve altrettanto d'accordo, ma sembrò comunque lieta di liberarsi di lui almeno per qualche minuto. Mark sapeva che la Grande Ufficiale tailandese avrebbe dovuto accompagnarlo a Castrum Coeli un'altra volta a piedi ed era quasi certo che lei non trovasse quella prospettiva particolarmente elettrizzante.

[I] Trad. "Arrivederci", in francese.

Prima ancora che potesse avvicinarsi a Emily, Chae-yeon gli si parò davanti con le mani sui fianchi. «Altolà! Dichiari il suo intento, Cavaliere Professo!» esclamò con una finta voce intimidatoria. Sulle sue labbra risplendeva però un sorriso, e Mark capì subito che stava scherzando.

«Ehm, purtroppo non sono ancora diventato Cavaliere» la informò con aria mesta, poi fece mente locale per cercare di ricordare il titolo corretto, «... signora *Reverenda Madre*.»

Chae-yeon proruppe in una risatina melodiosa, composta da non meno di tutte e sette le note musicali. «Madre Reverenda» lo corresse con dolcezza. «Ma suona bene anche al contrario. Quindi non ti sei ancora creato un Pegaso?»

«Purtroppo no. Ci ho provato, ma ho difficoltà a modellarlo. Il fatto è che mi sembra una cosa così assurda» confessò Mark quasi rassegnato.

«*Aigoo*[I]!» si amareggiò Chae-yeon allargando i grandi occhi, che quel giorno erano ritornati blu cobalto. Poi aggiunse, quasi strillando: «Ma non devi scoraggiarti! Tutti i Guerrieri del Cancro prima o poi riescono a crearsi un Pegaso. Impegnati e lavora sodo, e vedrai che ci riuscirai anche tu! Dopo potrai venire a trovare la tua amica Emily tutte le volte che vorrai. Non è fantastico? Volare liberi nel cielo... Coraggio, allora, tifo anch'io per te! *Hwaiting*[II]!» lo incitò stringendo le mani a pugno davanti al corpo.

Mark non si era sentito così incoraggiato dai tempi delle scuole medie. In quella occasione era stata sua madre a incitarlo per la gara di atletica leggera in cui, purtroppo, era arrivato quarto, meritandosi solo una medaglia di partecipazione. Valutò che la leader della Vergine doveva essere davvero un'attrice di primissimo livello per riuscire a dimostrare dell'interesse genuino per una questione che non la concerneva nemmeno di striscio.

O forse non stava recitando? A Mark le ragazze asiatiche non erano mai interessate granché dal punto di vista sentimentale o sessuale, ma d'altra parte non ne aveva mai conosciute molte e guardava di rado pornografia giapponese. Quella Chae-yeon gli parve di certo parecchio carina, ma in quel momento avrebbe comunque preferito chiacchierare con la sua adorata Emily.

La sopracitata bionda in quel momento se ne stava in disparte, indecisa se la infastidisse di più il fatto che avrebbe dovuto conversare di nuovo con quello sfigato di Mark Colby, o che Chae-yeon lo avesse intercettato e se lo stesse lavorando coi suoi modi di fare nauseanti.

"Probabilmente gli uomini non la trovano 'nauseante'. Ci hai mai pensato, tesoro?"

È amorevole fino a diventare nauseante. E comunque stai zitta.

"Ma 'nauseante' e 'amorevole' riferiti alla stessa persona sono un'incongruenza. Lo capisci, vero? Ti stai ingannando da sola."

Mamma, in questo momento non ho bisogno delle tue cazzo di lezioncine sul lessico inglese.

[I] Trad. in questo contesto: "Oh no!", in coreano informale.

[II] Trad. "Forza!", in coreano.

"Però Chae-yeon ci sa fare, non trovi? In due minuti ha già monopolizzato l'attenzione di uno che si è fatto ammazzare per—"

«Se devi dirmi qualcosa parla in fretta!» annunciò Emily facendosi infine avanti. «Ce ne stavamo andando. Non è vero, Madre Reverenda?»

«Hmm...» commentò Chae-yeon, mentre un sorriso le sfiorava le labbra. Dardeggiò un'occhiata maliziosa a Emily, ma la bionda contrattaccò socchiudendo minacciosamente gli occhi, prontissima a pugnalare la sua leader con uno Shintai che non aveva, se avesse continuato a fare lo gnorri.

«Ohhh già, ora ricordo. Ce ne stavamo proprio andando!» esclamò Chae-yeon, stavolta recitando in maniera palese. «Ti aspetterò insieme agli altri nella strada qui accanto. Parla pure col tuo *namja chi... ehm, namseong chingu*» concluse[I]. Nell'allontanarsi, si voltò per l'ultima volta verso Mark e gli rivolse un gesto di saluto ondeggiando avanti e indietro le dita. «*Bye, bye!* Alla prossima!»

Il viso dai lineamenti perfetti di Emily assunse un'espressione omicida.

Quella puttanella quante cazzo di volte deve avere provato e riprovato quelle gestualità idiote perché le vengano così bene? Riesce a infinocchiarli anche mentre si leva dalle palle!

"Forse le viene naturale, tesoro."

Sì, certo, come no. Mamma, a volte sei davvero stupida. E comunque con lui non attacca. Non credo che manfrine del genere facciano colpo su un fan di Emily Lancaster.

Mark, però, aveva un sorriso ebete stampato sul viso. Salutò Chae-yeon in maniera impacciata, farfugliando qualche vuota parola di circostanza. La timidezza lo aveva sopraffatto.

Emily gli schioccò le dita davanti alla faccia per richiamare la sua attenzione. «Oh, deficiente, guarda che sono qua!» starnazzò. Lui tornò in sé.

Mark Colby non era diventato esattamente un figo da far andare in brodo di giuggiole le ragazze nemmeno dopo l'effetto della Forma dell'Anima, ma qualche lieve miglioramento era stato comunque sufficiente a elevarlo a livello di "discreto". Purtroppo per lui, Emily Lancaster era ben poco interessata ai ragazzi dall'aspetto soltanto "discreto".

«Wow, quel taglio ti sta davvero da dio. Sei ancora più carina di prima» rilevò lui con gioia dopo aver studiato i nuovi capelli lunghi della sua cantante preferita, tenuti fermi da un cerchietto bianco.

Emily roteò gli occhi e replicò acida: «Magari potessi dire lo stesso di te. Dove sono finiti i tuoi occhialetti da stupratore seriale? Pensi che ora farai colpo sulle ragazze solo perché non sembri più un pervertito che sbircia sotto le gonne delle ragazzine delle medie dopo avergli proposto di giocare insieme a Pokemon o non so che cazzo?»

[I] Chae-yeon aveva insinuato che Mark fosse il ragazzo di Emily definendolo inizialmente *namja chingu*, ma si corresse in *namseong chingu*, che in coreano significa soltanto "amico maschio". A Emily questa sottigliezza sfuggì completamente.

«Ah ah! Guarda che quel tono strafottente non mi spaventa. Ti sei già scordata che ero un tuo fan sfegatato?»

Emily guardò di lato e pestò un piede sul selciato del viale. «Okay. Che cazzo vuoi?»

«Sono venuto a parlarti perché mi hanno spiegato come funziona il Piano Astrale, e... be', pensavo che magari, se instauriamo un minimo di rapporto, dopo potremo incontrarci lì. Dicono che dovrebbe essere piuttosto facile per noi, visto che ci conoscevamo già in vita. Almeno in un certo senso.»

«E io questo dovrei volerlo perché...?»

«Non credi che dovremmo parlare di quello che–»

«No.»

«Ma–»

«Ma cosa? Che differenza potrebbe fare ormai?» sbraitò lei incrociando le braccia.

«Non vuoi raccontarmi cos'è successo dopo che mi hanno...»

«Che cazzo credi sia successo, Einstein? Siamo finiti qui entrambi, no?»

Mark si rabbuiò. «Mi dispiace così tanto non essere riuscito a...» Le parole non gli salirono alle labbra. «Così tanto.»

«Immagina quanto dispiace a me» replicò Emily con la voce che grondava frustrazione. «Avevo tutta una carriera davanti.»

«Se solo tu mi avessi dato ascolto fin dal principio, magari...»

«Come avrei potuto crederti? I tuoi discorsi di cospirazioni mi sembravano assurdi, in quel momento. Dici che abbiamo parlato a sufficienza per accendere quella cazzo di stellina nel Piano Astrale o no?»

«Non avverto nessuna sensazione particolare, ma suppongo di sì. La mia Grande Ufficiale dice che in casi come questo bastano pochi minuti.»

«Ottimo. Allora ciao. Anzi, addio. Se vieni a rompermi le palle anche mentre dormo, giuro che...» Emily lo piantò in asso e si allontanò svelta, ma prima di sparire oltre l'arcata si girò per un'ultima volta. «Sei patetico, lo sai? Frigni perché ti dispiace per me, eppure è per causa mia che sei qui.»

Una volta attraversato il viale di fronte all'entrata dell'Arena, Emily si fermò per qualche minuto a osservare i vari gruppi che si salutavano. Tra le Case c'erano grosse differenze, ma i membri dello stesso segno sembravano andare sempre d'amore e d'accordo.

Perché sono dovuta capitare proprio alla Vergine? È ovvio che non sia la Casa giusta per una col mio carattere. Che cazzo è passato nella testa della Fonte? Sempre che la Fonte ce l'abbia, una testa.

Scandagliò con gli occhi la folla che sciamava lungo il viale alberato, ma prima di riuscire a individuare i suoi compatrioti udì la voce armoniosa di Chae-yeon provenire da una zona laterale un po' appartata. Sembrava stesse chiacchierando con qualcuno accanto a una grande aiuola fiorita. A Emily venne la brillante idea di nascondersi dietro i cespugli a origliare. Qualsiasi informazione di prima mano sulla Madre Reverenda le avrebbe fatto comodo, soprattutto se era qualcosa che poteva rinfacciarle, o utile a ridicolizzarla. Una confidenza maligna o un vergognoso segreto, magari. Un fidanzato brutto sarebbe stato il massimo.

Si accoccolò sui talloni e fece spuntare gli occhi oltre i profumati fiori rosa dei cespugli d'ortensie. Con notevole delusione scoprì che Chae-yeon era in compagnia di Jihan, quella novizia del Leone, e questo azzerava quasi del tutto le probabilità di ascoltare del gossip succoso. Frustrata oltre l'inverosimile, stava per palesare la propria presenza, quando il discorso delle due virò in una direzione che la intrigò. Si avvicinò dunque per sentire meglio, avanzando da chinata e tenendo la gonna sollevata da terra perché non si sporcasse.

«Io... all'inizio pensavo di averci visto male... non è possibile, mi sono detta... Violet?» mormorò Jihan con la voce rotta dall'emozione, torcendosi le dita.

Chae-yeon rise teneramente, mentre con un piede giochicchiava coi sassolini bianchi che ricoprivano il suolo attorno alle piante. Ondeggiava il busto avanti e indietro, tenendo le mani congiunte dietro la schiena, e faceva fatica a fissare in viso Jihan.

Perché è così imbarazzata nel parlare con una bambinella?, si chiese Emily.

Eppure, anche Jihan era in evidente imbarazzo. Le parole le uscivano dalla bocca a stento, anche se sotto sotto pareva eccitatissima. «Sa, Violet *nŭshì*[I], io ero una...»

«Guarda che puoi parlare in modo informale, se vuoi» la avvisò Chae-yeon con un sorriso.

«*Wŏde mā ya*[II]!» esclamò Jihan saltellando sul posto e coprendosi la bocca con le mani. «Posso parlare informale con Violet! Ma, ma... è sicura? Ho soltanto sedici anni, anche se quasi diciassette.»

Chi cazzo sarebbe Violet? L'identità segreta di Chae-yeon, tipo supereroina quando si infila il costume?

La Madre Reverenda affibbiò all'altra una spintarella affettuosa. «Stai arrossendo!»

«Lo so» ammise Jihan, appoggiandosi le mani sulle guance per calmare l'azzurro del Nettare che le affiorava sotto la pelle. «Ma che posso farci? Aiutooo!»

A che scena schifosa sto assistendo? Chae-yeon adesca le ragazzine? Mi viene da vomitare. Forse dovrei interrompere la conversazione. Sarebbe eticamente giusto, no? Farei una buona azione, una volta tanto.

Jihan riprese il discorso, ma ora la voce era del tutto sommersa dall'emozione e aveva gli occhi lucidi. «Io, ecco... voi siete le mie *ultimate*... lo siete sempre state... se solo fossi potuta venire in Corea... ma negli ultimi anni non stavo mai bene, e allora...»

«*An-dwe*[III]! Guarda che se ti metti a piangere tu inizio anch'io!» la avvertì Chae-yeon, ma i suoi occhi erano già velati d'azzurro.

«Dopo averti vista al Rito ci ho pensato a lungo» proseguì Jihan, parlando tra i singhiozzi. «Mi sono detta: Violet non può essere qui, qui ci vengono solo

---

[I] Trad. "Signora", in mandarino formale.
[II] Trad. "Oh, mamma!", in mandarino informale.
[III] Trad. "No!", in coreano informale.

le persone morte... Jingfei, ti stai sbagliando... ma poi oggi nell'Arena ho visto anche Ji-soo e...»

Jihan scoppiò a piangere e Chae-yeon la abbracciò con autentico affetto.

«*Aigoo*. Su, su, è tutto a posto» le bisbigliò nell'orecchio la Madre Reverenda cercando di confortarla, ma dal tremolio nella voce Emily intuì che stava usando tutto l'autocontrollo che aveva per mostrarsi forte alla ragazzina e non scoppiare a piangere a sua volta.

Cristo santissimo, che stronzata strappalacrime è mai questa?

Dopo poco le due ragazze si sciolsero dall'abbraccio. Chae-yeon asciugò le lacrime azzurre alla novizia con l'orlo della manica del suo vestito.

«Perché siete qui?» chiese Jihan tirando su col naso. «Non siete mica morte anche voi, vero?» Con gli occhietti lucidi implorò l'altra di risponderle di no, che era tutto un sogno, che sulla Terra stavano entrambe bene e non gli era successo niente di male.

Chae-yeon la avvicinò di nuovo a sé e le accarezzò i capelli corvini. «Jihan, Jihan... *gwenchanayo*[1]» canticchiò. «Se la mia stella non si dovesse accendere nel tuo Piano Astrale, ricordati che puoi venirmi a trovare dal vivo quando vuoi, capito? E parleremo quanto ci pare. Sarà persino meglio di un *fan meeting*, te lo assicuro!»

Nell'udire quella promessa, gli occhi scuri di Jihan si illuminarono di gioia, anche se a Emily parve evidente che la Madre Reverenda aveva abilmente evitato di rispondere alla domanda. La giovane cinese tirò di nuovo su col naso e, quasi incredula, disse: «Davvero posso?»

«Ma certo. Gli ufficiali del Leone a volte sono un po' intransigenti, da quel che mi dicono, ma tu fagli sapere che la Madre Reverenda ha chiesto di incontrarti e vedrai che ti lasceranno venire.»

«Wow, *tài bàng le*!» squittì Jihan. «E Ji-soo? Posso andare a trovare anche lei?»

Un'ombra fatta di dolore e vergogna sfiorò per un attimo il volto di Chae-yeon. Si passò la lingua sul labbro superiore e disse con voce atona: «Certo, puoi andare a trovare anche lei, se vuoi. Sono sicura che le farebbe piacere.»

«Ji-soo è così simpatica. Mi fa morire dal ridere» disse Jihan, che evidentemente non aveva colto il malessere interiore dell'altra. Poi però si affrettò a precisare, arrossendo di nuovo d'azzurro: «M-ma la mia *bias* sei sempre stata tu!»

«Ah ah! Ti sei salvata in corner!» la avvertì Chae-yeon scompigliandole i capelli.

«No, dico davvero! Tutte le mie amiche lo sanno. Ho anche la tua foto come immagine del profilo di–»

Majid la chiamò dall'altro lato del viale, urlando a squarciagola: «Ohilà, signorina Han! Guarda che partiamo senza di te! Ed è risaputo che a volte di notte sulla strada per Vajrasana vagano enormi file di Vuoti erranti... Oh be', saranno affari tuoi, ma magari con la tua ascia nuova riuscirai a non farti mangiare!»

---

[1] Trad. "Va tutto bene", in coreano formale.

Jihan sgranò gli occhi e si girò di nuovo verso Chae-yeon. «Mi sa che è meglio che vada.»

«Certo. Ci vediamo, Jihan. Ma sta' tranquilla, non può esserci nessun Vuoto errante dentro il Tempio. Lo dice solo per spaventarti.» Chae-yeon le arruffò i lunghi capelli corvini per un'ultima volta.

La ragazzina chinò il capo in segno di saluto e trotterellò via, voltandosi indietro un paio di volte con aria estasiata. Chae-yeon si asciugò le ultime lacrime che le rigavano d'azzurro il viso e la salutò con la mano.

Emily, ancora acquattata dietro le ortensie, proprio non sapeva quali conclusioni trarre.

Almeno ora ho un nome su cui lavorare. "Ji-soo[I]*".*

Un'altra ragazza asiatica, quindi. Ma di che segno sarà? Jihan dice di averla vista oggi, eppure io non ho notato nessuno in particolare, all'Arena. E poi come dovrei distinguerla, una coreana? A me le asiatiche paiono tutte uguali.

Magari Violet è il nome d'arte che Chae-yeon usava quando faceva la modella. Ma perché Jihan la conosce anche se è cinese? Bah, forse quella ragazzina si interessava di moda.

Una volta rimasta sola, la Madre Reverenda si addentrò nell'aiuola e scovò Emily tra i cespugli senza nemmeno cercarla.

«Sentito tutto, eh?» le chiese, incrociando le braccia davanti al petto.

Emily, non sapendo cosa fosse la vergogna, provò a fare orecchie da mercante. «Hm? Sentito cosa?»

«Credi non sapessi che eri nascosta lì dietro? Ho percepito la tua aura quando hai attraversato la strada dieci minuti fa.»

«Chi cazzo sei, una maestra Jedi? E comunque cos'hai da sorridere in quel modo? Ti ricordo che hai appena pianto nelle braccia di una dodicenne» la canzonò Emily.

«Sorrido perché adesso sono davvero di ottimo umore» ammise con serenità la Madre Reverenda. «E dal momento che non hai ancora iniziato a prendermi in giro, deduco che tu non abbia capito granché di quella conversazione. Non sai quanto la cosa mi rincuori.»

«Ho capito Ji-soo.»

Chae-yeon ebbe un attimo di incertezza. «Uh-huh. Bene.»

«Ji-soo, Ji-soo, Ji-soo, Ji-soo, Ji-soo» ripeté Emily in maniera odiosa per istigare una reazione.

«Sei la persona più infantile che io abbia mai conosciuto. Di fatto sei più infantile di Jihan, e lei comunque ha sedici anni, non dodici.»

«Avresti preferito avere lei come Discepola al posto mio, di' la verità. E invece ti sei beccata me. Cos'hai intenzione di fare al riguardo?»

Chae-yeon rifletté per qualche momento e infine disse: «Tu sei una Discepola della Congregazione della Vergine, per cui farò tutto quel che posso per guidarti e aiutarti a sopravvivere al Tempio. Questo è il compito che mi è stato

---

[I] La pronuncia corretta è: "Gì-su".

assegnato e io lo accetto. Perché invece non mi parli del tuo amico, quello che è venuto a salutarti prima?»

«Vuoi morire di nuovo?»

«Va bene, fa lo stesso. Se non ne vuoi parlare perché è una cosa personale, lo rispetto» concluse Chae-yeon con fare conciliante.

Emily perse del tutto le staffe. Ci mancava anche che quella sciacquetta coreana insinuasse che ci fosse qualcosa di "personale" tra lei e quel fallito di Mark Colby, anche se a tutti gli effetti c'era eccome.

Le due ragazze si avviarono insieme verso il resto del gruppo della Vergine, ma Emily in quel momento aveva solo voglia di litigare con la Madre Reverenda e sfogare su di lei tutta la frustrazione di quella giornata deludente e umiliante. Farla arrabbiare sul serio non era però un'impresa semplice.

«Che cazzo aveva da guardarti con occhi sognanti, quella stupidina del Leone?» iniziò, mirando a stabilire se Jihan potesse rappresentare un punto debole quanto quella Ji-soo.

Chae-yeon la ignorò.

«A pensarci bene siete fatte l'una per l'altra. Non è strano che andiate d'accordo, dopotutto avete lo stesso modo vomitevole di atteggiarvi. Devono essermi venute due carie solo per avervi sentito parlare cinque minuti in quella maniera sdolcinata. Trovo assurdo che quella cretinetta sia del Leone. Pensavo che quelli dovessero essere, tipo, degli eroi coraggiosi o roba simile, ma quella bambinella squittisce come un topolino quando parla, e secondo me si piscerà nelle mutande al primo Vuoto che incontr–»

Chae-yeon protese una mano davanti a sé, la appoggiò sul petto di Emily e spinse la sua Discepola verso il muro dell'edificio accanto. La mandò a sbattere contro la parete dipinta di bianco quasi con gentilezza, senza farle male.

«Ahia!» gemette Emily, sorpresa che l'altra fosse passata subito alle maniere forti. Afferrò il polso della Madre Reverenda e provò ad allontanarlo da sé cercando in ogni modo di allentare la pressione sul suo petto, ma non si spostò di un millimetro.

«C-cosa sono questi modi da bulletta di periferia di Seoul? Hai intenzione di picchiarmi? Stai per p-pronunciare qualche frase minacciosa che non mi farà assolutamente paura?»

Chae-yeon lentamente staccò il pollice, poi il mignolo, poi l'anulare e il dito medio, finché alla fine mantenne la sua Discepola pigiata contro la parete usando soltanto l'indice.

Perfetto, ottimo lavoro. E ora che cazzo faccio?

Questa mi sta immobilizzando semplicemente spingendomi con un dito. Gran bella pensata, quella di farla incazzare.

La popstar americana, esasperata e avvilita dalla sua totale impotenza, agguantò quell'ultimo dito con entrambe le mani e provò in tutti i modi a divincolarsi. Lo spinse di lato, lo tirò, lo colpì con tutta la forza che aveva, ma non ottenne alcun risultato.

Chae-yeon la fissò a lungo senza dire una parola, ma dal moto divagante dei suoi occhi Emily comprese che stava meditando su qualcosa.

Merda, mi conviene pregare. Credo stia pensando a dove nascondere il mio uovo. Per fortuna un gruppo dell'Ariete ci sta osservando. Forse dovrei urlare e chiedere aiuto a loro.

All'improvviso Chae-yeon si fece indietro e posò le mani sui fianchi come se non fosse accaduto nulla. La collera si era già sbollita e nel profondo dei suoi occhi cobalto scintillava una luce diversa, nuova. «Jihan è una Raylove» affermò con un sorriso compiaciuto e il tono birichino di una che sa qualcosa che l'altra non potrà mai e poi mai capire.

«Una che?» gracidò Emily allontanandosi in fretta dal muro finché ne aveva la possibilità.

«Una *Raylove*» ribadì Chae-yeon, come se fosse lapalissiano. «E tu non la prenderai mai più in giro in mia presenza.» Non suonò come una minaccia, ma come un'incontrovertibile constatazione di un dato di fatto, ed Emily quella volta non trovò il coraggio di ribattere.

Alla fine me la sono cavata con poco. Ma che cazzo sarà una "Raylove"?

* * *

«Torniamo a casa *immediatamente*!» ingiunse in tono perentorio la Gran Maestra dell'Antica Scuola del Capricorno, avviandosi verso la strada per Geistheim senza nemmeno controllare che gli altri tre la stessero seguendo. «Non intendo rimanere un secondo di più in questa fogna di città.»

Naija e Seline si cercarono con gli occhi, incerte se aprire bocca o meno. La nigeriana perse una sfida invisibile con l'olandese e decise dunque di immolarsi con grande altruismo per prendere le difese del loro unico novizio. Adelmo, infatti, non aveva ancora osato alzare lo sguardo dopo l'incidente all'Arena. Camminava con gli occhi fissi sulla strada e le mani congiunte dietro la schiena, seguendo il trio di Maestre come se stesse partecipando alla propria processione funebre.

«Mich, non punirci tutti quanti per un errore di valutazione commesso da te stessa» consigliò Naija nel tono di voce più conciliante possibile.

Quando la Gran Maestra si voltò di scatto, nei suoi occhi Adelmo scorse lo stesso furore represso che l'aveva animata durante lo scontro verbale con sua sorella.

Il gruppetto smise di camminare. Le tre Maestre si squadrarono e si studiarono come se fosse appena iniziato un duello fra pistolere straordinariamente sexy in una piccola città del far west. Solo che, anziché le rivoltelle, impugnavano degli ombrelli.

La mano di Michelle tremava dalla rabbia. «*Errore di valutazione*?» scandì a bassa voce, stringendo le palpebre.

«Insomma, Mich. Credo lo sappia anche tu di aver esagerato» sostenne Naija senza farsi intimorire.

Michelle sbuffò, forse irritata dall'ingenuità della sua sottoposta. «Credete che i fatti di oggi siano avvenuti per caso? Ci hanno attaccati con l'intento preciso di ridicolizzarci, di sminuirci, di ridimensionarci, e ci sono riusciti alla grande. Ora non solo sanno che il nostro unico novizio possiede un solo Grano, ma abbiamo anche recitato la parte dei violenti. Io mi sono lasciata giocare come una cretina, lo ammetto. E quella stronza di Ksenia... figurarsi se quella meschina infame non coglieva l'occasione per rimproverare la sua sorellina tanto problematica davanti a tutti. Non ha aperto la sua fetida bocca per tutto il pomeriggio, ma quando si è trattato di attaccare me è diventata improvvisamente loquace!» Un rancore tangibile e terribile pareva trasudare dalle parole della Gran Maestra. Adelmo si chiese cosa ci fosse davvero tra le due per odiarsi a tal punto. «Forse è stato tutto un piano ben congegnato proprio da lei, non mi stupirebbe affatto. Che nervoso!» Michelle si rimise a camminare a passo sostenuto verso l'uscita numero otto nelle mura di Gulguta. «E tu, Adelmo! Sei rimasto lì fermo impalato come un allocco. Avevi già scelto la tua spada, dunque potevi almeno provare a difenderti. Hai capito che puoi evocarla quando ti pare, vero?»

«Sì, l'ho capito, ma quel ragazzo è stato troppo veloce. Non l'ho nemmeno visto arrivare finché non mi era quasi addosso» si scusò lui.

«È stato di una lentezza pachidermica. Una lumaca ti avrebbe attaccato con maggior rapidità. Eh, sì. Quel Boone dev'essere un combattente davvero scarso.» Michelle si passò una mano tra i capelli, mettendo in disordine i boccoli scuri. Quando riprese a parlare, il tono si era fatto più comprensivo. «Davvero non l'hai visto arrivare?»

Dice sul serio o lo fa per impressionarmi?, pensò Adelmo. *Quel ragazzo è stato talmente rapido da percorrere una distanza di decine di metri nel lasso di tempo che ho impiegato a voltare la testa. Ha volato, dannazione!*

È quindi questo il divario che separa le mie abilità da quelle di un Guerriero veterano, senza nemmeno tirare in ballo un Maestro della nostra Scuola? Se così è, l'esiguo numero dei miei Grani è soltanto la conferma della mia inadeguatezza.

«No. Mi perdoni davvero, Gran Maestra, non ho potuto fare nulla» confermò con aria abbattuta.

«Ed ecco che ricomincia anche a darmi del lei. Mi serve una sigaretta.» Michelle sbuffò e frugò per abitudine nel vestito in cerca di qualcosa, ma non trovò nulla. Quando riprese a parlare, la voce era piena di delusione e tetra rassegnazione. Per la prima volta da quando Adelmo l'aveva conosciuta, la Gran Maestra si espresse in maniera volgare, e questo lo colpì negativamente. «Che giornata di merda. Stasera mi verrà voglia di farmi. È arrivato da fumare, al *Ténèbres*?» chiese mentre un fantasma le scivolava sul volto, sciupando i lineamenti morbidi.

Le due Venerabili Maestre si guardarono di traverso con una certa preoccupazione. Fortunatamente la strada era deserta, ma le finestre dei raffinati edifici che la recingevano parevano occhi intenti a spiarli. Chi poteva dire che nessuno stesse origliando?

A Adelmo quei discorsi cominciavano a piacere sempre meno. Cercò di incrociare lo sguardo di Naija, ma lei tormentò con la lingua l'orecchino che portava al labbro inferiore e non parlò.

«Mich, dai, la situazione non è poi così grave. Ora ce ne torniamo a Saint-Yves e non ne parliamo più, che ne dici?» propose Seline con voce serica.

«Fumare cosa?» intervenne Adelmo, non riuscendo più a rimanere in silenzio. «Non sapevo che al Tempio si fumasse. Nessuno me ne ha mai parlato.»

«Sono sigarette con dentro funghi sbriciolati» spiegò Seline. «Li raccolgono nel territorio dei Gemelli, nelle loro caverne sotterranee. Ti fanno, ecco... *sballare*. Capisci cosa intendo o è un termine troppo moderno per te?»

Adelmo inorridì. Se Michelle fosse stata sua figlia l'avrebbe spedita a letto senza cena solo per aver *menzionato* una cosa del genere. «Droghe? Gran Maestra, non lo faccia per colpa mia! Mi punisca come ritiene giusto, ma le proibisco di degradare se stessa in questo modo!»

«Adelmo, smettila. Smettetela tutti e tre» intimò Michelle, nascondendo il viso sotto l'ombrello.

«Mich è infuriata con se stessa perché Apollonia è stata veloce quanto lei ed è arrivata a proteggere quel Boone in tempo. Non è così?» suggerì con astuzia Seline.

Michelle le lanciò un'occhiata torva che non lasciava adito a dubbi. «Sono diventata lenta a forza di starmene a poltrire dentro Saint-Yves; fiacca e svogliata come lo ero una volta.»

«Lenta? Ti ricordo che per un Cherubino difendere un Guerriero da un colpo è molto più facile che sferrare un attacco. Il loro è un semplice atto mentale, fatto di pura concentrazione, mentre attaccare comporta veri movimenti. Sei stata velocissima, Mich. Hai salvato Adelmo dal perdere il suo unico Grano. E lui ti è *molto* riconoscente. Vero, Adelmo? Non so quale leader si sarebbe dimostrato più veloce di te in quella circostanza.»

«Mia sorella» suggerì Michelle a mezza voce, quasi provasse vergogna.

«Forse, ma non provo certo il desiderio di vedervi combattere l'una contro l'altra per scoprirlo» ribatté Seline.

«È vero quel che ha detto Apollonia?» interloquì Naija. «Intendevi sul serio fare fuori quel Guerriero?»

«No. Gli avrei solo infranto quattro stupidi Grani di quello stupido Rosario che possiede» dichiarò Michelle senza alcuna compassione. «So che ne ha sette. L'avevo già sondato in passato.»

«Signore Iddio! Sarebbe stato comunque eccessivo, non credi? Imprimere al colpo una forza del genere...» si preoccupò Naija scuotendo la testa.

Adelmo si schiarì la voce. «Mi era parso di capire che un colpo, quando non viene parato o schivato, potesse distruggere al massimo un Grano. Eppure l'Eliaste Massima ha scoccato una freccia che ne ha disintegrati tre al Commodoro, e ora lei, Gran Maestra, sostiene di averne voluti distruggere ben quattro.»

«I leader e i Guerrieri più abili sono capaci di sferrare attacchi in grado di infrangere più Grani nello stesso momento» spiegò Michelle. «A volte alcuni dei nostri nemici sono molto potenti e dispongono di Rosari simili ai nostri, come ti ho già raccontato. Il mio Dono mi consente di scoprire in anticipo quanti Grani possiede chi mi sta davanti, sia esso un Vuoto o uno di noi. Non fa differenza.»

Adelmo continuava a rimuginare sull'accaduto. «Ora capisco. È questo il motivo per cui la sera del mio arrivo, quando mi introdusse agli altri, fu così sbrigativa. Mi aveva già guardato dentro, mi aveva analizzato. In effetti quel giorno sulla strada per Geistheim ricordo di aver percepito una strana sensazione. Dunque lei era a conoscenza fin dal principio delle mie carenze come Guerriero.»

«È così» confessò Michelle, passandosi di nuovo una mano tra i capelli. «Ma ciò non significa che tu–»

«Il mio Rosario possiede un solo Grano» ricordò Adelmo in tono solenne. «Se sto disonorando la vostra Antica Scuola, la prego di dirmelo apertamente. Mi farò da parte.»

«Smettila di scoraggiarti in questa maniera!» Michelle si appoggiò il dorso della mano sulla fronte, come se si sentisse mancare. «Sei tu che devi scusarmi, la vergogna sono io. Leggere il tuo Rosario senza permesso, solo perché il tuo Zenith mi aveva reso curiosa e avida... E poi il casino che ho combinato oggi. A volte mi lascio assalire dall'ira e non riesco a controllarmi. Non sono degna di ricoprire il ruolo di Gran Maestra. Non lo sono mai stata.»

«Ci siamo» rilevò affranta Naija. «Uno si è già convinto di essere inutile e l'altra sta entrando in una delle sue tipiche spirali auto-depressive. Seline, forse quei funghi alla fine serviranno, ma a noi due.»

«Io quella roba non la fumo. Non ho mai fumato da viva e non ho certo intenzione di iniziare da morta» puntualizzò la bella olandese dai capelli vermigli.

«Fossi in te aspetterei a parlare. Hai mai visto Michelle quando è depressa? Diventa molto... com'è che dite, voi gente del futuro? *Emo*.»

«No, ora basta piangersi addosso» annunciò la Gran Maestra con fare determinato. «Adelmo, anche se possiedi solo un Grano, sei un Guerriero del Tempio come tutti gli altri. Ti allenerai con me e Naija, e inizieremo domani stesso.»

«Accidenti, questa sì che è una notizia!» esclamò Naija. La sua voce vibrava per l'eccitazione. «Lo porterai nella Cripta, Mich?»

«Non scherzarci neanche. Non credo sarà necessario arrivare a tanto.»

* * *

Al calar della sera, una nota squadra di Bandane Rosse si riunì in uno stretto vicolo nel cuore di Gulguta per confabulare con un noto sottoufficiale del Sagittario dai capelli color carota. Gli edifici attorno a loro erano disabitati e nella viuzza erano già scese le ombre.

«Merda, oggi mi sono proprio beccato una bella sberla. Non ci ho visto per quasi dieci minuti» ammise Boone massaggiandosi le tempie. «Direi che mi dovete un favore bello grosso. Chi cazzo se l'aspettava che la Gran Maestra intervenisse in prima persona?»

«Piantala di piagnucolare, lo sapevi benissimo che potevano esserci dei rischi» rispose Meljean del Leone. «Ci vediamo stanotte nel mio Piano Astrale, se ti va.»

«Ah, se la metti in questa maniera, accetto volentieri.» Boone sogghignò e si grattò la nuca con fare imbarazzato. «Certo, a voi è stato utile, eh? Quel tizio ha un solo Grano, avete presente?»

«Già, diciamo che il nostro interesse nei suoi confronti si è piuttosto affievolito» ammise una ragazza minuta e dalla pelle abbronzata con addosso un mantello viola dello Scorpione.

Di fronte a lei c'era la misteriosa donna dell'Ariete vestita da shinobi in rosso. Il volto era quasi del tutto coperto dal fukumen che lasciava visibili solo gli occhi marrone attraverso una fessura nella seta. «Ramona, non essere tonta. Hai visto come Michelle è accorsa a difenderlo? Secondo te l'avrebbe fatto per uno qualsiasi?»

«Intendi dire che vuole scoparselo?» chiese Boone divertito. «Sarebbe una notizia da leccarsi i baffi!»

«Ma quanto sei idiota?» ribatté in tono sferzante la finta shinobi. «La Gran Maestra è asessuale, non vuole scoparsi proprio nessuno. A lei interessa solo che la sua Antica Scuola continui a dominare sulle altre Case. Secondo me sa qualcosa su quell'Adelmo che noi non abbiamo ancora scoperto.»

«Ma se quello manco ha materializzato la spada per difendersi» obiettò con aria scettica un muscoloso ragazzo del Toro.

«Anche questo è vero. Non sembra un tipo troppo sveglio» ammise la shinobi. «Direi di utilizzare con lui un approccio cauto. Osserviamo i suoi miglioramenti da lontano e se dovesse mostrare il suo vero potenziale lo accosteremo. Meljean garantisce che al Rito lo Zenith era parso molto promettente.»

«Confermo» disse Meljean con aria annoiata. «Era indiscutibile, al di là delle interpretazioni. Anche gli altri leader lo hanno notato.»

«Aspettate solo un attimo» s'intromise Boone. «Merve, non puoi alludere a uno scoop del genere senza scendere nei particolari. La Gran Maestra è asessuale? E da quando?»

«Lo è da sempre; o perlomeno da quando è al Tempio. L'ho scoperto ormai diversi anni fa» rispose Merve, la shinobi in rosso.

«Quindi a lei non interessano né gli uomini né le donne?»

«A quanto pare no; ma chi ci capisce niente di quella roba? Comunque, perché non glielo vai a chiedere, se sei così interessato? Suppongo che non torneresti indietro vivo da una conversazione del genere, anche se ormai siete praticamente diventati amici intimi. L'affondo che ti ha rifilato oggi pomeriggio dev'essere il contatto più ravvicinato che ha avuto con un uomo negli ultimi trent'anni.»

«Eh, in effetti ora si spiegano molte cose.» Boone sghignazzò. «Uno dei miei amici ci rimarrà malissimo a saperlo, anche se io lo trovo esilarante. Per forza la de Molay è sempre così suscettibile e irritabile. Magari ogni tanto potrebbe provare a farsi chiavare per rilassarsi un po', no?»

«Sei un troglodita, non è così che funziona» protestò Ramona, la ragazza minuta dello Scorpione. «E poi può darsi che provi dei sentimenti per qualcuno, ma solo in senso romantico, non sessuale. Proverò a strappare qualche informazione in più a Veronica, magari lei lo sa. Lei sa tutto di tutti.»

Meljean sbuffò e sollevò il cappuccio della cappa di lana dorata sopra la testa, lasciando che i capelli castani le cadessero sulle spalle. «Scusate, ma chi se ne frega dell'orientamento sessuale della Gran Maestra? Stiamo cercando nuovi talenti per la nostra squadra, mica organizziamo un'orgia con il Capricorno.»

«Se il nostro obiettivo fosse quello di organizzare orge, ti riterrei di certo la più competente del gruppo» concluse con voce tagliente Merve dell'Ariete.

E con quelle parole il conciliabolo si sciolse.

Intermezzo

Qualche ora più tardi, dopo essere tornata a Coteau-de-Genêt, Emily decise di far visita per la prima volta a Chae-yeon nel suo Piano Astrale anche senza avverglielo preannunciato. Più che essere una visita di piacere, quella capatina mirava a scoprire qualcosa di più sulla amorevole leader della Vergine. Se Chae-yeon si fosse mostrata sospettosa, Emily avrebbe potuto motivare la comparsata sostenendo di volersi riappacificare con lei dopo il diverbio del pomeriggio. Il Piano Astrale in generale era un luogo molto più sicuro del Piano Materiale: se anche la Madre Reverenda l'avesse assalita di nuovo, a Emily sarebbe bastato decidere di svegliarsi per svignarsela. In ogni caso, il gioco valeva la candela.

Nel buio e vuoto universo del suo Piano Astrale, Emily punta con gli occhi la stella che rappresenta Chae-yeon e desidera ardentemente raggiungerla, proprio come la sua leader le ha insegnato a fare qualche giorno prima. Cambiare Piano si dimostra perfino più semplice del previsto: lo spazio attorno a lei si muove a velocità supersonica e la stella di Chae-yeon si avvicina in pochi istanti, finché Emily non le finisce contro. Un lampo di luce balugina nell'oscurità e lei viene proiettata dall'altra parte.

Il Piano Astrale di Chae-yeon non è affatto un'immensità vacua e tenebrosa come quello di Emily. Nell'approdare su quel Piano, infatti, la novizia si ritrova circondata dagli alberi di un incantevole boschetto, molti dei quali sono ciliegi in fiore. Oltre gli alberi vede un'adorabile casetta di campagna a due piani dipinta di bianco, con all'esterno un giardino ben tenuto, recintato da una deliziosa staccionata di legno. Lo scenario è illuminato da una calda luce solare che lo fa sembrare ambientato in un pomeriggio d'estate.

Emily è sbalordita. Nessuno le ha mai spiegato che il Piano Astrale può essere migliorato fino a raggiungere un livello di dettaglio simile. Guardando verso l'alto, nota centinaia e centinaia di stelle brillare nel cielo sopra la casa. I *desmoí* di Chae-yeon devono essere incredibilmente forti, ma d'altra parte la popstar se lo aspettava, considerato quanto è popolare la leader, soprattutto tra gli uomini.

Emily decide di avvicinarsi di soppiatto alla casetta nella speranza che la Madre Reverenda in quel momento si trovi all'interno, perché non ha affatto voglia di mettersi a cercarla nel bosco. Si appropinqua a una delle finestre al piano terra e si affaccia con prudenza.

Chae-yeon è seduta a gambe incrociate sul pavimento di legno del salotto, in posizione meditativa. Parla da sola, tenendo gli occhi chiusi. Sembra stia recitando una preghiera o un mantra di qualche genere. «Agisci con moderazione e procedi con calma; evita gli estremi e porta pazienza. Usa la dolcezza per convincere gli altri. Non aggredire il problema; utilizza invece un approccio gentile. Unisci invece di dividere e porta armonia nel tuo ambiente. Sii una mediatrice tra le persone. Porta pace e riconciliazione. Placa gli animi. Prendi gli elementi migliori e mettili assieme...»

Emily trattiene a stento una risata soffocandola con la mano. *Wow, questa è fusa per davvero! Ma l'avete sentita? D'ora in poi posso abusare di lei come cazzo mi pare. Spingermi contro un muro è il massimo della rabbia che le è concesso di provare.*

Un lampo di luce accecante balena nel giardino davanti all'entrata della villetta. Dopo pochi secondi qualcuno suona il campanello (il quale riproduce con incredibile fedeltà un'orecchiabile melodia a Emily sconosciuta). Temendo di venire scoperta, la bionda si acquatta contro la parete esterna. Chae-yeon va ad aprire la porta. Dopo poco una seconda voce, questa volta maschile, si unisce alla sua.

Stando attenta non far rumore, Emily gira attorno alla casa e si avvicina alla porta principale. È di legno di quercia e come maniglia ha un pomello dorato. Emily la socchiude appena, quel tanto che basta per ascoltare i discorsi dei due, poi dà una sbirciatina all'interno. Scorge un uomo in piedi davanti a Chae-yeon. Sembra alto e ben piantato, ma riesce a intravedere solo la sua sagoma in controluce.

«Secondo te cosa dovrei fare con la *unnie*?» domanda la Madre Reverenda.

«Di quale "*unnie*" stai parlando?» replica l'uomo. Parla con un forte accento australiano anche usando la lingua universale.

«Parlo di Emily. Ti ho già raccontato di lei, ricordi? Oggi dopo la cerimonia è riuscita a farmi arrabbiare davvero, così ne ho approfittato per testare la sua forza, ma non ne ha mostrata alcuna.» Con aria inquieta, la Madre Reverenda si mette a camminare avanti e indietro per la stanza. «Forse non era un errore quello della Fonte. Non ha uno Zenith perché non ha forza. Non ha nemmeno scelto uno Shintai, perché nessuna arma l'ha attratta; o almeno questo è quello che dice lei, ma non si è mai sentita una cosa simile. Lo Shintai giusto prima o poi ti chiama a sé, funziona così per tutti. Quando Emily ha provato a sceglierne uno, quello gli è scomparso tra le mani e non è più riapparso. Poverina! Tutti la prendevano in giro ed erano così crudeli con lei, così io l'ho sostenuta e ho fatto finta che non fosse una cosa grave, anche se... Mi mette molta tristezza, ma non so davvero cosa fare. Tu cosa consigli, *oppa*[1]? Non posso mica mandartela senza uno Shintai.»

---

[1] Trad. "Fratellone" in coreano, ma utilizzato comunemente in tutti in casi in cui una ragazza si trovi in compagnia di un uomo più adulto con il quale ha una certa confidenza.

«Gli altri nuovi arrivati come sono? Strani quanto lei?»

«No, affatto. Loro sono del tutto normali.»

«Eh, quindi non è tutto il carico della Vergine del 912° Rito a essere avariato.» L'uomo sbadiglia e si gratta la testa. «Stai pensando che dovresti trasferire Emily negli Intoccabili?»

«Non posso "trasferirla negli Intoccabili", è arrivata al Rito dell'Osservazione ed è una Guerriera del Tempio. Sarebbe umiliante per lei.» Chae-yeon riprende a girovagare per la stanza. «Però, Emily mi tratta sempre male. Non capisco davvero perché, visto che mi comporto in maniera così civile con lei. Spesso, da come parla, quasi... quasi non mi sembra una ragazza adatta alla Congregazione della Vergine.»

L'uomo scoppia a ridere. «Ohi, ora stai esagerando! Un errore del genere da parte della Fonte non è davvero possibile.»

«Lo so, lo so. Però...»

I due continuano a chiacchierare per qualche minuto, ma si spostano in cucina, pertanto Emily non riesce più a captare le loro parole. L'uomo alla fine scompare, lasciando il Piano con un altro lampo di luce. A quel punto Emily spalanca la porta principale ed entra senza nemmeno bussare, dirigendosi in salotto come se si sentisse a casa sua.

Chae-yeon pare sorpresa di vederla, ma non si scompone più di tanto e la raggiunge per salutarla con aria giuliva. «*Annyeonghaseyo*[I]! Avevo notato un lampo, là fuori, ma non immaginavo fossi tu. Guarda che a casa mia sei la benvenuta, non c'è bisogno che ti nasconda in giardino. Però magari prima di entrare bussa alla porta o suona il campanello. Intendo come forma d'educazione.»

«Chi era quel tizio di prima? Il tuo uomo?» chiede Emily senza nemmeno salutare la sua leader.

Chae-yeon sorride. «Sei fuori strada, *unnie*. È solo un mio amico e un consigliere fidato.»

«Hmm, sarà. Gran bei vestiti, signorina Chae-yeon Kwon. Vedo che in privato indossi abiti ben diversi rispetto a quando sei la Madre Reverenda della Congregazione della Vergine.»

All'interno del proprio Piano Astrale, Chae-yeon possiede una forma perfettamente definita e non è una semplice fiammella blu, come invece appare nelle occasioni in cui visita Emily. In quel momento sta indossando un maglioncino chiaro e un paio di jeans blu, mentre ai piedi porta un paio di scarpette da tennis bianche. Inoltre, il rossetto lucido rosa confetto rende il suo stile ancora più giovanile.

«Non capisco cosa vuoi insinuare, *unnie*. Mi piace stare comoda a casa mia, ma sono comunque vestita in maniera semplice, no?» Chae-yeon si stringe nelle spalle e le fa un sorriso.

La bionda distoglie lo sguardo e si mette a osservare il salotto. Ha un aspetto caldo e accogliente, con tanto di morbidi divani e un tappeto peloso a quadrettoni di tanti colori. *Come ha fatto a creare tutti questi oggetti? Sempre con la*

[I] Trad. "Salve!" in coreano formale.

Tempra Mentale?, si chiede mentre tocca la tazzina di un servizio da tè appoggiato su un tavolino di vetro, così da assicurarsi che sia di vera porcellana.

«Dato che siamo in tema di vestiti» riprende Emily. «Devo ammettere che la leader del Capricorno sarà pure una ridicola goth, ma è proprio fica quando combatte. Hai visto com'è stata veloce, oggi? Ha scaraventato quel pel di carota contro le gradinate! Anche tu sei forte come lei, o sei brava solo a raccogliere Drupe magiche?»

Un sorriso sfiora le labbra di Chae-yeon, che però non raccoglie la provocazione. Inclina il busto all'indietro, fa leva sulle mani e si siede sul tavolo da pranzo, accavallando le gambe.

«Al posto suo avresti difeso quel tipo?» la incalza Emily, non capendo se la leader stia cercando di sedurla, mettendosi in quella posa disinvolta, o se lo stia solo immaginando. «Quel, com'è che si chiama? Adelmo.»

«Sì» risponde con convinzione Chae-yeon. «L'avrei difeso come ha fatto Michelle.»

«Perché sei attratta da lui?»

«No.»

«Ma come, non è il tuo tipo? Eppure avrei giurato che avessi un debole per i ragazzi bianchi» la provoca Emily con un sorrisetto insolente. «Anzi, gli europei in particolare, e quello mi pare sia italiano. Quindi sei proprio sicura al cento per cento che non ti piaccia?»

«Non intendevo in quel senso. Lo avrei difeso perché era giusto farlo. E comunque i miei gusti in fatto di uomini non sono affari tuoi, *unnie*, con tutto il rispetto parlando.»

Emily gongola in silenzio, convinta di aver dissipato ogni dubbio sulle preferenze romantiche della Madre Reverenda, ma mette da parte quel proiettile per un'occasione più ghiotta. «Allora in quella situazione avresti difeso chiunque tra i tuoi Discepoli? Perfino me?»

«Senz'altro» dichiara con orgoglio Chae-yeon.

«Anche se mi odi?»

«Certo. E comunque non ti odio. Quello te lo stai immaginando, come purtroppo spesso accade.»

«Dimostralo!» la sfida Emily incrociando le braccia. «Combatti per me! Domani andrò ad attaccar briga col primo che passa di un altro segno ed esigo che tu mi difenda.»

La coreana piega le labbra lucide in una smorfia. «In quel caso avrebbe ragione l'altra persona, quindi non la attaccherei.»

«Allora lasceresti che mi facesse fuori?»

«Certo che no. Ma la disarmerei e basta.»

«Vuoi sapere invece cosa penso io? Secondo me fai pena a combattere e non vuoi che io lo scopra perché ti prenderei ancora di più in giro, indebolendo così la tua autorità.»

«Oh, sì, mi hai smascherata. Sono davvero scarsissima a combattere.» Chae-yeon si umetta le labbra e guarda altrove. «Strano che tu non mi abbia già martellato su una cosa ben più importante...»

«Ovvero?»

La Madre Reverenda le rivolge un sorriso sghembo. «Non sei più una fiammella, qui nel Piano Astrale di Kwon Chae-yeon.»

Emily guarda in basso e rimane di stucco. «Porca di quella puttana, è vero!»

È arrivata su quel Piano già da molti minuti, ma fino a quel momento non ha realizzato di stare camminando sulle proprie gambe e di avere una forma antropomorfa e ben definita. Ha addosso dei vestiti piuttosto casual: un paio di jeans chiari e una t-shirt rosa di cotone, ma ci si sente davvero a proprio agio.

«Che cazzo significa? Ti stai innamorando di me?! Rimani dove sei o inizio a urlare!» strepita quasi nel panico.

La Madre Reverenda scoppia a ridere e poi, sfinita, si abbandona distesa sul tavolo. «Certo che sei proprio fissata con questa storia, *unnie*. Non mi sono innamorata di te, significa solamente che ti considero un'amica.»

ATTO SECONDO
RIFLESSIONE

Emily II

Stati Uniti d'America
New York, Manhattan, dalle parti di Madison Avenue

Emily Lancaster e le sue tre amiche escono ciarlando dalle porte a scorrimento di una famosa boutique d'alta moda. In mano hanno una serie infinita di buste, sacchetti e sacchettini pieni di costosissimi vestiti e accessori appena comprati. Emily indossa un paio di occhiali da sole per non dare troppo nell'occhio, ma chiunque non sia sordo la riconoscerebbe senza esitazione dal tono di voce starnazzante. Quattro bodyguard fanno da scudo alle ragazze mentre raggiungono la limousine parcheggiata a lato della strada, assicurandosi che qualche fan non si avvicini troppo, ma non c'è nessuno che intenda farlo. I marciapiedi sono sgombri, a parte qualche curioso che osserva con educazione la scena rimanendo a molti metri di distanza, e la via sembra tranquilla.

Emily porge la sua porzione di sacchetti alla nuova manager, che è appena uscita dal portellone anteriore della limousine, dal lato del viaggiatore. Si chiama Samantha ed è una donna sui quarant'anni, dai capelli corti. Emily le fa dondolare i sacchetti davanti agli occhi per intimarle di aiutarla. Una delle borse le picchia contro gli occhiali da vista dalle lenti rettangolari, lasciandola per un attimo interdetta.

«Pronto? C'è nessuno in casa?» latra spazientita Emily mentre attende che la donna afferri i suoi vestiti nuovi e li riponga con cura nel bagagliaio. Le altre tre ragazze sembrano divertirsi un mondo. «Merda, per fortuna nessuno ci stava guardando, o avrebbero pensato che il livello del mio staff è calato quanto le vendite del mio ultimo disco» dichiara poi la bionda salendo nella limousine insieme alle amiche, che continuano a schiamazzare come oche a bagno in un laghetto.

Dall'altro lato della strada, Mark Colby e un ragazzo incappucciato osservano la limousine sfrecciare via. Per poco non investe un povero ciclista, che è costretto a scansarsi e a fuggire sul marciapiede.

«Bene, ora hai intenzione di credermi o pensi che abbia indovinato per puro caso che oggi Emily Lancaster sarebbe stata qui e precisamente a quest'ora?» dice il ragazzo incappucciato. La sua voce è metallica, distaccata.

«Ti credo» risponde Mark. «O perlomeno credo che tu abbia in mano *qualcosa*.»

«Te l'ho spiegato: ho hackerato il cellulare della manager. Il numero della

Lancaster possiamo ricavarlo da lì, ma se vuoi anche quello avrò bisogno di più soldi.»

«Altri soldi...» Mark sospira. «Non possiamo discuterne online?»

«Sei fuori di melone? Neanche per idea. Non possiamo lasciare alcuna traccia scritta di quello che facciamo. E copriti la bocca con le mani quando parli, in questa strada è pieno di telecamere.»

Mark lancia un'occhiata ai muri degli edifici circostanti e si nasconde dietro il tronco di uno degli alberi piantati nelle aiuole. «Senti, e per quanto riguarda *l'altra cosa*? Spiegami perché cazzo non abbiamo già avvertito la polizia o l'FBI.»

«Merda, ma allora sei *davvero* un coglione. Se intendi costituirti e ammettere che hai commissionato un hacker per farti avere il numero della tua celebrità preferita fai pure, ma io non voglio grane. Cancellerò le mie tracce e sarà come se io e te non avessimo mai interagito in vita nostra. Dopo saranno tutti cazzi tuoi.»

«Ma porca puttana, se ciò che mi hai riferito è vero allora Emily è in pericolo! Me ne fotto del modo in cui lo abbiamo scoperto!»

«Parla a bassa voce, imbecille» lo ammonisce il ragazzo. «Sì, noi *crediamo* che quei due stiano comunicando in codice, ma né io né te siamo agenti dell'FBI; ci stiamo semplicemente basando sui loro merdosi manuali d'addestramento come due dilettanti allo sbaraglio. E se ci stessimo immaginando tutto e quei due stessero soltanto parlando di roba strana, senza che ci sia alcun complotto dietro? A quel punto gli sbirri ci farebbero il culo per avergli hackerato il cellulare e noi non avremmo scuse.»

Mark si sfrega il naso mentre prende una decisione. Sente gli occhi dei passanti puntati addosso. «Va bene, allora ti mando i soldi per il numero di Emily. La avvertirò io stesso.»

Il ragazzo incappucciato si spancia dal ridere. «La avverti *tu*? Oh, sicuro, andrà alla grande. "Ciao, Emily. Volevo dirti che sono sempre stato un tuo grande fan e, sai, tra una sessione di onanismo compulsivo e l'altra ho scoperto per caso che la tua manager vuole–"»

«Non c'è bisogno di fare dello spirito. Me la vedo io con Emily, la cosa non ti riguarda. Ti pago per farmi avere il suo numero e stop. Dopo puoi anche cancellare il mio contatto.»

«Benissimo, le coordinate del conto le sai già. Prendi in considerazione solo le ultime quattro cifre del codice che ti invierò sul cellulare: quello è l'importo. A transazione ultimata, lascio scritto il numero della Lancaster in un biglietto sotto il vaso di gerani rossi sul tuo davanzale.» Il ragazzo incappucciato comincia ad allontanarsi. «In bocca al lupo.»

La limousine di Emily arresta la propria corsa qualche strada più avanti, nei pressi di una nota caffetteria di Manhattan. La popstar abbassa uno dei finestrini oscurati e sporge il viso fuori, esibendosi in una teatrale smorfia di disgusto dopo aver notato che all'interno del locale è pieno di clienti. Si ritira di nuovo dentro l'auto e tuona alla manager: «Perché cazzo è aperto?»

«È mercoledì pomeriggio» le ricorda lei con voce talmente spenta e afona da sembrare quella di cadaveri in via di decomposizione. «È risaputo che le attività commerciali sono aperte nei pomeriggi dei giorni feriali.»

«Ti permetti anche di fare la spiritosa, adesso? Falli chiudere subito, che cazzo aspetti? Siamo arrivate noi!»

«Ma dai, Emily, sarebbe solo una seccatura. Non potete semplicemente sedervi in disparte, anche col locale aperto?» ribatte Samantha senza alzare la voce. «I nostri bodyguard terranno a bada eventuali curiosi. Nessuno vi si avvicinerà, potete stare tranquille.»

Le amiche di Emily spalancano la bocca, anche loro, come la popstar, scioccate e oltraggiate da quella proposta che reputano insultante e inconcepibile per delle celebrità del loro calibro.

«Ragazze, vi prego di scusarla. Si dà il caso che la mia nuova manager sia una puttanella imbecille e dalla bocca troppo larga» si giustifica Emily, poi torna a voltarsi in avanti. «Me ne *sbatto* se pensi che sarà una seccatura. E poi non è colpa mia: avresti già dovuto avvisare i manager del locale che saremmo arrivate. Ora datti una mossa e fai sloggiare tutti!»

«Come desideri.» Samantha sbuffa e scende dalla macchina insieme a una delle guardie del corpo.

Emily cerca di confortare in qualche modo le sue amiche, ancora sotto shock per la sfacciataggine della manager. Una di loro è colta da un improvviso e incontenibile tremore, terrificata dal pensiero di mischiarsi alla gente comune.

Dopo una manciata di minuti, gli avventori della caffetteria iniziano a sciamare fuori dal locale.

Quando la maggior parte dei clienti se n'è andata, Emily scende trionfante dalla limousine con in mano il cellulare. Il suono delle notifiche riecheggia senza sosta. «Finalmente un po' di giustizia!» esclama sprizzando gioia da ogni poro. «Il mio ultimo tweet, in cui ho dichiarato che i ragazzi ipodotati dovrebbero impiccarsi, è diventato virale. Le femministe mi amano di nuovo!»

«Sei meravigliosa!» la lusinga con voce soave una delle amiche. Ha corti capelli neri e indossa una camicetta bianca di Prada. «Ti *adoro* quando dici papale papale certe verità. E comunque sei stata perfino tenera con loro. Impiccarsi è una fine troppo dignitosa per gli uomini col cazzetto. Come minimo dovrebbero prima essere trascinati in strada e derisi da tutte le donne della città!»

Le altre due amiche scoppiano a ridere e si congratulano a loro volta con Emily, quasi commosse dalla sua saggezza.

Mentre le ragazze attendono che il locale venga chiuso definitivamente al pubblico per il resto del pomeriggio, alcuni dei clienti uscenti riconoscono Emily e le urlano stoccate impietose e commenti ficcanti.

«Em, come va col tuo ragazzo? Dick è ancora il tuo ragazzo, vero? Sai, non ho controllato le news di gossip negli ultimi cinque minuti» le grida un uomo barbuto con in testa un cappello da baseball.

«Dall'ultima volta che hai vinto un Grammy ho fatto in tempo a sposarmi, avere una figlia e mandarla alle elementari!» grida un altro.

«Con chi ti metterai la settimana prossima, Emily? Aspetta, ma è rimasto ancora qualche attore che non ti sei scopato?» biascica un terzo mentre addenta una ciambella alla crema.

«Ehi, Em, a che totale è arrivata la colletta che stanno facendo per pagarti l'aumento del seno? Due dollari li ho donati anch'io. Vorrei tanto vederti con almeno una terza!» le urla un diciottenne brufoloso.

Emily inspira lentamente nel tentativo di non lasciarsi sopraffare dall'ira, facendo gonfiare e sgonfiare le narici del perfetto nasino alla francese (oggetto di ben due interventi di chirurgia plastica, entrambi pagati con assegni a sei zeri). Si gira verso le amiche per cercare conforto, ma loro, invece di rincuorarla, la umiliano ancor di più con delle timide occhiatine di palese compatimento.

«Dio, quanto odio i miei fan» sibila Emily, poi ringhia al ragazzo di prima: «Grazie mille, tesoro, ma sappi che, anche se sono contraria al servizio sanitario nazionale, sono comunque in favore della chirurgia plastica gratuita per i casi umani come te. Nessuno dovrebbe essere costretto a spendere l'intera vita ammirando allo specchio una faccia da cazzo del genere!»

Le doppie porte della caffetteria si spalancano e il gruppetto di celebrità entra nel locale come quattro regine protette da una schiera di burberi bodyguard, i quali spintonano via quei poveri malcapitati che ancora non si sono dileguati, facendo volare i loro bicchieroni di caffè in mezzo ai tavolini. La maggior parte di loro non osa protestare, mentre l'inserviente latino si precipita a pulire il pavimento come se fosse normale.

Un ragazzone corpulento e pelato è ancora alla cassa. Sta cercando in qualche modo di afferrare tutti i sacchetti di carta contenenti il suo cibo per portarlo fuori. Ha ordinato molte cose ed è costretto a esibirsi in un gioco d'equilibrismo per riuscirci.

Le ragazze si fermano qualche metro alle sue spalle, sentendosi stomacate da lui anche rimanendo a distanza. Emily batte più volte un piede a terra, sperando che il tizio intuisca che deve darsi una mossa.

«Ma te ne vai o no, lurido panzone?!» gracchia dopo poco, quindi si gira verso le amiche per rincarare la dose. «Dio, quanto mi stanno sulle palle i tripponi. Qualcuno sa spiegarmi a cosa servono? Che funzione hanno? A parte farci sbellicare dalle risate, intendo. La nostra società è davvero decaduta da quando abbiamo tolto lo stigma all'essere grassi. Credo dovrebbe rappresentare un reato nei confronti della decenza.» Si rivolge alle guardie del corpo e strilla: «Possiamo svuotare questo cazzo di locale, o Emily Lancaster deve rifocillarsi in mezzo alla plebaglia? Non rimanete lì impalati, sbattetelo fuori a calci! Quando entro io dovrebbero chiudere i negozi in automatico, dovrebbe esserci una regola scritta su quella cosa, la... la *Costituzione degli Stati Uniti d'America!*»

Il ragazzo grasso ha finalmente escogitato un modo per trasportare fuori in sicurezza tutto il suo cibo. Si avvia come può verso l'uscita, poi però adocchia la celebrità più bionda delle altre e ne rimane incantato. «Emily...? Emily Lancaster?» domanda con la bocca aperta e gli occhi dilatati, articolando a fatica le parole come se si sentisse al cospetto di una divinità.

Lei si sistema in un batter d'occhio i capelli (anche se li preferiva quando erano più lunghi) e gli rivolge un sorriso a trentadue denti. «Già! Sono proprio io» dichiara con voce più zuccherina del solito, anche se è più fasulla di una moneta d'oro di cioccolata. «Sei un mio fan, tesoro?»

«S-sono un tuo fan dai tempi del primo album, quello omonimo! Scusami tanto se ti ho fatta aspettare. O-ora me ne vado subito! Mi chiamo Sean. Il tuo ultimo disco secondo me era stupendo, è un peccato che molti non l'abbiano capito» farfuglia lui mentre si dirige maldestramente verso l'uscita, cozzando contro le sedie e i tavoli.

«Grazie tante, Sean! Sei un amore!» Emily gli fa un cenno con la mano e lo saluta con una studiatissima voce cordiale: «Stai benissimo con quel vestito, caro. Prometto che mi ricorderò di te, se ti vedo a un mio concerto. A presto! E ricorda che il mio nuovo album esce il mese prossimo!»

Il ragazzo quasi esplode dalla gioia ed esce dalla caffetteria con il volto paonazzo, versandosi per sbaglio un po' del frappuccino vegano sui pantaloni.

Emily rotea verso le amiche facendo ondeggiare i capelli e sfoggia il suo miglior sorriso, proprio come ha fatto quando ha recitato nello spot televisivo di un noto profumo. «Visto? È facile, no?»

Una delle amiche, dai riccioli castani e orecchini di giada, è quasi commossa, sedotta da cotanta astuzia. «Sei un modello di riferimento per tutte noi celebrità. No, ma che dico, per tutte le ragazze americane!»

Il locale si è svuotato, per cui le quattro ragazze sono libere di sedersi a uno dei tavoli più comodi, circondato da dei divanetti. Emily ordina un doppio frappuccino con metà soia biologica, senza grassi, decaffeinato, con cioccolata estremamente calda e panna montata mischiata due volte, aromatizzato al pan di zenzero e zuccherato con aspartame. Le tre compari si fanno portare qualcosa di altrettanto assurdo.

Una discussione virtuosissima e dalle profonde pendenze filosofiche, nonché carica di fondamentali implicazioni semiologiche, inizia a prendere vita tra i tavoli della caffetteria. Platone e la sua Accademia, in Grecia, più di duemila anni fa, non avrebbero mai potuto immaginare che le arti della dialettica e della retorica sarebbero state utilizzate in futuro così sapientemente per discutere di questioni di primaria importanza per la società contemporanea.

Emily gusta un sorso del suo doppio frappuccino. «Georgina, dacci tutti i dettagli sul cazzo di Jake.»

«Solo sei pollici di lunghezza, purtroppo. Quattro e rotti di circonferenza» confessa Georgina, una giovane attrice dai capelli corvini e gli occhi azzurri.

«Oh no, tesoro! Mi dispiace tanto» la compatisce subdolamente Blake, quella dagli orecchini di giada.

Le altre due la commiserano con finti tocchi affettuosi sulle mani, offrendole vuote parole di conforto.

«Sei pollici si può ancora fare» valuta Emily dopo una cauta riflessione. «Conto bancario?»

«Dodici milioni» rivela Georgina abbassando gli occhi per la vergogna. «Ma ha tre case sulle colline dietro Hollywood.»

La ragazza dai capelli a caschetto scuote la testa, sconsolata. «Solo dodici milioni in conto corrente? No, purtroppo non è accettabile.»

«È *assolutamente* inaccettabile» conviene Emily con un sorriso perfido. «A quelle condizioni il minimo è un cazzo di sei pollici e mezzo, non un decimo di meno. Mollalo subito, senza badare ai suoi sentimenti. Se ne hai l'occasione, posta qualcosa di ambiguo su Twitter, tanto per far capire alle tue fan che ce l'aveva piccolo. Blake, sei arrivata almeno in seconda base con Richard Maguire, o ti sei messa a fare la timorata di Dio?»

«Sì, certo, l'ho spompinato proprio l'altra sera. Sette pollici e rotti, se vuoi saperlo.»

«Discreto» concede Emily strizzando le palpebre. «Grossezza?»

Blake ridacchia. «Non l'ho misurata, ma faceva fatica a entrarmi in bocca.»

«Quello è sempre un ottimo segno» ammette Emily, poi aggiunge con fierezza: «Anche se tra le mie labbra riesco a far entrare davvero qualsiasi cosa!»

«Solo che...» Blake pare abbattuta. «Richard dice che non mi intesterà mai la sua azienda di famiglia, nemmeno da morto. Allora gli ho chiesto quella finta onlus che usa come copertura per scaricare la sua merda in mare, tanto fa comunque i milioni commerciando con la Cina, ma non vuole regalarmi nemmeno quella.»

«Che lurido figlio di puttana!» esclama adirata Ada, la ragazza dai corti capelli neri. «Tipico atteggiamento da maschio bianco. Crede che il sesso gli sia dovuto, senza che debba donare in cambio almeno una multinazionale. Roba da medioevo.»

Le altre comari concordano con altrettanta veemenza.

Emily ha una luce maligna negli occhi. «Lo hai già minacciato di postare per rappresaglia le sue foto nudo su internet? È sempre la cosa giusta da fare, in questi casi. Se ti va bene ci ripenserà, se ti va male invece puoi sempre dire che è stato un hack–»

Le porte della caffetteria si spalancano di nuovo e vanno a sbattere contro un addetto alle pulizie che passava di lì per caso, il quale si ritrova schiacciato contro le piante finte. Un bel ragazzo sbarbato, con un addosso un pullover firmato e dei pantaloni di velluto color cachi, entra di gran carriera nel locale scortato dalle sue guardie del corpo, portandosi appresso una sacca da golf con dentro delle mazze. Punta l'indice con decisione contro qualcuno.

«Emily Lancaster!» sbraita andandole incontro. Sembra furibondo.

La popstar sgrana gli occhi e scatta in piedi, valutando come risolvere quel tremendo imprevisto nel modo migliore. Il ragazzo appena entrato è Dick Cockran e lei lo conosce fin troppo bene, dal momento che è la sua fidanzata. Conosce anche con mostruosa precisione il motivo della sua incavolatura, essendone la causa primaria, ma non si aspettava che fosse tanto impudente da affrontarla in pubblico. Sorride nervosamente alle sue amiche e va incontro al suo uomo.

«Signorina Emily Lancaster» ripete lui scandendo le parole. «Sono andato, come ogni mercoledì, a farmi una diciotto buche in quella merda di campo da golf sull'East River, per distendere i nervi, e sai come ne sono uscito? Con un doppio bogey, Emily, contro quel segaiolo patentato di Max Fournier. Un doppio bogey! Io non faccio *mai* doppio fottutissimo bogey, salvo nelle giornate in cui la mia mente è occupata a pensare a una certa bionda ragazzetta viziata che ha spedito a mia madre, quella santa donna di mia madre, delle foto oscene che dimostrerebbero non si sa cosa. Ma ti prego, ora spiegati pure. Cosa cazzo speravi di ottenere con questa bella pensata?»

Le amiche di Emily si bisbigliano nelle orecchie, malignando su di lei ma anche su di lui.

La popstar riflette per qualche istante e prende una decisione: Dick vuole guerra, e guerra sarà. È inconcepibile che opponga resistenza ai suoi ricatti. Chi si crede di essere? Lei è a conoscenza del suo inconfessabile segreto, ed è giusto che Dick e la sua facoltosa famiglia dimostrino quanto desiderino che rimanga tale.

Emily si volta verso le amiche e poi verso i pochi inservienti della caffetteria presenti, i quali hanno alzato gli occhi dalle scope e dai registratori di cassa per godersi la commedia, in trepidante attesa della scena successiva.

«Vuoi sapere cosa dimostrano quelle foto? Dimostrano che ti piacciono molto le mazze da golf, ma anche *altri* tipi di mazze!»

Dick si acciglia. «Eh? Cosa vorresti dire?»

«Ebbene sì!» esclama la bionda rivolgendosi al suo pubblico, come se stesse prendendo vita il monologo finale di una tragedia teatrale. «Il mio fidanzato Dick Cockran, che madre natura ha dotato di un membro riproduttivo lungo quasi nove pollici, ha la bizzarra tendenza a eccitarsi *un po' troppo* quando vede degli uomini svestiti. Ieri sera, mentre guardavamo *Casino Royale*, durante la scena in cui Daniel Craig esce dall'oceano senza vestiti addosso il mio Dick è andato vicino a forarsi i pantaloni, così gli ho fatto delle foto di nascosto e le ho mandate a quella vecchia nevrastenica di sua madre. È giusto che sappia tutto ciò che c'è da sapere sulle tendenze omosessuali di suo figlio.»

Le amiche, fingendosi scioccate, si alzano in piedi tenendo le mani davanti alla bocca. In realtà stanno ridendo sotto i baffi, ma questo Emily non può saperlo.

«Tu, razza di... sciacquetta omofoba figlia di un contrabbandiere di schiavi di terza classe!» ribatte Dick con sdegno. «Tutti gli uomini a volte hanno questo tipo di reazioni, pur essendo eterosessuali. È del tutto normale. È *letteralmente* e *totalmente* normale!»

«È "totalmente normale" avere un'erezione così vigorosa da forarsi le mutande quando ammiri i pettorali di un uomo, piuttosto che quando ti scopi la tua ragazza? No, non è normale, Dick, non è normale proprio per un cazzo!»

«Tutti gli uomini fanno così. Sei solo invidiosa del rapporto che abbiamo tra maschi. Possiamo scoparci e considerarci ancora eterosessuali» s'inalbera Dick ormai livido in volto.

«Ciò che stai descrivendo equivale a essere come minimo bisessuali, tesoro. Vuoi farmi credere che tutti gli uomini siano bisessuali? A me non risulta proprio.»

«"Bisessuali"? Non mettermi in bocca parole che non ho detto.»

«Sempre meglio che metterti in bocca le parti intime di un uomo.»

«Cosa vuoi saperne *tu* degli uomini? Posso dimostrare la mia eterosessualità quando mi pare e piace.» Dick gesticola in direzione delle amiche di Emily. «Ada, Blake! E pure tu, Georgina! Spogliatevi e stendevi su quei divanetti, passo da voi tra un paio di minuti!»

Emily, sbigottita, lo spinge all'indietro, anche se con estrema debolezza. «Non ti scoperai le mie amiche davanti a me per dimostrarmi che non sei gay!»

«Ormai non devo dimostrarlo solo a te, ma al mondo intero.» Dick la osserva con irritata compassione, spiegandole il concetto come farebbe con una bambina di cinque anni. «E non dirmi più chi posso o non posso scoparmi. Ne abbiamo già discusso. Non è un tuo diritto. Ho un uccello di nove pollici; ciò significa che posso fare quello che voglio, a chi voglio e quando lo voglio. È scritto nella legge. Diciamo nelle leggi non ufficiali, quelle tramandate dagli anziani di generazione in generazione.»

Emily si gira verso le amiche con aria allucinata. «Cretine, che cavolo fate?! Riabbottonatevi subito i vestiti!»

«Che sarebbe mai, se anche mi scopassi le tue amiche? Mica le amo» chiarisce Dick. «Smettila di essere sempre così possessiva.»

Emily si liscia i capelli con fare innocente. È arrivato il momento della riconciliazione o dello strappo finale. «Quindi tu... ami *me*?» gli domanda con falsa timidezza, sfoderando un sorriso quasi sincero.

Dick reagisce con una smorfia schifata. «Ma manco per sogno! Cerchiamo di essere realisti, Emily. D'aspetto sei al massimo un otto su dieci, perché sei piatta come un'asse da stiro; in più sei stupida come una capra e a letto fai pena. Conosco almeno un paio di modelli di sexdoll che tra le coperte dimostrerebbero più vitalità di te. È ovvio che quando siamo a letto non mi tira nemmeno, come dovrei fare a eccitarmi se rimani lì immobile come–»

«TI MOLLO!» annuncia Emily strepitando come una cornacchia, poi si guarda attorno per assicurarsi che tutti, ma proprio *tutti* i presenti, compresi i magazzinieri che stanno scaricando casse di caffè sul retro del locale, abbiano udito alla perfezione le sue parole. «Visto, ragazze? Ne ho mollato un altro. Twittatelo subito!»

Le amiche di Emily si mettono a scrivere con entusiasmo sui cellulari, toccando gli schermi a velocità supersonica. Pochi secondi dopo, centinaia di notifiche iniziano a risuonare nella caffetteria. Emily rivolge al suo ora ex-ragazzo un sorrisetto di scherno, gustandosi l'ennesima vittoria.

Dick Cockran estrae dalla sacca da golf Toby, il suo driver preferito in grafite, con una testa da quarantaquattro centimetri cubici, e tira una violenta mazzata a una delle vetrate del locale, estraendo subito dopo dalla tasca il blocchetto degli assegni col quale ripagarla.

Pesci
I Balnea

«E a quel punto Apollonia ha gridato: "Gran Maestra, si dia un contegno! Voleva ammazzarlo, per caso?"» raccontò con trasporto Andreas, imitando alla perfezione le movenze e la voce della sua leader.

Stardust pendeva dalle sue labbra. «Oh, cavolo! E l'altra cos'ha fatto?»

«La Gran Maestra era furibonda. Ciaran mi ha detto, che Jon gli ha detto, che Ramesh gli ha detto, che per un attimo hanno temuto volesse davvero attaccare qualcuno col suo stocco d'argento! Non so su chi si sarebbe abbattuta la sua furia; forse di nuovo su Boone, oppure sulla nostra Apollonia, o magari su Diego de la Rocha. Ma poi a quanto pare ha gridato: "Pezzo d'idiota!"»

«A chi, a chi?» lo pressò Stardust, eccitatissima.

«A quel Boone!»

«Oh no, poverino! È un bravo ragazzo, passa spesso da queste parti. Che paura avrà avuto! La Gran Maestra è davvero una persona spietata, malvagia e pericolosa; personalmente l'ho sempre sostenuto. Continua, continua!»

Nella contrada dei Pesci era sera, come sempre. Audrey, Stardust e Andreas si erano fermati a chiacchierare in una delle tante verande del loro palazzo, che godeva di un affaccio sul Mare di Karabu. Audrey stava ascoltando il racconto distrattamente. Giochicchiava con le punte dei suoi lunghissimi capelli castani mentre con l'altra mano tratteggiava su un quaderno un ritratto di Andreas colpito dalla luce della luna.

«"Adelmo ha un solo Grano", ha rivelato a quel punto Michelle, "come hai osato attaccarlo?"»

«No, non aggiungere altro!» esclamò Stardust, poi proclamò con suprema certezza: «È innamorata di lui!»

La ragazza dai capelli arcobaleno si voltò di scatto verso Audrey, come se si aspettasse da lei una reazione altrettanto intensa, ma la novizia sollevò appena gli occhi acquamarina con aria svagata e continuò imperterrita il suo ritratto senza regalarle alcuna soddisfazione.

Stardust adorava i pettegolezzi. Nel giro di una settimana aveva costretto Audrey ad ascoltare almeno una dozzina di resoconti sulla Ceremonia delle

Armi provenienti dalle fonti più disparate, anche se Stardust tendeva a rielaborare a suo modo tutto quello che le raccontavano, giungendo a conclusioni spesso affrettate e fantasiose. Secondo Audrey questo era uno di quei casi, dunque non si interessò troppo alle sconvolgenti congetture della sua amica.

«Ma c'è di più, c'è di più!» promise Andreas con entusiasmo. «Apollonia a quel punto ha chiesto: "E lei, Gran Maestra, come fa a saperlo?", e l'altra–»

«L'altra mi ha risposto che aveva usato il suo Dono su di lui, da vera arrogante quale è sempre stata» concluse Apollonia. Era entrata nella grande veranda quasi scivolando sul pavimento, senza produrre alcun suono.

Andreas balzò in piedi e si scusò a lungo e con sincerità per aver spettegolato e imitato la sua voce, mentre Stardust rimase seduta con i piedi appoggiati al tavolino e un'espressione beffarda dipinta sul volto. Audrey ripose in fretta il quaderno da disegno sul divanetto e si alzò mostrando tutta la riverenza che poté con fare sottomesso, nella speranza che la Sublime Sacerdotessa non si adirasse.

Apollonia accettò di buon grado le scuse di Andreas e rincarò la dose soggiungendo altre parole di sdegno sul comportamento irresponsabile della leader del Capricorno, quindi si rivolse ad Audrey e le comunicò con gentilezza: «Seguimi, cara. È giunto il momento che diventi una Cherubina.»

Stardust si alzò con aria sbarazzina e infilò le mani nelle tasche posteriori dei jeans. Fece una linguaccia ad Audrey e annunciò: «Mi sa che andiamo a fare un bel bagno!».

La novizia la guardò con sospetto, aggrottando la fronte. Si sentiva più confusa che mai. *Un bagno di che genere?*

Mentre uscivano dal palazzo, Apollonia appoggiò con delicatezza una mano sulla schiena di Audrey e suggerì: «Per questa volta rimanimi accanto, o ti smarrirai nei miraggi. In seguito non sarà più necessario e potrai tornarci da sola ogni volta che vorrai.»

Audrey seguì il suo consiglio e le stette vicinissima per tutto il viaggio. Per la prima volta da quando era arrivata, le surreali strade stregate di Sympatheia non la indirizzarono altrove, facendole perdere l'orientamento e costringendola a girare in tondo attorno ai labirintici quartieri periferici, ma condussero lei e gli altri verso la misteriosa zona dei Balnea, che si trovava quasi al centro della capitale, in un quartiere segreto di norma occultato alla vista, a cui solo i Cherubini del Coro dei Pesci potevano accedere.

Durante la passeggiata, la Sacerdotessa rivolse ad Audrey qualche parola di pacato incoraggiamento che lei accolse con piacere. La novizia ebbe così modo di verificare che Apollonia era in effetti una persona piuttosto tranquilla quando non aveva a che fare con estranei delle altre Case, come in precedenza le aveva assicurato Stardust. Il profluvio di boccoli dorati le scendeva sulle spalle, più rigoglioso che mai. In generale la sua Forma dell'Anima non dimostrava più di trentacinque anni, tuttavia Audrey aveva saputo che la leader era arrivata al Tempio ormai da tantissimo tempo, dunque la sua anima avrebbe anche potuto essere centenaria.

Una volta che il gruppo ebbe finalmente raggiunto il quartiere segreto dei Balnea, Apollonia dischiuse un grande cancello argentato alla fine di un viale che Audrey non aveva mai nemmeno intravisto e permise alla novizia di entrare. Ai lati del cancello alcuni stendardi si agitavano appena, accarezzati dalla brezza del mare: otto pesci bianchi su campo acquamarina, posizionati in modo tale da formare a loro volta un "8" con un'illusione ottica.

Una volta varcata la soglia, Audrey rimase senza fiato.

Il quartiere dei Balnea era un immenso complesso di piccole piscine, inserite in terrazzamenti che declinavano pian piano verso il centro, come in una gigantesca conca, per poi risalire di nuovo gradualmente sul lato opposto. Ogni fascia terrazzata si estendeva per centinaia di metri. Sebbene in quel momento il gruppetto si trovasse in cima, sulla terrazza più elevata, e dunque potesse godere di una visione dall'alto sull'intero complesso, Audrey dovette scrutare in lontananza per scorgerne la fine.

Le vasche erano ottagonali, con un apotema non più lungo di un metro e mezzo. Ve n'erano centinaia e centinaia, disposte l'una a fianco dell'altra per tutta la circonferenza frastagliata di quella conca terrazzata. Al centro del complesso, dunque nella sua parte più bassa, Audrey scorse un'unica piscina più ampia di tutte le altre, a sua volta circondata da vasche molto larghe, e ipotizzò che fossero destinate all'uso personale della Sublime Sacerdotessa e dei suoi ufficiali di rango più alto, ossia i Troni e i Serafini.

Attorno a ogni piscina erano installati blocchi d'acquamarina di varia misura che emettevano una bianca luce soffusa, avvolgendo così l'intera area dei Balnea in un tenue lucore. All'interno di ogni vasca l'acqua splendeva di un bell'azzurro; tuttavia, l'odore che permeava l'aria non era quello del cloro, del sale o dello zolfo, ma era il pungente e aromatico alloro. Audrey ricordò di aver già percepito quel profumo e rammentò anche il sapore dell'acqua dentro la sua bocca, quando era emersa al Tempio. Il liquido doveva essere lo stesso che riempiva il Pozzo dei Santi. In ogni caso, il profumo di alloro era gradevole, anche se il sapore era amarognolo.

I Balnea pullulavano di persone: alcune erano immerse in profondità nelle loro vasche, altre si mantenevano a galla, cert'altre chiacchieravano sedute sui bordi delle piscinette sguazzando coi piedi nell'acqua, mentre altre ancora se ne stavano sdraiate sul pavimento di marmo tra una piscina e l'altra, avvolte in teli da bagno. L'atmosfera era quieta e serena, e il brusio di voci era piacevole da ascoltare.

«Benvenuta ai Balnea, Audrey» annunciò Apollonia. In quel momento, con i capelli dorati, la tiara d'argento sulla testa e la veste di seta rischiarata dalla luce della luna, sembrava davvero la regina degli elfi. «Oggi diventi ufficialmente una Cherubina. Una di noi.» Strinse la mano di Audrey e la condusse a passo lento verso la fascia terrazzata sottostante, in cerca della prima vasca libera disponibile.

Andreas corse a parlare con alcuni amici e indicò più volte Audrey. Stardust giocherellava con i fili che uscivano degli strappi attorno alle cosce dei jeans mentre attendeva che la sua amica entrasse in una delle piscine.

«Devo spogliarmi?» domandò Audrey. Si rese però conto d'aver detto una mezza fesseria, perché buttando l'occhio alle vasche attorno a sé notò che gran parte dei Cherubini erano perfettamente vestiti, anche quelli in acqua.

«Io mi spoglio sempre» assicurò Stardust con un sorriso birichino. Aprì il bottone più alto dei calzoncini e lo riabbottonò dopo un attimo.

«Non ve n'è bisogno, ma puoi farlo, se lo desideri» chiarì Apollonia lanciando un'occhiata ostile a Stardust. Indicò ad Audrey la vasca di fronte a loro, che in quel momento era libera. «Ognuno di noi è libero di immergersi vestito come più gli aggrada.»

Pareva che un oceano di stelle fosse nascosto sotto la superficie dell'acqua, mentre negli abissi qualcosa brillava di un verde scuro e intenso. Audrey se ne sentì istintivamente attratta. «Allora, ehm... devo entrarci proprio del tutto?» chiese alla Sacerdotessa.

«Esatto. Ma non preoccuparti: l'acqua è tiepida ed è gradevole sentirsela scorrere attorno al corpo.»

Audrey esaminò con prudenza la piscina e concluse che si sarebbe tolta almeno le pantofole, perché in acqua le sarebbero scivolate via in ogni caso. Se quel liquido era davvero acqua della Fonte, una volta uscita dalla vasca si sarebbe asciugata in un battibaleno – così com'era successo al Pozzo dei Santi –, pertanto decise di tenere addosso il pigiama, più che altro perché avrebbe provato imbarazzo a spogliarsi di fronte a tutta quella gente che non conosceva.

Immerse lentamente un piede in acqua sotto gli sguardi vigili e attenti della sua leader e di Stardust. Quest'ultima continuava a smaniare, rosa dall'impazienza, spronandola con gli occhi a tuffarsi. Il liquido era in effetti tiepido e Audrey non ebbe difficoltà a lasciarcisi cadere dentro, immergendosi fino al mento. Sapeva nuotare bene, per cui si mantenne in superficie con dei semplici movimenti delle braccia.

«Non mi piace spiegare tutto per filo e per segno come fossi una maestrina» disse Apollonia. «Credo che il modo migliore di imparare sia farlo in maniera diretta, proprio come quando si impara a nuotare. Non trovi anche tu?»

«Ehm, sì. Ma di nuotare sono già capace» rispose Audrey imbarazzata. «Cosa devo fare adesso?»

«Vai sotto con la testa e capirai subito!» la incitò Stardust da un lato della piscina.

Apollonia parve infastidita. «Jade, lasciami parlare da sola con la nostra Audrey, ti spiace?» intimò.

Stardust annuì con poca convinzione, distogliendo lo sguardo soltanto per un attimo.

«Devo davvero immergere anche la testa?» chiese Audrey preoccupata.

«Esatto.»

«Ma come faccio a respirare? So nuotare bene, ma non riesco a trattenere il fiato molto a lungo.»

«Da questo punto di vista non hai nulla da temere.» Con un sorriso, Apollonia le spinse la testa sott'acqua.

Audrey entrò nel panico e cominciò a dimenarsi per cercare di tornare in superficie, ma la pressione della Sacerdotessa era troppo forte. Morire annegata era uno dei suoi incubi ricorrenti. Tenne la bocca chiusa, ma l'acqua le entrò comunque nelle narici e ne avvertì il forte profumo d'alloro. Tentò di nuotare via con le braccia e scalciò con le gambe. Quanto a lungo avrebbe potuto resistere? Quando si accorse che la Sacerdotessa non accennava ad allentare la presa, Audrey temette sul serio di essere spacciata, perché non c'era modo di contrastare la sua forza disumana.

La novizia stava per rassegnarsi e accettare il proprio destino, quando da sopra udì la sua leader gridare: «Fai finta di respirare, Audrey!», e più lontano la voce di Stardust che urlava: «Apri la bocca! Fai entrare l'acqua!»

Audrey non ci riuscì. Affogarsi di proposito andava contro il suo più basilare istinto di sopravvivenza. Continuò a tenere la bocca serrata, ma dopo poco le forze le vennero meno.

«Sciocca! Non c'è aria nei nostri polmoni!» gridò Stardust, ma a quel punto Apollonia immerse l'altra mano e aprì a forza la mandibola di Audrey. Il liquido irruppe nella sua bocca inondandola come un fiume in piena.

Audrey provò comunque a prendere fiato, sebbene sapesse che di lì a poco sarebbe affogata. Funzionò; o per essere più precisi non funzionò affatto, ma era proprio quello il punto. Le parole di Stardust acquisirono maggior senso quando Audrey si ricordò di ciò che aveva udito dire già diverse volte. Al Tempio non era necessario respirare; dunque lei si era lasciata suggestionare dalla situazione. Smise di agitarsi e si mantenne mezzo metro sotto la superficie mentre prendeva confidenza con quella strana acqua. Ora riusciva a percepire il liquido amarognolo fluire armoniosamente all'interno del suo corpo, scorrendo dentro e fuori quelli che avrebbero dovuto essere i suoi polmoni, ma dalla bocca non uscì mai una singola bolla d'aria. I capelli le galleggiavano attorno al viso, eppure sentiva l'acqua appiccicarsi alla pelle anziché scivolarle sopra. Col passare dei secondi faceva sempre più fatica a distinguere i confini di se stessa dal liquido in cui era immersa.

«Audrey, va tutto bene?» chiese Stardust. Audrey riusciva a udire con chiarezza la sua voce anche essendo sott'acqua.

«Ma certo che sta bene» la zittì Apollonia. «Jade, ti avevo chiesto di non intervenire. Se proprio vuoi aiutarla, immergiti a tua volta e falle compagnia nel Piano Celeste.»

Audrey udì Stardust allontanarsi pestando coi piedi sul marmo con più forza del normale, finché non raggiunse la vasca più vicina. Un istante dopo si sentì uno *splash*.

Poi accadde qualcosa di sorprendente.

Davanti agli occhi di Audrey calò il buio. In mezzo a quella agghiacciante oscurità, nera come il vuoto interstellare, si accese una profusione di minuscoli puntini luminosi. Erano centinaia e centinaia, in ogni direzione. Alcuni sembravano vicini, altri più lontani; alcuni erano riuniti in gruppi, mentre altri brillavano solinghi. Si intravedevano anche strane figure, in primo piano, sullo sfondo, in ogni dove, ma erano annebbiate e indistinte. Audrey allungò le braccia per toccare il bordo di marmo della vasca, ma non lo trovò; forse si era spinta troppo al centro.

«Non preoccuparti, cara. Ciò che vedi è normale: significa che sei entrata nel Piano, anche se immagino che ora sia tutto sfocato. Ti hanno spiegato come funzionano i Rosari, vero, Audrey?» chiese Apollonia con voce carezzevole, infondendo tranquillità alla novizia spaventata.

Lei provò a parlare e ci riuscì, sebbene la voce uscisse con qualche difficoltà. «Sì», gorgogliò.

Audrey si rese conto che Apollonia la stava studiando con enorme circospezione. La trattava col massimo riguardo per testare le acque e non era difficile intuire il perché. Non c'era motivo di illudersi: Jim doveva averle rivelato che in vita era schizofrenica e Audrey non aveva ancora avuto l'occasione di affrontare la questione con la leader. Forse non lo avrebbe mai fatto. In fondo, la sua mente ora non si impantanava più nei recessi della psiche come faceva una volta.

«Sai qual è il compito di noi Cherubini?» domandò Apollonia.

«Più o meno» mentì Audrey. In realtà non aveva capito granché delle spiegazioni sibilline di Stardust.

«Allora ti illustrerò tutto partendo da zero. E se in futuro avrai dei dubbi, potrai discuterne con chi vuoi, anche con me. Quando sono ai Balnea, anche se sono immersa nella vasca centrale e quindi lontana da te, potrai rivolgermi la parola quando vuoi, perché immersi in acqua siamo in grado di comunicare con grande facilità. Tra poco capirai come funziona. Dunque non aver paura di disturbarmi, se hai bisogno del mio aiuto. Tu mi capisci, vero, Audrey?»

«Sì, certo.» Audrey cercò di apparire il più normale possibile, rispondendo alla leader in maniera semplice per non destare dubbi sulla sua condizione mentale.

«Io ora andrò a immergermi nella mia vasca personale. Tu aspettami ferma dove sei, d'accordo?»

«Sì» promise Audrey, sebbene non avesse affatto capito cosa intendesse. Dove temeva che potesse andare? Era immersa in quello strano spazio pieno di puntini luminosi!

Pensò per caso al gesto di spostarsi in avanti e le lucine nel buio si mossero un pochino. «Porco cacchio» mormorò, lasciandosi quasi scappare una volgarità. «Cos'ho fatto?»

Osservò meglio lo scenario attorno a sé. Ora riusciva a distinguere un'infinità di figure, ma erano ancora confuse, come se fossero tratteggiate da una matita più che dipinte con un pennello. C'erano montagne, foreste, prati, deserti, città, fiumi... ma ne distingueva solo i contorni, mai i particolari.

Decise che non avrebbe più formulato alcun pensiero. Sarebbe rimasta lì, impalata, proprio come le aveva raccomandato la sua leader. E per un po' fu così.

«Ciao, nuova Cherubina!» cinguettò una voce familiare.

«Stardust...?» bisbigliò Audrey, e pensò al gesto di girarsi verso destra. Una stella luminosissima brillava nel buio accanto a lei. Per qualche motivo intuì che era la sua amica.

«Esatto» rispose l'astro lucente. «Siamo belle in questa forma, non trovi?»

«Ma che cacchio?» ripeté Audrey. «Siamo diventate delle stelle? Sono una stella anch'io?»

«Sì, e sei proprio carina. Ti spiegherei di più, ma poi Apollonia si arrabbia. Oggi è proprio scontrosa. Non so che problema abbia. Forse si è svegliata col piede sbagliato.»

«Non capisco. In questo momento sono ancora immersa nella vasca?»

«Sì e no. Il tuo corpo è ancora dove l'hai lasciato, ma la tua coscienza è qui. Scusa se ti abbiamo costretta a bere l'acqua, ma è necessario che fluisca all'interno del corpo per entrare in questo Piano. Questo è il Piano Celeste.»

«Cavolo. È tipo il Piano Astrale?»

Un altro astro sfrecciò verso di loro, veloce come una meteora e bello come una cometa. Viaggiando nel buio dipinse dietro di sé una scia rosata fatta di pulviscolo stellare. Audrey rimase incantata ad ammirarla.

«Il Piano Celeste è il Piano che ci permette di salvare le persone» disse la stella cometa, che aveva la voce di Apollonia. «Eccomi qui, cara. Vedi quei puntini luminosi laggiù? Dimmi: secondo te cosa rappresentano?»

Audrey ci ragionò un attimo. «Sono Guerrieri?»

«Brava!» esclamò Stardust. La sua stella sfavillò emettendo raggi di luce argentea.

«Esatto, sono Guerrieri del Tempio» confermò la stella cometa Apollonia. «Adesso sai che esistono più Piani: il Piano Materiale, il Piano Astrale e quello Celeste. In questo momento stiamo volando centinaia di metri sopra il Tempio, ma solo sul Piano Celeste, non su quello Materiale dove di norma viviamo. Per questo motivo, i Guerrieri non possono vederci nemmeno se gli passiamo accanto. Però possono udirci. Ci sono tante altre stelle simili a noi, le vedi? Quelle stelle in movimento sono gli altri Cherubini che in questo momento sono immersi nelle vasche.»

«Okay, credo di aver capito.»

«Ora spostiamoci insieme. Ci avvicineremo a uno di quei puntini. Ormai avrai intuito che quando sei su questo Piano è sufficiente *pensare* di spostarti per farlo, vero? Esatto, così. Bravissima, Audrey! Stammi dietro! I puntini luminosi ci permettono di individuare i Guerrieri a grande distanza. Molti sono nelle loro contrade, all'interno del Tempio, ma altrettanti sono a difesa del Muro, mentre cert'altri sono nelle Terre Esterne a combattere.»

Audrey cominciava a capire. Le sagome tratteggiate e stilizzate che vedeva ovunque erano gli oggetti, la materia inerte, e cominciava a distinguerne sempre meglio le forme, anche se le osservava dall'alto. I puntini luminosi invece erano migliaia ed erano in ogni direzione. Come potevano i Cherubini proteggerli tutti?

«Dobbiamo difendere i Guerrieri dai Vuoti, giusto?» chiese. «Ma come fate a decidere a chi avvicinarvi, fra tutti quelli che ci sono?»

«Ti fa girare la testa, vero? Come quando abbiamo troppe possibilità, troppe alternative valide, e non sappiamo quale scegliere.»

«Già.»

«Prova a individuare con la mente qualche tuo amico» suggerì Apollonia. «È più facile all'inizio, piuttosto che vagare per il Piano Celeste senza una meta precisa. Dovresti riuscire a percepire la loro aura, distinguendoli così dagli sconosciuti.»

«Audrey non ha amici esterni dai Pesci» intervenne la stella Stardust da dietro.

«Nemmeno quel ragazzo che si è dato tanta premura di venirmi a parlare il giorno del Rito?» chiese con gentilezza Apollonia.

«Quello là è un bastardo ed è meglio che Audrey non ci parli più» s'intromise ancora una volta Stardust.

La voce della Sublime Sacerdotessa si fece dura e sferzante. La sua stella emanò lame di luce bronzea. «Jade, puoi lasciarmi da sola con Audrey, per cortesia?»

«Ma–»

«Voglio che tu te ne vada.»

La stella Stardust per un attimo brillò più intensamente che mai, poi sfrecciò via velocissima.

«Vieni con me, Audrey» riprese Apollonia. «Scendiamo verso quel puntino laggiù. Credo che abbia bisogno di noi.»

Audrey si tenne in coda alla stella cometa che era diventata la Sublime Sacerdotessa. Volarono in picchiata verso il basso finché giunsero a pochi metri da uno dei puntini luminosi, che da vicino smise di essere solo una lucetta bianca e assunse l'aspetto di una persona vera e propria, con braccia, gambe e tutto il resto. A quella distanza i dettagli degli oggetti erano aumentati enormemente ed era possibile distinguere chi fosse in realtà quel Guerriero, dove fosse e contro cosa stesse combattendo. Si trattava di un membro del Sacro Ordine del Cancro: si riusciva a vedere la sua armatura, la tunica e anche i disegni impressi sopra di essa. Si trovava un centinaio di metri oltre il Muro del suo settore.

«Che cacchio!» strillò Audrey una volta spostato lo sguardo più lontano.

Di fronte al Guerriero c'era una creatura strana e orripilante. Aveva le gambe e il busto umanoidi, ma dal petto fuoriuscivano verso l'alto due gigantesche braccia deformi, lunghe diversi metri. Erano grosse e nodose quanto il tronco di un albero e piene di escrescenze. Alle appendici delle mani ballonzolavano dita bulbose grosse quanto delle melanzane. Il mostro tentava di colpire il povero Guerriero schiacciandolo sotto quelle orrende mani come se cercasse di spiaccicare una zanzara. Sulla punta di ogni singolo dito si apriva una bocca dentata, grondante pus. A ogni tentativo fallito di uccidere il suo avversario, le dita emettevano all'unisono dei gridolini striduli carichi di rabbia e frustrazione.

«Cavolo, che schifo» imprecò di nuovo Audrey. Si allontanò un poco volando verso l'alto. Se non altro ora riusciva sempre a contenere le sue imprecazioni senza degenerare mai in oscenità.

«Non hai nulla da temere» la tranquillizzò Apollonia. «I Vuoti non possono colpirci in alcun modo quando ci troviamo su questo Piano. È il vantaggio di essere Cherubini del Coro dei Pesci. I Cherubini di altre Case, invece, devono seguire i loro amici sul campo di battaglia tenendosi a breve distanza, e quello sì che è davvero pericoloso. Spesso mi addoloro per le loro sorti, ma purtroppo c'è poco che posso fare.»

«Sublime Sacerdotessa, perché non lo aiuta? Quel poveretto... se non riuscisse a schivarlo di nuovo...» fece Audrey. Le parole le si impigliarono in gola.

Apollonia le rispose con voce calma quanto il Mare di Karabu: «Quel Vuoto è un Orrore e questo soldato del Gran Priorato è uno sciocco, o forse soltanto un temerario in cerca di gloria personale. Non dovrebbe affrontarlo da solo; ma non corre nessun pericolo, poiché io lo sto già proteggendo.»

«Scusi, ma in che modo?» obiettò Audrey. «Non sta facendo niente. Lo stiamo solo guardando.»

«Lo sto difendendo eccome, invece. Non c'è niente da vedere perché è tutta una questione di concentrazione. Devi focalizzare ogni briciolo d'attenzione su di lui, cercando di non farti sfuggire nemmeno una minima frazione dei suoi movimenti; se la tua attenzione sarà rivolta altrove nel preciso istante in cui verrà colpito, non riuscirai a mantenere intatto il suo Rosario. Per questo motivo è importante volare mantenendosi sempre nella posizione più conveniente per osservare l'azione: devi essere in grado di fissare il punto esatto in cui il Vuoto colpisce il Grano, per mantenerlo integro. Dunque ricorda che puoi difendere soltanto un Guerriero alla volta, e se la tua concentrazione venisse a mancare non difenderesti nemmeno quello.»

«Lei però sta parlando con me, non è concentrata!» contestò Audrey, angustiata per la sorte di quel paladino del Gran Priorato. Lo spirito dei Pesci stava già incendiando il suo animo.

La cometa Apollonia rise. «Non preoccuparti. Io sono molto brava.»

In quel preciso momento l'Orrore ingannò con i suoi movimenti il Cavaliere del Cancro e gli rifilò una mazzata con l'enorme braccio destro. Il Grano più esterno del Guerriero diventò visibile, eppure le migliaia di esagoni rosa rimasero unite. L'Orrore venne invece scagliato all'indietro e fu costretto ad affondare le orrende mani nella terra per smettere di rotolare.

«Sciocco!» gridò Apollonia. Il Guerriero parve udire la sua voce. «Torna più vicino al Muro e fatti aiutare dagli altri.»

Lui emise un grido di giubilo. «Sublime Sacerdotessa! Mi sento traboccare di coraggio sapendo che ho lei a proteggermi! Tutti i miei timori svaniscono nell'udire la sua meravigliosa voce!» Dopo aver pronunciato quelle parole, si lanciò con un'audacia quanto mai ammirevole all'attacco del Vuoto.

«Che incosciente» bisbigliò Apollonia, la quale si vide costretta ad assorbire altre due manate prima che lo zuccone riuscisse finalmente a eliminare l'Orrore, a cui era necessario amputare entrambi gli arti per esporre il Nucleo. Litri di sangue schizzarono fuori dalle orribili braccia, inondando l'armatura del Guerriero e dipingendo di rosso la terra circostante. Il soldato del Gran Priorato impugnò poi l'elsa della spada con entrambe le mani e colpì il Nucleo tre volte con il pomolo, più o meno all'altezza dello sterno. Dopo la terza botta, la strana boccia di vetro piena di sangue esplose spruzzando liquido vermiglio sul suo viso.

Audrey avvertì un senso di nausea crescente e fu costretta ad allontanarsi.

La leader le assicurò che per quella volta era sufficiente e che poteva uscire dalla vasca per riposarsi, se voleva. Prima di lasciarla le impartì però un ultimo insegnamento: «Purtroppo, non possiamo proteggere i Guerrieri all'infinito. Nemmeno io ne sono in grado, anche se posso farlo più a lungo degli altri. Ogni volta che assorbiamo un colpo al posto di qualcuno, il nostro corpo nel Piano Materiale prova un lieve dolore, e questo aumenterà sempre di più a ogni trauma. Se non ci fermiamo, e lasciamo che il dolore diventi soverchiante, finiamo per spirare al posto dei Guerrieri che stiamo proteggendo.»

Stardust stava attendendo Audrey in piedi, appena fuori dalla vasca, ma non sembrava più stizzita. Le scompigliò i capelli appiccicosi e disse: «Tutto bene? Mi sembri un tantino provata.»

Audrey si tenne un braccio e chinò il capo, nascondendo il viso e i suoi occhi acquamarina. «Sto bene. È che pensavo fosse... una cosa meno violenta, ecco.»

Stardust le scoccò un bacio sulla guancia. Audrey si scordò di pulirsela, continuando a riflettere su tutto ciò che aveva imparato quel giorno, e non era poco.

«Capisci, ora?» riprese Stardust. «Puoi trovare i tuoi amici più facilmente quando sei immersa nel Piano Celeste. Ecco perché fanno la fila per venirci a conoscere. Apollonia ha dovuto limitare le visite a Sympatheia da parte dei membri delle altre Case, perché eravamo sommersi di Guerrieri che venivano a corteggiarci o a diventare nostri amici, così da avere qualcuno che li difendesse in maniera privilegiata. Solo che questo alla lunga creava delle disparità, delle ineguaglianze, e abbiamo dovuto ridurlo. A me però non importa. Io difendo sempre e solo i miei amici. Ma non rivelarlo ad Apollonia, okay? Quella mi fa il culo se glielo dici.»

«Non basterebbe conoscersi nel Piano Astrale di qualcuno, anziché di persona? Tipo da te, che ci vengono sempre in tanti.»

«Purtroppo no. Se incontri nel Piano Astrale una persona che non conosci già nel Piano Materiale, puoi parlarci finché ti pare, o andarci pure a letto, ma non si formerà mai alcun *desmos*.» Stardust le accarezzò i capelli. «C'è qualcosa che non va? Mi sembri ancora inquieta.»

«Stavo pensando a una cosa.» Audrey esitò. «La Sacerdotessa mi ha spiegato che anche noi possiamo morire, se assorbiamo troppi colpi senza riposarci. Mi sa che succede abbastanza di frequente, perché altrimenti dove sono andati a finire tutti? Il numero di noi Cherubini sembra così basso. Dovremmo essere migliaia, se morissimo di rado, e invece le vasche sono occupate sì o no a metà.»

Senza dire una parola, Stardust si avvicinò a lei e le avvolse un braccio attorno al collo. Il gesto fu più chiaro di mille parole.

***

Quella stessa sera, Stardust avvisò Audrey che una nave del Sagittario era attraccata a uno dei moli di Sympatheia e tra i marinai sbarcati a far baldoria c'era anche Jim, che aveva subito chiesto di lei. I membri del Sagittario erano privilegiati, da questo punto di vista, perché Sympatheia si trovava sempre e comunque sulla rotta per uscire dal Tempio percorrendo il fiume. Per tale motivo le galee e i velieri facevano spesso tappa alla capitale dei Pesci, specialmente se erano di ritorno da un'uscita all'esterno, cogliendo così l'occasione per festeggiare il perdurare della Bassa Marea o il fatto di averla scampata ancora una volta.

Audrey non era sicura di voler rivedere Jim, ora che la sua mente volava libera come una farfalla e scorreva limpida come l'acqua di una sorgente montana. Lui l'aveva spesso chiamata "cervello di gallina" e quello era il termine più carino tra gli innumerevoli che aveva utilizzato per apostrofarla insieme agli amici della chat, oltre naturalmente alla sfilza di "schizzata", "pazzoide", "suonata", "fuori di testa" che le aveva scagliato contro. Senza contare che, all'inizio, quando ancora non aveva capito che era schizofrenica, Jim l'aveva definita persino una "autistica del cazzo". Certo, quello era avvenuto prima che si conoscessero di persona, ma Audrey faceva comunque fatica a mandarlo giù.

Al contempo, non riusciva a farsi un'idea del perché Jim fosse arrivato al Tempio, per giunta allo stesso suo Rito. Ricordava bene le circostanze in cui era morta, ma com'era possibile che lui l'avesse seguita? Forse i due fatti non erano in alcun modo collegati. In fondo, Audrey non possedeva la minima nozione di come funzionassero gli arrivi attraverso il Pozzo dei Santi e la Fonte. Magari Jim era morto di vecchiaia moltissimi anni dopo, quando il ricordo della schizofrenica Audrey Davis era ormai svanito da tempo. Forse lei non c'entrava nulla ed era tutta una casualità. Eppure...

«Non preoccuparti, tesoro. Lo mando via subito quello stronzo bastardo» assicurò Stardust. «Jim non è la tua fiamma gemella, ricordatelo.»

Audrey si acciglio. «La mia "fiamma gemella"?»

«Esatto. E lui non lo è. Ho usato le mie facoltà di medium psichica per studiare il vostro rapporto nelle stelle, sai? E ti garantisco che ho ricevuto una pessima sensazione sul suo conto. Ora vado e gli dico di sparire una volta per tutte, okay?» Senza nemmeno attendere una risposta, Stardust le schioccò un bacio sulla guancia e si avviò di corsa verso il porto.

Audrey si pulì l'impronta del rossetto. Non aveva idea di cosa fosse una "fiamma gemella", ma qualcosa nel tono di voce di Stardust era suonato falso, come d'altronde spesso accadeva, dunque decise di uscire sulla balconata a spiarla da sopra. Il condominio nel quale abitavano sovrastava il porto di Sympatheia e uscendo sulla terrazza del piano terra si godeva di una vista quasi perfetta dei moli. Audrey si sporse appena oltre la balaustra laterale e dopo un paio di minuti vide Stardust scendere le lunghe scalinate a piedi nudi. Trotterellò verso Jim con aria amichevole e lo salutò con la mano. Senza pronunciare una parola appoggiò le mani allo schienale di una panchina di legno rivolta verso il mare, si issò e ci si sedette in cima, lasciando ciondolare le gambe. La maglietta le si tirò, o forse lei fece in modo che si tirasse, mettendole a nudo la pancia fin sopra l'ombelico.

«Mi spiace, ma ha detto che non vuole vederti. Non so proprio cosa le sia preso. Audrey in questi giorni è sempre un po' così... *sfasata*. Sai, forse è proprio come avevi detto, quella là non è del tutto normale. Mi sa che ti toccherà parlare con me. Ti dispiace tanto?» disse dondolandosi avanti e indietro con fare innocente. Senza dargli il tempo di rispondere aggiunse: «Che bella nave! Siete di ritorno o state partendo?»

Jim farfugliò a bassa voce qualche frase stentata che Audrey non fu in grado di discernere. Indossava una modesta divisa da marinaio turchese coi bordini bianchi che lo qualificava al massimo come mozzo.

Qualcosa non quadrava.

Audrey accantonò momentaneamente l'amara consapevolezza di essere stata presa per i fondelli ancora una volta dalla sua amica e tentò di analizzare la situazione con un minimo di distacco. L'intento di Stardust era quello di impedire che si formasse un rapporto tra lei e Jim, in modo che non si potessero trovare nel Piano Astrale, ma perché? Voleva andarci a letto lei?

Uscì dalla loggia al piano terra del condominio, che come al solito era deserta, e corse attraverso uno dei viottolini che conduceva alle scalinate accanto al porto. Quella sera sembrava stranamente più lungo del solito. Qualcosa la stava rallentando, come se un'entità invisibile stesse cercando di dirottarla verso un'altra destinazione.

La luna era enorme. La sua luce inondò un gruppo di nuvolette di passaggio, e con un gioco di prestigio quelle discesero dal cielo e si intrufolarono tra le arcate, assumendo forme fantastiche. Una tigre siberiana balzò fuori e ruggì per spaventarla. Per qualche assurdo motivo Audrey era convinta che quella tigre fosse Stardust, ma non si lasciò intimorire. Le fece una linguaccia e scese le scalinate a perdifiato, finché i corridoi magici non si dissiparono, svanendo come nebbia soffiata via dal vento, e il porto apparve di fronte a lei.

«Audrey?» mormorò Stardust, gli occhi viola sgranati. Scese di colpo dalla panchina e iniziò a sistemarsi i capelli arcobaleno, cercando di fermarli dietro l'orecchio senza riuscirsi. «Ma che fai? Prima mi dici che non vuoi più vederlo e poi? Che figura mi fai fare?» C'era una leggera nota d'astio nella sua voce. Audrey si stupì della sua sfacciataggine, ma decise che avrebbe regolato i conti con lei più tardi.

Jim ignorò del tutto Stardust e si diresse con piacere verso Audrey. «Alla buon'ora, Davis. Cominciavo a pensare che mi avresti dato buca. Come te la passi?»

Audrey capì all'istante che Jim stava soppesando le parole, cercando di non turbarla per non rischiare di farle avere un episodio di psicosi paranoide. Decise di giocargli un piccolo scherzo.

«Sto bene. E tu?» rispose con voce atona, come se fosse sedata o sotto l'effetto dei farmaci.

«Oh, sì, anch'io. Allora, ti trovi bene qui ai Pesci?» continuò lui circospetto, come se stesse camminando sulle uova. «Mi pare un posto un po' strano.»

«Mi trovo benino. E tu al Sagittario?»

«Oh, bene, bene. Carino il pigiama con gli animali.»

«Grazie. Bella divisa. Ti fa sembrare più muscoloso.»

«Be', ti ringrazio. Ehm...» Jim scoccò un'occhiata a Stardust. «La tua nuova amica si sta prendendo cura di te?»

«Si chiama Jade.»

Stardust la folgorò con lo sguardo. Ad Audrey tornò in mente la tigre siberiana, ma stavolta si mise a cuccia rapidamente.

Jim sogghignò. «Ah, Jade. Bel nome. Sa della spogliarellista che offre spettacolini privati ai clienti più facoltosi, magari aggiungendoci un lieto fine con le mani.»

Stardust lo sbranò con gli occhi, fissandolo con disgusto, come se si sentisse tradita.

Audrey soffocò una risatina, lieta di vedere che l'amico si era schierato dalla sua parte. «Jim, puoi smettere di parlarmi in quel modo. Non sono più schizofrenica. O forse lo sono ancora. Non so bene come funziona, ma non ho più attacchi psicotici. Nemmeno uno. Puoi chiedere a Jade, se non ci credi, anche se probabilmente lei mentirebbe, perché mente come respira. Ma ti assicuro che sono quasi del tutto normale.»

«Merda, difatti me ne ero accorto!» esclamò Jim, voltandosi poi verso Stardust. «Avete fatto qualcosa per curarla? Un incantesimo, che cazzo ne so? La vostra leader mi sembra il tipo di donna che nel tempo libero si diletta con la magia, insieme al resto del circolo di streghe wicca.»

Stardust incrociò le braccia e scosse la testa senza parlare. Da come lo fissava si intuiva che non era più interessata a lui, perlomeno non più di quanto si potrebbe essere interessati a uno stronzo lasciato da un cane sul marciapiede.

«Credo sia perché qui le nostre anime abitano dentro nuovi corpi» sostenne Audrey. «La mia malattia mentale è morta insieme al mio vecchio cervello, o almeno questo è quello che credo. Sei deluso? Non potrai più fare battute su di me, su quella vecchia pazzoide di Audrey Davis. Non faccio più ridere ora, per cui dovrai trovare qualcun altro da prendere in giro per farti bello coi tuoi nuovi amici marinai.»

«Davis, così mi ferisci. Non sono venuto fin qui per prenderti in giro.»

«Come sei morto?»

La domanda parve trafiggerlo come una lancia scagliata sulla terra dal regno dei cieli. «Ah, vedi, quello...»

«Come sei morto?»

«Lascia perdere.»

«Come sei morto, Jim?»

Audrey II

Stati Uniti d'America
California, Los Angeles, da qualche parte a Santa Monica

«È. Mio. Amico!» grida Audrey Davis calcando con la voce sull'ultima parola e indicando l'airone grigio che ha dipinto sulla facciata della villetta. L'immagine copre quasi per intero lo spazio sul muro tra la porta d'entrata e le grandi finestre del salone.

Il proprietario della casa, un avvocato quarantenne dai capelli già brizzolati, fatica a intendere le sue parole. «Chi sarebbe suo amico? L'airone?»

«Esatto.»

«Signorina, non so se l'hanno mai messa al corrente di questo fatto, ma lei non è del tutto sana di mente.»

«In realtà mi hanno messa al corrente eccome» controbatte Audrey incerta, poi aggiunge con aria più determinata: «E io metto lei al corrente del fatto che la sua abitazione nasconde un passaggio per la quinta dimensione. Io adesso devo assolutamente finire il dipinto per aprire il varco, ma lei è libero di rientrare, se vuole. A meno che non sia un mutaforma. In quel caso la avviso che non mi lascerò catturare senza almeno lottare.»

«Ma sentite questa piccola teppistella del cazzo!» inveisce lui. «Secondo te dovrei andarmene come se non fosse accaduto nulla, dopo che mi hai vandalizzato la casa? Io chiamo la polizia, invece!»

«No, la polizia no!» geme Audrey, memore dell'ultimo incontro ravvicinato con il taser.

«Ah, no? Staremo a vedere.»

Senza pensarci due volte, Audrey taglia la corda e corre verso la strada con il pennello ancora gocciolante di vernice grigia in una mano e il fedele cellulare nell'altra. Il telefono è acceso e sta trasmettendo le immagini in streaming già da diverse ore, ovvero da quando lei ha iniziato a dipingere e l'avvocato era ancora in tribunale. Salta oltre la siepe curatissima che delimita il giardino della lussuosa villetta e fa per correre via, quando qualcuno la agguanta per il braccio e la trattiene con forza.

È suo padre.

«Accidenti a te, Audrey!» le sbraita nell'orecchio Tom Davis con la sua voce stridula. «Devo spiegarti ancora una volta che non si dipinge la casa alla gente? Ora rimarrai qui e attenderai l'arrivo delle forze dell'ordine insieme a me, dannazione. È giusto che ti assuma la responsabilità delle tue azioni.»

«Nooo, voglio andare via!» piagnucola lei, terrorizzata dalla prospettiva di beccarsi un'altra scarica elettrica nello stomaco. Lascia cadere il pennello a terra, dopodiché picchia con la mano il braccio villoso di suo padre e strilla: «Cattivo, cattivo! Lasciami andare!».

«Tu sarai la mia fine. Mi farai morire d'infarto!» giura Tom Davis nel momento in cui sua figlia riesce a sgusciare via, lasciandolo con in mano soltanto la giacchetta di jeans.

«Dove credi di andare?» le urla l'avvocato dal vialetto di casa. «Scappa pure, teppista, ma i pennelli e i colori rimangono qui! Sono prove!»

Dopo una fuga lunga appena un centinaio di metri, Audrey si imbatte in sua madre. È in affanno, alla luce del tramonto si nota che ha la fronte imperlata di sudore.

«Ne hai combinata un'altra, non è così, Audie? Tu ci farai ammattire» gracida Margaret mentre trae lunghi respiri per riprendersi. Ha appena cinquant'anni, ma negli ultimi tempi non si mantiene in forma. «Non proverò nemmeno a fermarti, perché ho paura che mi picchieresti come ti hanno insegnato a fare i tuoi amichetti delinquenti su internet. Ora però ascoltami bene: se non ti metti in riga subito finirai per strada come i barboni, senza un lavoro, senza un futuro e senza amici. Rimarrai da sola, Audie. Finirai come quella schifosa succhiacazzi senza purezza di tua cugina Megan, che passa più tempo al centro di recupero che coi genitori. È questo che vuoi?»

«No...» bisbiglia Audrey avvilita.

Margaret le dà un bacio sulla fronte e le accarezza i capelli. «Allora andiamo da papà e vedrai che anche stavolta rimedieremo ai guai che hai combinato. Poi torneremo a casa tutti insieme, prepareremo la cena e per una volta prenderai le medicine come la brava ragazza che sei.»

Per qualche istante Audrey prende in seria considerazione quella possibilità, ma poi immagina se stessa vagare per casa mezza addormentata, senza emozioni e con i muscoli contratti, e scaraventa l'idea nei recessi della sua mente. «Non le voglio più le medicine... *non le voglio*!» protesta, quindi fugge via a rotta di collo.

«Rimani con me, Audie! Non scappare!» la implora Margaret, ma ormai sua figlia se n'è già andata.

Le ombre si allungano tra i bassi edifici di Santa Monica.

Dopo aver riacquistato un po' di lucidità mentale, Audrey si ricorda che ha ancora in mano il cellulare acceso. Butta l'occhio sullo schermo e si rende conto che non ha mai interrotto la trasmissione. Ancora una volta i suoi spettatori hanno visto e sentito tutto.

Non ha il coraggio di leggere i commenti. Infila il cellulare in tasca e ricomincia a correre, ma due rivoletti di lacrime scendono a bagnarle le guance.

«Faccio schifo... sono sporca e ormai tutti lo sanno...» ripete ossessivamente mentre corre per le strade di Los Angeles senza una meta. «La mia purezza si sta consumando... diventerò una persona senza purezza...»

Ciò che Audrey non potrebbe mai immaginare, però, è che qualcuno le sta tendendo un agguato.

«Siamo fottuti, ha infilato il cellulare in tasca!» si dispera JJ_23 parlando in videochiamata. «E adesso che facciamo?»
«Rimani dove sei. Ormai io e Littlemooney siamo a pochi isolati di distanza, quindi tanto vale che convergiamo tutti sulla tua posizione» risponde Argonaut38. «ARock, hai qualche aggiornamento?»
«Fino a pochi istanti fa stava percorrendo Pico Boulevard più o meno all'altezza del cimitero e correva in direzione nord-est» li informa ARock dalla comoda poltrona di casa sua, nel Wyoming. Sullo schermo del portatile scorre la cartina di Los Angeles. «Non può essere andata molto lontano. Dirigetevi verso la ventitreesima.»
«E dove stracazzo sarebbe la ventitreesima?» impreca Jim, anch'egli al telefono, ma in chiamata solo vocale. «Ti ricordo che vengo da Denver, non è che conosca granché bene questa fogna a cielo aperto.»
«Cosa vedi attorno a te?» chiede ARock.
«Porca di quella porca, credo di essere entrato per sbaglio in un campus universitario. Mio Dio! Ci sono hipster, studentesse di *gender studies* e attivisti di estrema sinistra ovunque! Escono dalle fottutissime pareti, ARock! Tirami fuori da questo girone infernale!»
«È il Santa Monica College» spiega ARock dopo aver controllato con cura la cartina. «Non sei troppo lontano dagli altri. Se percorri il viale principale dell'università in direzione nord fino in fondo dovresti ritrovarti su Pico Boulevard. Fallo in fretta, però.»
«Puoi starne certo. Una panzona coi capelli blu rasati su un lato m'ha appena passato un volantino intitolato: *Le donne trans sono vere donne*.»
«L'hai presa a sberle?»
«Macché, ho telato. Quella era più grossa di me, cazzo, e mi sa che non si lavava dal giorno della prima comunione. Forse il prete l'ha tastata dove non doveva ed è strippata.»
«Allora fa' come ti ho detto e riunisciti in fretta al resto della squadra, o finisce che Audrey vi sfugge tra le dita.»

La luce del crepuscolo si fa purpurea.
Audrey Davis sta ancora correndo a perdifiato per Pico Boulevard, quando passa accanto al Burger King all'angolo con la ventesima strada. In piedi tra i tavolini all'esterno del locale c'è un ragazzo con la faccia tonda e i capelli unti. Lui la guarda sfrecciargli davanti con tanto d'occhi e grida: «Audrey?! Audrey, sono qui!»
Lei si blocca e si gira verso di lui un centimetro alla volta, gli occhi che quasi luccicano nella penombra del tramonto. «Chi sei?» mormora spaventata quanto una coniglietta che si ritrovi a fronteggiare un dobermann.
Il ragazzo le corre incontro. Non deve avere più di diciott'anni. «Sono JJ_23! Dio, quasi non ci credo. Ti ho trovata sul serio!»
«Cosa vuoi da me?» Audrey indietreggia. Il volto tradisce tutta la sua paura.

«Ritorno al mittente!»

«Aspetta, non scappare; stanno per arrivare gli altri» insiste lui, quindi porta il cellulare alla bocca. «Ragazzi, l'ho beccata! Siamo al Burger King all'angolo con la ventesima. Ottimo lavoro, ARock.»

«Come avete fatto a...?»

«A trovarti? Guardando il tuo live, Audrey. Per fortuna lo avevi annunciato giorni fa, così ci siamo organizzati per tempo. Avevamo individuato la casa sulla quale dipingevi e stavamo venendo lì per proteggerti, ma poi è rientrato il proprietario e tu sei fuggita. Eccoli là, li vedi? Ci sono gli altri!» JJ_23 indica due ragazzi che attraversano la strada.

«Merda, ci hai costretti a fare una bella corsa! Temevamo ci saresti sfuggita» dice uno dei due, sudato e ansimante. È alto e magro, sui venticinque anni, con una folta barba castana. «Ehilà! Io sono Argonaut38, e questo qui è Littlemooney.»

Il ragazzetto al suo fianco non deve avere più di diciassette anni. Ha il volto rubicondo, senza un accenno di barba. Quando inizia a parlare, Audrey lo riconosce all'istante: è il tipetto con la voce acuta che credeva fosse un bambino. Lui la saluta con la mano. «Ciao, Audrey! Cazzo, sei davvero carina dal vivo!»

«G-grazie» mormora lei con fare incerto. «Ciao a tutti.»

Sopraggiungono altri due ragazzi, anche loro col fiatone. Uno ha un aspetto tutto sommato distinto e si presenta come Doctor Jeeves, l'altro è un tipo scalcagnato e tracagnotto che si fa chiamare Orange Lim.

«Holaaa!» esclama quest'ultimo sollevando una mano e facendo una V con le dita, imitando il saluto vulcaniano di Star Trek. «Lunga vita e prosperità, terrestre. Veniamo in pace.»

«Mi spiace, ma non posso rimanere qui con voi a giocare... devo andare... devo tornare a casa...» Sopraffatta dalla situazione, Audrey indietreggia cercando una via di fuga, ma va a sbattere con la schiena contro qualcuno.

«Ahi, ahi, Davis» dice l'uomo che ha urtato. «Questi ragazzacci ti hanno fatto paura?»

Dal momento che l'ha chiamata "Davis", Audrey sa già di chi si tratta.

Jim è alto e robusto, sulla trentina. Porta un cappello da baseball rosso con una stella bianca cucita sopra, sotto il quale scende una zazzera arruffata di ricci capelli bruni, ma profumati e lavati da poco. Indossa un bomber nero larghissimo, con una frase scritta sulla schiena a caratteri celtici: *The weak should fear the strong*[I]. I jeans che indossa al di sotto sono altrettanto larghi e dal portafogli infilato nella tasca posteriore partono due grosse catene che si agganciano alla cintura di pelle nera. Ha diversi orecchini con teschi e croci ed è tatuato perfino sulle dita.

«Ah... ohh... aah...» mugola Audrey con la bocca spalancata come un pesce lesso mentre tenta di allontanarsi da lui, ma ormai i ragazzi l'hanno circondata e non c'è modo di fuggire. Prova una fitta di rimpianto per non essere rimasta con sua madre. Forse potrebbe urlare, ma non è del tutto certa di volerlo fare.

[I] Trad. dall'inglese: "I deboli dovrebbero temere i forti."

I mutaforma potrebbero sentirla.

A questo punto si rende necessario aprire una parentesi. Audrey Davis non ha mai avuto un ragazzo. Audrey Davis non sa nemmeno cosa *comporti* avere un ragazzo, e le volte in cui ha interagito dal vivo con alcuni coetanei di sesso maschile si contano sulle dita di una mano. Non ha mai riflettuto seriamente sull'argomento uomini, ma è stata esposta svariate volte a pornografia estrema e sa con precisione come sono fatti sotto i vestiti. A volte i suoi stessi spettatori le mandano a tradimento dei link con dei filmati osceni che vogliono che lei guardi durante le sessioni di streaming, perché quasi sempre si rivela uno spettacolo esilarante. Audrey fissa le immagini per ore con aria sconcertata ma anche incuriosita, come se stesse guardando un documentario alla televisione. Per questo motivo, tuttavia, sa bene che quando nei film porno una ragazza viene circondata da numerosi uomini non finisce mai bene e un'oretta più tardi la poveretta si ritrova distesa a terra, distrutta e grondante fluidi di varia natura. Audrey è convinta che le stia per accadere qualcosa di analogo e non si sente adeguatamente equipaggiata per affrontare quel tipo di esperienza.

Il suo labbro inferiore inizia a tremolare, gli occhi acquamarina si velano di lacrime.

«Che c'è, Audrey?» dice JJ_23 provando a toccarla, ma lei si ritrae. «Perché piangi?»

«Che succede?» domanda Doctor Jeeves con fare cortese. «Sappiamo di essere brutti, ma non c'è motivo di spaventarsi in quel modo.»

«Io non voglio... non voglio...» balbetta lei. Ormai le sono tutti addosso. «Il mio livello di purezza è basso... troppo basso...»

«Non vuoi cosa, Audrey?» chiede Argonaut38 ignorando il discorso sulla purezza, che è solo una delle sue tante manie.

Lei stringe le braccia al petto e replica a parole smozzicate: «Non voglio essere sbattuta sul pavimento e poi... presa da tutti quanti allo stesso tempo... Non sono capace di fare quelle cose... Ritorno al mittente! Siete troppi... e poi sono quasi senza purezza... Dopo non avrei più un grammo di purezza!»

I ragazzi si lanciano delle occhiate e scoppiano a ridere talmente forte che anche le persone dall'altro lato del viale si fermano a guardarli.

«Davis, ti assicuro che nessuno ha intenzione di violentarti in mezzo a Santa Monica» assicura Jim, dopo aver calmato un accesso di tosse catarrosa. «Per la verità, se continui a correre in giro per il quartiere da sola è un rischio che corri concretamente, visto che sei carina e che Los Angeles è un buco di merda in cui le ragazze vengono stuprate ogni minuto, ma non siamo noi quelli che devi temere. Facciamoci indietro, ragazzi, o la finisce che la Davis se la fa addosso, anche se ad alcuni di voi degenerati forse piacerebbe vederlo.»

Lei si sforza di incrociare i loro sguardi. I ragazzi le scoccano occhiate incoraggianti e sembrano aver rinunciato a volerla toccare. «Ma allora cosa volete?»

«Siamo venuti a trovarti per farti passare almeno una serata in compagnia di qualche tuo coetaneo, una serata *normale*» rivela JJ_23. «Negli ultimi tempi ne combini di tutti i colori. Finisce che prima o poi ti arrestano e ti sbattono dentro sul serio. Visto che siamo qui, perché non entriamo al Burger King e mangiamo qualcosa tutti insieme?»

«Quindi parliamo e basta? Niente atti osceni in luogo pubblico?»

«Parliamo e basta» promette divertito Argonaut38.

«Non ho soldi con me.»

«Paghiamo noi per te, Davis» risponde Jim. «Non è vero, ragazzi?»

Gli altri annuiscono.

Audrey capisce che è opportuno calmarsi. Per fortuna c'è qualcosa che può fare per aiutarsi. Estrae il cellulare dalla tasca con mani tremolanti e accende il flash della fotocamera, puntandolo poi contro le facce dei ragazzi. «Brillate al buio? Siete fosforescenti?» domanda mentre li esamina con suprema attenzione.

Loro soffocano una risata e si guardano l'un l'altro senza sapere cosa rispondere. Conoscono quasi tutte le paranoie di Audrey, ma è la prima volta che la sentono porre delle domande simili. Accecati dal flash, si coprono gli occhi con le mani.

«Lasciatela fare» suggerisce Jim per aiutarla. «Per quanto ne so io, Davis, nessuno di noi brilla al buio. Perché ce lo chiedi?»

Soddisfatta, Audrey mette via il telefono. «Allora non siete della CIA. Quei negri figli di puttana della CIA brillano al buio.»

I ragazzi esplodono ancora una volta in una grassa risata, finché quasi non si accasciano a terra. Quando hanno finito di scompisciarsi, si avviano insieme alla loro pittrice schizofrenica preferita verso l'entrata del Burger King.

Secondo doverosissimo inciso: Audrey Davis non conosce il reale significato della parola *negro*[I] e la sua connotazione razzista. Sa però che è un termine dispregiativo e che i suoi spettatori ritengono divertente adoperarlo per apostrofarsi l'un l'altro, per questo motivo si è ritrovata inconsapevolmente a integrare quella parola nel suo vocabolario in modo da farsi accettare da loro. Ormai anche lei la utilizza senza parsimonia, ma non ne comprende affatto la pericolosità.

I ragazzi non le avevano mentito. Le offrono infatti un menu sontuosissimo, con tutto ciò che Audrey desidera e perfino di più, dopodiché ordinano degli hamburger anche per loro e si accomodano insieme a lei sui divanetti accanto al tavolo più ampio che c'è nel locale, in modo da starci tutti.

Audrey non sa di cosa parlare e si sente a disagio quando avverte di non riuscire ad articolare efficacemente i suoi pensieri o quando condisce i discorsi con quelle idiosincrasie che in fondo sa essere solo paranoie. Inoltre non capisce se i suoi sostenitori la stanno prendendo in giro o se sono sinceri quando le pongono insistenti domande sui mutaforma, sulle manguste umane e sugli agenti dell'FBI che la stanno braccando. Lei però risponde sempre con sincerità.

In realtà, i ragazzi faticano a reprimere le risate ogni volta che la sentono sproloquiare sui passaggi verso la quinta dimensione e i mondi nascosti, ma d'altra parte, non essendo psicologi, nessuno di loro sa come interfacciarsi nella maniera giusta con una ragazza schizofrenica, e sono convinti che darle corda sia la cosa corretta da fare, piuttosto che sbraitarle in faccia che si sta immaginando tutto.

[I] "Nigger", in inglese.

Per invogliarla a chiacchierare, gli ammiratori di Audrey deviano la discussione su un argomento più piacevole, fingendosi interessatissimi alla pittura e agli strumenti che utilizza. Lei replica infervorata, non dubitando minimamente delle loro buone intenzioni, e pontifica a lungo sulla qualità dei pigmenti nei tubetti di colore e la morbidezza delle setole dei vari pennelli. I ragazzi fanno del loro meglio per partecipare alla conversazione e di fatto ci riescono; in fondo, a forza di guardarla dipingere, si sono fatti una cultura sull'argomento. Audrey pare divertirsi più di quanto l'abbiano mai vista fare da quando la conoscono, e mentre conversa con loro la sua mente tende a divagare meno del solito. I suoi discorsi sono più coerenti, più "normali".

Le ore passano, fuori è ormai calato il buio. I genitori di Audrey hanno provato a telefonarle quasi cinquanta volte. Alla fine lei ha risposto e ha detto che è in compagnia di amici, ma loro non le hanno creduto, perché sanno bene che di amici non ne ha.

Quando alcuni commessi del Burger King intimano cortesemente al gruppo di uscire dal locale o di ordinare altro cibo, Jim li carbonizza con occhiate feroci e loro desistono. Dei clienti afroamericani si alzano piccati dal loro tavolo e accusano i commessi di suprematismo bianco, asserendo che se fossero stati loro al posto di Audrey e dei suoi amici, sarebbero stati di certo buttati fuori a calci. Quando Jim si avvicina con intenzioni bellicose e puntualizza che lui non è bianco, loro controbattono che non è neanche nero, ma poi sloggiano con una certa celerità.

Una volta ritrovata la calma, il gruppo ordina altro cibo per rabbonire il paffuto vicedirettore del Burger King e riprende la conversazione.

«Audrey, prima abbiamo visto tuo padre afferrarti per un braccio» le ricorda Orange Lim. «Ti ha fatto male?»

Lei scuote la testa. «No, non molto. Anzi, quasi per niente.»

«Ti ha mai picchiata?» indaga JJ_23.

«No, al massimo uno schiaffetto ogni tanto. Ma mi sa che me l'ero meritato. A volte io faccio...» Audrey abbandona la frase a metà e si incanta a osservare il disegno impresso sulla carta che avvolgeva uno degli hamburger.

«Quindi tuo padre non è un uomo violento?» la incalza Doctor Jeeves ficcandosi una patatina fritta in bocca.

«No. In questo periodo è solo alterato perché deve prendere delle pillole che gli causano la disfunzione erettile» dichiara lei, senza rendersi conto di quanto sia irriguardoso divulgare certe informazioni.

Alcuni dei ragazzi nascondono il viso sotto il tavolo ed esplodono in risate nasali. Jim intima loro di fare silenzio e di portare rispetto, sebbene dalle sue espressioni facciali si evinca che anche lui trova esilarante quella rivelazione.

«Audrey, hai ancora sete?» domanda Littlemooney con la sua vocetta prepuberale. «Vado a ordinarti un'altra Coca.»

Lei annuisce e lo guarda allontanarsi verso la cassa.

«Tua madre ti tratta bene?» s'interessa Argonaut38. «Sembra una tizia un po' assillante.»

«Sì, un po' lo è, ma non per questo è cattiva, anzi» risponde Audrey con aria inquieta. «Quando abbiamo finito di mangiare cosa mi succederà?»

I ragazzi si scrutano. I loro volti sono maschere di confusione.

«In che senso?» domanda JJ_23.

«Avete intenzione di rapirmi? Se dovete rapirmi, vi avviso che non c'è bisogno di usare la violenza. Basta che non mi consegniate a quei bastardi della CIA o dell'FBI e non mi ribellerò. Loro mi porterebbero all'Area 51 e mi rinchiuderebbero per sempre in un bunker sotterraneo.»

Quella dichiarazione scatena ancora una volta l'ilarità dei presenti, anche se subito dopo una sequela di secche smentite si leva da attorno al tavolo.

«Non ti faremo nulla di male, Audrey. E non abbiamo certo intenzione di rapirti» garantisce Doctor Jeeves in tono comprensivo. «Quando abbiamo finito di mangiare ci salutiamo e ce ne torniamo tutti a casa.»

«Ah, okay. Pensavo che voi...» Audrey giochicchia con una cannuccia. «No, fa niente.»

Littlemooney torna verso di loro con in mano un altro bicchierone di Coca-Cola pieno di cubetti di ghiaccio e lo appoggia sul tavolo davanti ad Audrey. Quando lei avvicina la mano per afferrarlo, però, Jim lo colpisce con la sua e lo fa cadere a terra. Il liquido si versa sul pavimento e forma un lago bronzeo sotto i loro piedi.

«Ops, che sbadato» fa Jim. «Mi sa che dovrai ordinarne un'altra.»

Ad Audrey è parso che lui l'abbia fatto apposta e ci rimane malissimo. Proprio non capisce perché Jim abbia compiuto un gesto così immotivatamente crudele. Lei *adora* la Coca-Cola e le andava di berne un altro bicchiere. Rimane però ancor più sbigottita quando Jim si alza di scatto dal tavolo e torce la mano destra di Littlemooney fino a piegargli il braccio dietro la schiena. Il ragazzetto geme per il dolore, ma lui continua a torcergli il polso senza alcuna pietà e lo spintona fuori dal locale. Argonaut38 e Orange Lim si alzano a loro volta e li seguono con un cipiglio che non promette nulla di buono. Gli inservienti osservano la scena con preoccupazione e minacciano di chiamare la polizia, anche se poi non lo fanno.

Audrey guarda con smarrimento i due ragazzi rimasti accanto a lei, ma Doctor Jeeves e JJ_23 non offrono spiegazioni. «Cosa sta succedendo? Dove vanno gli altri?» domanda con un bisbiglio.

«Vanno fuori a fumare una sigaretta» mente Doctor Jeeves, distogliendo poi lo sguardo per allentare il disagio.

«Noi rimaniamo qui?»

«Tra poco usciamo» risponde JJ_23, anch'egli in evidente imbarazzo. «Adesso però rimani qualche minuto qui con noi, per favore.»

«Perché Jim mi ha fatto cadere la Coca-Cola?» domanda Audrey, sentendosi più stupida che schizofrenica.

«Non ne sono sicuro, ma mi sa che era avariata» afferma Doctor Jeeves. «Hai fatto bene a non berla.»

Audrey attende seduta al tavolo, agitata come non mai. Come poteva la Coca-Cola essere avariata? Era appena uscita dal dispenser del Burger King! Si convince che i ragazzi si stanno facendo beffe di lei perché è schizofrenica, pertanto si alza e si avvia verso l'uscita. JJ_23 e Doctor Jeeves sono costretti a seguirla. I commessi li squadrano in malo modo.

Dal vicoletto sul retro del locale si diffondono strani rumori. Audrey zampetta via come una gattina curiosa e si fionda a controllare, ignorando gli avvertimenti dei suoi poveri accompagnatori.

Nella penombra accanto ai bidoni dell'immondizia vede i ragazzi che erano usciti in precedenza, ma stavolta non ha difficoltà a capire cosa sta succedendo. Gli altri tre hanno accerchiato Littlemooney e lo stanno pestando a sangue. Jim estrae una boccetta dalla tasca interna della giacca del ragazzetto, gliela pianta davanti agli occhi e versa il liquido incolore che contiene sulla sua faccia, urlandogli offese irripetibili. Lui ha l'ardire di biascicare qualcosa in risposta, così Argonaut38 lo afferra per il colletto della maglietta e gli sferra un destro in piena faccia, disintegrandogli il naso. Una volta a terra, lo prendono ripetutamente a calci nelle costole. Non sono calci per impartire soltanto una lezione, sono calci per far male.

Atterrita da quella violenza, Audrey si copre la bocca con una mano e prova a urlare, ma la voce le rimane incastrata in gola. Doctor Jeeves e JJ_23 si accostano a lei e tentano di tranquillizzarla, ma è soltanto quando Jim si toglie il tirapugni insanguinato e si avvicina a loro che Audrey ritrova la forza di parlare.

«È meglio se leviamo le tende in fretta. Quelli del Burger King avranno visto tutto dalle finestre sul retro» annuncia lui con aria imperturbabile.

«Perché lo picchiate?» chiede Audrey con gli occhi sbarrati, fissi su Littlemooney.

«Voleva farti una brutta cosa» risponde Jim. «L'ho visto io.»

«Una brutta cosa?» Audrey continua a non capire. «Ma è un ragazzino... Non ha nemmeno diciott'anni e voi lo state picchiando! *Lo state picchiando!*»

«Facciamo il lavoro che evidentemente non hanno fatto i suoi genitori. È un peccato che la giornata finisca così, ma adesso bisogna che ci lasciamo, Davis. È ora che torni a casa, o i tuoi genitori si preoccuperanno sul serio. Vuoi che ti accompagniamo?»

«No.» Audrey distoglie lo sguardo da Littlemooney. Il ragazzetto giace immobile a terra in una pozza di sangue. «Non lo ucciderete, vero? Vero?»

«No, promesso, anche se per le ragazze di Santa Monica forse sarebbe meglio che lo facessimo. Ricordi la strada per tornare?»

«Sì.»

«Allora corri a casa e non fermarti per nessun motivo, c'è della brutta gente in giro a quest'ora. E cerca di non fare ammattire i tuoi genitori almeno per qualche giorno. Noi ti aspettiamo in chat.»

«Va bene, allora vado.» Audrey si avvia con aria persa in direzione di casa sua. Non sa che altro fare, cos'altro dire. Forse dovrebbe chiamare la polizia, ma può darsi che l'abbiano già chiamata quelli del Burger King, e poi Jim ha detto che Littlemooney voleva farle una brutta cosa. «Vado a casa» ripete ossessivamente mentre corre per il viale. «Vado a casa.»

Gli altri ragazzi corrono in strada e la salutano da lontano, tutti a parte il più giovane, che in quel momento non è nelle condizioni di potersi alzare, anche se è ancora cosciente. Quando sono sicuri che Audrey è abbastanza distante e che non può vederli, Jim fa un cenno con la testa e il gruppo si muove compatto per seguirla. Non è sicuro lasciarla tornare a casa da sola a quell'ora. C'è della brutta gente in giro.

Vergine
Regina della Temperanza

Un grido squarciò la quiete della mattina negli alloggi per (quasi) soli ufficiali di Coteau-de-Genêt. Emily Lancaster si destò di soprassalto, liberando in fretta la mente dalle ragnatele della notte.

«*Emilyyy*! Emily *unnie*! È ora di svegliarsiii! Fuori c'è un sole che spacca le pietre! Alzati e vieni fuori a vedere che bel cielo sereno! Un po' di aria fresca ti farà bene, ultimamente hai un colorito smorto che non mi fa sentire per niente tranquilla!» strillò la Madre Reverenda picchierellando a ripetizione sulla porta chiusa coi palmi delle mani.

«Questo posto è l'inferno» mormorò la bionda contorcendosi nel letto. Tirò le coperte fin sopra il viso e ci si nascose sotto.

Dopo qualche secondo di silenzio, Chae-yeon si mise a cantare a squarciagola una canzone in coreano che Emily non conosceva, ma di cui paradossalmente capiva alla perfezione il testo grazie alla padronanza della lingua universale. Giudicò quel fatto surreale, anche se aveva un inappuntabile senso logico.

«Gesù santissimo, è quasi peggio della mia sveglia sul cellulare. E poi perché è così intonata? Anche il timbro di voce non è male» valutò a bassa voce, rimanendo nascosta sotto le lenzuola.

«*Saranghae neol i neukkim idaero; geuryeo watteon hemaeime kkeut; i sesang sogeseo banbokdweneun, seulpeum ijen annyeong*[1]! Guarda che se non ti alzi subito finisce che canto tutta *Into the New World* delle SNSD, e a seguire anche *Me Gustas Tu* delle GFriend, e guarda che quella è uno dei miei cavalli di battaglia, perché i *cute concept* sono sempre stati il mio forte fin dai tempi di–» Chae-yeon s'interruppe di colpo. «Le vuoi sentire?»

«Ma no, neanche morta!» sbraitò Emily liberando il viso dalle coperte.

«Allora alzati e andiamo insieme all'Oliveto, da brave lavoratrici mattiniere! *Il-eona*!» ordinò la Madre Reverenda con voce soave ma in tono perentorio.

Emily rispose smorzando il deflagrare di una pernacchia sotto il morbido cuscino. «Posso anche andarci, tanto quella non mi lascerà mai dormire in

---

[1] Trad. dal coreano: "Ti amo, proprio così; il mio lungo vagare è finito; dico addio alla tristezza infinita di questo mondo!"

pace» bisbigliò, parlando a se stessa. Si alzò a sedere e gridò a pieni polmoni: «Scendo tra cinque minuti! Ma per l'amor di Dio, smetti di cantare!»

«Ti aspetto giù, allora!»

Prima di andarsene, Chae-yeon strisciò le sue lunghissime unghie colorate sul legno della porta, grattando come se si fosse trasformata in una qualche specie di felino, infine finse anche di ruggire, ma fu più un verso a metà tra il ruggito di una pantera e il miagolio di una gattina appena nata.

«Ugh» commentò stomacata Emily, stropicciandosi gli occhi. «Sul serio ai maschi piacciono questi comportamenti infantili? A me sembra più che altro una disagiata con dei seri problemi di sviluppo.»

Sospirò e si alzò in piedi, sbadigliando a ripetizione mentre stiracchiava le membra intorpidite. «E poi perché quella psicopatica insiste a chiamarmi "*unnie*"? Non sono mica sua sorella maggiore.»

"Forse non comprendi le usanze coreane, tesoro."

Mamma, tappati quel merdaio che hai al posto della bocca. E non provare a farmi credere che tu "comprendi" qualcosa di diverso da come spillare la maggior quantità di soldi possibile a mio padre.

Emily impiegò ben più di cinque minuti a prepararsi, soprattutto perché, perfettamente ripiegata su una sedia, la aspettava una nuova camiciola bianca dallo stile più casual del normale, realizzata con tanto impegno e notevoli sforzi notturni sulla sua Tempra Mentale. Dovette provarla più volte davanti allo specchio prima di ritenersi soddisfatta della sua creazione, ma alla fine decretò che era un successo. Non sapeva se al Tempio fosse invalsa la consuetudine di ringraziare il Tessitore che fabbricava i vestiti, né in che modo andasse eventualmente fatto, per cui guardò verso l'alto e accennò un piccolo inchino, il che era un grado di ossequio quasi inaudito per gli standard Lancaster.

Quando finalmente uscì dalla residenza era passato così tanto tempo che dovette scendere fino alla pianura ai piedi di Coteau-de-Genêt per trovare la Madre Reverenda. La scovò in mezzo a un campo ancora non del tutto zappato, ma doveva essere successo qualcosa di strano, perché in giro si notava più movimento del solito. Emily sbuffò. Non le andava a genio di calpestare il campo di terra dissodata e sporcarsi gli stivali, ma era troppo curiosa di scoprire cosa fosse accaduto per rinunciare.

Giunta al centro del campo scoprì che qualcuno si era ferito. Un ragazzo della Vergine che lei non aveva mai incontrato si era tagliato tre dita di una mano, irrigando così il terreno circostante di liquido azzurro. A Emily il sangue di quel colore faceva meno ribrezzo di quello normale, per cui si avvicinò di più per osservare. Erano arrivati alcuni Cavalieri Professi dell'Ordine Ospedaliero del Cancro sui loro cavalli alati e stavano caricando il poveretto della Vergine su una barella di legno dopo avergli fasciato la mano. Lo legarono stretto al ripiano mentre lui, nel frattempo, ingollava litri di Nettare della Sorgente da un otre che uno dei medici gli stava porgendo.

I Cavalieri Professi dibatterono brevemente tra di loro e poi discussero con alcuni braccianti della Vergine, anche se c'è da dire che quelli mettevano il becco in ogni questione, perfino la più microscopica. Alla fine i Cavalieri assicurarono la barella a un Pegaso e spiccarono il volo tutti insieme, sparendo nel cielo ceruleo insieme al ragazzo ferito.

Chae-yeon era in piedi accanto a un uomo pingue dai folti baffi neri ed era in lacrime. Quando Emily si avvicinò a lei, la leader la accolse con lo sguardo ma seguitò ad affliggersi per il malcapitato che era stato portato all'ospedale. Quel giorno la Madre Reverenda metteva in mostra lunghi capelli scuri e occhi castani. Aveva un aspetto maturo e seducente.

«Io gli ho detto: "Stai attento, o ti farai male", "Stai attento", gli ho tanto detto. Lui mi ha risposto: "Sì, sì", ma ho capito che non mi ascoltava davvero, così gli ho ripetuto: "Se metti la mano in quel modo e lo afferri così ti taglierai, ti farai male". Lui mi ha risposto: "Sì, sì, ho capito", ma poi ha fatto proprio come avevo previsto e si è ferito! *Jinjja, ottokaji*[1]?» piagnucolò Chae-yeon mentre si asciugava le lacrime azzurre dalle guance.

«Non è niente, avanti» la rincuorò l'uomo coi baffi, che vestiva dei pantaloni marrone con buffe bretelle. «Quello è sempre stato un po' tonto.»

«Non importa se è tonto» ribatté la Madre Reverenda. Abbassò lo sguardo fino a fissare con occhi spenti una anonima zolla di terra davanti ai suoi piedi.

Emily inarcò un sopracciglio e batté più volte le palpebre dallo sconcerto. Quelle esibizioni di eccessiva compassione da parte di Chae-yeon continuavano a sorprenderla, anche se ormai avrebbe dovuto cominciare a farci il callo. Era evidente che la leader dimostrava di tenere molto ai suoi compatrioti della Vergine, sia che fossero Guerrieri sia che fossero Intoccabili, ma quanto quello fosse un comportamento genuino era ancora tutto da appurare. In ogni caso, Chae-yeon pareva anche non aver timore di farsi vedere piangere dopo ogni piccolo incidente o traversia, ed Emily si domandò se davvero non capisse che quelle erano munizioni troppo succulente per una bulletta esperta come lei.

L'uomo coi baffi si allontanò per discutere con altri lavoratori che si accusavano a vicenda di negligenza e le due ragazze rimasero da sole.

«Dove lo stanno portando?» domandò Emily, trattenendosi dal prendere in giro la leader per aver pianto.

Chae-yeon alzò lo sguardo. «All'ospedale di Gulguta» rispose in maniera distratta. «O forse a Castrum Coeli, dove portano di solito i feriti sul campo. Non lo so.»

«Okay, ottimo. Quindi oggi si fa festa perché quel poveretto si è fatto tanto male, giusto?»

«No, affatto» la contraddisse Chae-yeon con rifiorita serietà. «Siamo attese all'Oliveto, anche se...» Si passò la lingua sulle labbra color pesca e asciugò l'ultimo rivoletto azzurro che aveva sulla guancia. «*Unnie*, ascolta. Dobbiamo parlare.»

Emily intuì in un amen cosa aveva intenzione di comunicarle, dal momento che l'aveva spiata nel Piano Astrale mentre dialogava con quello strano tizio australiano, ma finse comunque di non sapere nulla. «Oh cielo, che tono grave.

---

[1] Trad. "Sul serio, cosa faccio?" in coreano informale.

Cos'ho fatto di male, mamma? Sono in punizione?»

«Non essere sciocca. Posso parlarti a viso aperto, *unnie*?»

«Se proprio devi, *"unnie"*.»

Chae-yeon parve quasi offesa dal grave errore di formalità che la novizia aveva appena commesso nel chiamarla *unnie*, ma si avvicinò comunque a lei con fare cortese e le parlò in tono accomodante. «Emily, come ormai avrai saputo, il giorno del Rito il tuo Zenith non è apparso. Alla Ceremonia delle Armi la tua intuizione non ha funzionato, per cui non hai potuto scegliere uno Shintai. Questo è un momento un po' delicato per il Tempio e serve il contributo di tutti i Guerrieri che abbiamo a disposizione, ma con te ritengo di dover fare un'eccezione, o non potrei sentirmi in pace con me stessa. Non voglio commettere altri errori, non voglio più vedere nessuno farsi male quando è possibile evitarlo. Gli altri nuovi arrivati, Vicente e Angelina, sono già stati inviati a Henwood Cross per addestrarsi. Quindi te lo domando ufficialmente: desideri che qualcuno ti insegni comunque a combattere in previsione di quando magari troverai lo Shintai adatto a te?»

«Ma no, è *ovvio* che non lo desidero» replicò Emily seccata, come fosse scontato.

«Lo immaginavo.» Chae-yeon parve lieta di aver ricevuto quella risposta, quasi sollevata. «Nel tuo caso allora faremo un'eccezione alla regola e rimarrai qui con gli Intoccabili a raccogliere Drupe, che ne dici? Per un po' ci sarò anch'io, anche se immagino che questo ti infastidisca, più che allietarti.»

«Sì, più o meno è così. Ma suppongo sia comunque meglio che andare oltre il Muro a farmi mangiare dai Vuoti.»

«Ottimo. Andiamo all'Oliveto, allora. Ti va?»

Emily assentì a malincuore. «Tu comunque sei proprio una leader fannullona. Non dai nemmeno il buon esempio andando a uccidere i mostracci cattivi.»

«Ci vado eccome, quando serve. Ma ora è periodo di Bassa Marea e ti conviene ringraziare che sia così, *unnie*. Su, in marcia!»

Durante il tragitto verso l'Oliveto, Chae-yeon parve superare la tristezza generata dall'incidente e riacquistò a poco a poco tutta la sua abituale vivacità.

I prati e le foreste si avvicendarono attorno alle ragazze con la solita, sonnacchiosa regolarità. Da un boschetto a est della strada Emily vide sbucare una frotta di uomini della Bilancia – come sempre vestiti da taglialegna – che trasportavano sulle spalle tronchi e assi legate tra loro con delle corde, dirigendosi a passo cadenzato verso Coteau-de-Genêt. Evidentemente dentro quella foresta doveva esserci una delle misteriose "scorciatoie" per la loro contrada. Sam, in precedenza, le aveva spiegato che il settore della Bilancia disponeva del miglior legno di tutto il Tempio; un legno speciale, talmente resistente da reggere quasi qualsiasi urto e sopportare le intemperie più dure. I lavoratori della Bilancia lo tagliavano e lo distribuivano di continuo nelle contrade degli altri segni, perché ciò che amavano fare più d'ogni altra cosa era abbattere alberi e intagliarne il legno in svariati modi. Le querce giganti del loro territorio ricrescevano dopo poche settimane, alte come prima, e il ciclo ricominciava. Quando lo aveva saputo, Emily era stata felice di non essere stata assegnata alla Bilancia, perché di certo quello stile di vita era ancora meno adatto a lei, anche se ignorava che le donne di quella Casa facevano tutt'altro.

Sentendosi d'umore quanto mai uggioso, la popstar decise di riattaccare bottone con la sua nemesi dai dolci occhi a mandorla, che in quel momento camminava per caso al suo fianco. «Certo che tu piangi davvero per qualsiasi cosa. Come fai a essere una leader? Piangi anche quando uccidi un Vuoto?»

La Madre Reverenda la guardò in tralice. «Non sei divertente, *unnie*. Quel poveretto si è tagliato tre dita, per forza ci sono rimasta male. Come avrei dovuto rimanerci, secondo te? Guarda che non gli ricresceranno mica.»

«Allora, chi è Ji-soo?» domandò Emily a bruciapelo, cambiando argomento per cercare di prenderla in contropiede. «Tua sorella?»

Gli occhi di Chae-yeon ebbero un guizzo. Un fugace balenio s'accese nelle sue iridi. Si scompigliò la frangia – che quel giorno le scendeva sulla fronte – e se la risistemò quattro volte, poi tirò su col naso, anche se non le gocciolava. «Non in senso letterale» rispose alla fine con voce atona.

Wow, questa Ji-soo è davvero il suo punto debole. Basta solo nominarla per farla imbruttire, pensò Emily. *Così è troppo facile.*

«Cosa intendi? Era la tua ragazza?» azzardò.

Chae-yeon si voltò di scatto e la incenerì con lo sguardo.

«Va bene, va bene. Mi perdoni tanto se ho osato insinuarlo, Sua Celestiale Santità» concluse la bionda in un finto tono ossequioso. Da Chae-yeon non sarebbe riuscita a carpire alcuna informazione su quella ragazza, ormai era chiaro.

Una volta giunta all'Oliveto, Emily si era fatta forza e si era decisa a mettersi a lavorare sul serio. Proprio in quel momento, però, uno spilungone dai capelli mori sbucò da un cespuglio e si precipitò a inginocchiarsi davanti alla Madre Reverenda, cogliendola di sorpresa. La Forma dell'Anima del ragazzo dimostrava una ventina d'anni. Tutto trafelato, estrasse dalle braghe da contadino un anello d'oro raccattato in chissà quale settore e chiese a Chae-yeon di sposarlo, adducendo a tal proposito una nutrita serie di motivazioni senz'altro sensate e razionali. Lei diede l'impressione di ascoltarlo con interesse, ma alla fine si vide costretta a rifiutare la proposta di matrimonio con sofferta gentilezza.

Chae-yeon stava ancora illustrando allo spasimante le ragioni per cui non poteva accettare, in maniera delicata, in modo da non spezzargli il cuore, quando due uomini dall'aspetto più maturo apparvero dal nulla e corsero a salvarla. Agguantarono quel temerario che si era dichiarato e lo trascinarono via a calci e spintoni, minacciando di malmenarlo se non avesse lasciato immediatamente in pace la bella Madre Reverenda. Lei però redarguì i suoi salvatori, assicurando loro che la confessione non le aveva dato alcun fastidio, e si incupì enormemente quando vide che quei due volevano picchiarlo. Alla fine fu lei a salvare lui.

Una volta spedito a casa il primo pretendente, uno degli uomini arrivati a soccorrere Chae-yeon si fece avanti a sua volta, dichiarando che non aveva un anello da presentarle, ma la sua proposta di matrimonio era da considerarsi valida tanto quanto la precedente e ne aveva appena dato prova con il suo essere integerrimo. Al secondo salvatore questo sboccio d'audacia non piacque proprio per nulla e i due finirono per prendersi a pugni sotto gli occhi angosciati della leader, che fu costretta a immolarsi per dividerli.

Gli uomini della Vergine sono davvero dei minorati mentali, pensò Emily. *Fanno a botte per proporsi in matrimonio a una sciacquetta piagnucolona del genere. Ma dove cazzo siamo, al circo?*

Una volta liquidati con un garbo quasi prodigioso anche il secondo e il terzo pretendente, Chae-yeon tornò da Emily con un'espressione contrita. Alzò le spalle e fece una smorfietta, come per dire: "Purtroppo ho dovuto farlo".

L'irritazione di Emily lievitò. «Per oggi le dichiarazioni d'amore sono concluse o prevedi ce ne saranno altre? Se è così dimmelo, che mi tolgo di torno. Mi fanno venire il vomito.»

«Perché parli in questa maniera? Io credo che i loro sentimenti siano sinceri. E considero una discreta prova di coraggio dichiararsi davanti a tutti in quel modo.»

Emily roteò gli occhi. «Se la consideri una "prova di coraggio" allora ti stai dando della stronza da sola per non aver accettato. Non hai considerazione per i sentimenti amorosi dei tuoi devoti Discepoli?»

Chae-yeon incrociò le braccia. «Non ho accettato proprio perché non sarebbe giusto nei loro confronti. Non provo quello che loro provano per me, anche se la cosa mi rammarica.»

«Cristo, quanto sei finta. Non hai accettato perché quei due avevano un aspetto mediocre e non erano Guerrieri di alto rango; almeno sii onesta e ammettilo. Chi mai potrebbe essere interessato a degli sfigati del genere?»

«Io non ragiono in maniera così superficiale» rispose l'altra con la fermezza con la quale si esprimeva quando dibatteva certi argomenti. «È un modo ingiusto di vedere le cose.»

Alla bionda ribollì il sangue nelle vene.

Ma certo, lei non è "superficiale" come lo sono io.

Dio, quanto è falsa. Perché non getta la maschera una volta per tutte?

«Ora che ti guardo meglio...» Emily la esaminò, soffermando lo sguardo sul suo petto. «Ti sei rifatta le tette?»

Chae-yeon arrossì d'azzurro e si coprì istintivamente con le braccia, anche se il top bianco che indossava quel giorno, seppure fosse aderente e mettesse in risalto il seno prorompente, non era scollato. «M-ma che dici?! Non mi sono rifatta nulla.»

«Hai detto che con la Tempra Mentale si può migliorare tutto ciò che si vuole.»

«Non è affatto così. Ti ho spiegato che ognuno di noi si mostra agli altri con l'aspetto che preferisce per se stesso, ma ci sono dei limiti. Si chiama Forma dell'Ani–»

«Bla bla, Forma dell'Anima, bla. Però tu cambi di continuo il trucco, i capelli e i vestiti grazie al tuo stupido Dono. Secondo me già che c'eri ti sei aggiunta anche una taglia o due, di' la verità.»

«Invece non è così. È vero, il Dono mi consente di alterare spesso il mio aspetto e senza sforzare la Tempra Mentale, ma su... *certe parti del corpo* non faccio mai modifiche.»

Emily socchiuse le palpebre. «Senti, io ci vedo benissimo. Hai fatto male oggi a metterti addosso quel top così attillato, hai reso il tutto troppo evidente. Se non ti sei ritoccata stanotte allora ti eri rifatta il seno in vita.»

«Sbagliato. Queste vengono da mia mamma, Ji-sun» si giustificò Chae-yeon avvampando di nuovo per l'imbarazzo.

«Certo, come no.» Emily sbuffò e si diede una pacca sulla fronte con una mano. «Ma perché non ci ho pensato anch'io? Dio sa quanto mi farebbero comodo un paio di taglie in più.» Alzò lo sguardo verso il cielo e si mise a invocare: «O Sacro Tessitore, udisci le mie preghiere! No, aspetta: si dice udisci o odi?»

«*Unnie*, smettila, ti prego. Ci stanno guardando tutti» implorò sgomenta la coreana. «E poi il Tessitore ascolta i tuoi desideri di notte, non di giorno.»

«Va bene, diciamo "ascolta". Ascolta le mie preghiere! Concedimi una quarta, così come l'hai donata alla tua santa servitrice, la Madre Reverenda! Porti una quarta, vero, tesoro? Forse è quello il limite. Se esigessi una quinta sarebbe offensivo e il Tessitore mi scaglierebbe addosso un fulmine per la mia insolenza.»

L'apparentemente inesauribile pazienza di Chae-yeon mostrò i primi segni di cedimento. «Emily, se proprio oggi non hai voglia di lavorare, allora riposati. Ma ti prego di non infastidire gli altri con questi sfoghi da persona immatura. Stai turbando la quiete dell'Oliveto e questo non posso permetterlo. Si può sapere cosa ti innervosisce tanto?»

«Il fatto che hai due meloni in mezzo al petto» argomentò Emily con aria di sfida. «Mi daresti il numero del tuo chirurgo plastico? Devo ammettere che sono venute davvero da Dio.»

«Ma non sono poi così grandi» giurò la Madre Reverenda, lanciando comunque un'occhiatina verso il basso.

«Se c'è una cosa che so per certo della Corea è che fate ricorso alla chirurgia plastica con la stessa disinvoltura con la quale ordinate una pizza da Papa John's.»

«Adesso non esageriamo. Se proprio ci tieni a saperlo, in vita mi ero rifatta solo il naso, le labbra e la mascella.»

«Ah ah, "solo"? Wow, tesoro, non conosci davvero cosa sia la vergogna. Ora capisco da dove viene quel bel viso così perfettino. Se non altro non hai esagerato col bisturi ed è venuto fuori grazioso, te ne do atto. Guarda me, invece. Osserva questa splendida faccia. Cento per cento Emily Lancaster!» proclamò – ma sarebbe più corretto dire "mentì" – la bionda buttandosi i capelli di lato.

I due uomini che in precedenza avevano "salvato" Chae-yeon dal pretendente erano andati a sedersi all'ombra di un olivo non troppo distante, dunque si trovarono loro malgrado costretti ad assistere al brutale scambio di battute tra le due ragazze.

«Devo ammettere che da quando quella Emily è arrivata tra noi il tenore delle conversazioni è degenerato parecchio» sostenne uno di loro.

«Hai proprio ragione» confermò l'altro.

«Una volta si discorreva delle nostre stupende colline fiorite, dell'Oliveto, delle esplorazioni dei marinai del Sagittario nelle Terre Esterne. Ora, invece...»

«Hai proprio ragione.»

«Comunque secondo me Emily è bellina. È un peccato che sia così–»

Un demone dai capelli dorati si fiondò verso di loro saettando tra gli olivi. Le fronde più basse si agitarono e frusciarono al suo passaggio, mosse dall'energia cosmica che pareva circondarla.

«Sbaglio, o uno di voi due derelitti ha detto che sono "bellina"? L'ho sentito distintamente: "Emily" e "bellina" erano nella stessa frase. Non possono esserci dubbi questa volta: mi trovate attraente.» La popstar aveva delle braci ardenti al posto degli occhi. «Non potreste almeno fare un *upgrade* all'aggettivo? Bellina a me pare un tantino riduttivo. Mi avete vista bene? Date pure un altro sguardo, se volete.»

I due si scrutarono terrorizzati e se la diedero a gambe dopo aver accampato deboli pretesti, sostenendo di avere dell'importantissimo lavoro da fare altrove che non potevano assolutamente procrastinare, o sarebbe venuta meno l'intera tenuta del Tempio. Uno di loro inciampò in una radice e sbatté la faccia a terra, ma si rialzò in men che non si dica e con lo sguardo si accertò che la popstar non lo stesse rincorrendo.

Emily sbuffò fiamme dalle narici, mentre la seconda voce si riattizzava ancora una volta dentro di lei, più incandescente che mai.

"Chae-yeon prima ti ha domandato perché oggi sei così nervosa. Credo che il problema nasca dal fatto che stai mentendo a te stessa ancora una volta. Se mi ci fai parlare glielo spiego io a quella povera ragazza coreana."

Mamma, sta' zitta.

"Chae-yeon è più bella di te."

Tappati quella fogna del cazzo! Non è affatto più bella di me.

"Ma questo è ciò che *tu* stai pensando. Io sono solo una voce dentro la tua testa."

NON È VERO. E comunque, se anche fosse così, chi se ne frega.

"A te frega. Questa cosa ti tormenta."

Spero che quella troietta muoia in un incidente stradale. O piuttosto che se la mangino i mostri.

"Come ho potuto dare alla luce una bambina cattiva come te? Quella povera ragazza non ti ha fatto niente di male e tu…"

«Sam! Sam, vieni *subito* qui!» tuonò Emily dopo aver intravisto il nativo americano che osservava contrariato la scena appollaiato tra i rami di un alto olivo.

Lui discese in modo solerte, lasciandosi cadere giù come se niente fosse, ma il suo viso era scuro e corrucciato. «Emily, non credi di aver già portato abbastanza scompiglio, per oggi? Ti avverto che non ho alcuna intenzione di sostenere le tue fatue accuse contro la Madre Reverenda.»

«Sam, tu sei un uomo. Ti piacciono le donne?» lo interpellò a tradimento Emily, scrollando via la molesta voce di sua madre dal cervello.

Lui per un attimo rimase disorientato dalla domanda, ma non si scompose.

«Sì, mi piacciono» rispose poi con voce posata.

«E allora spiegami: perché nessuno qui si prostra ai miei piedi come fanno con quella là? Da quando sono qui, solo i Sagittari mi hanno lodata. Eppure sulla Terra avevo decine di milioni di fan. D'aspetto non sono niente male, non trovi?»

Sam si schiarì la voce e rimase per qualche momento in silenzio, sfregando un dito sul leggero accenno di barba scura che si era fatto crescere negli ultimi giorni sul mento. Prese in esame la domanda cretina di Emily come se fosse una questione che imponeva una certa serietà e non il capriccio di una celebrità viziata. «Suppongo sia per via del tuo carattere» dichiarò alla fine, non senza il necessario tatto. «Sei una bella ragazza, è innegabile, ma sei anche troppo... *aggressiva*, potremmo dire.»

«Embè? Ero uguale anche sulla Terra e lì funzionava a meraviglia. Cosa cazzo è successo all'ideale di "donna forte e indipendente che mette gli uomini al loro posto"?»

Sam sospirò. «Non pretendo di conoscere alla perfezione l'argomento, dal momento che abbandonai le mie spoglie mortali molto tempo prima di te, ma considerando ciò che mi hanno raccontato del futuro, suppongo che quelli che chiamavate *social network* avvantaggiassero certe personalità dai tratti prepotenti e arroganti, ma nella vita reale non abbiano altrettanto successo.»

«Ah, e questa secondo te sarebbe la "vita reale"? Ma se siamo *morti*.»

«Un fatto di certo inconfutabile. Ma personalmente mi sento più in vita qui al Tempio che sulla Terra, e credo che molti altri concorderebbero con me.»

«Andatevene affanculo sia tu che questi altri, allora. Sveglia, Sam, questa non è vita! Questo non è un cazzo!» strepitò Emily che ormai si era procurata da sola un travaso di bile.

"Tesoro della mamma, hai finito di sfogarti? Ormai hai rovinato la giornata a tutti. Ascoltami, una volta tanto. È evidente perché odi quella ragazza. Per una volta non sei la più bella della compagnia e ti rode non avere uno Shintai e uno Zenith, mentre Chae-yeon è addirittura la leader della vostra Casa."

Non dire cazzate. Cosa credi che me ne fotta di quello?

"Te ne importa eccome."

Secondo te desidero andare a combattere dei mostri schifosi? Mamma, sei persino più stupida in forma di vocina di quanto lo eri in carne e ossa.

Arginati per il momento i desideri di ribellione, Emily si mise ad aiutare Sam, Chae-yeon e le altre Intoccabili senza grande energia. Trovava che raccogliere Drupe fosse un compito noiosissimo, anche se bisognava prestare notevole attenzione nello svolgerlo, e proprio non si spiegava come le altre donne potessero considerarlo appagante. Forse combattere i Vuoti era *quasi* un'alternativa allettante, al confronto.

La Madre Reverenda, che aveva già perdonato le esternazioni volgari di Emily senza conservarle il minimo rancore, scese da un olivo con in mano una Drupa. Era nera come la pece, essendo del Capricorno. Con grande delicatezza la fece scivolare nell'anfora che Emily stava reggendo, quindi la prese in consegna e si diresse verso uno dei carretti per depositarla.

La popstar, colta da una noia immane, abbandonò qualsiasi parvenza di discrezione e chiese alla leader: «Sei mai stata a letto con un uomo?»

Per poco Chae-yeon non lasciò cadere l'anfora. «Shh! *Unnie, abbassa la voce!* Ti ho già detto che non mi piace parlare di certe cose.»

Emily non si sentiva in vena di concedere clemenza. «La mia è una domanda che prevede solo due possibili risposte: sì o no.»

«Se anche fossi ancora vergine, che male ci sarebbe?» rispose la Madre Reverenda evitando con cura lo sguardo inquisitorio dell'altra.

Emily soppresse a stento una risata grugnendo come un maialino, ma ebbe almeno la decenza di coprirsi la bocca con una mano. «Gesù santissimo, questa non prova nemmeno a mentire. Una vera vergine in tutto e per tutto.»

Chae-yeon le regalò un sorriso al fiele. «*Unnie*, tu racconti sempre che avevi questo e quel fidanzato, ma se non sbaglio tutte le volte li hai mollati dopo poco. Sei mai arrivata fino in fondo con loro?»

«Come puoi anche solo *insinuare* una cosa simile? Che idea demenziale! Io vergine? Ah ah! Dalle orecchie, forse, e non sono del tutto sicura nemmeno di quello!» proclamò teatralmente Emily ad altissima voce, in modo che la udissero tutte le lavoratrici e i lavoratori dell'Oliveto.

Chae-yeon roteò i nuovi occhi castani. «Contenta tu.»

«Certo che ne sono contenta. Dovrei preferire essere una verginella come te? Che poi, quanti anni hai? Cioè, quanti ne avevi in vita quando hai tirato le cuoia? Perché, sai, tu insisti a chiamarmi "sorella maggiore" per qualche cavolo di motivo, ma in questa forma a occhio ne dimostri almeno venticinque, il che significa che almeno fin lì ci sei arrivata. Essere vergini a quella età e col tuo aspetto fisico, che non nego essere perlomeno decente...» Emily finse di compatirla con una ridicola voce accorata: «Tesoro, devi avere davvero qualche grave scompenso emotivo o delle turbe psichiche nascoste che fanno scappare i ragazzi a gambe levate una volta che ti conoscono meglio. Non sai quanto mi dispiace, dico davvero, mi piange il cuore a sapere che non hai mai provato l'incredibile e inebriante sensazione di essere penetrata in ogni orifizio da un grosso e duro fallo. Comunque, quando stavo con quel gran fico di Dylan Marble, anche se l'ho mollato dopo solo un mese perché ce l'aveva piccolo – no, sul serio, puoi avere anche tutti quei milioni sul conto corrente, ma se hai un uccello di quattro pollici c'è un limite anche–»

«Emily-*sshi*[1], sali su un olivo e raccogli una cazzo di Drupa!»

«Accipicchia! Pensavo che voi coreani non vi lasciaste mai andare alle volgarità» commentò Emily grondando sarcasmo. «Com'è che hai detto? "Le parolacce non fanno parte del nostro vocabolario quotidiano."»

«Non stiamo parlando coreano.»

Visto? Regina della Temperanza una fava, sta cedendo!, gongolò Emily. *Finalmente gli altri se ne renderanno conto e smetteranno di venerarla come dei deficienti.*

Anziché battere saggiamente in ritirata, la popstar rincarò la dose. «Quanto

---

[1] Trad. "Signorina Emily", in coreano formale.

sei alta, tesoruccio? Poverina, ci arrivi almeno a cinque piedi e quattro?»

«Sono alta esattamente un metro e sessantuno centimetri» dichiarò con fierezza Chae-yeon, ma subito dopo abbassò lo sguardo, colta in flagrante. «Ecco... arrotondando di qualche millimetro.»

«Un metro e sessantuno centimetri? E quanto cazzo sarebbe usando un'unità di misura comprensibile agli umani? Parla americano, razza di sottosviluppata.»

«Non le conosco le vostre unità di misura.»

«Ah ah ah!» La studiatissima risata di Emily serpeggiò tra gli olivi. Ormai tutti i presenti avevano interrotto il lavoro per guardarle. «Hai fatto davvero le scuole per bimbe speciali, eh?»

«Senti, *unnie*, a scuola non sono mai andata granché bene. Frequentavo la Hanlim Multi Art School, uno dei licei artistici di Seoul, ma ero spesso assente, e anche quando c'ero... dormivo» rammentò Chae-yeon con imbarazzo. «Ma non è proprio tutta colpa mia. Ero costretta a dormire di mattina perché di notte spesso dovevo, ehm...»

«Spompinare ottantenni a lato della tangenziale?»

«Nooo! *Unnie*, ma cosa dici? E comunque, ha parlato quella alta. Sei persino più bassa di me.» La coreana aveva finalmente sfoderato un po' di grinta.

Emily si rese conto con sconcerto che aveva ragione. Fissandola dritta negli occhi, rilevò che Chae-yeon era appena più alta di lei. Questa constatazione le fece saltare in aria il morale col tritolo.

«S-sono le scarpe! Tu hai i tacchi!»

«Ma quali tacchi, ho addosso i miei stivali preferiti. Ti pare che vengo a lavorare coi tacchi?»

«Ne saresti capacissima, pur di far sbavare ancor di più quei dementi.»

«Non è vero. Guarda.» Chae-yeon sollevò la gonna, lasciando che Emily le ispezionasse le calzature. In effetti stava indossando dei normalissimi stivali di cuoio marrone, senza alcuna zeppa o tacco.

«Te li sei modificati in questo preciso momento, ammettilo. Ho sentito un rumore tipo *swoosh* molto sospetto» azzardò Emily. «Hai corrotto un Tessitore per cambiarti d'aspetto anche da sveglia, non è così? E chissà in quale modo riprovevole lo hai fatto, visto che quelli manco sono coscienti.»

«Ti assicuro che non è così.»

«Sai invece cosa ti assicuro io? "Madre Reverenda" un cazzo. Tu sei uguale a me. L'unica cosa che ti interessa davvero è truccarti, cambiarti i vestiti e far sbavare i ragazzi, anche se ti atteggi come se fossi una sorta di essere divino che ha premure per tutti quanti e si dispera quando qualcuno si fa la bua. Il Nobile Ottuplice Pensiero, gli insegnamenti del Buddha, la Temperanza... ma va' a cagare!»

«Guarda che si può essere temperanti e di buon cuore anche avendo un lato narcisista. Le cose non si escludono a vicenda.»

«Che cazzata! E il vostro "vivere con frugalità" dove lo metti?»

Chae-yeon non aveva ancora perso del tutto la calma, per quanto incredibile potesse sembrare. «Smettila di dire parolacce in ogni frase, sei infantile.»

«Farmi dare dell'infantile da te... questo è veramente il colmo. Una donna ormai anziana che a ogni occasione piagnucola come un'ottenne. Perché non completi il pensiero, tesoro? Non intendevi forse dire che noi *ragazze occidentali* siamo infantili, perché siamo più spontanee di voi asiatiche e diciamo parolacce quando ci capita, anziché essere delle puttanelle represse che succh−»

«Vedi laggiù, il confine? Se non la finisci subito ti spedisco allo Scorpione con un calcio» la minacciò Chae-yeon. Si accarezzò una guancia mentre guardava l'orizzonte, come se ricordasse qualcosa di piacevole. «Chissà, magari batterò il mio record personale. L'ultimo Vergine impertinente lo scaraventai con un manrovescio appena prima del confine. E lui era molto più cortese di te.»

Diverse persone scoppiarono a ridere e la tensione si spezzò.

Per una volta Emily ebbe il buonsenso di tenere a freno la lingua e si rimise a lavorare senza fiatare. Con tutta probabilità Chae-yeon stava scherzando, ma con la forza che aveva non era da escludersi che parlasse in senso letterale.

La cosa, però, non le era andata affatto giù. Continuò a rimuginarci sopra per un bel pezzo, mentre raccoglieva le Drupe.

Dopo aver nettamente perso la battaglia verbale quella stronza minaccia di picchiarmi per costringermi a lavorare. Questo è bullismo, quello vero!

Solo che qui chi mai potrebbe aiutarmi? Non c'è un corpo di polizia da qualche parte?

Qualche decina di minuti più tardi, Chae-yeon tornò da Emily e le si avvicinò con cautela da dietro. Le accarezzò timidamente la schiena per confortarla e disse: «Vorrei scusarmi per quello che ho detto prima. Stavo scherzando, *unnie*, non ti picchierei mai. Ho detto così solo per farci smettere di litigare, ma me ne sono già pentita. Mi perdoni?»

Emily annuì e non disse una parola. Dopo poco, Chae-yeon si allontanò e saltò più lesta che mai sulla cima dell'olivo accanto a loro.

Dunque ho fallito ancora una volta. Non riesco a farla cedere. E anche quando credo che stia per farlo, gli altri ridono di me, mai di lei.

E poi in fondo a cosa servirebbe?

Qui non ho nessun futuro. Nessun progetto. Nessun obiettivo.

«Magari su quel cavolo di Muro ci salgo e mi butto di sotto» bisbigliò guardando verso nord. I campi erano illuminati dal fulgido sole del pomeriggio, ma la muraglia era troppo lontana dall'Oliveto per essere vista senza cannocchiale.

Chae-yeon spiccò un balzo dalla cima dell'olivo sul quale si era fermata e raggiunse Emily quasi volando tra le fronde. La ghermì per le spalle e la strinse con la stessa forza che aveva esercitato il giorno della Ceremonia, facendole battere la schiena contro il tronco dell'albero vicino.

«*Unnie*, no! No! Non azzardarti neanche a pensarlo!» gridò, gli occhi che saettavano verso quelli di lei cercando di scrutare nel suo animo.

«V-va bene, ho capito! Ma perché ti agiti così? Se mi facessi fuori da sola sarebbe un pensiero in meno per te, no?»

Emily si divincolò e fece per andarsene, ma Chae-yeon le afferrò il polso e la costrinse a girarsi per fissarla di nuovo negli occhi. «Non mi interessa avere un pensiero in meno. Sono la Madre Reverenda della Vergine, avere delle preoccupazioni è il mio compito. Cancella subito quei brutti pensieri dalla testa! Possiamo risolvere qualsiasi problema se ne parliamo. Stanotte vengo a trovarti nel Piano Astrale e chiacchieriamo un po', va bene, *unnie*? E prima magari ci beviamo un bel boccale di Nettare al ginepro al *Refettorio*, che ne dici?»

«Okay, va bene. Comunque dicevo solo per dire. Che cavolo ti è preso tutt'a un tratto?»

«Non esiste "solo per dire" quando si parla di certe cose.»

Qualche ora più tardi, al tramonto, quando ormai tutti i lavoratori si erano trasferiti nei campi a piantare le Drupe ed Emily era già tornata a Coteau-de-Genêt, Sam si avvicinò alla Madre Reverenda. Stava mettendo in ordine le anfore rimaste, preparandole per il giorno a venire.

«Hai chiamato Emily "unnie" svariate volte oggi, ti ho sentita» disse lui divertito, scuotendo la testa. «Sei proprio convinta di voler continuare a farlo?»

«Emily è più anziana di me» rispose Chae-yeon in tono asciutto, mentre raccoglieva da terra un'anfora non utilizzata e la appoggiava con delicatezza contro il tronco di un olivo. «Ha ventisei anni.»

«Certo, sulla Terra al momento della morte sarebbe stata più anziana. Ma tu da quanti decenni sei qui, ormai?»

«Emily ha ventisei anni, io venticinque» ribadì la leader. «Questo significa che è una mia *unnie* ed è giusto che mi rivolga a lei in maniera formale. Gli anni trascorsi al Tempio non contano.»

«L'età dell'anima non conta, ma quella del tuo corpo mortale sì? Vedo che anche tu fai della filosofia, quando l'argomento ti tocca» rilevò Sam con un sorriso. «Forse dovresti fare un salto nella contrada del Capricorno e discuterne con loro. Amano dibattere di certe questioni.»

«Non mi piace quel posto così cupo, mi mette paura. E comunque la mia non è filosofia. È la semplice realtà dei fatti.»

«Concedere a una giovincella appena arrivata l'appellativo onorifico di "unnie"...» Sam scosse di nuovo la testa. «Devo ammettere che i tuoi sforzi per entrare nelle sue grazie sono davvero encomiabili.»

«La cosa ti infastidisce, *oppa*[1]?» chiese Chae-yeon con espressione sardonica, regalandogli però un sorriso.

Sam rise. «Ormai quel termine me l'ero scordato, perché non mi chiami mai in quel modo. Dunque che ha Emily di speciale? Ti tratta sempre con cattiveria, proprio come ha fatto oggi. Davvero non lo capisco. Se mi fossi trovato al tuo posto, forse... forse le avrei tirato un ceffone. Poi mi sarei scusato, beninteso, ma in certi casi ci vuole.»

«È importante che la Vergine rimanga una Casa dove tutti vanno d'amore e d'accordo. La violenza qui deve rappresentare l'ultima risorsa» rispose lei con pacatezza. «Coloro che ci trattano peggio sono coloro che dobbiamo trattare con maggior riguardo.»

Sam raccolse una delle anfore e se la caricò in spalla. «E poi dici che non fai della filosofia.»

---

[1] Trad. "Fratellone" in coreano.

Gemelli
Una Dotta Conversazione

Nella redazione dell'*Almanacco di Mercurio* quel giorno regnava il caos più totale. I giornalisti – sempre che in tal modo li si potesse davvero definire – si erano fumati le ultime riserve di funghi rimaste e purtroppo proprio quel giorno si era recato da loro in visita il Presidente del Toro, Neal Bonham, con l'intenzione di lamentarsi della lentezza con cui i Gemelli ultimamente consegnavano carichi di stupefacenti nel suo settore.

A fianco dell'edificio della redazione, che era costruito in perfetto stile modernista, scorreva placido l'Andirivieni, il fiume tossico della città, le cui acque erano plumbee quanto i fumi che si elevavano nei cieli sopra Stormgard, poiché era composto dai liquidi di scarico prodotti dalle macchine che facevano funzionare la città. Il fiume non sfociava in un mare, né tantomeno veniva scaricato in un acquedotto per essere poi depurato, ma circolava all'infinito all'interno del proprio canale, percorrendo tutti i quartieri di Stormgard come in un circuito chiuso, dato che le macchine ne prelevavano costantemente i liquidi e li riutilizzavano per poi ributtarli di nuovo nel canale. Il tanfo che si respirava lungo gli argini ricordava olio per automobili bruciato, ma dopo un po' ci si faceva l'abitudine.

Neal Bonham e Milton Cooper si erano fermati a chiacchierare insieme ad altri uomini dei Gemelli appena fuori dalla redazione, sul ponte di granito che scavalcava l'Andirivieni in quel punto della città. Il ponte era adornato da piccole sculture di scimmie, in onore del gemellaggio stellare con il segno zodiacale cinese. In quel momento era ancora pomeriggio, ma per quanto ne sapessero gli abitanti avrebbe anche potuto essere già calata la sera, perché quel giorno i miasmi prodotti dalle macchine erano particolarmente densi e avevano formato tetre e grevi nubi che rimanevano immobili poco sopra le cupole a cipolla degli edifici più alti, in attesa di scatenare la solita tempesta di fulmini.

Neal, seduto sul largo parapetto del ponte con le gambe a penzoloni sul fiume, stava ciarlando con un Guerriero dei Gemelli, un ragazzo con la faccia da beota che indossava un completo di tweed a quadretti grigi e arancioni.

«A volte ci scordiamo di quello che la gente faceva per vivere» disse Neal, riprendendo il filo di un discorso che proseguiva ormai da mezz'ora. «Tipo, hai presente quelli delle autopsie? Le facevano tutti i giorni, da mattina a sera. Era il loro lavoro. Secondo te uno che quotidianamente apre a mezzo le persone con una sega e ne estrae gli organi potrà mai essere uno normale? No, fidati di me. Quelli erano tutti degli psicopatici figli di puttana, io lo so bene. Eppure alla gente non interessava. Credeva fosse un lavoro come un altro; anzi, addirittura un lavoro di spicco. Ma quelli sempre degli schizzati rimanevano. Nessuno apre le persone ogni giorno senza che la cosa gli lasci degli strascichi mentali di qualche tipo.»

«Ehh, ma fammi il piacere. Ora parli male anche dei medici? Ma se eri un dottore anche tu!» gli rinfacciò l'altro.

«Verissimo, ma questo c'entra come i cavoli a merenda. Io ero un diagnosta. Il miglior diagnosta della costa est, modestia a parte. Si ispirarono a me per creare il personaggio di Gregory House, nei primi anni duemila» confidò Neal con una discreta dose di malcelata superbia che splendeva nei suoi occhi blu. «L'unica differenza è che io sono molto più bello di lui.»

Il ragazzo gesticolò. «Ehh, ma non dire cazzate.»

«No, no, è vero» assicurò il Presidente. «Ero il numero uno dei diagnosti. Niente decessi sotto le cure del dottor Bonham, garantito al limone. Ah, se solo i miei colleghi fossero stati altrettanto capaci. Spero che abbiano svolto almeno un lavoro decente, dopo che mi hanno tolto di mezzo.»

«Sostieni che eri così bravo, eppure ti trovi qui a parlare con me. Cos'è, con tutti i pazienti che avevi ti sei dimenticato di curare te stesso?» lo pungolò l'altro.

«A te hanno piantato due pallottole nei polmoni? No? Allora le nostre morti non hanno proprio nulla in comune. Altrimenti sarei campato fino a cent'anni.» Neal scosse la testa e fece scorrere una mano tra i lisci capelli neri. «E ora portatemi i miei funghi!»

Milton Cooper trotterellò sul ponte guardandosi attorno circospetto e appoggiandosi al suo ombrello dall'impugnatura di topazio. «Senti, Neal, per i funghi c'è stato un piccolo contrattempo. Nulla di serio, ovviamente.»

«Di nuovo? Ma per la puttana, non possiamo programmare i nostri festival senza avere della roba da fumare, lo capite? Mi pare il minimo» brontolò Neal. «Ci state facendo fare la figura degli stronzi. Ho quasi centocinquanta Guerrieri a riposo a Bahia Rosa e hanno bisogno di ristoro, devono rimettersi in forze. Non posso tenerli rinchiusi tutto il giorno nel Piano Astrale di Vanessa a farglielo succhiare da qualche buona samaritana!»

«Lo so, lo so» convenne Milton, picchiando con la punta dell'ombrello sul pavimento lastricato. «Si è verificato un lieve intoppo nella nostra catena di montaggio, nulla di che. Irina, giù alla fabbrica, mi ha informato che non sono arrivati i carichi di materia prima che avrebbe dovuto ricevere. Quegli infingardi, quei fessacchiotti, quegli scalzacani bietoloni dei miei uomini si sono dimenticati di andare nelle caverne a raccoglierli, tutto qui. Ma riprenderemo le operazioni quanto prima. Nel frattempo fatevi qualche bel bagno nel vostro stupendo lago, santiddio!»

Neal mostrò un sorrisetto sghembo. «Tu non me la racconti giusta, vecchio mio. Prima sono entrato per cinque minuti alla redazione e per poco non collassavo a causa del fumo passivo. Voi ve li siete *fumati*, i carichi che mancano!»

«Feh! Già, eh... può anche darsi che sia successo qualcosa di simile» farfugliò il Direttore. «Ma quegli sciagurati verranno tutti puniti duramente, hai la mia parola. Difatti, ho intenzione di spedirli in missione speleologica oggi stesso. Entra con me alla redazione, se non credi alle mie parole.»

Il primo fulmine della giornata balenò sopra le loro teste e si abbatté contro uno dei parafulmini. Il fragore del tuono echeggiò a lungo tra i muri degli edifici della via, rimbombando come il ruggito di un una creatura primordiale.

«Ne faccio volentieri a meno» rispose laconico Neal. «Ma sul mettersi al riparo tra quattro solide mura concordo. Penso che andrò a farmi un drink, dal momento che ormai sono qua. In che direzione è quel pub con la barista dai capelli viola? Ho lasciato un conto aperto con lei, se così si può dire, ma non meno aperto delle sue gambe l'ultima volta che le ho viste.» Il Presidente del Toro fece una capriola all'indietro e volò in mezzo al ponte. Una volta in piedi, spianò con cura le pieghe che si erano formate sulla polo rosata e sfoderò un sorriso letale.

Dentro la sala riunioni senza finestre dell'*Almanacco di Mercurio* l'aria era quasi irrespirabile. Diversi redattori erano già collassati e se ne stavano spaparanzati sui divanetti accostati alle pareti o giacevano riversi sul pavimento, privi di conoscenza. Il mobilio era semplice e squadrato, in stile russo anni '50.

L, Janel, Oluwa-Seyi (un uomo del Congo che era lì ormai da diversi anni) ed Heikki (un giovane finlandese dalla pelle chiarissima) stavano discutendo a ruota libera ormai da diverse ore di argomenti frivoli, seduti al grande tavolo per le riunioni della redazione.

Il Direttore Milton entrò di soppiatto, nascondendosi tra le ombre gettate dalle plafoniere accese, e per un po' osservò i suoi giornalisti senza fiatare.

«Prendiamo i triangoli amorosi nella narrativa di finzione, ad esempio» esordì Heikki con fervore alzandosi in piedi. «"Che tropo narrativo trito", dicono alcuni. "Non è credibile", sostengono altri. E invece io dico: ma quelli l'hanno mai vista la vita reale? I critici devono essere persone senza alcuna esperienza in fatto di donne. Nella realtà i triangoli amorosi sono ovunque, e pure i quadrilateri, i pentagoni, gli esagoni... e chissà quante altre figure geometriche ci saranno in questo libro.»

Janel si accigliò. «Quale libro?»

«Quello del quale siamo i personaggi.»

«Ma non siamo i personaggi di un libro.»

«Lo siamo eccome, invece. Più tardi L vi spiegherà tutto. Comunque, riprendendo il discorso di poco fa: che cazzo credono, che dietro un gran pezzo di fica ci corra solo un ragazzo alla volta? Ve lo immaginate? Gli uomini che si mettono ordinatamente in fila per corteggiare le tipe. "Ops, c'eri prima tu? Allora mi faccio da parte e attendo il mio turno con calma, non sia mai che si formi un triangolo". Credete forse che così sarebbe più realistico, cari i miei leoni da tastiera?»

«Heikki, rimettiti a sedere.» Janel lo afferrò per un braccio e lo tirò giù.

«Sono d'accordissimo con lui» dichiarò L, alzandosi in piedi a sua volta.

«Figurarsi se quella non era d'accordo» mormorò Janel. Ormai faceva fatica a tenere gli occhi aperti; un po' per la stanchezza e un po' per aver fumato troppo.

«E vi dirò di più» continuò L, che invece non aveva fumato affatto ed era in pieno possesso delle sue facoltà mentali. «Le mie storie preferite sono proprio quelle in cui la protagonista femminile se la fa con *tutti* gli spasimanti allo stesso tempo. Quelle sì che sono avvincenti, altroché!»

«Grazie, L. Finalmente c'è qualcuno che mi capisce» esultò raggiante Heikki scattando di nuovo in piedi.

Oluwa-Seyi scosse la testa con sconcerto. «Ma no, no... questa è follia. Follia. Non ha alcun senso.»

«A questo proposito» proseguì L con voce compassata, come se stesse discutendo la sua tesi di laurea, «potrei citare come esempio quello che a metà del ventunesimo secolo veniva considerato un grande classico di narrativa: il secondo libro della saga di *Twilight*, scritto dalla premio Nobel per la letteratura nel 2032, Stephenie Meyer.»

«Esatto, il rapporto tra Edward e Jacob!» convenne con ardore Heikki.

«Mio Dio.» Janel si afflosciò sul tavolo e appoggiò la testa sulle braccia, come se intendesse mettersi a dormire. «Forse non mentiva: il futuro è *davvero* una merda.»

«Che c'è, Jan? Qualche problema con Bella Swan?» la punzecchiò L con un sorrisetto infingardo. «Sempre meglio di quelle puttanate che leggevate voi ragazze negli anni '20. Sono una grande esperta dell'argomento, se mi è concesso dirlo. La vostra narrativa era piena zeppa di "donne forti e indipendenti", peccato che questo significasse soltanto che fossero fisicamente più forti degli uomini, e quando potevano li torturavano o li ammazzavano senza pensarci due volte e senza essere mai punite o condannate moralmente da nessuno. In più, avevano tutte lo stesso identico carattere. Unico tratto distintivo: irritanti stronzette senza il minimo accenno di personalità. Gli uomini invece erano degli effeminati smidollati incapaci di concludere alcunché e dovevano affidarsi di continuo alle loro controparti femminili per sopravvivere. Capirai che divertimento! Non c'è da stupirsi se dopo un certo periodo l'editoria andò tutta in rosso, anche se quello che venne dopo fu quasi peggio.»

Janel socchiuse le palpebre. «Bastarda fascista.»

L inarcò una delle sopracciglia bionde platino quanto i capelli. «Cosa ti ho detto sull'usare le parole degli adulti? Mi ricordi quelle ragazzette delle superiori che facevano le recensioni dei libri su internet, nei tuoi anni. Poiché erano tutte fondamentalmente ignoranti e non possedevano gli adeguati sistemi di riferimento, riconducevano tutto ai modelli più basilari. In questo libro c'è una grande muraglia? È una copia di *A Song of Ice and Fire*. I protagonisti di questo libro vanno a scuola? È un chiaro plagio di *Harry Potter*. In questo libro i protagonisti combattono per sopravvivere? È proprio identico a *The Hunger Games*. In questo libro le persone vengono divise in categorie? È una palese imitazione di *Divergent*, e così via. Ma l'importante era condire il tutto con dei paroloni forti per tentare di legittimare la propria critica, tipo "fascista", "sessista", "razzista", eccetera; solo che se quei termini li utilizzi di continuo alla cazzo di cane, finisce che dopo un po' diventano una barzelletta.»

«L'unica barzelletta qui sei *tu*» ribatté Janel con astio. «L, forse dovresti fare coppia con Emily Lancaster, anziché con me. Per chi non lo sapesse: quella biondina nuova della Vergine era una cantante famosa negli Stati Uniti. Quando l'ho vista alla Ceremonia, all'inizio mi sono messa quasi a tremare dalla paura, temendo che mi avrebbe bullizzata perché sono nera, ma poi mi sono fatta coraggio e avrei voluto approfittare dell'occasione per prenderla a pugni. Oh, conosco bene quella stronza omofoba, razzista, transfobica, grassofoba di Emily Lancaster. Io ero piccola all'epoca, ma ricordo che non passava una settimana senza che ci fosse uno scandalo che la riguardava. I suoi dischi non mi dispiacevano, in fondo, ma ha fatto soffrire così tante persone con le sue dichiarazioni offensive. Però, ricordo anche molto bene in che modo è deceduta. Ne hanno parlato per anni. Il karma prima o poi ti presenta il conto, stronzetta.»

Per una volta L parve pensierosa, come se qualcosa la stesse tormentando nel profondo. Dopo qualche momento di seria riflessione parve riacquistare la sua solita verve. «Tsk, tsk, Jan. "Omofoba" qui, "transfobica" lì... Sai cosa significano davvero quei termini? Fobia viene dal greco *phóbos,* che significa "paura", ma dovresti già saperlo grazie alla lingua universale. Esistono dozzine e dozzine di fobie. C'è una fobia per tutto. Agorafobia, claustrofobia, acrofobia, idrofobia, tricofobia... C'è persino l'ailurofobia, ovvero la paura dei gatti. È piuttosto bizzarro, non trovi? Avere paura dei gatti, intendo. Eppure esiste, anche se a noi sembrano animali così teneri. Tu per caso sei solita andare da quelli che hanno la fobia dei gatti per accusarli di essere dei "bastardi ailurofobi"? No, perché sarebbe assurdo. Una fobia è la paura irrazionale di qualcosa, una paura che non può essere dominata; dunque, se non può essere dominata, che colpe ha colui che la prova?»

Janel la squadrò in cagnesco. «Non mi piace dove stai andando a parare, non mi piace proprio per niente. Questa stronza riesce a mandarmi davvero fuori da gangheri...»

Prima che L potesse replicare, però, Milton si fece avanti e batté l'ombrello sul tavolo, facendo trasalire tutti i presenti. «Sveglia, marmocchi! Basta bischerate! La redazione si riunisce ufficialmente!»

Janel scattò in piedi con impeto, cogliendo la palla al balzo per annunciare: «Primo punto all'ordine del giorno: il fatto che qui al Tempio tutti si mostrino agli altri con l'aspetto fisico più attraente possibile è problematico per svariati motivi, tra i quali citerei: lo sguardo maschile che trova terreno troppo fertile e sfocia nella oggettificazione sessuale delle donne del Tempio, per le quali–»

Un clamore irato si levò nella redazione anche da parte dei ragazzi collassati sul pavimento, che di colpo erano tornati coscienti.

«A sedere!» urlò qualcuno sui divanetti. «Non c'è nessun dannatissimo punto del genere all'ordine del giorno!»

«Basta! Vi prego, basta!» frignò un ragazzo disteso in un angolo. «Fatela smettere!»

«Ah, credete che non sia un problema?» sbraitò Janel. «Certo, se questa redazione non fosse *letteralmente* popolata da soli maschi eterosessuali magari qualcuno mi comprenderebbe. L, tu sarai anche una donna, ma hai della misoginia interiorizzata, quindi il tuo parere non conta.»

«Sì, va bene, Janel, abbiamo capito» la zittì L. «Notizie serie della settimana: è ormai di dominio pubblico che all'Alma Mater dello Scorpione hanno iniziato a redigere un nuovo Volume di Storia per la nuova Enciclopedia del Tempio, raccontando i fatti a partire dall'ultimo Rito dell'Osservazione. L'incaricata ufficiale è la Prima Bibliotecaria, Veronica Fuentes.»

«Pessima notizia» asserì Milton lasciandosi cadere sulla morbida poltrona da Direttore e accendendosi un sigarino. «Quella quattrocchi curiosetta è una rompiscatole certificata.»

«Per fortuna lo scrive una donna. Pericolo schivato!» intervenne Janel. «Se il Tempio venisse raccontato da un uomo, diventerebbe uno di quei patetici romanzi fantasy il cui autore è il classico maschio bianco eterosessuale che si dilunga in dettagliate descrizioni del fisico dei personaggi femminili, ignorando invece quelli degli uomini. Pura misoginia.»

«Immagina allora i capitoli che ti riguardano, con quella minigonna da ragazzetta di facili costumi che porti» suggerì Milton strizzandole l'occhio.

Janel si afferrò alcuni dei nuovi riccioli. «Oddio... nooo! Non ci avevo pensato! Speriamo che questa Veronica Fuentes sia una scrittrice seria, ma dal nome mi pare una ragazza di origini latine, e quindi lo è di sicuro.»

L si spanciò dal ridere fino ad acciambellarsi sulla sedia, quindi riprese a discorrere con la sua voce roca e sensuale: «Veronica Fuentes una scrittrice seria? A questo proposito ci tengo a rivelarti che la signorina Fuentes nel tempo libero scrive romanzi rosa e poi li nasconde in Biblioteca, negli archivi più polverosi che quasi nessuno bazzica, tra i libri che non vengono mai presi in prestito. Io ne ho scovati e letti solo tre, ma mi dicono che gli altri non sono poi molto diversi. Sono romanzi scritti *smaccatamente* per un pubblico di lettrici eterosessuali. Nelle prime venti pagine credo d'aver letto almeno cento volte che il protagonista maschile era proprio alto e aveva certi muscoli... Lo ripete in ogni singola frase. È questa la roba che piaceva alle ragazze ai tempi di Veronica? Non sono troppo esperta di quel periodo, ma le teenager dovevano avere il fetish dei ragazzi alti. Immagino fosse una fantasia sessuale. Prova a immaginare invece un autore maschio che ogni due secondi ricorda al lettore che la protagonista ha un gran seno. "Spostò le tette enormi, creando un vuoto d'aria", "Ormai esausta dal portarle in giro, appoggiò le enormi bocce sul tavolo"... Eppure io di romanzi così non ne mai visti molti in giro, anche se tu, Janel, mi garantisci che gli scrittori maschi sono tutti dei gran porci, nessuno escluso. Quindi, come la mettiamo?»

Janel aprì la bocca per replicare, ma venne silenziata dalla seconda salva di cannonate di L, che aggiunse: «Se le storie che stiamo vivendo venissero raccontate in un romanzo per soli maschi, immagino che i capitoli ambientati alla Vergine sarebbero davvero da leccarsi i baffi, e invece... *zaaac!* La storia contemporanea del nostro mondo finisce che te la scrive proprio quella Veronica

Fuentes e lei appena può glissa sulle tette della bella Chae-yeon Kwon, che fanno voltare mezzo Tempio ogni volta che passa per strada. Sapete come l'ha descritta, nel prologo in cui arriva Emily? Cito testualmente: "I capelli, neri come il vuoto cosmico, le arrivavano al seno, che risultava appariscente anche sotto la camicetta portata larga". La minimizzazione del secolo! Ma che ci volete fare? Com'è che dici sempre, Milton? *C'est la vie*.»

«Come fai a sapere che la descrive così?» chiese sconcertato Oluwa-Seyi.

L si strinse nelle spalle. «Semplice: l'altro giorno ero dalle parti di Abbot's Folly, così sono entrata allo Scriptorium e ho sbirciato di nascosto quando Veronica ha lasciato il manoscritto incustodito. I primi capitoli erano già completi, ma credo che sarà necessaria almeno una revisione, o il racconto sarebbe scandalosamente inesatto.»

«Non ho mai sentito così tante stronzate tutte insieme» intervenne oltraggiata Janel. «Oltre a essere una cospirazionista di infimo livello, hai anche un *gravissimo* caso di misoginia interiorizzata, forse addirittura incurabile. Non credo che l'altezza di un personaggio maschile e la grandezza del seno di uno femminile siano elementi anche solo *lontanamente* paragonabili. E comunque, chi cavolo vorrebbe leggere un racconto in cui si parla di continuo delle tette dei personaggi?»

«Be', a me non dispiacerebbe» rispose Heikki con un bisbiglio.

«Ah, non dirlo a me» concordò L.

«Feh. Manco a me, se proprio devo dirla tutta» commentò Milton con un sorriso compiaciuto, aspirando una boccata di fumo dal suo sigarino.

«In effetti» mormorò Oluwa-Seyi tenendo gli occhi bassi. «Magari solo un capitolo o due.»

«Merda. A questo tavolo non c'è proprio diversità» si disperò Janel posando la fronte sugli avambracci.

«Strano sentirtelo dire, eppure a me sembriamo tutti di colori diversi» sostenne L sarcastica. «Qui ci sono due palliducci e due scuretti, mentre laggiù ci sono dei marroncini e dei giallognoli.»

«Ti prego, dimmi che le mie orecchie hanno sentito male e che non ti sei appena azzardata a definire me e Oluwa-Seyi due "scuretti"! E comunque parlavo della diversità di opinioni: sono sempre sola contro tutti.»

L finse di stupirsi. «Ah, adesso ti interessa la diversità di opinioni? Curioso, di solito parli sempre e solo della diversità della razza. Credo che perfino gli ufficiali delle SS avessero un repertorio di argomenti più ricco quando gozzovigliavano nei bar di Berlino.»

«Dio, cosa cazzo mi tocca sentire!» sbottò Janel. «Procedete pure, io mi tapperò le orecchie finché non cambierete argomento. Questi discorsi oggettificanti mi fanno venire il vomito.»

L la prese subito in parola e disse in tono convinto: «La Madre Reverenda porta una quarta, ma Vanessa del Toro porta una quinta. Vanessa, Ji-soo, Ambra, Xiaoting... al Toro sono davvero sommersi dalle belle ragazze di ogni etnia.»

«Feh. Ma quelle di Vanessa sono finte» rivelò Milton con un velo di sottile amarezza nella voce.

L sgranò i suoi occhi color della pioggia. «No! Mi cade un mito! Un effetto della Forma dell'Anima, o...?»

«No, niente Forma dell'Anima; la Fonte e i Tessitori questa volta non c'entrano. Qui si parla del buon vecchio silicone» precisò il Direttore. «Eh, già. C'è chi è vissuto nel loro stesso periodo e può testimoniarlo. È risaputo. Vanessa era una donna conosciuta, ma per motivi ben diversi dalla signorina Kwon. Eh eh!» Milton tirò una boccata dal sigarino. «Ah, Chae-yeon e Ji-soo. Tutti quei poveretti a lungo andare saranno diventati ciechi a forza di spugnettarsi, ma immagino che gli oculisti di mezza Asia ne fossero contenti.»

«Perché la redazione dell'*Almanacco di Mercurio* è diventata all'improvviso il quartier generale del gossip?» s'inalberò Janel. «E poi lei, Direttore Milton, dimostra come minimo cinquant'anni, si dia un contegno quando parla di ragazze giovani.»

«Ma non ti stavi tappando le orecchie?» fece L.

«Purtroppo i vostri discorsi sconci riescono a penetrare nel mio apparato uditivo.»

«Come ti permetti di giudicarmi, mocciosetta che non sei altro?» si adirò Milton. «A novant'anni suonati secondo te non dovrei occhieggiare le ventenni? E chi dovrei guardare? È così che funziona, mi spiace dirtelo. Le fanciulle più avvenenti vengono ammirate anche da chi è... un po' meno giovane di loro, ecco. E non c'è proprio nulla, *nulla* di sbagliato. Poppante!»

Le narici di Janel iniziarono a fumare.

«Non te la prendere» la confortò Oluwa-Seyi. «Non siamo un giornale serio, se ancora non l'hai capito.»

«Oh, l'ho capito. L'ho capito eccome» rispose lei frustrata.

L riprese ancora una volta la parola: «Se davvero vi interessa leggere storie erotiche con dei personaggi che conosciamo, vi informo che la Fuentes scrive anche romanzi ambientati al Tempio e con molti personaggi noti. Solo che nelle sue storie tutti i maschi sono gay e hanno rapporti sessuali tra di loro in ogni capitolo. Pure i leader. Anzi, *soprattutto* loro. Ma Veronica lo fa unicamente per trastullarsi e appagare le sue fantasie, mica per dare spazio a personaggi omosessuali in nome della giustizia sociale. Quei libri li nasconde nel piano più alto della Biblioteca, e lì ci possono accedere solo in pochi. Io, però, li ho sbirciati comunque. Ci sono certi passaggi davvero bollenti su Diego e Neal che... ah, ma a me quelli non interessano granché.»

«E... e allora? Che c'è di male? È una sua fantasia! Perché devi farla vergognare per questo?» la attaccò Janel.

Heikki interloquì per mitigare il costante battibeccare tra le due: «La Fuentes se non sbaglio aveva non più di diciotto, diciannove anni quando... be', fatevelo raccontare da lei, se ci tenete. Non sta a me rivelare certe cose. Comunque sia, andava ancora alle superiori. Suppongo che una parte del suo giovane animo trovi sfogo nella passione per la fan fiction al femminile.»

«Non la voglio offendere, Jan» disse L comprensiva. «Ma magari qualcuno potrebbe scrivere anche la versione con sole donne. Non mi dispiacerebbe leggere un intero libro fatto di incontri erotici tra Michelle e Apollonia, ad esempio, dopo tutta la tensione dell'altro giorno.»

«Sei ignobile» ribatté Janel. «Quella sarebbe pura misoginia, tanto per soddisfare i quindicenni allupati.»

«Sarebbe eguaglianza tra i generi, credo.»

«Vai cordialmente a farti fottere» concluse l'afroamericana con un sorriso pieno d'ostilità.

«Hai finito con gli insulti? Ottimo, allora possiamo passare alla seconda notizia seria della settimana» riprese L. «Alla Ceremonia delle Armi, come ormai saprete, è successo un mezzo casino. Voglio un resoconto dettagliato di tutto l'evento entro due giorni, Heikki. E anche tu, Alejandro! Lo so che mi senti, anche se fai finta di dormire sul divano. Lo sbattiamo in prima pagina: *I Serpeverde escono dal letargo*. Che ne dice, Direttore?»

Lui annuì con un sorrisino che non prometteva nulla di buono.

Janel estrasse il taccuino dalla sua nuova borsa di pelle e agguantò una matita dal contenitore al centro del tavolo. «I Serpeverde? Intendi dire quelli del Capricorno?»

«Certo. Chi altri?»

I redattori in giro per la stanza concordarono con qualche mugugno.

«Cavolo, questa mi mancava.» Janel iniziò a prendere appunti con furia. «Ma non avevi appena detto che non si può ricondurre tutto a Harry Potter? E comunque, in questa analogia i Grifondoro chi sarebbero?»

«Ma quelli del Cancro, è ovvio» affermò L. «I Cavalieri Professi aiutano tutti e si gettano a testa bassa contro il pericolo senza nemmeno pensarci. Anche i Guerrieri del Leone, in realtà, ma quelli sono troppo casinisti per essere dei Grifondoro. I Discepoli della Vergine invece sono i Tassorosso. Sgobbano come cani da mattina a sera, poveracci, e quasi nessuno li ringrazia.»

Janel si girò verso Milton, ma quello fece dei gestacci con le mani e disse: «Non guardare me. Non l'ho mai letta quella roba. Per fortuna sono spirato prima.»

Janel ci rimase malissimo. «Merda, ma allora quelli del Capricorno sono i cattivi. E noi ci viviamo proprio a fianco! Questa cosa non mi piace, non mi piace per niente. Che delusione! La Gran Maestra mi era sembrata una ragazza così alternativa, e anche le altre donne del Capricorno sono delle goth. Sarebbe un vero peccato se rinforzassero degli stereotipi negativi riguardo a un gruppo già così marginalizzato dalla società. E poi il suo braccio destro è una ragazza africana. Che delusione... che delusione! Come possono essere i nazisti del Tempio?»

«Lasciali perdere quelli, Janel. Ti conviene starne alla larga» la avvertì Oluwa-Seyi. «A volte, di notte, i Maestri e le Maestre del Capricorno si addentrano negli altri settori e col favore del buio rapiscono i membri che reputano più incapaci delle altre Case. Li rinchiudono nei sotterranei della loro cupa cattedrale e li torturano per divertimento. Capisci? Per divertimento! Ma alla fine li uccidono, perché il loro intento è quello di ripulire il Tempio dai Guerrieri che giudicano di livello inadeguato.»

Janel ebbe i brividi mentre deglutiva a fatica della saliva sotto forma di Nettare non del tutto assorbito. Oluwa-Seyi, che era congolese, non le avrebbe mai mentito. Rifletté di aver rischiato grosso, alla Ceremonia delle Armi: se quel giorno le Maestre avessero voluto rapire qualcuno, sarebbero partite di sicuro da lei, perché non solo era particolarmente scarsa a combattere, ma era anche scura di pelle (anche se nessuno aveva insinuato che la concentrazione di melanina fosse rilevante, in quel contesto).

L si inserì nel discorso parlando con voce perfino più seducente del solito: «Tsk, tsk. Oluwa caro, non mettere in testa brutte idee sul Capricorno alla nostra amica, altrimenti chi è davvero quello che rinforza gli stereotipi negativi? Jan, ti intriga l'oscura e misteriosa Michelle de Molay? Eccoti una prima rivelazione: credi che il suo cognome sia casuale? Hmm, dalla tua espressione ebete deduco che non ti dice nulla. È logico, che vuole che ne sappia dei Templari una come te. Manteniamoci su qualcosa di più mondano, allora. Vedrai che ora te la farò piacere perfino di più. Aspetta, aspetta... rullo di tamburi... *ta-daaa*! Colpo di scena: la Gran Maestra è asessuale! Fico, eh? Ti sentiresti di dire che il suo personaggio è diventato più complesso, ora? Se è così, aspetta, perché c'è dell'altro. È asessuale, sì, ma non aromantica. *Boom*! Di sicuro non dovrò spiegarti il significato di questi termini, perché immagino che da brava ragazza degli anni '20 ti avranno insegnato tutte le differenze già all'asilo.»

Janel rimase a bocca aperta per diversi minuti in stato semi-vegetativo, col cervello in cortocircuito. Era una rivelazione troppo complicata per poter essere districata in poco tempo e senza potersi consultare con qualche opinion leader sui social media. Poteva davvero considerare la Gran Maestra una malvagia antagonista se rappresentava anche una rara minoranza?

L decise di concedere alla sua compagna di stanza il tempo necessario per riflettere e proseguì il discorso su una diversa strada. «Tornando a noi: non saprei dirvi con certezza perché quelli della Antica Scuola siano così nervosi, ma la Gran Maestra è di certo innamorata di quel novizio, Adelmo. Spero che Veronica non cerchi di renderlo un colpo di scena nel suo libro, perché qualunque lettore un minimo attento se lo aspetterebbe già dal terzo capitolo.»

«Innamorata? Ma se si conoscono a malapena da cinque minuti!» si oppose Heikki quasi indignato.

«Cos'è, sei geloso della bella goth dagli occhi scarlatti? Guarda che a volte capita che un uomo ti piaccia subito, senza una ragione. Mica dev'esserci per forza una profonda motivazione dietro. Se uno ti piace, ti piace. Mai sentito parlare del colpo di fulmine?»

«Ah, certo» sbottò Janel dopo essersi ripresa. «Un personaggio femminile forte e indipendente come la Gran Maestra non può decidere di proteggere un personaggio maschile a meno che non ne sia follemente innamorato, è ovvio. L, sei una vera cavernicola. Ti sei bruciata il cervello a forza di leggere quei manga romantici. E comunque quell'Adelmo è il tipico bastardo sessista, sempre pronto a correre in aiuto delle ragazze per paura che non sappiano cavarsela da sole. Appena quella rossa dello Scorpione si è messa in imbarazzo, alla Ceremonia delle Armi, lui si è intromesso nella discussione per salvarle la faccia.»

«Allora forse Michelle ha un debole per i "bastardi sessisti", perché è palese che lui le garbi» rispose L in tono conciliante, quindi si rivolse agli altri: «Qualcuno di voi ha mai visto la Gran Maestra sprecarsi a difendere uno dei suoi Allievi in pubblico prima d'ora? Ecco, appunto. Di norma rimarrebbe sotto il suo ombrello senza muovere un muscolo anche se vedesse un meteorite precipitare sul Tempio.»

«Ma cosa vuoi saperne tu? Tu nemmeno *c'eri,* alla Ceremonia delle Armi» contestò Janel.

«Ne sei proprio certa?» rispose l'altra sfoggiando un sorrisetto ambiguo. «Tsk, tsk. Non avrai pensato che abbia lasciato andare la mia compagnuccia di stanza alla Ceremonia tutta da sola.»

Janel si acciglió, ponderando cosa intendesse davvero dire la sua biondissima amica-nemica. L'aveva seguita sul serio, o la stava imbrogliando? Non l'aveva affatto vista in giro, il giorno della Ceremonia.

«Qualcosa sobbolle nel pentolone del Capricorno, e non parliamo di una bella zuppa con brodo di carne, patate e carote» sostenne Milton Cooper col suo solito modo di fare enigmatico.

L quella volta gli andò dietro, profetizzando: «È previsto che accadano determinati eventi, e anche se è possibile osservarne il dilagare da lontano non è possibile arrestarli, perché sono fuori dal nostro controllo. Come uno tsunami, ad esempio, o l'esplosione di una supernova. Li vediamo scatenarsi all'orizzonte per poi arrivare sempre più vicino, ma ormai fuggire è inutile. La linea del tempo è una corda, e su quella corda delle persone perverse hanno stretto dodici piccoli nodi. Noi, viaggiatori ignari, camminiamo sulla corda, e quando ci sbatteremo contro...»

«Hai finito con le tue strampalate teorie del complotto?» Janel si alzò solennemente in piedi e cominciò a declamare l'arringa finale che si era preparata da tempo: «Possibile che noi dei Gemelli dobbiamo essere un peso morto per il resto del Tempio? Non dovremmo avere un ruolo più attivo? Servire a qualcosa, insomma. Certo, abbiamo il nostro buon numero di Guerrieri, ma a confronto degli altri facciamo pena. Miglioriamo la qualità del nostro giornale, almeno; penso che sarebbe già un discreto passo avanti. Sapete, ci ho riflettuto a lungo e ritengo che il rimodellamento visivo operato dalla Fonte e dai Tessitori attraverso la Forma dell'Anima sia paragonabile a una forma avanzatissima di chirurgia plastica. Pensateci, ne avete parlato anche voi poco fa. Spinge a chiedersi di continuo: "Ce l'avevi anche in vita, questo?", "Ti sei rifatta quest'altro?", e diventa quasi impossibile appurare la verità, a meno che qualcuno non ti conoscesse anche da viva. E poi, quali sono di preciso i limiti del rimodellamento? È vero che esistono? Se così non fosse, uno di noi potrebbe essere *completamente* diverso dalla sua vita precedente e non lo sapremmo mai.»

«A sedere!» strillò qualcuno dal retro della stanza.

«Signor Milton, la prego, la faccia smettere» piagnucolò un altro redattore con voce querula.

Janel afferrò la sua matita e la scagliò contro i ragazzi sbracati sul divano. «Ogni volta che provo a fare una riflessione seria voi mi trattate così? Ora basta, voglio una sezione tutta mia sul giornale, dove poter esprimere liberamente le mie idee! Assemblerò una squadra e faremo delle indagini su un diverso argomento ogni mese, stile Spotlight sul *Boston Globe*.»

«Fatto» approvò Milton con aria serafica mentre spegneva il sigarino nel posacenere.

«C-come sarebbe a dire "fatto"? Non contesta?» Janel si rimise lentamente a sedere, incredula. Non si era aspettata che lui potesse accettare una richiesta del genere senza controbattere.

«No. Mi può stare bene» assicurò lui lucidandosi le unghie sulla giacchetta di tweed color ardesia. «A una condizione, però.»

«Ti pareva. E quale sarebbe?»

«Tu e la tua migliore amica L andrete a far scorta di funghi ogni volta che ce ne sarà bisogno, cominciando da oggi.»

Janel squadrò bieca L, che quella volta parve entusiasta della notizia quanto lei. «Perché proprio noi due? Che razza di compito sarebbe? Siamo giornaliste, mica pony express.»

Milton grugnì. «Feh, che marmocchia ingrata mi è capitata a questo Rito. Naturalmente ti sto mandando sul campo a fare un reportage sulle condizioni delle nostre caverne, mica altro. Abbiamo fatto uno sgarbo al Presidente e in qualche modo dobbiamo sdebitarci. Preferiresti essere ceduta al Toro, dove verresti usata come schiava sessuale?»

Janel impallidì. «Che cosa? No, io... non sapevo che loro... *schiava*... oddio, no...!»

Sul viso di Milton Cooper si disegnò un sorriso fatto di pura malizia. «Badate bene che i cappelli di quei funghi siano grandi, colorati e belli mollicci quando li raccogliete.»

Capricorno
Un Uomo Tutto d'un Pezzo

Nella contrada del Capricorno quel giorno pioveva a catinelle. Fosche nubi gonfie d'acqua sovrastavano minacciose i tetti di Geistheim, prendendo la città d'assedio. Mentre all'esterno di Saint-Yves l'atmosfera che aleggiava era uggiosa e funerea, all'interno della cattedrale tutti i candelabri, i bracieri, le candele e i ceri erano accesi, e l'Antica Scuola vibrava di una fantasmagoria di suoni e di luci. Tutti i Maestri e gli Allievi a riposo erano lì, a ritemprarsi al riparo dalla pioggia. Quando le navate della cattedrale di Saint-Yves si riempivano di Guerrieri e riecheggiavano di grida, chiacchiere e musica, divenivano un luogo terribilmente affascinante: un sito di apprendimento, cultura e lotta, in cui si era sempre circondati dall'arte.

Non ritenendosi all'altezza di approcciare le arti visive, Adelmo della Rovere aveva deciso di comporre poesie, un'espressione artistica con la quale aveva almeno una minima familiarità. La Gran Maestra, per incoraggiarlo, gli aveva regalato un quadernetto rilegato in pelle nera, le cui intonse pagine di carta antica non indirizzavano la scrittura su delle righe o all'interno di quadretti, ma concedevano all'artista completa libertà.

Quando non si trovava in uno dei tanti salottini del residence sul retro di Saint-Yves a comporre poesie, Adelmo rimaneva costantemente al secondo piano della cattedrale a incrociare le lame con Naija, che era una Guerriera davvero formidabile e certamente degna del titolo di Venerabile Maestra. Altre volte duellava con Seline, ma di rado si allenava con Michelle, perché con il suo stocco la Gran Maestra era talmente rapida e precisa da rendere le sessioni d'addestramento quasi deprimenti. Adelmo aveva capito di imparare ben poco da lei durante quei brevi scambi, dal momento che la leader non gli concedeva alcuna tregua, né tantomeno si impietosiva lasciandolo ogni tanto vincere. Un giorno, forse, quando le sue abilità sarebbero state migliori... ma quel giorno sembrava ancora lontano.

Una volta intrapreso l'addestramento, Adelmo aveva presto scoperto di essere in grado di muoversi con un'agilità quasi innaturale rispetto a quella che possedeva come creatura terrena. Inoltre, brandire e sferrare colpi con la spada non lo affaticava per niente, pertanto le esercitazioni spesso proseguivano da mattino fino a sera quasi senza interruzioni.

Allenarsi contro un avversario umano era tutta questione di riuscire ad arrestare il proprio colpo al momento giusto, in modo da non infrangere Grani al proprio sparring partner. I Maestri del Capricorno erano infatti fermamente contrari all'utilizzo di armi da addestramento che non sollecitassero l'attivazione dei Rosari, come si usava fare invece in altre contrade. Michelle sosteneva che il feeling con il proprio Shintai fosse l'elemento cardine sul quale imperniare la propria crescita come Guerriero, e utilizzare surrogati di legno sarebbe stato quasi inutile, se non addirittura controproducente.

Esistevano altre due opzioni, naturalmente: beneficiare del supporto esterno di un Cherubino dei Pesci che si preoccupasse di osservare l'addestramento assorbendo i colpi andati a segno, oppure farsi assistere dai pochissimi Cherubini disponibili nella propria contrada. Entrambe le alternative in quel caso erano da scartare: nessun Cherubino del Coro sorvolava mai la contrada del Capricorno, perché avevano timore della Gran Maestra, e quand'anche lo facevano si limitavano a proseguire fino al Muro; mentre l'unica Cherubina presente a Geistheim era la giovane Yoon, arrivata al 911° Rito dell'Osservazione, quello precedente l'arrivo di Adelmo, e si stava ancora addestrando con Maestro Hideki.

Da questo punto di vista Naija era davvero una "maestra", perché riusciva sempre ad arrestare la punta o le lame della lancia a molti centimetri dal corpo di Adelmo, in modo da non stimolare l'attivazione del suo unico Grano. Quando voleva impartirgli una lezione, lo colpiva con il piatto della lama, procurandogli soltanto un lieve dolore. Adelmo, dal canto suo, correva di rado quel rischio, perché il numero di volte in cui si era trovato nella condizione di poter colpire Naija si contava sulle dita di una mano. La Venerabile Maestra continuava ad assicurargli di notare in lui degli enormi miglioramenti col passare delle settimane, ma si concretizzavano raramente in qualcosa di tangibile. Negli ultimi giorni, Adelmo aveva rilevato di riuscire a prevedere con sempre maggiore costanza i movimenti di Naija in determinate situazioni, ma non riusciva quasi mai a trarne un reale vantaggio, perché al confronto della carismatica nigeriana lui era lento come una lumaca e la Venerabile Maestra riusciva a recuperare dagli errori troppo in fretta.

Combattere contro Adelmo, tuttavia, divertiva moltissimo Naija, e tra i due era nato un vero rapporto d'amicizia, tanto che la stella della Maestra era apparsa quasi subito nel Piano Astrale del suo nuovo Allievo. Spesso, durante la notte, lei andava a stuzzicarlo, pungolandolo con commenti sagaci sul trattamento che gli avrebbe riservato il giorno successivo.

«Venerabile Maestra Naija, combattere contro di te è certamente galvanizzante» aveva ammesso Adelmo una volta, dopo uno scambio serrato al termine del quale era andato vicino a colpirla. «Tuttavia immagino che i Vuoti attacchino in maniera assai diversa. Non sarebbe più producente se imparassi a combattere contro di loro?»

«Combattere contro un avversario umano è molto più istruttivo. Se batti me, batterai qualsiasi Vuoto» aveva sostenuto lei, poi era balzata in avanti e lo aveva colpito sul dorso della mano con l'asta della sua lancia, facendogli cadere la spada a terra. Naija era ben consapevole di doverlo addestrare usando enorme cautela, giacché infrangere il suo unico Grano per una distrazione sarebbe stato drammatico e la Gran Maestra l'avrebbe probabilmente fatta secca all'istante.

Michelle in quella occasione aveva aggiunto: «Qui al Capricorno siamo convinti che per imparare a giocare a scacchi sia più efficace allenarsi da subito contro il campione del mondo, anche perdendo un miliardo di volte di fila, piuttosto che contro un giocatore mediocre, anche se potresti batterlo. Ne trarresti forse una piccola soddisfazione personale, ma sarebbe inutile nel grande disegno delle cose. E in questa analogia i Vuoti sono delle schiappe, perché ti garantisco che la maggior parte di loro sono tanto possenti fisicamente quanto stupidi, mentre è di quelli diabolicamente furbi che devi avere timore.»

La Gran Maestra si aspettava che Adelmo prima o poi manifestasse o sviluppasse un Dono, e ogni singolo giorno lo osservava lottare contro Naija con la scusa di supervisionare il suo addestramento. Purtroppo, però, non era ancora successo. A Adelmo questo dispiaceva, perché con il passare delle settimane aveva rilevato un certo grado di crescente delusione negli occhi della leader. Era evidente che il suo Zenith le aveva promesso molto, ma fino a quel momento aveva dimostrato poco.

La pioggia continuava a scrosciare e a ruscellare sui muri esterni della cattedrale, insinuandosi tra i mille pinnacoli. Michelle sosteneva con convinzione che le giornate come quella fossero in realtà un vero e proprio dono mandato dal Tessitore che regolava il clima, perché i membri del Capricorno adoravano quel tipo di atmosfera lugubre e opprimente. Col maltempo, l'alone di mistero e di misticismo ermetico che si respirava all'interno di Saint-Yves veniva amplificato, migliorando, a suo dire, l'apprendimento di tutti i presenti.

Seline fece ascoltare a Adelmo un brano che aveva composto lei stessa, suonandolo al pianoforte che si trovava al piano terra, sul lato sinistro della prima navata all'interno di una grande nicchia, le lunghe canne d'ottone che salivano fino al soffitto, molti metri sopra le loro teste. Era una melodia struggente, triste e malinconica, il cui fascino veniva accresciuto potendo ammirare da vicino la compositrice, che, seduta al pianoforte, con i capelli vermigli che le cadevano dolcemente sulle mani, era di una bellezza stordente.

«Questo brano l'ho intitolato *Lunedì* e andrebbe ascoltato durante una grigia giornata di pioggia, proprio come questa» rivelò Seline.

Adelmo si ritrovò a concordare. Qualche tempo prima aveva imparato, ascoltando i bisbigli degli altri Maestri, che Seline e Ludwig in qualche modo se la intendevano, anche se non lo davano a vedere quasi per nulla. Le relazioni, al Capricorno, erano spesso tenute private.

Ludwig da par suo era uno scultore di primissimo livello. A Adelmo parve evidente che avesse eretto lui stesso diverse strutture nella Certosa e avesse scolpito alcune statue di marmo del Chiostro, perché il suo stile era spesso indistinguibile da quello che si ammirava sotto i portici della buona vecchia "Perpetua". Di solito il Custode scolpiva di prima mattina, appena fuori da Saint-Yves, con la luce del tramonto a illuminargli i blocchi di marmo (o di ossidiana), ma quel giorno non era ovviamente possibile.

«Et voilà!» esclamò Michelle mentre tirava da parte il telo cremisi per scoprire il grande quadro rettangolare appoggiato su un cavalletto di legno. «*C'est fini! Qu'en penses-tu*[I]*?*»

«Giuda canaglia!» si limitò a imprecare Adelmo, ritrovandosi a fissare se stesso raffigurato sulla tela.

La Gran Maestra e il suo Allievo prediletto si erano appartati in una delle numerose navate laterali di Saint-Yves, più o meno a metà del piedicroce e al riparo da occhi indiscreti, nel caso lui si sentisse in imbarazzo.

Il ritratto era dipinto con incredibile realismo, in stile romantico, ed era sapientemente giocato sul chiaroscuro, con forti contrasti fra le zone in luce e quelle in ombra. Adelmo era rappresentato in una posa austera ma regale al tempo stesso: in piedi, di fronte, una mano infilata nel taschino della lunga giacca di velluto mogano, dava le spalle a uno dei muri interni della cattedrale; a lato, i primi gradini di una misteriosa scala di pietra salivano verso un'imperscrutabile oscurità. La Gran Maestra era una pittrice eccelsa e, a giudicare dallo stile familiare, Adelmo dedusse che almeno un paio dei quadri esposti nelle cappelle laterali di Saint-Yves dovevano essere stati dipinti proprio da lei.

«È di tuo gradimento?» domandò Michelle, tradendo più trepidazione di quanta ne cercasse di dimostrare. «Ti ho dipinto come avrebbe fatto Francesco Hayez. Lo conosci? Anche lui era italiano, ma è vissuto qualche decade prima di te. Cerco spesso di imitare il suo stile perché non ne ho mai sviluppato uno veramente mio. Sono un po' derivativa, lo ammetto.»

Adelmo faticava ad articolare una risposta adeguata. Quale grado di soddisfazione gli era consentito di esprimere, e con quale intensità, senza che potesse apparire a eventuali impiccioni come un tentativo di avance nei confronti della Gran Maestra?

Dal momento che lui esitava a risponderle, Michelle congiunse le mani davanti al corpo e diede un colpetto di tosse. «Sei rimasto basito? Eppure non mi è venuto così male, credo» ammise con falsa modestia, fissando il pavimento di marmo senza muovere un muscolo.

Quel giorno le sue labbra erano ancora nere come la pece, ma le iridi avevano abbandonato il rosso per virare verso il grigio scuro. La Tempra Mentale della Gran Maestra non era salda quanto ci si poteva aspettare da una leader e ciò le consentiva di modificare il trucco e i vestiti soltanto di rado. Adelmo si stava ormai abituando al suo aspetto così macabro, eppure spesso si ritrovava a immaginare quanto sarebbe stata più bella senza tutto quel trucco e i tatuaggi inquietanti. Ciò nonostante, a volte, quei giudizi severi si indebolivano, la convinzione lo abbandonava e credeva quasi di preferirla com'era, valutando che in versione più sobria avrebbe perduto parte del suo fascino.

«Lo trovo eccellente ed è assolutamente di mio gradimento» rispose infine

---

[I] Trad. "È finito! Che ne pensi?" in francese.

annuendo con convinzione, dopo essersi assicurato che nessuno lo stesse osservando. Le avrebbe risposto in quel modo a prescindere per non darle un dispiacere, ma in quel caso non c'era alcuna ragione di mentire. «Lei è davvero mol... *sei* davvero molto brava, Gran Maestra, ma forse ti sei fatta prendere la mano. Non credo di essere così aitante come mi vedo sulla tela.»

«Oh... no, non credo di aver esagerato. Ti svaluti troppo. In ogni caso sono felice che ti piaccia» rispose lei misurando le parole, anche se sembrava compiaciuta ben più di quanto lasciasse trapelare il suo viso di porcellana. «Cercherò la posizione migliore per appenderlo, se me ne concederai il permesso. Magari in uno dei salotti al secondo piano, che ne dici? Tu nel frattempo hai composto?»

«Ebbene sì. Incredibile a dirsi, ma l'ho fatto. Tieni.» Adelmo le porse il suo quadernetto di pelle.

«Oh, no, non c'è bisogno che mi consegni ciò che hai scritto» rispose lei divertita. «Non ho intenzione di correggerti i compiti come una maestrina, e in ogni caso non ne avrei nemmeno le competenze. L'Antica Scuola del Capricorno utilizza l'espressione artistica per favorire l'arricchimento spirituale. L'importante è che *tu* sia contento delle tue composizioni e che attraverso questo lavoro abbia scoperto un nuovo lato di te stesso, fortificando così la tua mentalità in combattimento e rafforzando la Tempra Mentale.»

«Già, in effetti lo immaginavo. Allora ti confesso che tutto sommato mi ritengo abbastanza soddisfatto» rispose Adelmo, annuendo tra sé e sé. Una volta presa confidenza con carta e penna, aveva vergato le pagine del quadernetto con discreta costanza. «Non le trovo eccessivamente imbarazzanti a rileggerle. Suppongo sia già qualcosa.»

Michelle si voltò di lato con abile nonchalance, nascondendo il viso agli occhi del suo Allievo. «Comunque, se ti va di farmele leggere, le accetto volentieri» disse mentre giochicchiava con uno dei suoi boccoli. «Ma non devi sentirti obbligato a farlo.»

Adelmo titubò per qualche istante, poi, traendo la necessaria forza da un improvviso impeto di coraggio, riuscì a consegnarle il quaderno, tenendo però il capo chino per l'imbarazzo. Affrontare soldati nemici sul campo di battaglia era una cosa, ma far leggere le proprie poesie a una ragazza era per lui un atto di indicibile difficoltà.

Michelle agguantò il quaderno con soddisfazione palpabile, quasi strappandoglielo dalle mani, quindi si precipitò verso una delle panche di legno accostate al muro di una delle cappelle laterali e si mise a sfogliarlo. Adelmo la seguì con aria mesta. Tutta la sua convinzione si era già volatilizzata, e in quel momento decise di distrarre la mente fantasticando sullo sterminare pericolosissimi Vuoti (da lui finora mai visti).

La Gran Maestra si soffermò su una pagina in particolare e lesse a lungo senza aprire bocca.

Accanto al fosso
tetri spaventapasseri

ridono di gusto;
allacciano le stringhe,
saltano rane,
ricordano ancora.

Caprimulgi e corvi
passate le siepi,
si spalanca il cancello
ed entra la notte.
La morte si erge
oltre il confine;
il Padrone è risorto
e scendon le ombre.

Riposano nell'antro,
scheletri e uomini,
attraverso le ere
oltrepassano il vuoto.
Il buio è calato
nel gelo mortale,
un'ombra striscia,
il Male assoluto.

«Accipicchia» si compiacque Michelle aprendosi in un sorriso. «È oscura e misteriosa, quindi è proprio il mio genere. Potrei quasi averla scritta io, ma non sono brava a scrivere poesie. Mi piacerebbe però rileggerla con calma per interpretarne meglio il significato recondito.»

Adelmo non sapeva cosa dire. Si schiarì la voce, a disagio. «Allora ti avverto che non sono tutte così "oscure e misteriose", come dici tu. Quella l'ho scritta di getto, una notte. Davvero non so cosa mi fosse preso. Forse la follia mi aveva posseduto.»

«Davvero? Proviamone un'altra, allora.»

La Gran Maestra voltò pagina e lesse la poesia successiva.

All'ombra dei rododendri
lucertole ignare
trascorrono il pomeriggio
sognando le nuvole
che sovrastano il mondo.

Sotto l'effigie del sole
nuvole d'argento
passano i secoli
bramando i regni
che sovrastano il cielo.

Michelle voltò di nuovo pagina e lesse quella subito dopo.

Inimmaginabile
l'eremo
in cui la mia anima vola

Il mare dinanzi
a lei,
si placa per sempre

Michelle rimase in silenzio per diversi interminabili minuti, chiusa nei suoi pensieri. Adelmo era certo che non le fossero piaciute. Inoltre, l'ultima poesia era dedicata a una persona in particolare, ma il suo nome non era affatto Michelle de Molay, e pregò che lei non si facesse strane idee al riguardo.

La Gran Maestra richiuse infine il quaderno con delicatezza e sollevò lo sguardo verso di lui. «Perché quella faccia lunga?» chiese perplessa.

«Mi perdoni se non raggiungo un livello accettabile per gli standard della vostra Antica Scuola. Comunque sono le prime che compongo. Le prometto che migliorerò.»

«Dammi del tu» lo riprese lei. «Credi che non mi piacciano?»

Adelmo tacque e fece tremare i baffi mentre guardava lontano, verso il centro della cattedrale.

«Ah, dunque è così» comprese Michelle lasciandosi sfuggire un sorriso. «Allora ascolta queste mie parole: quando avrai finito di riempire tutte le pagine, dovrai regalarmi il quaderno. È un ordine diretto della tua Gran Maestra e non puoi esimerti dall'eseguirlo, o rappresenterebbe una grave insubordinazione nei miei confronti.»

«Capisco» borbottò Adelmo, distendendo i muscoli del viso e riacquistando la sua usuale fierezza. «Se la mette in questa maniera... cioè, *la metti*, allora mi sentirò in dovere di farlo.»

Michelle rise e fece spuntare la lingua rosata tra le labbra d'ossidiana. Si alzò elegantemente in piedi e gli porse il quaderno. «Per ora puoi tenerlo.»

I due rimasero a fissarsi per qualche istante l'uno davanti all'altra, senza spiccicare parola. Adelmo era più alto di lei di quasi venti centimetri e Michelle dovette sollevare gli occhi cinerei per incontrare i suoi. Nel momento in cui Adelmo afferrò il quaderno dalle mani di lei, l'indice della Gran Maestra sfiorò il suo un paio di volte. Se questo fosse intenzionale o meno, Adelmo non fu in grado di appurarlo.

«Oltremodo rassomigliante, mi sentirei di affermare» proruppe la voce altisonante di Ludwig alle loro spalle. Il Custode si era fermato a contemplare il nuovo dipinto della leader, studiandolo con lunghe e severe occhiate.

«Trovi?» fece lei, distogliendo lo sguardo dal novizio per tornare verso il quadro. Nel passargli accanto, lo sguardo di Michelle guizzò per un'ultima volta su

Adelmo, e lui notò che per un attimo era parsa irritata dall'interruzione del Custode.

«Oserei dire che sembra una di quelle che voi gente del futuro chiamate "fotografie", ma significherebbe sottintendere che ne ho vista una di persona e che non mi sto basando solo sui racconti di chi è vissuto dopo di me» ammise Ludwig con un raro sorriso. «Tu, Gran Maestra, come valuti il dipinto? Ti ritieni soddisfatta del tuo lavoro?»

Le labbra nere di Michelle si flettettero in una smorfia. «Ammettere che sembra una fotografia sarebbe pretenzioso anche per una Gran Maestra già enormemente criticabile come la sottoscritta. Non vorrai certo che altre leader – di cui taceremo i nomi – mi accusino anche di essere superba, oltre che una vile assalitrice di virtuosi Guerrieri del Tempio dagli stupidi capelli color carota?»

I due si scrutarono e cercarono di mantenere la loro usuale compostezza mordendosi la lingua per reprimere una risata, ma fortunatamente la loro attenzione venne catturata dall'apparizione del Maestro Hideki, che corricchiava verso di loro con aria perplessa.

«Mi faccio latore di curiose nuove» annunciò il Maestro nella maniera più neutrale possibile, considerando che i due suoi superiori stavano sogghignando senza un motivo discernibile. «Un Cavaliere Professo della Cancelleria del Magistero mi ha appena riferito che alcune navi della flotta del Sagittario andranno in avanscoperta a perlustrare il Sanzu con regolarità, partendo da stasera. Alcuni sostengono d'aver notato nella luna una leggera tinta rossastra, ma altri li contraddicono, assicurando che sono le solite scuse dei Sagittari per uscire all'esterno del Muro e farsi belli.»

«Gli auguro un piacevole e sereno viaggio, senza avvistamenti di Vuoti di alcun tipo e dunque senza il minimo pericolo» commentò con sarcasmo sprezzante il Custode mentre infilava le mani nelle comode tasche dei pantaloni.

«Ludwig, non essere villano» lo ammonì la Gran Maestra nel tono di voce più piatto mai pronunciato da un essere umano dentro le mura di Saint-Yves. «I bravi marinai del Sagittario sono nostri alleati, come lo sono i Guerrieri di tutte le altre Case.»

«*Ja, natürlich*[1]. Tuttavia, se vuoi saperlo, Gran Maestra, io avrei impartito una lezione ben più severa a quel Boone. Un paio di calci nel deretano in quella occasione sarebbero stati d'uopo. Non possiamo consentire che i membri della Antica Scuola vengano assaliti impunemente.»

«Non ricominciamo a parlare del Sagittario, vi scongiuro» implorò Naija, che nel frattempo li aveva raggiunti. «Ludwig, adesso non ti ci mettere anche tu. Avevamo finalmente chiuso la questione "Sagittario" una volta per tutte, mi pare.»

Hideki si strinse nelle spalle e buttò di lato il lungo ciuffo di capelli che gli copriva sempre un lato del viso. «Noi la luna oggi non la vediamo, per cui almeno in questa occasione non mi sento di contestarli.»

«Qualcuno dei nostri uomini ha notato nulla di anomalo nel cielo?» domandò la Gran Maestra, stavolta in tono più serio. «Intendo nelle zone in cui il

---

[1] Trad. "Sì, naturalmente" in tedesco.

firmamento è visibile, ovviamente; qui da noi si vedono solo nuvole. Piove anche dalle parti di Borgo del Silenzio e Ravenmoore?»

«Piovono cani e porci!» esclamò alle loro spalle una voce affascinante e carismatica che Adelmo non aveva mai udito prima.

«Ossignore, sono tornati» mormorò Naija, alzando gli occhi al cielo. «Questa è davvero una giornata infausta.»

Dal portale di legno massiccio di Saint-Yves erano entrati due uomini, uno dalla pelle scura e i capelli neri, l'altro biondiccio e dai lineamenti che ricordavano molto quelli di Ludwig, anche se lo sconosciuto aveva i capelli sì ricci ma assai più corti di quelli del Custode. Entrambi gli uomini indossavano degli impermeabili di tela cerata nera sopra i raffinati abiti in stile Capricorno, ma erano comunque bagnati fradici dalla testa ai piedi.

Era stato l'uomo biondo a parlare. La sua Forma dell'Anima lo faceva apparire più che trentenne. Aveva la barba chiara non rasata da qualche giorno, il viso ovale e magro, con una fossetta sul mento. Gli occhi erano chiari quanto i capelli e sembravano sfavillare di una singolare e misteriosa luce. Nel complesso era un tipo piuttosto piacente.

L'uomo riprese il discorso con la stessa baldanza di prima: «Come spesso soleva dire mia nonna: "Quando canta la rana, la pioggia non è lontana", e difatti proprio ieri pomeriggio si sono fatti vedere nei pressi del nostro arco di Muro un paio di Incubi sotto forma di rospi giganti e dentuti. Dopo averli massacrati a dovere abbiamo avuto una mezza idea di cucinarceli, ma tutti giurano che la carne di Vuoto è davvero disgustosa e non ci tengo granché a sconfessarli. I denti comunque li abbiamo tenuti da parte. Erano lunghi più di un metro. Magari li useremo come spuntoni per costruirci dei rostri difensivi davanti al cancello otto. In ogni caso, che ne dite di fornire ombrelli anche a noi uomini di frontiera? Se continua a piovere così, finirà che dovremo bonificare la brughiera dopo che si sarà trasformata in palude.»

Hideki si congedò senza troppi convenevoli, lanciando ai due uomini appena entrati un'occhiata divertita. Ludwig sospirò pieno d'amarezza, mentre Michelle osservava con aria imperturbabile l'avvicinarsi di quei due, che, dopo essersi scrollati alla meglio le gocce di pioggia di dosso, si unirono al gruppetto con fare da smargiassi.

«Ah, be', noto che in mia assenza ne succedono davvero di ogni» continuò il biondo, ignorando apertamente la presenza della Gran Maestra a pochi passi da lui e rivolgendosi al resto dei presenti. «Dite un po': ma davvero la nostra Michelle ha menato Philippe Boone del Sagittario? Quello se la fa con una delle Bandane Rosse, mi dicono, e ora la squadra di lei verrà a romperci le scatole davanti al nostro settore ogni volta che può, tanto per provocarci. Ah, e ci credete che uno degli Incubi stava per mangiarsi le braccia di Rashid?»

Rashid, l'uomo dalla pelle più scura entrato insieme a lui, arrossì d'azzurro e lanciò uno sguardo preoccupato in direzione di Naija. «Senti, Klaus, ti ho già detto che se la racconti in quel modo mi fai passare per cretino. Non stava affatto per "mangiarmi le braccia", avevo la situazione ancora *pienamente* sotto controllo» precisò simulando sicurezza.

«Da dietro sembrava proprio che stesse per mangiartele. Sai, le aveva già tra le fauci ed eri a zero Grani. Comunque sia, signori, amici e colleghi, in verità vi dico: a parte qualche Aberrazione particolarmente brigosa da eliminare, non si è mai visto un periodo più tranquillo di questo. Ho sentito dire che quelli del Sagittario hanno scorto la luna velarsi di rosso. Be', alzano il gomito più di quanto ammettono, se volete il mio parere. Ho lasciato al Muro centoquaranta uomini: una sessantina al cancello numero otto, alloggiati al Borgo, e un'ottantina al cancello sette, acquartierati a Ravenmoore. Ritengo sia un numero ben più che adeguato, considerato il momento di Bassa Marea. Tutti gli altri sono tornati con noi.»

«La Gran Maestra aveva ordinato di pattugliare per sicurezza anche –» iniziò Ludwig.

«Le Terre Esterne davanti ai territori dei Gemelli e del Toro, certo» confermò Klaus. «E difatti ci siamo andati, ma erano già in numero sufficiente, vista la carestia di Vuoti che c'è in giro. I Gemelli come sempre sono un disastro, ma i Guerrieri del Toro non sono affatto scarsi e possono cavarsela egregiamente da soli. Difatti, mentre eravamo da quelle parti, ho appreso da una fonte attendibile che Ji-soo Jeon e Ambra Valenti hanno fatto fuori un Anacoreta da sole. Avete presente? Ah, che donne! Belle e letali!» Klaus scosse la testa con aria sognante. «Quella Ji-soo si muove in maniera talmente leggiadra, per forza sfugge con facilità ai mostri. Sapete, io sostengo sempre che il mestiere che si svolgeva in vita influenza il nostro animo come Guerrieri, anche se gli esperti mi assicurano che non è vero. Ma cosa diavolo ne sapranno, in fondo, i Bibliotecari? Stanno tutto il giorno piegati in due su quegli scrittoi. Il Muro lo vedono solo nelle miniature contenute nei loro polverosi libroni.»

Klaus si avvicinò a Adelmo e gli affibbiò una manata sulla spalla. L'italiano rimase così interdetto che i baffi gli si arricciarono. «Oh, oh, oh! È questo qua, dunque, quello che ha fatto impazzire il nero cuoricino della nostra Michelle?» domandò studiandolo con occhi famelici, da vero vampiro al pari delle Venerabili Maestre. Adelmo non riuscì a sostenere il suo sguardo.

«Non credo di aver udito bene» sibilò la Gran Maestra da dietro. «Ti spiace ripetere?»

«Ah, Mich! Si parlava proprio di te!» la accolse Klaus, fingendo di non averla vista.

«Sì, me ne sono accorta. Ero qui in piedi a un metro da voi. Devo dunque desumere che la situazione al Muro è talmente sotto controllo da consentire anche ai Venerabili Maestri di spassarsela raccontando sciocche storielle sul mio conto?»

Klaus sfoggiò un sorrisetto perfido. «Tranquilla, Mich. Certe illazioni hanno vita breve, e le bugie hanno le gambe cortissime. In un certo senso è un bene che qualche brandello d'informazione ogni tanto scollini oltre i nostri confini. Quella Merve delle Bandane Rosse è venuta a sapere che... sì, sai, di quella cosa che ti riguarda. Deve averla riferita a qualcuno, perché ora la notizia si sta diffondendo, anche se non tutti i mali vengono per nuocere.» Klaus appioppò una pacca sulla schiena a Adelmo e lui trasalì ancora una volta. «Ma guarda un po' questo! Mi pare un uomo tutto d'un pezzo. Mandalo con me, quando torno al Muro, e te lo svezzo io come Dio comanda. Niente più allenamenti in soffitta. Di certo però quello che è successo alla Ceremonia delle Armi non mi sorprende: in effetti è proprio il tuo tipo, Mich. L'ho sempre detto che avevi un complesso paterno.»

«Se sei tornato solo per propinarci cavolate e gossip puoi tornartene seduta stante oltre il Muro e rimanerci fino alla prossima Alta Marea» ringhiò Michelle. Le gote ceree si erano velate d'azzurro. «Per quanto riguarda mandarti Adelmo, puoi metterci una pietra sopra: abbiamo iniziato a addestrarlo da poche settimane, e come forse saprai...» Michelle per un attimo esitò. «... con lui non possiamo rischiare troppo.»

«Già, ho sentito. È un monograno.»

«Non chiamarlo più così. Lo sai che odio quel termine.»

«Lo hai già introdotto alle gioie dell'arte?» domandò Klaus con infida curiosità.

«Sì.»

«Non mi dire! E che fa?»

«Si dà il caso che sia poeta» rispose Michelle sollevando il mento in segno di sfida.

«Ma va'?»

«Eh, già.»

«Ti ha scritto poesie d'amore?»

«Fuori.» La Gran Maestra indicò il portone della cattedrale. «Almeno per oggi sei bandito ufficialmente da Saint-Yves.»

«Gran Maestra, ti prego di perdonare il comportamento di questo zotico» intervenne Ludwig con durezza. Dei fulmini balenavano nel profondo dei suoi occhi chiari. «Penserò io a condurlo altrove, con le buone o con le cattive.»

«Va bene, va bene. Andrò a riposare. Viaggiare sotto la pioggia è stato sfibrante. Ma un giorno o l'altro concluderemo questa conversazione, mia Adorabile Maestra» promise Klaus, poi arricciò gli angoli della bocca disegnando un sorriso mefistofelico e osservò per un'ultima volta Adelmo con occhio clinico. Alla fine salì la scalinata verso il dormitorio della cattedrale accompagnato da Ludwig, anziché uscire come gli aveva ordinato la leader.

«Che cretino» sussurrò Naija, ma poi venne accostata da Rashid e si mise controvoglia a chiacchierare con lui.

La Gran Maestra pareva ancora in forte imbarazzo per i commenti puerili del Venerabile Maestro, ma una volta che lui e Ludwig si furono allontanati a sufficienza, tornò comunque ad avvicinarsi a Adelmo.

«Cosa ti turba? Ti vedo assorto. Non dare troppo peso ai commenti di Klaus, lui si comporta sempre così» assicurò, non riuscendo però a guardare il novizio in volto.

«Allora ti confido una cosa, Gran Maestra. A me pare che qui al Tempio si pensi parecchio alle donne e assai meno a combattere» osservò Adelmo.

Michelle alzò gli occhi al cielo e sorrise con amarezza. «L'hai notato, eh? Non per nulla ti ho detto che il Capricorno è l'unica Casa seria, eppure anche tra i nostri uomini ci sono alcune pecore... *bianche*, se così vogliamo chiamarle. Klaus è il fratello maggiore di Ludwig, ma non potrebbero essere più diversi.»

«Il fratello *maggiore*? Che fatto singolare, senza averlo saputo avrei di certo immaginato il contrario. Il Custode mi pare una persona molto più seria e matura. Potrò fidarmi di quel Klaus, oltre il Muro?»

«Oh, quello sì, decisamente. Klaus è uno dei migliori con lo Shintai in mano. Tuttavia, mi sento anche in dovere di evidenziare, o non sarei una Gran Maestra coscienziosa, che in effetti i rapporti d'amicizia e i legami romantici sono importanti per noi, perché rappresentano l'unico modo per ripristinare i Grani perduti. Di certo non intendo persuaderti a correre dietro alla prima ragazza che incontri, ma più i tuoi *desmoí* saranno forti, e prima rigenererai i Grani perduti. O, nel tuo caso, *il* Grano. Per te potrebbe rappresentare la differenza fra la vita e la morte.»

«Certo, lo capisco» borbottò Adelmo con aria meditabonda.

«Noi del Capricorno siamo persone riservate e non entriamo spesso a farci visita nel Piano Astrale, per cui di solito non abbiamo dei *desmoí* fortissimi» spiegò Michelle. «Il rapporto che hai instaurato con me e gli altri Maestri dovrebbe essere sufficiente a rigenerare il tuo Grano abbastanza velocemente, se lo perdessi; ma se vuoi esserne ancora più sicuro ti consiglio di coltivare qualche amicizia esterna al nostro segno, dove sono più espansivi.

«Le ragazze del Toro sono particolarmente... ecco... *estroverse*, diciamo così, ma altri le definirebbero *facili*. Quelle della Vergine sono amorevoli e affettuose, se gradisci quel genere di donna. Le ragazze della Bilancia sono buffe e simpatiche, anche se non lo immagineresti mai, visto che la loro Casa è basata sull'imparzialità. E quelle dei Pesci... be', sono un po' troppo sensibili, ma se ti farai amica una di loro avrai vita facile. Di norma non lo consiglierei per nessun motivo, perché preferisco mantenere tutti i rapporti all'interno della nostra Casa, ma se servisse a salvarti la vita...»

«Descrizioni curiose, le tue. Dunque ciò che dicono in giro riguardo al Toro è vero. A volte, forse con frivolezza, mi domando a quale Casa verrebbe assegnata la mia futura moglie» disse Adelmo. La sua voce divenne distante, incrinata dal dolore. «Anche se ormai immagino dovrei chiamarla soltanto *colei che fu la mia promessa sposa*.»

«*Promessa sposa*?» Michelle inclinò la testa di lato e corrugò la fronte. «Non mi avevi mai raccontato che... non mi avevi raccontato niente del genere.»

«Chiedo venia, ma non si è mai presentata l'occasione di parlarne. Fino a questo momento, almeno.»

«Capisco, certo» mormorò Michelle, stropicciando l'orlo della manica del vestito vittoriano. «Eravate fidanzati ufficialmente?»

La voce di Adelmo si fece pesante quanto un macigno. «Sì, è così. Saremmo dovuti convolare a nozze dopo qualche mese, ma poi la guerra si inasprì, io venni chiamato altrove e tutti i nostri piani saltarono.»

«Dev'essere una situazione spiacevolissima per te, averla abbandonata sulla Terra. Una situazione terribile e incredibilmente triste. Perdonami se ti ho consigliato di lanciarti alla conquista di donne in quel modo.»

«No, non mi sono offeso. Purtroppo, ho già avuto modo di farmene una ragione. Non la rivedrò mai più, a meno che non sia finita qui anche lei, ma che speranza ci può mai essere in quel senso? Dovrei metterci una pietra sopra e cominciare a pensare al futuro.»

«La amavi?» domandò Michelle in tono fin troppo compassato, come se stesse domandando a Hideki le ultime novità sull'avvicinarsi dei Vuoti.

«Non la conoscevo poi così bene, ma credo si possa dire di sì» rispose Adelmo. «Sì, l'ho amata, per quel poco che è durato.»

«Non la conoscevi bene ma stavi per sposarla?» domandò Michelle con una certa asprezza, poi, forse resasi conto di essere stata insensibile, morse una delle sue labbra nere.

«A te magari parrà strano, ma–»

«I tuoi erano tempi diversi, certo. Sono una stupida.»

«Si chiamava Gwyneth, ma preferirei tacere il cognome. Il nostro matrimonio era stato deciso tempo addietro, dacché era conveniente per entrambe le nostre famiglie, ma questo fatto non rappresentò alla fine un grosso problema, perché conoscendola scoprii di amarla. E lei amava me, di questo sono altrettanto certo. In realtà, non so davvero come possa aver accolto la notizia quando gli ufficiali per forza di cose le avranno comunicato che io... Gwyneth era una donna forte e determinata, ma anche d'animo sensibile. Spero non abbia commesso qualche atto scellerato. Non potrei davvero perdonarmelo.»

Michelle rimase a lungo in silenzio, gli occhi cinerei che serpeggiavano come vipere impazzite tra le colonne della cattedrale, manifestamente immersa in pensieri profondi e insondabili che Adelmo non riuscì a decifrare. Se l'era immaginato, o la leader era parsa colpita quando aveva fatto il nome di Gwyneth?

Per alleggerire l'atmosfera, decise di domandare: «Tu, Gran Maestra, ce l'hai un compagno?»

Lei per tutta risposta arrossì d'azzurro e non emise un singolo fiato.

«Se ce l'hai, lo tieni davvero segreto» continuò lui, vedendola esitare. «Ma non mi sento di biasimarti. Nella tua posizione immagino sia saggio comportarsi in questo modo.»

«No, non ho un compagno, e non ce l'ho mai avuto da quando sono arrivata qui» rivelò infine Michelle con la voce velata d'amarezza. Dallo sguardo spento si desumeva che detestava parlare dell'argomento. «Temo di non potergli offrire ciò che desidera. Ovvero ciò che tutti gli uomini in fondo desiderano. Sarei per lui solo un'enorme delusione.»

«Perdonami, ma come puoi saperlo con sì profonda certezza?»

«Perché non posso offrirlo a nessuno.»

Cancro
Arwen

Sujira era in piedi sulla gradinata più alta della Cava con le braccia conserte e l'aria scocciatissima.

Erano ormai ore che osservava Mark Colby darsi inutilmente da fare, cercando invano di plasmare l'argilla senza concludere un accidente. L'aspirante Cavaliere aveva prelevato la corretta quantità di blocchi dal mucchio, ma ricavarne le sembianze di un cavallo era tutta un'altra storia e Sujira era quasi certa che lui non avesse affatto compreso cosa si celasse davvero dietro quel rituale, rendendo così il suo progetto fallimentare a priori. Il problema era anche esacerbato dal fatto che lei non nutriva il reale desiderio di vederlo completare l'opera; per tale motivo non lo aveva aiutato in maniera diretta, sperando che lui se la sbrigasse da solo. Fino a quel momento, però, Mark non c'era riuscito, e se quell'impasse fosse proseguita sarebbe stato indicibilmente umiliante per lui, ma anche negativo per l'immagine di lei. Sujira era una Grande Ufficiale e non poteva lasciare che si spargesse la notizia che il suo novizio era ancora privo di Pegaso. Sarebbe stato tragico per entrambi.

La Cava era stata creata radendo al suolo la sommità di uno dei Picchi Gemelli – quello a fianco del Dente, su cui era costruita Castrum Coeli. Al suo posto erano state scavate delle fosse nelle quali, andando contro ogni legge della fisica, si formavano di continuo masse informi d'argilla. Nella Cava erano anche state edificate delle strutture, tra cui il Teatro di Hera, dove i novizi di tutti i reparti del Sacro Ordine del Cancro andavano a modellare i loro Pegasi.

Il Teatro di Hera aveva l'aspetto di un grande teatro romano all'aperto, costruito in pietra e dalla classica forma semicircolare, con tanto di lunghissime gradinate che scendevano verso il palco. I novizi portavano i blocchi d'argilla da modellare proprio sul palcoscenico, come se stessero mettendo in scena uno spettacolo, anche se gli unici spettatori erano di solito i loro stessi Ufficiali o altri Cavalieri Professi che volevano fornir loro consigli.

Quel giorno sia la Cava che il Teatro di Hera erano deserti, dal momento che tutti i novizi arrivati di recente avevano già portato a termine il compito ormai da diverso tempo e avevano cominciato a effettuare i primi pattugliamenti del Tempio volando sui loro nuovi smaglianti destrieri, accompagnati dai propri

Ufficiali. Tutti a parte Sujira e Mark, ovviamente.
Lei, però, aveva un piano di riserva.

Seydou, il Cavaliere di Gran Croce, smontò dal suo Pegaso appena dietro le gradinate del Teatro e avvistò Sujira da lontano, sul lato opposto. Non incontrava la Grande Ufficiale da quasi una settimana, pertanto aveva deciso che verificare come si era evoluta la situazione tra lei e il novizio dopo la Ceremonia delle Armi era diventato quanto mai necessario. Lasciò scivolare lo sguardo verso Mark, intento a pasticciare con le mani dentro un blocco di argilla al centro del palco, e comprese che il ragazzo era ancora in alto mare. Emise un sospiro e scosse la testa, poi, camminando con le braccia congiunte dietro la schiena, percorse la semicirconferenza della gradinata più alta per esigere un chiarimento da colei che sarebbe dovuta diventare la Dama di Grazia Magistrale del novizio.

Quando Seydou le si avvicinò, però, Sujira cominciò a parlare ancor prima che lui avesse il tempo di salutarla. «Non aprire bocca. Non azzardarti a dire una parola. Ti avviso che sono inferocita» lo mitragliò, mantenendo le braccia conserte senza distogliere lo sguardo da Mark, decine di metri più in basso.

Seydou non aprì bocca.

«Quel porco continua a guardarmi il sedere e le tette ogni volta che ne ha anche solo la minima occasione.»

Ancora una volta Seydou non parlò.

«Silenzio assenso, dunque? Bene, ottimo. Davvero. Ne prendo ufficialmente atto» segnalò la Grande Ufficiale con voce acida, le palpebre che le tremolavano dall'irritazione.

«Non mi avevi imposto di non dire una parola?» obiettò il Cavaliere di Gran Croce, inarcando una delle folte sopracciglia nere. «Ho annotato mentalmente il tuo disappunto nei suoi confronti.»

«Certo, come no, l'hai *annotato mentalmente*.» Sujira fece una smorfia di scetticismo con quelle labbra carnose che innumerevoli volte avevano indotto Mark a desiderare di compiere atti sconci nel proprio Piano Astrale sui quali si ritiene saggio tacere. Quando ricominciò a parlare, la stizza sembrava essersi però già affievolita. «Forse se pensasse di meno al mio sedere e di più ai suoi doveri avrebbe già concluso qualcosa.»

«È solo una questione di tempo. Prima o poi ci riuscirà, come tutti gli altri» la rassicurò Seydou, cercando di far uscire allo scoperto le vere intenzioni della Grande Ufficiale. «Certo, ammetto che ci sta mettendo davvero–»

«Voglio che sia affidato a qualcun altro.»

«Addirittura?» replicò Seydou. Finalmente aveva compreso quali fossero le mire di lei. «Non ti pare eccessivo?»

«Sì, insomma...» Sujira sgranò gli occhi e fece vagare lo sguardo lungo le gradinate del Teatro di Hera. «Non mi sembra, ecco... non mi sembra giusto che io venga...»

Seydou continuò a osservarla senza fiatare. Era fermamente convinto che, a volte, la strategia migliore in un dibattito fosse quella di lasciare che l'avversario si mettesse in trappola da solo e tradisse il proprio movente, dopo essere finito col piede nella sua stessa tagliola.

Dopo pochi istanti, Sujira specificò: «Non mi sembra un ambiente sicuro per una donna, ecco. Mi sento oggettificata. No, non è giusto.»

Il Cavaliere di Gran Croce alzò ancora una volta le sopracciglia e non pronunciò una singola parola, proseguendo nella sua tattica.

«Gli uomini sono fatti così, eh? Stavi per dirlo, non provare neanche a negarlo» aggiunse lei. «No, non provarci. Certo, finché siamo a Castrum Coeli è soltanto quella vecchia rompiscatole di Sujira che si lamenta dell'ennesimo ragazzo che la guarda. Ma se poi quello si mette a guardarmi il sedere quando siamo dall'altra parte del Muro e si fa ammazzare, eh? Come la mettiamo? Non è giusto scaricare su di me gli elementi più problematici del nostro Ordine. Io me ne lavo le mani di quel Mark. Non è corretto, ti dico. D'ora in poi voglio solo ragazze sotto la mia ala. Ne ho abbastanza di maiali. Con Eduardo è stato lo stesso. Era uguale a lui.»

«Ah, già. "Quel porco di Eduardo", lo chiamavi. E com'è finita con lui? Ricordamelo un po'.»

Lei si morse un labbro e non rispose.

«Ti rinfresco la memoria, allora: lo spompavi così tanto a letto che di giorno faceva fatica a tenersi in piedi. Non che lo ritenga un problema. Le relazioni tra Guerrieri non sono proibite, nel Sacro Ordine del Cancro, anche tra Ufficiali.»

«Accoppiare Dame e Cavalieri maschi è un errore, l'ho sempre detto. E comunque con Mark non succederà. Lui non mi piace.»

Le si sta allungando il naso. «Con Mark non succederà? Ottimo motivo per tenervi insieme, allora.»

Sujira emise un soffio e prese a camminare avanti e indietro col capo chino, immersa nei suoi pensieri.

Seydou sospirò, esaminando per qualche momento la questione con la massima obiettività possibile. Ormai aveva compreso qual era il problema di fondo, anche se Sujira era stata bravina a camuffare i suoi reali sentimenti. *Diamole una possibilità di uscire allo scoperto*. «Non sarà che vuoi disfarti di lui perché è imbranato e temi che averlo sempre al fianco si rifletterebbe negativamente sull'immagine pubblica della Grande Ufficiale Sujira Thongchai?»

Lei sollevò le sopracciglia e fissò l'immensità del cielo oltre le montagne con l'espressione più neutra possibile, ma Seydou ormai l'aveva in trappola. «Ma, no... cioè, ma *certo* che non è così. Per chi mi prendi?»

«Da quando Mark è arrivato tra noi, lo hai aiutato una sola volta?»

Sujira si strinse nelle spalle e ripartì alla carica: «Ma sì, ovvio. Gli ho spiegato tutto ciò che c'è da sapere. Ma come posso lavorare in modo sereno con uno che quando parliamo... sì, insomma... non riesce a mantenere gli occhi sul mio viso?»

«Gli hai "spiegato tutto", ma spiegare non significa aiutare. Al Cancro noi aiutiamo gli altri. È il nostro dovere e non facciamo distinzioni, lo sai benissimo. Allora, perché sono qui a ricordarti qualcosa che sai benissimo?»

Sujira annuì e socchiuse le palpebre. «Quindi costringi una delle tue Grandi Ufficiali a essere molestata sessualmente sul luogo di lavoro. Bene. Perfetto. L'ho "annotato mentalmente" anch'io. Gli altri Ufficiali potrebbero venire a saperlo presto.»

Seydou controbatté a quella sottile minaccia senza perdere un centesimo del suo autocontrollo: «Questo non è un luogo di lavoro. Non veniamo pagati. L'aiuto che forniamo agli altri è la ricompensa stessa. Al Tempio viviamo e combattiamo insieme, oppure moriamo da soli.»

Lei abbassò lo sguardo. «Belle parole. Ma le conoscevo già.»

«Mark è solo uno dei tanti abitanti del Tempio che ha bisogno d'aiuto. Il *tuo* aiuto, in questo caso. Il resto non conta» proseguì Seydou. «Solo perché in questo momento non si trova avviluppato dalla lingua di un Chimo che sta per infilarselo tra le fauci non significa che abbia meno bisogno di te. Cerca di vederla in questo modo e troverai la maniera di aiutarlo. Per quanto concerne la sua condotta, mostragli cosa sai fare sul campo di battaglia e vedrai che inizierà a rispettarti e a vederti come una Grande Ufficiale, anziché una bambola del sesso.» Seydou si allontanò da lei a passi misurati, ma quando fu abbastanza lontano gridò, utilizzando l'antichissima tecnica che consiste nel porre una distanza di sicurezza fra te e la tua potenziale assassina: «Sempre che smettere di essere ammirata sia ciò che desideri veramente!»

Sujira spalancò la bocca e lo fucilò con una generosa sequela di volgarità gratuite in svariate lingue, tra le quali diverse morte, ma Seydou era ormai troppo lontano per udirle.

Mark era adirato con se stesso, ma anche piuttosto perplesso.

Si stava dimostrando un totale inetto, questo era innegabile, anche se conoscendosi alla perfezione non è che si fosse aspettato qualcosa di diverso; eppure, era altrettanto vero che la Madre Reverenda della Vergine lo aveva incoraggiato – durante quei cinque minuti in cui aveva conversato con lui – più di quanto Sujira avesse fatto dal momento in cui aveva messo piede a Castrum Coeli. E Sujira era la sua Dama di Grazia Magistrale predestinata, ovvero colei con la quale avrebbe dovuto far coppia per un periodo di tempo non certo trascurabile, fintanto che lui non fosse avanzato di grado, e rischiavano di volerci anni.

Questa è una farsa. Come possono aspettarsi che io modelli un intero cavallo alato usando dell'argilla, e che quello poi prenda vita? Non sono mai stato bravo nelle arti visive. Non so nemmeno disegnare, figuriamoci scolpire. E poi, dov'è il tornio e tutto il resto? Non è così che funziona lavorare l'argilla, per la puttana.

Com'è che si chiamava pure la leader della Vergine? Chae... qualcosa. "Coraggio, allora! Tifo anch'io per te! Hwaiting!", mi ha urlato. Ma cosa vorrà dire "hwaiting"? Non lo capisco nemmeno con la lingua universale. Forse è "fighting", ma alla coreana?

Però è stata davvero convincente. Mi ha fatto sentire ultra-carico almeno per un po'. Se avessi lei come Dama sarebbe tutto molto diverso.

Mark non nutriva forti speranze che Sujira potesse effettivamente aiutarlo. Era una ragazza molto bella, e sulla Terra quelle belle come lei ricevevano tutto su un piatto d'argento. Di sicuro era una Guerriera di livello mediocre ed era diventata Grande Ufficiale andando a letto con qualcuno di alto rango, con tutta probabilità il Cavaliere di Gran Croce stesso, con il quale sembrava intendersela sia in pubblico che in privato.

Neppure Sujira nutriva forti speranze di poter aiutare Mark. Era conscia di essere bella, e sulla Terra i tipi come Mark non prendevano sul serio le ragazze come lei. Di certo dentro il suo cervello da maschio stava pensando che lei era una Guerriera di livello mediocre e che era diventata una Grande Ufficiale andando a letto con il Cavaliere di Gran Croce, anche se non era affatto vero. Tuttavia, se Mark non fosse riuscito a crearsi un Pegaso, lei non avrebbe potuto portarlo oltre il Muro, e se non lo avesse portato oltre il Muro non avrebbe potuto mostrargli che era un'abilissima Guerriera. Era un circolo vizioso.

Dal momento che Seydou si era rifiutato di assecondare la sua richiesta, Sujira continuò a meditare a lungo su come approcciare la questione mordicchiandosi le labbra carnose, finché il sole del pomeriggio iniziò a tramontare a est, colorando la terra e le pietre della Cava di una tonalità ancora più rossastra di quanto non lo fossero per natura. Dopo tutto quel dibattere interiore, la Grande Ufficiale prese infine una dolorosa decisione. Discese le gradinate con due eleganti balzi, atterrando sul palco a pochi metri da quell'asino del suo novizio.

Mark trasalì e scattò in piedi con le mani ancora impataccate d'argilla.

«Mark Colby!» esclamò lei in tono autoritario.

«S-sì?»

«Sono giorni interi che vai avanti così e non hai combinato niente di buono. Sai cosa succederà adesso?»

«Forse. Sei venuta a dirmi che verrò espulso dall'Ordine in via definitiva e declassato a Intoccabile per aver fallito nel mio primo compito ufficiale. Ci ho preso?»

«Per niente.»

Il viso di Mark si distese. «Allora non credo di saperlo. Mi daresti almeno un piccolo indizio?»

Sujira appoggiò le mani sui fianchi. «Ora io e te modelleremo un accidenti di Pegaso e tu diventerai un accidenti di Cavaliere Professo, ecco cosa succederà. E non osare ribattere.»

«Porca vacca, dici davvero?»

«Mai stata più seria» garantì lei con un tono che non ammetteva obiezioni. «Ne sono certa perché non ce ne andremo da qui finché non ci saremo riusciti, anche a costo di dormire su questi gradoni per una settimana. Ci siamo capiti?»

«Sì, signora!» approvò Mark nel tono di voce più formale che lei gli aveva mai sentito emettere. Subito dopo, però, l'occhio di lui scivolò sulla tunica di Sujira che, agitata lievemente dalla brezza calda, rivelò un lato delle lunghe gambe nude. Lei se ne accorse.

«Prima, però, dobbiamo sistemare una certa questione, o non credo che riusciremo a fare progressi. Dovrò essere brutalmente diretta, d'accordo?»

«Sì, signora.»

Sujira lo fissò negli occhi. «Quand'è stata l'ultima volta che hai fatto sesso?»

«*L'ultima*? Mi duole ammetterlo, ma non c'è mai stata nemmeno una *prima*, di volta» ammise con schiettezza Mark.

Il viso di lei ebbe un sussulto. «Non sei mai stato a letto con una donna?»

«No, signora.»

Sujira aprì e richiuse la bocca diverse volte. «Molto bene, quindi, dunque... Cioè, ti offendi se ti dico che un po' me lo sentivo?»

«No, signora.»

«Allora lascia che te lo dica chiaramente: non credo che la tua situazione sotto questo profilo migliorerà in tempi brevi. Di sicuro non per opera mia. Patti chiari, amicizia lunga. È un problema?»

«No, signora.»

La Grande Ufficiale si tormentò il labbro inferiore con i denti. Mark aveva rinunciato a ribattere con commenti arguti come faceva di solito? Se così era, questa nuova versione di lui non le piaceva quanto si era immaginata; al contrario, era un'involuzione. E poi, non si vergognava a dichiarare di essere vergine a trent'anni suonati, pur essendo ossessionato dalle ragazze?

Nel vederlo inspiegabilmente così arrendevole, Sujira sperimentò un inatteso moto di compassione. Umiliare i novizi non era certo un modo d'agire che si confaceva agli Ufficiali del Sacro Ordine del Cancro, dunque perché si stava comportando con Mark come avrebbe fatto una Maestra del Capricorno, o la Shogun?

L'avvenente tailandese dalla pelle ambrata si schiarì la gola e distolse lo sguardo da lui, sentendosi quasi colpevole. «Se fossimo sulla Terra ti inviterei nella mia città, in Tailandia. Ho avuto la sfortuna di nascere a Pattaya, per cui volente o nolente conosco diversi Gentlemen's club che farebbero al caso tuo, dove troveresti un'abbondanza di ragazze prontissime a *svuotarti*, se capisci ciò che voglio dire. Non sorridere in quel modo cretino, dopo essersi prese cura del tuo corpo svuoterebbero anche il tuo portafogli, che ti credi? Purtroppo per te non esistono bordelli, qui nella contrada del Cancro, ma ci sono dei luoghi d'incontro, se ti va di fare nuove conoscenze. Ma anche lì non c'è la sicurezza di nulla, servono solo a conoscere gente nuova, quindi non illuderti troppo. Hai capito?»

«Sì, signora.»

Lei pestò un piede a terra. «La smetti di parlarmi in quel modo? Oggi mi sei diventato d'un tratto tutto formale. Io diventerò la tua Dama di Grazia Magistrale, quindi non c'è bisogno di dirmi "sì, signora" ogni volta che mi rispondi. Anzi, smettila proprio. Quando sei con me non serve.»

«Va bene, scusa.»

Sujira sospirò e con calma riprese il discorso: «Di sicuro avrai già capito che al Tempio, quando si è di un certo umore, non è possibile praticare l'autoerotismo, nemmeno nel Piano Astrale. E farsi una doccia gelata non serve a nulla.»

Incrociò le braccia per l'ennesima volta, ma non si sentiva affatto imbarazzata a discutere di certi argomenti con un uomo. «Al Sacro Ordine del Cancro a volte può capitare che le Dame di Grazia Magistrale siano accoppiate a novizi di sesso opposto, dunque se proprio ti senti di continuo arrapato come un dodicenne dovrai sopportarlo senza molestare nessuno; né me, né tantomeno le altre Ufficiali. Hai intenzione di farcela?»
«Sì, sign– ehm... Grande Ufficiale Sujira Thongchai.»
«Sujira è sufficiente.»
«Sujira» ripeté Mark con un sorriso. «Permettimi però di giustificare almeno il mio comportamento. Vedi, per noi maschi è difficile, perché–»
«No, non provarci nemmeno con queste stronzate» lo zittì lei. «Credi che le ragazze non si eccitino mai nel vedere tutti i begli uomini che ci sono in giro al Tempio? Noi proviamo le stesse cose che provate voi, quindi non è una scusa valida.»
«Io per caso sono compreso nell'elenco dei "begli uomini"?»
«Cosa devo fare con questo qui...» Sujira lasciò scorrere le dita fra i rigogliosi capelli scuri e si massaggiò il cuoio capelluto, decidendo di sorvolare su quel commento. «Diventare la tua Dama di Grazia Magistrale comporta che per un certo periodo io e te saremo sempre insieme. Questo sempre presuppone che tu riesca a crearti un Pegaso, diventando così un Cavaliere. Lavorando a stretto contatto è quasi certo che si svilupperà un minimo d'intimità tra di noi, e quindi si formerà un *desmos*, concedendoti l'accesso al mio Piano Astrale. Non hai, e ribadisco *non hai*, il permesso di entrarci quando ti pare senza essere stato invitato. Se lo farai, mi sentirò costretta a bloccarti l'accesso, anche se non eliminerò del tutto il *desmos*, perché farlo è molto doloroso. Questo ti è chiaro?»
«Tutto chiarissimo. Tu, invece, ehm...»
«Sì?»
«Tu invece nel mio Piano Astrale puoi entrarci quando vuoi. Così, tanto perché tu lo sappia.»
Sujira emise un sibilo e alzò gli occhi al cielo. «Grazie dell'informazione.» Esaminò Mark da capo a piedi, analizzando il suo aspetto con la stessa diligenza che lui aveva usato il giorno del suo arrivo per valutare lei. La veste da frate che indossava era la cosa meno eccitante che si potesse concepire, ma cercò di immaginare come fosse al di sotto. «Onestamente, non sei così orrendo» concluse picchierellandosi le dita su un braccio con aria assorta. «Credo che i tuoi insuccessi con le donne dipendano più che altro dal tuo atteggiamento.»
«Ehm, grazie?» farfugliò Mark, speranzoso.
«Adesso però non farti troppi viaggi mentali. Non sei affatto il mio tipo. Parlavo di *altre* donne. A *loro* magari potresti piacere.»
«Capisco.»
«E poi, sei sempre così timido e remissivo? Ti esprimi a monosillabi.»
«Solo in presenza di ragazze bellissime.»
Sujira si lasciò sfuggire una risatina d'incredulità. Mark era tenace, questo doveva ammetterlo, e la tenacia era una delle qualità che contraddistinguevano

i Cavalieri Professi, se solo lui l'avesse incanalata dov'era più opportuno. Sollevò gli occhi verso le nuvolette che viaggiavano nel cielo sopra di loro e si mise di nuovo a tamburellare le dita sulle braccia conserte. «Ti ringrazio del complimento. Questo argomento ora è chiuso, quindi possiamo passare a parlare di cose più serie. Ci stai?»

«Sì.»

«Un po' d'animo, per la miseria!»

«Ci sto!»

Sujira assunse una posa più formale, da vera Dama di Grazia Magistrale. «Mark, sai cos'è il Sacro Ordine del Cancro? Che cos'è *davvero*, intendo dire.»

«Hmm, sì, credo di sì.»

«Sai perché siamo gli unici ad avere i Pegasi?»

«Forse.»

«"Forse" lo sai? Che razza di risposta sarebbe? O è sì, o è no.»

«Allora facciamo che me lo rispieghi tu, così siamo sicuri.»

Sujira arcuò le labbra in una smorfia. «Come mai ho l'impressione che mi stai facendo sprecare fiato di proposito?»

«In un certo senso è vero. È solo che mi piace sentirti parlare quando non sei alterata. La tua voce ha un accento così affascinante, erotico e passionale.»

«"Erotico"? Hai detto "erotico", Mark Colby?»

«Esotico! Volevo dire *esotico*!»

«Sarà meglio.» Lapsus freudiano o meno, l'apprezzamento fece in qualche modo breccia nell'animo della Grande Ufficiale. «I Pegasi ci permettono di raggiungere il campo di battaglia ovunque sia richiesto il nostro aiuto nel minor tempo possibile» spiegò con un sorriso. «L'Ordine ha anche un reparto ospedaliero, come avrai già avuto modo di notare. Siamo medici guerrieri: salviamo la gente e uccidiamo i Vuoti allo stesso tempo. Viviamo su questo mondo per aiutare gli altri, così io ora aiuterò te.»

«Sei fantastica» la lusingò lui.

«Continuo a non capire se mi prendi in giro con queste risposte, o se è il modo naturale che hai di esprimerti. Comunque...» Sujira indicò l'argilla alle spalle di Mark. «Perché hai preso proprio nove blocchi di argilla? Perché non otto, o dieci?»

«Mi era sembrato il numero giusto» si giustificò lui stringendosi nelle spalle. «Ho pensato: tre per farne il corpo, quattro per le zampe e due per le ali. Scusa se ho sbagliato, ma non è che me ne intenda granché di scultura.»

Lei distolse lo sguardo, quasi rammaricata di dover ammettere che Mark ne aveva combinata una giusta. «È la quantità corretta. In questo mondo, il nove è il numero del Cancro e lo si ritrova spesso all'interno del nostro Ordine. Rappresenta i nove elementi del corpo umano: cervello, capelli, ossa, pelle, nervi, carne, vasi sanguigni, sangue e unghie, ma si può applicare anche al cavallo a cui stai cercando di dar vita, con qualche leggera differenza.»

Mark parve confuso. «Okay...?»

Sujira allargò il braccio destro e aprì la mano, evocando in un attimo il suo Shintai. Era una lunga alabarda in stile cinese, o per meglio dire un *guan dao*:

un falcione dalla lama d'argento ricurva, fissata su un'asta di perla alta quasi quanto Sujira stessa. Nel punto in cui la lama era inastata sul manico, un grande intarsio argentato raffigurava un granchio con le chele aperte.

«Molto bella» si congratulò Mark. «Sembra davvero l'arma adatta a te.»

«Grazie. Ammetto che mi hai sorpresa quando alla Ceremonia hai scelto spada e scudo. Di solito quasi nessuno prende in considerazione le armi difensive, l'hai notato? Ci sono in giro pochissimi scudi, anche nel nostro Ordine.»

«Sì, l'ho notato. Ma ho usato l'intuizione come mi avete ordinato di fare voi e ho incontrato un... Comunque, lo scudo servirà a qualcosa contro i Vuoti, o è del tutto inutile ed è meglio lasciare che i Cherubini assorbano i colpi?»

Sujira smaterializzò il suo *guan dao*. «Non è affatto inutile, ma sono in pochi quelli che sanno usarlo nel modo giusto, così che non gli sia d'intralcio. Ai Guerrieri del Tempio di solito non piace difendere, tutti pensano a eliminare i Vuoti il più in fretta possibile. Tu però perché l'hai scelto? Parlamene.»

«Volevo avere qualcosa per proteggere le persone. Il Sacro Ordine del Cancro salva la gente, no? L'hai detto anche tu stessa poco fa.»

Sujira scrutò dentro il suo animo con i suoi intensi occhi bruni. «Quindi cosa intendi fare con quello scudo? Vuoi fare l'eroe che se ne va in giro per il Tempio a salvare le donzelle in pericolo?»

«Una cosa del genere, sì» ammise Mark.

Lei si lasciò sfuggire un tenue ma sincero sorriso. «Allora ho capito che tipo sei. Devi usare quello spirito per modellare il Pegaso.»

«Cosa intendi dire?»

«Credi che tutti noi Cavalieri Professi ci siamo fatti dare lezioni artistiche dai Maestri del Capricorno per modellare l'argilla e farla diventare un cavallo alato?»

«In effetti mi pareva strano, ma nessuno di voi mi ha mai spiegato come funziona di preciso questa cosa.»

«Sono i tuoi desideri inconsci, le tue ambizioni e le tue aspirazioni a dar vita al destriero, nient'altro. E non è necessario saper scolpire per riuscirci. Pensa all'uso che ne vuoi fare mentre impasti l'argilla e vedrai che assumerà la forma giusta.»

«Io... posso provarci» bisbigliò Mark buttando l'occhio verso i grossi blocchi d'argilla. Erano ancora integri, a parte due che si erano deformati durante i suoi tentativi infruttuosi.

«No, non provarci. Fallo e basta. Raccogli i blocchi e mettili l'uno accanto all'altro, vedrai che durante il rituale si uniranno da soli. No, non così, almeno accostali con un minimo di senso logico. Il muso, le gambe, il corpo e le ali sopra. Aspetta, quei due pezzi li hai già rovinati troppo lavorandoli inutilmente, non si possono usare.» Sujira volò con un balzo verso la massiccia pila di blocchi d'argilla non ancora utilizzati sul fondo del palco, dove di norma ci sarebbe stata la scenografia, e ne raccolse due, deponendoli poi accanto agli altri per formare un paio di zampe.

«Grazie mille» disse Mark. «Ora che faccio?»

Sujira allargò gli occhi e indicò i blocchi. «Devi infilare le mani dentro argilla. Mi pare ovvio, no?»

«Ma non vedo come questo–»

«Mark Colby, infila le tue cavolo di mani dentro l'argilla! È un ordine!»

«Sì!»

Mark si inginocchiò e appoggiò con timore le mani sul blocco centrale, quello che sarebbe dovuto diventare il corpo del cavallo. Premette verso il basso e le affondò all'interno della morbida e informe massa grigia fino ai polsi, quindi si mise a impastare. «Sujira, c'è qualcosa di strano. L'argilla si muove da sola. La sento contorcersi tra le mie dita. È disgustoso, cazzo. Ma che storia è?»

«Non preoccuparti, è normale. Qual è il tuo vero intento? Avanti, chi desideri salvare una volta che sarai diventato un Cavaliere Professo del Sacro Ordine del Cancro?»

«Ecco, ci sarebbe una ragazza» rispose lui in tono vago. «Ma salverei di certo anche te!»

Sujira roteò gli occhi, esasperata dalla sua perseveranza. «Sei molto gentile, ma lascia perdere me, non ne ho bisogno. Sii più preciso, invece, così non basta. E non smettere mai di impastare. Chi è l'altra ragazza? Come si chiama?»

«Emily.»

«Ma chi, quella novizia della Vergine?» Sujira inarcò un sopracciglio e appoggiò le mani sui fianchi, stupefatta dalla sua scelta. «In effetti quella poverella non ha nemmeno trovato uno Shintai. Capisco, la tua è una fantasia romantica vera e propria, allora. La vedi come una debole cerbiattina indifesa. E ora che ci penso, ti vidi parlare con lei già il giorno del vostro arrivo. Forse tra voi due c'è già qualcosa. Comunque non sono affari miei. Bene, quella dolce ragazza innocente verrà... Che hai da ridere, adesso?»

«Scusami, non ho resistito a "dolce ragazza innocente".»

«Ma sì, parlo di questa Emily. Non è dolce e innocente? Tutte le Vergini sono dolci, oneste e virtuose, e lei è perfino bionda. Le bionde a me sembrano sempre più innocenti delle altre. E vabbè, non cambia nulla: Emily verrà inghiottita da un Chimo se non la salvi subito. Ha bisogno del tuo aiuto. Vuole che la porti via, lontano. Ci vai o no?»

«Certo che ci vado!»

«E come ci vai?»

«Volando?»

«*Io* ci andrò volando, perché sono una Grande Ufficiale e ho un Pegaso tutto mio. Tu come ci andrai? Salirai in groppa insieme a me?»

«No, anche se non mi dispiacer–»

«Scordatelo. Allora come?»

«Con il mio Pegaso!»

«Ma non ce l'hai ancora» gli fece notare Sujira. «Quello non è un Pegaso. Gli manca il muso, non vedi? Continua a manipolare l'argilla e non estrarre mai le mani per un singolo istante.»

«Sì che ce l'ha il muso... *eccolo*!» constatò Mark incredulo.

«Tu dici? E la criniera dove sarebbe?»

«Qui! È *qui*! Cristo, l'argilla prende forma per conto suo!» strillò lui cercando di mantenere le mani dentro la massa plastica che si contraeva e subito dopo si solidificava, assumendo le vaghe fattezze di un cavallo. «Che cazzo di stregoneria è questa?!»

«Non basta. La povera Emily verrà uccisa! Il Chimo se la mangerà in un sol boccone se non voli subito da lei! Sta implorando il tuo aiuto! "Salvami, o prode cavaliere!" sta gridando, "Salvami, ti supplico!"»

Qualcosa nitrì.

«No, no, non è possibile! Questa cosa è demoniaca, non ha un cazzo di senso!» Mark era ormai pervaso da un senso d'orrore per la creatura che lui stesso stava plasmando. «Ci ho ripensato, non lo voglio più il Pegaso! Sujira, ti scongiuro, fermiamoci qui!»

«Non bestemmiare, qui i demoni non c'entrano. Adesso rinunci come un codardo proprio sul più bello? Ti ho detto di non smettere mai di impastare!»

«Non so cosa devo fare!»

«Plasma le zampe, le zampe! Fai scendere le mani sui blocchi di sotto. Sei arrivato da Emily e l'hai protetta. E adesso? Credi che basti questo? Il Chimo è ancora lì e vi sta venendo incontro! L'unica cosa che è cambiata è che adesso verrete mangiati in due. La cosa ti fa piacere, per caso?»

«No, certo che no! A meno che la pancia di quel Chimo non sia particolarmente calda e comoda, e–»

«Mark Colby, datti una svegliata, cazzo! Ti sembra il momento di pensare a stronzate del genere? Tu ed Emily non farete sesso nel ventre di un Chimo. Il vostro corpo verrebbe liquefatto nel giro di qualche secondo e non potremmo nemmeno recuperare le vostre uova. Verreste dimenticati. Diventereste nulla. È questo che vuoi?»

«No!»

«E allora?»

«Difenderò Emily con il mio scudo!»

Qualcosa scalciò.

«Porca di quella puttana!» imprecò Mark, inorridito da ciò che prendeva forma sotto le sue mani, quasi indipendentemente dal suo volere.

«Hai difeso la bella Emily col tuo stupido scudo, ma ora che farai?» lo incalzò Sujira. «Uccidi quel Chimo! Devi ammazzarlo con un colpo preciso di spada nel momento in cui estrarrà la sua schifosa lingua!»

«Ma non sono sicuro che... Va bene, ci provo.»

«No, non ancora. Aspetta... aspetta... Adesso!»

«*Muori*!» gridò Mark.

In quell'esatto momento, un Pegaso quasi completo balzò in piedi sulle zampe. La lunga criniera bruna frustò il viso del novello Cavaliere Professo. Il destriero nitrì e scalciò, ma le sue ali non si erano ancora del tutto formate.

«Merda, merda, e adesso? Sujira, aiutami!»

«Come si chiama? Devi dargli subito un nome! E non dire "Emily" o "Sujira", o giuro che ti faccio a fette qui nel Teatro di Hera!»

Mark si aggrappò al robusto collo del Pegaso imbizzarrito per cercare di calmarlo. Il suo manto era beige. «Dargli un nome? Non potevi avvisarmi prima!? Come faccio a inventarmi un nome così su due piedi!»

«Mark Colby, da' immediatamente un nome al tuo Pegaso o tornerà a essere semplice argilla inanimata!»

«Ma non so nemmeno se sia maschio o femmina!»

«È ciò che decidi tu! Credi che abbia davvero un sesso prestabilito?»

«Allora si chiama, ehm... Omb... Eow... Arwen! Si chiama Arwen!»

«Arwen? Figurarsi se non gli dava un nome del genere.» Sujira scosse la testa, ma sotto sotto era soddisfatta del suo operato.

Mark, ancora disperatamente aggrappato al poderoso collo pieno di muscoli del suo Pegaso, si lasciò trascinare via urlando: «Buona, Arwen! Sta' buona, ti supplico!»

Invece di ammansirsi, il Pegaso si mise a galoppare per il Teatro. Due grandi ali color perla si spiegarono in un turbine di penne argentate, preparandosi a farle spiccare il volo.

«Salici in groppa, tonto! Se precipiti dalla cima della montagna rimarrai in coma per un mese!» gli urlò Sujira. «Mark Colby, guarda che non verrò ad acciuffarti in volo come un supereroe della Marvel!»

«Non ci riesco!» strepitò lui mentre cercava di issarsi sul dorso del destriero. «Perché non capisce i miei ordini? Arwen, rallentaaa!»

Sujira attese che il Pegaso le galoppasse accanto e spinse il sedere di Mark sulla sua groppa poco prima che il destriero puntasse con caparbietà verso il fondo del Teatro, che terminava a strapiombo. Dopo un ultimo slancio Arwen saltò nel vuoto, librandosi nel cielo.

«Aiuto, non ci sono le redini!» gemette Mark mentre spariva nella calda luce del vespro, infilandosi dentro le nuvole morbide come panna montata che sovrastavano Castrum Coeli.

«Sarà meglio che vada con lui, o quello finisce che mi precipita sul quartier generale» commentò Sujira guardandolo volare abbracciato al collo del cavallo. Infilò il pollice e l'indice in bocca e fischiò. «Jessar, a me!»

Leone
Lo Specchio dell'Orso

Jihan conosceva ormai con malsana precisione ogni singola venatura dei pali d'abete che componevano la palizzata dell'arena di addestramento comune a Vajrasana.

Per alcuni giorni, dopo la Ceremonia delle Armi, aveva fatto la spola tra la casetta di legno alla periferia della città nella quale Meljean l'aveva sistemata (da sola) e l'arena, trascorrendo le giornate a sferrare colpi all'aria con la sua enorme ascia bipenne sotto gli occhi semi-attenti della sua maestra Valchiria, che spesso la osservava con aria annoiata, come se in quei momenti desiderasse essere da tutt'altra parte.

Brandire il suo Shintai con una sola mano era fuori discussione e Jihan ci aveva rinunciato da subito, anche se diversi compatrioti le avevano giurato che il peso delle armi non rappresentava un problema per i Guerrieri del Tempio, dal momento che si trattava di armi magiche (o più precisamente divine, secondo certuni). Impugnare l'ascia con entrambe le mani risultava più fattibile e la giovane aveva iniziato a prenderci un minimo di dimestichezza, ma menare un fendente dall'alto verso il basso rappresentava comunque uno sforzo notevole anche solo per il fatto di dover sollevare ogni volta l'ascia fin sopra le spalle. Senza perdersi d'animo Jihan aveva continuato a ripetere i movimenti centinaia di volte e poi ancora e ancora, nella speranza di irrobustire i muscoli delle sue esili braccia, ma era una speranza vana: in primo luogo perché i muscoli di fatto non esistevano, e secondariamente perché il suo era un problema di tutt'altra natura, anche se lei ancora non poteva saperlo. Forse se la sua Valchiria preferita avesse sbadigliato di meno e osservato di più, se ne sarebbe resa conto.

Dopo ogni sforzo più impegnativo del normale, Jihan avvertiva il fiato mancarle. Sembrava che i polmoni faticassero a pompare l'aria dentro e fuori il suo corpo. Il respiro si faceva sempre più corto, finché alla fine doveva fermarsi a riposare. Questo però a Meljean non lo aveva mai raccontato, perché se ne vergognava e temeva che se non avesse dimostrato di essere una Guerriera capace quanto gli altri, lo Jarl avrebbe finito per tenerla per sempre a Vajrasana, tra gli Intoccabili e gli infermi. Quando Meljean la stava osservando, Jihan stringeva i denti e cercava di continuare senza mostrare alcuna debolezza finché non si sentiva davvero prossima a svenire, affrettandosi poi a sedersi sui talloni non appena la Valchiria le voltava le spalle. Ma i polmoni le facevano male sul serio e i miglioramenti come Guerriera erano lenti a manifestarsi, sebbene Jihan fosse piuttosto brava a imparare delle serie di movimenti e a ripeterle, per motivi che risulteranno evidenti in seguito.

Dopo qualche tempo, un ragazzo del Perù di nome Segundo venne ingaggiato da Meljean per interpretare il ruolo di bersaglio semovente a beneficio di Jihan. Lui all'inizio si rifiutò in maniera categorica di controbattere in alcun modo ai maldestri colpi della novizia, perché la reputava troppo carina, e si limitò a parare e schivare, danzandole attorno. Lei non se ne ebbe a male e si sentì invece lusingata. Meljean la rimproverò a lungo per quell'atteggiamento troppo tenero, e rimproverò ben più aspramente Segundo per averle rivolto quel tipo di complimenti e per essersi rifiutato di combattere contro di lei con la dovuta serietà.

Spronato dalla Valchiria, il ragazzo si vide costretto a rifilare a Jihan una pedata nel didietro dopo aver schivato senza alcuna difficoltà l'ennesimo colpo, ma sbiancò in volto quando la vide capitombolare a terra lanciando un gridolino. Jihan aveva una vocetta così soffice che quando parlava sembrava emettere candide nuvolette di zucchero filato dalle corde vocali, e i suoi urletti avrebbero impietosito i più atroci demoni dell'inferno.

Nel vedere Jihan battere la faccia a terra e imbiancarsela di neve fresca, alcuni dei novizi che in quel momento si stavano allenando si lasciarono sfuggire delle risatine, ma poi la incoraggiarono con fervore a rialzarsi. Più o meno consciamente si tenevano sempre a debita distanza dalla giovane cinese, quasi la considerassero materiale radioattivo, ma nessuno di loro avrebbe saputo spiegare con esattezza il perché.

«Non mi sono fatta male. Mi sono solo spaventata un pochino» assicurò Jihan con un sorriso mentre si rialzava e scrollava via la neve dai capelli corvini.

Segundo emise un sospiro di sollievo.

Mike, che quel giorno era seduto sugli spalti a osservare gli allenamenti, scosse la testa con disgusto e gettò il mozzicone della sigaretta appena fumata dentro l'arena. «Signore e signori, ecco a voi il futuro del Leone. Ma cosa cazzo siamo diventati?»

Sotto gli stivali di Jihan la neve imbottita di diamanti scricchiolava insieme al terreno gelato mentre lei e Segundo si giravano attorno, scambiandosi ogni tanto qualche colpo. Jihan aveva ormai imparato bene a menare fendenti verticali e trasversali, ma erano talmente lenti e deboli che l'altro era in grado di pararli cozzando con la spada contro l'ascia senza imprimerci quasi nessuna forza. Dopo un po', il Cherubino che si occupava di osservare gli addestramenti all'arena smise di seguirli, anche se stavano utilizzando armi vere, perché era evidente che la novizia non avrebbe mai colpito il suo compagno.

Il ragazzo peruviano deviò ancora una volta il colpo e respinse Jihan quasi con gentilezza. Lei barcollò, arretrando di qualche metro, mentre cominciava a respirare affannosamente per lo sforzo prolungato. I due erano ormai abituati a conversare fra uno scambio e l'altro.

«Senti, ma... le armature... qui non si usano? Io sono vestita solo... con la tunica... e una cappa di lana» balbettò Jihan, facendo per abitudine il gesto di asciugarsi dalla fronte del sudore che non esisteva.

«Ti servirebbero a ben poco» garantì Segundo. «All'inizio provarono a forgiare anche delle armature e a indossarle in battaglia. Ah, se ci provarono! Ma i Vuoti le trapassavano come fossero burro. Fidati, i Rosari sono il nostro principale sistema di difesa e anche la nostra unica salvezza.»

«Ma quelli del Cancro le hanno, li ho visti» ribatté Jihan con una vocina più lamentosa.

«Gliele forgiamo solo perché ci si sentono bene dentro, ci si sentono al sicuro. E poi gli servono per farsi belli agli occhi degli altri. Quando viene a salvarti un Cavaliere in armatura, ti infonde un certo senso di sicurezza, per così dire. Ma per combattere i Vuoti sono inutili, te lo posso giurare.»

Meljean si fidava abbastanza dei membri del Regno del Leone, ma allo stesso tempo non si fidava realmente di nessuno. Decise che avrebbe rimosso Segundo dal ruolo di sparring partner di Jihan prima che potesse stabilire con lei un rapporto sufficiente a farlo entrare nel suo Piano Astrale. Il sonno di Jihan sarebbe stata una faccenda alquanto solitaria, per quei primi periodi al Tempio, ma era per il suo bene. Forse Meljean stava esagerando, ma finché la ragazzina era sotto la sua ala preferiva non correre alcun rischio. Dopo che il suo animo fosse stato temprato a dovere, avrebbe potuto cavarsela da sola. In fondo, il Tempio non era affatto un luogo pericoloso se si rimaneva all'interno del Muro e, in ogni caso, essendo una Guerriera del Tempio, Jihan sarebbe stata in grado di difendersi da qualsiasi Intoccabile molesto usando solo un centesimo della sua forza. Solo che quella forza doveva prima svilupparla. Perché sembrava sempre così debole?

Meljean sapeva che le rimaneva pochissimo tempo prima di doversi riunire alla sua squadra di Bandane Rosse. A chi poteva affidare Jihan, senza che a quello venissero in mente idee meschine? Le Valchirie di alto rango erano già oberate di impegni in quel periodo e Majid aveva altro a cui pensare. Mike, d'altra parte, aveva molti vizi e persino più debolezze, ma covare desideri impuri verso le sedicenni (quasi diciasettenni) non era di norma tra quelli. Meljean lo aveva scoperto diverse volte a studiare Jihan di nascosto, anche se sembrava più divertito dalla sua inettitudine come Guerriera che interessato a lei come possibile allieva.

Toccò il nastro rosso avvolto attorno al braccio sinistro – che serviva a segnalare la sua appartenenza a una squadra di Bandane Rosse – e gettò l'occhio alle lunghe e rozze gradinate fatte di assi di abete inchiodati assieme. Anche quel giorno Mike era lì, seduto in terza fila a gustarsi lo spettacolo. La Valchiria sollevò il cappuccio della cappa di lana dorata sopra la testa, fece scendere i capelli davanti alle spalle e si avviò verso di lui, saltando dall'arena direttamente sugli spalti.

Non appena la vide, Mike balzò in piedi e si mise subito sulla difensiva. «Sto per andarmene da Vajrasana. Ho chiuso con questa merda di città» biascicò aggiustandosi la cintura borchiata.

È ovvio che voglia levare le tende, rifletté Meljean. *Se rimanesse ancora qui, prima o poi Majid lo noterebbe e gli ordinerebbe di riportare il suo culo peloso al Muro.*

«Ma certo, puoi fare tutto quello che vuoi» lo blandì con voce melliflua, avvicinandosi a lui. «Nessuno te lo impedisce.»

Mike sputò Nettare per terra. «Non usare quella vocetta da pompinara con me. Guarda che lo capisco quando mi prendi per il culo, anche se ti credi di essere una tipa tanto furba.»

Meljean abbandonò la "vocetta da pompinara" per canzonarlo con voce tagliente: «E dove hai intenzione di andartene, di bello? Ti prendi un paio di settimane di ferie al Toro? Credo sia in corso uno dei loro festival a tema hawaiiano. Le loro ragazze si lasciano davvero andare, in quelle occasioni. Mi spiace, io non pratico più quel mestiere, ma non credo che avrai difficoltà a trovare una mignotta disposta a prendere in consegna il tuo arnese.»

Mike le puntò contro il dito della mano nella quale reggeva la sigaretta accesa. «T'ho già detto che lo capisco quando mi prendi in giro, per cui conserva quel tono da puttanella smorfiosa per i tuoi fidanzatini rincoglioniti. Non vado in vacanza. Non posso andarci, in vacanza. Quindi me ne andrò in giro per il Tempio... in pellegrinaggio, diciamo.»

Meljean fece le labbra a culo di gallina. «Oh, ma come siamo scontrosetti, oggi. Comunque non puoi andare ufficialmente in pellegrinaggio se prima—»

«Lo so. Lo so, cazzo. Non rompere.» Mike si voltò verso l'arena e sistemò meglio la benda nera sull'occhio.

Meljean sguainò un tono di voce più carezzevole. «Be', se davvero hai intenzione di andartene in giro per il Tempio, perché non ti porti dietro la mia novizia?»

Mike corrugò la fronte. «Per farci cosa? Da balia asciutta?»

«Le insegni a combattere e la porti oltre il Muro a farsi le ossa.»

«Ti hanno scopata pure nel cervello? Se dipendesse da me, quella non vedrebbe nemmeno cosa c'è oltre i confini del Leone, figurarsi oltre il Muro. Ho visto come si allena. È avventata, sbadata, frivola, incurante dei pericoli. Senza contare che non era morta da neanche cinque minuti e se ne andava già in giro a ridere e scherzare con tutti, come se fosse venuta al Tempio in gita scolastica. Ti sembra una cosa normale? Ma l'ha capito dove cazzo siamo? Quella non ha tutte le rotelle a posto, te lo garantisco io.»

«Sei ingiusto con lei. Ognuno di noi incarna lo spirito del Leone in maniera differente, ma l'elemento che ci accomuna è il desiderio di gettarci nella mischia a ogni buona occasione e combattere per il bene comune. Jihan mi sembra perfetta in questo senso. La voglia di certo non le manca: anche continuando a sbagliare e a mettersi in ridicolo, non si tira mai indietro. Credo che affronterebbe da sola un Grande Orrore, se gliela mandassi contro.»

Mike emise un grugnito di scherno. «Quella ragazzina incarna lo spirito del Leone nel più coglione dei modi, allora. Si farà ammazzare dal primo Vuoto che passa e io non la voglio sulla coscienza, anche se me ne fottesse qualcosa di lei.»

«Già, nelle sue attuali condizioni verrebbe fatta fuori da un Vagante qualsiasi, ma secondo me la stai sottovalutando» sostenne Meljean in tono suadente, avvicinandosi di più a lui.

Entrambi rivolsero lo sguardo verso il centro dell'arena. Segundo se ne era andato, eppure Jihan continuava ad allenarsi da sola, lanciando gridolini ogni volta che vibrava un colpo mentre con lo sguardo copiava da lontano i movimenti dei novizi più esperti.

«Che cazzo ci sarebbe da sottovalutare?» fece Mike. «È una novellina e ha sedici anni. Cioè, credo avesse sedici anni, sai, quando è... Devo averlo sentito dire in giro da qualcuno, mica gliel'ho chiesto io di persona.»

«Oh, no, certo che no» cinguettò Meljean. «Tu non sei affatto interessato a lei.»

«Non fare la spiritosa.»

«È vero che ha sedici anni, ma appunto per questo motivo dovresti darle una possibilità. Tu com'eri, a sedici anni? Non proprio un fulmine di guerra, credo, visto come ti ritrovi a sessanta e rotti.»

«Fottiti. Perché tu invece com'eri? Allegra e spensierata come lei, mentre succhiavi cazzi?»

Meljean avvertì un crampo serpeggiarle nello stomaco e capì che aveva fatto male a pilotare la conversazione su quei binari. Quando era lei stessa a scherzare sull'argomento per interiorizzare il suo dramma era una cosa, ma quando erano altri ad attaccarla... Le venne l'impulso di vomitare. Trattenne alla meglio un conato mentre percepiva il più esterno dei suoi Grani iniziare a disgregarsi, anche se alla fine riuscì a resistere. «No. No, sono più allegra e spensierata ora.»

Mike scoppiò a ridere con la sua voce raschiante. «Ah ah, ma certo! Ora capisco tutto! Te ne vuoi sbarazzare perché Jihan ti ricorda ciò che non hai mai potuto essere. Lei mi sembra una brava bambina, una che ha passato una giovinezza felice, anziché farsi sfondare la fica da mattina a sera come la reginetta di Manila.»

I muscoli di Meljean si contrassero, le palpebre tremarono. Del Nettare non ancora del tutto assimilato le risalì l'esofago, ma riuscì a deglutire per rispedirlo nello stomaco. «Sei un pezzo di merda.»

Mike le mollò una bonaria pacca sulla spalla. «E va bene. Scusa, cazzo. Ma affibbiarla proprio a me...» Scosse la testa, quasi divertito. «La odi davvero fino a quel punto?»

«Ma che cazzo hai capito? Voglio che venga con te proprio perché mi fido, invece. Non allungherai le mani, puoi insegnarle a combattere fino a raggiungere il limite del suo Zenith, e finché starà con te sarà al sicuro da quei pochi criminali bastardi che abbiamo al Tempio. Tra poco io dovrò andarmene, lo sai. Non fare il difficile. Oggi mi stai davvero scocciando.»

«Majid ti farà il culo quando scoprirà che sei tornata e lo hai addirittura accompagnato al Rito solo per poi abbandonarlo di nuovo, e in questo caso non intendo "farti il culo" con il suo uccello, cosa che forse preferiresti, ma a calci.»

«Questo non ti riguarda. Me la vedo io con Majid, tu prendi Jihan e fa' di lei una Valchiria.»

«Se il suo Zenith è così alto, perché non la recluti nella tua squadretta di piccoli fenomeni?»

«È troppo giovane, Merve non la vuole. Sai com'è fatta, quella. Valori morali e tutto il resto.»

«Roba da matti.» Mike emise un sibilo. «E va bene, la prendo. Ma non lo faccio per te, quindi non darti troppe arie per avermi convinto. In qualche modo devo tornare nelle grazie di Majid, e so che lui lo vorrebbe. Immagina l'imbarazzo che proverò nel farmi vedere in giro per il Tempio con una tenera bimbetta come allieva. Saremo davvero temibili. Magari i Vuoti proveranno pena per noi ed eviteranno di attaccarci. Forse è questo il genere di cosa che di questi tempi ti fa godere: sapermi umiliato.»

«Non essere assurdo» smentì Meljean, voltandosi però dall'altra parte per non fargli vedere che stava ridendo sotto i baffi.

«Tanto lo so che è così. Sei una stronzetta, ma ormai quella Jihan viene con me, è deciso. E che lo Jarl mi fotta con la sabbia se gliela riporto indietro prima che sia diventata uno schiacciasassi a macellare Vuoti.»

Meljean risfoderò il suo tono di voce preferito, quello da "puttanella smorfiosa". «Quindi a un certo punto la porterai oltre il Muro, vero? Non rimarrete all'interno del Tempio all'infinito, vero? Perché quello non le servirebbe proprio a un accidente.»

«Vaffanculo» la zittì Mike, quindi saltò dentro l'arena per dare a Jihan l'orrenda notizia.

La Valchiria lo lasciò andare. Aveva il mezzo dubbio che prendere la novizia con lui fosse stata l'idea di Mike fin dal principio e che avesse discusso con lei solo per camuffare le sue reali intenzioni. In ogni caso sarebbe stato meglio così. Non aveva alcuna voglia di occuparsi di una come Jihan, né ora né mai. Osservò da lontano la sua reazione, non senza provare una certa dose di vergogna.

All'inizio Jihan parve perplessa e cercò disperatamente Meljean con gli occhi; poi il suo viso quasi sempre sorridente si rabbuiò, forse impensierita dal dover trascorrere i suoi giorni con quel Mike che non le piaceva e che le metteva paura. Dopo qualche minuto, però, sembrò riuscire a superare il momento di smarrimento e tornò a sorridere. Alla fine quasi non riusciva a contenere la propria eccitazione.

«*Tài bàng le*! Andiamo a fare un tour del Tempio?» esclamò saltellando come un leprotto iperattivo. «Sarà come andare in gita scolastica!»

Mike si accese un'altra sigaretta.

***

Jihan non fu altrettanto contenta quando scoprì che sarebbero partiti quella sera stessa. Fece appena in tempo a salutare Meljean, prima che Mike le ordinasse di seguirlo fuori dalle porte della città. Percorsero stradine solitarie, come se si stessero nascondendo da qualcuno. I pochi effetti personali che Jihan aveva racimolato nelle prime settimane a Vajrasana erano rimasti nella sua casetta, ma lei l'aveva presa con filosofia, per non mostrarsi troppo abbattuta innanzi al suo nuovo mentore.

Era da poco calato il buio, ma la luna splendeva già come un gigantesco faro d'argento. Con grande sorpresa di Jihan, Mike non la condusse verso la strada per Gulguta, bensì imboccarono un sentierino sterrato appena oltre la zona nord della città. Il sentiero si infilò subito nel folto del bosco, che da quelle parti era estremamente intricato. Gli abeti erano mastodontici e il vento gelido sbuffava verso est, facendo stormire le fronde più alte, che lasciavano piovere nel sottobosco nugoli di aghi verde scuro, mentre raffiche di spigolosi fiocchi di neve frammista a diamanti filtravano attraverso i rami. Nei brevi momenti in cui il vento si quietava, il calpestio dei loro stivali sul terreno umido era l'unico suono a riecheggiare tra gli alberi.

Jihan seguì Mike in maniera disciplinata, tallonandolo con tenacia senza perdere mai il passo, ma mantenne a lungo lo sguardo sul sentiero sotto i suoi piedi, osservandolo con occhi mogi. Durante la prima parte del tragitto non poté far altro che rimuginare e rimuginare, perché il suo nuovo mentore non le rivolgeva mai la parola. La povera novizia si rese così conto che le dispiaceva lasciare Vajrasana e quelle pochissime persone che aveva conosciuto, seppur in maniera superficiale. Ma, soprattutto, nella sua mente cominciò a prendere forma una consapevolezza bruciante: la sua Valchiria preferita l'aveva gettata via come un biglietto della lotteria scaduto. Jihan rifletté e rifletté. Alla fine decretò che quella Meljean poteva andarsene al diavolo.

E poi era innervosita anche da altro. Era diventata immortale, e quello lo avrebbe considerato fico, se non fosse che sarebbe rimasta una sedicenne per sempre, anche sopravvivendo per secoli agli assalti dei Vuoti. Tutti l'avrebbero vista come un'adolescente per l'eternità e nessuno l'avrebbe mai presa davvero sul serio. Era per quel motivo che Meljean si era sbarazzata di lei? Non era nemmeno libera di far amicizia con i maschi, perché potevano essere uomini attempati, e loro logicamente esitavano ad avvicinarsi perché era troppo giovane. Che esistenza frustrante sarebbe stata.

Dopo tutti quei pensieri demoralizzanti, Jihan mise il broncio, anche se era un broncio piuttosto grazioso.

Mike le lanciò un'occhiata obliqua. «Che c'è? Adesso non mi dire che hai paura perché il bosco è buio.»

«Non *troppissimo*. Però non abbiamo preso con noi neanche una torcia» sottolineò lei guardandolo di sottecchi con espressione contrariata. «Dove stiamo andando di preciso?»

«Al Bjornespeil. Stanotte ci fermeremo lì.»

«Dormiremo *all'aperto*?» indagò Jihan, con un filo di preoccupazione a serpeggiarle nel cuore. Meljean si era a lungo raccomandata di dormire sempre nella propria stanza o in una locanda, ma non le aveva mai spiegato il perché. «Che cos'è il Bjornespeil? Non l'ho mai sentito nominare. Lo... *specchio*... di un *orso*?» bisbigliò concentrata mentre cercava di tradurre quel nome da una qualche lingua scandinava della quale da viva non avrebbe avuto la minima cognizione.

«Tra poco lo vedrai» tagliò corto Mike. «Da qui non ci vuole molto ad arrivare.»

«Bene» mugugnò Jihan riportando gli occhietti mogi sul sentiero.

Lui sbuffò. «C'è un motivo preciso se voglio dormire all'aperto. Devo farti capire una cosa e intendo dartene una dimostrazione pratica. Il Bjornespeil è un bel posto, per cui tanto vale fermarci lì. Lasciami fare e non immusonirti in quel modo, per la miseria.»

«Va bene, signor Mike.»

L'abetaia era immersa nelle tenebre ma veniva rischiarata dai raggi dell'immane luna piena, che filtravano tra gli spiragli negli alberi proiettando lame di luce argentea nel sottobosco, pertanto si riusciva a vedere abbastanza bene dove mettere i piedi.

Mentre camminava, Mike si girò verso la sua nuova protetta e la osservò per qualche istante. Anche scrutandola con il suo unico, burbero, occhio sano, gli parve innegabile che Jihan fosse triste. «Allora, perché sei così lenta a combattere?» brontolò per distoglierle la mente dai brutti pensieri.

«Mi sa che il mio Shintai è sbagliato» ammise lei con costernazione. «Io mi impegno, glielo giuro, ma l'ascia è davvero troppo pesante.»

«Per curiosità: quanto sei alta di preciso? Lo sai?»

«Sì!» dichiarò lei aprendosi in un timido sorriso, poi enunciò con chiarezza, scandendo bene le sillabe: «Sono alta centosessanta centimetri.» Evidentemente ne andava orgogliosa.

«Centossessanta centimetri, quindi più o meno cinque piedi e tre. Appunto, è come pensavo. Non sei una nanerottola. È vero che sei mingherlina, ma dovresti comunque maneggiare molto meglio l'ascia, anche se è enorme, perché il peso degli Shintai quasi non si avverte. Il tuo è un problema davvero inusuale, ma prima o poi ne verremo a capo» promise Mike, dando un tiro alla sigaretta che reggeva nell'incavo tra il medio e l'anulare. «Le donne sulla Terra sono tutte delle deboli rompipalle, ma qui... qui se la cavano quanto noi uomini, perciò tu sei strana, cara topetta.»

Jihan allargò gli occhi e arrossì d'azzurro. «T-topetta?»

Mike scrollò le spalle. «Ma sì. *Shǔ, nezumi, jwi*[I]. Capito? Ti ho chiamata topetta perché quando parli mi sembri una topolina.»

«Ahhh. Speravo fosse un complimento, ma i topi non sono mica tanto carini» squittì lei con amarezza.

«Bah. Se non sei un topo allora, hmm... un criceto? Okay, sei un criceto. Un criceto carino.»

Il viso di Jihan si illuminò e lei si lasciò scappare una risatina. Forse aveva gradito il complimento. «Signor Mike, dove le fanno quelle sigarette?»

[I] Trad. "topo" in cinese, giapponese e coreano.

«Ai Gemelli, dove vuoi che le facciano? Sono gli unici ad avere quei diavolo di macchinari. I Gemelli sono dei fottuti squilibrati del cazzo, ma senza le loro sigarette merdose andrei giù di testa. Sono stupefacenti, in teoria, ma a me non fanno più effetto da quante ne ho fumate. Per me ora sono semplici sigarette. Perché me l'hai chiesto? Vuoi dare un tiro?»

Jihan gesticolò in segno di negazione. «Oh, no, no! Non mi piace il fumo. Mi fa respirare male.»

Mike non indagò sull'argomento, ma in seguito se ne pentì.

In effetti, il viaggio per arrivare al Bjornespeil non si rivelò particolarmente lungo. Dopo un'oretta di cammino in direzione nord-est, la neve smise di cadere e il vento diminuì. Poco dopo il terreno cominciò a declinare e il sentiero discese un declivio con una serie di strette curve tra le enormi radici degli alberi. Una volta a valle, il suolo si fece pianeggiante, i monticelli di neve sparirono del tutto dal sottobosco e la temperatura salì di qualche grado (anche se continuava a fare un freddo cane, secondo qualsiasi standard conosciuto).

Di colpo una strana luce prese a balugìnare in lontananza, tra i varchi negli alberi. Qualcosa sembrava brillare nel mezzo del bosco. Nell'avvicinarsi, Jihan udì delle voci lontane, portate dal vento. Mike la prese per mano e abbandonarono insieme il sentiero per poi dirigersi verso destra. Si fecero strada tra gruppi di felci alte quanto Jihan e dopo poco fuoriuscirono dalla foresta. Di fronte a loro si presentò il Bjornespeil.

Era un laghetto circondato su tutti i lati dal bosco, largo non più di una cinquantina di metri e contornato da una fascia d'erba verde chiaro che diventava quasi fosforescente quando veniva irradiata dai raggi lunari. Gli steli si flettevano sotto le carezze della brezza notturna e sembravano infusi di vita propria, quasi fossero una miriade di piccole antenne o le esili dita di una creatura che dimorava sotto la terra e li stava salutando.

Jihan si rese conto all'istante che quel luogo incantato doveva celare numerosi segreti. Le acque del lago erano immote e in profondità erano oscure quanto la notte che le sovrastava; eppure, le costellazioni che si riflettevano sulla superficie dell'acqua erano molto più scintillanti di quanto non lo fossero se osservate nel cielo, ed era quello straordinario riluccicare che si avvistava a grande distanza, fin dentro il bosco.

Sulla riva opposta del lago, una decina di persone erano sedute sull'erba a chiacchierare. Jihan distingueva con precisione i loro volti illuminati dalle luci delle lanterne appese ai rami degli alberi vicini. Si udiva anche della musica, e qualcuno stava cantando. La giovane tornò di buonumore in un attimo e senza volerlo sorrise a Mike fino a mostrare le fossette sulle guance.

Lui fece una smorfia. «Speravo non ci fosse nessuno, ma a questo punto dobbiamo unirci a loro. Ormai ci hanno visti.»

«Chi sono?»

«Dev'essere qualcuno del nostro segno o dell'Ariete, insieme a gente della Bilancia.»

«Ma sono lontani dal loro settore, no?»

«L'Ariete è abbastanza vicino, anche se da qui non riusciamo a vedere il confine perché i nostri alberi enormi coprono la visuale. La Bilancia è subito dopo l'Ariete, come dovresti già sapere se fossi stata attenta a ciò che ti ha insegnato la tua Valchiria.»

Jihan strinse gli occhi e scrutò in lontananza, all'altro lato del lago. «E vengono fin qui di notte solo per parlare? Non è che stanno facendo qualcosa di losco e noi andiamo a interromperli?»

Mike ridacchiò fino a sbuffare fumo di sigaretta dalle narici. «Losco? Macché. A quelli della Bilancia piace suonare e cantare, e hanno la fissa del chiacchierare al chiaro di luna. Gli piacciono i boschi di qualsiasi genere, quindi pure il nostro. Il Bjornespeil è un posto speciale, le persone malvagie non ci si avvicineranno mai di loro spontanea iniziativa. Tu comunque ti fai troppe paranoie. Se anche incontrassimo dei farabutti li prenderemmo a mazzate. Dove sta il problema?»

Jihan abbassò lo sguardo e fissò le piccole increspature sull'acqua, impreziosite dalla luce stellare. Non aveva una gran voglia di prendere a mazzate le persone, ma se proprio fosse stato necessario non si sarebbe tirata indietro.

«Vieni, andiamo.» Mike la sospinse verso la riva occidentale del lago e la costeggiarono passeggiando, fino ad arrivare nelle vicinanze del gruppo di campeggiatori.

Nascosti tra le fronde al limitare del bosco, il Generale Saad e il Comandante Supremo Connery stavano osservando Jihan con somma attenzione, non staccandole gli occhi di dosso nemmeno per un attimo.

Il Comandante Supremo dimostrava non meno di sessant'anni. Aveva un gioviale viso tondo da bravo nonno, corti capelli bianchi e barba brizzolata. Indossava un paio d'occhiali dalla montatura d'avorio, ma in generale era vestito in maniera così diversa da quella tipica di qualunque Casa da renderlo inclassificabile. I pantaloni erano di cotone bianco immacolato e bianca era anche la camicia di foggia moderna.

«Staremo prendendo un abbaglio?» chiese Saad a bassa voce per assicurarsi di non essere udito. I suoni potevano viaggiare fino a notevole distanza in quella zona del bosco. «Il giorno dell'ultimo Rito dell'Osservazione, l'Eliaste Massima mi segnalò quella ragazzina per via della sua giovanissima età, ma forse ci stiamo basando troppo sulle fandonie scritte sulla Stele e siamo diventati paranoici. I Protocolli...»

«Non sono affatto fandonie. Abbi fede, vecchio mio, e vedrai che un giorno o l'altro...» Connery lasciò la frase a metà. «Riguardo a questa ragazzina cinese: eh! Forse sì, forse no. Chi altri potrebbe essere, tra i nuovi arrivati?»

Saad era meditabondo. «Magari quell'uomo del Capricorno. Ha mostrato un ottimo Zenith all'arrivo, tuttavia il suo Rosario possiede un solo Grano, dunque non credo che... La signorina Han è l'unica candidata possibile, eppure le confesso che più la guardo e meno ne sono convinto.»

«Potrebbe esserci sfuggito qualcosa. Hai notato qualcun'altro di anomalo in giro?»

Saad sospirò e si grattò la nuca. «Non direi. C'è quella Emily Lancaster nella Vergine che, come le ho già riferito, al suo arrivo non ha mostrato alcuno Zenith.»

«Bah! Non credo proprio che dovremo preoccuparci per una Guerriera del Tempio con uno Zenith talmente esiguo da non essere rivelato. Figuriamoci! Cosa se ne farebbero?»

«Siamo d'accordo, tanto più che quella non possiede nemmeno uno Shintai.»

«In conclusione: esamineremo la leoncina per fugare ogni dubbio, dopodiché metteremo anche questo Rito in archivio e trarremo un bel sospiro di sollievo. Francamente non credo sia lei.» Connery si appoggiò in avanti sul suo bastone. «Una ragazzina così giovane... bah, figuriamoci! Ma chi poteva immaginare che quel cretino di Klaikowski la conducesse proprio qui? A volte, quando è possibile prendere due piccioni con una fava, è giusto cogliere la palla al balzo.»

Il volto di Saad si contrasse. «E se fosse davvero lei?»

Connery si girò verso di lui e sorrise amabilmente. «Se fosse davvero lei: Dio dà la piaga, ma dà anche la medicina» minacciò, sollevando il bastone e impugnandolo a mo' di arma.

«Sopprimere una sedicenne.» Saad era divorato dai dubbi. «A volte, le confesso, mi ritrovo a pensare che stiamo sbagliando tutto. Forse ci stiamo facendo beffare da quei maledetti.»

«Sopprimere? Estirpare, direi piuttosto io. Quando va fatto, va fatto» replicò Connery con più durezza. «A chi non vuol credere, poco valgono mille testimoni, ma quale giudice sarà mai migliore del Bjornespeil?»

«Stasera è davvero in vena di proverbi» rilevò il Generale. «E sia, in questo caso non metterò il carro davanti ai buoi.»

«Ben detto!» Il Comandante Supremo si avviò verso i due viandanti a passi misurati, appoggiandosi al suo bastone da passeggio.

«Altolà! Siete amici o nemici?» gridò per scherzo uno dei ragazzi seduti sull'erba. Jihan per un attimo si arrestò, ma quando vide che il suo compagno continuava ad avanzare come se niente fosse si rimise in marcia.

«Sei cieco? Quello è Mike del Leone, quindi è *decisamente* un nemico!» rispose un altro uomo, e tutto il gruppo scoppiò a ridere.

«Ah, ah, ah. Molto divertente. Da sbellicarsi proprio» bofonchiò Mike avvicinandosi a loro. «La Shogun lo sa che siete qui a fare bisboccia? La sua katana trafigge tre Grani per volta, mi dicono, e quando ha finito di distruggere quelli gode nel conficcarla ben bene in profondità dove non batte il sole. Ma può darsi che a qualcuna di voi femminucce quel tipo di cosa piaccia.»

«Non siamo dell'Ariete, non vedi le nostre camicie? Ah, già. Immagino che di notte si vedano poco, in effetti. Siamo della Bilancia.» Il ragazzo si mise alla luce di una lampada a olio. Aveva dei lunghi capelli castani, barba e baffi ben rasati.

Quando Jihan si approssimò per vedere meglio, notò che erano tutti vestiti con delle camicie di flanella a quadrettoni, proprio come il Ministro del Culto

Axel. Di notte si distinguevano poco i colori, ma il verde era predominante. Un ragazzo seduto sulla destra indossava invece un *hanbok* coreano. Quando quest'ultimo incrociò lo sguardo di Jihan, finse di disperarsi: «Ahimè, la giovane Valchiria mi ha scoperto!»

«Chi è costui? Forse una spia?» scherzò qualcuno, e ancora una volta gli altri si misero a ridere.

«Ebbene sì, sono dell'Ariete» ammise quel tipo vestito in maniera diversa. «Ma la magnifica Shogun non verrà mai a sapere che sono stato qui. Se per caso lo scoprisse, ricordatevi che sulla lapide mi piacerebbe avere dei gladioli rossi.»

Quella volta rise anche Mike. «Gran bella storia, ma vi assicuro che chiamare questa qui una "giovane Valchiria" può essere al massimo una battuta di spirito. Riesce a malapena a tenere in mano il suo–»

«Generale Saad! Comandante Supremo Connery!» gridarono pieni di sorpresa alcuni dei campeggiatori. Subito dopo scattarono in piedi e si misero sull'attenti.

Mike e Jihan si voltarono. I due leader massimi del Tempio si erano fermati vicino alla riva del lago, a pochi passi dall'acqua, e fissavano Jihan con una luce malevola negli occhi.

«Buona serata a tutti voi» li salutò il Comandante Supremo in tono gioviale, appoggiando le mani sulla sommità del suo bastone da passeggio.

Saad fece un semplice cenno col capo.

«E voi due che cazzo volete da noi?» grugnì Mike in risposta. Pareva nervoso.

«Mike, non parlare in quel modo al Comandante Supremo, capra che non sei altro!» lo redarguì uno dei ragazzi della Bilancia, sebbene nella sua voce ci fosse ben più di un sottile velo di preoccupazione.

Saad rimase immobile con le mani congiunte dietro la schiena mentre scandagliava ogni singolo centimetro del corpo di Jihan, come se fosse in grado di scrutare fin sotto la sua pelle.

Il Comandante Supremo fece un gesto in direzione della ragazzina, suggerendole con un sorriso di avvicinarsi. «Signorina Han, le dispiacerebbe raggiungerci? Vorremmo accertarci di una cosa. Venga verso il lago. Ci vorrà soltanto un attimo.»

Il gruppo di ragazzi ammutolì, sul bosco calò un silenzio di tomba. Persino il vento si placò. Alcuni si schiarirono la voce per allentare il disagio, mentre altri si bisbigliavano nelle orecchie.

Jihan, pur avendo intuito che qualcosa non andava, si mosse comunque per non disobbedire agli ordini del capo supremo dell'intero Tempio, ma Mike le afferrò con forza il braccio e la tenne accanto a sé. Non aveva detto una parola, eppure Jihan comprese con chiarezza che non intendeva lasciarla andare da quei due e venne assalita dal terrore. Se qualcosa preoccupava uno come Mike, doveva essere terribile.

«Mikhail Klaikowski, l'hai presa in consegna solo oggi e ci sei già così affezionato?» domandò Connery in tono scherzoso, ma la sua voce celava ben altre sfumature. «Devo ammettere che è quanto mai toccante, ma non c'è motivo di temere il Bjornespeil, a meno che uno non porti il male dentro di sé. La signorina Han sta portando il male dentro di sé?»

«Bastardi... carogne schifose» ringhiò Mike a mezza voce. «Per quale motivo volete mostrarla al Bjornespeil? Jihan è una Guerriera del Tempio come tutti noi ed è una brava ragazza. Di cosa avete paura?»

«"Bastardi"? "Carogne"?» replicò il Generale Saad con una freddezza inumana, quasi bisbigliando. «Sei un uomo che abbaia troppo di frequente, Mikhail. E i cani, a volte, hanno bisogno di una museruola.»

Mike contrasse la mandibola squadrata e digrignò i denti, stringendo ancor di più il braccino di Jihan. Gli occhi di lei si velarono d'azzurro, perché era ormai certa che intendessero farle in qualche modo del male.

«Cazzo fai, piangi già?» la canzonò lui, forse per allentare la tensione. «Va' da loro, avanti. E tieni la testa alta. Sei una Valchiria del Regno del Leone.»

Dopo che Mike ebbe allentato la presa sul suo braccio, Jihan si avviò a piccoli passi verso la riva del lago, come un coniglietto che si dirige di proposito nelle fauci divaricate del lupo. Una volta giunta accanto a Connery, lui le appoggiò una mano dietro la schiena e la sospinse gentilmente verso l'acqua. Ben presto Jihan fu in grado di vedere la propria immagine riflessa nel lago; a quel punto lui la fermò. Saad si avvicinò a sua volta per osservare meglio.

La superficie dell'acqua, all'inizio piatta e immobile, si increspò appena. Dopo poco delle piccole onde si propagarono attorno all'immagine riflessa di Jihan, che iniziò a distorcersi in maniera grottesca. Lei non voleva continuare a guardare. Provò a distogliere lo sguardo girandosi di lato, ma Connery la tenne ferma per le spalle e la costrinse a riportare gli occhi sul Bjornespeil. Nel momento in cui Jihan si ritrovò a osservare di nuovo il proprio riflesso, si sentì precipitare nell'abisso.

Nelle profondità dell'acqua risplendette una fantasmagoria di brevi immagini, molte delle quali svanirono dalla sua memoria con la stessa velocità con la quale avevano lasciato un'impressione. Eppure, qualcuna di esse si fissò nella sua mente, rendendosi indelebile. Vide una massa di persone che morivano: persone che conosceva, persone che non aveva ancora conosciuto e persone che non conoscerà mai. Vide un enorme uovo e per qualche motivo sospettò di esservi nascosta all'interno, ma poco dopo delle fiamme scaturirono da esso, inondando il cielo. In quel momento provò un tremendo dolore sia fisico che mentale e comprese che stava morendo anche lei. Tante altre immagini si susseguirono rapide, ma alla fine vide di nuovo se stessa riflessa nell'acqua. Solo che non era più Jingfei. Era un'ombra, uno spettro nero, una massa d'oscurità vorticante tenuta miracolosamente unita per formare la vaga sagoma di un corpo umanoide. Gli occhi erano enormi, bianchi, con un tondino nero all'interno, e sembravano privi di vita. L'ombra fluttuava nel buio di una gigantesca caverna, senza una direzione.

La visione si concluse e le acque tornarono a placarsi.

Jihan scoppiò a piangere, ormai certa che l'avrebbero giustiziata o rinchiusa in un luogo dove non avrebbe potuto fare del male a nessuno, perché era ovvio che c'era qualcosa di oscuro dentro di lei, qualcosa di malvagio. «*Zhēn bàoqiàn, zhēn bàoqiàn, zhēn bàoqiàn*[1]» ripeté, coprendosi il viso per la vergogna.

«Oh, no, piccola Jingfei, se continui così perderai tutto il Nettare che hai in corpo. Animo, animo!» la incoraggiò Connery con una voce da nonno affettuoso. Estrasse dal taschino della camicia un fazzoletto di stoffa bianco e glielo porse. «Adesso vai a bere qualcosa, siamo d'accordo?»

Lei accettò il fazzoletto e si asciugò le lacrime che le rigavano d'azzurro il viso. «Non mi portate via?» chiese tra i singhiozzi, con un filo di speranza.

«Oh, ma no, certo che no» garantì con dolcezza Connery, poi si mise a ridere come se lei avesse proferito chissà quale corbelleria. Si voltò verso la sponda est del lago e si incamminò come se nulla fosse verso il bosco, seguito a ruota da Saad, sulla cui bocca era spuntato a sua volta un sorriso. «Tieni pure il fazzoletto, Jingfei. Me lo restituirai la prossima volta che ci incontreremo. Cari Guerrieri, auguro a voi tutti una splendida notte! Statemi benone! Ah, signor Klaikowski, tratti col massimo riguardo la sua giovane Valchiria, ci siamo intesi? Sarebbe un peccato sprecarla. Un peccato *imperdonabile*.» E con quella frase sibillina lui e il Generale sparirono nell'intrico della vegetazione.

Jihan, sconvolta e sbalordita, si voltò verso Mike. «Allora non sono malvagia?» chiese mentre si asciugava un occhio col fazzoletto. Le mani le tremavano ancora.

Mike si avvicinò a lei e le pose una mano sulla spalla per rassicurarla. «Macché, era ovvio. Che pezzi di merda, però, quei due. Poter pensare che una bambina come te... metterti di fronte al Bjornespeil...» Lasciò il pensiero incompleto e scosse la testa con sdegno.

«Ma, ma...» ribatté lei, faticando ad articolare un discorso compiuto. «Dentro l'acqua ho visto delle cose davvero *poco belle*! Ero un mostro scuro e brutto, ed ero fatta di tenebre! Prima invece ero dentro una specie di uovo, solo che poi morivano tutti e–»

«Shh! Shh!» sibilò Mike tappandole la bocca. «Stupida! Non devi mai rivelare agli altri quello che hai visto nel Bjornespeil, mai! Un giorno ti spiegherò a cosa serve quel lago. Non so cosa stessero cercando di preciso quei due barbagianni incartapecoriti, ma se ti hanno lasciata andare così facilmente significa che in te non c'è proprio un cazzo di strano. Ciò che hai visto tu l'hanno visto anche loro. La cosa scura e brutta non ti deve preoccupare. Fammi indovinare: aveva degli occhioni bianchi senza espressione, giusto?»

«Esatto!»

«Abbiamo tutti quell'aspetto, agli occhi del Bjornespeil. Sei del tutto normale, Jihan. E ora vai a farti un bel cicchetto come t'ha consigliato il vecchiaccio. Magari anche più d'uno. Anzi, per me puoi pure ubriacarti, se vuoi. Non sono mica tuo padre.»

«Pericolo sventato, ragazzi! Pare si possa tornare a bere!» esultò quel giovane della Bilancia dai capelli lunghi con in mano una caraffa enorme piena di Nettare. Un coro di sospiri di sollievo seguì le sue parole. «Ti chiami Jingfei, ho

---

[1] Trad. "Mi dispiace tanto, mi dispiace tanto, mi dispiace tanto" in mandarino formale.

capito bene? Credo proprio che a questo punto tu abbia bisogno di una bella bevuta.»

«Mi puoi chiamare Jihan, se vuoi» pigolò lei con un sorrisetto impacciato ravviandosi i capelli dietro l'orecchio, mentre si malediceva per aver pianto come una mocciosa davanti a tutti. Giudicava quel ragazzo abbastanza attraente, ma questo a Mike non lo disse, e per fortuna Meljean era a chilometri di distanza, o avrebbe preso a male parole anche lui. Accettò di buon grado un bicchiere di Nettare della Sorgente, anche se era limpido, puro e fresco come la neve, e non alcolico come pensava.

«Cristo santo!» imprecò Mike dopo aver ingollato il primo boccale. «Dimentico sempre che voi fanciulli dei boschi bevete semplice Nettare della Sorgente senza correzioni. Ma come cazzo si fa? Sa di *acqua zuccherata*!»

«Chi non beve in compagnia o è un ladro o è una spia» recitò il giovane dell'Ariete. «Questo proverbio l'ho fregato al Comandante Supremo Connery, lo ammetto, ma in questa occasione calzava a pennello.»

Durante il resto della serata, i ragazzi raccontarono storie e cantarono canzoni accompagnandole con una chitarra di legno che aveva delle foglie di quercia intarsiate sul manico. La musica folk di norma non faceva impazzire Jihan, ma quella volta non si lasciò sfuggire nemmeno una sillaba di ciò che cantavano e raccontavano, perché tutto ciò che sentiva le insegnava qualcosa di nuovo sul mondo del Tempio, del quale sapeva ancora pochissimo. I giovani della Bilancia le descrissero la loro capitale, Maith Ard-Mhéara, dove le dimore di legno erano costruite su alberi alti quanto dei palazzi, e le raccontarono dei campi di rose che fiorivano attorno alla Sorgente. Cantarono le gesta del loro leader Axel e dei Ministri del Culto venuti prima di lui, coraggiosi e saggi come veri eroi. Il ragazzo dell'Ariete le narrò invece la storia della loro Accademia, a Hóng Chéng, dove i Guerrieri di tante Case andavano a addestrarsi sotto l'occhio severo di Ksenia de Molay, e le parlò di come nella loro contrada fosse sempre autunno, trasformando così le foreste in una fantasia di gialli, rossi e arancioni.

Quando venne l'ora di dormire, i ragazzi si avvolsero attorno al corpo delle calde coperte di plaid a quadretti e si coricarono sotto le fronde degli abeti, accanto ai tronchi. Prestarono a Jihan una coperta gialla, ma prima che lei si mettesse a dormire, Mike la avvertì: «Stanotte noterai una profonda differenza, e voglio che questo ti sia di lezione. Ora ascolta bene le mie parole. *Ci sveglieremo all'alba*. Hai capito?»

Jihan si preoccupò. «Oh, sì. Però la avviso che sono una dormigliona, signor Mike. Quando ero ancora viva non sentivo mai la sveglia e dovevo puntarne due per essere sicura di arrivare a scuola in tempo. Se non mi sveglia lei non credo che–»

«Non me ne frega di quando eri viva. Adesso ripetilo anche tu, e pensalo con convinzione: "Ci sveglieremo all'alba".»

«Ci sveglieremo all'alba» ripeté confusa Jihan, poi appoggiò il viso sull'erba soffice, domandandosi se avesse fatto abbastanza amicizia con qualcuno di quei ragazzi per accendere le loro stelle nel suo Piano Astrale, o se avrebbe dovuto ancora una volta passare la notte ad annoiarsi al buio.

Non si verificò nessuna delle due cose.

Jihan chiuse gli occhi e si addormentò all'istante. O perlomeno *credette* di essersi addormentata; perché quando riaprì le palpebre dopo appena un secondo, il mattino era già sopraggiunto.

Sconcertata, si puntellò sui gomiti e si tirò su per guardarsi attorno. A ovest stava sorgendo un timido sole arancione, la sua calda luce filtrava già tra i rami gonfi d'aghi e pigne, mentre le brume del mattino si diradavano sotto il cielo ancora purpureo. Alcuni dei ragazzi dormivano ancora della grossa, ma altri erano già svegli e facevano colazione con dei bicchieri di Nettare corretti alla resina, mentre il ragazzo dell'Ariete se n'era già andato. Mike sbadigliò e si stiracchiò di fianco a lei.

Jihan era sconcertata. «Ma, ma... cos'è successo? Un secondo fa era notte. Abbiamo viaggiato in avanti nel tempo?»

Mike si sfregò le mani sul viso per svegliarsi del tutto. «Macché. Adesso avrai capito perché è più conveniente dormire all'interno di una stanza che consideri "tua" e perché ci sono delle locande in ogni cittadina. Dormire sotto la luna è affascinante, ma se lo fai non puoi accedere al tuo Piano Astrale, né a quello degli altri. Certo, se per una notte ti fa comodo essere irreperibile può tornare utile, ma a parte quello non ci sono molti lati positivi. Da stasera, quando potremo, dormiremo sempre in una locanda.»

Scorpione
Gita Fuori Porta

Nella contrada dello Scorpione era una meravigliosa giornata di primavera. Il cielo era limpido, la brezza tiepida e il mare d'erba attorno a Murrey Castle pareva quasi placcarsi d'oro zecchino sotto i raggi del sole nascente.

Geneviève aveva tentato in ogni modo di convincere Veronica ad accompagnarla alle rovine di Caen Huin, l'antico osservatorio astronomico, ma la Prima Bibliotecaria si era rifiutata in maniera categorica di seguirla, asserendo che si sarebbe rivelato un viaggio inutile, che non c'era nulla da scoprire in quei vecchi ruderi e che doveva ancora finire di correggere la versione definitiva del capitolo sulla Ceremonia delle Armi, tenutasi ormai diverso tempo addietro. C'erano ancora troppi avverbi, aveva detto. *Decisamente* troppi avverbi. In più, la collaborazione tra lei e Alberto Piovani per la stesura del romanzo non stava dando i risultati sperati: quando Veronica aveva chiesto al collega se ci fossero troppi personaggi femminili – sperando in un "sì" che le avrebbe implicitamente dato il via libera per inserire tutti gli uomini belli e muscolosi che voleva – il Bibliotecario italiano aveva sentenziato che era meglio così, poiché in questo modo il lettore maschio avrebbe avuto ampia scelta nel fantasticare su chi scoparsi. Come è facile immaginare, dal momento che la stessa Veronica era uno dei personaggi di questa Prima Osservazione, non l'aveva presa eccessivamente bene. Alla fine Alberto l'aveva convinta a proseguire facendo leva sul desiderio di "accuratezza della cronaca" della Prima Bibliotecaria. «Un bel romanzo», le aveva detto, «diventa ancor più bello se ci si attiene alla verità storica, e di certo non è colpa mia o tua se i personaggi principali di questo primo Volume sono per lo più donne.»

A Geneviève del loro stupido romanzo fantasy non importava un accidente, dunque aveva studiato la mappa del territorio dello Scorpione in maniera approfondita, al punto che sarebbe potuta benissimo arrivare da sola a Caen Huin, tuttavia Fareed aveva udito la conversazione tra lei e Veronica e si era proposto di accompagnare l'astrofisica fino alle rovine, sebbene anche lui concordasse sul fatto che avrebbero trovato ben pochi segreti in mezzo a quelle macerie.

Di prima mattina, poco dopo il sorgere del sole, Geneviève e Fareed varcarono il cancello principale di Murrey Castle e lasciarono Bishop's End imboccando la strada in direzione nord-ovest, la quale conduceva al cancello nel Muro del Calvario a ore undici, ovvero tra il loro settore e quello adiacente della Bilancia, ma anche per raggiungere Caen Huin si seguiva lo stesso percorso fino a un certo punto. Dopo un paio di chilometri intravidero, a ovest, uno dei tanti passaggi che conducevano nella contrada della Bilancia e che, proseguendo, portavano fino all'Ariete (anche se i confini dell'Ariete erano sempre sorvegliati da numerose sentinelle).

Geneviève aveva deciso di rimanere vita natural durante ad Abbot's Folly e diventare una vera Bibliotecaria. Per quanto concerneva l'addestramento, poteva allenarsi a tirare con l'arco nei prati interni di Murrey Castle, supervisionata dai Guerrieri che stazionavano nel quartier generale al piano terra di Abbot's Folly. In molti erano però rimasti stupefatti dalla sua decisione, compreso lo stesso Fareed, il quale le aveva spiegato che frequentare l'Accademia dell'Ariete quale membro di un'altra Casa era di solito considerato un grande onore, e lei era stata ufficialmente invitata. A Geneviève però non interessava e aveva preferito rimanere alla Biblioteca, per quanto Veronica non fosse troppo entusiasta di ritrovarsela sempre tra i piedi.

A nord di Bishop's End i boschi si diradavano, e dopo qualche chilometro gli alberi ad alto fusto sparivano quasi del tutto. Il territorio dello Scorpione era per lo più pianeggiante, eppure, a un certo punto, nella monotona piattezza della pianura, Geneviève vide innalzarsi tre vasti colli dalla cima piatta, uno dei quali si scorgeva però in lontananza. Quei poggi erano distanti diversi chilometri l'uno dall'altro e sulle loro sommità erano state erette tre torri di guardia, costruite in pietra e a pianta rotonda; tuttavia, pur essendo alte e imponenti, avevano delle finestre solo all'ultimo piano. Sulla cima, appena sopra il tetto spiovente fatto di tegole porpora, sventolavano bandiere con il simbolo della Casa ricamato sopra: uno scorpione bianco su sfondo viola. Seguendo il sentiero in direzione nord-ovest si passava proprio accanto a uno di quei colli, dunque Geneviève ebbe occasione di analizzare la geografia dell'area da vicino.

«Non capisco proprio quale funzione possano assolvere quelle torri» ammise osservando la torre in cima alla collina. «Ho studiato a fondo le dimensioni del Tempio e dei suoi settori. Il raggio della circonferenza è lungo cinquanta chilometri e Bishop's End sorge a circa sedici chilometri dalle mura esterne di Gulguta; dunque in questo punto dovremmo essere grossomodo a dodici chilometri dal Muro del Calvario. Dalla cima di quelle torri non credo proprio sia possibile osservare oltre il Muro, per cui cosa stanno sorvegliando, di preciso?»

«Credo servano più che altro nel caso i Vuoti facciano breccia ed entrino a scorrazzare per la nostra contrada» rispose Fareed, lasciando traspirare un po' di inquietudine. «Come forse già saprai, in passato è già successo. Quelle torri vennero infatti erette dai Tessitori dopo la distruzione di Caen Huin, dietro precisa richiesta del Comandante Supremo.»

«Ma sono soltanto delle torri in cima a delle basse colline, non c'è alcuna fortificazione, nessuna muraglia di protezione attorno, nulla. Anche se i Vuoti passassero proprio di qui, cosa potrebbero fare pochi arcieri da là in cima?»

Fareed si strinse nelle spalle. «Non lo so, purtroppo io non sono un Guerriero del Tempio molto competente. Per fortuna non abbiamo ancora avuto bisogno di scoprire quanto siano utili, perché non ci sono più state altre invasioni, dopo quella fatale, e dentro le torri non ci va più nessuno da tempo. Lo stesso Alford Nightingale le ha fatte chiudere a chiave qualche anno fa. Vengono utilizzate solo nelle emergenze.»

Quella spiegazione non soddisfò per nulla la curiosità di Geneviève, che rimpianse di non aver trascinato a forza Veronica fuori dallo Scriptorium. Probabilmente lei avrebbe saputo dirle di più, anche se in tono acido. In ogni caso l'avrebbe rivista quella stessa sera e l'avrebbe interrogata a fondo dopo cena.

A proposito di cena...

Estrasse dalla sacca che si era portata appresso una borraccia piena di Nettare della Sorgente e ne bevve qualche sorso. Avvertì il liquido puro e azzurro fluire all'interno del suo corpo e scorrere per qualche momento nello stomaco, prima di venire assorbito.

«Ti sei mai chiesto come funziona questa roba, il Nettare?» chiese a Fareed. «Ho avvertito la necessità di bere e quindi l'ho fatto; ma quali liquidi abbiamo bisogno di ripristinare se non sudiamo, non espelliamo niente per via orinaria e in questo momento non stiamo sanguinando?»

«Ho letto che la nostra anima brucia di continuo e il Nettare della Sorgente serve a mantenere quella fiamma alimentata, per quanto controintuitivo possa sembrare. È una specie di combustibile. L'ho letto nel Tomo che descrive l'anatomia del nostro corpo. L'ha scritto Adelina, ma gliel'ha dettato il Cavaliere di Gran Croce, e lui è un tipo serio.»

«Questo è quanto sta scritto nei nostri Tomi, certo» confermò Geneviève. «Ma sono solo supposizioni, non c'è nulla di scientifico dietro, dal momento che non è possibile effettuare autopsie. E se anche si provasse ad aprire il corpo di una persona viva a zero Grani, quella si liquefarebbe in un attimo. Sono mai stati fatti dei veri esperimenti?»

«Il signor Nightingale, lui...» Un'ombra sfiorò il viso di Fareed. «Ah, ma lasciamo perdere questi argomenti tetri e ringraziamo le buone anime della Bilancia che ogni giorno raccolgono per noi il Nettare dalla loro Sorgente e ce lo portano. Se vedessi che posto meraviglioso è la fonte dalla quale scaturisce, Geneviève! Un luogo magico e incantato, fuori dal tempo, come d'altronde il resto di quella contrada. Nei prati a lato del ruscello nasce un'infinità di rose bellissime, che noi portiamo alla Certosa di Geistheim per onorare i nostri morti. Forse le avrai viste.»

«Ne ho vista qualcuna» ammise Geneviève, ma l'argomento la interessava ben poco e decise quindi di non proseguire il discorso.

Una volta superato lateralmente il colle, la temperatura si abbassò di qualche grado e lo scenario si tramutò in una vasta pianura verdeggiante e umida, nella quale un mare d'erba bassa e scura accarezzata dal vento si stendeva su un letto di torba. Sullo sfondo, diversi chilometri più avanti, alcune colline non troppo alte si innalzavano proprio a ridosso del Muro del Calvario, quasi volessero rinforzarne la struttura. A sinistra si intravedevano, all'orizzonte, le enormi querce del territorio della Bilancia che giganteggiavano oltre i prati. La pianura era punteggiata di piccoli gruppi di arbusti e poco altro; tuttavia, numerosi ruscelli sgorgavano tra le pieghe delle colline a nord e confluivano in un lago nella zona est, che però era distante dalla loro destinazione, dunque visitarlo non faceva parte del programma di quel giorno.

«Queste allora sono le Lowlands» mormorò Geneviève, aprendosi in un raro sorriso. «Qui fa più fresco, e c'è un buon profumo di verde e di acqua nell'aria. Se non vado errata, Caen Huin dovrebbe essere da qualche parte qui in mezzo, in direzione est.»

«È così, infatti. Da questa parte.» Fareed la indirizzò verso una pista nell'erba larga appena qualche decina di centimetri. Il sentierino si dirigeva verso nord-est, percorrendo dolci declivi erbosi il cui terreno pareva gonfio d'acqua piovana.

Lungo i sentieri delle Lowlands avvistarono diversi Guerrieri avvolti nelle loro cotte di maglia, che andavano o tornavano dal Muro del Calvario con aria più o meno spossata. Tutti quanti non mancarono di salutarli con cordialità, quando gli passarono accanto. Alcuni di loro gettarono però delle occhiate interrogative a Geneviève e sembravano silenziosamente domandarle come mai andasse a passeggio per la contrada anziché addestrarsi col suo arco, visto l'alto potenziale che aveva.

Il sole salì in alto nel cielo, ma l'aria rimase sempre pulita e fresca grazie alla brezza che soffiava da nord. Era raro che il cielo fosse così sereno, perché da quelle parti pioveva quasi ogni giorno. I due giovani scavalcarono un ruscello gorgogliante che scorreva verso il centro della pianura, sopra il quale era stato costruito un rudimentale ponticello di pietre grezze; così facendo giunsero nella metà settentrionale delle Lowlands, che saliva gradualmente verso nord fino ad arrivare alle colline a ridosso del Muro.

Dopo aver camminato per un paio di chilometri in direzione est, Fareed indicò a Geneviève qualcosa in lontananza: una serie di pietroni rettangolari disseminati in maniera disordinata sul terreno, coperti di muschi e in alcuni casi avviluppati dall'edera. Dopo aver girato attorno a un pendio per avere una visione migliore, i due giovani scorsero i resti della torre principale di Caen Huin. L'imponente osservatorio era a pianta rotonda, come la torre di guardia che avevano incontrato in precedenza, ed era largo almeno una trentina di metri. Le fondamenta e una porzione della base erano ancora integre, tuttavia il muro distrutto si innalzava solo per pochi metri. Gli arbusti ci erano cresciuti all'interno, le piante rampicanti si erano arrampicate sulle parti ancora intatte e i cespugli di ortica sbucavano ovunque. Videro anche i resti sgretolati delle pareti interne della torre – sempre in pietra, ma più sottili – e i frammenti di alcuni arnesi di legno ormai marci e consunti; tuttavia, poco si poteva comprendere della loro forma originaria e del loro passato utilizzo. La parte superiore di Caen Huin era stata sbriciolata e alcune delle macerie erano volate fino a decine di metri di distanza, costringendo Geneviève a domandarsi che genere di Vuoto potesse aver causato una simile devastazione.

La canadese osservò, valutò, analizzò, esaminò. Sollevò lo sguardo verso il cielo, ma non notò nulla di anormale nella luna, nulla che suggerisse che da quel particolare punto la si potesse osservare in maniera diversa da qualsiasi altro luogo del Tempio; stessa cosa si poteva dire riguardo alle costellazioni, che non mostravano alcuna configurazione speciale. Puntò allora lo sguardo sul Muro del Calvario, studiandone la posizione e l'angolazione rispetto a Caen Huin, ma non ebbe alcuna intuizione. Esaminò quindi i dintorni, analizzando la conformazione del terreno e domandandosi se l'osservatorio fosse stato davvero eretto in un luogo speciale, ma lo spiazzo sul quale sorgeva era anonimo quanto il resto di quelle distese erbose. Non vide nulla di singolare, nulla di insolito: nessun segnale tangibile di qualcosa che potesse spiegare perché il vecchio Magnifico Rettore lo considerasse un luogo straordinario dal quale carpire i segreti del cosmo.

Fareed attese con pazienza, osservando l'amica vagare attorno ai resti dell'osservatorio mentre bisbigliava considerazioni per lui inudibili. Quando era così assorta la trovava persino più bella.

Passata mezz'ora, la canadese rivolse uno sguardo deluso alle rovine e disse in tono piatto: «Dunque questo è Caen Huin.»

«Già. Non so davvero cosa ti aspettassi di trovare, qui. Sono soltanto dei ruderi» disse Fareed ricongiungendosi a lei.

All'improvviso gli occhi di Geneviève si soffermarono su qualcosa e parvero illuminarsi. Quando Fareed seguì il suo sguardo, notò che stava fissando i festoni d'edera avviluppati alle pietre.

«Dei ruderi sui quali sono cresciuti muschi e licheni» disse lei soddisfatta.

Fareed annuì. «Dei ruderi sui quali sono cresciuti muschi e licheni.»

«Rovine che sono state invase dai rampicanti e strangolate da piante infestanti» suggerì allora Geneviève, incoraggiandolo con gli occhi.

«Esatto» convenne lui, arrossendo d'azzurro perché lei lo stava guardando intensamente.

Geneviève schioccò le labbra. «E questo non ti pare nemmeno un pochino strano? In mezzo alle rovine che ci sono nel Giardino degli Dei non è cresciuto nulla, mentre qui, invece...» Indicò i pietroni ricoperti di foglie con un piede.

Fareed fissò l'edera abbarbicata ai resti distrutti della torre e sospirò con rammarico. «Anche ammettendo che tu abbia ragione, non capisco dove vorresti andare a parare.»

Geneviève sbuffò e si mise a camminare avanti e indietro parlando da sola, o forse con Fareed, o forse con l'erba sotto i suoi piedi. «Non lo so dove voglio andare a parare. Ma a me tutto questo pare quanto mai curioso, per usare un eufemismo. Non vi siete domandati per quale motivo i Tessitori ricostruiscono tutte le strutture che vengono distrutte, e a volte ne erigono persino di nuove, anche a costo di esaurire la loro energia vitale, ma non hanno mai ricostruito quella più importante e lasciano invece che venga seppellita dall'edera?»

A Fareed non venne in mente alcun commento illuminante, e non aveva nemmeno risposte concrete da fornire alla sua amica. Seppur a malincuore, si vide costretto ad ammettere: «Ottima domanda.»

«"Ottima domanda"? Tutto qui?» fece lei, scocciata. «Confidavo che sapessi dirmi qualcosa di più. Perché non l'avete ricostruito voi, ad esempio? Con le vostre braccia, intendo, senza l'aiuto dei Tessitori.»

Fareed attese qualche momento prima di rispondere. «Non ci è sembrato logico farlo» disse infine, sapendo bene in che modo Geneviève avrebbe accolto quella risposta.

«Non gli è sembrato logico farlo» ripeté lei al limite dell'incredulità. «Ma fatemi il piacere! Che cavolo di ragionamento sarebbe?» imprecò poi, gesticolando. Fareed non l'aveva mai vista così irritata.

«Geneviève, ascolta, quelle che vedi qui sono solo macerie, tutti gli strumenti che erano custoditi in cima all'osservatorio sono andati distrutti. Anche se avessimo ricostruito la struttura di Caen Huin, chi avrebbe potuto ricreare i congegni che utilizzava il vecchio Magnifico Rettore? Non sappiamo nemmeno quali fossero di preciso, perché non faceva entrare nessuno all'ultimo piano. Il segreto, purtroppo, è morto con lui.»

Geneviève chinò la testa, nascondendo il viso sotto la massa di capelli ramati. «Perdonami. Tutto questo è... *frustrante*. Davvero frustrante.» Imbronciata, strappò via l'edera da uno dei pietroni rettangolari che una volta componevano le mura dell'osservatorio e ci si sedette sopra a gambe accavallate, appoggiando il gomito su un ginocchio e il mento sul pugno in posa meditativa.

Fareed si avvicinò con circospezione, al che la giovane canadese gli lasciò un po' di spazio per sedersi di fianco a lei. Il cuore di Fareed cominciò a battere più forte.

Il sole si era ormai alzato a picco e illuminava l'intera pianura come un gigantesco faro dorato, anche se verso est alcune nubi plumbee si stavano già addensando. In lontananza si udiva lo scrosciare gentile del ruscello in mezzo alle Lowlands, mentre alle loro spalle un rigagnolo mormorava appena. C'era pace e tranquillità in quelle terre. Quasi non sembrava possibile che a pochi chilometri, appena al di là di quella possente muraglia, si trovasse solo morte e devastazione.

«Ci ho riflettuto a lungo, in queste settimane» disse Geneviève, rompendo il silenzio. «La rivelazione che il sole sorge a ovest e tramonta a est è un fatto fondamentalmente stupido, e anche ridondante.»

«Temo che dovrai spiegarti meglio, se vuoi che io capisca» replicò Fareed, avvicinandosi a lei di qualche centimetro.

«Intendo dire che, dal momento che tutto ciò che c'è all'interno del Tempio è finto e creato ad arte dai Tessitori, dev'esserlo per forza di cose anche il sole, e infatti non illumina nemmeno le Terre Esterne in maniera normale. Per cui, per quale motivo si sarebbero dati la briga di invertire la sua traiettoria? A che scopo l'avrebbero fatto?»

«Se dico che non ne ho idea ti arrabbierai di nuovo?»

«No, ma solo se saprai rispondere alla mia prossima domanda in maniera esauriente» lo minacciò Geneviève con un sorriso.

«Accidenti» disse Fareed. «Allora cercherò di non deluderti.»

Lei si volto e lo guardò dritto negli occhi, facendolo sobbalzare per un attimo. «Chi furono i primi Tessitori?»

«I *primi* Tessitori?»

«Esatto. Mi hai raccontato che adesso ci sono sempre dei volontari, giusto?» ricordò lei per agevolare la sua memoria. «Ma quando arrivarono i primi abitanti del Tempio, chi regolava la luce, il vento, la pioggia, eccetera?»

Gli occhi di Fareed per un attimo si accesero, ma subito dopo si rabbuiarono. Era incerto se Geneviève avrebbe considerato la sua risposta esaustiva. «Gli Intoccabili più anziani sostengono che quando i primi uomini arrivarono al Tempio, la prima "generazione" di Tessitori era già dentro l'Aditus Dei, anche se erano persone che nessuno conosceva, e il mondo funzionava con perfetta regolarità.»

Geneviève sorrise. «Allora questo è un altro elemento da infilare nel nostro cassetto dei fatti strani, insieme a quello che nel cielo è possibile osservare nello stesso momento tutte e dodici le costellazioni zodiacali, il che è impossibile sulla Terra. Come si fa a sapere quando ci sarà un nuovo Rito dell'Osservazione? Lo saprete in anticipo, immagino, altrimenti come facevate a essere già lì al nostro arrivo?»

«Lo si viene a sapere esattamente una settimana prima. È l'Aditus Dei a dare il segnale, facendo esplodere un colpo dalla sua sommità, proprio come hai visto succedere il giorno del tuo arrivo al termine del Rito» rispose con enfasi Fareed. In quel caso era davvero felice di poterle fornire una risposta concreta.

«Hmm, ho capito.» Geneviève si mordicchiò un indice mentre rifletteva.

«Allora sono salvo?»

«Sei salvo» confermò lei, e si girò verso di lui per guardarlo di nuovo negli occhi. Con la mano sulla quale non stava poggiando il mento gli diede una spintarella contro la spalla. «Guarda che scherzavo. Non ho più intenzione di arrabbiarmi, almeno non con te. Veronica è un'altra storia.»

A Fareed batté fortissimo il cuore, ma si incupì quando sentì pronunciare il nome di Veronica. «Perché ce l'hai ancora con lei? Negli ultimi tempi non discutete nemmeno più.»

«Veronica è a conoscenza di qualche segreto, ne sono certa, e forse lo sei anche tu, ma ho intenzione di concederti il beneficio del dubbio perché mi stai simpatico. Quando mi sentirò sicura di ciò che al momento soltanto suppongo, la metterò sulla graticola e vedremo cos'avrà da dire quel topo di biblioteca con gli occhiali.»

Fareed era in estasi per il fatto di esser stato definito simpatico, ma quei discorsi su Veronica lo preoccupavano in una certa misura. Lei era la Prima Bibliotecaria, e per quanto fosse puntigliosa era considerata una ragazza seria. «Io davvero non capisco di cosa tu stia parlando quando ti riferisci a dei segreti. La nostra Alma Mater non è così. Sei troppo sospettosa, secondo me.»

«Fareed.»

«Sì?»

«Nessuno si è mai chiesto chi ci sta mandando contro i Vuoti, e perché?»

«Qualcuno dei nostri filosofi l'ha fatto, sì.»

«E...?» Geneviève inarcò un sopracciglio e ruotò il busto verso di lui. I loro visi erano distanti solo pochi centimetri.

Fareed per una volta riuscì a sostenere il suo sguardo. «Be', ecco, è un argomento piuttosto complesso, in realtà. Immagino che tu voglia sapere se siamo a conoscenza di un'entità senziente che sta dirigendo gli attacchi dei Vuoti contro di noi in maniera deliberata, tirando i fili da dietro le quinte. Diciamo che ci sono diverse correnti di pensiero al riguardo, ma la maggioranza di noi ritiene che quella entità non esista e che i Vuoti ci attacchino animati da un incontenibile odio atavico, senza che ci sia qualcuno a guidarli.»

Geneviève si voltò di nuovo verso la pianura. «Io allora appartengo all'altra corrente di pensiero.»

Dopo un lunghissimo momento di silenzio, intervallato solamente dalle raffiche di vento che spazzavano la pianura, Fareed fece scorrere il sedere sul grande pietrone e si avvicinò alla canadese di un altro paio di centimetri. Lei lo fulminò con lo sguardo e sussurrò a voce appena udibile: «Non fare niente di stupido. Qualcuno ci sta spiando.»

Fareed rimase allibito, ma per sicurezza bisbigliò anche lui. «Spiando? Geneviève, a volte sei un po' paranoica. Chi ci sta spiando?»

Lei abbozzò un sorrisetto di sfida. «Non senti quel mormorio sopra di noi? A quanto pare c'è qualche Cherubina che non vuole farsi gli affari propri.»

Fareed si accigliò e rimase in perfetto silenzio. In effetti due uccellini cinguettavano qualche metro sopra le loro teste. Ma, ovviamente, non erano uccellini. Erano ragazze.

«Vedrai che tra poco si baciano!» pigolò la prima voce, traboccante d'eccitazione morbosa. Era la voce di un enigma la cui soluzione non si sarebbe presentata per molto, molto tempo. Un enigma dai capelli di tutti i colori dell'arcobaleno.

«Sì, okay, è meraviglioso. Dopo che si sono baciati possiamo tornare oltre il Muro? Mi fa schifo spiare la gente nel Piano Celeste» rispose la seconda voce, la fragile voce di una ragazza malleabile, la voce di una ragazza che in una vita passata era stata schizofrenica.

«Sei matta? È una ficata!» gongolò Stardust. «E guarda che lo fanno in molti, tra noi Cherubini. È troppo divertente osservare le storie amorose dei Guerrieri. Qui al Tempio non abbiamo la televisione e non ci sono le serie televisive, ma abbiamo qualcosa di meglio: la vita reale!»

«Il nostro compito è quello di proteggere i Guerrieri, non di spiarli» puntualizzò con pazienza Audrey.

«Proteggere, proteggere... con te nel Piano Celeste si parla sempre e solo di proteggere. Tu li proteggi anche troppo, i Guerrieri. Sei troppo ligia al dovere. Devi concederti delle pause, o finirà che impazzirai. Quante ore sei rimasta dentro una vasca questa settimana?»

«Io, ehm... qualcuna» farfugliò Audrey in tono colpevole.

«Macché *qualcuna*, sei sempre qui! Quasi non ti si vede più in giro. L'hai preso come un videogioco? Guarda che se rimani troppo a lungo dentro il Piano Celeste la tua mente ne soffre, e se assorbi troppi colpi ne soffre il tuo corpo. Ogni tanto devi svagarti, tesoro.»

«Hmm, forse hai ragione» concesse la brava pittrice d'animali ripensando a tutti i Guerrieri che aveva protetto negli ultimi giorni, anche se si teneva sempre alla larga da quelli che combattevano i Vuoti più pericolosi per non rischiare di assorbire un colpo troppo potente, finendo così liquefatta nella sua vasca. Delle situazioni spinose se ne occupavano di solito i Troni e i Serafini, che erano più esperti e resistenti di lei.

«Uffa, mi sa che questi due non si baciano» realizzò Stardust con una punta di irritazione. «Eppure a lei lui piace, è evidentissimo. Gli Scorpioni a volte fanno fatica a esprimere i propri sentimenti. Che noia! Andiamo da un'altra parte?»

«Tipo dove?»

«Hmm, vediamo. Dopo questa delusione ci serve qualcosa di eccitante per darci una bella scarica di adrenalina. Che ne dici del Capricorno?»

«Dico che andiamo a cercare guai. È un posto affascinante, ma se quelli ci scoprissero...»

«Cosa ci farebbero, Audrey cara? Un bel niente, te lo dico io. Non possono toccarci quando siamo su questo Piano, neanche quella scorbutica della Gran Maestra. E se rimarremo in silenzio, nemmeno sapranno che li stiamo spiando. Dai, seguimi, non resisto più! Credo stia per andare in onda il prossimo episodio della serie "Amore gotico"!»

«Va bene, ci vengo. Ma promettimi che stavolta rimarremo in silenzio per davvero. Niente commenti sui baci mancati.»

«Promesso promessino!»

Le due Cherubine in forma di stelle schizzarono via e fecero rotta verso sud viaggiando alla massima velocità. Sorvolarono le contrade della Bilancia, dell'Ariete e del Leone, fermandosi solo ogni tanto per divertirsi a volteggiare attorno alle cime degli alberi più alti. Una volta terminati gli immensi abeti del settore del Leone, videro davanti a loro i ranghi di colline dipanarsi in direzione sud-ovest, con al di là una vasta pianura punteggiata di salici piangenti. Geistheim era sullo sfondo, immersa nella calda luce del crepuscolo.

Capricorno
È Leviòsa, non Leviosà

«Che fortuna, siamo arrivate prima che scenda la notte!» cinguettò Stardust volteggiando spensierata attorno ai pinnacoli più alti di Saint-Yves. «Trovi anche tu che questo tramonto sia romantico, o sono solo io a pensarlo?»

«No, hai ragione. Quando c'è luce Geistheim non fa poi così paura» si vide costretta a rispondere Audrey, che era rimasta ammaliata da quella visione. Più si prendeva dimestichezza col Piano Celeste, più migliorava la visione del Piano Materiale all'interno dello stesso, fin quasi a divenire indistinguibile dalla realtà. «C'ero già venuta qualche volta, ma in questo settore il buio cala poco dopo mezzogiorno e quindi non avevo visto granché.»

La capitale del Capricorno era illuminata di sbieco dal sole vermiglio all'orizzonte, appena offuscato dai margini di una nuvoletta in mezzo a una distesa infuocata. I muri d'ossidiana delle case emettevano barbagli neri e rossi ogni volta che la luce li colpiva dalla giusta angolazione. All'interno delle abitazioni brillavano già tante lucette gialle e bordeaux, mentre i lampioni nelle strade non si erano ancora accesi. Più che un regno sepolcrale di tenebre e terrore, sembrava una città magica sospesa nel tempo, non troppo dissimile da Sympatheia.

«Ullallà, guarda chi c'è laggiù. Finalmente abbiamo un po' di fortuna!» esclamò Stardust volando oltre il lato sud-est della cattedrale.

Audrey la seguì a ruota.

Visto dall'alto, il labirinto di rose che si sviluppava accanto a Saint-Yves sembrava una tela di ragno verde e scarlatta. Al centro dell'intrico, una volta trovata la via giusta, si arrivava a un ampio spiazzo erboso provvisto di panchine e di un gazebo di legno sotto il quale fermarsi a ristorare lo spirito. In quel momento, però, tre membri dell'Antica Scuola si stavano servendo di quel pacifico luogo di ritrovo per fare tutt'altro. Audrey non ebbe difficoltà a riconoscere due di quelle persone: uno era il novizio arrivato al suo stesso Rito, Adelmo della Rovere, mentre l'altra era la Gran Maestra Michelle de Molay; la terza era invece una ragazza asiatica che Audrey non aveva mai visto prima. Il novizio e la leader dell'Antica Scuola brandivano i loro Shintai ed era evidente che si stavano esercitando, tuttavia la giovane sconosciuta aveva in mano una bacchetta di legno e li osservava da lontano, rendendo ambigue le sue intenzioni.

«*Shh*» fece la stella Stardust svolazzando attorno ad Audrey. «Osserviamoli in silenzio. Mi sa che stavolta ci gustiamo qualcosa di succoso.»

«Ripassiamo tutte le mosse per l'ultima volta» ordinò Michelle con voce affabile. «Attaccami preannunciando ogni colpo che sferrerai, ma non soffermarti troppo sulle spiegazioni a meno che non te lo chieda io.»

«Come desideri.» Adelmo era a qualche metro da lei, con la spada color bronzo stretta nella mano destra. Il sole intarsiato d'oro scintillava sull'elsa, riflettendo la luce del tramonto.

«Gran Maestra, vuoi che ti protegga per un po'?» s'affrettò a domandare Yoon, trotterellando eccitata verso la leader. Fino a quel momento la giovane si era mantenuta una decina di metri a lato dei duellanti per non intralciare l'azione. Quel giorno i suoi lunghi capelli neri mostravano striature verde pastello.

«Ti ringrazio, cara Yoon, ma non sarà necessario che tu mi protegga. Penserò io stessa a deviare o a scansare i maldestri colpi del nostro novizio» rispose Michelle, stuzzicando Adelmo con un sorriso birichino. «Anche se lui sarà l'unico ad attaccare, è meglio che continui a difenderlo. Potrebbe inciampare e infilzarsi per sbaglio con la punta della spada.»

«Ah, dunque è così. Mi sbeffeggi senza alcun riguardo davanti alla nostra unica Cherubina» scherzò Adelmo. Essere protetto da una ragazzetta con l'aspetto da diciottenne non lo sconfinferava più di tanto, ma non se l'era sentita di contestare, perché quando la Gran Maestra aveva proposto alla giovane di accompagnare lei e Adelmo nel labirinto e di proteggerlo durante l'allenamento, in modo tale da verificare anche i suoi progressi come Cherubina, Yoon aveva accettato con un tale entusiasmo da scaldargli il cuore. «Sarò costretto a farti rimangiare queste parole, allora. In guardia!»

Ademo scattò verso la Gran Maestra e la sorprese con un colpo diagonale portato da destra verso sinistra, dal basso verso l'alto. «Ridoppio dritto!»

Michelle deviò la spada e piroettò via come un'abile ballerina.

«Tondo dritto e tondo roverso!» annunciò lui, facendo seguire l'esclamazione da due colpi orizzontali, il primo ancora una volta sferrato da destra verso sinistra, il secondo in senso opposto.

Michelle intercettò entrambe le spadate con facilità, picchiandoci contro il suo stocco. «Sei già passato ai tondi?» lo incalzò, scivolando leggiadra sull'erba. «Ti sei scordato un ridoppio.»

«Ridoppio roverso!» gridò Adelmo descrivendo una traiettoria obliqua dal basso verso l'alto, da sinistra a destra. Subito dopo sferrò altri due durissimi colpi, nella speranza di coglierla impreparata. «Sgualembro dritto e sgualembro roverso!»

Michelle li schivò con ineffabile leggiadria e puntò lo stocco verso il suo viso. «Ben fatto. Per cosa si utilizzano di solito quegli ultimi due attacchi?»

«Per colpire le spalle o i fianchi del nemico dall'alto al basso. I dritti sono sempre portati da destra a sinistra, mentre i roversi vanno in senso opposto.

Un fendente, invece, è un semplice attacco verticale.»

«E il suo opposto è?»

«Il montante!» Adelmo impugnò la spada con entrambe le mani e tracciò una perfetta mezzaluna in verticale dal basso verso l'alto. Per evitare di essere colpita, Michelle fu costretta a saltare qualche metro sopra la sua testa per poi atterrargli alle spalle. Adelmo la giudicò una mossa da bari, dacché sulla Terra nessuno avrebbe potuto compiere una manovra simile. Si voltò in un istante e tentò di infilzare la Gran Maestra con la punta della spada. «Affondo!» esclamò, lasciando che gli stivali scivolassero in avanti sull'erba. Michelle deviò il colpo all'ultimo momento, facendo finire lo Shintai del novizio a lato del suo fianco destro.

Adelmo perse l'equilibrio e, per non finire addosso alla sua leader – un gesto che avrebbe reputato da veri screanzati –, fu costretto a dare una brusca frenata col tacco degli stivali. Le arrivò comunque a un soffio. I suoi occhi incontrarono quelli recentemente tornati scarlatti di lei, a pochi centimetri di distanza dal suo viso.

«*Ah, tsugoooi*[I]!» strillò Yoon, salvando così il novizio da quel momento di imbarazzo. «*Adelmo, tte honto-ni kakkoii ne*[II]!»

Adelmo si schiarì la gola e indietreggiò di qualche passo. «Soddisfatta?» domandò alla Gran Maestra.

«Diciamo di sì. Noto degli apprezzabili miglioramenti nei tuoi movimenti e nella determinazione con cui attacchi» rispose lei, ripagando i suoi sforzi con un altro sorriso. I denti erano smaglianti tra le labbra d'onice. «Mi rattrista però che la nostra giovane Cherubina non sia stata messa alla prova. Forse dovrei ordinarle di proteggere me e lasciarmi colpire di proposito, solo che probabilmente ti rifiuteresti di attaccare una ragazza indifesa, non è così?»

«Lo puoi ben dire» rispose Adelmo facendo vibrare i baffi. «Non sarebbe un comportamento da galantuomini.»

«Allora ti lascerai colpire tu?» propose Michelle con aria sbarazzina. «In questo caso, però, non avrei certo bisogno di chiederti il permesso. Posso colpirti quando e come voglio.»

«Ne sei proprio sicura?»

«Ne sono sicura al novantanove percento. È vero che sei migliorato parecchio, in queste ultime settimane, ma di fatto hai ancora molto da imparare, caro Allievo.»

Adelmo risollevò la spada. «Orbene, staremo a vedere. Prometto che ti darò del filo da torcere. In guardia!»

Michelle si lasciò sfuggire una risatina da liceale. «Yoon, ascoltami. Ora colpirò duramente il nostro novizio, dunque dovrai prestare tutta l'attenzione che puoi. Non intendo certo infrangere il suo unico Grano, altrimenti dovrei andare a scusarmi con quel Boone per averlo scaraventato contro i gradoni dell'Arena.»

«Sono prontissima!» gioì Yoon estraendo di nuovo la bacchetta di legno e

---

[I] Trad. "Ah, fantasticooo!" in giapponese informale.
[II] Trad. "Adelmo, sei davvero fico!" in giapponese informale.

puntandola in direzione di Adelmo. «Non preoccuparti, *kohai*[I], non permetterò mai che la Gran Maestra ti faccia del male.»

In effetti, la giovane giapponese tenne fede alla promessa.

Michelle giocò a lungo con Adelmo, lasciando che lui la bersagliasse con una lunga sequenza di colpi senz'altro ben eseguiti e dall'effetto estremamente coreografico. Parò le sue furiose spadate con facilità, ma evitò di contrattaccare per non mettere troppo presto fine alle danze.

«Qualcosa suscita la tua ilarità?» domandò Adelmo dopo essere scivolato all'indietro per mettere un paio di metri di distanza tra lui e la Gran Maestra. «Stai sorridendo.»

Lei ridacchiò. «Può darsi.»

«Ho commesso un errore troppo evidente?»

«Non proprio. Poter ammirare il tuo volto concentrato mentre cerchi inutilmente di trovare un'apertura nelle mie difese è per me fonte di gioia.»

«Inutilmente, dici? Staremo a vedere quanto inutilmente.» Adelmo sorrise a sua volta e ripartì all'attacco con maggior ferocia di prima, anche se i risultati non furono migliori.

Michelle brandiva il suo stocco d'argento con la stessa maestria con la quale impugnava i pennelli che usava per dipingere; solo che lì ogni pennellata diventava un colpo precisissimo, letale. Non avrebbe fallito nemmeno quella volta, se non fosse stato per l'intervento di Yoon. Quando Michelle aggirò un affondo di Adelmo e cercò di colpirlo al fianco scoperto, la giovane giapponese scattò in avanti proprio al momento giusto, puntò la bacchetta verso di lui e mantenne integro l'unico Grano che aveva, la Soglia. Michelle venne respinta con una certa violenza dalla barriera di colore bianco, ma riuscì a non perdere l'equilibrio slittando all'indietro sull'erba per diversi metri.

«Ben fatto, Yoon» si congratulò quando ebbe riacquistato l'equilibrio. «Mi sono battuta a lungo con Adelmo per cercare di farti perdere la concentrazione, eppure al momento fatidico eri ancora pienamente vigile. Sei una valente Cherubina, non c'è alcun dubbio.»

«*Waai*[II]! Cinque punti per Serpeverde!» esultò Yoon imitando la voce di Severus Piton, dopodiché disegnò strane forme nell'aria con la bacchetta magica, la puntò verso lo stocco di Michelle ed esclamò: «*Wingardium Leviosa!*»

Lei e Adelmo la fissarono sconcertati, senza muovere un muscolo.

«*Expecto Patronum!*» gridò allora Yoon, puntando la bacchetta verso di loro con aria ancor più determinata.

Adelmo era perplesso oltre l'inverosimile. Avvicinò il viso all'orecchio della leader e sussurrò: «Chiedo venia per la mia ignoranza, ma di cosa sta parlando la signorina Miyawaki? Quelle frasi in latino non hanno alcun senso, in questo

---

[I] Nota di Veronica Fuentes, Prima Bibliotecaria: chiamando Adelmo *kohai*, ovvero "pupillo" in giapponese, Yoon stava implicitamente affermando di essere più in alto di lui nella scala gerarchica dell'Antica Scuola, anche se in base all'età anagrafica Adelmo sarebbe stato un suo *senpai*.

[II] Trad. "Evvai!" in giapponese informale.

contesto. Perché dovremmo "attendere un patrono"? E poi "wingardium" non è nemmeno una vera parola.»

«Non lo chiedere a me» bisbigliò la Gran Maestra, altrettanto interdetta. «Credo che nella vita passata Yoon facesse parte di una scuola di magia di qualche tipo, o forse si tratta di esoterismo. Mi pare evidente però che i loro incantesimi non funzionano granché bene su questo mondo. Forse dovremmo fare del nostro meglio per stare al gioco e assecondare le sue fantasie.»

Sconsolata, Yoon lasciò cadere le braccia a lato dei fianchi e guardò il cielo, ormai diventato color prugna. «Ma dai, siete proprio due nonnetti! Come si fa a non conoscere Harry Potter?»

Adelmo reputava la giovane giapponese una ragazza di certo graziosa e intelligente, ma anche piuttosto impertinente, per essere del Capricorno. Inoltre era anche più estroversa della media, e questo di tanto in tanto poteva mettere le persone a disagio. Con tutta probabilità la sua personalità rientrava per poco all'interno dei limiti stabiliti per la loro Casa zodiacale. In ogni caso, Adelmo non la disprezzava; anzi, giudicava inestimabile il suo contributo, dal momento che i Cherubini di Sympatheia non erano in buoni rapporti con i Guerrieri dell'Antica Scuola e non amavano proteggerli.

Statisticamente parlando, nelle Case zodiacali che non erano il Coro dei Pesci, meno dell'uno percento dei Guerrieri diventava Cherubini. Si riceveva il primo indizio di tale predisposizione durante la Ceremonia delle Armi. Alcuni novizi tendevano infatti a scegliere degli Shintai dal valore offensivo nullo, come scettri, amuleti, talismani, o appunto bacchette magiche. A quel punto, di solito, li si portava al Bjornespeil per avere la conferma.

«Inizia a farsi buio, sarà meglio tornare a Saint-Yves» suggerì la Gran Maestra. «A meno che la nostra amica maghetta non disponga di un incantesimo per farci luce...»

«A dire il vero ce l'avrei» replicò la giapponese, immusonita. Puntò la bacchetta verso l'alto ed esclamò: «*Lumos!*»

Com'era logico aspettarsi, non accadde alcunché, ma i due adulti evitarono di infierire sulla studentessa fuori corso di Hogwarts e non glielo fecero notare.

Dopo aver fatto scomparire il proprio Shintai, Michelle sorrise e prese Adelmo a braccetto per ripercorrere insieme a lui la strada che conduceva all'entrata del labirinto. Yoon li seguì con aria abbacchiata, delusa che nessuno di loro conoscesse i suoi incantesimi.

Il novizio si fece pensieroso mentre camminava tra le pareti di rose rosse, talmente pensieroso da rendere il suo stato d'animo fin troppo palese. La Gran Maestra strinse infatti il suo braccio e domandò, guardandolo di sottecchi: «Cosa ti affligge? Non ti ho mortificato troppo durante l'allenamento, vero?»

«No, non si tratta di quello» replicò lui. «La presenza della nostra giovane Cherubina mi ha spinto a riflettere su un aspetto della vita al Tempio. Non ti preoccupa la poca diversità all'interno dell'Antica Scuola? Di fatto, solo la ragazza alle nostre spalle possiede un carattere che si differenzia in larga parte dal resto degli Allievi e dei Maestri.»

«No, questo aspetto non mi preoccupa affatto» rispose con convinzione Michelle. «Poca diversità, dici? E chi ha stabilito che la diversità sia una caratteristica dai connotati per forza positivi? Quando costruisci una casa, utilizzi mattoni di fattura pressoché identica e li appoggi gli uni sugli altri; non li mischi a pietre, lastre di cemento, pannelli di legno e quant'altro, perché così facendo i muri crollerebbero. Dunque per quale motivo la nostra Casa dovrebbe rivelarsi debole solo perché è costruita con mattoni della stessa fatta? Al contrario, questo garantisce invece la sua solidità.»

«Ma ciò non significa anche che consideri la nostra amica giapponese una debolezza, più che un valore aggiunto?» domandò Adelmo a mezza voce, con il necessario tatto.

Lei sorrise con ironia. «Touché. In un certo qual senso è così; tuttavia, un mattoncino di una diversa fattura, qua e là, non indebolisce la struttura portante. Ma se i mattoncini diversi diventassero troppi...»

A Adelmo quelle parole trasmisero una lieve inquietudine, e temeva anche che Yoon potesse udire la loro conversazione e aversene a male, il che sarebbe stato del tutto comprensibile. Colse quindi una rosa rossa che sporgeva dalla siepe e la porse in dono alla Gran Maestra. «Quale ringraziamento per esserti allenata con un Allievo mediocre come il sottoscritto» le disse, accompagnando al dono un sorriso.

Michelle accettò la rosa ma avvampò d'azzurro sia in viso che nel collo.

«Chiedo umilmente venia» si scusò Adelmo quando vide la leader così a disagio. «Forse avresti gradito di più una rosa nera? Ho notato che ti piace tutto ciò che è di quel colore. D'altronde, anche le rose che hai tatuate dietro la spalla sinistra sono nere.»

Michelle azzurrì in maniera ancor più vistosa. «Devo dunque intendere che hai esaminato la schiena nuda della tua Gran Maestra, novizio?»

«Non con intenzioni deprecabili, s'intende.»

«No, certo. Tu non faresti mai nulla con intenzioni deprecabili.» Le sue labbra nere si schiusero in un sorriso ammaliante. «Tranquillo, ti stavo prendendo in giro. Mi piacciono anche le rose rosse, sono più romantiche. Comunque lo confesso: adoro tutto ciò che è oscuro e misterioso. Antiche rovine, cimiteri, lupi mannari, fantasmi, zombi... e naturalmente vampiri, tanto per fare qualche esempio. Mi vestivo sempre di nero anche da viva, sebbene il mio stile non fosse vittoriano come quello che adottiamo qui, ma più moderno. Amavo leggere romanzi gotici, fantasy e dell'orrore, proprio come *Dracula*, che conosci anche tu. Purtroppo non posso descriverti il genere di musica che gradivo ascoltare, perché ti assicuro che non capiresti, ma anch'esso era chiamato gotico, o *goth*. Il mio genere cinematografico preferito era l'horror e i registi che amavo di più erano italiani come te: Dario Argento, Mario Bava, Lucio Fulci... È curioso, non trovi?»

«Indubbiamente» rispose Adelmo. «Tutto questo mi induce però a pensare che, se ci fossimo incontrati da vivi, io e te non saremmo andati d'accordo più di tanto.»

«Io invece dico di sì» asserì Michelle lanciandogli un'occhiata furtiva. «Sei arrivato tra noi tutto sommato da poco. Col passare del tempo ti ritroverai ad abbracciare sempre di più la filosofia e l'estetica della nostra Casa zodiacale.»

«*Sapiens dominabitur astris*[I], diceva il dottore d'Aquino. Se i corpi celesti possedessero la capacità di condizionare per intero le azioni umane, cosa ne sarebbe del libero arbitrio? Gli astri saranno anche in grado di influenzare le nostre passioni, ma noi possiamo scegliere di esserne schiavi o di dominarle.»

Erano quasi giunti all'entrata del labirinto. Michelle si fermò tra le ultime due pareti di rose e avvicinò il viso a quello del novizio più del necessario. «E io sarei una di queste passioni che intenderesti dominare, Allievo? O forse preferiresti diventare un mio schiavetto?»

Adelmo venne conquistato dagli occhi scarlatti della Gran Maestra e perse tutta la sua verve. Yoon chiuse gli occhi e si girò dall'altra parte. Qualcuno nel cielo si lasciò sfuggire una parolina di troppo.

Irata come non mai, Michelle manifestò il suo stocco e infilzò più volte l'aria sopra la sua testa.

Adelmo si guardò attorno attonito. «Ma che diamine?»

«Non le hai sentite? Credo fossimo spiati da due mosche troppo curiose» replicò lei con una smorfia. Una volta fatto sparire lo stocco, infilò la rosa rossa tra i capelli. «Oh, non badarci. Ormai se ne saranno andate, dunque non lasciamo che rovinino la nostra giornata. Vieni, torniamo a Saint-Yves. Credo di avere un compito da affidare al mio futuro schiavetto.»

Lui la fulminò con lo sguardo. «Gran Maestra! Non intendo aff–»

«Scherzavo, naturalmente. La schiavetta preferirei esserlo io.»

[I] Trad. dal latino: "Il saggio dominerà gli astri."

Pesci
Al Corallo Spaziale

«A quel punto ce la siamo fatta sotto e siamo volate via velocissime, non è vero, Audrey?» raccontò Stardust, gli occhi viola che sfavillavano. «La Gran Maestra è una vera schizzata. Una persona normale non si metterebbe mai a dar spadate all'aria in quel modo. E poi come ha fatto a sentirci?»

«Per forza ci ha scoperte, ti sei messa a fare strani versi quando sono andati vicini a baciarsi.» Seduta sul divanetto di velluto azzurro al lato opposto del tavolo, Audrey finì di bere il suo drink e lo appoggiò davanti a sé.

Il gruppetto di amici, che in quella occasione includeva anche Andreas e Jim, si stava sollazzando con qualche bevanda al *Corallo Spaziale*, il pub preferito di Audrey e Stardust, che aveva un aspetto simpatico, vivace e colorato. I muri esterni erano interamente rivestiti di uno stupendo corallo rosato che brillava di luce propria, mentre all'interno era ammobiliato in stile fantascientifico ma con spirito ironico, come se fosse un bar sottomarino costruito su un pianeta acquatico sperduto in una remota galassia. Rametti di corallo rosa pallido erano usati come ornamenti sui tavoli e alle pareti.

«Quello che hai raccontato è vero, Star, ma perché non riferisci anche il finale?» riprese Audrey.

L'altra fece finta di non capire. «Il finale?»

Audrey si voltò verso Jim e Andreas, seduti accanto a lei. «Dopo essere fuggite, Star mi ha convinta a seguire la Gran Maestra in camera sua, spiandola per sicurezza dalla finestra. Sì, lo so, è un comportamento riprovevole, e infatti non lo faremo più. Star me l'ha promesso. Comunque, Michelle ha messo la rosa che Adelmo le aveva donato dentro un bel vaso e l'ha posato sul tavolo davanti alla finestra, dove può prendere la luce del tramonto; poi si è seduta e ha ammirato il fiore a lungo. Quando ce ne siamo andate, lo stava ancora osservando con aria sognante. A me non sembra proprio il comportamento di una "schizzata", e io dell'argomento me ne intendo.»

Jim esplose in una grassa risata e per poco non si soffocò col fumo della sigaretta che aveva tra le dita. «Quello, Davis, lo puoi affermare senza timore di smentita.»

«Smettila di ricordarle che una volta era schizofrenica» lo fulminò Stardust dall'altro lato del tavolo. «È una cosa da stronzi.»

«A dire il vero se l'è detto da sola, io ho solo concordato. C'è una discreta differenza tra il dare del pazzo a qualcuno che lo è veramente e darlo a qualcuno che non lo è *più*.» Lanciò ad Audrey un'occhiata d'intesa e lei rispose con un tenue ma sincero sorriso.

«Audrey ha il diritto di prendere in giro se stessa, tu no. Probabilmente sei anche del parere che sfottere una persona con una disabilità mentale non è disdicevole se non lo si fa in sua presenza, giusto? No, non c'è bisogno che mi rispondi. So bene che da vivo non ti facevi problemi a urlare "ritardata" in faccia ad Audrey» sibilò Stardust con voce avvelenata.

«La Davis nella vita reale l'ho incontrata una volta sola e non le ho detto nulla del genere. Su internet all'inizio la prendevo in giro in quel modo perché era ovvio che lei *non era* ritardata. Non lo direi mai a una persona con un reale ritardo, ma non mi farei scrupoli a dirlo a *te*, ad esempio, con le cazzate che vomiti ogni tre secondi.»

Stardust scattò in piedi. «Schifoso pezzo di merda!»

«Smettetela, vi scongiuro» implorò Audrey con un bisbiglio. «Non mi piace quando le persone litigano.»

Jade riappoggiò il sedere sul divanetto, incrociò le braccia sul petto e si voltò di lato per nascondere gli occhi che si stavano bagnando di lacrime azzurre. Quel giorno indossava una maglietta stretta e con qualche strappo degli Alice in Chains, che tendendosi sul davanti metteva in evidenza il seno sodo.

Il periodo di gelida tensione fra Audrey e Stardust dopo il primo incontro con Jim era stato incredibilmente breve. Sembrava che la ragazza dai capelli arcobaleno fosse dotata di un senso della vergogna ben poco spiccato, e una volta ripartito il marinaio del Sagittario si era fiondata di nuovo su Audrey come se non fosse mai stata scoperta a mentire. Durante le settimane successive, le due ragazze avevano affrontato di rado l'argomento "Jim" e Stardust si era comportata come se fosse sempre stata la migliore amica di Audrey. La giovane pittrice non aveva avuto l'ardire di confrontarsi con lei, soprattutto perché l'atteggiamento di quella strana ragazza continuava a lasciarla perplessa e spesso non riusciva a comprendere le sue reali intenzioni. Quando Jim era tornato a far visita ad Audrey per annunciarle che presto sarebbe andato in ricognizione navale nelle Terre Esterne, il diverbio tra le due si era riacceso, anche se Audrey per natura tendeva sempre a evitare di litigare con chiunque. Quel giorno la nave sulla quale prestava servizio Jim era attraccata al molo di Sympatheia, dunque avevano colto l'occasione per incontrarsi.

«Ragazzi, come siamo finiti a litigare per una quisquilia del genere?» interloquì Andreas per placare gli animi. Quel giorno indossava un morbido pigiama di lana con sopra disegnato Babbo Natale attorniato dalle renne, che faceva il paio con quello di flanella azzurro di Audrey pieno di animaletti. «Torniamo all'argomento principe della discussione. Star, la Gran Maestra sarà anche scorbutica a volte, ma non trovi che sia molto romantica? Emozionarsi per aver ricevuto in dono una rosa... Quasi mi commuovo anch'io, in effetti. Ma io sono dei Pesci, quindi è normale, lei invece è del Capricorno!»

«Sì, è vero. Michelle è una tipa romantica» concesse Stardust scrutando il resto del gruppo con la coda dell'occhio. «Ma molte donne del Capricorno lo sono, quindi non mi stupisce. Andreas, tu sei a conoscenza anche di quell'altro fatto, giusto? Dunque puoi già immaginare come andrà a finire la storia tra lei e Adelmo. È davvero triste.»

«Sì, anch'io sono venuto a sapere *quella cosa*», confermò Andreas, «e per questo il mio cuore si gonfia di dispiacere. Mannaggia, forse stanotte non riuscirò a prender sonno. Vorrei tanto poter confortare quella povera ragazza. O forse dovrei dire *donna*. La Gran Maestra ha ormai più di settant'anni.»

«Penso che sopravvivrà anche senza il tuo conforto.» Stardust sorrise. «È una donna forte, questo dobbiamo ammetterlo.»

«Di cosa state parlando?» intervenne Audrey guardando prima Stardust e poi Andreas. Il suo sesto senso empatico si era attivato. «Perché la storia dovrebbe andare a finire male?»

Quando si trattava di spettegolare, Stardust non si tirava mai indietro, eppure in quella circostanza fece un gesto in direzione di Andreas e propose con aria eccitata: «Svelaglielo tu!»

«Ecco, non so se spetterebbe a me, ma...» tergiversò lui, poi si sporse verso Jim e Audrey e rivelò a bassa voce: «La Gran Maestra è asessuale.»

«La Gran Maestra è *COSA*?» sbraitò scettico Jim tossendo fumo rossastro. Alcune partite di sigarette dei Gemelli a volte erano più tossiche del normale. Certuni le definivano *avariate*.

«E parla piano, troglodita!» lo ammonì Stardust facendo scintillare quei pozzi di luce viola che aveva nelle orbite oculari, poi si rivolse ad Audrey e spiegò con dolcezza: «Significa che non prova attrazione sessuale nei confronti di nessuno, tesoro.»

«In pratica vuoi dire che non è mai stata chiavata a dovere» la contraddisse Jim con un sorrisetto sghembo.

Stardust spalancò la bocca e lo fissò a metà tra lo sconvolto e l'imbufalito.

«Non esistono davvero le persone "asessuali"» continuò lui aggiustandosi il berretto rosso. «È una stronzata che inventarono i *millennials* particolarmente annoiati sui social media, più che altro per distinguersi. Le ragazze che si dichiarano asessuali di solito smettono di esserlo non appena vengono scopate con vigore da un bel maschione, quindi credo che quell'Adelmo non avrà problemi a diventare... aspetta, ma se uno sposa la Gran Maestra diventa automaticamente il Gran Maestro?»

«Sei davvero un lurido pezzo di merda» sibilò Stardust, ormai più furiosa che sconvolta. «Certo che esistono le persone asessuali. In questo caso, credo che Michelle ricada all'interno dello spettro della asessualità grigia. Ossia non prova attrazione sessuale, ma può comunque avere una attrazione romantica verso chi gli piace.»

«Che fatto interessante» provò a conciliare Audrey, impietosendo Jim con i suoi occhi acquamarina e qualche sapiente battito di ciglia. «Forse nemmeno Adelmo è interessato ad andare a letto con lei, quindi non ci saranno problemi.

Che ne pensate? Io vorrei che la storia avesse un lieto fine. Non mi stanno antipatici quelli del Capricorno.»

Jim spense la sigaretta nel posacenere di corallo al centro del tavolo e tracannò il fondo del suo drink alcolico. «A me non stanno né simpatici né antipatici, ma siete delle illuse se pensate che esista un solo uomo sulla Terra o al Tempio che non desidera scoparsi la donna che ama. È fottutamente ridicolo.»

«Forse la Gran Maestra non è asessuale, ma demisessuale» suggerì Andreas. «I demisessuali provano attrazione sessuale, ma solo nei confronti delle persone con le quali hanno un legame emotivo.»

«Intendi dire come tutte le persone sane di mente, quindi» chiosò Jim. «Un altro orientamento sessuale che non esiste davvero.»

Un fulgore bieco nereggiò negli occhi di Stardust. «Tantissimi studi dimostrano che esistono. Vere ricerche scientifiche condotte da veri dottori. C'è un sacco di letteratura medica al riguardo. Tu eri un dottore? No? E allora sta' zitto.»

«Non mi affiderei a quei "dottori" nemmeno per curarmi un raffreddore» ribatté Jim. «Oh, certo, sono convinto che ci fossero davvero un sacco di persone che *dichiaravano* di essere questo e quello, sulla Terra. Asessuali, demisessuali, pansessuali, sapiosessuali... Ma dichiarare di essere qualcosa non significa esserlo. Gli psicologi, da bravi coglioni, registravano tutte quelle statistiche e concludevano: "Porca l'oca, gli eterosessuali sono ormai una minoranza". Dal momento però che la psicologia è una branca della scienza che si basa soltanto sui sentimenti e sulle percezioni soggettive di una persona, con quali fatti oggettivi supporterebbero la loro tesi? È possibile osservare al microscopio il gene dell'asessualità? No, non si può. Di fatto, se qualche migliaio di persone si mettessero d'accordo e dichiarassero sul lettino dello psicanalista di appartenere a una razza draconica, quei professoroni sarebbero costretti a concludere che un'antica genia di uomini-draghi ha finalmente deciso di rivelare la propria esistenza a noi comuni mortali.»

Stardust si morse un labbro, schizzò in piedi e corse fuori dal locale in lacrime. Gli avventori seduti ai tavoli vicini la seguirono con lo sguardo e borbottarono qualcosa.

«Accidentaccio, mi sa che l'hai fatta arrabbiare sul serio» segnalò Audrey con aria abbacchiata.

«Tu ti sei offesa?» chiese Jim.

Lei scosse la testa. «Hm-hmm.»

«E allora non m'importa. Comunque, che problema ha? Stardust mica è asessuale, no?»

«Ah, no, non direi. Anzi, mi sa che a lei piacciono sia i ragazzi che le ragazze. Secondo me sta solo facendo un po' di scena, come al solito. Vedrai che si è fermata appena fuori dal pub e sta aspettando che qualcuno di noi vada a confortarla.» Audrey appoggiò il mento sul palmo di una mano e guardò il soffitto. «Stardust è attirata dai ragazzacci, i *bad boy*, così come moltissime altre dei Pesci. Sono tutte timidine, tutte sentimenti, ma godono nell'essere trattate male, perché in fondo credono di poter riabilitare i cattivoni. A me però non sono sicura che piaccia. Non sono sicura quasi di niente, quando si parla di uomini.»

«Posso testimoniare che per noi maschi dei Pesci è la stessa cosa, ma girata al maschile» spiegò Andreas con voce malinconica. «Ci piace essere sottomessi alle donne forti di altre Case. Se Ksenia de Molay mi ordinasse di diventare il suo galoppino e di portarle l'acqua con le orecchie, non credo che esiterei a farlo.»

«Brutta storia, Davis. Se vi mettete coi pezzi di merda poi non lamentatevi quando va a finire male» la avvisò Jim. «"Oh, accidenti, non riesco a credere che il mio ragazzo mi abbia picchiata, anche se sapevo fin dal principio che era un tipo con un passato violento!" Giocarsi la carta della vittima in quella situazione era ridicolo sulla Terra ed è ridicolo qui. E sia, andrò a scusarmi con Stardust, anche se non mi va. Sarebbe anche una bella ragazza; il problema è che l'unica a sembrarmi una schizzata qui è proprio lei.»

Audrey percepì un pizzico di gelosia ribollire dentro il suo cuore nel sentirlo definire Jade una bella ragazza. «Vengo con te, allora. Tanto abbiamo finito i drink.»

Andreas bevve l'ultima sorsata del suo Nettare della Sorgente liscio e seguì gli altri due fuori dal Corallo Spaziale. Come Audrey aveva previsto, Stardust li stava attendendo con la schiena appoggiata a uno dei muri esterni del locale, tra due grossi rami di corallo luminescente. Il suo trucco così vistoso le era colato sul viso a forza di piangere. Appena la vide uscire, si fiondò tra le braccia di Audrey. Lei la confortò con allenata pazienza.

«Merda, te la prendi proprio per poco.» Jim scosse la testa. «Hai pianto metà del Nettare che hai in corpo e non stavo nemmeno cercando di sfotterte. Forse è meglio se torniamo dentro a bere, o finisce che le tette finte ti si disidratano.»

«Ti sembrano delle scuse, queste?» lo aggredì Stardust singhiozzando tra le braccia di Audrey. «Sei uno stronzo e basta.»

«E va bene, ti chiedo scusa. Anche se non so di preciso perché mi sto scusando.» Jim si strinse nelle spalle. «Se è una tattica per far colpo, ti avviso che non a tutti i Sagittari piacciono le ragazze piagnucolose.»

«*Voi Sagittari fate schifo!*» inveì lei con la voce iniettata d'odio.

«Oibò, attenta a urlare certe frasi» ribatté una voce in strada. «Qualcuno potrebbe pensare che stai dicendo sul serio.»

Boone e i suoi capelli color carota uscirono dal fiume di gente che camminava per il viale e si avvicinarono al gruppetto. Il sottoufficiale del Sagittario non era particolarmente alto, però era snello e con i muscoli ben definiti. Quel giorno era tirato a lucido nella sua uniforme da sottoufficiale, con i capelli ingellati all'insù. Aveva un braccio avvolto attorno alle spalle di una ragazza dei Pesci, bionda e con addosso una vestaglia da notte azzurra. Audrey non l'aveva mai vista prima. Dietro la coppia c'erano altri marinai del Sagittario che salutarono Jim con fare cordiale.

«Perdonami, Boone, io non intendevo...» balbettò una docile Stardust, lanciando però occhiate omicide alla ragazza bionda. «Lo sai che non intendevo...»

«Quale parte di "voi Sagittari fate schifo" non intendevi? Mi pare una frase poco fraintendibile» la incalzò Boone. Si avvicinò ancor di più a lei insieme alla giovane dei Pesci, che si strinse le braccia attorno allo stomaco per il disagio. «Perché non ci racconti cosa pensi davvero di noi?»

«Molla l'osso, carotone» interloquì Jim infilandosi tra Audrey e Stardust, che lo scrutò con sospetto. Jim però mostrò un sorriso sarcastico alla sconosciuta dei Pesci e disse, rivolto al suo compatriota: "Ti sei proprio preso la fotta delle bionde, eh? Sapete, il nostro Boone passa le notti rigirandosi nel letto e ripensando a quando Apollonia è corsa a soccorrerlo alla Ceremonia delle Armi. Prima aveva una cotta per Olivia dell'Acquario, ma ora mi sa che gli è sbocciato il fetish dei boccoli biondi, perché esce solo con ragazze che gli ricordano la Sacerdotessa."

La sconosciuta dei Pesci si sciolse dall'abbraccio e si allontanò piccata per poi finire tra le braccia di un altro marinaio, che se la portò via.

Boone non parve prendersela. Sogghignò e fece finta di frignare con una stupida voce da marmocchio: «Oh, cielo, Sublime Sacerdotessa, la mia povera testa! Mi fa tanto, tanto male! Mi accudisca tutto, la prego! Si prenda cura di me con le sue mani delicate!»

Audrey e Andreas ridacchiarono, mentre Stardust sorrise a stento e guardò altrove.

«Gran bella genialata, quella di attaccare il novizio» lo martellò Jim. «Una tastatina di Apollonia non vale la punizione che ti sei beccato, se vuoi il mio parere.»

«Se mi avesse tastato tra le gambe forse sì.» Boone fece spallucce. «Però in quel caso ammetto che avrei spruzzato Ambrosia sulle sue mani in meno di un minuto.»

«Davvero il Commodoro ti ha punito?» cambiò discorso Stardust, interrompendo il discorso dell'altro. Audrey non faticò a intuire il perché. Col passare delle settimane aveva ormai capito che la sua amica non gradiva quando gli uomini sbavavano per la leader esprimendo commenti sessualmente espliciti su di lei. Forse era solo rivalità, forse c'era sotto qualcosa di più profondo; questo Audrey non era ancora in grado di decifrarlo.

Boone annuì con amarezza. «Già. Ora devo prendere parte a ogni singola perlustrazione della *Leonardo da Vinci*, la nostra nave ammiraglia, o di qualsiasi altra spedizione che vada in avanscoperta nelle Terre Esterne percorrendo il fiume Sanzu.»

«Una punizione severa» rifletté Andreas infilando le mani nei pantaloni del pigiama. «A quanto ne so, nessun marinaio viene costretto a uscire di continuo all'esterno.»

«Dici giusto» confermò Boone. «In ogni caso, Jimmy caro, hai ben poco da gongolare con quella faccetta da finocchio. Gira voce che tra non molto entrerai a far parte della ciurma della *Leonardo da Vinci* anche tu, per cui a volte ci avventureremo oltre il Muro insieme. Non sei contento?»

Audrey fece un passo in avanti. «No, invece voi non ci andate!» s'oppose mordicchiandosi un labbro, gli occhi acquamarina che tremolavano.

I due marinai la guardarono allibiti e scoppiarono a ridere.

«La tua fidanzatina è adorabile, Jimmy caro», disse Boone con un sorrisetto sincero, «ma purtroppo non sta a noi decidere se andarci o meno. Sono ordini diretti del Commodoro e nessun Sagittario penserebbe mai di disertare.»

«La Davis non è la mia ragazza» s'affrettò a precisare Jim. «Non so perché si preoccupi così.»

Audrey attorcigliò le punte dei lunghi capelli castani attorno all'indice della mano destra. «Io non voglio che andiate a navigare oltre il Muro. Da quel che ho visto è pericolosissimo. E se... e se vi seguissi dal Piano Celeste?»

Stardust le avvolse un braccio attorno al collo. «Tesoro, sei dolcissima, ma non puoi farlo. Il Piano Celeste si estende solo per pochi chilometri oltre il Muro, più o meno fin dove arriva la luce.»

«Oh, no!» fece Audrey con aria avvilita. Finora non si era mai spinta troppo lontano e credeva che accompagnare i marinai lungo il fiume si sarebbe rivelata un'idea geniale, rivoluzionaria. Rabbrividì nell'immaginare Jim e Boone spiaccicati tra le enormi mani di un Vagante.

«È una brutta faccenda, ma non c'è motivo di rattristarsi» commentò Andreas. «I Vuoti non possono attaccarli finché rimangono sulla nave. Giusto, ragazzi?»

«Puoi dirlo» garantì Boone. «Il Sanzu è sacro e i Vuoti temono le sue acque più d'ogni altra cosa; ma anche se non fosse così, il fiume è abbastanza profondo e nessuno di loro sembra in grado di nuotare. A volte provano a scagliarci contro dei massi, ma non arrivano nemmeno nelle vicinanze dello scafo. Neanche i loro strani incantesimi ce la fanno. Psicologicamente è dura, perché là fuori è buio pesto, ma se si rimane a bordo non si corre alcun pericolo. Le nostre navi di fatto sono uno dei luoghi più sicuri del Tempio. Certo, se facessimo incazzare ancor di più il Commodoro e quello ci spedisse a esplorare la città sconosciuta a piedi...»

Audrey strabuzzò gli occhi. «È una cosa che potrebbe fare davvero?»

Jim rise e appoggiò una mano sulla sua spalla. «Hai paura di rimanere di nuovo sola, Davis? Non succederà più, garantito. Piuttosto torno indietro a piedi, se devo, ma a 'sto giro non ti mollo.»

Jim I

Stati Uniti d'America
Denver, Colorado

Jim si accende l'ennesima sigaretta e scaglia il posacenere di porcellana sulla scrivania, lasciandosi poi cadere sulla poltrona da ufficio rivestita in pelle nera. Davanti a lui, sul piano del tavolo, ci sono ben tre monitor accesi. Indossa il cappello da baseball rosso con sopra cucita una stella bianca anche in casa, ma a parte quello ha addosso soltanto una t-shirt nera e un paio di pantaloncini.

Dà un tiro alla sigaretta con aria cogitabonda e decide di studiare ancora una volta il video più recente postato da Audrey Davis sul suo canale YouTube. Nelle ultime settimane la giovane pittrice schizofrenica ha smesso di trasmettere in diretta e si sta limitando a filmare brevi video che descrivono alcuni momenti della sua vita quotidiana. Secondo Jim, però, qualcosa in tutta quella faccenda non quadra. Cerca il link giusto su uno degli schermi e...

Clic.

Nel filmato è notte. Audrey si sta aggirando per le insignificanti strade di una città che non è Los Angeles, trasportando sulle spalle un pesante zaino. Jim sa che dentro quello zaino non ci sono i tanto adorati pennelli e gli altrettanto amati colori, perché Audrey negli ultimi tempi ha smesso anche di dipingere.

«Ogni tanto arriva un momento nella vita delle persone in cui... arriva un momento in cui è necessario bere un po' di soda, e io ora andrò a comprarmi una bottiglia di Coca-Cola in quel grande negozio di alimentari laggiù» dice Audrey nel video. Pare tutto sommato allegra. «So cosa state pensando. State pensando: "Oh, no, la pazza Audrey spaventerà qualcuno!" E invece non lo farà. A meno che non ci siano in giro dei mutaforma di razza rettiliana, in quel caso Audrey li prenderà a calci. A prescindere da questo, ricordatevi sempre che i mutaforma hanno paura del bicarbonato di sodio e della citrosodina.»

In altre circostanze Jim avrebbe riso, ma stavolta continua a osservare assorto le immagini che scorrono davanti ai suoi occhi, aspirando generose boccate di fumo dalla sigaretta.

In alcuni dei video precedenti, Audrey ha spiegato che è partita per un lungo viaggio attraverso gli Stati Uniti, senza una meta precisa, e che quindi ora sta vivendo alla giornata, portando con sé solo il necessario, anche se sostiene di avere soldi sufficienti per mangiare e trovare alloggio in albergo. Ciò detto, Audrey è sempre timida, e interagire con degli sconosciuti è una delle innumerevoli cose che la rende inquieta, dunque anche comprare del cibo si trasforma spesso in un'avventura.

Giunta alla cassa con una bottiglia di Coca-Cola da due litri sottobraccio, Audrey apre il portafoglio azzurro e si vede costretta a scambiare cento dollari. Assalita dall'ansia, balbetta con insistenza frasi incoerenti sul fatto di dover frazionare i soldi usando "i corretti numeratori e denominatori", ma la cassiera intuisce cosa sta cercando di dirle e accetta di scambiarle il denaro.

Jim studia le immagini più volte, riavvolgendo il video e ingrandendo i pixel finché non è del tutto sicuro che quella sia effettivamente l'ultima banconota che Audrey conserva nel portafoglio. Con l'angolatura sbilenca nella quale è orientato il cellulare durante le riprese, ci mette un po' a verificarlo. Alla fine clicca di nuovo su *play* e spegne la sigaretta nel posacenere, ma prima se ne accende un'altra usando il vecchio mozzicone a mo' di accendino.

Audrey è tornata all'esterno e sta vagando per il parcheggio. «E così Audrey Davis è riuscita anche oggi a comprarsi da bere senza spaventare nessuno... be', diciamo "quasi"» racconta fissando la fotocamera con i suoi occhi acquamarina. «Per lungo tempo ho provato una certa confusione sulla mia realtà, o sulla reale realtà... Comunque, a volte mi rendo conto che c'è qualcosa che non va nella mia realtà; forse mi serve una concezione accurata di che cos'è la vera realtà, perché Audrey, cioè io, non lo sa più. A volte parlo con delle persone, nei negozi, quando faccio acquisti, tipo quando compro la Coca-Cola... ma poi all'improvviso le cose diventano strane. Perché queste voci parlano nella mia testa e mi suggeriscono di fuggire? Perché quella persona laggiù si trasforma in una mangusta? Anche gli speaker radiofonici sembrano parlare direttamente a me, a volte. Ma, ehm... Comunque credo che tutti questi messaggi siano in codice, e... però non riesco a comprenderne il significato. È come se vivessi all'interno di una bolla.»

Jim stoppa il video e riapre la finestra della chat dedicata alle discussioni su Audrey.

Il messaggio più recente, scritto da Orange Lim, recita: "Non ci siamo, non ci siamo manco per il cazzo. Audrey non usciva mai di sera tardi perché le metteva paura, mentre ora se ne va in giro per quei posti squallidi alle due di notte? Qualcosa non quadra."

"'Grande viaggio' un paio di palle" rincara un certo Casker. "Non è da Audrey andarsene in giro così, senza una meta. Quando la vedo camminare per quei posti malfamati mi viene male. Se qualcuno la tocca, giuro che tiro fuori il mio M-16 e faccio una strage!"

"Sta finendo i soldi" digita rapidamente Jim. "Non avete notato il portafoglio, nel video? Quella che ha scambiato era l'ultima banconota da cento dollari."

"Vero, ma avrà con sé una delle tante carte di credito dei suoi genitori, immagino" gli risponde JJ_23.

"Ne sei proprio sicuro? Io non sono nemmeno certo che i genitori di Audrey sappiano dov'è di preciso la figlia, in questo momento. Oppure... boh, qualcosa mi puzza. È schizofrenica. Se voi foste i suoi genitori la lascereste viaggiare da sola per gli Stati Uniti?"

"Credo che la sua salute mentale stia deteriorando, visto che da tempo non assume più i medicinali. Ho notato in lei un severo decadimento cognitivo in queste ultime settimane" scrive il "dottore" della chat, Doctor Jeeves.

"Merda, comincio quasi a provare pena per lei, dico sul serio" commenta Mr. Kiwifarm, uno di quelli che si erano divertiti a sfotterla e a metterla nei guai durante le trasmissioni in diretta.

"Dobbiamo almeno riuscire a capire in che cazzo di Stato si trova" scrive Jim. "Avete analizzato le immagini o no? Mi aspettavo qualcosa di più da voi. Dove sono finiti i vostri superpoteri di ragazzi autistici?"

"Ci stiamo lavorando, ma è più complicato di quanto potrebbe sembrare" si scusa Orange Lim. "La vegetazione che si intravede attorno a lei è leggermente cambiata. Mi fa pensare al nord della California, ma potrebbe essere ovunque. Abbiamo provato a identificare alcuni dei negozi che sono stati inquadrati di sfuggita nei video, ma finora non abbiamo ottenuto alcun risultato. È come cercare un ago in un pagliaio fatto di aghi."

"Alcuni utenti stanno studiando le leggere differenze architettoniche che si notano negli edifici e stanno facendo progressi" assicura ARock. "Secondo me Audrey è dalle parti di Sacramento. Il problema è che tra qualche giorno potrebbe essersi già spostata chissà dove, visto che non ne vuole sapere di starsene ferma."

"È l'effetto della mancata assunzione dei medicinali" spiega Doctor Jeeves. "Audrey finirà con l'isolarsi sempre di più dal resto del mondo per paura di incontrare i mutaforma, anche se di fatto non esistono."

"Ma i suoi genitori non vedono in che condizioni è? Ha i vestiti sporchi, non lavati da settimane. Non ce la faccio più a guardarla così" ammette Mr. Kiwifarm. "Qualcuno la trovi e la costringa a farsi un fottutissimo bagno!"

"Ve l'ho detto che qualcosa non quadra" conclude Jim, poi spegne tutti i monitor ed esce a farsi una fumatina in giardino.

Passa altro tempo, ma la posizione di Audrey continua a rimanere sconosciuta. Stando agli ultimi video che ha postato, però, pare si sia fermata stabilmente in una regione dall'aspetto desertico, come potrebbero esserlo lo Stato del Nevada, lo Utah o l'Arizona, ma nessuno del gruppo di ricerca è riuscito ancora a identificarla con esattezza. I loro sforzi vengono frustrati dal fatto che Audrey si rifiuta di comunicare con chiunque e ignora di proposito i messaggi che i fan postano ogni giorno sotto i suoi video, suggerendole di tornare a casa o di rivelargli dove si trova.

A tutti ormai pare evidente che la storia del grande viaggio non torna. Audrey ha un aspetto sempre più trasandato, i vestiti sono sporchi e logori. Di fatto, tutte le persone con le quali si trova costretta a interagire, o che incrocia quotidianamente per strada, la scambiano per una senzatetto, e purtroppo potrebbe anche essere così. Negli ultimi video la si vede bazzicare quasi sempre attorno a un parco giochi per bambini, nella lontana periferia di chissà quale città. I suoi ammiratori sono ormai convinti che Audrey dorma lì. Qualche tempo addietro ha comprato un misero sacco a pelo in un negozio di articoli sportivi, ed è ovvio che l'abbia fatto in previsione di quel momento.

Audrey farfuglia sempre più spesso, il suo linguaggio è diventato ancor più disordinato e sconnesso di prima, anche se durante i rari momenti di impietosa lucidità sembra comprendere lo squallore della sua situazione.
Clic.
Nell'ultimo video postato, Audrey è seduta sulla cima di una complessa struttura di legno sulla quale i bambini salgono a giocare per poi ridiscendere a terra tramite uno scivolo. In quel momento però, sebbene sia giorno, non c'è in giro nessuno.

«Eccomi qua: Audrey Davis, la regina del parco giochi! Mi sono incoronata regina da sola, visto che passo tutto il mio tempo qui. Ogni tanto vengono... vengono dei bimbi con... le loro mamme. Mi guardano con occhi spauriti, perché la regina del parco giochi è un po' sudicia, ultimamente. Mi sa che gli faccio paura... spesso scappano via. Anche quando vado in giro per la città, tutti mi guardano con strani occhi. E allora ho capito. Loro non sanno che sto cercando i passaggi per la quinta dimensione, non sanno nulla dei mutaforma e degli agenti della CIA. Per loro io sono solo... sono solo una ragazza stramba che... che vive al parco giochi e si comporta da persona strana. Ma adesso sono la regina del parco giochi e questo è il mio castello, anche se sono quasi a corto di purezza. Le persone che vedo in città invece sono piene di purezza e per loro dev'essere uno shock vedere una ragazza come me, una stupida succhiacazzi senza purezza come me, che se ne va in giro e inquina il loro ambiente pieno di purezza. Ormai non ho più batteria nel cellulare, ma non posso... non posso andare troppo spesso in giro a... a corrompere questo luogo con la mia poca purezza, perché io ho un grande rispetto per la purezza. Però non è male essere la regina del parco giochi, almeno per un po'. Lunga vita alla regina Audrey!»

È passata più di una settimana da quell'ultimo video e non ha postato altro.

Come ogni giorno, Jim si collega alla chat per essere messo al corrente degli ultimi sviluppi sulle ricerche. Si sono mobilitati a dozzine, ormai, e stanno consultando le cartine e studiando le immagini del satellite. Ormai sono quasi certi che Audrey si trovi in Nevada, con tutta probabilità dalle parti di Reno, ma dal momento che l'area di ricerca è estesa non riescono ancora a individuare il parco giochi corretto, anche se di recente ne hanno trovati due che potrebbero essere quello giusto. Nessuno di loro però vive in Nevada, e l'utente che abita più vicino a Reno dovrebbe comunque farsi diverse ore di viaggio per andare a controllare.

"Avete triangolato la posizione usando quei cazzo di riferimenti visivi o no?" scrive Jim, insoddisfatto degli ultimi aggiornamenti.

"Senti, Jim, non siamo nemmeno sicuri che quello sullo sfondo sia davvero il grattacielo che pensiamo. Potremmo tranquillamente prendere una cantonata della madonna. E poi, 'triangolare'? Chi cazzo siamo secondo te, dei marines? Ti stai facendo coinvolgere un po' troppo da questa storia" gli risponde Mr. Kiwifarm.

"Non è come quando la rincorrevamo per le strade di Los Angeles, okay? È un pochino più complicato adesso" puntualizza un risentito Argonaut38. Jim non lo cazzia; sa benissimo che fin dal primo giorno anche lui sta facendo del suo meglio per rintracciare Audrey.

"Ragazzi, c'è qualcosa che dovete vedere" li fulmina JJ_23, facendo seguire il messaggio da una fila interminabile di punti esclamativi per renderlo più visibile. Una volta che la chat si è quietata, ci incolla un'immagine che ha ritagliato e copiato da un popolare social network.

Una tale Ashlynn Davis ha appena postato un messaggio sul suo profilo Facebook: "Oggi la mia famiglia ha perduto un angelo, una delle stelle più speciali e splendenti che io abbia mai conosciuto. La nostra Audrey, nata ventidue anni fa, ha lasciato questo mondo in seguito a un tragico incidente mentre era in viaggio attraverso l'America per trovare se stessa. Mancherà all'affetto dei suoi cari e dei genitori che le volevano un mondo di bene, ma mancherà anche a una certa comunità online della quale sono venuta a conoscenza solo di recente, ma che sono certa riconosceva di Audrey la brillantezza, il suo buffo senso dell'umorismo e il suo talento come pittrice. Ringrazio tutti voi per averla supportata come meglio avete potuto nei suoi ultimi giorni e per averle voluto bene, anche se a modo vostro. Riposa in pace, angioletto."

Dopo interminabili momenti di muta costernazione, la chat esplode. Dozzine e dozzine di messaggi compaiono quasi in contemporanea, scorrendo velocissimi dal basso verso la sommità dello schermo. "COSA?!", "State scherzando?", "È un'immagine modificata con Photoshop?", "Gran bel copypasta, non c'è che dire", "Bannate quel pezzo di merda, non fa ridere", e molti altri messaggi analoghi si susseguono senza sosta.

"Piantatela di scrivere stronzate a caso!" Jim digita la frase tutta in maiuscolo. "A me pare una bufala creata probabilmente da uno di voi coglioni. Chi cazzo sarebbe Ashlynn Davis?"

"È la zia materna di Audrey. Sono diventato suo amico su Facebook già qualche tempo fa, per questo sa di noi" spiega JJ_23. "Non credo proprio che mentirebbe su una cosa del genere."

"Se è una bufala, giuro che vengo a cercarti" minaccia ARock.

"Mi sa che invece non è una bufala" interviene Orange Lim. "Per sicurezza sono volato su Facebook a controllare. Il post è vero. Questa Ashlynn ha anche risposto ad alcuni commenti che hanno lasciato gli altri parenti e ha precisato che si tratta di morte accidentale."

"Morte accidentale? State dicendo che Audrey è tipo caduta da uno strapiombo o roba simile?" chiede qualcuno.

"No, non è possibile. Io non voglio crederci. Audrey ormai rimaneva giorno e notte in quel parco giochi. Cos'è, è scivolata dal dondolo?" commenta Casker.

"Credi di essere simpatico, finocchio del cazzo?" ribatte ARock. "Sono sicuro che Audrey è viva e sta benissimo."

La mente di Jim vola all'ultimo video di Audrey e ai suoi discorsi strampalati. Si accende un'altra sigaretta e si rannicchia sulla poltrona di pelle per favorire la riflessione.

"Ragazzi, io non vorrei dirvelo, ma..." scrive Orange Lim.

"Ma?" lo incalzano decine di utenti.

"Per curiosità ho fatto una ricerca sul sito della polizia di Reno e... ho trovato un breve rapporto ufficiale..."

"Non osare" risponde ARock, già piombato in fase di negazione. "Non ti azzardare neanche a scriverlo, figlio di puttana!"

"Come fai a sapere che parlano proprio di lei? Cosa c'è scritto di preciso?" domanda un utente.

"Non credo ci si possa sbagliare" scrive Orange Lim. "Hanno identificato il cadavere della ragazza come Audrey Davis, di ventidue anni, residente a Los Angeles. Dicono che l'incidente è avvenuto presso una linea ferroviaria."

"Una linea ferroviaria?" scrive Casker. "Vuoi dire che Audrey è stata travolta da un cazzo di treno?"

"Merda merda merda" commenta Argonaut38. "Avete presente uno di quei due parchi giochi che stavamo studiando? In effetti guardandolo dal satellite si vede che ci passano vicino i binari di una linea ferroviaria. Sono a meno di duecento iarde di distanza."

Jim soffia fuori il fumo della sigaretta e tende il collo per avvicinare il viso allo schermo. Il respiro è corto, spezzato dalla tensione.

"Porca di quella troia... Mi state dicendo che Audrey ha avuto uno dei suoi attacchi psicotici, magari uno più forte del solito, e non si è accorta che arrivava un treno?" chiede Casker.

"Può essere. Audrey aveva sempre maggiori difficoltà a distinguere la realtà dalle allucinazioni" conviene Doctor Jeeves. "Magari si credeva inseguita da uno dei mutaforma partoriti dalla sua mente, e... be', il resto potete immaginarlo."

"Ragazzi, purtroppo c'è di più" interviene JJ_23. "Ho trovato un articoletto nella versione online del giornale locale, il *Reno Gazette-Journal*. È stato inserito solo un paio d'ore fa. Gli investigatori dicono che la dinamica dell'incidente non è ancora del tutto chiara, ma il conduttore del treno è ancora sconvolto e ha dichiarato che ritiene si tratti di un suicidio. Vi incollo la sua testimonianza: 'Ho visto la ragazza da lontano. Era sola e camminava parallelamente ai binari, ma non sembrava agitata. Si è voltata indietro più volte per guardare il treno che si avvicinava, poi all'ultimo momento mi ha dato le spalle ed è saltata in mezzo alle rotaie. Ormai era troppo tardi per frenare. Non ho potuto fare nulla.'"

La chat rimane immobile per un paio di minuti, sospesa in un tragico, inaffrontabile silenzio.

"Merda. I mutaforma alla fine hanno vinto" scherza Mr. Kiwifarm per sdrammatizzare.

"Vai a farti fottere, pezzo di merda! Non potevi ammazzarti tu, piuttosto?" lo massacra ARock. "Impiccati stanotte se vuoi fare un piacere al mondo!"

"Non ci credo, cazzo. RIP Audrey. Buona notte, dolce principessa. Anche se in questo caso dovrei dire regina" scrive un addolorato Doctor Jeeves.

"RIP Audrey. Questo schifo di mondo non ti meritava" scrive JJ_23. "Spero che la quinta dimensione esista davvero e che tu possa trovare felicità almeno là."

Molti utenti si uniscono a loro, inondando la chat di messaggi di cordoglio ma anche di foto e gif di Audrey che la ritraggono in forma smagliante, quando abitava ancora a Los Angeles e dipingeva ogni giorno.

Una volta superata la fase di sentito rammarico, tuttavia, subentra la rabbia.

"Grande viaggio attraverso l'America per ritrovare se stessa, eh? Viaggio un cazzo! Audrey s'è ammazzata!" scrive Argonaut38.

"E noi non l'abbiamo aiutata" si amareggia Orange Lim.

"Secondo te come avremmo dovuto fare, fenomeno di 'sto cazzo?" lo castiga ARock. "Audrey si rifiutava di dirci dov'era!"

"Probabilmente si è comportata così perché si vergognava. Si vergognava di farsi vedere in quello stato" commenta Doctor Jeeves.

"Ma perché non è tornata a casa, allora?!" si dispera Casker.

"Perché non se n'è andata di sua spontanea volontà, l'hanno sbattuta fuori i genitori. Ora vi sembrerà assurdo, ma vedrete che ho ragione" assicura JJ_23.

"Ma questo è ridicolo. Non possono averla cacciata di casa. Che razza di persone sarebbero? No, è impossibile" ribatte Casker.

"Ne sei davvero sicuro?"

"Avete riso di lei per anni e ora vi dispiace che si sia suicidata? Che dolci! I bulli dal cuore d'oro!" commenta ironicamente l'utente femmina che da sempre ama punzecchiarli.

"Ma sparati in faccia, puttana! Mica si è uccisa per colpa nostra!" controbatte con furia ARock.

"Ah, no?"

"Ovvio che no" si difende Argonaut38. "Noi non le abbiamo mai fatto nulla di male. E quando siamo andati a trovarla dal vivo, tu non sei venuta. Strano, eh? Sei brava a rimbrottare la gente da dietro la tastiera, ma quando si tratta di fare qualcosa di concreto..."

"Non siete 'andati a trovarla', le avete teso un'imboscata!" lo contraddice lei. "Di sicuro è rimasta traumatizzata ed è fuggita per non dovervi mai più rincontrare!"

"Ad Audrey ha fatto piacere passare un po' di tempo con noi, invece, perché per qualche ora si è sentita una ragazza normale. Ma cosa vuoi saperne tu di normalità, un'obesa che passa le giornate a ficcarsi ciambelle in gola per poi lamentarsi che gli uomini sono tutti dei bastardi perché non vogliono scoparsi le ciccione?"

Per tutta risposta, la ragazza abbandona la chat.

"Jim, scrivi qualcosa di sensato almeno tu, cazzo!" implora JJ_23. "Sei muto da mezz'ora!"

Jim riflette a lungo.

Alla fine digita: "Audrey Davis morta? Fake news. Tutti sanno che non si può uccidere una dea."

Vergine
Odore di Santità

Quel giorno nel settore della Vergine faceva più caldo del solito. Emily si era svegliata stranamente molto presto, cogliendo così l'occasione per uscire dal dormitorio prima che la sua leader andasse a tirarla giù dal letto con i suoi incitamenti focosi, le allegre canzoni in coreano e le frasette zuccherose, che tutto facevano salvo invogliarla ad andare a spaccarsi la schiena per far contenti degli sconosciuti che non avrebbe mai nemmeno incontrato.

A dirla tutta, Emily si era già ampiamente stufata della vita a Coteau-de-Genêt. L'Oliveto di mattina e i campi nel pomeriggio, a sgobbare come muli senza ricevere alcun reale tornaconto. L'unica forma di svago tra quelli della sua cerchia di conoscenze era rappresentata dal giocare a carte o a qualche altro gioco di società al *Refettorio*, bevendo e chiacchierando, ma chiamarlo divertimento per Emily era inconcepibile. A volte di sera Chae-yeon serviva persino ai tavoli, come se il lavoro quotidiano non le bastasse. I maschi potevano forse accontentarsi di essere ricompensati per il loro duro lavoro con le moine della Madre Reverenda o delle altre donne della Vergine, che non erano poi troppo diverse dalla leader, ma per una come Emily quello stile di vita era inaffrontabile, anche se l'alternativa (combattere i Vuoti) era ancor più terrificante. La sua frustrazione stava oltrepassando il livello di guardia.

Il sole splendeva come un monile dorato sui campi ancora da zappare alle falde della collina. Emily stava scaricando tutto il suo avvilimento sul buon Sam, mentre lo aiutava pigramente a vangare il terreno. Sapeva che lui l'avrebbe ascoltata con attenzione, come faceva sempre, per quanto scurrili e fatue potessero essere le sue esternazioni. Il nativo americano era uno degli uomini più pazienti e instancabili della Congregazione (e di conseguenza di tutto il Tempio). Lavorava ogni giorno senza mai fare una sosta, anche se in quel periodo era tecnicamente considerato un Guerriero a riposo. Emily sperava per lui che almeno qualche ragazza ogni tanto lo ricompensasse andandoci a letto, perché Chae-yeon da quel punto di vista era davvero inutile, essendo una verginella casta e morigerata che si prestava ad attizzare le fantasie erotiche di tutti gli uomini non elargendo però mai il minimo favore sessuale.

«Non riesco davvero a comprendere perché tu stia perseverando in questo atteggiamento disfattista» le disse Sam in tono paterno. «La Madre Reverenda tiene davvero a te, posso assicurartelo. Sei sempre nei suoi pensieri. Tiene di più a te, che non hai uno Zenith e nemmeno uno Shintai, che agli altri novizi. Questo dovrebbe renderti sicura delle sue buone intenzioni, e invece appena puoi la insulti.»

«Le sue buone intenzioni... sì, proprio!» sbottò Emily roteando gli occhi. Si mise poi a cantilenare, come se stesse recitando una preghiera sacra: «La divina Chae-yeon è un essere perfetto... Non ha mai uno scatto d'ira... È la Temperanza fatta persona... Non si comporta mai male con nessuno... Benediciamo la tua esistenza, o santissima Madre Reverenda... Tu che allieti le nostre dure giornate di lavoro con la tua presenza celestiale... Tu che rinfranchi i nostri spiriti affaticati con la tua sovrannaturale bellezza... Tu che ci educhi alla virtù insegnandoci a vivere in maniera retta e pia... Ma datti una svegliata, Sam! Sembri un indottrinato di Scientology!»

Lui non si scompose di una virgola, ma piantò con violenza la vanga nel terreno. «Non so cosa sia questo Scientology, ma so che Chae-yeon è una persona onesta. Non comprendo perché fatichi tanto a capirlo. È possibile vivere in maniera virtuosa come fa lei. Non sei obbligata a emularla, ma non criticarla per il suo stile di vita solo perché non lo condividi.»

«In maniera *virtuosa*? Ma se minaccia di picchiarmi quando non faccio quel che mi ordina! Ti sembra *virtuoso*, questo?» gracidò Emily.

Sam sollevò il viso tra una vangata e l'altra. «Credi che lo farebbe sul serio? Non essere ingenua; dice così soltanto perché ti rifiuti sempre di ascoltarla e ogni giorno fai delle piazzate oscene che mettono tutti quanti a disagio. Lei però è convinta che a lungo andare questa vita ti piacerà, altrimenti non saresti stata assegnata alla Vergine. Ti serve soltanto una spintarella di incoraggiamento, diciamo, e un po' di sana disciplina. Non credo di averla mai vista mettere le mani addosso a qualcuno, in tutti questi anni.»

Alcuni degli uomini attorno a loro alzarono la testa e si girarono all'unisono, esplodendo poi in fragorose manifestazioni di giubilo. Emily seguì i loro sguardi, ma temeva di sapere cosa li stesse agitando in quella maniera spropositata.

Chae-yeon era finalmente scesa e stava venendo verso di loro con un fare da micetta innocente. Quel giorno aveva un meraviglioso taglio a caschetto e i capelli, diventati biondo platino, le arrivavano solo fino alla base del collo. Da un lato della testa erano bloccati dietro l'orecchio con un fermacapelli a forma di cuore, in modo da mettere in mostra una serie di orecchini argentati che le adornavano sia il lobo che il padiglione. Il rossetto rosa confetto le rendeva le labbra lucide e brillanti, mentre sul naso indossava un paio di grandi occhiali dalla montatura rotonda e le lenti sottilissime. Come se non bastasse, con la scusa di sistemarseli, continuava a sfiorarne la stanghetta con la punta del dito medio in maniera innocente e provocante al tempo stesso. Scoccava sguardi affettuosi ma anche ammiccanti ai presenti, sorridendo a tutti e dimostrandosi persino più affabile del solito. La sua voce sembrava diventata più acuta di un paio di toni e fluiva melodiosa, come se cantasse anziché parlare.

Alcuni dei ragazzi più giovani non riuscirono a contenersi. Gettarono a terra vanghe e aratri e corsero da lei, pervasi dall'irreprimibile bisogno di rivolgerle degli sdolcinati commenti di apprezzamento o di scambiare semplici piacevolezze, lodandola per le sue sensualissime spalle, il collo sinuoso, le labbra magnifiche e la pelle candida. Un paio di loro riuscirono soltanto a farfugliare qualcosa di incomprensibile. Lei ridacchiò e giocò con loro, dandogli dei leggeri colpetti sulle spalle con le sue mani delicate per tranquillizzarli.

Chae-yeon accettava tutti i complimenti fingendosi imbarazzata, o forse lo era veramente, perché ripeteva di continuo: «*Ah jinjja, eottoke? Eottoke? Nomu nomu kamsahamnida*[1]*!*» Alla fine unì le mani davanti al viso creando con le dita un cerchio perfetto, dopodiché finse di addentare la parte superiore della circonferenza e nello stesso momento piegò le ultime due falangi verso il basso, in quel modo il cerchio diventò un cuore. Gli uomini attorno a lei volarono al settimo cielo ed emisero sospiri carichi d'amore.

Emily decise che ne aveva avuto abbastanza.

«No, basta, questo è troppo. Gli occhiali da segretaria sgualdrina sono davvero la goccia che fa traboccare il vaso. Non sono più disposta a tollerarlo.» Gettò la vanga a terra e si voltò verso gli altri in maniera teatrale. «Propongo un ammutinamento! Avete sentito, uomini?! *Mi ammutino!*»

Seguì un lungo momento di sconcertato silenzio in cui perfino l'aria parve appesantirsi per l'imbarazzo vicario.

«Che ha detto la bionda?» baccagliò un signore barbuto all'altro lato del campo, tendendo l'orecchio verso gli uomini più vicini di lui.

«Emily dice che si ammutina» avvisò un ragazzo sbarbato, con aria ben poco interessata.

Un omaccione nerboruto qualche metro più lontano raccolse il proprio aratro e spiegò in tono paternalistico: «Piccolina, non puoi "ammutinarti". Non siamo un ordine militare, né dei prigionieri. E poi la Madre Reverenda mica ti ha impartito un ordine a cui potresti disobbedire. Sei libera di andartene, se non vuoi lavorare.»

Emily emise un soffio di disprezzo, socchiuse le palpebre per squadrare quell'uomo con aria minacciosa e pestò un piede a terra. «Allora incomincio uno sciopero della fame!»

«Ma qui al Tempio non si mangia nulla» le ricordò con aria perplessa un uomo dall'aspetto più giovanile.

«Non berrò mai più quella roba, il Nettare della Sorgente. Se non lo bevo crepo una volta per tutte, no?»

«Sì, ma prima diventerai debole, così debole da non riuscire più ad alzarti da letto. Ci vorrà un bel po', prima di morire. Sarà un'agonia.»

«Perfetto. Inizio in questo preciso momento!» Emily incrociò le braccia e si sedette lì dov'era, sporcando di terra la sua nuova gonna fresca di Tessitore.

Chae-yeon si avvicinò a lei da dietro e le avvolse con delicatezza le braccia attorno al collo. «Non fare la sciocherella, avanti» sussurrò con voce vellutata.

---

[1] Trad. "Oddio, cosa faccio? Cosa faccio? Vi ringrazio tanto tanto!" in coreano formale.

«Mi dici che motivo avresti di fare una cosa del genere? Ti ho già detto che se non vuoi lavorare nessuno ti obbliga a farlo.»

«Bla, bla, bla. Con te non voglio neanche parlarci. E tieni lontane quelle zampacce, già che ci sei!» Emily si divincolò dall'abbraccio con violenza, rispedendo indietro la leader.

I Discepoli tossicchiarono, forse soverchiati dall'imbarazzo per l'ennesima sceneggiata puerile della popstar, ma dopo poco si rimisero a lavorare senza dire una parola. Sam e Chae-yeon si scambiarono un'occhiata dalle mille sfaccettature, poi lui le consigliò a gesti di lasciare che la collera di Emily sbollisse, prima di tornare a parlarle. Entrambi a quel punto si allontanarono, ma la Madre Reverenda si fermò al limitare del campo, all'ombra di un platano. Emily la vedeva, in lontananza, osservarla con sguardo materno pieno di apprensione, ma questo servì solo a farla imbestialire ancor di più.

Nessuno rivolse la parola alla protestatrice per diverso tempo e lei ben presto si stufò di rimanere a bocca chiusa. Notò un uomo sulla trentina dalla pelle molto scura che stava vangando il terreno a poca distanza da lei. Decise di interpellarlo. «A te piace stare qui a lavorare in questo modo come uno schiavo? Quelli della tua razza non l'hanno fatto già abbastanza?»

«Quelli della mia razza?» ripeté lui con un alone di risentita incredulità. «La razza è una roba vecchia. La razza è una roba da pianeta Terra, bambina mia.» Conficcò la vanga nel terreno e vi si appoggiò con le braccia per riposarsi un attimo. Si tolse con calma il cappello morbido che portava sul capo e aggiunse: «Guarda che se non l'hai capito stiamo lavorando per il bene di tutti, mica per far contenta la Madre Reverenda. Quindi sì, certo che mi piace. E piace anche agli altri. Stai facendo ancora una volta un gran baccano per nulla, bambina mia; nessuno di noi ti seguirà in questo sciopero della fame. E lascia in pace quella santa di donna, se non ti dispiace.»

«Tsk!» sbottò Emily, scioccata da quella risposta. «La padrona Chae-yeon ti ha ammaestrato per bene, eh?»

«No, no, ora ascoltami» intervenne l'uomo di colore, con voce più severa. «Non mi piace quello che stai insinuando. Solo perché non voglio ribellarmi significa che sono un negro da giardino? Perché devi pensare subito a quello? Vergognati, sai!» la ammonì, sventolando l'indice. «Dovresti andare all'Oliveto a lavorare anche tu. *Scansafatiche.*»

Emily iniziò a boccheggiare mentre davanti agli occhi le scorrevano i ricordi delle guerre sui social media sotto forma di flash lampeggianti, come fosse un disturbo da stress post-traumatico. Immaginò i suoi account che ancora una volta venivano sospesi per aver inavvertitamente incitato l'odio razziale. «No, io... non intendevo di certo insinuare che... ho tanti amici di colore, mi deve davvero credere... tutti sanno che sono registrata ai democratici... faccio sempre un sacco di beneficenza alle comunità afro-americane...»

Emily stava ancora farfugliando qualche vuota – e falsa – frase di circostanza, quando con la coda dell'occhio scorse Chae-yeon precipitarsi verso di lei. La leader corricchiava attraverso il campo nello stesso leggiadro e armonioso modo in cui una principessa della Disney si sarebbe lanciata al salvataggio del grazioso animale parlante che aveva avuto come unico amico dalla nascita.

Una volta arrivata, la Madre Reverenda si scusò a lungo e sentitamente con l'uomo oltraggiato, che si chiamava Gatimu ed era del Kenya. Lui accettò le scuse scoppiando a ridere e si rimise a lavorare come se nulla fosse accaduto. A quel punto Chae-yeon sollevò di peso la cocciuta Emily, senza farle male, e le pulì il vestito sporco di terra, quindi la accompagnò verso la mulattiera per l'Oliveto, facendo una sosta appena a lato del campo.

«Possiamo ricominciare da capo la giornata?» propose la Madre Reverenda. «Facciamo come se non ci fossimo ancora incontrate, che ne dici?»

Emily incrociò le braccia e guardò altrove con aria seccata.

«*Unnie, annyeooong*! Ciaaaaao!» la salutò Chae-yeon con una vocina tenera, mettendosi in pose graziose come aveva fatto in precedenza coi ragazzi.

«Con me non attacca» la smontò l'altra. «E comunque, non ti vergogni a comportarti in quel modo alla tua veneranda età? Hai duecento anni. Non hai ancora sviluppato un minimo senso della vergogna?»

«Non ho duecento anni, ne ho venticinque» rettificò Chae-yeon battendo più volte le ciglia foltissime.

«Sì, come no. E tutti i secoli trascorsi qui, dove li metti? Anche se fosse come dici, venticinque anni sono comunque troppi per comportarsi in quel modo infantile. È davvero imbarazzante.»

«Perché? A me sembra di essere carina. Mi è sempre venuto bene, o almeno così dicevano i miei f–» Si bloccò di colpo, mordicchiandosi un labbro luccicante. «Insomma, ai ragazzi di solito piace, e li mette di buonumore. È importante, sai.»

«Ah, ecco. *I ragazzi*. Alla fine ti sei tradita. È importante che siano di buonumore? Forse intendevi dire che è importante fargli avere un'erezione. Il che è doppiamente stupido, perché su questo mondo mi è parso di capire che non gli viene mai duro. Alle ragazze invece non pensi?»

«È importante che *tutti* siano di buonumore, altrimenti come farebbero a lavorare per sempre?» precisò Chae-yeon. «Faccio *aegyo*[1] anche con te, se vuoi. E farei anche un po' di *skinship*, ma quella ho già capito che non ti piace.»

«Cosa cazzo sarebbe l'*aegyo*? Usi parole intraducibili anche usando la lingua universale.»

Chae-yeon appoggiò l'indice sul labbro inferiore e guardò verso l'alto. «Hmm, non so spiegare *l'aegyo* a parole. Ma posso fartelo vedere! L'*aegyo* è quando fai così.»

In una manciata di secondi la dolce coreana sfoderò una serie di pose che avrebbero causato lo svenimento di metà dei maschi della Vergine e fatto vacillare i cuori di molti uomini di ferro persino nella tetra contrada del Capricorno. Compose dei cuori con le mani in cinque modi diversi in rapida successione, sottolineandoli ogni volta con degli urletti (*"Heart! Heart!"*); schioccò dei baci

---

[1] La sottoscritta Veronica Fuentes, Prima Bibliotecaria di Abbot's Folly, si trova nell'impossibilità di tradurre adeguatamente questo termine, ma precisa che si tratta comunque di una parola in coreano.

all'aria ammiccando e li soffiò verso Emily; si dondolò avanti e indietro con le mani congiunte dietro la schiena fingendo di essere timida, mentre pronunciava frasi romantiche in coreano con una voce da bambina; infine miagolò come una gattina, estraendo le unghie colorate e fingendo di voler artigliare Emily con estrema debolezza, anche se finì poi per fare le fusa.

«Ah, *l'aegyo* è quando fai la carina, o per meglio dire la *cretina*. Potevi anche dirlo prima e risparmiarmi di vedere quello schifo» la demolì Emily, ormai stomacata del tutto. «Mio Dio, credo che rigetterò la colazione. Che spettacolo raccapricciante. Non devi mai più farlo in mia presenza. E la *skinship* che roba sarebbe?»

Chae-yeon, rassegnata, lasciò cadere lo sguardo a terra. «La *skinship* è quando tra amici o fidanzati ci si tocca l'un l'altro. Tipo così...» Accarezzò la mano di Emily e la abbracciò, ma l'altra inorridì e la scacciò via in malo modo.

«*Bleah*! Non sognarti mai più di fare una cosa del genere quando siamo in un luogo pubblico. Niente *skinship* tra me e te, è chiaro? E poi hai la sfacciataggine di dichiarare che non ti piacciono le ragazze.»

Chae-yeon si fece indietro. Era diventata più seria del solito. «Non mi piacciono le ragazze. Quando parli così sembri i miei vecchi anti–»

«Hm? I tuoi vecchi anti-cosa? Smettila di lasciare sempre le frasi a metà.»

«Niente, lascia perdere.»

Durante la passeggiata quotidiana verso l'Oliveto, Emily si ritrovò ancora una volta a rimuginare sulla sua situazione. La crisi esistenziale stava gradualmente raggiungendo il culmine, anche se in quel momento era difficile prevedere quale forma tale culmine avrebbe assunto.

È assurdo. Siamo ai lavori forzati ma a tutti va bene solo perché a comandarci c'è una puttanella con un bel faccino che in vita sculettava in giro per la Cina o da quelle parti là? Non posso nemmeno picchiarla perché è più forte di me. Vorrei rovinarle quel bel visetto che ha. Tanto è tutto finto. Col cazzo che in vita era così carina, non ci credo.

Quella vigliacca se la fa con me solo perché sono debole e senza un'arma. Questo è letteralmente bullismo! Oddio... sono una vittima?

No. Emily Lancaster non sarà mai una vittima. Non ho nemmeno Twitter, con chi cazzo mi lamenterei?

Sono capitata davvero nella Casa zodiacale più merdosa. Come starei bene al Toro, dove passano le giornate a fare sesso, bere e divertirsi. O almeno così dicono.

«*Unnie*, tutto bene?» le chiese Chae-yeon voltandosi. «Sei diventata all'improvviso così mogia. Delle due, ti preferisco quando sei arrabbiata. Almeno sei vispa.»

Emily strinse le palpebre e per tutta risposta domandò: «Reverenda, tu come sei morta?»

Chae-yeon non rispose. Le diede le spalle e nascose gli occhi. Camminò a lungo sul sentiero sterrato senza proferire parola, distraendosi solo ogni tanto per salutare i Discepoli di passaggio con la dovuta cortesia.

Uhh-uuh! Colpita e affondata!, gongolò Emily. *Deve trattarsi di qualcosa di davvero scabroso o umiliante.*
Se solo riuscissi a mettere le mani su quella Ji-soo...

***

Pomeriggio inoltrato. Emily si era arrampicata con fatica fin quasi sulla cima di uno degli olivi più alti per raggiungere una Drupa dorata, che dava quindi inizio alla relazione tra due membri del Leone. L'operazione si stava però rivelando più complicata del previsto e la bionda popstar si era bloccata in una posizione quanto mai precaria, a molti metri da terra. Naturalmente, un vero Guerriero del Tempio come Chae-yeon o Sam non avrebbe mai incontrato quel genere di difficoltà, dato che i Guerrieri erano in grado di spiccare balzi alti diversi metri, quasi volando, e sarebbero stati in grado di mantenersi in equilibrio su uno stuzzicadenti. Emily, però, fino a quel momento aveva dimostrato le stesse capacità motorie di una Intoccabile, ovvero del tutto analoghe a quelle di una normale ragazza terrestre, dunque per lei arrampicarsi sugli alberi non era un compito troppo elementare.

«Non riesco più né a scendere né a salire! Né a scendere e né a salire!» strillò come una bambina disperata. Per un attimo ricordò quasi la voce di Chae-yeon; solo che la Madre Reverenda quando parlava in quella maniera lo faceva di proposito.

«Bene, allora ascoltami!» gridò quest'ultima ai piedi dell'albero, mentre studiava la posizione di Emily insieme ad altre due Discepole. «Ormai ci sei quasi. Metti il piede là e issati su. No, non lì, *unnie*... là! Ottimo, ora basta che afferri quel ramo grossissimo alla tua sinistra per aiutarti a mantenere l'equilibrio e procedi in avanti fino alla Drupa.»

«*Quale* ramo grossissimo alla mia sinistra? Non c'è *nessun* ramo grossissimo alla mia sinistra!»

"Tesoro, non è da te ignorare la presenza di bastoni grossi e duri vicino alla faccia. Sei sicura di stare bene?"

Mamma, giuro che un giorno o l'altro ti strappo quella lingua con le pinze da lavoro di papà.

«Sì, che c'è. Esatto, proprio quello! Bravissima, *unnie*!» gioì Chae-yeon. «Tieniti stretta forte! Ora se fai qualche passettino in avanti mantenendo i piedi sul ramo dovresti riuscire ad arrivarci. *Hwaiting*!»

Emily avanzò con estrema prudenza, facendo strisciare gli stivali sulla corteccia rugosa per pochi centimetri alla volta mentre si teneva attaccata al ramo laterale con entrambe le mani. La Drupa, purtroppo, era maturata quasi al termine di una delle fronde superiori e pendeva verso l'esterno come un'enorme e infuocata oliva dorata. Emily sollevò lo sguardo per osservare meglio la posizione del frutto, ma le venne un capogiro che la fece ondeggiare all'indietro. Si aggrappò al grosso ramo consigliatole da Chae-yeon con ancora più forza, ma questo si spezzò come un grissino e lei volò giù, battendo il corpo diverse volte contro le fronde sottostanti per poi atterrare col sedere sull'erba, dieci metri più in basso. Il ramo troncato precipitò a poca distanza da lei con uno schianto frusciante.

«*Aigoo ya*! Ti sei fatta male?» gridò Chae-yeon correndo verso di lei insieme alle altre due ragazze. Accudì la Discepola disorientata con fare materno, riempiendola di carezze.

Emily in quella occasione non ebbe la possibilità di lamentarsi pronunciando orribili frasi ingiuriose, poiché vedeva letteralmente le stelle. La sua vista si era oscurata subito dopo aver battuto il fondoschiena contro il terreno e l'immagine del verdeggiante Oliveto aveva lasciato il posto a una visione dello spazio profondo, piena di astri sfavillanti e immani nebulose colorate che si espandevano di fronte a lei. Riusciva a sentire la voce di Chae-yeon che sussurrava dolci paroline nel suo orecchio, ma la vista vera e propria le ritornò solo dopo qualche minuto. Con una caduta del genere sulla Terra sarebbe morta, o come minimo si sarebbe fracassata metà delle costole, invece avvertiva soltanto un leggero scombussolamento interiore.

Quando si fu ripresa del tutto ed ebbe appurato che non si era fatta neanche un graffio, scattò in piedi e mostrò il grosso ramo spezzato alla Madre Reverenda raccogliendone l'estremità con una sola mano. In quella occasione sbraitò con voce più controllata del solito, sebbene stesse stritolando il ramo immaginando che fosse il sinuoso collo della sua leader. «Bene, vedi questo bel ramo che mi avevi detto di afferrare? Afferralo *tu* ora, e ficcatelo ben bene su per il culo! Nel tuo caso rappresenterà per certo una sensazione mai assaporata prima!»

«Ho capito, va bene. Scusami tanto, *unnie*» disse Chae-yeon, che in quel momento era troppo eccitata per offendersi. «Hai visto però che roba? Cadendo non ti sei fatta nulla e hai spezzato il ramo con le mani, anche se è spesso almeno trenta centimetri. E ora l'hai sollevato come se niente fosse! Forse non sei così debole. Possiedi una forza nascosta e quando ne hai bisogno esce fuori!»

«Non me ne frega un cazzo della mia forza nascosta! Il mio bel corpicino poteva rimanere gravemente offeso!»

«A me invece importa» ammise Chae-yeon battendo le mani. I suoi occhi cobalto scintillavano. Sembrava felicissima di aver scoperto del potenziale nascosto nella sua Discepola.

«Ma certo che t'importa» realizzò Emily con voce avvelenata. «Lurida traditrice. Non vedevi l'ora di trovare la scusa buona per spedirmi a morire oltre il Muro mantenendoti comunque la coscienza pulita, senza perdere la faccia di fronte agli altri leader! "Emily aveva mostrato del potenziale. Ho dovuto mandarla contro quel Vuoto gigante, davvero, ho *dovuto* farlo!"»

«Ma no, non è affatto come dici» assicurò l'altra in tono accorato. «Non ti manderei mai a morire, *unnie*, per nessun motivo al mondo.»

«L'hai fatto apposta, di' la verità. Mandarmi lassù, farmi afferrare il ramo... avevi calcolato tutto. Ma puoi scordartelo, puttanella, io non ci vado a spappolare il cervello agli zombi come in *Walking Dead*!»

«Di questo parleremo meglio un altro giorno. Scusami tanto se per una volta ero felice e orgogliosa di te. Non c'è bisogno di dare in escandescenze per così poco, usando quei termini offensivi. Davvero eri una cantante famosa, con la maniera sboccata che hai di parlare? Da noi in Corea non potresti mai comportarti così.»

«Certo, ero famosissima. Anzi, lo *sono*» ribatté Emily con fierezza. «E i miei fan *adorano* quando parlo in questo modo. Perché non esci allo scoperto, eh? Di' a tutte queste persone ciò che pensi veramente. Avevi intenzione di cominciare un'altra filippica contro le ragazze occidentali, non è così? Razza di... *suprematista asiatica*!»

«Non so nemmeno che cosa signifchi quel termine» dichiarò la Madre Reverenda piena d'amarezza. «Lo sai che a scuola non ero brava.»

«Bugiarda! E comunque vuol dire che sei una xenofoba, che ti fanno schifo le persone di una cultura diversa dalla tua» chiarì Emily con aria di sfida. «A quanto pare odi nello specifico le *ragazze* occidentali, perché i maschi bianchi sappiamo bene entrambe che ti fanno gocciolare negli orifizi più intimi.»

Chae-yeon trasalì e azzurrì allo stesso tempo. «Non essere assurda, non intendevo assol–»

«Razzistaaa!» strillò Emily per smorzare sul nascere qualsiasi genere di smentita sicuramente ragionevole della Madre Reverenda. Di solito sui social media quella tecnica funzionava a meraviglia, perché non testarla anche dal vivo?

Anziché replicare, Chae-yeon si ravviò i capelli biondo platino dietro l'orecchio e trasse un lungo respiro. Incrociò le braccia davanti al petto e attese, fissando a lungo Emily negli occhi così come una mamma fin troppo tollerante avrebbe sopportato le ostinate bizze della figlia ottenne.

Com'era prevedibile, questo fece inferocire ancora di più la popstar che, sentendosi ignorata, si voltò con slancio verso gli altri presenti e gridò: «Be'? Nessuno che mi dia supporto? La nostra leader è una razzista comprovata! Andate a recuperare i forconi, il linciaggio è stasera alle otto!»

Quella accusa non allarmò granché gli astanti; anzi, il loro rispetto nei confronti della Madre Reverenda accrebbe di fronte alla sua ennesima dimostrazione di stoicismo. La maggior parte delle lavoratrici tacque e squadrò Emily con un misto di sdegno e rassegnazione; ciò nondimeno, era altrettanto evidente che diverse di loro la compativano – come veniva evidenziato dalle loro occhiate compassionevoli – e desideravano aiutarla e vederla riuscire nell'impresa di diventare una vera Discepola della Congregazione della Vergine. Ma se non riusciva a educarla una come Chae-yeon Kwon, cosa avrebbero potuto fare loro?

Una dozzina di metri più lontano, due Intoccabili di passaggio avevano assistito alla scena con relativo distacco, senza farsi turbare dagli avvenimenti.

Alla fine, uno dei due parlò.

«Spero che una volta finita questa storia, la Madre Reverenda venga fatta ufficialmente santa.»

«Certo, ormai è sicuro» confermò l'altro con convinzione. «Se al Tempio si tenesse un Conclave, avremmo una fumata bianca dopo manco mezza giornata.»

***

Poco prima del tramonto, Chae-yeon e le sue Discepole si trasferirono ancora una volta nei campi sotto Coteau-de-Genêt per consegnare le Drupe raccolte ai lavoratori, i quali le avrebbero poi piantate nel terreno. Emily e la leader si erano ignorate per il resto del pomeriggio, mettendo in atto una sorta di silenziosa guerra fredda.

Mentre si torturava l'animo ruminando all'infinito sulla sua condizione esistenziale, Emily fece cadere sovrappensiero un'anfora nel momento in cui la stava scaricando da uno dei carretti. Le scivolò dalle mani e cascò su un sasso, rompendosi in mille pezzi. La Drupa contenuta al suo interno esplose come un pallone pieno d'acqua, irrorando il terreno circostante di liquido verde smeraldo che venne assorbito nel giro di pochi secondi. Emily osservò i sentimenti di quelle due persone sconosciute della Bilancia che sparivano in pochi battiti di ciglia tra le crepe del terreno, domandandosi cosa avrebbero provato il giorno successivo nel constatare che la loro relazione non era sbocciata nel Piano Astrale. Avrebbero incolpato una sconosciuta Discepola della Vergine, o piuttosto loro stessi? Si sarebbero guardati con diffidenza, chiedendosi perché l'altro, o l'altra, non aveva ricambiato i sentimenti?

Merda, merda, merda... Cos'ho combinato?! Ora Chae-yeon mi prenderà a sberle sul serio, e stavolta le ho fornito un buon motivo per farlo!

Devo passare al contrattacco. Non posso dimostrarmi debole.

Attaccare... attaccare... attaccare...

Tutti i presenti dardeggiarono a Emily delle occhiate traboccanti biasimo, tuttavia Chae-yeon si avvicinò a lei offrendole soltanto un sincero sorriso di incoraggiamento.

«Non ho bisogno della tua commiserazione. Fila via!» sibilò Emily. «Lo so da sola che ho sbagliato.»

«Oggi sei davvero di pessimo umore» rilevò Chae-yeon. Il sorriso si stemperò fino a sparire, trasformandosi in amarezza.

Emily attese a lungo un rimprovero che non arrivò mai.

Non mi ha sgridata nemmeno stavolta, anche se me lo meritavo. Forse quello che diceva Sam era vero, non mi picchierebbe per nessun motivo.

Perché è sempre così benevola, perché? Crede che questo la renda superiore agli altri?

«Sono di pessimo umore perché non ne posso più di vedere la tua cazzo di faccia!» strepitò, girandosi a guardarla. «Cosa ti sei messa oggi, del lucidalabbra? Quei capelli, il trucco, i vestiti... stai andando in passerella? È previsto che ci sia una sfilata stasera, qui alla Vergine? Ma vattene al diavolo, tutto per farti notare da questi quattro sfigati. E oggi ti sei fatta pure i capelli biondi per imitarmi? Sei patetica! Dio, che fastidio. Siamo in un mondo orrendo pieno zeppo di mostri e tu pensi solo agli uomini! E saresti la Regina della Temperanza? Ma quale Temperanza, ti comporti da puttana! Come siete sopravvissuti fino a oggi con un'egocentrica svampita come te al comando rimarrà sempre un mistero.»

Il bel viso di Chae-yeon si spense come una candela arrivata alla fine dello stoppino. «Come puoi dirmi una cosa del genere? La parola che inizia per "p".»

Emily le rise in faccia. «E me lo chiedi anche? Ti metti in mostra tutti i giorni per gli uomini senza alcuna vergogna. Questo a casa mia significa essere troia; anzi, è *la definizione* di essere una troia.»

La voce della Madre Reverenda si inasprì. «*Ah, jinjja*[1]? Pensavo che la definizione di *quel termine volgare* fosse andare a letto con molti uomini diversi, mentre io non lo faccio.»

«Ah ah! "Quel termine volgare", "La parola che inizia per p"... Ti rendi conto? Nemmeno riesci a *parlare* come un adulto normale, figurarsi comportarti da tale. Ma d'altra parte cosa dovrei aspettarmi da una che si è rifatta l'intero corpo per far schizzare i maschi nelle braghe?»

«*L'intero corpo?*» balbettò Chae-yeon incredula.

«Sì, tesoro. Tutto quanto. Sei magra, hai la vitina da vespa e le tette grandi. Le ragazze con quel fisico esistono solo nei cartoni animati giapponesi e nella mente perversa dei teenager segaioli. Siamo serie: il tuo corpo non ha delle proporzioni realistiche.»

«Come fa a non essere realistico se anche in vita ero così? Facevo la dieta, per essere magra. Ecco, in realtà mi costringevano a non mangiare per settimane, ma la sostanza non cambia. E il mio seno è naturale. Cosa posso farci se sono nata così?»

«Non ci crede nessuno, tesoruccio. A quanto pare quelle rincoglionite delle femministe per una volta avevano ragione: col tuo fisico irrealistico fai sentire inferiori e a disagio tutte noialtre semplici mortali.»

«Ma io non sono irrealistica, sono una persona vera! *Ero reale*!» protestò la Madre Reverenda quasi colta dalla disperazione.

«Raccontalo a qualcuna più scimunita di me. E ora levati dalle scatole, se non vuoi che lasci cadere qualche altra anfora mentre ammiro la tua faccia di plastica.»

Chae-yeon, ormai sfinita, preferì non ribattere. Abbassò lo sguardo e proseguì sulla stradina di terra che bordava il campo. Scavalcò senza energia uno steccato di legno e andò a ripararsi all'ombra di un grande pioppo le cui foglie stormivano appena, agitate dalla brezza calda. Staccò un pezzetto di corteccia e lo sbriciolò nel palmo della mano.

Dopo poco avvistò Sam che si avvicinava con circospezione. Si rese conto che per una volta era lei ad aver bisogno di essere consolata e incoraggiata.

«Cosa t'ha detto la Lancaster?» domandò lui con voce granitica. «Ero troppo

---

[1] Trad. "Ah, davvero?" in coreano.

lontano per sentire, ma forse è stato meglio così, perché temo che stavolta le avrei tirato uno scapaccione. Poi avrei lasciato la Congregazione, naturalmente, perché sarei stato indegno di farne ancora parte.»

«Non metterti a dire sciocchezze pure tu» lo implorò Chae-yeon con la voce velata di tristezza. «Farò di Emily una Discepola della Vergine, fosse l'ultima cosa che faccio.»

«Mi sembri sempre risoluta su questo punto. Dunque qual è il problema? Se perseveri sono certo che ci riuscirai.»

«Non è questione di perseverare o meno. Il problema è che non dovrei faticare così tanto. Non è normale» rispose lei sfregandosi una guancia con le dita. «Le persone si ambientano con facilità all'interno della giusta Casa, perché è il luogo perfetto per loro. Il nostro mondo si basa tutto su questo presupposto. Allora perché Emily non ci riesce? Si trova malissimo qui da noi.»

Sam si schiarì la voce, soppesando con prudenza le parole. «È arrivata al Tempio tutto sommato da poco. Non è inusuale che serva un certo periodo di ambientamento. È già successo in passato» disse simulando convinzione, ma era evidente che stava mentendo per far sentire meglio la sua leader.

«Nessuno di voi mi ha mai chiamato in certi modi volgari. Emily mi ha urlato quella parola che inizia per "p". Non mi avevano mai chiamato in quel modo nemmeno da viva, e lì me ne dicevano di tutti i colori» confidò Chae-yeon mentre si appoggiava al tronco del pioppo con la schiena. «Non so più come comportarmi con lei, quando le impongo di lavorare mi sembra di compiere un atto di violenza.»

Sam si fece avanti. «Dimmi cosa stai pensando. Credi che al Rito ci possa essere stato un errore? È impossibile. La Fonte non sbaglia mai, lo sai meglio di me. Non è proprio previsto che possa sbagliare. Se Emily è stata assegnata alla Vergine ci dev'essere di sicuro un motivo.»

«Già, ci dev'essere.» Chae-yeon si infilò una ciocca di capelli in bocca e iniziò a masticarla. «Però è strano, molto strano. A questo punto temo che dovrò riferirlo a qualcuno.»

Sam inarcò un sopracciglio con aria scettica. «Parli di Sebastian?»

«Se lui fosse qui, saprebbe di sicuro cosa fare.»

Emily lanciò un'occhiata verso di loro mentre aiutava svogliatamente i lavoratori a piantare le Drupe.

Quei due rompipalle stanno di sicuro sparlando di me. Ma cosa si aspettano, che sia felice di starmene qui all'aldilà a lavorare? Non ho lavorato un singolo giorno in vita mia, figuriamoci se lo faccio da morta. Cosa ci guadagno? Dicono che se non voglio non devo lavorare, ma sarei l'unica a non farlo e tutti mi disprezzerebbero e mi guarderebbero con occhi ancor più sdegnati. Quindi di fatto sono costretta.

Forse Chae-yeon sta per mollare. La sto facendo impazzire sul serio. Gliel'ho letto in volto, quando l'ho chiamata puttana ci è rimasta malissimo.

Sarà meglio dirle due paroline di conforto. Se quella cretinetta avesse una crisi e smettesse di proteggerci dai mostri, che cazzo faremmo?

Morirebbero tutti, me compresa. Non che me ne freghi troppo degli altri, però... No, sarebbe troppo sbagliato. Più sbagliato di quello che faccio di solito.

Camminò verso Sam e Chae-yeon e gridò: «Santità, tutto bene? È andata a rifugiarsi sotto l'albero per non scottare quella bella pelle candida che ha? Sul serio, è talmente bianca che sembra quasi trasparente. È sicura di non essere sotto sotto del Capricorno? Starebbe benissimo in mezzo a tutte quelle *goth* fallite.»

Il viso di Chae-yeon ebbe un breve moto d'irritazione, ma si ricompose altrettanto in fretta. «Sto benissimo, *unnie*, grazie dell'interessamento. Comunque la pelle non si scotta su questo mondo. La cosa dovrebbe rincuorarti, visto che nemmeno tu mi sembri granché abbronzata.»

«La mia pelle è di un bellissimo e naturale color rosa chiaro» rispose Emily, compiaciuta fino al midollo. «È la tua a essere troppo chiara. Non sarai mica una di quelle che si sbiancano con le sostanze chimiche? Oh, mio Dio, te lo leggo in viso: è così! Ci ho preso, vero?» Si coprì la bocca e scoppiò a ridere in maniera studiata, concludendo con visibile soddisfazione: «*Unnie*, così è davvero troppo. I capelli biondi, gli occhi blu, la pelle lattea... oh, be', almeno abbiamo appurato una volta per tutte chi è la vera fanatica della razza ariana.»

Merda, stavolta ero partita con delle buone intenzioni, ma poi...

Quella poveretta riesce davvero a tirare fuori il mio lato peggiore. Non riesco a frenarmi nemmeno provandoci. Quasi provo pena per lei.

Quasi.

Chae-yeon si tolse la ciocca di capelli dalla bocca e la schiacciò tra le dita. «Sam, che cos'è la razza ariana?» bisbigliò con una punta d'imbarazzo.

«Non ne sono del tutto sicuro nemmeno io» ammise il nativo americano. «Credo sia una cosa che riguarda la Germania, ma di certo Emily non lo intendeva come un complimento.»

Chae-yeon avvicinò il viso al suo e bisbigliò, ormai rassegnata: «*Oppa*, se io dovessi fare qualcosa di disdicevole, ti prego di prendere tu il mio posto come leader.»

«Nemmeno per sogno» rispose lui con la sua voce calda e rassicurante. «Sono certo che saprai resistere alla tentazione di scaraventare Emily oltre il Muro del Calvario con un calcio. Questa è una prova a cui gli dèi del Tempio ti stanno sottoponendo per saggiare la tua temperanza, ne sono convinto, per cui prendila come tale. I nostri Discepoli cristiani mormorano che sei in "odore di santità". Proprio così dicono. Forse alla fine ti dovremo chiamare Santa Madre.»

Chae-yeon di questo non si sentiva per nulla convinta.

Emily III

Stati Uniti d'America
New York, Manhattan, Lenox Hill

Il cellulare di Emily Lancaster vibra per due volte in rapida successione. È appoggiato sul tavolinetto di vetro appena a fianco della sdraio.

Lei sbuffa e si toglie per l'ennesima volta le due fettine di cetrioli sugli occhi, stando attenta a non spostare per errore il resto della maschera di bellezza al miele e limone. Afferra il telefono e sbircia i due messaggi ricevuti sulla sua app di messaggistica preferita, stendendosi ancor più languidamente sui cuscini che rivestono la sdraio. Avrebbe una mezza voglia di lanciare il cellulare sul tavolino e bloccare per sempre il numero, ma poi si ricorda che non è quello il piano e che così facendo manderebbe tutto all'aria. La sua carriera ha bisogno di un dannatissimo rilancio, costi quel che costi.

Attorno a Emily ci sono le sue amiche, nude e sdraiate a pancia in giù sui vari lettini ai bordi della piscina. Gli operatori del centro benessere per soli vip che hanno prenotato per tutta la giornata gli stanno facendo dei massaggi hawaiani. In particolare si stanno soffermando su determinate aree del loro corpo; zone nelle quali i pochi muscoli presenti si stanno contraendo ritmicamente o inturgidendo, più che distendersi.

Emily porta il cellulare davanti agli occhi con ben poco entusiasmo e digita a malincuore: "Il mio agente mi ha passato tutte le tue lettere. Mi ha fatto davvero piacere leggerle!"

La risposta del suo interlocutore non tarda ad arrivare. "Sul serio le hai lette?"

Emily replica: "Ma certo. Sei un vero tesoro!"

Per una volta non sta raccontando una totale menzogna. Sebbene non sia indispensabile alla realizzazione del piano, si è fatta consegnare da Arnold le lettere di Mark e le ha divorate tutte quante in una sera, neanche fossero un thriller di Dan Brown. Sono ormai molti anni che non riceve messaggi scritti con carta e penna dai fan, e quando in passato è successo provenivano quasi sempre da ragazzine delle medie o delle superiori, che stimolavano ben poco il suo interesse (anche se era ben felice di ricevere i loro soldi quando compravano i suoi dischi).

Il telefono vibra di nuovo. "Bugiarda. Non ci credo."

Emily socchiude gli occhi. Le sue dita producono la risposta più educata possibile, date le circostanze. "Ma come, dai della bugiarda alla tua Emily?

Sciocchino. Nella prima lettera mi hai raccontato che *Another Me* è il tuo mio album preferito, che i tuoi genitori gestiscono una azienda biologica e che sei laureato in Medicina."

"Wow..." risponde un laconico Mark.

Lei sogghigna, intuendo di averlo già in pugno, poi conclude lo scambio in bellezza scrivendo: "Visto? Non c'era bisogno che hackerassi il cellulare della mia manager per parlarmi. Avevi lasciato il tuo numero e l'indirizzo e-mail in fondo alle lettere, quindi ti avrei di sicuro contattato. Tengo molto ai miei fan, soprattutto a quelli carini come te."

Stomacata dalle sue stesse parole, Emily distorce le labbra in una smorfia e respinge alla meglio un conato di vomito, ma tiene comunque il telefono a portata di mano. Difficilmente quel bastardo di uno stalker pervertito la lascerà in pace. Ma, d'altra parte, è quello che lei desidera.

In verità, non si aspettava che Mark la contattasse dopo aver ottenuto il suo numero per vie illegali. Nessuno l'aveva previsto. Il piano elaborato insieme ad Arnold prevedeva che fosse lei a entrare in contatto, usando il numero che Mark le aveva offerto nelle lettere, ma lui era stato più svelto di loro. A quel punto il suo produttore le aveva consigliato di cogliere l'occasione al volo.

Emily solleva una mano e strilla: «Ricardo! Un altro Martini, se non ti dispiace!»

Il barista brasiliano annuisce e sparisce dietro il bancone del bar accanto alla piscina termale, che è posta proprio al centro dell'enorme ambiente riscaldato. Il centro benessere quel giorno è deserto, essendo stato prenotato per intero dal gruppetto di celebrità, ma tutte le luci sono comunque accese, anche quelle sotto l'acqua della piscina.

Questa volta Mark ci mette di più a rispondere.

Emily si toglie la maschera di bellezza e si pulisce il viso, sentendosi ancor più magnifica del solito. Tutti i pori dilatati della pelle sembrano essersi ricompattati.

Merda. Con tutti i messaggi zuccherosi che gli sto scrivendo quello sfigato sarà così su di giri da non riuscire a pigiare le lettere giuste sul telefono.

O magari le dita ce le ha avvolte attorno a...

Dio mio, meglio non pensarci.

I minuti passano ma Emily non riceve alcuna risposta. Impugna di nuovo il cellulare e digita in fretta: "Ci sei? Sei vivo?"

Il telefono finalmente vibra.

"Sì, ci sono. È solo che mi sembri strana. Conoscendoti mi sarei aspettato da te una reazione diversa. Un po' più ostile, diciamo, visto il modo in cui ho ottenuto il tuo numero. Non ti ho spaventata?"

«Oh, non hai idea di quanto vorrei essere *ostile*, tesoro» esclama Emily con un sorriso malefico dipinto sul viso madido e luccicante.

«Che hai detto?» gracchia Georgina sollevando la testa dal lettino e girandosi su un fianco. I capelli corvini scendono a coprirle il seno.

Emily trasalisce e distoglie gli occhi per non dover guardare la sua amica nuda. «Non farci caso, stavo parlando da sola. E rimettiti giù, per la miseria, ti sto vedendo la fregna!»

«Ah, scusa!» Georgina riappoggia la testa sul cuscinetto di velluto. Pochi secondi più tardi geme già di piacere. Il massaggiatore si sta prendendo cura davvero di *tutte* le parti indolenzite del suo corpo, in particolar modo quelle all'interno di determinati alvei.

Emily riflette a lungo. Alla fine compone una risposta abbastanza credibile, pur essendo falsa quanto i soldi del Monopoly: "No, non mi hai spaventata. In pubblico mi comporto sempre da stronza perché è quello che piace ai fan, ma in privato sono dolcissima. Se non mi credi puoi venire a verificarlo di persona."

La popstar per un attimo prende in seria considerazione l'idea di sbriciolare il cellulare fino a far schizzare i chip in faccia al barista, o di sgranocchiarselo come una pannocchia per assicurarsi che i succhi gastrici sciolgano per sempre quei messaggi pieni di saccarina, poi però ricorda che non sarebbe d'aiuto alla realizzazione del piano. Per sentirsi più in pace con se stessa, però, si congratula da sola per la perfetta risposta partorita dalla sua mente diabolica. L'importante è che quel cretino di uno stalker pervertito le creda.

Mark dopo poco risponde: "Emily... non so che dire. Certo, mi piacerebbe molto incontrarti di persona... solo io e te..."

La pelle di lei si accappona al solo pensiero. Si scola in un sol sorso il nuovo Martini appena servito e scrive: "Potresti essere fortunato, allora. Però devi smetterla con tutti questi avvertimenti sulla mia manager, sono assurdi."

La risposta di Mark è fulminea. "No, non posso farlo. Emily, ti supplico, ascoltami: devi annullare la tua festa di compleanno e licenziare subito la tua nuova manager. Allontanati da lei in qualunque modo."

"Smettila, ti prego, adesso mi stai facendo paura sul serio!" digita Emily reprimendo a stento una risatina. A quanto pare Arnold ha architettato tutto alla perfezione, creando persino un modo per alimentare le fantasie cavalleresche di Mark e farlo così avvicinare a lei con più facilità.

"Benissimo, spaventarti in questo caso è proprio quello che voglio! Capisco che ora ti sembri assurdo, ma non sto mentendo. Ti assicuro che è tutto vero" risponde lui.

Emily si sente un genio, anche più di sua madre quando ha inscenato una finta rapina in villa per ottenere quel ruolo che tanto desiderava. È stata bravissima. Quel deficiente si è messo in testa che deve salvarle la vita dalla perfida manager, e con tutta probabilità immagina anche che lei dopo si innamorerà di lui e ci andrà a letto. Basterà solo un'altra piccola spintarella. "In effetti questa nuova manager è strana. Me l'hanno affibbiata senza motivo e si comporta da vera stronza."

Mark replica: "Visto? Ho letto tutti i messaggi sul suo cellulare. Sta complottando qualcosa con qualcuno che di cognome fa Schwarzkopf. Quasi di sicuro è il tuo produttore discografico. Ho cercato il suo nome su internet."

"E pensi che vogliano farmi del male?" Emily quasi non riesce a credere che sia così facile. Quel Mark dev'essere davvero un deficiente.

Il deficiente risponde: "Purtroppo, credo di sì. Per curiosità, hai modificato il tuo testamento di recente? Hai stipulato una nuova polizza sulla vita, o roba simile?"

Emily rimane per un attimo interdetta.

Come cazzo fa a saperlo?

Che scema, è ovvio. Me l'hanno fatto modificare di proposito proprio in questo periodo per rendere la storia ancor più credibile. Dopotutto Arnold me l'aveva detto che avrebbero fatto le cose in grande, con tanti dettagli. Devo dargli corda.

Digita: "Esatto! Ho modificato il mio testamento da poco per eliminare quella stronza di mia madre dall'eredità. Non voglio lasciarle nemmeno un centesimo, nel caso venissi a mancare per qualche motivo."

"Quindi a chi andrebbe il tuo patrimonio?"

Lei elude la domanda e ridacchia, pensando a quello sfigato che starà di certo zampillando nei pantaloni leggendo i suoi finti messaggi supplichevoli da fanciulla indifesa. "Credi davvero che intendano uccidermi? Mark, ho paura!"

Il cellulare vibra dopo un solo istante. "Emily, voglio aiutarti in qualche modo, ma non so come fare. Devi andare alla polizia!"

Emily sorride, sbalordita dalla sua stessa bravura. Non ci è voluto molto.

Ci siamo. Si va in scena.

Le dita sfrecciano rapide sullo schermo. "No, niente polizia... ho troppa paura. Mark, ascolta, una settimana prima del mio compleanno sarò ospite al Timmy Callon Show. Abiti a New York, giusto?"

"Sì."

"Sai dov'è lo studio televisivo in cui lo registrano? È dentro il grattacielo della Comcast. Cerca l'indirizzo su internet se ne hai bisogno. Ti farò entrare nel mio camerino in qualità di ospite personale e parleremo lì."

"Ma perché proprio lì? Non posso venire a casa tua?"

Emily solleva gli occhi verso il lampadario dai pendagli d'argento per raffreddare la mente. Deve trovare una scusa, una scusa qualsiasi. "Sono lontana da New York al momento, e torno proprio quel giorno. Preferirei incontrarti in un luogo sicuro, almeno la prima volta. Scusa se non mi fido ancora del tutto di te, ma..."

"No, certo, lo capisco. Però non farlo sapere alla tua manager."

"Non preoccuparti. Ne parlerò con la security del posto. Il tuo nome completo è Mark Colby, giusto?"

"Esatto."

"Perfetto, allora ci incontreremo lì. Ti manderò presto un messaggio con tutti i dettagli, okay?"

"Va bene, ma ti scongiuro: tieniti alla larga da chi lavora a stretto contatto con te."

"Certo, starò attentissima. Uscirò sempre da sola fino a quel giorno, va bene? Nel frattempo scrivimi pure, se vuoi. Io ti penserò spesso. Ciao ciao, tesoro."

Emily posa il cellulare sul tavolino con aria soddisfatta e ordina il quarto Martini del pomeriggio. La prima metà del piano è già stata portata a compimento. Ora si tratta solo di mettersi a urlare finché non arriverà la squadra della security – prontamente appostata nella stanza a fianco del camerino – e poi piangere e recitare, recitare, recitare. Non deve nemmeno temere che quel Mark la molesti sul serio, perché a conti fatti non le sembra il tipo. Le cose stanno andando persino meglio del previsto.

Arnold non mi aveva detto che avrebbero addirittura falsificato i messaggi nel cellulare di quella imbecille di Samantha.

Stiamo davvero mettendo in piedi una sceneggiata coi fiocchi.

«Che hai da sorridere così?» domanda Georgina mentre si rinfila le mutandine. Il suo "massaggio hawaiano" è terminato, anche se il suo viso tradisce più spossatezza di quanta ne dimostrava quando si è sdraiata. Dopo tre orgasmi, d'altra parte, è un fatto comprensibile. Blake le porge un vassoio d'argento e da quello sniffano insieme una riga di cocaina.

«Oh, nulla di importante» assicura Emily con un sorriso amabile. «Stasera andiamo a fare quattro salti in discoteca?»

Scorpione
La Rotonda del Mago

«Te l'ho già spiegato dieci volte, topetta» mugugnò Mike lanciandole un rapido sguardo. «Difendere con un gran numero di uomini il Muro davanti alla nostra contrada è inutile. Appena prima della muraglia c'è la catena montuosa, che abbraccia il nostro settore per tutta la sua larghezza. Se anche i Vuoti riuscissero a far breccia, dove cazzo potrebbero andare? Prenderebbero le montagne a capocciate? Quelli non sono capaci di scalare, topetta. Per fortuna sono anche del tutto rincoglioniti e non ci arrivano a capirlo, per cui ci attaccano comunque frontalmente. Io dico di sfruttarlo a nostro vantaggio, sparpagliando i nostri Guerrieri in altri settori, dove sarebbero più utili, ma nessuno mi dà retta. Tutti pensano a difendere come matti Vajrasana, che è già protetta da montagne di millecinquecento metri di altezza. Gran bello sforzo del cazzo!»

I due Leoni stavano percorrendo un sentiero nei boschi a sud-ovest di Bishop's End, in mezzo a faggi, castagni e ontani. L'aria era fresca e umida pur essendo pieno giorno.

«Sì, quello l'ho capito» rispose Jihan sgambettando tra gli alberi della foresta. «Ma se nessuno li uccidesse, i Vuoti potrebbero accumularsi in gran numero davanti al Muro e finirebbero come gli zombi nei film, tutti ammassati gli uni sugli altri. Quindi anche se ci sono le montagne qualcuno dovrà pur eliminarli, no?»

«*Qualcuno*, sì. Ma non noi. Possono fare a meno di noi due, te lo assicuro. Il tuo ardente desiderio di difendere la capitale dovrà attendere.» Mike infilò per sbaglio un piede in un buco nascosto sotto un letto di foglie e bestemmiò. «Senti qua che odore di foglie marcie. Questi boschi sono parecchio diversi dai nostri.»

«Già, è vero» concordò la novizia, inspirando. «A me però questo odore non dispiace.»

Davanti a loro si dipanò un fossato naturale formato dallo scorrimento delle acque piovane, compreso tra due pareti di terra inclinate alte diversi metri. Sul fondo si era accumulato un vero e proprio fiume di foglie marroncine, profondo quasi mezzo metro. Mike e Jihan discesero con cautela la prima sponda e lo attraversarono in diagonale, affondando nell'ammasso di foglie fino al ginocchio, quindi si inerpicarono sul lato opposto per seguire il sentiero. Sebbene i Leoni fossero ben equipaggiati per le escursioni nei boschi, lo strato di fogliame rendeva comunque poco salda la presa degli stivali.

Flush! Scrrcrrcrr! A metà della salita si udì un forte crepitio di foglie secche che venivano schiacciate. Quando Mike si voltò, Jihan non era più dietro di lui; tuttavia, sul fondo del canalone si era creato un curioso e cospicuo monticello di foglie da cui spuntava l'orlo di una cappa di lana arancione.

Mike rise dal naso e si sporse dal ciglio del fosso. «Se sei ancora viva dammi un segno, topetta.»

«*Fono fia.*» Il viso di Jihan emerse dalla cima del cumulo e sputò una foglia di castagno. «*Spuafh!*»

«*Spuafh?* Affascinante. Ti va di tradurre dal fogliese?»

Jihan, ancora mezza sepolta, gli lanciò un'occhiata a metà tra l'imbronciato e il perplesso. «Le foglie qui fanno davvero schifo.»

«Perché, sulla Terra eri avvezza a mangiarle?»

Lei si rialzò e si scrollò i capelli corvini. «N-no, però non dovrebbero comunque avere un sapore così disgustoso. Dovrebbero sapere di foglie, invece sanno di... *morte*. Scusi se ho detto una stupidaggine.»

Mike allungò una mano per aiutarla a salire e la tirò su. «No, ho capito cosa intendi. Al Tempio masticare e inghiottire cibo solido è rivoltante, e ogni oggetto ha lo stesso sapore, ovvero quello che hai appena gustato. Se anche avessi addentato una bella mela rossa, non avrebbe fatto una gran differenza. Anzi, l'avresti vomitata.»

«Che brutta cosa.» Jihan si rabbuiò. « Se potessi ancora mangiare, mi cucinerei un bel piatto di ravioli di pesce cotti al vapore. Mi piacevano tanto. Ne cucinerei anche per lei, signor Mike, così mangeremmo insieme, seduti a una tavola. Come fanno le persone vive.»

Una volta giunti sulla proda opposta del fosso, ripresero il cammino seguendo il sentiero, che in quel punto zigzagava fino a raggiungere una zona più rada del bosco, ben irraggiata dal sole.

Jihan era una ragazzina sempre di buonumore per natura, ma in quei giorni raramente riusciva a smettere di pensare a ciò che aveva visto nelle acque del Bjornespeil e aveva perso il sorriso. Sarebbe davvero morta insieme a tante altre persone, o quella era soltanto una visione, o addirittura una menzogna? Il suo nuovo mentore finora aveva taciuto sulla questione. Da quando avevano lasciato il territorio del Leone non avevano ancora toccato l'argomento, pertanto i suoi timori non erano ancora stati dissipati.

«Signor Mike, non vorrei sembrarle assillante, ma...» riprese Jihan con la sua vocetta squillante mentre zampettava su un grosso sasso in mezzo alla foresta.

«Vuoi sapere a cosa serve il Bjornespeil, non è così?» fece lui, lanciandole un'occhiata torva con l'unico occhio buono che aveva.

«Ecco, è solo che, come le ho detto, ci ho visto dentro delle cose davvero brutte e mi sono un pochino demoralizzata.»

«Se te lo spiego poi la smetti di pensarci?»

«Sì, signor Mike.»

Lui grugnì. «Quel lago serve a tante cose, ma in particolare è in grado di rivelare il Nadir degli Intoccabili. Tu non hai mai visto il Rito della Genuflessione col quale arrivano, ma è parecchio diverso da quello dell'Osservazione. Oh, se lo è.» Ridacchiò. «Comunque, durante quel Rito il Nadir non appare, quindi l'unico modo per sapere quanto un Intoccabile potrebbe essere disonesto è portarlo davanti al Bjornespeil. Rarissime volte ho visto il Comandante Supremo imporre a un Guerriero del Tempio di specchiarsi nel lago. Non so proprio per quale cazzo di motivo potesse pensare che tu sia malvagia. Ma ti ha vista?» Mike scosse la testa. «Oltre a quello, il Bjornespeil mostra possibili eventi futuri, ma anche alcuni che non accadranno mai, quindi da quel punto di vista mi sembra una gran chiavata. Non impanicarti se ti ha fatto vedere delle cose spiacevoli, scommetto mille dollari che non accadranno mai, topetta.»

A Jihan mille dollari non sembrarono poi molti, considerando che scommetteva contro il venire arrostita. Scrollò via i brutti pensieri dalla testa e disse: «Signor Mike, io non vorrei lamentarmi anche per una cosa così frivola, però... "topetta" è carino, ma se proprio devo essere un animale non potrei essere, ecco, una volpe? A me piacciono tanto le volpi rosse.»

«Pensavo ti piacessero i corvi, con quelle frasche di capelli neri che ti sei fatta crescere sulla testa. Tu guaioli, Jihan? Non mi pare. Tu squittisci, quindi non sei una volpe.»

Jihan emise una sorta di guaito sommesso e lo squadrò con tenero rancore.

Il sentiero che stavano percorrendo sbucò in un'ampia radura punteggiata di faggi.

«Qui andrà bene» annunciò Mike. Si sedette sull'erba a lato del sentiero, appoggiò la schiena contro una roccia e si accese una sigaretta. «Avanti, proviamoci di nuovo. Ma questa volta, per la puttana, prova almeno a fare uno sforzo serio. Attacca!» ordinò a Jihan, indicando un faggio robusto e fronduto in mezzo alla radura.

«Ancora? Ma... non sarebbe l'ora di passare a dei nemici un pochino più vivi?» guaiolò lei mentre materializzava l'ascia bipenne, impugnandola con due mani. «Quando ero a Vajrasana almeno mi allenavo contro qualcosa che si muoveva. Gli alberi sono inanimati.»

«Lo so bene, topetta, e per fortuna che è così. Sei talmente lenta che saresti capace di fartele suonare da qualsiasi Vuoto in grado di deambulare. Non possiamo passare a dei "nemici più vivi" finché non riesci ad ammazzare nemmeno un accidenti di albero. E ora attacca!»

Iii-yaaah!» Jihan vibrò un colpo senza troppa convinzione verso il tronco, ma la lama ci rimbalzò contro senza intaccarlo di un millimetro. L'impatto si riverberò attraverso il corpo della giovane, facendole tremare le braccia e battere le arcate dentarie l'una contro l'altra.

Mike aspirò una boccata di fumo con aria divertita. «Al di là dell'esilarante fatto che non riesci nemmeno a scalfire un tronco, non ho mai conosciuto nessuno così lento a sferrare colpi con il suo Shintai. Sei un caso più unico che raro.»

«La mia ascia è grandissima» tentò di giustificarsi Jihan, afferrando una ciocca di capelli e trascinandola sugli occhi per la vergogna.

«Non vuol dire un cazzo se è grande. E comunque guarda che l'hai scelta tu, mica io. La prossima volta prenditi un pugnale. Sognavi di fare la ragazzetta tamarra che se ne va in giro a segare in due i nemici con un'ascia gigante, eh? Ora ne paghi le conseguenze, cara topetta.»

«Ma non l'ho scelta per quello!»

Mike sogghignò. «*Liar, liar, pants on fire.*»

«Va bene, forse un pochino l'ho scelta per quello. Però l'aveva forgiata lo Jarl proprio per me e mi piaceva, e Axel mi ha detto di sceglierla con l'intuizione e io l'ho fatto. Solo che è così pesante...» guaì Jihan, tacendogli d'aver incontrato un serpente dorato parlante in mezzo all'universo.

«Il peso dell'arma non dovresti quasi avvertirlo, a meno che tu non sia una Guerrierina tutta speciale, diversa dagli altri, una Guerrierina di livello inferiore. Sei inferiore, Jihan?»

«N-no» rispose, pur nutrendo qualche dubbio. Le tornò alla mente l'immagine di lei che andava a fuoco e dell'uovo gigante. «O almeno non credo.»

Mike diede un tiro alla sigaretta. «E allora sta' zitta e attacca.»

«*Oooh-eeh!*» Jihan sollevò di nuovo l'enorme ascia e sferrò un colpo in diagonale contro il tronco. La tecnica del movimento fu più precisa, ma il risultato non cambiò di una virgola. «Niente. Non si pianta» uggiolò dopo che il suo corpo ebbe finito di vibrare.

«Ti ringrazio dell'illuminante segnalazione, ma l'avevo notato da solo» la schernì Mike. «Hai qualche osservazione intelligente da fare?»

«Perché non si pianta? Questa cosa non ha alcun senso. Anche se sono debole dovrebbe piantarsi almeno un pochino. Cosa sto sbagliando? Me lo dica, la supplico!»

Mike inspirò a fondo e gli venne un accesso di tosse. Sembrava che ci fosse del catarro nei suoi polmoni, sebbene i polmoni non facessero parte del loro corpo e al Tempio non si potesse morire di cancro. «Credo sia la tua convinzione a fare difetto. Gli Shintai non sono armi normali. Secondo te è possibile forgiare delle spade o delle asce da dei diamanti e poi far sì che scompaiano e riappaiano ogni volta che lo desideriamo? Solo Dio sa cosa cazzo stiamo davvero tenendo in mano, ma delle normali armi queste non sono. Esistono per rendere concreto il tuo desiderio di colpire e abbattere un nemico, capisci cosa voglio dire? E temo che questo desiderio tu non ce l'abbia.»

«Ahhh! Infatti è vero, non ce l'ho mica tanto» esclamò Jihan. «Questi alberi sono così belli che mi dispiace abbatterli.»

«Chi se ne frega se sono belli. Il Tessitore degli alberi li ripristinerà col minimo sforzo, te l'ho spiegato.»

«Va bene, ma perché proprio nel territorio dello Scorpione siamo venuti a tagliarli? Questi faggi hanno delle foglie così verdi e grandi!» Jihan alzò il viso per osservare le fronde rigogliose. «Potevamo andare a tagliare quelli secchi, almeno.»

«Siamo venuti allo Scorpione perché qui a nessuno gliene frega un cazzo se tagliamo gli alberi. Nella contrada dell'Ariete, quella frigida succhiacazzi della Shogun lo scoprirebbe nel giro di due minuti e verrebbe a farci l'interrogatorio. Alla Bilancia venerano la loro foresta come se gli alberi fossero persone; in più il legno delle loro querce è stregato e riescono a tagliarle solamente loro. Da noi ci sono solo abeti enormi, mentre dall'altro lato c'è il Capricorno e quelli sono tutti dei maledetti figli di puttana. Per cui eccoci qua.»

«A me non sembrano così cattivi, quelli del Capricorno. Sono solo un po' strani» borbottò Jihan scostando i capelli dal viso.

Mike parve deluso. «Pensavo fossi solo dura di comprendonio, e invece mi sa che sei proprio tonta. Hai visto come si è comportata la Gran Maestra alla Ceremonia delle Armi? Devi stare molto attenta, Jihan. Non fidarti mai dei membri dell'Antica Scuola. La Gran Maestra a volte tortura i suoi Allievi di persona. Li rinchiude nei sotterranei di quella loro schifosa chiesa sconsacrata e li scuoia piano piano, una striscia di pelle alla volta, e questo la fa bagnare nelle parti intime, perché per lei dare piacere carnale e infliggere dolore fisico sono la stessa identica cosa. Gira voce che da viva la sua lascivia fosse insaziabile e che in mancanza di uomini si accoppiasse anche con bestie d'ogni genere.»

«Cacchiolina» mormorò Jihan allargando gli occhi. «Ma è sicuro che il Tessitore farà ricrescere l'albero se lo taglio senza motivo? Magari si offende e lo lascerà marcire.»

«Sono quasi sicuro che lo farà ricrescere, ma tanto di questo passo non avremo bisogno di scoprirlo. Manco riesci a segare un albero, figurati se ti porto oltre il Muro. E proclamavano che avevi un gran potenziale? Che vaccata! Glielo dicevo io a Meljean che era tutta una balla e la Fonte si sbagliava. Andiamocene, avanti. Forse è meglio se ti lascio a Gulguta, in orfanotrofio, così puoi tornartene a scuola e finire di imparare le tabelline insieme alle bimbe della tua età» sibilò Mike con un ghigno malefico. «Ah, no, che idiota. Mi scordo sempre che qui di ottenni ci sei solo tu.»

Jihan socchiuse gli occhi e senza pensarci troppo vibrò un altro colpo, ma con più determinazione dei precedenti.

«*Ahhh-yah!*»

Stavolta l'ascia fendette lo strato esterno di corteccia e si conficcò all'interno del tronco per qualche centimetro, producendo un tonfo sordo. Jihan gioì e si voltò verso Mike con aria speranzosa, ma lui congelò la sua felicità sul nascere.

«Devi proprio lanciare quei gridolini ogni volta che attacchi? Non capisco se stai lottando o raggiungendo l'orgasmo.»

«M-ma negli *anime* urlano così!» si giustificò lei avvampando d'azzurro.

Mike scosse la testa e aspirò un'altra boccata di fumo. «Basi i tuoi attacchi sui cartoni animati giapponesi? Siamo davvero arrivati alle comiche.»

Lei si immusonì. «Su cosa dovrei basarmi, se lei non mi dà consigli? Nella vita reale non ho mai visto la gente combattere con un'ascia più grande di loro. Al massimo nei videogiochi, e comunque anche lì le ragazze urlano sempre in questo modo.»

«Ora ti permetti persino di fare la simpatica? Non ti aiuto perché sei pessima e temo sarebbe tempo sprecato» grugnì Mike, poi si sgolò facendo finta di tifare per lei: «Brava, Jihan, hai scalfito l'albero! Urrà! Sei una vera bambina prodigio, una cosa mai vista prima! I Vuoti stanno già tremando! Sei contenta, adesso? Ti senti incoraggiata?»

Lei mise il broncio e si voltò di nuovo verso l'albero emettendo una serie di versi che ricordavano svariati esemplari di specie canina mischiati assieme.

Dal bosco sbucò un uomo biondo che passeggiava con aria serafica. Sembrava aver passato la trentina da un po' e aveva un gran nasone. Era vestito da paesano medievale, con una camicia di stoffa verde scuro troppo larga e delle brache viola. Una volta giunto a breve distanza da loro, si sedette sul grosso masso alle spalle di Mike e gli fece un cenno col capo.

«Guarda, Jihan, hai un pubblico!» gridò Mike alzandosi in piedi per poi mettersi accanto a lui. «È il momento giusto per combinare qualcosa di buono.»

Jihan, in forte imbarazzo, faceva fatica persino a ritrarre l'ascia incastrata nel tronco.

«È una delle vostre ultime Guerriere arrivate? Mi avevano detto che ce n'era una giovane, ma non pensavo così tanto» commentò l'uomo biondo grattandosi il mento appuntito.

«Ma chi, quella bimbetta là?» replicò Mike indicando Jihan. «Macché, quella è una Intoccabile che sta solo facendo finta di essere una Guerriera. Ecco cosa succede quando uno di voi prova a prendere in mano uno Shintai, Kristoff. Il disastro più totale. Non provateci mai, è un consiglio da amico. Quella finisce che si taglia un braccio da sola, ma sai com'è, non essendoci un asilo nel quale mandarla, sarebbe crudele non farla giocare in qualche modo, non trovi?»

Jihan trasse un lungo respiro e sbuffò aria dalle narici. Non si arrabbiava mai con nessuno, eppure in quel momento avvertì per la prima volta una punta di irritazione. Estrasse con forza l'ascia e la fece ruotare dietro di sé. «Comunque ho quasi diciassette anni e vado al liceo! L'anno prossimo faccio il *gaokao* e mi diplomo!»

Mike si voltò verso l'uomo. «Ha detto qualcosa?»

«Non ne sono sicuro. Ho sentito come... uno squittio, potremmo dire.»

«Allora era lei. È l'unico esemplare conosciuto di criceto umano.»

«Davvero grazioso» confermò il nasone con un sorrisetto. «Quindi che ne farai di lei? Se la cricetina non è in grado di combattere...»

«Pensavo di farla assumere in una qualche taverna o locanda di Bishop's End. Che tu sappia, serve una cameriera in più alla *Rotonda del Mago*? Con quel branco di pervertiti e degenerati che ronzano dalle vostre parti, una bimbetta così carina farebbe faville, non trovi?»

«*Aaaah-ha!*»

Jihan menò un fendente verticale con cattiveria, piantando un'intera lama della sua scure dentro il tronco. Il faggio ondeggiò all'indietro e poi in avanti, ma rimase in piedi. Tutti i rami vibrarono, le foglie continuarono a frusciare a lungo.

Lei sorrise e si applaudì da sola, saltellando sul posto un paio di volte.

Mike diede un tiro alla sigaretta e sputò per terra, dardeggiandole un'occhiata arcigna. «Cazzo fai, ti pavoneggi? Credi d'aver fatto chissà cosa? Un Vuoto è più resistente di un tronco, e se lo penetri per metà quello non rimarrà a fissarti come un ebete con l'ascia piantata nel cuore. Diglielo, Kristoff. I Vuoti rimarranno a guardarla mentre saltella in quella maniera da deficiente?»

L'altro scosse la testa. «Mi sa proprio di no, signor Mike.»

«Appunto. Lo sa anche Kristoff, e lui non sa un cazzo. Quella Jihan prima mi dice che è una volpe e poi saltella come una coniglietta.» Si rivolse di nuovo al nasone con voce severa: «Vai alla *Rotonda* a raccattare un bel completino da cameriera per questa qui, ne ho abbastanza di lei. Mi hanno detto che quei porci dei clienti allungano spesso le mani, ma farsi tastare un pochino la fichetta sarà comunque meglio che venire dilaniata dal primo Vuoto che incontra.»

«*HAAAH-HA!*»

Jihan ritrasse l'ascia con feroce determinazione e subito vibrò un colpo violentissimo nella stessa posizione di quello precedente, ma in senso orizzontale. Il tronco venne tranciato di netto, facendo schizzare schegge di legno ovunque. L'ascia le sfuggì dalle mani e volò oltre, roteando a mezz'aria e finendo per piantarsi dentro un cedro una decina di metri più avanti. Per via dell'impatto, l'albero ondulò lievemente all'indietro.

Il faggio troncato da Jihan iniziò a crollare. Lei emise un altro dei suoi urletti quando si accorse che stava cascando nella sua direzione, inclinandosi pericolosamente sopra la sua testa. Con irreale rapidità la ragazzina scivolò via, lasciando che l'albero abbattuto le crollasse davanti con uno schianto crepitante.

Kristoff scattò in piedi e la applaudì con convinzione, celebrandola con frasi festose.

Mike grugnì. Si tolse la sigaretta dalla bocca e lanciò il mozzicone in mezzo al sentiero. «Chiariamo subito una cosa: il fatto che tu sia riuscita a segare un pidocchioso albero mi interessa fino a un certo punto, ma la rapidità con la quale ti sei tolta di mezzo è un'altra storia. Lì almeno c'è *qualcosa* su cui possiamo lavorare.»

Jihan nel frattempo si era piegata in avanti fino ad appoggiare le mani sulle ginocchia, e ansimava. «Grazie, signor Mike. Uff... che fatica però.»

«Cosa devo farci con quella lì?» Mike sbuffò rivolgendosi a Kristoff. «Hai mai sentito dire di una Guerriera che si mette ad ansimare dopo aver abbattuto un albero con il suo Shintai?»

«Ah, signor Mike, ora ho capito che strategia usa con la sua novizia. È proprio un birbantello!» rispose Kristoff con voce untuosa. «Continuate pure l'allenamento. È meglio se non la porta alla *Rotonda del Mago* a fare la cameriera oggi, sa? C'è stato un po' di scompiglio e ora sta arrivando quel Buckley a sistemare le cose.»

Mike emise un singulto. «C'è Kit?! Dove?»

«Ma gliel'ho appena detto. A Bishop's End, proprio alla *Rotonda del Mago.*»

«Che cazzo di casino avete combinato per far arrivare persino la Shinsengumi?»

Kristoff infilò le mani nelle brache e piegò la testa in avanti, pieno di vergogna. «Mah, nulla di particolare. Lo sa come sono fatti gli avventori della *Ro-*

tonda. A volte uno scherzo frainteso, una battuta troppo mordace... può capitare che si passi dalle parole ai fatti, ecco. I Cavalieri del Cancro sono così permalosi e tronfi.»

La risata rasposa di Mike esplose in mezzo alla radura. «I Cavalieri del Cancro, eh? Non ho una gran voglia di incontrare quello spacca coglioni di Kit, ma questa non posso davvero perdermela! Jihan, lascia in pace quel povero albero, tanto non lo rimetterai in piedi da sola. Andiamo a fare un giretto a Bishop's End.»

***

La *Rotonda del Mago* era una pittoresca locanda nella zona sud della città, che disgraziatamente era anche la più malfamata. Il nome derivava in primo luogo dall'aspetto esteriore dell'edificio, che con i suoi muri di pietra e le torrette dalla colorata cima a punta poteva sembrare, almeno da fuori, il quartier generale di un ordine di maghi un po' avvinazzati, e secondariamente dal fatto che si affacciava su un'ampia piazza tondeggiante di solito alquanto trafficata. Le strade di Bishop's End non erano lastricate – a parte quelle nelle vicinanze di Murrey Castle, nella zona nord – e dopo i periodi di pioggia intensa, a furia di venire calpestate, diventavano fiumi di fango.

In quella zona della città vivevano soltanto Intoccabili. Le loro giornate non erano mai troppo movimentate, così si godevano i pochi momenti entusiasmanti come se si fossero imbucati di nascosto al cinema. I malpensanti sospettavano però che quelle situazioni divertenti venissero ideate, pianificate e messe in atto proprio da loro stessi.

Nell'approssimarsi alla *Rotonda* da una stradina laterale, Mike e Jihan notarono subito che c'era parecchio movimento. Una folla variopinta osservava la locanda tenendosi a debita distanza, in mezzo alla piazza, mentre un gruppo di uomini vestiti alla moda dell'Ariete, ma con in testa un cappello di paglia intrecciata, tenevano lontani i più curiosi.

Jihan vide una fila di ragazze vestite in maniera succinta, le cui gonne violette, che lasciavano scoperte quasi tutte le gambe, erano orlate di merletti bianchi. Vide una sfilza di signori di mezza età vestiti con dei farsetti dalle maniche rigonfie, tuniche in broccato, camicie e doppietti più o meno trasandati; altri erano vestiti da arcieri, in velluto più scuro, con in testa dei cappelli marrone abbelliti da una piuma d'uccello, altri ancora sembravano dei signorotti con addosso tuniche borchiate in velluto pesante, dalla foggia più boriosa. Poi c'erano uomini distinti, che indossavano lunghe tuniche damascate e mantelli viola; giovanotti che portavano sopravvesti piene di pieghe e degli strani cappelli simili a cuffie, e perfino qualcuno che indossava una giornea nobiliare smanicata, bordata di pelliccia di visone. A parte quelle graziose fanciulle, che erano di sicuro le cameriere della locanda, altre donne in giro non se ne vedevano. Jihan decise che avrebbe fatto tutto quanto era in suo potere per non diventare mai una di loro; non perché non avesse stima per quella rispettabile professione, ma perché vestita in quel modo provocante si sarebbe di sicuro sentita a disagio in mezzo a tutti quegli uomini.

Lei e Mike si mischiarono alla folla e si avvicinarono alla *Rotonda* da un lato, fermandosi in un punto da cui si godeva di una buona visuale. A lato dell'entrata, una tetra pozzanghera azzurra lasciava presagire un'oscura tragedia, confermata anche dagli schizzi di Nettare sul muro esterno della locanda.

«Quelle persone al centro indossano dei kimono, degli hanbok e degli hanfu» osservò Jihan, alzandosi sulle punte dei piedi per sbirciare sopra le spalle di Mike. «Sono dell'Ariete?»

«Eh, già. Non ti sfugge proprio un cazzo, topetta.»

«Ma perché indossano anche un cappello di paglia?»

«Perché fanno parte della squadra speciale Shinsengumi. Sono gli sbirri del Tempio e Kit Buckley è lo sceriffo» le rispose Mike con un ghigno beffardo.

«Lo... *sceriffo*?» Jihan aggrottò la fronte e fece mente locale sui film che aveva visto. «Come nel far west in America, dove c'erano i cowboy?»

«Ma sì, insomma, è il capo di tutti gli sbirri» bofonchiò Mike. «Lui era uno sceriffo anche da vivo, capisci? E proprio quando c'erano in giro i cowboy e gli indiani. Quel figlio di buona donna ci è tagliato per questo lavoro. È quel tizio là davanti, in piedi, quello che sembra avere una scopa piantata nel culo. Lo vedi?»

Dinanzi alla porta d'entrata della *Rotonda del Mago* c'era in effetti un uomo che aveva tutta l'aria di essere il capo del gruppo, o che di certo possedeva l'adeguato *physique du rôle* per esserlo. Se ne stava in piedi, fermo impalato, senza muovere un muscolo, le mani appoggiate ai fianchi e la testa inclinata in avanti, come se si sentisse profondamente indignato e stesse contenendo la propria collera con un atto di grandioso stoicismo.

«Sbirri canaglie!» gridò uno sconosciuto in mezzo alla piazza. Diversi cittadini di Bishop's End emisero dei mugugni di approvazione.

«Venite soltanto quando c'è di mezzo qualche Guerriero del Tempio, eh? Per noi bifolchi invece non vi scomodate, eh? Maiali!» latrò un grosso uomo che indossava una lunga tunica viola. Tra le persone corse un brusio.

Kit Buckley si voltò con inalterabile compostezza e sollevò leggermente la tesa del cappello di paglia per capire chi avesse parlato. Indicò con decisione un uomo tra la folla e intimò con voce marmorea: «Ripetilo se ne hai il coraggio, Geoff. Ma ripetilo mentre ti sto guardando.»

Quel Geoff borbottò solo parole incomprensibili, ma Jihan avvertì il cuore batterle più forte e si nascose dietro le spalle di Mike. Lui scoppiò a ridere e fece un gesto in direzione di uno dei membri della Shinsengumi per richiamare la sua attenzione. Dopo pochi secondi, una ragazza che indossava un hanfu cinese si avviò verso di loro.

«Tappati le orecchie, topetta» consigliò il rude Leone mentre conduceva la sua novizia a lato della piazza, in disparte.

«Perché?»

«Tu per sicurezza tappatele. Hai visto il grugno livido di Kit? Credo sia successo qualcosa di scabroso. Da queste parti spesso è così.»

Jihan fece finta di tapparsi le orecchie, ma lasciò un piccolo spiraglio fra le dita per sentirci.

La ragazza della Shinsengumi che si stava avvicinando aveva dei mossi capelli castani che le arrivavano alle spalle e la pelle abbronzata. Il motivo sul suo hanfu rosso rappresentava una cicogna bianca in volo, mentre la gonna era rosata, con un leggera decorazione floreale verso il fondo. Giunta vicino a loro fece uno svogliato cenno col capo in direzione di Mike e lanciò un'occhiata incuriosita a Jihan.

«*Qué pasa*?» le chiese Mike saltando i convenevoli.

La ragazza, che Jihan scoprì chiamarsi Nina, sospirò e iniziò a raccontare, ma parve da subito indignata e disgustata da ciò che avrebbe riferito. In effetti, il suo resoconto non tradì per nulla le aspettative.

Stando a quanto diceva Nina, un Intoccabile dello Scorpione aveva avvicinato e poi molestato il Pegaso di un Cavaliere Professo di nome Varg Kristiansen, che in quel momento si stava intrattenendo alla *Rotonda del Mago*. Informato da alcuni altri avventori, Varg aveva colto l'infame in flagrante e ne era nata una colluttazione, conclusasi in via definitiva quando il Cavaliere aveva aperto in due il cranio del depravato col suo martello da guerra. Dopo aver realizzato la gravità del crimine che aveva commesso, Varg si era barricato in una delle camere da letto al secondo piano della locanda e ora si rifiutava di farsi arrestare.

«In che senso ha molestato il Pegaso?» domandò perplessa Jihan.

Un'occhiata dalle mille sfaccettature intercorse tra Nina e Mike.

«Perché hai ascoltato? Ti tappi sempre le orecchie, ma l'unica volta che te lo ordino io non lo fai!» abbaiò lui. «Stavolta io mi astengo. Avanti, Shinsengumi. Spiegaglielo tu. Dille in che modo ha molestato il cavallo.»

Nina, che per quanto fosse carismatica elargiva le parole con la stessa parsimonia con la quale avrebbe regalato dobloni d'oro, si limitò a precisare con voce severa: «Ha compiuto un atto di zoofilia.»

Jihan corrugò la fronte. «*Zoofilia*?»

La ragazza fece una smorfia disgustata. «Lo ha molestato *sessualmente*.»

«Ahhhh» mugolò la novizia cercando di non mostrarsi sbigottita, come se fosse una cosa che tutto sommato rientrava nella norma. Poi realizzò che non la considerava affatto una cosa che rientrava nella norma e azzurrì violentemente sgranando i suoi occhi scuri.

In quel momento Kit Buckley perse infine la pazienza e gridò, sempre senza alzare di un grado lo sguardo da terra, anche se il suo interlocutore era barricato al secondo piano: «Varg, ecco quel che faremo. Ascoltami bene, perché te lo ripeterò una volta sola. Per prima cosa aprirai con calma la porta della camera e farai entrare la mia–»

«Non è giusto!» lo interruppe il Cavaliere. La voce proveniva da una delle finestre che davano sulla piazza, anche se gli scuri erano serrati. «È stato un atto intollerabile e tu lo sai! Quello era un maledetto depravato, ho fatto bene a toglierlo di mezzo! Non abbiamo bisogno di gentaglia simile, Kit.»

«Non sta a te decidere di chi abbiamo o non abbiamo bisogno» ribatté Buckley con voce ferma. «Comunque ti processeranno quelli dell'Acquario, potrai discuterne con loro in tribunale finché ti pare.»

«Il mio Hermes... non è giusto!» piagnucolò Varg. «Promettimi che non lo abbatterete!»

Lo sceriffo lanciò un'occhiata al destriero alato. Due dei suoi uomini lo stavano rassicurando con delle carezze sul muso. «Sai benissimo cosa gli accadrà. Ora piantala di frignare e scendi.»

«No!»

Kit digrignò i denti e inclinò la testa in avanti, finché il viso rimase del tutto nascosto dalla tesa del cappello di paglia. Non aveva ancora spostato di un millimetro le mani dai fianchi. Considerate le circostanze, pareva ancora sorprendentemente calmo. «Varg, ti avviso che conterò fino a dieci.»

«Io da qui non esco finché non arrivano altri Cavalieri Professi del Sacro Ordine del Cancro. Vieni a prendermi se ne hai il coraggio, gaglioffo! Per quel che me ne cale puoi contare pure fino a cinque, ammesso che tu sia in grado di farlo senza usare le dita!»

Kit alzò la testa e partì a spron battuto verso la porta d'entrata della taverna.

Un corpulento minchione vestito da oste lo rincorse, strillando trafelato: «Non distrugga il mobilio, la scongiuro! Sarebbe la terza volta in un mese! Il Tessitore non ce lo ricostruirà più! E a quel punto che faccio, eh? Che faccio?»

Entrambi entrarono alla *Rotonda del Mago* e sparirono nella penombra. Per qualche momento non si udì alcun rumore. Nella piazza nessuno fiatò.

Al secondo piano, la voce di Varg tuonò: «Rimani dove sei, farabutto che non sei altro! Vile marrano, non osare toccarmi! Scalzacane! Farabutto d'un filibustiere! Sottospecie di... No! No! Ahi! Ahia!»

Si udì una serie di gemiti indefinibili e dei singolari suoni nasali, infine il rumore di passi pesanti che scendevano nuovamente verso il piano terra.

Kit Buckley uscì dalla porta trascinando quel Varg per il naso, stringendolo con forza tra le nocche dell'indice e del medio. Il biondo Cavaliere Professo si lamentava e imprecava, descrivendo in modo scurrile, ma con grande dovizia di particolari, il mestiere che a suo dire aveva svolto la madre di Buckley prima di darlo alla luce. Jihan a quel punto si tappò le orecchie per davvero, perché i dettagli erano troppo minuziosi. Kit torse un paio di volte il naso di Varg per zittirlo e lo condusse al centro della piazza sotto gli sguardi allibiti ma anche divertiti dei presenti, che dopo poco indicarono qualcosa nel cielo.

Jihan alzò a sua volta lo sguardo e vide volteggiare le sagome scure di sette Pegasi che si stagliavano nell'azzurro. I destrieri alati planarono verso di loro a tutta velocità e atterrarono sul terreno pantanoso della piazza, sollevando schizzi di fanghiglia con i loro zoccoli. La maggior parte degli spettatori si allontanò di qualche metro per non essere imbrattata di fango, ma molti altri parvero invece terrorizzati dalla vista dei Cavalieri e preferirono dileguarsi del tutto, correndo dentro le case o disperdendosi nelle vie limitrofe. Jihan scorse una bella ragazza dalla pelle ambrata e i capelli scuri che scendeva con grazia dal suo Pegaso, e subito di fianco a lei un ragazzo occidentale che ricordò d'aver già incontrato al Rito dell'Osservazione e alla Ceremonia delle Armi.

«Impiccatelo!» urlò un uomo tra quelli rimasti a guardare.

«Tappati quella fogna, o ti faccio collaudare il patibolo di persona» rispose pacato Buckley, puntando però il dito contro il tizio che aveva parlato.

Kit consegnò poi Varg nelle mani dei Cavalieri Professi del Cancro, che, con atto di massima integrità morale, si proposero di scortarlo fino a destinazione. Varg tentò a lungo di scusarsi e di giustificarsi, ma a nulla servì, sebbene la Grande Ufficiale dalla pelle ambrata avesse ascoltato le sue parole con estremo interesse.

«Adesso dove lo porteranno?» mormorò Jihan.

«A Gulguta, in prigione. Ce lo sbatteranno per qualche giorno in attesa di portarlo ad Aletheia, la capitale dell'Acquario» rispose Mike. In quel momento i suoi occhi incontrarono per caso quelli dello sceriffo. «Porca di quella puttana, mi ha visto!» Afferrò Jihan per le spalle e la avvertì in tono brusco: «Non farmi vergognare di fronte a Kit, ci siamo intesi? Non ci tengo a diventare lo zimbello del Tempio. Non ancora, perlomeno.»

«Oh, certo, va bene.» Jihan azzardò un sorriso raggiante.

«Ma no, per Dio, sei impazzita? Non devi fare la carina. Niente topine, coniglitte o volpine davanti a Kit. Cerca di assumere un'espressione da dura. No, ho detto da dura! Così sei ridicola!»

«Ma, ma... non credo di esserne troppo in grado» si scusò lei.

«Allora fai la faccia seria, come quella di una che è appena tornata da oltre il Muro e si è salvata per il rotto della cuffia. Così, brava! Sei quasi credibile.»

Kit Buckley si avvicinò a loro scagliando occhiate folgoranti ai facinorosi che erano rimasti in piazza a battibeccare tra loro o con gli altri Shinsengumi, quindi salutò Mike toccando il bordo del cappello di paglia. Mike gli rispose con un saluto militare appena accennato.

Jihan colse l'occasione per studiare meglio lo sceriffo. La sua Forma dell'Anima lo faceva apparire quarantenne. Aveva un volto mascolino, il mento squadrato era abbellito da una corta barba castana ben curata e da baffi più pronunciati. Era alto e segaligno, ma allo stesso tempo sembrava uno in grado di piantarti nel terreno martellandoti la testa a pugni. Indossava un kimono rosso scuro con un motivo striato verticale a righe chiare appena visibili e una sottoveste bianca, mentre ai piedi portava dei sandali di legno. Parlava enunciando ogni parola come se dovesse scolpirle nella pietra, e Jihan intuì subito che doveva essere un uomo d'altri tempi. Non scostava mai le mani dai fianchi, come se in ogni momento dovesse tenersi pronto a estrarre la rivoltella dalla fondina. Solo che ai fianchi non aveva rivoltelle, bensì due accette dal manico di legno.

Dopo aver squadrato Mike in malo modo, Kit posò lo sguardo su Jihan che cercava di fare la dura e l'ombra di un sorriso gli sfiorò il volto solitamente impassibile. Digrignò i denti e risucchiò l'aria tra le gengive, abbassando il capo. Sollevò gli occhi, nascosti in parte dalla tesa del cappello, e annuì con aria solenne in direzione di Mike.

«Allora in Vietnam non sparasti soltanto col mitra.»

«Fanculo, me lo sentivo che mi frantumavi i coglioni!» imprecò Mike contraendo la mascella.

«Ah, scusa. È che non l'avevo mai vista prima, questa bella bambina. La madre te la lascia vedere solo nei fine settimana?»

«E dacci un taglio, cazzo. Non è mia figlia e non è nemmeno vietnamita. Jihan, sparisci, avanti. Vai a bere qualcosa alla taverna. E fatti dare qualcosa di alcolico, stavolta.»

Lei abbassò lo sguardo e si avviò mogia verso l'entrata della *Rotonda del Mago*.

«È meglio se torni qui, piccola» la fermò Kit. «A Bishop's End gli uomini fanno fatica a tenere le mani a posto. Chissà che problema avranno gli Intoccabili dello Scorpione. Forse nascono depravati» dichiarò con malcelato disprezzo. «Come ti chiami?»

«Jingfei. Però mi faccio chiamare Jihan» squittì lei, poi aggiunse con orgoglio: «E comunque vengo dalla Repubblica Popolare Cinese.»

«Porca l'oca, ma davvero?» la sfotté Kit. «Quasi mi dispiace rovinare il bel quadretto familiare, ma uno meno adatto a interpretare la figura paterna di te, Mike, proprio non mi viene in mente. Che accidenti ti sei messo in testa? Non le starai trasmettendo anche il vizio del fumo, voglio sperare. Non c'è scritto nelle leggi ufficiali, ma se lo scopro ti sbatto in gattabuia comunque.»

Mike pareva insolitamente nervoso. «Kit, non meniamo troppo il can per l'aia, va bene? La ragazzina aveva bisogno di un mentore e non c'era nessun altro disponibile. Ha un ottimo Zenith, sai? A vederla non le daresti due soldi, invece ti assicuro che è così. Sai bene che la Fonte non mente mai. Non vorrai mica che il suo potenziale vada sprecato? Sto facendo una buona azione, una volta tanto. Mi sono messo finalmente sulla retta via, non lo capisci?»

«Secondo me invece volevi rimanertene al calduccio dentro il Tempio per un po' e lei era la scusa perfetta» rispose Kit accarezzandosi i baffi.

«Te ne esci anche tu con questa vaccata? Meljean Panganiban ha avanzato la stessa accusa, e lei adesso dov'è? In giro per il Tempio a farsi sbattere da qualche bellimbusto, ecco dov'è. Per cui chi è quello davvero virtuoso, qui?»

Jihan si sentiva a disagio ad ascoltare quella conversazione che la riguardava in maniera diretta, e a quel sentimento si aggiunse anche la delusione nello scoprire che Meljean si era sbarazzata di lei per andare a farsi "sbattere" da dei "bellimbusti", dopo tutte le raccomandazioni che le aveva fatto riguardo agli uomini del Tempio. Forse Mike stava romanzando un po' la faccenda come faceva sempre, ma col passare dei giorni la voglia di rincontrare la sua ex-amica Valchiria stava diminuendo sempre di più.

Kit fece spallucce. «Mi dicono che passi le giornate a pestare teppaglia al Kampklub. Cosa dovrei dedurne? Che sei in perfetto stato psico-fisico?»

«Senti, testa di cazzo, tu non hai affrontato un Consacrato» s'infuriò Mike. «Quella cosa ti distrugge, sia dentro che fuori.»

«Così ho sentito» concesse Kit. Scoccò un'altra occhiata a Jihan. «Già che siete qui, perché non proteggete questo settore? Tra non molto si alzerà la Marea, temo, e allo Scorpione non sono di certo prontissimi. La tua Jingfei secondo me ha bisogno di un bel battesimo del fuoco.»

Mike grugnì. «Hai fretta di vederla passare allo stato liquido? Questa qui fa fatica persino a tagliare gli alberi, Kit. Gli alberi! Fagli un bel sorriso, Jihan. Così, bravissima. Visto quelle fossette? Spero ti perseguiteranno di notte, dopo che un Chimo l'avrà ingoiata e digerita ben bene.»

«L'hai detto tu che ha un gran potenziale. Dunque il tuo piano per svilupparlo quale sarebbe?» lo rimbeccò Kit. «Girare all'infinito dentro il Tempio ad abbattere alberi? Avrebbe un futuro alla Bilancia.»

«E sia, la accompagnerò all'esterno» promise Mike esasperato. «Ti va bene così? Tra qualche giorno giuro che ce la porto, ma se questa non si mette in riga per davvero il suo futuro è qui alla *Rotonda*, gliel'ho detto chiaro e tondo. Discreta stronzata quella di oggi, eh? Varg aveva ragione, e tu lo sai meglio di me.»

Kit digrignò i denti e guardò lontano. «Lo so. Ma la legge è la legge. *Dura lex, sed lex*. E la pena per chi cerca di fottersi un Pegaso non è la morte; chiedo perdono per il linguaggio colorito.» Si rivolse poi a Jihan in tono affabile: «Tu, piccola, non alzare mai lo Shintai contro un Intoccabile. Se hai qualche problema, chiama noi. A meno che uno di quei farabutti non ti metta le mani addosso, in quel caso Kit Buckley ti dà il permesso di rompergli un paio di dita, ma solo due. Al resto penserò io. Ci stai?»

«Ci sto» rispose lei, anche se non nutriva il desiderio di rompere le dita a nessuno.

Mike e Kit si misero a discutere fittamente di Vuoti dai nomi strani e sinistri, così Jihan si allontanò, cogliendo l'occasione per controllare cosa stesse accadendo nella piazza. La folla si era ormai quasi del tutto dispersa, ma con grande meraviglia scorse il Comandante Supremo Connery che osservava lo svolgersi degli eventi appoggiato al suo bastone da passeggio, tra le mura di due case. Forse era lì da prima, nascosto nella calca. Sorrideva a tutti i passanti e li salutava con aria gioviale, scambiando piacevolezze con loro e rassicurandoli. Dopo un po' si incamminò verso di lei. In quel momento Jihan non poté far altro che domandarsi perché si aiutasse a camminare col bastone, dato che non ne aveva bisogno. Un po' perché al Tempio nessuno era fisicamente anziano, e poi perché, a scanso di equivoci, il Comandante Supremo era vispo e arzillo come pochi.

Quando Connery le passò accanto, Jihan estrasse d'istinto dalla tasca il fazzoletto che lui le aveva prestato qualche tempo addietro, con l'idea di riconsegnarglielo, ma lui lo rifiutò con garbo, dicendole di conservarlo per un altro po'. Jihan ripose il fazzoletto nella tasca interna della tunica e lo salutò con un sorriso.

Una volta andatosene il Comandante Supremo, Mike si affiancò a Jihan e disse in tono stranamente contegnoso: «Quel Connery è qui dal principio, dicono, ma nessuno che conosco sa dire di preciso di che segno sia. I veri anziani del Tempio forse se lo ricorderebbero, ma trovare gli anziani è meno intuitivo di quanto sembri, in un luogo dove un bicentenario potrebbe avere l'aspetto di un diciottenne con appena un accenno di barba. Trovali gli anziani, se ci riesci.»

Scorpione
Mors Est Quies Viatoris...

La Grande Ufficiale Sujira Thongchai ordinò ai suoi uomini di legare le mani del Cavaliere Professo Varg Kristiansen e di condurlo fino a Gulguta a piedi, seguendolo sui loro Pegasi. Uno di loro si sarebbe invece occupato di Hermes e lo avrebbe riportato a Castrum Coeli, dove avrebbe atteso con pazienza il ritorno del suo padrone, anche se ci fossero voluti anni.

Il Sacro Ordine del Cancro svolgeva ogni giorno un servizio postale tramite i Cavalieri della Cancelleria del Magistero, che trasportavano messaggi, dispacci e comunicazioni ufficiali nelle varie contrade del Tempio. Potendo volare, per loro il compito era quanto mai agevole, e arrivavano ovunque con conveniente celerità. Qualche Cavaliere era sempre presente in ogni città e all'occorrenza gli bastava librarsi in volo per andare ad avvisare le autorità interessate o per recapitare la missiva. Tuttavia, mentre gli Shinsengumi dell'Ariete erano le forze dell'ordine, che operavano in maniera diretta sul territorio risolvendo i problemi d'ordine pubblico, la Cancelleria del Magistero era una agenzia federale che si occupava di assicurare i criminali alla giustizia e di andare alla ricerca di eventuali fuggitivi, trasferendoli poi alla prigione. Alcuni di loro presenziavano anche i processi al tribunale di Aletheia, la capitale dell'Acquario.

Per Mark Colby si trattava del primo arresto da quando era diventato Cavaliere, ed era stato incaricato di compierlo per pura casualità, dal momento che non erano di norma i soldati del Gran Priorato ad assolvere quel genere di funzioni. Lui e Sujira erano stati avvisati del misfatto circa un'ora prima, mentre bevevano un boccale al bar per soli Cavalieri Professi di Castrum Coeli, il *Requiem Deorum*, sulla grande terrazza che sporgeva dalla cima della montagna e regalava una vista magnifica su tutto il Tempio. Sujira era tra gli Ufficiali di turno deputati a svolgere tali mansioni nel caso non ci fosse nessuno della Cancelleria disponibile, dunque Varg era toccato a lei, perché di domenica pomeriggio gli agenti tenevano la loro riunione settimanale. All'inizio aveva accolto la notizia con un moto di stizza, poi si era calmata e aveva ordinato al suo novizio meno preferito di seguirla senza fare tante storie.

Mark guardò con ammirazione Sujira mentre l'avvenente tailandese si assicurava che gli altri cinque Cavalieri che li avevano accompagnati avessero stretto a sufficienza il criminale nelle corde, prima di partire per Gulguta. Aveva notato un velo di comprensione negli occhi della sua Dama di Grazia Magistrale quando Varg aveva perorato la sua causa, anche se poi lei si era dimostrata inflessibile. In ogni caso, non vedeva l'ora di stuzzicarla sull'argomento. Avevano smesso di battibeccare già da qualche tempo e Sujira era diventata molto più espansiva con lui, dunque non avrebbe rischiato la vita.

Mark seguì con gli occhi Hermes che veniva riaccompagnato a Castrum Coeli e accarezzò la sua Arwen sul collo un paio di volte. Lei nitrì con inquietudine, quasi avesse compreso la situazione. In quel caso non sarebbe quasi sicuramente accaduto, ma se Varg fosse stato messo a morte e poi giustiziato, il suo Pegaso sarebbe tornato una massa d'argilla informe.

Con la coda dell'occhio scorse una ragazzina vestita da Valchiria del Leone che si avvicinava a lui a piccoli passi, cercando di attirare la sua attenzione facendogli "ciao" con la manina. Ricordò di averla già vista. Era una delle nuove arrivate, quella che aveva scelto l'enorme ascia bipenne alla Ceremonia delle Armi. Mark rispose timidamente al saluto mentre scandagliava i dintorni per assicurarsi che Sujira non fosse nei paraggi.

«*Nǐ hǎo*[I]!» lo salutò Jihan congiungendo le mani dietro la schiena. «Mi ricordo di te, sei arrivato il mio stesso giorno.»

«Già» rispose Mark, misurando con cautela le parole. «Anch'io mi ricordo.»

«Mi chiamo Jihan!» si presentò lei, fremente d'eccitazione. Chinò il capo in segno di saluto, poi subito dopo gli porse subito la mano con un sorriso sfavillante.

Mark non sapeva come comportarsi. Di norma incontrare una ragazza nuova lo avrebbe mandato al settimo cielo, specialmente una che si presentava a lui di sua spontanea iniziativa e senza essere stata prima pagata, ma le minorenni erano materiale off-limits in entrambi i mondi, e quella Jihan, seppur fosse piuttosto graziosa, sembrava anche altrettanto giovane.

Per non correre il rischio di essere sbranato e poi divorato da Sujira, le strinse la mano con semplice cordialità e le disse in tono asciutto: «Piacere di conoscerti. Mi chiamo Mark.»

«Sì, ricordavo anche questo.» Jihan ridacchiò, si ravviò i capelli dietro le orecchie e rivolse lo sguardo verso il Pegaso. «Come si chiama?»

«Arwen.»

Lei aggrottò la fronte. «Arwen? Come la principessa degli elfi?»

Mark non riuscì a trattenere una risata. «Sì, esatto! Cioè, in realtà non era proprio una "principessa", però sei la prima che coglie il riferimento. Pensavo che in Cina... No, niente, lascia stare.»

«Ahh! L'ho vista sul computer qualche tempo fa.» Jihan ammirò estasiata il manto beige di Arwen e le sue ali dalle piume color perla. «È davvero un bel nome. Il tuo Pegaso quindi è una femmina?»

[I] Trad. "Ciao!" in mandarino formale.

Mark ripensò a ciò che gli aveva rivelato Sujira: il sesso dei Pegasi non è predeterminato, ma lo decide il Cavaliere. Questo, però, probabilmente Jihan non lo sapeva. Sperando che in cinese "montare Arwen" non avesse gli stessi sottintesi pornografici che aveva in inglese, mugugnò: «Già.»

«Ohhh.» Lei annuì, poi con gli occhi che brillavano domandò: «Posso accarezzarla?»

Mark cercò di ricordare se ci fossero delle leggi ufficiali o delle avvertenze particolari in tal senso, ma non ravvisò un buon motivo per negarglielo. «Sì, certo.»

Jihan avvicinò una manina al muso di Arwen e la accarezzò con grande prudenza. Il Pegaso all'inizio sbuffò e scrollò la criniera, ma poi chinò la testa per lasciarsi accarezzare meglio dalla giovane Valchiria, che parve raggiante.

Sto andando bene, rifletté Jihan. *Ho fatto una bella figura capendo la citazione del Signore degli Anelli, ma è stato per pura fortuna. Adesso devo uscirmene con qualcosa di intelligente, o penserà che sono solo una bimbetta scema.*

«Vi ho visti arrivare volando» disse lisciando il muso di Arwen. «Ma le ali non vi danno fastidio quando cavalcate?»

Mark batté più volte le palpebre. Forse l'aveva trovata una domanda pertinente. «Solo se non ti siedi nella posizione corretta. I Pegasi sono più grandi dei cavalli normali, per cui c'è ampiamente posto per sedersi sulla loro groppa rimanendo dietro le ali. Come vedi, nascono abbastanza vicine al collo. L'importante è tenere le redini senza allargare troppo le braccia, o durante il volo le ali potrebbero urtarle. In quel caso però ti faresti male solo tu, te lo assicuro. Il Pegaso non lo avvertirebbe nemmeno, ma il tuo gomito... quello farebbe un male cane. Su questo argomento, ecco, è possibile che io stia parlando per esperienza personale. Così come farei se ti dicessi che se voli senza tenersi alle redini non è improbabile perdere la presa e precipitare sui forni di Castrum Coeli dove cuociono l'argilla. Il fuoco non distrugge i tuoi Grani, a quanto pare, ma il sedere brucia eccome.»

Jihan ridacchiò e si fermò i capelli corvini dietro l'orecchio. Le buone maniere le imponevano di ridere sempre alle battute dei maschi, soprattutto se più adulti di lei, ma in quella occasione non dovette sforzarsi.

È pure simpatico! E poi, i Cavalieri del Cancro sono bravi ragazzi. Anche Varg secondo me lo è. Se difendono con così tanta decisione i loro cavalli, difenderanno con coraggio anche le loro fidanzate, no?

Spero che Mark mi inviti a fare un giro sul Pegaso insieme a lui.

Dai, invitami! Invitami!

Il volto livido di Sujira spuntò alle spalle di Jihan ringhiando come una tigre del Bengala. «Fossi in te mi terrei lontana da questo qui. Più che un Cancro è un porco» la avvisò, indicando Mark con il mento.

Il cervello di Jihan non recepì affatto il messaggio, dunque non parve per nulla intimorita dal "porco". «Ahh, ho capito» mormorò sovrappensiero mentre continuava a fissare il viso di Mark con occhietti luccicanti.

In realtà, da perfetta Leone quale era, il ragionamento di Jihan era stato più che altro pragmatico. Aveva valutato che, pur essendo di bell'aspetto, era improbabile che Mark avesse già una ragazza, essendo arrivato da poco, dunque se c'era uno con cui provarci quello era lui. Ovviamente, le valutazioni di Jihan in merito all'aspetto fisico di Mark Colby non avrebbero trovato Emily Lancaster concorde, ma in fatto di uomini la giovane cinese aveva gusti *molto* diversi dalla popstar americana.

La Grande Ufficiale prese la situazione in mano e girò di forza la giovanetta del Leone dall'altra parte, domandandole: «Dov'è la tua compagna Valchiria? Sei qui da sola?»

Ma che vuole questa tailandese del cavolo[1]*? Lasciami chiacchierare in pace! Non sarà mica la sua ragazza?*

Jihan la ignorò e si girò di nuovo verso Mark.

Sujira le scossò le spalle. «Oh, guarda che dico a te!»

«Ehm, sono qui con il signor Mike» fu costretta a rispondere Jihan, tornando a malincuore alla deprimente realtà.

«E dov'è questo Mike, ora?»

«Ci sta provando con una ragazza della Shinsengumi che si chiama Nina. Però secondo me lei non ne vuole proprio sapere.»

«Quindi ti ha abbandonata qui da sola?»

A Jingfei non piacquero i sottintesi di quella domanda. «Già. Ma io ho quasi diciassette anni e vado al liceo, quindi posso andare in giro da sola quando mi pare. L'anno prossimo prendo la patente.»

A Sujira non importava nulla della sua futura patente. Sollevò il sopracciglio con un'espressione di irato disappunto che spiegava moltissime cose sul Regno del Leone, sul Tempio e sul significato della vita stessa. Individuò Mike con lo sguardo all'altro lato della piazza e lo intimò di venirsi a riprendere la sua protetta con una serie di gesti più espliciti che cordiali. Lui piantò in asso Nina e arrivò di corsa.

«Cos'è successo? Hai fatto qualcosa a Jihan?» ruggì in direzione di Mark. «Adesso vedi come ti concio!»

«Non mi ha fatto niente, mi stava solo parlando» mugolò lei, mettendo il broncio per l'ennesima volta. Ormai era chiaro che non avrebbe acceso la stella di Mark nel suo Piano Astrale, e chissà quando mai lo avrebbe rincontrato.

Non ci posso credere. Ma che sfiga ho? Ogni volta che mi metto a parlare con un ragazzo c'è sempre qualcuno che arriva a rompere le scatole!

Mark non seppe come giustificarsi, dato soprattutto che non aveva fatto alcunché di male. Fortunatamente, però, in quella occasione Sujira prese le sue difese e scacciò Mike prendendolo a male parole, consigliandogli di avere più

---

[1] Nota di Alberto Piovani, Bibliotecario: A onor del vero, Jingfei Han ci ha riferito di aver soggiunto svariati epiteti riguardanti soprattutto il colore della pelle della signorina Thongchai. Quella che state leggendo è la versione per educande imposta dalla Prima Bibliotecaria Veronica Fuentes.

cura della sua protetta e di prestarle più attenzione. Mike la mandò svariate volte a quel paese usando termini volgarissimi, ma condusse comunque via la giovane Valchiria.

Nell'andarsene, Jihan si girò indietro più volte per occhieggiare Mark. Lui sorrise e la salutò con la mano, ma quando si voltò di nuovo vide Sujira che lo puntava con sguardo ferale, come se volesse dilaniare la sua carne fino a scoprirgli la Gabbia e mangiarsi il suo uovo.

«Guarda che non avevo intenzioni deplorevoli. E poi è venuta *lei* da me» disse Mark scocciato. «Non mi è concesso nemmeno di *parlare* con le esponenti del sesso femminile, ora?»

«Non senza supervisione» spiegò lei distendendo i muscoli il viso. «E di certo non quando sono così giovani. Prova a toccare quella povera ragazzina e giuro che ti strappo la mano a morsi. Vieni con me, adesso. Facciamo un giro di ricognizione a piedi per tastare il polso alla città. Jessar, seguici!»

Mark seguì la sua Dama di Grazia Magistrale tirandosi dietro Arwen. Il Pegaso di Sujira, Jessar, era intelligentissimo e capiva gli ordini anche se erano semplicemente impartiti a voce.

Avevano imboccato da poco una delle stradine che si diramavano dalla piazza davanti alla *Rotonda del Mago*, quando Mark notò che, al loro passaggio, i cittadini di Bishop's End tendevano a farsi da parte, sostando a lato della strada per poi squadrare lui e Sujira con aria di sfida. Ben presto rientrarono tutti nelle loro case, lasciandoli soli in quelle stradine fangose sempre più strette. Dopo che si furono addentrati ancor di più nell'intrico, udirono delle persone gridare da dentro le loro abitazioni: «Assassini!», e poi «Infami bastardi!», «Merdacce!», «Carogne maledette!».

Mark trasalì e si sentì invadere da una profonda inquietudine. Si soffermò qualche momento a osservare quelle casette di pietra con i tetti rivestiti di paglia e scorse qualcuno nascosto nell'ombra, dietro le minuscole finestre.

«Puttana!» gridò uno sconosciuto, poi dall'altro lato della strada si udì qualcun altro berciare: «Cagna schifosa!»

Mark temette che si stessero riferendo a Sujira, perché non c'era nessun'altra donna nei paraggi. Si voltò quindi verso di lei, ma la Grande Ufficiale non lasciò trasparire alcuna emozione.

«Ce l'hanno con noi?» le domandò.

«Sì.»

Lo stato d'animo di Mark mutò con la stessa velocità con la quale era affiorata l'inquietudine, virando verso qualcosa di ben più infiammabile.

Come si permettono quei pezzi di merda di parlare in quel modo di Sujira? Patetici bifolchi subumani, ora vado là dentro e gli apro la testa come ha fatto Varg!

Sujira parve leggergli nella mente. Gli rivolse uno sguardo rassicurante con i suoi occhi da tigre per mitigare quelle pericolose emozioni.

«È per colpa di quello che ha fatto Varg che si comportano così?» domandò Mark, cercando di calmarsi.

«Non solo, no.»

Lui smise di camminare. «E allora perché? "Assassini", ci urlano? Pensavo che noi del Cancro fossimo i buoni. Non siamo quelli che aiutano la gente in difficoltà?»

Sujira gli avvolse una mano attorno al gomito con un moto d'affetto che si avvicinava sorprendentemente alla dolcezza e disse: «Continua a camminare. Non valgono il nostro tempo, né la nostra rabbia. In questo momento stiamo solo vigilando. Non lasciarti provocare.»

«Ma ti hanno appena chiamata puttana!» ribatté Mark con ferocia, non riuscendo a comprendere perché la sua Dama di Grazia Magistrale si comportasse in modo così passivo con quegli infami.

«Lasciali perdere. Ora sappiamo qual è l'umore di Bishop's End, anche se la cosa non mi sorprende.» Sujira sospirò e proseguì a camminare. Quando giunsero alla fine della strada gli disse, tornando a voltarsi: «Qualche giorno fa ti ho parlato di cosa accade ai disertori, ma forse avrei dovuto raccontarti anche il resto della storia.

«Ormai diverso tempo fa, quando le nostre perdite erano ancora tragicamente troppe, un gran numero di Guerrieri del Tempio decise di disertare e unirsi in gruppo, formando una fazione in aperta ribellione con il Comandante Supremo. Stelle Rosse, si facevano chiamare. Erano convinti che la storia secondo la quale il nostro mondo finirebbe se i Vuoti si aprissero la strada fino all'Aditus Dei non fosse nient'altro che una menzogna. Sostenevano che era possibile difendersi dagli assalti dei nemici lasciando perdere la divisione in Case zodiacali e riunendoci in un unico territorio, ignorando così Gulguta. Presero con la forza un lembo di terra tra il settore dello Scorpione e quello della Bilancia e lo dichiararono territorio indipendente, rifiutandosi di difendere il Muro. Dicevano che se i Vuoti volevano così tanto l'Aditus Dei potevano anche prendersela, finché lasciavano perdere il resto.

«Noi Cavalieri del Cancro venimmo incaricati di sedare quella rivolta e li abbattemmo senza pietà, perché non potevamo tollerare che mettessero a repentaglio la tenuta del Tempio con le loro idiozie, seminando incertezza tra la popolazione. I superstiti vennero processati e imprigionati, ma nel corso degli anni le Stelle Rosse si riformarono sotto il nome di Bandane Rosse, traendo dai loro predecessori soltanto alcune delle idee. Di sicuro avrai notato qualche loro membro, no? Indossano tutti una bandana avvolta attorno al braccio sinistro, in onore delle Stelle Rosse cadute. Le Bandane Rosse però non sono disertori, bensì un insieme di Guerrieri di segno misto che se ne vanno in giro ad abbattere Vuoti per pavoneggiarsi. Lo prendono come uno sport, e le varie squadre fanno a gara a chi ne uccide di più. C'è addirittura una classifica, con punteggi e tutto il resto. Che branco di imbecilli!» concluse Sujira scuotendo la testa con sdegno.

Mark si grattò un orecchio mentre riorganizzava le idee. «Quindi è per questo motivo che ci urlavano "assassini"? Ma gli abitanti di Bishop's End non sono ribelli delle Stelle Rosse, no?»

«No. Però, anche se è passato molto tempo, alcuni di loro simpatizzano ancora per quella causa e si ricordano di quel massacro perché lo hanno visto da vicino. Si ricordano di me.»

«Di *te*?» fece Mark, sbigottito.

Sujira annuì. «Feci anch'io la mia parte in quella stupida guerra civile. Li sterminai senza pietà.»

«Porca vacca, sul serio?» Mark sfregò le dita sulla barbetta che si stava facendo crescere con un grande sforzo notturno sulla sua Tempra Mentale. Non aveva mai visto Sujira sotto quella luce.

«Già, è così. Le mie mani sono lorde di sangue azzurro.» Lo sguardo di Sujira era eloquente. «Ridicoli infedeli codardi. Hanno avuto quel che si meritavano, dico io. Ora invece i disertori sono protetti dalla legge, ma essere troppo teneri con loro porterà a una seconda ribellione. Credimi, è solo questione di tempo. Purtroppo siamo soltanto noi del Cancro, del Capricorno e dell'Ariete a capire certe cose e a lavorare per mantenere l'ordine.»

Mark deglutì. «Quindi, se io disertassi...»

Sujira gli lanciò un'occhiata in tralice ed eluse la domanda implicita. «Non è tanto il fatto di disertare, quanto quello di appropriarsi di queste terre che sono state create per noi dagli dèi, introducendo il caos in un sistema perfetto. Gli dèi ci hanno donato il Tempio e non glielo lascerò disonorare.»

Mark era confuso. «Gli dèi? Di quali dèi stiamo parlando? Pensavo foste quasi tutti buddisti in Tailandia.»

«Gli dèi hanno creato il Tempio» ribadì Sujira. «Quali siano di preciso non lo so. Non credo che il Buddha sia responsabile, e nemmeno Allah, ma potrebbe anche darsi, chissà. Ciò che vedi attorno a te è però di certo opera di una divinità, e non si scherza con loro. Perché credi che la torre centrale si chiami Aditus Dei?»

Mark non rispose. Rimase a lungo in silenzio a ponderare ciò che aveva appreso quel giorno.

Nel passeggiare si erano addentrati nella zona centrale di Bishop's End, che era molto meno squallida rispetto al quartiere sud. Percorsero un dedalo di stradine e infine giunsero in una piccola aia abbellita da alcune sculture raffiguranti varie razze canine, in onore del gemellaggio stellare tra lo Scorpione e il segno cinese del Cane. Diverse case si affacciavano sulla piazzetta, ma non si vedeva quasi nessuno in giro.

«A cosa stai pensando?» chiese a Mark la Grande Ufficiale per rompere il silenzio.

«Sto pensando che Sujira Thongchai non è solo stupenda, ma anche affascinante.»

Lei emise un soffio di rassegnazione. «Sono affascinante solo perché ho delle opinioni sulla genesi del Tempio e su come andrebbero trattati i disertori? Devi avere ben poca considerazione delle donne, se ti accontenti di così poco. Ma d'altra parte che mi stupisco a fare? Ormai so bene come sei fatto.»

«Quindi, fammi capire.» Mark strinse le palpebre. «Gli dèi, chiunque siano, hanno gradito che avete massacrato gli infedeli?»

«Stai facendo dello spirito come al solito?» rispose Sujira alzando un sopracciglio.

«Solo in parte.»

«Allora sappi che ritengo di sì. Se gli dèi ci stavano osservando, saranno stati felici di vedere che abbiamo riportato l'ordine all'interno della loro creazione.»

Mark sogghignò, ripensando a ciò che aveva visto un'oretta prima. «Ora capisco perché ti sei dimostrata indulgente con Varg Kristiansen. Tu condividi il suo gesto molto più di quanto hai lasciato trapelare, di' la verità.»

Sujira non parlò, ma si voltò di profilo per osservare due donne vestite da paesane medievali che parlottavano accanto a una delle case. Appena si sentirono osservate, si girarono dall'altra parte e si dileguarono.

«Se fosse dipeso soltanto dal tuo giudizio, lo avresti arrestato?» la incalzò Mark.

«Certo. Aveva commesso un crimine» rispose lei con voce atona.

«Allora riformulo la domanda. Ritieni che il suo gesto fosse moralmente giustificato?»

Sujira scattò verso di lui e gli strinse con forza un braccio, obbligandolo a guardarla negli occhi. Mark ebbe un fremito. Diverse donne si affacciarono dalle finestre per osservare la scena, costringendo Sujira a esprimersi a mezza voce per non farsi udire.

Sibilò le parole quasi dentro l'orecchio del suo partner. «Ora ascoltami bene, Mark Colby. Parliamo da persone adulte, ti va? Quello sporco Scorpione depravato ha tentato di scoparsi il Pegaso del nostro Cavaliere Professo Varg Kristiansen tanto per fargli un dispetto, solo perché lui è un membro del Sacro Ordine del Cancro e conduce una vita onesta, profondamente dedito al suo lavoro. Gli Intoccabili non possono fare ciò che facciamo noi. In verità, non possono fare quasi nulla. Per questo motivo alcuni di loro covano del risentimento, ma solo uno psicopatico si comporterebbe in maniera così oscena. A Bishop's End vivono molte migliaia di persone e non sono tutte delinquenti, anzi, solo poche di loro lo sono. Quello era un maiale degenerato ed è stato fatto fuori. La chiameresti una tragedia?»

Mark lanciò un'occhiata ad Arwen che li osservava abbacchiata, quasi avesse compreso tutta la conversazione. Per un attimo provò il desiderio di gridare a Sujira che era bellissima vista da così vicino, ma lo rispedì nel profondo della sua psiche e le rispose in maniera più opportuna.

«Però Varg l'hai arrestato comunque.»

«L'ho arrestato comunque» convenne Sujira lasciandogli andare il braccio. «È ciò che andava fatto.»

Mark si accarezzò ancora una volta la barba. «Credo di aver compreso tutto, allora. Il Sacro Ordine del Cancro salva le vite, ma allo stesso tempo il Sacro Ordine del Cancro annienta il male senza esitazione, quando è necessario, ovunque il male si trovi. *Deus Vult*, in parole povere.»

«Stavolta sono certa che stai facendo dello spirito» disse Sujira distorcendo le labbra carnose in una smorfia.

«Un po', ma penso d'aver colto comunque nel segno. Non preoccuparti, ho capito l'antifona: non disertare, non commettere atti perversi e non generare caos, o mi farai fuori tu stessa. Oppure, se mi va grassa, mi arresterai.»

«Gradirei davvero non doverlo mai fare» rispose Sujira guardando altrove. Per un attimo parve vulnerabile. «Ma sono sicura che non mi deluderai.»

«Come lo sai?»

«Hai scelto spada e scudo. Non mi deluderai, Mark Colby. Dico bene?»

«Se può farti stare meglio, ti informo che non ne ho alcuna intenzione.»

Lei sfidò il suo sguardo. «Ottimo. E così ora sai come la penso e quali atti tremendi ho compiuto in passato. Mi trovi ancora affascinante?»

Mark annuì con convinzione. «Anche più di prima! Se continui di questo passo, tra qualche settimana non ricorderò nemmeno chi è Emily Lancaster.»

«E sarebbe un male» lo avvisò lei, avvicinandosi a Jessar per montargli in groppa.

«Accipicchia, oggi dispensi addirittura consigli sentimentali? Non ti riconosco davvero più.»

«No, non è un consiglio. È un vero e proprio avvertimento, perché ormai ti conosco. Emily è una Vergine, e quelle ragazze sono davvero adatte a uno come te. Di questo dovrai fidarti.»

Capricorno
Another Brick in the Wall

Col passare delle settimane, l'addestramento di Adelmo della Rovere era progredito sempre più speditamente e senza intoppi, fino a raggiungere il momento fatidico in cui avrebbe dovuto recarsi al Muro del Calvario per prendere confidenza con i Vuoti in carne e ossa.

Naija aveva deciso di accompagnarlo, approfittando del ritorno alla frontiera del gruppo che includeva anche il Venerabile Maestro Klaus e il Maestro Rashid. Aveva preso questa decisione in primo luogo perché aveva addestrato lei stessa il novizio per la maggior parte del tempo, e poi perché non riteneva saggio lasciarlo andare da solo in compagnia di un monello come Klaus, che gli avrebbe di sicuro seminato nella testa pensieri inopportuni, magari inducendolo a compiere gesti avventati. La Gran Maestra era stata estremamente esplicita: Adelmo andava trattato coi guanti di velluto.

Qualche giorno prima, Michelle aveva inviato Seline in missione segreta, ordinandole di spiare da vicino Emily Lancaster e la Madre Reverenda della Vergine, dopo che gli informatori spediti diverse settimane addietro l'avevano messa al corrente degli ultimi sviluppi. C'era della maretta tra le due e Chaeyeon aveva minacciato di adottare provvedimenti estremi che ben poco si attagliavano a una donna tollerante e paziente come lei. Michelle aveva deciso che era giunto il momento di vederci più chiaro: la Venerabile Maestra Seline sarebbe stata i suoi occhi e orecchie nel territorio della Vergine.

«Tieniti lontano da mia sorella Ksenia, nel caso la incontrassi» era stata l'unica raccomandazione che Michelle aveva offerto a Adelmo prima della partenza. «È una vera carogna, potrebbe traviarti con parole velenose. E non farti prendere dalla smania di voler dimostrare il tuo valore; quello causerebbe solo problemi. Ci rivedremo prestissimo.»

Adelmo, Naija e il resto della comitiva lasciarono la capitale di primo mattino, in modo che almeno la luce del tramonto potesse accompagnarli. Il territorio del Capricorno, a sud di Geistheim, diventava una vera e propria brughiera dai toni verde scuro, spesso velata da una leggera foschia carica d'acqua. Qua e là si incontravano però ancora alcuni salici piangenti e anche qualche betulla bianca, in mezzo ai prati ricoperti di rosa canina e punteggiati d'arbusti.

L'aria era umida e stagnante, ma Adelmo, che ormai aveva abbracciato del tutto la sua nuova identità di Capricorno, alla vista di quello scenario si sentì ringalluzzito più che mai, e si sarebbe gettato a capofitto nell'esplorazione di quelle vaste lande, se non fosse che erano già state ampiamente perlustrate da altri prima di lui.

Avrebbero potuto dirigersi alla torre di guardia a ore sette, tra il Capricorno e i Gemelli, o a quella a ore otto, tra il Capricorno e il Leone; tuttavia, quando Klaus e i suoi uomini erano di servizio alla difesa del Muro preferivano soggiornare a Ravenmoore, un piccolo borgo vicino al confine con la contrada dei Gemelli, quasi addossato alla muraglia. Viaggiarono dunque in direzione sud-est rispetto a Geistheim, seguendo una strada sterrata che correva quasi diritta tra i lievi saliscendi della brughiera. Le strade a sud della capitale non erano pavimentate come quella per Gulguta e raramente erano più larghe di un paio di metri.

Il sole del tramonto infondeva una tinta arancione alla foschia, come se in lontananza fosse divampato un incendio. Filamenti di nebbia infuocata scorrevano fiacchi sul terreno, insinuandosi tra i cespugli. Durante il tragitto Adelmo intravide, sulla destra, una vasta foresta di alberi rinsecchiti che sembravano molto diversi dai salici piangenti, gli olmi e le betulle presenti nel resto della contrada. Parevano morti, pietrificati, in alcuni casi inceneriti, ma non era facile distinguerne i dettagli attraverso i banchi di nebbia, e quando chiese spiegazioni a Naija lei evitò di rispondergli, sostenendo che era un racconto da conservarsi per un'occasione meno umida.

Dopo quasi cinque ore di marcia avvistarono Ravenmoore. Era una borgata stramba, storta e opprimente, che si sviluppava attorno a un'unica strada centrale, sulla quale si affacciava qualche dozzina di case in stile gotico germanico dall'aspetto assurdamente tetro. Gli abitanti parevano oltremodo schivi e non si mostravano volentieri in pubblico. Naija spiegò a Adelmo che quel paese era il luogo adatto alle persone più riservate del Capricorno; inoltre, rappresentava anche una dimora utile ai Guerrieri che erano di servizio al Muro e non avevano voglia di tornare fino a Geistheim ogni giorno. Nel paese c'era infatti un'enorme locanda dotata di numerose camere, chiamata *Finis Mundi*. Adelmo valutò però che, almeno in alcune occasioni, avrebbe preferito fare il pendolare, perché una camminata notturna attraverso la brughiera sarebbe stata un vero toccasana per il suo spirito.

Lasciando vagare lo sguardo verso est, s'intravedeva una stradina secondaria che proseguiva verso un ampio passaggio tra le brulle colline che delimitavano il loro settore, permettendo così di raggiungere la contrada dei Gemelli.

«Quella è l'unica via disponibile per andare a trovare i nostri vicini, a meno che non si vogliano scalare le colline» spiegò Naija. «Ma non so proprio perché dovresti volerlo fare, visto quanto sono odiosi. Io, però, ammetto di recarmi spesso alle loro piscine termali a fare un bagno rilassante, quando mi trovo da queste parti. È un rimedio portentoso per il cattivo umore.»

«Non sei l'unica a pensarlo» interloquì Klaus con un sorrisetto che non prometteva nulla di buono. «Ma perché non ce l'hai mai detto? Ti avremmo accompagnata. Mescolarsi a quei perdigiorno poco si confà a una signora della tua classe.»

«*Signorina*» lo corresse amabilmente lei. «Credo che rammenterei se mi fossi sposata. Ti ringrazio della proposta, ma non ho bisogno di una scorta. Ti garantisco che mi mantengo sempre assai lontana da loro.»

«Piscine termali?» domandò Adelmo, accigliandosi.

«Già, purtroppo i Gemelli hanno questa fortuna» rispose Naija. «L'acqua è caldissima, dato che fuoriesce dalle profondità del terreno, e... be', magari ne parleremo meglio più tardi. Non voglio far deragliare la tua attenzione da questioni più importanti.»

Adelmo capì all'istante a cosa si stesse riferendo. Aveva iniziato a scorgere il Muro in lontananza quando stava ancora attraversando la brughiera, ma lo si vedeva distintamente anche tra le strette vie di Ravenmoore, poiché si trovavano a poche centinaia di metri di distanza. L'immane massa grigia svettava sopra i tetti incombendo su di loro come una scogliera osservata dal mare.

Il gruppo di Guerrieri attraversò il borgo e si avvicinò alla muraglia fino ad arrivarvi quasi appresso.

Il Muro del Calvario era alto esattamente centoquarantaquattro metri, non un millimetro di più né uno di meno, un numero di cui a Adelmo non sfuggirono i molteplici e profondi significati simbolici, tra i quali il numero degli eletti e la misura in braccia delle mura della Gerusalemme celeste. Già dopo una prima analisi, lo valutò in grado di resistere a qualunque assalto; a patto che non li attaccassero dei nemici volanti. La barriera era infatti maestosa e possente, costruita con dei mattoni grigi di media misura impilati gli uni sugli altri con una tecnica talmente perfetta da sembrare sovrumana, e difatti, secondo l'opinione di molti, così era. I Tessitori mantenevano il Muro compatto e all'occorrenza lo riparavano, ma con ogni probabilità lo avevano anche eretto all'origine del Tempio.

Per accedere alle Terre Esterne si doveva oltrepassare un immenso cancello di ferro alla base della muraglia, il quale immetteva in un tunnel che scorreva proprio sull'immaginaria linea di confine tra i due settori. All'altra estremità vi era un secondo cancello. Entrambi venivano sollevati a mano dalle guardie predisposte. Sulla cima del Muro, invece, sempre in corrispondenza di quella galleria alla base, si trovava una massiccia torre di guardia presidiata congiuntamente dai Guerrieri delle due contrade limitrofe. Per raggiungere la sommità del Muro si varcavano delle porte di legno che si aprivano ai lati del cancello interno. Queste conducevano a delle scale di pietra a pianta quadrata, scavate dentro la muraglia, che permettevano di salire con facilità fino in cima.

Adelmo e i Maestri affrontarono proprio una di quelle scalinate interne. Dopo aver salito seicentosessantasei gradini – numero per il quale si auspica non saranno necessarie approfondite spiegazioni –, arrivarono alla torre di guardia e al camminamento che percorreva l'intera circonferenza del Muro del Calvario, tutto attorno al Tempio.

Giunto in cima, Adelmo stimò a occhio che il Muro doveva essere largo più o meno una dozzina di metri, e difatti così era, preciso al millimetro. Lungo tutto il camminamento, dei parapetti merlati permettevano di sporgersi e controllare l'arrivo dei Vuoti. Le torri di guardia al confine tra i settori, che fungevano più che altro da centri operativi per coordinare gli sforzi, erano larghe una decina di metri, e sulla loro cima v'era un gigantesco braciere a cui si arrivava tramite una scala esterna. Il braciere tra il Capricorno e i Gemelli in quel momento era spento.

C'erano Guerrieri ovunque: in perlustrazione lungo il camminamento; alla base, a protezione dei cancelli; in riunione dentro la torre di guardia; appostati tra i merli a chiacchierare. Quel luogo brulicava di persone e Adelmo rilevò che, come d'altronde era logico aspettarsi, erano presenti in gran numero anche i Guerrieri dei Gemelli, essendo per metà la loro torre di guardia. Ciò detto, era altrettanto evidente che non fossero dotati di uno spiccato sentimento della disciplina e del rispetto per l'autorità e per le gerarchie militari. Al confronto dei Guerrieri del Capricorno, parevano degli sfaccendati che presiedevano il Muro con lo stesso entusiasmo del dipendente d'una grande azienda costretto a timbrare il cartellino ogni mattina.

Adelmo si sporse da una delle aperture tra i merli e venne pervaso da un'oppressione allo stato puro. All'interno del territorio del Capricorno era già calato il buio, ma dagli altri settori la luce del sole raggiungeva comunque le Terre Esterne di sbieco. Eppure, tale luce era fioca e strana: pareva un lucore rossastro, come se il sole fosse velato di sangue, e illuminava la desolazione davanti a loro solo per pochi chilometri, estinguendosi, in lontananza, contro un muro di tenebra. Alcune sagome multiformi uscivano da quella oscurità all'orizzonte e strisciavano o si trascinavano verso il Muro, ma c'erano già dei Guerrieri ad attenderle sul desolato campo di battaglia, pronti a sterminarle. Attorno alla muraglia era stato scavato un profondo fossato asciutto con dei pali acuminati piantati sul fondo, ma in alcuni settori era meno mantenuto di altri e i cadaveri dei Vuoti venivano lasciati a marcire, oppure i pali rotti non venivano sostituiti. Il fossato veniva scavalcato a intervalli regolari da dei ponti di legno.

Klaus pareva compiaciuto. Le sue labbra si curvarono in un ghigno mefistofelico. «Sì, così! Così mi piaci, Adelmo! Ammira la magnificenza di questo Muro, studia con attenzione il campo di battaglia e i tuoi futuri nemici. Questo è il luogo in cui trascorrerai i prossimi mille anni!»

«Smettila di incitarlo» lo zittì Naija. «Gli lascio uccidere un Vuoto poco temibile per valutare i suoi progressi e lo riporto di filato a Geistheim. Questi sono gli ordini.»

«Per diamine! Chiedo perdono per il linguaggio, Venerabile Maestra, ma ti assicuro che posso cavarmela» protestò Adelmo un po' impettito. «Non c'è bisogno che mi trattiate alla stregua di un inetto. Altrimenti tutto l'addestramento a cui mi sono sottoposto a cosa sarebbe servito?»

«Oh, sì, sono d'accordo con te» rispose Naija. «Ma gli ordini sono ordini. E chi parlerebbe con Michelle se tu rimanessi ferito? La sottoscritta, naturalmente, e lei incolperebbe me dell'accaduto.»

«Capisco» interloquì Klaus con un sorrisetto insolente. «Dunque Mich vuole tenerselo come bambolotto personale.»

«Dacci un taglio con queste battute puerili» sbuffò Naija. «Sei sfinente. E sono anche poco rispettose nei confronti del nostro Adelmo. Aggiorna il repertorio, ogni tanto.»

«Ah, ma la mia non era affatto una battuta» concluse lui entrando nella torre.

Nascoste tra le ombre gettate dai muri all'imboccatura delle scale, una ragazza vestita da Valchiria e una donna vestita da shinobi spiavano Adelmo piene d'impazienza. Alle loro spalle, una ragazza minuta con addosso un mantello viola da Scorpione scalpitava per unirsi a loro.

«Posso guardare anch'io?» si lamentò Ramona, costretta a nascondersi all'ingresso della scalinata che portava a terra. «Non vedo un accidente, da qui dietro. Già è buio, e poi ho Meljean che mi blocca mezza visuale.»

«Non c'è granché da vedere. E comunque saresti dovuta rimanere giù insieme agli altri» rispose quest'ultima. «In tre siamo troppe. Se quelli del Capricorno ci scoprono sono cazzi amari.»

«Non ce l'avrebbero così tanto con noi se tu non cogliessi ogni occasione per infastidirli» la biasimò Ramona. «E non possiamo nemmeno corromperli perché a quelli non interessa ciò che abbiamo da offrire.»

«Vuoi dire il mio corpo? Fottiti, Mona. Non mi scoperò tutti gli uomini del Tempio solo per studiare le nuove leve.»

«Non fai più quel mestiere, lo so. Però ti offri spesso comunque» sottolineò maliziosa la maghetta dello Scorpione.

«Perché non ti offri *tu*, una volta tanto? E comunque infastidire i Capricorni mi pare il minimo, dopo quello che la Gran Maestra ha fatto a Boone.»

«Offrirmi io?» Ramona ridacchiò. «Non credo che mi vorrebbero. È arrivato il momento del mio sondaggio quotidiano: chi preferiresti avere con te sotto le lenzuola, un Gemelli o un Capricorno?»

Meljean finse di avere un conato di vomito. «*Ech*...! Nessuno dei due, grazie. In quel caso preferirei le mie dita. È un peccato che qui al Tempio non sia possibile farsi un bel ditalino.»

«E chiudete quelle boccacce!» le zittì Merve con la sua voce profonda. «I Capricorni sono irreprensibili, per cui se qualcuno deve proprio scoprirci è meglio sperare che sia dei Gemelli.»

«Tu chi preferiresti, boss?» insistette Ramona, sollevando più volte le sopracciglia per stuzzicarla. «Cupi e tenebrosi uomini di ferro, o simpatici cataplasmi sempre fatti?»

«I Capricorni. Ma non mi pare rilevante, in questo momento.»

«Uffa, ma perché cincischiano? Naija dovrebbe portare Adelmo all'esterno, no?» Ramona si acquattò e sporse la testa da sotto le gambe di Meljean. «Abbiamo aspettato così a lungo. Di cos'hanno paura, che si faccia la bua?»

«Nulla di eccezionale da segnalare, Venerabile Maestro Klaus» comunicò a gran voce un uomo alto e robusto, vestito con un lungo abito nero in stile Capricorno. «Si è visto qualche Vagante solitario, alcuni sciami di Canthus e poco altro.»

«Un'altra giornata di calma piatta? *Unglaublich*[1]! Sul serio, non noti l'espressione di sorpresa dipinta sul mio volto?» rispose Klaus con aria sarcastica, mentre guardava fuori dalla finestra della torre di guardia. «Gli dèi si stanno dimostrando fin troppo benevoli in questo periodo. Speriamo non abbiano in serbo qualche tremenda sorpresa.»

L'uomo si schiarì la gola e adottò un'intonazione deferente. «Se lei ritiene che i Vuoti siano inviati dagli dèi, signore, allora sì, immagino si possa dire che siano "benevoli" in questi giorni. Ma a essere onesti la si dovrebbe ritenere più opera del diavolo.»

«Il Tempio è il nostro purgatorio e i Vuoti la penitenza per mezzo della quale espiamo i nostri peccati» pontificò Klaus con un sorriso.

Il suo ufficiale mugugnò parole incomprensibili per non mostrarsi in aperto disaccordo.

Rashid entrò di corsa al secondo piano della torre di guardia e chiese trafelato: «Gente, la luna non vi sembra vagamente più rossa di ieri?»

«Per niente, e adesso ti prego di smetterla» lo ammonì Klaus, gli occhi chiari che brillavano. «Sembri uno di quei mentecatti del Sagittario, quando ti comporti così. Per loro ogni scusa è buona per salpare. Chissà cosa mai ci vedranno le donne nei marinai.»

Adelmo udì i loro discorsi da fuori e sollevò gli occhi. Sopra gli altri settori splendeva ancora il sole, ma la luna era comunque visibilissima, ed era gigantesca. Pareva davvero vicina a loro, molto più vicina di quanto lo sembrasse se osservata dalla Terra. In ogni caso, non gli parve affatto velata di rosso.

Ruotando la testa, il suo sguardo si soffermò sull'enorme braciere in cima alla torre, una quindicina di metri più in alto. C'erano diversi Guerrieri in piedi ai lati, pronti ad appiccare il fuoco in caso di necessità.

«A cosa serve di preciso quel braciere?» domandò a Naija, che gli era rimasta accanto.

«Quando è acceso, le fiamme sono visibili a chilometri di distanza, fino alle torri di guardia successive. Esistono dodici bracieri, ovviamente, così come ci sono dodici torri. Servono a segnalare l'arrivo di una potente ondata di Vuoti in quella zona del Muro, così che i Guerrieri possano accorrere dai settori vicini.»

«Capisco, certo.»

Naija sospirò, tradendo un filo d'agitazione. «Stanotte dormiremo a Ravenmoore, per cui se ci sbrighiamo avremo tempo per fare anche una puntatina ai Gemelli.»

«Per quale motivo, se non sono indiscreto?»

«L'ho accennato prima, no? Per fare un bel bagno rilassante. Prima però dobbiamo occuparci del tuo battesimo del fuoco, perché tergiversare ancora servirebbe soltanto ad accrescere l'ansia.»

---

[1] Trad. "Incredibile!" in tedesco.

«Ti confesso che io non mi sento affatto ansioso.»

«Lo vedo, infatti, ma non parlavo della *tua* ansia» rispose Naija abbozzando un sorriso, mentre giochicchiava con la collanina che le scendeva tra i seni. Si avvicinò al parapetto e scandagliò l'orizzonte strizzando gli occhi.

Quando Adelmo si unì a lei avvistò, lontana dalle altre, una grossa sagoma dalla forma umanoide che avanzava in direzione del Muro con un'andatura goffa e ciondolante. Lo strano Vuoto incedeva a passi lenti e misurati, come se le gambe pesassero tonnellate e fosse faticoso trascinarle. Era alto almeno tre metri. Le lunghe braccia, grosse quanto delle travi di legno, arrivavano quasi a sfiorare il suolo. La pelle era interamente bianca salvo sul volto, dove le grottesche e abnormi labbra rosse si contorcevano in un ghigno infernale, come se ridesse di chi gli capitava davanti. Non aveva capelli e gli occhi vitrei, grandi quanto palle da tennis, si muovevano con la stessa lentezza delle gambe.

«Perfetto, proprio quello che fa al caso nostro: un Vagante!» esclamò Naija voltandosi. «Adelmo, è ora di scendere.»

«E dai, *gwapo*[I], lasciaci restare» miagolò Meljean, facendo scorrere un dito sulla camicia grigia del Guerriero del Gemelli. «Basta che guardi dall'altra parte mentre le mie amiche spiano. Tieni gli occhi su di me. Non è meglio? Dai, avvicinati un po'.»

«Ecco, io non... A me non interessa se state qui, ma... c'è quello stramaledetto Klaus del Capricorno in giro, e lui...» balbettò il ragazzo dagli scarmigliati capelli castani.

«Che fai stasera di bello, *papi*[II]?» insistette la Valchiria del Leone nel suo tono di voce preferito, ignorando gli avvertimenti del ragazzo. «Perché non andiamo a svagarci a Stormgard?»

«Meljean, quando parli in quella maniera sembri una troietta del Toro» osservò Ramona divertita. «Hai fatto uno stage a Playa Paraíso, per caso?»

«Stanno per scendere!» esclamò Merve con voce imperiosa. «Via di qua!»

Ramona si fiondò giù per le scale a rotta di collo, seguita a ruota dalla sua capitana vestita da shinobi, mentre Meljean si congedò dalla guardia schioccando un bacio in sua direzione. Il ragazzo arrossì d'azzurro e decise che non avrebbe riferito a nessuno d'aver visto in giro le tre Bandane Rosse.

Adelmo e Naija attesero pazientemente che il cancello interno venisse sollevato. Sferragliò con un fragore d'inferno mentre si infilava un centimetro alla volta nella fessura dentro la muraglia. Pareva non finire mai.

Percorsero la galleria. Di fronte a loro si alzò anche il secondo cancello. Dopo pochi passi si ritrovarono in quelle che chiamavano Terre Esterne. Una landa piatta e anonima, quasi del tutto priva di vegetazione, che il novizio in quel momento non ebbe voglia di esaminare con attenzione, ma che giudicò tanto tetra quanto insignificante.

[I] Trad. "Bel tipo" in filippino.
[II] Trad. "Paparino" in slang filippino.

Non fu un lavoro pulito.

Adelmo sapeva come andava affrontato quel tipo di Vuoto, essendo uno degli esemplari più comuni che si lanciavano all'assalto del Tempio, sempre che di "lanciarsi" si potesse parlare, data la lentezza con la quale arrancava. Il Vagante procedeva infatti così a rilento che Adelmo dovette incontrarlo a qualche centinaio di metri dal Muro. Si piazzò sulla sua strada e fece comparire la spada di bronzo col sole istoriato sull'elsa. Il mostro lo osservò placidamente coi suoi occhi inespressivi. Naija si posizionò a una decina di metri dall'Allievo, lancia in mano.

Il Vagante disponeva di due piccoli ma potentissimi campi magnetici all'interno delle gigantesche mani, in corrispondenza di due macchie rosse visibili sulla pelle, sinistramente simili a quelle prodotte dalle stigmate. Di fatto, era come se un paio di magneti fossero stati inseriti all'interno dei palmi, anche se in realtà erano due Nuclei. Il Vagante era in grado di invertire i poli dei magneti a piacimento; in questo modo le mani potevano respingersi e attrarsi con estrema potenza, schiacciando il malcapitato, ma all'occorrenza i campi magnetici potevano anche venire disattivati.

Adelmo conosceva le caratteristiche di tutti i Vuoti più comuni, avendole studiate sui libri, ma tra la teoria e la pratica a volte scorreva un fiume di differenza. Pur essendo considerato uno dei nemici più deboli, il Vagante era comunque in grado di annientare il Grano di un Guerriero in un battito di ciglia. Fortunatamente, i suoi movimenti erano spesso prevedibili.

Adelmo gli si mise davanti per tentarlo, a poco più di un metro. Il Vagante fece esattamente ciò che lui si aspettava e attivò i magneti nelle mani in modo che i palmi si attirassero. Le braccia scattarono l'una verso l'altra in un istante come farebbe una diabolica tagliola, le mani si congiunsero con uno schianto sordo nel tentativo di spappolare Adelmo. Lui scantonò al momento giusto e tentò di segargli almeno una delle braccia con un montante, ma il Vagante si rivelò più lesto del previsto: invertì in un lampo i due poli magnetici e le mani si respinsero con la stessa forza con la quale si erano attratte, costringendo così le braccia a piegarsi all'indietro, evitando per un soffio la spada di Adelmo.

Il novizio si fece indietro e attese. Si era già passati all'improvvisazione, e lui considerava quell'aspetto importante tanto quanto le conoscenze teoriche.

Il Vagante riattivò i magneti in modo che le mani si attirassero, ma una volta ottenuta la forza propulsiva che desiderava disattivò i campi magnetici e fu libero di indirizzare il pugno destro dove voleva, ossia contro Adelmo.

Lui lo schivò con destrezza, anche se gli passò più vicino di quanto avrebbe desiderato. Il destro del Vagante si abbatté con una violenza inaudita contro il terreno, piantandosi per quasi mezzo metro. Adelmo intuì che era il momento buono per contrattaccare, ma uno dei blocchi di terra sollevati nell'impatto andò a sbattergli contro il viso, facendogli perdere istanti preziosi. Una volta riavutosi, menò un tondo diritto quasi alla cieca, mirando verso il punto in cui un momento prima si era calato il braccio del Vagante. Avvertì una certa resistenza. La spada trafisse qualcosa.

Il braccio del Vagante, spesso quanto un palo della luce, venne reciso al gomito. L'essere lanciò un assurdo muggito. Dal moncone eruppe un getto di sangue che inzuppò Adelmo, facendogli perdere per un attimo la concentrazione.

Pur privato dei campi magnetici, il Vagante aveva ancora a disposizione il braccio integro, ma per la seconda volta agì in maniera inaspettata: anziché provare a colpire o ad afferrare Adelmo, si piegò fulmineo, spalancò la bocca contornata dalle orrende labbra rosse e cercò di mordergli la testa. I denti erano larghi e piatti, come quelli di un mammifero erbivoro, ma se lo avessero morsicato lo avrebbero comunque maciullato, sollecitando l'attivazione del suo unico Grano.

Il novizio era turbato da quel comportamento fuori dagli schemi, ma riuscì a fare di necessità virtù. Nell'inclinarsi per tentare di addentarlo, il Vagante fece dondolare in avanti il braccio sinistro. Adelmo scansò in quella direzione e subito vibrò un ridoppio dritto. Fu meno preciso di quanto avrebbe voluto, ma bastò comunque a recidere la mano del Vuoto all'altezza del polso, che spruzzò fuori un fiotto di sangue. La mano volò via, finendo chissà dove.

Il Vagante possedeva sì due Nuclei, anziché uno solo come la stragrande maggioranza dei Vuoti, ma di buono c'era che non era necessario infrangerli: bastava separarli dal resto del corpo per ucciderlo. Il grosso Vuoto dalla forma umanoide lanciò un secondo muggito e crollò in avanti senza vita come un albero troncato, finendo addosso a Adelmo, che fu costretto a proteggersi piantandogli la spada nel petto per non finire schiacciato. Quando finalmente riuscì a spingere il pesante cadavere del Vagante di lato, il novizio era fradicio di sangue.

«Ben fatto!» si complimentò Naija, poi si fece subito più seria. «Ti dispiacerebbe rimanere dove sei per qualche istante? Mentre combattevi ho notato una cosa e m'è venuto un dubbio.»

La Venerabile Maestra raccolse un sasso e lo scagliò contro un monticello di terra rotondo e abbastanza esteso che si ergeva a una ventina di metri di distanza da lei. Dopo che il sasso fu rimbalzato via, la collinetta si mosse in maniera impercettibile. Poi si sollevò.

Non era affatto una collina. Era un Chimo, rimasto rintanato sotterra in quella posizione per ore, o forse per giorni, in attesa del momento giusto per uscire allo scoperto. Una cascata di terriccio e sabbia crollò giù dai lati, finché il Vuoto non si fu del tutto alzato sulle zampe.

L'aspetto dei Chimi era quasi comico; peccato fossero anche parimenti disgustosi e letali. Di solito erano grandi non meno di un furgone o di un piccolo camion, e ne esistevano di varie specie. In quel caso, tre grosse zampe gialle a scaglie, simili a quelle di un pollo, supportavano il corpo glabro, enorme e dalla forma ellittica comparabile a quella di un gigantesco uovo di gallina, con cui condivideva anche il colore. Non era dotato di ulteriori arti a parte le zampe, ma sul davanti si apriva una bocca larghissima, oltre la quale si srotolava la lingua prensile lunga diversi metri che utilizzava per avviluppare e poi inghiottire gli sfortunati che gli capitavano a tiro. Una volta gettato un Guerriero nello stomaco, i suoi devastanti acidi gastrici iniziavano subito a digerirlo, annientando i Grani uno dopo l'altro e completando l'opera in un paio di minuti. Gli occhi sproporzionati osservavano il mondo con sguardo vorace.

«Cielo, che seccatura. E che disonore per la nostra Antica Scuola non aver individuato la presenza di un Vuoto così vicino al Muro! I Guerrieri che perlustrano queste zone dovrebbero vergognarsi!» si lamentò Naija, poi impugnò la lancia e attese l'arrivo del Vuoto. Per una come lei, eliminare un Chimo doveva essere ordinaria amministrazione. «Adelmo, non avvicinarti e lascia questo lavoro a me, se non ti dispiace.»

Adelmo rispettò l'ordine ma tenne comunque la spada pronta, desideroso di unire le proprie forze a quelle della sua Maestra per proteggerla, anche se si rendeva conto che quel sentimento era illogico, essendo lei più abile di lui.

Il Chimo si chinò fino a posare il mento a terra – ma sarebbe più corretto dire che lo batté con violenza –, raspò il terreno con le zampe un paio di volte e infine sgambettò a tutta velocità verso Naija con le fauci divaricate e la lingua penzolante. La pancia che raschiava il terreno formò un solco ampio quasi due metri.

V'erano molteplici modi di uccidere un Chimo, che variavano a seconda della specie. Adelmo li ricordava quasi tutti, dunque non si stupì più di tanto quando vide Naija fare ciò che fece, anche se la ritenne un'eccessiva esibizione di spettacolarità.

Quando il Chimo fu arrivato a pochi metri dalla Venerabile Maestra, srotolò ancor di più la lingua per prepararsi ad afferrarla. A quel punto lei spiccò un balzo verso l'alto e ondeggiò il corpo all'indietro per compiere un salto mortale, in modo da tale da ritrovarsi a testa in giù. A quel punto abbassò la lancia, finché la punta di metallo, che era dotata di una lama piuttosto lunga sopra le due ali laterali, si avvicinò al suolo fin quasi a lambirlo.

Ormai era tardi per frenare la carica, e il Chimo non era certo un Vuoto noto per la sua agilità. Sotto la spinta delle zampe, la lingua finì per impattare con forza contro la lama della lancia, che la segò per un paio di metri come avrebbe fatto un affilatissimo rasoio. Le due parti si separarono e si aprirono di lato emettendo un violento getto di sangue, mentre Naija completava con grazia il suo salto.

Imbufalito, il Chimo osservò le due metà della sua lingua tagliata che si contorcevano senza rispondere più ai comandi. Avendo perso la capacità di afferrare i nemici, era stato reso quasi del tutto incapace di nuocere.

Quasi.

Naija balzò tra le due metà di lingua e attese che il Chimo spalancasse del tutto le fauci. La creatura possedeva soltanto tre denti, due in basso e uno nell'arcata dentaria superiore, ma erano talmente enormi che avrebbero potuto dilaniare un Guerriero con un sol morso. La Maestra impugnò la lancia con due mani e al momento giusto la piantò con forza nella gola del mostro, dove risiedeva il Nucleo. Non fu facile, ma la punta trapassò la boccia di vetro e si conficcò sul fondo del gozzo, spuntando fuori dal retro del corpo. Il Chimo vomitò il sangue contenuto nel Nucleo addosso a Naija e si accasciò a terra, morto.

«Sei stata fenomenale» disse Adelmo mettendosi al fianco della Venerabile Maestra. «La tua partigiana è davvero utile in casi come questo; tuttavia, ora comprendo anche quanto sia pratico disporre di un'arma contundente, almeno in determinate occasioni. Forare un Nucleo con la punta di una lancia è un compito disagevole; se non ci fossi riuscita al primo colpo ti saresti ritrovata in una situazione pericolosa.»

«Ma tanto mi avresti salvata tu, dico bene? Comunque ti ringrazio per il complimento.» Naija ammiccò a Adelmo e smaterializzò il suo Shintai. Quando diede un'occhiata ai propri vestiti insozzati inorridì. «Di certo oggi non avevo in programma di sporcarmi in codesto modo. Propongo una salvifica visita alle terme dei Gemelli per mondare corpo e spirito, se non hai nulla in contrario.»

«Ehm, no, nulla in contrario» rispose Adelmo con una punta d'imbarazzo, anche se in realtà avrebbe preferito continuare a combattere. Scandagliò le Terre Esterne in cerca di altri Vuoti, ma i più vicini erano soltanto delle minuscole sagome colorate a centinaia di metri di distanza. In compenso, vide una squadra di Guerrieri del Capricorno che si appressava. Parevano accaldati e agitati.

«Venerabile Maestra, sta bene?» s'affrettò a domandare il capitano. Era un uomo dall'aspetto piacente, dai lunghi capelli neri. «Chiedo umilmente venia, non so proprio come quel Chimo sia potuto sfuggire alle nostre pattuglie! Non è certo inusuale che si nascondano sottoterra in quel modo in attesa di altri loro simili, lo sappiamo bene.»

La lingua di Naija giocherellò con l'anello attaccato al labbro. «Che non si ripeta più, o mi sentirò costretta a riferirlo alla nostra clemente leader. Gli standard dell'Antica Scuola non possono decadere così in bella vista, soprattutto quando ci troviamo vicini al confine con i Gemelli. Adelmo, ora andiamocene. Questi bravi ragazzi devono ripulire il campo di battaglia.»

Gemelli
Una Linea Sottilissima

L e Janel si erano calate ancora una volta nelle caverne sotterranee nei dintorni di Stormgard per raccogliere funghi allucinogeni, attrezzate come delle vere speleologhe. In quella occasione erano state accompagnate da due volenterosi aiutanti, anch'essi appartenenti alla redazione *dell'Almanacco di Mercurio*, per dimostrare che non erano tutti dei fannulloni.

I funghi coi quali si fabbricavano le sigarette che tanto piacevano a Mike Klaikowski spuntavano nelle buie profondità di quelle grotte e potevano diventare alti quasi mezzo metro. Il loro cappello era largo, spesso e molliccio, solitamente di colore arancione, anche se a volte poteva presentare delle macchioline giallognole, segno che in quel caso le proprietà stupefacenti erano particolarmente elevate. Reciderne i gambi senza utilizzare gli appositi coltelli, ad esempio strappandoli con le mani, poteva sprigionare nell'aria del pulviscolo carico di spore allucinogene capaci di mandare in bambola i fungaioli per diverse ore. Questo era solo uno degli innumerevoli motivi per cui, a volte, le spedizioni si attardavano per interi giorni, rallentando così tutta la catena di montaggio.

Il cielo iniziava a imbrunire, ma per fortuna il gruppetto era ormai sulla via del ritorno. Compressi in uno stretto cunicolo tra due pareti di roccia, i quattro si stavano arrampicando verso la superficie agganciati alle corde che erano state fissate sul percorso molti decenni prima. Tecnicamente servivano ad aiutare gli Intoccabili che non disponevano delle abilità fisiche dei Guerrieri, ma i quattro redattori ne stavano facendo comunque uso per pigrizia. La galleria era illuminata dalle torce elettriche a batteria montate sui loro caschi, che smettevano di funzionare se portate fuori dalla contrada dei Gemelli.

«"L e Janel". Sai che in coppia suoniamo bene?» disse L con la sua voce roca, pronunciando il proprio nome all'inglese. Quel giorno era più giuliva del solito. «Facciamo persino rima, ma per migliorare l'effetto visivo sulle pagine del libro potrei cambiare il mio *nom de plume* in "Elle". Che ne pensi? "Elle disse", "Elle pensò". Sì, forse in questo modo diventerebbe più leggibile e meno confusivo.» Alzò la voce, facendola rimbombare per tutta la grotta. «Hai capito, Veronica? Tanto lo so che mi stai ascoltando! Ti chiedo di modificare ufficialmente il mio nome in Elle da questo paragrafo in poi!»

«Cristo santo, Elle. Puoi smetterla una buona volta con le teorie cospirazioniste sui membri dello Scorpione?» rispose Janel mentre incespicava in una sporgenza nella roccia. Lanciò un urletto per il dolore al piede e continuò a salire. «Sono certa che quella povera Bibliotecaria non verrà messa al corrente di questa conversazione. Perché dovrebbe? Non ci sono davvero le spie al Tempio, anche se tu continui a ripeterlo.»

«Ah, no? E quei due alle nostre spalle allora come li categorizzeresti?» Elle indicò col pollice i due ragazzi che le avevano accompagnate nella spedizione. «Secondo te si sono offerti di accompagnarci per caso? Milton aveva ordinato a noi due di andare, mica a loro.»

«Ehi!» protestò da dietro Oluwa-Seyi. «Signorina Elle, le assicuro che non siamo affatto delle spie. Non siamo proprio nulla del genere. E comunque abbiamo dei nomi, non ci chiamiamo "quei due".»

«Quei due sono venuti perché hanno delle mire particolari su di noi, Elle. È incredibile che debba spiegartelo.» Janel sbuffò. «Con gli uomini sei veramente una frana, anche se leggi ogni giorno quei manga romantici. Questa è la prova definitiva che i fumetti giapponesi non sono affatto realistici e servono solo a perpetuare stereotipi negativi sulle donne.»

Heikki, l'altro accompagnatore, azzurrì nel buio. «Non è vero che siamo venuti per quello. E comunque, se anche fosse così, non vedo che problema ci sarebbe. M-ma non sto ammettendo che sia vero...»

Elle ignorò la contestazione. «A proposito, Veronica, il mio nuovo nome deve essere comunque pronunciato alla francese o all'inglese, quindi è "*El*", non "*El-le*", come ad esempio in italiano. Inserisci pure una nota a piè di pagina, se ti fa comodo[I].»

«La vuoi finire? Sembri una ragazza neurodivergente quando dialoghi con i tuoi interlocutori immaginari» la accusò Janel. «Il che è estremamente offensivo nei confronti delle *vere* ragazze neurodivergenti, perché so bene che tu non lo sei.»

«Purtroppo Veronica Fuentes non è immaginaria. Oh, proprio no» fece presente Elle quasi con costernazione.

Janel afferrò con entrambe le mani l'ultimo tratto di corda e cominciò a issarsi verso la cima. In quella zona della grotta la superficie di roccia era molto scoscesa, quasi una parete verticale. «Fanculo a questi vestiti sessualizzanti! Ma perché non riesco a crearmene di nuovi? Secondo me i Tessitori sono dei guardoni quanto i peggiori *otaku* e godono nel vedermi così. Ehi! Voi due maschi, là sotto! Non avete il mio consenso ad alzare lo sguardo per guardarmi la biancheria intima mentre salgo, sono stata chiara?»

«C-certamente» farfugliò Heikki.

«Assolutamente» convenne Oluwa-Seyi.

Elle era ormai impermeabile a certe esternazioni della sua amica. Schioccò le labbra un paio di volte e disse con voce seria: «Jan, Jan... perché non abbandoni questa finta ostilità? Ti ho osservata con attenzione. Redarguisci di

---

[I] La pronuncia corretta è: "El".

continuo gli uomini, eppure appena puoi te ne circondi. E mi pare anche che non disdegni troppo i caucasici dalla scarsa melanina, sebbene tu dica di loro peste e corna. Oh, quale raffinato meccanismo psicologico hai elaborato per mascherare le tue vere preferenze!»

«Estrai subito il tuo Shintai!» tuonò Janel una volta fuoriuscita dalla fenditura nel terreno. Poi, realizzando che Elle avrebbe avuto ragione di lei in una manciata di secondi, mugugnò: «No, anzi, ci ho ripensato. Non sprecherò la mia spranga per una fascista come te.»

Janel riteneva che addestrarsi a combattere i Vuoti fosse un'attività adatta più che altro ai guerrafondai di estrema destra fissati con la lotta e le armi, per tale ragione non si era quasi mai allenata, a parte in un paio di occasioni, anche se Elle si era offerta di farle da maestra svariate volte.

Heikki saltò fuori dalla grotta volando in aria per un paio di metri e atterrò battendo il pugno destro sul terreno. «*Avengers assemble!*» gridò, come se si sentisse Capitan America.

Elle lo fissò ripugnata e avanzò una moderatissima critica: «Ti piacciono i film sui supereroi? Che cazzo sei, ritardato? Immagina di gasarti a vedere dei coglioni con addosso un costume che si prendono a pugni l'un l'altro per due ore di fila. Che pena. Quelle puttanate senza spessore andarono fuori moda negli anni '30, grazie a Dio. Anche se ciò che venne dopo non fu certo migliore.»

«Elle, sai bene che in questo gruppo non usiamo la parola con la "r"» la rimproverò con pedanteria la maestra Janel.

«Chiedo venia, signorina Williams, ma mi permetta anche di ricordarle che se le cascano i funghi e li spappola di nuovo, Irina ci farà a pezzi. Allacciati meglio quello zaino.»

Janel strinse le cinghie della sua gerla in legno di pioppo intrecciato e fece attenzione a non inciampare nelle rocce acuminate davanti ai suoi piedi mentre scendeva un lieve declivio verso valle. Arrivati a metà discesa fecero una pausa.

All'interno del settore dei Gemelli il terreno era rossiccio e sassoso, e pareva quasi di camminare sul suolo di Marte. Non esisteva la normale vegetazione, ma attorno alle complesse formazioni di rocce bislunghe che si protendevano verso il cielo crescevano strane piante dall'aspetto alieno e dai colori sgargianti, piene di escrescenze e protuberanze insensate, grappoli di bizzarri frutti non commestibili e foglie dalle forme inconcepibili. In mezzo a quei gruppi di rocce spesso c'erano le spaccature nel terreno che immettevano nelle caverne sottostanti. In lontananza, al termine della vasta pianura rossastra e pietrosa, le luci artificiali di Stormgard venivano offuscate dalle cupe nubi tossiche che avvolgevano la città.

Oluwa-Seyi si sedette a riposare su uno dei grandi massi dalla forma tondeggiante ed estrasse uno dei funghi migliori dallo zaino. Il cappello color amaranto e d'aspetto gustoso aveva un diametro di quasi trenta centimetri, la consistenza era molliccia ma non troppo: un perfetto esemplare di *Amanita Templaris*, dal quale sarebbero state ricavate di certo numerose sigarette. Tuttavia, quei funghi erano anche commestibili e mangiandoli si poteva godere di tutte le proprietà stupefacenti nella loro degenerata pienezza, anche se dopo qualche ora si sarebbe scivolati in un coma lungo almeno una settimana.

Elle intuì le intenzioni del suo amico e lo dissuase rifilandogli una pedata. «Eh no, mio caro. Se vi pappate di nuovo il raccolto finisce che il signor Cooper ci ordina di tornare anche la settimana prossima, e io ho una faccenda di una certa importanza da sbrigare altrove.»

«Altrove dove?» chiese Oluwa-Seyi, rinfilando il fungo nello zaino.

«Nella contrada della Vergine, ma la faccenda non ti riguarda affatto, Oluwa caro.»

Il congolese stava per replicare, quando in lontananza si udì il rumore di passi cadenzati. Tutti e quattro i Gemelli tacquero e aguzzarono le orecchie, cercando di identificare la fonte dello scalpiccio.

Dopo poco li videro. Due membri dell'Antica Scuola del Capricorno stavano percorrendo il sentiero sassoso che scorreva sotto di loro, un centinaio di metri più avanti.

«Oh, oh, oh! Ma guarda un po'» esclamò Janel. Un sorriso bieco aleggiava sulle labbra coperte di rossetto marrone. «Sono arrivati i Serpeverde. Sarà un piacere fare la loro conoscenza.»

«Parla piano, per l'amor di Dio» bisbigliò Heikki col terrore negli occhi. «Guarda come sono sporchi di sangue. Se quelli ci sentono...»

«A me non fanno alcuna paura. Siamo i Corvonero, giusto? I serpenti noi ce li mangiamo!» proclamò con enfasi l'afroamericana appoggiando le mani sui fianchi.

Elle smorzò con cinismo il suo entusiasmo. «Sei fatta, per caso? I Gemelli sono la cosa meno simile ai Corvonero che ci sia al Tempio. Gli Scorpioni sono i Corvonero, perché stanno sui libri a scrivere e a studiare da mattina a sera.»

«Il Direttore Cooper dice che lo spirito dei Gemelli scorre dentro di me» continuò Janel, senza badare alle parole dell'altra. «Uno dei due Capricorni è quel nuovo Allievo, quel bastardo sessista che è arrivato al mio stesso Rito e ha solo un Grano. E dovrei aver paura di lui? Non fatemi ridere.»

Elle puntò lo sguardo su Adelmo e imitò al meglio la voce della sua compagna di stanza: «"Oh, no! Ecco che arriva il protagonista maschile bianco ed eterosessuale!", pensò Janel presa dallo sconforto.»

«Credi di essere simpatica quando fai queste battute idiote che rompono la quarta parete?»

«Stai dicendo che non è quello che pensavi realmente? E poi la mia non voleva nemmeno essere una battuta, suggerivo a Veronica cosa scrivere. Forse però non ha inserito nel romanzo i pensieri dal tuo punto di vista, non sei un personaggio abbastanza importante.»

Janel le fece una linguaccia. «*Gnè, gnè, gnè!* Mamma quanto siete rompini voi fascisti della domenica.»

«Sto solo cercando di dare un po' di brio al racconto. Secondo me arrivati a questo punto metà dei lettori starà pensando che è un romanzo rosa e finisce che ci rimangono male quando inizia il terzo atto e la gente muore.»

«Janel, ti scongiuro, non fare pazzie» la implorò Oluwa-Seyi. «Questa giornata stava trascorrendo così felicemente. Perché vuoi rovinare tutto? Faranno scempio dei nostri corpi, poi porteranno le uova a Geistheim come trofeo e le sacrificheranno all'altare dei loro oscuri dèi obliati dal tempo!»

«Fa' pure come credi» disse invece Elle, «ma credo che la Venerabile Maestra Naija non si rivelerà una grande fan delle tue battute di spirito. Se irriti lei, dovremo riportarti a Stormgard raschiandoti via da terra con un cucchiaino. Per fortuna abbiamo almeno i coltelli. Ci sarà melma di Janel ovunque.»

«Non temo quei nazisti di serie b. A me hanno insegnato che vanno sempre presi a pugni, quando li si incontra» rispose Janel, e dopo aver pronunciato quelle parole corse con decisione, fermandosi proprio in mezzo alla pista di ghiaia, in attesa che Adelmo e Naija si avvicinassero.

«Sarà meglio che vada con lei» mormorò Elle tra sé e sé. «In fondo, ho anch'io qualcosa da verificare di persona.»

Oluwa-Seyi ed Heikki si scambiarono un'occhiata d'intesa e saltarono al riparo dietro lo stesso masso, come fossero atleti di tuffo sincronizzato.

«Cielo, ci sono due membri della Comune dei Gemelli sulla strada, e sembra quasi che ci stiano aspettando» disse Naija a bassa voce. «Altri due sono nascosti dietro un sasso, lassù sulla collina. Che sciocchi, credono forse che non li abbia visti?»

«Ritieni che intendano assalirci?» domandò Adelmo con impeto. Si sentiva ancora esaltato da ciò che aveva fatto qualche ora prima, oltre il Muro.

«Quieta il tuo spirito, Allievo. Probabilmente sono soltanto degli attaccabrighe. Non guadagneremmo nulla a litigare con loro, e anche se ci attaccassero non lo riterrei un grosso problema. Per sicurezza andrò comunque avanti io, tu rimani qui.»

Quando Naija arrivò a pochi metri da Janel, la redattrice la guardò in tralice ed esclamò a gran voce: «Facciamoci da parte, Elle. I suprematisti bianchi devono passare.»

Naija arrestò il suo incedere e si controllò le mani. La sua pelle era ancora scura e piena di melanina, proprio come se la ricordava. «Accidenti, devi avere qualche problema alla vista. E dire che di solito i disturbi visivi qui al Tempio vengono curati. È davvero una disgrazia, la tua.»

«Credo di vederci anche troppo bene, invece.»

«Allora forse sei ignorante. Il mio nome è Naija Okafor e vengo dalla Nigeria. La Nigeria è in Africa, a meno che in futuro non l'abbiano ritagliata e spedita per posta in mezzo al Golfo di Guinea.»

Janel le rivolse una smorfia di compatimento. «Sì, tu sarai anche africana, però... Mi spiace davvero dirtelo, ma non sei nient'altro che la scimmietta ammaestrata dei bianchi. Una traditrice della razza.»

Naija socchiuse gli occhi e trasse un lento respiro.

«Credi che i tuoi padroni bianchi ti risparmieranno solo perché ti dimostri fedele come una brava cagnolina?» continuò Janel con voce sprezzante. «Al momento della verità ti faranno fuori e ti rimpiazzeranno con uno dei loro. Probabilmente quel lurido porco sessista del tuo Allievo sta già architettando qualcosa insieme alla Gran Padrona. Oh, scusa, intendevo dire Maestra.»

Naija riaprì gli occhi ed espirò con altrettanta calma.

«Quella catenina che porti al collo... adori così tanto i bianchi che hai abbracciato anche la loro religione?» la martellò Janel. «Che vergogna. Hai abbandonato le tue radici animiste per un po' di privilegio! Il prossimo passo quale sarà? Farti scopare da uno di loro?»

Naija allargò il braccio destro e materializzò il suo Shintai. Puntò la lancia contro Janel e disse con voce ferma: «Evoca la tua arma, per cortesia. Non voglio aprirti in due senza averti almeno concesso la possibilità di difenderti.»

«Venerabile Maestra, ti suggerisco di riconsiderare la cosa!» gridò Adelmo da dietro. «Avevi appena suggerito di usare cautela!»

«È vero, ma temo che questa scrofa abbia bisogno di una lezione. Forse desidera assaggiare la mia lancia di piatto contro il suo sederino.»

Janel finse di non essere terrorizzata. La voce le tremò soltanto a tratti. «Ah, dunque i membri dell'Antica Scuola non si pongono remore ad attaccare i Guerrieri del Tempio, oltre ai Vuoti. La cosa non dovrebbe stupirmi, visto che la Gran Maestra ne ha già dato prova di recente. Siete gente violenta e prevaricatrice.»

«Quali Guerrieri del Tempio? Davanti a me non vedo alcun Guerriero del Tempio» obiettò Naija, non abbassando lo Shintai di un millimetro. «Solo una zanzara che sta per essere spiaccicata.»

A Janel tornarono alla mente le parole del Direttore: *Essere del segno dei Gemelli significa camminare costantemente su una linea sottilissima, sapendo sempre cosa dire, a chi dirlo e quando fermarsi.*

Il buonsenso prevalse sull'incoscienza, dunque determinò che era giunto il momento di battere in una sapiente ritirata. «Suvvia, non c'è motivo di litigare tra noi» disse in tono condiscendente.

«Noi?» fece Naija. «Qui non c'è nessun noi.»

«Noi donne di colore, intendo.»

La Venerabile Maestra non batté ciglio. «Stai proprio sbagliando tutto se vedi le cose in questa maniera. Forse, oltre che daltonica, sei anche stupida.»

«Davvero non hai mai notato che i membri dell'Antica Scuola sono quasi tutti bianchi?» la incalzò Janel con un sorriso infido.

«Veramente no. Anche perché non è vero.»

«Non c'è bisogno di mentire. Sono una giornalista *dell'Almanacco di Mercurio*, quindi so tutto di voi. Infatti, ho intenzione di inserire un bell'*exposé* sul Capricorno proprio nel prossimo numero.»

«Forse allora dovresti venire a farci visita, ogni tanto, e controllare di persona. Ti definisci una giornalista? E allora va' sul campo a verificare i fatti, anziché rimanertene a poltrire nella tua stupida città drogandoti dalla mattina alla sera.»

Janel incassò il colpo e passò al contrattacco. «Be', tra tutti i Venerabili Maestri tu sei l'unica nera. Questo è un dato di fatto oggettivo. E quei titoli onorifici che usate, "Gran Maestro", "Venerabile Maestro", mi ricordano molto quelli che utilizzava una certa organizzazione. Non ti viene in mente nulla? Ti do un indizio di tre lettere: KKK.»

Naija piantò con forza l'asta della lancia in terra. «Che accidenti vorrebbe dire KKK? Sono morta molto tempo fa, non ho idea di cosa tu stia parlando. Voi dei Gemelli siete davvero delle persone abiette e insulse. L'unica cosa che siete bravi a fare è gettare zizzania e scrivere porcherie sul vostro giornale per calunniare le altre Case. Eppure non vi lamentate così tanto quando vi aiutiamo a difendere il settore, mi pare. Siete dei vigliacchi, e mi fate pena.»

Janel aveva esaurito le munizioni. «Perché non abbandoni l'Antica Scuola ed espatri nei Gemelli? Da noi c'è molta più diversità.»

«Preferirei farmi fucilare di nuovo.»

Mentre il dibattito tra Naija e Janel infuriava, Elle si avvicinò di soppiatto a Adelmo. Lui la vide arrivare con largo anticipo, ma non sapendo cosa aspettarsi si limitò a osservarla con benevola curiosità, credendo di avere la situazione pienamente sotto controllo. In fondo, quella giovanetta bionda non aveva nemmeno materializzato il suo Shintai e non sembrava animata da intenzioni bellicose.

Giunta a un paio di metri da lui, però, Elle gli balzò addosso come un puma e lo atterrò, facendolo finire a terra supino, quindi gli si sedette sopra in una posizione che Adelmo giudicò ai limiti dell'oscenità.

La forza della ragazza era considerevole. Il novizio si maledisse ancora una volta per la scarsa prontezza di spirito, ma era rimasto sbalordito da quel comportamento così bizzarro. Mentre si accingeva a spingerla via, notò che lei, anziché attaccarlo in qualche maniera, lo stava invece annusando, fiutando la sua pelle come un segugio fiuterebbe la sua preda.

«Sangue di Giuda! Signorina, che modi di fare sono mai questi?» s'adirò, sentendosi per metà in imbarazzo e per metà oltraggiato. I suoi nemici erano i Vuoti, non gli umani, e in nessun caso avrebbe desiderato lottare contro un'esile fanciulla come quella.

Elle lo tenne fermo sotto di sé e continuò ostinatamente ad annusarlo. «Non ti agitare così! Sto solo facendo un piccolo controllo, per vedere se sei uno dei buoni. Le anime degli infiltrati cattivi hanno un odore particolare, di cinnamomo.»

«Infiltrati in che senso? Non conosco nessun infiltrato. Signorina, si dia un contegno, santi numi! Non mi stia sopra in questa maniera!» protestò Adelmo, scioccato che lei si permettesse di palpeggiarlo con disinvoltura anche dove non avrebbe dovuto. Quando il viso di Elle si avvicinò al suo, rilevò che la pelle della ragazza sembrava emanare un profumo dalla fragranza dolce e ambrata, ma impossibile da definire. Quel profumo gli fece venire in mente la luna che splendeva sopra di loro, ma si rese conto che tale collegamento non aveva alcun senso logico, non conoscendo nessuno che avesse mai odorato il tondo satellite terrestre.

Elle lo annusò ancora per qualche istante e si fece indietro, spostando il fondoschiena dal suo stomaco. Si rialzò e gli porse una mano per aiutarlo a sollevarsi. Lui la accettò balzando in piedi e si pulì la giacca di velluto sporca di terriccio rosso.

«In futuro le consiglio almeno di identificarsi, prima di saltare addosso alle persone» la redarguì facendo vibrare i baffi.

«Ciao, io mi chiamo Elle, e quella laggiù che sta per essere uccisa è Janel. Anzi no, pare che la tua Maestra l'abbia risparmiata per venire a salvare te. Ma io non ti voglio fare del male, quindi sta correndo qui per nulla.»

«Adelmo, cosa ti ha fatto quella stupida bionda?» ruggì Naija, seguita a pochi metri da Janel. «Devo smembrarla seduta stante?»

Adelmo valutò che la strampalata ragazza dal profumo lunare che lo aveva molestato doveva non avere tutte le rotelle a posto, dunque preferì non infierire. «No, non ce ne sarà bisogno. Credo ci sia stato solo un piccolo malinteso.»

«Un piccolo malinteso? Ti aveva atterrato!» fece notare Naija.

«Dove ve ne andate di bello?» se ne uscì Elle in tono affabile, e il diverbio parve risolversi come per magia.

Adelmo temeva che introdursi nel territorio di un'altra Casa senza permesso comportasse il dovere di dichiarare sempre le proprie intenzioni, pertanto le rispose in maniera veritiera, pur provando una punta d'imbarazzo: «Ci stiamo recando alle piscine termali. Dovrebbero essere qui vicino.»

Gli occhi chiari di Elle scintillarono. «Adelmo e Naija da soli alle terme? Oh no, non ci siamo. Questo potrebbe essere male. Adelmo non deve...»

«Adelmo non deve cosa?» fece Naija, squadrandola con aria ostile.

Elle si morse un labbro e mormorò: «Cosa sta succedendo? Forse, forse... gli eventi precipitano... potrei essere in ritardo... non c'è più tempo per cazzeggiare, devo correre subito da lei.»

Janel roteò gli occhi. Si avvicinò alla sua compagna di stanza e la condusse via strattonandola per un braccio. «Andiamocene, Elle. Si sta facendo tardi.» Guardò per un'ultima volta Naija e disse: «Ripensa a ciò che ho detto, *sorella*.»

***

Il centro termale a ovest di Stormgard era formato da una serie di ampie fosse nel terreno, circondate dalle caratteristiche rocce rosse del territorio dei Gemelli. Adelmo ipotizzò che quelle pietre fossero vulcaniche, ma il loro colore era davvero atipico. Dalle sorgenti geotermali sotterranee saliva verso la superficie dell'acqua caldissima, anch'essa dalla sfumatura rossastra, che andava a riempire le conche, formando delle piscine naturali nelle quali immergersi. Quel giorno non c'erano molti visitatori, ma Adelmo e Naija si mantennero comunque a debita distanza dai pochi presenti, che li osservarono incuriositi.

Dopo essersi avvicinato a una di quelle grandi buche, Adelmo si inginocchiò e immerse un dito nell'acqua per verificarne la temperatura. Doveva essere di molto superiore ai trenta gradi centigradi.

«Rimaniamo qui» disse Naija. «Questa vasca è appartata e quella barriera di sassi ci ripara da sguardi molesti. Avanti, svestiti. Io attenderò che entri in acqua voltata dall'altra parte.»

«Veramente pensavo saresti entrata in *un'altra* piscina. Uomini e donne non sono separati, qui?» borbottò Adelmo con imbarazzo.

«Mi rifiuti con questa brutalità?» scherzò Naija, mettendosi poi a ridere. «Ognuno qui fa come preferisce, ma certo non vorrai che vada a mischiarmi ai membri delle altre Case, vero? Mi sento più a mio agio con te, che in mezzo a donne di altri segni. Avanti, non perdiamo troppo tempo, o si farà notte. Anche se un bel bagno notturno sarebbe alquanto suggestivo.»

Naija si voltò dall'altra parte e Adelmo iniziò a spogliarsi.

All'italiano non sfagiolava l'idea di denudarsi in pubblico, anche se si trattava di un complesso termale, dunque si levò soltanto gli indumenti in eccesso imbrattati di sangue, come la giacca, i pantaloni e gli stivali, e rimase in camicia e mutande. S'immerse piano piano nell'acqua caldissima calandoci dentro un piede alla volta, infine appoggiò la schiena contro una delle pareti di roccia e si mise a sedere sul fondo della conca. Verso i bordi l'acqua non era molto alta; da seduto le spalle e la testa rimanevano convenientemente all'asciutto.

«Hai finito?» domandò Naija alle sue spalle.

«Sì, sono entrato. Devo ammettere che è piuttosto gradevole. L'acqua è calda, ma non abbastanza da ustionarti, sempre che sia possibile ustionare questo corpo che sembriamo infestare come spiriti, più che possederlo.»

«Ottimo!» si rallegrò lei. Raggiunse il bordo della piscina, si slacciò il corsetto e sfilò con noncuranza le spalline dell'abito vittoriano, lasciandolo scivolare a terra.

Adelmo avvampò e d'istinto si coprì gli occhi. «Venerabile Maestra, ma che diamine fai?»

«Cosa credi che stia facendo? Mi sto denudando per entrare in acqua con te» rispose lei con voce suadente, mentre si toglieva anche la sottoveste.

«Questo l'avevo inteso, ma almeno annunicalo, prima di farlo! Non sto assolutamente sbirciando, lo giuro sul mio onore. Immergerò la testa nell'acqua, se ti farà sentire più sicura.»

Lei ridacchiò. «Oh, smettila. Sono quasi pronta.»

Si lasciò cadere in acqua producendo un tonfo e schizzando gocce fin contro le rocce, ma quando Adelmo riaprì gli occhi, credendo che si fosse seduta, la scoprì invece a camminare verso di lui senza alcun imbarazzo. Era completamente nuda, anche se portava ancora al collo la catenina con la croce, che ora le ricadeva tra i due seni scoperti. Il corpo sembrava solido come marmo e molto più voluttuoso di quanto lui si aspettasse.

Il viso di Adelmo s'infiammò d'azzurro. «Ma per il demonio! Venerabile Maestra, che diavolo ti ha morsa oggi? Ti stai comportando in maniera ben poco caratteristica» la rimbrottò dopo aver serrato di nuovo le palpebre.

Senza dire una parola, Naija andò a sedersi al suo fianco. Nel momento in cui i loro corpi ondeggiarono per via dello spostamento d'acqua, le spalle si toccarono per un attimo. Adelmo avvertì il contatto della sua pelle contro quella altrettanto calda di lei.

«Non capisco davvero cosa tu intenda dimostrare con questo comportamento così licenzioso» mugugnò lui, riaprendo lentamente gli occhi e constatando che la Venerabile Maestra era sì al suo fianco, ma almeno si era immersa fino alle spalle, e con la fievole luce del tramonto era impossibile vedere sott'acqua. I lunghi capelli magenta le galleggiavano attorno al collo.

«Non sto cercando di dimostrare nulla di particolare, se non che sei una persona oltremodo onorevole e che trovo questa qualità molto affascinante in un uomo. Per questo motivo sto elevando il nostro rapporto a un più alto grado d'intimità» disse lei, stuzzicandolo con un sorriso.

«Oggi sei davvero diretta nelle tue esternazioni» replicò Adelmo con la mascella rigida. Se avesse potuto sudare, in quel momento avrebbe grondato dall'agitazione.

«Mi sembri nervoso. Ti senti a disagio ad approcciarmi perché sono africana? Così rinforzi le parole di quella stolta ragazza dei Gemelli che abbiamo incontrato poco fa.» Naija sorrise. «No, non temere, comprendo le tue preoccupazioni. Quando i bianchi entrarono al villaggio e strapparono mio figlio dalle mie braccia giurai che li avrei odiati per l'eternità, ma negli svariati decenni vissuti qui al Tempio ho avuto modo di cambiare idea e non covo più alcun rancore. In fondo, anche i bianchi sono gente dalle numerose e diverse storie. Ho imparato che un tedesco, un inglese e uno spagnolo non sono la stessa cosa, ad esempio, e non avevo mai avuto occasione di farmi amico un italiano, prima d'ora. So ben poco di voi, però so che non mi avete mai fatto nulla di male, e ammetto di nutrire un forte interesse nei tuoi confronti. Non so quale considerazione un italiano della tua epoca possa nutrire per una donna africana, ma può darsi che in fondo non sia troppo dissimile da quella di uno schiavista. In questo momento, però, siamo solo un uomo e una donna che fanno il bagno insieme e ti chiedo di guardare oltre i pregiudizi, se puoi. Ti confesso che a volte ho provato, e provo tuttora, il desiderio di appagare la mia curiosità verso di te in maniera spudoratamente intima, se intendi le mie parole, tuttavia mi sono sempre trattenuta per questione di disciplina e perché sarebbe deplorevole adescare un novizio arrivato da poco. Ma soprattutto temo le ire della Gran Maestra. Dunque sta' tranquillo, non sto cercando di sedurti. E poi, se avessi intenzione di giacere con te, congiungere i nostri corpi su questo Piano servirebbe a ben poco.»

Adelmo contrasse i muscoli del viso. Le guance gli si erano venate di blu scuro. «Ammetto di essere sorpreso. Non ti eri mai comportata in questo modo prima d'ora e non avevo mai colto questo tuo... *interesse*.»

La luna si rifletté nelle iridi quasi bianche di Naija. «Chiedo venia, allora, ma credo d'aver intuito che anche tu mi giudichi attraente, dato che nel vedermi nuda arrossisci in quel modo. Non temere, rimarrà il nostro segreto. Resisteremo alle nostre pulsioni e continueremo a essere un Allievo e la sua Venerabile Maestra. Tale è l'integrità del Capricorno, nel bene e nel male.»

Adelmo fu risollevato. «Ne sono lieto. Tuttavia, cosa intendevi dire prima, quando hai accennato al fatto che non potresti giacere con me su questo Piano?»

«Non te ne sei mai accorto? Hmm, allora vediamo. Questa situazione è piuttosto eccitante, non trovi? Siamo entrambi nudi, immersi nell'acqua calda, e io mi sto comportando in maniera lasciva. Ne convieni?» Naija si sedette sulle ginocchia, lasciando che il seno prosperoso fuoriuscisse dall'acqua. Goccioline rossastre caddero dai suoi capezzoli.

«Certo, ne convengo! Ne convengo fortemente!» esclamò Adelmo facendo schizzare lo sguardo lontano da lei.

«Bene, e non avverti nulla di anomalo nel tuo corpo? Qualcosa che non funziona come dovrebbe?»

Il novizio era perplesso. «Qualcosa di anomalo? No, non mi pare. A quale organo del mio corpo ti stai riferer-... Oh!»

Lei inarcò un sopracciglio e sorrise. «"Oh"?»

«Ooooh.» Il viso di Adelmo si rabbuiò, i baffi parvero arcuarsi verso il basso. «Ma com'è possibile? Io credo... credo di stare sbagliando qualcosa. O forse sono infermo? Questo dannato corpo non risponde agli stimoli come farebbe quello mortale.»

«No, non è colpa tua. Al Tempio tutti gli uomini hanno questo problema, per cui si può fare l'amore solo nel Piano Astrale. Davvero te ne sei reso conto soltanto adesso? Con tutte le donne belle e sensuali che ci sono in giro a Geistheim, pensavo che...»

«Suppongo di non essermi mai trastullato con pensieri sconci, prima d'ora» dichiarò Adelmo con sguardo mesto. «Non da sveglio, perlomeno.»

«Nemmeno quando pensi a Michelle?»

«Diamine no, non potrei mai. Lei è la Gran Maestra.»

Naija gli lanciò un'occhiata che sprizzava lussuria. «Ma certo. Naturalmente. Lavati via il sangue che è ti rimasto sul collo, Allievo. Esatto, proprio lì. E poi anche *qui*. Cielo, siamo tutti sporchi. Facciamo che prima io lavo te e poi tu lavi me?»

Capricorno
Finis Mundi

L'immensa locanda di Ravenmoore, il *Finis Mundi*, contava ben cinque piani, uno più storto dell'altro, anche se da dentro non si avvertiva affatto la deformazione e la pendenza dei muri. Era ammobiliata in maniera di certo austera ma anche altrettanto suggestiva, riuscendo così ad apparire ancora più macabra di Saint-Yves e del *Ténèbres du Jour*.

Adelmo era andato a coricarsi di malanimo. La visita alle terme insieme a Naija lo aveva scombussolato più del Muro e del Vagante che aveva macellato, il che era tutto dire. Fortunatamente, la Venerabile Maestra aveva mantenuto la parola e non aveva dato seguito alle avance, ma lo aveva comunque lasciato attanagliato da dubbi d'altro genere. Poteva ancora definirsi un "uomo"? Quella condizione di impotenza sessuale era assai più mortificante dell'avere la propria virilità messa in discussione: la sua virilità non funzionava più!

Si sdraiò sopra il duro materasso appoggiato sul letto di legno e decise di andare a riflettere nella tranquillità del proprio Piano Astrale.

Dopo essersi materializzato nello spazioso studio che ha costruito e abbellito con un raffinato parquet a spina ungherese, tappeti orientali e qualche quadro d'autore, Adelmo si lascia cadere sulla poltrona di pelle dietro l'ampia scrivania di mogano al centro della stanza. Il prossimo intervento che ha in programma è quello di aggiungere un bel caminetto sempre acceso alle spalle della poltrona, per stimolare la meditazione.

Adelmo sta riflettendo sulle sue umilianti limitazioni e sui rapporti tra l'uomo e la donna al Tempio, quando viene abbagliato da un lampo di luce. Subito dopo vede la sagoma della Gran Maestra profilarsi davanti alla porta. È rarissimo che lei vada a trovarlo di notte, ma in quella occasione ha una seria motivazione per farlo: con tutta probabilità intende chiedergli com'è andata al Muro. Osservandola con maggior attenzione, però, Adelmo si rende conto che c'è qualcosa di profondamente sbagliato in quella visione. Il terrore gli serra il petto.

«È permesso? Posso entrare?» chiede Michelle con un sorriso mentre varca la soglia, poi con un gesto istintivo cerca di afferrare un lembo della gonna per sollevarla e correre verso di lui, ma non trova nulla. Aggrotta la fronte e guarda verso il basso. La gonna non c'è, e manca anche il resto dei raffinati vestiti vittoriani. Sta indossando solo una provocante sottoveste di seta nera decorata di pizzo che le arriva a malapena sotto l'inguine, lasciando così scoperte le gambe, le braccia e rivelando parte del decolleté.

«Giuda ballerino!» bestemmia Adelmo, rendendosi conto del disastro che ha involontariamente combinato. Come è stato detto in precedenza, l'aspetto dei visitatori di un Piano Astrale viene influenzato dai sentimenti e dai desideri inconsci del proprietario del Piano.

Michelle rimane impietrita. Dopo qualche interminabile istante mormora: «Fantastico. Dunque è in questo modo che desideri vedermi. Nei tanti anni che sono stata la Gran Maestra, è la prima volta che mi capita una cosa simile.»

«No, aspetti, non è affatto come crede! Temo d'essere precipitato negli abissi della lussuria più bieca. Io e la Venerabile Maestra Naija abbiamo – forse stolidamente – deciso di concludere la nostra giornata con una sosta alle terme dei Gemelli, e ora mi rendo conto che è stato davvero un madornale errore, in molti più sensi di quanti lei si immagini.»

Michelle non dà nemmeno ascolto alle sue scuse. «Tra l'altro questa è proprio la mia camicia da notte, come fai a sapere con precisione com'è fatta? Mi hai spiata in camera?»

«Non commetterei una simile bassezza nemmeno se avessi il diavolo sulle spalle! L'ho vista di sfuggita, un giorno, perché una delle Intoccabili stava rassettando la sua stanza, e–»

«E tu passavi di lì proprio per caso, certo. Una scusa davvero credibile» conclude Michelle in tono sarcastico. «Perlomeno ora ho ancora la sottoveste addosso. La prossima volta che verrò qui sarò nuda?»

«Non parli in questo modo, la prego. Si è trattato solo di un momento di debolezza, glielo assicuro. Non so cosa mi sia preso.»

«Sei lontano da Geistheim soltanto da poche ore e hai già un momento di debolezza? In più mi dai anche del lei... Perfetto, la mia giornata di merda è completa. Buon proseguimento, Adelmo. Spero che almeno Naija si salvi dalle tue pulsioni erotiche. Non tornerò più a farti visita. E non osare avvicinarti al mio Piano, o te ne impedirò per sempre l'accesso. Divertiti da solo, se ci riesci.»

La Gran Maestra svanisce e Adelmo piomba nella disperazione più nera, anche se è sinceramente stupito dell'accaduto. Non ha mai pensato di desiderare Michelle da un punto di vista carnale, dal momento che è l'esatto opposto del genere di donna a cui è attratto. A lui piacciono le signore distinte, dall'aspetto sobrio e il trucco appena accennato. Naija è una questione diversa. Vederla nuda ha risvegliato in lui determinati istinti. Ma perché Michelle?

«È attraverso la donna che il diavolo penetra nel cuore degli uomini» medita mentre passeggia inquieto avanti e indietro per la stanza, maledicendo quella giornata funesta e i suoi enigmi.

Non riuscendo a escogitare una soluzione migliore per rimediare all'oltraggio, punta gli occhi sulla stella di Naija nella costellazione del suo Piano Astrale e vola verso di essa. Pochissime volte si è recato a farle visita. Di solito è lei ad andare a trovarlo, non mancando mai di fornirgli consigli su come aggiungere oggetti e abbellire il proprio universo personale.

Oltrepassata la soglia e atterrato dall'altra parte, si ritrova in una sfarzosa sala da ricevimento in perfetto stile gotico; ma anziché essere lugubre come quelle di Saint-Yves, questa è luminosa e sfavillante di mille luci, e il mobilio ha un aspetto più allegro.

Memore dell'incidente appena avvenuto con Michelle, Adelmo si avvicina a uno specchio e dà un'occhiata ai vestiti che indossa su quel Piano, rimanendo strabiliato della loro bellezza e raffinatezza. La vergogna dilaga nel suo cuore nel comprendere che Naija deve nutrire grande stima per lui, mentre si è comportato da vero villano con la Gran Maestra. Al di là di queste considerazioni, Adelmo non può fare a meno di domandarsi che razza di guaio sarebbe accaduto se quella notte fosse stata Naija a fargli visita al posto di Michelle. Forse sarebbe apparsa nuda come l'aveva vista nel pomeriggio, e a quel punto cosa sarebbe accaduto? La Venerabile Maestra se ne sarebbe andata piccata come aveva fatto Michelle, o avrebbe indulto nella propria passione?

Adelmo scaccia il quesito dalla mente e si dirige verso di lei.

Naija è in piedi al centro della sala, sotto delle lumiere di cristallo. È vestita come una principessa e sta conversando con un paio di Maestri. Appena vede apparire Adelmo si accomiata da loro con garbo per andare a salutarlo.

«Per caso Michelle è stata qui?» esordisce l'Allievo pieno di timore.

Naija si acciglia. «No, perché? Che è successo?»

«Temo di averla offesa gravemente. Ti scongiuro, appena puoi vai a farle visita e spiegale che non l'ho fatto di proposito, perché temo che potrebbe deprimersi e io non lo desidero affatto. Michelle si è sempre comportata con correttezza, mentre io... quale indegnità ho commesso! Hai visto che hai combinato con le tue esibizioni di lascivia?»

Naija scoppia a ridere. «È colpa mia? Allora temo di capire cos'è successo. Ti sei lasciato prendere da qualche pensiero poco casto, non è così? Sta' tranquillo, ti aiuterò. Proverò a farvi riappacificare, e vedrai che si rivelerà un compito ben meno arduo di quanto credi.»

Michelle compare nel Piano Astrale della Venerabile Maestra Seline generando un'esplosione di luce. Una volta emersa dallo sciame di scintille, si mette a parlare senza nemmeno salutare la rossa, che in quel momento è da sola, languidamente sdraiata su un divano di velluto cremisi in una delle tante maestose sale della sua reggia personale. Il pavimento è costellato di tappeti persiani, mentre alle pareti sono fissati drappeggi damascati neri e rossi.

«Sono andata a far visita a Adelmo nel suo Piano Astrale per chiedergli com'era andata e sono apparsa in camicia da notte» bercia la Gran Maestra. «Ci credi? Avevo addosso solo la sottoveste. Ero indecente!»

«Urca!» esclama Seline, balzando a sedere. Sembra più accalorata della stessa Michelle. «Certo che ci credo. Anzi, lo trovo piuttosto prevedibile. Allora, che posizioni avete provato? E non risparmiare sui particolari.»

«Non fare la scema. Ci sono rimasta malissimo e l'ho liquidato a male parole» risponde la Gran Maestra, poi il suo impeto di furore si estingue e compare il dubbio. «Ho sbagliato? A volte faccio fatica a comprendere questo tipo di situazioni. Convieni almeno che si è comportato da screanzato?»

«Può anche darsi che ne convenga» risponde Seline, lanciandole un'occhiata maliziosa. «Ma prima dovresti raccontarmi che rapporto c'è di preciso tra voi due.»

La Gran Maestra giocherella con l'anello d'argento che porta all'indice. «Non c'è nessun rapporto personale, naturalmente. Sono la Gran Maestra e lui è un mio Allievo.»

Le labbra blu di Seline si distendono in un sorriso sardonico. «Tutto qui? Eppure è strano vederti preoccupata per certe cose.»

«Intendi per gli uomini?»

«Già. So che sei romantica, pur non provando desideri sessuali, quindi pensavo ti facesse piacere ricevere le attenzioni del tuo caro novizio. Guarda che con me servirà a poco recitare la parte della fanciulla innocente, tipo: "Oh, cielo! Non riesco a credere che quell'uomo provi attrazione per me, anche se so di essere così attraente!". Cosa ti aspettavi, scusa? A forza di stare in sua compagnia... A proposito: gliel'hai detto che stai leggendo le sue poesie di nascosto?»

Gli occhi della Gran Maestra hanno un tremito. «No. E comunque tu cosa pretendi di saperne?»

«Gli hai rubato il quaderno mentre lui è via, non è così?»

«Ma che diavolo dici?» mente Michelle, fingendosi offesa.

«Sarà.» Seline fa scorrere una mano dentro la sua cascata di capelli vermigli. «Be', almeno gliel'hai chiesto com'è andata?»

«Non ho fatto in tempo.» La leader abbassa lo sguardo e si mordicchia un labbro. «Non fissarmi in quel modo, temevo che mi sarebbe saltato addosso e non avrei saputo come reagire, per cui sono fuggita in fretta. Comunque è sopravvissuto, no? Dunque sappiamo quanto basta. Adesso evitiamo l'argomento Adelmo. Dimmi piuttosto cos'hai scoperto su Emily Lancaster.»

Vergine
Henwood Cross

Emily Lancaster e Chae-yeon Kwon avevano raggiunto un decente compromesso. L'americana si sarebbe comportata in maniera più consona al ruolo e alle circostanze, senza dare in escandescenze per ogni cosa e mettendo la parola fine alle rimostranze infantili e agli ammutinamenti vari. In cambio, la coreana avrebbe accolto la sua richiesta di "espatrio" accompagnandola dall'autorità idonea perché venisse esaminata, anche se su questo punto non aveva ancora le idee chiarissime. Avrebbe dovuto chiedere udienza al Comandante Supremo, o sarebbe stato eccessivo?

A parte questo, la Madre Reverenda stava gestendo quella spinosa faccenda con prudenza e avvedutezza. Innanzitutto – come aveva spiegato a Emily svariate volte – non si era mai sentito dire di qualcuno che fosse stato assegnato a una Casa zodiacale errata; per questo motivo, prima di prendere una decisione, avrebbe portato Emily a Henwood Cross, una piccola borgata a nord di Coteau-de-Genêt, a poca distanza dal Muro, in cui viveva una persona a lei cara, alla quale voleva chiedere un parere.

La notte antecedente la partenza, Emily si fece coraggio ed entrò di sua volontà nel Piano Astrale di Mark Colby dopo aver stabilito – con matura e saggia deliberazione – che avere un fan sfigato e dalle tendenze da stalker era comunque meglio che non averne nessuno. Le serviva un punto fermo al quale aggrapparsi nei momenti di difficoltà, o alla lunga si sarebbe ritrovata sola e abbandonata a se stessa. Tormentare la Madre Reverenda poteva essere divertente nel breve periodo, ma se Chae-yeon avesse avuto un cedimento emotivo proprio nel momento del bisogno, come sarebbero sopravvissuti contro i Vuoti? *Sempre che quella sciacquetta piagnucolosa sappia davvero combattere, il che è poco probabile*, pensò Emily appena prima di spiccare un balzo astrale verso la stella del suo unico fan.

Il Piano Astrale di Mark Colby è un luogo spoglio e disadorno quasi quanto il suo, ma almeno lui possiede un tappeto, un divano e una lampada, che fluttuano nel buio del cosmo appoggiati per magia su un pavimento invisibile. Dopo aver dato un'occhiata ai propri vestiti, Emily nota che sta indossando il suo bellissimo abito di Prada nero. Purtroppo sa bene *perché* Mark la immagina proprio in quel modo, e questo le infonde un certo disagio.

Nel vederla comparire davanti a sé con un'esplosione di scintille colorate, Mark rimane di stucco. Si alza di scatto dal divano ed esclama: «Emily!?»

«*Fiu!*» si rasserena la bionda passandosi una mano sulla fronte per spostare i capelli. «Sono entrata senza preavviso nel tuo Piano Astrale e non ti ho beccato mentre ti stavi segando. Immagino che dovrei considerarmi fortunata.»

«Ah, ah, ah» replica lui con sarcasmo. «Qui non è possibile masturbarsi, nemmeno nel Piano Astrale. Perlomeno non da soli. Ma ho sentito dire che quando si è in due le cose cambiano radicalmente.»

«*Ech!*» Emily fa una smorfia ed estrae la lingua fingendo di avere un conato di vomito. «Scusa, ho quasi rigettato il Nettare del pranzo.»

Mark non raccoglie la provocazione. «Non riesco a credere che sei venuta davvero. Vuoi sederti?» le domanda indicando il sofà.

Emily lo guarda. È davvero un bel divano: largo, morbido e rivestito di tessuto color crema. «Ma certo che no! Chissà cosa ci combini, su quel divano» risponde acida, come se le fosse stato proposto qualcosa di ignobile.

«Va bene, rimaniamo in piedi allora. Come te la passi?»

«Benissimo! Cioè, ecco, in verità...»

«In verità?»

Emily intuisce che è arrivato il momento di mettere in scena la recita che ha preparato con cura. «Oh, Mark!» esordisce con enfasi, quasi fosse la scena madre di un dramma shakespeariano. «Alla Vergine mi sento detestata. Non c'è nessuno che mi voglia un minimo di bene. Mi trattano sempre con cattiveria, mi bullizzano perché sono debole. La mia leader abusa psicologicamente di me e se potesse farlo senza ripercussioni lo farebbe anche fisicamente! Dopo interminabili settimane di continue crudeltà l'ho costretta a prendere una decisione, ma a conti fatti forse ho sbagliato. Domani mi porteranno via, Mark! Non so di preciso dove mi trascinerà quell'arpia, né cosa ne faranno di me. Credo vogliano spedirmi in un'altra Casa, come se fossi un regalo non gradito. Dicono che non sono una vera Vergine, che sono un errore, un'aberrazione... Ho così tanta paura!» Si volta dall'altra parte fingendo di asciugarsi delle lacrime che non esistono.

Attende qualche istante ma non avverte nulla, nemmeno il rumore di un singolo passo nella sua direzione. Pur non essendoci il pavimento, sa che i passi riecheggiano comunque nel vuoto di ogni Piano Astrale.

Perde la pazienza e si volta di scatto verso Mark. È fermo nello stesso punto in cui era prima e si gratta la barbetta con aria assorta. «Ma che cazzo fai? Non provi nemmeno ad abbracciarmi o a consolarmi in qualche maniera? Ti avrei preso a schiaffi, ovviamente, ma almeno potevi provarci!»

Lui le si appropinqua con estrema prudenza.

«No, ormai è tardi! Sciò! Via!» Emily lo scaccia come se fosse una zanzara troppo cresciuta.

«Stavi recitando» spiega Mark con un tono da fidanzato coscienzioso che rinfocola ancor di più il livore di lei. «Ti ricordo che sono un tuo fan sfegatato.

Secondo te non mi rendo conto che reciti? Dubito che ciò che hai raccontato sia del tutto vero, ma magari un fondo di verità c'è. Perché non mi racconti sul serio i tuoi problemi?»

Emily sbuffa aria dalle narici, incrocia le braccia e scuote il piede sinistro. «Vuoi sapere come stanno davvero le cose? Benissimo. Alla Vergine non mi trovo bene e sto facendo impazzire la mia leader, per cui domani mi porterà in uno strano posto a nord. Dopo non so cosa succederà. Non credo che abbia cattive intenzioni, non sarebbe da lei, ma potresti almeno venire a controllare che io sia viva, di tanto in tanto, e che non mi stiano sottoponendo a degli strani esperimenti? Hai un coso volante, no? Usalo! Ti accordo il permesso di venirmi a trovare di persona. Sei contento o no?»

Mark sorride. «Sì, certo. Ma non posso mettermi a volare per il Tempio quando mi pare e piace, ho dei doveri anch'io. Comunque, ti prometto che verrò ogni volta che potrò.»

Porca puttana, nemmeno il mio stalker scatta più ai miei comandi, pensa Emily una volta tornata sul Piano Materiale. *Che cazzo gli hanno fatto, il lavaggio del cervello?*

Sono davvero sola.

Forse la prossima volta dovrei almeno sedermi sul suo schifosissimo divano.

***

Il territorio a nord di Coteau-de-Genêt, una volta superato l'Oliveto, si faceva più selvaggio.

Anziché rimanere sulla mulattiera per tutto il tragitto, Emily e Chae-yeon deviarono a est e percorsero degli stretti sentieri tra i campi e i boschi per godersi di più la natura. Avevano passato da poco l'Oliveto, quando attraversarono un immenso prato cosparso di papaveri rossi e gladioli di mille colori. La Madre Reverenda trotterellò tra i fiori, tenendo una mano a mezz'aria per sfiorarne i petali con le dita. Una brezza tiepida accarezzava e cullava l'erba nel sole del pomeriggio, soffiando verso di loro l'odore di terra e di verde. Emily si domandò se Chae-yeon la stesse sottoponendo a quel supplizio per farla pentire di voler cambiar Casa, o per tentare di farle avere un ripensamento. In ogni caso non avrebbe funzionato, perché la campagna non era proprio un ambiente adatto a lei. *Tutto sommato questo paesaggio non è male*, pensò per un breve istante, ma poi infilò alla bell'e meglio quel pensiero ribelle in un cassetto chiuso a chiave del suo subconscio e si concentrò sull'obiettivo primario: cambiare Casa e darsi ai bagordi.

A un certo punto, sulla destra, in direzione est, intravidero in lontananza un caseggiato sonnecchiante costruito su un pianoro isolato, ma Chae-yeon disse che non era quella la loro destinazione e proseguirono verso nord. C'era una strana nota di timore nella sua voce quando parlava di quel villaggio, ma la novizia non era abbastanza interessata da mettersi a indagare sul perché.

In verità, la Madre Reverenda era piuttosto taciturna quel giorno. A Emily quasi dispiacque. *Quasi*. Ne aveva abbastanza del suo *aegyo* e anche dei suoi rimproveri materni, tuttavia il silenzio era una cosa peggiore, perché la costringeva ad ascoltare il dolce frusciare del vento tra le foglie e gli steli d'erba.

Per quella occasione Chae-yeon aveva riportato i capelli al loro colore naturale, ovvero nero come l'inchiostro, ma avevano più volume del normale ed erano lunghi fino all'ombelico. Le ciglia erano diventate foltissime e il trucco era più acceso del solito. Emily si domandò chi accidenti la leader avesse intenzione di sedurre con quel look così accattivante, dato che quel giorno erano semplicemente due ragazze che facevano un'escursione in campagna. Ormai era quasi certa che la sua leader non fosse lesbica, per cui quella cosa non quadrava. In ogni caso fu proprio quel giorno, durante il viaggio, che Emily realizzò un fatto assai tragico: se fosse nata maschio ed eterosessuale, con tutta probabilità anche lei avrebbe ceduto al fascino della coreana. Le venne voglia di prendersi a schiaffi da sola.

Una volta che ebbero concluso il tour panoramico e furono tornate sulla mulattiera, Emily notò che in quella zona i campi erano coltivati con del grano vero e proprio. Tutto attorno a lei splendeva un mare di spighe dorate ed era evidente che quei campi non venissero mai utilizzati per piantarci le Drupe. A lato della strada vide un pilastrino di granito con sopra scolpite le indicazioni: "Muro del Calvario, 5 km" e "Henwood Cross, 3 km".

Mentre si avvicinavano alla destinazione, scorsero un ragazzo corpulento che camminava verso di loro dirigendosi sorridente nella direzione opposta, verso Coteau-de-Genêt. Quando il ragazzo gli passò accanto, Chae-yeon lo salutò con la consueta amabilità, ma a Emily scappò una risata nasale e si coprì appena la bocca con una mano.

Una volta che si fu allontanato di qualche metro, la bionda esclamò ad altissima voce: «Ora capisco a cosa serve tutto quel grano! Chae-yeon, potevi dirmelo che i ciccioni continuano a peccare di gola anche all'aldilà.»

La Madre Reverenda si fermò di colpo e ghermì la Discepola per il braccio. «Smettila subito!» le ordinò con gli occhi che scagliavano lampi.

«O cosa, mammina?» la provocò Emily con un sorrisetto irriverente. «Mi mandi a letto senza cena?»

«O ti riporto indietro e rimani con noi a vita.»

Emily si liberò dalla presa. «Ipocrita! Ti ergi a paladina dei grassoni tu, che non hai un'oncia di grasso in tutto il corpo?»

«Cosa c'entra il mio aspetto con le buone maniere?»

«Vuoi farmi credere che simpatizzi con loro perché in vita avevi anche tu dei problemi di peso? Non mi sembra plausibile, visto che facevi la modella.»

Gli occhi cobalto di Chae-yeon fuggirono lontano. «Non facevo la modella.»

«E va bene, la smetto, prima che tu ti metta a frignare come al solito» si scusò fintamente Emily. «Comunque non c'è proprio libertà di parola, qui alla Vergine.»

«Certo che c'è» replicò Chae-yeon. «Ma davvero vuoi farmi credere che non riesci a trattenerti dal dire cattiverie almeno per qualche ora?»

«Dio, quanto rompi. Non vedi? Quel cretino non ha nemmeno sentito, per cui non può essersi offeso.»

La Madre Reverenda osservò il ragazzo che si allontanava e si toccò il lobo di un orecchio. «Non è detto che non abbia sentito. Forse ha sentito e sta soffrendo in silenzio, umiliato dal tuo commento crudele. E forse, visto che non sono intervenuta, pensa che anch'io concordo.» Gli occhi le si velarono d'azzurro.

Emily alzò lo sguardo al cielo. «Oddio, no. Rieccola che piange. Ma come facevi a funzionare nella vita reale se frigni per ogni cosa? E comunque chissenefrega di cosa sta pensando quel tizio. Se aveva qualcosa da ridire sul mio "commento crudele" poteva ribattere. L'avrei massacrato senza pietà, ovvio, ma nulla gli ha impedito di provarci.»

Chae-yeon la fissò sgomenta. «Siamo due donne! I maschi ci rimangono malissimo quando le ragazze li prendono in giro per il loro aspetto, non te l'hanno mai spiegato?»

«Oh, cielo, qualcuno pensi ai sentimenti dei maschi!» replicò Emily trasudando sarcasmo. «Non so da quale millennio tu provenga, tesoruccio, ma io sono morta nel ventunesimo secolo e per noi i maschi sono bersagli consentiti. Quelli brutti, perlomeno. Quelli belli ce li scopiamo.»

«*Ah, shibal*![1]» Chae-yeon emise un ringhio, afferrò il polso della Discepola e la trainò verso il gruppo di case che si intravedeva già all'orizzonte. «Andiamo e basta, prima che combini altri casini.»

Nel sentire la leader proferire una rara oscenità, Emily tacque e si finse pentita. Non c'era motivo di continuare a litigare con lei proprio quel giorno, proprio quando, dopo tanto battagliare, aveva deciso di soddisfare la sua richiesta.

Mamma, sta' zitta.

"Ma non ho espresso alcun pensiero, tesoro."

Stavi per farlo.

"Se lo avessi fatto, avrei sottolineato che sei un vero portento nel sabotare i tuoi stessi piani. Povera Chae-yeon. Anche di fronte alle difficoltà si dimostra una persona squisita e dai modi di far–"

TACI.

Henwood Cross era un grazioso paesotto di campagna le cui costruzioni, dall'aspetto modesto ma non per questo fatiscente, erano disposte attorno a una piazzetta centrale pavimentata a ciottolato, sulla quale si affacciava anche una piccola chiesa. Quest'ultima era costruita in muratura e ben mantenuta; le pareti esterne erano dipinte di giallo scuro, mentre due colonne grigio chiaro di stampo europeo si innalzavano ai lati dell'entrata per sorreggere il soffitto di un minuscolo portico. Attorno al caseggiato Emily notò anche diverse fattorie, più di quante ce ne fossero nei dintorni di Coteau-de-Genêt, che paragonata a Henwood Cross era una città dall'aspetto assai più moderno.

---

[1] Trad. "Ah, fanculo!" in coreano informale.

Il paese si chiamava in tal modo perché sorgeva sul crocicchio fra quattro strade: oltre a quella che avevano appena percorso, altre due proseguivano verso le più vicine torri di guardia sul Muro, a mezzanotte e a ore uno, mentre l'ultima strada si dirigeva a ovest, verso il territorio dello Scorpione. Alle spalle di Henwood Cross si innalzavano alcune colline ricoperte da un groviglio di piante di ginepro, biancospino e rovi di more.

«Il Capitolo di Sebastian si riunisce qui» disse Chae-yeon indicando la chiesa, anche se in quel momento non si vedeva in giro nessuno. «Sono un gruppo di Guerrieri che preferisce vivere sempre vicino al Muro per accorrere più rapidamente in caso di bisogno. Sono persone brave e buone, e si occupano anche dell'addestramento dei novizi» affermò con orgoglio e una punta di malinconia.

«E questo Sebastian chi sarebbe?» domandò Emily aggrottando la fronte. «Un santo?»

«Ohi, quello mi sa che sono io!» annunciò una voce mascolina alle loro spalle. «Ma per quel che riguarda la santità, temo di averne combinata almeno una di troppo da vivo, per aspirare a tanto.»

Emily si voltò. Un uomo stava venendo loro incontro attraversando la piazzetta mentre si puliva le mani sporche di terra in uno straccio sudicio. Dimostrava tra i trentacinque e i quarant'anni, ed era – anche secondo gli esigentissimi canoni di bellezza di Emily Lancaster – davvero un bel tipo.

Sebastian era alto e robusto, con la pelle cotta dal sole. Il viso era inscurito da appena un accenno di barba, mentre i capelli castano chiaro diventavano quasi biondi sotto i raggi del sole. Il taglio era alla moda del ventunesimo secolo: corti ai lati ma con una folta chioma sopra la testa pettinata all'indietro e raccolta in un codino. Era vestito da avventuriero, più che da fattore: indossava una camicia beige spiegazzata e pantaloni marrone, tenuti fermi in vita da una cintura di cuoio scuro. Emily si domandò se per caso nel tempo libero andasse a depredare antiche tombe insieme a un noto professore d'archeologia americano, prendendo a pugni i nazisti tra una battuta di spirito e l'altra, con le musiche di John Williams in sottofondo.

«Buon pomeriggio a tutte e due» disse Sebastian in tono affabile. Nella sua voce si udiva un forte accento australiano anche parlando la lingua universale. «Qual buon vento vi porta nel nostro umile villaggio?»

«Ahh, ora capisco tutto» esordì Emily con un sorriso sbarazzino.

Chae-yeon doveva avere una grande dedizione al ruolo di co-protagonista, perché per far fluire meglio il dialogo domandò: «Cosa capisci, *unnie*?»

«Questo pezzo di fico te lo tieni nascosto qui, in modo da potertelo spupazzare a piacimento ogni volta che ne senti il bisogno, mentre a noi donne di Coteau-de-Genêt lasci gli scarti. Adesso ricordo: è lui che vidi chiacchierare con te nel Piano Astrale. Non osare negarlo!»

Sebastian scoppiò a ridere. Era una risata calda e piacevole.

«Non nego, ma solo sulla parte finale del discorso» ammise Chae-yeon. «Non c'è proprio nulla di intimo tra me e Sebastian.»

«Senti, senti.» Emily si lisciò i capelli biondi che le scendevano sulle spalle.

«Per quanto possa contare, confermo anch'io» dichiarò Sebastian sollevando una mano in segno di giuramento, pronto ad appoggiare la seconda sulla Bibbia.

Emily determinò che ci fosse una buona probabilità che non stessero mentendo, dunque si fece avanti per presentarsi ufficialmente. Porse la mano a Sebastian. «Piacere, io sono Emily Lancaster. Di certo avrai sentito parlare di me per via dei numerosi dischi di platino e dei Grammy che ho vinto, tra i quali vorrei ricordare le quattro vittorie nella categoria "Album dell'Anno" e le tre in "Miglior Disco Country", anche se il mio più grande successo commerciale l'ho avuto con il singolo *Fine By Me*, che sicuramente un uomo di mondo come te avrà avuto occasione di ascoltare parecchie volte, visto che è stato la colonna sonora dello spot pubblicitario della Pepsi più famoso degli ultimi vent'anni.»

«Piacere, io sono Sebastian de Ville» rispose lui stringendole con vigore la mano. «Perdonami, ma temo di essere morto prima che diventassi famosa. Mi piaceva il country. Una come te me la ricorderei di certo.»

«Ma davvero?» cinguettò Emily, facendo scorrere con nonchalance la punta dell'indice sul collo, dall'alto verso il basso. Finalmente era riuscita a modificare il proprio aspetto grazie alla Tempra Mentale e si sentiva già più attraente. Si era abbellita le labbra con un rossetto rosato più appariscente del solito, inoltre i capelli erano più lunghi e fluenti di prima. Indossava dei raffinati orecchini di perla mentre attorno al collo portava un nastrino di velluto bianco.

«Emily vuole cambiare Casa» s'intromise brusca Chae-yeon. Con lo sguardo parve aggiungere: "Sebastian è una brava persona, non ti permetterò di traviarlo."

«Cambiare Casa?» fece quest'ultimo strabuzzando gli occhi. «Stai dicendo sul serio? Eppure, che io sappia, non è mai stato concesso a nessuno.»

A differenza di Emily Lancaster, Chae-yeon Kwon era una pessima attrice. «Ah... oh... dici davvero?» balbettò fingendosi confusa, ma alla bionda parve evidente che lo avesse sempre saputo. «Allora, ehm... visto che ormai siamo qui, potresti darci il tuo parere? Non so proprio come comportarmi in questa situazione.»

«Pensavo che al massimo intendessi trasferirla in via ufficiosa negli Intoccabili. E invece vuoi disfarti del tutto di lei? Lavartene le mani come se non fosse mai stata una nostra Discepola?» la criticò Sebastian con una certa durezza.

Chae-yeon non rispose e abbassò lo sguardo, punta sul vivo.

«Ahi, ahi! Questa è la prima volta, da quando sono qui, che vedo la divina Madre Reverenda venire rimproverata da qualcuno. Oggi è davvero un giorno da ricordare con gioia» esultò Emily, ma la leader non raccolse la provocazione.

Sebastian sospirò, finì di pulirsi le mani e lanciò lo straccio sporco su una panca di legno a lato dell'entrata della chiesuola. Si sedette. Chae-yeon rimase in piedi con le braccia conserte, palesemente a disagio.

«Dunque con lei hai rinunciato» riprese Sebastian. «Ammetto che la cosa mi sorprende. Emily dev'essere davvero un osso duro per scoraggiare addirittura una come te.»

Emily sorrise, compiaciutissima.

«Senti, *oppa*, non è che la *unnie* mi lasci molta scelta» si giustificò Chae-yeon, torcendosi le mani. «Io non vorrei che lei se ne andasse, ma... ogni giorno fa delle scenate assurde che mettono tutti a disagio, turbando la pace dell'Oliveto. E poi offende di continuo le persone. Proprio mentre venivamo qui ha riso di un ragazzo un po' in sovrappeso. Chi mai si comporterebbe in una maniera del genere, tra noi della Congregazione?»

Emily socchiuse le palpebre, indignata. «Gli spifferi proprio tutto, eh? Vigliacca! "Un po' in sovrappeso", hai detto? Quel lardoso pesava come minimo quattrocento libbre. Mi spieghi come fanno a esistere dei tripponi del genere anche qua al Tempio, dove c'è la Forma dell'Anima? Non ha alcun senso, proprio nessuno. Quello è talmente pigro che oltre a non allenarsi in vita non si prende nemmeno la briga di cambiarsi d'aspetto ora che è qui?»

«Non lo so, ma chi se ne importa? Quel ragazzo si sente bene così. Lascialo perdere e pensa al tuo, di aspetto!» ribatté Chae-yeon esasperata.

«Ci penso eccome, tesoro. E infatti guardami: sono splendida.»

«Va bene, va bene, ho capito» interloquì Sebastian. «Hai altro da riferire? Qualcosa che mi aiuti a comprendere meglio la tua decisione?»

La Madre Reverenda lanciò un'occhiata furtiva alla Discepola e aggiunse con voce più seria: «A volte Emily ha dei brutti pensieri autodistruttivi che non mi fanno stare affatto tranquilla, e sono causati dalla sua infelicità nel vivere qui.»

Emily tacque, perché si rese conto che quell'argomentazione giocava in suo favore.

Sebastian si grattò la barbetta mentre alternava lo sguardo tra le due ragazze. «Noi della Vergine lavoriamo duro ogni giorno. Tale è la forza del nostro spirito. Emily sotto questo aspetto com'è?»

«Svogliatissima» ammise Chae-yeon con sconforto. «Non vuole quasi mai lavorare, e lo fa solo perché io glielo impongo, il che mi fa sentire davvero in colpa.»

Sebastian schioccò le labbra e aspirò l'aria tra i denti. «È davvero strano. Non si è mai sentito dire di qualcuno che sia stato assegnato alla Casa errata, ma non si è nemmeno mai sentito dire di una Discepola svogliata. Potrebbe esserci stato sul serio un errore.»

«Alleluia, finalmente qualcuno l'ha capito!» esclamò trionfante Emily. «Ma se proprio devo dirla tutta, a Chae-yeon più che *lavorare duro* piacerebbe fare lavoretti manuali a degli *arnesi duri*, non avendone mai toccati in vita sua.»

La Madre Reverenda avvampò d'azzurro e gesticolò in maniera disordinata. «Ecco, e poi fa sempre queste battute a sfondo sessuale! È una sporcacciona!»

«No, io sono una ragazza perfettamente normale, sei tu a essere una verginella troppo pudica. Sei mai stata baciata, almeno? Non avrai mica un disgustoso herpes cronico sotto tutto quel rossetto?»

«*Yah, unnieee!*» esclamò Chae-yeon imbarazzata e abbattuta al tempo stesso, coprendosi le labbra con le mani.

Sebastian scoppiò a ridere. «Non mi avevi detto che la nostra Emily ha sempre la battuta pronta.»

Chae-yeon alzò entrambe le sopracciglia. «Se la trovi davvero simpatica potrei lasciartela qui, magari tu riusciresti a metterla in riga.»

«Non mi dispiacerebbe» fece Emily, sistemandosi di nuovo i capelli mentre regalava a Sebastian uno sguardo di fuoco. «Da lui mi lascerei mettere in riga, ma anche in tante altre posizioni.»

Sebastian ridacchiò di nuovo e si batté le mani sulle ginocchia. «Emily, non ti sei mai accorta che tutte le donne della Vergine hanno un carattere simile alla nostra Madre Reverenda? Forse eri talmente concentrata a criticare lei che non ci hai fatto caso, eppure è così. Avranno meno corteggiatori, magari, ma ne hanno anche loro, e tutte quante sono amorevoli e "pudiche", come dici tu.» Si rivolse a Chae-yeon: «Emily è amorevole?»

La Madre Reverenda scosse la testa. «Proprio poco.»

«Ma è *ovvio* che non sono amorevole» sbottò l'interessata. «Essere amorevoli è roba per patetiche ragazzette asiatiche sottomesse agli uomini.»

«*Ah jinjja!*» si adirò Chae-yeon. «L'hai sentita? Dice sempre queste frasi piene di pregiudizi, e poi accusa *me* di essere razzista! *Eottokaji?*»

«Smettila di blaterare nella tua insulsa lingua nativa per impietosire le persone.»

Sebastian gesticolò per farle smettere di bisticciare. «Avanti, basta! Comportatevi da persone adulte. Che mi dici della sua forza come Guerriera? È aumentata dal giorno della Ceremonia?»

Chae-yeon si mordicchiò l'indice, assorta. «L'altro giorno ha mostrato qualcosa di promettente, ma è successo per caso. Quando prova a dimostrarsi forte non lo è per nulla, però se usa l'istinto riesce a spezzare i rami degli alberi con le mani. È così strano.»

«In ogni caso non è una Intoccabile, questo è il punto. Ora comprendo meglio le tue perplessità. Non si tratterebbe di un errore di classificazione, ma solo di segno zodiacale.» Sebastian si alzò in piedi, si grattò il mento con aria meditabonda e infine disse: «Portala all'Alma Mater, da Nightingale. Se c'è uno che ha studiato a fondo i meccanismi e il funzionamento della Fonte quello è lui, e credo ti saprà dire con una certa sicurezza se c'è stato davvero un errore. In quel caso sarebbe la prima volta nella storia del Tempio, suppongo.»

Emily tacque e fissò la sua leader con occhietti fiduciosi.

«E va bene, domani andremo allo Scorpione» concesse Chae-yeon. «Ma stasera ci fermeremo qui, *unnie*.»

«Accetto!» gioì Emily. «È fatta! Finalmente non dovrò più lavorare!»

Chae-yeon roteò gli occhi. «Certo, come se nelle altre Case si battesse la fiacca.»

Emily serrò le palpebre e incrociò le dita, mormorando tra sé e sé: «Toro, Toro, Toro, Toro, Toro, Toro...»

«Che stai facendo adesso?»

«Vorrei venire riassegnata a quella Casa, mi pare ovvio, no? Ho pensato che magari è come quando si rimane incinte e si vuole influenzare il sesso del bambino. Se ci credo intensamente accadrà davvero.»

Chae-yeon parve poco convinta. «Dubito sia così, ma se vuoi il mio onesto

parere al Toro ti ci vedrei bene.»
«Visto? Se perfino tu sei d'accordo allora è sicuro!»

Il sole stava ormai tramontando e spargeva pennellate arancioni sui muri bianchi e gialli delle case. Un gruppo di Discepoli vestiti in maniera analoga a Sebastian giunse nella piazza da nord. Tra di loro, Emily riconobbe subito Vicente e Angelina, i due novizi arrivati al suo stesso Rito. Chae-yeon corse ad abbracciarli e gli chiese se l'addestramento stesse procedendo come speravano. Loro sembravano soddisfatti. Avevano un aspetto più fiero di quando erano partiti.

Dopo che Sebastian ebbe scambiato qualche breve parola con i suoi colleghi di Capitolo, Emily rimase da sola in sua compagnia. Lui le fece un cenno con la testa per suggerirle di seguirlo e la guidò appena oltre la prima fila di case, per ammirare insieme a lei il panorama dei campi dorati dietro i quali scendeva il disco solare ormai infuocato. In quel momento, Emily ritrovò finalmente il buon umore.

«Sebastian» esordì socievole. «Cosa fate di preciso qui a Henwood Cross? Siamo circondati da campi di grano, ma mica lo mangiate. O sbaglio?»

«No, non sbagli» rispose lui malinconico. «Qui coltiviamo la terra perché amiamo farlo e perché lavorarla fortifica la nostra mente e quella dei novizi che si addestrano con noi. Il lavoro manuale nobilita lo spirito. Vedere crescere qualcosa è una bella sensazione, per questo seminiamo il grano e lo raccogliamo. Uno dei Tessitori è così gentile da assecondarci, facendo crescere le spighe dopo che abbiamo irrigato i campi con l'acqua del torrente che scorre qua vicino, come se fosse tutto reale.»

«Io... davvero non vi capisco» ammise Emily scuotendo la testa. In compagnia di Sebastian aveva un atteggiamento più educato del solito. «Questa vita non fa proprio per me. Lavorare senza ottenere una ricompensa... Perché dovrei farlo, se non esistono i soldi?»

«Capisco ciò che vuoi dire, ma è la divisione in Case zodiacali a cambiare le cose. Anche lavorare sodo può diventare un'attività piacevole, se si è in compagnia dei propri simili. E non intendo i propri simili in senso di razza, o di religione o di sesso, ma di spirito, d'animo.»

«I propri simili» ripeté Emily con voce sommessa, riflettendo per la prima volta in maniera concreta su quel concetto che ancora le sfuggiva.

Sebastian parve comprendere le sue incertezze. «Vedrai che riuscirai a trovarli anche tu.»

Non troppo lontano, nascosta dietro dei cespugli di biancospino su una collinetta alle spalle di Henwood Cross, Elle dei Gemelli concluse il suo colloquio con una vecchia megera dai capelli grigi e le labbra raggrinzite, che fumava una sigaretta con aria burbera. La vecchia se ne andò, scomparendo nell'intrico della vegetazione.

Elle si sporse dai cespugli per osservare il borgo. Intravide Emily e Sebastian che si intrattenevano con altri membri del Capitolo.

«Oh, no, no. Sciocca, sciocca Chae-yeon» mormorò tra sé e sé. «Vuoi portare la principessa al castello. Ma il castello non è un luogo sicuro per lei.»

***

Quella sera gli abitanti di Henwood Cross – che si scoprì essere diverse centinaia – accesero un grande falò in mezzo alla piazza e si sedettero attorno al fuoco a conversare e a raccontarsi storie. Chae-yeon, che non si lasciava mai sfuggire l'occasione per esibirsi, cantò qualche ballata in coreano accompagnandosi con una chitarra prestatale da uno degli uomini. La sua voce era delicata, celestiale. Se la cavava benissimo con il falsetto, ma all'occorrenza riusciva a raggiungere note alte anche prendendole di petto. Dopo un po', incitata da altri, cantò alcuni brani di uno strano genere che chiamò *trot*. Emily non lo aveva mai sentito nominare, ma si rivelò più divertente del previsto. Sembrava pop per una generazione passata, eppure Chae-yeon si dimostrava portatissima anche per cantare in quello stile. Emily si domandò se fosse possibile modificare le proprie abilità vocali tramite la Tempra Mentale, come se fossero un abito o il proprio aspetto, perché proprio non riusciva a spiegarsi per quale motivo quella scemotta sapesse cantare così bene. Evidentemente per lei fare due più due non era così scontato; o forse lo era, ma un agente segreto del suo subconscio aveva intercettato quella intuizione potenzialmente devastante e l'aveva nascosta in una cassaforte affinché non potesse nuocere.

«Emily, hai detto di essere una cantante famosa, giusto? Cantaci una tua canzone» suggerì Sebastian a un certo punto. Altri vociarono concordando con lui.

Emily Lancaster, che senza software vocali e microfoni speciali era intonata per modo di dire, declinò in maniera educata la proposta, anche perché il confronto con Chae-yeon sarebbe stato impietoso.

«Mi spiace, ma a me cantare ha sempre fatto schifo» si giustificò senza dimostrare nemmeno un filo di vergogna. «Cantavo solo per fare soldi ed essere famosa.»

Gli occhi cobalto di Chae-yeon fiammeggiarono, ma si trattenne dall'esprimere qualsiasi commento. L'ordalia era quasi giunta all'atto finale. Avrebbe condotto Emily dal buon vecchio Magnifico Rettore, il più saggio e sapiente tra i leader, e lui avrebbe di certo saputo come risolvere la questione, perché quella ragazza bionda sarà stata tante cose, ma di certo un membro della Congregazione della Vergine non era tra quelle.

Emily IV

Stati Uniti d'America
New York, Midtown Manhattan, Rockerfeller Center

«*Welcome back, everyone*[1]*!*» esclama un giulivo Timmy Callon guardando dritto in camera. «La nostra prossima ospite è una cantante che ha venduto ormai più di cento milioni di copie; l'anno scorso è andata in tour riempiendo gli stadi di mezza America e le sue storie sentimentali sono costantemente al primo posto nei trend sui social media. Signore e signori, l'adorabile, l'impareggiabile, l'inimitabile... Emily Lancaster!»

Il pubblico in studio grida e applaude con foga – seguendo l'indicazione della grande insegna luminosa che si accende proprio in quel momento – mentre la bionda popstar scivola fuori dalle scure tende laterali indossando un vestito di Prada nero attillato e orecchini d'argento da cui scendono delle perle grandi un pollice.

Emily sorride mettendo in mostra i denti bianchissimi e saluta con una mano il pubblico, avviandosi poi verso la poltroncina grigia accanto alla scrivania del conduttore. Quel pomeriggio porta un rossetto rosso fuoco ed extension bionde perfettamente abbinate al colore dei capelli per renderli più lunghi. Si sente bellissima e fatale mentre si siede con eleganza e scherza con Callon.

«Wow! Sei stupenda, stasera! Hai un aspetto meraviglioso!» commenta il conduttore senza il minimo accenno d'onestà, ma il pubblico pare non notarlo. «Gente, non è fantastica la nostra Emily? È il nostro tesoro nazionale!»

Gli spettatori in studio concordano applaudendo e strillando per la seconda volta.

Stasera sono bellissima perché ho i capelli lunghi, gli altri giorni no. È questo che stai dicendo? «Grazie mille, tesoro. Anche tu sei magnifico» risponde Emily con ancor meno onestà di lui.

«Se non sbaglio il tuo compleanno è tra una settimana, giusto? Quanti ne compi? Diciotto?» gigioneggia Callon.

Il pubblico ride. Emily si finge lusingata ma soprattutto modesta. «Magari! Purtroppo ho qualche annetto in più. Sono praticamente una vecchietta, ormai.»

«Non ne dimostri più di venti, se vuoi il mio parere. Dunque, perché non ci parli del tuo nuovo album? Credo che il titolo in questo caso sia particolarmente azzeccato.»

---

[1] Trad. "Bentornati a tutti!" in inglese.

Emily si gira verso il pubblico e guarda in camera con aria umile per stabilire un contatto emotivo coi fan. «Il mio nuovo album è intitolato *27*, ovvero il numero di anni che compirò tra una settimana, ed è in uscita il mese prossimo. Ho deciso di cambiare il mio sound per dimostrarvi la mia crescita sia come persona che come artista. Le canzoni contenute in *27* hanno delle sonorità più sofisticate e mature rispetto ai dischi precedenti, e ho scritto io stessa i testi, come facevo un tempo. Spero davvero che vi piaccia.»

«Ma certo, sono sicuro che i tuoi fan lo adoreranno come hanno adorato i precedenti e batterai altri record» assicura Callon, tamburellando le mani sulla finta scrivania. «Come si chiama il primo singolo?»

«È intitolato *Return*. Ho scritto il testo qualche mese fa, quando sono tornata a far visita ai miei genitori a Nashville, in Tennessee. È stata un'esperienza emotivamente molto importante per me.»

«Quando eri piccola non abitavi però proprio a Nashville, ma appena fuori, o sbaglio? Com'è che si chiamava... Franklin?»

«Wow, sei davvero un mio fan» commenta una raggiante Emily, anche se preferirebbe evitare gli argomenti "infanzia" e "genitori". «Sì, sono di Franklin, una cittadina di sessantamila abitanti alle porte di Nashville.»

«Hai detto che questo disco ha un sound più maturo dei precedenti. Ti senti più matura, quindi?»

«Sì, direi di sì. Credo di aver imparato molto e di essere cresciuta come persona, in questi ultimi anni. Anche se a voi potrebbe non sembrare, è stato un periodo difficile per me.»

«Uuu-huu!» ulula quel briccone di Timmy Callon. «Stai parlando dei tuoi ex-fidanzati, non è così? Stai parlando di quelli.»

«Sì, di *quelli*... ma anche di altro.» Emily abbassa lo sguardo al momento giusto, per conferire alla scena il giusto peso drammatico. Ripassa a mente le parole che ha memorizzato e aggiunge: «Negli ultimi tempi a volte mi sono lasciata andare e ho fatto delle dichiarazioni estremamente offensive sulle donne delle quali mi sono pentita. *Sinceramente* pentita.»

«Ah, già. Me le ricordo. Credo che qui in giro se le ricordino in molti, non è così?» Si gira verso il pubblico con un sorrisetto insolente.

Gli spettatori in studio ancora una volta ridono e schiamazzano a comando, ma si sente anche qualche timido "buu".

Emily riprende la recita con una finta aria contrita. «Sì, ecco, vorrei precisare che quelle dichiarazioni non rappresentano la mia reale opinione. È stato un momento di scarsa lucidità dovuto agli stravizi, ma ora ho dato un taglio anche a quelli e mi sento rinata. Sono da sempre una grande sostenitrice dei diritti delle donne e della comunità gay. Quei tweet sono stati davvero un tremendo sbaglio. Avevo bevuto troppo quella sera, anche se so che non è una giustificazione valida. Purtroppo ero emotivamente debole, degli uomini potenti mi avevano *costretta* a bere, e... possiamo parlare del fatto che i maschi sono spazzatura? E la spazzatura ogni tanto va gettata in discarica!»

Il pubblico – composto per lo più da femministe radicali – esplode dalle risate e la applaude con fervore.

«Ah ah! Io non mi oppongo di certo: sono del tutto d'accordo con te» approva lo stolido conduttore, forse dimentico di essere un uomo anche lui. «A proposito, mi hanno detto che hai mollato il tuo ultimo fidanzato. Possiamo ancora dire il suo nome in pubblico? Possiamo dirlo?»

Emily risponde con un'alzatina di spalle e un sorrisetto perfido. «Dillo pure. Tanto lo sanno tutti.»

Timmy Callon si volta verso la telecamera e bisbiglia: «Dick Cockran.»

Al pubblico viene ordinato di rumoreggiare. Nello studio si leva un brusio fatto di voci oltraggiate e indignate, insieme a dei fischi.

«Ah, già, dunque è così che si chiamava» scherza Emily ammiccando. «Sai, mi ero quasi dimenticata di lui. A volte è difficile ricordare certe nullità, specialmente quando sono nulli anche in camera da letto.» Gli spettatori per l'ennesima volta la sostengono applaudendo e ridendo a crepapelle.

Il conduttore sembra divertito quanto il pubblico. «Ma sì, ma sì! Dopotutto, cos'avrà mai fatto il buon vecchio Dick, di così importante? Qualche filmetto di tanto in tanto...»

«A proposito, ho saputo che il suo ultimo film d'azione nel ruolo da protagonista ha floppato al botteghino, qualche settimana fa. Mi dispiace, dico davvero. È una cosa talmente triste...» Emily finge di asciugarsi delle lacrime.

«Oh-oh! Speriamo non si arrabbi troppo. Mi hanno detto che il nostro Dick ha qualche problemino a gestire la rabbia, ogni tanto. C'è stato quel piccolo incidente in quella caffetteria di Manhattan, se non vado errato. Tu per caso ne sai qualcosa, Emily cara?»

«Una brava ragazza come me? Ma no, certo che no» mente lei, talmente spudoratamente da far scoppiare a ridere il pubblico ancora una volta.

«Emily, a quanto ammonta il tuo patrimonio, oggi come oggi?» domanda Callon, congiungendo le mani sulla scrivania. «Ti ho vista nella classifica di Forbes, ma non ricordo la posizione esatta. Dacci una cifra approssimativa.»

«Mah, credo qualcosa come mezzo miliardo di dollari» risponde Emily con falsa modestia, fingendo di non sapere l'esatto ammontare del suo conto bancario preciso al centesimo. «Sai, al momento guadagno più di cento milioni ogni anno, tra le vendite dei dischi, i tour e i contratti con i vari brand d'abbigliamento.» Ciò che non rivela, però, è che sta vivendo di rendita coi dischi di maggior successo pubblicati quando era appena una teenager e che la sua carriera è in parabola discendente ormai già da qualche tempo.

«Wow, ma è quasi il PIL di un Paese in via di sviluppo! Sei divina! Dick si starà di sicuro mangiando le mani!» si compiace un gongolante Timmy Callon. «Hai mai pensato di comprarti, che ne so, uno staterello del terzo mondo, o un'isola sperduta nel Pacifico?»

«Un'isoletta tropicale non mi dispiacerebbe» rivela Emily con un sorrisetto beffardo. «Ma poi dovrei andarci a vivere da sola? Sai che noia. Se solo qualcuno di decente si facesse avanti per accompagnarmi.»

Timmy Callon contempla il viso di lei con occhi adoranti. «Eh, già, eppure i fidanzati li molli sempre tutti. Ma cosa fai agli uomini?»

«È più quello che loro fanno a me» replica lei, simulando un sospiro rattristato.

«Troverai mai quello giusto?»

«Chi lo sa. Io cerco solo un bravo ragazzo, mica mi interessano i suoi soldi, e non c'è nemmeno bisogno che sia bello. Purtroppo, tutti gli uomini che ho incontrato finora si sono dimostrati una cocente delusione. Chissà cosa mi porterà il futuro. Forse... potrei cercare una donna.»

Il pubblico impazzisce e le regala venticinque minuti d'applausi ininterrotti.

Conclusa l'intervista, Emily scosta la grande tenda di velluto scuro e si introduce dall'altra parte, addentrandosi nei cupi corridoi del backstage. Ad attenderla c'è una moltitudine di persone strillanti, tra le quali i microfonisti – che iniziano subito a rimuoverle il microfono dal vestito –, la sua manager, il produttore e molti membri dello staff, tra i quali gli stessi autori dello show. Il capannello di persone la segue per i corridoi facendo un baccano infernale. A Emily sale un leggero mal di testa.

«Sei stata favolosa» le assicura uno degli autori del programma. Indossa un paio di occhiali zebrati. «Sarà di certo un'eccellente puntata e avremo ottimi rating. Se vuoi il mio parere, dovremmo invitarti ogni settimana.»

«Emily, sono da sempre una tua grande fan! Ti andrebbe di farmi un autografo? Significherebbe tantissimo per me» la implora una delle truccatrici, porgendole diversi oggetti tra i quali c'è il suo album più recente.

Emily si sforza di sorriderle e afferra il pennarello indelebile.

Certo che te lo faccio, stupida puttanella, anche se so bene che questa roba finirà tutta su Ebay entro stanotte. Nessuno conserva mai gli oggetti che autografo. A nessuno frega un cazzo.

Il gruppo raggiunge finalmente il camerino riservato agli ospiti. I soffitti sono bassi, ma l'ambiente è chic. In mezzo alla stanza si trovano diverse poltroncine e un divanetto di pelle, mentre in fondo c'è un grande specchio contornato da lampadine che sprigionano luci intense per controllarsi al meglio il trucco. Alle pareti sono appese decine e decine di foto degli ospiti famosi che nel corso degli anni hanno partecipato al programma.

Attorno a Emily tutti sono allegri e festosi, eppure lei avverte un nodo stringersi attorno allo stomaco. Sa che Mark sta arrivando e che dovrà mettere in scena la recita più difficile della sua vita.

Qualcuno spegne le luci.

Emily trasalisce e si porta una mano al cuore. «Che cazzo succede?!» esclama spaventata, ma dopo pochi secondi il mistero si svela.

Un nuovo gruppo di persone entra nella stanza reggendo una grande torta con sopra delle candele già accese, poi tutti insieme intonano una canzone per augurarle buon compleanno. Ormai c'è una vera folla a festeggiarla, ma, non riuscendo a entrare tutti nel camerino, molti sono costretti a guardare la scena dal corridoio. Emily dovrebbe dimostrarsi commossa, ma in quel momento riesce a pensare soltanto a quando da lì a poco dovrà gridare di essere stata violentata, accusando un innocente.

Ma posso davvero considerarlo un innocente? Quel bastardo ha comprato il mio numero di telefono su internet ed è sicuramente un pervertito. Forse si merita di andare in prigione.
Magari mi assalirà davvero e non dovrò nemmeno recitare!
Ma no, cosa sto dicendo. A conti fatti, quello sfigato non mi sembra il tipo.

Le luci si riaccendono e i presenti battono le mani mentre esclamano a gran voce: "Buon compleanno!". In cima alla torta, sopra il bianco strato di panna montata, c'è scritto "27" con dei numeri dorati.

«Sappiamo che il tuo compleanno è tra una settimana, ma abbiamo colto l'occasione per farti gli auguri in anticipo» dice una delle autrici. «Quando mai ci ricapiterà un'occasione simile? La tua manager ha detto che ti avrebbe fatto piacere.»

Le innate doti recitative di Emily le vengono in aiuto ancora una volta. «Che amori! Non dovevate!» piagnucola, fingendo di asciugarsi delle lacrime che non esistono.

Uno stilista con i capelli lunghi si fa avanti. «A proposito, credo di doverti informare che la torta l'abbiamo preparata noi dello staff nella cucina del backstage, quindi non ti garantisco che abbia un gusto incredibile, ma... assaggiane almeno un boccone! Non credo che ti avvelenerà. Anzi, considerati gli ingredienti, ritengo sia empiricamente impossibile» assicura, e tutti quanti scoppiano a ridere.

«Ma certo, ne mangerò come minimo una fetta» promette Emily, mostrandosi emozionata e affabile come non mai. «Ne mangerei anche due, se questa settimana non fossi a dieta. Comunque sono in favore dell'abolizione dei canoni di bellezza. Le persone grasse sono belle quanto le magre! Vero, ragazzi?»

Loro concordano e la acclamano come fosse la salvatrice della patria.

Una truccatrice si avvicina alla torta con un grosso coltello da cucina. Emily sgrana gli occhi facendo finta di essere terrorizzata e causa un altro episodio di ilarità generale.

«Scusami tanto, ma nella nostra cucina non avevamo un coltello da torte adatto» spiega la truccatrice tra le risate. «Dovremo tagliarla con questo.»

«Non c'è problema, non preoccuparti» assicura una radiosa Lancaster, osservando con supponente benevolenza la ragazza che brandisce il coltello.

La truccatrice taglia con cura una bella fetta di torta e gliela porge su un piatto di cartoncino, iniziando poi a prepararne altre per lo staff.

Dopo avere assaggiato il primo boccone, Emily rileva con piacere che è fatta di pan di spagna, crema e cioccolata, ed è sorprendentemente buona. Il suo stomaco, però, è troppo in subbuglio per potersela gustare.

Come se non bastasse, nella confusione generale Arnold Schwarzkopf le si avvicina senza dare nell'occhio e le bisbiglia all'orecchio: «Colby è entrato nell'edificio.»

Emily annuisce, ma il suo sguardo rimane fisso sulla fetta di torta. Il piattino inizia a tremolare. Lo appoggia come può sul ripiano sotto lo specchio e fruga nella borsa per cercare il cellulare. Accende lo schermo. Dodici messaggi di notifica. Non li legge nemmeno, sa già che è Mark.

Arnold si allontana e si rivolge ai presenti richiamando l'attenzione con degli enfatici gesti delle mani. «Gente, è stato bellissimo, ma ora potremmo liberare il camerino per qualche minuto? Emily è in attesa di un ospite molto... *personale*. Tornerete a salutarla più tardi.»

Alcuni uomini dello staff esternano diversi commenti allusivi e si avviano fuori, mentre le donne ammiccano a Emily e bisbigliano: «Un nuovo ragazzo?»

Emily nega ridacchiando e inizia a mangiarsi le unghie. Osserva la fila di persone che esce dalla stanza e sparisce nei bui corridoi del backstage. Uno alla volta, tutti la lasciano. A ogni persona che se ne va, percepisce un fiotto d'ansia diffondersi nelle vene come una dose d'eroina tagliata male.

Nel camerino cala il silenzio.

Fermo sulla soglia, Arnold si volta e la osserva un'ultima volta per rivolgerle un sorriso viscido. «Tranquilla, io e la security saremo nella stanza accanto. Sai cosa fare.»

Emily conferma con un cenno della testa e si alza in piedi, pareggiando alcune pieghe nel vestito di Prada. Per un attimo considera la possibilità di canticchiare qualcosa per alleggerire la tensione, poi valuta che sarebbe perfino più stonata del normale e i muri della stanza crollerebbero per l'imbarazzo.

Questo vestito mi sta proprio bene. Mette in risalto le poche forme che ho. Un vero depravato non avrebbe esitazione a prendermi con la forza, se gliela facessi annusare un pochino.

No, vaffanculo. Non ci sarà bisogno di questo. Urlerò e basta, anche se non mi avrà fatto niente.

Però, Mark non mi sembra poi così...

No! Emily Lancaster, datti una svegliata, per la miseria, e ricordati una delle grandi regole della vita: gli stalker brutti e poveri si chiamano quattro mesi di reclusione, gli stalker belli e ricchi si chiamano futuri mariti.

Il silenzio innaturale che aleggia nel camerino viene interrotto dal cigolio della maniglia che si abbassa. Emily ha un sussulto al cuore.

Un ragazzo sulla trentina si affaccia con circospezione. È magro e di media statura. Indossa un cappello da baseball blu per coprire la palese calvizie incipiente, mentre gli occhiali gli conferiscono un certo aspetto da intellettuale (o da pretenzioso cretino, a seconda delle opinioni). Attorno al collo ha una fascetta con attaccato un lasciapassare che indica che è un ospite vip e che gli è permesso di muoversi liberamente per il backstage.

Emily deglutisce. «Mark?»

Lui richiude la porta dietro di sé e la saluta appena con la mano, arrossendo. È evidente che incontrare Emily dal vivo, soprattutto in maniera così intima, lo sta emozionando come un ragazzino delle medie al primo contatto col sesso femminile.

«Sei in grado di parlare? Non sarai mica sordomuto?» lo incalza lei, agitatissima.

Le guance di Mark vanno a fuoco. «Sì, so parlare. Scusa, è che non mi aspettavo che fossi così bella dal vivo. Alcuni dicono che lo sei solo grazie al trucco e alle luci. Invece sei più bella dal vivo che in tv, ci credi?»

Emily si sfrega le dita sul collo e lo studia con più attenzione.

È patetico. Cos'è, la prima volta che rivolge la parola a una ragazza in carne e ossa?

Dio, quant'è brutto.

Cioè... il suo viso in realtà non mi dispiace... e poi almeno è magro, però...

Però è un ragazzo comune.

Che schifo.

«Grazie mille, tesoro. Anche tu sei, ehm... *carino*» mente con spudoratezza toccando uno dei suoi orecchini di perle. «Mi fa davvero piacere che tu sia venuto. Hai visto? Quelli dello staff mi hanno fatto gli auguri di compleanno in anticipo. Vuoi una fetta anche tu?»

Mark osserva perplesso i resti della torta e le decorazioni con scritto "27". «Ehm, no, grazie. Sembra buona, ma perché te l'hanno preparata oggi? Il tuo compleanno è tra una settimana. Non porta sfiga fare gli auguri in anticipo?»

Emily fa spallucce e sfoggia un sorriso radioso. «Non sarai mica superstizioso? Dai, avvicinati un po'. Non rimanere lì impalato accanto alla porta come un allocco. Voglio vederti meglio.»

Mark avvampa e le si avvicina tenendo lo sguardo basso, aggiustandosi gli occhiali e il cappello. «Sai quanto ho passato a immaginare questo momento? Sono ormai dieci anni che guardo a ripetizione i tuoi video musicali e le tue interviste su YouTube. Leggo tutti i tweet e le Instagram story. Non mi perdo mai nulla.»

«Certo, lo so. Sei un vero fan.»

Emily si mordicchia un'unghia.

Smettila di provare pena per lui, stupida cretina. Pensa a quando sarai sulla bocca di tutti per essere sopravvissuta a una violenza sessuale; pensa a quando andrai a parlare alle Nazioni Unite e dirai a tutti i capi di Stato che va messo un guinzaglio agli uomini, perché sono tutti dei predatori sessuali, nessuno escluso, ed è ormai risaputo; pensa a tutti i bei maschioni che ti scoperai dopo, quando faranno la fila per venire a dimostrarti che loro non sono come gli altri, che loro sono diversi.

In fondo non sarà poi peggio di quando ho suggerito ai fan su Twitter di difendere il mio onore da quel critico musicale che aveva scritto che sono stonata, e loro hanno scoperto dove abitava e sono andati a pestarlo a morte. Alla fine Mark andrà soltanto in prigione e... be', quello che potrebbe succedergli in prigione non è affar mio.

Allora perché mi sento così sporca?

«Emily, sono davvero felice di incontrarti, ma hai ripensato a quello che ti ho detto? Hai annullato la tua festa di compleanno? Quella vera e propria, intendo, non questa» la avverte Mark con voce preoccupata.

Lei riesce a sfoderare in qualche modo un sorriso languido. «Dai, smettila di deprimermi con questa storia di complotti e uccisioni. Non possiamo parlare di cose più piacevoli? Siediti qui, accanto a me.»

Mark si siede vicino a lei sul divanetto di pelle, in palese imbarazzo. «Certo che mi piacerebbe parlare d'altro, ma secondo me stai sottovalutando la cosa.

In fondo ti capisco. Non mi conosci ancora e probabilmente pensi che io mi sia inventato tutto per avere una scusa per conoscerti, ma ti assicuro che non è così. Ti scongiuro, devi credermi.»

«Hmm-hm! E infatti io ti credo, ma tanto ci sarai tu a proteggermi, no? Ti inviterò anche alla mia festa di compleanno ufficiale, e quando le mie amiche mi chiederanno cosa sei per me, cosa risponderemo?» Emily gli accarezza un braccio. Subito dopo si sistema meglio il vestito, tirandolo un pochino verso il basso per mettere più in mostra il decolleté.

Sto per vomitare sto per vomitare sto per vomitare sto per vomitare
Dio, ti prego, fa' che mi metta le mani addosso e che sia finita qui.

Mark arrossisce violentemente ma sembra anche piuttosto perplesso. «Emily, che cavolo ti prende? Sei strana. Non devi fingere solo per farmi contento.»

Merda.
Cosa devo inventarmi per farmi toccare da questo maiale? Devo girarmi e mettermi a novanta?

Emily riparte alla carica e gli si avvicina un altro po'. «Chi ti dice che io stia fingendo? Credi ti abbia invitato qui solo per parlare? Non essere ingenuo. Se sostieni di essere un mio grande fan, dovresti sapere quanto mi piaccia fare certe cose nei luoghi più disparati.»

Mark deglutisce e indietreggia. «Anche nei camerini di uno show televisivo? No, io non... Ti prego, andiamocene via. Non voglio che tu rimanga nemmeno un altro secondo nelle vicinanze di quei due. Il tuo produttore discografico era qui fuori, l'ho incrociato mentre venivo dentro, e c'era anche la manager con lui!»

«Lascia perdere quel vecchio barbagianni idiota» risponde Emily con voce laida. «"Venire dentro", hai detto? Su questo possiamo lavorare.»

Mark pare quasi sul punto di esplodere dall'eccitazione, ma trova la forza di respingerla alzandosi in piedi di scatto. «No! Emily, smettila! Sei troppo strana oggi. Che cazzo, non sarai mica fatta? Girano certe voci su quello che fate tu e le tue amiche, anche se io non ho mai voluto crederci. Ti prego, dimmi che stai bene. Sono un dottore, ricordi? Se non ti spieghi subito ti controllo le pupille!»

Non ce la faccio.
Fanculo a tutto. Io con questa storia ho chiuso.

Emily scatta in piedi a sua volta e ricomincia a mangiarsi le unghie dal punto in cui si era interrotta qualche minuto prima. «Ascoltami, Mark, devi andartene... devi andartene via subito!»

«Ma mi hai detto *tu* di venire!»

«E ora sto dicendo che devi andartene. Non è sicuro per te rimanere qui.»

Mark pare devastato da quella rivelazione. «Me lo sentivo che c'era sotto qualcosa. Non ti comporteresti mai in questo modo con uno come me. Che cazzo sta succedendo?»

«Vogliono incastrarti. Ma io non me la sento più di continuare.» Emily scuote la testa e guarda altrove. «Non ce la faccio.»

«Incastrare *me*?! Cristo santo, ma perché? E chi è che vorrebbe incastrarmi?»

«Loro, ecco... è anche colpa mia. Senti, devi uscire subito di qui senza perdere altro tempo. Io ora dovrei urlare e far finta che tu mi abbia molestata, ma non voglio più farlo. Ti prego, vattene e basta!»

«Porca puttana, in qualche modo c'entrano anche il tuo produttore e la tua manager, non è così? È davvero da Emily Lancaster organizzare un tranello del genere. E ovviamente io ci sono cascato come un totale idiota.»

A forza di mordicchiare, Emily è quasi arrivata a mangiarsi il pollice. «Non importa, puoi ancora andartene se ti sbrighi! Non dirò che mi hai molestata. Quando sarai uscito ci risentiremo per telefono.»

Mark scatta verso l'uscita, ma l'occhio gli cade sulla torta. Di colpo sbianca. «Aspetta un attimo, e se fosse che... la festa di compleanno...»

La porta del camerino si spalanca con uno schianto. Due robusti agenti della security entrano di corsa con le pistole già estratte dalla fondina.

«Signorina Lancaster, va tutto bene?» domanda con durezza uno dei due.

«Non le ho fatto nulla!» giura Mark, girandosi speranzoso verso di lei. «Ti prego, Emily, diglielo!»

Gli occhi di Emily hanno un fremito nel vedere Arnold entrare a sua volta nel camerino. Sta per scompaginare tutti i suoi elaborati piani, ma non se la sente di continuare con quella farsa. Tornerà alla ribalta in qualche altro modo, un modo più onesto. «Sì, sta dicendo il vero. Questo ragazzo non mi ha fatto nulla, stavamo solamen–»

BANG.

Uno dei due uomini della security ha appoggiato la canna della pistola sulla tempia di Mark e ha fatto fuoco senza alcuna esitazione. Nel cranio del ragazzo si apre una voragine, il berretto vola via e parte della materia cerebrale si spiaccica sul muro retrostante. Lo scoppio fa fischiare i timpani di Emily, che istintivamente si copre le orecchie e inorridisce di fronte all'immagine del corpo senza vita di Mark che crolla a terra in mezzo al camerino, irrorando la moquette bianca con dei potenti zampilli vermigli.

Emily indietreggia verso il fondo della stanza finché non batte la schiena contro lo specchio. Il sibilo nelle orecchie e dentro il suo cervello non accenna ad affievolirsi. Si copre la bocca con una mano, cercando di non vomitare. «Che cazzo... che cazzo... che cazzo... Perché? Perché lo avete...» mormora con gli occhi sbarrati. Nessuno le risponde.

L'altro uomo della security si infila un paio di guanti, prende la pistola dal collega, pulisce le impronte digitali con un panno e infila l'arma nella mano destra di Mark.

Emily scuote la testa, piena di confusione. «Un suicidio? Ma a cosa serve? Io non... io non capisco...»

«Omicidio-suicidio, vorrai dire. Sarà davvero una storia tragica, maledetta. Niente di nuovo, ma fatto con cura, con tanti particolari» commenta Arnold in tono beffardo. «Hai un'idea delle vendite degli album postumi?»

«Che cazzo stai dicendo?» bisbiglia Emily, poi con occhi pieni di terrore osserva la sua manager entrare nel camerino e afferrare con nonchalance il grosso coltello da cucina che avevano utilizzato per tagliare la torta. «Cosa fai?! Non avvicinarti! Stai indietro!» urla, ma a quel punto il coltello le è già stato piantato nello stomaco per la prima volta.

Sbigottita, Emily non può far altro che ammirare lo sguardo gelido di Samantha dietro gli occhialetti dalla montatura sottile, mentre quella la pugnala più volte nel costato nella maniera più spietata possibile. Prova a difendersi, ma le sue mani vengono trafitte come burro. Dai palmi forati penzolano frustoli di nervi gocciolanti.

«Aiu... aiuto!» urla a quelli della security, ma loro non si muovono di un millimetro e la osservano con aria indifferente. Emily crolla a terra mentre tenta in qualche modo di contenere la fuoriuscita di quel liquido caldo che sente colare giù per le gambe e che vede spruzzare ovunque.

La manager impugna il coltello con entrambe le mani e le sale a cavalcioni sopra, divertendosi poi a pugnalarla più e più volte nel petto con fare sadico. A ogni colpo, il sangue di Emily le schizza sempre di più sul viso, finché gli occhi da psicopatica vengono nascosti del tutto dalle lenti ormai imbrattate di rosso.

La faccia scema di Timmy Callon fa capolino dalla porta.

«Allora? È schiattata la vecchia arpia o ci mettiamo tutto il pomeriggio?»

Scorpione
Mala Mors (Necessitatis) Contumelia Est

Geneviève chiuse di scatto il grande Tomo rilegato in pelle scura che stava leggendo e lo lasciò cadere sul tavolo producendo un rumoraccio. Sentiva la testa pulsarle, il che era piuttosto curioso, considerato che non era nemmeno sicura di possedere davvero un cervello, dentro quel corpo.

«Non capisco... giuro che non ci arrivo» mormorò tra sé e sé mentre si massaggiava le tempie.

A onor del vero, il fatto che per forza di cose nello Scriptorium ci fosse sempre un costante brusio di fondo non favoriva troppo la riflessione. Ogni singolo giorno, all'interno di quell'immenso salone, c'era un viavai quasi continuo di ospiti: testimoni oculari di fatti importanti; narratori volontari che andavano a raccontare la loro vita passata e le circostanze della loro morte; filosofi e pensatori che riportavano i risultati delle loro elucubrazioni, nonché sfaccendati con manie di protagonismo che si proponevano di esporre i loro problemi come fossero sul lettino dello psicanalista, riempiendo interi libri con le loro considerazioni sulla vita dal valore piuttosto discutibile. I Bibliotecari, però, non respingevano mai nessuno e lavoravano alacremente per registrare tutto, ma proprio *tutto* quel che potevano.

Il crepitio dei fogli, l'odore dell'inchiostro, il rumore dei pennini che grattavano la carta... Geneviève avrebbe volentieri impugnato quaderno e penna per unirsi ai colleghi, poiché si sentiva una Bibliotecaria in tutto e per tutto, ma non poteva concedersi prima d'aver dato almeno un piccolo contributo alla soluzione di quesiti importanti.

Si voltò pigramente verso destra con gli occhi socchiusi per la stanchezza.

Il Bibliotecario Alberto Piovani stava ascoltando il racconto di un ragazzo della Bilancia che dichiarava d'aver incontrato, ormai qualche tempo addietro, due membri del Leone che vagavano di notte per i boschi, e si era trattenuto a conversare con loro al chiaro di luna sulle rive del Bjornespeil insieme ad altri amici. Una dei due Leoni era una ragazzina arrivata da poco.

Alberto prendeva appunti a una velocità forsennata, quasi inumana, il volto come rapito in visione, quasi fosse al cospetto di una divinità che gli dettava i precetti morali con i quali avrebbe dovuto educare il popolo del Tempio.

Come fanno i Bibliotecari a stabilire quali racconti sono effettivamente importanti e quali no?
Su questo aspetto mi sento ancora piuttosto carente. Chi se ne importa di dove è andata quella ragazzina del Leone?

Geneviève sbuffò e si girò con lentezza dall'altra parte, alla sua sinistra.

Quel giorno Veronica Fuentes si stava concedendo una pausa dalla stesura del nuovo Volume di Storia per l'Enciclopedia (anche se a Geneviève sembrava più che altro un noioso romanzo fantasy) e stava ascoltando il tizio seduto di fronte a lei senza nemmeno alzare gli occhi dal quaderno sul quale prendeva appunti. Pareva incredibile, ma Veronica diceva spesso che ascoltare i racconti delle persone la rilassava, anche se trattava i visitatori in maniera alquanto impersonale. Con quegli occhiali sul naso e la matita in mano sembrava una psicanalista che riempiva interi quaderni coi dilemmi interiori di un maniaco.

Veronica sapeva come erano morti quasi tutti i Bibliotecari, e anche molti altri abitanti del Tempio. Alberto era un avvocato italiano ed era stato investito con l'auto dalla moglie, di proposito. Fareed era uno studente rimasto ucciso in un conflitto a fuoco in Pakistan nei tardi anni Ottanta. Adelina era una donna cubana di trentacinque anni strangolata dal fidanzato dopo che l'aveva beccata a letto con l'idraulico. E così via. Tuttavia, era proprio il passato di Veronica a rimanere oscuro.

Geneviève aveva trascorso le ultime settimane studiando l'ordine degli arrivi al Tempio e aveva compreso che c'erano molteplici fattori in gioco. Purtroppo, però, quando si era presentata a colloquio con l'occhialuta Prima Bibliotecaria per discutere dell'argomento, lei aveva fatto orecchie da mercante e l'aveva sbolognata con poche parole.

Secondo i calcoli di Geneviève, la data di morte terrestre influiva in una certa misura sull'arrivo al Tempio, anche se alcuni dettagli ancora le sfuggivano. Tracciando due linee temporali distinte e parallele, una rappresentante la Terra e l'altra rappresentante il Tempio, si comprendeva che trapassando in un determinato periodo storico terrestre si sarebbe giunti all'aldilà all'interno di un intervallo di tempo dagli estremi mobili ma sufficientemente definiti. Una persona deceduta nel medioevo, ad esempio, non sarebbe mai arrivata al Tempio insieme a Geneviève, che era morta negli anni duemila, bensì molto prima. Occorreva però anche tenere presente che la linea temporale di quello strano mondo sembrava più corta di quella terrestre, la quale, facendola ad esempio iniziare dall'invenzione della scrittura, comprende oltre cinque millenni di storia. Gli Archivi storici della Biblioteca non contenevano alcun racconto antecedente a qualche secolo addietro, pertanto anche se la genesi esatta del Tempio rimaneva avvolta nell'ombra, non poteva essere distante più di qualche centinaio d'anni dal presente.

Geneviève aveva poi postulato che esistessero diversi "scaglioni" d'arrivo nei quali si veniva inseriti a seconda della data di morte terrestre. Ognuno di essi comprendeva un numero variabile ma consistente di Riti, prima di passare allo scaglione successivo; ciò nondimeno, a volte la regola subiva delle alterazioni. Come esempio pratico, Geneviève utilizzava due membri del Capricorno:

la Venerabile Maestra Naija Okafor e il nuovo arrivo Adelmo della Rovere. Le loro date di morte erano separate solo da pochi decenni, eppure erano arrivati al Tempio in periodi assai differenti. Evidentemente, Adelmo era stato assegnato allo scaglione successivo, ma per quale ragione?

Oltre a ciò, alcune deviazioni dalla regola erano così considerevoli da essere difficilmente spiegabili se non definendole come straordinarie eccezioni. Ad esempio: la Gran Maestra Michelle de Molay era deceduta sul finire degli anni Novanta, nel ventesimo secolo, solo pochi anni prima di Geneviève, eppure era al Tempio già da lungo tempo, dunque doveva essere arrivata due interi scaglioni prima di lei. Ciò detto, nella stragrande maggioranza dei casi gli arrivi seguivano la regola pensata dalla canadese.

A Geneviève martellarono di nuovo le tempie. Sospirò e adagiò la testa sul tavolo, appoggiandola sulle braccia.

La giovane astrofisica era convinta che il Magnifico Rettore sapesse più di quanto ammetteva e che nascondesse i suoi segreti nel piano più alto della Biblioteca, a cui potevano accedere soltanto lui e Veronica, poiché i libri ivi contenuti erano troppo antichi e fragili. Geneviève riteneva che quella fosse soltanto una scusa, e anche piuttosto abborracciata. Eppure, nessuno degli altri Bibliotecari pareva considerarlo un problema, nessuno sollevava mai la questione.

Geneviève decise che avrebbe sollevato la questione. Non nutriva alcun odio nei confronti di Veronica e aggredirla verbalmente non l'avrebbe di certo fatta sentire più felice, ma era l'unica persona dalla quale poteva estrarre risposte concrete.

Attese con pazienza che il logorroico interlocutore con il quale la Prima Bibliotecaria era impelagata lasciasse lo Scriptorium, quindi le si avvicinò e appoggiò il sedere sul suo tavolo da lavoro, a pochi centimetri dal quaderno sul quale Veronica seguitava a scribacchiare appunti.

La Prima Bibliotecaria, interdetta, sollevò la matita dal foglio e tenne gli occhi fissi di fronte a sé. «Posso aiutarti, Geneviève?» chiese in tono asciutto ma infastidito.

«Non mi dispiacerebbe.»

«Dimmi, allora. Tanto suppongo che non mi lascerai lavorare in pace finché non ti avrò dato ascolto.»

Geneviève scese dal tavolo e allacciò meglio il mantello viola sul davanti. «Ti si potrebbe definire una grande esperta delle storie personali degli abitanti del Tempio, corretto? Come hanno vissuto, come sono morti...»

Veronica si toccò gli occhiali. «Più o meno. "Grande esperta" sarebbe forse un'esagerazione.»

«Stai facendo la modesta. Di' un po', non hai mai notato nulla di strano, statisticamente parlando?»

Gli occhi della Prima Bibliotecaria vagarono verso destra. «In che senso?»

«Alcuni periodi storici hanno a malapena qualche decina di "rappresentanti", per così dire, mentre gli ultimi tre secoli pare abbiano spedito al Tempio una marea di gente. La nostra contrada ha un *look* medievale, ad esempio, mentre quella dell'Acquario è un misto fra l'antica Grecia e la Roma all'epoca degli imperatori, eppure da quei periodi storici l'influsso di arrivi è stato limitato. A me pare abbastanza paradossale.»

Veronica si agitò sulla sedia. «C-conosco diverse pe-persone provenienti da quei periodi, potrei nominarle senza nemmeno pensarci. Molti di loro purtroppo sono deceduti nella Guerra Eterna contro i Vuoti. Il tuo punto quale sarebbe?»

«Oh, ne conosci addirittura *diverse*. Benissimo, e dove sono gli uomini antichissimi, quelli morti prima di Cristo? Dove sono quelli che andavano a caccia di mammut? Indicameli. Ho cercato a lungo le loro testimonianze, ma non le ho trovate. Vuoi farmi credere che sono già tutti deceduti di nuovo e che di loro non è rimasto alcun racconto? E poi, non avete notato che ormai arrivano solo le persone trapassate in epoca moderna?»

«D-dammi a-almeno il tempo di r-rispondere! Ce ne s-siamo resi conto, ma in che modo ci a-aa-aiuta? Proprio nessuno.»

«Come sarebbe a dire "in che modo ci aiuta"? È un elemento che una volta verificato può portare a successive ipotesi!» sbottò Geneviève alzando la voce.

«Non f-fa-fare scenate davanti agli altri Bibliotecari. Stanno c-cercando di fare il loro la-laa-lavoro» ribatté Veronica, che sembrava stesse per esplodere dalla tensione.

«Hai evitato di nuovo la domanda» le fece notare Geneviève, quindi si giocò un asso che conservava nella manica da diverso tempo. «Allora voglio farti presente anche questo fatto: l'altro giorno ero annoiata a morte, così mi sono messa a leggere alcuni dei libri scritti da te, quelli che raccontano le vite precedenti degli abitanti del Tempio. Non avete mai notato che nessuno qui è deceduto di morte naturale? E intendo dire *letteralmente* nessuno, nemmeno una persona. A me pare piuttosto rilevante.»

Veronica lanciò uno sguardo allarmato al resto dello Scriptorium. In molti stavano ascoltando, anche quei Bibliotecari che facevano finta di continuare a scrivere. Ma soprattutto c'erano in giro diversi Intoccabili. «Lo ss-sap-sap...» Deglutì. «Lo sappiamo.»

«E per quale motivo lo tenete segreto?»

Veronica non riusciva a cacciar fuori le parole dalla gola. «C-che v-v-vuol d-dire s-s... s-se... se-eg...»

Geneviève cedette. Appoggiò una mano sulla spalla dell'amica e sussurrò: «Calmati, ti prego. Non ce la faccio a sentirti balbettare in questo modo. Non ti sto attaccando.»

«N-non decido io quando b-balbettare e q-quando no» rispose crucciata l'altra, che sembrava quasi sull'orlo delle lacrime.

«Anche se al Tempio non è necessario, prova a fare comunque un bel respiro lento. Così... tranquillo e regolare. Dentro e fuori. Cerca di percepire l'aria che scende verso la pancia. Con calma, dentro e fuori» suggerì la rossa. Veronica per una volta seguì il consiglio.

Con le mani che ancora le tremavano, la Prima Bibliotecaria allargò il laccio del mantello color ametista allentando così la stretta sul petto, poi deglutì e riprese il discorso lasciato in sospeso: «Cosa stai cercando di insinuare? Non abbiamo nessun segreto, i nostri Archivi sono aperti e d-disponibili a tutti.»

«Lo sono davvero? Ti pare normale che con più di cento Bibliotecari soltanto tu e il Magnifico Rettore siete autorizzati a entrare all'ultimo piano?»

«Sei p-paranoica. Forse dovresti trasferirti ai Gemelli, in mezzo a quei complottisti» ribatté Veronica, poi abbassò la voce per non farsi sentire dagli altri e adottò un'intonazione più condiscendente: «Ascolta, tutte le c-cose che hai scoperto noi Bibliotecari le sapevamo già, anche se non ne parliamo mai apertamente. Queste sono le direttive che vengono dai piani alti; e intendo i piani alti dell'Aditus Dei, non della Biblioteca. Di certi fatti siamo al corrente soltanto noi dello Scorpione e i leader di tutte le Case, credo. Sì, hai ragione, a quanto pare nessuno che sia deceduto di morte naturale è arrivato al Tempio da quando esistono gli Archivi. In pubblico, però, molti abitanti preferiscono raccontare il contrario, perché si vergognano delle vere circostanze della loro morte, e così l'illusione continua. Pensaci, però. Renderlo noto a tutti in che modo ci aiuterebbe? »

«Smettila di dire in che modo ci aiuterebbe! La gente deve sapere!» la sferzò Geneviève alzando un po' troppo la voce.

Qualcuno in fondo allo Scriptorium tossicchiò.

Veronica si alzò in piedi per fissare Geneviève negli occhi. «Bene, e la tua t-tesi quale sarebbe? Ciò che dici corrisponde al vero, però è altrettanto vero che non *tutte* le persone decedute di morte violenta o che si sono suicidate sulla Terra arrivano qui, altrimenti saremmo milioni e milioni, e invece... È ovvio che c'è sotto qualcosa di più complicato che ancora non siamo in grado di c-comprendere. Per cui ce ne stiamo zitti, in modo da non creare confusione e seminare incertezza tra la popolazione. Senza offesa, ma perché non ti concentri sull'astrofisica?»

Geneviève schioccò le labbra e distolse lo sguardo. «Bella roba, la fisica del Tempio. "Il sole sorge a ovest e tramonta a est". E quindi? Che dovrei farmene di questa informazione? La posizione delle costellazioni non ha senso, il fatto che la luce del sole illumina le Terre Esterne solo per qualche chilometro oltre il Muro del Calvario non ha senso, lo scorrere del tempo all'interno di alcuni settori non ha senso. Forse è questo che Rudolf von Mackensen voleva comunicarci con la sua rivelazione: non significa un accidente perché questo posto è una farsa? Una messinscena?»

«Conosci il paradosso di Fermi?» domandò una voce femminile roca e sensuale alle loro spalle.

Le ragazze si voltarono.

Geneviève vide una giovane vestita alla moda dei Gemelli, con un maglioncino da cricket color ardesia e una gonna a fantasia scozzese bianca e nera. Era alta e aveva i capelli biondo platino, con le punte rosso fuoco.

«*Ay Dios mío*, di nuovo tu!» si disperò Veronica. «Ti avevo intimato di non farti mai più vedere! Cosa cavolo stanno facendo i Guerrieri del quartier generale qui sotto? Non abbiamo più qualcuno di guardia all'entrata della Biblioteca?»

«Sì, ma mi sono intrufolata mentre loro non guardavano. Piacere di conoscerti, io sono Elle.» La ragazza ignorò la Prima Bibliotecaria e con grande classe porse la mano a Geneviève.

«Ehm, piacere. Io mi chiamo Geneviève» rispose la canadese, fissando Elle e poi Veronica con aria interrogativa.

«Sì, certo, lo so. Allora, conosci il paradosso di Fermi?»

«Ovviamente» rispose Geneviève battendo più volte le palpebre. «Ma cosa c'entra con il discorso che stavo facendo?»

Elle si strinse nelle spalle. «Be', ti ho sentita dire che questo mondo è una finzione. Una delle possibili soluzioni al paradosso di Fermi è la teoria della simulazione. Perché non provi ad applicarla al Tempio?»

«Geneviève, non darle corda. Questa qui è una poco di buono che non si fa mai gli affari propri» disse seccata Veronica.

«Forse capisco ciò che intendi dire.» Geneviève si toccò le labbra con aria assorta. «In questo momento le nostre menti sarebbero all'interno di una simulazione informatica incredibilmente realistica, mentre i nostri corpi verrebbero conservati altrove, connessi a dei computer che ci fanno credere che sia tutto reale. In questo caso si aggirerebbe anche il problema dell'incredibile mole di calcolo necessaria per una simulazione completa della Terra e dell'universo, dato che il Tempio è piccolo, il nostro numero è limitato e l'universo è visibile solo in parte. In più, così si spiegherebbe perché le leggi della fisica qui subiscono spesso delle alterazioni e perché i Guerrieri hanno capacità fisiche sovrumane. Avrebbe un certo senso, lo ammetto.» Era rimasta colpita dal suggerimento di quella strana ragazza.

Veronica sbuffò e si tolse gli occhiali per sfregarsi il viso. «Se avete intenzione di discutere teorie complottiste continuate pure, io ho di meglio da fare.»

«Okay. Ciao, Vero, alla prossima!» la liquidò Elle, poi aggiunse rivolta a Geneviève: «Hai mai letto David Icke? Che grado di familiarità hai con la teoria del Nuovo Ordine Mondiale?»

Geneviève perse di colpo tutto l'interesse per la nuova arrivata. «I *rettiliani*? Stai scherzando, voglio sperare.»

«Chiamarli "rettiliani" è riduttivo. Sono degli Arconti, in realtà, e hanno assunto il controllo completo della Terra dopo che... no, aspetta!»

«Lasciami in pace.» replicò Geneviève, spingendola da parte per tornare verso il suo tavolo. «Mi stai facendo perdere tempo.»

«Eccellente considerazione» approvò sollevata Veronica, poi si rivolse a tutto lo Scriptorium: «C'è qualcuno che può scortare fuori dall'edificio questa indesiderata visitatrice dei Gemelli?»

«Va bene, Vero, esco da sola. Non c'è motivo di scaldarsi.» Elle si avviò verso il fondo del salone, eppure Geneviève non la vide mai effettivamente uscire.

In quel preciso momento, la porta principale dello Scriptorium si spalancò ed entrò Alford Nightingale con Alberto Piovani al seguito. Tanto per cambiare, il Magnifico Rettore lo stava rimproverando.

«Signor Piovani, glie l'ho già spiegato svariate volte» disse seccato Alford. «Non può riempire le prefazioni dei capitoli del nuovo Volume di Storia con le sue considerazioni personali, è poco professionale. E lo trovo anche piuttosto infantile, se devo essere del tutto sincero.»

«Eppure la signorina Fuentes lo fa a ogni piè sospinto!» inveì Alberto, tallonando il Magnifico Rettore che zigzagava tra i tavoli per controllare il lavoro dei suoi Bibliotecari.

«Rieccoci con Veronica. Quando non sa come giustificarsi, scarica sempre la colpa su di lei. Quella povera ragazza fa anche troppo per questa Biblioteca, dia retta a me.»

«Obiezione, vostro onore. Mi oppongo con fermezza a queste supposizioni riduttive. Lei fa atti di favoritismo, e nemmeno troppo velatamente!» protestò Piovani mentre seguiva il leader verso il secondo piano della Biblioteca. «Alcune descrizioni della Fuentes non corrispondono ai dati di fatto.»

Veronica e Geneviève si occhieggiarono. La Prima Bibliotecaria arrossì d'azzurro e si rimise a sedere senza commentare l'accusa.

Nell'osservare Nightingale e Piovani che salivano la scalinata di pietra, alla canadese venne un'idea e decise di seguirli.

Al secondo piano dell'edificio si sviluppava la Biblioteca vera e propria. Decine e decine di librerie di legno erano ancorate ai muri, mentre altre erano disposte l'una a fianco dell'altra per formare delle file in mezzo all'enorme salone. Tramite delle scalette di legno si accedeva ai soppalchi laterali, anch'essi stracarichi di libri. In quel momento la luce del sole entrava nella stanza tramite le numerose finestrelle rettangolari; tuttavia, dal momento che non c'erano lampadari, di notte l'ambiente era quasi buio, a parte alcune torce che si sarebbero accese da sole al tramonto. Le migliaia di Volumi e di Tomi erano ordinate secondo argomento: storie di vite precedenti, fatti personali e racconti di vite vissute al Tempio, resoconti storici di antiche battaglie, manuali sul funzionamento dei Rosari e degli Shintai, carte geografiche e informazioni dettagliate sulle varie contrade e tanto altro, inclusa saggistica varia e narrativa di finzione scritta da autori del Tempio.

Alcuni visitatori stavano gironzolando tra le librerie, anche se con aria svagata. Geneviève preferì comunque non dare troppo nell'occhio. Fece finta di cercare un libro mentre con lo sguardo seguiva Alford e Alberto che continuavano a bisticciare, dopodiché prese con sé un paio di Tomi a caso e si appoggiò a una delle librerie fingendo di leggerli.

Una volta congedato Alberto, Nightingale oltrepassò la porta in fondo al salone e proseguì verso il terzo piano, quello proibito, che conteneva gli Archivi. Geneviève decise di fare una pazzia. Avrebbe seguito Alford, e se lui l'avesse scoperta si sarebbe difesa addolcendo le scuse con qualche moina. In fondo, il Magnifico Rettore non aveva mai proibito specificatamente a *lei* di salire al terzo piano. Anche se era poco plausibile, poteva sempre discolparsi dichiarando che nessuno l'aveva messa al corrente della regola, magari scaricando la colpa su Alberto, il bersaglio preferito del Magnifico Rettore.

Per salire al terzo piano bisognava attraversare una doppia porta sul lato opposto della sala. Sopra l'uscio, un'antica placca di bronzo rimasta probabilmente lì dall'epoca di Rudolf von Mackensen recitava: *Accessum ad aream superiorem tantum Librariis conceditur*[1]. Dunque in passato, almeno per un certo periodo, l'accesso al terzo piano era permesso a tutti quelli che lavoravano lì, non solo al Magnifico Rettore e alla Prima Bibliotecaria.

Geneviève attese per qualche minuto. Quando fu sicura che nessuno l'avrebbe notata, spinse la porta di legno con delicatezza per non far cigolare i cardini e schizzò dall'altra parte.

Due rampe di scale di pietra ben mantenute conducevano al piano superiore. Una volta di sopra, però, si rese subito conto che quel piano era strutturato in maniera diversa rispetto a quelli sottostanti. Terminate le scale ci si ritrovava in un lungo corridoio sul quale si affacciavano diverse stanze, la più ampia delle quali in quel momento aveva le porte aperte. Geneviève introdusse con cautela la testa all'interno. Erano gli Archivi, ovvero un'ulteriore sala della Biblioteca, simile a quella al piano inferiore ma di dimensioni ridotte. Lì i libri erano abbandonati sui tavoli in maniera caotica e le librerie sembravano meno ordinate. Forse vietare l'accesso ai visitatori aveva un certo senso, perché difficilmente qualcuno che non fosse il Magnifico Rettore sarebbe riuscito a raccapezzarsi tra le pile di libri accatastati e ammucchiati alla meglio, anche se esperti Bibliotecari come Alberto o Fareed forse ne sarebbero stati in grado. In quel momento la sala era deserta, pertanto Alford doveva essere entrato in una delle altre stanze.

Geneviève tornò nel corridoio principale, lo percorse per metà e accostò l'orecchio alla porta successiva, ma non sentì nulla.

Dopo pochi istanti, un qualche genere di congegno scattò, ma non proveniva dalla stanza che aveva di fronte. Geneviève udì con chiarezza un suono simile a un *clic* metallico, e subito dopo un lievissimo cigolio. Qualche secondo più tardi, il rumore di un uscio che veniva chiuso; forse era una porta, ma di certo non una porta normale, quanto piuttosto una dotata di un meccanismo di chiusura a incastro. Il fatto che lasciò sconcertata la rossa fu che quella sequenza di suoni sembrava provenire dalla stanza iniziale, quella che aveva già visitato.

Tornò sui propri passi, ma, dopo aver percorso solo qualche metro, vide il Magnifico Rettore uscire proprio dagli Archivi.

Geneviève ebbe un tuffo al cuore. Sapeva di aver controllato quella stanza solo qualche istante prima e all'interno non aveva visto nessuno. Non c'erano nemmeno possibili punti morti o angoli ciechi dietro i quali Alford poteva essersi nascosto.

Si sentì colta in flagrante, e per il panico non le sovvennero nemmeno le parole con le quali aveva pensato di giustificarsi se fosse stata scoperta. Contrariamente alle previsioni, però, Alford non si alterò più di tanto nel vederla, ma parve anzi quasi divertito.

«Signorina Levesque?» disse con cordialità, aggiustando la posizione degli occhiali per vedere meglio nella penombra del corridoio illuminato solo da

---

[1] Trad. da latino: "L'accesso al piano superiore è consentito solo ai Bibliotecari."

un'unica finestra sul fondo.

«Mi perdoni davvero, Magnifico Rettore» s'affrettò a scusarsi Geneviève nel tono di voce più sottomesso che le sue corde vocali riuscirono a produrre. «Ero venuta a richiederle alcuni libri, ma non trovandola mi sono messa a ficcanasare. Spero tanto che questo non le guasti la giornata.»

«Oh, no, affatto» rispose lui col suo perfetto aplomb inglese. Fece un passo in avanti e indicò una porta alle spalle di Geneviève, verso il fondo del corridoio. «Quaggiù c'è il mio studio personale, se le interessa. Mi segua pure. Le porte sul lato opposto invece conducono a un vecchio laboratorio, ora pieno di cianfrusaglie inutili, e a un magazzino in disuso.»

«Oh, capisco» mugugnò Geneviève con la bocca impastata. Da viva aveva guardato troppi thriller per non intuire che quello era il momento fatidico in cui la mammalucca co-protagonista femminile veniva brutalmente eliminata dal cattivo della storia. Decise che non avrebbe nemmeno *provato* a estrarre il suo Shintai contro Alford, quando lui l'avrebbe attaccata. Sarebbe stato mortificante per entrambi. Avrebbe accettato la propria fine con dignità.

Nightingale aprì la porta del suo studio con una chiave argentata e le fece segno di entrare.

Mi farà fuori qui? È un luogo conveniente, in effetti. Sarà più semplice asciugare il Nettare e far sparire il mio uovo.

Proverò almeno a urlare. Chissà, con un po' di fortuna qualcuno potrebbe anche sentirmi.

Lo studio era spazioso. Accanto alla finestra c'era una grande scrivania disseminata di libri e scartafacci, mentre a uno dei muri laterali era stata appesa una grande mappa del Tempio che riproduceva anche quel poco delle Terre Esterne che erano state esplorate. Accostate alle altre pareti c'erano delle scaffalature con sopra libri antichissimi, dalle rilegature ormai logore. Appoggiati su un tavolino, Geneviève vide una brocca e tre bicchieri. C'era molto altro, ma con una prima occhiata la giovane astrofisica riuscì a distinguere solo quegli elementi. In ogni caso, non vide nulla di sospetto.

La prego, non mi molesti. Tutto ma non quello.

«Dunque, lasci che le spieghi come stanno le cose» riprese Alford, sedendosi alla scrivania. «Abbiamo provvisoriamente proibito l'accesso a questo piano perché, come forse avrà avuto modo di notare, i libri conservati nel salone qui in fondo sono molto antichi e fragili, e da quando se n'è andato il precedente Magnifico Rettore – pace all'anima sua – non abbiamo avuto voglia di riorganizzarli, dal momento che quasi nessuno ce li richiedeva. In caso di necessità esiste tuttavia un catalogo in forma cartacea al secondo piano, e all'occorrenza so dove trovarli. Forse la signorina Fuentes gliene avrà parlato.»

«Sì... mi pare...» borbottò Geneviève con voce incrinata.

«Signorina Levesque, la vedo agitata. C'è qualcosa che posso fare per tranquillizzarla?»

«Ehm, a pensarci bene non ne sono troppo sicura.»

Nightingale si tolse gli occhiali e se li pulì usando un piccolo fazzoletto di lana. «Non ho intenzione di espellerla dalla Biblioteca per essere entrata negli

Archivi, se è questo che teme; e non lo farei nemmeno se la trovassi di nuovo a ficcanasare dove non le è concesso, per quanto la rimprovererei» disse con un sorriso sghembo. «Proibire l'accesso a questo piano è una semplice precauzione che ho deciso di adottare per proteggere i libri più antichi da mani inesperte, tutto qui. Può tornare a dare un'occhiata, se lo desidera, ma dopo mi faccia la cortesia di scendere allo Scriptorium. Oggi sono stato accusato di favoritismi già troppe volte. In fondo, non è nemmeno diventata ancora una Bibliotecaria, anche se attendiamo tutti con fiducia quel momento.»

Geneviève deglutì a fatica. «Quindi posso andarmene?»

Lui parve perplesso. «Andarsene dove?»

«Intendo da qui, dal suo studio. Non ha intenzione di punirmi in maniera corporale o... magari anche solo in modo un po' meno corporale?»

Nightingale parve sconvolto, come se si sentisse calunniato. Scattò in piedi e arretrò verso la finestra. «Buon Dio, no! Naturalmente può andarsene, se lo desidera. Ci mancherebbe anche questa. Signorina Levesque, che genere di Alma Mater crede che sia, la nostra? Una prigione? La Biblioteca è un luogo di sapere e apprendimento. *Punizioni corporali...* dica, mi ha preso per la Shogun?»

Geneviève colse l'occasione al volo e si accomiatò dal Magnifico Rettore con grande educazione accampando un pretesto qualsiasi, tanto per uscire dallo studio il più in fretta possibile. Alford parve estremamente perplesso dal suo comportamento ma non la fermò, anzi la congedò con un gesto della mano.

L'astrofisica percorse a ritroso il corridoio continuando a guardarsi alle spalle, sicura che lui le stesse tendendo un tranello, ma non accadde nulla. Con un ultimo scatto s'infilò negli Archivi ed emise un lungo sospiro di sollievo.

Merda, forse sono davvero diventata paranoica. Non mi ha uccisa né molestata, né tantomeno minacciata.

Scandagliò in fretta il salone in cerca di possibili uscite secondarie, ma non ne trovò. Era soltanto un'antica sala piena di vecchi libri. Si avvicinò alle grandi finestre sul lato più lontano e guardò oltre i vetri, ma anche in quel caso non individuò nulla di sospetto: fuori non c'era alcuna balconata e le finestre si aprivano solo dall'interno, dunque il Magnifico Rettore non poteva essere uscito e rientrato da lì, perché era certa di averle viste chiuse qualche minuto prima.

Me lo sono immaginato, o Alford è davvero uscito da questa stanza dopo che l'avevo appena controllata?

Ho sentito quello strano rumore e sono quasi certa che provenisse da qui, eppure non ci sono altri accessi se non quello dal corridoio.

Devo fare in fretta, non posso rimanere qui troppo a lungo.

Geneviève andò verso uno dei tavoloni centrali e afferrò dei libri a caso per leggerne i titoli. *Trattato di botanica: Settore della Vergine, Gli Shintai più curiosi forgiati da Aramaki Hideyoshi, L'impatto delle Stelle Rosse sul territorio della Bilancia - Un disastro sottovalutato, La Tolda - Descrizione accurata della flotta del Sagittario.* Nulla di strano o particolarmente interessante.

Si avvicinò a una delle numerose librerie e cominciò a tirare verso di sé il dorso dei libri sulle scansie più in alto, nel caso ci fosse un passaggio segreto da aprirsi in maniera cinematografica. Ma se anche così fosse stato, ci sarebbe voluta mezza giornata per provarli tutti, e lei tutto quel tempo non lo aveva.

Innervosita, tornò verso il centro della stanza e si sedette su uno dei tavoli rotondi, dopo aver spostato qualche pila di libri.

Forse ha ragione Veronica. Sto impazzendo nel voler trovare misteri dove non ce ne sono.

Sulla parete di fronte a lei, più o meno a metà del muro, notò un grande specchio: non troppo largo, alto quasi due metri e adornato con una bella cornice d'ottone. Geneviève strizzò gli occhi e andò a controllarlo da vicino.

Un passaggio segreto nascosto in uno specchio? Non starò esagerando?

Provò a spingerlo, a tirarlo, a strisciare le dita sulla superficie riflettente e anche sulla cornice, ma non sortì alcun effetto. Allora osservò con attenzione la propria immagine riflessa, ma non vide nulla di anomalo, a parte i capelli ramati che quel giorno erano più scompigliati del solito. Presa dallo sconforto, appoggiò una mano sullo specchio ed emise un soffio di rassegnazione.

Sto immaginando tutto come una cretina paranoica. A questo punto tanto vale che faccia amicizia con quella tipa dei Gemelli e che discutiamo dei rettiliani.

Sarà meglio tornare in fretta allo Scriptorium, prima che Alford mi scopra di nuovo. O magari dovrei nascondermi e aspettarlo? Ma dove potrei mettermi?

Sollevò il viso e fissò di nuovo l'immagine riflessa nello specchio, ma questa volta osservò di sbieco anche il resto della stanza alle proprie spalle per cercare un buon nascondiglio.

No, meglio lasciar stare. Basta pazzie, per oggi.

Corse verso la porta con l'intenzione di raggiungere in fretta le scale, ma appena prima di varcarla si arrestò di colpo.

Tornò sui propri passi.

Si mise in piedi a lato dello specchio, in una posizione che le consentisse di osservare il resto della stanza riflessa sulla superficie senza oscurare la visione col suo corpo. Il sole era ancora alto e fendeva le finestre sul lato opposto, illuminando con calore la sala.

No, non se l'era immaginato. C'era qualcosa di strano.

Si girò di cent'ottanta gradi e studiò il salone, individuando in poco tempo l'anomalia. Sul lato opposto, fissata nel muro tra due librerie, c'era una placca d'argento con una scritta rossa in rilievo: *Mala mors necessitatis contumelia est.*

Geneviève sì voltò di nuovo verso lo specchio e strizzò gli occhi. Nell'immagine riflessa, la parola *necessitatis* non compariva.

"Una morte violenta è un'offesa del destino". Ma guarda! Una frase davvero calzante.

E ora vediamo perché quel necessitatis *proprio non ti piace, caro il mio specchio.*

Corse verso la placca e tastò quell'unica parola in ogni punto, finché non si accorse che era possibile spingere le lettere verso l'interno. Premette con forza.

Qualcosa alle sue spalle scattò.

Lo specchio si era spalancato come una porta, ruotando su dei cardini, e aveva rivelato un corridoio buio che si lanciava verso l'ignoto.

Geneviève afferrò l'unica torcia accesa appesa alla parete ed entrò nel passaggio segreto, ma socchiuse lo specchio dietro di lei, perché non sapeva se da dentro avrebbe saputo riaprirlo. Questo servì a farle scoprire che, guardato dall'interno, lo specchio diventava un vetro trasparente e permetteva di osservare con cautela i dintorni prima di uscire.

«Ingegnoso. Molto ingegnoso» mormorò Geneviève con un sorriso. «Dovrò tornare quando sarò certa di non poter essere scoperta.»

***

Mentre Geneviève si trovava ancora di sopra a esplorare il piano proibito, Veronica sorprese ancora una volta Elle che vagava per lo Scriptorium con fare sospetto. Quando la vide avvicinarsi alle scale che conducevano al secondo piano, le urlò: «Ferma dove sei! Non ti lascerò più curiosare senza supervisione tra i nostri libri. Sei bandita ufficialmente dalla Biblioteca. D'ora in poi, quando ti servirà qualcosa, dovrai chiederlo a me.»

«Non fa niente. Oggi non ho bisogno di accedere alla Biblioteca» le rispose Elle in tono gioviale. «Tra qualche giorno verrà qui una persona a me molto cara, così ho deciso di precederla, perché di voi Bibliotecari mi fido quanto mi fiderei dell'attuale presidente degli Stati Uniti[I].»

«*T-tu* non ti f-fidi di *noi*? Questo è il colmo!» sbottò Veronica, ma poi la curiosità ebbe la meglio. «E comunque chi è che arriverebbe? Sentiamo.»

«Sono in due» annunciò l'altra con voce soave, forse immaginando che quella notizia avrebbe irritato la Prima Bibliotecaria oltre ogni limite. «A una delle due piace molto cantare e ballare.»

Veronica fece finta di mettere a posto il suo tavolo, anche se era già in perfetto ordine. «Ji-soo Jeon?»

«*Niet*. L'altra.»

«Ah.»

«Già. E insieme a lei verrà la sua nuova Discepola senza Zenith.»

«Ah.»

«Eh, sì. Ancora non lo sapevi, dunque» commentò Elle con un sorrisetto insolente. «Che te ne pare come prospetto?»

Veronica fece scorrere le dita tra i riccioli. «Si preannuncia una giornata di merda.»

Qualche ora più tardi, dopo che il sole fu tramontato, Elle incontrò un uomo nascosto tra le ombre del portico che circondava il cortile interno di Abbot's

---

[I] Nota di Alberto Piovani, Bibliotecario: si precisa che il presidente a cui Elle in questa circostanza intendeva riferirsi rimane tuttora sconosciuto.

Folly. I due discussero a lungo, illuminati solo dalla fioca luce dei bracieri che ardevano in mezzo al giardino.

La bionda redattrice dell'*Almanacco di Mercurio* disse con amarezza: «Ho provato a depistare quella Geneviève. È bella e sveglia, ma anche troppo curiosa. Se indaga troppo finirà che...» Scosse la testa. «Spero sia prudente, anche se in qualche modo potrebbe farci comodo se scoprisse qualcosa.»

L'uomo mormorò alcune parole di rimprovero.

«Lo so che non posso interferire troppo, ma avremmo dovuto agire prima» rispose Elle con voce più aspra. «Ormai che cazzo posso fare, secondo voi? A questo punto dovrò chiedere aiuto a qualcuno.»

L'uomo mormorò in tono ancor più deciso.

«Non posso risolvere sempre tutti i problemi da sola, che cavolo! Come la fermo una come Chae-yeon Kwon? Lasciate che le racconti tutto, e magari mi crederà!»

L'uomo mormorò a lungo, questa volta in maniera più garbata.

Elle sospirò. «E va bene. Che palle, però. Avete già pronto un altro corpo?»

Jim II

Stati Uniti d'America
California, Los Angeles, North of Montana

Jim sistema con precisione la visiera del cappello da baseball rosso con sopra cucita una stella bianca e suona il campanello.

La casa dei Davis è un'elegante villetta di un quartiere benestante di Los Angeles, circondata da palme, cactus e querce sempreverdi. Si sviluppa su un unico piano, ma pare comunque molto ampia. Le pareti esterne sono dipinte di bianco con delle sezioni in finta pietra a vista. Accanto all'abitazione principale c'è un grande garage che in quel momento ha la serranda abbassata. Poiché il cancello esterno era aperto, Jim ha percorso il vialetto pavimentato con autobloccanti e si è avvicinato alla graziosa porta d'entrata dipinta di rosso.

Suona di nuovo il campanello, questa volta in maniera più insistente. *Ding, dong, ding, dong.*

Una signora sulla cinquantina scosta le tende che nascondono la vetrata accanto alla porta e si affaccia solo per un attimo, squadrando Jim con malcelata diffidenza. Ha vaporosi capelli castani e una permanente che andava di moda un decennio prima, ma non è affatto una brutta donna. Jim sa benissimo chi è, l'ha già vista in video almeno una dozzina di volte.

La signora Margaret Davis apre uno spiraglio. «Lei chi sarebbe?»

«L'avete cacciata di casa» è la risposta di Jim.

«Di cosa sta parlando, mi perdoni?»

«Sto parlando di sua figlia. Audrey. Ne avete una sola, per cui è difficile confondersi.»

Lei apre del tutto la porta, abbassa gli occhi e tocca uno dei bottoncini dorati del maglioncino che sta indossando. «Ti prego di lasciarci in pace. Abbiamo già sofferto abbastanza, non ne possiamo più di questa storia. Abbiamo *dovuto* farlo. E comunque tu chi saresti? Un suo amico? O magari ci andavi a letto? Non è una cosa che mi sentirei di escludere, quando si parla di quella scellerata di mia figlia. Forse aveva finito i soldi e si era abbassata a prostituirsi.»

«Quella "scellerata" di sua figlia? Audrey era *schizofrenica*, sottospecie di milf di seconda mano! E sì, in effetti alla fine era al verde. Non l'avete vista? Non avete notato in che stato era?»

Margaret stringe le labbra. «Vedo che sei venuto a cercare guai, e sei anche molto maleducato. Vattene subito e non azzardarti a tornare. Ti avviso che abbiamo un ottimo servizio privato di vigilanza, da queste parti. Se li chiamassi, arriverebbero in un attimo.»

«No, non me lo dica! Siete ricchi? Lo sappiamo bene. Sappiamo tutto di voi, e per questo mi fate ancora più schifo. Dov'è quel vecchio impotente figlio di puttana di suo marito? È chiuso in bagno a cercare di farsi una sega senza risultato per il quinto giorno consecutivo?»

Margaret pare orripilata da quel linguaggio scurrile. Lo guarda con disgusto. «Ci credo bene che andavi d'accordo con mia figlia, sei volgare quanto lei!»

«Sua figlia non era "volgare" per caso, razza di imbecille. La schizofrenia la faceva parlare in un certo modo, soprattutto quando aveva degli attacchi psicotici. Ma non mi faccia credere che non lo sapesse. Ci avete vissuto insieme per vent'anni.»

La serranda del garage si solleva di colpo con un fastidioso rumore di ferraglia. Un uomo pelato, anch'egli sui cinquant'anni, sbuca fuori con in mano un fucile a pompa. Lo punta dritto contro Jim.

«Cazzo sei venuto a fare, teppistello di merda?» gli sbraita contro con una vocetta stridula. «Cerchi soldi? Se ti va bene ti pago in pallettoni, di quelli ne ho quanti ne vuoi. Da dove vieni con quei vestiti, da Compton? Guarda che qui quelli come te non li vogliamo. Come hai fatto a scoprire dove abitiamo? Allontanati subito da mia moglie!»

«Tom, metti giù quell'affare» lo implora Margaret. «Era un amico di Audrey. Mi ha insultata più volte, ma credo voglia solamente parlarci.»

Lui non abbassa di un millimetro la canna del fucile. «E allora se conoscevi nostra figlia cosa sei venuto a fare qui? A spargere sale sulla ferita?»

Jim è incredulo. «Spargere sale sulla ferita? Non riesco a credere che riusciate anche a far finta di essere addolorati per la sua scomparsa. È irreale!»

«Ma certo che ci dispiace! È stata una disgrazia, una tragica disgrazia» ammette Margaret. «Ma cos'altro potevamo fare? La situazione era diventata ingestibile.»

«Una *disgrazia*? È questo che vi raccontate per riuscire a dormire la notte?» sbotta Jim scuotendo la testa. «Audrey non se ne è andata da casa di sua spontanea volontà, l'avete sbattuta fuori. Avete cacciato di casa una ragazza schizofrenica, la vostra unica figlia, non lasciandole nemmeno abbastanza soldi per trovare un posto in cui vivere!»

«E quindi? Non si poteva fare altrimenti» ribatte Tom lapidario. «Hai visto com'era? Ma sì che l'hai vista. Fammi indovinare: eri uno di quei perversi pezzi di merda che si divertivano a guardare i suoi video su internet, dico bene? Ridevi di lei e ora hai il coraggio di venire qui a farci la ramanzina. Dovrei piantarti un pallettone in testa. Lo chiamerei un intervento di giustizia divina.»

«Sì, è vero. Sono uno di quei pezzi di merda che a volte rideva di sua figlia. Noi però siamo andati a trovarla, prima che si cacciasse sotto un treno, e lei è stata felice di passare almeno un pomeriggio in nostra compagnia. Voi invece non avete scusanti. Come cazzo si fa a cacciare di casa la propria figlia schizofrenica perché non si ha voglia di occuparsi di lei? Siete un imbarazzo per il genere umano.»

«Tu non ci vivevi insieme, stronzetto di un negro» lo rimbecca Tom Davis.

«Non sono nero.»

«A me non sembri nemmeno bianco. Comunque, non ne potevamo più. Audrey era diventata ingestibile. Urlava contro di me e contro sua madre, che è una santa donna e non le ha mai fatto nulla di male. Aveva continui attacchi psicotici perché non voleva più prendere i medicinali. Lanciava oggetti per la casa, forava i muri per cercare passaggi segreti. Ha ucciso per sbaglio un gatto che veniva sempre da queste parti. Tu non sai un cazzo di com'era davvero vivere con lei. E poi le denunce, la polizia. Non posso permettermi di avere le forze dell'ordine costantemente per casa. La mia famiglia, il mio nome... non potevo lasciare che diventassero una barzelletta. Quando Audrey dipinse la casa di quell'avvocato, ad esempio. Per voi fu da spanciarsi dal ridere, immagino, eppure io passai la nottata a cercare un accordo economico per salvare quel poco di buona reputazione che ancora rimane alla famiglia Davis. Audrey si cacciava spesso nei guai, ma di fatto eravamo io e mia moglie a scontare l'infamia delle sue azioni.»

Jim gesticola infervorato. «Chi se ne frega se era pesante da gestire! Come credevate che potesse cavarsela da sola, senza soldi e con una malattia mentale grave come la sua? Davvero riuscivate a guardarvi allo specchio sapendo che era diventata una senzatetto mentre voi vi crogiolavate nel lusso?»

Tom Davis giochicchia per un attimo con l'anello che indossa al dito medio della mano destra, facendolo roteare con la punta del pollice. È un anello d'oro, al centro vi è incastonato un enorme rubino con sopra inciso, in nero, il simbolo di una spirale tagliata a metà da una linea diagonale. «Siamo in America, ragazzo. I genitori non possono occuparsi per sempre dei figli. Audrey era già abbastanza adulta, era ora che andasse per la sua strada. Secondo te potevamo accudirla per il resto della nostra vita?»

Jim osserva disgustato il signor Davis, ricordandosi di tutto ciò che nel corso dei mesi Audrey ha raccontato di lui. Il cranio pelato, l'impotenza, la frustrazione, la petulanza quasi infantile. «Ecco, mi lasci un attimo per pensarci... *Certo che sì?* Ma cosa siete, deficienti? È ovvio che una ragazza schizofrenica dovrebbe ricevere l'aiuto continuo dei propri genitori e dei parenti finché rimane al mondo. Ma scherziamo?»

La bocca di Tom Davis si contorce in un ghigno odioso. «E allora perché non l'hai aiutata tu, giovane fenomeno? A parlare sei bravo, stronzetto, eppure nemmeno voi debosciati volevate portarvela a casa, perché sapevate che razza di impegno sarebbe stato. Ma immagino che guardarla su internet ve lo faceva venire duro, non è così? Era una ragazza carina, la mia Audrey. So bene perché la guardavate voi cani ululanti.»

Per un attimo Jim farfuglia qualcosa, ma non trova il coraggio di negare. «A dire il vero, quando abbiamo capito che l'avevate cacciata di casa ci abbiamo provato, a raggiungerla. Ma Audrey aveva smesso di comunicarci la sua posizione, così abbiamo iniziato a studiare le immagini sullo sfondo dei video per capire dove fosse. Alla fine c'eravamo pure riusciti, ma era troppo tardi.»

Tom emette un sospiro e lancia uno sguardo a sua moglie. «Come ti chiami, figliolo?»

«Jim.»

«Credimi, Jim, le persone come Audrey non conducono un'esistenza piacevole. Lei non sarebbe mai stata davvero felice. La sua vita era un inferno. Un inferno personale, tutto dentro la sua testa. È stato un atto del Signore a far passare quel treno. È stata la sua misericordia. Ora Audrey è in pace. Credimi, è stato meglio così.»

Jim gli si scaglia contro. «Vecchio pelato figlio di–»

BANG.

Prima che Jim possa raggiungerlo, Tom Davis fa fuoco col suo fucile a pompa Benelli calibro 12 e lo colpisce in piena faccia. Il cappello da baseball rosso di Jim si disintegra assieme al suo cervello sotto gli occhi colmi d'orrore di Margaret Davis, che urla a squarciagola e si lascia scivolare a terra sulla soglia di casa.

Suo marito lascia andare il fucile, si inginocchia al suo fianco e le appoggia una mano sulla spalla per farle forza. Tormenta ancora una volta l'anello.

«Tom, credi che... credi che anche lui arriverà là...?» bisbiglia Margaret dopo un po', nascondendo il viso contro la sua spalla.

«Ora sono entrambi dall'altra parte» promette Tom Davis stringendo forte sua moglie a sé.

«Se pensano che l'hai fatto di proposito...» La signora Davis singhiozza e scuote la testa. «I vecchi ce la faranno pagare.»

Tom pare non sentirla. «Ho mandato ad Audie il suo amico. Non sono un bravo padre, Margie?»

Pesci
Ghost in the Machine

Audrey e Stardust trascorrevano le giornate facendo la spola tra il loro appartamento, il *Corallo Spaziale* e i Balnea, più qualche spettacolo a teatro e concerti in piazza. La novizia stava acquisendo sempre più confidenza con il ruolo di Cherubina, anche se spesso si dimostrava troppo timorosa, considerato il naturale talento che aveva nel proteggere i Guerrieri e la costanza con la quale si applicava. Stardust l'aveva spronata più volte a lasciarsi alle spalle la paura e i dubbi, ma erano le forme grottesche di alcuni dei Vuoti più orrendi a gettare Audrey in una profonda inquietudine.

Di notte, quando le due ragazze rimanevano da sole, Stardust riempiva la testa di Audrey di teorie bislacche sull'astrologia che non trovavano alcun riscontro in ciò che invece assicuravano gli altri membri del Coro con i quali la novizia aveva avuto occasione di conversare. In ogni caso, Stardust si professava una grande esperta della materia e aveva più volte consigliato l'amica di non ascoltare altri che lei, quando si discorreva dell'argomento.

Jade continuava a ribadire che il vero segno zodiacale di Audrey era l'Acquario, come d'altronde aveva sostenuto fin dal momento del suo arrivo, e ciò veniva confermato anche dalla sua data di nascita se ci si basava non sull'astrologia tropicale, ma su quella siderale, che Stardust considerava più accurata. Audrey era nata il 15 febbraio, dunque, seguendo la divisione in cui erano ripartiti i segni secondo quel sistema astrologico, rientrava tra gli appartenenti all'Acquario, anche se per poco. Se fosse nata un paio di giorni prima sarebbe stata del Capricorno (altro elemento che rafforzava la tesi, dal momento che Audrey amava dipingere).

Stardust aveva descritto svariate volte e con abbondanza di dettagli le caratteristiche psicologiche che contraddistinguevano i membri dell'Acquario, trovando moltissime convergenze con la personalità di Audrey; eppure quest'ultima, che riteneva di conoscere il proprio carattere certamente meglio della sua enigmatica amica, non se la sentiva affatto di concordare.

Quella sera Stardust la prese per mano – come spesso amava fare –, le accarezzò gli interminabili capelli castano chiaro e la invitò a sedersi insieme a lei sul letto della sua camera. Sembrava angustiata e smaniosa di parlarle, ma con

Jade non si poteva mai prevedere quali fossero le sue reali intenzioni. In ogni caso, Audrey era comunque diventata impermeabile alle sue smancerie ed era ormai abituata a sottoporre a una attenta analisi critica ogni singola parola che usciva dalla sua bocca.

Stardust la fissava intensamente. «Tesoro, ti vedo giù di corda. Anche il tuo bel viso è sciupato. Sei in pena perché Jim andrà spesso all'esterno?»

«Un po'.» Audrey lasciò vagare lo sguardo oltre la finestra, verso il mare. «A me questa storia che i Sagittari se ne vanno a navigare su un fiume al buio e potrebbero essere circondati dai Vuoti in ogni momento non piace per niente.»

«Tesoro, sei così dolce» la blandì Stardust lisciandole i capelli. «Ma non devi darti troppo pensiero per lui. Vedi, il fatto è che Jim non è la tua fiamma gemella. L'ho avvertito appena vi ho visti assieme, ma ne ho avuto la conferma di recente, quando ho percepito l'energia della sua aura durante una delle sue visite. Ti prego, devi credermi. Sono una medium psichica certificata. Non ti mentirei mai.»

«Cosa cacchio sarebbe una fiamma gemella?» rispose Audrey misurando in extremis le parole e scegliendo di soprassedere su quel "medium psichica certificata" che l'aveva quasi fatta scoppiare a ridere.

«Ecco, è come se fosse la tua anima gemella, ma allo stesso tempo è qualcosa di molto più potente» spiegò Stardust spalancando gli occhi viola. «Un tempo la tua anima e quella della tua fiamma gemella erano una cosa unica, ma dopo essere ascesa a una frequenza troppo elevata si è scissa in due parti ed è atterrata nel corpo di due persone differenti. Tu e la tua fiamma gemella, però, siete fatti per stare insieme, capisci? Siete *letteralmente* fatti l'una per l'altro... o l'una per *l'altra*.» Sorrise. «Il problema è che ritrovarsi dopo essere stati scissi è di solito quasi impossibile. Ricongiungersi alla propria fiamma gemella è una esperienza incredibile, e le due anime vibrano con un'energia travolgente.»

Il sopracciglio destro di Audrey ebbe un leggero tremito.

Di' la verità, Jade. Tu non sei una "medium psichica certificata", sei un'imbrogliona di professione.

Stardust parve notare la sua titubanza e si affrettò ad aggiungere: «Se non mi credi almeno lascia che ti faccia una bella lettura delle carte! Ci stai? Ti prego, non ci vorrà molto. Tanto cosa abbiamo di meglio da fare, stasera?» implorò accarezzandole le mani.

Lettura delle carte? Dio del cielo, questa mi mancava.

Diamole corda, per stavolta. Sono curiosa di scoprire dove vuole andare a parare.

Audrey acconsentì, e il viso di Stardust sprizzò gioia. Scese dal letto, sollevò le lenzuola dalla sponda laterale e da uno scompartimento segreto sotto il telaio estrasse degli oggetti che appoggiò sul tavolo in fondo alla stanza, invitando l'amica a sedersi di fronte a lei.

Audrey non aveva idea di dove, o come, Stardust avesse raccattato quello strano materiale. La ragazza dai capelli arcobaleno aprì una scatola di cartone blu scuro con sopra disegnata una falce di luna argentata ed estrasse tre diversi mazzi di carte, alcune pietre minerali di vari colori e una serie di dadi con un diverso numero di facce e delle figure geometriche incise sopra. Mescolò due di quei mazzi a lungo, infine prelevò un preciso numero di carte da ognuno e dispose sul tavolo cinque diverse pile di carte con le facce rivolte all'ingiù. A quel punto raccolse le pietre minerali una alla volta, le tastò con attenzione mantenendo gli occhi chiusi per percepire chissà quale frequenza energetica e ne scelse cinque. Ne posò una diversa in cima a ogni pila di carte.

Faceva tutto questo anche in vita, mi ci giocherei i miei pennelli migliori.

Audrey vide un'ametista, un quarzo trasparente, un'agata azzurra, una giada e un'onice nero.

Stardust era soddisfattissima. Controllò per un'ultima volta che le pile di carte con sopra le gemme fossero perfettamente allineate e disse in tono professionale: «Ora ascoltami con attenzione, Audrey. Non pensare alle carte, per adesso. Voglio che tu scelga una di queste gemme. Ma devi usare l'intuizione, non gli occhi.»

Audrey, che non era mai stata alla Ceremonia delle Armi e non aveva mai udito delle simili istruzioni, si accigliò. «Che intendi?»

«Una di queste gemme potrebbe catturare la tua attenzione per qualche motivo; magari perché ti piace il suo colore o la sua forma. Ma tu non sceglierla in quel modo. Cerca invece di percepire il fiume di energia che scorre sotto di esse e scegline una usando l'intuizione: lascia che sia l'energia stessa ad attrarti risuonando con la tua anima. Se usi gli occhi non funzionerà.»

Audrey studiò i minerali disposti sul tavolo.

Non sono sicura di percepire alcun "fiume di energia", ma la mia "intuizione" mi suggerisce di scegliere l'agata. Proviamo invece a sceglierne un'altra e vediamo se Jade se ne accorge.

Avvicinò un dito al pezzetto di quarzo e disse: «Scelgo questo.»

«Ma certo, è naturale! Lo sapevo che avresti scelto il quarzo! È così ovvio!» gongolò Stardust con un gran sorriso. «Sei dell'Acquario in tutto e per tutto! Il quarzo è la loro gemma simbolo.»

Ti pareva. Davvero non vuole mollare con questo Acquario.

Stardust sgombrò il tavolo lasciando soltanto la pila di carte con sopra il quarzo, dopodiché, con notevole cura, cominciò a estrarre le prime carte da quel piccolo mucchio, girandole e disponendole l'una accanto all'altra.

Audrey osservò quelle operazioni con grande curiosità. Alcune delle carte le erano in qualche modo familiari, poiché erano i tradizionali tarocchi, tuttavia le altre, quelle che provenivano dal secondo mazzo, mostravano dei disegni e delle descrizioni molto particolari. Il loro significato era astratto, difficile da interpretare per i non iniziati ai segreti dell'astrologia.

Stardust studiò le carte con attenzione mentre le disponeva sul tavolo, dopodiché chiuse gli occhi e disse: «Mi serve un attimo di concentrazione, affinché il tuo spirito guida mi consegni il suo messaggio.»

"Lo spirito guida"? Stiamo passando dal simpatico al ridicolo.

Jade, perché? Perché ti ostini a fare così? Ti prego, smettila con questa buffonata.

Sebbene non le credesse, Audrey cercò comunque di dimostrarsi interessata per non ferirla, malgrado Stardust si rivelasse spesso un'amica con dei secondi fini. Aveva valutato, da perfetta Pesci quale era, che prenderla in giro riguardo a quell'hobby a cui teneva così tanto sarebbe stato immotivatamente crudele e le avrebbe di sicuro spezzato il cuore. Audrey non era certo una studentessa di psicologia, ma non occorreva esserlo per comprendere che Stardust era emotivamente più fragile di quanto lasciava trasparire.

Dopo un paio di minuti l'enigmatica Jade trasse un profondo respiro, riaprì gli occhi e sorrise. «Bene, ora sono pronta. Ciò che sento per te, Audrey, ciò che avverto dopo aver studiato le carte e che intendo comunicarti, è questo: hai un'aura bellissima, i suoi colori sfavillano così intensi da abbagliarmi. Nessuno è in grado di comprendere davvero quanto è bella la tua anima. Nemmeno tu te ne rendi conto, purtroppo.»

Raccolse una delle carte e la mostrò ad Audrey. Vi era raffigurata una gazzella, e la didascalia in basso lo confermava.

«Questo è il motivo per cui spesso ti senti soffocata dalla paura. In questo momento, la luce della tua aura è offuscata da un blocco energetico nei tuoi chakra superiori. Qui, in mezzo alla fronte, c'è il chakra del terzo occhio; in cima alla testa c'è il chakra della corona e alla base del collo c'è il chakra della gola. Questi sono i chakra superiori.»

Stardust raccolse un'altra carta con raffigurato un topo, sopra il quale c'era un triangolo che puntava verso il basso, con una linea orizzontale che lo intersecava a metà.

«All'interno del tuo corpo questi chakra non stanno lavorando all'unisono, perciò l'energia non fluisce come dovrebbe e rimane bloccata nel chakra della corona, facendoti annegare nei dubbi e non permettendoti di ragionare in maniera limpida.»

Stardust mostrò ad Audrey uno dei tarocchi tradizionali. Era la Luna. Sotto il tondo satellite terrestre erano raffigurati due cani che ululavano, e sotto di essi un granchio.

«Vedo che hai un enorme timore di manifestare i tuoi desideri. Devi lasciarti andare e smetterla di fuggire solo perché hai paura dei conflitti. Per saperne di più, però, dovremmo trovare una sincronicità nei numeri o notare dei segni provenienti dal tuo spirito guida. Proveremo coi numeri.»

Stardust raccolse cinque dadi dal diverso numero di facce e li lanciò dentro una scatoletta, in modo che non cadessero dal tavolo. I risultati furono: 5, 5, 6 e due forme geometriche: un pentagono e un esagono.

Jade annuì e sorrise. «Ciò che sento, Audrey, è che la fortuna sta per arriderti e il futuro volgerà presto al meglio. I dadi mi suggeriscono che accadrà tra pochissimo. Guarda, vedi questa?» Mostrò una carta con disegnata una grande croce rossa. La didascalia recitava infatti: "Grande Croce". «Una persona a te vicina sta cercando di aiutarti, anche se al momento fai fatica a rendertene conto. Può sembrare che questa persona ti stia infastidendo, ma lo fa di proposito. Ciò che sento è che questa persona vuole aiutarti a superare una sfida. Devi prendere in mano la tua vita, rivolgendoti alle persone con maggior fermezza. Guarda.»

Stardust mostrò ad Audrey altre due carte. Su una di esse v'era scritto "Lasciar Andare – Abbandono", mentre sull'altra era raffigurata una mano che reggeva una chiave; la didascalia diceva appunto "Chiave". «Nelle Leggi della Magia Energetica questo è chiamato uno Scambio, o un Sacrificio. Devi abbandonare qualcosa che consideri importante per poter aprire la porta a una potente benedizione che sta cercando di raggiungerti. Ora guardo meglio.»

Afferrò il terzo mazzo, quello che ancora non aveva utilizzato, e lo mescolò a grande velocità finché tre carte non schizzarono fuori. Ma era stato per errore? Stardust raccolse infatti proprio quelle tre carte e le mostrò ad Audrey. «Guarda! Sono uscite il Mago, la Rosa e la Volpe!» esclamò con vivacità febbrile. «Questo significa che ti stai lasciando avvicinare da una persona carismatica e scaltra, ma che ha uno scarso senso morale e vuole portarti dentro la sua merda. Oh, tesoro, scusa se mi sono espressa in maniera volgare. Questa persona emana davvero una pessima energia e si trascina alle spalle un fardello karmico che ti porterà nell'abisso insieme a lui, se non ti fermi subito. Devi mollarlo e non lasciarti influenzare. Ricorda: sono i tuoi pensieri a creare la tua realtà.»

Audrey era sconcertata. Se avesse incontrato Stardust sulla Terra l'avrebbe considerata una ciarlatana, eppure sembrava davvero convinta di quel che diceva, e tra le ombre infuse di vita di Sympatheia anche i discorsi più bislacchi sembravano acquisire una certa veridicità. Era ovvio che con quella lettura delle carte Stardust intendeva riferirsi velatamente al rapporto tra lei stessa, Audrey e Jim, ma perché continuava a volerla separare da lui? Era possessiva? Voleva Jim per sé? Voleva *lei* per sé?

Audrey non sapeva granché di come funzionassero i rapporti romantici tra le persone, ma poiché era consapevole di questa sua ignoranza, ipotizzò che nei comportamenti così affettuosi di Stardust potesse celarsi un certo grado di interesse sentimentale nei suoi confronti, un interesse che Audrey a volte faticava a interpretare correttamente. E se invece la premonizione di Stardust fosse stata autentica? Aveva capito bene? Doveva abbandonare Jim per sbarcare alla destinazione successiva del suo destino?

Eppure...

Eppure Jade si comportava spesso da bugiarda patentata, facendo soffrire la stessa Audrey. Col passare delle settimane l'aspetto così appariscente dell'amica, pur con tutti i suoi difetti, aveva iniziato a far breccia nella giovane pittrice, anche se le intenzioni di quella ragazza dai capelli arcobaleno continuavano a rimanere spesso ambigue. Audrey non poteva avvicinarsi troppo a lei finché non avesse compreso le sue mire.

Decise di metterla alla prova ancora una volta.

«Star...» iniziò, cercando le parole adatte.

«Tesoro, lo sai che puoi chiamarmi Jade» intervenne l'altra accarezzandole di nuovo la mano.

«Sì, ecco, Jade... Sto riflettendo su quanto mi hai comunicato, ma mi chiedevo se per caso percepissi qualche tipo di messaggio proveniente dai miei genitori. Sai, tenevo molto a loro» mentì Audrey.

Stardust spalancò gli occhi. «È incredibile che tu me l'abbia chiesto, perché stavo proprio per rivelartelo! Io e te siamo davvero sulla stessa lunghezza d'onda! I tuoi genitori ti volevano e ti vogliono ancora un mondo di bene, Audrey. Hanno sofferto a lungo dopo la tua scomparsa. È stato tremendo per loro. Il funerale, la lapide, la targa commemorativa che hanno disegnato per ricordarti... ecco... oh, merda, scusa se sto piangendo.» Si asciugò gli occhi, ma Audrey non era certa di aver visto alcuna lacrima. «Mi è venuta anche la pelle d'oca sulle braccia, guarda. A volte mi succede così, quando percepisco qualcosa di troppo triste. Non preoccuparti per i tuoi genitori, Audrey, adesso stanno bene. Hanno accettato la tua morte e vivono in pace. La loro energia cosmica è tornata a fluire più armoniosa che mai.»

Bene, ora sono proprio confusa. Che ignobile sequela di dabbenaggini!
Ci crede davvero a quello che dice, o mente sapendo di mentire?

«Grazie. Grazie tante, Jade. Credo di dover riflettere meglio su quello che mi hai rivelato. C'è davvero un sacco di roba su cui riflettere, e... penso che farò un giretto serale per schiarirmi le idee» disse Audrey dirigendo gli occhi verso la porta della camera.

«Ti accompagno! Non dovresti andartene in giro da sola» protestò Stardust alzandosi in piedi.

Perché? È pericoloso, forse?
Sympatheia è il luogo più sicuro di tutto il Tempio. Non vengono mai commessi crimini. Neppure uno.

«Ti ringrazio, ma non ce ne sarà bisogno. Hai detto che devo parlare in modo più deciso, giusto? Vorrei andare da sola, stasera» rispose Audrey, non senza la necessaria dose di garbo.

«Ma certo, nessun problema» acconsentì Stardust, intrappolata nella sua stessa ragnatela. «Però torna presto, d'accordo?»

Nel salutarla, le scoccò un bacio sulla guancia più intenso del solito. Audrey uscì dall'appartamento e si pulì il segno del rossetto.

Quando scese al piano terra ed entrò nei quartieri comuni del dormitorio, inspiegabili trame di luci e ombre si proiettarono sulle mattonelle a quadretti bianchi e neri del pavimento. Audrey si ritrovò al centro di una partita a scacchi a grandezza reale. Si girò e vide un possente cavallo bianco imbizzarrito. Più avanti c'era una torre dalla cui cima degli arcieri scagliavano frecce verso il lato opposto della scacchiera, verso un alfiere impettito che in realtà era un anziano barbuto con un copricapo da vescovo. Audrey si lasciava impressionare ormai di rado dalle visioni fantastiche generate dalle presenze di Sympatheia, perciò attraversò la scacchiera immaginaria, aprì la porta e uscì in strada. La visione si dissolse in un istante.

Si avviò verso il centro di Sympatheia, oltrepassando il lungomare percorso da pedoni e ciclisti che si rilassavano girando attorno alla città. Attraversò dei viottoli appartati in cui i marinai del Sagittario corteggiavano con ostinazione le Cherubine del Coro, quindi si ritrovò in una piazzetta addobbata con una miriade di lucette colorate che pendevano da dei tralicci sospesi tra i tetti. In quel luogo i membri della Bilancia si fermavano spesso a cantare e a suonare, portando seco le chitarre costruite col legno delle loro querce colossali.

Chi era Stardust? Perché nessuno sembrava conoscerla davvero?

Ogni volta che Audrey le chiedeva di raccontarle qualcosa della sua vita sulla Terra, lei glissava, aggirando le domande nei modi più astuti. Inoltre, Jade sosteneva con ardore di avere tantissimi amici al Tempio, eppure quando Audrey era andata a farle visita nel Piano Astrale non aveva mai visto molte stelle splendere nel cielo. Forse era possibile celare in qualche modo i propri *desmoí* agli occhi dei visitatori – di questo non era certa –, ma Stardust sarebbe comunque stata l'unica a farlo, fra tutte le persone che Audrey conosceva.

Si ritrovò quasi per caso davanti all'entrata del *Corallo Spaziale*.

Lei e Stardust frequentavano quel pub ogni giorno, e la sua amica dai capelli arcobaleno sembrava conoscere gran parte degli avventori. Li salutava sempre in maniera focosa e in molti casi flirtava plateralmente con loro, eppure non scambiava mai più di qualche parola. Di rado Audrey aveva visto Stardust intrattenere una lunga conversazione con qualcuno, a parte lei e Andreas.

Entrò e salutò con un gesto il barista, un irlandese dai capelli rossi e l'aspetto da trentenne. Aveva folte basette, ma la barba e i baffi erano rasati. Indossava una t-shirt bianca con sopra un gilet di jeans strappato, stile motociclista tamarro.

Il pub era gremito di gente, come al solito. Anziché appartarsi, Audrey decise di sedersi per una volta su uno degli sgabelli di fronte al bancone e ordinò un Fossa delle Marianne, il drink della casa.

Il barista, che si chiamava Ciaran, sembrò sorpreso dal vederla entrare da sola ma allo stesso tempo felice, e le preparò in fretta il drink. Una volta ultimato, il Fossa delle Marianne era azzurro verso la cima e blu scuro alla base del grande bicchiere, mentre sul fondo fluttuavano piccole alghe marine (che però non venivano mai ingerite, nemmeno per errore). Audrey lo sorseggiò con calma. Aveva un gusto rinfrescante, con note di limone e menta piperita.

«Ehilà» esordì con voce addormentata il ragazzo biondo seduto di fianco a lei, tenendo le palpebre socchiuse dietro i grandi occhiali tondi che gli scivolavano sulla punta del naso. Audrey lo conosceva. Si chiamava Stanley e aveva quasi sempre sonno, ma non gli si poteva dare troppo torto, vista l'atmosfera onirica che si respirava a Sympatheia. Indossava una lunga vestaglia di lana azzurra, si portava sempre appresso un cuscino e all'occorrenza si metteva a dormire dove gli capitava.

«Ehilà» rispose Audrey con un sorriso. In quel momento realizzò che di fatto provava simpatia per tutti i membri del Coro dei Pesci coi quali avesse mai conversato, mentre la più problematica era proprio la sua coinquilina.

«Oggi sei venuta da sola» osservò argutamente Stanley con voce fiacca, ma d'altra parte era lo stesso tono di voce con cui avrebbe annunciato: "L'ondata di Vuoti più potente di sempre sta investendo il Muro e verremo spazzati via in poche ore".

«Già. Stardust è rimasta a casa» confermò Audrey. «Ma a me piace anche stare per conto mio, ogni tanto.»

«Oh, certo. Lo capisco. Fai proprio bene a venire da sola, ogni tanto» approvò Stanley, forse omettendo il resto del suo pensiero.

Ciaran si avvicinò col fine di ascoltarli, facendo finta di lavare con uno straccio il bancone già perfettamente pulito.

«A dire il vero» riprese Audrey con astuzia, «la mia amica a volte si comporta in maniera così strana. Mi chiedevo se magari poteste raccontarmi qualcosa in più su di lei, per aiutarmi a capirla. Da quanto ne so, voi la conoscete da parecchio.»

I due ragazzi si scambiarono un'occhiata d'intesa e fecero un sorrisetto, quasi non vedessero l'ora di affrontare l'argomento.

Ciaran si piegò e appoggiò le braccia al bancone per unirsi alla conversazione senza farsi udire dagli altri clienti. «Io lavoro al *Corallo* già da trent'anni, sempre che di "lavoro" si possa parlare, visto che non veniamo pagati, ma il fatto è che avevo un bar anche a Dublino e... oh, be', non voglio annoiarti con la mia storia. Vuoi sapere qualcosa sulla nostra Stardust? Allora lascia che ti racconti questo.

«Ricordo ancora la prima volta che quella ragazza entrò al *Corallo Spaziale*, ormai molti anni fa. Era timida e timorosa. Non parlava con nessuno, come se avesse paura di essere riconosciuta. A poco a poco però le cose cambiarono, e dopo qualche anno si mise ad attaccare bottone con chiunque incontrasse, anche se la maggior parte della gente tendeva lo stesso a evitarla. Non so bene perché, ma a molti quella ragazza non ispira fiducia, capisci?

«Un bel giorno Stardust arrivò al *Corallo* in compagnia di un ragazzo che non avevo mai visto prima, un tizio del Sagittario. Andavano in giro a raccontare che erano innamoratissimi e che intendevano sposarsi di lì a breve. Sai, è possibile sposarsi a Gulguta, se non te l'hanno detto. Comunque, quei due non si separavamo mai nemmeno per un attimo. Stardust sosteneva che lui era la sua fiaccola gemella, o una roba simile.

«Fatto sta, però, che un bel giorno vidi arrivare Stardust da sola. Mi raccontò che aveva mollato il suo ragazzo perché si era resa conto che quelli del Sagittario non erano uomini adatti a lei. Troppo votati al militarismo e alla lotta, diceva. Ma come, pensai io, eppure fino al giorno prima volevi sposarlo! In ogni caso, lei in seguito evitò sempre le domande su quel tizio del Sagittario e non ne parlò mai più. Ma non finisce certo qui, perché più avanti–»

«No, no, glielo racconto io, glielo racconto io!» intervenne Stanley. Audrey non lo aveva mai visto così vispo. Le fece un gesto suggerendole di avvicinarsi per non farsi sentire proprio da nessuno, così lei si sporse verso di lui. Ciaran si piegò di più sul bancone.

«Dopo qualche tempo Stardust venne al *Corallo* in compagnia di un altro ragazzo, solo che questo era dei Pesci, anche se non lo conoscevamo. Vero, Ciaran?»

«No. Non bazzicava mai da queste parti, ma alcuni dei miei amici lo avevano già visto in giro» confermò sottovoce il barista.

«Be', comunque era alto, aveva i capelli neri e si chiamava Adam» continuò Stanley. «Sì, insomma, Stardust si comportava come se quello fosse l'uomo della sua vita. Ci raccontò di aver percepito nelle stelle che lui era la sua fiamma gemella. Proprio così, la sua "fiamma gemella", lo definiva. Anche il ragazzo precedente lo era stato, eppure Stardust non lo nominava nemmeno più, come se non fosse mai esistito. Quante fiamme gemelle ci possono essere nella vita di una persona? Comunque, per un po' tutto andò alla grande, e un giorno Stardust ci rivelò che stava per sposare Adam. Ma quella volta successe davvero! Si sposarono sul serio, vero, Ciaran?»

«Oh, sì. Tutto ufficiale. Qualcuno per curiosità mi raccontò di aver controllato i registri a Gulguta» confermò il barista.

«Insomma, tutto è bene quel che finisce bene, penserai tu» fece Stanley. «E invece no! Perché un bel giorno... *puf*!»

«*Puf*?» domandò Audrey, rapita. Trovava quel racconto avvincente.

«*Puf*!» ripeté Stanley facendo un gesto come di qualcosa che svanisce nell'aria. «Adam non c'era più. Era sparito, se n'era andato per sempre. Ma non perché fosse morto... oh, no. Stardust arrivò al Corallo furibonda e ci raccontò che il suo bel maritino l'aveva mollata di punto in bianco troncando ogni rapporto, anche se giurava di non sapere il perché. Non poteva nemmeno più accedere al suo Piano Astrale, ti rendi conto? Recidere un *desmos* così forte è dolorosissimo. Alcuni pensarono che fosse morto nei Balnea e che Stardust fosse piombata in una crisi depressiva, invece dei conoscenti di Adam confermarono che era ancora vivo, ma se n'era andato a vivere in un'altra contrada. Per quanto ne sappiamo è ancora in vita, però non è mai più tornato ai Pesci. Ci pensi? Uno di noi che vive in pianta stabile in un'altra contrada... roba da non farti dormire la notte!

«Nessuno riuscì mai a scoprire per quale motivo Adam se ne fosse andato, né cosa fosse successo realmente tra i due. Stardust continuò a sostenere per lungo tempo di non avergli fatto nulla di male, ma se glielo domandi oggi fa finta che Adam non sia mai esistito, anche se fino all'ultimo momento aveva sostenuto che era la sua fiamma gemella e proprio per questo lo aveva sposato. Una fiamma piuttosto debole, a conti fatti!»

Ciaran e Stanley ridacchiarono, ma Audrey si sentiva triste e sempre più confusa. Quei due erano bravi ragazzi e non le avrebbero mai mentito su una cosa simile.

«Perdonate se ve lo chiedo, ma...» Si sentiva in imbarazzo ad affrontare certi argomenti. «Ho sentito dire che delle persone visitano Stardust nel suo Piano Astrale per... diciamo... *spassarsela un po'*. Eppure non credo sia gente che frequenta il *Corallo*. Stardust ha altri amici?»

Ciaran tossicchiò e iniziò a pulire meccanicamente il bancone con il suo straccio.

Stanley spinse gli occhiali più in su sul naso. «Noi non entriamo mai da Stardust per quel genere di cose. Quella è gente di fuori. Se vuoi il mio parere, ecco...»

«Sì, mi piacerebbe!» lo incalzò Audrey, incoraggiandolo a continuare con lo sguardo.

Stanley parve sul punto di rivelarle qualcosa di importante, ma poi scosse la testa e si limitò a dire: «Chiedi a chiunque, qui nel locale. Nessuno di noi va mai nel Piano Astrale di Stardust, se non per pochi minuti. Ora scusami, ma ho un gran sonno. Secondo il mio orologio interno sono le tre di notte.» Appoggiò il cuscino sul bancone e si appisolò.

Audrey salutò Ciaran e uscì dal locale, frastornata da tutti quei pensieri che si dimenavano nella sua mente come incubi chiusi in gabbia. Si diresse più o meno intenzionalmente verso l'altissima Torre D'Avorio nella quale dimorava Apollonia. In verità Audrey si era messa a girovagare per la città senza una meta precisa, ma gli antichi spiriti che albergavano nelle ombre l'avevano sospinta verso la torre, forse conferendo concretezza a un suo desiderio inconscio.

La Torre D'Avorio era costruita interamente in marmo bianco e sorgeva al centro esatto di Sympatheia. Conteneva i quartieri abitativi dei Serafini e dei Troni, insieme alle stanze private della Sublime Sacerdotessa, quasi sulla cima. La Torre disponeva addirittura di una grande sala d'ingresso presenziata da un portiere che ne controllava gli accessi. Era un uomo arabo di mezz'età con la pelle scura e i baffi neri rivolti all'ingiù, dall'aspetto simpatico. Senza un motivo comprensibile indossava un vestito da cuoco con tanto di cappello bianco, anziché qualche genere di livrea da custode.

Vedendola entrare, il portiere-cuoco si alzò dalla seggiola dentro lo stanzino in cui se ne stava e la indicò attraverso la finestrella. «La signorina Audrey Davis?»

«S-sì, sono proprio io» rispose lei sbalordita.

«Salga, salga! La Sublime Sacerdotessa è nel suo studio, all'ultimo piano. Si ricordi di bussare tre volte, prima di entrare. Mi raccomando: tre, non quattro, né tantomeno due. Oh, se bussasse due volte sarebbe un vero disastro» spiegò il portiere scuotendo la testa.

«Ehm... va bene, ho capito. Grazie mille» rispose Audrey, e cominciò a salire la scala elicoidale che portava ai piani superiori. Ormai aveva imparato che a Sympatheia porre domande poteva rivelarsi una perdita di tempo. Si trattava di accettare l'impossibile come probabile e l'assurdo come sensato.

La scala a chiocciola, anch'essa di marmo bianco, aveva un diametro di almeno cinque metri e sembrava non avere mai fine. Continuava a roteare sopra la sua testa disegnando dei cerchi concentrici con un gioco prospettico, tanto che Audrey si chiese se fosse lei a salire o la torre stessa a scendere, come una vite gigante che veniva avvitata nel cuore di Sympatheia con l'avanzare dei suoi passi.

All'improvviso si ritrovò in cima senza aver nemmeno intravisto i piani intermedi. Le stanze personali della Sublime Sacerdotessa erano nascoste dietro una grande porta di legno bianco con un battente d'ottone. Audrey sollevò il picchiotto e lo fece ricadere tre volte.

Dopo qualche istante, Apollonia aprì la porta. Quel giorno indossava una veste chiara, sottili trecce rosa si intravedevano fra i capelli dorati. Appena vide Audrey, i suoi occhi nocciola scintillarono. «Audrey!» esclamò con voce vellutata. «Che piacere vederti. La tua visita è una nota lieta in una giornata invero noiosa. Entra pure.»

Audrey si fece avanti con profondo rispetto, camminando in punta di piedi con le sue pantofole per paura di insozzare il lucidissimo pavimento bianco. Per un attimo si sentì in imbarazzo con il suo pigiama, dal momento che la Sacerdotessa era elegantissima.

Davanti a lei si allargò una maestosa stanza dalle tinte chiare, adornata finemente con quadri e mobili bellissimi, tra i quali spiccava una grande scrivania in legno di betulla con attorno delle sedie costruite con rami bianchi intrecciati. In fondo si accedeva tramite una scala di legno a un grande soppalco, e su di esso immense finestre si aprivano verso l'esterno, facendo entrare nella stanza una fresca brezza salmastra. I fini veli delle tende color acquamarina ondeggiavano al vento contro la luce lunare.

«Cosa ti ha spinta a venire a trovarmi, cara? Spero sia solo una visita di piacere e che nulla ti tormenti» disse Apollonia guidando Audrey verso la scrivania. La sua voce in quel momento era dolce come miele alle orecchie della novizia. «Mi hanno detto che sei migliorata come Cherubina negli ultimi tempi, ma in tutta onestà non avevo mai nutrito dubbi. Il tuo Zenith splendette di una luce meravigliosa, al tuo arrivo. Purtroppo, qualcuno provò a sporcare le acque proferendo parole sgradevoli sul tuo conto, che si rivelarono soltanto delle crudeli falsità.»

Jim non voleva "sporcare le acque", cara Sacerdotessa. Io ero davvero schizofrenica, ma questo lei non può saperlo.

Quanto è gentile quando è tranquilla. E poi è così... così...

Apollonia si sedette dietro la scrivania, mentre Audrey si accomodò davanti a lei, su una delle sedie.

«Allora, come posso aiutarti?» domandò con voce carezzevole Cersei di casa Lannister, che evidentemente dopo aver lasciato Westeros si era reincarnata in una ragazza greca di nome Apollonia. Solo che nemmeno quella teoria tornava, pensò Audrey, perché Apollonia era più bella.

Quelle riflessioni la sorpresero come un pugnale puntato al cuore. Non riusciva ancora a riconciliare certi pensieri passionali con la ragione; ciò nondimeno, rifletté, se provava certi sentimenti nei confronti di Apollonia, che era una donna, non era possibile che li provasse anche per Stardust? Audrey, però, non possedeva la minima cognizione delle operazioni intraprese da due ragazze quando andavano a letto assieme. Le sembrava evidente che per compiere atti di natura sessuale fosse necessario introdurre una parte del corpo dentro un'altra, come d'altronde aveva sempre visto nei video che le linkavano in chat i suoi spettatori. Le poche volte che aveva visionato filmati pornografici con sole ragazze, quelle erano sempre impegnate a infilare oggetti dalle forme e dimensioni più disparate all'interno dei loro corpi passando attraverso ogni orifizio conosciuto. Non le sembrava un'attività così divertente.

Smise di ammirare il viso di Apollonia, che sembrava irradiare luce divina, e scelse con cura le parole. «Sublime Sacerdotessa, mi hanno detto che lei è una grande esperta di astrologia. Non solo di quella del Tempio, ma anche di quella terrestre. Mi chiedevo, ecco, quale fosse la sua posizione ufficiale sulle loro differenze. Funzionano in maniera piuttosto diversa, non crede? Dunque una delle due è errata?»

Apollonia si fece pensierosa. Congiunse le mani e fissò Audrey. La sua espressione era benevola, ma gli occhi erano duri. «L'astrologia terrestre è una degenerazione, Audrey. È completamente inventata, fasulla. Non dobbiamo nemmeno prenderla in considerazione. Eppure, sotto certi aspetti, gli astrologhi terrestri avevano quasi carpito la verità. Il Tempio è la realizzazione concreta di tale verità, creata per noi dagli spiriti celesti. Su questo non devi avere dubbi.»

Eppure Stardust sostiene ben altro. Apollonia lo saprà?

Audrey abbassò lo sguardo fino a fissare la scrivania di legno chiaro. «Sublime Sacerdotessa, lei è sicura che io sia dei Pesci, vero?»

Apollonia divenne più scontrosa. «Ma certo che sei dei Pesci. Che razza di domanda sarebbe?»

«Non è possibile che io sia dell'Acquario, ad esempio? Sa, per correttezza ci tengo a rivelarle che sono nata il 15 di febbraio.»

La Sacerdotessa parve turbata da quelle parole, quasi oltraggiata. Lo sguardo balenò di strane luci mentre si metteva dritta sul suo scranno. «Dell'Acquario? Ma no, certo che no. Cosa c'entra il tuo giorno di nascita? Al Tempio non viene più preso in considerazione, è la Fonte ad assegnarti alla Casa corretta in base al tuo carattere, e non sbaglia mai. Non riesco a credere che tu abbia delle perplessità su una questione del genere. Dev'essere per forza opera di qualcuno. Chi ti ha messo in testa certe fandonie, Audrey?»

«Nessuno» rispose lei, che non intendeva comunque tradire la sua amica.

La voce di Apollonia era diventata fredda e dura come acciaio. «Non mentirmi, cara. Chi è stato?»

Audrey non aprì bocca, eppure in qualche modo la Sacerdotessa le lesse comunque la risposta negli occhi. Si alzò in piedi e si preparò un bicchiere di Nettare della Sorgente purissima. Ne offrì uno anche ad Audrey. «È stata Jade, non è vero? Avrei dovuto immaginare che sarebbe finita così. Ti sposto subito in un altro appartamento. Quella ragazza è troppo problematica per vivere con una novizia impressionabile come te.»

«No, la prego, non mi mandi via» implorò Audrey, che temeva per la salute mentale di Stardust. «Non mi trovo poi così male con lei, è solo che a volte fa dei discorsi un tantino strani, ecco tutto. Ma posso ignorarla, se voglio. Le sue parole, Sublime Sacerdotessa, mi sono state di grande aiuto.»

«Chiamami pure Apollonia, quando siamo in privato» rispose l'altra. «Tu potrai forse ignorare Jade, ma io non posso ignorare che lei sta cercando di traviarti con le sue teorie strampalate. Quella ragazza si era arricchita praticando l'astrologia fasulla sulla Terra, e ora che la sua ricchezza non esiste più è costretta a manipolare la mente delle persone per tenerle al suo fianco. Che errore ho commesso, nel portarla con me al Rito! Ma saprò rimediare. Dici di voler rimanere con lei; io non lo trovo saggio, ma te lo concederò comunque. D'ora in poi, però, vi terrò costantemente d'occhio e, se sentirò altri discorsi di quel genere provenire da lei, prenderò subito dei provvedimenti. Non posso tollerare che vada in giro a seminare pensieri ingannevoli nelle menti delle giovani Cherubine.»

«Provvedimenti di che tipo?» domandò Audrey con un filo di voce.

«L'esilio.»

Audrey uscì dalla Torre D'avorio e corse a perdifiato. La testa le pulsava e le impediva di ragionare. Sympatheia avrebbe saputo condurla dove desiderava.

Corse e corse ancora, a testa bassa, cercando di riordinare le idee. Stardust le stava mentendo o era davvero convinta di quello che diceva? Voleva semplicemente un'amica, o qualcosa di più?

Nel correre andò quasi a sbattere la fronte contro il grande cancello d'argento all'entrata dei Balnea.

Ma sì, perché no? Un bel bagno mi rinfrescherà le idee e mi aiuterà a distogliere la mente da Jade.

Magari c'è qualcuno che ha bisogno del mio aiuto. C'è sempre qualcuno.

Entrò e corse verso la piscina libera più vicina, ignorando Andreas che l'aveva salutata con la mano. Si tuffò dentro la vasca e si lasciò scivolare verso il fondo, raggomitolandosi a uovo e stringendosi le ginocchia con le braccia.

Devo lasciar andare la Volpe per ottenere la Chiave... I miei chakra superiori sono bloccati... Jade è la Grande Croce e sta cercando di aiutarmi... Però Apollonia dice che manipola le persone...

No, ora basta pensare a lei!

Il Piano Celeste si accese davanti ai suoi occhi. Per un po' Audrey volò senza una direzione precisa. Alla fine si rese conto di essere arrivata davanti al territorio della Vergine, all'esterno del Muro. Una piccola Guerriera stava esitando di fronte a uno scheletro.

«Accidentaccio!» imprecò Audrey, mentre il liquido amarognolo le fluiva nell'esofago. «Quella giovane leoncina sembra in pericolo. Sarà meglio che la aiuti.»

Scorpione
La Luce dei Vivi

Mike e Jihan avevano deciso di rimanere ancora per qualche tempo nel territorio dello Scorpione, seguendo così più o meno intenzionalmente il suggerimento di Kit Buckley. Il rozzo fumatore di sigarette fungine si era deciso a sguinzagliare la sua giovane protetta contro i Vuoti in carne e ossa, o per meglio dire in ossa e ossa, come si leggerà di qui a poco.

Quel giorno nella contrada dello Scorpione dense nubi argentee foderavano il cielo come un panno grigio, eppure non sembrava che i Tessitori avessero la seria intenzione di far piovere. L'aria era più fresca del solito e umida quanto l'erba della landa che il duo di Leoni stava percorrendo.

Mike aveva deciso che sarebbero usciti dal Muro a ore zero – o mezzanotte, che dir si voglia – pertanto aveva condotto Jihan verso la zona est delle Lowlands, percorrendo un sentierino che si snodava per il bassopiano fra dolci saliscendi. In mezzo alla pianura si ritrovarono a costeggiare un lago di dimensioni modeste ma non irrilevanti, alimentato da una serie di esili ruscelli che scendevano dai pendii erbosi a nord.

«Ecco il Loch Moss» annunciò Mike. «Questo qui non ha alcuna proprietà particolare, topetta. Ti ci puoi specchiare liberamente, se vuoi.»

A Jihan i laghi piacevano, anche se l'incontro ravvicinato con il Bjornespeil e le sue strane visioni l'aveva lasciata traumatizzata. Senza farselo ripetere due volte, zampettò fuori dal sentiero e si avvicinò alla riva per osservare meglio.

Il Loch Moss aveva dei margini frastagliati ma di forma tondeggiante, era ampio quasi due chilometri e le sue acque, nella penombra di quella giornata plumbea, splendevano di verde scuro. Nel momento in cui il sole fendette per qualche istante le nuvole, il paesaggio si accese di mille tonalità di verde. Attorno alla riva c'era un vero e proprio schieramento in formazione da battaglia di piante di rabarbaro gigante, con le loro larghe foglie da cui sbucavano fiorellini bianchi. Dall'acqua bassa fuoriuscivano invece alti steli di erba acquatica, metà verdi e metà dorati. Più lontane dalla riva, Jihan vide una distesa di alte felci verde smeraldo sovrastate da fiori rosa, mentre avvinghiate alle rocce crescevano piante di uva ursina, con le loro piccole foglie verde chiaro. Le acque del lago mormoravano appena, lambendo le sponde sassose. L'atmosfera era rigenerante e calmava i nervi. Jihan inspirò a fondo, gustandosi l'odore d'acqua, piante e fiori.

«Ti garba?» le chiese Mike. «È meglio che ti piaccia, perché stasera credo proprio che ci fermeremo a dormire qui, non ho voglia di tornare fino a Bishop's End.»

Jihan annuì e si ravviò i capelli che continuavano a svolazzarle davanti al viso per via del venticello. Anche quella nottata sarebbe scivolata via in un istante, senza Piano Astrale, ma per lei faceva una differenza relativa, non avendo alcun amico col quale divertirsi. Visitare Mike non avrebbe avuto senso, dal momento che trascorreva con lui già l'intera giornata, e avvertiva ancora meno l'impellente desiderio di andare a trovare Meljean. Jihan aveva spesso sperato che la stella della sua adorata Chae-yeon Kwon, da alcuni chiamata Violet, si accendesse nel suo Piano Astrale, o magari quella di Mark, o di qualcun altro, ma niente. Le brevi conversazioni che aveva intrattenuto con loro non erano state sufficienti. E poi, Violet era popolare e indaffarata anche su quel mondo, per cui non avrebbe mai avuto tempo da sprecare con una ragazzina come lei, rifletté Jihan.

Una volta lasciato il lago seguirono il sentiero girando verso destra per mantenersi lontani dalle colline a nord. Percorso qualche chilometro, arrivarono sul confine tra lo Scorpione e la Vergine, che non era demarcato da alcuna evidente frontiera naturale. Dal momento che lì iniziava la calda campagna della Vergine, Jihan vide l'erba davanti a loro farsi sempre più giallognola, e ancora oltre si incominciavano a intravedere di nuovo degli alberi. Scorse anche diversi cespugli di fiori gialli e rovi pieni di bacche blu. Il paesaggio le parve invitante, sebbene fosse l'esatto opposto di quello del Regno del Leone.

Sono così vicina a Violet! Chissà cosa sta facendo in questo momento! pensò ridacchiando tra sé e sé.

Mike la costrinse però a virare a sinistra, verso nord. Dopo aver camminato per un'altra ora, la torre di guardia sul Muro del Calvario a ore zero incombette davanti di loro, insieme al resto della muraglia. Lo stomaco di Jihan iniziò ad avere dei crampi e lei perse gran parte del suo innato entusiasmo.

Da sotto, il Muro sembrava persino più alto di quanto fosse logico aspettarsi. Jihan, con la bocca spalancata, dovette inclinare la testa all'indietro fin quasi a perdere l'equilibrio per scorgerne la sommità. Nel vederla istupidita a guardare in alto, Mike fece una smorfia e la spinse verso il cancello, ignorando le scale laterali.

«Ma, ma... non saliamo prima a vedere la cima?» propose Jihan con occhi imploranti, sperando che le venisse concessa almeno un'ultima ora di grazia prima di venire giustiziata da un Vuoto.

«No. Se davvero ci tieni, ci torneremo più tardi» tagliò corto Mike. «E comunque mi fa specie che tu stia cercando una scusa per svignartela. Sembri una di quelle fifone dei Gemelli, più che una Valchiria del Leone.»

«Non è vero, non sono una fifona dei Gemelli.» La convinzione nella sua voce vacillava.

«Ah, no? E la voglia di spaccare crani dov'è? Dovresti già essere corsa fuori dal Muro con l'ascia in mano, se fossi una vera Valchiria!»

Jihan diresse lo sguardo verso il possente cancello di ferro e non disse nulla.

«Bah. Eppure la Fonte non mente mai, dunque non può essersi sbagliata nemmeno sul tuo Zenith» aggiunse Mike in tono conciliante. «Visto che hai sedici anni – sì, okay, quasi diciassette – ti concederò un periodo di ambientamento più generoso del normale prima di trarre delle conclusioni.»

Quando arrivarono nei pressi della possente saracinesca metallica che proteggeva il tunnel, Mike e Jihan s'avvidero che non c'era alcun Guerriero pronto a sollevare l'argano. A dirla tutta, in giro non si vedeva proprio nessuno. Sulla sinistra, tuttavia, una decina di metri all'interno del territorio dello Scorpione, c'era un piccolo casotto fatto di assi di legno inchiodate tra loro. Mike grugnì e condusse la sua protetta verso l'entrata. Dopo aver introdotto la testa, intravidero un paio di gambe. Un uomo vestito da guerriero medievale era disteso su un letto di paglia, stravaccato in posizione oscena, e dormiva abbracciando il suo Shintai (un forcone). Presumibilmente in quel momento era in corso il turno di guardia dello Scorpione, dacché non si vedeva nessuno della Vergine.

Mike sbuffò, indicando la guardia appisolata. «Guarda quel cretino.»

«Starà bene? Non sarà mica ferito?» chiese Jihan preoccupata. All'interno del casotto era buio e non si vedeva troppo bene.

«Ferito? Quello lì sta benissimo. Non puoi neanche immaginare quanto stia bene, in questo momento. Esiste un solo buon motivo per mettersi a dormire mentre si è a guardia di un cancello del Muro. Questo tizio si sta facendo fare un servizietto a distanza da qualche bagascia del Toro, te lo dico io.»

Jihan si accigliò. «Un *servizietto*?»

Mike tossì e si accese una sigaretta. «È una di quelle cose per cui di solito ti tappi le orecchie.»

«Ahhh» mugolò Jihan. Rifletté su cosa potesse significare farsi fare un "servizietto" da una "bagascia" usando il mandarino come lingua di riferimento, ma non ottenne grossi risultati. Controllò allora altri quattro o cinque dizionari e infine decretò che era qualcosa che non avrebbe disdegnato di fare a Mark, quel bel Cavaliere del Sacro Ordine del Cancro che aveva incontrato qualche tempo prima. *Stai lontana dai ragazzi!* la ammonì la voce di Meljean dentro la sua testa. Ma in fondo quali consigli pretendeva di poter fornire quella infingarda scaricabarile che, a quanto diceva Mike, andava a letto con tutti? Jihan scacciò quel ronzare come se provenisse da una mosca e si avvicinò mesta al guardiano dormiente. Tanto Mark non lo avrebbe mai più rivisto, pensò, perché di lì a poco sarebbe uscita oltre il Muro e sarebbe stata uccisa.

Mike spense il fiammifero e diede un calcio al piede del bell'addormentato, che si destò di soprassalto.

«Vaness-ah! Altolà!» farfugliò l'uomo balzando in piedi e puntando il forcone contro il primo sconosciuto che si trovò davanti, ovvero Jihan. Lei si spaventò e corse fuori.

«Punta di nuovo quel moncherino contro la mia novizia e ti autografo il mio nome sul culo col machete» lo avvertì Mike indicando il suo fondoschiena con la sigaretta.

«Come si permette di minacciarmi?» gracidò lo Scorpione tenendo il mento alto. «E comunque ci tengo a informarla che stavo svolgendo affari della massima importanza nel mio Piano Astrale!»

«Sì certo, lo immagino. Voi dello Scorpione dormite accanto ai cancelli, eh? Non fate nemmeno *finta* di difendere il Muro.»

«Senta, stamattina da qui non è uscito quasi nessuno. Non ha visto che razza di Bassa Marea c'è?» L'uomo si tirò su le brache e uscì dalla stanzetta con Mike al seguito. «Voi due siete del Leone, cosa ci fate da queste parti?»

«E a te che cazzo frega? Siamo venuti a fare il lavoro sporco al posto vostro. Ora solleva quel cavolo di cancello.»

«*Hmpf*! Il signor De Ville ne verrà informato.» L'uomo sbuffò ma iniziò comunque a girare la pesante manovella per sollevare il cancello, che sferragliò mentre entrava nella fenditura nel Muro.

«De Ville è della Vergine. Voi dello Scorpione vi fate comandare dai membri delle altre Case? Speriamo che non stiano dormendo anche le guardie dall'altro lato, o rimarremo bloccati nel mezzo!» gridò Mike con la faccia dentro al tunnel per farsi sentire da tutti.

La galleria alla base del Muro era alta tre metri e larga altrettanto. I mattoni grigi che componevano la muraglia apparivano solidissimi anche visti dall'interno, e Jihan rimase ancora una volta sbalordita dalla perfezione costruttiva di quella struttura. Un secondo cancello si sollevò di fronte a loro con uno sgradevole rumore d'acciaio che sfrega contro la pietra. Lo oltrepassarono e si ritrovarono all'esterno.

A differenza del lato interno, da quella parte c'erano diversi Guerrieri dello Scorpione e della Vergine a difesa del tunnel, mentre altri scrutavano le Terre Esterne dalla torre di guardia in cima al Muro. Vedendo passare Mike e Jihan, alcuni di quelli alla base si diedero di gomito e sussurrarono piccanti commenti per insinuare che Mike avesse dei gusti assai riprovevoli in fatto di donne.

«Ti consiglio di ignorare quelle teste di cazzo, perché l'alternativa è che vada a pestarli tutti quanti a sangue» disse Mike a Jihan per difendere il suo onore.

Lei però era in bambola e pareva non aver nemmeno sentito. Mike la sospinse verso est e aggiunse: «Vieni, è meglio se proseguiamo.»

Jihan, in effetti, era senza parole.

La terra, che all'interno del Tempio era così piena di vita, lì era arida, piena di spaccature e quasi del tutto priva di vegetazione, salvo qualche piccolo cespuglio d'erba bruciacchiata. All'orizzonte non si distingueva nulla di rimarchevole, anche perché il suddetto orizzonte si interrompeva a un paio di chilometri. Come già si è detto, all'esterno del Muro la luce arriva di sbieco, rimanendo come ancorata all'interno del Tempio. Il terreno di fronte a loro, illuminato da quella fioca luce, pareva imbrattato di rosso, ma presto Jihan comprese il perché. Non *sembrava* rosso. Lo era davvero. Ovunque, disseminati sullo sterminato campo di battaglia, c'erano ancora i cadaveri dei Vuoti abbattuti nelle ultime settimane, dai quali erano sgorgati fiumi di sangue. Molti dei corpi erano stati ammucchiati alla bell'e meglio gli uni sugli altri e bruciati, ma parecchi giacevano ancora riversi a terra, mutilati o maciullati, dentro pozze di sangue che era poi filtrato nel terreno, mentre altri erano impalati sui rostri che spuntavano dal fossato attorno al Muro.

Lo scenario aveva un che di apocalittico e Jihan perse quella poca sicurezza che ancora conservava. «Dove sono i Vuoti vivi?» domandò con un filo di voce, sperando che la risposta fosse: "Oggi scioperano! Possiamo tornare a Bishop's End a far baldoria!"

«Ma cosa sei, cieca?» replicò invece Mike. «Sono laggiù, in fondo, vicino al muro di tenebre. Lasciamo perdere quelli che attaccano in gruppo. Ce ne serve uno singolo. Di qua, vieni, seguiamo il Muro in senso orario.»

Jihan strinse le palpebre e notò delle strane sagome che si muovevano in lontananza. Avevano forme molto variegate. In mezzo a quelle lande desolate e cosparse di cadaveri mostruosi avvistò però anche numerosi Guerrieri che senza esitazione abbattevano i pochi Vuoti erranti. Questo la rinfrancò, e ne trasse la forza per proseguire.

«Ora siamo davanti al settore della Vergine» la avvisò Mike. «I loro Guerrieri non sono scarsi e ci stanno di sicuro osservando dalla cima del Muro, per cui vedi di non farmi fare una completa figura da coglione.»

«Va bene» squittì Jihan.

«Ma che razza di Leone sei? Cos'è quella vocetta impaurita?» la rimproverò ancora una volta lui. «Noi del Leone i Vuoti ce li mangiamo, Jihan! Dovresti già essergli corsa incontro per farli a pezzi. E non startene girata da quel lato, per la miseria!» La afferrò per le spalle e la voltò verso l'esterno. «Ecco, vedi? Ce n'è uno in lontananza, ed è solo. È tutto tuo, topetta! Non c'è nessun altro Guerriero qua attorno!»

Jihan venne catapultata in un sol colpo fuori dal suo momentaneo stato catatonico. Avanzò a piccoli passi in direzione della sagoma bianchiccia che si stagliava contro il nero dell'orizzonte. Mike la seguì rimanendo a una distanza che avrebbe potuto coprire in pochi istanti se avesse dovuto andare a salvarla.

«Ma, ma... perché attacca da solo?» tergiversò Jihan, materializzando lo Shintai. L'enorme ascia si piantò a terra. «Non pensa che sia inutile?»

«Vuoi sapere cosa sta pensando quel Vuoto? Sta pensando che se distruggerà anche un solo Grano a una Guerriera maldestra e incerta come te avrà già raggiunto un ottimo risultato. Un altro Vuoto, in un altro settore, farà altrettanto. E poi un altro. Alla lunga ci indeboliranno, e quando verrà l'Alta Marea ci faranno a pezzi. Capisci?»

«Ho capito» mormorò Jihan. Estrasse a fatica l'ascia dal terreno mentre studiava la strana sagoma ambulante, ormai giunta a poche decine di metri da lei. «È... *uno scheletro*?»

«Già, sei anche una fortunella. Quello è il tipo di Vuoto più scarso che esista, e se stai attenta non ti sporcherai nemmeno il vestito di sangue.»

Il bislacco scheletro umano era avvolto nei resti di un vecchio mantello scuro, sporco e sgualcito, strappato ovunque, e deambulava a malapena. Al posto delle mani aveva due grandi lame a forma di mezzaluna. Erano scintillanti come se fossero state appena forgiate e costruite con un materiale trasparente che assomigliava al vetro. Le orbite erano vuote, ma dentro la cavità destra baluginava una strana luce: chiara, gelida e distante allo stesso tempo, fece raggelare il sangue nelle vene di Jihan.

«Qualunque cosa tu faccia, non guardarlo mai nell'occhio!» la avvertì da dietro Mike.

«S-sì, va bene. Ma che cos'è?» domandò Jihan. Si inumidì le labbra, continuando a ravviarsi i capelli dietro le orecchie più che concentrarsi davvero su ciò che aveva davanti.

«È un Canthus, e se ancora non l'hai notato ti sta venendo incontro barcollando a velocità pachidermica. Puoi farcela persino tu.»

«Ma se mi colpisse? Non sappiamo quanti Grani ho!» si lamentò lei.

«Sappiamo che ne hai almeno uno, quindi ti dovrà bastare, perché se quel coso riuscisse a colpirti più di una volta verrebbe ufficialmente decretato che sei una completa frana. In ogni caso, se ti distruggesse un Grano scopriremmo quanti ne hai in totale in base al colore. Un po' sono curioso, lo ammetto. Il mio Rosario ha sette Grani, come i vizi capitali.».

Jihan impugnò più saldamente l'ascia e la posizionò davanti a sé, pronta a sollevarla per colpire. «Nessuno proteggerà il mio Rosario?»

«Hai qualche amico dei Pesci?»

«No.»

«Conosci qualche Cherubino di un'altra Casa che potrebbe correre qui a salvarti?»

«Neanche...»

«E allora perché perdi tempo a fare domande inutili? Se ti colpisce puoi salutare il tuo bravo Grano con la mano. Oppure devi sperare che ci sia un Cherubino del Coro immerso nei Balnea a Sympatheia e che abbia per caso gli occhi puntati proprio su di te.»

«Ma, ma... se si disintegra poi lo rigenero, giusto?»

«Quante stelle si sono accese nel tuo Piano Astrale?»

«Solo tre: lei, Meljean e lo Jarl.»

«Ah ah ah!» Mike quasi soffocò dal ridere e iniziò a tossire.

«Non è colpa mia se non mi date la possibilità di fare amicizia con nessuno!» mugolò Jihan, indietreggiando di qualche passo.

«Ci metterai un po' a rigenerare i Grani persi, allora. Meglio non fare cazzate. Comunque, se sopravvivi ti lascio far amicizia con chi ti pare. Puoi pure spassartela coi ragazzi, per quel che me ne frega, mica sono tuo padre. Ora piantala di blaterare e attaccalo!»

Jihan ebbe un leggero sussulto nell'udire quella promessa, ma la sua preoccupazione primaria in quel momento era uscirne viva. Deglutì e maledisse se stessa.

Ma perché non ho scelto un'arma più piccola? Quel cavolo di serpente parlante mi ha incantata! Quest'ascia è troppo pesante per me!

A forza di indugiare, il Canthus era ormai arrivato a una decina di metri da lei. Continuava a zoppicare strascicando una gamba sulla terra arida, le braccia ciondolanti ai lati del corpo.

Jihan cercò di evitare la luce all'interno del suo occhio, ma più si concentrava a farlo e più ne veniva attratta. Era come una diabolica calamita che attirava il suo sguardo verso un buco nero spalancato sugli abissi dello spazio e del tempo. Alla fine decise di dare solo una sbirciatina, tanto cosa mai avrebbe potuto farle da quella distanza?

Dalle profondità dell'occhio, la luce le parlò. Era la luce dei vivi.

"La mamma è qui con noi, Jingfei. E c'è anche il papà. Ti pensano sempre. Ti cercano ogni giorno nella tua stanza, ma tu non ci sei. Perché te ne sei andata? Eri così malata, eppure il papà ha cercato tanto di aiutarti andando da tutti quei dottori. E tu l'hai ripagato così? Perché l'hai abbandonato, Jingfei?"

Jihan sbiancò. Era impietrita, gli occhi sgranati e la bocca spalancata.

Come fa a saperlo?

Come fa quello scheletro a sapere di papà?!

Il Canthus smise di trascinare la gamba e si fiondò in avanti trottando con una nuova, misteriosa energia.

Poi corse.

«Jihan, non guardarlo nell'occhio, per la puttana!» gridò Mike.

Lo scheletro emise un suono simile al crepitio di un serpente a sonagli e balzò in avanti tenendo le braccia abbassate, parallele al corpo, ma quando fu abbastanza vicino le alzò di scatto, cercando di fare a fette Jihan dal basso verso l'alto.

«*Tā mā de*[1]!» imprecò lei. Si ripigliò un attimo prima che arrivasse il colpo, ma ormai era troppo tardi.

Le lame a mezzaluna si sollevarono verso di lei e impattarono con violenza contro una superficie solida simile al vetro: il suo Grano più esterno. Migliaia di esagoni color porpora apparvero attorno a Jihan, ma la barriera non si infranse. Qualcuno l'aveva protetta. Il Canthus venne scaraventato all'indietro e rotolò a terra per diversi metri.

«Ciao, sconosciuta Guerriera del Leone» disse una delicata voce femminile che fluttuava nell'aria sopra di lei. «Io mi chiamo Audrey.»

«C-ciao, Audrey» mormorò Jihan, ancora frastornata. «Io sono Jihan.» Non sapeva cos'altro dire.

«Ci penso io a difenderti! Attacca pure quello stupido scheletro senza preoccuparti!» aggiunse la voce incorporea.

«V-va bene!»

Jihan sollevò goffamente l'ascia sopra la testa e corse verso il Canthus, ma era lenta, schiacciata sotto il peso dello Shintai. Mirò più o meno in direzione del busto dello scheletro e menò un fendente, ma il Vuoto scartò con facilità e sibilò di nuovo come un serpente per schernirla, attaccandola di lato. Jihan sgranò gli occhi e schivò all'indietro, osservando le assurde lame di vetro passarle a un centimetro dal viso, poi indietreggiò facendo dei saltelli per riportarsi a una decina di metri dal suo avversario.

---

[1] Trad. "Cazzo!" in cinese.

Il Canthus esitò, quasi la stesse studiando.

«Jihan, mondo cane, quelli della Vergine ci stanno guardando dalla cima del Muro e si stanno facendo due risate a spese nostre!» abbaiò Mike alle sue spalle. «Datti una svegliata, o ti faccio rinchiudere alla *Rotonda del Mago* a pulire per terra per il resto della morte!»

«Ricevuto!» rispose Jihan, ma la sua voce era uno squittio sordo che ben poco si addiceva a una volpe rossa come lei.

Il Canthus ripartì all'attacco. Sfrecciò in avanti e sferrò una rapidissima serie di colpi in direzione di Jihan da ogni angolazione e alternando le braccia, destra-sinistra, destra-sinistra, destra-sinistra, ma lei riuscì a scansarli tutti guizzando più volte all'indietro.

«Dov'è il Nucleo?! Mi aiutiii!» invocò Jihan, non sapendo che pesci pigliare.

«Dove cavolo vuoi che sia? È nell'occhio, Jihan, nell'occhio! E che razza di Leone sei, che frigni ogni due secondi? Dovresti affrontarlo urlandogli contro! Quello dovrebbe farsela sotto solo a vederti!»

«Nell'occhio... proprio lì» mormorò Jihan stringendo forte il manico dello Shintai.

Corse e vibrò un colpo dall'alto verso il basso provando a piantargli l'ascia nel cranio, ma fu ancora una volta troppo lenta e il Canthus ebbe tempo di pararlo sollevando le lame che aveva per mani, cozzandole contro la sua ascia.

Le lame raschiarono le une contro le altre, stridettero, scintille argentee scaturirono dal punto in cui si toccavano e schizzarono via. Da così vicina, Jihan poté constatare quanto fossero affilate e resistenti quelle mezzelune. Era troppo debole per distruggerle con la forza bruta.

Da quella posizione, l'occhio malefico del Canthus esercitava su di lei una pressione psichica insostenibile, continuando maleficamente ad attrarla. Jihan, che si stava impegnando a fissare solo la sua ascia, abbassò per un attimo lo sguardo.

"Il papà è tanto triste ora che l'hai lasciato da solo con la mamma. Perché te ne sei andata, Jingfei? Non sai quanto ha pianto. Piange tutti i giorni, e porta gigli bianchi sulla tua lapide anche sotto la pioggia."

«Cristo santissimo, si è appena fatta colpire ed ecco che quella zuccona lo guarda di nuovo nell'occhio. Ripigliati, Jihan!» berciò Mike. «Adesso vado là e le tiro una sberla, giuro su Dio.»

Lei però rimase imbambolata a fissare il suo nemico, in uno stato di stupore.

"Ora sei qui a divertirti coi tuoi nuovi amici, mentre i tuoi genitori patiscono le pene dell'inferno. Non ti vergogni, Jingfei? È così che dovrebbe comportarsi una brava bambina come te? Ma se vuoi puoi tornare da loro, puoi ancora tornare indietro se—"

«Bastaaa!» Jihan roteò l'ascia in orizzontale con ferocia.

Deng! Il Canthus parò ancora una volta il colpo con le sue lame di vetro siderale e rispedì indietro la povera novizia. Jihan avvertì i denti scricchiolare, mentre cercava di non cadere per via dell'urto di ritorno.

«È proprio sicuro che questo sia il Vuoto più scarso?» gridò esasperata una volta ritrovato l'equilibrio.

«Ora sta' zitta e ascoltami!» ordinò Mike. «Lascia che sia lui ad attaccare per primo! Evita un suo colpo e contrattacca con lo stesso movimento! Sei un fulmine quando schivi!»

«Posso provarci...» mormorò lei con poca fiducia.

«Per quel che conta, io credo in te!» la incoraggiò Audrey svolazzandole attorno.

Lo scheletro sibilò di nuovo e rise.

"Ormai mi hai nutrito troppo

Anche la tua mamma è morta, tuo padre l'ha sgozzata in bagno appena prima di buttarsi dal balcone

Ora li raggiungi"

Il Canthus corse e allargò entrambe le braccia. Jihan trattenne il respiro e lo attese ignorando le provocazioni. Questa volta le sembrò lentissimo. Il tempo si dilatò. Vide le lame avvicinarsi come se fossero un filmato al rallentatore.

Attese. E attese.

«*Ahhh-yah!*»

Quando le mezzelune arrivarono a un soffio dal segarle a metà il viso, Jihan saltò all'indietro e nello stesso istante mulinò l'ascia in orizzontale, centrando in pieno il teschio del Canthus.

Il cranio del Vuoto esplose in mille frammenti calcinati, il Nucleo venne distrutto e scoppiò in una bolla di sangue. Il resto del corpo crollò al suolo come avrebbe fatto un burattino a cui erano stati recisi di colpo i fili, le ossa si sparpagliarono sul terreno. Il mantello si afflosciò a terra come la veste di un fantasma svanito nel nulla.

Jihan ansimava. Fece scomparire l'ascia, si piegò e appoggiò le mani sulle ginocchia. Sentiva l'aria raschiarle il petto. Il respiro era affannoso e pesante. Sembrava quasi che avesse la polmonite.

«Ciao, ciao, Jihan! Alla prossima!» cinguettò la voce di Audrey volando via.

Mike, perplesso oltre ogni limite, si avvicinò lentamente alla sua protetta.

«Uff» biascicò lei vedendolo arrivare. «Che fatica però, signor Mike.»

«Fatti un po' vedere, topetta. Vieni qui da me» le disse lui con uno strano tono di voce paterno che non aveva mai adottato prima.

Jihan gli si avvicinò in forte imbarazzo. Mike le toccò il viso e le sollevò il mento per guardarla bene negli occhi. A quel punto lei arrossì d'azzurro, perché proprio non era da Mike comportarsi in quella maniera.

All'improvviso le tappò la bocca e il naso con una mano. Jihan inizialmente rimase interdetta e sgranò gli occhi, ma quando comprese cosa stava accadendo si mise a gridare, cercando con le mani di liberarsi.

«No!» gridò, soffocata dalla manona di Mike. «Aiuto!»

Lui le appoggiò la mano sinistra contro la nuca per impedirle di svincolarsi dalla stretta e studiò la sua reazione con aria imperturbabile.

«Nooo! La prego!» implorò Jihan. Provò a scalciare e a colpirlo con dei pugni sul braccio, ma fu inutile. Sentiva di non avere più alcuna forza speciale. Era tornata a essere una scolaretta delle superiori, una ragazzina macilenta e malaticcia che passava le giornate a letto.

«Jihan, al Tempio non c'è bisogno di respirare, lo facciamo per abitudine. Non ne hai bisogno. Calmati, per la miseria!» gridò Mike, ma lei non lo ascoltò.

«No! Aiu-to! Aiutooo!» La sua vocetta disperata avrebbe impietosito chiunque.

«Non stai soffocando sul serio. Sta succedendo soltanto nella tua mente, lo capisci sì o no?»

Jihan gridò ancora qualcosa, ma le sue parole furono troppo biascicate per poter essere comprese. I suoi occhi si bagnarono di lacrime azzurre che le scivolarono sulle guance.

Mike la lasciò andare. «Basta, non ce la faccio più a vederti così. È troppo anche per me.»

Jihan balzò indietro e riprese fiato come meglio poté. «Signor Mike, perché? Perché?!» strillò. I suoi polmoni inesistenti sembravano quasi fischiare, l'aria ci entrava a malapena. Si lasciò cadere a terra, si asciugò qualche lacrima e lanciò a Mike delle occhiate angosciate. In quel momento non era in grado di fare di più. «Mi voleva uccidere? Mi voleva uccidere perché l'ho fatta vergognare di fronte agli altri?» domandò seduta a terra, la voce incrinata dal dolore.

«Ma no, topetta. Ora smettila di piangere, dai, ci stanno guardando tutti. Non vorrai mica che pensino che sei davvero una fifona dei Gemelli?»

«Ha cercato di *soffocarmi*» piagnucolò lei, come se stesse constatando un fatto per lei tristissimo.

Un Cavaliere Professo del Cancro si lanciò al salvataggio di Jihan dopo averla sentita gridare dal cielo. Atterrò col suo Pegaso bruno a pochi metri da lei e smontò con velocità fulminea. Era corpulento e aveva il viso tondo, la barba incolta. «Che accidenti sta succedendo qui?» ringhiò dopo aver evocato il suo Shintai, una grossa mazza chiodata.

Jihan non seppe cosa rispondere. Rimase in silenzio, lo sguardo basso.

«Voi cazzoni del Cancro siete sempre solerti a soccorrere le donzelle in pericolo, eh? Anche quando hanno sedici anni!» lo aggredì Mike.

«Una bambina?!» esclamò sorpreso quel Cavaliere, poi osservò Jihan con fare protettivo. «Cosa le ha fatto?»

«Rimani a cuccia» lo zittì Mike. «O ti infilo quella mazza chiodata dove sei abituato a prendere cazzi.»

L'altro diventò blu in viso, le vene del collo si ingrossarono. «Si rimangi immediatamente ciò che ha detto!»

«Oppure?»

«Oppure ci saranno dei problemi.»

«I problemi li ha avuti quella eroinomane di tua madre quando ti ha concepito, Carl, e nemmeno pochi.»

«Come si permette? Mia madre era una santa!» berciò il Cavaliere Professo avvicinandosi con aria bellicosa. Fortunatamente in quel momento altri due paladini del Gran Priorato atterrarono nelle vicinanze e, forse avendo compreso la delicatezza della situazione tra Mike e Jihan, condussero via il collega, mentre quello lanciava minacce più o meno velate nei confronti del burbero Leone.

Mike estrasse un fiammifero dalla scatoletta e si accese l'ennesima sigaretta. «Jihan, ora io e te faremo una bella chiacchierata.»

Jihan tirò su col naso e spostò dal viso le ciocche di capelli che le erano rimaste appiccicate sulle guance dopo aver pianto Nettare. «Mi spiace se l'ho messa in imbarazzo, dico davvero. Io... sono troppo debole... non sono in grado di combattere...»

Mike si chinò su di lei, le appoggiò una mano sulla spalla e la scosse un pochino. «Oh, topetta! Riprenditi, su. Guarda che non sei affatto male.»

«Davvero?» pigolò lei con occhietti che muovevano a pietà.

«Ma sì, davvero» confermò lui. «L'avevo già notato qualche tempo fa: sei velocissima a schivare i colpi. Quella è la tua forza e devi imparare a sfruttarla al meglio. E poi non hai visto cos'è successo quando quella Cherubina ti ha protetto? Pensaci: di che colore era il tuo Grano più esterno?»

Lei rifletté per qualche istante. «Era... *porpora*?»

«Già. Ti ricordi anche cosa significa? La Fonte non mentiva su di te, come non mente su nessun Guerriero. Anche se sei una sciocchina di una topetta, hai un Rosario da undici Grani.»

Gli occhi di Jihan luccicarono. «U-undici?»

«Puoi dirlo. Appena uno in meno dei leader. Anzi, alcuni di loro manco ne hanno dodici, quindi sei proprio tosta.»

«Ma, ma... ho fatto fatica a uccidere uno scheletrino.»

«L'ho notato, però adesso sappiamo qual è il problema.»

«E cioè?»

Mike si sedette su un sasso piatto accanto a lei e distese le gambe. Le giunture scrocchiarono. «C'era qualcosa che non mi quadrava fin dal principio. Credevo che durante gli allenamenti contro gli alberi mi stessi prendendo per il culo, o che stessi battendo la fiacca perché sei pigra; invece oggi ti sei impegnata, hai *dovuto* farlo, eppure ansimi come al solito, anzi peggio. Ti stai lasciando condizionare da qualcosa che ti affliggeva da viva, non è così? Credi di avere dei problemi fisici, ma non sono reali.»

Jihan incrociò le braccia davanti al petto e si dondolò. «La verità è che ho una malattia cronica, signor Mike. Avrei dovuto dirglielo prima, ma pensavo che mi avreste proibito di diventare una Guerriera. Nessuno è riuscito a curarmi sulla Terra, per cui mi sa che la malattia mi ha seguito anche nell'aldilà.»

«Balle, Jingfei. Non ti hanno spiegato che le malattie vengono curate dalla Fonte?»

«Sì, me lo ha detto Meljean. Però io non riesco comunque a respirare bene quando mi sforzo. Come faccio a combattere i Vuoti così?» I suoi occhi tornarono a velarsi d'azzurro.

Mike le regalò un sorriso sghembo. «Basta piangere. Adesso sai che facciamo? Torniamo in fretta a Bishop's End e ci facciamo riservare una camera in una locanda decente. Se ci spicciamo arriveremo verso sera. Ne ho abbastanza di dormire all'aperto. Che ne dici? Torneremo domani ad ammazzare qualche altro Vuoto, e vedrai che stavolta li farai a pezzi.»

Quelle semplici parole di conforto furono abbastanza per tranquillizzare Jihan. Si asciugò le ultime lacrime e iniziò a respirare con più regolarità, aprendosi finalmente in un timido sorriso. Purtroppo per lei, Mike aveva un'ultima, dolorosa, richiesta da farle.

«Jihan, stasera, quando ci saremo sistemati e saremo soli, mi racconterai per filo e per segno come sei morta, e non tralascerai il minimo cazzo di particolare.»

Capricorno
Il Lato Oscuro della Luna

Alla fine Adelmo era riuscito a convincere la Venerabile Maestra Naija a rimanere qualche giorno più del previsto alla locanda di Ravenmoore, in prossimità del Muro. Era pervaso dal desiderio di confrontarsi ancora con i Vuoti, mentre attendeva che Michelle sbollisse la rabbia. Naija l'aveva accontentato, ma dopo quasi una settimana era giunto il momento di ritornare a Geistheim per fare rapporto, o la Gran Maestra si sarebbe adirata a prescindere dalla bontà delle loro giustificazioni.

Adelmo, però, si sentiva ancora in parte insoddisfatto. Non era del tutto fiero delle sue prestazioni sul campo di battaglia e non capiva se i suoi superiori lo avessero valutato in modo positivo oppure no. Klaus aveva commentato spesso in maniera incoraggiante le sue prove, ma Naija aveva evitato quasi sempre di esprimere un parere.

Il *Finis Mundi* era una locanda austera, ma l'anziana proprietaria era tutto sommato cordiale e di sera si fermava spesso nella sala comune a raccontare storie interessanti alla luce del focolare. Adelmo era rimasto ad ascoltarla diverse volte per saziare la sua fame di conoscenza. Sembrava che molti fatti singolari accadessero in quelle strane zone di frontiera. Durante i giorni trascorsi al Muro aveva udito racconti inquietanti sulla Gran Maestra che lo avevano turbato, ma provenivano sempre da forestieri di altre Case e mai da membri dell'Antica Scuola o da Intoccabili del Capricorno, dunque potevano essere tutte quante fandonie. In ogni modo, il seme del dubbio era stato piantato.

La sera precedente il ritorno alla capitale, qualcuno bussò alla porta della stanza di Adelmo e ci infilò sotto un biglietto. Una volta dischiuso il foglio piegato in quattro parti si leggeva: "Incontriamoci nel vicolo dietro la chiesa tra mezz'ora."

Adelmo non aveva idea di chi desiderasse incontrarlo, ma presunse che si trattasse di un seccatore importuno, considerato che nessuna persona rispettabile avrebbe infilato messaggi segreti sotto la porta per comunicare con lui. A prescindere da chi fosse, valutò che sarebbe stato saggio liberarsi di lui il più in fretta possibile. Aveva ben altro a cui pensare in quel momento.

Uscì dalla locanda senza farsi vedere da nessuno e si diresse verso la piazzetta sulla quale si affacciava la chiesa, anch'essa in stile gotico ma di dimensioni modeste. Una volta superata, girò l'angolo e vide qualcuno in piedi sotto un lampione. Era una ragazza. Dal cappuccio di lana dorata sgorgavano capelli castani. Fece a Adelmo un gesto con la mano per suggerirgli di avvicinarsi e si nascose nelle ombre del vicolo.

Una volta percorso il viottolo quasi fino in fondo, Adelmo si trovò di fronte cinque individui vestiti in maniera differente, anche se tutti e cinque portavano un nastro rosso attorno al braccio sinistro. Una di loro, una donna dell'Ariete vestita da shinobi, aveva il volto coperto da un fukumen che le lasciava visibili solo gli occhi.

«Chi siete? E che accidenti volete da me?» chiese brusco Adelmo, tenendosi pronto a manifestare la sua spada.

La ragazza di prima si fece avanti. Aveva gli occhi a mandorla e la pelle ambrata, ed era vestita da Leone. «Ti abbiamo osservato fin dal giorno del tuo arrivo. Ti ricordi di me?»

Adelmo si sfregò un dito sui baffi. «Sì, in effetti rammento. Lei è la Valchiria del Regno del Leone che quel giorno partecipò al Rito dell'Osservazione in qualità di aiutante dello Jarl.»

«Esatto» rispose la ragazza in tono cordiale. Indicò i suoi compagni e chiese: «Sai chi siamo? Sai *cosa* siamo?»

Adelmo fu evasivo, non vedeva l'ora di andarsene. «Ho sentito parlare della gente come voi. Uccidete i Vuoti per sport. Una vera stupidaggine, se volete la mia opinione.»

Si fece avanti una ragazza minuta, dalla pelle abbronzata e i capelli bruni. Indossava un lungo mantello viola alla moda dello Scorpione che la faceva sembrare una streghetta. Si rivolse a Adelmo con altrettanta affabilità: «Abbiamo seguito con interesse il tuo addestramento a Saint-Yves e ti abbiamo osservato combattere oltre il Muro in questi giorni, anche se di sicuro non ci avrai notati. Vorremmo che ti unissi alla nostra squadra.»

«In altre parole mi avete spiato.» Adelmo rigettò la proposta gesticolando. «Non se ne parla assolutamente.»

«Io mi chiamo Ramona Vidal» rispose amichevole la giovane. Era piuttosto bassa, le piccole labbra carnose erano rese ancor più attraenti da un rossetto lucido color fucsia.

«Non mi pare d'averle domandato il suo nome, signorina.»

«E io te l'ho detto comunque» replicò Ramona con un sorriso. Indicò la Valchiria che aveva parlato poco prima e aggiunse: «Questa qui è Meljean.»

La ragazza filippina sollevò il cappuccio della cappa di lana dorata e gli rivolse a sua volta un sorriso sghembo. Gli ondulati capelli castani le scivolarono sulle spalle.

«Benissimo» mugugnò Adelmo con un velo di frustrazione. Capiva che lo stavano abbordando usando la gentilezza come arma, ma non sapeva come liberarsi di loro in maniera elegante, *à la* Capricorno, dunque senza fare scenate o comportandosi da incivile.

Un ragazzo robusto e muscoloso, col viso quadrato e con addosso dei vestiti a tinte rosate troppo moderni per essere compresi da Adelmo, si fece avanti per presentarsi. «Io sono Khalid, del Toro. Questo invece è Árbjörn dell'Acquario, il nostro Cherubino personale.» Il ragazzo alle sue spalle, avvolto in una toga bianca, salutò Adelmo con la mano. Sembrava timido ma simpatico, e aveva i capelli chiari come la luna.

«Ottimamente» rispose Adelmo con la necessaria dose di signorilità, dirigendo poi lo sguardo verso il quinto membro del gruppo, che lo incuriosiva più degli altri. La donna dell'Ariete vestita da shinobi continuava a squadrarlo con occhi duri, senza presentarsi. Si ricordò d'averla già vista in giro diverse volte, soprattutto a Gulguta, e lo aveva colpito proprio perché indossava sempre quel velo sul viso. Adelmo aveva ipotizzato che si vestisse in quel modo perché era rimasta sfigurata dopo un incontro troppo ravvicinato con un Vuoto, eppure si rendeva conto che quel ragionamento non aveva senso, perché con la Tempra Mentale avrebbe potuto sistemare qualsiasi sfregio.

«Allora, prenderai almeno in considerazione la nostra proposta?» lo incalzò Meljean. «Siamo una delle migliori squadre di Bandane Rosse, sai? Possiamo provartelo, basta che tu vada a leggere la classifica ufficiale al quartier generale di Gulguta e cerchi il nostro nome. Ci chiamiamo Doomsday Society. Se ti unissi a noi non te ne pentiresti.»

«Perché mai dovrei farlo?» ribatté Adelmo senza però apparire scortese. «Al Capricorno mi trovo bene e vivo insieme ai miei compatrioti. Unendomi a voi cosa otterrei?»

«Sappiamo che sei ambizioso» interloquì Ramona con fare conciliante. «A volte lasciare la propria nuova patria può essere la cosa giusta da fare. Prendi me, ad esempio. La mia migliore amica sulla Terra ora fa la Bibliotecaria ad Abbot's Folly. Si chiama Veronica e a scuola era la mia vicina di banco. Sta tutto il giorno sui suoi libri, a scrivere... ma lei era una secchiona anche da viva, capisci? Ero una Bibliotecaria come lei, all'inizio, ma poi ho capito che per me quella vita non era abbastanza. Così me ne sono andata per dare la caccia ai Vuoti e mi sento molto più appagata di prima.»

«Sono felice per lei.»

Khalid del Toro si rifece avanti. «La nostra squadra è efficiente, ma ci manca ancora il membro giusto per fare il salto di qualità. Ognuno di noi ha un ruolo ben definito. Io difendo perché sono grande e grosso, ma soprattutto perché il mio Rosario ha nove Grani. Il nostro Cherubino, Árbjörn, ci protegge dalle retrovie; Meljean colpisce a media distanza col suo bastone e Ramona da vicino con le daghe. E la nostra leader, be'... lei è fortissima, e si occupa di tutto il resto.»

«Bando alle ciance» intervenne Adelmo. «Se rifiuto di unirmi a voi mi attaccherete?»

Meljean sgranò gli occhi e fece una smorfia. «Ma che cavolo stai dicendo? No, certo che no. Devono averti messo in testa chissà quali cazzate su di noi, se temi una cosa del genere.»

Adelmo chinò il capo. «Allora vi auguro buona serata e buon lavoro.»

Stava per andarsene, quando la leader della squadra fece qualche passo avanti e si sfilò il fukumen dalla testa, liberando i capelli al vento.

Non era affatto sfigurata, ma bellissima. I lunghi capelli bruni le arrivavano quasi alla vita. La sua Forma dell'Anima dimostrava una trentina d'anni, o forse qualcosa di più. Lo sguardo era tagliente, con gli occhi marrone scuro incastonati come gemme tra spesse linee tracciate con un eyeliner nero. I lineamenti erano forti ma accattivanti.

La donna parlò. La sua voce era profonda e penetrante. «Mi chiamo Merve Atakay e sono nata in Turchia. Al Capricorno sostieni di trovarti bene, eppure noi sappiamo cosa pensano davvero i Maestri di te, per via del fatto che il tuo Rosario possiede un solo Grano e non hai sviluppato alcun Dono. Li abbiamo spiati: sono tutti tremendamente delusi. La Venerabile Maestra Naija, che reputi un'amica, al vostro ritorno a Saint-Yves comunicherà le sue valutazioni alla Gran Maestra e le dirà che non è rimasta affatto impressionata dalle tue abilità. Sanno che hai un potenziale elevato, ma per ora ne hai dimostrata solo una piccola parte. Di quelli come te, al Capricorno se ne sbarazzano in fretta. Corrono troppe voci sinistre sulla tua cara Gran Maestra e credo ti sia reso conto tu stesso che qualcosa in lei non quadra. C'è troppo fumo, per non esserci sotto anche della fiamma. Chiedile di portarti a fare un giro nella Cripta di Saint-Yves, se non mi credi; ma stai attento, perché potresti non uscirne più.

«Noi non abbiamo pregiudizi. Possiedi solo la Soglia, ma non lo considero un problema. Forse il tuo Zenith è di stampo offensivo, o magari farai sbocciare un Dono particolarmente utile. Ti aiuteremo a sviluppare il tuo potenziale sul campo, con calma. Cosa pensi di poter imparare standotene ancora chiuso dentro quella cattedrale? Ti terranno lì all'infinito, perché non credono in te.

«Cerchiamo di essere pragmatici, per un attimo. Cosa facciamo poi di così sbagliato, noi delle Bandane Rosse? Uccidiamo i Vuoti, proprio come tutti gli altri Guerrieri. Anzi, ne uccidiamo di più. Ma lo facciamo per sport, e questo sarebbe un problema? A me sembra un motivo come un altro, e in ogni caso il risultato non cambia: i Vuoti vengono sterminati. Dunque cosa ne pensi?»

Lui valutò la proposta a lungo, molto più a lungo di quanto si sarebbe immaginato. Non era la prima volta che udiva voci simili sull'Antica Scuola e sulla Gran Maestra, ma lei gli aveva sempre ordinato di ignorarle. In quei pochi giorni passati al Muro, diversi membri dei Gemelli avevano proferito a mezza voce illazioni analoghe.

Merve gli risparmiò l'imbarazzo di dovergli comunicare subito la sua decisione. «E sia, ci darai la tua risposta la prossima volta che ci incontreremo. Non mi aspettavo che accettassi già in questa occasione, ma vedo che almeno stai riflettendo sulla nostra proposta. Per ora basterà. Quando cambierai idea, e sono sicura che lo farai, non dovrai far altro che contattarci. Ramona!»

La streghetta dello Scorpione si avvicinò a Adelmo, gli scoprì il polso sollevandogli la manica della camicia e lo toccò. Lui, in qualche modo inebetito da quella conversazione, la lasciò fare senza opporsi. La pelle della ragazza sembrava più calda del normale.

«Fatto!» annunciò Ramona con un sorriso.

«Ottimo» riprese Merve. «Ora potrai trovare la nostra Ramona nel tuo Piano Astrale ogniqualvolta lo vorrai. È il suo Dono: le basta toccare la pelle di qualcuno per diventargli amica e accendere la sua stella. Come puoi immaginare, la nostra Ramona ha numerosissimi *desmoí* e rigenera i Grani perduti in un solo giorno.»

«Capisco» mugugnò Adelmo, guardando con sorpresa la minuta ragazza latina.

«Va' pure, adesso. Ma tieni a mente ciò che hai udito oggi. Vogliamo solo offrirti un'alternativa, nient'altro» concluse Merve.

Adelmo si accomiatò dal gruppo con un cenno del capo, si voltò e tornò verso la locanda camminando piegato in avanti e con le mani congiunte dietro la schiena, tormentato da mille pensieri.

Il quintetto di Bandane Rosse lo guardò allontanarsi.

«Che dite?» fece Árbjörn, aprendo bocca per la prima volta. La sua voce era delicata, quasi femminile. «Ci penserà davvero?»

«Non lo so» ammise Ramona con un certo rammarico. «Non mi sembrava troppo convinto, solo perplesso.»

«Dategli tempo» disse Merve, rimettendosi in fretta il fukumen sul viso. Posizionò con precisione la fessura nel tessuto per riuscire a vederci al meglio.

«Pensate che avremmo dovuto, diciamo... *tentarlo* in maniera diversa?» domandò Khalid.

«Toglitelo dalla testa!» protestò Meljean tirandogli un pugno contro la spalla. «Piuttosto che farmi un Capricorno rimango in astinenza per un decennio. La nostra Merve, piuttosto, mi sembrava più propensa. L'avete vista? Si è addirittura tolta il fukumen e gli ha detto il suo nome completo. Pensavo che quel trattamento fosse riservato a pochissimi eletti. Hai una cotta per lui, *besh*[1]? Occhio che la concorrenza è agguerrita.»

«Con Adelmo quel genere di "incentivo" non avrebbe mai funzionato. Non mi sembra quel genere di persona» ribatté Merve, ammonendo Meljean con lo sguardo. «Vedrete che un giorno sarà dei nostri.»

***

La mattina seguente Adelmo fece ritorno a Geistheim col cuore pesante. Anche la Venerabile Maestra Naija era più taciturna del solito, dunque durante il viaggio il novizio non poté far altro che meditare, prendendo in esame ciò che aveva sentito e che gli avevano proposto. Quel giorno il cielo era tetro e minaccioso, alcune nubi di pece incombevano sopra la brughiera. Giunti nelle vicinanze di Geistheim iniziò a cadere una pioggia scrosciante. Di norma quel fatto avrebbe rinvigorito Adelmo, ma quel giorno lo rese soltanto più nervoso. Lui e

---

[1] Trad. "amica/migliore amica" in slang filippino.

Naija corsero per le strade di Geistheim calpestando immense pozzanghere sotto la luce dei lampioni già accesi. Prevedendo l'arrivo della pioggia, Naija aveva portato con sé un ombrello, ma Adelmo si era rifiutato categoricamente di ripararsi con lei, ritenendolo poco cavalleresco nei confronti di una signora del suo rango.

«Che fai? Entra, avanti» lo esortò Naija una volta arrivata di fronte al portale d'ingresso della cattedrale. «Sei già bagnato fradicio. Hai intenzione di rimanere lì a prenderti tutta la pioggia in testa per non affrontare Mich?»

Adelmo tacque. L'acqua ruscellava veloce giù per la facciata della chiesa insinuandosi nelle incavature dei bassorilievi per poi gocciolare davanti alla soglia. Cupi tuoni rombavano in lontananza.

Naija lo afferrò per un braccio e lo trascinò al riparo dentro il nartece. «Smettila di fare così!» lo sgridò, lasciando che affiorasse un po' del suo accento nigeriano. «Non so se Michelle sia ancora arrabbiata con te per quel piccolo incidente oppure no, ma le ho spiegato l'accaduto e ho giustificato il tuo comportamento in maniera credibile. Se fosse ancora arrabbiata le direi di crescere un po', anche se in fondo... Sai, è una sciocchezza, ma Mich fa fatica a esprimere apertamente i propri sentimenti, perché nelle questioni personali è molto introversa, come d'altra parte tutti noi del Capricorno. Se ti comporterai con freddezza peggiorerai solo le cose.»

A Adelmo continuavano a balenare in testa le parole di quella affascinante donna turca. "La Venerabile Maestra non è rimasta affatto impressionata dalle tue abilità." «Cosa le riferirai in merito alla mia valutazione?» domandò, scrollandosi via l'acqua dai capelli.

Naija tacque e per la prima volta distolse lo sguardo. Lei non distoglieva *mai* lo sguardo dal proprio interlocutore senza un valido motivo. «Avanti, entriamo» disse alla fine, come se non avesse nemmeno udito la domanda.

Adelmo sprofondò in una triste rassegnazione. Annuì e salì metaforicamente per l'ennesima volta al patibolo. Forse quella volta sarebbe stato meno metaforico, pensò, ricordando i sinistri racconti dei Guerrieri dei Gemelli che parlavano di Allievi torturati e uccisi nelle viscere della cattedrale.

Quel giorno all'interno di Saint-Yves non c'era quasi nessuno. Adelmo si domandò se lo stessero facendo di proposito, se fosse tutta una maledetta congiura per farlo sentire ancor più teso e a disagio. Tale convinzione andò ulteriormente rafforzandosi quando vide la Gran Maestra attendere il loro arrivo seduta su un regale scranno in fondo alla cattedrale, poco prima delle scale che conducevano ai dormitori. Era su una piattaforma, in cima a una corta scalinata. Sembrava il trono di una regina, e la cattedrale il suo regno.

Michelle li osservò avvicinarsi senza muovere un muscolo. Quel giorno le labbra e il trucco attorno agli occhi erano tornati color indaco. Quando i due furono a pochi metri di distanza, si limitò a constatare con voce atona: «Siete tornati.»

Naija lanciò a Adelmo un'occhiata difficile da interpretare, dopodiché si avvicinò rapida alla Gran Maestra per bisbigliarle qualcosa nell'orecchio. I sussurri continuarono a lungo, ma il volto della leader non tradì mai alcuna emozione.

Michelle si alzò infine in piedi e squadrò Adelmo dalla sommità di quella piattaforma. Discese con lentezza i gradini accompagnata da Naija, mantenendo gli occhi fissi ai piedi del novizio. «Hai qualcosa da dirmi?»

Naija, che si era fermata alle spalle di Michelle, incoraggiò con lo sguardo Adelmo a scusarsi per un'ultima, definitiva volta, ma il novizio – che quel giorno aveva la mente ottenebrata da pensieri foschi – rispose: «A dire il vero pensavo fosse lei a dovermi comunicare qualcosa.» Si riferiva, molto pragmaticamente, alla sua valutazione.

«Ah, benissimo» commentò Michelle senza staccare gli occhi dal pavimento. «Allora mi spiace deluderti, ma non ho proprio *nulla* da comunicarti.»

Naija scosse il capo e mosse le labbra per pronunciare in silenzio delle frasi volgari in lingua yoruba di cui verranno taciuti i contenuti.

«Come sarebbe a dire?» ribatté Adelmo, quasi oltraggiato. «Qual è il mio destino? Me lo dica! Quando potrò tornare al Muro?»

Gli occhi di Michelle ebbero un leggero tremito prima di rispondere in modo sibillino: «Rimarrai qui.»

Adelmo cercò Naija con lo sguardo. «Mi ritenete dunque così inetto? Ho incontrato innumerevoli Guerrieri, al Muro, e li ho studiati da vicino. Non mi pare di essere così inferiore a loro, perlomeno non alla gran parte. Per quanto tempo dovrò rimanere qui? Anni?»

Naija provò a essere conciliante. «Ma no, certo che n–»

«Ti fa così schifo stare a Saint-Yves?» la interruppe Michelle con la voce che grondava veleno. «Rimarrai qui finché lo dirò io. Fine del discorso.»

«"Fine del discorso"? Lo trovo francamente inaccettabile. Almeno ditemi in quali ambiti sono più carente!» controbatté Adelmo alzando troppo la voce.

«Decidi tu cos'è accettabile e cosa no?» replicò Michelle, stizzita. «Vuoi sapere in quali ambiti sei carente? Benissimo, passiamoli in rassegna insieme: non hai sviluppato alcun Dono, il tuo Rosario ha un solo Grano, le tue prestazioni sul campo di battaglia mi dicono siano ancora insoddisfacenti e il tuo comportamento in privato è a volte piuttosto discutibile. Quindi dimmi: cosa dovrei farci con te? Rimarrai a Saint-Yves, e questo è quanto. Lasciarti andare di nuovo oltre il Muro significherebbe metterti in imbarazzo di fronte a tutti, inoltre sarebbe anche pericoloso. Lo dico per la tua stessa incolumità. Questo è ciò che ho stabilito e non è negoziabile.»

Naija alzò gli occhi verso il gigantesco candelabro appeso al soffitto, trenta metri più in alto. Se il suo Dono fosse stato la telecinesi, avrebbe slegato le corde di sostegno e lo avrebbe fatto schiantare sulla testa di entrambi. Forse in quel modo sarebbero rinsaviti.

Era risaputo, tra gli abitanti del Tempio, che il più grande difetto dei Capricorni fosse quello di non saper comunicare apertamente i propri sentimenti agli altri, trincerandosi dietro barricate di sottintesi e doppi sensi per paura di esporsi o di mostrarsi poco signorili, anche se questo, spesso, portava a infiniti diverbi basati sull'incomprensione. Il pastrocchio che stava prendendo luogo in quel momento era forse il caso più lampante di fraintendimento da qualche decennio a quella parte.

«Lasciarmi andare di nuovo oltre il Muro mi metterebbe in imbarazzo?» gridò Adelmo. «Non ho provato alcun "imbarazzo" in questi giorni. Avrò forse ancora molto da imparare, ma non mi sento affatto così incapace. Forse intendeva dire che metterebbe in imbarazzo *lei*, perché le altre Case potrebbero pensare che il livello dell'Antica Scuola sia decaduto. O sbaglio?»

Michelle lo fissò con alterigia e non rispose, come se lo stesse invitando a continuare il discorso.

«Allora mi permetta di dirle anche questo: la gente ha paura di noi» proseguì Adelmo con fervore. «Ho udito strane storie sul nostro conto, *troppe* strane storie, e a questo punto mi chiedo se siano davvero dicerie o se ci sia qualcosa di concreto, perché provenivano dalle fonti più disparate. Dunque vorrei chiederle, Gran Maestra: che senso ha sentirsi così superiori, se i nostri amici finiscono col temerci e disprezzarci?»

Michelle parve irritata. Congiunse le mani davanti al corpo e disse: «Li chiami già "amici"? In una manciata di giorni ti sei fatto degli amici esterni al Capricorno? Sei piuttosto rapido, in questo senso. Peccato tu non lo sia altrettanto in contesti ben più utili.»

«Intendevo dire *alleati*. E comunque il senso del discorso non cambia, anche se noto che ha evitato di affrontare il nocciolo della questione» rispose Adelmo con ritrovata calma. Sapeva di aver colto nel segno. «Comunque sia, ci tengo a comunicarle che ho in effetti conosciuto molti Guerrieri di altre Case e tutti quanti mi sono sembrati delle brave persone, persino quelle due ragazze dei Gemelli che–»

«Le Gemelli! Quelle fannullone drogate!» tuonò Michelle sprizzando disgusto. «Ti piace quel genere di ragazze, ora? Le debosciate?»

«Ma pensa che faccia tosta» intervenne Naija incredula. «Perché non racconti a Adelmo come sei mort–»

«Fa' silenzio, Venerabile Maestra! Con te regolerò i conti tra poco.»

«Ti ha dato di volta il cervello?» la smontò l'africana senza scomporsi. «Ora te la prendi con me?»

«Certo che me la prendo con te. Per quale motivo hai portato Adelmo nel settore dei Gemelli? Non ti avevo ordinato di fare nulla del genere. Hai letto quali vigliacche insinuazioni hanno scritto sul mio conto, nell'ultimo numero del loro schifoso *Almanacco*? Credo che dovremmo proibire la distribuzione di quella spazzatura almeno all'interno della nostra contrada. I Gemelli sono degli inutili dementi e tu hai lasciato che mettessero la pulce nell'orecchio al nostro Allievo. Un ottimo lavoro, davvero!»

Naija volse lo sguardo verso Adelmo come per suggerirgli: "Lasciamola sbollire, è inutile ragionare con lei ora".

Michelle fece scorrere le dita tra i boccoli e aggiunse: «Succedono strane cose ultimamente, proprio delle strane cose. Quella nuova Discepola della Vergine, ad esempio. Emily Lancaster. Seline mi ha appena riferito che la Madre Reverenda ha intenzione di condurla ad Abbot's Folly perché il Magnifico Rettore la esamini. Dicono che qualcosa in lei non quadra, forse non è davvero della Vergine. Ma questo è assurdo e lo sanno bene! Un'oscura macchinazione si è messa in moto, me lo sento, e c'è qualcuno che sta tirando i fili da dietro le quinte. Adelmo, tu sei arrivato insieme a Emily, allo stesso Rito. State complottando qualcosa?»

«Michelle!» gridò Naija.

«Ma che sta dicendo? A quella ragazza non ho rivolto la parola una sola volta!» si difese Adelmo, sentendosi insultato.

Michelle sospirò e per una volta guardò in viso entrambi i suoi interlocutori. «Perdonatemi, ho esagerato. Venerabile Maestra Naija, desideri che ti affidi Adelmo in via definitiva? Da quel che vedo vi trovate *incredibilmente* bene insieme. Soprattutto in privato.»

Naija spalancò la bocca.

Adelmo avvampò e si affrettò a replicare: «Non capisco davvero cosa intenda insinuare. Le assicuro che–»

«Lo capisci benissimo, invece, ma deluciderò comunque il senso delle mie parole» sibilò Michelle. «Prima avete disobbedito ai miei ordini per andare a farvi un bagno alle terme. Un bagno molto *intimo*, a quanto pare. Dopodiché siete rimasti al Muro per diversi giorni, anziché tornare subito indietro come vi avevo suggerito. Infine al vostro ritorno vi spalleggiate per mettervi contro di me. Pare che seguiate un programma tutto vostro, per cui trovo giusto unirvi in maniera ufficiale.»

Adelmo si vide costretto a tacere. Diventò blu in volto ripensando a quella maledetta sosta alle terme. Era evidente che la Gran Maestra si era sentita estremamente offesa dal ritrovarsi in camicia da notte.

«Mich, a volte sei incredibile» sbottò Naija. «Sei qui da quasi cinquant'anni, ma per certi versi ti comporti ancora come una ragazzina. Non te ne voglio fare una colpa, sei morta poco più che ventenne e ognuno di noi in fondo è fatto come è fatto, ma prima o poi dovrai svegliarti, ragazza mia, e deciderti ad afferrare ciò che desideri.»

Sulle guance bianchissime di Michelle affiorò qualche chiazza azzurra. «Francamente, fatico a comprendere a cosa tu stia alludendo.»

«Va bene, prendo Adelmo» rispose Naija in tono compassato. «Vuoi affidarlo a me? Benissimo, allora è mio. Posso portarlo oltre il Muro quando mi pare, giusto? O la Gran Maestra ha delle precise raccomandazioni da dare su come gestire il mio Allievo?»

Michelle fissò la colonna alla sinistra di Naija. Aveva il bassorilievo di un drago attorcigliato tutto attorno, fino in cima. «Ma no, certo. Puoi portarlo dove vuoi... se lo reputi saggio» bisbigliò con una voce esile quanto il suo corpo.

«Vedremo se lo reputerò saggio oppure no. Ora mi ritiro nei miei appartamenti, perché sento che se continuassimo questa discussione potremmo entrambe dire qualcosa di cui ci pentiremmo amaramente. Adelmo, per oggi sei libero di fare ciò che preferisci. Ci vediamo domani.»

Una volta rimasto solo, Adelmo vagò senza meta dentro la cattedrale in preda allo sconforto e torturato dai dubbi, indeciso sul da farsi. "Chiedile di portarti a fare un giro nella Cripta", aveva detto Merve Atakay. Quelle parole continuavano a rimbalzargli nel cervello senza dargli tregua.

Sapeva dove si trovava la porta della Cripta, ma da quando era arrivato a Saint-Yves l'aveva sempre vista chiusa a chiave e non aveva mai osato chiedere cosa ci fosse all'interno. A dirla tutta, non aveva neanche mai visto qualcuno entrarci, a parte la Gran Maestra, di tanto in tanto. Vi si accedeva attraverso un portone consunto a lato della scalinata che saliva verso i dormitori, in un angolo buio della chiesa. Era ovvio che la cosiddetta "Cripta", se davvero esisteva, si doveva sviluppare in un piano sotterraneo, perché osservando i muri della cattedrale dall'esterno era evidente che non ci fosse lo spazio per alcun locale aggiuntivo al piano terra.

In quella circostanza, il fatto che Saint-Yves fosse semideserta giocò in suo favore. Si avvicinò al portone senza dare nell'occhio e lo studiò a lungo, indeciso se forzare il grosso lucchetto d'argento o lasciar perdere. E se si fosse trattato di una serratura magica, impossibile da infrangere con uno Shintai? Il baccano avrebbe attirato l'attenzione di qualcuno e a quel punto come si sarebbe giustificato di fronte alla Gran Maestra? Troppe insubordinazioni in un solo giorno. La Signora di Geistheim quella volta lo avrebbe punito severamente, forse in maniera definitiva.

Mentre era chinato per studiare il lucchetto, udì un lievissimo rumore provenire dalle sue spalle. Era il ticchettio del tacco di una scarpa sul marmo, attutito quanto bastava per coglierlo di sorpresa. Tuttavia, il suo udito era migliorato enormemente da quando era giunto al Tempio e l'acufene generato dallo scoppio di una granata troppo vicina al suo orecchio non l'aveva più tormentato.

Ruotò con l'agilità di un ghepardo. «Chi va là?» gridò prima ancora di essersi voltato del tutto.

Michelle era a pochi metri da lui, nascosta tra le ombre prodotte dei candelabri contro le colonne. Aveva in mano qualcosa, ma appena lo vide girarsi fece in tempo a nascondere il misterioso oggetto dietro la schiena.

«Sono soltanto io, Adelmo» sussurrò. «Ti stavo appunto cercando. Perché sei così agitato?»

«Cos'ha in mano?» la interrogò lui tenendosi sul chi vive.

«Nulla.» Michelle infilò l'oggetto misterioso dentro il corsetto. Per un attimo apparve frustrata e sconfortata, ma il viso marmoreo riacquistò subito la sua usuale compostezza. «Cosa stai facendo?»

«Io, ecco...» Adelmo non seppe come giustificarsi. Non esistevano motivi validi per trovarsi davanti a quella porta, a parte volersi intrufolare dove non era consentito.

Michelle gli lesse nel pensiero. «Volevi scoprire cosa si cela nella Cripta, non è così? Deve avertene parlato qualche zecca con la bocca troppo grande. Lascia che ti apra la porta, allora. Tengo la chiave sempre con me. Stai pensando di smascherarmi, dico bene?»

«Per "smascherarla" bisognerebbe che ci fosse qualcosa da smascherare.» Adelmo le dardeggiò un'occhiata da falco. «C'è?»

«Tu cosa credi?»

«Non risponda alle domande con altre domande, se non le dispiace. Sta soltanto aggravando la sua situazione.»

«Credi di aver capito tutto, non è così?» Michelle sospirò e si avvicinò alla porta della Cripta. Estrasse una chiave d'argento da una tasca nascosta in una manica del vestito, la infilò nel lucchetto e la girò una sola volta. Con un sonoro *clac* il lucchetto si aprì e cadde a terra. «Prego. Dopo di te.»

Adelmo fu cauto. «Preferirei fosse lei a mostrarmi la strada.»

«Hai paura?» lo irrise la Gran Maestra. Spinse la porta ed essa si aprì, rivelando delle anguste scale che sprofondavano nel sottosuolo. Le torce appese ai muri si accesero come per magia. «Avanti, scendi pure. Io ti seguirò.»

Adelmo in quel momento comprese a cosa stava andando incontro, o perlomeno era convinto di saperlo. Le Bandane Rosse avevano ragione. I Guerrieri della Comune dei Gemelli avevano ragione. Le voci erano vere. Ma se avesse insistito perché fosse Michelle a scendere per prima, lei avrebbe capito il suo gioco, lo avrebbe attaccato seduta stante e lui non avrebbe mai scoperto i segreti della Cripta. Doveva sacrificarsi e recitare la parte dell'agnellino ignaro del lupo.

Si avviò giù per le scale con i nervi a fior di pelle, tenendosi pronto a materializzare lo Shintai alla prima avvisaglia di pericolo, anche se contro la Gran Maestra sarebbe servito fino a un certo punto. Il suo destino, salvo miracoli, era già segnato. Forse avrebbe potuto gridare, nella speranza che qualcuno lo udisse, ma probabilmente era troppo tardi anche per quello. Michelle quel giorno aveva allontanato tutti i Guerrieri da Saint-Yves per averlo in pugno? A ogni gradino, le sue chance di salvezza diminuivano, ma il desiderio di scoprire la verità era più potente dell'istinto di conservazione.

La prima rampa di scale terminò e iniziò la seconda, in senso contrario. I gradini erano umidi, consunti e sdrucciolevoli. Il passaggio stretto e opprimente.

«È da quando sei arrivato che non accetti la mia autorità. Vuoi togliermi il comando?» lo assalì Michelle. «Vuoi diventare il Gran Maestro?»

«Ma che dice?» ribatté basito Adelmo. «Lei oggi delira!»

«Può darsi. Continua a scendere, siamo quasi arrivati.»

In fondo alle scale c'era una seconda porta, ancora più antica e usurata della precedente. Adelmo credette di vedere delle macchie azzurre sul legno consumato, ma era difficile distinguerle alla fioca luce delle torce. Spinse con forza e la porta si aprì. Il fastidioso cigolio dei cardini arrugginiti sembrò annunciare il loro arrivo ai defunti. Quando le torce della Cripta si incendiarono l'una dopo l'altra, Adelmo strinse le palpebre per vederci meglio nella semioscurità. Di fronte a lui vide estendersi un salone vastissimo, dal soffitto a volta non troppo alto. Era tetro e lugubre, con le pareti nere fatte di blocchi di ossidiana grezza. Numerose torce si erano accese su entrambi i lati, ma illuminavano l'ambiente a malapena. L'odore di marciume e muffa pareva innalzarsi dal suolo e invadere l'aria come un miasma pestifero vecchio di secoli, unito a un misterioso fetore, più sinistro e indefinibile. Che fosse il Nettare versato a produrre quel lezzo?

«Eccoci alla Cripta. Sei contento, adesso?» sussurrò la Gran Maestra alle sue spalle. «Prosegui pure.»

Il pavimento era antichissimo, più vecchio della cattedrale stessa. Le pietre nere che lo componevano erano spaccate e disgiunte in molti punti. Adelmo vide scorrere ampie macchie bluastre sotto i suoi piedi. Ormai non aveva dubbi sulla loro origine, ma provava il desiderio insopprimibile di conoscere il terribile segreto dell'Antica Scuola. Dopo sarebbe anche potuto morire in pace, almeno quella seconda volta.

«Allora, che ne pensi?» sibilò Michelle.

Lui fece per voltarsi.

«Tieni lo sguardo avanti!»

Adelmo acuì i sensi e si guardò attorno. Il salone era vastissimo, proseguiva per decine e decine di metri. La parete di fondo ancora non si intravedeva dietro il muro di tenebre, ma sul pavimento si notavano sempre più macchie di Nettare.

«È qui che torturi gli Allievi incapaci?» domandò Adelmo continuando a camminare.

«Un po' più avanti» sussurrò lei.

«Seviziarli ti procura godimento in qualche maniera esecrabile?»

«Taci e cammina.»

«Mostrami dove conservi le uova dei malcapitati che uccidi. Non posso credere che tu abbia l'ardire di portarle alla Certosa, accanto ai Guerrieri caduti in battaglia!»

La voce della leader era niente più di un sibilo. «Più avanti... ancora un po'...»

Nelle pareti laterali s'intravidero delle rozze nicchie incassate tra delle colonne, illuminate appena dalle torce. Alcuni oggetti erano appoggiati su dei ripiani, ma ancora non si riusciva a distinguerne le forme.

Adelmo allargò appena appena il braccio destro e dischiuse la mano, tenendosi pronto a materializzare lo Shintai. Ormai gli rimanevano solo pochi istanti di vita. A poco sarebbe valso difendersi, ma non sarebbe caduto da codardo, senza nemmeno provarci.

«Eccoci. Guarda davanti a te» suggerì la Gran Maestra.

Erano arrivati alla parete di fondo. Degli stretti loculi rettangolari erano ricavati nel muro, disposti l'uno accanto all'altro per tutta la sua larghezza. Dentro i loculi erano conservate file e file di uova. Erano dozzine. La maggior parte di esse era di ossidiana, ma ce n'erano diverse fatte di altri materiali.

«Soddisfatto?» sussurrò Michelle. La sua voce proveniva da qualche parte dietro di lui, nel buio.

Adelmo fece comparire la spada e si girò più rapidamente che poté, puntandola in avanti.

Questa volta la vide arrivare. La sua percezione visiva era molto migliorata dai tempi dei suoi primi allenamenti. Michelle uscì dalle tenebre brandendo lo stocco ed egli ebbe quasi il tempo di sferrare un contrattacco... ma lei fu più veloce.

Con un singolo colpo lo disarmò, facendo volare la spada contro la parete laterale. La violenza dell'impatto fece perdere l'equilibrio a Adelmo, che cadde all'indietro, alla mercé della sua avversaria.

Michelle lo raggiunse con calma. Il ticchettio dei tacchi risuonò tre volte fra le mura della Cripta. Avvicinò la punta dello stocco alla gola di Adelmo. L'unico Grano apparve attorno a lui, pronto a infrangersi per proteggerlo almeno una volta.

Chiuse gli occhi e attese di morire.

Ti aspetto in cielo, Gwyneth.

Non accadde nulla.

Adelmo riaprì le palpebre con grande cautela, un millimetro alla volta.

«Tsk!» sbuffò la Gran Maestra. Era in piedi di fronte a lui, illuminata dalla fioca luce delle torce, lo stocco era scomparso. Sembrava in qualche modo delusa, avvilita.

«Cosa significa?» esclamò lui. «La faccia finita in fretta! O intende forse prima torturarmi?»

Michelle strinse gli occhi scarlatti. «Cretino! Dunque è questo che ti eri ficcato in testa? Che io fossi malvagia e che intendessi farti del male? Mi spezzi il cuore, accidenti a te! Come hai potuto pensare che volessi ucciderti? Sei davvero un deficiente, un... *babbeo*!»

Adelmo si puntellò sui gomiti e si alzò a sedere, esterrefatto e pieno di vergogna.

Michelle emise un soffio d'amarezza. «La Cripta non viene più utilizzata ormai da decenni, e anche quando ci ho portato gli Allievi più scansafatiche per addestrarli non li ho mai torturati, men che meno uccisi. Solo il precedente Gran Maestro aveva quell'orrendo vizio. Era un dannato psicopatico, ma sono ormai passati più di trent'anni dal suo regno di terrore. Naturalmente ti avrei raccontato tutto, se solo tu me lo avessi chiesto, anziché credere alle menzogne di chi cova rancore e nutre invidia nei nostri confronti. Quelle uova appartengono a coloro che sono periti tra queste mura sotto i colpi del Gran Maestro. Ed è proprio come hai detto tu: non ho mai avuto il coraggio di portarle alla Certosa. Ogni tanto scendo qui per osservarle e per ricordare a me stessa che sono diversa dal mio predecessore. Forse un giorno ti rivelerò com'è morto, ma quel giorno non è oggi.»

Michelle estrasse l'oggetto che aveva infilato dentro il corsetto prima di scendere alla Cripta e lo lanciò contro a Adelmo. «Tieni. Ero venuta a riconsegnarti il tuo stupido quaderno di poesie. Confesso di avertelo rubato mentre eri via e di averle lette tutte. Ma ora puoi tenertelo. Non mi interessa più.»

Si morse un labbro e si voltò, dirigendosi ad ampie falcate verso l'uscita. «Rimetti il lucchetto alla porta quando esci, non voglio che entrino altri curiosi a vedere questo schifo. Io e te abbiamo chiuso.»

Scorpione
Nursery Cryme

«Ecco, se ne sta andando.»

Geneviève era rannicchiata accanto alla finestra, su uno dei soppalchi della Biblioteca, al secondo piano di Abbot's Folly. Seguì il Magnifico Rettore con gli occhi. Lo vide scambiare qualche parola con le guardie e poi uscire dal chiostro. Il cielo sopra di loro annottava. La sagoma del leader venne illuminata varie volte dai bracieri e dalle torce appese ai muri esterni degli edifici di Murrey Castle. Accanto a lui camminava Adelina Fonseca.

Fareed accostò il viso al vetro della finestrella sul soppalco opposto. «Vediamo. Ormai dovrebbe spuntare dal mio lato.»

Nightingale percorse quasi tutto il perimetro interno del castello chiacchierando con Adelina, finché non raggiunse un edificio massiccio nella zona nord-est. Lui e la Bibliotecaria si trattennero dinanzi all'entrata per concludere la conversazione.

«È arrivato al dormitorio degli ufficiali» annunciò Fareed.

«Il Rettore vive lì, giusto?» chiese Geneviève dall'altro lato della stanza.

«Sì, esatto.»

«Ed è improbabile che gli salti il ghiribizzo di tornare ad Abbot's Folly di notte, dico bene?»

«Del tutto improbabile. O almeno, non l'ho mai visto farlo. Io dico che possiamo andare.»

I due Bibliotecari sgranchirono le membra indolenzite dal lungo appostamento e scesero dai rispettivi soppalchi usando le scalette di legno. Fareed colpì con un gomito un libro abbandonato e lo fece precipitare di sotto, ma il rumore prodotto fu lieve.

«Anche se abbiamo tutta la notte a disposizione, sarà comunque meglio evitare di perdere tempo.» Geneviève si avvicinò a una delle torce appese al muro e la staccò dal sostegno di ferro. «Questa la prendo in prestito: nel corridoio dietro lo specchio non si vede a un palmo dal naso.»

«No, niente torce. Le sentinelle sulle mura di Murrey Castle potrebbero notare il movimento della luce nel buio. Molti sottovalutano i nostri Guerrieri, ma non sono così tonti come pensano.»

Geneviève corrugò la fronte. «Allora come faremo a vederci? Ho notato che le torce all'ultimo piano si spengono da sole, a un certo orario.»

Fareed attraversò parte della Biblioteca, si introdusse dietro una fila di librerie e tornò con in mano una lanterna d'ottone. Si fece passare la torcia e con quella accese il candelotto al suo interno. «Ecco fatto. Questa basta e avanza. E comunque evitiamo di passare accanto alle finestre, quando possiamo.»

«Non sarà un problema, le finestre negli Archivi sono tutte in alto. Su, andiamo!»

Geneviève rimise la torcia al suo posto e scattò baldanzosa verso la scala di pietra che conduceva al piano superiore. L'amico e collega la seguì dappresso con in mano la lanterna.

«Non che mi dispiaccia giocare a Indiana Jones insieme a te», ammise Fareed mentre scalava a due a due i gradini, attento a non inciampare nella lunga roba che toccava terra, «ma un passaggio segreto dietro uno specchio? Stai dicendo sul serio?»

Geneviève si voltò e sorrise. «Sono serissima. Il vero colpo di scena sarebbe se adesso provassimo a riaprirlo e non funzionasse più. Quello sarebbe grave, perché vorrebbe dire che soffro di allucinazioni.»

Raggiunsero il terzo piano. Gli Archivi erano ancora ben illuminati, mentre il corridoio che conduceva allo studio del Rettore era già buio.

«Quando usciremo ci converrà evitare l'entrata principale di Abbot's Folly, o le guardie ci noteranno di sicuro» rifletté Fareed. «Non preoccuparti, conosco un'uscita secondaria sul retro. Entrare da lì sarebbe complicato, ma visto che siamo *già* dentro... Avanti, vediamo questo specchio magico.»

«Non credo sia "magico", è solo un congegno.» Geneviève si alzò in punta di piedi e toccò la parola "necessitatis" sulla placca d'argento, come aveva fatto la volta precedente. Lo specchio si sbloccò e girò sui cardini con un lieve cigolio. «Et voilà! Per un attimo ho sudato freddo. Visto, Fary? Non me lo sono immaginato.»

Il Bibliotecario, sbigottito, rischiarò con la lanterna il corridoio che si dipanava oltre lo specchio. Non si vedeva più in là di qualche metro. «Merda, fino a questo momento ho *sperato* che ti fossi inventata tutto, che fosse solo una scusa per...»

Geneviève sollevò un sopracciglio. «Portarti qui a pomiciare?»

Lui azzurrì. «Be', insomma, perché no? Poteva anche essere.»

«Il brivido del rischio, eh? No, non fa per me. Se volessi limonare con te verrei a trovarti in camera. Mi sembra più comodo.» La canadese si avviò verso il passaggio dietro lo specchio. «Entro per prima io. Potrebbe esserci una trappola o qualcosa del genere. Visto che ti ho convinto a seguirmi controvoglia, credo sia giusto che mi sacrifichi.»

«Non se ne parla.» Fareed le si affiancò, la prese per mano e varcarono la soglia insieme. A Geneviève piaceva lui quando prendeva l'iniziativa con nerbo.

Nel lato interno dello specchio c'era una piccola maniglia che permetteva di tirarlo e chiuderlo, ma lo accostarono soltanto. Percorsero il corridoio procedendo a passi misurati. Sembrava non avere fine.

«Certo che non mentivi quando dicevi che qui dentro è buio pesto.» Fareed sollevò la lanterna sopra la testa. La visibilità migliorò di poco.

«Già. È un buio strano, vero? Più scuro del nero. Ti mette addosso un certo nonsoché.»

«Ancora non riesco a credere che il Rettore stia nascondendo una cosa simile.» Fareed scosse la testa. «E comunque non è detto che scopriremo qualcosa di sinistro. Forse qui in fondo ci sono altri libri.»

«Che tu ci creda o no, su questo sono d'accordo. Magari non dei libri, ma può essere che Nightingale custodisca qualcosa di importante per il Tempio. In realtà, non ho la minima idea di cosa potremmo trovare alla fin- AAH!»

«Geneviève!» urlò il Bibliotecario nello stesso istante.

La novizia si sentì cadere nel vuoto. Il pavimento era scomparso da sotto i suoi piedi. Si aggrappò in qualche modo a Fareed. Anche lui doveva aver provato la stessa sensazione perché fece altrettanto, cingendole la vita con forza.

Atterrarono su qualcosa. O forse si dovrebbe dire che toccarono terra, perché l'impatto col suolo fu pressoché inesistente. Traballarono appena, come se avessero disceso un gradino non più alto di un centimetro. Eppure Geneviève si era sentita precipitare, anche se solo per un secondo.

Il buio era ormai impenetrabile. Non si vedevano più il corridoio e lo specchio attraverso il quale erano entrati, nemmeno in lontananza.

Fareed continuava ad abbracciare Geneviève. «Che cazzo è successo? Sei ancora tutta intera?»

«Io sì» rispose lei. «Ma non possiamo dire la stessa cosa della tua lanterna.»

L'oggetto era scomparso dalle mani del Bibliotecario. Non era caduto sul pavimento o scivolato via. Non esisteva più.

Fareed fissò le proprie mani vuote. «Merda, manco me ne sono accorto. È servito a molto portarsi dietro un lume, eh?»

«Già. Forse si è smaterializzato perché non si possono introdurre oggetti estranei qui dentro.»

«*Qui dentro*. E cosa sarebbe questo posto? Un pavimento deve per forza esistere, perché ci siamo in piedi sopra, ma non si vede nient'altro.»

Qualcosa si illuminò. I due ragazzi trasalirono e si abbracciarono più forte.

Davanti a loro, ai lati opposti di un'immaginaria stanza, erano comparsi degli oggetti. Sulla sinistra, un grande pannello di legno con sopra intarsiati dei simboli era appeso in verticale su una parete invisibile. A destra, un oggetto di legno rettangolare era appoggiato su un tavolino da tè. Entrambi i lati dell'ambiente venivano irraggiati da tenui fonti di luce incorporee.

«Dio buono, mi è quasi preso un colpo!» Fareed si passò una mano tra i capelli. «E adesso?»

«Non lo so, ma se non capiamo come funziona questa roba rimaniamo qui finché non arriva il Rettore. Il corridoio alle nostre spalle è sparito e non abbiamo più la lanterna» segnalò Geneviève. «Diamo uno sguardo a quegli oggetti. Magari è tipo una *escape room*.»

Lui si acciglò. «Una *escape room*?»

«Lascia perdere, nonnetto degli anni '60. Vieni.»

Geneviève prese Fareed per mano e lo trainò verso l'oggetto a sinistra. I loro piedi non producevano alcun rumore sul pavimento invisibile. Sebbene lo strano pannello di legno fosse in posizione verticale, veniva difficile pensare che esistessero delle vere pareti, in quella stanza. La sensazione era che l'ambiente proseguisse all'infinito. La luce argentata illuminava l'oggetto e la zona circostante per non più di un metro.

Intarsiati in oro sulla superficie di legno scuro c'erano file e file di simboli, ben distanziati l'uno dall'altro. Geneviève non ne seppe identificare nessuno, anche se erano costruiti usando forme di base ben riconoscibili. Ogni simbolo era composto da una combinazione che poteva includere linee, cerchi, triangoli, quadrati, rettangoli, rombi, mezzelune e spirali. Alcuni erano semplicissimi, altri incredibilmente complessi.

«Sono parecchi» fece notare Fareed, studiandoli.

«Centoquarantaquattro, per la precisione» precisò Geneviève con un sorrisetto sghembo. «E non guardarmi come se avessi detto chissà che, ho solo contato le file e fatto un semplice calcolo: dodici per dodici. Li hai mai visti prima?»

Il Bibliotecario era cupo in volto. «Sì. Sono simboli esoterici.»

«Ah.» Questo a Geneviève piacque meno. Non sapeva nulla di esoterismo. «Forse si possono premere come si premeva la parola sulla placca per aprire lo specchio, ma mi sccocerebbe sbagliare e far scattare qualche trappola mortale. Hai un'idea?»

Fareed scosse la testa. «Non sono un grande esperto della materia, ho soltanto scorso qualche Tomo per passare il tempo. Magari potremmo trascinare qui la Gran Maestra, che ne dici?» Ridacchiò per stemperare la tensione, ma non funzionò.

«Va bene, lasciamo perdere i simboli. Diamo un'occhiata all'altro oggetto.»

Tenendosi ancora una volta per mano attraversarono la misteriosa stanza e si avvicinarono al tavolino da tè.

«Stavo pensando», iniziò Fareed, «forse questo posto ha rilevato che non siamo il Rettore e ci ha imprigionati per metterci alla prova. Sono l'unico ad avere questa sensazione?»

«Che queste non siano le condizioni nelle quali di norma si presenta la stanza è venuto in mente anche a me. Forse hai ragione. Pensaci: perché la via d'uscita dovrebbe sparire? Non credo che Nightingale si metta a risolvere enigmi ogni volta che vuole andarsene.»

L'oggetto appoggiato sul tavolino era una scatoletta di legno lucidato, di fattura pregiata, larga qualche decina di centimetri. Nella parte superiore, il bordo sporgente faceva supporre che il coperchio si potesse sollevare.

«Di certo se la apriamo non ci esploderà in faccia, giusto?» domandò Geneviève sia a Fareed che a se stessa. «Sarebbe una cosa ingiusta e crudele.»

Lui non rise. «Non credo che esploderà. Questo è un carillon.»

«Dici?»

«Senza dubbio. Il mio sesto senso da Bibliotecario formicola.»

«Okay, quindi la conclusione è che si può aprire senza venire uccisi. Io ci provo.»

Geneviève appoggiò il pollice sotto il bordo del coperchio e con grande cautela lo sollevò. All'interno della scatola musicale c'era tutto quello che sarebbe stato ragionevole attendersi: lamelle d'acciaio disposte a pettine rasentavano il cilindro dotato di piccoli chiodi, collegato a una manovella che sporgeva sulla destra. Nel lato interno del coperchio erano incise in oro le lettere: "O.K.C."

«Visto? Avevo ragione, è proprio un carillon» si compiacque Fareed. «Girando la manovella dovresti pote-... Che cazzo!»

«Agh!»

«Cos'hai fatto?»

«Nulla, te lo giuro! Non l'ho nemmeno sfiorata!»

Davanti a loro, oltre il tavolino, erano apparse tre grandi figure ben illuminate, a qualche metro di distanza l'una dall'altra. Non erano oggetti materiali, piuttosto assomigliavano a degli ologrammi sospesi a mezz'aria. A sinistra videro il disegno di una pesca, al centro un ingranaggio e a destra un albero in fiore.

«Okay, è un rompicapo vero e proprio.» Fareed si accarezzò la barbetta nera. «E adesso?»

«Ah, non chiederlo a me.» Geneviève si mordicchiò un labbro. «Questa scatola non dovrebbe riprodurre della musica, in teoria?»

«Sì. Prova a ruotare la manovella.»

La Bibliotecaria afferrò con prudenza l'estremità dell'asticella d'acciaio e la girò in senso orario, cercando di mantenere la velocità costante. I chiodi fissati sul cilindro pizzicarono le lamelle d'acciaio, che produssero le note volute. I suoni erano dolci e vellutati, la melodia orecchiabile ma in qualche modo infantile. Il brano non durò più di un minuto.

Geneviève girò il viso verso Fareed. «Ti ricorda qualcosa?»

«No. A te?»

«Sono sicura di non averla mai sentita prima. E della sigla incisa all'interno del coperchio che mi dici?»

Fareed scrollò le spalle. «O.K.C.? Potrebbero essere delle iniziali, ma non conosco nessuno che si chiami così. Il Rettore non mi sembra collegato in alcun modo, a meno che Alford Nightingale non sia un nome fittizio.»

Geneviève continuava ad armeggiare con la manovella, che produceva un lieve ticchettio. «C'è qualcosa di strano in questo affare. Se lo tiro di lato sembra quasi che si pos-... Oh!»

L'ologramma a sinistra si trasformò due volte in rapida successione. Adesso rappresentava un libro aperto.

Fareed cinse il braccio di Geneviève senza distogliere lo sguardo dalla figura sospesa a mezz'aria. «Come hai fatto?»

«Te lo dico tra un minuto. Prima devo provare un paio di cose.»

La novizia ruotò con delicatezza la manovella, la tirò ancor di più, la spinse in dentro e poi di nuovo in fuori varie volte. Un minuto più tardi, tutte e tre le figure sospese davanti a loro erano mutate. Adesso si scorgevano una canna da pesca, un vaso di coccio e un gatto bianco.

«Credo di aver capito» disse Fareed. «Esistono tre diverse posizioni della manovella e facendola ruotare si scorrono le figure.»

«Quattro, per l'esattezza» lo corresse Geneviève. «Quella più interna serve solo a far suonare la canzoncina.»

Lui parve sconfortato da quella rivelazione. «Il problema è che c'è una marea di simboli diversi per ogni posizione. In più, da quello che ho visto, non si ripetono nemmeno: quelli al centro sono diversi da quelli a sinistra, che a loro volta differiscono da quelli a destra. Se volessimo tentare tutte le combinazioni, quanto ci metteremmo?»

«Per caso hai contato quanti simboli ci sono mentre io giravo?»

«No.»

«Allora facciamolo insieme.»

Geneviève ruotò di nuovo la manovella e contarono con calma le figure. Quando ebbero finito, seppero che ve ne erano trentatré diverse per ogni posizione.

«Direi che sono troppe per tentare di forzare il rompicapo» valutò la giovane astrofisica. «In totale esistono, vediamo... trentadue... no, aspetta... 35.937 combinazioni possibili. In più, questa cavolo di manovella fa tribolare perché l'ingranaggio si incaglia di continuo. Ci metteremmo una giornata intera e perderemmo anche la nostra sanità mentale. Però potremmo tentare le combinazioni in più sessioni: diecimila oggi, diecimila domani. Al massimo in quattro giorni avremmo finito.»

Fareed era meditabondo. «Tre figure, tre iniziali. Credi che le lettere indichino l'oggetto che dobbiamo scegliere? Tipo "C" per "cat"?»

Geneviève scosse la testa. «Non credo sia così semplice. E poi la canzoncina deve pur c'entrare, in qualche modo.»

«Qualcosa mi è saltato all'occhio, prima, mentre contavamo le figure, ma ora non riesco più a farmelo venire in mente. Che nervoso!»

«Vuoi che giri di nuovo la manovella?»

«Sì, ma non per cambiare le figure. Fa' suonare di nuovo la musichetta.»

Geneviève spinse in dentro l'asticella finché non si inserì nell'incastro più interno, dopodiché la ruotò con diligenza. Il rumore delle lamelle che venivano pizzicate si diffuse nell'aria. I suoni erano a metà tra quelli prodotti dalle corde di un pianoforte e quelli di un'arpa.

«È possibile che...» Fareed avvicinò il viso alla scatola di legno per studiare meglio le lettere incise sul coperchio. «Sì, potrebbe anche essere... potrebbe essere che... certo, sarebbe assurdo, ma...» Andò avanti a mormorare a lungo.

Geneviève gli picchiettò sulla spalla. «Ti va di rendermi edotta?»

Lui la fissò come se si fosse destato da un lungo sogno. «Oh... certo. Credo che le iniziali significhino "Old King Cole". È una vecchia filastrocca inglese, di origini incerte. Io la conosco solo perché l'ho vista riprodotta in uno dei nostri Tomi. Non so chi tra i Bibliotecari l'abbia realizzata, ma era ben scritta e illustrata, per cui mi è rimasta impressa. Ho provato a canticchiarla mentalmente mentre suonava la canzone nel carillon e credo che i versi ci stiano a pennello.»

«Te la ricordi tutta?»

«Be', è abbastanza corta. Fa così.»

Old King Cole was a merry old soul,
And a merry old soul was he;
He called for his pipe, and he called for his bowl,
And he called for his fiddlers three.
Every fiddler he had a fiddle,
And a very fine fiddle had he;
Oh there's none so rare, as can compare,
With King Cole and his fiddlers three.

Geneviève era colpita da quella intuizione, ma anche perplessa. «Come hai fatto ad arrivarci?»

«Prima, quando hai fatto scorrere le figure, ne ho notata una in particolare. Era tra quelle a destra, c'erano tre violini affiancati. L'ho trovato strano, visto che tutte le altre immagini raffigurano un unico oggetto. *Three fiddles*, capisci? Così, quando hai fatto scorrere le immagini in mezzo sono stato attento e ho notato che c'era una grande tazza piena di zuppa: una *bowl*.»

Geneviève si accigliò. «Allora a sinistra ci dovrebbe essere una pipa?»

«Esatto. Direi che vale la pena tentare.»

La novizia impugnò di nuovo la manovella e selezionò le figure corrette a destra e al centro (i tre violini e la tazza), poi fece girare lentamente le immagini sulla sinistra. In effetti, c'era una pipa fumante.

«Eccola!» esclamò raggiante, ma una volta scelta non accadde nulla. La delusione sul suo viso era palpabile. «Niente. Non funziona.»

«Forse non è come la combinazione di una valigia, bisogna fare qualcosa affinché scatti. Prova a spingere la manovella nella posizione iniziale e a richiudere la scatola.»

Nemmeno quello diede i risultati auspicati. Gli ologrammi continuarono a galleggiare nel buio della stanza senza dar segno di aver ricevuto l'impulso.

«Aspetta un secondo. Sta a vedere che...» Fareed spinse con gentilezza Geneviève da una parte e assunse il controllo della scatola musicale. Posizionò la manovella nell'incastro atto a modificare le figure sulla sinistra e le fece scorrere per qualche istante. I suoi occhi si illuminarono. «Ah-ha! Quel vecchio briccone del Rettore! Grazie mille, lingua universale!»

Spinse dentro la manovella e richiuse la scatola. I tre ologrammi sparirono. Al loro posto apparvero tre porte di legno reali.

Geneviève abbracciò il collega e lo baciò sulla guancia. «Fary, sei assurdo! *Pipe* ha più significati, per quello non funzionava!»

Lui azzurrì. «E-esatto. "Pipa" non andava bene, ma avevo notato che c'era anche un flauto, e così... Di certo questa non è l'interpretazione più comune del testo, però. Anche nel nostro Tomo il disegno raffigurava il grasso re Cole con in bocca una pipa.»

«Sei stato bravissimo. Ma ora che si fa?» Geneviève era dubbiosa. «Pensi che le porte conducano a dei luoghi sicuri, oppure che varcandole caschiamo dalla padella nella brace, tipo: "Una di queste porte conduce alla salvezza, le altre alla morte, ma i nostri eroi ancora non lo sanno."»

«Già. O magari stiamo scegliendo il metodo della nostra esecuzione. A destra c'è un orso affamato, in mezzo delle sabbie mobili e a sinistra una stanza con le pareti che si restringono fino a ridurci in poltiglia.»

«Però l'unica altra opzione è attendere qui finché Nightingale non ci scopre. Sempre ammesso e non concesso che sia in grado di entrare, ora che abbiamo attivato la stanza.»

«No, a quanto pare ci sta lasciando andare. Guarda!»

Fareed indicò qualcosa alla loro destra. Era almeno a una decina di metri di distanza ma si distingueva bene nel buio. Il corridoio che conduceva allo specchio era riapparso e si intravedevano persino le luci delle torce ancora accese negli Archivi, oltre la lastra trasparente.

Geneviève trasse un fragoroso sospiro di sollievo. «Non siamo più intrappolati!» Gettò un'occhiata inquieta al pannello di legno coperto di strani simboli alle loro spalle. Era ancora nella stessa posizione di prima e non aveva subito alterazioni. «Direi di lasciar perdere quell'affare laggiù. Diffonde un'aura malvagia. Mi ricorda una tavola ouija con dei simboli al posto delle lettere. Non intendo toccarlo senza essere certa di quel che facciamo. Se non ricordo male, ho visto di sfuggita diversi di quei simboli nello studio di Alford. Erano disegnati su un foglio di pergamena sopra la scrivania.»

«Lascia perdere lo studio del Rettore. Preferirei che non ti intrufolassi più dove non è consentito. Per quanto riguarda le porte, secondo me non corriamo alcun rischio, e mi assumo tutta la responsabilità di questa affermazione. Che senso avrebbe mettere altre trappole?»

«Be', se una sola delle porte conduce a qualcosa e le altre due alla morte, si elimina in un sol colpo il sessantasei percento dei curiosi. Comunque anch'io concordo sul provare. Centro, destra o sinistra?»

«Hmm, io dico centro. Mi ispira di più.»

«Vada per il centro, allora.»

Si avvicinarono alla porta di mezzo. La maniglia era d'argento, con un lieve motivo floreale inciso sopra. L'uscio era di un bel legno marrone, compatto e massiccio.

Geneviève appoggiò la mano sulla maniglia, spinse verso il basso e aprì la porta con la stessa cautela che eserciterebbe Tom Cruise in un inedito capitolo di *Mission Impossible*. Acuì i sensi e aguzzò le orecchie in cerca di un suono che facesse presagire l'attivazione di qualche marchingegno mortale.

Non accadde nulla. Oltre la soglia si allungava un nuovo corridoio, illuminato appena dalla luce lunare che rischiarava una stanza in fondo.

I due Bibliotecari si guardarono ed entrarono, lasciando socchiusa la porta dietro di loro. Percorsero il corridoio mano nella mano, l'una dietro l'altro, avanzando a piccoli passi. Non si udiva alcun rumore, eppure qualcosa di intangibile nell'aria la rendeva più viva, più reale. Profumo di legno, alloro, olio di cedro, altri odori leggeri e indefinibili. La temperatura era scesa di qualche grado.

Al termine del corridoio si apriva un ampio ambiente circolare. In alto, lame lunari di luce argentea fendevano le finestrelle rettangolari. Il locale straripava di oggetti di varie forme e dimensioni, ma era arduo identificarli in quello stato di semi-oscurità.

Non appena Geneviève introdusse il piede destro nella stanza e lo appoggiò a terra, l'ambiente si illuminò a giorno. Diverse plafoniere erano fissate alle pareti, una lampada a stelo si ergeva in un angolo, varie lampade da tavolo regolabili erano disposte con criterio sulle scrivanie. Candele e lucernette sfrigolarono e si illuminarono, come se qualcuno le avesse accese con un fiammifero.

Fareed richiuse la bocca spalancata. «Wow! Si sono accese perché siamo entrati noi?»

«Immagino di sì. A quanto pare questo luogo non ci è ostile.» Geneviève fece un sorriso sghembo. «Belle luci moderne, eh? Vedo che i Tessitori non si fanno problemi a infrangere le regole dei settori, quando vogliono.»

«Cosa c'è laggiù?» domandò lui indicando qualcosa davanti a loro, in lontananza. La stanza circolare era ampia almeno una decina di metri.

Geneviève strizzò gli occhi e si avvicinò di qualche passo. Un grande tavolo, verso il fondo, era illuminato da diverse lampade elettriche. Qualcosa era disteso sul piano. Qualcosa dalla forma vagamente antropomorfa. La novizia fece qualche altro passo per vedere meglio.

«AAAH!»

Fareed le tappò la bocca da dietro e la abbracciò.

I due Bibliotecari ansimavano, gli occhi sbarrati fissi sul tavolo con sopra la creatura aperta a metà. Gli indescrivibili organi interni, verdi e giallognoli, erano ammucchiati gli uni sugli altri, come una grottesca composizione di frutti marci pronta per essere ritratta in una natura morta.

Una volta riavutasi, Geneviève si coprì gli occhi e scattò di nuovo verso il corridoio, il più lontano possibile da quella *cosa*. Fareed la raggiunse dopo poco.

«Quello è un Vuoto, vero?» La novizia respirava ancora con affanno.

«Già. Un Piccolo Orrore.»

«È morto?»

«Ecco, c'è... qualcosa di strano.» Fareed si passò una mano sul volto e lanciò un'occhiata terrificata al tavolo. «Il Nucleo è intatto ed è ancora inserito all'interno del busto, quindi dovrebbe essere vivo, eppure sembra morto. Forse è stato anestetizzato o roba simile.»

«Ma dai, Fary. Io non ne so molto, ma secondo te è possibile anestetizzare i Vuoti?»

Lui si sfregò la barbetta nera. «A puro titolo di conversazione? Potrebbe anche essere. Ci sono un sacco di strani utensili sparsi sul tavolo attorno a *esso*. Non conosco la loro funzione, ma ho visto delle siringhe con dentro liquidi colorati.»

Geneviève incrociò le braccia e lo fissò con aria di sfida. «Allora? Stravedi ancora per il tuo caro Nightingale?»

«Io ci penserei bene, prima di accusarlo. È ovvio che sta svolgendo esperimenti, ma non sappiamo per quale motivo e a che fine. Io non lo trovo così inquietante. In fondo, anche tu avevi espresso il desiderio di condurre degli esperimenti scientifici sui Vuoti per studiarli meglio, no?»

«Già, ma se tutto è in regola allora perché li sta svolgendo in segreto, dentro una stanza inaccessibile?» Geneviève scosse la testa. «Va bene, va bene. Calma. Analizziamo la situazione con un po' di logica. Per come la vedo io, ci sono due possibili teorie su questo luogo. La prima: è materialmente connesso all'ultimo piano di Abbot's Folly ma è reso invisibile dai Tessitori. Sul retro della Biblioteca in effetti non c'è nulla, quindi potrebbe avere un senso. La seconda teoria, quella che mi piace di più: il corridoio dietro lo specchio ti fa precipitare in una stanza speciale posta su un diverso Piano; poi, varcando una delle tre porte, vieni teletrasportato di nuovo nel Piano Materiale, ovvero qua.»

«Anche a me piace di più questa teoria.»

«Ottimo. Ma dov'è il "qua"? Secondo te siamo ancora nella nostra contrada?»

Fareed studiò i dintorni. «Le pareti di pietra mi indurrebbero a pensarlo, ma, come hai detto tu, le luci elettriche non fanno parte del nostro settore. Potremmo essere nel Capricorno, oppure nella Vergine, nel Sagittario, nei Gemelli, nel Toro...»

«Va bene, lasciamo perdere la location.» Geneviève indicò qualcosa alla loro sinistra. «Lì c'è una scala che punta verso il basso. Scendiamo a dare un'occhiata?»

Fareed gemette, ma si capiva che sotto sotto era curioso quanto lei.

«E dai, ormai siamo arrivati fin qua!»

«Va bene, ma cerchiamo di non metterci tutta la notte.»

Mezz'ora più tardi, i due Bibliotecari richiusero la porta di legno alle loro spalle, attraversarono la stanza buia sospesa tra i Piani e imboccarono il corridoio che conduceva allo specchio. La lanterna che Fareed aveva portato con sé era sul pavimento, il candelotto ancora acceso. La raccolsero e uscirono dal passaggio segreto. Gli Archivi erano deserti, come era logico aspettarsi, in più le torce si erano spente. Scesero due piani senza spiccicare parola e si fermarono nello Scriptorium, il luogo che più di tutti gli infondeva tranquillità. Lì la luce abbondava, tramite le numerose torce e i bracieri. Avrebbero potuto mettersi a lavorare come facevano ogni giorno. Dopo qualche ora sarebbe arrivata Veronica, infagottata nel mantello ametista e con la borsa a tracolla.

Geneviève si sedette al suo tavolo da lavoro preferito, scura in volto. «E adesso che si fa? Non sappiamo nemmeno a chi possiamo raccontare una cosa simile. Quello che abbiamo visto è...»

«Non parlarmene.» Fareed si sedette accanto a lei, il capo chino. Avvolse più stretta la roba color melanzana attorno al corpo, quasi sentisse freddo. «Ma non è ancora arrivato il momento di scagliare accuse. In fondo non abbiamo idea del perché il Rettore lo stia facendo. Persino i Tessitori lo stanno aiutando. Hai visto anche tu, no? Luci speciali e tutto il resto. Possiamo valutare le nostre opzioni con calma, prima di agire?»

Geneviève trasse un lungo sospiro. «Va bene, ma nessuno dovrà sapere cosa abbiamo scoperto finché non chiariamo la faccenda. E intendo davvero nessuno. Acqua in bocca anche con Veronica; anzi, *soprattutto* con lei. Potrebbe essere in combutta col Rettore. Sei d'accordo?»

Fareed fece ciondolare la testa in segno di conferma. «D'accordo.»

«Dai, andiamo a discuterne meglio in camera mia.»

Vergine
Il Dono

Emily e Chae-yeon erano finite col rimanere a Henwood Cross due giorni più del previsto. Quando gli Intoccabili del paese avevano supplicato la Madre Reverenda – con voce accorata e autentica commozione – di aiutarli a lavorare i campi almeno per un pomeriggio, lei non aveva trovato il coraggio di rifiutare. Com'era altrettanto prevedibile, il buon cuore di Chae-yeon aveva ceduto una seconda volta, costringendola a rinviare il viaggio a Bishop's End. La popstar americana si era mostrata estremamente seccata da quella sosta prolungata, ma a conti fatti trascorrere un paio di giorni insieme a Sebastian non le dispiaceva più di tanto. Che la Madre Reverenda andasse pure nei campi a sporcarsi le mani, lei sarebbe rimasta in paese a rilassarsi.

La seconda mattina, dopo che quasi tutti i Guerrieri del Capitolo si erano trasferiti alla torre di guardia sul Muro, Emily si fermò a osservare Vicente e Angelina che completavano l'addestramento sotto lo sguardo severo ma incoraggiante di Sebastian, che in fondo aveva un carattere non troppo dissimile da quello di Chae-yeon, solo declinato al maschile. Esigeva che si lavorasse sodo, ma rallegrava spesso l'atmosfera con battute sagaci (ma non offensive) e moti d'affetto nei confronti dei novizi. Solo che invece di esprimersi con abbracci affettuosi e casti bacetti soffiati all'aria, come faceva Chae-yeon, Sebastian elargiva manate sulle spalle in quantità.

Emily osservò il gruppo che si esercitava in mezzo a un prato appena fuori Henwood Cross, mangiucchiandosi le unghie e rodendosi il fegato perché non riceveva altrettante attenzioni da Sebastian, nondimeno era sempre più certa di aver ragione a volersene andare, perché il suo carattere era senza alcun dubbio differente da quello dei Discepoli della Congregazione. Se proprio avesse desiderato un flirt con Sebastian, avrebbe sempre potuto tornare lì in seguito, una volta che sarebbe divenuta un membro del Toro e sarebbe stata vestita in maniera più consona (che nel linguaggio di Emily Lancaster significava seducente).

D'altra parte, se non fosse stata riassegnata al Toro, quali Case avrebbe considerato allettanti? La sua mente veleggiò verso Axel, il Ministro del Culto della Bilancia, ovvero il suo attuale uomo preferito del Tempio, ma si era già resa conto che raccogliere Nettare dalla Sorgente e tagliare alberi giganteschi da mattina a sera, professandosi nel frattempo neutrale su tutte le questioni, non era adatto a una come lei. Sarebbe stato quasi peggio che rimanere alla Vergine. Il Toro, invece, sembrava davvero la Casa perfetta, con la speranza che Neal, il Presidente, non la prendesse più in giro davanti a tutti.

Anche quella seconda giornata pacifica terminò, e la mattina successiva venne il momento di partire per Bishop's End. Si svegliarono all'alba. Sebastian augurò loro buon viaggio, promettendo a Emily che, se fosse stata confermata come membro della Congregazione, l'avrebbe subito fatta traslocare a Henwood Cross per assicurarsi che il suo addestramento venisse svolto al meglio. Emily si sentì lusingata. In fondo, quell'idea non le dispiaceva del tutto, ma avrebbe comunque preferito essere trasferita altrove.

Le due ragazze si misero in marcia. Tra uno sbadiglio e l'altro si incanalarono in un varco tra i ranghi di colline a ovest di Henwood Cross, con l'intenzione di raggiungere Bishop's End da nord. Le attendevano molte ore di cammino, ma Chae-yeon aveva confidato a Emily che seguendo quel sentiero sarebbero prima passate accanto a un lago chiamato Loch Moss e le aveva promesso che si sarebbero fermate per una sosta rigenerante sulle sue rive. Una volta superate le colline, il paesaggio si trasformò in poco tempo dalla loro calda e accogliente campagna nelle frizzanti e verdeggianti Lowlands dei loro vicini.

Erano entrate da poco nel settore dello Scorpione, quando notarono due ombre proiettarsi sotto i loro piedi e descrivere ampi cerchi. Emily trasalì, col terrore che i Vuoti fossero penetrati nel Tempio, ma Chae-yeon le indicò qualcosa che volteggiava nel cielo. Erano due Cavalieri del Cancro sui loro cavalli alati.

I due Pegasi planarono verso di loro e atterrarono poco distante, scalzando con gli zoccoli un turbine d'erba impregnata di rugiada. Uno dei due destrieri nitrì selvaggiamente e Emily corse a nascondersi alle spalle della Madre Reverenda. I cavalli la terrorizzavano, così come del resto tutti gli animali più grandi del suo barboncino bianco Chanel, anche se la sua nemesi erano gli insetti e i serpenti.

Chae-yeon parve invece deliziata. Sorrise a uno dei due Cavalieri ed esclamò, con la vocetta squillante che amava sfoderare in presenza di uomini: «*Omo*! Ma allora è una visita di piacere! *Unnie*, cosa fai nascosta alle mie spalle? Vai a salutare il tuo amico, su.»

«Il mio amico?» Emily si sporse e guardò. Cercò di non mostrarsi troppo contenta, ma il suo spirito si ringalluzzì quando vide che il suo unico fan si era ricordato di lei.

Mark Colby smontò da Arwen e annunciò in tono deciso: «Sono venuto ad accertarmi che la signorina Lancaster stia bene. Me lo aveva chiesto personalmente.»

Chae-yeon sembrava più emozionata dell'interessata stessa. Si appoggiò le mani sulle guance ed esclamò: «*Ah kiyowo*[I]! Hai visto che alla fine sei riuscito

---

[I] Trad. "Che carino!" in coreano informale.

a modellare il tuo Pegaso? Lo sapevo che ce l'avresti fatta! Io ed Emily stiamo andando alla Biblioteca di Abbot's Folly per, ehm... *alcune verifiche*.»

«Sì, quello lo sa già» gracchiò la bionda lanciando alla sua leader un'occhiata carica d'ostilità per nulla velata. «Ora levati cortesemente dalle scatole, se non ti dispiace.»

«Oh, ma certo.» Chae-yeon si allontanò di qualche metro, ma nell'andarsene occhieggiò Mark almeno altre quattro o cinque volte.

Emily la guardò in cagnesco, anche se sapeva che con buona probabilità la Madre Reverenda intendeva soltanto dimostrarsi socievole, cosa che in fondo faceva con tutti gli uomini, e non significava per forza che era attratta da lui.

Nell'avvicinarsi a Mark, la curiosità di Emily venne solleticata dal Cavaliere che lo aveva accompagnato. Era rimasto in sella al suo destriero, pronto a ripartire. Da più vicino non fu difficile accorgersi che era in realtà una ragazza, e anche piuttosto avvenente. Indossava diversi pezzi d'armatura, ma il viso rimaneva scoperto. I lunghi capelli scuri ondeggiavano al vento.

Emily sollevò un sopracciglio. «E quella là chi sarebbe? Una sex-doll che ti sei costruito con l'argilla insieme al cavallo?»

Come qualunque lettore perspicace sarebbe in grado di prevedere, Sujira non trovò affatto divertente quella battuta. Fece voltare il suo Pegaso verso la bionda e tuonò: «Ti ho sentita! Cavaliere Professo Mark Colby, spiega alla tua gentile amica che sono la tua Dama di Grazia Magistrale, prima che le faccia assaggiare il mio Shintai di traverso sul suo bel viso.»

«Diciamo che al massimo potresti provarci» le fece eco Chae-yeon dal lato opposto, pur con una nota di dolcezza.

Sujira abbassò lo sguardo e tirò le redini di Jessar, che si era fatto nervoso. «Mi perdoni davvero, Madre Reverenda. Uno sfogo del genere è davvero inaccettabile per una Grande Ufficiale del Sacro Ordine del Cancro come me. La prego di sorvolare su ciò che ho detto.»

Chae-yeon sorrise e intrecciò le mani. «Nessun problema.»

Emily soffocò una risata. «Porco cazzo, Sua Santità è finalmente servita a qualcosa. Chi se lo sarebbe immaginato?»

«Comunque lei si chiama Sujira ed è davvero la mia Dama di Grazia Magistrale» confermò Mark indicandola col pollice. «Significa che deve insegnarmi a diventare un vero Cavaliere, e... be', insomma, per sintetizzare io e lei siamo sempre insieme. Ma non intendo in senso romantico.»

«Sì, ho capito» tagliò corto Emily. Non reputava Sujira una seria rivale, pertanto decise di dar vita alla sua recita quotidiana. «*Oh, Mark*! Finalmente puoi vedere coi tuoi stessi occhi la mia aguzzina. Chae-yeon mi tortura, ogni giorno passato con lei è un abuso continuo. Guardala bene, sotto quel dolce viso si cela un'arpia crudele e malvagia, disposta a tutto pur di umiliarmi! Per fortuna dovrei riuscire a liberarmi di lei, ormai manca poco. Grazie di essere venuto a controllare che stessi bene, sei stato davvero carino. Torna pure a trovarmi quando vuoi, ti aspetterò con ansia.» Rispedì nello stomaco un rigurgito di Nettare causato da quelle ultime frasi saccarine, ma aveva bisogno del supporto completo e incondizionato del suo unico fan.

Mark posò una mano sulla spalla di Emily e, quando lei non la rimosse con un gesto di stizza come avrebbe fatto di solito, parve compiaciuto. Il suo sguardo si spostò poi verso quella "arpia crudele e malvagia" che bullizzava la sua beniamina giorno e notte. Quando Chae-yeon notò che lui la stava fissando, gli fece un sorriso mettendosi in tre pose diverse, dopodiché lo salutò facendo un segno a V con le dita e ammiccando.

Mark emise un breve ma struggente sospiro. Un attimo dopo si guardò attorno con un misto di sconcerto e imbarazzo, come se si fosse trattato di un gesto involontario.

«L'hai vista?» sbottò Emily, afferrando le spalle di Mark e scuotendolo per riportarlo alla realtà. A differenza sua, lei aveva compreso benissimo la situazione. «Chae-yeon fa sempre così, ma non devi cedere alle sue moine. È tutta apparenza, te lo assicuro. Sotto sotto è malvagissima, una vera stronza senza cuore.»

«Oh, sì, certo... capisco» rispose Mark con tiepida convinzione. «Be', vedo che stai bene e che vi state davvero dirigendo a Bishop's End come mi avevi preannunciato. In generale quella città non è un luogo troppo sicuro per delle belle ragazze come voi, ma Murrey Castle è tutta un'altra storia, dato che lì c'è il quartier generale dei loro Guerrieri. Dunque non dovreste correre alcun pericolo. Tornerò a trovarti appena posso, forse stasera stessa.»

«La sex-doll ti lascerà venire?» domandò Emily, poi s'avvide del doppio senso e fece una smorfia di disgusto. «Oddio, quella domanda poteva essere interpretata in troppi modi diversi.»

Mark esplose in una risata nasale. «Non preoccuparti per Sujira, non è così cattiva come sembra. E poi lei dice spesso che le donne della Vergine per uno come me sono... no, meglio lasciar perdere l'argomento, per ora. Magari ne parleremo la prossima volta. Adesso devo andare, ma ricorda che se hai bisogno di parlare con me di notte c'è sempre il Piano Astrale.»

«Certo» mormorò Emily con una finta aria contrita, fingendosi addolorata per la sua partenza.

Chae-yeon salutò Mark regalandogli un sorriso radioso e ondeggiando le dita avanti e indietro, come faceva sempre quando si trattava di salutare degli uomini. Lui azzurrì e montò in fretta sul suo Pegaso sotto lo sguardo cupissimo di Sujira.

I due Cavalieri spiccarono il volo. Le due Vergini rimasero di nuovo sole.

Non appena Mark fu diventato un puntino nell'azzurro, Emily si girò di scatto verso Chae-yeon. «Hai finito il tuo spettacolino del cazzo?»

«Quale spettacolino?» ribatté l'altra, perplessa. «Non ho fatto nulla di strano. Tu, piuttosto. Credi che il tuo amico non si renda conto che non sei sincera? In effetti forse non lo capisce, poverino. È del tutto accecato dall'amore per te, perché è un tuo fan. Purtroppo è un comportamento che conosco bene.»

«Senti da che pulpito, *tu* che accusi *me* di recitare!» sbottò Emily. «E poi cosa credi di saperne sui fan, esattamente? Gli ottantenni di Seoul che compravano le tue foto nuda per cinque dollari erano clienti, tesoro, non fan.»

Chae-yeon deglutì. Strinse una mano a pugno e la riaprì per poi passarla sul vestito, pareggiando una piega nella blusa color zaffiro. «Tu immagini le cose e aggredisci gli altri perché sei insicura di te stessa, come tutti i bulli. Io mi comporto in maniera cordiale con le persone, tutto qui.»

«Quel puttaneggiare tu lo chiami essere cordiali? Vuoi fottermi l'unico fan che ho qui al Tempio, stupida troietta?»

«Ma... cosa stai dicendo, *unnie*?» protestò Chae-yeon, colta da un desolante sconforto.

"Emily, tesoro della mamma, questo è davvero il comportamento più assurdo che ti abbia visto adottare da quando sei qui. Quella ragazza ti sta portando dove hai voluto, eppure continui a volerla umiliare. Cosa speri di ottenere? Ciò che ti tormenta è molto più profondo di quanto tu creda."

STA' ZITTA.

«Ti piace quello sgorbio rachitico di Mark?» gracidò Emily. «Hai proprio dei gusti di merda, ma suppongo che a una verginella come te vada bene qualunque maschio che respiri. Vergine attira vergine, come si suol dire. Se hai intenzione di andare a letto con lui almeno lascia che ti insegni in che modo il pene va inserito dentro la vagina. Sai, con due come voi è meglio partire davvero dalle basi.»

Il viso di Chae-yeon si contrasse solo per un attimo. «Guarda che facciamo educazione sessuale a scuola anche in Corea. So come si fa.»

«Conoscerai la teoria, ma la pratica è tutta un'altra cosa» la contraddisse Emily con il tono scafato di una donna navigatissima. «In cambio dei miei consigli magari un giorno mi insegni a fare la vocina da teenager prepuberale che usi tu? Non avevo mai immaginato che sotto sotto gli uomini fossero tutti dei pedofili, ma a quanto pare mi sbagliavo, perché sfondano le mutande appena ti sentono squittire come una bambinella al primo mestruo.»

«Te lo ripeto: non ho fatto nulla di strano!» strillò Chae-yeon. «E ora allunghiamo il passo, o non arriveremo mai a Bishop's End. È ancora quello che vuoi, giusto, *unnie*?»

Emily imitò al meglio la voce squillante ma armoniosa di Chae-yeon per canzonarla. "Non ho fatto nulla di male, non ho fatto nulla di male, *unnieee*!". Tu sostieni sempre di non fare nulla, eppure gli uomini cascano ai tuoi piedi. Non farmi credere che non te ne sei mai accorta.»

«Me ne sono accorta, ma basta trattarli con decenza e rispetto, perché la cosa succeda. Non è poi così difficile» si difese l'altra. «Forse quelle come te hanno dimenticato come si fa, con tutto lo schifo che vi mette in testa la vostra televisione degenerata.»

«"Quelle come me"? Fottiti, razzista di merda!»

Chae-yeon era esacerbata. «Non è quello che intendevo! Ne ho abbastanza di discutere sempre con te, sei impossibile.»

Emily le strillò in faccia: «Ah, sì? Perché non mi abbandoni, allora, se sono così impossibile? L'idea ti tenta, eh? Regina della Temperanza un cazzo! Avanti, dimostra. Dimostrami tutta la tua temperanza!»

Game...

Chae-yeon inspirò a fondo e affrettò il passo per lasciarsi la Discepola alle spalle. «La sto dimostrando, infatti. Sto sopportando le tue ridicole accuse senza perdere le staffe. E ti sto portando allo Scorpione proprio come hai chiesto, anche se non si è mai sentito dire di qualcuno che cambia Casa e quindi si rivelerà un viaggio inutile... *come te*.»

«Impiccati, puttana! O magari l'hai già fatto? Ah ah, è così, non è vero? Di' la verità: tutte quelle moine, i sorrisetti, i gridolini, e poi *ugh!*, ti sei tirata il collo ben bene. Sono sicura che puoi trovare una bella corda con la quale appenderti anche qui al Tempio, se vuoi.»

Set...

Chae-yeon smise di camminare e chinò la testa. Pochi istanti dopo Emily udì dei singhiozzi sommessi, per cui si precipitò in avanti per godersi lo spettacolo. Era troppo bello per essere vero. Chae-yeon stava piangendo come una bambina di tre anni, e stavolta era per opera sua. Due rivoli di lacrime azzurre le rigavano il viso, finendole sotto il mento e gocciolando a terra. La Madre Reverenda tirò su col naso e si asciugò le guance con la manica del vestito senza dire nulla, mentre la sua nemica la fissava con un ghigno diabolico.

Quando piange è meno bella, pensò Emily, poi decise di concludere la sua invettiva con un'ultima, fatale stoccata. «Ci ho preso, vero, tesoro? E magari prima di suicidarti hai fatto fuori quella Ji-soo per invidia. Secondo me perché, a differenza tua, lei i ragazzi sapeva anche scoparseli.»

Match.

Negli occhi cobalto di Chae-yeon baluginò una luce spettrale. Scattò in avanti e afferrò Emily per il collo. Strinse con forza le dita attorno alla sua carotide e la sollevò da terra di qualche decina di centimetri. Dalla gola della popstar uscirono suoni convulsi e ben meno orecchiabili dei motivetti coi quali scalava le classifiche.

Emily era sicura che le avrebbe spezzato l'osso del collo, ma dopo pochi istanti attorno a lei vide delinearsi i contorni di una barriera colorata. Dunque possedeva un Rosario, ma il colore del suo Grano più esterno aveva qualcosa di strano: era un verdino pallido, indefinibile, ben diverso dal verde smeraldo che contrassegnava il secondo Grano, quello che seguiva la Soglia. In quel momento non riuscì a ricordare l'elenco completo dei colori, ma le parve improbabile che ci fossero due tonalità di verde.

Emily lesse tutta la sorpresa sul volto di Chae-yeon, che aveva allentato la presa. Capì però che doveva comunque lottare per salvarsi la vita. Afferrò le braccia della coreana e cercò di liberarsi, ma cadde all'indietro sotto la spinta della sua avversaria.

Le due ragazze si ritrovarono distese a terra l'una sull'altra.

Chae-yeon rifilò a Emily due schiaffoni talmente forti, prima di dritto e poi di rovescio, che le girarono il viso da una parte e dall'altra fino a farle addentare il fango. La popstar provò a colpire la Madre Reverenda con dei pugni, ma la leader era troppo forte, ed essendo sopra di lei si trovava anche in posizione di vantaggio. Cercò allora di graffiarle il viso alla cieca con le unghie, mentre Chae-yeon le schiacciava la testa contro il terreno con una mano, oscurandole la vista.

Emily avvertì le lacrime della sua nemica gocciolarle addosso e si domandò se continuasse a piangere perché aveva preso la decisione definitiva di eliminarla. Percepì le ossa simili a rami d'albero dentro la sua testa che si incrinavano; la pressione era tale da farle credere che Chae-yeon volesse frantumarle il cranio e spappolarle il cervello. Di sbieco intravide nuovamente la barriera verdina apparire attorno a sé. Ma anche se il Rosario l'avesse protetta qualche volta, come avrebbe potuto sconfiggere la Madre Reverenda? La sua forza era irreale.

«*Basta*! Basta, ti prego! Scusa! *SCUSA*!» tentò di arrendersi, con la mano di Chae-yeon ancora premuta sul viso.

La Madre Reverenda mollò la presa, afferrò le mani della Discepola e le inchiodò a terra per renderla inoffensiva. «Ora che ti ho picchiata finalmente la smetterai?» gridò, gli occhi cobalto che rifulgevano di strane luci.

In quel preciso momento accadde qualcosa di inaudito.

Le mani intrecciate delle due ragazze cominciarono a fondersi le une nelle altre, quasi che i loro corpi stessero perdendo la consistenza fisica.

Entrambe trasalirono.

Chae-yeon provò a sollevarsi, ma non ci riuscì. Era come se una calamita assurdamente potente la stesse attirando verso la sua Discepola. «Cosa stai facendo? *Unnie*! *Unnie*, smettila subito!» urlò con la voce carica d'angoscia, ma continuava a venire risucchiata. Metà delle sue braccia erano ormai entrate in Emily. La materia sembrava perdere ogni proprietà, annichilendosi come in prossimità di due minuscoli buchi neri.

«Non... *non ci riesco!*» strillò una terrorizzata Emily, ma mentre la voce le usciva stiracchiata dalla gola, Chae-yeon entrò in lei.

Il mondo si oscurò.

Una serie di immagini si susseguì rapida davanti agli occhi di Emily, come frammenti di una pellicola fatti scorrere in un proiettore cinematografico.

Chae-yeon
Scenes from a Memory

Appare un grande palco. È illuminato da luci abbaglianti, assediato da una costellazione di telecamere e fronteggiato da un esercito di persone in trepidante attesa.

La pubblicità termina e le telecamere ricominciano a riprendere. Chae-yeon è in piedi su quel palco, all'interno di un immenso studio televisivo. Alla sua sinistra ci sono tre presentatori con in mano dei microfoni; alla destra sei ragazze che indossano, come lei, abiti neri con delle rose rosse cucite sopra. Dietro di loro, e all'altro lato del palco, numerosi giovani di entrambi i sessi sono riuniti in gruppi.

La prima ragazza alla destra di Chae-yeon le sta stringendo la mano e trema per la tensione nervosa. Lei le accarezza i capelli bruni per tranquillizzarla.

Il presentatore a sinistra di Chae-yeon inizia a parlare in coreano nel microfono. È un bel ragazzo di non più di venticinque anni. «È arrivato il momento di decretare il gruppo vincitore di M-Countdown di questa settimana!» annuncia a gran voce.

«I candidati di oggi sono: le Starlight, le Red Velvet e gli SHINee!» annuncia pimpante la seconda presentatrice, una ragazza carina dai capelli a caschetto. Il pubblico in piedi di fronte al palco comincia a rumoreggiare.

«Vediamo il resoconto finale dei punteggi!» esclama il terzo conduttore, un ragazzo moro, più alto.

Tutti tacciono. I gruppi fremono. La mano dell'amica di Chae-yeon trema più forte. Lei inspira a fondo, cercando di stemperare la sua stessa ansia.

Sui giganteschi schermi a led dietro di loro appaiono tre foto. Una di esse ritrae Chae-yeon e le sue compagne che sorridono, sotto c'è scritto "Starlight". Le altre foto ritraggono gli altri due gruppi nominati. In basso compaiono progressivamente dei numeri. Le cifre sotto la foto delle Starlight sono più elevate delle altre.

«Congratulazioni, Starlight!» esclama il conduttore di fianco a Chae-yeon, girandosi verso di lei e le sue compagne per sorridergli.

Qualcosa sopra le loro teste esplode. Dall'alto cominciano a piovere fiumi di coriandoli, festoni e strisce dorate che si depositano tra i loro capelli.

Si ode un boato. I ragazzi e le ragazze del pubblico esultano e mimano dei cuori con le mani all'indirizzo delle Starlight. Uno dei presentatori consegna un premio a Chae-yeon e lei si gira verso le altre sei per abbracciarle. Quattro di loro scoppiano a piangere, compresa lei stessa. Una dei membri inclina il viso verso l'alto così che le lacrime le rimangano sugli occhi, in modo da non rovinare il trucco elaboratissimo.

Gli altri gruppi femminili alle spalle delle Starlight, che non erano nemmeno tra i nominati, battono le mani e le acclamano con moderazione. Alcune ragazze si congratulano con loro dandole delle leggere pacche sulle spalle, ma senza osare di più. Il gruppo maschile sconfitto regala sorrisi sinceri e le applaude, mentre il gruppo di cinque ragazze all'altro lato del palco, arrivate seconde, si gira verso le Starlight e sorride di circostanza. Una di loro, una ragazza avvenente dai lisci capelli neri, per un istante squadra Chae-yeon con aria truce, ma solo dopo essersi sincerata che le telecamere non la stiano inquadrando.

Il conduttore moro porge un microfono a una delle vincitrici, una ragazza bionda, ma ella sta piangendo troppo per riuscire a formulare un discorso. Molti dei fan si mettono a ridere, mentre altri scoppiano a piangere a loro volta.

«*Ah, eottoke*! È meglio se parli tu, *unnie*» bisbiglia la ragazza bionda passando il microfono a Chae-yeon.

I presentatori ridono.

«Certo, certo. È giusto che parli la leader del gruppo» scherza il conduttore moro.

Chae-yeon sta singhiozzando. Il trucco così raffinato, costato ore di lavoro alla sua truccatrice, le cola sul viso. «Ecco, allora... vorremmo ringraziare tutto lo staff della GG Entertainment che ha lavorato così duramente per noi in questi mesi: il nostro CEO, i nostri produttori, il direttore artistico, i coreografi, i manager, gli stilisti, le truccatrici... e poi, naturalmente, i Raylove di tutto il mondo!»

L'immagine svanisce.

Chae-yeon è seduta in un furgoncino insieme alle sei compagne di gruppo. Un uomo è alla guida.

Sono annoiate. Guardano i cellulari sbadigliando ogni secondo. I palazzi lucenti di Seoul sono illuminati da un fioco bagliore. Dev'essere mattina presto.

Chae-yeon si volta verso una ragazza dai lisci capelli scuri che le arrivano alle spalle. Questa sorride mentre scrive qualcosa sullo schermo dello smartphone.

«Na-eun, smettila di messaggiare col tuo ragazzo» bisbiglia Chae-yeon per non farsi sentire dall'uomo alla guida.

«Va bene, *unnie*, allora lo chiamo quando arriviamo» confida l'altra.

«Non se ci sono in giro dei fan, potrebbero leggerti le labbra. Devi proprio parlargli anche stamattina?»

La Starlight bionda rompe il silenzio e si rivolge al guidatore. «Dove andiamo di preciso? Dai, *oppa*, adesso ce lo puoi anche rivelare. Ormai si capisce che stiamo andando all'aeroporto.»

L'uomo alla guida risponde: «Ah, be', in teoria dovrebbe essere una sorpresa, ma stiamo andando all'isola di Jeju a filmare un reality per la MBC. Dieci puntate da un'ora, da quel che ne so.»

«*Daebak-ida*[I]!» esclama la ragazza bionda voltandosi verso le altre.

«Ma dai, a Jeju? Che originalità. Tutti i gruppi prima o poi vanno a girare un reality a Jeju» si lamenta una ragazza dai lunghi capelli bruni. È la stessa che stringeva la mano a Chae-yeon poco prima di ricevere il premio.

«Ji-soo, non essere insolente» la riprende Chae-yeon. «Ti lamenti anche delle location, adesso? Non capisci quanto siamo privilegiate rispetto a certi altri gruppi? Chiedi subito scusa a manager-*nim*.»

«Sì, *unnie*, lo so, ma... Omo! Sono Raylove quelli laggiù?» Ji-soo incolla il viso al finestrino. Le altre sei fanno altrettanto.

Sono arrivate nei pressi dell'aeroporto, ma c'è un folto gruppo di giovani di entrambi i sessi ad attenderle. Quasi tutti hanno in mano i cellulari o le macchine fotografiche e li puntano contro il furgoncino.

«Sì che sono Raylove!» gioisce un membro delle Starlight dai capelli rosa. «C'è anche quella ragazza che è venuta all'ultimo fansign, ve la ricordate? Quella che gestisce il mio fanclub personale.»

«Non ci fermeremo a salutarli» stabilisce il manager alla guida. «Entriamo in fretta nell'aeroporto e partiamo.»

Chae-yeon si rabbuia. «Perché?»

«Sapevano che sareste state qui oggi, anche se non lo abbiamo rivelato a nessuno. Non lo sapevate nemmeno voi, figuratevi. Quelli sono tutti *sasaeng*[II]» risponde lui. «Ora telefono ai produttori nella seconda macchina e sento che ordini mi danno per farvi entrare in sicurezza.»

«Ma dai, *oppa*! Quei poverini sono venuti fin qui! Io li saluto comunque.» Ji-soo abbassa il finestrino e sporge la testa fuori. «*Raylove yeorobuuun! Annyeooong*[III]!»

I fan corrono in branco verso il furgoncino.

L'immagine svanisce.

Chae-yeon è all'interno di un palazzo. Sta vagando per dei lunghi corridoi lussuosi, dall'aspetto moderno, sui quali si aprono diverse stanze. Appese ai muri ci sono le targhe commemorative dei numerosi premi e riconoscimenti vinti nel corso degli anni dalla compagnia grazie alle Starlight e ad altri gruppi.

Chae-yeon apre con disinvoltura una delle porte, come se si sentisse a casa sua. È un'ampia sala riunioni, con in mezzo un lunghissimo tavolo sul quale

---

[I] Trad. "Fantastico!" in coreano informale.

[II] Nella cultura coreana un "sasaeng" è un fan ossessionato che tende a seguire la sua celebrità preferita ovunque vada, violando la sua privacy e spesso commettendo atti illegali o moralmente disdicevoli, come penetrare nel suo appartamento o comprare informazioni di prima mano da chi gli sta vicino per poterla incontrare quotidianamente.

[III] Trad. "Raylove! Ciaooo!" in coreano informale.

sono state depositate alte pile di album delle Starlight. Sono centinaia e centinaia. Un'intera parete della stanza è composta di vetrate che mostrano la skyline serale di Seoul.

Una Starlight dai capelli fulvi è seduta al tavolo centrale. Sta tracciando dei ghirigori su dei fogli bianchi.

«Allora eri qui, Yoo-jung!» esclama Chae-yeon con voce carezzevole. «Ah, sono arrivati i nostri nuovi album. Che belli!»

Afferra una copia del nuovo EP delle Starlight e la osserva da vicino, facendo scorrere le dita sulla speciale texture usata sul cartoncino esterno della copertina. L'album è voluminoso quanto un libro di grandi dimensioni. Sopra c'è scritto in viola "Higher" su sfondo giallo, ma altre versioni dell'album hanno lo sfondo verde o nero. Il disco contiene cinque canzoni più una intro strumentale.

«Che fai di bello?» chiede a Yoo-jung, che non ha ancora sollevato il viso dal foglio.

«Sto cercando di semplificare il mio autografo. Quello vecchio era troppo complicato. Quando dobbiamo firmare centinaia di album in una volta sola ci metto un secolo e rimango indietro» risponde. Ha una voce soffice e pastosa.

Chae-yeon accarezza i capelli dell'amica e si appoggia alla sua schiena per sbirciare. «Le due "o" di "Yoo" sono diventati due occhi?»

«Già, e adesso sto cercando di inserire "jung" dentro un cuore in qualche maniera simpatica.»

«Davvero carino. Vado a chiamare le altre, allora. Mi hanno detto che dobbiamo autografare tutti i promo entro stanotte.»

Chae-yeon esce dalla stanza, prende l'ascensore e scende nel seminterrato. Percorre un nuovo corridoio quasi fino in fondo e spinge una doppia porta. Si ritrova in una grande sala prove. Un'intera parete è composta di specchi per osservarsi mentre si balla, mentre il pavimento è in parquet marrone scuro. Sul muro di fondo c'è scritto a caratteri cubitali "GG Entertainment". La scritta è illuminata da led luminosi. Ci sono anche un computer e diverse poltroncine.

Tre membri delle Starlight sono seduti sul pavimento, in un angolo. Davanti a loro c'è una fotocamera accesa che le riprende e uno schermo che funge da monitor. Stanno ridendo a crepapelle.

«Raylove, è appena entrata Violet *unnie*! *Unnie*, vieni a salutare i Raylove!» dice una ragazza dai lisci capelli scuri che porta un rossetto rosso fuoco.

Chae-yeon si precipita alle loro spalle e fa un saluto con la mano in direzione della fotocamera. Sul monitor scorrono dal basso verso l'alto i commenti dei fan. Il conteggio nell'angolo in alto a sinistra dello schermo indica che le stanno guardando più di cinquantamila spettatori.

«*Raylove annyeong! Hi, hi!*» cinguetta Chae-yeon facendo dei cuori con le mani, poi abbranca la ragazza dai capelli castani seduta davanti a lei e la bacia sulla guancia. «Sei mia, Na-yeon!»

«*Yah, unnieee!*» si lamenta Na-yeon mentre si pulisce schifata. «Raylove, aiuto! Violet *unnie* è in una delle sue giornate sbaciucchiose!»

Le altre due Starlight fanno finta di attaccare Chae-yeon e di lottare con lei per difendere Na-yeon, ma sembra più che altro una cucciolata di micette a cui è appena stato lanciato un gomito di lana più peloso del normale. Sullo schermo migliaia di commenti scorrono alla velocità della luce.

L'immagine svanisce solo per un attimo e si ricompone.

La fotocamera ora è spenta. Le quattro ragazze sono sdraiate sul parquet, stremate.

«Di questi tempi i commenti scorrono troppo veloci quando facciamo i live. Non riesco a leggerne nessuno» si rammarica la quarta Starlight, Soo-jin. Sembra una ragazza posata e dai modi di fare educati.

«*Maja!*» concorda Ji-won, quella col rossetto rosso fuoco. «Ma ti conviene fare come me: blocchi lo scorrimento col dito, leggi qualche commento più veloce che puoi e poi lo riattivi.»

«Faccio sempre così anch'io, ma mi sento comunque insoddisfatta» ammette Chae-yeon. «Vorrei poterli leggere tutti.»

«Lo immagino.» Soo-jin le sorride. «Ragazze, voi non lo sapete, ma io che condivido la camera con Chae-yeon *unnie* vedo che legge le lettere dei suoi fan fino a notte fonda.»

«Wow! *Unnie*, hai ancora quel vizio? Ecco perché di mattina non ti svegli neanche con le cannonate!» scherza Ji-won rotolandosi sul parquet come un cucciolo di maltese in vena di giocare.

Na-eun spalanca la porta della sala prove ed esclama: «*Yah*! Voi delinquenti fate i live senza dirmi nulla?»

«Scusa, è stata un'idea improvvisa» si giustifica Na-yeon. «Ci stavamo annoiando, e così... Non lo abbiamo detto nemmeno ai manager. Sai dov'è Ji-soo?»

«È rimasta di sopra, incavolata come una biscia perché non ci avete avvisate. E tu, *unnie*, che fai lì sdraiata?» Na-eun fissa Chae-yeon e fa un sorrisetto malizioso. «Scommetto che non ve l'ha detto, eh? Chae-yeon *unnie* è stata richiesta per girare un'altra pubblicità di reggiseni! L'ho saputo pochi minuti fa dal direttore Choi Sung-gil.»

Tutte e cinque scoppiano a ridere. Chae-yeon si copre il viso per l'imbarazzo.

«Non faccio fatica a crederci. Il vecchio spot ormai ha più di venti milioni di visualizzazioni su YouTube» dice Soo-jin, coprendosi la bocca in maniera elegante mentre continua a ridere.

«Perché non ce l'hai detto prima, *unnie*?» scherza Ji-won. «Potevamo rivelarlo in diretta ai Raylove. Anzi no, è stato meglio così. I nostri fan maschi avrebbero avuto un infarto. Gli abbiamo risparmiato la vita almeno per un altro mesetto o due.»

«Che fortuna, essere nate con quel corpo» ammette Na-eun guardando il suo seno, ben più modesto. «Io purtroppo non potrei mai girare degli spot del genere.»

Chae-yeon arrossisce. «Dai, ragazze, smettetela! È già abbastanza imbarazzante per me.»

Un lampo di luce.

Scorpione
Sul Ponte sventola Bandiera Bianca

Il misterioso campo gravitazionale che aveva attratto le due ragazze l'una verso l'altra cambiò repentinamente orientamento. Chae-yeon riacquistò la sua corporeità, venne sbalzata fuori da Emily e scaraventata a qualche metro di distanza.

La bionda, ancora sdraiata in posizione supina, tossì e cercò di rimettersi almeno a sedere, ma le braccia erano indolenzite, quasi addormentate, e facevano fatica a sorreggerla. Ricrollò a terra.

«Che cazzo» biascicò con la bocca impastata. Il cerchietto bianco era volato via durante lo scontro, dunque dovette spostare un ciuffo di capelli da davanti agli occhi per dare un'occhiata alla sua avversaria. Era più o meno nelle sue stesse condizioni e non sembrava desiderosa di riprendere la lotta.

Chae-yeon era riuscita a rialzarsi, ma aveva perso tutta la sua grinta. Se ne stava accoccolata su un grosso sasso, a fissare la pianura davanti a lei, mentre continuava a sistemarsi la frangia in maniera compulsiva. Teneva l'altro braccio attaccato al corpo, come se si sentisse violata.

Emily avvertì uno strano prurito in gola che la costrinse a tossire di nuovo, poi in qualche modo riuscì a mettersi seduta. Ripensò alle brevi scene che aveva visto durante la fusione.

«Non ci credo. Non ci posso credere, cazzo. Quella sciocchina inutile... era una *idol*?» mugugnò tra sé e sé. Posò ancora una volta gli occhi sulla leader che dondolava avanti e indietro sul sasso con aria smarrita. «Ma certo, ora capisco. Ora si spiegano molte cose.»

"Tesoro..."

Mamma, non ora. Dico sul serio.

"... cosa farai adesso? Adesso che sai che è famosa quanto te?"

Questo è tutto da dimostrare. Non ho mai sentito parlare delle Starlight in vita mia.

"Tu non conosci nulla al di fuori degli Stati Uniti, tesoro. Hai ragione, in effetti può darsi che a livello globale lei fosse più famosa."

SPARISCI.

Emily si alzò barcollando e si trascinò fino al suo obiettivo. Osservò da dietro i capelli neri di Chae-yeon e cercò di infondere alla sua voce la solita sfacciata baldanza. «Giuro che non so come ho fatto, ma credo... credo di aver visto alcuni dei tuoi ricordi quando mi sei entrata dentro.»

«Lo immaginavo» bisbigliò l'altra, fissando gli steli verdeggianti che ondeggiavano al vento. «Anch'io ho visto qualcosa. Qualcosa di te.»

Merda.

Emily sentì di dover passare in fretta al contrattacco. «Allora, come sei morta? Un fan sfegatato ti ha aperta in due dopo che l'hai rifiutato?»

Dal nulla le arrivò una sberla così potente da farla girare di cent'ottanta gradi fino a proiettarla verso un masso qualche metro dietro di lei. Batté una guancia contro la pietra e sentì in bocca il sapore dolce del Nettare. *Niente che la Tempra Mentale non possa sistemare*, si ripeté per superare lo shock. Poi la vista si oscurò e vide l'universo muoversi davanti ai suoi occhi come le era successo quel giorno all'Oliveto.

Chae-yeon la raggiunse in pochi istanti. Sembrava fuori dalle grazie di Dio. «Vergognati! Non avevi il diritto di spiare i miei ricordi e vedere *certe cose*! E comunque, come hai fatto? Nessuno possiede un Dono simile.»

Emily non era nelle condizioni di enunciare una risposta. La sberla ricevuta dalla sua finta arcinemica le aveva scosso l'anima con troppa violenza. Cercò di rialzarsi per ribattere con una frase sagace ma non ci riuscì. Le gambe erano diventate un budino tremolante e vedeva il mondo sfasato, sfocato.

Chae-yeon, ancora infuriata, attese per qualche secondo in piedi con le braccia conserte, ma quando comprese che Emily era in seria difficoltà corse subito da lei. «*Aigoo*, ti sei fatta male, *unnie*? Mettiti seduta bene. Ecco, così. L'aria fresca ti farà sentire meglio. La ferita al viso non è niente, sei ancora bella come prima. Comunque stanotte vengo nel tuo Piano Astrale e sistemiamo tutto insieme, va bene?» Aiutò Emily a sollevarsi e le asciugò con cura il rivoletto di Nettare che le sgorgava dalle labbra, accarezzandole le spalle per confortarla.

"È da non credere, ti sta accudendo di nuovo. Chae-yeon non si merita una disgrazia simile. Non si merita TE."

Me lo sentivo che prima o poi ti saresti schierata dalla sua parte, vecchiaccia maledetta.

«Secondo te l'ho fatto apposta a entrare nei tuoi ricordi? È successo e basta, non ho idea di come abbia fatto. Per un attimo ho desiderato salvarmi in qualsiasi modo, ma... E smettila di accarezzarmi come fossi un cagnolino!» sbraitò, anche se la cattiveria nella voce non era più quella di una volta.

«Scusa, *unnie*» rispose mesta Chae-yeon. La guardò a lungo con occhietti incoraggianti. «Propongo una tregua. Ti va?»

Emily fissò l'erba attorno ai suoi piedi. Si sentiva già più remissiva. «Guarda che sei tu che continui a picchiarmi. Io finora mi sono solo difesa.»

Chae-yeon si scompose la frangia che le scendeva sulla fronte. «Lo so, mi sono comportata davvero in maniera vergognosa e ho disonorato la Congregazione. Come Madre Reverenda sono finita.»

È vero. Mi ha attaccata e picchiata per ben due volte. Non può più considerarsi la Regina della Temperanza. L'ho sconfitta!
Però, se ci penso... non me ne frega più un accidente di niente.
Se Chae-yeon venisse sostituita come leader, chi prenderebbe il suo posto? Esiste qualcuno di più adatto? Sebastian ha già il suo Capitolo, per cui se dovessi essere costretta a rimanere alla Vergine, mi dispiace ammetterlo ma...

La osservò solo per un secondo, di sbieco. «Dai, adesso non fare la melodrammatica. Se d'ora in poi ti comporti bene non dirò agli altri che mi hai attaccata.»

Chae-yeon le accarezzò la schiena. «Sei molto buona, *unnie*. Facciamo la pace? Vieni, mettiamoci sedute sull'erba, là al sole. Così possiamo parlare.»

Emily raccolse il suo cerchietto e si lasciò condurre poco lontano, in un luminoso spiazzo in mezzo alle Lowlands. Il sole in quel punto sbucava dalle nuvole argentee e faceva affiorare il verde vibrante che colorava il terreno. Si sedettero sull'erba morbida l'una di fronte all'altra, respirando l'aria frizzante del bassopiano per riprendersi.

«Ti senti meglio, *unnie*?» domandò Chae-yeon dopo un po'.

«Smettila di chiamarmi così, non sono tua sorella» ribatté Emily, ma tutta la sua convinzione stava svanendo.

«Scusa, pensavo che a questo punto avessi capito come funziona.»

«Sì, forse l'ho capito» si vide costretta ad ammettere la popstar americana. «Sto cominciando a capire tante di quelle cose... Porca miseria: star occidentale contro discutibilissima celebrità orientale? Questo è un vero e proprio scontro culturale, altroché.»

Chae-yeon fece una smorfia e sorrise. «Non essere assurda. Non ci sarà più alcuno scontro. Abbiamo fatto la pace, no?»

Emily le lanciò un'occhiata accusatoria. «Perché non me l'hai detto prima?»

«Che cosa?»

«Che eri famosa, che cosa!»

Chae-yeon diventò quasi timida. Si massaggiò il lobo dell'orecchio destro, dove indossava gli orecchini. «Al Tempio non mi piace parlarne apertamente, come fai tu. Il passato è il passato. Avrebbe fatto differenza?»

Emily chinò il capo e si risistemò il cerchietto bianco sulla testa. «Ma sì, accidenti. Eri popolare sul serio, e lo era anche quella Ji-soo. Finalmente l'ho vista attraverso te. E anche gli altri cinque membri del gruppo: Ji-won, Na-yeon, Na-eun...»

Il viso di Chae-yeon tradì tutta la sofferenza del sentirle pronunciare quei nomi. Appoggiò una mano sul ginocchio di Emily e sussurrò: «Basta così. Per favore.»

Emily sospirò. «Loro sono vive?»

«Chi lo sa» rispose Chae-yeon malinconica. «Qui ci siamo solo io e Ji-soo. Finora non avevo mai conosciuto qualcuno che provenisse dal futuro come te, ma è evidente che non conoscevi le Starlight, per cui... Di recente è arrivata una nostra fan, Jihan del Leone, ma purtroppo credo d'aver capito che è morta prima di me, quindi neanche lei sa qualcosa.»

«Ah, già, quella sciocchina di una Valchiria che frignava tra le tue braccia. Me la ricordo. Adesso capisco perché si è comportata in quel modo, anche se è esagerato. Tu e Ji-soo siete morte insieme?»

Chae-yeon tacque a lungo. «Non proprio.»

«Lei di che Casa è?»

«Del Toro.»

La sghignazzata sarcastica di Emily riecheggiò per tutte le Lowlands. «Wow! Tesoro, c'è *molto* che potrei evincere da questo fatto, ma tanto vale che mi faccia raccontare tutto direttamente da lei, se verrò riassegnata alla sua Casa. Magari io e Ji-soo faremo delle belle chiacchierate all'ombra delle palme con un paio di cocktail in mano. E tu hai perfino detto che al Toro mi ci vedresti bene! Non hai paura che lei mi riveli i tuoi segreti? Sai, senza offesa perché adesso siamo in tregua, ma tra te e lei trovo più carina lei, ora che l'ho vista.»

«Guarda che anch'io ho visto qualcosa del tuo passato, quando mi sei entrata dentro» ribatté Chae-yeon. «Quel povero ragazzo del Cancro era innamorato di te e tu l'hai fatto ammazzare!»

«Non l'ho fatto ammazzare, è stato un incidente» provò a discolparsi Emily. Infilò l'unghia del pollice tra i denti e la mordicchiò.

«Incidente? Ho visto i suoi ultimi attimi di vita. Tu avevi complottato qualcosa contro di lui! Come hai potuto essere così crudele, *unnie*?»

«Mark era uno stalker, lo capisci? Stal-ker! Il tuo vecchio manager lo chiamerebbe un *sasaeng*.»

«Ma lui ti amava davvero» osservò la Madre Reverenda piena di compassione. Sembrava sull'orlo delle lacrime.

«E allora? Hai la profondità mentale di una bambina di tre anni» sbottò la bionda scuotendo la testa. Ci mancava anche che Chae-yeon si mettesse a piangere per Mark. «Secondo te potevo essere interessata a uscire con uno come lui? No, ovvio che no. Sai in che modo gli adulti normali decidono di frequentarsi? Mostrandosi a vicenda l'ammontare dei loro conti correnti e guardando quanti zeri ci sono scritti, ecco come. Mio Dio, non crederai mica che c'entrino i sentimenti! Sei ancora così ingenua alla tua veneranda età?»

«Forse è così, forse sono un'ingenua» ammise Chae-yeon con amarezza, ma almeno aveva ricacciato indietro le lacrime. «Sai, *unnie*, quando ero in vita tanti ragazzi tra i fan si dichiaravano e si proponevano per sposarmi, proprio come fanno qui alcuni uomini. Ce n'erano diversi a ogni *fansign* e *fanmeeting*, ma anche se lo avessi voluto non mi era possibile accettare. Era una delle clausole del contratto delle Starlight: non potevamo avere il ragazzo, non potevamo bere alcolici e farci tatuaggi. E adesso che sono morta giovane, è come se quel contratto non si fosse mai estinto. Non è paradossale? Tu mi odi, ma sei l'unica che può capirmi davvero, sotto certi aspetti. Per questo mi sono dimostrata così accomodante con te fin dall'inizio. Speravo che diventassimo amiche, e ora invece guardaci, guarda che casino abbiamo combinato.»

«Eppure Na-eun ce l'aveva il ragazzo, no?»

Chae-yeon annuì. «Sì, ma Na-eun venne scoperta, e per questo ci punirono tutte. Ci punivano per ogni cosa.» S'imbronciò e appoggiò il viso su una mano con aria abbacchiata.

Emily non trovò la forza di inferire. Per la prima volta da quando era al Tempio, simpatizzava con la sua leader. Trovava che non poter avere il ragazzo fosse allucinante, e lei indubbiamente sapeva bene quanto fosse impossibile spuntarla contro certi spietati produttori. «Hai ancora intenzione di portarmi da quei finti maghi della Biblioteca, o ci hai ripensato perché abbiamo litigato?»

Gli occhi di Chae-yeon tornarono a illuminarsi, la voce si fece più vivace. «No, voglio ancora andarci. A questo punto è fondamentale che il signor Nightingale esprima il suo parere. Hai visto, *unnie?* Hai un Rosario e quindi sei davvero una Guerriera del Tempio! Solo che il tuo Grano più esterno è verdino. Una volta, da viva, sono andata in uno studio a provare gli accostamenti di colore migliori per la mia pelle e ricordo che quella gradazione era chiamata "verde menta".»

«L'hai mai visto prima?»

Chae-yeon scosse la testa. «Hmm-hm. Non è uno dei dodici colori conosciuti, quindi potrebbe essere il tredicesimo. Ci pensi? E poi possiedi anche un Dono incredibile: puoi entrare nelle persone e vederne i ricordi! Sei fortissima, *unnie!* Però, ecco... il tuo Dono alla gente potrebbe non piacere, se non riesci a controllarlo. Lo teniamo segreto per ora?»

Emily annuì. Era già considerata una ragazza abbastanza problematica senza far anche sapere in giro che poteva spiare i ricordi altrui.

Chae-yeon si batté le mani sulle gambe per due volte e balzò in piedi. «Si riparte per Bishop's End, allora!»

Emily la seguì docile come un cagnolino ben educato. Il livore nei confronti della leader si era quasi del tutto spento. Non poteva nemmeno più rinfacciarle di non aver mai avuto un ragazzo e di essere vergine, perché in fondo era stata costretta da qualcuno più potente di lei, così come a volte Arnold obbligava Emily a fare cose che non voleva.

Le due ragazze si incamminarono per un sentiero diretto a sud-ovest, verso la capitale dello Scorpione, continuando a chiacchierare senza posa.

«Chi aveva più fan fra te e Ji-soo?» chiese Emily.

«Lei.»

«Ah ah! Oh, no, scusa. Stavolta dico davvero, mi spiace.»

«Guarda che non me la sono mai presa per queste cose. Lei è sempre stata il membro del gruppo con più fan, lo sapevamo bene tutte. Io non ero nemmeno la seconda, ma la terza. La seconda era Na-eun, perché aveva anche un sacco di fan femmine, mentre i miei erano quasi tutti uomini.»

«Eh, non fatico a crederlo. Allora, che ne è stato di Ji-soo? L'hai fatta fuori perché aveva troppi fan?»

«*Unnie...*»

Emily ridacchiò. «Stavo scherzando. Ma sul serio non avevate il fidanzato nemmeno in segreto?»

«No, sarebbe stato impossibile. Eravamo sorvegliate giorno e notte dai manager.»

«Dai, smettila. Chissenefrega dei manager, mica potevano controllarvi tutte e sette. Invitavate i ragazzi a casa di nascosto?»

«Macché, *unnie*, quello sarebbe stato poco pratico. In Corea i membri dello stesso gruppo vivono in un unico appartamento, almeno per i primi anni.»

«Mio Dio, che oscenità!» sbottò Emily a occhi sgranati. «Non potrei mai vivere con altre sei ragazze. Prima di tutto è antigienico, e poi non vorrei certo che spiassero quando porto in camera i fidanzati. Adesso che conosco il tuo passato devo chiamarti anch'io Violet?»

«No, non sarebbe giusto. Non sei una vera Raylove. Raylove è il nome dei nostri fan, ma è un po' complicato da spiegare.»

«Sì, lo avevo immaginato. Se non altro ora so che anche quelle poverette delle tue compagne di gruppo dovevano sopportare le tue esternazioni d'affetto inconsulte.»

Chae-yeon scoppiò a ridere in quel suo modo melodioso. «Non so quali ricordi tu abbia visto, ma... sì, è vero. Da viva avevo il vizio di sbaciucchiare spesso i miei membri. Intendo i membri delle Starlight.»

«Le chiami "i tuoi membri" perché eri la leader del gruppo?»

«Non solo per quello. Ero anche la *mat unnie*, ovvero la più anziana. Voler bene alle altre e provvedere ai loro bisogni era un mio dovere. Solo che i fan avevano iniziato a mettere in giro delle strane voci sul mio conto. Io però le baciavo perché tenevo tanto a loro, mica per altro.»

Emily sollevò un sopracciglio, ma sulla sua bocca stava già apparendo un sorrisetto beffardo. «Strane voci? Del tipo?»

Chae-yeon la guardò con malcelato imbarazzo. Si umettò le labbra e disse: «Be', ecco, erano convinti che a me piacessero sul serio le ragazze, che io fossi una... hai capito, no? Io però l'ho sempre negato, perché non era vero, come sai bene anche tu. I Raylove creavano spesso delle compilation dei miei momenti più affettuosi e le mettevano su YouTube. Non ho mai capito perché fossero così popolari, quei video. Avevano sempre un sacco di visualizzazioni.»

Emily non riuscì a trattenere una risata sguaiata. «Io invece credo proprio di saperlo! Vederti baciare delle ragazze faceva contenti sia i maschi più spugnettoni che le donne di una certa sponda. Quindi è per via delle tue tendenze saffiche che il gruppo ha floppato?»

L'altra si imbronciò, gonfiando le guance in maniera infantile e per questo adorabile. «Il mio gruppo non ha mai floppato, *unnie*. Anzi, siamo sempre andate davvero bene. Il CEO della GG Entertainment era soddisfatto delle nostre prestazioni. Ti direi di cercare i nostri video musicali su internet, ma purtroppo...»

Emily abbassò lo sguardo fino a fissare il sentiero che scorreva in mezzo alle lande di torba.

Internet non c'è, ma ho qualcosa di meglio. Non mi serve internet quando posso entrare nelle persone e vederne i ricordi.

E poi a questo punto devo assolutamente scoprire com'è morta Chae, altrimenti è come aver visto il trailer di una serie televisiva senza mai nemmeno iniziare il primo episodio!

Per la prima volta da quando era arrivata al Tempio, Emily provò un sentimento nuovo. Curiosità. Desiderio di conoscere. Toccò il braccio di Chae-yeon con delicatezza e avvertì lo strano torpore che cresceva attorno alla punta delle dita, ma stavolta riuscì a spegnerlo sul nascere.

«Senti, se per caso rimanessi alla Vergine, ti andrebbe se tra qualche tempo io, ecco, tornassi dentro di te usando il mio Dono? Devi aiutarmi a controllarlo meglio» bisbigliò per non farsi sentire da nessuno, anche se non c'era anima viva nel raggio di chilometri.

Dall'espressione preoccupata di Chae-yeon si deduceva che non era entusiasta della prospettiva di mostrarle i propri ricordi, eppure acconsentì comunque. «Certo, va bene. Ci lavoreremo insieme» promise con un sorriso.

La voce di Emily cambiò registro e si fece più infida. «Senti, Chae, e la bella mora di quell'altro gruppo chi era?»

Violet sorrise. «Ci sono tante belle more nel k-pop, *unnie*. Come si chiamava il suo gruppo?»

«Hmm. Red Velvet, mi pare. Vi ho viste in quel programma, M-qualcosa. Voi avevate vinto e loro erano arrivate seconde.»

Un'ombra di puro terrore calò sul viso di Chae-yeon Kwon. Sgranò gli occhi e li fece vagare nel vuoto. «Quella era Irene. V-voglio dire Irene *sunbaenim*[1]!»

«Ti ha fissato come se avesse appena pestato una merda. Le rodeva di aver perso?»

Chae-yeon si mordicchiò un labbro. «C'era anche un altro motivo, ma... Vedi, per loro era un *comeback* importante e noi avevamo debuttato da poco. Perdere contro di noi a M-Countdown la prima settimana dopo l'uscita del disco è stato considerato dai media come un passaggio di consegne.»

Emily sfoderò un sorriso feroce. «Be', a me non importa un fico secco di come venne considerato, né so come funzionino esattamente i vostri stupidi programmi televisivi, ma se questa Irene arriva al Tempio e la becco a fissarti di nuovo in quella maniera ostile le devasto il viso da puttanella che si ritrova.»

---

[1] In Corea del Sud "sunbaenim" è un affisso utilizzato per indicare un più elevato status nella scala sociale della persona in oggetto rispetto a chi sta parlando. In questo specifico contesto è usato per indicare qualcuno che ha debuttato nel mondo dell'intrattenimento in una data precedente a quella di chi parla.

Terre Esterne
Cuore di Tenebra

La *Leonardo da Vinci* scivolava sull'acqua del Sanzu con le vele blu reale spiegate, diretta verso il muro di tenebra. All'interno del Tempio era una bella mattina soleggiata, ma le Terre Esterne erano lumeggiate soltanto da un tetro lucore.

La grande nave ammiraglia della flotta del Sagittario aveva l'aspetto tipico di una galea da guerra del diciassettesimo secolo: un unico ponte largo otto metri e lungo cinquanta, tre alberi a vela latina e ben quaranta banchi a due rematori che le permettevano di navigare anche in assenza di vento, una caratteristica che nelle Terre Esterne si rivelava di primaria importanza, dal momento che la spinta del vento generato dai Tessitori terminava grosso modo in concomitanza con la scomparsa della luce solare, pochi chilometri all'esterno del Muro. L'influenza che i Tessitori riuscivano a esercitare sulla realtà aveva limiti ben definiti, superati i quali ogni loro assistenza veniva meno. Fortunatamente, i buonavoglia del Sagittario erano persone instancabili, dall'energia inesauribile, dunque non v'era bisogno di incatenarli ai loro banchi per costringerli a remare, come si usava fare invece sulle galee terrestri.

Quel giorno sul ponte della nave erano presenti quasi cento marinai e diversi ufficiali di spicco. Perfino il Commodoro era con loro. Passeggiava avanti e indietro sulla tolda con le mani congiunte dietro la schiena, più agitato del solito. Aveva nel cuore un tremendo presagio. Per quanto i suoi detrattori spesso ne dicessero peste e corna, il fiuto di Diego Fernando de la Rocha per l'arrivo dell'Alta Marea aveva ben pochi rivali al Tempio.

La larghezza del letto del fiume si avvicinava al chilometro, ma variava diverse volte lungo il suo corso. Le acque scure fluivano placide per numerosi chilometri senza che la corrente degenerasse in turbolenze o rapide di alcun tipo. L'altro fatto empiricamente osservabile era che la corrente acquatica scorreva in maniera autonoma dall'interno del Tempio verso una foce ancora sconosciuta all'esterno. Al ritorno era dunque necessario remare in leggera controcorrente, in attesa di tornare sotto l'influsso benefico del Tessitore che regolava il vento, riguadagnato il quale si potevano riaprire le vele.

La fioca luce del sole che illuminava le Terre Esterne andò affievolendosi fino a estinguersi. La *Leonardo da Vinci*, per l'ennesima volta nel corso della sua importante storia, venne inghiottita dal buio. Lanterne e bracieri di ogni genere vennero accesi per illuminare il ponte, ma i fari speciali di cui i Sagittari disponevano per scrutare le rive del fiume necessitavano di un procedimento ben più complesso per essere attivati. La brezza si calmò e la velocità della nave diminuì fino a procedere per inerzia. Prima di iniziare a remare era però essenziale accendere gli Occhi per scrutare il letto del fiume e le rive, o si sarebbe navigato alla cieca.

Boone fece scorrere le dita tra i capelli e si avvicinò gagliardo a Jim. Se ne stava accanto al parapetto di tribordo, a scrutare l'oscurità che li circondava. «Cos'è quello sguardo spaurito, Jimmy caro? Non avrai intenzione di fartela nei pantaloni anche stavolta come una donnicciola del Gemelli?» domandò guardando di sbieco l'amico dal berretto rosso.

Jim gli lanciò un'occhiata in tralice. «"Anche stavolta"? Vai a cagare, non è mai successo nemmeno una *prima*, di volta. E non chiamarmi Jimmy.»

«Ah, siamo spavaldi quest'oggi. Ma c'è sempre una prima volta. Ad esempio, mi hanno detto che l'altra notte è stata la tua prima volta a prendere un grosso fallo nel didietro. Ti sei davvero fatto fare un'esplorazione rettale da un bel maschione, Jimmy caro?»

«È curioso che sia proprio tu a introdurre certi argomenti. Ogni volta che di notte provo ad avvicinarmi alla tua camera nel Piano Astrale, ci trovo sempre una schiera di ragazzoni muscolosi in fila all'entrata. Forse appena fuori dalla porta potresti mettere un semaforo per regolare il traffico, a meno che tu non sia avvezzo alle orge con doppia penetrazione anale. "Cazzo in culo non fa figli, ma fa male se lo pigli", recitava un antico adagio.»

«Sei proprio sicuro che fosse un antico adagio? Secondo me era più che altro tua madre a dirlo» lo motteggiò Boone. «La prossima volta che vieni a trovarmi, fammelo sapere in anticipo e ti farò saltare la fila. Ho saputo che soffri di eiaculazione precoce, non vorrei che ti schizzassi nei pantaloni mentre aspetti.»

«Voi due imbecilli ne avete ancora per molto?» abbaiò Diego alle loro spalle, mollando a entrambi uno scappellotto. «Se vi sentite così baldanzosi, una volta arrivati ad Approdo di Lloyd vi spedisco a fare un giretto di ricognizione. Potrete raccontarvi tutte le battute sconce che vorrete mentre perlustrate la città.»

I marinai tacquero. Approdo di Lloyd era il porto della città sconosciuta, chiamato in quel modo in onore del primo Commodoro abbastanza audace da attraccarvi. L'esplorazione dei quartieri interni era stata severamente proibita, poiché quasi nessuna spedizione una volta addentratasi aveva fatto ritorno. I pochi superstiti raccontavano d'aver visto strade intricatissime ed enormi viali alberati circondati da edifici imponenti e al contempo incomprensibili, ma esplorare una città infestata da migliaia di Vuoti nel buio più totale, interrotto solo dalla fioca luce delle lanterne, era un'impresa troppo ardua per chiunque.

Il silenzio che avvolgeva la nave era irreale, quasi fossero all'interno di un ambiente insonorizzato, e veniva inframezzato soltanto dal lieve sciabordio dell'acqua contro lo scafo. Per il momento non si udivano Vuoti di alcun genere, a parte alcuni mostri solitari che si dirigevano verso il Muro con modeste velleità.

Boone e Jim percorsero il ponte e arrivarono a poppa. Alexei se ne stava in piedi sul parapetto del cassero, a scrutare l'oscurità tenendosi aggrappato con la mano a una sartia.

«Alexei! Cosa scorgono i tuoi occhi di russo?» gridò Boone, un po' come Aragorn chiederebbe a Legolas: "A che distanza sono gli orchetti?".

«Quello che scorgono i tuoi! Che cosa cazzo vuoi che scorgano?» fu la risposta dell'elfo di San Pietroburgo.

Jim e Boone si scambiarono un'occhiata divertita ma trattennero una risata, più che altro perché alle loro spalle c'era l'ufficiale da loro più temuta, Brianna, una delle marinaie più esperte presenti sul ponte quel giorno. Era una donna creola dai capelli neri e gli occhi scuri.

Due gruppi di marinai si misero all'opera per agevolare l'accensione dei due fari magici: l'Occhio di Horo e l'Occhio di Ra. Venivano accesi a babordo e a tribordo ed erano in grado di lacerare anche il buio più impenetrabile, proiettando due fulgidi raggi di luce dorata fino a notevole distanza. Per accenderli era però necessaria la presenza a bordo di due membri dell'Acquario. Erano gli abitanti del Tempio più propensi a osservare e analizzare i fatti con il dovuto distacco, ed erano in grado di tenere accesi gli Occhi magici spendendo l'energia della loro Tempra Mentale. Naturalmente, se una come l'Eliaste Massima avesse preso parte a quella attività, il suo Occhio avrebbe proiettato un raggio ampio e potentissimo, ma la bella leader dell'Acquario non saliva più sulle navi del suo ex-compagno Diego ormai da diverso tempo e delegava ad altri tale compito. Quel giorno sulla *Leonardo da Vinci* c'erano Heirani, una ragazza haitiana, e Aquiles, un uomo del Paraguay.

La procedura necessaria ad accendere un Occhio poteva ingannare lo spettatore che ne ignorasse il funzionamento, facendogli credere che il membro dell'Acquario si stesse sottoponendo a una visita oculistica. L'eroico volontario appoggiava il mento a un sostegno e avvicinava gli occhi a due incavi luminosi dentro una scatola nera. Da questa uno speciale filo di rame si snodava per qualche metro fino a raggiungere il faro vero e proprio, trasmettendovi l'energia necessaria per rimanere acceso. Muovendo gli occhi dentro la scatoletta, l'Acquario controllava in prima persona la direzione del raggio luminoso. Una volta attivato l'Occhio, tuttavia, il Guerriero che lo orientava non poteva perdere la concentrazione, e anche una minima distrazione era sufficiente ad attenuare l'intensità del faro. Avere dei marinai attorno a sé serviva a mantenere l'operatore dell'Occhio sereno e attento.

Brianna si appressò a quei due scansafatiche di Boone e Jim e gli ordinò con relativa gentilezza di offrire il loro aiuto all'accensione dell'Occhio di Ra, operato da Heirani.

«Signorsì, signora!» risposero i due in coro.

«Ma che bravi ragazzi diligenti che siete oggi» scherzò Brianna, abbandonando per un attimo i suoi modi di fare carismatici e dimostrando una certa cordialità. «Jim, perché hai quella faccia tesa?»

«Quest'aria calda e stagnante mi mette addosso un certo malessere» rispose Jim. «Sul serio voi non la avvertite? L'ultima volta che abbiamo navigato fin qui faceva quasi fresco. Abbiamo percorso il fiume diverse volte, eppure non ho mai percepito attorno a me una sensazione così opprimente.»

«Sì, è vero, c'è una strana aria» confermò Boone. «Ma la temperatura all'esterno del Muro varia spesso e può cambiare anche all'istante.»

Brianna si dimostrò comprensiva. «Anche se il Commodoro avesse ragione e fosse in arrivo l'Alta Marea, non esistono Vuoti in grado di attaccarci finché rimaniamo in mezzo al fiume. Questo ormai dovresti saperlo bene, Jim.»

«Come potrei dimenticarlo? Il fiume è sacro, me lo ripetete ogni giorno. Andiamo ad aiutare questa Heirani, allora. E comunque che razza di nome sarebbe Heirani?» domandò Jim avviandosi insieme a Boone verso il mezzo del ponte, vicino all'albero di maestra.

«Credo sia haitiana» rispose il sottoufficiale dai capelli color carota. «E ti avviso che è anche carina, capra che non sei altro, quindi vedi di comportarti come si conviene a un gentiluomo del Sagittario.»

Brianna raggiunse Diego sul cassero e si posizionò al suo fianco. «Credo che stavolta il tuo presentimento si rivelerà infondato. Non penso sarà necessario arrivare fino ad Approdo di Lloyd per verificare che nemmeno oggi è in arrivo l'Alta Marea.»

I due Occhi si accesero e iniziarono a scandagliare le rive. Diego sospirò e infilò le mani nelle tasche dell'uniforme. «Navigheremo ancora per un po'.»

Dal momento che era possibile tenere sotto controllo i dintorni, il Commodoro impartì l'ordine di cominciare a remare. Tre dozzine di marinai si misero al lavoro su ogni lato, in modo da mantenere la nave a una velocità costante ma senza correre troppo. Adesso il silenzio era rotto non solo dallo sciabordio contro lo scafo, ma anche dal ritmico impatto dei remi sulla superficie dell'acqua. Nell'avvicinarsi alla città senza nome, le tenebre sembrarono infittirsi sempre di più, anche se razionalmente i marinai capivano che doveva trattarsi soltanto di un'impressione, poiché l'oscurità totale li aveva avvolti già da qualche tempo e non esisteva qualcosa di più buio del nero. L'aria si fece calda e umida, come se stessero navigando sulle acque di una palude tropicale.

Jim e Boone tennero compagnia a una più che spaventata Heirani, che fece del suo meglio per illuminare sia le rive che il corso del fiume, per quanto possibile. La giovane haitiana era in effetti carina. Aveva l'aspetto di una ragazza dalla pelle scura e i capelli raccolti all'indietro, ed era arrivata soltanto due Riti dell'Osservazione prima di Jim. Come qualsiasi lettore perspicace sarebbe in grado di prevedere, per due come Boone e Jim "tenere compagnia a Heirani" significava più che altro provarci con lei. La invitarono a bere qualcosa all'*Alabastro* – il loro bar preferito ad Astoria Nuova – una volta tornati. Lei alla fine accettò, presa un po' per sfinimento e perché faticava a concentrarsi con due uomini che le rivolgevano continui complimenti.

Non erano arrivati nemmeno nelle vicinanze di Approdo di Lloyd, quando uno strido squarciò il silenzio della notte. Fu un lamento lacerante, aspro, carico d'odio.

Poi se ne udì un altro. E un altro ancora.

Rumori raccapriccianti simili al picchiettio di tante piccole ossa che sbatacchiavano le une contro le altre si propagarono dalla riva sinistra del fiume. Subito dopo arrivò lo scrocchio di immonde mascelle che si serravano più volte, facendo cozzare tra loro file e file di vecchi denti consunti.

Tutti i marinai ancora a riposo imprecarono e presero posto sui banchi da rematori ancora liberi per unirsi ai compagni. Era ora di fare inversione a U e allontanarsi il più in fretta possibile, in modo tale da avvertire il Tempio con sufficiente anticipo. Afferrarono i remi e attesero l'ordine del Commodoro.

Heirani era terrorizzata. La luce del raggio proiettato dall'Occhio di Ra lampeggiò, spegnendosi e riaccendendosi varie volte.

Boone le posò una mano sulla spalla. «Ti prego, devi riuscire a mantenerlo acceso. Adesso è *davvero* importante. Dobbiamo capire la gravità della situazione. Fanno paura, ma ti assicuro che non possono colpirci.»

«Sono tantissimi» bisbigliò lei, mantenendo comunque gli occhi dentro alla scatola. La sua voce era distante, rassegnata, come una barca che scioglie gli ormeggi e salpa per un viaggio senza ritorno. Non era difficile comprendere le ragioni del suo malessere: attraverso l'Occhio era possibile vedere la zona illuminata come se si stesse usando un cannocchiale. Forse ciò che stava vedendo era inesprimibile.

Suoni di ogni genere si diffondevano ormai da tutte le direzioni. Lenti passi compiuti da gambe pesantissime, stropiccii di mastodontiche code che strisciavano sulla terra arida, assurdi barriti generati da profondità insondabili di corpi abnormi.

Heirani batté le palpebre e puntò l'Occhio di Ra verso la riva, cercando di illuminare con la massima intensità la fonte di quei rumori. Masse di Vuoti riuniti in gruppi senza una logica si trascinavano, marciavano o trottavano in direzione del Tempio, emettendo urla e strepitii disumani contro la *Leonardo da Vinci* quando il faro li illuminava.

«Merda, è una di quelle brutte» rilevò Boone con voce tesa. Si girò e cercò il Commodoro con lo sguardo.

Diego non aveva ancora dato l'ordine di fare dietrofront. Scuro in volto, continuava a guardare in lontananza, come fosse in cerca di qualcosa.

«Abbiamo visto abbastanza?» chiese Brianna con un velo di preoccupazione. «Va bene, ammetto che avevi ragione. È una Marea orrenda... dobbiamo avvisare tutti il prima possibile. Ogni minuto potrebbe essere fondamentale!»

«Credi che non lo sappia?» rispose secco Diego. «C'è qualcosa di strano, là in mezzo. Non lo senti?»

«Cosa?» Brianna si voltò verso la riva. «Da che parte?»

«Al diavolo... Marinai! Prepararsi alla manovra!» Il Commodoro scese dal cassero e corse verso il centro della nave.

Tutti i rematori si impegnarono a eseguire l'ordine, facendo prima arrestare la nave e poi invertendo la direzione della vogata sul lato di babordo.

Diego si avvicinò all'Occhio di Horo e ordinò ad Aquiles: «Punta il raggio più a destra. Di più. Laggiù, in fondo. Non sentite questo rumore? Qualcosa sta... non so... sta *spostando* l'aria, ma è diverso da un battito d'ali.»

Aquiles fece come gli era stato comandato e puntò l'Occhio più a destra, poi ancora di più, e ancora un pochino più lontano, individuando alla fine la fonte dello strano rumore. Dopo poco si udì un tonfo tonante.

TUM...

I marinai che lo videro trasalirono e gemettero. Per qualche istante smisero di remare, rimanendo congelati a metà della vogata.

«Cosa cazzo è quello?» esclamò Alexei alle loro spalle. «Che cazzo di Vuoto sarebbe? Sembra un... sembra un...»

«Non l'ho mai visto prima» ammise Diego. Per un attimo era rimasto sconvolto quanto i suoi uomini. Si riprese dallo shock, afferrò la divisa dei due marinai accanto a lui e gli gridò in faccia: «Capite cosa sto dicendo? Quell'affare non l'ho mai visto in vita mia e non è descritto in alcun libro! Remate! *Per Dio, remate!*»

Sul ponte scoppiò il caos. Jim e Boone corsero a sedersi sul banco più vicino e si unirono alla vogata per far girare la nave. La *Leonardo da Vinci* concluse rapidamente l'inversione e si mise in rotta per il Tempio.

Heirani era sull'orlo di un collasso emotivo, ma continuava a puntare con coraggio l'Occhio verso la riva.

Jim, seduto sul banco accanto a lei, le urlò: «Sei stata brava, ma ora fossi in te spegnerei quel–»

Qualcosa di lungo e scuro centrò l'Occhio di Horo, disintegrandolo e colpendo la povera Heirani che si trovava sulla stessa traiettoria, un paio di metri indietro. I suoi tre Grani vennero distrutti nello stesso momento, uno dopo l'altro. Lo strano tentacolo nero proseguì il percorso e spaccò il corpo della ragazza a metà. Heirani esplose, dipingendo il ponte d'azzurro. Il suo uovo di quarzo quasi trasparente cadde al suolo e rotolò verso la murata.

Jim e Boone rimasero impietriti con il remo in mano, fradici del Nettare della ragazza. Jim si pulì il viso e si ritrovò il palmo blu come quello di un Puffo.

Non ebbero nemmeno il tempo di gridare. Un secondo colpo raggiunse la nave, e poi un terzo persino più violento del precedente, che fracassò il fianco della *Leonardo da Vinci* aprendo una gigantesca falla nello scafo. Sembrava fossero stati colpiti da palle di cannone sparate con una potenza immane. Il fasciame si sbriciolò, le assi che componevano il ponte schizzarono in ogni direzione e una scheggia grossa quanto una porta colpì in pieno Jim, scaraventandolo all'indietro. Rotolò per qualche metro. La testa gli girava come se fosse salito su una giostra impazzita, gli occhi vedevano soltanto stelle, una sensazione che Emily Lancaster conosceva bene. La sua anima era rimasta scossa dalla botta ricevuta, ma non era ferito gravemente. Poiché non era un colpo diretto, il Rosario non si era attivato.

Udì la voce del Commodoro provenire da poppa. «Aggrappatevi a qualcosa!»

Subito dopo arrivò il quarto colpo, che tranciò di netto l'albero di maestra e lo fece crollare sul ponte, schiacciando diversi marinai. Jim li sentì urlare mentre i loro corpi venivano maciullati o rimanevano intrappolati nel sartiame.

Non erano state delle palle di cannone a colpirli. Prima che venisse scagliato l'ultimo colpo, Jim era riuscito a sollevare lo sguardo in tempo e aveva intravisto una stretta sagoma scura ritrarsi dopo aver spezzato l'albero. Era un arto del mostro? Ma come poteva arrivare fin in mezzo al fiume con quella facilità? Erano a centinaia di metri dalla riva.

TUM...

Arrivò il quinto colpo, il più devastante. La parte centrale della *Leonardo da Vinci* andò in frantumi e la nave si aprì a metà. La prua si inclinò all'indietro, la poppa si piegò in avanti. Jim, che era rimasto sulla metà di poppa, iniziò a scivolare verso il basso, ma riuscì ad aggrapparsi a uno dei banchi dei rematori. Vide Boone volare verso il fiume e venire inghiottito dalle sue acque scure. Alexei era a prua, avvinghiato all'albero di bompresso con tutto il corpo. Il Commodoro non si vedeva, Brianna nemmeno. I marinai imprecavano e chiamavano aiuto a squarciagola.

Per un attimo, poco prima che arrivasse il colpo finale, Jim si ritrovò girato con la testa di lato, verso il letto del fiume. Almeno per lui, il mistero si dipanò. Molte delle torce erano ancora accese e lo era anche un braciere, che sebbene fosse inclinato da una parte riuscì a illuminare quella grottesca visione.

Il Vuoto mostruoso non era a riva. Si era avvicinato a loro e sembrava fluttuare sull'acqua, anche se non era propriamente così.

«Non sono tentacoli» mormorò Jim.

Il mostro sferrò un nuovo, tremendo, attacco. Metà della nave esplose come se vi avessero lanciato contro un missile. Jim chiuse gli occhi e volò via.

Piombò in acqua da qualche parte, abbastanza lontano dal relitto che iniziava già a inabissarsi.

Affondò per diversi metri. L'acqua fredda del Sanzu gli attanagliò le membra, ma questo servì a scuoterlo. Una volta riavutosi dallo shock, gli sovvennero due fatti di fondamentale importanza: per quanto gelida fosse l'acqua, i Guerrieri del Tempio non potevano morire assiderati, né tantomeno potevano affogare. Doveva sfruttare al meglio entrambi i fattori.

Si mantenne qualche metro sotto la superficie usando il fioco bagliore delle torce ancora accese in lontananza per orientarsi e iniziò a nuotare stile rana in direzione del Tempio. Sarebbe stato un viaggio stremante, lungo diverse ore, e non avrebbe potuto comunque avvertire in tempo i Guerrieri degli altri settori, ma forse aveva ancora una piccola probabilità di sopravvivere. Se fosse riuscito ad arrivare all'interno del territorio sorvolabile dai Cherubini nel Piano Celeste prima che l'orda dei Vuoti investisse il Tempio, qualcuno di loro lo avrebbe protetto.

Le ultime luci in lontananza si spensero e tutto diventò buio. Atterrito dalla totale oscurità, Jim nuotò verso la superficie ed emerse. Quel lato della realtà era nero tanto quello subacqueo; di fatto non c'era differenza tra il sopra e il sotto, ma almeno l'aria era calda. Lontano da lui, attorno al relitto della *Leonardo da Vinci*, si udivano urla strazianti e rumori indescrivibili.

Jim imprecò. Non aveva idea di come avrebbe fatto a orientarsi da quel momento in poi. Aveva anche perduto il suo fedele berretto rosso, ma se fosse sopravvissuto avrebbe potuto crearsene un altro. «Merda. E adesso?»

«Jimmy?» gli fece eco una voce conosciuta. Era da qualche parte dietro di lui. «Figlio di una putrida bocchinara! Dove cazzo sei?»

«Boone? Sono qui!» In quel momento Jim era troppo contento di sentire la voce dell'amico per rendersi conto che avrebbero attirato l'attenzione dei Vuoti nelle vicinanze. Quelli, però, non sarebbero stati in grado di attaccarli, a meno che in giro non ci fossero altri esemplari della stessa specie di quello che aveva appena fatto a pezzi la *Leonardo da Vinci*.

I due marinai usarono le loro voci per orientarsi finché non si raggiunsero. Si tastarono le braccia, le spalle e poi il viso. Boone nuotava tenendosi aggrappato a una trave galleggiante che una volta faceva parte del fasciame della nave.

«Porca puttana, Jimmy, non si vede un cazzo di niente» disse. «Dovremo tornare a casa a braccetto come due innamorati.»

«In queste circostanze del cazzo è un piano che mi può andar bene. Ma non farti strane idee, stanotte dormi nel tuo letto» ribatté Jim, ed entrambi risero. Non c'era granché da ridere, in realtà. Erano persi nel buio, immersi nelle acque di un fiume a molti chilometri dalle prime fievoli luci, ma almeno erano vivi.

«Anche se i Vuoti sono un fottilione, l'orda non sta avanzando troppo in fretta. Se riusciamo a superare le loro prime linee possiamo salire a riva e correre a tutta velocità verso il Muro» propose Boone. «Saremo più veloci dei mostri, anche se di poco. Non potremo comunque avvertire nessuno.»

«Correre verso il Tempio al buio?» replicò Jim con la voce carica di sarcasmo. «Caliamoci anche le braghe e mettiamoci a novanta, già che ci siamo.»

«Magari ogni tanto inciamperemo, ma se ci teniamo accanto alla riva non sbaglieremo strada. Ora non diventarmi anche un cagasotto, oltre che un eiaculatore precoce.»

Boone si mise a nuotare e Jim si unì a lui con ampie bracciate.

Dietro di loro si udirono delle voci. In alcuni casi erano anche di fronte. Erano grida e risa di gioia. Altri marinai e marinaie erano sopravvissuti.

ATTO TERZO
ASCENSIONE

Scorpione
Angeli e Demoni

Mikhail Klaikowski e Jingfei Han uscirono dalle doppie porte dello *Stregone Elettrico* con in mano due boccali di limonata. Era una delle specialità della casa, creata mescolando del buon succo di limone a Nettare della Sorgente freddo, che veniva conservato nelle gelide cantine interrate del locale. I limoni venivano invece importati dal vicino territorio della Vergine, ove non ve n'era penuria.

Il boccale di Jihan era colmo fino all'orlo, e la porta d'entrata della locanda molto pesante. Una delle ante si richiuse con forza alle sue spalle mentre lei era ancora sulla soglia, dandole un colpo sul sedere che fece traballare il boccale. Un po' della limonata debordò e le si versò sulla mano. Imbarazzata, guardò Mike e sorrise fino a far apparire le fossette sulle guance.

Lui parve intenerito. «Fattene dare un'altra, se vuoi. Tanto è gratis.»

«Oh, no, non ce n'è bisogno. Ne è uscita solo un pochino.»

Entrambi si misero a sorseggiare le limonate all'ombra del porticato antistante lo *Stregone Elettrico*, godendosi l'incredibile giornata calda. Il cielo quel pomeriggio era caliginoso e l'aria stranamente pesante, per essere il settore dello Scorpione.

Si è parlato in precedenza della *Rotonda del Mago*, ma quella non era certo l'unica locanda presente in una città vasta e popolosa come Bishop's End (almeno per gli standard del Tempio). Lo *Stregone Elettrico* era un locale adatto a una clientela più raffinata, dato che sorgeva nelle vicinanze della collina di Murrey Castle e che aveva un aspetto considerevolmente distinto. Di sera, dopo aver sbrigato i loro compiti da amanuensi, i cosiddetti "maghi" dello Scorpione, ovvero i Bibliotecari, tendevano a rifugiarsi in quella locanda a conversare e a fumare con avidità le loro lunghe pipe attorno al grande focolare, lasciandosi rapire da racconti surreali e fantastici.

Mike si scolò il boccale e lo appoggiò sopra uno dei barili posti all'esterno della locanda, che venivano ribaltati sul lato piano e utilizzati come tavolini. Pescò una sigaretta dal pacchetto infilato sotto la manica arrotolata della tunica e la accese con un lungo fiammifero. «Non c'è niente di meglio di una sigaretta dopo una buona limonata.»

«È vero, la limonata è proprio buona» confermò Jihan. Nel vederlo fumare le sovvenne una domanda. «Signor Mike, ma quindi al Tempio potrei fumare anch'io e non mi farebbe alcun male, giusto?»

«Sì, ma ho promesso a Kit di non trasmetterti il vizio. E comunque è meglio non rischiare: adesso ne sei uscita, ma con tutte le pippe mentali che ti eri fatta per via della tua malattia terrena potresti avere una ricaduta» rispose lui. «Sì, è vero, fumare non intossica i nostri polmoni, perché non esistono. Non esiste nemmeno il cervello, probabilmente, ma l'effetto del fumo influisce lo stesso sulla nostra mente. Capisci cosa voglio dire? Se credi che fumare ti farà venire il cancro, inizierai a boccheggiare di nuovo.»

«Sì, credo di capire» rispose Jihan, sorseggiando la limonata. Sì domandò in quali altri vizi si poteva indulgere al Tempio senza che il proprio fisico ne risentisse.

Alla fine, quella conversazione con Mike riguardo le circostanze della propria morte, Jihan l'aveva avuta eccome. Gli aveva raccontato tutto della mamma e del papà, e della malattia cronica che l'aveva afflitta negli ultimi anni. Mike all'inizio aveva proferito commenti piuttosto sgradevoli sul conto dei suoi genitori a cui Jihan si era rifiutata di credere, ma poi le aveva dato dei consigli interessanti su come affrontare il problema. Adesso sentiva di essersi liberata di un pesante fardello, ma doveva rimettersi alla prova sul campo per poter stabilire se aveva funzionato o no. A prescindere dalle divergenze di opinione, Mike sosteneva con fermezza che, se si fosse lasciata alle spalle le preoccupazioni terrene, sarebbe diventata forte e non avrebbe mai più faticato a combattere.

Lui la guardò di sottecchi. «E comunque falla finita con questo "signor Mike", mi fa sentire decrepito. Anche se, a dirla tutta, persino da vivo ero abbastanza vecchio da poter essere tuo padre. Cristo santo, che pensiero atroce!» Scosse la testa, rassegnato. «Smettila di guardarmi con quegli occhietti, non lo dico perché ti odio. È un problema di anzianità. La gente fa battute sul nostro conto; le hai sentite anche tu. Chiamami soltanto Mike, magari penseranno che siamo coetanei e che tu stai immaginando di essere una sedicenne abusando della Forma dell'Anima.»

«Va bene, ehm... Mike» rispose Jihan. Con un ultimo sorso finì la limonata. «Ma davvero i Vuoti a volte riescono a penetrare nel Tempio? A me il Muro è sembrato indistruttibile.»

Mike diede un lungo tiro alla sigaretta e annuì. «Eh, già, accade di rado, ma a volte quei bastardi ce la fanno. Ci eri già arrivata anche tu, qualche tempo fa: se si ammassano in gran numero davanti alla muraglia senza che nessuno li stermini possono diventare un grosso problema, perché ognuno di loro possiede una discreta forza e sono in grado di distruggere il Muro un mattone alla volta, come dei cazzo di roditori che rosicchiano, pugno dopo pugno. Aprono dei buchi, poi dei varchi, poi delle gallerie, e poi fanculo al Muro. Una volta sono entrati proprio qui, allo Scorpione.»

Jihan stava immaginando i Vuoti che rosicchiavano il Muro come tanti topolini, quando vide una ragazza dai fluenti capelli vermigli uscire dalle porte dello *Stregone Elettrico*. Era del Capricorno, e di solito loro non si vedevano mai in giro. Lo sfarzoso abito in stile vittoriano era blu mezzanotte. La ragazza per un attimo posò gli occhi verdi su Mike e Jihan, quindi si avviò in direzione di Murrey Castle a passo svelto, tenendo sollevato un lembo della gonna affinché l'orlo non strisciasse per terra. Lungo il tragitto cercò di rimanere il più possibile all'ombra degli alberi del viale, che in quella zona della città era pavimentato, anche se in maniera rozza. Le persone che si trovarono sulla sua strada si fecero platealmente da parte. Alcuni si rintanarono nelle loro abitazioni, mentre altri si radunarono in gruppetti per proteggersi a vicenda, come se il demonio in persona stesse camminando per le vie di Bishop's End. Lei sembrò non prestarvi alcuna attenzione.

«Com'è bella» mormorò senza volerlo Jihan mentre la osservava allontanarsi, poi però si ricordò che Mike la vedeva in maniera diametralmente opposta sui Capricorni. Abbassò lo sguardo in attesa di un rimprovero, che difatti non tardò ad arrivare.

«Hai proprio un debole per quei pezzi di merda, eh?» sbraitò lui. «Quella è Seline, una delle Venerabili Maestre. L'avrai già vista al Rito e alla Ceremonia delle Armi, immagino. "Com'è bella", hai detto. Oh, sì, vista così è proprio bella. Ma sai cosa fa agli uomini che le si avvicinano troppo? Lo sai? Li fa entrare con l'inganno nel suo Piano Astrale, poi li droga, li spoglia, gli lega mani e piedi a un tavolo e li imprigiona lì per sempre, senza dargli la possibilità di svegliarsi. E di notte, quando è annoiata, va da loro e usa i loro corpi per... ah, ma che te lo racconto a fare se tanto ti tappi le orecchie.»

«Ma stavolta non me le stavo tappando» protestò lei.

«Te lo spiegherò tra un anno e mezzo, quando sarai maggiorenne.»

Jihan mise il broncio e mugolò: «Ma non sarò mai maggiorenne. Non crescerò più.»

«Quello dipende dai punti di vista. E adesso lasciami ragionare un attimo.» Mike si grattò a lungo la barba incolta. «Una Venerabile Maestra che va a spasso per Bishop's End? No, col cazzo che è normale. Qui c'è sotto qualcosa di losco. Jihan, seguimi. Forse avrai modo di ammirare la tua dark lady preferita da vicino.»

***

«Porca di quella putt–!» La guardia incaricata di sorvegliare il ponte levatoio all'entrata di Murrey Castle sbarrò gli occhi e si inchinò di fronte alle visitatrici in arrivo. «Madre Reverenda, quale onore! La sua presenza celestiale alleggerisce il mio spirito. La sua e... quella della sua Discepola, naturalmente.»

«Puoi dirlo forte» rispose l'ospite bionda. «Fa' pure sapere al tuo Magnifico Non-so-che-cazzo che una vera celebrità in carne e ossa è venuta a visitare questa lurida stamberga che chiamate Murrey Castle.»

«Ti prego di perdonarla» interloquì Chae-yeon con voce vellutata. «A volte la mia Discepola dimentica le buone maniere. Possiamo entrare? Vorremmo incontrare il signor Nightingale.»

«Oh, ma certo, entrate pure!» rispose la guardia facendosi da parte. «Sono sicuro che il Magnifico Rettore sarà deliziato d'incontrarvi.»

Emily e Chae-yeon attraversarono le mura di cinta e percorsero la strada interna al castello, che scorreva in mezzo a grandi e piccoli edifici dipinti in varie tonalità di viola e con i tetti in legno, finché non incontrarono il monastero chiamato Abbot's Folly. Una volta varcato il portale ad arco, oltrepassarono il portico e sostarono per qualche minuto nell'ampio chiostro interno, che quel giorno sembrava straordinariamente trafficato, con file di Guerrieri e Bibliotecari che andavano e venivano. Lungo il perimetro del cortile c'erano svariate panchine di pietra sulle quali gli studiosi si sedevano a conversare all'ombra delle mura. Nel veder entrare le due Vergini, quasi tutti i presenti si scrutarono con aria interrogativa e bisbigliarono tra loro.

Chae-yeon fissò nervosa Emily. «Allora, *unnie*, sei ancora convinta di volerlo fare? Una volta che ne parleremo al signor Nightingale, diventerà una cosa ufficiale. Io a dire il vero spero che... io spero che tu rimanga alla Vergine, ecco, ma se così non fosse, sappi che ti sosterrò comunque.» E con quelle parole abbracciò amorevolmente la sua Discepola.

Emily si divincolò con più garbo del solito, ripensando alle povere compagne di gruppo di Chae-yeon che dovevano sciropparsi le sue tenerezze ogni giorno. «Dai, smettila, ci stanno guardando tutti. Ti stai prendendo un po' troppe libertà adesso che siamo in tregua. Comunque sì, sono ancora convinta di volerlo fare.»

Chae-yeon fermò un Bibliotecario che gli passava accanto e gli chiese di indicarle la via per lo studio personale di Alford Nightingale. Lui balbettò che avrebbero dovuto prima passare per lo Scriptorium, al primo piano dell'edificio.

Lontano da loro, nascosta dietro una delle colonne del porticato che circondava il chiostro, una bionda ragazza dei Gemelli osservava la scena in silenzio.

Dietro di lei, a qualche colonna di distanza, una rossa Venerabile Maestra del Capricorno stava facendo altrettanto.

Veronica Fuentes era piegata sul suo quaderno con la matita a pochi centimetri dal viso. Fino a quel momento era stata un'ottima giornata. Dozzine e dozzine di Bibliotecari lavoravano alacremente seduti ai loro tavoli, circondati da matite, pennini, boccette piene d'inchiostro e fogli sparsi ancora da rilegare. Quel giorno lo Scriptorium era quasi al completo, eppure gli unici suoni che si udivano erano lo scribacchiare delle penne sui fogli e il borbottio dei visitatori che raccontavano qualche vicenda interessante.

«*Annyonghaseyo yeorobun!* Buon pomeriggio a tutti!» Una voce argentina spezzò la quiete e si propagò tra le mura dello Scriptorium come lo scrosciare impetuoso dell'acqua nelle rapide di un grande fiume. «Sono Kwon Chae-yeon, Madre Reverenda della Congregazione della Vergine, Regina della Temperanza, Protettrice di Coteau-de-Genêt, Badessa Superiora dell'Oliveto, e questa è una mia Discepola, Emily Lancaster! Qualcuno di voi può condurci dal Magnifico Rettore?»

I Bibliotecari tacquero e si guardarono strabuzzando gli occhi, quasi intimoriti dalla presenza di una leader di quel calibro. I visitatori Intoccabili si inchinarono con rispetto.

La mano destra di Veronica cadde preda di un improvviso tremore, le dita si contrassero. Lasciò scivolare la matita sul tavolo e spinse gli occhiali sul naso.

Dios mío, allora era vero. Quella delinquente di Elle non stava mentendo.

La bulla professionista dai capelli d'oro e la figura materna del Tempio con l'aspetto di una idol dalle tette sode. Gran bel duo, non c'è che dire. Spero che se ne vadano in fretta, o nessuno dei Bibliotecari oggi pomeriggio riuscirà a lavorare serenamente.

Che accidenti vorranno da Alford? Stando agli ultimi resoconti si erano fermate a Henwood Cross. Perché nessuno mi ha più riferito nulla?

No, Adelina! Che cavolo stai facendo?! Non mandarle da me! Lo sai benissimo dov'è lo studio del Rettore!

Sto per mettermi a balbettare, lo sento. Veronica, cerca di darti un contegno, per l'amor del cielo!

Seguendo il suggerimento di Adelina Fonseca, Chae-yeon e la sua bionda Discepola si diressero verso il tavolo della Prima Bibliotecaria Veronica Fuentes, che secondo Adelina era l'unica, ma proprio *l'unica*, che potesse spiegar loro dove trovare Nightingale. Al loro passaggio, i Bibliotecari si alzarono e chinarono il capo in direzione della Madre Reverenda, mostrando sincero ossequio.

Chae-yeon si accostò al tavolo di Veronica e sfoderò un sorriso che sprizzava amabilità da ogni poro delle labbra scintillanti. «*Annyeonghaseyo!* Buon pomeriggio! Sei Veronica, giusto? Mi ricordo di averti vista ai Riti dell'Osservazione.»

«Oh, sì... io... a-anch'io mi ricordo di t-te, ov-v-viamente» farfugliò la Prima Bibliotecaria dopo essere scattata in piedi.

Ottimo inizio! Forse riderà di me soltanto metà *dei Bibliotecari.*

Nel sentirla balbettare, Emily si morse con violenza la lingua per non scoppiare a riderle in faccia. Purtroppo fallì nel suo proposito e produsse un lungo rantolo nasale che a Veronica non sfuggì.

Devo fare un bel respiro, come mi ha spiegato Geneviève. Dentro e fuori. Dentro e fuori. È soltanto Emily Lancaster, ormai sappiamo bene com'è fatta. Mi lascerò bullizzare senza ribattere e ricomincerò a lavorare appena possibile. È la cosa più saggia da fare.

Chae-yeon pizzicò un fianco della sua Discepola per zittirla e domandò a Veronica in maniera cortese: «Dove posso trovare il tuo saggio leader? Scusami tanto, ma non sono mai entrata qui prima d'ora e questo edificio è costruito in maniera così strana.»

«N-nessun problema, imboccate quella porta laggiù in fondo e salite al secondo piano, dove si sviluppa la Biblioteca vera e propria. Alford d-dovrebbe essere lì. Se non lo trovate, attraversate il salone e salite fino al terzo piano, agli

Archivi. Il suo studio personale è lassù, in fondo al c-corridoio. Di norma i visitatori non potrebbero accedere al terzo piano, ma per una l-leader come te p-possiamo di sicuro fare un'eccezione.»

«*Ah, kamsahamnida!* Mille grazie!» rispose Chae-yeon chinando la testa.

«Cristo santo, che postaccio tetro e orripilante» intervenne Emily dopo essersi guardata attorno. «Chae, se per caso venissi riassegnata allo Scorpione, ti do il permesso di tornare a reclamarmi. Anche con la forza, se necessario.»

Veronica avvampò, ma cercò di placare il suo furore. Non c'era da stupirsi che un'asina illetterata come Emily Lancaster avrebbe considerato la Biblioteca un "postaccio orripilante". La seconda parte della frase cominciò però a rimbombarle nel cranio, e si ritrovò a immaginare quella popstar decerebrata nel ruolo di Bibliotecaria. Sapeva che Emily non si trovava bene alla Vergine e che discuteva di continuo con la Madre Reverenda, ma quel pensiero era agghiacciante.

«R-rias-riasse... *riassegnata allo S-Scorpione*?!» esclamò in preda ad autentico terrore, la bocca spalancata e ansimante.

Chae-yeon si passò la lingua sul labbro superiore tradendo un pizzico di nervosismo. «Diciamo che destinando Emily alla Vergine la Fonte potrebbe aver commesso un erroruccio.»

«Non "potrebbe", c'è stato *di sicuro* un errore, perché io con le Vergini non ho nulla, ma proprio *nulla* in comune!» ribadì Emily ad alta voce, cosicché la udissero tutti.

Le gambe di Veronica ricominciarono a tremare insieme alla mano destra. «Ma, ep-pure... tuttavia... in ogni c-caso la Fonte... cionondimeno lei...»

«Non preoccuparti, ho capito cosa intendi» rispose Chae-yeon con fare rassicurante. «Personalmente sono d'accordo con te. Faremo solo un piccolo controllo, tutto qui. Ah, e scusa se ti sto parlando in maniera informale senza prima aver chiesto la tua età.»

«Oh, non è un p-problema. Sulla Terra sono morta più giovane di te, d-dunque non c'è b-bisogno che mi chiami *unnie*.»

«Wow, perfino i Bibliotecari conoscono questa storia delle *unnie*?» osservò Emily. «Chae, le tue stramberie si stanno diffondendo in altri settori. Lo trovo abbastanza preoccupante.»

Chae-yeon la ignorò. «Grazie, Veronica, ma come fai a sapere che...» I suoi occhi color cobalto si illuminarono. «Ah, ora ricordo! Tu sai tutto di tutti perché stai scrivendo il nuovo Volume di Storia dell'Enciclopedia, non è così? Ne ho sentito parlare anche nella nostra contrada, e abbiamo la vecchia edizione nella biblioteca di Coteau-de-Genêt.»

Veronica balbettò qualcosa di incomprensibile e poi precisò: «N-non ci sto l-laa-vorando solo io. Altri Bibliotecari mi stanno d-dando una m-mano.»

«Chiedimi pure tutto quello che vuoi, quando ne hai bisogno. Considerami sempre a tua disposizione» cinguettò la Madre Reverenda.

La Prima Bibliotecaria esaminò la coreana dalla cima della testa alla punta dei piedi con sguardo analitico. «A dire il vero, ehm...»

«Sì? Dimmi pure.»

Veronica si guardò attorno per essere certa che Alberto Piovani non fosse nei paraggi. Si schiarì la voce più volte e disse: «Ecco, insomma, alcuni colleghi mi hanno aspramente criticata per... per non averti descritta in maniera accurata. Per non aver reso adeguata giustizia al tuo aspetto fisico, potremmo dire.»

Emily si piantò una mano sulla fronte. «Oh, mio Dio, dimmi che stai scherzando!»

Chae-yeon arrossì d'azzurro ed esclamò: «Ah, accidenti! Allora mi sento in dovere di aiutarti. Eccoti tre *concept* diversi!»

Schizzò verso il tavolo libero accanto a quello di Veronica e appoggiò un piede sopra la seggiola con sfrontatezza, si buttò i capelli su una spalla e squadrò la Prima Bibliotecaria con aria carismatica, come fosse la cattiva di un film d'azione. Qualcuno in fondo allo Scriptorium emise un sospiro di passione. Dopo qualche secondo, Chae-yeon si sdraiò bocconi sul tavolo e appoggiò il viso sulle mani col fare della ragazzina innocente, ammiccando a Veronica e facendole la linguaccia. I gridolini si allargarono a metà del grande salone. Per ultimo, la Madre Reverenda si sedette sul tavolo inclinando il busto all'indietro per mettere in risalto il seno, accavallò le gambe in maniera sexy e si buttò i capelli da un lato, fissando Veronica con sguardo fatale. Suoni indistinti – ma che ricordavano da vicino un branco di uomini in procinto di avere un arresto cardiaco – si levarono da ogni direzione.

Veronica, ormai blu in volto, gesticolò in maniera inconsulta per implorarla di smettere. «No, no, basta! Non c'è bisogno che fai così, dico davvero! Ho visto abbastanza! Non ci saranno mai più imprecisioni, lo giuro su Dio!»

«*Aigoo*, ti ho messa in imbarazzo? Scusami tanto, a volte mi lascio prendere da...»

«Dalla tua passata identità, certo, lo c-capisco. Potremmo chiamarla d-deformazione professionale.»

Emily scoppiò a ridere. «Hai visto, Chae? Quando ti comporti così non ti sopportano nemmeno quelli delle altre Case. Non è un problema solo mio, allora.»

Veronica si aggiustò gli occhiali e lanciò un'occhiata irritata al resto dello Scriptorium. «B-be', direi che il tipo di reazione varia da persona a persona.»

Emily si voltò di scatto. Tutti i Bibliotecari maschi, che dinanzi a quella visione si erano avvicinati per osservare meglio, corsero goffamente verso i rispettivi tavoli, urtando le sedie, ribaltando i loro strumenti e facendo svolazzare gli appunti a terra. Uno di loro scivolò e batté la faccia contro lo spigolo di un tavolo, emettendo un gemito. Le Bibliotecarie donne parevano invece innervosite.

«Vedo che alla fine della fiera tutto il Tempio è paese» sibilò Emily. «Chae, ci conviene salire al secondo piano il prima possibile, o quegli sfigati si chiuderanno nel loro Piano Astrale per il resto del pomeriggio e impugneranno qualcosa di più grosso delle loro penne. O almeno si spera che lo sia.»

Per una volta, Veronica fu d'accordo con lei.

Dopo aver raggiunto la Biblioteca vera e propria, le due Vergini notarono la sagoma di Alford Nightingale in fondo all'immenso salone pieno di libri. Era intento a conversare con una Bibliotecaria dai capelli ramati mentre riordinava una fila di Tomi su una scansia.

Dopo essersi accorto della loro presenza, il Magnifico Rettore le raggiunse con una corsetta, trasecolato. «Perbacco, siete già arrivate! Mi perdoni, Madre Reverenda, non vi aspettavo così presto. È stata una decisione repentina, la vostra.»

«Non proprio» rispose Chae-yeon. «Ci abbiamo riflettuto a lungo, glielo assicuro, ma abbiamo preso la decisione definitiva solo due giorni fa. Non volevo allarmarla anzitempo, per questo non l'ho avvisata con largo anticipo, ma dopo aver deciso siamo venute il prima possibile.»

«Certo, capisco.» Alford spinse i grandi occhiali più vicino al viso per osservare meglio quella ragazza bionda così problematica. Emily si sforzò di essere carina, producendo un sorrisetto quasi sincero. Capiva di doversi ingraziare quel finto professore pervertito quasi oltre ogni ragionevole limite, se voleva venire assegnata al Toro.

La Bibliotecaria dai capelli ramati, nel frattempo, faceva finta di riordinare una fila di Tomi di Botanica, eppure Emily la scorse più volte che spiava con sguardo fin troppo interessato.

«Cosa ne pensa?» chiese Chae-yeon. «Come le ho anticipato in privato, Emily non si trova affatto bene alla Vergine. La situazione purtroppo non è migliorata con il passare delle settimane, anche se adesso io e lei andiamo più d'accordo di prima.»

Emily quella volta sfoggiò un sorriso sincero. Non provava più il costante desiderio di prendere a sberle il femmineo viso asiatico di Chae-yeon o di strapparle i dolci occhi a mandorla con le unghie. Era a tutti gli effetti un considerevole passo avanti.

Alford si espresse in tono cattedratico. «Volendo, potremmo condurre la signorina Lancaster al Bjornespeil, ma il suo responso sarebbe forse troppo sibillino e difficile da interpretare. Io non possiedo l'autorità per "riassegnarla" a una diversa Casa, dunque credo che dovremo portare la questione al Comandante Supremo, o magari discuterne al prossimo Sovrano Consiglio. A ogni modo, non siete venute fin qui inutilmente. Da ormai quarant'anni mi dedico allo studio dei meccanismi del Tempio, dunque mi ritengo in grado di determinare con discreta certezza se vi è qualcosa di anomalo in lei oppure no. Ammetto che trovo questa situazione piuttosto curiosa. Come vi ho anticipato al Rito, ho in effetti condotto delle ricerche in proposito. Non c'è mai stata una Guerriera del Tempio dallo Zenith "nullo", né tantomeno c'è mai stato un arrivo senza che il suddetto Zenith venisse mostrato nell'acqua della Fonte. La storia della signorina Lancaster è stata anormale fin dal principio, ne converrà anche lei, signorina Kwon.»

Emily pregò che la leader non facesse menzione del bizzarro Dono che aveva dimostrato di possedere, e difatti così fu.

«Sì, ehm, ne convengo. Però non mi piace la parola "anormale"» rispose Chae-yeon occhieggiando la sua Discepola con una punta di preoccupazione. «In che modo ritiene di poterci aiutare?»

Il Rettore infilò le mani nelle tasche delle braghe, sotto la roba di lana. «Traendo ispirazione dall'anomalia generata dalla signorina Lancaster, ho deciso di costruire un marchingegno che potrebbe rivelarsi utile. Il suo impiego primario è quello di confermare lo Zenith dei Guerrieri dopo essere usciti dalla Fonte. Un rilevatore di Zenith portatile, per dirla in parole povere. L'ho costruito utilizzando materiali e schemi costruttivi che mi aveva lasciato in eredità il precedente Magnifico Rettore, Rudolf von Mackensen. Si dà però il caso che, testandolo, abbia notato anche un effetto secondario. Il congegno è infatti in grado di rivelare, seppur fiocamente, il colore dell'aura del soggetto; o perlomeno questa è la teoria che ho elaborato basandomi sui colori caratteristici di ogni Casa, posto che il concetto di "aura" non è stato ancora del tutto compreso. Sottoponendo noi Scorpioni al test, ad esempio, l'aura brilla sempre di una particolare tonalità di viola. Quella di voi Vergini di marrone. Quella dei membri della Bilancia è verde scuro, mentre un volontario dell'Ariete è apparso rosso rubino. Per ora questi sono gli unici Guerrieri che ho avuto modo di analizzare, ma i risultati sono coerenti, pertanto non può essere una coincidenza. Se mi presta la signorina Lancaster per una mezz'oretta la sottoporrò alla prova e, nel caso mostrasse un colore differente dal marrone, decideremo insieme il da farsi.»

Chae-yeon guardò Emily in attesa del suo consenso.

La popstar inarcò un sopracciglio. «Sei un vecchio pervertito? Non sarà una scusa per attirarmi nel tuo studio e... sì, insomma, approfittarti del mio corpo? Guarda che urlerò, e ti assicuro che mi sentiranno fin dalla piazza di Bishop's End!»

Il volto di Alford diventò blu. «Buon Dio, no! Come fa a venirle in mente un'idea del genere? Terremo tutte le porte aperte, se serve a tranquillizzarla.»

Chae-yeon rifilò di nascosto una gomitata al fianco di Emily e si scusò al posto suo col Magnifico Rettore, accettando infine di sottoporla a tutti i test necessari.

In quello stesso momento, Alberto Piovani entrò baldanzoso nella Biblioteca e scorse un collega acquattato dietro una bassa libreria. Gli parve evidente che stava spiando di nascosto il duo di ospiti. «Fareed Usman, vile marrano che non sei altro» scherzò, «cosa osservi da dietro... *per la peppa e la peppina*! E quella chi è?»

«Quale delle due?»

«La ragazza asiatica!»

«Ma come "chi è"? È Chae-yeon Kwon, la Madre Reverenda. E mettiti giù, prima che ci vedano!» Fareed lo tirò per una manica del suo mantello vinaccia. «Non l'avevi mai vista?»

«Macché, quando arrivai io c'era ancora il Padre Reverendo. Uomo affascinante, per l'amor di Dio, ma... porco mondo, le descrizioni della Fuentes sono da denuncia per diffamazione!» Piovani richiuse la bocca e deglutì, rendendosi conto con amarezza che, non conoscendola, nemmeno lui aveva reso giustizia alla bella Madre Reverenda. Si rendeva necessaria una revisione completa e minuziosa di quasi tutti i capitoli del nuovo Volume di Storia. Se la Prima Bibliotecaria era stata imprecisa su certi dettagli, su cos'altro era stata imprecisa?

***

Jihan era sola nel chiostro interno di Abbot's Folly. Mike si era fermato a conversare appena fuori il monastero con un uomo del Leone che aveva delle importanti notizie da comunicargli, provenienti da Vajrasana. Prima di andarsene le aveva però affidato un compito.

Intravide la Venerabile Maestra del Capricorno aggirarsi con fare sospetto per il portico. Decise di seguirla, cercando di camminare disinvolta in mezzo ai gruppi di Bibliotecari e di visitatori che popolavano il monastero. In fondo, pensò, pedinarla di soppiatto non sarebbe stato troppo diverso da ciò che amava fare in una delle sue serie di videogiochi preferite. In tutti quei mesi passati a letto era diventata un nobile fiorentino, un pirata, un rivoluzionario francese, un guerriero egiziano...

A un certo punto vide l'orlo del lungo vestito blu di Seline scomparire dietro una colonna. Subito le corse dietro senza dare troppo nell'occhio, ma quando si sporse dall'altro lato non trovò nessuno. Guardò in ogni direzione, ma l'avvenente Maestra sembrava svanita nel nulla.

Delusa dalle sue scarse abilità di pedinamento, decise di tornare verso l'entrata e attendere Mike. Tuttavia, una volta percorse a ritroso un paio di arcate del portico, avvertì una mano delicata posarsi sulla sua testa.

«Beccata!» disse una suadente voce femminile.

Jihan sgranò gli occhi e si voltò per guardare la Maestra apparsa dal nulla, rimanendo ammaliata dai suoi brillanti occhi verdi, i fluenti capelli rossi, il rossetto blu e la pelle candida. Osservò anche con un certo imbarazzo la scollatura rivelatrice del vestito vittoriano, meravigliandosi di quanto alcune donne del Capricorno non avessero timore nel mettere in mostra i loro corpi, pur essendo sempre descritte come persone introverse e riservate. Seline era più alta di lei di almeno dieci centimetri e la guardava dall'alto al basso.

«Non è carino spiare le persone, Jihan del Regno del Leone» disse la Maestra, pur senza cattiveria. «Se proprio devi farlo, cerca almeno di essere meno visibile. Mi avete seguita fin qui dallo *Stregone Elettrico*, non è così?»

«La prego di perdonarmi, non so davvero come giustificarmi» mugolò un'implorante Jihan. In effetti era vero, l'idea di pedinarla era stata di Mike. «Ma come fa a conoscere il mio nome?»

Seline le tolse la mano dalla testa e fece spallucce. «Non è ovvio? Me lo ricordo dal Rito dell'Osservazione e dalla Ceremonia delle Armi. Sei la giovane Valchiria che ha scelto quella grande ascia. Ero presente anch'io, se non ci hai fatto caso.»

Jihan arrossì d'azzurro e rimase imbambolata con la bocca aperta. «Wow, sa come mi chiamo e si ricorda di me...»

La Maestra sorrise, poi la fissò con occhi severi. «Allora? Per quale motivo mi stavi seguendo?»

«Ecco, vede, è stato perché...» cominciò Jihan, poi si rese conto che non sapeva affatto come discolparsi. Per fortuna – se così si può dire – qualcuno corse in suo aiuto.

«Cosa stracazzo sta succedendo qui?» ringhiò Mike appressandosi di corsa. Ammonì la rossa sventolandole un dito davanti al viso. «Tu, sedicente Venerabile: d'ora in poi voglio vederti sempre ad almeno dieci metri dalla mia novizia, sono stato chiaro, cazzo? E tu, Jihan, allontanati subito da lei.»

La ragazzina chinò il capo e si allontanò con aria mesta.

Seline non si scompose di una virgola, ma osservò il nuovo arrivato con circospetta alterigia. «Che persona maleducata. Non mi piacciono le persone maleducate come lei.»

«E a me non piacete voi adoratori di Satana» ribatté Mike. «Quali porcate le stavi mettendo in testa?»

«Proprio nessuna, anche se probabilmente cinque minuti in mia compagnia si rivelerebbero più proficui per Jihan che un mese passato assieme a uno come lei.»

Il volto di Mike quasi deflagrò dalla collera. «Come hai detto?! Ascoltami bene, vigliacca di una cagna, tu non hai–»

«Ci vediamo in giro, Jihan» lo interruppe Seline. «Il tuo badante è un uomo troppo volgare.» Afferrò un lembo del vestito e si girò dall'altra parte. Un battito di ciglia più tardi era scomparsa nelle ombre del porticato come un fantasma, lasciandosi dietro una sorta di immagine residua che svanì più lentamente, simile a una figura impressa dal sole sulla retina.

«Ed ecco che sparisce. Fanno sempre così, quei morti viventi. Sono arti oscure, capisci?» blaterò Mike. «Quei bastardi sono capaci di nascondersi nelle ombre.»

Jihan lo fissò a lungo con occhi mogi, cercando di impietosirlo e rimproverarlo allo stesso tempo.

«Ti piacciono proprio quelle demonesse del Capricorno, eh?» riprese infatti lui. «Perché non ti fai addestrare dalla Venerabile Baldracca Seline, se ti piace così tanto? Ti porto a Geistheim e ti mollo davanti al portale della cattedrale, che ne dici? Magari ti accoglieranno, come fanno coi neonati che poi sacrificano al demonio! Fanculo, tanto stanno per portarti via comunque.»

Nell'udire quelle parole, Jihan si allarmò. «Cosa significa? Chi vuole portarmi via?»

«Majid è incazzato nero perché ho preso con me una novizia da Vajrasana senza il suo permesso. Secondo lui avrei dovuto sì addestrarti, ma rimanendo nella capitale. Che razza di stronzata sarebbe? Me l'ha riferito poco fa quel coglione di Amjad. È venuto fin qui per dirmelo, visto che lo Jarl non mi trova quasi mai nel Piano Astrale. Forse la tua cara amica Meljean ha cantato, anche se era stata lei a spronarmi a portarti con me. Lo sapevo che non bisognava fidarsi di quella sgualdrina. In vita faceva la prostituta, figurati se ci si può fidare di una del genere.»

«Non è la mia "cara amica Meljean", la conosco appena quella là» puntualizzò Jihan con una nota di livore verso la scaricabarile di Manila. «Quindi cosa facciamo? Dobbiamo tornare indietro subito?»

«Tu che vuoi fare?» chiese Mike, accendendosi una sigaretta. «E sii sincera.»

Jihan ponderò la cosa per qualche momento. «Io preferirei non tornare indietro adesso. Insieme a lei mi sto davvero divertendo! Però, ecco, se *proprio* dobbiamo andare...»

Mike parve parecchio sollevato, anche se cercò in tutti i modi di non darlo a vedere. «Bene, ottimo. Allora fanculo lo Jarl! Che venga a prenderti lui stesso, se ti vuole così tanto. Ci scommetti che non lo farà? Quello è già tanto se scende dai forni dell'Athanor per scolarsi un boccale di Nettare una volta al giorno, figurati se trascina il suo pesante culo iraniano fin qui.»

Jihan si coprì la bocca con la mano e ridacchiò.

«Torniamo a questioni più pressanti» riprese Mike. «Cos'hai scoperto su Seline? La stavi pedinando, giusto?»

«Purtroppo mi ha scoperta subito» si scusò lei. «Però ho notato che guardava di continuo verso la porta dell'edificio dove c'è la Biblioteca, come se si aspettasse di veder uscire qualcuno.»

«Hm» grugnì Mike, dirigendo lo sguardo in quella direzione. «Allora rimarremo a guardare anche noi. Tanto Abbot's Folly è un luogo aperto a tutti, mica possono cacciarci.»

***

La giornata era torrida. Anche se il sole stava già cominciando la sua traiettoria discendente, il caldo non accennava ad allentare la morsa e, fatto ancor più strano, non tirava nemmeno un filo di vento, che di solito a Bishop's End era fresco e soffiava da nord-est. Quel giorno i Tessitori degli agenti atmosferici dovevano sentirsi in particolar modo burloni. Fortunatamente per i due del Leone, sotto il portico attorno al cortile di Abbot's Folly c'era qualche grado in meno.

«Uff, che caldo.» Jihan sbuffò, oppressa dalla calura. Si tolse la cappa di lana arancione col cappuccio e rimase con addosso soltanto la tunica dorata di lino. Qualche dubbio però persisteva. Per quale motivo, adesso che era al Tempio, la infastidiva una temperatura che da viva, in Cina, avrebbe considerato moderata? L'essere del Leone l'aveva già influenzata fino a quel punto, o forse aveva sempre odiato il caldo ma non ci aveva mai riflettuto seriamente?

«Che fai, razza di scostumata? Ti denudi?» la ammonì Mike. «Guarda che i Bibliotecari sono tutti dei dannati pervertiti, è un fatto arcinoto. Rimettiti la cappa, tanto è solo una sensazione, mica possiamo sudare davvero.»

Jihan stava per ribattere che senza la cappa era ancora vestita, quando con la coda dell'occhio vide la sagoma di una persona che avrebbe riconosciuto con qualsiasi vestito addosso. Anche se l'aveva già incontrata una volta, cadde comunque in una profonda estasi mistica, come se si trovasse al cospetto di una dea.

Chae-yeon uscì dalla porta principale dell'edificio che ospitava la Biblioteca e si mise a passeggiare per il cortile in cerca di una panchina libera sulla quale sedersi. I presenti la osservavano con curiosità, ma lei si sentiva davvero di ottimo umore. Aveva risolto il problema Emily al meglio delle sue possibilità, anche se sotto sotto avvertiva una punta di crescente agitazione in attesa del responso di Alford. Avrebbe accettato di buon grado il verdetto, qualunque fosse stato, ma non avrebbe saputo dire se si sentisse più nervosa al pensiero di ritrovare Emily o di perderla.

La Madre Reverenda stava giochicchiando con i ciuffi dei capelli, seduta su una panchina di pietra, quando vide una ragazzina del Leone camminare a piccoli passi verso il centro del chiostro. La guardava con occhi scintillanti, le mani davanti alla bocca.

«*Omona!*» esclamò Chae-yeon, balzando a sua volta in piedi. «Jihan?»

La ragazzina annuì, ridacchiò e si ravviò i capelli dietro le orecchie con mani tremolanti. Fece qualche altro timido passetto in avanti.

Violet delle Starlight le corse incontro e annunciò con voce cristallina, perfezionata fino a quel livello solo dopo aver eseguito il saluto ufficiale del gruppo decine di migliaia di volte: «*Coming – for – you! Annyonghaseyo*, Starlight *imnida*[1]!» ("Coming for you" veniva sottolineato creando un cuore con le mani che partiva dal petto del membro del gruppo e si avvicinava al fan di fronte a lei, o alla telecamera.)

Jihan impazzì dalla gioia e si coprì il viso mentre gli occhi si bagnavano velocemente di lacrime.

«*Ah eottoke!*» commentò una altrettanto emozionata Violet. Era da tempo che non incontrava più una vera fan delle Starlight. Non riuscendo più a resistere, si fiondò verso Jihan e la abbracciò. Entrambe piansero per un paio di minuti buoni sotto gli sguardi allibiti dei presenti.

Mike osservò la scena in preda allo sconcerto più totale, esterrefatto non meno di quanto lo sarebbe stato come unico testimone oculare di un antico rituale esoterico compiuto da entità aliene provenienti da oltre i confini dello spazio-tempo conosciuto. Quella volta, però, decise di non interrompere il siparietto affettuoso. Un po' perché della Madre Reverenda si sarebbe fidato anche il peggior complottista del Tempio, e inoltre perché, in linea di massima, Chae-yeon lo avrebbe scaraventato nel settore del Cancro con un calcio ben assestato nel didietro.

Le due ragazze continuarono a chiacchierare per diverso tempo. Incuriosito, Mike decise di avvicinarsi per ascoltare meglio, ma quando afferrò pienamente l'argomento della loro conversazione si pentì d'averlo fatto. A quel punto non trovò soluzione migliore che accendersi un'altra sigaretta e sperare che i Bibliotecari di passaggio smettessero di osservare il brioso duo asiatico, ma si rivelò

---

[1] Trad. da inglese e coreano: "Veniamo a prenderti! Ciao, siamo le Starlight!»

una speranza vana.

Jihan era emozionatissima. Continuava a ravviarsi i capelli dietro le orecchie mentre ammirava estasiata il volto di Chae-yeon, che visto dal vivo le sembrava persino più splendido che in televisione. L'ex leader delle Starlight era il suo modello di riferimento come donna, per cui non provava alcun sentimento di rivalità nei suoi confronti, piuttosto aspirava un giorno a diventare bella quanto lei. Altre fan la vedevano in maniera diversa e consideravano l'esagerata avvenenza dei membri del gruppo un fatto "problematico". Jihan e le sue amiche avevano ormai imparato a ignorare quei commenti odiosi, poiché provenivano sempre da quelle che loro chiamavano "grasse occidentali invidiose". Alcune volte aveva letto qualche opinione analoga provenire anche da dei fan maschi. Quelli li chiamavano *bōlī*, un termine del quale si ritiene conveniente omettere la traduzione.

«Cosa ci fai a Bishop's End? Sei piuttosto lontana dalla tua contrada» domandò la Madre Reverenda in tono amorevole ma con la lieve nota di preoccupazione tipica della sorella maggiore, della *unnie*.

«Ecco, sono venuta con il signor Mike» rispose Jihan, asciugandosi in fretta le ultime lacrime. Sulla Terra, mettersi a piangere quando si incontrava dal vivo la propria idol preferita era considerata una reazione accettabile, ma lei ora era una Valchiria del Regno del Leone e doveva darsi un contegno. «Siamo usciti oltre il Muro a uccidere i Vuoti e dopo essere rientrati ci siamo fermati a dormire allo *Stregone Elettrico*.»

Il viso di Chae-yeon si illuminò. «Uccidere i Vuoti? Ma che brava la mia Raylove!» Accarezzò la testa della ragazzina come avrebbe accarezzato il suo cagnolino maltese. «È da tanto che sei una nostra fan?»

«Sì, fin dal debutto! Quando ero piccola anch'io volevo diventare una *idol*, poi però...» Jihan abbassò lo sguardo e si torse le dita. «Sai, avevo imparato a memoria la coreografia di *Pink Rain*, perché *Perfect Pink* è il mio album preferito delle Starlight, e... quando l'ho imparata riuscivo ancora a stare in piedi e a ballare...»

Chae-yeon Kwon, che da viva non era considerata la regina del fan-service senza motivo, fece un sorriso raggiante ed esclamò: «Ma certo, *Pink Rain*! Era anche la *mia* title-track preferita! Be', ora sei di nuovo nelle tue piene forze, giusto? Perché non la proviamo assieme? Anche se temo che dovrai rinfrescarmi un pochino la memoria, perché io sono al Tempio da così tanto che mi sono dimenticata alcuni passi[1].»

---

[1] Nota di Alberto Piovani, Bibliotecario: A dover di cronaca si ritiene necessario sottolineare che Chae-yeon ricordava ancora alla perfezione ogni singolo movimento di tutte le coreografie delle nove title-track delle Starlight e anche delle b-side per le quali ne era stata creata una, ma quando aveva visto Jihan sprizzare felicità con ogni fibra del suo corpo aveva deciso che la piccola bugia avrebbe servito un'ottima causa.

«Ma, ma... non hai qualcosa di più importante da fare?» domandò Jihan, preoccupata di dover tornare alla realtà. «Stavi aspettando qualcuno?»

«Ballare *Pink Rain* insieme a una Raylove *è* qualcosa di importante» dichiarò Violet spingendo l'acceleratore a tavoletta sul fan-service. «Sono venuta alla Biblioteca con una mia Discepola per un controllo, ma ora devo aspettarla qui fuori, e...» Fece finta di mettere il broncio e addolcì la voce fino a farla divenire melassa. «Daiii, Jihan, non vorrai mica lasciarmi qui tutta sola ad annoiarmi? Ormai mi hai messo il tarlo in testa di ballare!»

Per un attimo la giovane cinese si sentì quasi mancare dall'emozione. Una volta riavutasi si mise a saltellare come un coniglietto, stringendo le mani della sua adorata Violet. Per Jihan, ballare *Pink Rain* insieme al suo membro preferito delle Starlight era qualcosa che poteva essere paragonato a essere incoronata la regina suprema del Tempio dopo aver sterminato da sola la più grande ondata di Vuoti della storia, con una schiera interminabile di maschi bellissimi che le lanciavano petali di rose sulla via per il trono.

Mike, orripilato da quella scena raccapricciante (almeno per i suoi gusti), e pervaso dal desiderio di scavarsi una fossa sei metri sottoterra nella quale nascondersi, gettò via il mozzicone e bofonchiò: «Quella Chae-yeon in totale deve avere almeno cinquant'anni, eppure è lì che saltella insieme a una sedicenne. Davvero non capisco come fa. Roba da matti.»

L'insofferente Leone appoggiò la schiena a una delle colonne del portico e riprese a fumare, osservando con interesse una scena spassosa che stava prendendo luogo davanti alla porta principale dell'edificio. Una ragazza bionda dei Gemelli stava disperatamente cercando di entrare in Biblioteca, ma le guardie dello Scorpione continuavano a impedirglielo, minacciando di passare alle maniere forti se non avesse tolto subito il disturbo. Una Bibliotecaria con gli occhiali e il viso da secchiona uscì sulla soglia e ordinò alla ragazza di smammare, se non voleva incappare in guai seri.

La ragazza dei Gemelli si allontanò, ma rimase sotto il portico del cortile e occhieggiò più volte Chae-yeon mentre camminava avanti e indietro, parlando da sola. «Cazzo, cazzo, cazzo... stupida, stupida Madre... ha portato davvero la principessa al castello... e io non posso salire perché Vero non me lo permette. Ma poi tanto chi mi crederebbe? Solo un miracolo, ormai... solo un miracolo...»

Mike rise e scosse la testa. Quasi sicuramente quella svalvolata aveva fumato troppo. I membri della Comune dei Gemelli erano tutti degli svitati, si sapeva.

***

Il sole tramontò. Nel chiostro di Abbot's Folly si accesero le fiaccole e i bracieri. Chae-yeon e Jihan stavano ancora cantando e ballando in un angolo, ma la maggior parte dei Bibliotecari aveva ormai lasciato l'edificio e si vedeva sempre meno gente in giro. Mike, stravaccato su una panchina, dopo aver rilevato con disappunto di aver quasi terminato le sigarette, decretò che era arrivato il momento d'andare a riprendere la bambina dal corso di ballo del doposcuola. A voler essere onesti, Jihan sembrava essere abbastanza portata per quel tipo di attività, e non se la cavava affatto male anche sotto il profilo del canto, ma c'era un limite a quanto k-pop Mike poteva tollerare in un singolo giorno, e quel limite era stato oltrepassato da un pezzo.

Jihan completò l'ultimo passo del secondo ritornello e si fermò appena alle spalle di Chae-yeon, qualche decina di centimetri spostata sulla destra. Le sembrò la posizione corretta, ma era difficile dirlo senza monitor, specchi e nastri adesivi sul pavimento per marcare il centro.

Il cuore le batteva all'impazzata. Pensò che stava andando meglio del previsto, ma d'altra parte adesso non era più affetta da alcuna malattia; inoltre, non essendoci il bisogno di respirare, diventava più agevole cantare mentre si ballava, mentre sulla Terra era ciò che separava una vera idol da una aspirante tale. Dal momento che erano soltanto in due, anziché in sette, Jihan stava indossando i panni del suo secondo membro preferito delle Starlight, vale a dire Ji-soo. Violet era un'ottima insegnante, ma questo la novizia già lo sapeva, dato che l'aveva vista dirigere le sessioni di pratica nelle quali le Starlight imparavano le coreografie.

«Uffa, senza avere uno specchio davanti ammetto che non è facile» scherzò Chae-yeon. «Non sappiamo nemmeno se siamo davvero in sincrono o no. Comunque sei bravissima. Se fossimo a Seoul chiamerei lo scout della GG per farti fare un provino.»

Jihan ridacchiò piena di gioia, ma poi il suo viso si rabbuiò alla velocità della luce quando vide Mike andarle incontro con aria solenne. Abbassò lo sguardo, ormai rassegnata.

«Mi perdoni, Sua Eminenza, ma temo che la ricreazione sia finita» disse lui rivolto alla Madre Reverenda, anche se con più classe del solito.

Chae-yeon appoggiò le mani sui fianchi e studiò Mike con un cipiglio severo. «*Ahjussi*, lei è il Guerriero che si occupa di addestrare Jihan?»

La novizia trattenne il fiato, terrorizzata che Mike decidesse di condire la risposta con qualche epiteto colorito o vituperare l'adorata Violet come avrebbe fatto con Seline.

Mike lanciò un'occhiata alla sua protetta, si schiarì la voce e rispose: «Sì.»
Jihan esalò un sospiro di sollievo.

«Oh, be', in effetti non ha tutti i torti, si sta facendo tardi» disse Chae-yeon in tono equanime. «Mi domando dove sia finita la mia Discepola. Dai, Jihan, non deprimerti in quel modo. Al secondo piano della mia casa nel Piano Astrale ho creato una grande stanza con le pareti ricoperte di specchi. Lì faremo pratica molto meglio!»

Jihan capì cosa intendeva dire e venne soverchiata dalla felicità. Non solo aveva finalmente una vera amica con cui parlare di notte, ma era addirittura

Violet delle Starlight! Guardò ansiosa in direzione di Mike, temendo che avesse qualcosa da obiettare, ma lui non mosse un muscolo.

Purtroppo, era impietrito per tutt'altro motivo.

Jihan vide il suo viso colorarsi rapidamente eppur inesorabilmente di rosso. Poi i vestiti. Poi l'erba, le panchine, il portico, e infine tutto il cortile interno di Abbot's Folly.

Qualcuno gridò. Tutti indicavano il cielo.

Jihan si girò e sollevò lo sguardo.

La luna sanguinava.

Capricorno
Meno di un Intoccabile

Adelmo si fece faticosamente largo tra la folla accorsa nella piazza antistante la cattedrale di Saint-Yves e superò le numerose file di Intoccabili fino a raggiungere quelle dei Guerrieri, che erano radunati attorno alla fontana con la statua del drago, al centro della piazza. Il buio della notte era spezzato soltanto dalla luce dei lampioni e dalla tremenda luna insanguinata, che velava la città di rosso. Pareva che tutti i cittadini di Geistheim si fossero riversati lì, in attesa di un discorso della Gran Maestra. Adelmo in cuor suo sperò che fosse il più breve possibile, perché era evidente che non avevano un secondo da perdere. L'Alta Marea era arrivata senza alcun preavviso da parte degli esploratori del Sagittario, il che significava che l'orda di Vuoti doveva essere ormai in prossimità del Muro, e c'erano più di venti chilometri da coprire a piedi fino alla torre di guardia più vicina.

Adelmo si ritrovò al fianco di Hideki, che lo squadrò con aria diffidente. La cosa non lo sorprese. Aveva il presentimento che tutti i Maestri fossero stati messi al corrente della scaramuccia con Michelle nella Cripta, e da quel giorno lo avevano costantemente evitato.

Ormai nella piazza erano presenti tutti i Guerrieri del Capricorno che non erano già partiti per il Muro. In piedi, ai lati della fontana, c'erano la Venerabile Maestra Naija e il Custode. Nel vedere Adelmo, Naija abbozzò un sorriso, ma Ludwig, persino più tetro del solito, non alzò nemmeno lo sguardo da terra.

Le campane di Saint-Yves smisero di rintoccare a stormo e si udì soltanto il vociare della folla. Un tetro concerto di mormorii inquieti e domande senza risposta lasciate ad aleggiare nell'aria.

Adelmo avvertì una presenza intangibile passargli accanto, come una brezza gelata portata da un fantasma. Un istante più tardi, Michelle comparve di fronte a lui. Spiccò un elegante balzo e atterrò leggiadra sulla testa del drago, a quattro metri da terra. Ruotò su se stessa per osservare la massa di gente attorno a lei, con la gigantesca luna rossa che brillava dietro la sua schiena.

«La Gran Maestra de Molay!» urlò qualcuno nella folla.

«La Signora di Geistheim ci guiderà!» gridò un altro.

Gli Intoccabili applaudirono e alzarono la voce per acclamarla. Adelmo non aveva mai visto gli abitanti della città animati di un tale spirito combattivo, ma il momento d'esaltazione ebbe vita breve e mutò in qualcosa di assai più cupo.

«Siamo stati traditi!» gridò il rubicondo gestore del *Ténèbres du Jour* da lontano. Buona parte dei concittadini concordarono con borbottii e imprecazioni irate.

Michelle, persino più ombrosa del solito, si mantenne in silenzio.

Naija saltò sul bordo della vasca per farsi vedere da tutti. «Questo non lo sappiamo. Non è ancora arrivato il momento di saltare alle conclusioni.»

«Ma non siamo stati avvertiti!» ribatté il locandiere con veemenza. «È la prima volta nella storia. La *Leonardo da Vinci* era uscita in avanscoperta proprio stamattina, lo sappiamo con certezza. A che gioco stanno giocando?»

La massa di gente rumoreggiò. Troppi erano d'accordo con lui.

«Se le loro navi non servono ad avvisarci dell'arrivo dell'Alta Marea, allora a cosa diamine servono?» berciò un uomo di mezz'età con la barba bianca. La piazza si infiammò ancor di più.

Michelle finalmente parlò. La sua voce era pacata ma adamantina. «Ammetto che è strano. Può darsi che sia avvenuto per colpa mia e desidero scusarmene con tutti voi. Alla Ceremonia delle Armi, come forse già saprete, mi sono comportata in maniera disdicevole, attaccando proprio un membro del Sagittario. Non credo che arriverebbero a tanto, ma una volta giunta al Muro verificherò i fatti di persona. Ignoriamo quale sia la situazione attuale alla frontiera, dunque può darsi che non siano stati avvisati nemmeno i nostri vicini. State però certi che, nel caso fossimo stati vigliaccamente traditi, una volta passata la Marea mi occuperò di regolare i conti con i marinai del Sagittario.»

Il morale del popolo del Capricorno si rinvigorì. Per la piazza echeggiarono travolgenti grida di approvazione.

Una volta che gli animi si furono placati, Michelle riprese il discorso. «Nel frattempo, questi sono gli ordini: tutti i Venerabili Maestri, i Maestri e gli Allievi mi seguano. Nessun Guerriero rimarrà a Geistheim. Lo ripeto: nessun Guerriero. Non mi importa di quanto siete stanchi né di quanto sono deperiti i vostri Rosari. Non mi importa nemmeno se siete feriti. Quest'Alta Marea sembra davvero orribile, per cui servono tutti gli Shintai di cui disponiamo. Per questo stesso motivo, anche se col cuore che mi duole, devo ricordare a tutti gli Intoccabili di ripassare i protocolli per la difesa estrema della città. Nessuno è esentato dal fare la sua parte. Sapete quali sono i vostri compiti e le vostre postazioni. Se i Vuoti dovessero penetrare nel Muro, tenteremo di arrestare qui la loro avanzata.»

Un silenzio gelido calò sulla folla.

«Gran Maestra, crede davvero che si arriverà a tanto?» domandò qualcuno, teso quanto gli uomini attorno a lui.

Michelle replicò a voce più bassa: «Spero davvero di no, ma non ho mai visto una luna così vermiglia, da quando sono qui.» Fece un passo in avanti e si lasciò cadere a terra. Immerse le mani nell'acqua della fontana e con l'indice bagnato si tracciò un triangolo equilatero sulla fronte. «Non abbiamo tempo da perdere.

Partiamo subito, e boia chi rimane indietro! Ludwig, Anya, João Pedro, voi andrete al cancello numero otto insieme a tutti i vostri Allievi; Hideki, Jensen, Naija, Stepan, voi e i vostri uomini verrete al cancello numero sette insieme a me. Tutti gli Intoccabili rientrino nelle loro case e non ne escano finché la situazione non verrà risolta o sarà giunto il momento di combattere strada per strada.»

La folla si disperse in fretta e furia tra bisbigli, gemiti e accorati appelli alla calma dei più coraggiosi. Lunghe file di Maestri e Allievi si diressero in maniera ordinata, ma con decisione, verso sud, seguendo la strada che si incuneava tra Saint-Yves e il Colle della Guardia, dove sorgeva la Certosa. Da lì in poi i gruppi avrebbero preso due direzioni differenti.

Adelmo si unì con diligenza alla sua brigata, ma si sentiva ignorato, emarginato. Nessuno lo degnava di uno sguardo, a parte la Venerabile Maestra Naija, alla quale lui era stato affidato. Eppure persino lei sembrava adirata, sia nei suoi confronti che di quelli di Michelle.

Non si erano ancora messi in marcia, quando Adelmo vide proprio Naija e Michelle appartarsi a lato della piazza. Dopo poco cominciarono a gesticolare con veemenza. Adelmo si avvicinò per udire meglio, ma parlavano a voce talmente alta che chiunque fosse stato nelle immediate vicinanze avrebbe potuto udire ogni singola parola, e questo era davvero inusuale per due Maestre del Capricorno.

Michelle si voltò stizzita e fece per andarsene, ma Naija la afferrò per il braccio e la costrinse di nuovo a fronteggiarla.

«Prova a prendermi di nuovo per il braccio e...» sibilò Michelle con la voce iniettata di veleno.

«E cosa? Sentiamo. Attaccherai anche me? Iniziamo una guerra civile interna al Capricorno mentre c'è l'Alta Marea?»

«Io non ho attaccato proprio nessuno, tantomeno il nuovo Allievo» si difese la Gran Maestra, distogliendo però lo sguardo. «Se la pensi in tal modo suppongo che il tuo nuovo protetto avrà mentito. È stato lui a materializzare l'arma per primo.»

«*Il nuovo Allievo*? Hai davvero intenzione di non chiamarlo più col suo nome?» Naija sbuffò e alzò la voce. «Signorina de Molay, ora vedi di ascoltarmi bene. Sei stata troppo dura con Adelmo. C'è stato soltanto un piccolo fraintendimento tra di voi, e in fondo non si è fatto male nessuno. Credi di migliorare le cose comportandoti in maniera immatura?»

«Non azzardarti mai più a urlarmi in faccia» rispose secca Michelle sostenendo il suo sguardo. «Adelmo è uno stupido e un credulone. Non mi serve a niente uno del genere. Cosa me ne faccio di un Allievo che ha paura della sua Gran Maestra? Se crede davvero che io sia malvagia può buttarsi in pasto ai Vuoti, per quel che me ne importa.»

Naija spalancò la bocca. «Bugiarda... sei una bugiardaccia patentata!»

«Va bene, sono una bugiardaccia patentata. Hai altri insulti infantili da lanciarmi contro, o possiamo finalmente partire? Ho affidato Adelmo a te, no? Dunque l'ho lasciato in ottime mani.»

«Vergogna! Tratti in questo modo l'unico novizio che abbiamo? Ha già il morale a terra, e sono certa che questa nottata si rivelerà terribile anche per i veterani. Adelmo potrebbe non tornare da quel Muro e tu ci scherzi sopra! Se ci fosse qui Seline, te ne canterebbe due anche lei!» Con quelle parole Naija si allontanò dirigendosi proprio in direzione di Adelmo, che fece goffamente finta di non aver ascoltato il diverbio.

Michelle lo fissò per un istante, si mordicchiò il labbro inferiore e si fiondò a tutta velocità giù per la strada, diretta a sud. Tutti gli altri Guerrieri si mossero per seguirla, anche se la velocità della Gran Maestra era paragonabile a quella di un ghepardo lanciato verso la sua preda nella savana. Un ghepardo ammantato di nero.

Naija raggiunse Adelmo e lo ghermì per il braccio come aveva fatto in precedenza con Michelle. «E tu, tontolone, cosa combini? Attaccare la Gran Maestra... ma dico, sei impazzito? Cosa diavolo ti è passato per la testa, vorrei proprio sapere. E non osare raccontarmi di nuovo che è perché mi hai vista nuda alle terme.»

Adelmo arrossì d'azzurro e si guardò attorno. Fortunatamente gli altri Maestri erano già corsi dietro a Michelle, ma parecchi Intoccabili erano ancora nella piazza. «Venerabile Maestra, abbassa la voce, ti scongiuro. Posso assicurarti che in quel momento avevo ben donde di rivolgere il mio Shintai contro la Gran Maestra, sebbene a posteriori si sia rivelata una decisione sciagurata.»

Lei emise un sospiro e guardò il cielo. «Adesso fa' silenzio e seguimi. Mi è già salito il mal di testa. Parleremo in viaggio.»

Illuminata soltanto dalla luce rossa della luna, la brughiera si era tramutata in un paesaggio infernale. I salici piangenti sembravano spettri dai lunghi mantelli infuocati, al posto dell'erba si increspava un mare di fiamme. La misteriosa foresta pietrificata pareva un sabba di streghe raccolte attorno a un falò, con le braccia scheletriche protese verso il cielo.

La Gran Maestra si mantenne sempre in testa alla comitiva, sfrecciando come una pantera nel suo abito vittoriano nero. Una parte dei Guerrieri deviò presto verso ovest per raggiungere il cancello al confine con il Leone, ma la maggior parte delle truppe seguì Michelle a Ravenmoore e al cancello a ore sette. Evidentemente la leader riteneva che quella zona fosse l'anello debole del Muro, avendo una pessima considerazione dei loro vicini Gemelli. Pur essendo indisciplinati, i Guerrieri del Leone erano forti e coraggiosi, dunque il loro lato necessitava di meno aiuto.

Durante la folle corsa, la mente di Adelmo tornò per un attimo agli Intoccabili barricati nelle loro case a Geistheim. Qualcosa continuava a non quadrargli. Si rivolse a Naija, che correva al suo fianco: «Venerabile Maestra, per quale motivo Michelle ha ordinato anche agli Intoccabili di combattere, nel caso i Vuoti arrivassero fino in città? Eppure mi era stato spiegato che non sono in grado di farlo, non avendo uno Shintai.»

Naija lo guardò comprensiva. Pareva aver sbollito la rabbia. «È vero, gli Intoccabili non possono di fatto uccidere i Vuoti, ma abitano pur sempre il Piano

Materiale come noi e i loro corpi possiedono una consistenza fisica. Se impugnano una lancia o un bastone e li spingono contro un Vuoto, quello viene bloccato, almeno per qualche momento. E sempre sperando che non sia protetto da Grani, o verrebbero respinti.»

«Ma gli Intoccabili non sono veloci e forti come noi! Sono persone dalle capacità fisiche ordinarie e non possiedono nemmeno un Rosario!»

«Possono comunque distrarre i Vuoti, se li attaccano in grandi gruppi.»

«Distrarli? No, ora ho capito cosa intendete realmente dire» rispose lui, reprimendo a stento la collera. «Volete usare gli Intoccabili come carne da macello, in modo da far perdere tempo ai Vuoti finché non arriviamo noi.»

«Se hai un piano migliore, sono disposta ad ascoltarti» disse lei per rabbonirlo. «I nostri Guerrieri sono i migliori del Tempio, ma purtroppo sono pochi. A mali estremi, estremi rimedi. Preferiresti che i Vuoti radessero al suolo la capitale e avanzassero fino a Gulguta?»

«Forse lo preferirei, sì.»

Naija lo osservò di sbieco mentre continuavano a correre sull'erba della brughiera. «Temo che tu stia per dire una fesseria, ma spiegati meglio.»

«Anche se dovessimo ricostruire tutta Geistheim, quanti Tessitori verrebbero sacrificati? Qualcuno, certo, ma evacuare la città e lasciare che i Vuoti la distruggano sarebbe comunque una soluzione più umana che mandare i nostri compatrioti al macello. Inoltre, la profezia che il nostro mondo finirebbe nel caso i Vuoti raggiungessero l'Aditus Dei è ancora tutta da dimostrare.»

Naija sospirò. «Tu farnetichi, Adelmo. Lo fai in buona fede, ma farnetichi. Capisco il tuo stato d'animo, tuttavia stai parlando di cose che ancora non comprendi appieno. I Vuoti non possono arrivare fino all'Aditus Dei, questo è fondamentale. Dobbiamo fermarli a ogni costo, anche sacrificando la nostra gente. Ma per tirarti su di morale voglio dirti che non siamo mai dovuti arrivare a tanto. I Vuoti non entreranno mai nel nostro settore e non attaccheranno mai Geistheim, fidati. Sono le altre Case a doversi preoccupare.»

Correndo a perdifiato arrivarono a Ravenmoore in un poco più di un'ora, i più lenti in un'ora e mezza. Il piccolo paese quella notte era gremito di dozzine e dozzine di Guerrieri. Per una volta si videro anche gli Intoccabili che vivevano lì. Erano usciti dalle loro lugubri abitazioni e si appellavano al buon cuore dei loro compatrioti perché proteggessero il Muro e, di conseguenza, la loro cittadina.

La maggior parte dei Maestri e degli Allievi del Capricorno corse verso il grande cancello di ferro – che quella sera veniva lasciato sempre sollevato – e si fiondò dall'altro lato del Muro senza aver bisogno di ricevere altri ordini dalla leader. I Guerrieri dei Gemelli arrivavano invece a rilento, pur essendo la loro capitale più vicina al Muro rispetto a Geistheim. Tra coloro che si avvicinavano al cancello, Adelmo notò anche la ragazza di colore che aveva incontrato vicino alle terme qualche tempo prima e con cui aveva brevemente parlato. Janel. La sua amica bionda, però, non era con lei. Tutta sola, l'afroamericana sembrava terrorizzata. Adelmo si sfregò un dito sui baffi.

Naija intercettò il suo sguardo e commentò: «I Guerrieri dei Gemelli sanno che questo lato è ben protetto perché ci siamo noi, per cui se la prendono comoda. Mandano gli uomini migliori all'altro cancello, quello in comune col Toro, perché nemmeno loro sono ben organizzati, anche se alcuni membri presi singolarmente sono eccellenti Guerrieri.»

«Sì, capisco il ragionamento» replicò Adelmo. «Eppure...»

In quel momento Michelle si avvicinò a loro con circospezione. Sfiorò il novizio con lo sguardo e disse, rivolta a Naija: «Saliamo? Mi dicono che la situazione è seria, anche se per adesso è ancora sotto controllo. Sembra che ci sia qualcosa... qualcosa di *strano,* in avvicinamento.»

«Che vuol dire "qualcosa di strano"?» indagò Naija. «Di che Vuoto stiamo parlando? È un Idolo? Un Idolo con dodici Fanatici al seguito?»

«Non si sa.»

«È un Profeta? Se non si porta appresso anche il libro posso pensarci io.»

«No, non capisci. *Non lo sanno* che cos'è. Dicono che si tratta di un Vuoto sconosciuto, per quanto assurdo possa sembrare. Per questo voglio salire subito a osservare dall'alto.»

Naija impallidì. «Non sanno cos'è? È impossibile. Non esistono Vuoti che non conosciamo, dopo secoli di Guerra Eterna.»

Michelle si scompigliò i boccoli neri. «Ora mi credi quando dico che stanno accadendo strane cose? Ieri notte Seline mi ha comunicato che avrebbe preceduto quella Emily Lancaster e la Madre Reverenda a Bishop's End. Dicono che la novizia ha qualcosa che non va e che Nightingale deve esaminarla. Ci sarebbe da risolvere anche quel mistero, ma in questo momento mi pare meno importante. Sempre che i due fatti non siano in qualche modo collegati. Comunque, sono sicura che Seline se la caverà da sola.»

«Ma certo» confermò Naija, che però sembrava colpita da quella rivelazione. Quando Adelmo cercò di incrociare il suo sguardo, lei lo distolse.

Al novizio tornarono alla mente le accuse scagliategli addosso dalla Gran Maestra solo perché era arrivato allo stesso Rito di Emily Lancaster. Eppure, a lui pareva del tutto assurdo che una Discepola della Vergine senza Zenith potesse essere responsabile dell'arrivo dell'Alta Marea e di un Vuoto sconosciuto, così come trovava impensabile che le Maestre potessero ritenerlo coinvolto.

Si udì un fischio. Era Klaus, in piedi accanto alla scala che conduceva sulla cima del Muro, il viso contratto dalla tensione. Quando si girarono verso di lui, indicò col pollice verso l'alto e risalì i gradini a tutta velocità.

Michelle trasse un lungo respiro e ordinò: «Venerabile Maestra Naija, Allievo Adelmo, voi due salirete entrambi con me alla torre di guardia.»

Adelmo boccheggiò per l'indignazione. «Dunque intendete tenermi lontano dal campo di battaglia per tutta la notte? Perfino gli Intoccabili sono tenuti a fare la loro parte. Io sono forse meno di loro?»

Michelle lo scrutò con occhi gelidi. «Ora salirai insieme a noi. Per morire hai sempre tempo dopo.»

Naija annuì e lo incoraggiò con lo sguardo a scendere a più miti consigli. Adelmo ingoiò il boccone amaro, ma decise di non contestare l'ordine.

Nella torre di guardia erano presenti solo gli ufficiali di rango più elevato del Capricorno e dei Gemelli, posto che la gerarchia militare per i Gemelli era un concetto aborrevole e tra i loro ranghi regnava più che altro l'anarchia. In quel contesto Adelmo si sentiva un pesce fuor d'acqua, perché non era un ufficiale. Allo stesso tempo si sentiva un incapace che veniva tenuto in disparte cosicché non compromettesse i giochi dei grandi. Non sapendo che altro fare, si avvicinò al parapetto merlato e si sporse in fuori.

Al di là del Muro la battaglia imperversava in ogni direzione. Centinaia di Guerrieri lottavano contro orde di Vuoti dalle forme più disparate. Da quell'altezza i mostri parevano uno sciame insanguinato di insetti di mille specie diverse. Strisciavano, saltellavano, si trascinavano, correvano; alcuni più piccoli e veloci, altri più grandi e lenti, con un diverso numero di zampe e un diverso modo di muoversi e attaccare; alcuni portavano strane armi con le quali cercavano di colpire i Guerrieri, altri si mantenevano a distanza, altri ancora pestavano i nemici con i loro stessi arti o con le grottesche escrescenze che spuntavano dai loro corpi. I Guerrieri del Capricorno combattevano invece come tante squadre ben oliate, stuzzicandoli, ferendoli e poi finendoli in maniera ordinata ed efferata. Non aveva senso caricare i Vuoti disponendosi in formazioni precisamente delineate o formando reggimenti a ranghi serrati, data la multiformità e i procedimenti peculiari che bisognava adottare per eliminare alcuni di essi.

A Adelmo, tuttavia, parve subito evidente che le schiere di nemici che avanzavano erano troppo fitte e numerose. Almeno il settore attiguo al loro, quello dei Gemelli, sarebbe stato prima o poi sopraffatto. Si voltò e si avvicinò ai superiori, ma erano intenti a discutere di qualcosa che ritenevano più importante.

La Gran Maestra scrutò l'orizzonte dalla cima della torre di guardia accanto all'immenso braciere acceso. Era troppo buio per vedere lontano, sebbene la luna rossa splendesse più intensamente che mai. «Dov'è in questo momento?» domandò a Klaus.

Il Venerabile Maestro si girò a sua volta verso le Terre Esterne. «Da quel che raccontano le vedette lungo il Muro, all'inizio è apparso accanto al fiume Sanzu, davanti al settore dei Pesci, ma sono riusciti a spingerlo in senso orario verso il settore del Toro, e ormai dev'essere vicino a quello dei Gemelli. Quel Vuoto è il motivo per cui i marinai del Sagittario non sono riusciti ad avvisarci in tempo. La *Leonardo da Vinci* è stata distrutta, anche se alcuni di loro sono riusciti a tornare vivi. Quel mostro semina morte e devastazione ovunque, nessuno riesce ad annientarlo. Dicono che il Presidente e i suoi uomini del Toro ci abbiano provato e abbiano fallito. Non...» Klaus tentennò e parve turbato. «Non segue nemmeno una delle regole cardinali dei Vuoti. Raccontano che possiede Grani infiniti e di conseguenza non si riesce a ferirlo. È assurdo.»

Michelle non si scompose più di tanto. «Perché lo stanno conducendo verso settori dove può uccidere con più facilità? Non potevano lasciare che rimanesse davanti ai Pesci, se proprio gli piaceva così tanto il fiume?»

Klaus scosse la testa. «Mich, quell'affare se ne infischia del fiume. Dicono che lo percorreva come se niente fosse, saltellando nell'acqua. Se lo avessero lasciato lì, sarebbe entrato dritto nel settore attraverso il varco nel Muro.»

Michelle strinse le palpebre. «*Saltava* dentro il letto del fiume, hai detto? Ma che razza di aspetto ha?»

«Ho sentito racconti contrastanti, troppo bizzarri per darvi credito, ma se continua a dirigersi verso di noi credo che prima o poi lo verificheremo di persona. Dicono che è enorme, e se saltasse...»

Michelle sgranò gli occhi scarlatti. «Aspetta, stai dicendo che quel Vuoto, qualunque cosa sia, potrebbe saltare *oltre* il Muro?»

La bocca di Klaus si contrasse. «Sto dicendo che non sappiamo quanto in alto è in grado di saltare quel diavolo di affare. Il Signore ci sta mettendo alla prova, è evidente.»

«E oltre al Vuoto sconosciuto c'è anche questa Marea tremenda... *Putain de bordel de merde*[I]! Non abbiamo tempo da perdere, dobbiamo scendere subito!» sibilò Michelle cercando Naija con lo sguardo.

«No, Mich, rimani qui almeno tu» suggerì Klaus. «Qualcuno deve osservare l'andamento della battaglia dall'alto e prendere decisioni a mente fredda. Possiamo ancora cavarcela. La situazione non è così disperata da dover far scendere in campo la regina assieme ai suoi soldati.»

«Sarà, ma questa analogia è poco calzante, perché in questo caso la "regina" è una combattente più valorosa dei suoi stessi campioni» obiettò Michelle senza falsa modestia. «Però ammetto che non hai tutti i torti. Vi impartirò ordini dall'alto e scenderò solo se necessario, come ho sempre fatto.»

Klaus parve sollevato, si accomiatò e si avviò verso le scale.

La Gran Maestra scese a passi veloci dalla torre di guardia e ordinò: «Venerabile Maestra Naija, raduna tutti i Maestri rimasti e scendete a combattere davanti al nostro settore! Ripeto: davanti al nostro settore. Hai inteso cosa voglio dire, vero? Puoi portare con te anche il tuo novizio preferito, se proprio lo desidera.»

Naija gridò qualcosa agli altri ufficiali, che si lanciarono subito giù per le scale, mentre lei rimase accanto a Adelmo. «Allora, sei contento? Puoi combattere anche tu» gli disse accennando un sorriso, ma si vedeva che era più tesa del solito.

«Cosa intendeva la Gran Maestra quando ha ribadito di combattere davanti al nostro settore?» domandò lui.

«Intendeva dire esattamente quello. Prima difendiamo il nostro settore, poi pensiamo agli altri. È sempre stato così.»

«Ma quelli dei Gemelli non ce la faranno, e sono proprio qui a fianco, a pochi metri da noi!» controbatté Adelmo. «Se i Vuoti penetrassero in quel settore non sarebbe forse una terribile sciagura come lo sarebbe se entrassero al Capricorno?»

«Prima difendiamo la nostra contrada, Adelmo» ribadì Naija con voce ferma. «Se i Vuoti penetrassero nel settore dei Gemelli, potremmo raggiungerli facilmente dall'interno. Non ci sacrificheremo per quei lavativi finché non sarà assolutamente necessario. Mi hai capita?»

[I] Trad. "Che cazzo di casino!" in francese.

«Sì, ho capito» rispose lui, perplesso.

Adelmo si stava dirigendo verso le scale che lo avrebbero riportato a terra, quando Michelle lo intercettò. Teneva lo sguardo basso, senza alzare di un grado gli occhi. Una volta che gli fu accanto, fissò il parapetto merlato alle sue spalle e disse: «Adelmo, prima che tu vada desidero dirti questo. Le tue prestazioni come Guerriero non sono affatto così scadenti come ti abbiamo fatto credere. Me lo ha confermato Naija, che ti ha studiato a lungo, ma me n'ero resa conto già io stessa osservando il tuo addestramento. Ti starai allora chiedendo perché ti abbiamo trattato con freddezza. Era una piccola recita che abbiamo messo in scena per incoraggiarti a dare di più, superando così i tuoi limiti. Il tuo Zenith non si è ancora del tutto concretizzato. Di solito con gli altri Allievi del Capricorno questo metodo porta risultati notevoli, ma con te non ha funzionato, anzi ha ottenuto l'effetto contrario. Spero che questo mio chiarimento serva a pacificare i tuoi timori e a rincuorarti, ma se così non fosse, e la tua mente rimanesse incerta, ti è permesso di tornare quassù a osservare la battaglia insieme a me. Non ti considererò un disertore. Arrivederci.» La Gran Maestra si voltò e senza nemmeno attendere la sua risposta si diresse di nuovo verso la torre di guardia.

Naija aveva osservato la scena da una distanza di un paio di metri. Attese che Michelle le passasse accanto e la applaudì silenziosamente, sussurrandole: «Sono fiera di te.»

Michelle la fissò per un attimo e proseguì senza proferire parola.

Naija corse incontro a Adelmo e lo spinse verso le scale. «Vieni, non abbiamo un altro secondo da perdere. Allora, hai ascoltato la tua Gran Maestra? L'avevo detto che c'era stata solo una piccola incomprensione tra di voi.»

Adelmo, però, era persino più tetro del solito. «È stata gentile, ma non mi sono sembrate parole sincere, piuttosto di compatimento. Prova pena per me e ha cercato di farmi sentire meglio, probabilmente per rientrare nelle tue buone grazie. Come può dire di aver constatato lei stessa i miei miglioramenti, quando al momento della verità mi ha disarmato con un sol colpo?»

Naija si infuriò e percorse in un lampo i seicentosessantasei scalini verso il basso, quasi lanciandosi giù per le rampe. «Adelmo, davvero io non ti capisco! Testa di rapa che non sei altro, non apprezzi lo sforzo che ha fatto Michelle per parlarti in quel modo? Lei non riesce a esprimere apertamente i suoi sentimenti di fronte agli uomini, ancora non l'hai capito? Ora stammi bene a sentire: non azzardarti a fare l'eroe per dimostrare a me o a lei che vali di più. Rimani al mio fianco e basta. E non osare difendere quelli dei Gemelli senza un mio preciso ordine, anche se ti sembrano deboli. Prima proteggiamo il nostro settore. Sono stata chiara?»

Lui non proferì parola. Erano arrivati a terra, di fianco al cancello.

Naija gli dardeggiò un'occhiata da pantera. «Adelmo, hai capito ciò che ti ho detto? Guarda che non scherzo. Per una volta rispondimi: "Sì, signora".»

«Sì, signora.»

Scorpione
I Sigilli si Sciolgono

Rintocchi sincopati di campane risuonavano per tutta Bishop's End. Il cielo nuvoloso aveva preso fuoco, illuminato dalla luna che irradiava una luce rossa così intensa da sembrare sul punto di esplodere come una supernova.

Il cortile interno di Abbot's Folly piombò nel caos. «Luride carogne! Quelli del Sagittario non ci hanno avvisati!» strillavano alcuni. «Stavolta è davvero la fine! Siamo condannati!» latravano altri.

Chae-yeon, sopraffatta da mille pensieri diversi e tutti pesanti come macigni, non sapeva quale linea d'azione intraprendere. Aveva lasciato la sua Discepola in ottime mani, dunque la cosa più giusta da fare sarebbe stata tornare in fretta alla Vergine e prestare manforte ai compatrioti, anche se da Murrey Castle ci avrebbe impiegato diverso tempo ad arrivare. Non vedendo Emily uscire dalla Biblioteca insieme al Magnifico Rettore, però, avvertiva lo stomaco stringersi ogni istante di più. In quel momento avrebbe accolto di buon grado anche le sue battute volgari e le prese in giro. Dov'era finita la *unnie*?

Una Bibliotecaria dai capelli ramati uscì barcollando dalla porta principale e le corse incontro. Si gettò su di lei e cercò di gridare, ma la voce era soffocata da qualcosa. Cadde in ginocchio e tossì, espellendo fumo nero.

«*Omo*! Ti senti bene?» le domandò Chae-yeon. «Cos'è quel fumo?»

«Ti ho vista qualche ora fa... in Biblioteca...» biascicò la Bibliotecaria, tossendo di nuovo. «Parlavi col Rettore...»

«Sì, esatto. Cosa sta succedendo?»

«La tua Discepola... Emily...»

In quel preciso momento una ragazza dei Gemelli uscì da dietro una delle colonne e corse verso le due. «Dov'è finita? Dicci cos'hai visto!» urlò.

Jihan osservò gli ultimi Bibliotecari rimasti gettare a terra i loro libri e uscire da Abbot's Folly per riversarsi come un fiume violetto fuori dal castello e poi giù per la collina. I Guerrieri veri e propri sciamavano invece fuori dal quartier generale al piano terra dell'edificio per dirigersi il più in fretta possibile verso il Muro del Calvario, a nord.

Mike la prese per un braccio e la condusse sotto il portico, il più lontano

possibile da quel trambusto.
 Jihan sollevò il viso verso di lui. «Noi non andiamo a combattere?» Le dispiaceva lasciare la sua Violet, ma avvertiva lo spirito del Leone bruciare dentro di lei. «Stanno partendo tutti, dobbiamo proteggere il Muro!»
 «Hai furia di farti ammazzare?» replicò Mike. «Guarda che luna! È una Marea di quelle brutte, Jihan. Quando domattina sorgerà il sole, il Muro potrebbe non esserci nemmeno più. Credi che farebbe differenza se anche ci andassimo?»
 «Ma gli Scorpioni hanno bisogno di rinforzi, l'ha detto il signor Buckley!»
 «Sì, è vero, forse a quei cazzoni farebbe comodo il nostro aiuto, ma se vuoi il mio parere ci conviene tenere d'occhio quelle tre fanciulle laggiù. Credo stia succedendo qualcosa di strano.»
 «Per una volta convengo con lei» sussurrò una suadente voce femminile. Dal muro di tenebre alle spalle di Mike fuoriuscirono i fluenti capelli rossi di Seline.

 «Geneviève, dicci dov'è Emily!» gridò la Gemelli, scuotendo la Bibliotecaria per le spalle.
 Chae-yeon spinse via con delicatezza la sconosciuta. «Perdonami, ma tu chi saresti?»
 «Mi chiamo Elle» tagliò corto l'altra. Si rivolse alla canadese: «So tutto su Alford. Se hai scoperto qualcosa su Emily diccelo subito, ogni minuto perso potrebbe essere fatale!»
 Geneviève parlò senza tossire, ma rimase a capo chino. «Signora Madre Reverenda, la sua Discepola è stata portata in una delle torri. Credo sia nella torre centrale, ma non ne sono certa.»
 «Merda, le torri!» imprecò Elle. «Ma come ha fatto a portarla lì? Da qui Alford non è uscito!»
 «C'è un passaggio segreto in cima alla Biblioteca, con dentro una specie di teletrasporto, ma credo che ora lo abbia disabilitato dall'interno e non si possa più usare.» Geneviève tossì altro fumo nero. «C'era collegata anche una trappola e purtroppo l'ho fatta scattare. Forse sono già spacciata.»
 «Quale torre centrale? L'Aditus Dei?» Chae-yeon non capiva granché di quella conversazione. Emily era in pericolo?
 «No, non l'Aditus Dei. Sta parlando delle torri a nord di Bishop's End, non è vero, Gene? Sciocca, sciocca Madre! Sei tanto bella quanto ingenua!» sbraitò Elle. «Nightingale ha rapito Emily e forse l'avrà già uccisa!»
 «Perché mai il Magnifico Rettore avrebbe dovuto fare una cosa simile?» obiettò Chae-yeon con la voce incrinata dall'ansia. *Emily – rapita – uccisa.* Quelle tre parole le aveva comprese perfettamente.
 «Non ho tempo per spiegartelo adesso, dobbiamo partire subito!»
 «Mi spiace, ma io non vengo proprio da nessuna parte insieme a te» la contraddisse la coreana. «Non ti conosco e non sono sicura che tu stia dicendo la verità. Mi sembra tutto così assurdo.»
 «Stupida, stupida Mamma! Sto cercando di aiutarti, ma se non hai intenzione di credermi vorrà dire che ci andrò da sola.»

«Madre Reverenda, credo che questa ragazza abbia ragione su Nightingale» disse Geneviève, rialzandosi a fatica in piedi. «L'ho visto entrare nel passaggio con in braccio Emily. Era svenuta. Se non mi crede, salga alla Biblioteca e la cerchi lei stessa. Le assicuro che lassù non la troverà, e avrà perso tempo prezioso.»

«State sul serio dicendo che il leader di una Casa zodiacale intende fare del male a una mia Discepola? Ma non è possibile! *Eottokaji*!? E adesso cosa faccio?» Chae-yeon si infilò una ciocca di capelli in bocca e iniziò a masticarla.

Elle si girò verso l'uscita del cortile. «Fanculo, io vado a salvare Emily. Se tu non vuoi venire, rimani pure qui.»

«No, aspetta!» la bloccò Geneviève. «Le porte delle torri sono chiuse con dei lucchetti speciali e sopra vi sono stati apposti dei sigilli occulti, non li romperesti nemmeno con il tuo Shintai. Credo di aver capito come rimuoverli, ma per farlo devo tornare nello studio di Alford.»

«Sei divina, Gene! Lo sapevo che eri un portento!» esclamò Elle con la sua voce roca. «Se solo mi fossi fidata prima di te.»

Una Bibliotecaria con gli occhiali e i capelli bruni uscì dalla porta principale. Era atterrita. «C-cos'hai f-f-atto, Geneviève? C'è la M-Marea e Alford non si trova più da nessuna parte! Cos'hai ff-fa-atto?»

«Adesso mi credi?» Elle ghermì la Madre Reverenda per la blusa e la indirizzò verso l'uscita di Abbot's Folly.

Chae-yeon iniziò a correre.

***

Nel riaprire gli occhi, a Emily sembrò che le palpebre si fossero trasmutate in piombo. La mente era annebbiata, invasa da ragnatele, come se fosse stata drogata o narcotizzata. Compiendo un notevole sforzo riuscì a mettere a fuoco i dintorni. Era sdraiata supina su una superficie piatta e ruvida, all'interno di un'ampia stanza ben illuminata e dal soffitto a punta, composto da travi di legno chiaro. Con enorme fatica piegò la testa su un lato e si guardò attorno.

Le pareti erano di mattoni grigi e sembravano curve, forse addirittura circolari. Appoggiate al muro vi erano scaffalature stracolme di oggetti dalla funzione indecifrabile e una serie di tavoli sui quali era accatastata un gran quantità di strambi utensili, tra i quali svariate ampolle, bollitori, distillatori e addirittura un piccolo forno di pietra. Vi erano poi bilance e bilancine, misuratori di vario tipo, squadre e compassi. Nell'aria si avvertiva uno strano odore dolciastro mischiato a zolfo, con un leggero sentore di muschio. In piedi, accanto a una scrivania, Alford Nightingale stava frugando febbrilmente tra i tanti scartafacci in disordine. Alla fine sembrò trovare quel che stava cercando. Afferrò un foglio e iniziò a leggere. Il suo volto sbiancò.

Emily rabbrividì e provò a sollevare le braccia, ma si accorse di essere legata. Peggio: i polsi e le caviglie erano incatenati agli angoli della tavola con delle grosse catene che si agganciavano ad anelli di ferro. Alzò appena la testa e notò che la sua camicetta di lino bianco era stata sollevata fin sopra il seno. La pelle le si accapponò. Provò il desiderio di urlare, ma riuscì a strozzare il grido in gola. Alford Nightingale era lì, in quella stessa stanza, e non si era accorto che era sveglia. Urlare sarebbe stato dannatamente stupido.

Riappoggiò la testa sul tavolo e chiuse gli occhi, cercando di ricordare. La memoria a breve termine stava a poco a poco tornando.

Una buona notizia c'era: Nightingale non aveva abusato di lei. Il vestito era stato sollevato perché il marchingegno che il Magnifico Rettore aveva utilizzato per analizzare la sua aura doveva essere puntato verso la Gabbia, la sede fisica dell'anima, più o meno all'altezza del cuore, senza che si frapponesse alcun ostacolo. Alford le aveva chiesto di sollevarsi la camicetta. Ne era seguita una lunga e animata discussione, ma alla fine, dopo essersi lamentata, Emily aveva accettato di sottoporsi all'esame. Forse, dopo averla rapita e portata lì, Alford aveva ritentato l'esperimento per essere certo del risultato.

Durante il primo test, il Magnifico Rettore si era chinato su di lei e aveva scrutato a lungo dentro una sorta di antica ed enorme macchina fotografica da cui spuntava un vecchio obiettivo. Alla fine si era alzato con aria stravolta, si era passato una mano sul viso come se avesse appena visto un fantasma e si era seduto alla scrivania. Era rimasto lì per lungo tempo, in silenzio, sfregandosi un dito sulle labbra. Quando Emily gli aveva chiesto quale fosse il responso, Alford aveva afferrato una strana lanterna di vetro con dentro una candela accesa e l'aveva posata sulla scrivania, invitandola a fissare la fiamma. A lei era sembrato sospetto, ma, pur non essendo intenzionata a eseguire alla lettera l'ordine, una volta posati gli occhi sulla candela non era più riuscita a distoglierli. La fiammella si era spenta e riaccesa parecchie volte, a intervalli regolari, e ogni volta che si era riaccesa Emily aveva avvertito uno strano torpore aggredirle le membra con sempre maggior intensità. Alla fine doveva aver perso conoscenza.

Deglutì e provò a ragionare, valutando come poter uscire viva da quella situazione. Già, ma in fondo che situazione era di preciso? Per quale motivo il Magnifico Rettore, all'apparenza un uomo saggio e onesto, l'aveva stordita, rapita e portata chissà dove? Emily ritenne plausibile che Chae-yeon sarebbe andata a salvarla, se solo lei avesse potuto comunicarle la sua posizione. O forse non lo avrebbe fatto, dopo tutto quello che le aveva fatto e detto in quelle settimane? Il dubbio la assalì. E se fosse stata anche lei in combutta col Rettore?

Per la prima volta da quando era arrivata al Tempio, Emily percepì gli occhi bagnarsi di lacrime. In qualche modo doveva averla combinata davvero grossa, se perfino un brav'uomo come Alford Nightingale l'aveva sequestrata per punirla. Ironicamente, quella era anche l'unica volta in cui Emily Lancaster non aveva la minima idea di cosa avesse fatto di tanto sbagliato. Non sentiva più nemmeno la voce di sua madre blaterarle in testa. Era davvero sola, abbandonata a se stessa.

Si udì un suono bizzarro, simile a un lenzuolo di raso che veniva lacerato. Senza badare a Emily, Alford corse goffamente verso un tavolo sul lato opposto della stanza. In cima a un'asta di bronzo era appoggiata una grande sfera di vetro al cui interno fluttuavano delle nuvolette scure, dentro le quali saettavano nervosi fulmini bianchi. Due sagome sfocate presero il posto delle nuvole, ma Alford ostruì la vista appoggiando le mani sul tavolo e sporgendosi verso la sfera. Emily udì una voce maschile provenire da essa, una voce che non riconobbe, ma che sembrava di un uomo attempato.

«Nightingale.»

«Mi dica» rispose Alford con atteggiamento deferente.

«Questa serata si rivela davvero piena di sorprese.»

«Si riferisce all'Alta Marea? Preso com'ero dalla scoperta del burattino dell'Officina, non ci ho prestato la dovuta attenzione. Sopravvivremo?»

«Purtroppo non è la Marea in sé a preoccuparci, ma ciò che si trascina dietro. Abbiamo scrutato lontano, lungo tutto il Muro del Calvario. Temo di doverle comunicare una pessima notizia, caro Nightingale. Qualcosa di immondo è alle porte, qualcosa che ha infestato a lungo i nostri incubi. Un essere del quale attendevamo l'avvento ormai da tempo immemore» disse la voce con durezza. «Il primo Messia è giunto.»

«Signore Iddio, no!» si disperò Alford. Per poco gli occhiali non gli caddero dal naso. «Non può essere!»

L'uomo anziano sembrava genuinamente costernato. «Purtroppo abbiamo ragione di credere che sia così. È incredibile, non trova? L'Officina e la Loggia che entrano in gioco nello stesso momento, dopo secoli di attesa. Come avremmo potuto prevederlo?»

«Forse sono al corrente di qualcosa che noi non sappiamo. In fondo, i piani dell'Officina Astrale sono imperscrutabili, e quelli della Loggia si basano sulla mistificazione» sottolineò Alford, ricomponendosi. «In ogni caso, non abbiamo tempo da perdere. Cosa volete che ne faccia della ragazza? Preferite che la tenga in vita per analizzarla, in caso sopravvivessimo al Messia? Potremmo aprirla e studiarne l'interno. Ho letto gli appunti della mia Prima Bibliotecaria: questa marionetta da viva faceva la cantante negli Stati Uniti. Trovo stupefacente che gli agenti dell'Officina abbiano scelto una come lei per i loro scopi, lo ammetto.»

A Emily si congelò il Nettare nelle vene. Chiuse gli occhi e pianse in silenzio, girando il viso dall'altra parte. Officine, Logge, marionette... di cosa diavolo stavano parlando? Se ne fosse uscita viva, sarebbe tornata a Coteau-de-Genêt a raccogliere Drupe ogni giorno fino al tramonto e non avrebbe mai più offeso la Madre Reverenda. Lo promise davanti al Signore o chiunque ci fosse ad ascoltarla lassù, tra le nuvole.

«E in qualche modo sono riusciti a farla assegnare alla Vergine, tra tutte le Case» commentò l'uomo nella sfera. «Un vero smacco alla filosofia del nostro Tempio. Cos'avranno in mente quei pazzi? "La donna oziosa non può essere virtuosa", si dice. Proprio non lo capisco. Lei, Nightingale, lo capisce?»

«Purtroppo no. Supponevo che l'Officina Astrale avrebbe mascherato la sua pedina in qualche modo, ma è evidente che qualcosa ancora ci sfugge, perché in questo modo non l'hanno mascherata proprio per nulla. So però una cosa: se decidiamo di sviscerare i segreti di questo fantoccio, la Madre Reverenda non rimarrà di certo a guardare mentre apriamo la Gabbia della sua Discepola e ne estraiamo l'anima. Sempre che questo pupazzo biondo ce l'abbia davvero, un'anima.»

L'uomo al di là della sfera sospirò senza replicare.

Emily ebbe un tremito. Sapeva di non essere stata una brava ragazza, in vita, ma un'anima pensava comunque di averla. Brutta e un po' annerita, forse, ma qualcosa doveva pur avere lì in mezzo, perché non si sentiva una bestia, e men che meno un Vuoto.

Una seconda voce si fece largo dall'interno della sfera. Anch'essa apparteneva a un uomo che Emily non conosceva. «Se intendete propormi di mettere a tacere la Madre Reverenda, vi avverto che non posso affatto garantirvi che uscirei vincitore da uno scontro con lei, nemmeno prendendomi tutti i vantaggi possibili.»

«Ma questo sarebbe insensato, quasi demenziale, oserei dire!» borbottò la voce dell'uomo attempato. «Non ci priveremo certo di una leader come Chaeyeon Kwon in un momento del genere. Diamine, l'era finale è appena iniziata! Da questo momento in poi ci servono tutti i leader di cui disponiamo, e devono essere nelle loro piene forze.»

«Allora mi sbarazzerò in fretta del burattino e mi addosserò io la colpa» promise Alford. «In quanto però a trovare una scusa per giustificarmi con la Madre Reverenda, non credo di avere troppe opzioni.»

«Agisca come ritiene saggio. Quell'abominio di ragazza deve sparire, o per noi potrebbe essere la fine. Le bestie vanno trattate da bestie. La Lancaster non ha uno Zenith, dunque eliminarla sarà facile. La signorina Kwon è di indole buona, se le parlassimo insieme potremmo riuscire a convincerla che è stato a fin di bene. Nel caso lei debba mettere a tacere altri eventuali curiosi, impieghi i metodi che preferisce. Confido che abbia ancora quel qualcosa che le ho affidato tempo fa.»

Alford abbassò la testa, il volto tirato. «Ce l'ho.»

«Lo utilizzi, se deve. "Lo scorpione dorme sotto ogni lastra".»

In quel momento, un suono potentissimo si ripeté tre volte in rapida successione nella torre. Sembrava il violento martellare di un fabbro su un'incudine gigantesca.

«Buon Dio, qualcuno ha appena distrutto i sigilli!» esclamò Alford. Con la mano sulla bocca, si girò di scatto verso l'unica porta della stanza.

«Come possono sapere che l'ha portata lì?» gridò infuriata la voce dell'uomo attempato. «È stato visto da qualcuno?»

«Non ne ho idea» confessò Nightingale, ormai cereo. «Ma di certo non sanno quello che fanno. Se per caso distruggessero anche i sigilli secondari...»

«Vada subito a controllare!» comandò la seconda voce. «La pedina dell'Officina non può uscire da quel settore. Prenderemo provvedimenti drastici da qui, se ce ne sarà bisogno.»

Alford si mise a correre come un forsennato avanti e indietro per la stanza in cerca di qualcosa.

Le immagini nella sfera svanirono.

Emily richiuse gli occhi fingendo di essere ancora addormentata. Non sapeva se Nightingale avesse intenzione di ucciderla subito oppure no, ma decise che almeno quella volta non avrebbe guardato il volto del suo assassino imbrattarsi del suo sangue mentre veniva trucidata. Attese la fine col viso girato verso il muro.

La fine non arrivò.

Dopo aver raccattato qualcosa da dentro una teca di vetro, Alford si allontanò di gran fretta. I suoi passi pesanti sulle assi che ricoprivano il pavimento rimbombarono per la stanza. Emily lo sentì aprire con furia la porta e fiondarsi dall'altro lato. Pochi secondi più tardi, nella torre calò il silenzio.

***

Dopo aver osservato Geneviève che scattava verso la porta principale dell'edificio, Mike e Seline si erano messi a discutere in mezzo al cortile di Abbot's Folly. La Prima Bibliotecaria aveva invece tallonato la canadese, implorandola di smetterla con quelle follie e di andarsi a nascondere in un luogo sicuro.

Nessuna delle due era più uscita.

Jihan osservava i due adulti litigare come avrebbe osservato la mamma e il papà, solo che i suoi genitori non litigavano praticamente mai, quindi non sapeva bene come comportarsi. Li guardava torcendosi le dita, aprendo ogni tanto la bocca per parlare e richiudendola subito dopo. A Jihan, quella Seline sembrava una ragazza affascinante e ben educata. Anche in una situazione così difficile non si lasciava andare alle volgarità e non perdeva la calma, come invece faceva spesso il suo compatriota.

Mike puntò l'indice contro il viso della Venerabile Maestra, quasi sfiorandole il nasetto alla francese. «No, sei *tu* a non aver capito che aria tira, bella mia. *Prima* mi spieghi per quale cazzo di motivo seguivi le due Vergini da stamattina e *poi* io deciderò se ti lasceremo salire alla Biblioteca.»

«Cosa gliene importa del perché sono qui?» protestò Seline, spingendo via il dito con garbo. «Lei non è il custode della Biblioteca e non fa nemmeno parte della Shinsengumi, per cui non devo giustificare a lei il mio comportamento. Si faccia da parte, se non le dispiace.»

«Col cazzo, Venerabile Mignotta. Credi che basti sbattermi le tette davanti per piegarmi al tuo volere, come fai coi tuoi schiavetti impotenti?»

«Lei è davvero un uomo sboccato e villano» lo apostrofò Seline, schifata. «Lo capisce almeno che stiamo perdendo tempo? Non so di preciso cosa stia succedendo, ma di certo rimanendo con le mani in mano non risolveremo un accidente.»

Mike non accennava a spostarsi, per cui Jihan decise di prendere l'iniziativa. Si avvicinò all'avvenente olandese, chinò il capo e le chiese con il necessario grado di riverenza: «Venerabile Maestra Seline, potrebbe cortesemente dirci cosa sa di questa strana storia? Dopo saliremo alla Biblioteca tutti insieme.»

La rossa emise un sospiro e si sforzò di sorriderle. «Diversi giorni fa la Gran Maestra mi ha spedita in missione per tenere d'occhio una delle nuove arrivate, Emily Lancaster. I membri della Vergine dicono che non è fatta per stare alla Congregazione con loro. La Madre Reverenda l'ha portata qui per trovarle una nuova collocazione, ma è evidente che qualcosa è andato storto.»

«Trovarle una nuova collocazione?» ripeté Mike grattandosi la barba incolta. «Ma è una cosa che non sta né in cielo né in terra.»

«Ah, su questo ci troviamo d'accor–»

Qualcosa esplose sopra le loro teste. Una miriade di frammenti di vetro piovve in mezzo al cortile. Jihan si coprì la testa e corse sotto il portico. Una volta al riparo, guardò verso l'alto. Al terzo piano della Biblioteca era scoppiato un incendio. Le fiamme verdeggiavano fino all'esterno, erompendo dalle finestre infrante.

«Ma cosa cazzo?» ruggì Mike, riparandosi con le mani. Cercò Jihan con lo sguardo e parve rassicurato quando la vide già al sicuro.

«Suppongo che le discussioni inutili finiscano qui.» Seline si scrollò via i pezzetti di vetro dai capelli e corse verso l'entrata dell'edificio. Mike prese Jihan per un braccio e le andò dietro.

Nessuno di loro era mai stato nell'edificio che ospitava la Biblioteca e orientarsi al suo interno non era semplicissimo. Al piano terra c'era il quartier generale dei Guerrieri dello Scorpione, pieno di sale, stanzette e stanzine, e gli interminabili, labirintici, corridoi.

«Immagino che voi farabutti del Capricorno non abbiate delle mappe segrete di tutti gli edifici del Tempio, dico bene?» mugugnò Mike lanciando un'occhiata in tralice alla Venerabile Maestra.

«No, infatti» ammise Seline. «Ma il mio sesto senso mi suggerisce che quelli ad andare a fuoco sono i quartieri privati del signor Nightingale, quindi ritengo che dovremmo salire quella scalinata laggiù, in fondo.»

«Perché proprio quella?»

«Perché in alto c'è scritto "Scriptorium". Lo Scriptorium è dove i Bibliotecari scrivono i libri» spiegò Seline in tono condiscendente.

«Ma sì, certo. Capisco il latino quanto te» bofonchiò lui avviandosi verso le scale insieme a Jihan. «Comunque io mi chiamo Mike.»

«Piacere di conoscerla, Mike. Il mio nome lo conosce già. Presumo che lo studio del Magnifico Rettore sia in cima a quest'ala dell'edificio, sopra la Biblioteca. Saliamo, ordunque!»

I tre Guerrieri scalarono in fretta i gradini come tre stambecchi su un pendio.

Nello Scriptorium si avvertiva già puzza di fumo. Le torce e i bracieri erano ancora accesi, ma il salone disseminato di tavoli da calligrafi, copisti e miniatori sembrava deserto.

Avevano percorso sì e no metà dell'enorme centro scrittorio, quando udirono dei singhiozzi sommessi provenire da un lato. Cercarono la fonte del rumore zigzagando tra i tavoli e alla fine individuarono due Bibliotecari rannicchiati a terra, l'uno accanto all'altra. Lei era la giovane con gli occhiali che avevano visto in precedenza, lui un uomo sulla trentina.

Nel vedere il trio comparire davanti a lei, la giovane si spaurì e si nascose sotto un tavolo. L'altro Bibliotecario strisciò davanti a lei per proteggerla, ma anche lui pareva terrorizzato.

«Ma che cazzo state facendo?» bofonchiò Mike.

L'uomo parlò sempre facendo scudo alla ragazza. «Il mio nome è Alberto Piovani, mentre lei è Veronica Fuentes, la Prima Bibliotecaria. Vi supplico di risparmiarci, noi... siamo dei codardi e non sappiamo combattere, per questo durante le Maree ci rifugiamo qui, per farci coraggio l'un l'altro. Il nostro comportamento è vergognoso, lo sappiamo bene, ma se andassimo al Muro verremmo uccisi in pochi istanti. C'era anche un altro collega, Fareed Usman, ma quando ha visto la signorina Levesque correre di sopra l'ha seguita e non sono più tornati. Abbiamo sentito strani rumori provenire dai piani superiori, ma siamo troppo pavidi per andare a controllare. Vi prego, fate qualcosa almeno voi! Io vi conosco, siete abilissimi Guerrieri!»

Veronica parve riconoscere la Venerabile Maestra Seline del Capricorno e trovò il coraggio di parlare. O, per meglio dire, di balbettare. «G-G-Geneviève è andata di ss-opra. Ha c-combinato q-q-qualcosa di b-brutto, lo so. Alford è sp-sp-a-arito! Aiutateci, vi pr-pr-pre-...»

«Ma sì, ma sì, vi aiuteremo» promise Mike tanto per farla smettere di tartagliare.

«Saliamo?» propose Jihan tirandogli più volte la tunica. Quando Mike si voltò, lei gli indicò la scalinata in fondo alla stanza, quella che conduceva al piano superiore.

«Sì, ora saliamo, topetta. Sta' buona.»

«È meglio che voi due rimaniate nascosti sotto il tavolo» consigliò Seline, lanciando ai Bibliotecari un'occhiata piena di commiserazione.

«N-no, vengo con v-voi» annunciò invece Veronica alzandosi in piedi. Le gambe le tremavano.

«Veronica, ti scongiuro, non metterti a fare pazzie anche tu! Rimaniamo qui!» implorò Alberto bloccandole la strada. «Andando con loro gli saremmo solo d'intralcio.»

«Al s-secondo piano ci sono i l-l-libri!» gridò Veronica con il furore negli occhi. «Se l'incendio ar-rivasse fin lì...»

«So che per te i libri sono tutto, ma...»

«Non p-possiamo p-perdere ciò per cui abbiamo lavorato così a lungo! Aiutami almeno a s-salvare i Volumi essenziali!»

Le palpebre del Bibliotecario calarono. Quando si risollevarono, c'era una luce diversa nei suoi occhi. «D'accordo, ma se la situazione si fa pericolosa ti trascino giù a forza.» Le cinse la vita per aiutarla a camminare e insieme seguirono lentamente i tre Guerrieri su per le scale.

In un altro momento, in circostanze meno gravi, Veronica avrebbe accolto con piacere la mano del collega attorno al suo fianco, ma quello è un racconto che non si addice per nulla ai Volumi di Storia. Quello l'avrebbe nascosto negli scaffali più polverosi del terzo piano, sempre che il terzo piano avesse continuato a esistere.

***

Elle e Chae-yeon sfrecciavano attraverso i prati attorno al sentiero diretto al Muro, cercando di accorciare al massimo il tragitto per la torre. In realtà, la Madre Reverenda sarebbe schizzata a salvare Emily alla velocità della luce, se solo avesse saputo dove dirigersi. Aveva visto due di quelle torri mentre viaggiava verso Bishop's End con la sua Discepola quella stessa mattina, ma non sapeva a quale Elle si riferisse quando parlava di "torre centrale", visto che ignorava quante ne fossero sparse per il settore.

Il territorio a nord di Bishop's End era buio e semi deserto. I Guerrieri dello Scorpione erano ormai arrivati in prossimità del Muro, salvo qualche pusillanime che correva lungo il sentiero per poi tornare sui suoi passi e alcuni infingardi che avanzavano con flemma, fingendo di essere infermi o claudicanti. Forse fra di loro si nascondeva anche qualche disertore vero e proprio, ma Chae-yeon aveva ben altro a cui pensare, e in linea di massima non era una leader incline a punirli. Non aveva ancora dovuto occuparsi di un disertore nella sua Congregazione, ma probabilmente lo avrebbe sgridato un poco e poi lo avrebbe abbracciato e incoraggiato, come faceva con chiunque incontrasse qualche tipo di difficoltà.

«Quanto manca?» gridò alla sua compagna di viaggio, che si teneva qualche metro di fronte a lei.

«Ormai ci siamo» rispose Elle. «Le colline sono davanti a noi, ma col bagliore rosseggiante della luna ancora non si distinguono. Speriamo che Geneviève abbia davvero disabilitato i lucchetti, o non riusciremo a entrare.»

«Avete detto che non possiamo distruggerli, ma se abbattessimo la torre? Potremmo segarla a metà!» propose Chae-yeon con una risolutezza nella voce che non sfoderava ormai da tempo.

«Ah ah, mi piace come ragioni!» replicò Elle con un sorriso. «Sarebbe divertente, ma temo che in quel modo la nostra principessa potrebbe farsi male. Non è ancora del tutto conscia della sua forza.»

Chae-yeon strinse gli occhi e schizzò sopra un masso che si trovava sulla sua strada. «La principessa sarebbe Emily? Perché la chiami così?»

«Perché lei è la nostra principessa e sta a noi proteggerla. Alford e gli altri cattivoni intendono eliminarla perché non rientra nei loro piani. Ma noi ne abbiamo *altri*, di piani, e se Emily sopravvivrà sarà tanto meglio per tutti. Avrei dovuto raccontartelo prima. Forse mi avresti creduta. Che idiota sono stata.»

«Perché non me lo racconti ora? Non ci sto capendo molto» ammise smarrita Chae-yeon.

«Ora? Oh, no. Ormai sai quello che ti è concesso sapere, non posso rivelarti di più. L'importante è che tu protegga Emily e che torniate entrambe sane e salve alla Vergine. Voglio leggere tanti bei racconti sulle vostre avventure nei libri di Veronica. E speriamo anche di salvarci da questa Marea. Credo ci sia qualcosa in agguato oltre il Muro, qualcosa di tremendo, ma non so dove colpirà di preciso.»

Chae-yeon corse più veloce e si affiancò a Elle. «Non so se mi fido davvero di te, ma sembra che tu tenga a Emily e questo per il momento mi basta. Quella laggiù sarebbe la torre centrale?»

«Esatto.»

«Elle-*sshi*, la cima sta andando a fuoco!»

«Lo vedo. Qualcuno potrebbe aver combinato un mezzo disastro.»

***

Emily era ancora sola.

Alford Nightingale se n'era andato ormai da molti minuti e da quel momento in poi non si erano più uditi misteriosi rumori martellanti o scricchiolii nel legno che facessero pensare a dei passi.

Restava il problema delle catene. Grossi ganci di ferro la tenevano ancorata al tavolo. Non potendo usare le mani per asciugarsi, Emily scosse la testa e batté più volte le palpebre per liberarsi dalle lacrime che ancora le sgorgavano dagli occhi. Provò inutilmente a divellere i ganci tirandoli verso l'alto, ma non si mossero di un millimetro. Allora strinse i denti e irrigidì i muscoli per tendere le catene con tutta la forza che aveva, ma non sortì alcun effetto e in più si fece male ai polsi. In effetti, nemmeno lei si aspettava che funzionasse. Non aveva uno Zenith e possedeva la stessa forza di una persona normale, per cui come poteva sperare di liberarsi da catene di ferro spesse diversi centimetri?

Le nubi che le avevano invaso la mente dopo essere stata stordita si diradarono del tutto. Mentre pensieri e idee le si affastellavano nel cervello, la voce di sua madre tornò a sussurrare con la consueta calma.

Sono troppo debole... troppo debole...

Chae-yeon non verrà... non verrà a salvarmi perché l'ho trattata di merda... sono fottuta!

"Tesoro della mamma, non abbatterti così."

No, tu sta' zitta e goditi questo momento in silenzio. Sei contenta? Finalmente tirerò le cuoia per sempre, e prima mi tortureranno per studiarmi.

"Non è ciò che voglio. Ricordati dell'Oliveto."

Che cavolo stai blaterando?

"Parlo di quando afferrasti il ramo di quell'olivo e lo spezzasti come un grissino. Anche Chae-yeon te lo fece notare, ma tu non la ascoltasti. Ti disse: '*Unnie*, hai visto—'"

E il tuo cazzo di punto quale sarebbe? Ci ho provato a tirare le catene, ma non ci riesco!

Un misterioso tintinnio risuonò per la torre, dalla base fino alla cima. Un rumore indefinibile, che non assomigliava a nessun altro suono conosciuto. Era magico e celestiale al tempo stesso. Emily, quasi pietrificata sul tavolo, fece volare gli occhi in giro per la stanza, ma non vide accadere nulla di strano. Le pupille le tremolavano.

All'improvviso da uno dei piani inferiori provenne un ruggito mostruoso, carico di rabbia e di rancore, poi un belato primordiale, che sembrava provenire dalle viscere di un capro immondo. Infine un grido quasi umano, ma prodotto da una voce cavernosa e rimbombante che di umano non doveva però possedere il corpo.

Qualcosa al piano sottostante scricchiolò e andò in frantumi. Il rumore fu seguito da un sinistro gocciolio. Una qualche struttura di vetro era stata infranta e il liquido in essa contenuta stava colando sul pavimento. Si udì poi un secondo rumore, simile al primo. E infine tanti altri in rapida successione, ma più in basso nella torre.

Emily aguzzò le orecchie. Qualcosa al piano di sotto iniziò a muoversi. Qualcosa di *vivo*. Si udì una serie di tonfi che fecero tremare le assi del pavimento fino al piano superiore, come una creatura che perlustrasse indemoniata la stanza. Si sentì un orripilante e rapido scalpiccio, tante piccole unghiette che raschiavano e si conficcavano nel legno. Ancora più in basso, ai piani inferiori, si levarono versi, urla e suoni inenarrabili ma altrettanto inumani.

Emily deglutì e rimase in ascolto. L'inquietante scalpiccio si stava spostando verso l'alto.

Alla fine arrivò. Un muso sbucò dalla porta lasciata aperta da Alford, un centimetro alla volta.

Emily urlò.

Un immondo cane si era affacciato nella stanza e la osservava con ferocia. Era alto più di un metro, con l'aspetto di un enorme dobermann, un dobermann che aveva raggiunto un infernale stato di decomposizione. Gli mancava metà del muso in senso diagonale, dalla carne lacerata grondavano fiamme liquide simili a zampilli di lava che si estinguevano una volta caduti a terra. L'orrenda lingua biforcuta, intrisa di un disgustoso liquido giallastro e attaccata per miracolo alla mascella in brandelli, si srotolava fino al pavimento. Il manto era nero e bruciacchiato. Gli occhi, che mostravano pupille rettangolari simili a quelle di una capra, studiavano con intelligenza Emily, valutando il modo più efficace per mangiarsela.

Dopo una rapida analisi, il segugio infernale si gettò contro la preda inerme e saltò verso il tavolo.

Emily istintivamente sollevò le braccia per proteggersi. I bulloni che inchiodavano le catene al tavolo schizzarono via. Riuscì a portare le mani davanti al viso appena un istante prima che l'orrendo animale le arrivasse addosso, ma il segugio venne respinto indietro dal suo Grano più esterno, quello verdino. La barriera generata dal Grano esplose, consumandosi, e la bestia venne scagliata contro una parete, distruggendo la scaffalatura colma di libri. Anziché guaire, il cane belò di dolore.

Emily guardò strabiliata le proprie mani. Dai polsi pendevano le catene distrutte. Senza pensarci due volte afferrò gli anelli attaccati alle caviglie e li strappò via con la stessa facilità con cui avrebbe estratto una carota dal terreno nell'orticello di sua madre.

Il cane si rialzò sulle zampe e le ringhiò contro. Dalla bocca schizzarono tizzoni incandescenti che incendiarono i mobili distrutti.

"Tesoro, adesso però devi correre!" esclamò Evelyn Lancaster, in arte Elise, e quella volta nella mente di Emily la voce suonò più dolce del miele.

Si lanciò giù dal tavolo nel momento stesso in cui il cane le balzava di nuovo addosso e riuscì a schivarlo. Senza guardarsi indietro infilò le braccia nelle maniche della maglietta – che in parte si lacerarono per via delle catene distrutte – e corse oltre la porta. Un angusto corridoio conduceva a una seconda porta scura, mentre una scala scendeva verso il basso. Ai piani inferiori c'erano di sicuro altri mostri, dunque scelse la porta scura. Percorse il corridoio in un nanosecondo e tirò l'uscio verso di sé.

Per poco non cadde nel vuoto.

La porta si apriva nel cielo, a decine di metri d'altezza. Per qualche istante Emily studiò i dintorni. La landa era buia e tinta di rosso, ma capì di essere ancora nel settore dello Scorpione, in cima a una torre.

La porta era una trappola? Non aveva il tempo per ragionarci. Tornò sui propri passi più veloce che poté e si acquattò per evitare un altro assalto del segugio infernale, che nel frattempo doveva aver corso per la stanza, dando fuoco a tutto il mobilio. Il cane si lanciò contro la preda ma la mancò e belando precipitò nel vuoto.

Senza perdere altro tempo Emily si lanciò giù per le scale che descrivevano ampi cerchi per mantenersi ancorate alle pareti rotonde della torre. Passò accanto a numerose stanze simili a quella in cui era stata imprigionata. Sembrava ce ne fosse una a ogni piano. Mostri di ogni genere erano stati liberati e cercavano una via d'uscita. Erano Vuoti, questo Emily lo capì con certezza, ed erano usciti da grandi celle di vetro attaccate ai muri delle stanze interne. Una volta quelle vasche dovevano essere state piene dello strano liquido che ora aveva impregnato i pavimenti, gocciolando da un piano all'altro.

Una creatura orrenda, simile a una mantide religiosa alta almeno due metri, abbatté la porta dietro Emily e si gettò al suo inseguimento, scendendo le scale insieme a lei. Al termine delle zampe anteriori aveva due rasoi. I grandi occhi giallognoli fissavano la preda con bramosia di Nettare.

Emily non nutriva il particolare desiderio di studiare le varie specie di Vuoti che una volta erano custoditi nella torre, dunque corse e corse ancora, più veloce che poté. Sentiva il malefico ticchettio degli spuntoni sulle zampe posteriori della mantide graffiare la parete di pietra e la scala dietro di lei. L'aveva alle calcagna e non sarebbe riuscita a sfuggirle per sempre. Era troppo rapida.

Quando capì di essere arrivata alla base della torre, Emily si lanciò giù dalle scale e atterrò in un'ampia sala senza soffitto sulla quale si apriva la porta d'entrata. Non si fece male, ma avvertì i rami interni del suo corpo sconquassarsi mentre rotolava sul pavimento. Riuscì a rialzarsi in un attimo e si lanciò con tutta l'energia che ancora aveva verso la porta, sperando che non fosse chiusa a chiave.

Il lucchetto si spaccò in due e l'uscio si spalancò, facendo capitombolare Emily all'esterno. Si trovava sulla sommità di una collina erbosa. Di fronte a lei, due sagome umane le stavano correndo incontro a perdifiato. Una di quelle sagome era Chae-yeon. Emily la riconobbe e pianse dalla felicità.

«*Unnie*, sei viva!» esultò la coreana.

Proprio in quel momento uno dei Vuoti distrusse la parete esterna della torre, diversi piani più in alto. Una pioggia di mattoni cadde sulle ragazze.

Emily si protesse la testa. «Dietro di me! È dietro di me!» urlò.

Ma l'enorme mantide religiosa aveva già sfondato la porta e si era lanciata verso di loro.

***

Una volta raggiunta la Biblioteca, davanti agli occhi del manipolo d'eroi si disegnò una visione agghiacciante, qualcosa che nessuno di loro avrebbe mai desiderato, né tantomeno *immaginato*, di vedere.

«*Nooo*!» urlò Veronica, poi il grido le si strozzò in gola. Si coprì la bocca, le gambe le cedettero e venne sorretta da Alberto.

In mezzo alle librerie, agli scaffali e ai tavoli rovesciati c'era Geneviève. Più precisamente, *la metà superiore* di Geneviève. Segata in due dalla vita in su, la novizia stava strisciando verso di loro trascinando in avanti il busto con le braccia. Era fradicia di Nettare e aveva tracciato una larga striscia azzurra dietro di sé. Il mobilio in disordine raccontava che c'era stata una colluttazione, anche se breve.

All'inizio della traccia, immerso coi piedi in una pozzanghera di Nettare accanto alle gambe mozzate di Geneviève, c'era Alford Nightingale. In una mano reggeva una spada, con l'altra stava torcendo il collo di Fareed Usman con la stessa facilità con la quale avrebbe spezzato il gambo di una margherita.

«Ma che cazzo!» Mike materializzò il suo Shintai. Era un grosso machete con un nastro di cotone verde mimetico avvolto attorno all'impugnatura.

Jihan si coprì il viso per l'orrore, mentre un'impassibile Seline si limitò a studiare Nightingale con i suoi occhi verdi.

«Ah, perdiana!» esclamò il Magnifico Rettore. «Urge un immediato cambio di piani.» Mollò il collo del Bibliotecario, lasciando che cadesse a terra come un sacco di patate, e si voltò per fronteggiare i nuovi arrivati.

Geneviève strisciò con fatica fino a Veronica. Il suo Nettare era ormai agli sgoccioli. Aprì la bocca per dire qualcosa, ma dalle labbra uscì soltanto un fiotto di liquido azzurro che si sparse sul pavimento. Alberto la prese per le spalle, la aiutò a girarsi supina e la spinse verso Veronica, che nel frattempo si era accasciata sul pavimento. La Prima Bibliotecaria pianse stringendo la collega tra le braccia.

«Ascolta... ho letto qualcosa nello studio di Alford... ora ha dato fuoco a tutto... ma io ho letto...» sussurrò Geneviève. «I Vuoti non sono mai penetrati all'interno del Tempio... il Muro del Calvario non è mai stato distrutto... nemmeno una volta... Capisci? Capisci, Veronica?»

Veronica annuì tra le lacrime. «S-sì, c-certo! Ho capito.» In realtà non aveva affatto compreso cosa intendesse dire Geneviève, ma la strinse più forte e fece comunque tesoro di quella rivelazione.

Gli occhi della canadese si spensero, un lieve scoppio bagnato risuonò per la Biblioteca. Veronica, ora fradicia di Nettare, si rese conto di stringere tra le mani solo i vestiti della sua amica e un grande uovo d'ametista.

Alford Nightingale schiacciò il collo di Fareed sotto lo stivale per tenerlo premuto a terra. Il ragazzo scalciò e si dimenò, emettendo lamenti soffocati. Tentò di liberarsi spingendo via il piede con le mani, ma il Magnifico Rettore era troppo forte e lui troppo debole. Una barriera di esagoni verde scuro comparve attorno al suo corpo. Evidentemente il Rosario di Fareed contava due soli Grani.

«Fareed, mio buon ragazzo, smettila di agitarti tanto e permettimi di fare due chiacchiere con i nostri indesiderati ospiti» disse Alford in tono glaciale, squadrando il gruppo di Guerrieri.

«No, le assicuro che abbiamo già visto abbastanza» replicò Alberto Piovani cingendo le spalle di Veronica. La Prima Bibliotecaria era rimasta seduta a terra dopo la morte di Geneviève e stringeva al petto l'uovo fissando il pavimento con sguardo assente. «Veronica, dobbiamo fuggire finché ne abbiamo la possibilità» le sussurrò Alberto nell'orecchio. «Ti prego, non farmi questo. Alzati e vieni via con me.»

Le calde parole del suo collega riuscirono a far breccia nella muraglia mentale che Veronica aveva eretto attorno a sé. Si alzò in piedi continuando a stringere l'uovo di Geneviève. «Lo p-porto alla C-Certosa» spiegò con un bisbiglio quando gli occhi di Alberto si posarono su di esso.

«Ma certo. Lo farai un altro giorno, però, oggi non è possibile. C'è l'Alta Marea, ricordi? Una volta finito tutto ci andremo assieme» promise lui, quindi la prese sottobraccio per condurla via.

«Una sgualdrina, un fallito e una mocciosetta insoffribile» commentò con supponenza Nightingale fissando i Guerrieri che lo fronteggiavano. «Ora statemi bene ad ascoltare, voi tre imbecilli: immobilizzate quella stolta della Prima Bibliotecaria ed eliminate quel mentecatto del suo collega. Io mi sbarazzerò in fretta del signor Usman e tornerò a occuparmi dei miei affari, lontano da qui. Nessun altro Bibliotecario ha visto o sentito nulla. È scoppiato un incendio, e questo è quanto. Non dovremo raccontare altro. Con la signorina Fuentes parlerò più tardi, potrei ancora persuaderla a collaborare.»

Veronica e Alberto si congelarono a un paio di passi di distanza dalla scalinata che portava al piano inferiore. Jihan si era nascosta alle spalle di Mike e spiava il Rettore, mentre Seline analizzava la situazione da tutte le angolazioni possibili.

«Ha un passato da comico cabarettista, per caso?» grugnì Mike. «Perché cazzo dovremmo aiutarla?»

Alford cedette a uno scatto di rabbia e spinse lo stivale più in profondità nel collo di Fareed, che si contorse sul pavimento. Il suo Grano verde scuro diventò più visibile, più concreto. «Klaikowski, pezzo d'idiota, non mi aspetto che un deficiente come lei possa comprendere la complessità di certe questioni, ma la Lancaster distruggerà tutto ciò che abbiamo costruito in questi secoli se non la eliminiamo subito! Levatevi di torno e mi occuperò io stesso di lei!»

«Ma certo, ha senso. La ragazza smidollata e dallo Zenith nullo distruggerà il Tempio» lo schernì Mike grondando sarcasmo. «E le altre persone che ha intenzione di far fuori che cazzo di colpe avrebbero?»

Alford parve in qualche modo costernato. «Disgraziatamente la signorina Levesque aveva visto troppo ed è stato necessario eliminarla. Il signor Usman credo abbia imparato qualcosa da lei, mentre il signor Piovani è inutile e posso disfarmene senza rimpianti. Non lasceremo testimoni a parte la signorina Fuentes, che sono certo riusciremo a ridurre a più miti consigli.»

«Non combattete in m-mezzo ai l-li-ibri, ve ne prego. Non possiamo perdere t-tutto il nostro lavoro» mormorò Veronica. «Alberto, andiamo.»

Alberto per un attimo esitò, poi iniziò scendere a rapidi passi la scalinata insieme alla collega.

«Non rimanete lì impalati, branco di minorati mentali!» ringhiò Alford. «Fermateli subito!»

«Ferma *questo*, testa di cazzo!» lo rimbeccò Mike stringendosi il membro virile attraverso i pantaloni.

Jihan si coprì gli occhi.

Pesci
Urbi et Orbi

L'infausta notizia dell'arrivo dell'Alta Marea giunse mentre Audrey e Stardust si trovavano ancora una volta al *Corallo Spaziale*, che con le sue finestre colorate aveva mascherato il rosseggiare della luna. Un uomo mai visto prima spalancò la porta, entrò di corsa e gridò: «Alta Marea, ed è orrenda! Tutti i Cherubini ai Balnea! Ai Balnea!»

Tutti i presenti, compresi i baristi, si precipitarono fuori dal locale e fissarono sbigottiti la luna vermiglia, lasciando sui tavoli i propri drink. Ad Audrey dispiacque doppiamente, perché proprio quel giorno aveva deciso di parlare con franchezza a Stardust per cercare di risolvere le loro incomprensioni. Ma quando la notizia arrivò le due si erano sedute da poco e la ragazza dai capelli arcobaleno, sentendosi in qualche modo minacciata, si era mantenuta sulla difensiva, trattando Audrey con freddezza. Il resto della conversazione avrebbe dovuto attendere, perché le ragazze si unirono al fiume di Cherubini e corsero a perdifiato verso il quartiere dei Balnea dopo aver realizzato la gravità della situazione.

Durante il tragitto, Audrey udì qualcuno alle loro spalle raccontare che dei Cherubini stavano perlustrando per caso il Piano Celeste davanti al settore dei Pesci, quando avevano visto dei marinai del Sagittario tornare a piedi seguendo il fiume Sanzu. Erano stremati e molti di loro erano feriti. Quando avevano realizzato di essere nelle vicinanze del Tempio, avevano corso verso il Muro per avvisare tutti, ma ormai era troppo tardi: avevano l'orda di Vuoti alle calcagna. I Cherubini nel Piano Celeste gli avevano chiesto cos'era successo e loro avevano risposto che la *Leonardo da Vinci* era stata distrutta da un Vuoto sconosciuto e potentissimo.

Nell'udire quelle parole, Audrey si mise a correre più veloce. Jim era salpato a bordo di quella nave, ne era certa.

Stardust accelerò a sua volta per affiancarsi a lei. «Tesoro, ti scongiuro, mantieni la calma!» le urlò. «Ricordati di ciò che ti ho detto.»

Sta' zitta tu, ciarlatana d'una fattucchiera, pensò Audrey, ma non aprì bocca per replicare, perché sentiva che quelle parole avrebbero ferito la sua amica nel profondo.

Raggiunsero in un batter d'occhio il vialetto che terminava con il grande cancello argentato col quale si accedeva ai Balnea. A lato della strada, Audrey scorse Apollonia che discuteva concitatamente con il suo fido braccio destro, un uomo indiano di nome Ramesh, che però Audrey non aveva mai conosciuto di persona. La Sublime Sacerdotessa aveva il volto alterato dall'ansia. In pubblico si comportava spesso in maniera scontrosa e inflessibile, come se il mondo intero le desse sui nervi, ma in realtà aveva a cuore l'incolumità dei Guerrieri di ogni Casa, ormai questo Audrey l'aveva capito. Apollonia guardò le due ragazze sfrecciarle davanti con una strana luce negli occhi.

All'entrata dei Balnea c'era una gran ressa. I Cherubini si erano precipitati lì da tutti i quartieri di Sympatheia nello stesso momento, per cui si faceva fatica persino a varcare il cancello. I primi ad arrivare si erano subito gettati nelle piscine più vicine, ovvero quelle nelle fasce più alte della gigantesca conca terrazzata, mentre i Cherubini in ritardo avrebbero dovuto scendere verso il basso, quasi fino al centro, oppure dirigersi alla parte opposta del perimetro.

Una volta entrate, Stardust prese Audrey per mano e la condusse con decisione verso sinistra. «Laggiù! I miei posti preferiti sono vuoti» disse indicando una zona a mezza altezza, tre o quattro fasce sotto il livello dell'entrata.

Audrey la seguì senza fiatare, ma dopo pochi metri la sua mano venne separata da quella dell'amica. Una sagoma dai capelli biondi si frappose tra loro. Era la Sublime Sacerdotessa, e fissava Stardust con un cipiglio che non prometteva nulla di buono.

«Audrey, tu scenderai insieme a me» annunciò Apollonia. «Ti voglio più vicina, dove posso vederti. Jade, tu invece rimarrai su questo livello. È un ordine.» Prese con gentilezza la mano di Audrey e la accompagnò verso il centro della conca, dove di norma si immergevano i Serafini e i Troni.

«Ma che cazzo di problema hai?» sbraitò Stardust, stringendo le mani a pugno. «Te la prendi sempre con me, stronza maledetta!»

«Per adesso farò finta di non aver sentito» rispose Apollonia senza nemmeno girarsi. «Ma passata l'Alta Marea, io e te faremo una lunga chiacchierata, Jade Marec.»

«*Fottiti, stupida troia del cazzo!*» urlò Stardust, ma la sua voce si affievoliva già in lontananza. Audrey per un attimo si voltò. Il viso dell'amica era livido di rabbia. Tra lei e la Sacerdotessa doveva esserci molto più di quanto avesse immaginato fino a quel momento. Stardust avrebbe dovuto considerarsi fortunata, perché in altre Case una reazione così violenta le sarebbe costata ben più che una semplice "lunga chiacchierata" con la sua leader.

Attorno alla vasca centrale, quella riservata ad Apollonia, ce n'erano altre otto molto ampie, ma erano già tutte occupate dai Serafini. Alcuni di loro, quelli che non si erano ancora immersi, alzarono la testa e osservarono con aria interrogativa l'avvicinarsi di Audrey. Attorno alle otto piscine ce n'erano altre sedici lievemente più piccole, riservate ai Troni. Apollonia indicò ad Audrey una vasca vuota appartenente a quella fascia e disse: «Immergiti lì e fai del tuo meglio. Anche quando non saremo accanto nel Piano Celeste, mi sentirai comunque vicina a te. E non fidarti mai del cuore di nessuno se non del tuo.» Le accarezzò i lunghi capelli castani e la spinse verso la sua nuova vasca, che in effetti non si trovava a più di dieci metri in linea d'aria da quella di Apollonia.

Audrey non sapeva se stava rubando il posto a qualcuno, magari un Trono importante, ma si sentiva tutti gli occhi puntati addosso. Corse verso il bordo della piscina e si tolse maldestramente le pantofole scuotendo i piedi con forza. Le scaraventò così lontano che atterrarono quasi nella piscina del suo vicino. Lui la fissò interdetto, battendo le palpebre.

Audrey udì svariati Cherubini immersi nelle loro vasche urlare di dolore. Qualcuno alle sue spalle inciampò dalla fretta e cadde da una terrazza a quella sottostante. Lei si tappò le orecchie e si lasciò cadere in acqua, scivolando dolcemente verso il fondo.

Il Piano Celeste si accese davanti ai suoi occhi.

Il mondo era più buio e confuso del solito. Sebbene la luna vermiglia inondasse il Piano Materiale di rosso, quel tipo di luce non aveva lo stesso effetto sul Piano Celeste. Audrey riusciva a intravedere soltanto migliaia di puntini luminosi che si muovevano freneticamente sotto di lei, formando un'enorme circonferenza bianca attorno al Muro. Una volta entrati nel Piano Celeste, tutti i Cherubini, a prescindere dalla loro identità e dal grado, comparivano sempre nello stesso punto, ovvero sopra l'Aditus Dei, al centro esatto del Tempio, ma a un'altezza stratosferica. Di solito era conveniente, perché da quella posizione si poteva scandagliare tutto il Muro del Calvario con una semplice occhiata, ma stavolta complicava le cose.

Da che parte avrebbe dovuto dirigersi? Audrey era abituata a vedere la maggior parte dei puntini luminosi *all'interno* del Tempio o al massimo a ridosso del Muro, mentre ora erano tutti quanti sparpagliati all'esterno. Le tornarono alla mente le parole della leader: "Ti fa girare la testa, vero? Come quando abbiamo troppe possibilità, troppe alternative valide, e non sappiamo quale scegliere". In quel momento era proprio così.

Mantenne i nervi saldi. Sapeva cosa doveva fare, anche se la infida voce di Stardust continuava a rieccheggiare nella sua testa. "Io difendo sempre per primi i miei amici", "Trovarli è facile"... La prospettiva di seguire il consiglio della sua amica "medium psichica certificata" non la entusiasmava, ma quella sera il desiderio di difendere le poche persone a cui teneva era troppo forte. Si concentrò sul suo obiettivo, cercando di sgombrare la mente da pensieri inopportuni.

Jim, Jim, Jim, Jim, Jim...

Angustiata com'era, non riusciva a individuarlo. Era davvero sopravvissuto al disastro della *Leonardo da Vinci*? E quale puntino era, in mezzo a quel lunghissimo e aggrovigliato sciame luminoso?

La battaglia infuriava ovunque Audrey facesse cadere l'occhio, più infernale di quanto si fosse mai immaginata. Centinaia di Guerrieri si erano ammassati a ridosso del Muro nel settore del Sagittario per un'ultima disperata difesa, forse indeboliti dall'assenza dei loro compagni della *Leonardo da Vinci* e del loro leader. Molti si accalcavano per sfuggire ai colpi di Vuoti mastodontici, poiché non c'erano sufficienti Cherubini a difenderli. Per la verità, da quelle parti nel Piano Celeste si vedevano ben poche stelle, anche se tra Sagittari e Pesci c'era uno stretto rapporto. Forse quella notte le consuetudini erano saltate e c'era maggior bisogno di Cherubini altrove, ragionò Audrey, sebbene non riuscisse a ipotizzare dove.

Se voleva trovare Jim, doveva restringere il campo di ricerca. Rifletté che, se davvero era tornato indietro vivo, non poteva essersi allontanato più di tanto. Iniziò a volare verso il settore dei Pesci con l'intenzione di seguire il fiume Sanzu.

Jim, Jim, Jim, Jim, Jim, Jim...

Non so nemmeno quale sia il suo nome completo, ma forse non è importante.

«Audrey! Audrey, sono io! Dove stai andando?» gridò la voce di Stardust sfrecciando accanto a lei in forma di astro sfavillante. Sembrava più preoccupata che adirata. Continuava a ronzarle attorno come una vespa, cercando di farle cambiare rotta.

«Sto andando a cercare Jim e tu non puoi impedirmelo» rispose Audrey, seguitando a volare.

«Tesoro, non essere sciocca! Non sai nemmeno se è vivo! Ti ho avvertita che–»

«No, *tu* non essere sciocca. Non ci credo alle storie sulle chiavi astrali, i fardelli karmici e i blocchi dei chakra. Aiutami o lasciami in pace almeno per stanotte!»

Stardust parve rassegnarsi. «Se non posso convincerti a desistere, allora verrò con te.»

«Fa' come ti pare. Non so ancora dove sia Jim, ma lo sto cercando.»

Audrey valutò che, all'interno del Piano Celeste, Jade non avrebbe potuto ostacolarla neanche se lo avesse voluto. Al massimo sarebbe stata a guardare senza fare nulla, ma non poteva materialmente impedirle di proteggere qualcuno.

«Trovare i propri amici è facile» le assicurò Stardust. «Forse non ci riesci perché in fondo non lo conosci bene. Oppure perché è...»

Fatti gli affaracci tuoi, venditrice di fumo. Audrey evitò di dirglielo anche quella volta, perché ormai si sentiva una ragazza incredibilmente educata. Non si perse d'animo e continuò a scandagliare il Piano.

Jim, Jim, Jim, Jim...

Jim?

Un puntino si era colorato di turchese. Era davanti al settore dell'Acquario, molto lontano dal Muro, in mezzo a un gruppo di puntini bianchi. Accanto a esso c'era un altro puntino, sempre turchese ma più sbiadito. Audrey lo intuì subito: quello era Jim e quelli accanto a lui dovevano essere i suoi amici. Forse erano stati bloccati mentre cercavano di tornare verso casa.

«È laggiù!» gridò, accelerando in quella direzione.

«Ma certo, hai ragione!» esclamò Stardust mettendosi in scia. «C'è anche Boone con lui.»

I Guerrieri dell'Acquario erano abili e organizzati, Audrey li aveva visti in azione parecchie volte, eppure anche loro sembravano sul punto di venire sopraffatti. Nella massa di combattenti vide Olivia, l'Eliaste Massima, con l'arco teso in direzione di un enorme scheletro che indossava un copricapo di velluto nero e una lunga veste blu scuro che scendeva fino a terra. In mano reggeva un grosso libro aperto, le cui pagine erano riempite di parole illeggibili. Olivia scoccò una freccia verso la sua testa ma lo scheletro scivolò via all'ultimo momento con l'ineffabile agilità di uno spettro.

Il Vuoto fece strisciare la mano scheletrica su una pagina apparentemente casuale del libro e alzò l'indice verso il cielo, proclamando qualcosa in una lingua sconosciuta. La voce era forte e tonante come quella di un oratore, ma la cadenza era cantilenante come se stesse recitando una preghiera. Le incomprensibili parole scarabocchiate sulla pagina del libro si illuminarono e dalla punta dell'indice scheletrico scaturirono scintille violette che salirono verso il cielo svolazzando come granuli di cenere. Audrey pensò che la Maledizione avesse fatto cilecca e trasse un sospiro di sollievo.

Si sbagliava di grosso.

Sul terreno, attorno a uno dei tanti Guerrieri dell'Acquario che stavano combattendo contro quel gigantesco scheletro, apparvero quattro misteriosi simboli, orientati verso i quattro punti cardinali. Audrey aveva a malapena fatto in tempo a notarli, quando dalla terra sotto i simboli schizzarono fuori quattro grosse catene che all'estremità terminavano con degli spuntoni. Le catene volarono verso l'alto, ma dopo poco piombarono giù e si indirizzarono verso il ragazzo come missili a ricerca. Il povero Guerriero, sorpreso dall'essere proprio lui l'obiettivo, schivò la prima catena, ma le altre tre gli arrivarono addosso quasi in contemporanea, colpendolo con immane violenza. Le prime due gli infransero altrettanti Grani (verde scuro e bianco), mentre la terza lo trafisse al petto e lo trapassò da parte a parte, sfondandogli la Gabbia. Il ragazzo lanciò un grido disperato ed esplose, irrorando il suolo di azzurro. Il suo uovo volò via. Forse qualcuno, dopo la battaglia, si sarebbe ricordato di recuperarlo. Numerose stelle volteggiavano sopra quei Guerrieri, ma evidentemente avevano preferito proteggere Olivia e gli altri ufficiali, piuttosto che quel poveretto.

Un crampo lacerò lo stomaco di Audrey.

Come avrei potuto aiutarlo? Non sapevo nemmeno quale di quei Guerrieri sarebbe stato bersagliato, e dopo non c'è stato abbastanza tempo per avvicinarmi!

Olivia non perse tempo a piangere la scomparsa del suo compatriota, ma con estremo pragmatismo sfruttò il momento di disattenzione dello scheletro – che forse non poteva ripetere quell'attacco troppo di frequente – per aggirarlo. Saltò verso l'alto e tese l'arco, facendo comparire una freccia dorata nella mano destra. Ancora sospesa a mezz'aria, scagliò la freccia in direzione della testa dello scheletro. Attorno all'asta si formarono tre sfavillanti cerchi bianchi, allineati l'uno dietro l'altro come fossero una triplice aureola. Il dardo magico disintegrò due Grani del Vuoto e si conficcò nel suo teschio, ma sarebbe più corretto dire che lo centrò come un razzo, facendolo esplodere in mille pezzi calcinati insieme al Nucleo, che spruzzò nell'aria un mostruoso sbuffo di sangue. Il resto dello scheletro stramazzò a terra, ma dal libro schizzarono fuori raggi violacei che si contorcevano come tentacoli. Due Guerrieri si lanciarono su di esso e lo distrussero con i loro Shintai, sbrindellando ogni singola pagina.

Dopo aver preso atto che in quella circostanza si era dimostrata una Cherubina inutile, Audrey ingoiò il boccone amaro e proseguì a tutta velocità verso Jim e il suo gruppo, senza controllare se Stardust la stesse o meno seguendo.

A un tratto vide sotto di lei tre marinai del Sagittario, due uomini e una ragazza. Fronteggiavano un grosso e muscoloso Vuoto dalla forma umanoide ma che sembrava fatto di roccia, alto più di quattro metri. Non erano amici di Jim e Audrey non li aveva mai visti prima, nemmeno di sfuggita. Volò oltre senza fermarsi, ma dopo pochi secondi udì uno di quei tre marinai urlare.

«Qualcuno ci aiuti, vi prego! Non abbiamo più Grani!» gridò la ragazza con il viso rivolto verso il cielo, ma venne scaraventata lontano da un manrovescio del mostro.

Il Vuoto roccioso afferrò poi uno degli altri due marinai e lo scaraventò a terra. Sollevò l'enorme gamba e lo calpestò, schiacciandolo sotto il tozzo piedone dalle dita abnormi come avrebbe fatto con una blatta fastidiosa. Audrey tentò all'ultimo momento di focalizzare l'attenzione sul Guerriero, ma essendo coperto dall'enorme piede non ci riuscì. L'uomo esplose come una bolla piena di Nettare e la sua divisa da marinaio rimase incollata alla pianta del piede del Vuoto.

Dentro la Vasca, Audrey spalancò la bocca come se dovesse vomitare, ma non accadde nulla. Dall'esofago non uscirono nemmeno delle bollicine. Anche Stardust era rimasta a guardare mentre quel Guerriero veniva spiaccicato, nemmeno lei aveva mosso un dito per salvarlo.

Audrey si coprì il viso con le mani per la vergogna.

Sono una brutta persona, me ne sto a guardare mentre quei poveretti vengono fatti a pezzi...

Ora capisco... capisco cosa significa dover scegliere...

Sono una persona merdosa... una persona schifosamente merdosa...

La voce agitata di Jade interruppe il filo dei suoi pensieri. «Audrey, non fermiamoci! Se dobbiamo andare, andiamo adesso!»

«S-sì.» Audrey accelerò verso il puntino turchese, che ormai era diventato una sagoma abbastanza definita, seppur in lontananza.

Jim e il suo gruppo erano isolati dal resto dei Guerrieri, a più di due chilometri dal Muro del Calvario. La luce della luna rossa si affievoliva notevolmente a quella distanza, così come avrebbe fatto quella del sole, pertanto erano immersi in un'inquietante penombra di sangue. Erano in sei. Stavano combattendo contro qualcosa di enorme su un campo di battaglia pieno di buche, bombardato dai colpi di quelle che dovevano essere armi titaniche.

Audrey scorse due grandi occhi fiammeggianti a sei metri d'altezza e presto riuscì a distinguere anche il resto. Era un colossale minotauro dagli occhi di brace e le corna di diamante. Nelle possenti mani brandiva da una parte un'ascia bipenne e dall'altra una mazza ferrata grandi quanto diverse persone legate assieme. Entrambe le armi erano imbrattate di liquido azzurro. Il mostro era peloso. Dal corpo fuoriuscivano protuberanze simili alle corna che aveva sulla testa, ma queste non erano fatte di diamante e sembravano piuttosto normali appendici ossee. Gli zoccoli erano tozzi e neri. Sulla pelle marrone scuro, dove non era coperta dalla pelliccia, erano tatuati in rosso enormi simboli dal significato oscuro. I sei Sagittari erano disposti a ventaglio di fronte al minotauro, a una decina di metri di distanza. Sembrava stessero attendendo una sua mossa prima di contrattaccare.

Audrey riconobbe Jim, Boone e Alexei, ma non gli altri tre, tra i quali c'era una ragazza dai capelli chiarissimi. Svolazzò attorno al suo amico come una mosca impazzita, strillando «Jim! Jim! Jim!» per farsi almeno sentire, dal momento che lui non poteva vederla. I suoi vestiti erano bagnati, sudici e logori. Evidentemente lo scontro andava avanti da un po'.

Nel sentire la voce, Jim spalancò gli occhi, alzò il viso verso il cielo e mormorò: «Davis? Audrey, sei tu?»

«Sì, sono io! Sono proprio io, *puttana ladra!*»

Nel sentirla imprecare come la vecchia Audrey, per un attimo Jim rimase interdetto.

«Boone! Tesoro, ci sono anch'io. Sono venuta a salvarti!» annunciò Stardust mantenendosi accanto all'orecchio del ragazzo. Di sicuro era più esperta di Audrey a gestire quelle situazioni e non sembrava per nulla agitata.

«Stardust?» esclamò Boone. I suoi occhi si illuminarono. «Uomini, ascoltate queste voci! Forse abbiamo una possibilità!»

«Sei tutto mio, tesoro! Non hai nulla da temere» cinguettò Stardust come se fosse stata da sempre la sua migliore amica o la sua fidanzata.

I quattro marinai che non si chiamavano Boone o Jim furono invece ben poco rinfrancati da quelle parole. Due Cherubine che si dedicavano esclusivamente alla difesa di due Guerrieri su sei non era una notizia da accogliere con eccessiva allegria. Audrey notò i loro sguardi avviliti e rassegnati, ma non sapeva come rimediare. Poteva proteggere soltanto uno di loro alla volta, e trasferire lo sguardo da una persona all'altra era pericoloso, perché ogni spostamento affaticava la mente e si rischiava di perdere la concentrazione proprio nel momento fatale. Quella volta avrebbe difeso soltanto Jim, non aveva alcun dubbio al riguardo.

Alla fine sono proprio come Stardust: una persona fottutamente merdosa... una succhiacazzi merdosa ed egoista...

L'airone è mio amico...

«Cherubine, ascoltate! A quel Borge[I] rimangono due soli Grani! Se ci date una mano possiamo abbatterlo!» gridò Alexei.

«Davis, io sono quasi a secco!» si sgolò Jim. «Mi è rimasto soltanto un Grano.»

In quel preciso istante il colossale minotauro prese a correre come un forsennato e attaccò con entrambe le armi, vibrando un doppio fendente a braccia

---

[I] La pronuncia corretta è: "Borgh".

parallele. La sua agilità non aveva il minimo senso logico, considerata la mole, e quella scena fu per Audrey la lezione definitiva su cosa significasse combattere contro creature che trascendevano la ragione. Per sfuggire ai colpi di quelle armi enormi era necessario schizzare via alla velocità della luce, perché i fendenti del minotauro erano sia precisi che rapidi. I due Guerrieri accanto a Jim ci riuscirono, ma lui, che si era distratto per parlare con Audrey, venne centrato in pieno.

Il Grano più interno comparve sotto forma di migliaia di esagoni bianchi ma rimase intatto. Audrey aveva assorbito il colpo. Le armi del minotauro vennero respinte nella direzione opposta a quella del fendente, facendogli roteare le braccia all'indietro di quasi cent'ottanta gradi. Eppure il mostro si riprese con facilità e attaccò di nuovo. Saltò verso Jim e tentò di schiacciarlo con una randellata della mazza ferrata, ma stavolta il marinaio riuscì a evitarlo schivando a sinistra. La mazza si piantò nel terreno arido con un tonfo tonante, creando un piccolo cratere. Senza risollevare l'arma da terra, il minotauro vibrò un rapido colpo orizzontale con l'ascia che reggeva nella mano destra e centrò Jim, che schivando in quella direzione si era messo proprio nella posizione peggiore. Audrey, che non si era persa un solo istante dell'azione, subì l'asciata al suo posto. Questa volta la barriera scagliò indietro il braccio del minotauro con maggior violenza, facendolo barcollare. Audrey avvertì una fitta di dolore lancinante alla spalla destra, ma era troppo concentrata per preoccuparsene.

Gli altri Guerrieri approfittarono del momento di disorientamento del nemico e si lanciarono su di lui, colpendolo più volte. Boone distrusse uno dei suoi Grani saltando di lato e bastonandolo con la mazza da baseball allo sterno, mentre un altro Guerriero fece altrettanto cercando di infilzarlo allo stomaco. La ragazza dai capelli chiari fu però più lenta e il Borge si riprese appena in tempo per contrattaccare. La marinaia saltò a diversi metri di altezza per colpirlo al petto, ma il mostro lasciò andare la mazza ferrata e sferrò un pugno a mezz'aria. Non c'era nessuno a proteggere la povera ragazza, dunque il suo secondo Grano venne infranto, ma questo servì almeno a ricacciare indietro il braccio del Borge, che in quella occasione lanciò un urlo di dolore disumano. La barriera distrutta della giovane apparve bianca: era stata annientata la Soglia. Non le rimaneva altra protezione. Il prossimo colpo l'avrebbe uccisa.

Per la violenza del pugno incassato, la marinaia dai capelli chiari venne scaraventata lontano fino a piantarsi nel terreno a molti metri di distanza, creando attorno a sé un'altra piccola buca. Audrey temette che fosse morta nell'impatto, ma dopo qualche istante la vide muoversi per cercare di strisciare via, anche se era troppo debole. Il pugno era stato annullato dal Grano, ma l'impatto col terreno l'aveva ferita realmente.

«I Grani del Borge sono a zero! I prossimi colpi serviranno a ucciderlo!» gridò Boone con il furore negli occhi.

«Non possiamo pensare a quello!» ribatté Alexei. «Lynn morirà se non la difendiamo!»

«Cherubine, proteggete lei!» urlò uno degli altri uomini. «Non pensate a noi, proteggete Lynn!»

Audrey si mosse incerta verso la ragazza, in attesa di vedere cosa avrebbe fatto la sua compagna dai capelli arcobaleno, ma Stardust non si spostò di un millimetro. Nessuna delle due Cherubine voleva separarsi dal suo Guerriero preferito.

«Vacci tu, tanto non te ne frega un cazzo di Boone!» gridò Audrey con più cattiveria del solito.

Stardust rimase scandalizzata. «Perché parli così? Tesoro, ti senti bene?»

Sono una lurida succhiacazzi senza purezza
Faccio schifo, sono sporca e tutti lo sanno
L'airone è mio amico

Il minotauro si reimpossessò della mazza chiodata, la mulinò in aria e la scagliò in direzione di Boone. La grande arma roteò e roteò, coprendo la distanza che la separava dall'obiettivo in meno di un secondo. Boone la evitò all'ultimo istante e la guardò conficcarsi nel terreno davanti a lui, facendo schizzare in aria blocchi di terra. Il ragazzo dai capelli color carota sembrava al sicuro, ma quella del minotauro era una mossa calcolata.

Distratti dalla mazza volante, i Guerrieri non avevano fatto caso al Borge, che nel frattempo aveva sbuffato, aveva spruzzato fiamme dagli occhi e aveva caricato in avanti come un toro, le corna di diamante puntate verso Jim. Lui lo vide arrivare troppo tardi e venne travolto. La sua Soglia esplose. Sia Jim che il minotauro vennero scaraventati indietro in direzioni opposte. Jim rotolò per una dozzina di metri sul terreno e finì per caso accanto a Lynn, ancora distesa a terra. Entrambi non avevano più Grani.

Audrey si era distratta, anche se solo per un attimo. Non trovando altri sfoghi, la sua furia si indirizzò su Stardust. «Stronza, è tutto per colpa tua! Sei solo una stupida testa di cazzo!»

Non volevo dirlo non volevo dirlo non volevo dirlo non volevo dirlo
Sono una persona sporca crudele e meschina
La mia purezza non esiste più, sono una persona senza purezza

Stardust pareva sconvolta da quelle parole. Per la prima volta, da quando Audrey l'aveva conosciuta, la sua voce suonò del tutto sincera. «Audrey...? Perdonami, io non... non sapevo se abbandonare Boone o no.»

Audrey iniziò a piangere dentro la vasca pensando a come stava trattando la sua amica e alle oscenità che le stava scagliando contro, ma dei bulloni dentro il suo cervello si erano allentati e sentiva che l'intera struttura stava per cedere. Le lacrime si mischiavano all'acqua della piscina e quindi non si vedevano, ma sgorgarono a lungo. Non voleva tornare a essere la vecchia Audrey.

«Cazzo, adesso sì che siamo davvero nella merda!» esclamò Alexei. I quattro Guerrieri ancora in salute si schierarono a difesa di Jim e Lynn, che non riuscivano a rialzarsi.

Boone mise da parte l'orgoglio. «Carichiamoceli sulle spalle e battiamo in ritirata!»

Gli altri esitarono. Ammesso e non concesso che fossero riusciti a scappare appesantiti dai loro amici, il minotauro li avrebbe comunque inseguiti e avrebbero rischiato di condurlo verso qualcuno ancor più in difficoltà di loro.

«Audrey, chi stai difendendo?» domandò Stardust, che adesso sembrava davvero preoccupata. «Sei ancora su Jim?»
«Io, ecco, forse dovrei...» bisbigliò Audrey piena d'indecisione. «Tu rimani su Boone?»
Il Borge scoppiò a ridere e cacciò fuori la spessa lingua biforcuta in segno di scherno. Fu una risata sguaiata e meschina, da vera belva primordiale. Dentro i suoi occhi le fiamme si spensero, le orbite oculari si illuminarono di viola. Uno dei tatuaggi, quello sulla spalla destra, fece altrettanto, e le linee che ne componevano il disegno presero vita, emettendo un bagliore violetto.
«Oh, cristo, qual è? QUAL È!?» urlò Alexei.
Boone per un attimo restò perplesso, e quell'attimo fu fatale.
«Chiudete gli oc–» gridò, ma era troppo tardi.
Una grande circonferenza purpurea si dipinse attorno ai piedi dei Guerrieri, racchiudendoli al proprio interno. Un fascio di luce viola si propagò dal terreno e illuminò i loro corpi per un breve istante. All'inizio sembrava non aver sortito alcun effetto nocivo, ma appena sfumò, gli occhi dei sei marinai si tinsero di nero. Lasciarono cadere le braccia a lato del corpo e si misero a fissare il vuoto come in trance.
Stardust si rese conto per prima della gravità della situazione. «Merda! Audrey, salviamo Jim e Boone! Gli altri sono spacciati!» gridò con voce rotta.
Audrey non comprese il significato di quelle parole finché non vide il minotauro saltare verso il gruppo tenendo entrambe le armi sollevate sopra la testa.
I marinai erano storditi e per proteggersi a vicenda si erano avvicinati l'uno all'altro, formando un gruppo compatto. Il minotauro li avrebbe colpiti tutti e sei nello stesso momento, schiacciandoli con un singolo attacco. Almeno due, Jim e Lynn, sarebbero morti di certo.
Poi Audrey ricordò qualcos'altro, e le tremende parole di Stardust acquisirono maggior senso. Quella particolare Maledizione l'aveva già vista in azione una volta, anche se da lontano. I Guerrieri colpiti non solo venivano intontiti, ma il loro Rosario veniva portato a zero Grani per qualche decina di secondi. Tutti e sei erano condannati.
No no no no no no no no no
E adesso?!
Stardust sta proteggendo Boone e io Jim, quindi gli altri moriranno.
Cosa faccio ora che non ho purezza e sono una sporca succhiacazzi? Sono schifosa e non so difendere nessuno, finirò per strada come i barboni e mia cugina Megan se non mi metto in riga.
Il tempo rallentò fin quasi a fermarsi. Audrey osservò la perfetta traiettoria del salto del Borge, che sarebbe atterrato proprio un paio di metri davanti ai Guerrieri in modo da eliminarli tutti e sei con malefica precisione.
Jim si era fatto sparare in faccia con un fucile a pompa per lei, quindi non poteva mollarlo. Boone se la sarebbe cavata grazie all'aiuto di Stardust. Ma gli altri quattro cosa avevano fatto di male, per meritarsi di finire tagliati in due o spiaccicati da un minotauro gigante mentre lei se ne stava a guardare come la sporca succhiacazzi senza purezza che era?

Volò più in alto e osservò i marinai da quella posizione. Il Borge era quasi su di loro. Era finita.

Gli ultimi ingranaggi nella sua mente si allentarono.

Visti da qui hanno una forma davvero simpatica, e tra poco si colorerà tutto d'azzurro. Eh, sì! Sarà tutto molto più colorato!

I mutaforma vinceranno, ma io cosa potrei farci, secondo voi? Mica posso difendere tutti i Guerrieri da sola, sono solo una povera succhiacazzi senza purezza e finirò sulla strada come i barboni, se non mi metto in riga. Ed è andata proprio a finire così, sono diventata una senzatetto! Il treno faceva "ciuf-ciuf" e il macchinista quasi si è preso un infarto quando ha visto che stava spiaccicando la regina del parco giochi. Poi è diventato tutto buio e sono finita qui, ma non riesco a concludere nulla di buono nemmeno come Cherubina. Sono proprio inutile, aveva ragione la mia mamma.

Chissà, magari potrei dipingere qualcosa. Sì, lì nel terreno, insomma, sotto di loro. Ma non con l'azzurro. L'azzurro sulla Terra è il colore del cielo e del mare, ma qui è un colore sgradevole, perché rappresenta sia la vita che la morte. Forse, allora... forse potrei dipingere qualcosa con il giallo.

L'airone è mio amico.

Audrey visualizzò una grande croce. Non una croce piena di malvagità, ma una croce buona, fatta di luce e colma di purezza. Un miracolo. Una Benedizione.

Posizionò la base proprio sotto i sei marinai, così da poterli abbracciare e illuminare tutti con la sua luce buona e giusta.

Eccola la tua Grande Croce, Jade. Mi prendo la Chiave e tutto il resto, ma non ci sarà proprio alcun Sacrificio, alcuno Scambio. Quelli puoi tenerteli.

Audrey sciolse i sigilli.

Un immenso airone bianco comparve nella volta celeste e planò verso il basso. Batté le ali un paio di volte e poi volò in picchiata verso terra come se intendesse passarci attraverso. L'uccello scomparve nel momento in cui toccò il suolo, ma da quel preciso punto nel terreno eruppe una titanica lama di luce dorata a forma di croce latina alta quasi fino al cielo, alla cui base c'erano i sei Guerrieri. Un unico, assordante rintocco di campana accompagnò l'evento.

Il minotauro vibrò il suo doppio fendente immerso nella luce dorata. Sebbene fossero disattivati e in alcuni casi esauriti, tutti e sei i Rosari dei marinai si riattivarono nello stesso momento, facendo esplodere in faccia al Borge sei barriere come se avesse appoggiato il piede su un divino campo minato.

Il mostro venne scagliato lontano e rotolò sulla dura terra torcendosi il collo. Le armi si disintegrarono insieme alle corna di diamante.

La croce dorata scomparve. I sei marinai ripresero conoscenza.

«Ma che cazzo?» Stardust era allibita. «Audrey, sei stata tu? Come hai fatto?»

Non c'era tempo per discuterne, e se anche Audrey avesse voluto spiegarglielo, non ne sarebbe stata in grado. L'aveva fatto e basta. La giovane pittrice ronzò attorno ai Guerrieri ancora intontiti e urlò: «Ora, ora! Attaccatelo ora, *perdindirindina!*»

Boone si diede una manata sulla tempia per riprendersi del tutto e risollevò la mazza da baseball. Alexei fece altrettanto con le daghe. Seguirono gli altri due marinai che ancora si reggevano in piedi.

«Vi proteggo io, vi proteggo tutti quanti io!» promise Audrey, anche se era inaudito che una singola Cherubina potesse difendere più Guerrieri allo stesso tempo.

Eppure, i marinai si fidarono delle sue parole e corsero verso il minotauro, che senza le armi e con le corna in frantumi poteva lottare soltanto usando le mani. Uno dei ragazzi attirò la sua attenzione fintando un attacco laterale e schizzò via non appena lui tentò di schiacciarlo con un pugno. Nello stesso momento, Alexei recise con le daghe i tendini della caviglia sinistra del Borge, che barcollò e cadde sulle ginocchia lanciando un muggito spaventoso, mentre un fiume di sangue cominciava a impregnare la terra, formando una pozza rossa sotto i suoi piedi. Boone spiccò un balzo fino all'altezza della testa del minotauro e fece roteare la mazza come per battere un fuoricampo, fracassandogli il muso con un sonoro *crac!* Stordita dalla mazzata, la belva portò le gigantesche mani verso il capo per proteggersi, scoprendo così il suo punto debole.

I restanti due Guerrieri balzarono verso il petto villoso e con le lame aprirono un largo squarcio all'altezza del cuore, che si rivelò palpitante e di una grandezza spropositata. Jim, ripresosi anch'egli, si unì agli altri e conficcò la testa di metallo del suo martello da guerra nel cuore del minotauro, appendendosi poi con entrambe le mani all'elsa per squartarlo a metà. All'interno del cuore c'era un globo luminoso simile a una sfera di vetro, dentro il quale fluttuavano nubi scarlatte. Boone colpì il Nucleo con la mazza e lo sbriciolò. Un mare di sangue rosso sgorgò fuori, mentre le nuvole si dissolvevano rapide. Il Vuoto lanciò un grido terrificante e disperato, ma ormai il suo Nucleo era stato distrutto. Dopo pochi istanti cadde a terra senza vita.

La tensione si allentò e la Audrey materiale, quella immersa nella vasca, avvertì delle fitte di dolore saettarle attraverso il corpo per via dei colpi subiti e della Benedizione che aveva lanciato. I muscoli le si contrassero come in preda a violenti spasmi, ma in qualche modo riuscì a riprendere il controllo di se stessa.

Con la coda dell'occhio intravide la stella Stardust scomparire nel Piano Celeste. Non era volata da un'altra parte, ma era svanita nel nulla, come accadeva quando un Cherubino usciva dalla vasca nel Piano Materiale.

I cinque Sagittari che avevano sconfitto il Borge esultarono e urlarono frasi ingiuriose nei confronti del mostro, sfogando la loro rabbia sulla carcassa. Corsero poi verso Lynn per soccorrerla e cercarono nel cielo qualche Cavaliere del Cancro che potesse portarla in salvo. Attorno a loro non si scorgevano altri Vuoti in avvicinamento, dunque per il momento erano al sicuro. Quando all'orizzonte videro volare alcuni Pegasi, due dei marinai si sbracciarono e si sgolarono per farsi sentire da loro.

«Audrey, sei stata pazzesca!» urlò Boone con il viso rivolto verso l'alto. «La nostra mente non rispondeva più ai comandi, ma potevamo ancora vedere quello che accadeva attorno a noi. Come cazzo hai fatto a creare quella croce di luce? Porca puttana, nemmeno la Sacerdotessa ne è in grado!»

«Ti supplico, rimani sempre con noi!» la implorò Alexei. «Ti offriremo da bere all'*Alabastro* per un anno intero! Sei abbastanza adulta per bere, vero?»

«Ve l'avevo detto che la Davis è una ragazza, ehm... *speciale*» disse Jim scandendo bene le parole.

«Mi sono già ripresa, Jim. Non hai motivo di preoccuparti» lo rassicurò Audrey fiutando i sottintesi di quella frase. «C'è stata soltanto una momentanea mancanza di purezza, ma ora è tutto a posto.»

Qualcosa piombò nella vasca di Audrey con un tonfo sordo, spegnendo il suo collegamento col Piano Celeste. Era una grande sagoma scura con una chioma di capelli arcobaleno. Audrey trasalì ed emise un gridolino che venne soffocato dall'acqua.

Stardust nuotò verso di lei e la abbracciò forte, nascondendo il viso dietro le sue spalle. Le lacrime si mischiavano all'acqua, ma si capiva che stava piangendo dai singhiozzi sommessi.

«Scusami Audrey, scusami... scusami... scusami...» continuava a ripetere Jade. Per una volta sembrava davvero sincera. «Volevo solo... io sono... ho...»

«Me lo dirai un'altra volta, con più calma. Finché rimani qui dentro con me, il Piano Celeste non funziona, e se non torni subito ad aiutare qualche Guerriero Apollonia si arrabbierà di nuovo.»

«Sì, certo... hai ragione. Me ne vado subito. Ma più tardi parleremo, vero? Vero?» la supplicò Stardust, continuando ad accarezzarle i capelli che fluttuavano nell'acqua della vasca.

«Puoi contarci, Jade.»

Audrey aveva una mezza idea di cosa intendesse rivelarle. Già da tempo aveva ipotizzato che la sua amica, almeno da viva, fosse affetta da disturbo della personalità borderline.

Stardust nuotò con una certa riluttanza fino in superficie e uscì dalla vasca. Ad attenderla sul bordo c'era la Sublime Sacerdotessa, ed era furente.

«Sei fortunata, Jade Marec, in questo momento non ho tempo per prenderti a schiaffi» sibilò Apollonia lanciandole un'occhiata raggelante. «Ma se ti vedo entrare un'altra volta nella vasca di Audrey non solo ti concio per le feste, ma ti spedisco alla Congregazione della Vergine a raccogliere Drupe per i prossimi due secoli! E sappiamo entrambe quanta poca voglia di lavorare tu abbia!»

Stardust quella volta non rispose per le rime, ma fissò in silenzio la piccola pozzanghera che andava allargandosi sul marmo attorno ai suoi piedi scalzi. Era in mutande e reggiseno, come sempre quando si immergeva in una vasca dei Balnea.

Audrey emerse con la testa dall'acqua. «Sublime Sacerdotessa, non la rimproveri troppo. Le sembrerà assurdo, ma in un certo senso è stato grazie a Stardust che sono riuscita a creare *quella cosa*. L'ha vista?»

«Sì, l'ho vista» confermò Apollonia con severità. «Per un attimo hai rischiarato la notte fino al Muro. Parleremo anche di questo, ma non adesso. Devo tornare subito nella mia vasca, c'è qualcosa di demoniaco che assedia i Gemelli.»

Apollonia e Stardust s'affrettarono a tornare alle loro piscine. Audrey s'immerse di nuovo e rientrò nel Piano Celeste. Purtroppo era riapparsa al centro del Tempio, nel cielo sovrastante l'Aditus Dei, essendosi disconnessa a causa dell'intrusione di Stardust.

«Cacchio» gorgogliò con la bocca piena di liquido amarognolo. «E ora che faccio? Jim e gli altri sono al sicuro. Non c'era nessun Vuoto attorno a loro nel raggio di un chilometro, in più stavano arrivando i Cavalieri Professi.»

Osservò per qualche istante l'andamento della battaglia da quell'altezza stratosferica. Come aveva segnalato Apollonia, qualcosa di preoccupante stava invero accadendo dalle parti dei Gemelli, ma vide che in quella zona c'era già una concentrazione esagerata di Cherubini.

Come si chiamava quella ragazzina del Leone che ho incontrato l'altro giorno? Sembrava simpatica.

Ji... Ji-han? Jihan!

Jihan, Jihan, Jihan, Jihan...

Audrey si concentrò, spremendo a dismisura le cellule cerebrali. Ormai aveva compreso alla perfezione il procedimento. Non poteva considerarsi una sua amica, ma averla aiutata in precedenza fece sì che il suo puntino si illuminasse fiocamente di giallo oro. La rintracciò con facilità, anche perché era in una posizione del Tempio assai bizzarra per essere notte d'Alta Marea.

Jihan, cosa ci fai in mezzo allo Scorpione insieme a quegli altri puntini bianchi? Ti prego, dimmi che non hai disertato.

Studiò la situazione dall'alto. Alcuni puntini in fila, tra cui la stessa Jihan, erano fermi di fronte ad altri puntini, come se si stessero fronteggiando. Più a nord, tre puntini bianchi fuggivano da un'orda di mostri correndo verso Bishop's End.

Ma che cavolo succede? Ci sono dei Vuoti all'interno del Tempio!

Audrey decise che sarebbe andata a controllare, visto che nessun altro Cherubino si stava preoccupando di farlo. Ormai non temeva più nulla. Era addirittura in grado di creare delle croci di luce con la mente, anche se non sapeva come aveva fatto e non era sicura di poter ripetere la prodezza.

Scese spedita verso terra, sorvolò il lato nord di Gulguta e si avvicinò al settore dello Scorpione mantenendosi a qualche decina di metri d'altezza.

Due mura di luce viola s'innalzarono di fronte a lei e salirono fino ad accarezzare il cielo. Sorgevano proprio sulle linee di confine tra il settore dello Scorpione e quelli limitrofi, isolandolo così dal resto del Tempio.

Audrey rimase incantata a osservare quelle barriere di luce colorata. Non avendo idea di cosa fossero, provò a volarci attraverso, ma vi sbatté il grugno contro come un'ape si sarebbe spiaccicata sul vetro di un'auto sportiva.

Precipitò a terra e il Piano Celeste si spense.

Scorpione
... Finis Est Omnis Laboris

Emily corse a rotta di collo senza guardarsi indietro, nella speranza che Chae-yeon e la ragazza bionda intercettassero i mostri che la inseguivano. Il Tempio era più rosso di come se lo ricordava, ma in quel momento non aveva tempo di fare mente locale e ricordarsi cosa significasse. Alle sue spalle udì un frastuono tremendo: qualcosa stava crollando, forse l'intera struttura della torre dalla quale era fuggita. In mezzo al fragore delle mura di pietra che rovinavano al suolo spiccavano versi d'animali d'ogni genere e latrati indescrivibili.

A forza di correre arrivò alla fine della collina. Da lì cominciava il declivio verso valle. Pareva impensabile, ma aveva ancora *qualcosa* alle calcagna. La creatura che la tallonava produceva lievi suoni fruscianti pestando l'erba con le sue numerose zampette.

Emily abbassò lo sguardo e vide qualcosa di esile e verde farle lo sgambetto nel tentativo di afferrarle una caviglia. Imprecò, cadde e ruzzolò giù per metà della collina. Si rimise in piedi in qualche modo ma incespicò in un groviglio di arbusti. A quel punto rinunciò a rimanere in piedi e si lasciò rotolare fino a valle. Che le piacesse o no, era anche lei una Guerriera del Tempio, per questo motivo non si ruppe nulla e non si fece alcun male. Il suo vestito, però, si trasformò in un collage di macchie verdi e marroni.

Una volta ripresasi dal ruzzolone, vide di fronte a sé una graziosa stradina sterrata costeggiata da una staccionata di legno che si snodava accanto alla collina. Alcune torce accese a lato della strada illuminavano la via. Emily udì ancora una volta degli strani suoni fruscianti dietro di lei, ma sembravano prodotti da qualcosa che strisciava sull'erba piuttosto che zampettarci sopra, dunque non poteva essere la stessa creatura di prima. Non sapendo combattere e sentendosi certa di non poter fuggire correndo, Emily si accovacciò dietro la staccionata – come se fosse un riparo credibile – e nascose la testa tra le ginocchia.

Quelle stupide erano in due, perché cazzo non arrivano?

"Tesoro, chiama Chae-yeon. Nella confusione ti avrà perso di vista. Quella torre era piena di mostri e tu sei corsa giù dal lato opposto della collina."

Sa dove sono... lo sa ma non vuole aiutarmi.

"Non essere assurda. È corsa fin qui per te, no?"

Qualcosa sbucò fuori dalle ombre iniettate di rosso e fece a pezzi parte della staccionata. Non era la mantide, ma un serpentaccio verde scuro, grosso quanto il busto di una persona e lungo come diverse automobili messe in fila. Strisciò rapido verso Emily piegando il corpo squamoso svariate volte a destra e a sinistra, quindi sollevò la grossa testa piatta per studiare la preda. Sibilò con astio, facendo schizzare fuori la lingua biforcuta. All'improvviso la sua testa si gonfiò a dismisura, deformandosi in maniera grottesca. Dopo poco scoppiò come una gigantesca pustola e generò una seconda testa che andò ad affiancarsi alla prima. Entrambe spalancarono le fauci, mettendo in mostra lunghi denti arcuati. Dalle loro lingue grondava pus giallognolo.

Emily odiava le mantidi e tutti gli altri dannatissimi insetti, ma anche i serpenti le facevano ribrezzo. Di fronte a quello spettacolo orripilante si sentì prossima a rigettare tutto il Nettare che aveva nello stomaco. Decise che era arrivato il momento di chiedere aiuto.

«Chae-yeon, sono qui! Muoviti, cazzo! Chae-yeooon! Dove sei, cristo santo?! Aiutooo!» strillò con un'intensità nella voce da fracassare i timpani.

Il serpente gigante i timpani non li aveva, per cui se ne infischiò alla grande delle sue grida. Si lanciò verso di lei facendo strisciare il ventre squamoso sulla strada. Emily indietreggiò gattoni, osservando con puro terrore l'avvicinarsi del Vuoto. Si sentiva ormai spacciata, quando avvertì i peli delle braccia sollevarsi e la pelle accapponarsi, come se un fantasma la stesse sfiorando.

Chae-yeon apparve al suo fianco. Non era corsa, non aveva spiccato il volo, non aveva saltato. Era *comparsa*. Emily era certa di non aver nemmeno battuto le palpebre. La sua salvatrice brandiva nella mano sinistra il suo Shintai ed Emily ebbe l'occasione di ammirarlo per la prima volta. Era una spada dalla lama più larga e spessa del normale, di un intenso colore blu, come una lastra di zaffiro grezzo.

«*Unnie*, sta' giù!» ordinò la leader. In un microsecondo balzò di fronte al serpente, che vedendola comparire si arrestò di colpo e le sibilò contro. Lei evitò i morsi due volte, quindi scattò in avanti, abbassò la spada e vibrò un ridoppio obliquo segando in diagonale la creatura come se avesse falciato uno stelo d'erba poco più spesso del normale. Dal corpo del serpente tagliato a metà eruppero fiotti di sangue, i cui schizzi più potenti bagnarono entrambe le ragazze. Le due teste si contorsero sul terreno in un ultimo disperato tentativo di raggiungere Emily, ma Chae-yeon le infilzò con precisione. I loro grandi occhi grigi finalmente si spensero, il Nucleo esplose in un vortice vermiglio.

Emily si pulì il viso e si guardò le mani. «Merda... questo è vero sangue.»

«*Gwenchana*[1]?» domandò Chae-yeon voltandosi verso di lei.

«E-eh?» fece l'altra, confusa, battendo più volte le palpebre. In realtà aveva capito alla perfezione la domanda, pur essendo stata formulata sulle basi di una lingua che in vita non le sarebbe stata per niente familiare, ma per un attimo era andata vicina a rispondere in coreano e questo l'aveva sbalordita.

«Stai bene?» ripeté Chae-yeon accarezzandole una spalla. «Sei ferita?»

---

[1] Trad. "Stai bene?" in coreano informale.

«N-no.»

Emily si alzò e si avvolse le braccia attorno al corpo, gli occhi stralunati fissi sulla strada e sul cadavere del Vuoto. Chae-yeon lo aveva segato in due all'altezza dello stomaco, le cui flosce pareti interne si adagiavano ora sul moncone dello scheletro troncato. La bionda ebbe un altro conato.

Dalla cima della collina provenne un gran fracasso. Dopo qualche istante, la sagoma traballante dell'altra ragazza scese il pendio a tutta velocità. «Ah, allora eravate qui, vecchie birbanti!» gridò mentre correva verso le due Vergini.

«Chi è quella pazza? La conosci?» chiese Emily.

Chae-yeon fece spallucce. «Non proprio. Pensavo che la conoscessi tu, ma a quanto pare non è così.»

«Non l'ho mai vista prima.» Emily fissò la pianura rosseggiante con aria spersa. «È arrivata l'Alta Marea?»

«Eh già, purtroppo. Tutti i Guerrieri sono già corsi al Muro.»

«Ah.»

Chae-yeon la prese per le spalle e la guardò dritta negli occhi. Emily non riuscì a sostenere il suo sguardo. «*Unnie*, ora che hai visto i Vuoti da vicino devi dirmelo. Vuoi vivere? O devo lasciarti in pasto a loro e andare a difendere il Muro?»

Le pupille della popstar sussultarono. «Voglio vivere...»

«Davvero davvero? Guarda che ci sarà da combattere.»

La mente di Emily riacquistò parte della sua brillantezza. «Sì, voglio vivere. Ti prego, devi aiutarmi! Vogliono uccidermi! Anzi, vogliono studiarmi e *poi* uccidermi!»

«Fregata!» scherzò Chae-yeon sfoggiando un sorriso rassicurante. «Non ti avrei mai e poi mai lasciata qui a morire, ma adesso mi sento più carica anch'io. *Unnie hwaiting*!» urlò, stringendo le mani a pugno per incoraggiarla.

Emily distolse lo sguardo e cercò una risposta adeguata, ma non le venne in mente alcun commento particolarmente sagace. «Stupida idol tettona» borbottò alla fine, aprendosi in un timido sorriso.

«La principessa è ancora integra?» domandò trafelata l'altra ragazza una volta raggiunte le due Vergini. Si mise a esaminare Emily tastandola ovunque come avrebbe fatto una dottoressa fin troppo scrupolosa.

Emily la schiaffeggiò. «No, scusa, ti spiace tenere le mani a posto? Chae-yeon ha il permesso di toccarmi, ma tu chi cazzo saresti? Sembri un orsetto lavatore strafatto di crack, con tutto quell'ombretto nero attorno agli occhi. E poi, "integra"? Il mio imene se n'è andato da un pezzo, cara ginecologa di stocazzo.»

«Fiu! La principessa pare in ottima forma!» replicò divertita la ragazza. «Direi che ci è andata di lusso. Io sono Elle, comunque. Adesso però non abbiamo tempo per chiacchierare: i Vuoti si stanno mettendo in marcia.»

Dalla sommità della collina giunsero rumori inquietanti. Parte della torre era crollata dopo che un Vuoto aveva aperto una voragine per uscire, ma la struttura era ancora in piedi. Alla base, una fila di sagome scure si stagliavano contro il rosso della luna, muovendosi verso sud.

«Ma come, non li avete fatti fuori?» inveì Emily.

«Solo un paio, gli altri sono complicati da uccidere. Ci serve calma e organizzazione» spiegò Chae-yeon con la consueta affabilità.

«Perché adesso ci ignorano?»

«Perché sei scesa dal lato della collina opposto a Bishop's End, *unnie*. Il loro obiettivo è sempre quello di raggiungere l'Aditus Dei, e per arrivare a Gulguta bisogna prima passare per la capitale dello Scorpione. Ma non è un problema, adesso li intercettiamo e li eliminiamo.»

«No, il problema c'è, e anche bello grosso» la contraddisse Elle, che sembrava seriamente preoccupata. «Dal momento che le torri sono tre, può darsi che Geneviève abbia distrutto i Sigilli di tutte quante nello stesso momento. Forse non sapeva a quale Sigillo corrispondesse ciascuna torre, quindi per sicurezza potrebbe averli spezzati tutti. Purtroppo questo non ha soltanto aperto i lucchetti, ma ha anche liberato i Vuoti custoditi all'interno.»

Emily ripensò alla sua esperienza nella torre. «Quando ero imprigionata ho sentito tre suoni potentissimi. Sembravano il martellare di un fabbro. Non so se questo c'entri davvero, però...»

Chae-yeon sbarrò gli occhi. «*Omo*! Volete dire che potrebbero esserci non uno, ma *tre* gruppi di Vuoti a spasso per la contrada?»

Elle annuì. «È possibile, sì. Se Nightingale li stava studiando, può darsi che ne custodisse degli esemplari anche nelle altre torri.»

«E tutti i Guerrieri ormai sono oltre il Muro» mormorò pensosa la Madre Reverenda. «Dovremo occuparcene noi, potrebbe non esserci nessun altro nei paraggi.»

Emily osservò con inquietudine crescente la teoria di mostri che spariva nella notte, scendendo la collina dal versante opposto al loro. «Ragazze, che ne dite se ci diamo una mossa? Cristo santo, ma perché quei Vuoti sono quasi tutti degli insetti giganti?»

«Sono Incubi. Assumono le forme adatte a terrorizzare il Guerriero più debole nei dintorni. In questo caso mi sa che sei tu, *unnie*» spiegò Chae-yeon con il necessario tatto.

«Ah.»

«In ogni caso hai ragione, dobbiamo darci una mossa e superarli. Forza!»

«Tesorucci, ascoltate la vostra Elle per un attimo» interloquì la Guerriera dei Gemelli. «Come ha detto poco fa Chae-yeon, i Vuoti si dirigono sempre verso l'Aditus Dei. Questo significa che tutti i gruppi convergeranno prima a Bishop's End, che si trova proprio sulla loro strada. Dovremo arrestare lì la loro avanzata.»

«Ma non possiamo combattere lì!» si oppose Chae-yeon. «La città non è stata evacuata, migliaia di Intoccabili sarebbero in pericolo!»

«Non riusciremo mai a intercettare i Vuoti prima che arrivino a Bishop's End. Le torri sono distanti dieci chilometri l'una dall'altra. Se perdiamo tempo a sterminare questo gruppo, gli altri due ci sfuggiranno e avranno la via libera fino all'Aditus Dei.»

Chae-yeon si infilò una ciocca di capelli in bocca. «Hai ragione. Dobbiamo avvertire gli abitanti il più in fretta possibile, così da dargli il tempo di fuggire. Dovremo correre velocissime! Emily *unnie*, vuoi che ti carichi in spalla?»

La bionda inorridì, ma si trattenne dall'esternare un commento provocatorio. «No, non ce n'è bisogno. Posso correre da sola» garantì. E in effetti era vero. Nel darsela a gambe dalla mantide religiosa si era accorta di essere in grado di correre più veloce del normale.

Le tre ragazze si lanciarono in una folle corsa contro il tempo in direzione Bishop's End, prendendo tutte le scorciatoie possibili attraverso i campi e percorrendo sentieri secondari al fine di mantenersi a debita distanza dalla legione di Vuoti.

Anche in versione Guerriera del Tempio Emily Lancaster non era diventata una gran corritrice, ma fece comunque del suo meglio per star dietro alle due saette con le gambe che aveva davanti. Mentre correva a perdifiato, però, un pensiero deprimente le si insinuò nel cervello. «Ragazze, non vorrei guastare troppo questa atmosfera epica, ma... vi ricordo che sarete solo in due a difendere l'intera città... perché io sono inutile e non ho nemmeno un'arma. Pensate di farcela a uccidere tutti quei mostri?»

Elle ridacchiò. «Sciocca principessa. Mamma Chae-yeon è fortissima. Non dubitare mai di lei. Sarebbe male. E comunque i Vuoti custoditi nella torre erano sì molti, ma non troppo potenti. Io dico che possiamo farcela.»

Chae-yeon sorrise. «Non sarà una passeggiata, ma magari troveremo l'aiuto insperato di qualcuno. Certi Guerrieri dello Scorpione a volte rimangono in città anche con l'Alta Marea perché sono, ecco... *un pochino meno coraggiosi degli altri.*»

«Cristo santissimo» gracchiò Emily. Immaginò una masnada di disertori codardi che difendeva la capitale dello Scorpione insieme a una idol coreana e a una spilungona che sembrava appena uscita da un centro di recupero per tossicodipendenti recidivi. Decise che era meglio iniziare a pregare.

Chae-yeon si sentiva già abbastanza scombussolata dagli avvenimenti di quella notte infausta, ma purtroppo il peggio doveva ancora arrivare. Mentre correvano attraverso la pianura, qualcosa di impensabile si offrì alla vista delle tre ragazze, che, con la bocca spalancata, rallentarono fino a fermarsi.

A svariati chilometri di distanza da loro, alcune pareti di luce viola si stavano innalzando verso il cielo, sia sul lato che confinava con la Vergine sia su quello confinante con la Bilancia. Le mura di luce salirono e salirono, finché la loro sommità non toccò le nuvole, e poi si elevarono ancora, fin quasi a sfiorare le stelle.

Chae-yeon era sbigottita. «*Ige mwoya*[1]?» balbettò a bassa voce. Si avvicinò a Elle e le strattonò un braccio senza distogliere gli occhi dalla muraglia luminosa. La misteriosa ragazza dei Gemelli pareva sapere tutto, e quella sera eventi straordinari accadevano a ripetizione. «*Elle-sshi! Ige mwoya?!*»

Elle digrignò i denti, scura in volto. La sua voce roca sembrava diventata il basso brontolare di una fiera. «Merda. Questo di certo non facilita le cose.»

«Allora sai davvero cos'è!» si stupì Chae-yeon. «Spiegalo anche a noi!»

---

[1] Trad. "Cos'è?" in coreano informale.

«Devono aver attivato il sistema di contenimento di questo settore.»

«Chi? Chi l'ha attivato?» domandò la Madre Reverenda tirandole il colletto del maglioncino da cricket. «E cosa sarebbe questo sistema di contenimento?»

Elle ripartì di corsa verso Bishop's End. «Venite, non possiamo fermarci. Finché rimarranno alzate, quelle mura di luce non permetteranno a nessuno di uscire o entrare nel territorio dello Scorpione. Servono a isolare uno specifico settore dal resto del Tempio. Se non sbaglio possono essere attivate una sola volta per ogni contrada. Sono state ideate come difesa estrema per intrappolare i Vuoti, ma... temo che in questo caso le abbiano alzate per non far uscire viva la nostra principessa da qui.»

«Che cosa!?» scattò Emily. «Quindi siamo condannate a rimanere qui finché non mi fanno fuori?»

«Non proprio» precisò Elle, ora più determinata. «Quando il loro piano fallirà, dovranno disattivarle per forza.»

«Il piano di chi? Di chi stai parlando?» la martellò Chae-yeon.

«Ma di Nightingale e dei suoi superiori, è ovvio» rispose Elle, irritata dall'ingenuità della coreana. «Credo che una di noi dovrà eliminare il Magnifico Rettore se vogliamo che la principessa esca di qui senza trasformarsi in un uovo.»

Chae-yeon non la prese bene, e sfortunatamente non le venne in mente di chiedere a Elle chi fossero i "superiori" di cui parlava. La povera Madre Reverenda era rimasta sconvolta dallo scoprire che nel Tempio c'erano dei traditori, e per giunta ai piani alti. Di quali leader avrebbe potuto fidarsi, da quel momento in poi?

«Purtroppo c'è dell'altro» continuò Elle con voce cupa. «Per quanto ne so, attivare quel sistema di contenimento provoca due effetti collaterali. Primo: nessun Cherubino potrà venire a proteggerci. Secondo: i nostri Rosari sono azzerati.»

«*Kojimal*[I]*!*» Chae-yeon sentì il cuore saltarle in gola. La situazione era appena diventata dieci volte più difficile.

«No, purtroppo non sto mentendo. Materializza la tua spada e puntamela alla gola, se non mi credi. Vedrai che il mio Grano più esterno non apparirà neanche.»

La Madre Reverenda inspirò profondamente e accelerò, lasciandosi alle spalle le due compagne. Non c'era un secondo da perdere, doveva avvertire tutti il prima possibile.

Quando arrivò nei pressi della città notò subito che, sulla collina di Murrey Castle, l'ultimo piano di Abbot's Folly stava andando a fuoco, ma in quel momento non aveva tempo di pensarci. Avrebbe regolato i conti con Alford più tardi, dopo che la questione "Vuoti" sarebbe stata risolta.

Vide qualcosa volteggiare nel cielo scarlatto. Pareva un solitario Cavaliere del Cancro che sorvolava il territorio alla disperata ricerca di qualcosa o di qualcuno. Forse era rimasto intrappolato nel settore dopo l'innalzamento delle mura. Chae-yeon gli fece un gesto e il Cavaliere parve notarla, ma continuò a volare.

[I] Trad. "Bugia!" in coreano.

Una folla di curiosi si era radunata nella piazza di Bishop's End nel quartiere nord, dalla quale si vedevano bene Murrey Castle e la sommità di Abbot's Folly. Alcuni osservavano il propagarsi dell'incendio commentando con inquietudine il fatto senza avere però il coraggio di avvicinarsi. Altri guardavano pieni di stupore le altissime mura di luce, come se si trovassero di fronte a un'opera divina. Quando scorsero la Madre Reverenda che correva verso di loro, vennero soverchiati dalla felicità e la accolsero come la salvatrice della patria.

Chae-yeon non si soffermò a esaminare la situazione più del necessario. Balzò sul tetto di una delle case che davano sulla piazza e parlò alla folla. «Cittadini di Bishop's End, fuggite subito! Fuggite verso sud! Ci sono dei Vuoti dentro questo settore e si stanno dirigendo proprio qui! Purtroppo quelle mura di luce sono state create per imprigionarci dentro i vostri confini, quindi non provate a oltrepassarle perché non sappiamo cosa vi succederebbe! Correte di casa in casa e avvisate tutti, poi andate a nascondervi nella foresta vicino a Gulguta! Ai Vuoti penseremo noi.»

Godere di un'ottima reputazione con tutti gli abitanti del Tempio garantiva dei discreti vantaggi. In quella circostanza, nemmeno i più scettici bifolchi dello Scorpione osarono contestare l'ordine della Madre Reverenda o dubitare delle sue buone intenzioni; al contrario, la maggior parte di loro si mise a correre verso Gulguta come se avesse le fiamme ai piedi, mentre altri si fermarono per qualche istante a pregare inginocchiati davanti a lei, chiamandola "Santa Chae-yeon da Busan" e promettendo che sarebbero andati tutti in pellegrinaggio a Coteau-de-Genêt per onorarla, se si fossero salvati.

Emily era rimasta turbata dalle parole di Elle. La sua mente volò alla conversazione che Alford Nightingale aveva avuto con quelle persone dentro la sfera. Con tutta probabilità erano loro i "superiori", ma non li aveva visti in faccia e udire le loro voci non aveva fatto scattare alcuna scintilla nel suo cervello.

Nell'avvistare in lontananza le prime luci di Bishop's End, rifletté con amarezza che era riuscita a fuggire dalla torre soltanto per finire smembrata poco più tardi difendendo una pidocchiosa città della quale non le importava un fico secco, ma almeno sarebbe morta accanto a Chae-yeon, il che era già qualcosa. La Madre Reverenda l'avrebbe di sicuro abbracciata prima che scoppiasse come un gavettone pieno di Nettare. Emily avrebbe preferito che fosse un bel maschio a farlo, ma perlomeno non sarebbe morta sola come un cane.

Arrivò in città con qualche minuto di ritardo, dunque dovette assistere alla scena della genuflessione degli Intoccabili al cospetto di Chae-yeon. Emily si sforzò di non proferire verbo, in fondo stavano compiendo una buona azione, e attese pazientemente che la sua leader scendesse dal tetto. Elle, nel frattempo, scacciò i più indolenti a pedate.

«*Unnie*, sei arrivata!» si rallegrò Chae-yeon andandole incontro. «Voglio che tu vada a nasconderti da qualche parte, ma senza che io possa perderti del tutto di vista. Non possiamo permettere che ti rapiscano di nuovo.»

Emily distolse lo sguardo e arrossì d'azzurro. «Piantala con tutti questi "unnie". Chiamami Em e basta.»

«"Em"?» fece l'altra perplessa. «Hmm, per me i soprannomi sono un concetto strano. Facciamo "Em *unnie*", allora.»

«Ma vai a farti friggere, non sono affatto più vecchia di te. Se sommiamo gli anni vissuti qui sarai ormai bicentenaria.»

«In verità non proprio. Ho soltanto cinquantadue anni, se facciamo il conto esatto.»

«Va bene, lascia perdere.» Emily si avvicinò a lei con gli occhi bassi. «Ascolta, prima dentro la torre ho strappato le catene con le mani per liberarmi. Erano catene belle grosse e le ho ancora attaccate ai polsi. Vedi?» Gliele dondolò davanti al viso.

«*Omona*, non ci avevo fatto caso! Allora non mi ero sbagliata, hai davvero una forza nascosta!» gioì Chae-yeon con occhi scintillanti. Con delicatezza, se di delicatezza si poteva parlare in un contesto simile, sbriciolò i resti delle catene dai polsi della sua Discepola e la liberò del tutto.

«Io non so combattere, ma...» Emily esitò a esternare il suo pensiero, terrorizzata dalle parole che le stavano per uscire dalla bocca. «Voglio fare *qualcosa* per aiutarvi.»

Chae-yeon parve orgogliosa di lei. «Ci serve tutto l'aiuto possibile, ma non voglio metterti in pericolo. Se incontri dei Vuoti, distraili e basta.»

Emily annuì. «Ricevuto.»

Un Pegaso atterrò con irruenza alle loro spalle, sparando una raffica di colpi sull'acciottolato con i suoi zoccoli. Il destriero alato piegò la testa verso le due ragazze e nitrì selvaggiamente.

«Non ci posso credere» commentò basita Emily dopo aver capito chi era il Cavaliere. «Ditemi che è uno scherzo.»

«Eccolo, l'aiuto insperato!» esultò Chae-yeon, illuminando l'oscurità della notte con il suo sorriso radioso.

Mark Colby incespicò in una staffa cercando di scendere in fretta da Arwen e si tolse l'elmo di ferro. «Emily! Madre Reverenda! State bene? Io, ecco, ero preoccupato per voi, così sono volato verso questo settore e ho visto la Biblioteca andare a fuoco. Stavo per disperare, quando ho notato delle ragazze che correvano per la pianura ed eravate proprio voi! Sarei sceso per scortarvi fino in città, ma ho visto le mura di luce che si alzavano. A quel punto sono andato a controllare e ho scoperto che non si possono oltrepassare. Siamo bloccati... siamo chiusi qui dentro e io verrò espulso dal Sacro Ordine del Cancro per non aver seguito la mia Dama di Grazia Magistrale in battaglia!»

«No, invece non succederà» assicurò Chae-yeon con tutto il calore che la sua voce melodiosa era in grado a trasmettere in quel momento difficile. «Racconteremo a tutti che sei venuto qui per salvarci e che sei stato molto coraggioso. Se anche venissi esiliato, ti accoglierei alla Congregazione della Vergine come ospite ufficiale.»

Mark arrossì d'azzurro e farfugliò parole incomprensibili.

Gli occhi di Emily si ridussero a due minuscole fessure. Quando si trattava di interagire con gli uomini, le grinfie di Chae-yeon diventavano fin troppo affilate. Ma non era il momento di imbarcarsi in un'altra discussione sterile con lei. Forse quel momento non sarebbe mai più venuto.

Due sagome barcollanti si avvicinarono al gruppo stringendosi l'uno contro l'altra. Gli abiti li designavano come Bibliotecari e sembravano scossi. Appressandosi a Chae-yeon, l'uomo disse: «Madre Reverenda, il mio nome è Alberto Piovani, mentre questa è Veronica Fuentes, ma sono sicuro che vi conoscete già. Vi scongiuro, non avvicinatevi alla Biblioteca. Il Magnifico Rettore è impazzito, e ha... ha...» Ebbe un tremito, come se stesse ripensando a qualcosa di terribile. Veronica fissava il vuoto con sguardo assente, estraniata dalla realtà, stringendo al petto un uovo d'ametista.

«Tranquilli, non avevamo intenzione di farlo... *per ora*» rispose Chae-yeon, che sembrava aver compreso la situazione. «Tre orde di Vuoti si stanno dirigendo in città e abbiamo intenzione di affrontarli.»

«I Vuoti sono penetrati nel settore? Ma è una tragedia!» gemette Alberto. «Stanotte i nostri peggiori incubi diventano realtà!»

«Be', non sono proprio "penetrati". Erano già qui. Tu e la tua collega sapete combattere?»

«Veronica non è una Guerriera granché abile, e in questo momento è anche provata» spiegò Alberto lanciandole un'occhiata compassionevole. «La imploro di risparmiarle questa dolorosa incombenza. Combatterò io per entrambi, fermo restando che nemmeno io sono un campione. Ma farò del mio meglio, glielo prometto.»

«Ti ringrazio. Anche un piccolo aiuto ci farà comodo. Al Magnifico Rettore penseremo più tardi.»

«Non si preoccupi per Nightingale» disse Alberto. «Alcuni valorosi Guerrieri lo stanno già affrontando.»

Traendo coraggio dal discorso di Piovani, un gruppetto di Bibliotecari che fino a quel momento era rimasto nascosto nelle ombre delle case rivelò la propria presenza alla Madre Reverenda e ai suoi compagni. Erano in sei.

«Signorina Kwon, mi chiamo Adelina Fonseca» disse una di loro. Nel sentire la sua voce, Veronica sollevò per un attimo lo sguardo. «Siamo alcuni di quei Bibliotecari codardi che non vanno mai a difendere il Muro. La supplico, non riferisca al Comandante Supremo che siamo disertori! Abbiamo sentito cosa sta succedendo e vogliamo aiutarvi. Non siamo valenti Guerrieri, ma faremo quel che possiamo.»

Chae-yeon si commosse e si mise a incoraggiarli uno per uno, ringraziandoli di averle offerto il loro aiuto.

Emily colse l'occasione per avvicinarsi indisturbata a Mark, immaginando che quegli sfoggi di coraggio gli avessero messo in testa chissà quali velleità. «Stammi a sentire, cretinetto. Non metterti a fare l'eroe, okay? Finché esistono le mura di luce, i Rosari non funzionano più. Ce l'ha detto quella ragazza bionda laggiù, e per qualche cazzo di motivo lei sa tutto.»

«Merda, allora siamo fottuti sul serio» si avvilì Mark. «Non ce la faremo mai.»

Il viso di Elle sbucò da sopra uno dei tetti. «Non c'è più tempo per parlare! Stanno arrivando, e sono parecchi!»

«Rimanete tutti nella piazza, dove posso vedervi!» ordinò Chae-yeon. «Io ed Elle cercheremo di bloccarli alle porte della città. Se qualcuno dei Vuoti ci sfuggisse, cercate di affrontarli uno alla volta qui, dove avete spazio per muovervi. A quanto pare i Rosari non funzionano, per cui se non ve la sentite di combattere distraeteli o fuggite. Mark, tu ed Emily barricatevi in una casa e non uscitene fin quando non lo dirò io. Sarai la sua guardia del corpo personale.»

«Ma io voglio...» Mark richiuse la bocca e lasciò cadere il discorso nel vuoto.

«Che c'è, non vuoi difendermi?» gracidò Emily. La sua voce suonò irritata, eppure in profondità c'era ben più di una semplice nota di sconforto.

«Certo che lo voglio» ribatté lui. «Ma dato che ho dovuto abbandonare la mia Dama di Grazia Magistrale e di conseguenza il campo di battaglia, speravo di combattere i Vuoti in arrivo per cancellare l'onta. E poi non so cosa prevedano le norme in circostanze come questa. Devo obbedire ai comandi di una leader, anche se è di una Casa diversa dalla mia? Nessuno me l'ha spiegato.»

«Non lo so nemmeno io, ma ti prego, proteggi Emily *unnie*» ribadì Chae-yeon. «Non so ancora bene perché, ma a quanto pare è una ragazza molto importante.»

«Ricevuto.» Mark prese Emily per un braccio e la condusse verso la casa più vicina. Lei lo seguì prima passivamente, poi gli strinse la mano.

Veronica si sentiva persa. Vagava per la piazza senza una meta precisa e senza riuscire a prendere una decisione. Barricarsi in una casa da sola o seguire Emily Lancaster, la ragazza che fin dal suo arrivo al Tempio era circondata da un alone di mistero? Entrambe le alternative erano agghiaccianti.

«Ci sono addosso!» gridò Elle. «Si balla!»

«*Dios mío, no!*» Veronica strinse più forte l'uovo di Geneviève e corse verso il suo collega. «Alberto, ti scongiuro, non ss-see-guire in battaglia quella Elle. È una p-p-poco di buono, non f-fidarti di lei!»

«Non pensare a me! Rifugiati dentro quella casa insieme a loro!» urlò lui, spingendola verso il Cavaliere Professo e la sua bionda protetta.

«Non voglio andare con Emily Lancaster!» ribatté disperata Veronica, ma cambiò in fretta idea non appena uno sciame di scarafaggi troppo cresciuti sbucò dalla zona nord della piazza, insieme a un manipolo di scheletri e abomini fatti di carne e budella arrotolati insieme. In fondo alla via si intravedevano altre minacciose sagome. Almeno due dei tre gruppi di Vuoti erano arrivati.

Elle e Chae-yeon si lanciarono all'attacco senza alcuna paura, supportate dal gruppetto capitanato da Adelina. Cinque di loro erano arcieri, sebbene alle primissime armi. Arco e frecce erano lo Shintai più amato dai Bibliotecari, che preferivano affrontare i nemici tenendosi a distanza. Ma, ovviamente, non *tutti* sceglievano l'arco.

Il Nettare di Veronica le si congelò nelle vene quando vide Alberto lanciarsi con la sua stupida spadina verso un grosso cane dal muso grondante lava, che era sfuggito all'attenzione degli altri Guerrieri aggirando la linea difensiva. Sentì che non l'avrebbe mai più rivisto e che lui non le avrebbe più appoggiato la mano sul fianco con quella sua delicatezza. Mentre si affliggeva per le sorti del collega, non si accorse che dietro di lei, da una stradina secondaria, stava uscendo qualcosa di ben più infame del cane.

Una massa gelatinosa nera come la pece e grande quanto un'automobile di grossa cilindrata si muoveva verso la Prima Bibliotecaria. Contraeva e dilatava il suo osceno corpo melmoso, rilasciando sull'acciottolato una disgustosa traccia di fanghiglia scura. Due bianchi occhi storti e disallineati fissavano l'obiettivo con ferocia, sospesi nella gelatina. In mezzo alla massa nera e tremolante, da un punto all'apparenza casuale, fuoriuscì un pallido e gracile braccio umano, che si allungò per diversi metri finché non fu in grado di ghermire la testa della povera Veronica, tirandola verso di sé.

«NO!» urlò la Prima Bibliotecaria cadendo all'indietro. I suoi preziosi occhiali le scivolarono dal naso mentre veniva trascinata sul selciato, ma continuò a stringere l'uovo di Geneviève anziché cercare di afferrarli. Fortunatamente avrebbe continuato a vederci, dato che erano un oggetto dalla funzione soltanto estetica.

Sulla superficie della massa melmosa si spalancò un'enorme bocca, che esibiva al suo interno tre file di denti ingialliti e una spessa lingua marrone. Attendeva il pasto sbavando con aria famelica.

Arwen nitrì per attirare l'attenzione del suo creatore e galoppò attorno al mostro per distrarlo. I Pegasi non provavano alcuna paura di fronte ai Vuoti ed erano anche dotati di una discreta intelligenza, ma contro quell'obbrobrio gelatinoso un destriero poteva fare ben poco. Arwen tentò di schiacciargli il braccio sotto gli zoccoli, ma non era un'operazione semplice, visto che il Vuoto era in grado di piegarlo a piacimento ad angoli innaturali.

Mark uscì dalla casa con la spada in pugno e scattò verso il nemico senza sapere bene cosa fare. Al Gran Priorato si imparavano a memoria le caratteristiche di tutti i Vuoti conosciuti recitandole come delle preghiere, ma lui era entrato da poco a far parte del reparto e non aveva ancora sentito parlare di quell'affare gelatinoso. Decise di essere il più pragmatico possibile: quel braccio infame andava reciso subito, o avrebbe infilato la povera Veronica tra le fauci.

Vibrò un fendente con tutta la forza che aveva all'altezza del polso. Con grande sorpresa riuscì a segarlo di netto. Un fiotto di sangue vermiglio zampillò sulla sua armatura. Pur non essendo più unita al resto del braccio, la mano dalle lunghe ed esili dita continuava a non allentare la presa sulla testa di Veronica. Dal moncone dell'arto reciso spuntavano ossa e flosci tendini scarlatti, simili a quelli di un essere umano.

Mark aiutò Veronica a rialzarsi e le staccò la mano del mostro dalla testa, finendo però per strapparle anche intere ciocche di capelli. Lei lanciò un urlo di dolore e corse verso la casa, sulla cui soglia c'era Emily che li attendeva trepidante.

«Non lasciarmi più da sola, razza di cretino!» berciò terrorizzata la bionda quando Mark le fu accanto. In quel medesimo istante un secondo braccio fuoriuscì dalla massa gelatinosa e afferrò la caviglia del Cavaliere Professo, tirandola indietro.

Mark batté la faccia sui ciottoli e l'elmo scivolò via, imbrattato d'azzurro. Perse anche la presa sulla spada, che rotolò lontano ma non scomparve. Tentò di spezzare il braccio del mostro materializzando lo scudo e colpendolo di taglio con il bordo, ma non era abbastanza affilato.

Ruotò la testa e cercò con gli occhi la sua protetta. Almeno lei era al sicuro.

Emily fissò impietrita Mark che veniva trascinato verso la bocca del mostro. *Perché Chae-yeon non corre a salvarlo? Eppure lo aveva promesso! Non può mollarci così!*

Fece volare gli occhi in giro per la piazza. La Madre Reverenda era su un tetto, impelagata in una lotta serrata contro due abomini. Non sarebbe mai venuta, non *poteva* farlo.

La Prima Bibliotecaria, in piedi accanto a Emily, le diede uno strattone alla camicetta e le urlò nell'orecchio: «Fa' qualcosa, b-brutta deficiente!»

«Non so combattere!»

«C-credi che non lo s-sappia? Ho scritto d-dieci capitoli su di te! Datti una mossa, o Mark m-m-morirà! Vuoi farlo a-ammazzare di nuovo?»

La voce gracchiante di Veronica servì a spronare Emily, quanto meno perché la trovava irritante. Si precipitò verso Mark e gli afferrò la mano libera, tirandolo nella direzione opposta al mostro con tutta l'energia di cui disponeva. Lui gemette per il dolore. Il Vuoto non intendeva lasciarlo andare ed Emily non voleva spezzargli per errore la schiena, non sapendo ancora di quanta forza segreta fosse dotata.

Si guardò attorno. Non poteva brandire uno Shintai che non era suo, o lo avrebbe fatto scomparire, ma poteva comunque prenderlo in mano senza impugnarlo. Corse verso la spada abbandonata, la raccolse per la lama ferendosi le dita e la lanciò verso Mark. Lui miracolosamente riuscì ad afferrarla al volo, roteò su se stesso e menò un fendente con tale violenza da spaccare il selciato dopo aver trapassato l'obiettivo. Il mostro lanciò un grido stridulo, il braccio mozzato schizzava sangue ovunque. La voce della grottesca gelatina nera suonava quasi umana. Mark staccò la mano ancora stretta attorno alla sua caviglia e corse con Emily dentro la casa, riunendosi a Veronica.

L'abitazione in cui si erano rifugiati era spartana e illuminata solo dal focolare che si stava lentamente spegnendo, ma sarebbe stato pericoloso aprire gli scuri per far entrare la luce della luna. Mark barricò l'entrata con dei mobili e si assicurò che non fosse entrato alcun Vuoto perlustrando il piano terra insieme a Emily, che lo seguiva camminandogli accanto come un cagnolino. Veronica rimase nel soggiorno, stringendo al petto l'uovo di Geneviève. Il mostro gelatinoso doveva aver perso interesse per loro, oppure aveva valutato di non essere in grado di sfondare la porta.

La mano destra di Emily grondava Nettare per aver stretto troppo forte la lama della spada. Mark strappò una striscia di tessuto dal lenzuolo sul letto e gliela avvolse attorno alla ferita. Emily non si lamentò e non lo accusò di essersi fatta male per colpa sua, più che altro perché in quel momento era troppo terrorizzata per farlo. Piangeva sommessamente, tirando su col naso di tanto in tanto. Si rendeva conto di essere ridicola, ma non sapeva cosa farci. Pur di tornare sulla Terra, sarebbe stata disposta a pubblicare dischi folk fino a lacerarsi le corde vocali.

«Non vai a uccidere il mostro?» domandò a Mark dopo essersi asciugata un rivolo di Nettare che le scendeva dalle narici. «Avevi detto di voler combattere per cancellare il disonore o non so che...»

«No. Non ho idea di come vada combattuto quello strano coso, né di dove si trovi il suo Nucleo. Di una cosa invece sono certo: sono un Cavaliere Professo del Sacro Ordine del Cancro e in questo momento la salvaguardia tua e di Veronica ha la precedenza su tutto.»

Emily abbozzò un sorriso sincero.

Dalla piazza giungevano strepiti disumani mischiati, purtroppo, a urla ben più umane, conditi ogni tanto dal fragore distruttivo degli Shintai di Elle e di Chae-yeon. A un certo punto uno degli edifici che si affacciavano sulla piazza crollò.

Veronica urlò per lo spavento e si rannicchiò a terra.

«*Omo*, ho sbagliato qualche calcolo!» esclamò la Madre Reverenda osservando le macerie della casa a due piani crollata davanti a lei. «Mi sa che il proprietario ci rimarrà davvero male.»

«Fregatene, tanto i Tessitori gliela ricostruiranno» sentenziò Elle mentre correva verso un gigantesco millepiedi arancione che si stava arrampicando sul muro esterno della Gilda dei Mercanti, un edificio a tre piani proprio al centro della piazza. Le centinaia di zampette si conficcavano nelle pareti di pietra come tanti minuscoli ramponi.

L'enorme spada di Elle era alta quasi quanto lei. La Guerriera dei Gemelli la trascinava con entrambe le mani a lato del fianco sinistro, lasciando che la punta della lama scavasse solchi nel terreno. Con due rapidi balzi salì prima sul tetto di una casa più bassa e poi su quello della Gilda, sopra il quale strisciava l'Incubo partorito dalla mente di Emily Lancaster.

Appena il millepiedi la vide comparire, caricò verso di lei e tentò di farla a fette con le chele che aveva al posto delle antenne, ma Elle schizzò in aria e gli atterrò sulla testa, facendolo innervosire ancor di più. La bionda saltò giù non appena il disgustoso artropode sollevò metà del corpo verso l'alto per attaccarla, quindi gli conficcò la spada nel tronco e lo trafisse da parte a parte. Spinse con entrambe le mani verso il cielo, squartandolo a metà. I due lati del millepiedi si aprirono e si afflosciarono come la buccia di una banana, inondando Elle di sangue.

All'interno della carcassa, centinaia di nervi giallognoli si agitavano impazziti nel tentativo di raggiungere la Guerriera. Elle ne falciò via una parte e allontanò con un piede il Nucleo, che rotolò per qualche metro sul tetto di tegole. Un viluppo di nervetti era rimasto attaccato alla boccia, trattenendola. Elle tentò di infrangerla con la lama e l'elsa della spada, ma non era facile, perché era più spessa del normale. Nessun Guerriero nelle vicinanze disponeva di un'arma da botta con la quale poterla aiutare.

I filamenti sanguinolenti all'interno del millepiedi squartato si tesero all'unisono verso la Gemelli, trascinando in avanti la carcassa per qualche centimetro. E poi ancora, e ancora. Alla lunga l'avrebbero raggiunta.

Elle cercò di recidere i nervi avvolti attorno al Nucleo. Non appena ci provò, essi si slegarono per schivare la lama. Irata, la Guerriera menò un fendente con tutta la forza che aveva. «E spaccati, porca puttana!»

La boccia si crepò, ma non abbastanza. I nervi del mostro si stavano allungando, gialle dita insanguinate tese verso di lei.

Chae-yeon atterrò con un balzo al suo fianco. «Proviamoci insieme! Al mio tre: *hana... dul... SET*!»

Le due ragazze colpirono la boccia con gli Shintai nello stesso momento. Essa si infranse e spruzzò fuori un turbine di sangue che le inzuppò entrambe. La carcassa smise di agitarsi. Le file di nervi si adagiarono a terra.

«Ben fatto!» esultò Chae-yeon.

Nell'udire il suono di altre zampette che si muovevano veloci, Elle si voltò di scatto. Era la mantide religiosa della quale aveva perso le tracce alla torre. L'insetto la ignorò e svolazzò proprio sulla casa dentro cui si era rifugiata Emily. Il tetto di paglia non resse il peso dell'animale e la mantide precipitò all'interno del secondo piano.

«Vado io!» assicurò Elle a Chae-yeon, che rispose con un cenno del capo. Avevano entrambe il volto coperto di sangue.

«Che cazzo è stato?» strepitò Emily aggrappandosi con entrambe le mani al braccio di Mark. Una nube di pulviscolo grigio scese dalle scale che portavano al piano superiore e si propagò fino a loro, riempiendo il soggiorno. Non c'era bisogno di respirare, beninteso, ma il fuoco nel camino soffocò e la loro visione diminuì. Qualcosa al secondo piano si mise in piedi e cominciò a perlustrare le stanze. Lo sentivano artigliare il pavimento.

«Non possiamo rimanere qui, non si vede più un accidente!» esclamò Mark. Si tirò dietro Veronica e corse verso l'uscita sul retro della casa. Emily era più presente e fu in grado di seguirlo da sola.

Qualcosa di verde e dal corpo affusolato scese le scale, puntando lo sguardo spietato sul gruppo di umani.

Mark, Emily e Veronica uscirono e corsero via. Pur trovandosi ancora nelle vicinanze di una delle piazze principali di Bishop's End, quella diventava di fatto la prima periferia della città. Si ritrovarono ben presto in un vicoletto che sbucava nella campagna. Una volta attraversato, videro di fronte a loro una stalla di pietra col tetto di paglia e un fienile.

Mark si guardò più volte alle spalle per cercare di capire se fossero ancora inseguiti dalla mantide. Emily e Veronica andarono avanti, ma una volta giunte nei pressi della stalla udirono un bizzarro gorgoglio, seguito da un rutto osceno.

Un Vuoto obeso, che metteva in bella mostra una pancia grossa quanto una botte di vino, fece capolino dalla stalla e puntò gli occhi sulle due ragazze. La fisionomia era grossomodo umana, ma era nudo e glabro. La faccia aveva tratti demoniaci: due enormi denti acuminati spuntavano dalla bocca fin quasi a sfiorargli il naso, le orecchie erano a punta e gli occhi, grandissimi, parevano quelli di una salamandra. In una mano reggeva un rozzo coltello da macellaio, grande abbastanza da poterci affettare bisonti. La pancia era imbruttita da uno squarcio orizzontale, come se fosse stato sventrato da qualcuno, e in profondità si scorgevano le interiora muoversi e contrarsi. Il Vuoto infilò una delle mani abnormi dentro il taglio nella pancia, afferrò un'estremità del suo stesso intestino e lo tirò fuori. Il sangue prese a grondare.

Emily si portò una mano davanti alla bocca ed espulse un getto di Nettare azzurro che finì per colare sul terreno. Se non altro il liquido che rigettò non era acido, ma aveva più o meno lo stesso sapore di quando l'aveva ingerito.

Il demone macellaio piegò il braccio all'indietro e lanciò con violenza le interiora in direzione di Veronica. L'intestino volò a mezz'aria come una fune e si attorcigliò attorno al collo della povera Prima Bibliotecaria, serrando la presa. Lei gridò e si disperò quando l'uovo di Geneviève le scivolò dalle mani e rotolò via. Tentò di liberarsi dall'orrendo intestino insanguinato allentando la stretta con le dita, ma non ci riuscì. Il Vuoto cominciò a trascinarla metodicamente verso di sé ridendo e ruttando.

«Emi... Emily!» farfugliò Veronica con la gola strozzata. «Aiutami!»

La popstar era troppo orripilata per muoversi. Non è che non volesse farlo, ma l'aspetto di quel Vuoto l'aveva lasciata sgomenta.

È un altro dei miei Incubi? L'ho generato perché mi fanno schifo le persone grasse?

Non è detto. Questo potrebbe essere uno dei Vuoti che proviene dalla terza torre. Se Elle e Chae-yeon non si accorgono che alcuni di loro sono qui, siamo finiti!

Mark abbandonò la ricerca della mantide e corse a salvare Veronica. Cercò di tranciare l'intestino con la spada, ma possedeva una sorprendente consistenza gommosa che fece rimbalzare indietro la lama. Il novello Cavaliere Professo si fiondò allora contro il Vuoto per attaccarlo. Questo servì se non altro a fargli distogliere l'attenzione da Veronica, che riuscì in parte ad allargare le spire della grottesca corda.

La mantide religiosa, nel frattempo, sbucò da un vicolo e individuò la sua preda dai fluenti capelli biondi. Zampettò veloce nella sua direzione. Emily lanciò un gridolino isterico e la guardò avvicinarsi troppo rapidamente per poter fare qualcosa. Ma non ve ne fu bisogno: Elle piombò sulla schiena della mantide dal tetto di una casa con la spada in pugno, ne trafisse l'addome da parte a parte fino a conficcare l'arma nel terreno.

L'enorme insetto pareva aver perso le forze, tremava colto da spasmi. Eppure dischiuse una delle lame di rasoio all'estremità delle zampe anteriori, la roteò all'indietro e aprì un orrendo squarcio nel ventre della Gemelli, dal quale sgorgò un fiume di Nettare.

«Elle!» strillò Emily investita dall'orrore più assoluto, ma c'era poco che potesse fare per lei.

Incredula, Elle barcollò all'indietro e si accasciò contro il muro di una casa mentre cercava di tappare la ferita con le mani. In altre circostanze sarebbe stato solo un piccolo errore, ma all'interno di quelle mura di luce ogni errore era fatale. Evidentemente, il Nucleo non si trovava dove aveva pensato che fosse.

Sfuggendo a ogni logica, la mantide si rimise in piedi con la spada ancora conficcata nell'addome. Estrasse di forza la punta da terra, mentre schizzi di sangue dipingevano il fango di rosso.

"Tesoro della mamma..."

Che vuoi, tu? Una mantide gigante sta per tagliarmi la gola col suo fottutissimo rasoio.

"La mamma ti vuole un mondo di bene, tesoro. Te ne ha sempre voluto e sarà sempre qui con te, comunque vada a finire."

Bugiarda. Mi hai odiata fin da quando ero piccola.

"Non potresti essere più lontana dalla verità. Se non ti importa di me, pensa allora a quanto piangerebbe la tua amica se venisse a sapere che sei stata uccisa. Spero che tu non voglia darle questo dispiacere."

Quale amica?

"Parlo di Chae-yeon, tesoro."

La mia... amica...?

"Ma certo. La tua nuova amica."

Non c'era nessuno che potesse aiutare la bella Emily. Veronica si era liberata dalla presa dell'intestino ma ora tremava rannicchiata a terra, cercando il momento buono per raccattare l'uovo e sgattaiolare via. Mark aveva il suo bel daffare a contrastare il Vuoto obeso e non era nella condizione di correre da lei. Chae-yeon era da tutt'altra parte, e dal frastuono che si udiva oltre le case si poteva immaginare che fosse intenta a uccidere qualcosa di ancor più pericoloso.

Mamma, aiutami! Non voglio morire! Non voglio morire!!

"Non avere paura, tesoro, la mamma è qui con te."

Se solo avessi un cavolo di Shintai, almeno potrei provarci.

"Ti ricordi quando da piccola guardavamo quella serie televisiva che ti piaceva tanto? Quella con la protagonista bionda che dava la caccia ai vampiri? A volte ti faceva paura, perché eri ancora una bambina, ma alla fine abbiamo guardato insieme tutti gli episodi."

Mamma, cosa cazzo c'entra Buffy in questo momento?

"In fin dei conti lei ti assomiglia anche. Era bionda e carina come te. E non prendeva a pugni solo i vampiri, ma tanti altri mostri. Le bastava dire prima una battuta a effetto e..."

Spero che tu non stia davvero suggerendo quello che credo tu stia suggerendo.

"Tesoro, al Tempio sono i pensieri a forgiare la realtà."

La spada di Elle si smaterializzò, segno che la ragazza era in condizioni critiche. La mantide fu quindi libera di sgambettare verso Emily spruzzando sangue dalla ferita. Era più debole di prima, ma ancora in grado di uccidere. Una volta arrivata alla giusta distanza, fece scattare entrambi i rasoi e si preparò a tagliuzzarla.

Emily puntò lo sguardo sulla testolina dai grandi e stupidi occhi verdi. Gli stupidi occhi che stavano per ucciderla.

«Non posso prometterti che diventerai più guardabile, ma ti regalo un intervento di chirurgia plastica della rinomata dottoressa Lancaster!»

Chiuse la mano a pugno e sferrò un destro con tutta la forza che aveva verso la testa dell'animale. Una saetta verdognola che ricordava le spire di un serpente si avvolse attorno al suo braccio, partendo dalla spalla e arrivando alla mano nel momento esatto in cui le nocche impattarono contro la testa della mantide. Esplose un lampo di luce verde menta, lo stesso colore del Grano più esterno di Emily. Con un boato simile a un'esplosione di tritolo, la metà superiore dell'insetto si disintegrò insieme al Nucleo che conteneva. Pezzetti di carne verdastra e poltiglia di cervello schizzarono a metri di distanza, spiaccicandosi contro il muro della casa accanto alla morente Elle, che sorrise soddisfatta.

Emily fissò sbalordita la propria mano coperta di sangue e materia cerebrale. «*Occristo*, l'ho fatto sul serio!?»

«Mio Dio! Emily, stai bene?» gridò Mark. Distrattosi per guardare l'adorata popstar, il Cavaliere venne scaraventato via da una manata del demoniaco Vuoto macellaio, che lo fece volare contro il muro del fienile. Il clangore dell'armatura contro la parete di pietra raggelò il Nettare nelle vene di Emily, che temette si fosse spezzato la colonna vertebrale.

Lei esitò. Voleva aiutare Mark, di questo era convintissima, ma dubitava di poter ripetere il miracolo della mantide. Il suo pugno aveva funzionato una volta, ma avrebbe funzionato di nuovo? Per quanto ne sapeva, le mani non erano uno Shintai riconosciuto e certificato.

Il demone grasso riafferrò il proprio intestino e lo scagliò contro Emily. Lei lo respinse con un manrovescio, mandandolo ad arrotolarsi attorno alla ruota di un carretto di legno abbandonato a fianco della stalla. Il Vuoto ruttò. Dalla gola uscirono brandelli di carne e frammenti d'ossa umane. Emily rimase disgustata, ma si sentiva ancora abbastanza combattiva. Se Mark si fosse rialzato sarebbero stati due contro uno. Forse potevano farcela.

In quel momento, dai lati della stalla si fecero avanti una cavalletta grande quanto un furgoncino e un'abnorme blatta marrone. Il morale di Emily si disintegrò. A dispetto di ogni previsione era stata utile e aveva persino lottato, ma adesso si sentiva spacciata senz'appello.

Non riuscendo più a svolgere il proprio intestino dalla ruota del carro, il demone macellaio se lo mozzò e si avventò contro l'inerme Veronica con la mannaia alzata sopra la testa. La Prima Bibliotecaria era accucciata, le membra scosse da continui tremiti. Lo guardò avvicinarsi piena di terrore.

Pur con la schiena che gli doleva, Mark si rialzò in piedi e protese all'ultimo momento Veronica parando il fendente del Vuoto con il suo scudo. Quando provò a contrattaccare con la spada, però, il mostro gli rifilò un calcio nello stomaco che lo fece volare a metri di distanza.

No, no, no! Quello scemo si farà ammazzare!
Chae-yeon ti prego, ti prego... TI PREGO!

Emily corse via per sfuggire ai due insetti giganti che si stavano minacciosamente avvicinando. Sollevò di peso Veronica e la depositò con malagrazia a fianco di Mark, che tossiva per la pedata ricevuta. Ora si erano riuniti in un gruppo compatto, ma avevano di fronte ben tre Vuoti ed Emily non se la sentiva di affrontarli da sola con il neonato potere della sua manina fatata.

Il macellaio sollevò la mannaia e partì alla carica.

Un'ombra si insinuò tra il gruppo di Guerrieri e i Vuoti. Un'ombra minuta, snella, dai rigogliosi capelli neri. Quando l'ombra acquistò una colorazione e una forma più distinta, Emily quasi non la riconobbe. I vestiti da contadinella procace erano un sudario di sangue, la pelle candida come la galaverna coperta da un velo scarlatto. Alla popstar venne da piangere. La Madre Reverenda aveva ascoltato le sue preghiere ed era venuta a salvarla.

In quel momento, Emily comprese quale enorme vantaggio costituiva per la leader essere stata una ballerina nella vita passata. L'ex-idol coreana piroettò, danzò e volteggiò attorno ai mostri con dei movimenti troppo perfetti e leggiadri per essere frutto solo degli allenamenti al Tempio.

A Chae-yeon bastò un singolo istante per rendere inoffensivo il demone macellaio. Gli balzò a lato e vibrò un montante fulmineo. Il braccio che reggeva la mannaia cadde mozzato al suolo e spruzzò sul fango un fiotto di sangue. Il mostro ringhiava ancora per il dolore e la rabbia quando lei gli fece scorrere la spada di zaffiro sulla pancia già in parte squarciata, sventrandolo del tutto, poi piroettò via appena prima che l'aggrovigliato ammasso di budella scivolasse fuori dallo stomaco del Vuoto, rivelando la sfera del Nucleo, avvoltolata nell'intestino. Non essendo troppo spessa, la calciò contro il muro della casa più vicina come avrebbe fatto con un pallone, sbriciolandola, e passò all'attacco della blatta.

Quando il disgustoso insetto marroncino si avventò su Chae-yeon e provò a morderla, lei si abbassò allargando le gambe fino a fare una perfetta spaccata e gli piantò la spada sotto la testa. Spinse con forza lo Shintai da una parte e gliela recise di netto. Una cascata di sangue colò dal torace e il Nucleo cadde fuori. La Madre Reverenda impugnò l'elsa della spada con entrambe le mani e assestò potenti colpi con il pomolo di zaffiro grezzo. Per via del sangue che le lordava le mani perse per un attimo la presa e si ferì, ma non smise di battere finché la boccia non scoppiò. Ci mise però troppo tempo. La cavalletta stava arrivando.

Per quanto in quel momento fosse acciaccato, Mark Colby era pur sempre un Cavaliere Professo del Sacro Ordine del Cancro, in particolare un paladino del Gran Priorato. Quando Emily lo vide rialzarsi e sollevare lo scudo capì che voleva fare l'eroe, forse per impressionare la bella leader. Gli urlò di fermarsi, ma lui emise un lamento di dolore e andò comunque alla carica. Intercettò la cavalletta frapponendosi tra essa e Chae-yeon, parò le prime due zampate e mirò alla testa con la spada, ma l'insetto si ritrasse e lui finì per tranciarle soltanto le antenne. Quando il mostro contrattaccò utilizzando anche la seconda fila di zampe, Mark venne afferrato e scaraventato a terra.

«Arrivo!» gemette Chae-yeon. Scattò in avanti, evitò una convulsa raffica di zampate della cavalletta piegandosi in ogni direzione possibile e infine vibrò una spadata con violenza e precisione, segando il corpo dell'insetto a metà. Quando il piccolo Nucleo schizzò fuori dall'addome, lei lo colpì di piatto a mezz'aria con una potenza inaudita. I pezzetti di vetro schizzarono contro la stalla.

Emily contemplò estasiata la sua leader. Quando però Chae-yeon si girò, lei ebbe un brivido. Il viso era una maschera rossa, l'occhio sinistro chiuso, le lunghe ciglia incollate allo zigomo.

Con il dorso della mano la Madre Reverenda scrollò via i grumi di sangue e riuscì a riaprire l'occhio cobalto per guardare la sua Discepola. «*Unnie, gwenchana?*»

«*Gwenchana!*» rispose Emily con convinzione. Sorpresa di aver parlato in coreano, si coprì la bocca con le mani.

«Mark, tutto bene?» chiese poi Chae-yeon, aiutando il Cavaliere Professo a rimettersi in piedi. La sua voce era un filo più brusca del solito.

«Sto bene» assicurò lui, ma digrignava i denti per il dolore alla schiena.

Com'era prevedibile, Chae-yeon sembrò comprendere per via telepatica i suoi pensieri. «Non è vero, non stai bene. Anche se il tuo corpo è integro, c'è qualcosa che ribolle nel tuo cuore.»

Lui si pulì il viso sporco con una mano. «Hai ragione, provo vergogna per non essere riuscito a uccidere alcun Vuoto. Ci siamo salvati per il rotto della cuffia e solo perché sei arrivata tu.» Guardò con rammarico la Guerriera dei Gemelli accasciata contro il muro della casa. «Se avessi gli strumenti adatti potrei provare a ricucirle il ventre, ma siccome non faccio parte dell'Ordine Ospedaliero ne sono sprovvisto, e in ogni caso la ferita mi sembra comunque troppo grave.» Se non altro aveva protetto Veronica, ma la Prima Bibliotecaria era ancora sotto shock, accovacciata a terra con l'uovo tra le braccia e lo sguardo fisso nel vuoto.

Chae-yeon lo rincuorò come solo lei avrebbe saputo fare. «Non ti abbattere, sono sicura che hai fatto del tuo meglio. In fondo, sei un novizio arrivato all'ultimo Rito. Se vuoi saperlo, trovo incredibile che tu sia riuscito a sopravvivere e che tu abbia protetto Emily e Veronica. In piazza ci sono dei feriti, perché non vai ad aiutarli? Anche se non sei un medico dell'Ordine, sono certa che puoi fare qualcosa per loro. Ah, e non preoccuparti, Arwen sta benone. *Hwaiting!*» Le sue parole erano sincere, ma la voce non era pimpante e allegra come al solito. «La battaglia è terminata. Non credo ci siano in giro altri Vuoti. Veronica, Alberto è ancora vivo, ma alcuni degli altri Bibliotecari purtroppo sono caduti. Credo sarebbe bene che tu andassi a consolarlo. È preso dallo sconforto.»

«S-sì, vado» balbettò la Prima Bibliotecaria. Si rialzò con le gambe tremolanti e si avviò verso la piazza barcollando, scortata da un ammaccato ma volenteroso Mark.

Chae-yeon si inginocchiò accanto a Elle per confortarla. Emily si avvicinò a sua volta, ma senza riuscire a guardarla negli occhi.

Alla Madre Reverenda bastò un'occhiata per capire che la Gemelli non si sarebbe mai più rialzata da lì. Attorno a lei c'era un lago di Nettare. Strinse la mano della ragazza e le offrì un sorriso affettuoso.

Elle pareva tranquilla, come se avesse già accettato il proprio destino. Un rivolo di Nettare le sgorgò dalle labbra e le ruscellò sul mento. «Sono stata così stupida, ho sprecato questo corpo... Madre Reverenda, proteggi Emily finché non torno, ci stai?»

Un'occhiata dalle mille sfaccettature intercorse tra Chae-yeon ed Emily. La coreana si asciugò una lacrima e rispose compassionevole, convinta che Elle stesse farneticando: «Finché non torni? Ma certo, non preoccuparti. Penserò io a lei.»

«No, ascoltami, sciocca Mamma» la riprese Elle in un ultimo impeto di vitalità. Espulse altro Nettare dalla bocca che le inzuppò il maglioncino. «Io tornerò... non so che aspetto avrò... forse sarò un uomo... Se sarò un maschio potrò chiederti di uscire con me?»

Chae-yeon era allibita. «Sì, va bene, usciremo insieme» promise, poiché non intendeva ferirla in un momento del genere. Probabilmente quella povera ragazza era in punto di morte e stava delirando.

«Non vedo l'ora.» Elle fissò Emily con i suoi occhi chiari. «Quando tornerò, per farvi capire che sono io dirò questa frase: "I gufi non sono ciò che sembrano". Avete capito? Chae-yeon, ripetimela.»

«Cosa signi–»

«Ripetimela!»

La Madre Reverenda era perplessa, ma bisbigliò comunque: «I gufi non sono ciò che sembrano.»

«Bravissima. Sei più bella dal vivo che in tv, lo sai? Credo che stanotte ti sognerò. Sì, stanotte farò un sogno... un sogno dentro un altro sogno...» Il suo volto si chinò in avanti e gli occhi si spensero. Pochi secondi più tardi il corpo di Elle si sciolse.

Chae-yeon si rialzò in piedi e si asciugò le ultime lacrime dal viso. Qualcosa la turbava.

Emily incrociò le braccia sul petto. «Che hai?»

«Non c'è l'uovo» rispose la Madre Reverenda fissando la pozzanghera azzurra che era diventata la ragazza dei Gemelli, nella quale galleggiavano tetramente i suoi vestiti. «Elle non ha prodotto alcun uovo.»

Scorpione
Lo Scorpione Dorme Sotto Ogni Lastra

Dopo l'uscita di scena di Veronica e Alberto, il trio di Guerrieri e Alford Nightingale si erano studiati per minuti che a Jihan erano sembrati interminabili, immersi nel crepitio di sottofondo dell'incendio che divorava il piano superiore.

«Perché?» esordì Seline con la sua voce suadente. «Perché vuole uccidere Emily Lancaster? Prima ha detto che se rimanesse in vita distruggerebbe "tutto ciò che abbiamo costruito", eppure a me non sembra affatto così temibile. Delucidi meglio il senso delle sue parole.»

Mike la fissò per la prima volta con vero astio. «Scrofa maledetta! Lo sapevo che non potevi essere venuta qui per caso, doppiogiochista di merda!»

Seline rimase indifferente alle accuse e non distolse nemmeno per un attimo gli occhi dal Magnifico Rettore.

Alford spinse gli occhiali più in alto sul naso e sogghignò. «Ottimo, vedo che qualcuno ha finalmente deciso di attivare le sue piccole cellule grigie. Ascoltate con attenzione ciò che vi dico: anche se sembra inoffensiva, quella ragazza va tolta di mezzo al più presto. Lei non è come noi. Emily Lancaster è l'unico membro finora conosciuto della t–»

Mike materializzò una pistola antica nella mano sinistra e sparò un colpo contro il Magnifico Rettore, che con la spada deviò all'ultimo momento il proiettile. Il suo decimo Grano, marrone, rimase intatto.

Seline si voltò di scatto verso Mike. «Ma che diavolo fa?! Se ne stia fermo e con le mani in tasca per cinque minuti, se non è chiederle troppo!»

«Non me ne fotte una sega di quello che ha da dire quel bastardo» ribatté lui. «Non esiste alcuna giustificazione valida per ammazzare i propri compatrioti, né per assassinare una novizia che da quanto ho sentito non ha nemmeno uno Shintai. Sta cercando di infinocchiarci, quindi fanculo alle sue spiegazioni. Fottiti tu, Maestra, e fottiti pure tu, vecchio pezzo di merda! Vi farò fuori entrambi, se sarà necessario!»

Seline fissò Mike con sguardo omicida e strinse le labbra blu mezzanotte in una smorfia d'irritazione. Jihan la fissava angosciata, implorandola silenziosamente di non inasprire il litigio; posto che, se si fosse arrivati allo scontro, avrebbe evocato l'ascia in difesa di Mike.

La Venerabile Maestra stava per replicare con un commento sagace e tagliente dei suoi, quando fuori dalle finestre, in lontananza, delle colossali mura di luce viola s'innalzarono verso il cielo.

Mike strinse l'occhio buono per vederci meglio. «Cosa cazzo...?»

Nightingale ridacchiò, ma sembrava che nella sua voce si fosse insinuata una punta di rassegnazione. «Perdiana, i vecchi intendono tentarle davvero tutte. D'altra parte non mi sento di biasimarli. L'era finale è iniziata e non è possibile riavvolgere il tempo. Se me lo consentite, delizierò lor signori con un piccolo spettacolo di magia.»

Seline si girò verso il Magnifico Rettore e fece comparire il suo Shintai. Era una raffinata e snella spada d'argento, alla cui elsa era attaccato un lungo nastro blu scuro. Jihan la ammirò per qualche istante, ma poi riportò in fretta gli occhi sul loro avversario.

Alford spostò lo stivale dal collo di Fareed, sollevò di peso il ragazzo e lo mise in piedi. Il povero Bibliotecario tremava e piagnucolava, non sapendo cosa aspettarsi, ma mai e poi mai avrebbe potuto prevedere ciò che gli sarebbe accaduto di lì a pochi istanti. Nightingale conficcò entrambe le mani nel suo petto e ci entrò dentro fino ai polsi, dopodiché tirò verso l'esterno con violenza e spalancò la sua cassa toracica, scoprendo ciò che chiamavano la Gabbia.

I tre Guerrieri rimasero atterriti. Quando si esaurì la cascata di Nettare fuoriuscita dal suo corpo, videro che all'interno del petto di Fareed bruciava una piccola fiamma porpora. Il Bibliotecario era ancora vivo e cosciente, e nel vedere la sua Gabbia scoperchiata si mise a urlare. La fiammella che ardeva era la sua anima, tutti i presenti lo intuirono, anche se nessuno ne aveva mai vista una dal vivo prima di quel momento.

Alford estrasse qualcosa di nero e fumoso da una tasca della sua roba e lo infilò all'interno della fiamma, ritraendo poi subito la mano come se fosse rimasto scottato. L'anima di Fareed da porpora diventò nera, i suoi occhi si appannarono, tingendosi poi dello stesso colore. Per qualche momento il ragazzo rimase impalato con le braccia ciondolanti, in uno stato di minima coscienza.

«I Rosari non funzionano più» sussurrò Seline.

«Eh?» fece Mike, troppo preso da quella scena terrificante per ragionare con freddezza.

«Non ho idea di cosa sia quel muro di luce, ma nel momento in cui è apparso, il Grano del ragazzo è sfumato. E ora Nightingale ha aperto il suo corpo senza andare incontro ad alcuna resistenza. Credo proprio che un'azione del genere avrebbe dovuto attivare il suo Rosario almeno una volta.»

«Merda, mi stai dicendo che...? Merda!»

Lo sguardo di Mike si diresse subito verso Jihan, che lo fissava a sua volta con occhi colmi di terrore. Con gli undici Grani di cui era dotato il suo Rosario, la giovane leoncina se la sarebbe potuta cavare quasi in ogni situazione, ma se quei Grani fossero stati azzerati...

Il corpo di Fareed fu scosso da violenti tremiti come in preda a convulsioni. Dopo pochi secondi si ingigantì fino a diventare alto quasi tre metri, quindi i muscoli si gonfiarono a dismisura, finché i vestiti che aveva addosso si strapparono, lasciandolo nudo. La pelle parve diventare legno d'ebano, nera come la notte. Sulle dita spuntarono artigli lunghi una decina di centimetri. Il viso si deformò e assunse tratti demoniaci e bestiali, simili a quelli di un gargoyle: grandi orecchie, grosso naso schiacciato, occhi rossi, storti denti acuminati che spuntavano dalla bocca.

Il mostro lanciò un grido agghiacciante e strinse le orrende mani a pugno. Attraverso dei tagli nella schiena guizzarono fuori due ampie ali nere, simili a quelle di un drago, ma che possedevano membrane interne più chiare comparabili a quelle dei pipistrelli.

Jihan si sentì accartocciare le viscere. «Oh, no... no, no, no...»

«Porca di quella puttana. E tu, Venerabile, volevi anche starlo ad ascoltare!» s'infuriò Mike. «Avremmo dovuto attaccare subito quel pezzo di merda, anziché farci una chiacchierata!»

«Non sia ingenuo, cercavo solo di abbindolarlo. Per colpa dei suoi scatti d'ira non abbiamo imparato nulla da lui» ribatté Seline, per nulla agitata.

Nightingale indicò al demone nero i tre Guerrieri. «Se voialtri avete finito di cianciare, direi che è arrivato il tempo di morire.»

La creatura che un tempo era stata il Bibliotecario Fareed Usman corse verso di loro facendo tremare il pavimento sotto le zampe. I libri appoggiati sui tavoli sobbalzarono a ogni passo, alcune pile crollarono. Pur sembrando impacciato, quasi limitato dai troppi muscoli, il demone coprì metà dell'ampiezza della Biblioteca in una manciata di secondi. Forse aveva deciso di eliminare per prima la minaccia che riteneva meno concreta, perché si avventò con decisione sulla povera Jihan, che fece appena in tempo a materializzare la sua gigantesca ascia prima che lui le fosse addosso.

Seline travolse di lato il demone come un treno in corsa si scontrerebbe con un'automobile abbandonata sui binari. Lo spinse lontano da Jihan con una tale forza da percorrere insieme a lui l'intera larghezza del salone fino a sfondare le vetrate su uno dei lati. Entrambi caddero all'esterno e piombarono sulle mura che cingevano il chiostro di Abbot's Folly.

Jihan, preoccupata per le sorti della Venerabile Maestra, fece per andare a controllare le sue condizioni, ma Mike le impose di fermarsi prima che si sporgesse dalle finestre sbriciolate. «Un problema in meno per noi» sentenziò accendendosi una sigaretta.

«Vuoi che fugga anch'io come quei due Bibliotecari?» chiese Jihan con un filo di voce. «Altrimenti potrei...»

«No, quel figlio di troia ti inseguirebbe e ti ucciderebbe. Rimani qui e combatti insieme a me. Sei una Valchiria del Regno del Leone, o ci vedo male? Una vera Valchiria non rinuncerebbe mai a uno scontro giusto. Hai visto cos'ha fatto alla ragazza dai capelli rossi e a quell'altro Bibliotecario, no? Se lasciamo libero Nightingale, andrà a uccidere anche quella novizia bionda che è arrivata al tuo stesso Rito.»

Jihan si morse un labbro e posizionò l'ascia bipenne davanti al corpo, divaricando lievemente le gambe in posizione di guardia. Quello che avevano davanti era il leader di una Casa zodiacale, dunque le sembrò scontato che sarebbero morti entrambi. «No, non mi tiro indietro. Combattiamo. Non è giusto che i leader uccidano le persone quando gli pare.»

«E brava topetta. Se ne usciamo vivi ci facciamo una bella bevuta. Magari ti lascio pure conoscere un ragazzo.»

A Jihan venne in mente una sola persona. Strinse il manico dello Shintai con più decisione.

Alford ridacchiò e scosse la testa. «Sa, signor Klaikowski, quella sgualdrina del Capricorno ci aveva visto giusto. I Rosari hanno smesso di funzionare nel momento in cui la barriera di luce è stata innalzata, anche se non è opera mia. Con due pagliacci come voi renderà le cose quasi troppo semplici.»

«Fossi in lei riderei meno» ribatté Mike. «Contro i Vuoti la mia pistola è abbastanza inutile, ma per uccidere un avversario umano e senza Grani... Spero proprio che alla sua età sia ancora abbastanza agile, Matusalemme del cazzo.»

«Oh, lo sono, non si preoccupi, ma non credo che avrò bisogno di *schivare* i suoi ridicoli proiettili» rispose Alford ostentando sicurezza. Allargò il braccio sinistro e in mano gli comparve un secondo Shintai: un lungo bastone di legno grezzo, la cui sommità si apriva in piccoli ramicelli che si allungavano verso l'alto.

Mike fece di nuovo fuoco con la pistola. Nightingale puntò il bastone in avanti e assorbì il proiettile dentro un muro di luce porpora che si sprigionò dalla cima.

Mike diede un tiro alla sigaretta senza nemmeno togliersela dalla bocca. «Fanculo, lo sapevo che c'era la fregatura.»

Alford saltò su un tavolo e berciò con voce aspra: «Giovincelli insolenti, senza rispetto per i professori. È ora di impartirvi una sonora lezione, partendo da quella marmocchia. Signorina Han, in Cina non le hanno mai insegnato che non si parla in biblioteca?»

«Ma, ma... io in biblioteca leggo soltanto e non chiacchiero mai!» si difese lei, abbassando per un attimo la guardia.

«L'ha appena fatto» ritorse algido Nightingale. Spiccò un balzo attraverso la Biblioteca in direzione della giovane Valchiria, che lo osservò sfrecciare verso di lei a occhi sbarrati. La velocità del Rettore era assurda. I tavoli in mezzo al salone vennero spazzati via dallo spostamento d'aria, diverse librerie ondeggiarono e si ribaltarono con un fracasso infernale.

«Figlio di...!» Mike sollevò il machete per difendere la sua protetta, ma Jihan rialzò la guardia all'ultimo istante e fece cozzare una lama dell'ascia contro la spada di Nightingale, che per un attimo la guardò, impressionato dai suoi riflessi.

L'energia astrale che il Rettore stava infondendo nella spada era così potente che Jihan cominciò a slittare all'indietro, non riuscendo a contrastare la pressione. Le pietre che componevano il pavimento scricchiolarono e iniziarono a sgretolarsi. Mike scattò in avanti per attaccare Alford di lato, ma il pavimento sotto i piedi di Jihan cedette, aprendo una voragine. I tre Guerrieri precipitarono al piano inferiore e vennero sepolti sotto le pietre, i tavoli e le librerie che crollarono sopra di loro.

Seline smaterializzò lo Shintai mentre stava ancora precipitando e atterrò sulle mura di Abbot's Folly con una capriola, rialzandosi in piedi all'istante. Solo a quel punto fece riapparire la spada. Il demone in cui si era trasformato Fareed rotolò davanti a lei, ma riuscì ad arrestarsi sprofondando le enormi unghie nere nel camminamento sulle mura fino a creare dei solchi nelle pietre.

Seline si lanciò contro di lui credendo di trovarlo impreparato, invece il demone deviò il suo diritto colpendo la lama della spada con un pugno e afferrò la Maestra per il collo, sollevandola di un metro da terra. Prima che Seline potesse reagire, il mostro ruotò di centottanta gradi e la scaraventò contro la torre alle sue spalle, che si elevava per altri cinque metri sopra il livello del camminamento, in un angolo delle mura. Seline impattò contro la cima della torre con la violenza di una palla di cannone, demolendone un intero lato, e i mattoni che ne componevano le merlature volarono in mezzo a Murrey Castle. Sulla Terra, il suo corpo sarebbe stato devastato da un impatto del genere, ma per una Guerriera del Tempio quello non costituiva un danno fatale, soprattutto per una Venerabile Maestra del Capricorno.

Un fiotto di Nettare le sgorgò fuori dalla bocca. Una volta cessato, si pulì il viso e vide che la mano era sporca di polvere e liquido azzurro. La botta non le aveva danneggiato eccessivamente il corpo, ma l'anima era comunque rimasta troppo scossa per poter riprendere subito lo scontro.

Si sollevò con le mani e cercò di individuare la spada. Era a qualche metro di distanza da lei, su una parte della torre rimasta intatta. Non ebbe però il tempo di recuperarla: il demone spiegò le ali, volò sopra di lei e le piombò addosso. Seline fece appena in tempo a proteggersi con le braccia per attutire il colpo, ma il resto della struttura crollò sotto la sua schiena.

I due combattenti sprofondarono al piano sottostante, distruggendo del tutto la cima della torre sud-est di Abbot's Folly. Nella caduta, Seline picchiò la testa e il braccio sinistro contro le travi di sostegno interne, ruzzolò per diversi metri e si ritrovò ancora una volta sulle mura, ma sul lato sud. Alle fitte di dolore al braccio si unì una strana sensazione di disgiunzione, segno che quel ramo del suo albero vitale si era spezzato; in più aveva perso di vista la spada. Non poteva smaterializzarla da lontano e farsela riapparire in mano, poiché era necessario toccare il proprio Shintai per farlo svanire. Le uniche eccezioni erano la perdita di conoscenza o l'approssimarsi della morte, ma lei non si sentiva ancora vicina a nessuna delle due condizioni.

La Venerabile Maestra era furiosa con se stessa. Si sentiva umiliata dall'andamento di quello scontro. Grondava Nettare da più ferite e aveva un braccio rotto; inoltre, fatto a suo parere ancor più mortificante, era sporca e impresentabile, col vestito sdrucito. La sua leader l'avrebbe sbeffeggiata alla grande se fosse riuscita a tornare indietro viva, e a questo punto non era scontato. Ci ragionò con maggiore calma e si convinse che quel demone non poteva essere considerato un Vuoto come un altro. Anzi, probabilmente non poteva essere affatto catalogato come tale, essendo stato creato usando il corpo di un Guerriero. Era qualcosa di sconosciuto e per questo pericoloso. Seline ingoiò il boccone amaro: quel mostro era più forte e agile di lei. Combattere con grande perizia non sarebbe bastato, doveva ideare un piano per ucciderlo.

Il demone Fareed, sepolto sotto le macerie della torre crollata, si rialzò in piedi con impeto, sollevando le braccia e spiegando le ali per scrollarsi di dosso i detriti. Fece volare via pietre, assi di legno e altri oggetti, tra i quali c'era anche la spada di Seline, che roteò in aria e cascò a qualche metro di distanza sul camminamento delle mura.

Il mostro si disinteressò del tutto allo Shintai e si librò in volo con le sue ali membranose, diretto verso la Venerabile Maestra. Si avventò su di lei piombandole addosso dal cielo, ma stavolta Seline si limitò a schivarlo rotolando via, il braccio sinistro tenuto attaccato al corpo. Ancora una volta la violenza dell'attacco fece cedere le mura e il mostro vi si piantò dentro facendo schizzare via i mattoni. La Venerabile Maestra sfruttò quel momento di impotenza del nemico e corse verso la spada, sfiorandola per smaterializzarla.

La creatura si riprese con una rapidità insensata e puntò di nuovo contro la sua avversaria. Lei gli corse incontro a sua volta, con il braccio sinistro premuto contro il busto per avvertire il minor dolore possibile, finché non si trovò alla distanza giusta per spiccare un salto. Anziché attaccarlo frontalmente, saltò più in alto del mostro e appoggiò un piede sulla sua testa, dandosi così un'ulteriore spinta verso il cielo grazie alla quale evitò gli artigli e piroettò sopra la sua schiena. Mentre era ancora a mezz'aria, materializzò la spada nella mano destra e la conficcò nel punto in cui l'ala sinistra si congiungeva alla spalla, tranciandola di netto.

Quando atterrò sulle mura fu costretta a usare la mano sinistra per attutire l'impatto e avvertì una fitta di dolore lancinante. L'ala recisa rotolò accanto a lei, irrorandola di nero. Il mostro spruzzava altrettanto sangue scuro dal taglio sulla schiena e, nella foga di vendicarsi, scivolò sulle pietre bagnate, precipitando così nel cortile interno di Abbot's Folly. Il tonfo fu sordo e cupo.

Ora la Venerabile Maestra lo aveva dove lo desiderava, ma il demone sembrava ancora più infuriato di prima. Ringhiava contro di lei, squadrandola dal basso. Non era più in grado di volare, ma c'era comunque il rischio che saltasse di nuovo sopra le mura. La Venerabile Maestra si lanciò a sua volta dentro il chiostro e appena vide il mostro correre verso di lei vibrò un colpo con la spada per tenerlo lontano. Com'era prevedibile, il demone lo deviò con le unghie, ma perlomeno Seline era riuscita ad arrivare incolume dove voleva.

Il mostro la assalì senza darle respiro, cercando di artigliarla alternativamente con entrambe le mani. Lei parò con la spada i primi due colpi ed evitò il terzo danzandogli attorno per poi aggirarlo. Il demone si aspettava che lei lo attaccasse alle spalle, eppure, quando si voltò e sbracciò con gli artigli, la Venerabile Maestra era sparita.

Il chiostro di Abbot's Folly era rischiarato dalla luna scarlatta, come ogni altra cosa dentro il Tempio, ma tra le mura del cortile la luce non era molta.

Soltanto qualche torcia e i due grandi bracieri che ardevano al centro del giardino illuminavano l'ambiente. Le ombre erano fitte, sotto i portici era buio pesto. Il demone corse ai quattro angoli del chiostro per scovare la sua preda, ma non riuscì a stanarla. Alla fine esplose di rabbia e lanciò un grido furioso, sbuffando fumo nero dalle narici.

«Mi cercavi?» sussurrò la serica voce di Seline nel silenzio della notte.

Il mostro si girò di scatto e la individuò. Quando balzò verso di lei, la Venerabile Maestra svanì nelle ombre del portico e il demone si ritrovò a fendere l'aria con gli artigli.

Un istante più tardi, Seline fuoriuscì dalle tenebre alle spalle del mostro con addosso un manto fatto d'oscurità, come se il buio fosse divenuto fumo e le avesse avviluppato i vestiti, rendendola invisibile nelle tenebre della notte. Impugnò la spada con la mano destra e squarciò la schiena del demone, lacerando anche parte dell'ala rimasta integra. La creatura lanciò un grido di dolore penetrante, ma trovò comunque la forza di girarsi ancora una volta verso la sua avversaria per attaccarla. Un torrente di sangue nero sgorgava dalla sua schiena.

Seline schivò con facilità i colpi, dacché il demone era diventato lento, indebolito dalle ferite. Dopo poco fu sfinito e dovette fermarsi per recuperare le forze. Seline lanciò in alto la spada e afferrò il nastro blu che scendeva dall'elsa, tirandolo verso il basso. Quando il nodo si sciolse, la spada mutò e si divise in dodici paletti d'argento che puntarono verso il basso e si conficcarono nel corpo del demone come giganteschi chiodi, fino a piantarlo nel terreno. Alcuni paletti gli trafissero la schiena, altri le braccia, mentre l'ultimo, fatale, gli spaccò il cranio in due. Frustoli di cervella scivolarono fuori dalla crepa, dimostrando che quella creatura non era piena solo di liquido, come lo erano i Guerrieri del Tempio. Il demone spirò in un lago di sangue scuro, ma il suo corpo non si sciolse. L'uovo di Fareed non venne mai prodotto.

Seline si pulì il sangue del mostro dalla faccia e guardò verso l'alto. Durante la lotta non aveva avuto il tempo di prestarvi la dovuta attenzione, ma si ricordò d'aver udito una forte esplosione provenire dall'edificio della Biblioteca. Difatti, non erano più solo le vetrate del secondo piano a essere distrutte, ma un intero lato delle pareti esterne dello Scriptorium era stato disintegrato da qualcosa. Udì un grido stridulo e due distinti colpi di pistola a qualche secondo l'uno dall'altro, poi il silenzio.

Jihan spinse via le macerie dei tavoli sotto le quali era seppellita e si spolverò il viso con le maniche della cappa, strizzando gli occhi per guardarsi attorno. Non si era fatta male, ma altrettanto non si poteva dire del salone nel quale erano atterrati. Quasi metà dello Scriptorium era stato demolito dal crollo, molti dei tavoli e degli scrittoi erano fracassati. La Prima Bibliotecaria ci sarebbe rimasta malissimo, ma col tempo i Tessitori avrebbero ricostruito tutti quegli oggetti, e solo pochi libri erano andati effettivamente perduti. Le torce rimaste accese illuminavano l'ambiente a sufficienza, ma Jihan non riuscì a vedere né Mike, né il Rettore.

Fece appena in tempo a raccogliere il suo Shintai – che trovava meno pesante d'un tempo, ma comunque ingombrante – quando Nightingale comparve dietro di lei e tentò di tagliarla in due con un fendente. D'istinto Jihan roteò l'ascia e deviò la traiettoria della spada, mandandola a incastrarsi nel pavimento. Alford cercò allora di colpirla col bastone, ma Jihan smaterializzò l'ascia e scansò la bastonata con una capriola all'indietro. Se funzionava nella sua saga di videogiochi preferita, pensò, poteva funzionare anche al Tempio.

«Lievemente più rapida del previsto, signorina Han, ma sta soltanto ritardando l'inevitabile» sibilò il Magnifico Rettore puntando il bastone in direzione della ragazzina. In realtà non stava mirando a lei, bensì al tavolo da lavoro alle sue spalle, che cominciò a levitare. Jihan non se ne accorse, ma d'altronde nemmeno sapeva che esistessero Shintai in grado di spostare gli oggetti a distanza. Alford accompagnò il movimento del tavolo con un gesto del bastone e lo mandò a schiantarsi contro la schiena della povera leoncina, che emise un urlo e stramazzò a terra.

«Te la fai sotto ad attaccare me?» ruggì Mike dall'altra parte del salone. Sparò una mitragliata di proiettili verso il Magnifico Rettore per distrarlo. Alford riuscì ad assorbire ancora una volta le pallottole contro il muro di luce prodotto dal bastone, ma quando lo spense Mike era davanti a lui. Spada e machete cozzarono diverse volte l'una contro l'altro, emanando barbagli argentei nella penombra dello Scriptorium. Alla fine il Leone fu più mascalzone che gentiluomo e fintò un prevedibile fendente con la spada per assestare di sorpresa un colpo ai reni di Nightingale con il calcio della pistola. Il Magnifico Rettore accusò il colpo, ma scagliò Mike contro una colonna centrandogli il mento con la punta del bastone.

«Mike! Stai bene?» chiese Jihan, che nel frattempo si era rialzata intontita e con una seria ferita alla testa. Un rigagnolo di Nettare le colava sul viso, tingendole la fronte e il naso d'azzurro.

«Mai stato meglio in vita mia» garantì lui rimettendosi in piedi, anche se la mascella era devastata. «Ma se c'è una cosa che mi fa incazzare...» La sigaretta gli si era sbriciolata tra le labbra e il pacchetto nel risvolto della maglietta era ammaccato.

Alford Nightingale parve non apprezzare la battuta. Saltò uno dei tavoli rimasti intatti e gridò: «Crede di essere divertente? So tutto della sua vita passata, cane. I suoi commilitoni le porgono i loro saluti, anche se adesso sono sottoterra a far ingrassare i vermi, mentre lei è qui a far bisboccia e a fornicare con mignotte da strada. Sa, alla fine credo che l'abbiano presa, quella collina... dopo aver piantato a lei un proiettile in testa, s'intende. Avranno anche incantato gli ufficiali, ma sappiamo entrambi che c'era ben poco di "amico" in quel "fuoco".»

Mike sputò Nettare a terra. «La mia unità era fubar.»

Il Magnifico Rettore ridacchiò. «Ah, su questo non c'è dubbio. Ma, come direbbe in questi casi il Comandante Supremo: "Chi è causa del suo mal, pianga se stesso."»

«Oh, io sarò causa del *tuo* mal, stanne pur certo, vecchio pezzo di merda!» Mike si lanciò di nuovo contro Alford e scambiò con lui una furiosa serie di colpi a mezz'aria, saltando da un tavolo all'altro.

Jihan cercò di unire le forze a quelle del suo maestro, ma mantenersi in equilibro sui tavoli con l'enorme ascia era più facile a dirsi che a farsi, e Nightingale riusciva a tenerla lontana utilizzando il bastone di legno. Jihan tentò infinite volte di segarglielo in due, quel dannato bastone, ma il Rettore guizzava sempre via prima che lei potesse riuscirci.

La novizia venne respinta per l'ennesima volta, tuttavia riuscì a posarsi elegantemente su uno degli scrittoi e per un attimo si compiacque della propria agilità. Nightingale sfruttò il momento di apparente calma per puntare il bastone proprio verso quello scrittoio e iniziò a sollevarlo sotto i piedi di Jihan per scaraventarla chissà dove. Lei si mantenne in equilibrio. Il tavolo era già a un paio di metri d'altezza, quando uno sparo risuonò per lo Scriptorium e il Magnifico Rettore fu costretto a spostare il bastone per parare la pallottola, facendo ripiombare a terra Jihan. Il tavolo si fracassò e lei rotolò di lato.

«Col cazzo, vecchiaccio! Ne ho abbastanza dei tuoi trucchi di magia» commentò Mike, poi si rivolse alla sua Valchiria: «Jihan, attacchiamolo insieme, nello stesso momento! E mettici tutta la fottuta forza che hai!»

Lei si rialzò e annuì, preparando l'ascia. Le gambe le tremavano.

Mike iniziò a contare: «Uno...»

«Tre!» Alford bruciò entrambi sul tempo e volò attraverso lo Scriptorium. Mike fu abbastanza rapido nel reagire da volargli incontro, ma lo sarebbe stata anche Jihan?

I due uomini si scontrarono proprio al centro del salone. La sorpresa sul volto del Magnifico Rettore fu palpabile quando si trovò costretto a difendere anche il lato sinistro, parando col bastone un fendente dell'ascia bipenne di Jihan. L'energia astrale generata da quella triplice collisione produsse una poderosa onda d'urto che sconquassò l'intero Scriptorium. I tavoli al centro si disintegrarono o volarono contro le pareti, le grandi vetrate tanto care a Veronica si infransero, mentre nel lato che dava sul cortile il muro esplose verso l'esterno, aprendo un grosso varco.

Per via del contraccolpo causato dalla piccola esplosione cosmica, i tre Guerrieri vennero scaraventati in tre direzioni diverse. Jihan volò fino a sbattere la schiena contro il muro più lontano e credette di avvertire la propria colonna vertebrale spezzarsi in più punti. Cadde a terra bocconi e si convinse che per lei era finita. Anche se per miracolo fosse sopravvissuta, non avrebbe mai più camminato. Sarebbe rimasta invalida come lo era diventata sulla Terra, anche se per motivi diversi. Vomitò Nettare e cercò di trascinarsi al sicuro.

Alford si avventò su di lei per finirla, implacabile, ma Mike lo intercettò a metà strada e lo costrinse a perdere tempo facendo fuoco a ripetizione e attaccandolo con il machete fino a sfinirsi. «Jihan, non morirai per quella botta!» gridò alla novizia. «Non lasciarti condizionare dalla mente! Muoverti farà un male boia, ma la tua schiena non si è spezzata per sempre!»

Lei sul momento non ci credette, poi però ricordò quello che Mike le aveva spiegato sul respirare e sulle abitudini mentali che le persone a volte conservavano anche al Tempio, dettate dalla loro esperienza sulla Terra. Provò quindi ad alzarsi e con grande meraviglia constatò di essere ancora in grado di camminare. Qualcosa nella sua schiena si era indubbiamente rotto, perché avvertiva una strana sensazione di disgregazione insieme al dolore lancinante, ma riuscì comunque a rimettersi in piedi, anche se ingobbita, e a risollevare l'ascia.

Mike distorse il volto in un ghigno. Non era più uno scherzo, ormai. L'orgoglio che provava nei confronti della sua protetta era reale.

Pazzesco, la topetta riesce a rimanere in vita anche col poco addestramento ricevuto. Forse ha assorbito i miei insegnamenti più di quanto pensassi. Non è il caso di giocare troppo col destino, però. Se quel bastardo continua ad accanirsi su di lei...

«Tutto questo è ridicolo» sentenziò Nightingale. «Facciamola finita una volta per tutte.»

Il Rettore lanciò i resti di uno scrittoio in faccia a Mike usando il potere del bastone e si avventò su Jihan, sferrando un colpo orizzontale con la spada verso il suo collo per mozzarle la testa. «Temo che la ricreazione sia finita, signorina Han!»

«Schivalo!» gridò Mike una volta ripigliatosi dalla botta, ma Jihan sgranò gli occhi e cercò di parare il diritto, invece che scansarlo.

Ma perché non schiva i colpi, come le ho detto più e più volte di fare?!

Jihan roteò l'ascia tanto quanto bastò per deviare la spada di Nightingale più in basso. Uno sciame di scintille scaturì dalle lame che cozzavano. La spada del Magnifico Rettore si conficcò nel fianco di lei, penetrando per molti centimetri. Jihan trasalì e guardò la lama che si faceva strada nel suo corpo, finché non ebbe la presenza di spirito di arrestarne l'avanzata contrastandola con il manico dell'ascia.

Mike fece fuoco e il Magnifico Rettore fu costretto a ritrarre la spada per girarsi e assorbire i proiettili con il bastone, ma poi vibrò un secondo colpo in direzione di un'intontita Jihan, che osservò la spada avvicinarsi al suo viso con occhi colmi di terrore.

«JIHAN!» urlò Mike, ma l'arma di Nightingale l'avrebbe di sicuro raggiunta e lui l'aveva capito fin troppo bene. Stavolta non avrebbe potuto parare il colpo in nessun modo e la lama era ormai troppo vicina per poterla schivare. Quando gli occhi dei due Leoni si incontrarono, Mike decise che non avrebbe distolto lo sguardo. L'aveva spronata a combattere e non era riuscito a proteggerla. Le doveva almeno quello.

Il tempo parve dilatarsi, i lunghi capelli corvini di Jihan diventarono lucidissimi, come se si fossero imbevuti di un misterioso liquido, dopodiché, trascendendo ogni logica, spalancarono uno stretto varco verso l'universo. Oltre la soglia brillava un oceano di stelle. Il velo lucido formato dai capelli si espanse e non fu più possibile capire dove iniziasse il cosmo e dove finisse Jihan. Alla fine la ragazzina scomparve, inghiottita in un'altra dimensione. La spada di Nightingale girò a vuoto, tagliando in due soltanto l'aria.

«Dio onnipotente!» esclamò il Rettore, ritrovandosi a fissare il nulla con gli occhi sbarrati tanto quelli del burbero Leone.

Dove cazzo è fini–
Mike non ebbe nemmeno il tempo di completare la frase. Alle spalle del Magnifico Rettore si tratteggiò una superficie lucida verticale simile a vetro, che il Leone fu in grado di distinguere solo grazie al riflesso delle torce. La parete magica divenne presto nera e tempestata di piccole luci che parevano degli astri sfavillanti. Jihan fuoriuscì dall'apertura con l'ascia sollevata sopra la testa. Il varco spaziale si richiuse alle sue spalle, ricongiungendosi ai suoi capelli.

«*Aaah-yaah!*»

Nettare azzurro le zampillava fuori dalla ferita alla vita, ma Jihan riuscì comunque a vibrare un fendente verso Alford che, sorpreso alle spalle, aveva soltanto percepito la sua presenza e non riuscì a voltarsi in tempo. L'ascia gli tranciò di netto il braccio che reggeva il bastone magico e si piantò nel pavimento per quasi metà della lama, spaccando in due le pietre.

Alford emise un lamento stridulo e osservò esterrefatto il suo braccio mozzato volare lontano, tinteggiando il pavimento d'azzurro. Con una semplice occhiata dovette però intuire ciò che anche Mike aveva capito: Jihan era sfinita e non sarebbe riuscita a sollevare l'ascia un'altra volta. Il Rettore tentò un affondo al cuore con la spada.

Bang! Giunta a metà strada dall'obiettivo, la lama venne spinta via da un precisissimo colpo di pistola di Mike. Nightingale rivolse l'attenzione su di lui, ma non poté far altro che osservare il grosso machete dell'avversario piantarsi di sbieco nel proprio torace.

Mike ritrasse lo Shintai, ignorò il prorompente getto di Nettare che eruppe dal Magnifico Rettore e gli piantò il machete nel petto una seconda volta, entrandoci con tutta la lama finché non rimase incastrata nei rami interni. Alford ebbe un singulto, la sua bocca si riempì di liquido. Strinse l'impugnatura della spada per infilzare Mike alla pancia, ma quando sollevò gli occhi si ritrovò la canna della pistola accostata alla fronte.

«Para questo.»

BANG!

La testa del Magnifico Rettore esplose e spruzzò tutto il Nettare che conteneva contro il muro retrostante, generando un lugubre graffito azzurro. Il resto del corpo crollò a terra e cominciò a sciogliersi. Sul pavimento scivolò un uovo d'ametista.

Jihan cadde a terra accanto al cadavere in liquefazione di Nightingale. Cercò di arginare l'uscita del Nettare dalla ferita alla vita, ma il liquido vitale che sgorgava era troppo. Alford l'aveva quasi tagliata a metà.

Mike le slacciò la cappa di lana e la allontanò dal taglio, poi srotolò la fascia di stoffa verde mimetico che era di norma arrotolata attorno all'impugnatura del suo machete e la avvolse attorno alla vita della novizia, legandola stretta. Premette con forza nel tentativo di bloccare la fuoriuscita del liquido, ben consapevole che al Tempio la differenza fra la vita e la morte si basava unicamente su quel principio: il Nettare andava mantenuto in circolo all'interno del corpo, poiché alimentava l'anima all'interno della Gabbia. Stimò che Jihan non avesse più del cinquanta per cento di possibilità di salvarsi in condizioni normali, ma se quelle barriere di luce davvero non consentivano l'accesso al settore, nessun Cavaliere dell'Ordine Ospedaliero del Cancro sarebbe potuto venire a soccorrerla.

Lacrime azzurre scivolavano sul viso della leoncina mentre osservava Mike lavorare sopra di lei. «Uff... che fatica, però, signor Mike» bisbigliò, abbozzando un sorriso.

In quel momento lui si rese conto che, se anche fossero scomparse le mura di luce, avrebbe comunque dovuto sollevarla, portarla fuori e chiamare aiuto. Inoltre, la Marea non era ancora scesa, per cui i Cavalieri erano occupati oltre il Muro. «Sta' buona, topetta. Non parlare. E smettila di piangere, che sprechi Nettare.»

«Mi aveva detto che sono brava a schivare e allora io... sono passata attraverso lo spazio, mi sa... non so come ho fatto... dentro era buio e strano.»

«Sei stata brava, ma me lo racconterai un'altra volta. Adesso sta' zitta e aiutami a fermare il Nettare, o non vivrai abbastanza a lungo per farlo una seconda volta.»

«La mia schiena... mi sa che è rotta...»

«La schiena si ricostruirà, ma non se ti squagli. Rimani sdraiata e non muoverti.»

Mike notò qualcosa di bianco spuntare dalla tasca interna della cappa di Jihan. Ci mise qualche istante a realizzare cosa fosse: il fazzoletto che le aveva prestato il Comandante Supremo. Pur essendo di semplice stoffa, era così grande da poter passare per un foulard. Come faceva a stare ripiegato nel taschino della camicia di Connery?

Non era il momento di lasciarsi condizionare dai dissapori passati, la ferita continuava a far sgorgare liquido vitale. Qualsiasi cosa potesse servire ad arginare l'uscita del Nettare era da considerarsi una manna. Mike estrasse il fazzoletto, lo spiegò e lo pigiò sopra la fascia che aveva avvolto poco prima attorno alla vita di Jihan. Non appena il tessuto s'imbevette di Nettare caldo, un bagliore biancastro si irradiò attorno al corpo della giovane e il fazzoletto si incollò alla ferita, quasi sigillandola.

Mike non credeva ai propri occhi. «Roba da matti. Quel vecchio pezzo di stronzo poteva anche dircelo prima che serviva a questo!»

Anche se la situazione era meno disperata, Jihan aveva già perso troppo Nettare. Mike sapeva che non avrebbe vissuto a lungo se nessuno gliene avesse fornito di fresco.

Percepì alle sue spalle il lieve echeggiare di passi leggiadri. Un leggero profumo di bacche di cipresso precedeva quella presenza femminile. Mike non aveva dubbi su chi fosse. Lasciò che si avvicinasse senza nemmeno voltarsi.

«Cos'è successo?» domandò Seline con quasi più pacatezza del solito.

«Cosa cazzo credi che sia successo? Abbiamo fatto fuori Nightingale, ma Jihan è ferita. Conosci qualche magia oscura del Capricorno che possa salvarla? Se non hai intenzione di aiutarci puoi levarti dai coglioni.»

«Ma sì, vi aiuterò» promise la rossa con voce seria. «E ho anche una "magia oscura" da offrirvi, se proprio vogliamo chiamarla in tal modo. Quella pistola abbandonata sul pavimento è sua?»

«Sì.»

«Ottimo. La raccolga e vada sulle mura. Io mi occupo di Jihan.»

Mike, preoccupato per la piccola Valchiria, non riusciva a seguire il ragionamento. «Per quale cazzo di motivo dovrei farlo?»

Seline sollevò il vestito lacerato – che dopo il combattimento con il mostro alato continuava a scivolarle a terra – e disse: «Impugni la sua pistola, esca all'aperto e spari più volte in aria. Con un po' di fortuna, qualcuno ci sentirà. Quelle misteriose barriere sul confine si stanno dissolvendo, non vede?»

«Porca di quella troia, è vero!» esclamò Mike guardando verso l'esterno attraverso la parete distrutta. Le mura di luce porpora si stavano sfaldando, dividendosi in piccole lamine che volavano verso le stelle. «Guai a te se chiudi gli occhi mentre sono fuori, Jihan. Guai a te! Devi dormire per rimettere a posto la schiena, ma non adesso. Non adesso, cazzo! Tieni le mani premute sul taglio. Non so quanti litri di Nettare tu abbia, ma ne hai già perso troppo.»

Mike raccolse la pistola e corse fuori attraverso la voragine nel muro. Saltò sulle mura di Abbot's Folly e sparò un paio di volte verso l'alto. Nel guardare in direzione di Bishop's End notò che la piazza era in condizioni orribili: il selciato devastato e macchiato di sangue e Nettare ovunque, carcasse di Vuoti abbandonate qua e là, almeno un paio di edifici erano crollati. Vide però anche un gruppetto di persone vive, nel mezzo, tra le quali proprio un Cavaliere Professo con il suo Pegaso, ma egli non si mosse di un millimetro.

«Cosa fa quel rincoglionito? È sordo, per caso? Forse anziché sparare in aria dovrei spargli nel culo!» inveì Mike, poi per fortuna vide nel cielo sopra di lui numerose ombre alate stagliarsi contro la luna scarlatta. «Qui, branco di idioti! Qui! Ma perché non scendono?!»

Jihan fece un timido sorriso alla Venerabile Maestra. «Mi sa che non mi salvo...»

Seline era macchiata di nero e azzurro ovunque, gocciolava Nettare da più ferite e si teneva il braccio rotto con la mano destra, ma il viso infondeva comunque tranquillità. Si inginocchiò e disse: «Dimmi, Jihan: ti piacciono i vampiri?»

Lei ebbe qualche difficoltà a comprendere la domanda. Stava per perdere conoscenza, le palpebre diventavano sempre più pesanti. La sua ascia, ancora piantata nel pavimento, si smaterializzò. «I vampiri? Hmm... un po'. A volte guardo i film...»

«A me piacciono un sacco» rivelò l'olandese mentre si praticava un taglio nell'avambraccio sinistro con la lama della spada. Poiché il ramo del braccio era spezzato, la solitamente compita Seline si lasciò sfuggire un urletto. Quando dalla ferita cominciò a grondare Nettare, avvicinò il polso alla bocca di Jihan. «Questo stratagemma l'abbiamo concepito io e la Gran Maestra fantasticando di essere vampire. Bevi dal mio polso, avanti. Non avere paura. Se io fossi davvero una vampira, diventeresti una di noi. Non ti garba come idea?»

Jihan all'inizio rimase interdetta e le venne un leggero senso di voltastomaco al pensiero di bere il liquido vitale della Venerabile Maestra, ma considerò che l'alternativa era morire, e in fondo diventare una vampira del Capricorno non era poi una prospettiva così catastrofica. Schiuse le labbra e ingoiò il Nettare che sgorgava dal polso di Seline. Era più viscoso del normale e sapeva di bacche di cipresso, ma non lo trovò disgustoso.

«Brava!» esclamò Seline con un sorriso, poi tornò subito seria. «Hai visto? I Rosari non si attivano quando ci feriamo di nostra iniziativa. Questi corpi sono solo dei vascelli, Jihan. Degli involucri pieni di Nettare, sostenuti da rami, con un'anima nel mezzo. Niente di più.»

Terre Esterne
Il Presente

Il Comandante Supremo Connery era in piedi sulla sommità dell'Aditus Dei, intento a monitorare la situazione attraverso lo Speculum Mundi. Dai quattro pinnacoli angolari nei quali terminava l'altissima torre si proiettavano verso il centro della piattaforma quattro raggi luminosi rosso rubino che convergevano nello stesso punto, colpendo una sfera di cristallo sorretta da un treppiede d'oro. I quattro raggi entravano nella sfera separatamente, ma all'interno si congiungevano e ne formavano uno solo, più potente, che veniva riproiettato sul retro di un grande specchio dalla cornice dorata. Lo specchio, chiamato appunto Speculum Mundi, consentiva di visualizzare, sul lato di norma riflettente, le immagini provenienti da ogni angolo del Muro del Calvario. Sulla sua superficie in quel momento si distingueva un gigantesco Vuoto dalla forma ridicola, e purtuttavia terribile, che sterminava frotte di Guerrieri davanti al territorio dei Gemelli.

Il Generale Saad arrivò in cima alla torre tramite la scalinata interna e si unì a Connery. «Il Magnifico Rettore è stato sconfitto, dunque ho ritenuto opportuno distruggere il Sigillo di contenimento per permettere ai soccorsi di entrare nel settore.»

«Una saggia decisione» approvò Connery senza distogliere lo sguardo dalle immagini nello Speculum Mundi. «Perdite?»

«Solo qualche Bibliotecario e la Guerriera dei Gemelli che suppongo fosse l'agente segreto dell'Officina Astrale incaricato di assistere la loro pedina. La Madre Reverenda sta benone, e credo sopravvivrà persino la signorina Han, salvata in extremis dalla Venerabile Maestra Simons.»

«Tutte ottime notizie.»

«Naturalmente, come può immaginare...» Saad esitò, congiungendo le mani davanti al corpo. «Vive anche la Lancaster.»

Il Comandante Supremo batté la punta del bastone da passeggio sul pavimento di marmo nero. «Quel demente di Nightingale! Perché non ha eliminato prima la ragazza, anziché impelagarsi a combattere contro quei tre? Così abbiamo consumato il Sigillo di contenimento per niente!»

«Una delle sue novizie aveva scoperto troppo e andava eliminata prima che spifferasse qualcosa agli altri. Nightingale non poteva immaginare che si sarebbe trovato davanti ben tre Guerrieri, tra i quali una Venerabile Maestra e la ragazzina di cui conosciamo bene lo Zenith. Se non altro ha avuto l'alzata d'ingegno di dare fuoco al suo studio, prima di morire. Non si preoccupi, ho recuperato gli strumenti dalle torri e distrutto il resto. Non credo che qualcun'altro abbia fatto in tempo a scoprire qualcosa. Ah, a proposito della signorina Han: per salvarsi si è servita del Dono che ha sviluppato in quello stesso momento.»

«Forse non tutti i mali vengono per nuocere. E pensare che abbiamo terrorizzato quella poverella col timore che fosse lei l'infame infiltrata.»

«Vuole che mi occupi io della Lancaster?» domandò tetro Saad.

«No, in questo momento abbiamo affari più pressanti. Il Primo Messia sta massacrando i nostri Guerrieri. Il Direttore Cooper è stato messo fuori combattimento, mentre il Presidente Bonham non ha ancora nemmeno preso in considerazione l'idea di affrontare quell'orrendo essere. Non c'è nessun Guerriero che valga un accidente nelle vicinanze. Se il Messia non venisse sconfitto, la marionetta dell'Officina diventerebbe l'ultimo dei nostri problemi.»

«Dunque cos'ha intenzione di fare?» chiese Saad guardando nello Speculum Mundi.

«Sono alla ricerca di un segno. Ricordati della profezia scritta nella Stele.»

«A quale segno si riferisce?»

Il Comandante Supremo Connery inarcò il folto sopracciglio brizzolato. «Un atto d'altruismo.»

***

Con un montante pressoché perfetto, Adelmo segò il braccio sinistro dell'ometto incappucciato quasi all'altezza della spalla. Senza concedergli il tempo di reagire, portò la spada dietro la schiena e sferrò un tondo diritto verso il suo collo, staccandogli la testa di netto. Fiotti di sangue rosso eruppero da entrambe le ferite e il Fanatico cadde a terra con gli occhi sbarrati, ammosciandosi dentro la veste nera di qualche taglia troppo grande.

«Creatività più che discreta ed esecuzione sopra la media» valutò Klaus, che osservava le prodezze di Adelmo con sguardo vorace e un sorrisetto compiaciuto. Fradicio di sangue com'era, i suoi occhi chiari risaltavano più del normale.

Adelmo non gli rispose per mostrarsi modesto, ma si sentiva sempre più ringalluzzito dai commenti positivi del Venerabile Maestro, che si stava dimostrando un compagno d'arme ben più incoraggiante della leader de Molay. L'Idolo con i Fanatici al seguito era il Vuoto più odiato da Naija, che in quella occasione si era dimostrata ben disposta ad affidare Adelmo a Klaus.

Il Venerabile Maestro tedesco venne assalito da altri due Fanatici incappucciati. Gli corsero incontro cercando di agguantarlo con una mano, mentre nell'altra brandivano grossi coltelli ricurvi. Klaus attese pazientemente e indietreggiò di un passo alla volta finché non se li trovò davanti appaiati. A quel punto mulinò la lunga spada bastarda e vibrò un tondo roverso che li falciò entrambi all'altezza del torace. La metà superiore dei loro corpi volò a qualche metro di distanza, mentre le gambe si ressero in piedi per un paio di secondi generando una fontanella di sangue, prima di crollare a terra.

L'Idolo era uno dei pochissimi Vuoti ad avere a disposizione un piccolo battaglione personale, composto da un gruppo di Fanatici che poteva andare da sei a dodici. L'Idolo vero e proprio aveva l'aspetto di un colosso di bronzo o di una statua di marmo in stile neoclassico, solitamente nudo e dall'aspetto seducente. Poteva presentarsi con fattezze sia maschili che femminili e la sua semplice visione aveva la facoltà di imbambolare, sedurre e poi piegare il malcapitato al suo volere, rendendolo remissivo e restio a combatterlo o, nei casi peggiori, completamente inerme. A quel punto i Fanatici catturavano il Guerriero per portarlo al cospetto del loro padrone. Un singolo colpo di spada di un Idolo era in grado di demolire tutti i Grani di un Rosario nello stesso momento, ma poteva sferrare quell'attacco solo dopo aver dominato del tutto la mente del Guerriero. Coloro che si dimostravano di tempra troppo salda venivano assaliti in gruppo dai Fanatici con i loro coltelli. Più Fanatici comandava l'Idolo e più complicato diventava affrontarlo, perché gli ometti incappucciati eseguivano i suoi silenziosi ordini agendo all'unisono, dunque era più conveniente attaccarlo dopo aver diviso le loro forze in gruppetti più esigui. Una volta eliminati i Fanatici, l'Idolo perdeva la sua forza, non essendoci più nessuno a sostenerlo, e per eliminarlo bastava distruggere la scultura.

L'Idolo che stavano affrontando Adelmo e Klaus era una statua di marmo alta diversi metri con le sembianze di un uomo avvenente e dalla muscolatura perfetta che ricordava il David di Michelangelo. Adelmo non sapeva perché Naija odiasse tanto combattere quel Vuoto in particolare, ma su di lui il potere dell'Idolo aveva ben poco effetto, e sterminare i suoi dodici Fanatici insieme a Klaus e Rashid fu un'impresa a tutti gli effetti gratificante.

Adelmo si avventò contro le gambe del finto David. Lui e il Venerabile Maestro gli spaccarono le caviglie col piatto delle loro spade, facendo volare blocchetti di marmo a grande distanza. L'Idolo rovinò a terra e altri Guerrieri, tra i quali Rashid col suo mazzafrusto, sopraggiunsero dalle retrovie per sbriciolare il resto del corpo e il Nucleo, celato all'interno del petto. Le armi da botta erano più indicate delle spade per espletare quel compito.

«Magnifico!» commentò Naija comparendo al loro fianco. «Siete stati bravissimi, ma per favore, Adelmo, come già ti ho consigliato svariate volte, cerca di sbilanciarti meno quando attacchi. Sei avventato e corri sempre troppi rischi. Se ti succedesse qualcosa temo che Michelle...»

«Lasciala perdere, quella» fece Klaus, sornione, mentre esaminava le Terre Esterne per valutare l'andamento della battaglia. «Michelle ti sottovaluta, caro Adelmo. Secondo il mio modesto parere non sei affatto da buttare; anzi, il tuo potenziale è ben visibile a chiunque, anche a occhi inesperti. Venerabile Maestra, chi vuoi dei miei uomini in cambio di lui?»

Naija lo fulminò con le sue iridi quasi bianche. «Finiscila con le insulsaggini, abbiamo ben altro a cui pensare in questo momento che scambiarci gli Allievi.»

Di fronte al settore del Capricorno il massacro di Vuoti fu tale che la terra, di norma arida e crepata, finì per impregnarsi di sangue fino a ristagnare, formando macabre paludi vermiglie. L'Alta Marea era sì tremenda, ma i Guerrieri di Geistheim la affrontarono con calma e determinazione, sterminando i nemici con terrificante efficienza. Dozzine di stimati Maestri capitanavano squadriglie di Allievi guidandole all'annientamento dei Vuoti più deboli, come Orrori, Incubi e Vaganti, mentre i Vuoti più difficoltosi venivano lasciati agli specialisti. Dopo ore di combattimenti cruenti nella bolgia, il concentramento di Vuoti si era sfoltito. Questo veniva confermato anche dal colore della luna: il rosso si era affievolito, tuttavia una singola, marcata linea scarlatta verticale rimaneva impressa al centro dell'astro.

Rashid si pulì il sangue dalla faccia e ordinò ai suoi Allievi di riposare per qualche minuto. Il Maestro iracheno era agli ordini di Klaus, ma alle sue dipendenze aveva una squadra di ben dieci abili Allievi. «Gli uomini dell'avanguardia riferiscono che i Guerrieri dei Gemelli stanno venendo massacrati da quel Vuoto sconosciuto. Stanno prendendo tempo, ma per quanto ancora potranno resistere?» domandò retorico a chiunque lo stesse ascoltando.

«Credo sarebbe giusto prestargli subito soccorso» dichiarò con solennità Adelmo, voltandosi verso Naija.

Lei lo squadrò socchiudendo gli occhi. «Togliti subito queste spavalderie altruiste dalla testa. Prima noi, poi loro. La Marea sta calando, certo, ma non è ancora del tutto scesa.»

E purtroppo era vero. Qualcosa di nuovo e inatteso si stava avvicinando. Strascicava le gambe deformate sul terreno, emettendo a ogni passo lunghi lamenti simili a fischi soffocati.

«Ma guarda. Stanotte anche i peggiori demoni dell'inferno vanno a spasso» commentò Klaus senza lasciarsi turbare da quella bizzarra visione.

Il nemico in questione era uno dei tanto odiati e temuti Consacrati, ma nessuno ne aveva illustrato le caratteristiche principali a Adelmo, poiché si trattava di un Vuoto raro, che si faceva vedere soprattutto durante le Maree più dure – ma non soltanto in quelle occasioni, come ben sapeva Mike Klaikowski del Leone.

Quella volta il Consacrato aveva l'aspetto di un uomo anziano e pelato, alto tre metri. Era vestito con abiti semplici dal sapore religioso, eppure Adelmo, che era cristiano, non li riconobbe come una tonaca francescana o un saio domenicano, o nessun altro abito ecclesiastico a lui conosciuto. Le gambe erano martoriate da flagellazioni che avevano impregnato la tunica di sangue e che ne rendevano il passo claudicante. Una volta fermatosi a una dozzina di metri di distanza dai Guerrieri, il Consacrato rivolse i palmi in avanti, come se gli stesse offrendo un dono invisibile. E in un certo senso era così.

Alle sue spalle comparvero una quindicina di aiutanti: omuncoli smilzi, a petto nudo, con addosso solo dei pantaloni stinti e stazzonati. Trascinavano orrendi strumenti di tortura: tavoli di legno con corde ai quattro angoli, infami ruote di legno, vergini di ferro, sedie delle streghe cosparse di punte acuminate... Ma, quel che era peggio, sembrava che qualcuno fosse già stato catturato e collocato su uno di quegli infernali marchingegni.

Lo sguardo di Adelmo venne catturato dalla grande ruota di legno, alla quale era stato legato un uomo dai riccioli biondi. Le ossa delle gambe e delle braccia erano state spezzate per poterle piegare ad angoli innaturali. Uno degli aiutanti del Consacrato sollevò la ruota in verticale per mettere il prigioniero in bella vista. La scena era raccapricciante, ma Adelmo venne colpito da una tremenda realizzazione. Era quasi certo di conoscere quell'uomo, sebbene gli abiti non fossero i soliti che indossava al Tempio.

«Ludwig!» esclamò, non credendo ai propri occhi. Come poteva essere lì? Per quanto ne sapeva, il Custode stava combattendo dalle parti dell'ottava torre di guardia, a molti chilometri di distanza. Adelmo fece per correre in suo aiuto, ma Klaus lo bloccò dopo un singolo passo.

«Non azzardarti ad avvicinarti» disse, dopodiché fissò il fratello che veniva massacrato a martellate dallo smilzo aiutante del Consacrato. Il solitamente composto Ludwig gridò a squarciagola quando gli spaccarono a una a una le dita delle mani. Poi passarono a stroncargli le ginocchia e i gomiti, e fu allora che si pisciò addosso. Implorò in tedesco Klaus di aiutarlo, ma lui non mosse un muscolo.

Naija raggiunse Adelmo e gli avvolse una mano attorno al braccio per suggerirgli di distogliere lo sguardo. Lui non la prese bene.

«Giuda infame, ma perché rimaniamo a guardare? Cosa significa?» urlò.

Lei aprì la bocca ma non fece in tempo a rispondere, perché la sua attenzione venne catturata dalla seconda voce che si levò a fianco di Ludwig.

Adelmo strizzò gli occhi e guardò a sua volta. Un ragazzo di colore era stato collocato sulla sedia delle streghe. Gli spuntoni di ferro gli trapassavano i muscoli delle gambe e della schiena facendo colare litri di sangue a terra. Lui supplicava Naija di aiutarlo in lingua yoruba, domandandole perché lo stesse abbandonando di nuovo. Il secondo aiutante del Consacrato lo pigiava contro le punte con fare metodico, divertendosi a vederlo spruzzare sangue.

Adelmo si sentiva già turbato a sufficienza da quella scena, ma il colpo di grazia doveva ancora arrivare.

Spostò lo sguardo a sinistra e notò che sul tavolo di legno, vuoto fino a un attimo prima, era comparsa una delicata ragazza dai capelli castani. Quattro corde le tiravano gli arti verso i quattro angoli del tavolo. Era nuda e piangeva a dirotto. Uno degli aiutanti inclinò il tavolo in verticale, in modo che tutti i Guerrieri nei dintorni potessero vederla. Altri due omuncoli impugnarono una gigantesca sega e la fecero scorrere all'interno di una fessura appositamente costruita nel mezzo del tavolo, in modo tale da segare la malcapitata a metà. Sghignazzando come due beoti si avvicinarono lentamente alle pudenda della povera ragazza, tirando la sega prima da un lato del tavolo e poi dall'altro.

La giovane invocò aiuto e si rivolse a Adelmo con la voce rotta dai singhiozzi. «Buon Dio, cos'ho fatto per meritarmi questo? Adelmo, quando non tornasti, io... mi comportai come si conviene a una vedova e non disonorai mai la tua memoria! Sono sempre stata una donna retta e pia! Perché? Perché mi fanno questo, Adelmo?»

Klaus e Naija si erano mostrati imperturbabili di fronte alle torture dei propri cari, ma alla vista della misteriosa ragazza i loro volti si tramutarono in una maschera di confusione mista a stupore.

«Che mi venga un colpo, ma quella non è...?» bisbigliò Klaus aggrottando la fronte. «I capelli sono diversi, eppure...»

«Gesù benedetto» mormorò Naija. «Sta a vedere che...»

«Al diavolo, ne ho avuto abbastanza!» Adelmo si lanciò in avanti con la spada sguainata. Era quasi certo che non ci fosse alcun Cherubino a proteggerlo, perché tendevano a difendere i Guerrieri di rango più alto, mentre lui era l'ultimo arrivato. Purtroppo, anche la giovane Yoon era a chilometri di distanza, o forse lei l'avrebbe aiutato. Eppure non poteva rimanere a guardare, non mentre la sua Gwyneth veniva torturata a morte.

Naija lo intercettò dopo pochi metri e lo bloccò con l'asta della sua lancia. La lama della spada di Adelmo raschiò il manico di legno mentre spingeva con forza per farsi strada verso il Consacrato.

«Sciocco! Non capisci che è un trucco?» lo redarguì lei. Riuscì a spingerlo indietro. «Stai nutrendo il Consacrato con la tua rabbia! Lei non è davvero qui!»

«Anche se fosse come dici, non posso rimanere a guardare mentre la trucidano in quel modo» ringhiò Adelmo contraendo la mascella. «La stanno vedendo tutti!»

«E invece puoi! Se ti avvicinerai troppo a lei cadrai nella trappola, e tu possiedi solo un Grano! In nome del cielo, se c'è qualche Cherubino che mi sta ascoltando, rivolgete la vostra attenzione sul mio Allievo!» gridò Naija guardando verso l'alto.

I torturatori si piegarono in due dalle risate quando la lama della sega raggiunse le parti intime della ragazza e le tagliò in due. Poi proseguì verso l'alto, fino all'ombelico. Le budella sgusciarono fuori e caddero a terra con un tonfo disgustoso. Lei continuava a urlare e a domandare a Adelmo perché la stesse guardando morire senza fare nulla. Maledisse lui e il giorno in cui l'aveva incontrato. Gridò che era contenta che lui fosse morto prima di sposarla.

La pressione che il novizio stava esercitando sulla spada crebbe fino a farsi considerevole. Naija ebbe il suo bel daffare a tenerlo fermo. I suoi piedi cominciarono a slittare all'indietro. «Adelmo, stanotte hai intenzione di farmi ammattire?» gridò affannata la Venerabile Maestra.

«Lascia che vada a liberarla» la implorò lui. «Ti prometto che non mi farò colpire nemmeno di striscio.»

«Non è quello il punto. I Presenti del Consacrato sono trappole inevitabili, ti colpirebbero per forza. Quel Vuoto non va combattuto caricando a testa bassa. Devi ascoltare i miei consigli e portare pazienza!»

«Ma come posso farlo?»

La ragazza imprigionata emise un ultimo gemito atroce. Da quel momento in poi, dalla sua bocca non uscì altro che un torrente di sangue. I torturatori erano arrivati a segarla all'altezza del seno. Gli organi interni si sparpagliarono sul tavolo penzolando attorno alla colonna vertebrale come frutti marci.

Adelmo spinse di nuovo con forza. «Pagheranno caro per questo!»

Naija smaterializzò la lancia e afferrò la spada di lui a mani nude, serrando le dita attorno alla lama. «Quel ragazzo accanto al tuo Presente è mio fratello. Vedi cosa gli stanno facendo? Eppure io rimango a guardare. E così farai anche tu, o non sei degno di far parte dell'Antica Scuola del Capricorno!»

Adelmo notò i tagli che si stavano formando sulle dita di Naija e si placò, rivolgendo di nuovo lo sguardo verso destra. I torturatori stavano conficcando un enorme cono di legno nell'ano del fratello di Naija, che gemeva e imprecava. Prima penetrò soltanto la punta, ma poi si fece strada anche il resto, sempre più in profondità, finché scrosciò fuori un getto di sangue. «Gli piace! Oh sì, quanto gli piace!» gongolavano gli stupidi ometti a petto nudo, grugnendo come maiali. Quando ebbero finito di devastarlo dietro, gli strapparono il membro con delle tenaglie, tacciandolo d'aver inserito tale organo dentro il corpo di altri uomini.

Naija versò una lacrima ma rimase impassibile. Adelmo trasse da lei la forza necessaria per resistere a sua volta.

Quando la ragazza dai capelli castani, il fratello di Naija, Ludwig e gli altri due Presenti che stavano insidiando altri Guerrieri furono massacrati, Naija evocò ancora una volta lo Shintai e sussurrò a Adelmo: «Tieniti pronto. Sta per succedere.»

Il dolce viso della ragazza castana si contorse e diventò grottesco, trasformandosi in un orrendo muso a punta. Dal resto del corpo sventrato fuoriuscì una grossa lucertola grigia. Adelmo capì che era sempre stata lì, in attesa, e che la ragazza era soltanto un guscio vuoto, una marionetta incaricata di interpretare un ruolo. La lucertola era lunga quasi tre metri, con feroci occhi arancioni e un'enorme bocca dentata simile a quella di un dinosauro. Dagli altri Presenti fuoriuscirono altrettante lucertole. Scattarono in avanti e si lanciarono contro i loro rispettivi obiettivi. Erano rapidissime, folgoranti come saette infernali.

Adelmo corse incontro alla lucertola che era uscita dalla ragazza, spada in pugno. Quando le fu abbastanza vicino, saltò e roteò per evitare il morso della bocca dentata; a quel punto allungò la spada e gliela conficcò nella schiena, squartandola fino alla coda. La lucertola lanciò un grido stridulo e stramazzò a terra.

Naija mozzò la testa alla lucertola fuoriuscita dal guscio del fratello, mentre Klaus infilzò l'altra con un lungo affondo, ficcandole la lama nella gola. Gli altri due Guerrieri non furono però abbastanza lesti e vennero azzannati dagli enormi rettili, ma fortunatamente disponevano ancora di Grani coi quali annullare l'errore. Una volta sterminate, le lucertole esplosero in un vortice di sangue. Il Consacrato cadde in ginocchio e scagliò improperi in una lingua incomprensibile. Klaus e Rashid lo raggiunsero in pochi secondi e gli segarono le braccia. La fronte del Consacrato si schiuse come un piccolo armadietto, mostrando all'interno il Nucleo, che venne subito distrutto.

I torturatori adesso non ridevano più. Imploravano ancora pietà quando vennero fatti a pezzi dal resto degli Allievi.

«Ribadisco: creatività più che discreta ed esecuzione sopra la media. Ben fatto.» Klaus sorrise a Adelmo mentre puliva la lama della spada bastarda nel vestito del Consacrato.

Naija, invece, era troppo attanagliata dai dubbi per lodarlo.

Avrò visto bene? Devo esserne certa al cento per cento.
Questa non è una cosa sulla quale posso far finta di niente.

Si avvicinò al suo Allievo cercando di non tradire alcuna emozione. «Adelmo, quella ragazza che il Consacrato ha utilizzato come Presente. Capisco che sia doloroso per te, ma gradirei che mi dicessi il suo nome, se non ti dispiace.»

«Gwyneth. Si chiamava Gwyneth Windsor» rispose Adelmo col volto tirato.

«Capisco. E, se posso avere l'ardire, chi è lei per te?»

Adelmo sospirò. «Ormai non ha più alcuna importanza. Era soltanto un trucco, giusto? Una trappola infame. L'hai detto tu stessa.»

«Senza dubbio, ma tu accontentami comunque.»

«Era la mia promessa sposa.»

Santa Maria, questa è davvero una disgrazia. E dire che Michelle me lo aveva anche raccontato, ma come potevo immaginare che fosse...

Non ho idea di come Adelmo reagirebbe se glielo rivelassi in un momento simile. È già abbastanza impetuoso, questa notte.

Naija agguantò il braccio destro di Adelmo e lo tirò verso di sé. «Ascoltami bene, Allievo. Non osare farti ammazzare stanotte, ci siamo intesi? Aspetta almeno la prossima Marea, se proprio ci tieni a fare l'eroe. Hai ancora tante... *cose* da scoprire qui al Tempio.»

Adelmo la fissò con la fronte aggrottata. Non doveva aver compreso il discorso.

Un boato provenne da est. In lontananza s'intravedeva una colonna di fumo fuoriuscire dalla muraglia. Qualcosa doveva aver impattato il Muro del Calvario all'altezza del settore dei Gemelli. Grida disperate viaggiarono nell'aria fino a raggiungere le loro orecchie, ma nessun Guerriero del Capricorno si mosse per aiutarli.

Adelmo scrutò pensoso l'orizzonte e infine proclamò: «Alla malora! Me ne infischio se quello non è il nostro settore, non rimarrò qui a guardare mentre i nostri vicini vengono sterminati a pochi chilometri da noi! Il nostro spicchio è quasi libero e la luna vira già al bianco!» Si voltò verso la folla di Allievi curiosi che si era radunata alle sue spalle. «Andrò a scoprire cosa accidenti è quell'affare che nessuno riesce ad annientare e dimostrerò a tutto il Tempio che non siamo ciò che credono. Animo, uomini! Chi ha coraggio da vendere mi segua! Per l'Antica Scuola! Per il Capricorno!»

Adelmo si lanciò verso est, correndo con la spada alzata sopra la testa. Trascinati dall'audacia delle sue parole, alcuni degli Allievi lo seguirono, sbaragliando insieme a lui una folta schiera di Orrori che si era ammassata appena oltre il confine. Li macinarono come dei trincia carne, smembrandoli senza pietà. Dopo poco, altri Guerrieri si unirono a loro fino a formare un piccolo battaglione.

Naija stritolò il manico della sua lancia.

Magnifico, la rinomata disciplina del Capricorno è andata a farsi benedire. Ora mi toccherà punirlo insieme a quelli che gli sono andati dietro, altrimenti i Maestri lo vedrebbero come un atto di insubordinazione.

Sarà meglio che lo segua. Se perisse stanotte conosco due persone che non mi perdonerebbero mai.

Ma la Venerabile Maestra non riusciva a raggiungerlo. Superò le carcasse smembrate degli Orrori, zampettando tra i corpi come un uccello trampoliere. Ogni volta che ne scavalcava uno, calpestava la pozzanghera rossa che si allargava fino al cadavere successivo.

Si udirono grida d'allarme. Naija sollevò di scatto la testa e vide che Adelmo era più avanti, immerso nella calca. La folla assiepata attorno a lui si pigiava per sfuggire a qualcosa. La Venerabile Maestra però era troppo bassa, la sua vista veniva ostacolata dalle spalle e dalla testa degli uomini che aveva davanti.

«Adelmo!» urlò, cercando di sollevarsi sulle punte dei piedi. Lui non diede segno di averla sentita.

Poi Naija la vide. I Guerrieri si facevano da parte per scansare la carica di un'Aberrazione grande quanto il vagone di un treno. Pur essendo dotate di poca intelligenza, le Aberrazioni potevano diventare una brutta gatta da pelare quando la conformazione del corpo era insidiosa.

La creatura deambulava carponi, gli arti indistinguibili da quelli di un essere umano ingigantito, come se il diavolo, per crearla, avesse ingrandito troppo il modello finché l'esperimento gli era sfuggito di mano. L'aspetto delle braccia era femminile, con sei dita per mano, le unghie lucide e smaltate di rosa affilate come spade. Il busto era quasi privo di carne e muscoli, le costole spaccate e divaricate come i denti di una grottesca bocca spalancata. L'enorme boccia rossa del Nucleo splendeva più o meno all'altezza dei polmoni. Ma l'estro del costruttore di Vuoti (se esisteva) non si era estinto con così poco: la testa allungata era quella di un formichiere, il muso tubolare che sfiorava il terreno con le narici per fiutare la preda.

I Guerrieri provarono ad allontanarsi più veloci che poterono, ma l'Aberrazione allungò lesta una delle braccia e afferrò il primo uomo che gli capitò a tiro. Naija lo conosceva: si chiamava Jonas, era un Allievo arrivato al Rito precedente quello di Adelmo. L'Aberrazione lo avvicinò al muso e lo osservò per qualche istante, affascinata, come un infante che ha appena trovato una bellissima bambola con la quale giocare. Lo stringeva appena tra le dita, quasi non volesse fargli del male.

Jonas approfittò dell'esitazione per conficcargli la spada nel palmo della mano. L'Aberrazione lanciò un latrato così acuto da perforare i timpani e lo scaraventò a terra. L'Allievo, stordito, fece appena in tempo a rialzarsi quando la lingua rosata del formichiere schizzò fuori e lo afferrò per una gamba. Un istante dopo, Jonas era nella sua bocca.

Adelmo e altri intrepidi scattarono verso il mostro per salvare il compatriota. Non appena li vide avvicinarsi, l'Aberrazione sputò fuori un Jonas mezzo masticato e protese il Nucleo con entrambe le mani. All'uomo mancavano le gambe dalla coscia in giù. Dai monconi zampillavano fiotti di Nettare. Non essendo un danno potenzialmente fatale, il suo Rosario non si era attivato.

«Un medico, presto!» gridò Adelmo rivolto verso il cielo. Qualche Cavaliere Professo in volo sopra di lui c'era, ma che quello riuscisse a trasportare al sicuro Jonas prima che perdesse troppo Nettare era tutto da vedere. In più, il povero Guerriero si stava trascinando al sicuro con le braccia, ma era ancora troppo vicino al Vuoto per poter essere soccorso senza rischiare la vita.

«Adelmo!» gridò ancora una volta Naija. Nessun segno che lui avesse sentito.

I Guerrieri formarono un semicerchio davanti all'Aberrazione. Inutile puntare al Nucleo senza prima elaborare un piano: la creatura si teneva sollevata sulle ginocchia e proteggeva il tesoro all'interno della cassa toracica con entrambe le mani, indietreggiando quando doveva e menando artigliate a chi le si avvicinava. I solchi delle dita piantate e poi trascinate nel terreno parevano gli scavi di un primordiale aratro a sei vomeri.

«Voglio due squadre!» comandò Adelmo fissando gli Allievi attorno a lui. «Abeeku, Ana Sofía: tenetevi pronti a soccorrere Jonas appena sarà giunto il momento. Nikolai e voialtri due, con quelle mazze: al mio segnale distruggete il Nucleo.»

I Guerrieri si guardarono a occhi sbarrati, ma nessuno contestò l'ordine. In verità, sembravano più elettrizzati che mai. Gli uomini e le donne nominati si divisero nelle rispettive squadre, gli altri si allontanarono di qualche metro.

Ora si mette pure a impartire ordini?, pensò Naija. *Dopo lo faccio rinsavire a schiaffi. Oh, signore Iddio, ma cosa sta... cosa sta facendo adesso?*

Adelmo aveva smaterializzato la spada e stava correndo disarmato verso il nemico. L'Aberrazione lo scrutò con sospetto, senza muoversi, eppure la lingua ebbe un leggero guizzo involontario.

«Prima squadra, *ora*!» gridò Adelmo, ormai vicinissimo al Vuoto.

I due Guerrieri scattarono verso Jonas e lo sollevarono per portarlo al sicuro, anche se continuava a spruzzare Nettare ovunque.

Alla donna-formichiere non importava più nulla dell'uomo ferito. Ormai aveva un altro obiettivo, più succulento. Fece saettare la lingua verso Adelmo e gliela avvolse attorno al busto. Un istante dopo, il novizio era in viaggio verso la sua bocca.

«*Adelmo!*» urlò Naija. Spinse via i Guerrieri che le stavano davanti e fece per lanciarsi all'assalto, lo Shintai puntato verso il mostro. Poi si arrestò.

Adelmo si lasciò trasportare fin dentro la bocca del formichiere. Un istante prima di entrarci evocò la spada e gliela piantò nel palato finché non fuoriuscì dal lato superiore del muso, sfiorandogli il cranio.

L'Aberrazione lanciò un altro latrato ferale e portò entrambe le mani alla testa per cercare di estrarre la lama, ma finì col ferirsi ancor di più.

Adelmo venne sputato fuori. Atterrò a diversi metri di distanza e rotolò un paio di volte sul terreno. Non aveva smaterializzato lo Shintai, così da lasciarlo conficcato dov'era. Pur scombussolato dall'impatto, si sollevò sugli avambracci e ordinò: «Seconda squadra, *adesso*!»

Gli Allievi avevano già intuito che quello era il momento buono. La donna-formichiere era troppo preoccupata da quell'affare tagliente che le aveva perforato il muso e non proteggeva più il Nucleo nascosto tra le sue ossa. Due dei Guerrieri saltarono e appoggiarono i piedi sulle costole divaricate per prendere meglio la mira. Uno di loro brandiva una mazza chiodata, il secondo un mazzafrusto: un'arma che nel mondo reale aveva utilizzi assai limitati, ma che per fracassare i Nuclei dei Vuoti si rivelava spesso devastante. Il terzo Guerriero, Nikolai, si dispose a difesa degli altri due.

Le due armi cozzarono contro la grossa boccia di vetro nello stesso momento. La superficie si crepò in senso verticale e si aprì una falla dalla quale prese a sgorgare sangue, ma non abbastanza da uccidere subito il Vuoto. In un ultimo impeto d'ira il mostro lasciò perdere la spada di Adelmo, che gli sfiorava gli occhi, e cercò di artigliare i Guerrieri in ritirata. Nikolai caricò reggendo il suo gladio romano con entrambe le mani e fendette in un sol colpo tre delle dita affusolate da donna. Volarono via come panetti di burro affettati da un ferro arroventato.

L'Aberrazione tentò un ultimo disperato attacco con l'altra mano, ma il liquido fluito dal Nucleo era ormai troppo. Allungò un braccio e stramazzò al suolo. Dopo pochi secondi non si mosse più.

Adelmo nel frattempo si era rialzato. Gli Allievi lo circondarono e lo gratificarono con delle pacche sulle spalle, un livello di cameratismo che quasi mai si vedeva tra Guerrieri del Capricorno. Jonas era attorniato da altri compatrioti e un Cavaliere Professo lo stava aiutando, ma Naija dubitava che si sarebbe salvato.

«Animo, uomini! Non siamo ancora giunti a destinazione!» annunciò Adelmo puntando il dito verso sud-est, nelle profondità del territorio dei Gemelli.

Naija non sapeva se dovesse mostrarsi più furiosa o impressionata. Quando lo chiamò, Adelmo sorrise e le fece cenno di seguirlo. A Naija venne voglia di farlo, seguendo un istinto ancestrale che faticava a spiegare. Sbuffò e gli corse dietro di malanimo.

Quando lo acciuffo mi sente. E gliene canteranno due anche gli altri Maestri, appena ci raggiungono.

Ma perché sono rimasta a guardare mentre correva il rischio di venire ucciso? Sono scattata verso di lui, poi mi sono fermata. È come se sapessi che aveva la situazione sotto controllo, ma per quale motivo? È solo un novizio. Più promettente degli altri, certo, ma pur sempre un novizio.

Cos'ha visto Michelle in lui?

Terre Esterne
Il Lato Luminoso della Luna

Le Terre Esterne antistanti il Muro del Calvario nella zona dei Gemelli si erano trasformate in un camposanto di Guerrieri, costellate di pozze azzurre dentro le quali riposavano uova che nessuno si sarebbe azzardato a recuperare finché quel Vuoto potentissimo si sarebbe aggirato per quei paraggi. Attorno alle pozzanghere azzurre c'erano laghi vermigli prodotti dagli innumerevoli Vuoti abbattuti. Tutto quel sangue mischiato a Nettare produceva miasmi mefitici e si addensava in basse brume che aleggiavano sul campo di battaglia come in una putrida palude.

Giunto sul luogo della mattanza insieme agli altri Allievi, Adelmo si guardò attorno e cercò di analizzare la situazione con il necessario distacco: Milton Cooper, il leader dei Gemelli, era stato scagliato contro il Muro e dunque messo fuori gioco (alcuni Cavalieri Professi dell'Ordine Ospedaliero lo avevano però già trasportato al sicuro); i Guerrieri del Toro erano troppo occupati a difendere il loro settore e quello adiacente dei Pesci, che com'è ovvio rimaneva sempre sguarnito di truppe, mentre i Guerrieri dell'Acquario erano troppo distanti per poter intervenire.

Sullo sfondo, Adelmo riconobbe il gruppo di Bandane Rosse che qualche tempo addietro gli aveva proposto di unirsi a loro. Si mantenevano a grande distanza, osservando da lontano, alcuni dei loro membri erano feriti. Vide anche quella ragazza di colore dei Gemelli che aveva incontrato in precedenza insieme a Naija. Janel. Era fradicia di Nettare, ma non doveva essere il suo, poiché non aveva tagli sul corpo. Teneva lo Shintai davanti a sé con gli occhi fissi sul nemico, eppure pareva estraniata dal mondo circostante, forse atterrita da qualcosa che aveva visto. Di fianco a lei, molti uomini e donne dei Gemelli osservavano impotenti il Vuoto avvicinarsi. Avevano preso tempo per ore, facendosi massacrare un gruppo alla volta per distrarre quell'essere inarrestabile, in attesa che qualcuno giungesse in loro aiuto. Adelmo lo giudicò un atto d'eroismo esemplare, ma forse Naija non sarebbe stata della stessa opinione. Di sicuro non lo sarebbe stata la Gran Maestra, che li avrebbe derisi per la scarsa organizzazione e per la loro inettitudine.

Janel venne spinta in avanti insieme ad altri sfortunati. Forse era arrivato il loro turno di morire.

Quando Adelmo si trovò nella posizione giusta per osservare il tremendo Vuoto che ormai da ore terrorizzava il Tempio, rimase sbigottito. Era null'altro che un gigantesco e rudimentale spaventapasseri, alto quasi trenta metri. La massiccia asta di legno sulla quale era fissato lo elevava dal suolo di almeno una decina di metri e gli consentiva di zompare avanti e indietro compiendo lunghi balzi arcuati. Ogni salto faceva vibrare la terra sotto l'asta come fossero i pesanti passi di un dinosauro. Il corpo era un enorme fantoccio di pezza con addosso una camicia blu scuro e pantaloni più chiari; gli indumenti avevano un aspetto trasandato ed erano logori e stinti. Le braccia si allargavano ai lati del busto disegnando la classica posa a T tipica degli spaventapasseri, ma al posto delle mani v'erano lunghe fascine di paglia nera, come bruciata. Indossava un cappello di lana verde a falda larga. Il volto, che trasudava malignità, somigliava a una colossale zucca di Halloween dai denti storti, dentro la quale bruciava una sinistra fiamma arancione. Gli occhi fissavano tutto e nulla al tempo stesso.

«Mi venga un accidente. Tutto qui?» mormorò Adelmo osservando lo spaventapasseri che si girava lentamente, ruotando l'asta di legno sulla quale era fissato.

Naija apparve al suo fianco e gli afferrò il braccio. «Ora stammi bene ad ascoltare, caro il mio Adelmo Emanuele Vittorio Maria della Rovere: Michelle non aveva dato l'ordine di spostarci in questo settore, di conseguenza più tardi verrai punito per aver agito di testa tua, anche se io ti ho seguito. Ora ti suggerisco di dare un taglio agli stupidi proclami eroici e di seguire i miei comandi. Affronteremo quello stupido affare, ma rimarrai sempre alle mie spalle, ci siamo intesi?»

Adelmo non rispose, rapito dalla visione di quel bizzarro spaventapasseri a cui era stata misteriosamente infusa vita. Naija gli strattonò il braccio per costringerlo a prestarle attenzione. «Mi hai capita o no?»

Klaus apparve alle loro spalle con un sorrisetto malandrino. «Se mi consentite di offrirvi un consiglio: proporrei di studiare quel Vuoto, prima di gettarci tra le sue grinfie a testa bassa. Non sappiamo nemmeno in che maniera attacchi.»

«Intendi dire che dovremmo stare a guardare come dei vigliacchi mentre altri si immolano a beneficio nostro, non è così?» asserì Adelmo.

«Oh, sì, intendo dire proprio questo» rispose Klaus, in qualche modo compiaciuto dalla sua sagacia. «Credi che attaccare un Vuoto sconosciuto e per giunta di una tale spaventosa perniciosità senza conoscerne prima le caratteristiche sia un comportamento avveduto, un comportamento che si confà a un futuro Maestro dell'Antica Scuola del Capricorno? Una tenue cuginanza intercorre tra il coraggio e la presunzione, amico mio.»

«Alla malora!» esclamò Adelmo, frustrato oltre l'inverosimile. «L'Antica Scuola non dovrebbe rimanere a guardare nelle battaglie più ardue, dovrebbe agire con coraggio! E la nostra Gran Maestra in tutto questo dov'è? Una volta mi raccontò che scende sul campo di battaglia ad affrontare i Vuoti più temibili, eppure non si è ancora spostata dalla cima del Muro.»

«Adelmo, forse sei davvero uno sciocco» rilevò Naija, ma il suo discorso venne troncato a metà.

Un nuovo gruppo di Guerrieri dei Gemelli si era lanciato all'assalto dello spaventapasseri. Alcuni corsero verso la base dell'asta di legno, mentre altri saltarono per mirare alle gambe. Un paio di loro riuscì a colpirlo, innescando l'attivazione del suo Rosario, ma il resto del gruppo venne travolto dalla sua controffensiva. I lunghi e innumerevoli steli di paglia nera – che fino a un istante prima pendevano inerti al termine delle maniche – presero vita e si allungarono a dismisura fino a conficcarsi nel terreno come arpioni; poi si riavvolsero e bombardarono di nuovo il suolo, e poi ancora, mitragliando di colpi i poveri Guerrieri come avrebbe fatto una salva di frecce. La maggior parte di loro venne protetta dai Cherubini, dunque una volta colpiti vennero sbalzati indietro, al sicuro, ma due Guerrieri vennero fatti a pezzi dalle infernali dita di paglia, che li infilzarono e li smembrarono con efferata precisione. Le loro uova andarono perdute.

«Visto, mio buon Adelmo? Mi azzarderei a dire che adesso è tutto più chiaro» sostenne Klaus con un altro dei suoi sorrisetti. «Eppure, qualcosa continua ancora a non quadrarmi. Quel fascio di paglia sarebbe di certo complicato da evitare per un singolo Guerriero, tuttavia mi par di capire che lo stanno attaccando a gruppi, e difatti in questa occasione lo hanno colpito due volte. A rigor di logica avrebbero già dovuto ottenere un qualche genere di risultato, e invece il Rosario del Vuoto ha ancora a disposizione dei Grani.»

Naija pareva perplessa e non aprì bocca.

«Vi prego, Serpeverde, dovete aiutarci» implorò una tremolante voce femminile alle loro spalle. Quando si voltò per vedere chi era, Adelmo si trovò davanti Janel. Singhiozzava e teneva le braccia avvolte attorno al corpo. Anziché lanciarsi all'assalto insieme al gruppo di Guerrieri, aveva smaterializzato lo Shintai ed era corsa da loro, abbandonando il campo di battaglia.

Naija sollevò un sopracciglio. «Ah, sei tu. Cos'è un Serpeverde? Non credo di capire.»

«Lascia perdere» rispose Janel. Il suo corpo venne colto da un tremito. «Quel bastardo di un Vuoto merdoso ha fatto a pezzi tutti i miei amici. Ora non conosco più nessuno, attorno a me ci sono solo estranei. Anche i Cherubini che ci proteggevano credo siano morti in gran numero, perché con quelle stupide paglie il Vuoto è in grado di perforare più Grani in una volta sola. Ho guardato i miei compatrioti morire a decine, gruppo dopo gruppo, senza poter fare nulla. A combattere faccio pena. La mia amica bionda era forte, ma se ne è andata qualche giorno fa e non è più tornata. I Grani di quel cazzo di coso sono infiniti... lo abbiamo colpito settantasette volte e non è servito a nulla! *Settantasette volte*! Naija, tu sei una Venerabile Maestra. Aiutaci, ti prego! È tuo dovere fare *qualcosa*!»

L'interessata incrociò le braccia sotto il seno procace. «Guarda guarda. Allora adesso non sono più... com'è che dicesti? Una "scimmietta ammaestrata" e un membro del kappa-kappa-qualcosa?»

Janel distolse lo sguardo e tirò uno dei riccioli scuri. Lacrime azzurre le scivolarono sul viso. «Se la Gran Maestra non vuole aiutarci, fatelo almeno voi. Anche molti membri del Toro sono morti, perché nemmeno i loro migliori Guerrieri sanno come uccidere quel Vuoto. Il loro leader ha detto che hanno sacrificato già troppi uomini per deviarlo a sud, lontano dal fiume, e che non possono permettersi di subire altre perdite, o sarebbe la fine per il loro settore. Neppure il Direttore Cooper è riuscito a fare qualcosa. Se non ci aiuterete, credo che moriremo tutti.»

Adelmo fece vagare lo sguardo per quella desolazione di morte che si spandeva attorno a lui e vide altri gruppi di Bandane Rosse studiare lo spaventapasseri da lontano. Forse, dopo essere stati umiliati, avevano smesso anche loro di inseguire la gloria. File sterminate di Guerrieri erano in piedi sulla cima del Muro. Osservavano in silenzio.

Klaus si accarezzò la barbetta biondiccia. «Settantasette Grani infranti e ancora non può essere danneggiato? Lo definirei oltraggioso. Sei sicura di aver contato bene, giovinetta? Ora comprendo meglio le ragioni di questa ecatombe. Quel Vuoto è davvero qualcosa di straordinario. Forse le antiche profezie sul Tempio erano autentiche ed è giunto il tempo dell'apocalisse.»

«Cosa stiamo aspettando di preciso? Che sorga l'alba?» interloquì Adelmo. «Magari cento è il numero buono.»

Naija roteò gli occhi. «In nome del cielo, Adelmo, si può sapere cosa ti è preso stanotte? E poi non hai notato niente di strano quando prima lo hanno attaccato? I Grani del Vuoto erano di più colori messi assieme.»

TUM...

«Arriva!» gridò Klaus facendo comparire la spada bastarda.

Non trovando avversari sulla propria strada, lo spaventapasseri zompò indisturbato verso il Muro facendo vibrare la terra per chilometri, quindi saltò una seconda volta e arrivò a una trentina di metri dalla muraglia. Nell'arrestarsi, l'asta di legno oscillò avanti e indietro, facendo ondeggiare lo stupido corpo di pezza che trasportava. Alla fine riuscì a stabilizzarsi e si fermò diritto. Sulla sommità del Muro, lungo il camminamento, le sfilze di Guerrieri che stavano osservando la scena intuirono le sue intenzioni e corsero via, spostandosi dalla linea di tiro.

Gli steli di paglia nera si allungarono come tentacoli e colpirono il Muro con la violenza di lance scagliate da un dio, penetrando senza difficoltà nei mattoni per tutta la loro profondità fino a uscire dall'altro lato. Il fragore fu tremendo. Quando lo spaventapasseri ritrasse le infami dita, i mattoni iniziarono a crollare, avvolgendo la muraglia in una nube di pulviscolo. Una volta diradatasi, i Guerrieri notarono che nella metà inferiore del Muro si era aperto un varco, anche se era largo non più di un paio di metri.

«*Scheisse*[I]! Se non altro adesso sappiamo che non è in grado di saltarlo, o l'avrebbe già fatto» rilevò Klaus. Si rivolse con voce stentorea al gruppo di Maestri e di Allievi che lo aveva cautamente seguito: «Non possiamo permettere

---

[I] Trad. "Merda!" in tedesco.

che distrugga il Muro! Se allargasse quella crepa abbastanza da passarci attraverso, potrebbe entrare nel Tempio e ignorarci fino all'Aditus Dei. Saltando in quella maniera, quanto ci metterebbe ad arrivare? No, non possiamo rischiare. Ci posizioneremo attorno alla parte crollata e se dovesse mirare di nuovo nello stesso punto devieremo la paglia intercettando gli steli con gli Shintai. Naija, Adelmo, provate a studiarlo finché non capite come eliminarlo, ma non fatevi infilzare per nessun motivo al mondo. Uomini, seguitemi!»

Parve quasi che lo spaventapasseri avesse compreso le sue parole e intendesse batterlo sul tempo, perché Klaus fece appena in tempo a dare l'ordine che il Vuoto attaccò di nuovo il Muro nello stesso identico punto, allargando la spaccatura di altri tre metri.

Klaus e Rashid corsero insieme ai loro uomini verso la zona crollata. Con una rapida serie di balzi saltarono sulle macerie e si posizionarono strategicamente ai due lati del varco. Le squadre di Guerrieri dei Gemelli ancora in vita accettarono gli ordini impartiti con durezza dal Venerabile Maestro e si schierarono in maniera più caotica davanti alla spaccatura, in mezzo agli uomini del Capricorno. In lontananza, sulla Cima del Muro, altre dozzine se non addirittura centinaia di Guerrieri del Toro osservavano la scena senza muovere un muscolo, gustandosi lo spettacolo come se fossero al cinema.

Gli occhi di Naija fiammeggiarono. «Quei menefreghisti rimarranno di sicuro a guardare, adesso che siamo arrivati noi. Adelmo, dobbiamo costringere quello schifoso spaventapasseri a voltarsi dall'altra parte, o continuerà a bersagliare il Muro. Rimani sempre dietro di me e per una volta rinuncia alle spavalderie!»

Un'incorporea – ma quanto mai energica – voce maschile si fece sentire mentre svolazzava accanto a Naija. «Venerabile Maestra, sono Ramesh Ramaswamy, uno dei Serafini. La Sublime Sacerdotessa mi ha incaricato di proteggerla.»

«La ringrazio infinitamente» rispose Naija. «Ma la prego di mandare qualcuno dei suoi Cherubini a proteggere anche il mio Allievo!»

Il Serafino non rispose.

Adelmo si voltò. «Signorina Janel, fugga! Non può rimanere qui!» La novizia dei Gemelli era rimasta alle sue spalle, anziché unirsi ai suoi compatrioti.

«S-sì, vado!» rispose lei e si mise correre verso il settore del Capricorno. Adelmo la seguì con lo sguardo finché non fu certo che fosse arrivata al sicuro.

«Lo spaventapasseri vuole attaccare di nuovo il Muro. Muoviamoci!» ordinò Naija. Si diresse verso la base dell'asta di legno per attirare la sua attenzione. Adelmo la tallonò da vicino, quasi sfiorando i suoi capelli magenta che si sollevavano al vento.

Entrambi provarono a colpire il grosso tronco prima che quel Vuoto misterioso potesse rivolgere lo sguardo su di loro ma, com'era prevedibile, vennero respinti dai Grani multicolore, che si manifestarono e si infransero due volte.

«Settantanove!» esclamò Adelmo mentre fuggiva lontano insieme alla Venerabile Maestra. Lo spaventapasseri li aveva identificati come minaccia concreta e si preparava a combatterli.

«Avevo visto bene, le barriere sono multicolore. Sembrano degli arcobaleni sferici» rilevò con costernazione Naija indietreggiando. Controllò in che direzione si dirigesse lo sguardo del mostro. «Nessun Vuoto conosciuto possiede Grani fatti in tale maniera, e nemmeno noi Guerrieri. Non credo siano Grani normali.»

Lo spaventapasseri parve fissarli come un bambino monello studierebbe due insetti a cui staccare gli arti, quindi li attaccò con entrambe le braccia, scaricando su di loro dozzine e dozzine di steli di paglia.

«Ora!» gridò Naija.

Lei e Adelmo spiccarono un balzo verso l'alto spingendosi al limite delle loro possibilità. Videro le infernali fiocine piantarsi nel terreno sotto i loro piedi. Una nube di sabbia si sollevò nell'aria. Prima che lo spaventapasseri avesse il tempo di sconficcare la paglia da terra e ritrarla, i due Guerrieri gli piombarono addosso, colpendo degli steli a caso con le loro armi. Riuscirono a distruggere diversi Grani, ma il Rosario di quel Vuoto pareva inesauribile.

I due Capricorni ripeterono la stessa tattica più volte, attirando il mostro sempre più lontano dal Muro. Erano troppo veloci per lui. Il fatto di non riuscire ad annientarli sembrò farlo imbestialire, anche se lo stato d'animo di quello spaventapasseri gigantesco non era certo facile da interpretare. La sua bocca era costantemente contorta in un ghigno assurdo.

Ottantasette... ottantotto... ottantanove... le barriere arcobaleno continuavano a infrangersi senza portare ad alcun risultato tangibile.

«Novanta!» annunciò alla fine Adelmo, infilzando uno degli steli rimasto piantato nel terreno. La sua spada venne spinta via, ma la barriera multicolore si sbriciolò ancora una volta.

«Qui marca male» si scoraggiò Naija. «Temo sia inutile tenere il conto. Forse i suoi Grani sono infiniti e di conseguenza è invulnerabile.»

«Non essere così pessimista. Io continuo a dire che cento è il numero buono» la spronò Adelmo.

Di punto in bianco lo spaventapasseri modificò la sua modalità d'attacco: anziché ritrarre tutti gli steli di paglia per poi scagliarli di nuovo contro i due Guerrieri, ne riavvolse solo uno, lo nascose nel mezzo dell'intricata fascina e lo lanciò verso Naija. Non aspettandoselo, la Venerabile Maestra venne colta di sorpresa e centrata in pieno, ma il Serafino che la proteggeva riuscì ad attenuare quasi del tutto l'impatto.

Quasi.

Tre dei Grani di Naija esplosero uno di seguito all'altro, e fu il quarto a reggere il colpo. Lei venne scaraventata indietro per diversi metri e rotolò scomposta sul terreno. Conteggiando tutte le barriere perdute durante la notte, gliene rimanevano soltanto due.

La voce di Ramesh si fece tesa, inquieta. Si capiva che era dolorante. «La prego di perdonarmi, Venerabile Maestra, ma la potenza di quel colpo... Nessuno di noi Cherubini avrebbe potuto annullarlo pienamente... *nessuno*!»

Adelmo, furibondo, si gettò sulla fiocina di paglia che aveva colpito Naija prima che avesse il tempo di riavvolgersi e frantumò con rabbia la barriera arcobaleno. «Novantuno!»

Dal retro della fascina sbucarono altri due steli autonomi e sorpresero Adelmo attaccandolo da destra e da sinistra, su due lati distinti. Lui, che fino a quel momento si era sentito in grado di prevedere le mosse del Vuoto con largo anticipo e di poterle schivare grazie alla sua agilità, si rese conto che quella volta le lance demoniache si erano mosse con una rapidità più elevata. Forse lo spaventapasseri aveva dissimulato le proprie reali capacità per indurli in errore; forse fino a quel momento aveva solo giocato con loro. In ogni caso, Adelmo capì che sarebbe stato colpito.

«Adelmo!» urlò da dietro Naija. Si mosse verso di lui per tentare di proteggerlo, ma era ancora frastornata dalla botta subita. Il novizio aveva un solo Grano, se nessuno l'avesse difeso per lui sarebbe stata la fine. Naija puntò in avanti la lancia, ma era troppo distante, troppo malignatamente distante...

Una figura ammantata di nero piovve dal cielo, intercettò i due tentacoli e li ricacciò indietro con un unico fendente. Lo stridore dello Shintai che cozzava contro le barriere multicolore fu così assordante da far tremare i timpani.

Lo stocco argentato della Gran Maestra luccicò, illuminato dalla luce della luna. Il suo vestito nero garrì al vento. «Torna subito davanti al nostro settore! È un ordine!» sibilò ancor prima che Adelmo potesse aprire bocca. I suoi occhi scarlatti erano gelidi come quelli della sorella.

«Lascia che ti aiuti!» la implorò lui. «Non mi farò fregare di nuovo!»

«No, invece te ne andrai! Se rimani qui mi sarai solo d'intralcio!»

Non ci fu tempo per discutere. Lo spaventapasseri stava per tornare alla carica e aveva preso di mira lei.

«Gran Maestra» sussurrò nell'etere un'invisibile voce di donna. Era pacata ma incisiva.

Michelle non alzò di un grado gli occhi ma sorrise. «Sublime Sacerdotessa.»

«Sappia che non ho intenzione di abbandonarla, accada quel che accada. La proteggerò fino all'ultimo, anche se dovessi sciogliermi nell'acqua di questa vasca.»

«*Merveilleux.*»

Michelle attese fino all'ultimo istante prima di saltare, costringendo l'ormai ingarbugliata fascina di paglia a conficcare inutilmente tutti gli steli nello stesso punto, proprio sotto di lei. Vi si lasciò cadere sopra e, anziché attaccarla, corse in direzione della testa dello spaventapasseri scalando il fascio di paglia come se fosse un ponte di corde. Il Vuoto ritrasse gli arpioni più rapidamente che poté, ma la Gran Maestra fu più veloce e in pochi secondi giunse quasi all'altezza del volto. Spiccò un balzo nel momento stesso in cui le funi di quel ponte improvvisato scomparvero da sotto i suoi piedi e si lanciò verso la bocca dello spaventapasseri. La colpì diverse volte, ma senza ottenere alcun risultato. Le barriere multicolore lo protessero ancora una volta da ogni assalto, infrangendosi una dopo l'altra.

Frustrata, Michelle scese a terra planando da quasi trenta metri. Atterrò con una leggiadria ineffabile e fece una capriola all'indietro, prevedendo le intenzioni del Vuoto, che aveva infatti l'altro braccio pronto a mitragliarla. Dozzine di steli si piantarono nel terreno di fronte a lei, scavando una fossa.

«Mich, lascia stare! È inutile!» gridò Naija da lontano. «Non ce la faremo mai così!»

Lei però non demorse e con un balzo felino si gettò addosso agli arpioni piantati nel terreno, colpendone quanti più ne poté prima che si ritraessero verso l'alto.

Ormai le barriere arcobaleno distrutte dovevano essere ben più di cento, ma nulla sembrava cambiare.

Forse ingolosite dal sapore di gloria che già si degustava per via dell'arrivo della Gran Maestra, si fecero avanti le tre donne della squadra di Bandane Rosse già nota a Adelmo: Merve, Meljean e Ramona. Il Cherubino Árbjörn e Khalid, entrambi feriti, rimasero al sicuro all'ombra del Muro.

Nel vederle sopraggiungere, Adelmo gli lanciò un'occhiata in tralice, preoccupato di dover spiegare a Naija e a Michelle perché le conoscesse. «Siete venute a scippare "punti" per il vostro stupido campionato?» le imbeccò.

Meljean si tolse il cappuccio e sfoderò un sorrisetto da smorfiosa. «Può essere. A te comunque che ti frega? Rimpiangi di non essere dei nostri?»

«Piantala, Meljean. Abbiamo elaborato una specie di piano» precisò Ramona, più amichevole.

«Adelmo, tu conosci queste persone?» sibilò Naija riducendo gli occhi quasi bianchi a delle fessure.

«Ci conosce» tagliò corto Merve con la sua voce penetrante. Il volto era quasi del tutto coperto dal velo da shinobi, come sempre. «Il piano prevede questo: per iniziare, formiamo due gruppi distinti e posizioniamoci ai lati opposti del Vuoto. Io mi unirò alla Gran Maestra insieme a Meljean, mentre voi rimarrete qui con Ramona. Lei vi spiegherà il resto.»

«Primo problema: io non mi faccio abbaiare ordini da spazzatura come te» replicò acida Naija. «E in secondo luogo non capisco a cosa accidenti dovrebbe servire questo piano.»

«A lume di naso intendono costringerlo ad attaccare con un solo braccio per gruppo» arguì Adelmo. «In tal modo dimezzeremmo le sue forze, dandoci più tempo per respirare e maggiori possibilità di contrattaccarlo.»

«Ben detto!» cinguettò Ramona. «Ragazze, andate!»

Per quanto avesse un certo senso pratico, Adelmo stentava a comprendere quali frutti avrebbe portato un siffatto piano, dato che il problema di fondo erano le infinite barriere arcobaleno; ciò nondimeno lasciò che Meljean e Merve corressero sotto le gambe del Vuoto fino ad arrivargli alle spalle. Lo spaventapasseri ruotò fino a mettersi di profilo, assumendo di nuovo la tipica posa a T, di modo che un braccio fosse puntato verso il gruppo composto da Naija, Adelmo e Ramona, e l'altro rivolto verso le altre tre Guerriere. Michelle non accettò di buon grado la presenza delle due Bandane Rosse e le aggredì verbalmente per costringerle a rimanere dietro di lei.

«Adelmo, la nostra proposta è ancora valida. E dopo averti visto in azione stanotte, lo è ancor di più» ebbe la sfacciataggine di rivelare Ramona, mettendoglisi a fianco con le daghe sguainate. Gli fece l'occhiolino.

Lui non disse una parola, ma intuì che le nubi dello sfacelo si stavano addensando più rapide che mai. Non doveva essere difficile per Naija fare due più due: "Bandane Rosse", "Proposta", "Conosciamo Adelmo".

«Fatti da parte, ragazzetta!» ringhiò la Venerabile Maestra, spingendo indietro Ramona con eccessiva forza. Forse la sua intenzione era quella di proteggerla, ma il risultato fu catastrofico.

Ramona incespicò nel suo mantello viola e cadde per terra. Lo spaventapasseri fiutò la debolezza e deviò all'ultimo istante la traiettoria dell'attacco, dirigendo l'intero fascio di paglia verso di lei. Da quella posizione, sarebbe stato quasi impossibile per Ramona schivare i colpi. Terrorizzata, cercò di proteggersi con le daghe.

Adelmo scattò verso di lei e le si mise davanti, facendole scudo col proprio corpo. Mulinando la spada riuscì a respingere svariati steli disintegrando le barriere arcobaleno, ma erano troppi. Prima che Naija potesse dargli manforte, il primo e unico Grano di Adelmo si disintegrò. Una delle fiocine gli tranciò di netto il braccio destro quasi all'altezza della spalla, facendolo volare via con ancora in pugno la spada. Un altro stelo gli aprì uno squarcio all'altezza delle costole. Ramona riuscì a saltare via e ne uscì indenne, ma Adelmo cadde in un lago del suo stesso Nettare. Naija colpì gli ultimi steli di paglia per farsi strada fino a lui.

«NOOO!» urlò la Gran Maestra da lontano, fissando a bocca aperta il novizio riverso a terra. Fu un grido lacerante, pieno di dolore ma anche di rabbia. Un furore cieco e inesprimibile la pervase, una furia che non trovava altra estrinsecazione se non avvampando e scagliando il proprio odio verso l'unico nemico che aveva davanti, anche se era invincibile.

La terra sotto i piedi di Michelle iniziò a vibrare, elettrizzata dalla troppa energia cosmica, lampi silenziosi saettarono nel cielo; Merve e Meljean vennero spazzate via da una forza misteriosa. Alla fine, il viso della Gran Maestra si distese, assumendo una posa tanto determinata quanto glaciale.

Naija e Ramona sollevarono Adelmo e lo portarono in salvo accusandosi a vicenda, ma la Venerabile Maestra era troppo sconvolta per mettersi a litigare. Anche Ramona era sotto shock e balbettava frasi incoerenti. Si inginocchiarono entrambe accanto al novizio, cercando in ogni modo di arrestare la fuoriuscita del Nettare. Naija strappò una striscia di tessuto dal mantello di Ramona e lo legò attorno al braccio mozzato di Adelmo, in modo che contenesse lo zampillio almeno in parte.

Fu allora che ebbe inizio.

La Gran Maestra dell'Antica Scuola del Capricorno si librò in volo come se dei fili invisibili la stessero sollevando verso la volta celeste, indi ogni fonte di luce si estinse. Le costellazioni sparirono dal cielo, la luna si oscurò, tutte le torce, i bracieri e le lampadine accesi nel Tempio si spensero, e sul mondo calò il buio. In quella totale oscurità si levarono ovunque grida di sgomento e di terrore. Il terrore dell'ignoto e del fato che si compie.

Adelmo non perse conoscenza come all'inizio aveva paventato, ma rimase più lucido che mai. Avvertiva le mani delle due ragazze continuare a toccarlo per sincerarsi che esistesse ancora, che *qualcosa* attorno a loro esistesse ancora.

«Adelmo, sono al tuo fianco» promise Naija stringendogli forte la mano.

«Cosa sta succedendo?» balbettò Ramona. Si stava lasciando vincere dal panico. «Merve! Meljean! Dove siete finite? Aiuto!»

«L'ho persa, l'ho persa!» si udì strillare Apollonia dal Piano Celeste, sopra le loro teste. «*È scomparsa!*»

Ciò che videro da quel momento in poi trascese l'immaginazione e screpolò per sempre la cognizione di quello che credevano di sapere del Tempio e dei Vuoti, traghettandoli verso una nuova era. Chiunque assistette alla scena vide la stessa sequenza d'immagini. In questo Volume verrà riportata la pura descrizione dei fatti così come sono stati raccontati dai testimoni oculari e non l'interpretazione anagogica degli stessi, che verrà lasciata ad altri.

Qualcosa alla fine si accese. Una miriade di cerchietti bianchi, che contenevano al loro interno un tondino nero più piccolo. Li si vedeva ovunque, ma in special modo in cima al Muro: tracciavano delle lunghe file, appaiati a due a due. Dopo un iniziale momento di sconcerto, i Guerrieri realizzarono che quei cerchietti bianchi erano i loro occhi, sebbene fossero troppo grandi e privi d'espressione. Si scrutarono l'un l'altro bisbigliando parole d'incredulità. Quasi nessuno di loro aveva mai visto il proprio riflesso nel Bjornespeil.

Un fosco bagliore azzurrognolo rischiarò il cielo. Era vicino a loro e lontano milioni di chilometri allo stesso tempo. Si diffuse dapprima lentamente, poi squarciò l'oscurità come un riflettore che si accendeva a illuminare un palcoscenico. Apparve un immenso specchio d'acqua; poteva essere un lago, così come un mare. Su uno scoglio che affiorava solingo dalle acque stava appollaiata una bizzarra creatura: possedeva il busto e la testa di una capra, ma la metà inferiore di un pesce, con tanto di pinna caudale. La creatura osservò il mondo, osservò il Tempio con occhi saggi e austeri, quindi si tuffò in acqua.

Dall'oceano astrale non riemerse però un capricorno, bensì un gigantesco drago nero e dal corpo affusolato, simile a un serpente, con delle snelle ali rosse lungo tutta la schiena. Il drago volò sopra le teste dei Guerrieri, oltrepassò il Muro e sorvolò le contrade finché non arrivò a Gulguta. Nel vederlo aleggiare sopra di loro, gli abitanti del Tempio immersi nel buio lanciarono grida di stupore e di terrore. Erano strabiliati, terrorizzati, ma anche estasiati. Il drago terminò il proprio volo virando verso l'alto in corrispondenza dell'Aditus Dei, infine esplose nel buio cosmico generando milioni di schegge scintillanti come avrebbe fatto un potentissimo fuoco d'artificio.

Nel firmamento fattosi di nuovo buio riapparve la costellazione del Capricorno, sola e unica luce nell'oscurità, ma ora le stelle che la componevano sfavillavano come lapilli incandescenti. I vertici della figura geometrica vennero collegati l'uno all'altro da una sottile linea argentata, che ne tracciò la sagoma nella volta celeste. Quando l'ultimo punto fu connesso al primo, la costellazione, che di norma ha il vago aspetto di un triangolo scaleno, modificò la propria configurazione fino a diventare un triangolo equilatero. Nella volta celeste apparve una falce di luna chiarissima, che rifulgeva così splendidamente da illuminare l'intero Tempio d'argento. Le centinaia di occhietti bianchi e neri si spensero, e i Guerrieri furono di nuovo in grado di vedersi in forma normale.

Riapparve anche Michelle.

Fluttuava nel cielo proprio al di sotto della falce di luna, tenendo gli occhi chiusi come se stesse dormendo. C'era però qualcosa di anomalo in quella visione. La falce di luna non tagliava l'astro in senso verticale, come accade di solito sulla Terra durante le fasi lunari crescenti e calanti, bensì in orizzontale, e inargentava uno spicchio nella parte superiore del corpo celeste.

Centinaia di Guerrieri osservavano lo svolgersi degli eventi a occhi sbarrati. Quando per caso batterono le palpebre e le risollevarono, rimasero allibiti. La falce di luna illuminata si era duplicata, creando dalla propria copia un'arma; ma mentre la luna doveva essere ampia migliaia di chilometri, la falce copiata aveva le dimensioni di un normale attrezzo, ed era un'illusione ottica a farle apparire equivalenti. La lama della piccola falce irradiava un leggero bagliore argenteo e pareva così affilata da poter tagliare il mondo a metà. La funzione di quell'attrezzo leggendario fu evidente a tutti, poiché la lama era fissata a un manico nero dotato di due manopole. Era la falce della Morte, ma la Nera Mietitrice che l'avrebbe brandita era più avvenente di quanto ci si potesse aspettare.

A un tratto la luce che rischiarava lo spicchio lunare si estese anche al resto del corpo celeste: colò verso il basso come pittura a olio, finché non dipinse tutta la luna d'argento, facendola splendere come un monile di smisurata bellezza. Tuttavia, quasi non fosse ancora sazia, la pittura continuò a colare e a colare, accumulandosi sul fondo della circonferenza lunare finché non ve ne fu troppa. Si formò una gigantesca goccia argentea che si allungò verso il basso finché si staccò dalla luna e piovve sul mondo, cadendo su Michelle, che le fluttuava proprio al di sotto. Per un momento che ai Guerrieri parve interminabile, la Gran Maestra scomparve, inglobata dentro quella goccia argentina, ma quando ne fuoriuscì, i cuori di tutti s'infiammarono d'ardore.

Il suo vestito era ancora nero come la notte, eppure non era più un semplice abito vittoriano stretto attorno alla vita con un corsetto, ma sembrava il vestimento adatto alla regina dell'universo: sotto il bustino impreziosito da raffinati ricami argentati c'era un'ampia e vaporosa gonna di velluto lucido, con dietro uno strascico lungo diversi metri costellato di puntini luminosi che rappresentavano le stelle; al centro dello strascico, come punto focale, era ricamata una falce di luna bianca, quasi che, muovendosi, la Gran Maestra potesse trasportare dietro di sé tutto il cielo notturno. Indossava guanti di velluto nero. La meraviglia sul viso dei Guerrieri fu assoluta quando notarono che i tatuaggi erano scomparsi e la pelle era candida come un telo di seta bianca sfumato di rosa. Le iridi erano diventate dorate e le donavano un'espressione ardente di passione ma al contempo evanescente.

Un po' della pittura colata dalla luna le era rimasta appiccicata alla testa. Michelle inclinò il capo all'indietro e si scrollò i capelli con una mano. Tante piccole gocce luccicanti precipitarono a terra, formando una pioggia d'argento. Quando terminò, i Guerrieri scoprirono che i capelli della Gran Maestra si erano tinti della stessa sfumatura argentata della luna, divenendo così chiarissimi.

Michelle iniziò a planare verso terra, il lunghissimo strascico del vestito che si curvava all'insù. La falce la seguì da vicino. Una volta atterrata, la Gran Maestra afferrò l'impugnatura del suo nuovo Shintai e puntò lo sguardo, ora fattosi implacabile, verso lo spaventapasseri, che aveva osservato la scena in uno stato d'impotenza, evidentemente impossibilitato ad attaccarla.

Nessuno s'arrischiò a fiatare. Nella desolazione morta e devastata delle Terre Esterne regnava il silenzio. Naija e le altre ragazze rimasero immobili, quasi impietrite. Adelmo, pur in condizioni critiche, rimuginava su quanto aveva appena visto. Secondo il suo ragionamento mancava qualcosa.

Lo spaventapasseri si decise ad attaccare di nuovo e prese di mira proprio la Gran Maestra, scaricandole addosso tutta la furia dei suoi steli di paglia.

Lei li guardò avvicinarsi con la bramosia di vendetta che serpeggiava negli occhi dorati. Quando furono alla distanza giusta, scartò di lato e li falciò con la sua nuova arma, che trapassò le barriere arcobaleno come se niente fosse e recise tutto ciò che incontrò sulla propria strada. Da ogni singolo stelo di paglia tagliato schizzò fuori un torrente di sangue; mazzolini di filamenti organici si ammosciarono al termine dei moncherini come vermicelli rossastri. Per la prima volta, lo spaventapasseri emise un terrificante grido di dolore con una voce rimbombante che sembrava provenire dal cuore degli inferi.

La Gran Maestra ignorò il sangue che l'aveva imbrattata da capo a piedi e scattò verso la base dell'asta di legno con una velocità che annientò ogni logica; al suo passaggio, la terra si spaccò in due come in seguito a un violento sisma. I sassi e i piccoli massi sparsi sul terreno si elettrizzarono, caricandosi di energia cosmica, e cominciarono a spostarsi rotolando tra le crepe.

Giunta a ridosso dell'asta, Michelle spiccò un balzo e diede una potente falciata a qualche metro da terra, segando di netto la parte terminale dell'asta e proiettandosi con lo stesso movimento verso il lato opposto. Si girò di centottanta gradi, lesta come un serpente, e ripeté l'attacco, segando altri metri dell'asta e lanciandosi dall'altra parte. E poi lo fece ancora, finché lo spaventapasseri toccò terra coi suoi piedi inerti e non fu più in grado di spostarsi saltando. Le sezioni di legno tagliato rotolarono via come grossi tronchi segati da un taglialegna.

Lo spaventapasseri schiumò di rabbia e lanciò un interminabile grido penetrante. La bocca, che fino a quel momento era sempre rimasta distesa in un ghigno sinistro, curvò le estremità verso il basso, esibendosi in un'espressione meschina, traboccante d'odio. Nelle profondità della gola e negli incavi degli occhi si sprigionarono fulgidi bagliori di luce arcana. Il cappello di lana prese fuoco e ben presto le fiamme si estesero anche al resto della testa, mentre continuava a urlare la sua rabbia nei confronti della Gran Maestra.

Michelle attese per qualche momento, lasciando che il capo del Vuoto andasse a fuoco del tutto, quindi spiccò un balzo verso l'alto di almeno venti metri e arrivò quasi a guardarlo negli occhi. Piegò all'indietro la falce e la vibrò verso il collo, trapassandolo da parte a parte.

L'immondo spaventapasseri smise di gridare. Per un attimo la testa gli rimase miracolosamente in bilico, poi si piegò in avanti e precipitò a terra. Dal collo mozzato cominciò a colare un fiume di sangue che in breve tempo ne inzuppò i vestiti.

Michelle atterrò ancora una volta con grazia e fissò il nemico senza allentare la tensione psichica. Per qualche motivo sapeva che non era finita.

La camicia fradicia di sangue dello spaventapasseri si stracciò. Il torace esplose rivelando il Nucleo, che era il più grande globo di vetro mai osservato nella storia del Tempio. Al suo interno balenavano fulmini e saette avvolti da vorticanti nubi scarlatte.

Ciò che accadde da quel momento in poi atterrì il cuore di ogni singolo Guerriero e ne annichilì lo spirito, iniettando dentro ognuno dei presenti la consapevolezza che persino dopo centinaia di anni vissuti al Tempio non potevano affermare di conoscere i meccanismi più segreti di quel mondo.

La Gran Maestra strinse la falce e fece per lanciarsi contro il Nucleo per distruggerlo, quando qualcosa lo fracassò dall'interno, aprendosi un varco per uscire. Le nubi rosse si dissiparono in un attimo. Dal grosso globo sgorgò una cascata di liquido trasparente, simile a semplice acqua. Dopo pochi secondi, qualcosa balzò fuori e si lasciò cadere a terra.

Era un uomo di media statura, vestito con un abito di stoffa rossa dalla foggia talmente scialba da non lasciar trasparire alcun dettaglio sulla sua identità. Il volto era coperto da una maschera sulla quale era ricamata, in nero, una spirale tagliata a metà da una linea diagonale. Le centinaia di Guerrieri che osservavano la scena dalla cima del Muro trattennero il fiato.

L'ignoto nemico – che da questo momento in poi verrà chiamato per motivi di chiarezza il "Primo Messia", o semplicemente "Messia" – protese il braccio destro di fronte a sé e schiuse la mano. Il vecchio Shintai di Michelle, ovvero lo stocco che lei aveva abbandonato durante l'ascensione e che era rimasto piantato nel terreno, iniziò dapprima a vibrare, quindi si staccò dal suolo e volò attraverso il campo di battaglia fino a scivolare nel palmo del Messia, come se ne fosse attratto magneticamente. Lui lo impugnò.

Adelmo, pur sentendosi prossimo alla morte, si rialzò a fatica in piedi. Nascose il moncone sotto la giacca di velluto, anche se continuava a gocciolare Nettare.

Naija lo guardò alzarsi colma d'angoscia. «Cosa stai facendo? Rimettiti subito sdraiato, potresti ancora salvarti! Non farmi questo, Adelmo! Signore benedetto, *mettiti giù*!»

«Non posso» rispose lui, più determinato che mai. Dardeggiò un'occhiata da falco al Messia, in lontananza. Per qualche ragione sapeva ciò che doveva fare e nessuno avrebbe potuto fermarlo.

Ramona, Meljean e Merve, che nel frattempo si erano ricongiunte, lo osservarono strabiliate barcollare via, ma nessuna di loro si mosse per fermarlo.

Il Messia avvicinò la mano sinistra alla faccia e strappò via la maschera di stoffa rossa, rivelando così il suo vero volto.

Era un uomo di mezz'età, col viso tondo, i capelli corti e la barbetta biondiccia. Indossava occhiali quadrati dalla montatura sottilissima. In generale il suo aspetto non incuteva timore, ma trasmetteva serenità.

Nel vederlo, Michelle non tradì alcuna emozione.

«Chi è?» mormorò Meljean con voce incerta, non riuscendo a determinare se si trovassero in presenza del Padre Eterno o di un semplice Guerriero. Nel dubbio si fece comunque il segno della croce. Ramona la imitò.

Nessuno degli astanti lo riconobbe, nemmeno i Guerrieri sul Muro. Ma non era di certo Dio. Lontano, a diversi settori di distanza, c'era una persona che avrebbe potuto rivelare la sua identità, ma in quel momento era impegnata a difendere la contrada di cui era la Shogun.

Il Messia parlò con voce calda e armoniosa, fissando nostalgico la Gran Maestra a una ventina di metri da lui. «Gli anni fuggono e si perdono, i tempi cambiano, le ere trascorrono e scivolano via; la vita del cosmo volge ormai al tramonto e vira verso la notte più cupa, eppure tu... tu sei ancora la stessa degenerata di una volta. Chi credi di illudere? Sotto quei vestiti eleganti e l'aspetto celestiale si avverte ancora il lezzo della degradazione.»

I Guerrieri rimasero impietriti. L'unico suono che si udiva era il leggero crepitio delle pietre che rotolavano per la pianura, cariche di energia astrale.

Michelle parve accusare il colpo, ma rispose con insolenza: «Meno male che non mi hai vista fino a cinque minuti fa.»

«Ho visto com'eri conciata, invece» ribatté il Messia, quasi rattristato. «Sei sempre stata un fardello troppo pesante per noi. Hai ucciso di crepacuore tua madre, pace all'anima sua; per non parlare di ciò che hai fatto a tua sorella. Sei un'erbaccia venefica, e come tale verrai estirpata. Ksenia non patirà la tua mancanza.»

Sotto un fine strato d'apparente imperturbabilità si capiva che la Gran Maestra era rimasta ferita da quelle dure parole, ma impugnò comunque la falce e si preparò a combattere.

«Quel giocattolo non ti servirà a nulla» commentò il Messia con un sorrisetto canzonatorio, poi le sue labbra si piegarono all'ingiù abbozzando un'espressione meschina e si lanciò a tutta velocità verso Michelle.

Lei gli corse incontro.

Nel punto in cui le due armi si scontrarono, la terra sotto di loro venne polverizzata come se fosse esplosa una testata nucleare e si formò un gigantesco cratere. La materia sembrò sbriciolarsi, sfaldarsi e liquefarsi di fronte alla potenza del colpo. L'onda d'urto travolse i massi e li scagliò lontano, formò crepacci dove prima non ve n'erano e fece quasi volare via i Guerrieri che osservavano la scena, i quali dovettero piegarsi e far forza sulle gambe o piantare le mani nel terreno per non essere spazzati via. Adelmo si inginocchiò e nascose il viso sotto la giacca, chiudendo gli occhi per ripararsi dalla sabbia sollevata dall'esplosione cosmica.

Per quanto furiosamente Michelle ci provasse, non era in grado di ferire il Messia, che si dimostrò rapido e abile non meno di lei. Si scambiarono colpi prima a mezz'aria e poi al suolo, all'interno del cratere sabbioso, ma la falce era disagevole da usare nel combattimento ravvicinato contro un avversario umano, mentre lo stocco che lui le aveva rubato era micidiale. Ogniqualvolta le due lame si scontravano, dei lampi carichi d'energia astrale saettavano verso l'alto e si abbattevano nel cielo. La terra ai margini del cratere cominciò a disgregarsi e a dividersi in piccoli frammenti che iniziarono a levitare, fluttuando nell'aria.

La Gran Maestra fece guizzare gli occhi dorati verso l'alto e in una precisa direzione, come se vedesse qualcosa che nessun altro era in grado di vedere. «Apollonia, smettila di difendermi! Moriresti provando ad assorbire un solo colpo!»

«Una promessa è una promessa» rispose la Sublime Sacerdotessa. Stava volando poco sopra di lei.

«Lascia perdere le promesse, vattene e basta!»

Per fortuna Apollonia seguì il suo consiglio, perché dopo pochi secondi il Messia giocò un brutto tiro a Michelle, forse attirato dalla possibilità di prendere due piccioni con una fava. Lasciò un varco aperto nelle proprie difese e fece in modo che Michelle lo notasse, ma senza risultare troppo ovvio. Quando la Gran Maestra cercò di spigolarlo colpendolo a un fianco, non sortì alcun effetto. La falce rimbalzò indietro, incapace di attraversare il potentissimo Grano che avvolgeva il nemico. La barriera difensiva che circondava il Messia era di tutti i colori dell'arcobaleno, come quella che aveva protetto in precedenza lo spaventapasseri, ma pareva persino più resistente dell'altra e non venne nemmeno intaccata dal nuovo Shintai della Gran Maestra.

Il Messia colse l'occasione per attaccare quando Michelle era ancora sbilanciata dal contraccolpo e affondò lo stocco nel Rosario di lei, trafiggendo dieci Grani in una volta sola. Le lastre si sbriciolarono una di seguito all'altra con un rumore assordante di vetri infranti. Esagoni di dieci colori diversi si sparpagliarono sul terreno formando un mosaico astratto e scomparvero dopo pochi secondi.

Michelle non si perse d'animo. Prese la rincorsa e spiccò un balzo verso l'alto. Il Messia fece altrettanto, incontrandola a mezz'aria con lo stocco. Nel momento in cui i due Shintai si scontrarono, una cascata di gocce d'argento scaturì dalla lama della falce e piovve a terra. Una volta toccato il suolo, le gocce evaporarono quasi all'istante, ma non prima d'aver sciolto il terreno come fossero acido corrosivo, formando piccole conche. Fu allora che Michelle comprese il reale potere annidato nel cuore della sua nuova arma, ma scatenarlo contro quel nemico non sarebbe stato semplice.

Dopo uno scambio serrato a mezz'aria, la Gran Maestra scontò la scarsa maneggevolezza della falce e il Messia le mollò un violento pugno allo stomaco, facendola precipitare al centro del cratere. Le piombò addosso per infilzarla, ma Michelle alzò lo sguardo appena in tempo e disegnò una parabola ascendente con la falce, rifilando una secca staffilata allo stocco e spedendo il Messia a decine di metri di distanza. Ancora una volta, schizzi argentini si dipinsero nell'aria e atterrarono lontano, liquefacendo il terreno per poi evaporare.

La Gran Maestra si stava preparando al contrattacco, quando con la coda dell'occhio notò qualcosa muoversi vicino al bordo del cratere. Una figura barcollante con addosso un vestito color mogano si gettò goffamente di sotto e rotolò sulla sabbia della conca, sporcandola di Nettare. Michelle sorrise e attese che si rialzasse. Naija, che aveva seguito Adelmo fin lì, cadde in ginocchio sulla sommità del cratere e fissò disperata il novizio andare incontro alla morte.

Adelmo era corso verso il suo braccio ormai quasi del tutto liquefatto, aveva raccolto la spada, che in quel caos era rimasta integra, e l'aveva trasportata fin lì con la mano buona che gli rimaneva. Una traccia azzurra sul terreno segnava il percorso alle sue spalle. Dopo aver rotolato per diversi metri dentro il cratere, si rimise in piedi incespicando un paio di volte e cercò con gli occhi la Gran Maestra.

Lei intese i suoi propositi e alzò la falce verso il cielo, in modo da immergere figurativamente la lama dentro la luna che splendeva sopra di essa. La potente luce emanata dal corpo celeste venne risucchiata dalla falce e lasciò ancora una volta il mondo al buio, anche se la costellazione del Capricorno continuava a incendiare il firmamento. Ora la lama a mezzaluna dello Shintai diffondeva un bagliore argentino quasi sinistro e, anche se non era in grado di illuminare con chiarezza i dintorni, era talmente carica di pittura da gocciolare ovunque e lanciare schizzi corrosivi a ogni minimo movimento, costellando la desolazione di piccole pozze d'argento fumigante che sfrigolavano nel silenzio della notte.

Immersa in quella profonda oscurità, Michelle non era più in grado di tenere d'occhio il Messia, ma sapeva che quella condizione stava per mutare, perché il suo Allievo preferito era accorso a fornirle un provvidenziale aiuto. Si avviò svelta come un ghepardo in direzione del nemico, cercando di indovinare la sua posizione.

Il Messia era vicino al margine opposto del cratere e si era ripreso. Squadrò la lama illuminata della falce di Michelle e le corse incontro brandendo lo stocco.

Ormai Adelmo sapeva qual era il suo compito: fare il miracolo della cosa una. Pur circondato dalle tenebre, corse verso il centro del cratere, in mezzo ai due contendenti. Quando raggiunse la distanza giusta, lanciò in avanti e verso l'alto la spada con il sole di bronzo intarsiato sull'elsa, in modo tale che roteasse a qualche metro d'altezza e che la traiettoria la ponesse proprio sulla strada della Gran Maestra.

Una volta raggiunto il centro del cratere, Michelle spiccò un salto e afferrò al volo la spada di Adelmo con la mano sinistra, mentre nella destra continuava a stringere la falce. Lo Shintai che appartiene a un Guerriero non può essere utilizzato da nessun altro; eppure una volta impugnata, anziché sparire, la spada emise lame di luce dorate che fendettero le tenebre delle Terre Esterne, illuminandole quasi a giorno.

Il Messia si arrestò e attese la sua avversaria preparando un mortale contrattacco a due mani con lo stocco, che iniziò a irradiare una misteriosa luce scarlatta e generò quattro rombi arancioni oscillanti attorno alla lama.

La Gran Maestra concluse la parabola del salto sferrando un fendente verticale con la spada di Adelmo. Cozzò con violenza contro il suo vecchio stocco, che veniva vibrato verso di lei con altrettanta forza, iniettato di luce rossa.

Esplose un fragore stridente unito al rombo di un tuono. Per un attimo le due lame emisero un lampo di luce abbacinante che rischiarò l'intera area. I Guerrieri si coprirono gli occhi.

Lo stocco si disintegrò nelle mani del Messia. Mille frammenti argentati si sparpagliarono a terra. La spada di Adelmo rimase intatta, ma aveva ormai espletato il suo compito. Michelle la smaterializzò e compié un salto mortale all'indietro per spostarsi dalla possibile zona d'attacco del Messia, che a questo punto poteva però colpirla solo coi pugni.

La Gran Maestra toccò terra soffice come una piuma. Impugnò di nuovo la falce con due mani e sferrò un ultimo, devastante colpo. Dalla lama scaturì un'ampia mezzaluna di pittura gocciolante che si propagò a grande velocità finché non incontrò sulla propria strada il corpo del nemico. Il Grano arcobaleno venne trapassato con un macabro sfrigolio. Il Messia fu segato a metà. Dal corpo mozzato eruppe un potente getto di sangue che irrorò il viso e i capelli argentei di Michelle, sfumandoli di rosso. Il busto volò lontano, le gambe crollarono a terra. La mezzaluna di pittura argentata concluse il suo viaggio spargendosi sul terreno e formando una larga striscia fumante di sabbia fusa.

Una volta giratasi di spalle, Michelle fece scomparire la falce e non si guardò indietro nemmeno una volta. Corse verso Adelmo, che era crollato a terra, privo di sensi.

La luna bianca tornò a risplendere con un'intensità mai vista prima.

L'Alta Marea era finita.

Sipario

Audrey rimase per qualche minuto a mollo nella vasca da Serafini. Galleggiò appena sotto la superficie dell'acqua, lasciando che spuntassero fuori soltanto il naso e gli occhi. Pur avendo le orecchie immerse in quel liquido celestiale, riusciva lo stesso a udire tutto attorno a lei il tetro concerto di singhiozzi sommessi, sospiri, grida e pianti che riecheggiava per la grande conca terrazzata.

Una volta fattasi forza, nuotò in stile cagnolino fino al bordo della piscina e si issò su. Diede per abitudine delle leggere strizzate al pigiama azzurro di flanella per rimuovere l'acqua più velocemente, ma anche e soprattutto per evitare di guardarsi attorno. Fu comunque inutile. Una triste pioggia fatta di incredulità, abbattimento e dolore diluviava sui Balnea, colpendo tutti allo stesso modo.

Posò gli occhi soltanto per un attimo sulla piscina centrale, quella di Apollonia. La Sacerdotessa era circondata da tutti i Serafini e i Troni e conferiva con loro gesticolando. «Sì, il Commodoro è vivo» la sentì dire. «L'ho protetto io fino al settore del Sagittario, prima di dirigermi ai Gemelli. Non è certo lui a preoccuparmi, piuttosto...»

Una serie di fatti eccezionali era accaduta quella notte e anche Audrey ne era stata in piccola parte protagonista, dunque era prevedibile che gli ufficiali di alto rango volessero discuterne. Lei non era una Serafina, sebbene quella notte ne avesse occupato impropriamente una delle vasche, pertanto si voltò dall'altra parte e lasciò spaziare lo sguardo in cerca di qualche volto familiare, ma non riconobbe nessuno. Non c'era nemmeno Stardust.

Si mise a vagare per le fasce terrazzate con la mente assorta e lo sguardo mogio finché salì di qualche livello. Da quell'altezza riusciva a scorgere più di un centinaio di piscine, illuminate dai blocchi d'acquamarina che emettevano un bianco lucore. Dentro troppe di quelle vasche c'erano soltanto dei vestiti che galleggiavano in superficie, abbandonati.

Una ragazza dai capelli a caschetto era seduta sul bordo di una delle piscine, i piedi a mollo e il viso nascosto in un maglioncino azzurro da uomo che reggeva tra le mani. Un paio di pantaloni fluttuavano sull'acqua, accanto alle sue caviglie. Sentendo Audrey avvicinarsi, sollevò per un attimo gli occhi bagnati di lacrime, la guardò piena di vergogna e si girò dall'altra parte.

Poco più avanti, un drappello di uomini si era radunato attorno a un'altra vasca ormai vuota. Uno di loro cadde in ginocchio vicino al bordo e sferrò con rabbia un pugno sulla superficie dell'acqua. Urlò qualcosa nascondendo il volto tra le mani, ma Audrey non riuscì a captare le sue parole. Alcuni amici lo abbracciarono e lo condussero via, mentre il quarto uomo si tuffò per andare a raccogliere l'uovo depositatosi sul fondo. Una volta risalito, raccolse anche la camicia da notte color pastello che galleggiava accanto al bordo più lontano. Una camicia da donna.

Scene analoghe si ripeterono più volte davanti agli occhi di Audrey, che continuò a camminare a lungo senza una meta precisa, circondata dal lutto e dal dolore.

Dopo essersi schiantata contro la barriera di luce porpora le era servito del tempo prima di riprendersi e tornare a volare nel Piano Celeste. Toccare il muro magico l'aveva fulminata, come se avesse infilato per sbaglio il dito nella presa della corrente. Quando finalmente aveva riacquistato le forze, la battaglia si era ormai conclusa. All'interno del settore dello Scorpione erano accaduti fatti mirabili e tremendi, eppure Jihan era sopravvissuta, per cui Audrey non aveva potuto fare altro che tornare verso le Terre Esterne. Non aveva più incrociato Stardust nel Piano Celeste, ma aveva sentito dire da diversi Cherubini che si era diretta in altri settori e aveva protetto molti Guerrieri durante la notte. Jim, Boone e gli altri marinai avevano promesso ad Audrey che sarebbero passati presto da Sympatheia per ringraziarla, e lei non vedeva l'ora di rincontrarli. Era l'unica nota positiva di quella nottata terribile.

Si sentiva turbata da ciò che aveva visto e anche un tantino preoccupata. Le forze del bene avevano prevalso, è vero, ma era normale che fossero spirati così tanti Cherubini dopo una singola Alta Marea? Come avrebbero potuto d'ora in poi proteggere i Guerrieri, dal momento che il loro numero era insufficiente già prima?

Camminò e camminò, finché non si imbatté quasi per caso nella sua amica Jade Marec, in arte Stardust. Era seduta sul bordo della fascia terrazzata sovrastante, le gambe penzoloni e il viso appoggiato su una mano. Quando incrociò gli occhi di Audrey ebbe una lieve esitazione, ma poi si lasciò cadere e la strinse forte a sé. Lei ricambiò con dei teneri colpetti sulla schiena.

Stardust le avvicinò le labbra all'orecchio e bisbigliò, con una voce diversa dal solito: «Andreas è... Hai capito, vero?»

Audrey annuì. Gli occhi le si appannarono per via delle lacrime e se li asciugò con la manica del pigiama.

Stardust si staccò da lei e infilò le mani nelle tasche posteriori dei jeans strappati. Sulle guance bronzee scorrevano due rivoli di un azzurro vivace in mezzo a strisce blu scuro, segno che aveva pianto anche prima che arrivasse Audrey. «Dovremo andare alla Certosa. Gli amici di Andreas hanno già altre uova da portare, quindi, sai, è meglio se ci andiamo anche noi due... per essere sicure che... che venga fatto un buon lavoro. I vestiti li ho già piegati e preparati. Sono lassù.»

«Va bene, ci andremo insieme. E porteremo anche i fiori. Ad Andreas piacevano i gigli e le rose azzurre, me lo aveva detto, una volta» raccontò Audrey tirando su col naso. Goccioloni azzurri le colavano giù dalle narici e sotto gli occhi si erano formati due rigagnoli che scendevano fino al mento. Era una vera Pesci, checché ne dicesse la sua amica cartomante, e le ragazze di tale segno, in quanto sentimentali e cariche d'empatia, venivano soverchiate dallo sconforto nelle situazioni tristi come quella.

Stardust cedette. Appoggiò la schiena alla parete di marmo dietro di lei e pianse a dirotto. «Perdonami per prima, io... mi sono comportata da vera stronza. Se tu non avessi fatto... *quella cosa*... la croce di luce... i marinai sarebbero morti di sicuro.»

«Anch'io voglio scusarmi.» Audrey soffocò un singhiozzo. «Ti ho aggredita di fronte agli altri e ti ho chiamata in maniera oscena. Lo so che è stata una cosa brutta, ma ti prometto che non succederà più. Adesso mi sono ripresa, è stato soltanto un momentaneo calo di purezza.»

«Un *cosa*?» Stardust per un attimo sollevò il viso accigliato. «Oh... ah, sì. Capisco. La situazione in quel momento era...»

«Mega-incasinata.»

«Già. Sai, volevo anche dirti che... può essere che io abbia sbagliato la lettura delle carte, qualche tempo fa. Non è una scienza esatta. A volte può capitare che i messaggi che ricevo dagli spiriti celesti non siano chiari. Mi spiace se con le mie parole ho finito per confonderti.» Jade articolava le parole a fatica. Si capiva che non era del tutto sincera, ma almeno si stava scusando perché si sentiva in colpa.

«Certo, nessun problema» le venne incontro Audrey. Quella mezza ammissione era sufficiente; d'altra parte non si aspettava certo che Stardust se ne uscisse dichiarando di punto in bianco: "La cartomanzia è una cagata pazzesca!". Per di più, quella lettura delle carte l'aveva in qualche modo ispirata a creare la croce di luce, e chi poteva dire che le cose non si fossero influenzate a vicenda?

«Audrey! Perché te ne sei andata senza dirmi nulla? Ti ho cercata nella tua vasca!» la richiamò da lontano una voce femminile. La Sublime Sacerdotessa stava salendo la scalinata di marmo al centro della conca, attorniata dai Serafini. Ramesh, il suo braccio destro, scalava i gradini uno alla volta, trascinando i piedi con grande fatica, come se le gambe si fossero tramutate in pietra. Quando vide Audrey, la studiò con occhi severi e guardinghi.

«Mi perdoni davvero, Sacerdotessa» si scusò lei. «Io, ecco...»

Apollonia tenne sollevato un lembo della lunga veste per avvicinarsi più rapidamente alle due ragazze. Scoccò un'occhiata arcigna a Stardust. «Prima di tutto: non hai niente da dirmi?»

Jade abbassò lo sguardo fino a fissarsi le punte dei piedi scalzi. «Scusa se ti ho chiamata "stupida troia del cazzo".»

«E anche "stronza maledetta", se la memoria non mi inganna.»

«Sì. Scusami anche per quello.»

«Così va meglio. Per questa volta ci passerò sopra.» La Sublime Sacerdotessa si schiarì la voce e dardeggiò uno sguardo inquieto a entrambe le ragazze. «Noi tre dovremo fare una bella chiacchierata a viso aperto, ma purtroppo ora ho impegni più stringenti. La Gran Maestra è... be', ormai immagino che lo avrete saputo. Si è trasformata ed è diventata potente oltre ogni immaginazione. È una cosa inaudita, inconcepibile, assolutamente senza precedenti. Va discussa al più presto e in maniera approfondita, anche se la ringrazio di averci liberati da quel Vuoto tremendo. Durante la battaglia mi ha dato del tu e mi ha imposto di smettere di difenderla, ci credete? Si è rivolta a me chiamandomi Apollonia, anziché Sublime Sacerdotessa come esige la consuetudine. C'è qualcosa di strano in lei; la trasformazione deve averla cambiata. Dovremo capire in che modo e in che misura. E il Magnifico Rettore è stato assassinato... cielo, che nottata orrenda! Ne ho già parlato con l'Eliaste Massima e anche lei è d'accordo: convocheremo subito il Sovrano Consiglio per discutere di tutte le questioni, anche se non si terrà prima di una settimana.

«Tu, Audrey, hai fatto invece qualcosa di meraviglioso; eppure non sai esattamente spiegare come ci sei riuscita, non è così? Tutti i Serafini parlano di te e anche i Troni mi chiedono spiegazioni. Ci ragioneremo assieme. Sì, anche tu, Jade, che mi guardi sottecchi in quel modo sfuggente. Attendetemi all'entrata della Torre D'Avorio, stasera. Appena tornerò vi permetterò di salire.» Guardò verso il cielo con aria preoccupata. «Negli altri settori sta per albeggiare. Se sorgerà di nuovo il sole sapremo che il nostro mondo funziona ancora come dovrebbe.»

Apollonia toccò con tenerezza la spalla di Audrey, le rivolse un tenue sorriso e se ne andò di gran fretta, facendo svolazzare il retro della veste di seta. Diversi Serafini tennero gli occhi puntati su Audrey e bisbigliarono qualcosa all'orecchio della leader. Lei li ignorò e continuò a salire la scalinata verso la sommità dei Balnea.

Audrey appoggiò la schiena alla parete di marmo per mettersi di fianco a Stardust. «No, scusa, com'è la storia? La Gran Maestra ha fatto cosa? Io non ho visto nulla perché mi sono fulminata contro le mura di luce.»

Jade si girò verso di lei, gli occhi viola che brillavano. «Michelle è stata pazzesca! Adesso non penso più che sia una stronza meschina, perché l'ha fatto per amore, capisci? Io ho assistito a tutta la scena da lontano. Vuoi che te la racconti?»

«Certo, perché no?» rispose Audrey facendo spallucce. «Immagino che questo sia il finale di stagione.»

Stardust le si avvicinò ancor di più e raccontò con ardore: «Hai presente lo spaventapasseri gigante? Ah, non hai visto nemmeno quello? Be', era un Vuoto potentissimo, mai visto prima, ed è per causa sua che molti Cherubini purtroppo sono morti. Assorbire i colpi delle sue stupide dita di paglia aveva un effetto devastante su di noi, perché era in grado di trapassare più Grani dei Guerrieri in una volta sola, quindi tutto il danno ricadeva su chi li proteggeva. Ho visto alcune mie conoscenze scomparire dal Piano Celeste proprio davanti ai miei occhi. Io me ne sono tenuta lontana, perché lo sapevo che... Va bene, non volevo morire anch'io, okay? Se fossimo morti tutti chi avrebbe difeso i Guerrieri d'ora in poi? Insomma, per farla breve, io te l'avevo detto che la Gran Maestra era innamorata matta di quel novizio; e difatti, a un certo punto...»

***

Le mani di Mark Colby tremolavano appena mentre infilava ed estraeva l'ago dalla pelle di Jihan. Le stava suturando l'orrenda ferita alla vita come meglio poteva sotto l'attenta supervisione di William Molesley, uno dei Grandi Ufficiali dell'Ordine Ospedaliero del Cancro.

Segaligno, stempiato e con l'aspetto di un uomo sulla cinquantina, Molesley non era interessato a migliorare il proprio aspetto esteriore attraverso la Forma dell'Anima, un passatempo che considerava più adatto a bambocci e damerini. Una volta entrato nel settore dello Scorpione insieme ai suoi uomini, Molesley aveva spedito tutta la squadra a prelevare Nettare dalla Sorgente nella contrada della Bilancia per domare l'incendio al terzo piano della Biblioteca. Abbot's Folly era interamente costruito in pietra, dunque le fiamme non si erano espanse oltre i quartieri privati di Nightingale. Giacché Molesley sapeva che Mark nella vita precedente aveva studiato Medicina, gli aveva ordinato di rimanere con lui e prestare soccorso a Jihan. Mike, nel frattempo, era uscito sulle mura di Abbot's Folly a fumarsi una sigaretta scroccata a un Cavaliere Professo per calmare i nervi. E fu meglio così, perché quasi sicuramente avrebbe avuto da ridire su tutto.

Per prima cosa, Mark e Molesley avevano sfilato la cappa di lana a Jihan e le avevano sollevato la tunica di lino. Una volta slegato, il fazzoletto speciale di Connery si era disfatto nelle loro mani, lasciando basiti i due soccorritori, che non avevano però osato chiedere spiegazioni.

La ragazzina era magra e la sua vita assai stretta. La spada del Magnifico Rettore si era fatta strada quasi fino a metà del suo corpo, per cui era un assoluto miracolo che fosse sopravvissuta. Sulla Terra sarebbe morta in brevissimo tempo. Fortunatamente, nella versione corporea che possedevano gli abitanti del Tempio gli organi interni non esistevano, o Nightingale le avrebbe tranciato di netto un rene. Tuttavia, proprio all'interno dell'area squarciata scorreva uno dei principali tubicini di cristallo che facevano fluire il Nettare attraverso il corpo, ed era stato infranto dal colpo. Essendo un paladino del Gran Priorato, Mark non aveva ricevuto alcun addestramento su come riparare quel tipo di danno, dunque era spettato a Molesley ricongiungere le due estremità del finto vaso sanguigno. Era un'operazione invero affascinante che includeva anche l'utilizzo di apparecchi, avvicinando così la professione di dottore al mestiere di vetraio. Mark s'impegnò a mandare a memoria tutti i passaggi, in modo che, se in futuro fosse incappato in ferite simili, avrebbe saputo più o meno come comportarsi. Una volta terminato il lavoro all'interno, però, Molesley aveva consegnato i suoi strumenti a Mark e gli aveva ordinato di occuparsi lui della sutura. Non lo aveva detto apertamente, ma il novizio sospettò che il Grande Ufficiale non volesse abbassarsi a ricucire una traditrice che aveva appena assassinato il Magnifico Rettore, un uomo per il quale nutriva notevole stima.

Goccioline di Nettare continuavano a schizzare sulle dita di Mark facendogli perdere la presa sull'ago, ma tutto sommato i punti gli stavano riuscendo abbastanza bene, considerate le circostanze. Si domandò che razza di dolore stesse provando quella poverella, dal momento che non le avevano fatto un'anestesia di alcun tipo. Mark sollevò gli occhi per controllare lo stato d'animo della ragazzina. Perché non si lamentava almeno un po'? Era ancora cosciente?

«Non mi stai... facendo male... non sento... quasi niente» mentì Jihan per rincuorarlo dopo aver fiutato i suoi timori. «Puoi continuare a c-cucirmi...»

Quante probabilità potevano esserci che venisse ferita mortalmente e che accorresse proprio Mark a salvarla fra tutti i Cavalieri Professi? Per Jihan era una situazione drammatica, emozionante e imbarazzante al tempo stesso. Non le dispiaceva che lui le toccasse il fianco e la pancia scoperti con le sue dita morbide, ma l'eccitazione che le infiammava il cuore veniva lievemente rovinata dal grosso ago arcuato lungo dieci centimetri che Mark reggeva *nell'altra* mano e che le ficcava di continuo nella pelle causandole un male atroce.

«Ottimo» rispose Mark. «Ho quasi finito. Se ti senti debole, bevi un altro po' di Nettare dall'otre. Ce n'è quanto ne vuoi.»

«G-grazie. Dopo mi rimarrà... la cicatrice?» squittì lei.

«Da quanto ho capito, no. La ferita si rimarginerà perfettamente in breve tempo. Nessuno saprà mai che sei stata quasi segata in due.»

«Ciò che afferma il signor Colby corrisponde al vero» confermò algido Molesley. Aveva una voce nasale e monocorde.

Jihan abbozzò un sorriso. Forse era per via del dolore acuto, forse era l'euforia sbocciata dall'essere sopravvissuta a farla vagheggiare, ma stava poco signorilmente fantasticando di trovarsi in futuro in una posizione simile, ovvero lei sdraiata e Mark sopra, ma stesi su dei soffici materassi e impegnati a fare ben altro. La rallegrò apprendere che lui non sarebbe stato costretto a fissare un'orrenda cicatrice sulla sua pancia mentre lei lo accoglieva dentro di sé. Poi, però, si vergognò di quei pensieri da sciocca bambinetta illusa: Mark era adulto e anche un bel ragazzo (almeno per suoi gusti), per cui non sarebbe mai stato interessato a uscire con lei, soprattutto adesso che si era distinta come una ragazzina malvagia che uccideva i leader.

Seline osservava la delicata opera di sutura esibendosi nel suo miglior sorriso d'incoraggiamento. Non ci sapeva granché fare in quel tipo di situazioni, come del resto non ci sapevano fare tutti i membri del Capricorno. Molesley le aveva riallineato le due parti del ramo spezzato e le aveva legato il braccio al collo con una fascia di cotone, assicurandole che si sarebbe ripristinato nel giro di un paio di settimane. La Venerabile Maestra si sentiva debole per aver donato Nettare a Jihan, ma si vergognava a chiedere che ne offrissero un po' anche a lei.

Al lato opposto dello Scriptorium, Veronica Fuentes raccoglieva meccanicamente i libri sparpagliati sul pavimento e li depositava sugli unici tre tavoli da lavoro rimasti intatti dopo il combattimento con Alford. Teneva l'uovo di Geneviève ancora stretto contro il petto. Una volta ricevuta da Molesley la rassicurazione che i suoi uomini avrebbero presto avuto ragione dell'incendio, e che in ogni caso non si sarebbe espanso ai piani inferiori, la Prima Bibliotecaria non aveva proferito verbo. I pensieri che si affastellavano nella sua mente erano troppi e troppo dolorosi. La sua collega Adelina era perita insieme ad altri Bibliotecari e Alberto era rimasto ferito, seppur non gravemente. In più, c'era il problema della leadership. Chi sarebbe stato eletto Rettore? Nessuno degli attuali Bibliotecari era all'altezza di Nightingale. Lei era la Prima Bibliotecaria, dunque presto gli Scorpioni si sarebbero aspettati che facesse *qualcosa*. Ma cosa?

Si avvicinò ciondolando a Seline. Ella si girò e la fissò con una nota di sussiego, gli occhi due irreali sfere di smeraldo lucidato. Veronica avvertì tutto lo sdegno nel suo sguardo. Forse intendeva ricordarle di essere fuggita dal pericolo come la piccola secchiona codarda che era. Non si offese più di tanto; d'altra parte, la Venerabile Maestra le aveva sempre dato sui nervi: troppo bella per essere vera, e i Bibliotecari più esperti sapevano che tutta quella alterigia era solo di facciata. Le donne del Capricorno erano felicissime di scivolare fuori dai loro stretti vestiti appena ne avevano l'occasione. Seline non era certo diversa, anzi. Veronica conosceva bene i suoi laidi passatempi, così come li conoscevano i malcapitati che osavano avvicinarsi al suo Piano Astrale di notte.

Posò gli occhi su Jihan distesa a terra accanto ai dottori e osservò l'assurda ferita che tracciava una mezzaluna sul suo stomaco. Non aveva senso che fosse sopravvissuta. O forse era possibile? Veronica non lo sapeva, ma era consapevole che avrebbe dovuto scrivere altri capitoli su di lei. Quella ragazzina era strana: aveva dichiarato diverse volte di essere morta di malattia, eppure Veronica sapeva che questo non era possibile. Jihan era l'eccezione che confermava la regola, o raccontava panzane?

«È ormai sicuro che ce la farà?» chiese alla Venerabile Maestra.

«Così pare.»

Veronica annuì con aria solenne. «*Plot armor*. Non c'è altra spiegazione.»

Seline si accigliò. «Eh?»

Ma la Prima Bibliotecaria se n'era già andata. Da qualche parte, in tutto quel caos, doveva ben esserci il suo quaderno preferito. Meglio buttar giù qualche appunto quando la memoria era ancora fresca.

Mike rientrò nello Scriptorium attraverso la parete distrutta e lanciò un'occhiata divertita a Seline. La fascinosa rossa aveva i capelli sporchi e in disordine, e c'erano schegge di legno impigliate tra le ciocche.

«Oh no, il tuo povero braccino!» la sbeffeggiò osservando la fasciatura a tracolla. «Manco mi ero accorto che te l'eri rotto. Fa tanta bua?»

Seline lo fissò con una faccia arcigna da massaia inacidita. «Se vuole lo spezzo anche a lei, così assapora la sensazione di persona.»

«Ah ah! Così conciata sei meno bella del solito, cara Venerabile, ma comunque rilassati, non sei ancora del tutto da buttare.»

Seline trasalì. Si scrollò la polvere dai capelli e si pulì il viso con il fazzoletto di raso che portava sempre con sé. Quando ebbe finito, era sudicio di Nettare e impiastricciato di sangue nero. Anche il raffinato trucco che portava sempre attorno agli occhi e sulle labbra si era rovinato. «È vero, sono impresentabile» ammise piccata alla fine. «Ma lei, oltre a essere maleducato, è anche un vero cafone.»

«Capirai. Cafone è il termine più lusinghiero col quale sono stato definito negli ultimi due o tre anni.» Mike lasciò scendere lo sguardo e rimase piacevolmente impressionato. Il corsetto di Seline si era slacciato sul davanti, perché alcune delle stringhe che lo tenevano unito si erano recise durante lo scontro col demone. In un bordello d'alto bordo avrebbe fatto un figurone. «Ah, però, mica male! Avvicinatevi, signore e signori: pelle nuda di una Venerabile Maestra del Capricorno, pura al novantanove per cento!»

«Maledizione!» Seline corse dietro una delle colonne di pietra dello Scriptorium, al riparo da sguardi indiscreti, per legarsi meglio il corsetto. «Comunque lei è un villano! Uno zotico! Da questo momento in poi è invitato a tenersi alla larga da Geistheim in quanto *persona non grata*. La prego di ricordarselo.»

«Non credo sarà un grosso problema. Chi cazzo ci vuole venire a far baldoria in quella necropoli per morti viventi?» la rimbeccò Mike. «Allora andiamo a bere qualcosa stasera a Bishop's End?»

«Ma nemmeno per sogno! Che diavolo le salta in mente, adesso?» rispose lei con un'aria di disorientata incredulità.

«Sicura al cento per cento?»

«Mi permetta: *certo* che ne sono dannatamente sicura!»

«Non ve la spassate proprio mai, voi donne del Capricorno? Cercavo soltanto un'ultima serata di gloria, mica chissà cosa. Io e la mia Jihan abbiamo fatto fuori il leader di una Casa zodiacale, per cui ora ce ne andremo a marcire in gattabuia per chissà quanto. Forse butteranno la chiave e buonanotte ai suonatori» profetizzò Mike con aria tetra. «Stanno già arrivando quegli stronzi della Shinsengumi a portarci via, lo so. Quasi riesco a sentirlo da qui, lo stupido frusciare di quei kimono da due soldi che si avvicina. Ah, ma se osano torcerci solo un capello, Jihan, giuro su Dio che...»

Jihan era terrorizzata al pensiero di passare il resto della sua nuova vita in prigione, e il suo viso da volpina si rabbuiò. Mark doveva averlo notato, perché le regalò un sorriso mentre terminava l'operazione di cucitura stringendo un nodo all'estremità dell'ultimo filo.

Seline si riunì al gruppo dopo essersi sistemata il vestito. «Non credo che verrete imprigionati prima che si tenga il processo ad Aletheia. In ogni caso io testimonierò in vostro favore. E lo faranno anche quei due Bibliotecari vigliacchi, o li trascinerò in tribunale per i capelli. Dopotutto anch'io ho ucciso un Guerriero, anche se non aveva più una forma umana, e i miei vestiti sono sporchi di Nettare quanto i vostri. Oddio, il sangue del demone era nero, ma direi che ci siamo capiti.»

Jihan tornò a sorridere e disse sofferente: «Grazie tante, Venerabile Maestra Seline. *Di tutto.*»

Lei rispose con un sorriso impacciato.

Mike sbuffò. «Adesso però non gasarti troppo, Jihan, o finisce che ti monti la testa. Tra i leader, Nightingale non è mai stato considerato un gran combattente. Se ci fossimo scontrati con una come Ksenia, non si sa che fine avremmo fatto. Allora, come ti senti? Stai meglio, scoiattolina?»

Jihan sentì il calore invaderle le guance. «S-scoiattolina...?»

«Mi azzardo a dire che sta meglio» interloquì Mark. «L'aumento del flusso di Nettare sul viso in seguito all'aumento di adrenalina mi pare del tutto regolare.»

Mike per un attimo parve quasi imbarazzato. «L'ho chiamata così apposta, è ovvio, proprio per vedere se il Nettare le fluiva bene nel corpo. Voi sedicenti dottori del Cancro siete dei principianti allo sbaraglio e combinate costantemente dei pasticci.»

«Non vedo alcun "pasticcio" qui, signor Klaikowski, anzi piuttosto un miracolo» rilevò risentito Molesley, alle spalle di Mark. «Ha svolto un ottimo lavoro, signor Colby. La signorina è fuori pericolo, dunque possiamo trasportarla all'esterno. Adopereremo la massima cautela: per quanto la lacerazione sia stata ben suturata, la schiena rimane pur sempre spezzata. Ha qualche considerazione finale da fare?»

Mark parve compiaciuto della propria perizia. «Sembra che la sutura a punti staccati abbia serrato perfettamente la ferita, Grande Ufficiale Molesley. Non vedo più uscire un goccio di Nettare. Una sutura continua forse non avrebbe tenuto altrettanto bene.» Rivolse a Jihan un sorriso. «Ti portiamo all'ospedale di Castrum Coeli, il più lontano possibile da Gulguta, così gli Shinsengumi dovranno scarpinare per venire ad arrestarti.»

Mike esplose in una risata sguaiata. «Non è male come idea, ma ti assicuro che quel rompicazzo di Kit Buckley si farà dare uno strappo sul culo di uno dei vostri Pegasi per arrivare prima.»

Jihan osservò con una certa preoccupazione i Cavalieri Professi appena sopraggiunti che preparavano la barella di legno. «Mark, signor Molesley, se davvero mi state portando al vostro ospedale forse dovrei dirvi che... ecco, la Venerabile Maestra Seline prima mi ha detto che potrei diventare una vampira perché ho bevuto il suo sangue.»

«CHE COSA?!» Mike si voltò di scatto verso la rossa. «Ecco come hai fatto a sopravvivere, topetta. Lo sapevo che non poteva essere stato un semplice "miracolo"!»

Seline roteò i due smeraldi che aveva nelle orbite oculari. «Non sbraiti, per cortesia. Ovviamente l'ho detto per scherzare, anche se in effetti le ho donato il mio Nettare. Jihan in quel momento versava in uno stato d'animo miserabile e volevo risollevarle un po' il morale.» Cambiò intonazione, rendendola più misteriosa. «E poi, se volesse diventare davvero una vampira, adesso dovrebbe uccidere qualcuno e berne a sua volta il sangue. È così che funziona. Ma io non te l'ho mai detto, vero, Jihan?»

Mike socchiuse l'occhio buono. «Davvero divertente. Da sbellicarsi, proprio. Ti ringrazio di aver salvato la mia novizia, o nobile vampira, ma bere il Nettare degli altri è considerata una pratica rivoltante, aborrita da quasi tutte le Case. Quindi, Jihan, non contare di ripetere la tecnica troppo spesso. La Venerabile qui a fianco temo sia assuefatta a ingollare liquido altrui in gran quantità, ma soprattutto di notte, nel proprio Piano Astrale, e non stiamo parlando di Nettare...»

Seline per un attimo lo fissò con sguardo omicida, poi azzurrì fin sulla punta delle orecchie. Per fortuna Jihan non aveva la minima cognizione di come funzionasse il sesso al Tempio, per cui parve non capire la battuta.

Mark e Molesley trasportarono la novizia ferita sulla barella fino al piano terra insieme alla squadra di medici, poi uscirono dalla porta principale di Abbot's Folly e attraversarono il chiostro interno fino a ritrovarsi in mezzo a Murrey Castle. Non si vedeva in giro alcuna guardia dello Scorpione, dunque con tutta probabilità i loro Guerrieri dovevano ancora far ritorno dal Muro. In compenso stava albeggiando, e la pianura alberata attorno a Bishop's End si tingeva già di rosa chiaro. Sembrava una giornata come tutte le altre. Il sole stava sorgendo a ovest, come sempre.

Una volta uscito dalle mura di Murrey Castle, Mark si trovò davanti una mandria di Pegasi e una folta squadra di paladini del Gran Priorato, capitanati dalla sua Dama di Grazia Magistrale. Nel rivederla, Mark ebbe un sussulto che fece sobbalzare un lato della barella con sopra la dolorante Jihan. Le spallette dell'armatura di Sujira erano ammaccate e la cotta di maglia era lacerata in più punti; malgrado ciò, non sembrava ferita. I capelli scuri erano in disordine, ma a parte quello era ancora bella e fiera come prima. Quando notò il suo cipiglio, però, Mark intuì che per lui la fine era prossima, anche se non avrebbe mai potuto immaginare da chi sarebbe arrivato il colpo di grazia.

«Mi verrai a trovare all'ospedale?» pigolò un'implorante Jihan, in cerca di un appiglio per non sprofondare nello sconforto più totale. Ferita criticamente e presto agli arresti, non aveva troppi motivi per sorridere.

«Certo, puoi contarci» si sentì costretto a rispondere Mark, proprio sotto gli occhi della sua Dama.

Il disastro era compiuto.

Sujira li squadrò bieca, parimenti irritata da entrambi, ed ebbe un tic nervoso alla palpebra destra. Le sue narici si allargarono e si restrinsero più volte. Forse come atto di compassione nei confronti della ragazzina ferita, decise di non aggredire Mark davanti a lei. «Andate a recuperare l'uovo del Magnifico Rettore e sgomberate la scena del crimine» ordinò ai suoi uomini senza staccare gli occhi dal novizio. «Mi hanno detto che è al primo piano, nello Scriptorium. Tyson, Akshay, accompagnate il Grande Ufficiale Molesley e scortate la ragazzina fino a Castrum Coeli. Gli altri feriti sono già partiti.»

Jihan, sdraiata sulla barella, evitò lo sguardo della Grande Ufficiale girando il viso di lato. Doveva aver capito che tirava una brutta aria.

Sujira le diede una veloce occhiata. «Mi state dicendo che è lei ad aver ucciso Nightingale?»

«Lei e il signor Mikhail Klaikowski, anch'egli del Regno del Leone» spiegò Mark. «È laggiù, in compagnia della Venerabile Maestra Seline, se vuoi interrogarlo.»

«Lo farà Buckley» tagliò corto lei. «Questa è la stessa ragazzina che incontrammo qualche tempo fa a Bishop's End, non è così? Quella arrivata al tuo stesso Rito.»

«Sì.»

«Ma che cazzo di storia è?» Sujira fece scorrere le dita tra i suoi capelli già scompigliati. «È uno scherzo, vero? Mi state prendendo in giro.»

Mark fece segno di no con la testa.

«Vedo che ha un discreto squarcio alla vita. L'ha operata il Grande Ufficiale Molesley?»

«Sì. La sutura però l'ho fatta io.»

«Ma che ragazzo volenteroso» lo motteggiò lei, lasciando che i sottintesi scrosciassero su di lui. Rivolse un'occhiata inquisitoria a Jihan e domandò: «Mark è stato bravo? Si è comportato bene?»

«Sì, sì! È stato davvero bravo!» dichiarò con ardore la giovane Valchiria, mentre i Cavalieri assicuravano la barella a due Pegasi, pronti a volare via. «Non ho sentito quasi nulla.»

«Non è proprio quello che desideravo sapere.» Sujira sospirò. «Va bene, partite pure» ordinò ai due Cavalieri.

«No, un momento! Dove cazzo credete di andare?» Mike abbandonò Seline nello spiazzo del castello davanti al ponte levatoio e sprintò verso di loro. «Jihan non va da nessuna parte senza di me.»

«Lei è il signor Klaikowski, immagino. Il secondo responsabile dell'omicidio» arguì Sujira in tono glaciale.

«*Omicidio*? Senti, bellezza, mettiamo subito in chiaro una cosa: non c'è stato nessun cazzo di "omicidio"» inveì lui facendo sventolare l'indice davanti al viso della Grande Ufficiale, che parve non apprezzare. «Quel figlio di buona donna aveva ammazzato una Bibliotecaria e ne aveva trasformato un altro in un demone. Se non lo avessimo attaccato, avrebbe ucciso anche noi due. È stato un legittimo combattimento all'ultimo sangue, punto e basta.»

«Può anche darsi. In ogni caso, visto che non mi sembra ferito in maniera grave, lei rimarrà qui e attenderà l'arrivo del signor Buckley insieme a me.»

«Col cazzo. Preferirei essere interrogato da te, qui e subito, se non ti dispiace.»

«E a me dispiace, invece. Attenda nel cortile interno di Abbot's Folly, la Shinsengumi sarà qui tra poche ore.»

«Tra poche *ore*? Ti sei fottuta il cervello se pensi che rimarrò qui come un coglione ad aspettare che arrivi quel branco di stronzi mentre la mia novizia ferita vola in un altro settore. Chiama giù la Bibliotecaria quattrocchi, lei ha visto tutto!»

«Sbraiti pure quanto le pare, ma lei rimane qui. Così ho deciso!»

Sujira ignorò le successive lamentele di Mike e prese Mark da parte, per parlargli in privato. Si fermarono accanto alle mura di Murrey Castle, appena prima del fossato.

«Stai bene?» domandò simulando disinteresse, ma Mark captò una nota d'apprensione nella sua voce.

«Più o meno.»

Lei gli afferrò un braccio. «Niente stronzate. Sei ferito o no?»

«Solo nell'orgoglio.»

«Il tuo corpo è ancora tutto intero?»

«Direi di sì.»

«Bene. Mi fa piacere sentirlo.» Per un attimo il suo viso si distese. «Aspetta a gioire. Ho delle orribili notizie da riferirti.»

Mark se lo aspettava. «Stai per dirmi che verrò punito per non averti seguita sul campo di battaglia, giusto? Consideralo fatto, allora, così ti risparmio l'incombenza. Portami in prigione tra i disertori e facciamola finita.»

Sujira contrasse le labbra carnose e lo fissò contrariata. «Sei ancora così remissivo? Allora sappi che non sono notizie terribili solo per te, ma anche, e soprattutto, per *me*. Ho già interrogato diverse persone a Bishop's End, inclusa la Madre Reverenda della Vergine, che ha avuto per te solo parole di encomio. Sostiene che hai salvato diverse persone e che hai combattuto con valore. Non sono ancora sicura di volerci credere; però, quando ti ho visto montare su Arwen con quella luce negli occhi ho intuìto che non avevi intenzione di disertare e ho immaginato che saresti corso a proteggere la tua adorata Emily, per questo ti ho lasciato andare. Purtroppo, le tue azioni sono state notate da altri Ufficiali e di conseguenza verrai punito... *insieme a me*. Non avanzerai mai di grado, non diventerai mai un Ufficiale e rimarrai vita natural durante agli ordini diretti della tua Dama di Grazia Magistrale, ovvero la sottoscritta. Siamo ufficialmente lo zimbello del Sacro Ordine del Cancro. Maledirò il Rito nel quale sei arrivato fino alla fine dei tempi. Mi piacerebbe almeno mortificarti, dicendo che ti userò come valletto personale, visto che siamo destinati a stare sempre insieme, ma immagino che la cosa ti ecciterebbe in qualche modo patetico e perverso.

«Comunque, ti concedo un po' di tempo libero mentre mi occupo di radunare i testimoni del misfatto. Più tardi mi fornirai anche il tuo resoconto e magari finalmente capirò cosa cazzo è successo la notte scorsa dentro questo settore. Prima però scendi a Bishop's End. Emily Lancaster ha chiesto di te. Ah, Mark: se ti vedo ancora insieme a quella ragazzina...»

«Guarda che è solo per un'incredibile coincidenza che ieri notte era qui anche lei. E poi mi ha ordinato Molesley di suturarla. Lo sai com'è fatto quello, mica potevo rifiutarmi.»

Lei sorrise. «Sì, so com'è fatto.»

«Era un dottore anche da vivo?»

«Molesley? Macché, era il maggiordomo di Gwyneth Windsor, la principessina della Bilancia.»

«Principessa? Dici sul serio?»

Sujira arricciò le labbra. «Hmm, forse era una contessa, o una baronessa. Ci ho sempre capito poco di quei titoli inglesi. Comunque tu a trovare Jihan in ospedale non ci vai.»

«Ma me l'ha chiesto in maniera così accorata, l'hai vista anche tu. Praticamente mi ha implorato!»

«Appunto, è proprio *quello* che mi preoccupa.»

Il viso di Mark non trattenne una smorfia di confusione. «Non ti seguo.»

«*Âi kwaai*[1]! Per quanto tu sia ossessionato dalle ragazze, Mark Colby, sei proprio negato. Ora va' a trovare Emily, forse è meglio.»

Mark si avviò mogio e animato da sentimenti contrastanti verso la piazza di Bishop's End nella quale era avvenuta la battaglia contro i Vuoti. Passare ancor più tempo in compagnia di Sujira non era certo una prospettiva così terribile, ma lei non sembrava altrettanto entusiasta. Conoscendola, l'arrabbiatura le sarebbe passata nel giro di pochi giorni, ma cosa avrebbero pensato di lui gli altri soldati del Gran Priorato? Sarebbe rimasto un novizio a vita, sempre al fianco della sua Dama come uno stupidissimo scudiero. Riusciva già a sentire le battute bisbigliate a mezza voce sul fatto che avrebbero dovuto sposarsi, o che erano stati messi assieme perché legati da un amore smisurato, e Sujira avrebbe scaricato tutta la sua frustrazione su di lui.

Gli abitanti di Bishop's End stavano tornando nelle loro abitazioni, pertanto la piazza era gremita di Intoccabili. La Madre Reverenda era in mezzo alla folla, in piedi sulla statua raffigurante un grosso cane che per miracolo era rimasta intatta durante la battaglia. Discorreva ad alta voce, rivolgendosi alla massa di gente assiepata attorno a lei per renderla edotta dei fatti più importanti.

Una sagoma dai capelli dorati emerse dalle prime ombre della mattina e gli andò incontro di corsa. Mark rimase sbalordito nello scoprire che era Emily. Lei tentò di abbracciarlo affondando il viso nel suo petto, ma batté la guancia contro il pettorale di ferro dell'armatura da Cavaliere.

«Ahia! Cristo, questa cacchio di armatura!» imprecò la popstar massaggiandosi la gota colpita. Quando lui provò ad avvolgerle le braccia attorno alle spalle, lei lo scacciò. «Eh, no! Ti sei giocato l'abbraccio, bello mio. Non so per un attimo cosa mi fosse preso, ma ormai sono tornata in me.»

Mark le posò una mano sulla spalla. Lei ebbe un fremito, ma non la spinse via. «Sujira ha detto che mi volevi parlare» la incoraggiò con fare comprensivo.

«Sì, ecco...» Emily si schiarì la voce. «Senti, volevo dirtelo già da un po': mi dispiace di averti fatto ammazzare. Dico davvero. Cioè, in realtà non era proprio previsto che tu morissi. Saresti soltanto andato in prigione, ma...» Si torse le dita. «Comunque quello che avevamo intenzione di farti era orrendo, e se ci pensi bene è quasi meglio che sia andata così. No, okay, non è stato meglio così, perché morire è davvero pessimo, però magari in prigione ti avrebbero fatto delle cose schifose, e quello è peggio che morire. Sono stata uccisa anch'io da quei bastardi, proprio come avevi previsto. Adesso però siamo qui insieme e potremmo anche rimanere al Tempio per l'eternità, se riusciamo a sopravvivere. Puoi venire a trovarmi a Coteau-de-Genêt quando ti va, stavolta dico sul serio. Oppure nel Piano Astrale. Magari vengo io da te. Ma non farti strane idee, okay? Chiacchieriamo e basta. Il tuo divano sembrava comodo. Metticci sopra anche qualche cuscino o qualcosa del genere. Ecco, ho finito!»

---

[1] Trad. "Che cretino!" in slang tailandese, anche se letteralmente significa "Bufalo d'acqua".

«Wow, sono senza parole. Stavolta non stavi nemmeno recitando» constatò Mark pieno di stupore. «Sei sicura di non aver battuto la testa troppo forte, poco fa?»

Emily ridacchiò imbarazzata, poi incrociò le braccia davanti al petto e aggiunse: «Adesso non ti sarai schizzato nell'armatura, spero? Sai poi che incrostazioni su quella roba ferrosa.»

«Ah, eccoti!» esclamò lui, fingendo di averla appena incontrata. «Mi stavo proprio domandando dove fosse finita Emily Lancaster. Sai, sono stato per qualche minuto in compagnia di una bella ragazza bionda, ma non poteva certo essere lei, perché quella sembrava dolce e amichevole.»

A Emily sfuggì un sorriso, ma fece finta di trovarlo irritante. «Ah, ah, ah. Sei un vero spasso quando fai il sarcastico. Comportati bene e vedrai che la bionda amichevole tornerà a farti visita. Comunque, la tua Dama di Grazia Qualcosa è una scassacazzi di prima categoria. Mi ha fatto un sacco di domande: se mi avevi protetto e come mi avevi protetto, e se mentre mi proteggevi mi avevi toccata dove non era necessario... Sarai pure un masturbatore compulsivo, ma secondo lei è plausibile che pensassi a palparmi il culo mentre eravamo inseguiti da mostri orrendi? Se vuoi il mio parere, quella Sujira dovrebbe farsi scopare da qualche bel fusto per sfogarsi. La più sessualmente frustrata qui è lei.»

Mark tentò di trattenersi ma alla fine scoppiò a ridere dal naso, quasi spruzzando Nettare dalle narici. Si voltò verso la collina di Murrey Castle, terrorizzato che Sujira potesse averla sentita, ma per fortuna la Dama era lontanissima.

Prima che i due potessero continuare il discorso, la loro attenzione venne catturata da un siparietto curioso che stava prendendo vita a un lato della piazza. Chae-yeon si era inginocchiata per prostrarsi a un signore di mezza età dall'aspetto trasandato e con una lunga barba bruna. Dietro di lui erano ammassate le macerie di una delle case distrutte. Una moltitudine di persone osservava la scena con aria divertita.

«Mi perdoni davvero se ho permesso che la sua abitazione venisse distrutta dai Vuoti, ma purtroppo le nostre forze erano appena sufficienti ad arrestarli!» declamò Chae-yeon per poi chinarsi fino a posare la fronte sul selciato. «La invito ufficialmente a trasferirsi a Coteau-de-Genêt finché i Tessitori non l'avranno ricostruita. Abbiamo molti alloggi liberi e sono tutti caldi e confortevoli. Il mio invito si estende a tutti coloro che hanno perso la casa nella battaglia, naturalmente!»

Nella piazza si levarono esclamazioni di sorpresa unite a manifestazioni di giubilo e frasi d'elogio nei confronti della Madre Reverenda, che oltre a "Santa Chae-yeon da Busan" venne ribattezzata anche "Madre di Carità Superna" e "Salvatrice degli Intoccabili".

L'uomo barbuto ammiccò con fare laido. «Ah, cara Madre Reverenda, se proprio me lo chiede in maniera così sentita sarò costretto ad accettare.»

Chae-yeon schizzò in piedi e batté le mani. «Che bello! Venite tutti, allora! Partiremo appena sarete pronti!»

Emily si esibì in una smorfia di disappunto e trascinò Mark verso la leader tirandolo per la tunica da Cavaliere. Una volta raggiunta, l'ammonì: «Sei impazzita, per caso? Io non li voglio tutti quei pervertiti a casa nostra. Non hai notato con che occhi ti guardavano? Altro che portarli con noi, dobbiamo telare alla massima velocità.»

«*Unnie*, cerca di essere comprensiva. Queste povere persone hanno perso la casa per colpa mia, quindi avevo il dovere di invitarle. Tra l'altro non hanno nemmeno più un leader sul quale fare affidamento» le fece notare con dolcezza Chae-yeon. Spostò lo sguardo verso Mark e chinò il capo in segno di saluto. «Ben trovato, Mark-*sshi*! Quanti anni hai? Scusa se non te l'ho mai chiesto prima.»

Quella domanda così casuale lo lasciò per un attimo perplesso. «Be', sulla Terra ne avevo trenta. Perché?»

«Ahh! *Annyeonghaseyo, oppa*[I]!» trillò Chae-yeon, più giuliva che mai. «Sai, ho parlato di persona con Sujira e ho messo una buona parola per te. Anzi, ben più che una buona parola. Non ti puniranno, vero? Perché se ti puniscono poi gliene dico altre due o tre di paroline, ma questa volta meno buone.»

Non ci fu risposta. La mente di Mark viaggiava altrove. I suoi occhi erano stati conquistati dal viso di Chae-yeon e si era perso ad ammirarla mentre parlava.

«Nooo! *Oppa*, non guardarmi!» gemette lei coprendosi il viso. «Sono senza trucco! Sono orrenda!»

Gli abiti della Madre Reverenda erano ancora fradici di sangue, ma si era lavata la faccia per rendersi almeno presentabile e questo l'aveva costretta a rimuovere anche l'ombretto, la cipria e il rossetto. Mark valutò che era bellissima anche al naturale e la sua fantasia veleggiò verso lidi ai quali non si sarebbe mai immaginato di approdare. Gli occhi a mandorla color cobalto, le labbra ben proporzionate, il piccolo neo sotto l'occhio sinistro... Cosa aveva detto? Cosa gli aveva chiesto? Qualcosa sul punirlo...

«Ehm, no... non mi puniranno... cioè, un po' sì... ma nulla di che... non se la prenda con Sujira... lei è severa ma buona» balbettò come un beota dopo aver ritrovato la favella.

Chae-yeon congiunse le mani davanti al petto in una posa da cartone animato che esprimeva tenera preoccupazione. «Come sarebbe a dire "un po' sì"? Cosa ti faranno?»

Lo sguardo di Mark scivolò involontariamente sul suo collo, sul seno, sui fianchi. «No, nulla di serio... una quisquilia, più che altro... non sarà un problema... glielo assicuro, signora Madre Reverenda. Non c'è bisogno che... si preoccupi per me.»

«"Signora Madre Reverenda"? Ma no, *oppa*, ti prego, chiamami solo Chae-yeon. Ascolta, ora io ed Emily *unnie* dobbiamo correre nella nostra contrada a controllare la situazione, ma perché uno di questi giorni non passi a trovarci?» Alzò la voce di un'ottava e si trasformò in Violet delle Starlight. «*Daiii, oppaaa*! Guarda che ti aspetto! Anche Emily lo vuole, non è vero, *unnie*?»

Emily scoccò all'amica un'occhiata in tralice. «Ma sì, certo. Infatti l'avevo

---

[I] Trad. "Salve, fratellone!" in coreano formale.

invitato anch'io. Chiediglielo, se non mi credi.»

Mark farfugliò vuote parole di circostanza come un demente per due minuti buoni. Alla fine, con la vista sfocata e abbagliata come se si trovasse di fronte a un miraggio, osservò Emily e Chae-yeon allontanarsi. Probabilmente lo avevano salutato e probabilmente lui le aveva salutate a sua volta. O almeno *sperava* che fosse andata così.

Merda, mi sono di coperto di ridicolo per l'ennesima volta. Ma perché è successo? Finché sono rimasto in compagnia di Emily sono stato abbastanza disinvolto, ma poi...

Oh, mio dio. Aspettate un attimo, fermi tutti.

I modi di fare di Chae-yeon sono nuovi per me. Chiamiamolo shock culturale, se volete. Tutte quelle moine sono imbarazzanti all'inizio, ma dopo poco diventa gradevole. Solo perché è asiatica, io... be', non sono di certo razzista, e sento che i miei orizzonti si stanno espandendo molto, molto rapidamente!

Chae-yeon non sarà una stangona, ma ha un viso bellissimo e un gran paio di tette; in più si comporta con il fare amorevole di una mamma, anziché di una diva. Invece che trattare male gli uomini come fanno Emily e Sujira, lei li loda! E come se non bastasse, abbina tutto questo a un carattere vivace ed espansivo. Non credo che mi stancherei mai di stare con lei.

Sono proprio una testa di cazzo! Come ho fatto a non rendermene conto prima? È la donna perfetta!

Voglio rivederla! Devo rivederla subito! In questo preciso momento!

***

Adelmo riaprì gli occhi.

Sopra di lui il cielo era cupo, eppure l'enorme luna splendeva come non mai e un inspiegabile chiarore giallognolo irraggiava la desolazione martoriata dalla guerra. Tutte le costellazioni erano riapparse, ma quella del Capricorno brillava in maniera così intensa da offuscare le altre.

Capì di essere sdraiato sul fondo del cratere sabbioso, lì dove s'era accasciato. Con la coda dell'occhio scorse i contorni dell'enorme conca profonda più di dieci metri e larga chissà quanto. Era come se un meteorite si fosse schiantato sul pianeta, eppure Adelmo sapeva bene che non era propriamente così. Erano state due persone a creare quella buca, sempre che si potessero chiamare ancora *persone*, piuttosto che semidei. In lontananza, in piedi sul bordo del cratere, vide una fila interminabile di sagome colorate stagliarsi contro il nero del cielo. Osservavano in silenzio, come muti fantasmi.

Percepì qualcuno stringergli con estrema delicatezza l'unica mano che gli era rimasta. Al posto del braccio destro aveva un moncherino nodoso simile a un ramo di mogano spezzato, con attorno della materia molliccia e incolore.

Mosse gli occhi verso sinistra e notò una splendida ragazza dalla pelle candida e i capelli argentini. Stava seduta sulla sabbia con estrema compostezza, pareggiando piccole pieghe nel vestito regale, così che fosse in perfetta posa. Quando si accorse che lui era sveglio, le labbra lucide color pesca si schiusero in un sorriso.

«Piacere di fare la sua conoscenza, signorina» disse Adelmo con un filo di voce, sentendosi per un attimo disorientato.

L'espressione della ragazza passò dall'eccitazione all'incertezza, infine alla preoccupazione. Sollevò le sopracciglia e allargò gli occhi dorati. «Oh, cielo! Non mi riconosci più?» Estrasse un fazzoletto di raso nero da una tasca e si asciugò i rivoli di sangue dalla faccia e dal petto. «Sono Michelle, no?»

Adelmo strinse le palpebre e finalmente credette di riconoscerla. Il viso non era cambiato, eppure qualcosa in lei era diverso, anche se rimaneva Michelle de Molay, la Gran Maestra della Antica Scuola del Capricorno. Qualcosa di sottile, intangibile. Il vestito, benché elegantissimo, le metteva in risalto le forme più di prima e lasciava intravedere parte del seno florido sul quale ricadevano i nuovi boccoli argento. In generale, il suo aspetto sprizzava più sensualità di una volta.

«Gran Maestra, è davvero lei?»

«*Mais oui*, certo che sono io, *monsieur* della Rovere» rispose divertita. Anche la voce era mutata in modo impercettibile. «Vedere che ti sei ripreso è per me motivo di gioia. Sì, una grande gioia.»

«Come sono sopravvissuto?» domandò lui cercando di sollevare il braccio destro per puntellarsi sui gomiti. Un fiotto di Nettare zampillò fuori dalla materia attorno al ramo di mogano e lo fece imprecare per il dolore.

«No, scemotto, non ti muovere, o vanificherai tutti i miei sforzi» lo rimproverò Michelle con un sorriso. «Vedi, lassù nel cielo, quei destrieri alati che volteggiano? Sta arrivando il Cavaliere di Gran Croce in persona ad aiutarti. Io nel frattempo ho effettuato, diciamo, *una trasfusione di fortuna*. Ti ho fatto bere un po' del mio Nettare per tenerti in vita. Be', in realtà te ne ho dato parecchio, ma non mi è dispiaciuto farlo.» Gli mostrò un macabro taglio sull'avambraccio, come se si fosse aperta uno squarcio per tagliarsi le vene. Lui capì e rivolse lo sguardo altrove.

In lontananza si udì lo scalpiccio di passi prudenti sulla sabbia, ma i curiosi si mantennero al di fuori del campo visivo di Adelmo. Michelle strinse appena le palpebre e scandagliò con gli occhi la folla in avvicinamento.

«Dunque abbiamo vinto?» domandò Adelmo.

Lei si lasciò sfuggire una risatina. La sua voce era melodiosa e più acuta di quella della vecchia Michelle. «Se vuoi metterla in questi termini: sì, abbiamo vinto. Grazie al tuo Dono, naturalmente.»

«Il mio Dono?»

«Esatto. Lo Shintai che appartiene a un Guerriero non può essere utilizzato da nessun altro. Tu lo sapevi benissimo, eppure sei corso comunque a lanciarmi la spada. Immagino te lo sentissi nell'animo che avrebbe funzionato, per quello ho creduto in te. E ho fatto davvero bene, perché col tuo Shintai sono riuscita ad annientare... quel Vuoto. È un Dono altruista, il tuo.»

«Hai ragione, l'ho fatto e basta, senza rifletterci. In quel momento alcune parole riecheggiavano senza sosta nella mia mente. *Quod est inferius est sicut quod est superius. Et quod est superius est sicut quod est inferius...*»

«*Ad perpetranda miracula rei unius*» concluse Michelle con un sorriso. Il suo sguardo aureo era seducente e sensuale. Adelmo se ne sentì ammaliato e fu costretto a distogliere gli occhi.

Il Pegaso di Seydou atterrò sulla sabbia a una decina di metri da loro insieme ad altri cinque Cavalieri del Cancro. Due di loro si impegnarono subito a scaricare una serie di arnesi dai destrieri, mentre gli altri tre montavano in fretta e furia una robusta barella di legno.

«Chi era quella persona uscita dal Nucleo?» domandò Adelmo a mezza voce.

Michelle si fece seria, ma non smise di tenergli la mano. «Te lo racconterò un'altra volta. Ora non è il momento di affliggere il tuo spirito con storie penose.»

«Comunque sia, la mia spada adesso è tua. A me non servirà più» dichiarò lui fissando il cielo stellato sopra le loro teste.

«Sei molto caro, e io ti prometto che ne farò buon uso» rispose Michelle con voce soave. «Ma non devi demoralizzarti in questo modo. Tu combatterai ancora, vedrai. Dovremo solo addestrarti a usare la mano sinistra, che ci vorrà mai? Me ne occuperò io, se ti aggrada. E se provi vergogna a farti vedere dentro Saint-Yves con una mano sola, ti porto nella Cripta. Be', perché mi guardi così? Ma no, cretinetto, non intendo mica torturarti!» Michelle scoppiò a ridere. Persino la risata era diversa. Più squillante, più briosa.

Seydou si avvicinò a loro brandendo nella mano sinistra una piccola spada infuocata della quale Adelmo intuì subito la funzione. Alle spalle del leader, un Grande Ufficiale dell'Ordine Ospedaliero reggeva un otre d'argilla dal becco sottile.

Il Cavaliere di Gran Croce studiò per alcuni secondi la Gran Maestra con aria circospetta, passandosi un paio di volte la mano sulla lunga barba nera.

Lei notò la sua esitazione e ruppe il silenzio, parlandogli con voce più dura di quanto aveva fatto fino a quel momento con Adelmo. «Sì, naturalmente sono ancora io, Seydou. Sono Michelle de Molay. Adesso gradirei che voi salvaste il mio Allievo. Non credo possa resistere ancora a lungo, anche con tutto il Nettare che gli ho versato in gola mentre era svenuto. Se gliene fornisco dell'altro, credo che sverrò al suo fianco.»

Seydou si inginocchiò accanto a Adelmo e analizzò le sue condizioni con occhio clinico. Osservò con particolare attenzione la materia molliccia attorno al ramo di mogano, che di umano aveva soltanto il rivestimento esterno simulante la pelle. «Ma certo, è ovvio che lo aiuteremo. Cauterizzeremo la ferita al braccio e sutureremo quella all'addome. La avviso che avvertirà un discreto dolore, signor... mi ricordi il suo nome, se non le dispiace.»

«Della Rovere» rispose Adelmo.

«Signor Della Rovere. Non so proprio come lei sia sopravvissuto tanto a lungo con delle ferite simili, ma ora vedremo di sistemarla a dovere. Michelle, puoi lasciargli la mano, se vuoi. Anzi, sarebbe meglio che tu ti allontanassi per qualche minuto. Mi sembri troppo coinvolta emotivamente.» Seydou tagliò la giacca e il resto dei vestiti di Adelmo per scoprire del tutto il taglio all'altezza della cassa toracica, che continuava a pulsare fuori Nettare, anche se lentamente. «Michelle, non lo dico per distogliere l'attenzione dal tuo Allievo, o magari sì, ma hai visto che luce c'è in giro da quando hai... diciamo... *incendiato* la costellazione del Capricorno? Forse da qui hai notato soltanto il chiarore più intenso, ma noi volando abbiamo visto di più. Quasi non ci credo: l'area illuminata attorno al Tempio si è estesa per chilometri! Non sappiamo ancora nemmeno di quanto, esattamente, ma ho già mandato alcuni miei Cavalieri fidati in ricognizione. Questo cambia tutto, o forse niente; ma io propendo per tutto.»

«Vedremo» rispose Michelle con aria enigmatica alzandosi in piedi. «Adelmo, non preoccuparti, ti ho lasciato la mano ma sono ancora al tuo fianco. Procedete pure.»

Seydou annuì. «Lei è troppo pallido, signor Della Rovere. Voglio che faccia un leggero sforzo e sollevi la testa quel tanto che basta per bere il Nettare da quest'otre, altrimenti temo che tra poco potrebbe perdere di nuovo conoscenza, ma stavolta in maniera definitiva, se coglie ciò che intendo dire.» Il Cavaliere di Gran Croce segnalò a uno dei suoi Ufficiali di farsi avanti e quello avvicinò il becco dell'otre che reggeva nelle mani alla bocca di Adelmo. Lui ingollò tutto il contenuto a lunghe sorsate.

«Non ho intenzione di mentirle: farà molto male» rivelò Seydou, mentre ficcava un morso di legno tra i denti di Adelmo. Avvicinò la spada fiammeggiante al moncone del braccio mozzato e cauterizzò la ferita, sigillando la terminazione del tubino di cristallo che portava il Nettare verso la mano. La carne parve sfrigolare. Ma in fin dei conti la si poteva davvero definire "carne"? In ogni caso, l'operazione ebbe buon esito, anche se Adelmo svenne per il dolore.

«Una reazione del tutto normale, su questo mondo così come sulla Terra» commentò Seydou. «Anzi, qui è persino più comune: l'anima è costretta a reagire in questo modo di fronte al dolore estremo, quando non viene protetta dal Rosario.» Lanciò una cauta occhiata alla Gran Maestra per vedere come l'aveva presa. Non aveva evocato la falce per castigarlo.

«Lo affido alle vostre cure, allora» disse Michelle. «Ah, Seydou: quando avete finito, portatelo all'ospedale di Gulguta, non a Castrum Coeli. Voglio rimanergli vicina.» E con quelle parole si avviò verso il gruppo di spettatori che osservava la scena da una decina di metri di distanza. Un cospicuo stuolo di curiosi si era infatti riversato nel cratere per ammirare da vicino la nuova-vecchia leader del Capricorno e i suoi capelli d'argento.

Janel Williams si tenne in disparte e osservò i Cavalieri del Cancro cucire il petto di Adelmo. Mille pensieri diversi le rimbalzavano nella testa. I suoi amici Heikki e Oluwa-Seyi erano morti, entrambi divorati da un Chimo con l'aspetto di un gigantesco rospo aberrante. Anche se il mostro era stato abbattuto, le loro uova erano rimaste a marcire nel suo stomaco. Qualcuno le avrebbe recuperate, o quel compito spettava a lei? E con che coraggio sarebbe andata a raccoglierle, dopo che aveva guardato da lontano mentre i suoi amici morivano? Non che

Janel sarebbe stata in grado di aiutarli anche se l'avessero messa nella condizione di farlo; addestrarsi a combattere era un passatempo adatto ai ragazzi violenti dell'ultradestra, secondo il suo giudizio. Ma ora stava iniziando a cambiare idea.

Il Direttore Milton Cooper, una volta sconfitto dallo spaventapasseri e lanciato contro il Muro, non aveva più potuto impartire ordini ai suoi Guerrieri. La catena di comando dei Gemelli, di norma già instabile, era saltata, facendo collassare le loro linee difensive. In futuro avrebbero potuto continuare a proteggere il Muro in quella maniera caotica, o sarebbe stata necessaria una riforma della loro gerarchia militare?

Elle se n'era andata già da diversi giorni e Janel desiderava ardentemente che ritornasse. Per quanto la bionda le desse sui nervi, con la spada in mano sapeva il fatto suo. Di sicuro se quella notte fosse stata dei loro avrebbe preso in mano la situazione.

Ma le cose sarebbero andate davvero in maniera diversa?

Forse. Forse per salvare la contrada e i suoi compatrioti Janel non avrebbe dovuto appellarsi al buon cuore dei malvagi Serpeverde del Capricorno; forse il novizio non avrebbe perso un braccio e la Gran Maestra non si sarebbe evoluta in una semidivinità capace di generare crateri simili a quelli creati dalle bombe atomiche usando il nuovo Shintai partorito dalla luna, ovvero una falce in grado di trapassare anche i Grani più resistenti come una spada laser.

Bel risultato del cazzo che hai ottenuto, Janel Williams, si disse l'afroamericana. *I membri del Capricorno sono i cattivi della storia e adesso la loro leader è ancora più potente di prima. D'ora in poi comanderanno loro e domineranno incontrastati. Ti sbatteranno a marcire nelle loro segrete, perché detestano i Guerrieri incapaci e tu riesci a malapena a reggere in mano il tuo Shintai.*

Per non parlare di quanto è problematico il fatto che la Gran Maestra si sia evoluta in una versione più sessualizzata di se stessa. Tutto il mio rispetto per lei è già evaporato. La prossima mossa quale sarà? Farsi sbattere dal suo Allievo? Ma non era asessuale, per la puttana?! No, no, no, sto saltando alle conclusioni. Non esistono prove che sia interessata ai maledettissimi uomini. Magari ora che si è evoluta preferisce le donne.

Janel osservò i Cavalieri Professi del Cancro caricare Adelmo sulla barella, pronti a partire per Gulguta, dove avrebbero proseguito le cure. Da un certo punto di vista era per colpa sua se aveva perso un braccio, ma a lei dispiaceva davvero? In fin dei conti, i Guerrieri dei Gemelli si erano fatti massacrare a dozzine per guadagnare tempo, mentre Adelmo aveva perso sì un braccio, ma era ancora vivo. Janel non fu in grado di valutare appropriatamente tutti quei sentimenti contrastanti che le fluivano nel cuore. Si mise a camminare attorno al bordo del cratere cercando con gli occhi qualche compatriota.

Qualcosa però poteva fare. Qualcosa con cui avrebbe contribuito alla storia del Tempio, anche se in piccola parte. I Bibliotecari dello Scorpione avrebbero davvero riportato i fatti così come erano avvenuti? I testimoni oculari sarebbero stati precisi? Lei aveva visto ogni cosa, per cui cominciò a riordinare le idee, ponderando come metterle su carta.

Sì, avrebbe scritto un paio di editoriali per l'*Almanacco di Mercurio* e avrebbe raccontato gli eventi dal suo punto di vista.

Forse ne sarebbero serviti anche più di un paio.

Michelle si avvicinò alla variopinta schiera di persone che osservava Adelmo e parlottava a bassa voce, commentando l'operato dei Cavalieri dell'Ordine Ospedaliero. Nel vederla sopraggiungere, tutti si zittirono e simularono disinteresse. In mezzo alla selva di Guerrieri di vari segni c'erano Naija, Klaus, Rashid e altri Maestri del Capricorno, ma anche il gruppo di Bandane Rosse che aveva tentato di reclutare Adelmo e che ne aveva quasi causato la dipartita.

Naija tenne lo sguardo puntato sulla sabbia sotto i suoi piedi e andò incontro alla leader. Aveva parecchio da riferirle, ma non sapeva da dove iniziare. Inoltre, il fatto che la sua compatriota avesse cambiato la propria Forma dell'Anima in maniera così repentina la sconcertava. Non era possibile modificare il proprio aspetto da svegli, tutti lo sapevano. Cos'altro le era successo durante la trasformazione?

«Gran Maestra» disse in tono ossequioso, esibendosi in un inchino troppo formale anche per gli standard del Capricorno.

«Rialzati subito» la sferzò Michelle con voce aspra. «Dunque io ti affido gli Allievi e tu così li tratti? Mandandoli allo sbaraglio contro il Vuoto più potente mai apparso davanti alle mura del Tempio?»

Naija trasalì e portò la mano alla collanina con la croce per darsi conforto. «Michelle! Non intenderai incolpare me per... Non è andata affatto come dici! Adelmo è corso in questo settore disattendendo i miei ordini, e quando ci siamo gettati insieme contro quel dannato coso ho fatto del mio meglio per tenerlo al sicuro! Era una situazione disperata.»

«Te la stai già dando da sola, la colpa. Non hai nemmeno avuto il coraggio di avvicinarti a lui, dopo che ha riacquistato i sensi. Sono sicura che gli avrebbe fatto piacere rivederti, e invece... Bel messaggio che gli hai mandato: alla sua Venerabile Maestra non importa se lui vive o–»

«Smettila! Smettila!» implorò Naija accarezzando la croce di legno. L'orecchino tremolava insieme al labbro al quale era attaccato. «Perdonami, so che non mi sono rivelata all'altezza. La prossima volta non ti deluderò.»

«Perché hai spinto quella ragazza dello Scorpione?»

Naija ebbe un singulto e abbassò gli occhi. Dunque Michelle aveva visto tutto. Come le avrebbe spiegato che Adelmo era stato reso storpio perché lei aveva ceduto a uno stupido impeto d'irritazione?

«Mich, dalle tregua. Naija non ha alcuna colpa e tu lo sai meglio di me» le venne in aiuto Klaus. Studiò la Gran Maestra e aggiunse: «Tu sei ancora Mich, giusto?»

Michelle abbozzò un sorriso. «E chi sennò?»

Ramona delle Bandane Rosse si fece avanti. Meljean e Merve erano alle sue spalle, livide in volto. La Valchiria tentò di fermare la ragazza dello Scorpione tirandola per un braccio, ma lei non cedette. «Gran Maestra de Molay, perdoni l'intrusione. Mi chiamo Ramona Vidal e la colpa è tutta mia e della mia stupida boccaccia. Ho parlato al momento sbagliato e credo che la Venerabile Maestra Naija l'abbia presa male. Adelmo si è sacrificato per proteggere me, anche se in realtà non saprei dirle di preciso perché.» Lanciò una fugace occhiata alle proprie spalle. Meljean e Merve la fulminarono con gli occhi, intimandole di non proseguire. Lei invece aggiunse: «Le confesso che qualche tempo fa cercammo di convincere il suo Allievo a unirsi alla nostra squadra di Bandane Rosse. Forse è per questo che... Comunque lui rifiutò, e le assicuro che tra noi due non c'è alcuna relazione di... ehm... *altro tipo*.»

Michelle sospirò malinconica e rivolse lo sguardo a Adelmo che volava via insieme ai Cavalieri. «Capisco. Voi Bandane Rosse siete un cancro per il sistema, ma in questa occasione avete colpe solo fino a un certo punto. Dunque non stare troppo in pena, Ramona dello Scorpione. Temo che Adelmo sia fatto così.»

Ramona batté più volte le palpebre e umettò con la lingua le labbra fucsia. «Allora non è arrabbiata con me?»

Michelle s'appressò a lei, sfilò con lentezza esasperante uno dei nuovi guanti di velluto nero e con quello le schiaffeggiò il viso. Ramona ebbe un sussulto e si toccò la guancia colpita. Le persone assiepate dietro di lei bisbigliarono commenti maliziosi e la derisero, mentre gli uomini del Capricorno colsero l'occasione per ingiuriarla, come se la Gran Maestra, con quel gesto, avesse dato il suo beneplacito.

Meljean e Merve materializzarono i loro Shintai con aria battagliera, ma la Gran Maestra le congelò sul posto con un'occhiata truce e i loro malumori passarono. Forse avevano valutato che uno schiaffetto di velluto non valeva una decapitazione prematura.

«Voilà, da questo momento in poi sarai sempre *quella ragazza che ha quasi causato la distruzione del Tempio*, dunque sei stata punita» cinguettò Michelle, sfoggiando un sorriso sbarazzino. «Purtroppo, altrettanto non posso dire di quei codardi Cherubini del Coro. Nemmeno *uno* di loro ha protetto Adelmo, sebbene lui stesso coraggiosamente affrontando un Vuoto ben al di là delle sue possibilità. Avevano di meglio da fare stanotte, tipo guardare un film al cinema? Già che c'erano si sono fatti due risate quando è stato mutilato? Comunque sia, lo scopriremo a breve: prima di dirigermi a Gulguta farò una breve sosta a Sympatheia e per rappresaglia farò a fette qualche dozzina di Pesci. Vi unite a me?»

Tutti i presenti rimasero pietrificati da quelle parole e si guardarono in preda allo sgomento. Da sopra le loro teste piovve un coro invisibile di gemiti, esclamazioni di sconcerto e di terrore, uniti a grida di allarme. Evidentemente molti Cherubini li stavano spiando dal Piano Celeste. Ramona indietreggiò e si allontanò senza dare nell'occhio. Si ricongiunse alle sue due amiche e insieme a loro se la diede a gambe, nel caso la Gran Maestra cambiasse idea e decidesse di spigolare anche loro.

«M-Michelle?» Naija fece volare gli occhi verso Klaus in cerca del suo supporto. «Non starai dicendo sul serio, spero.»

Klaus contrasse le labbra e si schiarì la voce. «Mich, non nego che almeno un paio di Cherubini si meriterebbero qualche sculacciata, ma ciò che proponi di fare è inaccettabile a prescindere dalla bontà delle nostre motivazioni.»

Michelle scoppiò a ridere. La sua voce era trillante come il canto di un pettirosso a primavera. «Guarda che facce! È ovvio che stavo scherzando. Ho parlato in quel modo perché avevo notato la massa di Cherubini che fluttuava sopra di noi e volevo incutergli un po' di timore. È vero che sono adirata con loro, ma non ho intenzione di punirli. Io e Apollonia chiariremo un paio di cosette, questo posso garantirvelo, ma prima seguirò Adelmo a Gulguta.»

Naija aggrottò la fronte. «Tu avevi *visto* i Cherubini sopra di noi?»

«Oh, sì. Non ve l'ho detto? Ora riesco a vedere anche il Piano Celeste.»

Klaus e Naija si lanciarono un'occhiata di sconcerto, ma poi la loro attenzione venne distolta dall'arrivo di un una brigata colorata di rosa.

Neal Bonham, il Presidente del Toro, si stava dirigendo verso di loro a passo di marcia accompagnato da un folto corteo di Guerrieri, tutti vestiti alla moda del ventunesimo secolo. Note rosate punteggiavano gli eleganti abiti, anche se in quella occasione era difficile distinguerle tra le macchie di sangue.

Una ragazza asiatica dai capelli bruni era tra loro, in terza fila, talmente attraente da spiccare per bellezza persino fra le donne del Tempio. Mentre i Guerrieri che aveva accanto erano sporchi e sudici, il suo vestito da sera rosa e nero non mostrava una singola macchia. Dopo aver esaminato a lungo la nuova Michelle, sfoggiò un sorriso civettuolo e chiamò a sé le donne che marciavano dietro di lei. Loro si appropinquarono per spettegolare.

«Il taglio è fantastico e la tinta argentea è splendida» commentò la ragazza. «L'avevano fatta anche a me una volta, proprio uguale alla sua, stessa identica tonalità di grigio. Fu per il *comeback* di *Pink Heart*, solo che ai Raylove non piacque e così il direttore artistico mi proibì di rifarla. Se però diventa di tendenza al Tempio ci faccio un pensierino. Che ne dite?»

Il gruppetto di donne scoppiò a ridere come uno stormo di oche. Tutte concordarono con lei e cinguettarono frasi di incitamento.

Nell'accorgersi che quella ragazza del Toro era sopravvissuta, sul viso di Klaus si disegnò un sorrisetto di sollievo. Naija lo squadrò con aria truce.

«Eccola qua, gente. Guardate che roba. La regina de Molay!» annunciò Neal a gran voce. Lanciò un'occhiata estasiata alla Gran Maestra e si inginocchiò di fronte a lei, abbassando anche il capo con un gesto d'estrema riverenza. Ordinò con una mano a quelli dietro di lui di fare altrettanto e loro eseguirono, genuflettendosi in massa. «Maestà, ci inginocchiamo e teniamo il capo chino perché siamo indegni di ammirare la vostra bellezza.»

Michelle lo accolse con una smorfia. «Trovo questa sceneggiata ben poco divertente. Soprattutto dopo che non ti sei fatto vedere per tutta la notte.»

Lui si rialzò lesto in piedi, gli occhi blu che scintillavano sotto il ciuffetto nero che gli cascava davanti. Si passò una mano sulla fronte e buttò i capelli di lato. «Ah, adesso ci diamo del tu? Ottimo, si vede che trasformandoti sei migliorata di carattere. Diciamocelo in tutta onestà, cara mia: anche tu sei arrivata solo alle battute conclusive e secondo me sei venuta per un motivo personale, ben poco legato al bene comune del Tempio. Comunque non sono affari miei. Se hai problemi di cuore ti consiglio la linea diretta via posta col settore della Vergine, da quelle parti le donne gestiscono i fidanzati alla grande. In ogni modo, se non ti garba di essere chiamata "maestà", con quale titolo mi consentirai di rivolgermi a te da questo momento in poi? La Divina? L'Eletta? Regina delle Tenebre?»

Lei sospirò e intrecciò le mani davanti al corpo in una posa innegabilmente regale. «Non essere sciocco. Sono la Gran Maestra Michelle de Molay della Antica Scuola del Capricorno, e tale voglio restare.»

«Magnifico. E in qualità di Gran Maestra della Antica Scuola del Capricorno sei in grado di spiegarmi cosa cazzo era quel Vuoto imbattibile e perché c'era una fottuta persona al suo interno?»

«Purtroppo no, ma sono d'accordo sul volerne discutere. Convochiamo il Sovrano Consiglio e vediamo cos'hanno da dirci i due vegliardi.»

***

Il Generale Saad e il Comandante Supremo Connery stavano percorrendo il sentiero che da Gulguta conduceva a Bishop's End, passeggiando tra le fitte foreste di faggi e castagni. Il sole si stava alzando nel cielo e proiettava la sua radiosa luce attraverso le fronde, incendiando le foglie di un vivido verde smeraldo. Fiacchi refoli di vento facevano oscillare i rami.

Giunti alle porte della città, incrociarono un Intoccabile che da Bishop's End correva verso Gulguta. Era infervoratissimo, e nel vederli gridò: «Signor Connery! Generale Saad! Nottata dura, eh? Ce la siamo vista brutta, ma poi... Quelli del Cancro raccontano storie incredibili. Dicono che nelle Terre Esterne c'è più luce di prima! Devo andare subito a Gulguta a chiedere ai miei amici se ne sanno di più!»

Connery sorrise e lo salutò levandosi per un attimo il cappello. «Tutto è bene quel che finisce bene» disse gioviale mentre l'uomo galoppava già verso sud.

Saad camminava tenendo le mani unite dietro la schiena, i lunghi capelli brizzolati che ondeggiavano nella brezza fresca della mattina. «È diventato un vero ottimista. Ma non starà prendendo le cose un po' sottogamba? In fondo il nostro lavoro è appena iniziato e abbiamo già perduto un alleato importante.»

«Ti riferisci a Nightingale? Un alleato importante, certo, ma non fondamentale. Si stava ingannando da solo, tutti i suoi esperimenti erano destinati a fallire. Non sarebbe mai riuscito ad ascendere per vie traverse.» Il Comandante Supremo sospirò e scosse la testa. «Questo giorno segna l'inizio di una nuova epoca. Anche se è sopraggiunta cogliendoci alla sprovvista, l'importante è che le cose siano andate per il verso giusto. La Gran Maestra si è svegliata.»

Saad chinò la testa con aria inquieta. «Ciò che dice è vero, ma ci siamo salvati per il rotto della cuffia. Speriamo che la prossima volta il processo d'ascensione sia meno turbolento. Pensare che dentro il Primo Messia ci fosse... La signorina de Molay avrebbe potuto cedere emotivamente. Forse la Loggia ha voluto giocarsi una delle sue carte migliori nella speranza di coglierci impreparati, e per poco non ce l'hanno fatta. Per sicurezza dovremmo elaborare dei piani di riserva. Non possiamo lasciare tutto al caso come stavolta.»

Connery sogghignò. «Io mi tratterrei dal definirlo "caso". In fondo abbiamo fatto la nostra parte per indirizzare il destino sul giusto sentiero.»

«La dica tutta, allora: lei ha mandato il Primo Messia verso il Capricorno di proposito, non è così? Per quello ha consigliato al Presidente Bonham di spingerlo in senso orario. Ora ne sono sicuro.»

«Quando ci si ritrova in pista, tanto vale ballare.»

«Ma come poteva sapere cosa si celava al suo interno? In quel momento era solo un dannato spaventapasseri.»

«Si erano presentati dei segni, ma è stata l'intuizione a guidarmi. Al cuor non si comanda.» Il Comandante Supremo divenne pensieroso. «Quell'Allievo che è stato il trigger per l'ascensione della Gran Maestra va protetto a ogni costo. Non sappiamo come reagirebbe la signorina de Molay se lui venisse a mancare.»

«Ammetto che di rado mi sono sentito più confuso. Lei dunque ritiene che la Gran Maestra nutra dei reali sentimenti nei confronti di quell'uomo? Io non ne sono troppo sicuro. Mi sembra così fuori personaggio.»

«L'amore ha le sue ragioni che la ragione non conosce» scherzò Connery allungando il passo.

I due leader supremi raggiunsero Bishop's End e la attraversarono per tutta la sua lunghezza sfruttando delle stradine laterali, in modo da non dare troppo nell'occhio. Sbucarono infine nel quartiere nord, appena in tempo per vedere Emily e Chae-yeon mettersi in marcia verso est, sulla strada per Coteau-de-Genêt, con al seguito un piccolo corteo di Intoccabili.

Connery appoggiò le mani sulla cima del suo bastone da passeggio ed esaminò la bionda con occhio critico. «Dunque quella è la pedina dell'Officina Astrale. Ma come avranno intenzione di giocarla? Vista così non sembra nulla di speciale.»

Saad sospirò e contrasse le labbra. «È ancora dell'idea di eliminarla al più presto?»

«No, ormai non è più possibile. La Madre Reverenda tiene troppo a lei, e c'è caso che entrambe abbiano scoperto qualcosa sui nostri progetti per via di quella infame infiltrata dei Gemelli. Faremo finta di niente e tratteremo la signorina Kwon coi guanti di velluto. Lei sì che è una carta importante, non possiamo permetterci di gettarla via.»

«E se la forza di questa Emily dovesse aumentare? Le rammento che ha annientato un Incubo con un solo pugno.»

«Se così sarà, la sfrutteremo finché ci farà comodo e la toglieremo di mezzo al momento opportuno. In fondo, non sappiamo nemmeno se sia a conoscenza del ruolo che deve interpretare per l'Officina. Basterà escluderla dai giochi alla fine. Quella ragazza sarebbe una Vergine? Ricorda, vecchio mio: chi nasce tondo non può morir quadrato.»

Saad sorrise con amarezza. «Allora aspetti a gioire. Non l'ho ancora messa al corrente di un fatto cruciale. Per quanto riguarda Adelmo della Rovere e Michelle de Molay, potrebbe esserci una complicazione. Una *notevole* complicazione.»
Connery corrugò le folte sopracciglia brizzolate. «Parlamene subito.»

***

Emily e Chae-yeon si incamminarono verso Coteau-de-Genêt percorrendo la strada che da Bishop's End puntava dritta a est, non v'era motivo di tornare a nord per passare di nuovo da Henwood Cross. Attraversarono una pianura verdeggiante, poi lo scenario si trasformò a poco a poco nella calda campagna che conoscevano, con i suoi arbusti di ginestre e le frastagliate piante di ginepro assembrate in lunghi filari. La piana che si stendeva di fronte a loro era punteggiata di qualche pioppo che si ergeva solitario. Tappeti di fiori d'ogni colore ondeggiavano appena nel venticello tiepido.

Chae-yeon si mantenne sempre alla testa del gruppo e procedette a passo svelto, comprensibilmente ansiosa di tornare dai suoi compatrioti per scoprire chi se l'era cavata e chi no. Nel contempo, però, non poteva lasciare indietro il drappello di Intoccabili. Passeggiavano con calma, godendosi il paesaggio e conversando garruli tra loro.

A un certo punto, a lato della strada, si erse una colonnina di granito che recava l'indicazione: "Coteau-de-Genêt, 5km". Emily si lamentò a lungo dell'unità di misura utilizzata e dichiarò di non avere la minima idea di quanto fossero lunghi cinque stupidissimi chilometri.

La stradina di ghiaia costeggiò un alto dosso di terra da cui pendevano grappoli di glicini in fiore, così fitti da formare una lunga parete viola. Inebriata dal profumo, Chae-yeon si voltò sorridendo. La sua *unnie* avanzava fiacca, trascinando i piedi con sguardo avvilito.

Lo stato d'animo di Emily non solo era cambiato più volte nel corso della nottata, ma continuava a mutare alternando momenti di contentezza a fasi di sconforto. Aveva riflettuto e riflettuto, ma non riusciva a trovare una soluzione.

Chae-yeon attese che lei la raggiungesse. «*Unnie*, mi sembri giù di corda. È perché devi tornare alla Vergine con me? Prometto che ti lascerò in pace d'ora in poi, se ti fa sentire meglio.»

Emily distolse lo sguardo e si toccò il braccio sinistro. Avvertiva un lieve formicolio. «No, non è quello il problema.»

«E allora qual è? Dai, parlamene, altrimenti fai star male anche me. Non ti va nemmeno un po' di tornare dai nostri amici? Sempre che stiano bene, e io lo spero davvero.»

«Sì, un pochino mi va, però...»

Chae-yeon le toccò la spalla sinistra per confortarla. Emily trasalì, temendo che si sarebbe attivato il suo strano Dono, ma riuscì in qualche modo a ricacciare il formicolio nei meandri del suo animo fino a sopirlo.

«È per via di quello che ti voleva fare il signor Nightingale?» chiese Chae-yeon a bassa voce.

Emily annuì. «In vita mi hanno ammazzata. Qui ci hanno provato. Possibile che non esista un luogo dove poter vivere in pace? Dove cavolo dovrei andare, se nemmeno nell'aldilà posso sentirmi al sicuro? Faccio schifo a tutti, non ho nemmeno un fan. Sbattetemi oltre il Muro, tanto è solo una questione di tempo prima che qualcun altro riprovi a uccidermi. Mi butto in pasto a uno dei mostri e la facciamo finita.»

Chae-yeon gettò l'occhio alle proprie spalle per assicurarsi che gli Intoccabili non l'avessero udita. «*Unnie*, no! Mi avevi promesso che ti saresti tolta i brutti pensieri dalla testa.»

«Lo so, ma cosa dovrei fare? Tu diresti: *eottokaji?*»

Chae-yeon la strinse forte a sé. Emily si sentiva così infelice che non oppose resistenza.

«Il luogo dove puoi vivere in pace esiste» assicurò la Madre Reverenda, bisbigliandole nell'orecchio. «È alla Congregazione della Vergine, insieme a me. Lì nessuno proverà a ucciderti, te lo prometto, e se anche ci provassero se la vedrebbero con me. Ora che mi hai vista combattere, mi ritieni in grado di difenderti?»

A Emily sfuggì un risolino nel ripensare alla leader che danzava tra le case di Bishop's End e agli Incubi che venivano fatti a pezzi dalla sua spada di zaffiro. «Suppongo di sì. Sei fortina.»

«Ottimo!» cinguettò Chae-yeon sciogliendo l'abbraccio. «Tu non fai schifo a tutti, *unnie*. E a quelli che lo pensano faremo cambiare idea.»

Le due ragazze si fissarono per qualche istante, da vicino, guardandosi negli occhi con una punta d'imbarazzo.

I secondi passarono.

Emily distolse lo sguardo per prima e si schiarì la gola. «Adesso non avrai mica intenzione di baciarmi o roba simile, vero? Guarda che se ci provi ti becchi uno schiaffo di quelli seri, e hai visto di cosa sono capaci le mie mani.»

«Oh, no, no» garantì Chae-yeon ridacchiando, ma Violet aggiunse: «Ecco, pensavo, magari solo un bacetto sulla guancia?»

Emily incrociò le braccia e la fissò con sdegno. «Non se ne parla. Risparmia i baci per i tuoi fan maschi, credo ne abbiano grosso bisogno emotivo.»

«Intendevo solo un bacetto da amica. Le due protagoniste femminili possono diventare intime senza essere lesbiche, *unnie*.»

«Vero, ma qui solo io sono la protagonista femminile, tu sei un personaggio secondario.»

Chae-yeon scoppiò a ridere e sollevò gli occhi verso le nuvole che veleggiavano nel cielo azzurro sopra di loro. «In questo libro, certo. Ma nel prossimo, chissà...»

«È incredibile che sia io a dirlo, però: torniamo a questioni più serie. Hai intenzione di rivelare agli altri leader che Nightingale mi aveva rapita?»

«Per il momento no. Voglio prima vedere come si evolvono le cose. In cambio, però, tu rimarrai nella nostra contrada e ti comporterai da brava Vergine. Ci stai?»

«Affare fatto. Quindi non ti interessa che quel bastardo mi avesse rinchiusa nella torre e volesse farmi chissà cosa? Magari sono una supercattiva e sto segretamente progettando di distruggere questo cavolo di mondo. Ci hai pensato?»

«Sì, ci ho pensato.» Chae-yeon sollevò un sopracciglio. «Sei una supercattiva che vuole distruggere il mondo, *unnie*?»

«Ma no, che cazzo, è *ovvio* che non lo sono. Fino a cinque minuti fa manco sapevo che il Tempio esistesse!»

«Appunto, è come pensavo. Ti terrò d'occhio finché non scoprirò perché Nightingale l'ha fatto, ma non credo che tu sia davvero malvagia. Per quanto riguarda distruggere il Tempio: senza offesa, *unnie*, ma non mi sembri in grado di farlo. Almeno per ora.»

«Ci sono delle cose che ancora non ti ho detto» sussurrò Emily. «Nightingale non lavorava da solo. L'ho visto discutere con altre due persone dentro una sfera magica. Secondo me sono loro i cattivi.»

Chae-yeon si guardò attorno con un certo disagio. «Me ne parlerai stanotte, nel Piano Astrale, dove non può udirci nessuno.»

«E come la mettiamo con quella tipa dei Gemelli che non ha prodotto un uovo?»

«Al prossimo Sovrano Consiglio chiederò al Direttore Cooper se la conoscesse e cosa sa dirci su di lei. Adesso basta preoccupazioni, è ora di tornare a casa!»

Il sole era salito a picco e splendeva più intensamente del solito. L'aria era calda ma non soffocante; i prati un tripudio di mille colori diversi. Davanti a loro, in lontananza, si scorgeva la collina sulla quale era costruita Coteau-de-Genêt, pennellata qua e là con il giallo delle ginestre. Il viso di Chae-yeon si fece tirato, gli occhi cobalto fissi sulle case della capitale che si avvicinavano a ogni passo.

Emily notò l'ansia della leader. «Chae-yeon, credi che Sebastian sia...?»

«No.»

«E Sam?»

Lei scosse la testa. «Nemmeno. Non posso pensarlo.»

«Allora perché hai quella faccia?»

Sulla salita che portava a Coteau-de-Genêt scorreva una vera e propria fiumana di gente. Non appena videro arrivare la Madre Reverenda, fitte schiere di Guerrieri e di Intoccabili si fiondarono verso di lei. Le narrarono per filo e per segno tutto ciò che era successo la notte precedente, senza darle respiro, scalando insieme a lei la collina. Chae-yeon ascoltò i loro racconti prestandogli la dovuta attenzione, ma continuò a camminare verso la città. Per una volta, Emily fu ben contenta di non trovarsi al centro dell'attenzione; in realtà, si sentiva quasi del tutto ignorata, ma andava benissimo così. Seguì la leader cercando di fendere la calca, ma l'affollamento divenne impenetrabile e la perse di vista.

Una volta guadagnata la sommità del colle e raggiunta la piazza principale – anch'essa sovraffollata –, Emily intravide da lontano Sebastian De Ville vociare accanto alla statua raffigurante il maiale. Declamava parole di conforto, nella speranza di placare gli animi. Emily trasse un lungo sospiro di sollievo nel vederlo vivo e in salute. I suoi vestiti erano lacerati in più punti, ma non sembrava ferito.

Sebastian indicò Chae-yeon che s'appressava. «Dio sia lodato, eccola là! Avete visto? Che vi avevo detto? La Madre Reverenda non ci avrebbe mai abbandonati! Ora potete smetterla di assillarmi!» annunciò alle persone assiepate attorno a lui. A quelle parole, la folla andò in visibilio. Tutti si voltarono e corsero verso la leader, circondandola in pochi secondi. Ormai attorno a lei c'era un mare di persone.

Emily valutò che era arrivato il momento buono per defilarsi. Si fermò in un punto tranquillo della piazza e inspirò a fondo, inalando i profumi della città e apprezzandone la vivacità. Per un istante, si sentì a casa. Stuoli di donne correvano in strada trafelate per accogliere il corteo di Intoccabili dello Scorpione, cert'altre si sporgevano dai balconi carichi di fiori per salutare la Madre Reverenda, mentre gli uomini dibattevano a gran voce, roteando i pugni verso il cielo e maledicendo i Vuoti e il demonio che li aveva mandati. Il *Refettorio* traboccava di gente, ma nessuno giocava a carte o si divertiva. C'era sempre una traccia d'ansia su quei volti segnati dal dolore.

«Bentornata» disse una voce calda e tonante alle spalle di Emily.

Lei si girò di scatto. Sam aveva un orrendo taglio trasversale sul viso, bendato con delle garze di cotone macchiate d'azzurro. Sorrideva, ma gli occhi spenti raccontavano un'altra storia.

«Ehi» mormorò lei. Si rese conto che era felice di rivederlo. «Com'è andata stanotte?»

«Non bene, purtroppo. Abbiamo perso tutti i nuovi arrivati. Non solo quelli dell'ultimo Rito, ma anche quelli del Rito precedente. Ora sei l'unica novizia rimasta» rivelò Sam con amarezza. «Non nascondo che rincontrarti gonfia di gioia il mio cuore, anche se spesso abbiamo delle disparità di vedute.»

«Grazie. Anch'io sono contenta di essere tornata.» Emily si strinse un braccio. «Davvero gli altri sono morti? Anche Vicente e Angelina? L'ultima volta che li ho visti erano ancora nel pieno dell'addestramento, a Henwood Cross.»

La voce di Sam era gonfia di rammarico. «Sì, sono periti, ed è meglio che tu non ne faccia cenno a Sebastian. Non l'ha presa bene. La maggior parte dei Cherubini era occupata nel settore dei Gemelli, così qui da noi hanno protetto solo i Guerrieri di rango più alto. Capisco che sia la soluzione più razionale, perché se perdessimo i Guerrieri più abili sarebbe la fine, ma veder sparire i novizi da davanti ai miei occhi è stato uno spettacolo desolante. Forse è meglio che tu non vi abbia assistito, altrimenti temo che il tuo animo sarebbe sprofondato di nuovo nella depressione. Io me la sono cavata perdendo cinque Grani. La ferita che vedi me la sono procurata battendo il volto contro una roccia.»

Emily si mordicchiò il labbro inferiore e valutò se fosse il caso di abbracciare

Sam, ma non ebbe il tempo di giungere a una conclusione. Sebastian si avvicinava a larghi passi e con un cipiglio più minaccioso del solito.

L'australiano appoggiò i pugni sui fianchi e disse in tono di rimprovero, da buon padre di famiglia: «Signorinella, che guai hai combinato stanotte?»

Emily sentì il cuore saltarle in gola. «*Io*?! Non ho fatto... non sono... non è stata colpa mia...»

«Abbiamo saputo tutto dai Cavalieri della Cancelleria. Il Magnifico Rettore è stato ammazzato e voi eravate andate proprio da lui. Se devo essere sincero lo trovo davvero sospetto. Per fortuna mi hanno assicurato che lo hanno ucciso due membri del Leone, ma magari tu e Chae-yeon c'entrate in qualche modo. Allora? Cos'hai da raccontare?»

Emily aprì la bocca senza riuscire ad articolare parole comprensibili.

Santa Chae-yeon da Busan apparve dal nulla e le si mise davanti come per farle da scudo. «Emily non ha fatto nulla di male, ma ti racconterò tutto più tardi. Sai una cosa, però? Non mi sbagliavo su di lei: possiede davvero una forza nascosta. Solo che lei i Vuoti», si strinse nelle spalle, «li prende a pugni, ecco.»

Sebastian scoppiò a ridere. «No, sul serio? Questa proprio non s'è mai sentita! Sei una sorpresa continua, signorina Lancaster. Sai allora che ti dico? M'è venuta voglia di addestrarti come Guerriera, così scopriremo quanto sei forte davvero.»

Le dita di Emily si irrigidirono. «A dire il vero, ecco... sei sicuro che sia una buona idea?»

Sebastian fece scorrere una mano tra i capelli quasi biondi fino ad accarezzare il codino sulla nuca. «Dopo quello che è successo stanotte, le cose dovranno per forza cambiare. Dico bene, Madre Reverenda? Gli altri leader vorranno esplorare le Terre Esterne, ora che si sono illuminate, ma chi ci garantisce che nel frattempo non arrivi un altro Vuoto sconosciuto e potentissimo insieme all'Alta Marea? Serviranno tutti i Guerrieri che riusciremo a racimolare, e intendo proprio tutti. Non ti va di essere addestrata da me? Ti avviso che, anche se non sembra, Chae-yeon sa essere più severa del sottoscritto.»

Sì, certo che mi va! Dio, quanto è fico! Se proprio devo rimanere qui, passare del tempo con Sebastian non mi pare una brutta idea.

E poi, se per caso diventassi davvero forte, non mi dispiacerebbe spiaccicare qualche altro insetto gigante. Non tanti, magari solo uno o due... o tre. O quattro.

«Va bene, accetto» rispose Emily in tono asciutto per non fargli capire che sotto sotto era carica, poi si schiarì la voce e aggiunse: «Madre Reverenda, chiedo licenza di ritirarmi.»

Chae-yeon la fissò sconcertata. «Chiedi *cosa, unnie*?»

«Non si dice così? L'ho sentito in qualche film fantasy, credo. Vorrei andare in camera mia a sciacquarmi il viso. Sono ancora tutta sporca da stanotte. Sarò di certo inguardabile.»

Chae-yeon le scoccò uno sguardo pieno d'affetto. «Ma sì, certo che puoi andarci. Questa è ancora casa tua. Ci vediamo dopo, *unnie*. *Itta bwayo*[I]!»
«*Itta bwayo*» rispose Emily. Fece un timido sorriso ai due uomini e si allontanò.
Sam aggrottò la fronte, più perplesso che mai.
Sebastian incrociò le braccia muscolose e scrutò Chae-yeon con sospetto. «La vecchia Emily dove l'hai seppellita?»
Lei ammiccò e fece una linguaccia. «Ho fatto un reso e in cambio mi hanno dato il modello aggiornato. Mi sa che quello precedente era difettoso.»

Emily ignorò gli sguardi dei curiosi e andò difilata in camera sua. Una volta entrata, versò dentro una bacinella dell'acqua fresca contenuta in un'anfora d'argilla e si lavò la faccia. Non era Nettare della Sorgente, né tantomeno acqua della Fonte, ma semplice acqua piovana. Finalmente Emily comprese quanto fosse utile. L'ambiente profumava di legno e di fiori. Durante la sua assenza, qualcuno era passato a rassettarle la stanza, come in albergo, e le aveva lasciato sul comodino un vaso con dentro un mazzo di narcisi gialli, azalee rosa e tulipani rossi. Emily annusò i petali per qualche secondo e ne apprezzò la fragranza.
Si sfilò i vestiti sporchi e ne estrasse di puliti dall'armadio in legno di ciliegio. Questi non erano rielaborati e abbelliti dalla Tempra Mentale come i precedenti, ma per il momento potevano andare: camicetta di lino bianco con laccetti blu e gonna marroncina. Si guardò riflessa nello specchio di fianco al guardaroba e si legò i capelli a coda di cavallo; una acconciatura di certo più pratica che seducente. Nel lavarsi si era anche struccata, ma decise che poteva andare bene così. Sollevò i pugni davanti al viso in una posa da lottatrice e sferrò un destro e un sinistro a un Vuoto invisibile. Divertita dalla sua stessa goffaggine, scoppiò a ridere. Non era ancora convincente come Guerriera, ma almeno sapeva di potersi difendere da sola, e questo fu sufficiente a metterla di buon umore.
Quando si voltò, l'occhio le cadde per caso sulla scrivania. Era posizionata proprio sotto la finestra. In quel momento un'intensa lama di luce dorata scendeva a illuminarne il piano.
Emily si avvicinò al tavolo con circospezione, quasi con timore reverenziale. Alla fine si sedette sullo scranno di legno, avvicinò a sé il diario rilegato in pelle e intinse la penna nel calamaio. Le pagine erano ancora tutte bianche, tanto valeva partire dalla prima.
Scrisse:

Coteau-de-Genêt, la data non la so

Stanotte i Vuoti ci hanno attaccati ed è stato un vero schifo.
Io e la mia amica Chae-yeon eravamo andate nel settore dello Scorpione perché volevo farmi trasferire in un'altra Casa, solo che il Magnifico Rettore anziché aiutarmi mi ha rapita! E dopo voleva uccidermi! Avevo quasi perso

---

[I] Trad. "A più tardi!" in coreano formale.

le speranze, ma poi sono riuscita a liberarmi dalle catene, anche se non so bene come ho fatto. Per un po' ho pensato che Chae mi avrebbe abbandonata, e invece è corsa a difendermi e mi ha salvata prima da un serpente gigante e poi da tre Vuoti nello stesso momento. Chae è proprio fica quando combatte. Ha una bella spada blu e, siccome le idol oltre a cantare ballano anche, è capace di fare a fette i mostri danzandogli attorno. Lei è davvero una brava ragazza. Anzi, fin troppo. Mi sa che dovrò aiutarla a darsi una svegliata, altrimenti finisce che prima o poi qualcuno si approfitta di lei sul serio. Io non voglio più farmi salvare da una donna, per cui ho deciso che mi farò addestrare da Sebastian, così ogni tanto posso ammazzare qualche Vuoto. E se proprio devo essere salvata di nuovo, almeno che lo faccia un bell'uomo!

Emily sollevò la penna. Il dormitorio era immerso nel silenzio, eppure continuava a sentire un lieve rumore che la infastidiva. Puntò le orecchie in più direzioni finché non si accorse che proveniva dall'esterno. Aprì la finestra ed esaminò la strada sotto di lei. Vide una figura femminile raggomitolata contro il muro dell'edificio. Il rumore che si udiva era il suo singhiozzare.

Emily appoggiò la penna sul tavolo, chiuse il diario e scese al piano terra.

Sul retro della sala comune c'era un'uscita secondaria, protetta da una porta di legno dipinto di verde. Emily fece scorrere il chiavistello e la spalancò, ritrovandosi così nella via che scorreva dietro il dormitorio. Girò a sinistra e individuò ben presto la donna che cercava. Era seduta a terra, la schiena appoggiata al muro e la faccia nascosta tra le ginocchia. Il suo corpo era scosso da continui sussulti.

Emily le si avvicinò. La donna sollevò il viso speranzosa, ma evidentemente non vide chi si aspettava, perché piombò di nuovo nella disperazione.

«Ciao» esordì comunque Emily, equanime.

La donna si asciugò in fretta le lacrime azzurre con la manica del vestito nel tentativo di mostrarsi meno patetica. Aveva l'aspetto di una trentenne carina.

«Ciao.»

«Come ti chiami?»

«Mary.»

«Piacere, io sono Emily. Abito qui sopra.» Appoggiò le mani sui fianchi. «Sto cercando di scrivere un diario ma tutto quello che sento sono i tuoi singhiozzi. Perché piangi?»

Mary girò il viso dall'altra parte e tirò su col naso. «Mio marito non è tornato dal Muro.»

«Be', aspetta a disperarti così. Magari è solo ferito. No?»

«No, è morto. Me l'hanno detto.»

«Ho capito. Ti spiace se mi siedo?»

Mary indugiò per qualche istante e la fissò con aria diffidente. Quando si convinse che Emily non rappresentava un pericolo, le fece segno di sedersi accanto a lei con il mento. La popstar appoggiò la schiena al muro e si lasciò scivolare a terra.

Pochi istanti più tardi, Mary appoggiò la testa sulla spalla di Emily e riprese a piangere in silenzio. Emily avvertì la manica della camicetta bagnarsi di lacrime, ma non commentò.

Davanti a loro, all'altro lato della strada, fiorenti cespugli di ginestre ondeggiavano agitati dal vento. Il profumo che spandevano si percepiva fino a quella distanza. Poco più lontano, sulla destra, un uomo col berretto potava una siepe di rose blu. La luce del sole declinante si incuneava tra i tetti delle case e infondeva alla strada una tinta arancione.

Per un po' le due ragazze rimasero sedute a fissare i fiori, avvolte nella tiepida brezza del pomeriggio. Mary non sentì il bisogno di dire nulla. E nemmeno Emily.

Prologo

Gli occhi celesti di Emily, ancora fissi sul volto imbrattato di sangue della sua manager, cominciano a spegnersi. La luce nella stanza si fa sempre più fioca. Samantha estrae per l'ennesima volta il pugnale dal suo stomaco e glielo conficca all'altezza dei polmoni, spezzandole una costola.

Emily avverte del liquido caldo risalirle l'esofago. Prova a tossire, ma dalla bocca esce soltanto un rivolo di sangue che le cola sul mento e poi giù per il collo.

Con le ultime forze che ancora le rimangono sposta gli occhi verso destra. Scorge il suo produttore e gli uomini della security che la guardano morire con aria indifferente, insieme a Callon. Il cadavere di Mark giace riverso in una pozza di sangue a un metro da lei.

La vista le si offusca sempre di più, finché davanti ai suoi occhi cala la notte e tutto finisce.

Per qualche tempo, Emily Lancaster rimane avvolta dal buio più impenetrabile, immersa in un oceano di tenebre.

Riapre gli occhi di scatto, come se si fosse destata di colpo alla fine di un terribile incubo. Tenta di muovere gli arti, ma non si sente in pieno controllo del suo corpo. In realtà, non è nemmeno sicura di possederne ancora uno. Non riesce a vedersi le braccia, né le gambe.

Si guarda attorno e si rende conto che non è più buio come prima. Davanti a lei si è acceso un denso mare di stelle. Sullo sfondo vede persino un'immensa nebulosa che pare fatta di denso fumo arancione. Qua e là, alcuni astri più luminosi degli altri brillano come tante crocette argentate, stagliandosi contro il nero del cosmo. Altre stelle sono invece dorate e la loro luce è più soffusa, benché altrettanto splendida.

Emily capisce che sta fluttuando nell'universo, anche se per lei è impossibile riconoscere la galassia in cui si trova. Prova a urlare, ma qualcosa non funziona come dovrebbe: il segnale partito dal cervello si interrompe a metà percorso e lei continua a galleggiare nel vuoto senza emettere alcun suono.

A un tratto comincia a spostarsi in avanti, ma non per sua volontà. Una forza potente e misteriosa la sta trasportando verso un'ignota destinazione. Volare nello spazio si rivela più facile del previsto. Non sente nemmeno il bisogno di respirare, il che le sembra davvero sbalorditivo.

C'è qualcosa davanti a lei, in lontananza. Emily intuisce che ci sta andando incontro, anche se non è lei a deciderlo.

È un fiume. Un fiume di tanti colori che scorre in mezzo all'universo, come un'arteria che pompa sangue arcobaleno nel cuore del cosmo. Avvicinandosi, Emily realizza che sono tante piccole fiammelle colorate a formare il fiume. Si muovono tutte nella stessa direzione, rimanendo accostate le une alle altre. Lei intuisce che dovrà unirsi a esse. Sente che si stanno dirigendo verso un luogo pieno di pace e tranquillità. Un luogo definitivo, finale.

Si avvicina al fiume e ci si immette, diventando così parte di esso. Non sapendo di che colore è la sua fiammella, spera almeno di essere bella e splendente quanto quelle attorno a lei.

Per un po' segue il corso del fiume, circondata da centinaia di altre anime, e si sente serena.

Accanto al fiume c'è un piccolo molo di pietra sospeso per magia a mezz'aria, il cui fronte si affaccia proprio sulla miriade di fiammelle che fluisce verso l'ignoto. All'estremo opposto c'è una porta di legno, con uno strano simbolo bianco dipinto sopra.

La porta si spalanca ed escono due figure.

La più alta è un uomo. Non si può dire che sia attempato, ma ha una lunga barba scura e trascurata che lo fa sembrare più vecchio, e i vestiti, un tempo senz'altro eleganti, ora sono tutti rattoppati. Indossa una giacca di tweed e pantaloni di velluto a coste, entrambi scuri. In testa porta un cappello a cilindro di feltro nero.

Attorno ai suoi piedi zampetta la seconda figura. È un gatto di razza ragdoll, con un lungo manto bianco che diventa marroncino attorno al muso. Gli occhi sono azzurri come il cielo d'estate.

L'uomo barbuto e il gatto percorrono lentamente il molo portandosi appresso un sacco di iuta marrone e si avvicinano al fiume multicolore. Una volta giunto al termine del camminamento di pietra, l'uomo si toglie il cappello a cilindro, mettendo così in mostra una zazzera scura e scarmigliata, e attende con pazienza, senza spostare gli occhi dal fiume. Osserva le fiammelle che scorrono sotto di lui con la massima concentrazione. Il gatto attende in sua compagnia, ma non è altrettanto paziente e gli saltella attorno smanioso.

Finalmente l'uomo intravede ciò che sta aspettando. Si inginocchia e si sporge oltre la fine del molo, avvicinando il cappello a cilindro al fiume di fiammelle. Attende, e poi attende ancora. Il gatto osserva con occhi irrequieti, ma anche lui sa che non è ancora arrivata quella giusta.

All'improvviso l'uomo abbassa con lestezza il cappello e pesca la fiammella che desiderava, imprigionandola all'interno del cilindro. Apre il sacco di iuta e, con delicatezza, ve la lascia cadere dentro. Avvolge un cordino attorno alla sommità del sacco e stringe un nodo, cosicché la fiamma non possa volare fuori.

Il gatto trotterella gagliardo verso la porta di legno, l'uomo lo segue con movimenti lenti e misurati. Alla fine, entrambi tornano da dove sono venuti e richiudono la porta alle loro spalle.

L'uomo riapre il sacco e fa scivolare a terra la fiammella.
Emily si ritrova distesa su un pavimento rivestito di mattonelle a scacchi. Ricorda che fino a pochi minuti prima stava compiendo un viaggio di sola andata verso l'aldilà, un viaggio bellissimo e sereno, insieme a tante fiammelle simili a lei, ma ora si accorge di avere riassunto una forma umana.

Si alza in piedi e sconcertata si dà uno sguardo attorno. Vede tutto in bianco e nero, come se fosse all'interno di un vecchio film. È in un luogo vasto ma dall'aspetto indefinito. Potrebbe essere un'enorme casa, ma i soffitti sono altissimi e i saloni troppo spaziosi. L'ambiente è inspiegabilmente arredato in stile kitsch. Accanto a lei c'è un uomo con la barba, mentre poco più in là un grazioso gatto bianco la osserva con sguardo supponente, agitando la coda.

L'attenzione di Emily viene catturata da un ragazzo alto con spettinati capelli castani, all'altro lato del salone. Suona una chitarra elettrica accompagnato da una band invisibile. Stanno eseguendo un pezzo rock psichedelico e il giovane si produce in un assolo lungo diversi minuti. Alle sue spalle, un caleidoscopio di colori ravviva le pareti, riempiendole di strane forme tondeggianti. Cerchi che entrano dentro ad altri cerchi, all'infinito.

Emily è allibita. Si gira verso l'uomo barbuto e chiede: «sono Dove? siete chi Voi?» Nell'udire le proprie parole scombinate si copre la bocca. Qualcosa non funziona come dovrebbe.

Sopraggiunge una donna di bell'aspetto. Capelli neri e vestita discinta, indossa un abito da sera di seta scura. Squadra Emily con aria burbera mentre fuma una sigaretta.

«È lei la ragazza?» chiede con la voce di una che fuma troppo.

«È lei la ragazza» conferma l'uomo con la barba. La sua voce è carta vetrata che leviga legno durissimo. «La di lei nequizia trascende l'immaginazione.»

Il gatto miagola scocciato e si infila tra le gambe di Emily, strusciandole addosso la morbida coda. Nel frattempo, il ragazzo con la chitarra ha smesso di suonare e sta fissando cauto la nuova arrivata. Alla fine le rivolge un timido sorriso e annuisce.

La donna inarca un sopracciglio e dà un tiro alla sigaretta. «Allora non perdiamo altro tempo» dice senza eccessivo entusiasmo.

«La di lei collocazione?» fa l'uomo.

«Questa depravata è una Toro. La manderemo alla Vergine.»

«chiamata, hai Come mi scusa?!» protesta Emily, ma nessuno le risponde.

Il gatto pare voler accelerare i tempi e le dà dei colpetti con le zampe per spingerla verso un corridoio, uno dei tanti che partono dal salone. Quel luogo è un labirinto.

Il chitarrista si rimette a suonare, impegnandosi in un nuovo interminabile assolo che accompagna l'uscita di scena del gruppo.

«aspettate, No! siete Chi? me da volete che può Si sapere?!» prova a domandare la popstar, ma ancora una volta nessuno prende in considerazione le sue lamentele.

I due strani personaggi e il gatto la conducono attraverso corridoi, salette e saloni, in quel luogo misterioso e sospeso nel tempo. Ogni cosa è immobile, in costante penombra, visibile solo in bianco e nero, eppure le ombre gettate dagli oggetti sono lunghe.

In fondo all'ultimo corridoio si aprono numerose porte di legno. Sopra a ognuna è dipinto un diverso simbolo con della vernice bianca.

Di punto in bianco l'uomo con la barba si ferma, gira il pomello d'ottone di una delle porte e con un gesto garbato invita Emily a entrare. Sull'uscio è disegnata una lettera simile a una grande "m" in corsivo, ma con un occhiello di troppo. Lei si addentra nella stanza senza sapere bene perché, ma sente di non avere scelta.

L'ambiente è spazioso, ma di fatto contiene soltanto un'ampia piscina quadrata, larga una decina di metri. L'acqua scintilla e risplende d'azzurro, anche se il resto di quello strano luogo è ancora in bianco e nero. Una stretta piattaforma di marmo si estende dal lato a loro più vicino e conduce quasi al centro della grande vasca.

Emily esita. Il clochard con la barba e la donna discinta entrano subito dopo di lei e le si mettono a fianco.

Sul bordo destro della piscina è seduto un muscoloso uomo di colore. È vestito da carcerato, con maglia e pantaloni a righe orizzontali bianche e nere. Indossa un berretto basso, anch'esso a righe.

Il carcerato guarda Emily e sorride mettendo in mostra i denti bianchissimi.

«È lei la ragazza?»

«È lei la ragazza» conferma l'uomo con il cappello a cilindro.

«Le spieghiamo tutto?»

«Non se ne parla, non potrebbe mai comprendere appieno» risponde la fumatrice incallita.

«Le spieghiamo *qualcosa*?» chiede allora l'uomo di colore.

«Inutile cianciare, non rimembrerà una sola parola» risponde l'uomo barbuto.

Il carcerato scrolla le spalle, si alza e si dirige verso il fondo della stanza. Al muro è fissata una serie di pompe, manopole, manovelle, leve e valvole di varie dimensioni, mentre una fila di tubi scende dal soffitto per incastrarsi nel pavimento. L'uomo si mette al lavoro e aziona diversi di quei marchingegni in una precisa sequenza, finché da uno sfiatatoio laterale non fuoriesce del vapore rosato. Il rumore di giganteschi ingranaggi che si mettono in moto pervade l'ambiente.

Le acque della piscina iniziano a ribollire.

Tutti si voltano verso Emily. Lei non capisce e rimane impalata con il viso contratto in una smorfia di smarrimento.

Il gatto bianco perde la pazienza e inizia a spingerla verso il centro della piscina. Prima delicatamente, con le zampette, poi meno delicatamente, saltandole addosso.

«gatto Stupido! diavolo Che me da vuoi?» inveisce Emily, muovendosi però nella direzione che lui desidera. Si sente confusa e spaventata, tuttavia percorre comunque la piattaforma e guarda verso il basso. L'acqua è azzurra in superficie, ma scurissima verso il fondo.

«Non che penserete... Non butti vorrete mi che!?» strepita la popstar. Le espressioni dei padroni di casa non cambiano di una virgola.

Il gatto, ormai esasperato, prende la rincorsa e balza sul petto di Emily, costringendola a indietreggiare finché non scivola e piomba in acqua.

«Aiuto! nuotare so Non!» grida lei, ma ormai sta già affondando. L'acqua la trascina verso il fondo sempre più in fretta. Dopo pochi istanti ha già raggiunto l'abisso senza luce di quel pozzo. Attorno a lei scende ancora una volta il buio.

In lontananza, qualcosa si accende. È un quadratino azzurro e luminoso. All'inizio è grande solo quanto un francobollo incollato su una parete dipinta di nero, ma avvicinandosi si ingrandisce sempre di più.

Emily non ha la minima idea di come sia giunta lì. Non ricorda nulla, se non che è stata assassinata. Si rende conto di essere immersa in uno strano liquido appiccicoso e dal sapore amarognolo, anche se è trasparente come semplice acqua.

Il quadrato luminoso è ormai vicinissimo. Emily intuisce che sta salendo verso la superficie di una piscina. Sullo sfondo il cielo splende sereno.

Trattiene il respiro più che può, ormai è quasi arrivata.

APPENDICE
LE DODICI CASE ZODIACALI

LA CONGREGAZIONE DELLA VERGINE

Leader: Chae-yeon Kwon, detta Madre Reverenda, Regina della Temperanza, Badessa Superiora dell'Oliveto, Protettrice di Coteau-de-Genêt
Altri Membri Degni di Nota: Sebastian de Ville, Sam Denton
Colori Distintivi: Marrone, Blu
Gemme e Minerali Simbolo: Zaffiro
Stemma: Un angelo che protende la mano destra per cogliere una fiamma da un albero e riporla in un'urna che regge nell'altra mano
Motto: "In medio stat virtus"
Numero Ricorrente: 10
Segno Zodiacale Cinese Gemellato: Maiale
Capitale: Coteau-de-Genêt
Titoli Usati dai Guerrieri: Discepoli
Territorio e Vegetazione: Pianeggiante, collinare; campagna europea
Stile Architettonico: Novecento francese, inglese e italiano
Abbigliamento: Contadini e agricoltori alla moda del Novecento europeo
Note: Varie congregazioni minori, chiamate Capitoli, sono dislocate per la contrada. Le principali si trovano a Henwood Cross e a Getsemani.

L'ANTICA SCUOLA DEL CAPRICORNO

Leader: Michelle de Molay, detta Gran Maestra, Signora di Geistheim
Altri Membri Degni di Nota: Naija Okafor, Seline Simons, Ludwig von Kleist, Klaus von Kleist, Hideki Tsukamoto, Yuna "Yoon" Miyawaki
Colore Distintivo: Nero
Gemme e Minerali Simbolo: Ossidiana, onice nero
Stemma: Un drago nero su sfondo cremisi
Numero e Forma Geometrica Ricorrenti: 3 – Triangolo Equilatero
Segno Zodiacale Cinese Gemellato: Drago
Capitale: Geistheim
Titoli Usati dai Guerrieri: Venerabili Maestri, Maestri, Allievi
Territorio e Vegetazione: Pianeggiante; brughiera, landa
Stile Architettonico: Gotico vittoriano e germanico
Abbigliamento: Variazioni di gotico, principalmente vittoriano
Note: Poco distante da Geistheim si trova la Certosa, l'unico cimitero presente al Tempio.

IL SACRO ORDINE DEL CANCRO

Leader: Seydou Sekongo, detto Cavaliere di Gran Croce, Scudo di Castrum Coeli, Paladino del Tempio
Altri Membri Degni di Nota: Sujira Thongchai, William Molesley
Colori Distintivi: Perla, Crema
Gemme e Minerali Simbolo: Argento, Perla
Stemma: Un granchio d'argento su sfondo crema, circondato da tre altri simboli: una mazza ferrata, un'ampolla piena d'acqua sorretta da due mani e un foglio di pergamena con sopra un paio di ali spiegate
Motto: "Mors est quies viatoris, finis est omnis laboris"
Numero Ricorrente: 9
Segno Zodiacale Cinese Gemellato: Gallo
Capitale: Castrum Coeli
Titoli Usati dai Guerrieri: Grandi Ufficiali, Ufficiali, Dame di Grazia Magistrale (solo donne), Cavalieri Professi
Territorio e Vegetazione: Montuoso; foresta di sequoie nella metà interna
Stile Architettonico: Maya, azteco, inca
Abbigliamento: Armatura e tunica per tutti i Cavalieri; solo tunica per medici, novizi e Intoccabili
Note: Il Sacro Ordine è diviso in tre reparti: il Gran Priorato, l'Ordine Ospedaliero e la Cancelleria del Magistero. Tutti i reparti fanno capo al Cavaliere di Gran Croce.

LA MARINA DEL SAGITTARIO

Leader: Diego Fernando de la Rocha, detto Commodoro
Altri Membri Degni di Nota: Philippe Boone, Alexei Romanov
Colore Distintivo: Turchese
Gemme e Minerali Simbolo: Turchese
Numero Ricorrente: 7
Segno Zodiacale Cinese Gemellato: Cavallo
Capitale: Astoria Nuova
Titoli Usati dai Guerrieri: Marinai
Territorio e Vegetazione: Collinare, alpino; foresta pluviale, foresta di latifoglie
Stile Architettonico: Italiano anni '30, olandese
Abbigliamento: Varie uniformi da marinai a seconda del grado

IL REGNO DEL LEONE

Leader: Majid Hossein, detto Jarl
Altri Membri Degni di Nota: Meljean Panganiban, Mikhail "Mike" Klaikowski
Colore Distintivo: Giallo Oro
Gemme e Minerali Simbolo: Oro, Diamante
Stemma: Leone di diamanti su sfondo dorato
Numero e Forma Geometrica Ricorrenti: 1 – Cerchio
Segno Zodiacale Cinese Gemellato: Bufalo
Capitale: Vajrasana
Titoli Usati dai Guerrieri: Valchirie (solo donne), Campioni (solo uomini)
Territorio e Vegetazione: Montano; foresta di conifere
Stile Architettonico: Scandinavo antico
Abbigliamento: Tuniche e magliette di lino, cappe di lana, gilet di cuoio e giacche di pelle ornate da pellicce
Note: Ai piani superiori della Storhall, a Vajrasana, si trovano i Forni dell'Athanor, grazie ai quali lo Jarl e i suoi aiutanti forgiano gli Shintai attraverso la fusione alchemica dei diamanti.

IL CORO DEI PESCI

Leader: Apollonia Koteas, detta Sublime Sacerdotessa
Altri Membri Degni di Nota: Jade "Stardust" Marec, Ramesh Ramaswamy
Colore Distintivo: Azzurro
Gemme e Minerali Simbolo: Acquamarina
Stemma: Otto pesci bianchi su campo azzurro, posizionati in modo tale da formare a loro volta un "8" con un'illusione ottica
Numero e Forma Geometrica Ricorrenti: 8 – Ottagono
Segno Zodiacale Cinese Gemellato: Capra
Capitale: Sympatheia
Titoli Usati dai Guerrieri: Troni, Serafini, Cherubini
Territorio e Vegetazione: Spiaggia, mare
Stile Architettonico: Fantastico, realismo magico
Abbigliamento: Varia da persona a persona. In via generale si indossano gli abiti coi quali ci si sente di più a proprio agio.
Note: Il quartiere centrale della capitale ospita i Balnea, nelle cui piscine i Cherubini si immergono per accedere al Piano Celeste.

L'ALMA MATER DELLO SCORPIONE

Leader: Alford Nightingale, detto Magnifico Rettore
Altri Membri Degni di Nota: Veronica Fuentes, Fareed Usman, Alberto Piovani, Ramona Vidal, Adelina Fonseca
Colore Distintivo: Viola
Gemme e Minerali Simbolo: Ametista
Stemma: Uno scorpione impresso sulle pagine di un libro aperto, nero su sfondo porpora
Numero Ricorrente: 12
Segno Zodiacale Cinese Gemellato: Cane
Capitale: Bishop's End
Titoli Usati dai Guerrieri: Bibliotecari (solo se lavorano alla Biblioteca)
Territorio e Vegetazione: Pianeggiante, highlands; foresta di latifoglie
Stile Architettonico: Medievale inglese
Abbigliamento: Mantelli o robe per i Bibliotecari; cotte di maglia e tenuta da battaglia per i semplici Guerrieri; abiti medievali europei per gli Intoccabili
Note: All'interno di Murrey Castle, sulla collina a nord di Bishop's End, si trova Abbot's Folly, il monastero che contiene la Biblioteca.

LA COMUNE DEI GEMELLI

Leader: Milton Cooper, detto Direttore
Altri Membri Degni di Nota: L detta anche "Elle", Heikki, Oluwa-Seyi
Colori Distintivi: Grigio, Arancione
Gemme e Minerali Simbolo: Ardesia, agata arancione, topazio
Stemma: Il viso di una persona che si toglie una maschera, in arancione su sfondo grigio
Numero Ricorrente: 2
Segno Zodiacale Cinese Gemellato: Scimmia
Capitale: Stormgard
Territorio e Vegetazione: Pianeggiante, cavernoso; sassoso, arido, pietraia
Stile Architettonico: Modernista russo, steampunk
Abbigliamento: Vestiti eleganti alla moda inglese per i Guerrieri, abiti da straccioni per gli Intoccabili
Note: La capitale ospita la redazione dell'Almanacco di Mercurio, il giornale d'informazione che viene distribuito in tutto il Tempio ogni mercoledì.

L'ACCADEMIA DELL'ARIETE

Leader: Ksenia de Molay, detta Shogun
Altri Membri Degni di Nota: Kit Buckley, Merve Atakay
Colore Distintivo: Rosso
Gemme e Minerali Simbolo: Rubino
Stemma: Un ariete e una tigre che combattono, in bianco su sfondo rosso
Numero Ricorrente: 5
Segno Zodiacale Cinese Gemellato: Tigre
Capitale: Hóng Chéng
Titoli Usati dai Guerrieri: Maggiori, Capitani, Cadetti
Territorio e Vegetazione: Pianeggiante, collinare; boscoso, foresta di bambù
Stile Architettonico: Tradizionale cinese, giapponese, coreano e tailandese
Abbigliamento: Hanfu e cheongsam cinesi, kimono giapponesi, hanbok coreani
Note: A Hóng Chéng è presente l'Accademia, alla quale molte delle migliori promesse di varie Case si iscrivono per addestrarsi.
La squadra speciale Shinsengumi, il cui leader è Kit Buckley, si occupa delle indagini sui crimini più efferati.

IL CIRCOLO DEL TORO

Leader: Neal Bonham, detto Presidente
Altri Membri Degni di Nota: Ji-soo Jeon, Vanessa Carvalho
Colore Distintivo: Rosa
Gemme e Minerali Simbolo: Opale rosa
Motto: "Do what thou wilt"
Numero Ricorrente: 4
Segno Zodiacale Cinese Gemellato: Topo
Capitale: Playa Paraíso
Titoli Usati dai Guerrieri: Soci, Affiliati, Membri
Territorio e Vegetazione: Desertico, canyon, spiaggia; foresta tropicale
Stile Architettonico: America Latina dell'età moderna
Abbigliamento: Trendy alla moda del Ventunesimo secolo

L'ADUNANZA DELLA BILANCIA

Leader: Axel Åkerfeldt, detto Ministro del Culto
Colore Distintivo: Verde
Gemme e Minerali Simbolo: Malachite
Stemma: Una quercia verde su sfondo giallo
Motto: "Mens sana in corpore sano"
Numero Ricorrente: 6
Segno Zodiacale Cinese Gemellato: Coniglio
Capitale: Maith Ard-Mhéara
Territorio e Vegetazione: Pianeggiante; foresta di querce
Stile Architettonico: Case di legno sugli alberi per i Guerrieri; alla base degli alberi o sotterra per gli Intoccabili
Abbigliamento: Camicie di flanella e pantaloni per i taglialegna (solo uomini), anni '60-'70 per le donne e per gli eventi formali
Note: A nord-ovest della capitale si trova la Sorgente, dalla quale sgorga il Nettare che viene raccolto e distribuito in tutto il Tempio.

IL CONCISTORO DELL'ACQUARIO

Leader: Olivia White, detta Eliaste Massima
Altri Membri Degni di Nota: Nathaniel Cross
Colore Distintivo: Bianco
Gemme e Minerali Simbolo: Quarzo
Stemma: Un endecagono regolare con tutte le diagonali tracciate al suo interno, nero su sfondo bianco; dentro l'endecagono minore formato dall'intersecazione delle diagonali c'è il simbolo dell'Acquario
Motto: "Dura lex, sed lex"
Numero e Forma Geometrica Ricorrenti: 11 – Endecagono
Segno Zodiacale Cinese Gemellato: Serpente
Capitale: Aletheia
Titoli Usati dai Guerrieri: Cardini, Vertici, Vettori
Territorio e Vegetazione: Pianeggiante, scogliera; macchia mediterranea nella metà interna, bucolico nella regione in cui vivono i Guerrieri
Stile Architettonico: Greco antico, romano antico
Abbigliamento: Toghe romane, pepli e chitoni greci
Note: Ad Aletheia si trova il Tribunale, nel quale si svolgono i processi e si promulgano nuove leggi.

I COLORI DEI GRANI DEL ROSARIO

1° Grano, detto la Soglia: Bianco
2° Grano: Verde smeraldo
3° Grano: Nero
4° Grano: Rosa
5° Grano: Turchese
6° Grano: Grigio
7° Grano: Rosso
8° Grano: Acquamarina
9° Grano: Crema
10° Grano: Marrone
11° Grano: Porpora
12° Grano: Oro

Printed by Amazon Italia Logistica S.r.l.
Torrazza Piemonte (TO), Italy

52503726R00399